何存中 著

何存中文集 ① 长篇小说卷

武汉大学出版社
WUHAN UNIVERSITY PRESS

图书在版编目(CIP)数据

何存中文集.1,长篇小说卷/何存中著.—武汉:武汉大学出版社,2021.3
芳草文库
ISBN 978-7-307-21637-2

Ⅰ.何… Ⅱ.何… Ⅲ.①中国文学—当代文学—作品综合集②长篇小说—小说集—中国—当代 Ⅳ.I217.2

中国版本图书馆 CIP 数据核字(2020)第 119802 号

责任编辑:黄　殊

出版发行:**武汉大学出版社**　(430072　武昌　珞珈山)
　　　　　(电子邮箱:cbs22@whu.edu.cn　网址:www.wdp.com.cn)
印刷:武汉中远印务有限公司
开本:720×1000　1/16　印张:27.25　字数:504 千字　插页:3
版次:2021 年 3 月第 1 版　　2021 年 3 月第 1 次印刷
ISBN 978-7-307-21637-2　　定价:145.00 元(全 3 册)

版权所有,不得翻印;凡购我社的图书,如有质量问题,请与当地图书销售部门联系调换。

《芳草文库》序

刘醒龙

  武汉有一批年纪不算太老，但肯定不再年轻的作家，既往作品每出无不风行江汉，后来平淡了些。二〇一五年初，恰逢一场小聚，其间有老朋友提议给这些在文学创作上颇有成就的作家出版文集，且当场做出关键决策。老朋友提及的作家也是我的朋友，他们的处境很有代表性。

  世事流逝到今天，说一点不残酷是不真实的，说太残酷似乎也不科学。值此宁翔雁前羞跟牛后世风，普天之下莫不借口追求日新月异，其实是乡下俗语说的，人人都想一锄头挖出一口井。宁肯臭名远播，哪管丑态百出。忘却不该忘却的，强化不该强化的，是世情中一大不敬。这几年为一位已故作家出版文集，好不容易才成，一来二往之间，见识了足够多的现世生态。似这等才华出众的作家，若非上苍失察，弃之英年，敢不是当今文坛大旗一帜？同理，那些在喧嚣背后悄然尘封的作品，谁能说不是日后人有所诵的典范？天地同根，不是没有高下之分，而是天有天的高度，地有地的厚重。

  常住武汉三镇之人，最能体会大江东去、流水落花深意。也是体恤的缘故，又于旷野之间留下高山流水千古知音，以为勉励，兼作念想。朋友提议，饱含诗情，深藏灵性。没有太多商量，三言两语之间，就达成共识，以《芳草》杂志名义，逐年排选，将这批作家的代表性作品编成文集出版。只是由于执业所限，本套书只能以《芳草文库》相称，名头虽小，相信分量不轻。

  哲学教会人们认知正确与错误，自然科学是要让人懂得成功与失败。然而，短短人生，包罗万象，其善其美，何止兴衰胜败！文学的存世与流传，其意义正是超然前二者，不以成败对错为目的，也不以卑微尊贵定价值。人非草木，却如同草木，这是文学理由之一，生命不能永恒，却绝对永恒，这是文学理由之二。文学根本理由是，协助芸芸众生在庞杂得无可把握的宇宙间，在神与鬼、灵与欲、虚与实等一切冲突与对立之间，寻找适合每一个体的美妙平衡。

二〇一五年十月十五日

何存中文集

长篇小说卷

目 录

沙街 ／1
太阳最红 ／194

沙　街

第一章

　　巴水河边没有哪个日子离得开窑。旧窑烧垮了，新窑筑起来；竖窑烧垮了，龙窑筑起来。巴水河边遍地都是窑址，遍地都是红烧土块。一年四季，窑里的火，熊熊地烧；风，呼呼地吼。成捆的松枝化了，从高耸入云的烟囱里冒出来，化成漫天的云朵，构成河边的风景。

　　窑里烧着沙街人的日子。

　　做窑的陶叔，在龙山的窑场上，教他的儿下五行棋。天刚破晓，晨曦在风中散淡，散发着日子的芳香。陶叔的儿颈上戴着个银项圈儿。银项圈儿在晨曦中放亮。

　　陶叔的儿虽说是儿，沙街人却叫他女儿。沙街子孙金贵的人家，常常这样反着叫。叫儿叫女儿，叫女儿叫儿。项圈戴了，这样地反着叫了，沙街人就觉得性命容易养活。那时候陶女儿还没有疯，还是一个爱干净，在人前说话就脸红，腼腆、美丽且聪明的儿。陶女儿和沙街小的们在会龙山庙里读小学五年级，染蓝的老棉布裈子上的口袋里，亮晶晶地挂着一支钢笔，一副叫沙街父母看了，痛不够爱不够的小模样儿。虽说河边的日子里，一代代总缺不了乱来的人，说是强者为生、霸者为王，但一代代的沙街人，还是爱斯文的儿，不爱从小就横七竖八逢事乱来的儿。若是一个个的儿，从小就乱来，那将来的日子不都搅乱了，叫人怎么活？

　　五行棋是巴水边最古老的一种棋。陶叔在窑场上用这种棋教他的儿懂世事。巴水河边早晨湿漉漉的，湿天湿地。陶叔拣一个瓦片儿，在湿湿的窑场上画了一个五行棋的棋盘。五行棋的棋盘很简单，画两个长长的"口"交成十字。棋盘画好了，陶叔与他的儿盘脚对坐了，那样子很端正。陶叔在地上拣了三个石子儿，帮他的儿拣三个瓦片儿。那便是棋子。五行棋的棋子就三颗。陶家父子正襟危坐执子行棋，父是父，子是子。旁边一堆伸长脖子围着看的，全是那些驮着书包，鼻涕都揩不干净的小人儿。

那时候沙街小的们谁也不能与陶女儿比。沙街小的们最怕大人们把我们与陶女儿比。父母被我们恼透了，经常叫我们去舔陶女儿的屁股，说："舔屁股人家都嫌你舌头糙。"

陶叔对他的儿说："儿，我教你走。"陶叔就用手提起一个子儿，顺着格子数：金、木、水、火、土。陶女儿一双明亮的大眼睛一闪一闪地望着他父。陶叔演了一回，对陶女儿说："儿，你走。"陶女儿说："父，怎么走？"陶叔笑了，说："还不是按我说的走。"陶女儿就学着他父亲的样子数格子，金、木、水、火、土。走着走着，陶女儿对陶叔说："父，这棋好简单。"

陶叔笑了，说："这棋不简单。金木水火土是五行。五行造天地，五行造日子呀，儿。"那时候陶叔一口一个儿，把沙街小的们都羡慕死了。日子里，我们的父母心情都没有陶叔的心情好，没有多少叫我们儿的时候。我们的父母，叫我们叫抢个人头跑的，说是我们托人生的时候，生怕赶不上，在阎王爷那里抢个人头就跑到了人世间。

陶叔摸着儿的头，说："五行相克相生，相生相克，生生克克，克克生生，浮者为天，沉者为地。你懂不懂？"陶女儿认真地点着头。旁边的我们看着陶家父子认真的样子，一起大笑起来，觉得这是很好玩的事，比四九哥教的好玩多了。这时候会龙山庙里的钟声敲了起来，我们那些抢个人头跑的，就和陶女儿一起朝会龙山庙跑。一路跑，一个个奔上去扭陶女儿的头，学陶叔的舌，说："五行相克相生，相生相克，生生克克，克克生生，浮者为天，沉者为地。我的儿，你懂不懂？"直扭得陶女儿的头歪都歪不赢。陶女儿终于哭出声来，我们就更加高兴了。

那日子我们根本就没有好好上学的意思。若是会龙山庙里的钟声一响，我们就跑去上学，那我们还是沙街的种吗？沙街哪一个纯良的种，长大后有好日子过？不怕你纯良，纯良有什么用？横行霸道骑马坐轿。大人们不平了，常常气鼓鼓地这样说。我们为什么要好好地上学？我们没吃饱呢，还要抽茅针掐刺芽儿吃。园埂子上田岸上，那里有刺我们朝哪里奔，哪里险朝哪里奔。我们像畜生那样在春天里赶青。园埂子尽头，陶叔堵住了我们。他听见陶女儿哭，赶来了。陶女儿哭着上学去了，剩下赶青的我们。太阳升起来了，很好，很红。我们站在园埂子上，陶叔站在园埂子下，尽管他是大人，但我们比他高。他问我们："你们为什么要欺负我家女儿？"我们不回答他。他又问："我家女儿犯着你们了？"我们还是不回答他。他问了我们两遍，我们就不回答他。园埂子下的他，脸涨得通红，样子就可怜了。就这样，欺负了他家的儿，不跟他说为什么。瞧着他那可怜的样子，我们歪着头笑，心里说，你敢打我们吗？不敢打我们，你问什么？不知是谁喊了一声："一、二、三。"我们便站在园埂子上，一齐解开裤子，扯出裆里的小鸟儿，居高临下，对着他尿。陶叔让开了，我们一个个溜下园埂燕子高飞了。我们料定他不敢打我们，送给他打，他都不敢。为什么？因为大人们说他是读书人，读书的人绝不跟肉眼凡胎的人一般见识。

　　大人们说，陶家是了不得的大户人家。陶氏家谱的谱序上写着，巴水河边上的陶姓，是南宋时从江西景德镇官窑里逃出来的，到陶叔是第二十二代，他的儿子是第二十三代了。陶叔是江西景德镇官窑迁来巴河的陶姓的长房子孙。从江西景德镇迁到巴水河边的陶姓，经南宋、元、明、清、民国、中华人民共和国，这些许多许多的日子，发展得遍地都是。迁到巴河河边的陶姓，其他分支的子孙们，都不做窑了，只有陶叔这个长房的子孙仍在做窑。陶姓祖传的规矩，陶家做窑的绝活，一代代只传长房长子。陶叔是陶氏家族的长房长子，所以陶姓的其他子孙们都到河边别的地方生儿育女去了，只有长房的陶叔，仍住在陶氏始祖最初选定的沙街做窑。大人们把陶家传得很神秘，说，江西景德镇是官窑，书上说官窑是流动的，随着朝廷流动。流动的官窑为朝廷烧制贡品。烧制贡品的窑人，通常是一个朝代这方面出类拔萃的人物。出这样人物的家族除了烧窑的绝活外，一般上溯五代，祖上都是读书人，不然那烧窑的绝活就要失传的。陶叔的祖上都是读书人，陶叔当然也是。我们沙街的大人们对于读书人，天生的羡慕，说，读书的人与没读书的人就是不一样。什么不一样？看味儿。比方说坐，河畈里做活做累了，我们和我们的父母找块有草的地方，一屁股坐下去，怎样舒服怎样歪，怎样歪怎样舒服；而陶叔就不同，陶叔要找个埂子坐，坐也要坐端正，讲究坐个势儿。比方说穿衣，都是巴河边的土机织的老棉布，都是靛染的，不是蓝的，就是青的，我们和我们的父母穿衣服是为了遮肉，肉不露在外面就行，但陶叔和他的儿穿在身上，就与我们不同，干净，颜色明润，褂子是褂子，裤子是裤子。比方说说话，我们和我们的父母说话像吵架，陶叔说话慢条斯理，有理他也不声高。大人们对我们说，什么叫读书的人，这就叫读书的人。陶叔和他的儿与我们对比太强烈了。我们不对他居高临下地尿，对谁居高临下地尿？

　　放学回来，我们就遭殃了。父亲们扯着我们的耳朵，把我们一个个地提到窑场上。我们一个个龇牙咧嘴在太阳光芒万丈的时分，痛走了模样。父亲们把我们提到窑场上的时候，陶叔和他的儿正端着碗吃饭。父亲们说："他陶叔，我们给你赔个不是。"吃饭的陶叔慌忙放下手中的碗说："你们这是做什么？快放手，快放手。都是人秧子哩。"

老天爷不管人的心情，东边出几好的霞。吃早饭的时候，垸头队长懒龙叔的婆娘四婶一下子活痛了。沙街人活痛了，爱糊涂，痛糊涂了，就爱找陶叔问傻话。沙街人的日子里有了痛处就找陶叔破，破在沙街是破解的意思。活痛了，破了以后，他们心里就好受一些。四婶的大女儿跟小会计五九暗地里荤了手儿，"荤手儿"在沙街的话语里，是不管大人们同意不同意，他们暗地里好拢去了。这是巴水河边青年男女几千年争自由的拿手戏，要你做大人的看到他们生米做成了熟饭，豆腐落到灰里吹又吹不得打又打不得。懒龙叔和四婶事前一点不知道。四婶把早饭掇到桌子上时，还不见她的大女儿上桌子吃饭，四婶肚子里有气，就骂她的大女儿："你这个狗婆还不出来吃，要老娘掇你吃不成？"房里她的大女儿说："我不吃。"四婶问："你为什么不吃？是不是肚子里有食儿？"西婶不说这话则可，一说这话，房里的大女儿就哇的一声呕吐起来，吐一地的酸水。四婶几脚赶进房里，关紧了房门，问："狗婆你是不是要死？"大女儿喘了一口气，哇地朝她一哭："娘，我肚子里有了五九的。"一下子把四婶怄背了气。四婶就泪眼婆娑的，掇个饭碗捏双筷子朝外奔。她哪有心思吃饭，那完全是个形式。她掇着饭碗来到窑场找陶叔，她哭不出声，满脸的泪朝下淌。她问陶叔："他陶叔你跟我说说日子到底是个么样子？"陶叔抬头望着流泪的四婶不说话。四婶说："他陶叔我问你呢？你说话。"陶叔就朝四婶幽幽地叹了一口气，开始说话："你问我日子是么样子？这还要人教？顺其自然。太阳要从东边出，你就让它东方出。河水向下流，你就让它向下流。"活痛了的四婶听了陶叔的话愣在那里，愣了好半天，终于听懂了陶叔的话，把碗和筷子一手捏了，噎一下，拧一把鼻涕摔在地上，扯衣襟一把擦干脸上的泪。陶叔说："你要哭就哭。"四婶说："我还哭？我还哭不是个傻子。她要的不就是个嫁？老娘嫁她就是。"陶叔望着四婶一笑，说："对头呀，你问了大半天，这就是日子。"回去后，四婶就把懒龙叔从畈里叫回去，商量嫁女儿。

小会计五九兄弟五个，家穷是穷点，但五九是个好小子，做了懒龙叔的乘龙快婿，也是皆然。懒龙叔当队长，在沙街是个人物。这件事沙街人不说懒龙叔和四婶开通，都说陶叔破得好。五九赶紧称了块肉来看外父外母。四婶对五九说："你把这块肉提给陶叔。"五九果真就把那块肉提到了窑场。陶叔说："五九，你好傻。"五九一脸的笑容，说："是外母叫我提给你吃的。我敢不听她的话？"沙街的人都笑得肚子痛，说："日子就是要这样过，这样过日子才有味。"

第二章

巴河边的沙街，四面是湖。湖又大又野。白天湖里荡太阳，晚上湖里浮月亮。雨天湖里装雨，风天湖里装风。雨再大，没有湖装不下的时候；风再大，浪总在潮里边。沙街人进出靠船。沙街人的路在湖上，船是沙街人的脚。在外人看来，沙街是一个风吹不动浪摇不动的岛。

那日子，太阳两树高，队长懒龙叔坐船到公社开会回来了。

懒龙叔开会回来，在龙山的窑场上，笑着对沙街的老少说，上面人说我们沙街是世外桃源哩。沙街人正在出窑，分窑货。五九记账。陶叔给每家每户分黄泥巴碗和黄泥巴钵儿。按人头分，每个人分一个或几个。出窑的黄泥巴货，摆在龙山上，满山都是，一地的灿烂。

一地的灿烂里，懒龙叔给垸人说世外桃源的事。垸人都听不懂，以为桃子树多的地方就是。我们沙街桃树很多，遍地都是。五月桃熟了，叶里都是果，风里尽是鲜。

陶叔听了懒龙叔的话，停了分窑货的手，忧心忡忡，对垸人讲世外桃源的故事。懒龙叔听了，很高兴，说："这是夸我们沙街哩！"陶叔拍了拍沾着赤红窑灰的手，对懒龙叔说："你莫糊涂，这不是夸。祸要临头了。"懒龙叔说："你莫吓我。你怎么知道不是夸？"陶叔就把说的人用意讲了。懒龙叔问陶叔："你又不是他们肚子里的虫？你么样知道他们的心思？"陶叔说："你不知道我知道。"懒龙叔这才恍然大悟，把一个烧变了形的黄泥巴碗，一脚踩破了，说："狗日的，怪不得他们说我们沙街是世外桃源时，笑都不笑，像我欠了他们二百大钱似的。"陶叔对懒龙叔说："你想是不是夸？"懒龙叔说："你好厉害。不管什么，你不说便罢，一说就是理。"烧窑的陶叔苦笑了。窑场上的沙街人都惶了眼，觉得有祸要来。

果然陶叔说对了。工作组到沙街来了，要懒龙叔去接。渡口上，陶叔默默看天。懒龙叔气鼓鼓地上了船，把篙撑动了，船在青荷间刺刺地响。岸上的陶叔对撑船的懒龙叔说："这次来的工作组，跟往常的不同，你说话注意点，不要乱说。"懒龙叔朝湖里吐了口唾沫，打得水溅，说："莫看到鬼了，我又不是没见过事。"陶叔说："四兄弟，我的话说多了，再不能多说了，就说这一回。"懒龙叔回过头来，对陶叔说："陶哥，你说，我听着哩。"陶叔说："兄弟，你要把你看家的本领拿出来，渡沙街这一劫。"懒龙叔苦笑了："安排好了，照安排的来，你帮我照照场面。"陶叔说："我不能出面。"懒龙叔说："又不要你出面，你在幕后当师傅。"懒龙叔就觉得气闷，心口堵得慌，骂道："他娘的瘟，一回回要老子演戏。"船撑动了，浪哗啦啦打着船肚子，水里的太阳暗暗地红。

懒龙叔慢慢地把船撑到湖对面，瞥见渡口上站着两个男人，一胖一瘦，一黑一白。白瘦的一个戴着副眼镜，黑胖的一个拿草帽子扇风。背上都驮着背包，军队的样子，两竖三横，有棱有角，整齐地插着双布鞋，吊着吃饭的搪瓷碗和筷子。两张脸板着，一点戏都没得。懒龙叔见他们那副样子，忍不住肚子里日娘，想，这副样子哪里像来工作，像是来抗日的。沙街又没日本人！懒龙叔想到这里，嗓子眼就痒了起来，唱起了巴河情歌《外甥嫖姨儿》。懒龙叔绿水泱泱地唱起来："三月嘞那个桃花杨柳青呐呀依哟，细姨那个打扮哎哎哟看外甥嘞！"懒龙叔嗓子好，翻得过湖，唱得波漾荷摇。黑胖的那个正色了，对湖里懒龙叔喊："你是什么人？胆敢唱黄色歌儿？"懒龙叔讪笑了，说："你怎么知道这是黄色歌儿？"黑胖的说："你佃教师爷门面卖打。"懒龙叔说："看不出你这个同志还是个内行架子。"白瘦的那个一脸严肃，问懒龙叔："你们沙街有外甥嫖姨儿吗？"懒龙叔说："做的有，唱的就有。"黑胖的说："岂有此理。"懒龙叔说："真的有，不然那来唱。那细姨是后娘生的，与外甥同年。"白瘦的说："一片蛮荒。"懒龙叔哈哈一笑："你这同志就是没味，那哪能是真的？是个意思唦！"黑胖的就笑了起来。白瘦的说："你们沙街就是这样地过日子吗？"懒龙叔点点头说："不瞒同志，沙街人就是这样地过日子，不然哪来的劲？"白瘦的说："真是乱弹琴！"懒龙叔把船停在湖里，问："两个客，到底去不去？不去，我就转去了。河畈里的地长了草，我要回去赶荒。"黑胖的说："我看你敢转去！"懒龙叔说："那就上来唦。光说什么意思？"两个人就上了船。白瘦的问懒龙叔："你是什么人？"懒龙叔说："我是沙街的队长。"白瘦的说："你怎么能当队长？"懒龙叔说："没办法的事，矮子里面挑长子，沙街里的人就我强点，所以就我当。"黑胖的对懒龙叔说："你知不知道我们这回来不是跟你开玩笑的！"懒龙叔点点头说："知道你们这回来不是跟我开玩笑的。哪个又有工夫跟你开玩笑？"懒龙叔就不再跟他们说话。船默默地行，只有篙撑在湖面上，篙破水，搅得一湖的水，尽是浪。

风里传着工作组要来的消息，我们很兴奋。我们正在会龙山的庙里朝读，四九哥看着我们。他一个人教我们四、五两个年级。会龙山庙里只有一至五年级，没有六年级。六年级沙街没有办。不是没教室，会龙山庙里的屋多得很，是没学生。沙街的孩子读到六年级，就到公社所在地镇完小去读。但沙街那时候很少的孩子读到了六年级，就连四、五年级的人也很少，那时候外面的人都说读书无用,沙街人到镇上开会看着打倒了好几个,所以四、五年级一共才二十多个学生,只能合办一个复式班。四九哥一个人教两个班。我们上朝读,四九哥不教我们读红宝书,教我们读李白的诗。我们双手抄在背后,齐齐地有节奏地读:"朝辞白帝彩云间,千里江陵一日还。两岸猿声啼不住,轻舟已过万重山。"

陶叔在教室门外露一下头,对四九哥说:"四九,你出来一下。"四九哥就出去了,问:"陶叔有什么事?"陶叔说:"队长接工作组,要借你们的学生欢迎。"四九哥说:"那不又要停课?你不是说了,我是吃教学生认字的饭,不能瞎停课。"陶叔说:"这回不同往常,这回的工作组来我们沙街,队长说不欢迎不行。"就一盏茶的工夫,散了场,你再教。"四九哥说:"怎样欢迎?"陶叔说:"队长说夹道欢迎。"四九哥说:"夹道欢迎,手里要拿鲜花。哪里去找鲜花?"陶叔说:"你这个伢怕是教书教呆了?哪里去找鲜花?我们沙街别的没有,鲜花还少?湖里哪处不是?"四九哥笑了,说:"陶叔,小的明白了,按您说的办。"陶叔说:"队长说外面的人爱新鲜花样。叫你除了夹道以外还搞个新鲜花样。"四九哥说:"陶叔,您说还搞个什么新鲜花样?"陶叔说:"前天夜里,公社放映队不是到我们沙街放了《南征北战》?那里头的战士头上不是都戴柳条圈儿?你就让伢儿们都戴柳条圈儿夹道欢迎。"四九哥笑了,说:"陶叔,那是防空用的,防飞机炸。又没有飞机炸,戴柳条圈儿,那不是笑话?"陶叔说:"这你不懂?你就按队长说的办。"

四九哥回教室,叫我们停了读,如此这般地布置了夹道欢迎的事,把我们放出教室,说到时候他一吹哨子就集合。我们悟性极好,撒腿出去,到湖边上,折荷花,折莲叶,上树折柳枝儿编圈儿戴在头上,一会儿一个个新鲜极了。四九哥的哨子一响,我们就在庙的路两边站好了队。这时候懒龙叔的船,正好靠了岸,两个工作组背着背包上来了。四九哥含着哨子一吹,我们一齐挥动手里的荷花和莲叶,齐声高呼:"欢迎!欢迎!热烈欢迎!"懒龙叔一见那阵势,很高兴,让两个工作组在我们夹道里走。黑胖的一个走前,白瘦的一个走后。我们弄得两个工作组很激动,两个工作组一激动就觉得很伟大很光荣,脸通红通红的。黑胖的一个,像伟人一样地举起手来,朝我们挥。白瘦的一个没有挥手,笑容满面的。懒龙叔就跟在两个工作组的屁股后边走。黑胖的一个回头对懒龙叔说:"不错,不错!"懒龙叔笑着说:"这些事儿,我还知道怎么办。"白瘦的一个对懒龙叔说:"你刚才撑船的时候为什么唱黄色歌儿?"懒龙叔一笑,说:"跟工作同志汇报,我们沙街革命形势不是小好,而是大好,革命歌儿同样唱得好。"黑胖的一个说:"唱给我们听听。"懒龙叔说:"我点个学生唱给你们听。"懒龙叔就从我们的队伍里点出陶女儿来。陶女儿就出来了,脸通红,颈上戴着银项圈儿,反射着太阳的光。陶女儿就站在那里嫩嫩地唱:"戴花要戴大红花,骑马要骑千里马,唱歌要唱跃进歌,听话要听党的话。"陶女儿唱完了,懒龙叔问两个工作组:"唱得怎么样?"黑胖的说:"可以。"白瘦的说:"就是一样还是不行。"懒龙叔问白瘦的工作组:"哪一样不行?"白瘦的工作组说:"唱革命歌曲要把颈上的项圈儿取下来。"懒龙叔说:"那取不得。"白瘦的工作组问:"为什么取不得?"懒龙叔说:"那是人家孩子的命。"黑胖的工作组问懒龙叔:"什么命?"懒龙叔就知道又弄错了,说:"这事儿,你们不懂。"白瘦的工作组严肃起来,说:"我们就是来横扫这些东西的。"懒龙叔的脸彼时就黑了。

我们还在围着两个工作组看新鲜。懒龙叔没好气地吼:"四九,还看什么?带学生进去教字!"四九哥回过神来,含着哨子把我们统统吹进教室去了。

第三章

懒龙叔带着两个工作组朝垸子里走。垸子里无人,静悄悄的。

黑胖的问懒龙叔:"人咧?人都到哪里去了?"懒龙叔说:"还要人做什么?不是欢迎了吗?"黑胖的问:"你没有通知人开会吗?"懒龙叔说:"没有。"黑胖的问:"为什么不通知?"懒龙叔说:"开会当不得吃喝。草荒没赶赢,我们半年的日子就打了无收。"黑胖的对懒龙叔说:"你这个队长就是这样当的?"懒龙叔说:"我从卵子绿豆大起,就是这样当。"白瘦的问:"你当队长不开会?"懒龙叔说:"不开,有事就在畈里说。"白瘦的感慨了,用手扶着眼镜说:"地老天荒,无为而治。怎么能这样?"

懒龙叔领着两个工作组,闷闷不乐地朝河畈里走。这时候懒龙叔就听见了四婶在河畈上的歌声。太阳升高了,河畈里那些霭霭的雾儿,就散了,河畈一层层地深了。河畈野,那绿一眼望不到边儿。春天的河畈被春雨浇透了,杂树、禾稼连同荒草在河风里如青青的浪翻滚。沙街的男女老少在那青青的浪里赶荒。河畈湿,锄畈要赶在太阳升起来之前,好晒,把草浅浅地锄了,翻转来,让草根在阳光里晒蔫,才能晒死,禾稼才算是禾稼,不然就被草吃了。河畈里,草的性命比禾稼顽强。沙街的男女老少,在太阳下不失时机地流着黑汗同荒草搏斗,赢了才见粮食。同荒草搏斗,好辛苦。漫长的艳阳,漫长的河畈,蓝天白云之下好苦好闷。四婶的歌声响起来了,四婶的好嗓子,亮上了白云朵。唱的人唱,锄的人和。锄的人和着跟着唱的人的节奏锄,河畈就没有了痛苦,全是欢乐。四婶唱"薅草锣鼓"《皇天不负苦耕人》,嘴里锣鼓响器一齐带。四婶的歌飘上白云朵随风转下来了："哎——吃了饭就要行，莫在家中挨时辰，瘦地瘦田多下劲，锄头里面出黄金，皇天不负苦耕人。"众人随节奏接音（喂唷嗬哎）。河畈全活了，蓝天白云，天地间随风散荡的全是欢乐全是劲。草蔫了，禾稼更加绿了。四婶坐在桃子树下的高脚凳子上斗劲唱，这个高脚凳是专为领唱人而设的，领唱的人比锄畈的人更辛苦。懒龙叔带着两个工作组来了。懒龙叔黑着脸对四婶说："还唱什么？下来。"四婶见来了生人，就停了唱，满河畈的歌儿就息了，风也息了。四婶对着两个工作组看了一会儿，对丈夫说："下来做什么？"懒龙叔没好气地说："你说做什么？"懒龙叔懒得理四婶，撮着嘴一吹，满河畈就停了锄。河畈野，懒龙叔撮嘴吹口哨，沙街人就集拢来了。懒龙叔黑着脸，一屁股坐在锄柄上。集拢来的沙街人问懒龙叔，这好的天为什么不赶太阳？懒龙叔没好气地说："赶什么太阳？开会。"

　　锄畈的男男女女就歇了锄头，在桃树林里坐下来。绿绿桃林里满是人，都坐在锄柄上。两个工作组放下背包，将背包挂在桃树枝子上，不坐，站着。白瘦的工作组，干咳了一声，清清嗓子说："大家坐端正。现在开会！"黑胖的工作组从口袋里扯出文件，红头的，递给白瘦的工作组。白瘦的工作组接了过来，递给懒龙叔，说："你是队长，这文件你念。"懒龙叔说："我不认识字。"白瘦的工作组说："你真的不认识字？"懒龙叔说："真的不认识。"白瘦的工作组说："那你开会回来怎么传达上级的精神？"懒龙叔说："肉口传。"白瘦的工作组说："那怎么行？那很不全面？"懒龙叔说："不要那全面，哪是事哪不是事，沙街人知道听。"桃树脚下的男女笑了起来。懒龙叔说："笑什么？有什么好笑的？得了外甥？"二货不笑。白瘦的工作组问二货："你为什么不笑？"二货说："你信他的。字认识他。"黑胖的工作组严肃地对懒龙叔说："你怎么这样的态度对待组织？"懒龙不朝二货望，笑着说："也不是一个字不认识，落雨学的，认得三个半。我怕念错了，误你们的事，还是你们自己念味正。"

　　黑胖的工作组对白瘦的工作组说："算了，老戴，你念。"白瘦的工作组说："老熊，这恐怕不合适，我们自己念自己行吗？"黑胖的工作组想了一会儿，说："这样吧，你念我，我念你。"于是就念红头文件，一个红头文件，两个工作组换着念，一个念上半截儿，一个念下半截儿。念着念着，沙街人才明白要轮换念的原因。原来那份红头文件是组织上的任命文件——任命熊得山同志为沙街路线工作组正组长，任命戴碧泉同志为沙街路线工作组副组长。他们两个换着念，沙街人就弄清楚了，知道黑胖的一个是正组长叫熊得山，白瘦的一个是副组长叫戴碧泉。沙街人就想，上面的人就是有办法，换着念，你念我，我念你，名正了言顺了，还不难为情。文件换着念完了，戴副组长说："下面请熊组长作指示，大家欢迎!"就带头拍巴掌。沙街的男男女女望着懒龙叔。懒龙叔说:"望什么?拍。"大家就拍。桃林里风好,大家收了汗,收了汗就轻松,轻松了就愉快,跟着拍巴掌,大家觉得拍巴掌很新鲜,又不花钱又响,很好玩。

熊组长就做指示。熊组长说:"同志们,我们这次来,与往常来的工作组不同。什么不同呢?从根本上不同。我们这次来不管下种,不管生儿育女……"熊组长的话被四婶打断了,四婶是队长的婆娘,在垸子里不怕人。四婶问:"这些事都不管,那你们来做什么?"熊组长说:"我们这次来是进行路线教育的。"熊组长的话又被四婶打断了。四婶问:"熊组长,什么叫路线教育?"熊组长说:"什么叫路线教育呀?我跟你们说,路线教育就是解决走什么路的问题。乡下不是有句俗话,叫作话说错了转得来,路走错了转不来吗?"四婶说:"熊组长,我们从畈里到屋里,从屋里到畈里,种的时候种,收的时候收,吃的时候吃,睡的时候睡,嫁女时候嫁女,接媳妇时接媳妇,生儿的时候生儿,从没错过。"沙街的男男女女哄堂大笑了。戴副组长站了起来,说:"你们不要笑!我们这次来就不走了。我们要把你们的日子全部变新。"戴副组长是严肃认真地对桃林里的沙街人说的,沙街人就不敢再笑了。

桃子树脚的沙街人不再插嘴,让两个组长轮换说,一个说决心,一个说理想。日头到了中天上,桃子树上的知了,知了知了地叫了起来,一阵一阵的。河风凉丝丝地吹进来。沙街人静了,睁一只眼闭一只眼,打起了瞌睡。二货没打瞌睡。二货很兴奋,觉得两个组长说得很新鲜,一双眼睛瞪着两个组长看。两个组长终于说完了。二货兴奋地叫了一声:"好!"拍起了巴掌。桃子树脚的沙街人被二货拍醒了,瞪着眼睛望二货,问:"二货,什么东西好?"二货眨了眨眼睛,嘿嘿一笑,说:"说得好。"沙街人问:"有唱得好吗?"二货戳蔫了,说:"你们这些人,这好的决心,未必不要人听?"两个组长不再说了。懒龙叔就起身拍屁股说,散会。桃林里的沙街男女懒懒散散地起身,看看树缝儿里的天,再望望说完了的两个组长,不知是谁咕了一声:"好厉害,一晌午的太阳被他说鸟了!"

沙街人回家吃饭,熊组长和戴副组长这才驮起了背包。懒龙叔把两个组长带到了窑场上。为住哪里的问题,懒龙叔又同两个组长发生了矛盾。懒龙叔想把两个组长安排在窑场上住,因为上面来的人是客,沙街人好客,客就要住好点,吃好点,这是沙街历来的规矩。懒龙叔把两个组长带到了龙山的窑场上陶叔住的屋,对两个组长说:"你们就住这里,这里清静,我们的窑匠师傅做饭利落。"戴副组长对懒龙叔说:"我们不是来享福的。"懒龙叔就叫陶叔倒茶给两个组长喝。陶叔拿了两个黄泥巴碗,用水洗净了,把茶壶里的茶,红红地朝黄泥巴碗里倒。陶叔倒茶的样子很精致,陶叔住的窑场屋很干净,细沙儿铺在地上,有扫帚扫过的纹儿。两个组长不喝陶叔倒的茶。两个组长把懒龙叔叫到外面，对懒龙叔说："他是什么人？"懒龙叔说："我们的窑匠师傅。"熊组长说："我们不能在这里住。"懒龙叔说："不在这里住，在哪里住？"戴副组长问："你们沙街现在的日子谁家过得最苦？"懒龙叔抓头想了半天，说："现在要说日子过得最苦的，是二货。二货没个婆娘当家，日子过得艰难。"戴副组长说："那我们就到他家去住。"懒龙叔说："不瞒两个组长说，二货的家恐怕你们住不惯。"戴副组长说："那是为什么？"懒龙叔说："那不是住人的地方。"戴副组长说："他住的是什么地方？"懒龙叔说："二货住的是河边上的废窑。"戴副组长说："那不要紧，我们下来就是要住那样的地方。"懒龙叔笑了，说："你们要住那里也行。河边的那个废窑，抗日的时候是新四军医院，好多老革命伤了就是在那里养好的。"戴副组长高兴了，说："那就更好。"

　　河边的废窑，废的时间长了，上面长着茂盛的蒿草和杂树。远望一片青。懒龙叔带着熊组长和戴副组长去的时候，二货正要烧中饭。懒龙叔站在窑外笑着喊："二货，快出来，我给你把'好'带来了。"二货正在窑里弄黑鱼，收工后二货到湖边钓了条黑鱼。沙街湖里的黑鱼好钓得很，用只青蛙挂在钩上，丢到湖里就有。那条黑鱼大，劲足，不好弄妥帖。二货两手都是涎，从窑里钻出来。二货看见两个组长驮着背包来了，就知道是怎么回事。二货一肚子不高兴，对懒龙叔说："好有我的份！要是真好，你不早就带到你家去了。"懒龙叔对二货说："你狗日的，敢说不好？"二货对懒龙叔笑了，笑得涎儿滴，说："甲长，我不怕你整我。我一条鸟住破窑挤得没皮，你又派两条鸟来挤，挤破了卵子成了女人，我不负责。"懒龙叔笑了，说："哪个要你负责？你把你的卵子保住就要得。是两个组长要来住。两个组长陪你住，是看得你起。"这时候戴副组长上前拍了一把二货的肩，说："小伙子是你呀！"戴副组长认出了二货是刚才桃林里开会时叫好的那个年轻人。熊组长也认出来了，说："你好哇！"二货说："熊组长，你这是打我的脸。沙街的男人都好，就是我不好。沙街男人锅里有煮的、裆里有戳的，就我没得。你还说我好，比骂我的娘还厉害。我三十多岁了，伏个肚皮仰条鸟，父不是父，儿不是儿，我还好？你真会跟我说笑话。"

　　懒龙叔把二货叫到河边，说："二货，日子慢慢地来，两个组长从今天起就在你家住你家吃。想办法哄他们高兴。"二货说："那不行。我一个人的粮吃不到三个人。"懒龙叔说："放心呀，二货，人家组长吃了会给钱给粮票。"二货说："钱和粮票又不是煮的米，又折磨我到镇粮店去买，挑柴卖买柴烧多费好多的力。"懒龙叔严肃了，说："二货，你好不懂事，亏你在沙街过日子。你还托你四嫂给你说媳妇？"二货笑了，说："四哥，我就怕你说这话。是不是非要在我这里吃不可?"懒龙叔说:"当然的,两个组长看中了你。"二货说:"那就在我这里吃。"二货回到窑里说:"就怕我的饮食两个组长吃不惯。"熊组长说:"哪里的话?你吃得的,我和戴副组长就吃得。"二货说:"那就可得。"

懒龙叔安排好了就走了。二货开始做饭。生着了火,破窑竖起的烟筒,朝外冒着烟儿,散淡在河风里。本来二货要剖那黑鱼,但二货不剖了,把那条黑鱼活生生地放在锅盖上。活黑鱼两只眼睛亮亮的,望着两个组长,不时地摆尾巴,弄得锅盖响。二货本来要煮餐饭吃,煎黑鱼咽。二货不煮饭吃了。二货决定搞浆巴吃。二货在锅里舀了水,三瓢半;再舀半瓢生米粉子,放到水里。生米粉子不一会儿就沉到锅底去了。二货就把锅盖上的那条大黑鱼,丢到锅里。大黑鱼丢到锅里的时候,尾巴啪啪地乱搅,搅得锅里的水浆四溅。二货将锅盖盖了,掇一口窑砖压在锅盖上,窑砖上的沙和青苔落了一锅盖。二货坐到灶门凳上,燃大火烧,水烧烫了,锅里的那条大黑鱼拼命挣扎,在锅里一片昏天黑地乱搅。锅里的水沸腾起来,那条大黑鱼渐渐地没有了响动,大气从锅盖缝儿里汤汤地冒了出来,雾了半个窑。

二货把锅盖揭开,对两个组长说:"熟了,掇碗,盛吃。"雾气里看着锅里,一锅的涎,一锅的浆巴,大黑鱼还是整的。戴副组长戴着眼镜盯着锅里瞅,问:"熟了吗?"二货说:"你这个同志怎么不相信群众?"戴副组长问:"怎么这样个弄法?"二货说:"搞浆巴要两个人做对手,一个在灶下烧火,一个在灶上搞,我一个人做不了两个人的事,就这样弄。这个弄法是我五八年'大跃进'时创造的,多快好省,当时的县报还登了我的经验。"戴副组长笑了,说:"我看你蛮灵活的。"二货说:"哪是我灵活,是日子逼的。这多亏当年陪我住的公社伍书记会总结,他吃了后给我总结出'多快好省',我的黑鱼搞浆巴才出了名。"戴副组长问二货:"这能不能吃?"二货说:"一点汁水没损,原汤原汁的,几好的营养。"熊组长对戴副组长说:"老戴,不要多说,拿碗盛,吃。"二货就拿出三个黄泥巴碗。没得菜咽。三个人一人一碗盛了锅里的黑鱼浆巴吃。浆巴里没放盐,就那样吃。二货掇碗有滋有味地吃黑鱼喝浆巴。熊组长只喝浆巴,一点点地喝。戴副组长只吃黑鱼,用筷子一点点地挑。二货对两个组长说:"两个组长不要客气,没得好吃的,你们全吃它。"熊组长就开始吃黑鱼,戴副组长就开始喝浆巴。戴副组长把浆巴喝到嘴里,吞不下去,扶着眼镜要吐。戴副组长把碗掇着朝外走。熊组长问:"老戴,你到哪里去?"戴副组长说:"熊组长我到外面去吃。"戴副组长一到外面,奔到河边,就和肠和肚全吐了,眼泪一把鼻涕一把。熊组长掇碗到外面,见戴副组长躲在河边吐,说:"你不行呀老戴,你还是知识分子。"

正好吃了饭的懒龙叔来了。他是来给两个组长搁铺的。懒龙叔恰好看到了,戴副组长在河边吐得眼泪滴。懒龙叔知道二货用了当年对付公社伍书记的老手法。懒龙叔对二货说:"二货你怎么这样搞?你还是不是人?"二货笑了,说:"他不是说了,我吃得他也吃得?"懒龙叔骂了一句:"你这个狗日的东西,光想你自己。"二货没好气地说:"一有工作组就朝我这儿带!老子穷也穷不安生。"两个组长进来了,懒龙叔赶紧不作声。懒龙叔对熊组长说:"熊组长,我看饭还是派吃好。"二货嚷了起来:"队长你这是看不起人嘞!两个组长我家吃得好好的。"懒龙叔说:"怕增加你的麻烦。"二货说:"你这是么话?我一条牛是放,三条牛还不是放?"懒龙叔说:"熊组长,这事我当家,吃派饭。"熊组长吸着烟,沉思半天,说:"那就尊重你的意见吧。"二货说:"不是吃了一餐吗?"熊组长和戴副组长每人掏出半斤粮票和五角钱放在锅盖上。懒龙叔说:"二货,'好'来了。"

二货把钱和粮票朝裤腰里扎,笑着对懒龙叔说:"你以为我不敢要?"

懒龙叔气歪了脸。

第四章

懒龙叔瞒着两个组长,在河畈里开了个会,把工作组吃派饭的事布置了,要沙街的人家再穷也要做好东西给两个组长吃,把两个菩萨供好,保沙街的太平。

两个组长第一餐饭是在懒龙家吃的。懒龙叔叫四婶把一只正生蛋的老母鸡杀了。吃饭前懒龙叔让她家的小女儿小槐花给熊组长和戴副组长端汤。沙街人把招待客人的荤面叫汤。这是副餐,正餐和主家人一样的,吃饭。小槐花从房里出来了。戴副组长闻到了一阵槐花香,抬头望了一眼小槐花,不由得吃了一惊,眼睛亮了。十二岁的槐花长得柳红絮白的。戴副组长心里霎时如河风拂柳。戴副组长没有想到沙街出这么漂亮的姑娘。我们沙街历朝历代是出美女的。历朝历代选入宫做娘娘的,书上就记了好几个。沙街人不知道正宫偏宫那许多的名堂,被选到宫中的,就说是娘娘。沙街历朝历代被选入宫的,虽说下场都不算好,但模样好看周正那是没得话说的。巴水河畔有句歌谣唱到今,叫作:"巴河地脉轻,出的女儿赛观音"。懒龙叔见戴副组长盯着槐花看,对戴副组长说:"这是我二姑娘。大姑娘开年嫁了。要是两个组长喜欢,就让她给你们端茶倒水。"戴副组长听了懒龙的话,一愣,马上收了眼睛。熊组长看着戴副组长笑了起来。

四婶从厨屋出来说:"两个组长下乡来辛苦了,没得好招呼,全吃它。"戴副组长回过神来,不动筷子。四婶对他俩说;"快吃它,趁热的。"熊组长喝了一口水，把筷子放下了。四婶说："全吃它。"熊组长连声说："吃了，吃了。"四婶说："嫌我味煮得不好是不是？"熊组长连连说："味好，味好。"四婶恼了说："味好你怎么只喝一口水？"熊组长觉得再不吃不好意思，就吃了个鸡腿子。戴副组长坐着不动，连水都不喝一口。四婶说："戴副组长你怎么不吃？"戴副组长说："这鸡吃不得。"四婶说："为什么吃不得？"戴副组长说："你们是不是天天吃鸡？你们要是天天吃鸡，我就吃。"熊组长对戴副组长说："你喝口水。"戴副组长说："喝口水也是吃。"戴副组长一副坐怀不乱的样子。四婶气坏了，把抹衣解下来，抖得一响，说："是吃不得。我下了毒药。"懒龙叔对四婶说："你发什么脾气？人家到我屋里来是客。"四婶冷笑了，说："你少说！"四婶就把戴副组长的汤掇进去了厨房，往灶台上忿气地一搁。四婶对回房里坐着的二姑娘说："槐花，你来掇去吃它。我把个女儿不上算，毒死算了。我娘儿俩没得闲心供菩萨，吃了要下畈。"四婶就不上桌子，喊槐花到厨房里吃。

懒龙叔对熊组长和戴副组长说："你两个莫见怪。乡下婆娘就这个觉悟。话没说好，对不起你两个，莫见怪。她在娘家做女儿就惯坏了。她娘家就她一个细女儿，百事依就她。"四婶在厨房里笑了起来，大声："懒龙，你队长好大个官呀？你好高的觉悟呀？觉悟高的婆娘城市里多得很，你再去找一个，配你。"懒龙叔就端饭两个工作组组长吃。熊组长还咽点荤菜。戴副组长就光咽咸菜。懒龙叔问熊组长："戴副组长是不是在要求进步？"熊组长点点头，说："是的。"戴副组长说："老熊，这不是要求进步的事。醉翁之意不在鸡。"懒龙叔说："戴副组长，你这样革起命来，叫人怎么受得了？"戴副组长说："老熊，我们下乡前不是宣了誓的吗？拒腐蚀，永不沾。"熊组长连忙点头说："老戴，你做得对。我这个人老粗出身，一到关键时候就爱忘记。"

懒龙叔脸上笑，心里恨得牙痒。他精心安排的派饭第一餐就失败了。

查成分在二货住的破窑里进行。二货住的破窑偏僻，离垸子有一箭远，避人。二货出工去了，门没有锁。二货平常就没有锁门的习惯。除了人，破窑里没有什么值钱的东西，加上沙街乡风好，夜不闭户，道不拾遗，用不着锁门，窑破，也没有像样的门可锁，就不锁了，用根细麻绳儿一系了事。两个工作组来了，整天不下畈做活，坐在破窑里做计划，他就连麻绳子也懒得系。熊组长对懒龙叔说："你去把账抱来。"懒龙叔就到畈里把他女婿会计五九叫了回来，叫五九把队里的账全抱去。五九是四九的弟。五九读了三年的书，高小毕业，懒龙叔就叫他当小会计。我们沙街以往没有会计，会计是大队从别垸派来的。沙街人总觉得别扭。五九从畈里回来了，把垸里子的账一摞抱来了。五九两脚的泥，把账抱进了二货住的窑。戴副组长怕五九泄了机密，对五九说："你去出工吧。把账放在这里。"五九把一摞账放在二货吃饭的破桌子上,对懒龙叔说:"外父,账改不得的。"懒龙叔说:"去吧,有我在这里。"五九就出门到畈里去了,边走边朝桌上的账望了好几次。

　　五九走了后,熊组长和戴副组长就盘腿坐在床上,开始翻账本子。风把外面的杨花儿从用板车钢圈做的窗子吹了进来。两个工作组坐着翻账,翻一本是工分账,翻一本是分粮的账,翻一本是现金账,再翻一本是固定财产的账。熊组长对懒龙叔说:"队长,你这是什么账?"懒龙叔说:"账全拿来了。"熊组长说:"要这些账干什么?我们说了我们这次来不管这些东西。"懒龙叔诧异了,问:"那你们要查什么账?"熊组长说:"你真不懂还是装佯?我们要查的是你们沙街的成分账。"懒龙叔说:"啊,是要查那账。那账不知道还在不在?"熊组长说:"你这个队长是怎么当的?那账怎么能不在?"懒龙叔说:"你等一下。我回家找找。"懒龙叔回家半天,找了个发黄的本子来。那个本子被屋漏水洇烂了,一页也掀不开,一本子的糊涂。熊组长敲着本子说:"我的个同志哥,你是怎样管阶级的?"懒龙叔说:"这是土改时上面发下来的一个本子,多年没用。放在屋梁上的袋子里忘记了。"戴副组长对熊组长说:"他这是束之高阁。"懒龙叔问:"什么叫束之高阁?"熊组长对戴副组长说:"老戴,你对他说话通俗一点。"戴副组长没好气地对懒龙叔说:"什么叫束之高阁?你把阶级捆了放到梁上不管!"懒龙叔笑了:"你这样说我就懂了。不是我放在梁上不管,是用不上。"戴副组长问懒龙叔:"你们沙街没有地主富农吗?"懒龙叔说:"哪来的那东西?我们沙街的人家都是逃来的,河滩野大,种得多,收得也不少,多的没得,吃的有。土改时沙街的人家都是娘和女儿比那事差不多的东西。"戴副组长对懒龙叔说:"你严肃点好不好?"懒龙叔说:"还严肃也是这样的。不信你到公社去查。"熊组长说:"怪不得你们沙街针插不进水泼不进,解放这多年还是这样个日子?"懒龙叔说:"什么办法?日子过旧了,只有这样过。"戴副组长问:"难道不可以改变吗?"懒龙叔说:"也不是没改变,五八年我们不是改种了双季稻吗?一改我们多打了好多粮食。吃饱了,男男女女的劲足了,你看这二十多年生了好多的人。"戴副组长摇头苦笑了。熊组长说:"你这个队长只会说这些话。"懒龙叔说:"熊组长见笑了,我只有这么个水平。你们忙大事。我去派中饭,不然你们就没得饭吃。成分账在这里。你们慢慢地看。要是掀不开,把本子放在水里浸,浸散了就看得见。上面的字是用墨写的,不管好多代毁不了。这是我父生前对我说的。他说读书的人厉害,他们知道人是要死的,想尽法子让字不死。"

　　懒龙叔出去了。戴副组长用了懒龙叔教的法儿,用二货的脚盆到河里掇了一盆清水,把沙街的成分本子,放在水里浸,没想到不浸则可,一浸全烂了,一脚盆的纸浆。戴副组长气白了脸。熊组长往桌上拍一巴掌，说："这个懒龙太不像话了，想跟我较量！"戴副组长说："幕后有人操纵。"熊组长说："来它一个天翻地覆，鸡犬不宁。我就不信沙街铁板一块！"

两个组长在二货的破窑里查成分的时候，陶叔牵四条大水牛正在窑场上练泥。从河边起上来的泥，黑黑的，堆在窑场上。陶叔左手牵两条水牛，右手牵两条水牛，他在中间，指挥着四条大水牛转圈儿。做窑货的泥要练，越练瓷越好。练窑泥用水牛最好，水牛蹄子大，劲足，踩进去拔出来，一遍响。陶叔练窑泥与巴水河边的别的窑匠不同。陶叔练窑泥是练欢乐，陶叔要把日子里的欢乐练进泥里去，烧出的窑货就都是正货，底圆口正，出窑之后一片灿烂地堆在龙山上放霞光，沙街人分到后就全是欢乐。每次练泥，陶叔都要沐浴更衣，清心寡欲，择大好的晴天练。沙街人怎么也忘记不了解放的那一年，那一年陶叔给沙街人练了一场好泥，烧出来的一窑货真是爱死人，好得沙街人都舍不得拿出来用。两个工作组组长在二货的窑里查成分的时候，窑场上练窑泥的陶叔，没有像往年那样唱黄梅戏。陶叔牵着四条大水牛，默默地在窑场上转哑巴圈儿。天暖了，河风在阳光里明亮了，杨花柳絮漫天飞过了；河畈锄出来了，棉花和花生绿得再也伸不进锄；湖水清了亮了，荷叶如伞，莲花红的红了，白的白了。陶叔那时候在那样的好景色里没有唱人间的欢乐。沙街的人们没有听到练泥的陶叔唱人间的欢乐，心里就惶惶的。

往年的这日子，窑场上练窑泥的陶叔，正是阳光明亮唱人世间欢乐的日子。春日野长，一场窑泥要练三四天，三四天就是那样的——一个人牵牛打转，把人世间的欢乐唱进泥里去。人间的欢乐莫过于唱黄梅戏。打猪草、推磨、报花名、看灯、砍柴，等等，唱出来就全是人世间的欢乐。陶叔就在练泥场上唱黄梅戏。吃了早饭后牵牛下泥场，他就开唱，边唱边转，边转边唱。陶叔唱《天仙配》，是从头唱起，唱整本的。一本《天仙配》唱完了，正好是一上午。陶叔一会儿唱花旦，"树上的鸟儿成双对"，一会儿唱小生，"绿水青山展笑颜"；一会儿"你耕田来我织布"，一会儿"我挑水来你浇园"。唱到高潮时，收工的四婶就到菜园摘菜来了。四婶的菜园子在龙山上。四婶摘了菜，听迷了，抱着菜，站在泥场边上不走。陶叔唱到"你我好比鸳鸯鸟"，四婶在旁边冷不防接一句高腔"比翼双飞在人间"！陶叔抬头一笑，说："你又来插花儿！"四婶抱着菜说："戏是两个人唱的，男唱女唱，才是人世间真正的欢乐。来，我两个唱一段。"陶叔心里就温暖得一动。四婶知道陶叔的婆娘死得早，心里寡味。四婶就同陶叔唱《夫妻观灯》，唱得河风活了，河水欢了，太阳笑了，四婶这才抱菜回家煮中饭。

陶叔练泥时不唱人世间的欢乐了。陶叔在泥场上牵牛转哑巴圈儿。那天收工回家做饭的四婶，菜还是照摘。摘了菜的四婶，把菜抱在怀里，站在泥场边，对练泥的陶叔说；"陶哥，你怎么不唱欢乐？"陶叔说："我在唱。"四婶问："我怎么没听到？"陶叔说："我的心在唱。"

就在这时候垸子里突然起了一阵旋子风，卷起树叶儿竹叶儿在空中乱转。鸡飞了狗跳了。坐在池塘边上洗麻的仙女突然哭了起来，丢了手中洗的麻，披头散发地朝畈里奔，一路奔，一路惊天动地地哭。仙女她是十八岁那年看黄梅戏看疯的。那年沙街大熟，大熟之年沙街人就爱叫戏班子来唱戏，一唱就是十天半月。仙女看上了那个黄梅戏班子里饰王小二的男伢子。仙女要跟王小二走，王小二开始答应了，后来戏班子夜里突然走了，王小二没有带仙女走，仙女就疯了。疯女儿，三十多岁还是个女儿。疯了后，她别的不会做，只会洗麻。仙女天生有一头的长发，洗麻之前，她先洗她的长发。她把她的长发在清清的池水里洗干净了，然后开始洗麻。她坐在池塘边上青石板上洗，一天到晚同水说话。她不会笑，只会哭，一哭起来，就没完没了，她一哭起来就泪流满面。她一哭沙街就不会太平，沙街准有事要出，灵得很。我们沙街人有句说语，叫作"不怕六碗笑，就怕仙女哭"。

仙女一路走，一路惊天动地哭着，朝河畈里奔。在河畈做活的沙街人听了仙女的哭，停锄说："他娘的瘟，又出鬼！"仙女她哥惊蛰上前照脸打了仙女一巴掌，居然把从来不笑的仙女打笑了。仙女哈哈大笑了起来，两眼盯着望着天上的太阳，先是黄梅戏的韵白："有好日子过呀，有好日子过了！"然后两手捏起兰花指，唱了起来："郎对花女对花，一对对到田埂下。"唱到田埂下，仙女就躺到青草的地上了，眼睛望着天上的太阳，仍是唱："丢下了一颗籽，开了万朵花。"把一畈的沙街人惊得不知所措。

第五章

二货收工回窑时，天还没黑。戴副组长正在窑门口，就着亮擦罩子灯。

如果说两个工作组组长与沙街人有什么特殊的话，那就是罩子灯。沙街的人家那时候都没有罩子灯，两个工作组却有。那时候沙街的人家每家每户都点柴油灯，一根灯捻子放在墨水瓶里，灌上油点燃，一豆昏黄的亮，照着日子。沙街的人家点不起罩子灯。罩子灯点的是煤油，煤油要供应，凭票。那时候煤油很紧张，平时不供应沙街人，只有过年的时候每户才供应一点，半斤。种田的沙街人天有亮的时候在畈里做，中午着人送到畈里吃，天没亮的时候才回屋里吃，吃饭不需要很大的亮，嘴巴比鼻孔大，不担心吃到鼻孔里，点柴油灯就可得，不需要点煤油的罩子灯。那时候下乡的路线工作组有煤油供应，因为他们要点罩子灯。他们不点罩子灯不行。他们每天夜里要学习，要眼明心亮。熊组长不爱擦罩子灯。擦罩子灯是件很麻烦的事。熊组长擦罩子灯总也擦不干净。熊组长手指头太粗了，又没耐心，动不动把罩子擦破了，熊组长就不擦，所以每天晚上学习用的罩子灯就总是归戴副组长擦。戴副组长人纤长，手指头也纤长，把眼镜戴了，瞅得认真，擦得仔细，边擦边朝罩子里呵气，擦出来的罩子，连个手纹印儿都没得，捧在手里对着亮儿看像捧个姑娘的奶子，真叫沙街人羡慕。

  二货放了肩上的锄头，进窑。戴副组长就把罩子灯擦好了，仔细地上了油。擦根火柴，点了，就一窑的亮，亮得像白昼。二货就不急了，不急着烧火煮粥，坐在破窑里灶门旁烧火的凳上看亮，心想，亮真是个好东西，有亮了破窑也变得干净，人也觉得舒服。戴副组长问二货："你怎么不煮粥？"二货说："急什么？吊颈也要歇口气。"戴副组长叫二货早点煮粥吃，是想二货早点煮粥吃了后好出去，他和熊组长好学习。懒龙叔知道两个工作组每天雷打不动要学习，就每天叫派饭户的女人早早地从畈里回来做饭他们吃，让他们吃了好学习。那天二货看见了一窑的好亮，心情好，成心跟两个组长作对，不急，不像往常那样一放下肩上的锄头就下灶煮粥，煮吃了碗也不收就出去。戴副组长见二货那个样子，知道再催无用，就拿出了原著和笔记本，问熊组长："是不是开始学？"熊组长说："莫慌，我还没准备好。"

  破窑里的亮太好了，透过窗子朝外射天。入夏了的河边，夏天的蚊子特多，蚊子也择这个好季节吸血，拼命地繁殖后代。蚊子们又好赶亮，就纷纷地飞到破窑里来了，团团地围着明亮的罩子灯，扑不停。明亮的灯光里，破窑里有三个铺。二货和戴副组长的铺没帐子，熊组长的铺有帐子。下乡第一天，熊组长把背包打开露出了一铺单人帐子；戴副组长把背包打开露出来的是原著——《共产党宣言》《资本论》《湖南农民运动考察报告》。戴副组长问："老熊，你怎么把帐子带来了？"熊组长说："哪是我带来的。是我老婆瞒着我塞进来的。"戴副组长说："主人没有帐子，影响不好，收起来吧！"熊组长说："带来了就挂起来。我不帐，让主人帐。"二货冷笑了，说："熊组长，你不要害我。我睡你的帐子。你还要我在沙街过日子不？我睡你的帐子，沙街人怎样看我？笑话！我要是知道你带了帐子，我就不要你进我的窑。"熊组长笑着说："我进来了，你总不会把我赶走吧？"二货鼻子里哼一声。熊组长笑着说："带来了你就让我挂，你就像没看见。"戴副组长坚持和二货同甘共苦不挂帐子睡。戴副组长一夜下来，就一身的红疙瘩，痒得吃心，抓也抓不赢。戴副组长早早地醒了，翻身坐起来，用手扶着近视眼镜，研究睡着未醒的二货。二货身上一个红疙瘩都没得。戴副组长自言自语地说："怪事，沙街的蚊子会认人，咬我不咬他。"二货笑醒了，坐起来说："我身上的血苦，你身上的血香。"戴副组长说："这恐怕是真的。"二货不笑了，对戴副组长说："你趁早回去。不回去，你身上的血会吸干的。"戴副组长说："用不了多久，我身上的血也会苦。"天亮后，二货下畈时就把这当笑话说给沙街人听。沙街人听了笑，笑了之后，又不笑了，说："唉，没办法，这回遇到个真角了。"

　　破窑里，罩子灯亮着，蚊子绕着罩子灯飞。亮光里，熊组长就做他的准备。熊组长爬上了铺，把帐子放下来，赶了蚊子，帐子扎好，拿着红壳儿的笔记本盘脚在帐子里坐好了，对戴副组长说："好，开始学。"熊组长识字不多，写字也是铜钱大的一个个，学原著，全靠戴副组长先念后讲，他手里拿支铅笔，在本子上不时地画几个字。戴副组长的血还没有练苦，沙街的母蚊子就进攻他，从脚下到身上到头上，朝露肉的地方咬，不露肉的地方，隔着衣服咬。抗不住，戴副组长起身拿水桶下河提了一桶水，放在坐凳下，双脚插进水桶里，继续念原著，继续给熊组长讲。还是抗不住，二货就从壁上取下戴副组长穿的雨衣，给戴副组长穿上，让戴副组长只露一张脸和一副眼镜。蚊子再也咬不着他，但一会儿戴副组长脸上的汗就下来了，流水一般。二货煮熟了粥，把粥掇到桌子上，挨着戴副组长喝。他见戴副组长那个样子，忍不住对熊组长说："都是娘生的，你也太舒服了。"熊组长听了，一把掀开帐子，说："老戴，今天我们不学原著，换个法子。"戴副组长说："按计划，这一章还没学完。"熊组长说："明天再学不迟。"这时候二货就把粥喝完了，掇着空碗。熊组长伸了个懒腰，笑着对二货说："马柳生同志，陪戴副组长和我出去走走怎么样？凉快凉快。"戴副组长心领神会，摘下眼镜擦汗，对二货说："对，对，陪我们走走，凉快凉快。"二货就是从那时候开始中圈套的。二货开始同情戴副组长，之前以为熊组长是圈套，心里一个劲地提防着熊组长，哪知道后来他发现熊组长不是圈套，他同情的戴副组长恰恰是圈套，他不知不觉地中的是戴副组长设的圈套。所以后来二货恨戴副组长，比恨熊组长还厉害。

　　熊组长叫二货叫马柳生，后面还加了同志。二货听了觉得很陌生，想，这屋里谁叫马柳生同志呢？仔细一想原来是叫他，他原来就是马柳生同志。马柳生是他父生前给他取的名字，写在分粮和记工分的本子上，垸子里的人从不叫他叫马柳生，叫他叫二货，使他忘记了。现在熊组长一叫，使他想起来了。二货想起来之后不好意思地朝熊组长咧嘴一笑，说："熊组长，这样热的天，是要出去凉快凉快，在我窑里热死了人，懒龙要找我罪问的。"二货那时候心里防着熊组长，知道熊组长说换个法子，邀他出去，没得好事，是想发动他。每回工作组下垸来，头一个发动的就是他，搞多了，他知道。二货对熊组长说："有烟吸吗？我这个人不做活就爱打渴困。"熊组长笑了从口袋里掏出个蓝盒子，蓝盒子是"游泳"。"游泳"是好烟。二货见了"游泳"，说："这还差不多！有'洗澡的'吸，我没得渴困，随你们走，一夜走到天光也可得。"

　　熊组长从盒子里抽两支烟出来，点上了火，给二货一支。二货接了后，一口吸去了半截儿，把烟从鼻孔里一丝儿一丝儿地朝出吐。二货问："熊组长，朝哪里走？"熊组长说："你把碗洗了再说。"二货说："洗什么？明天还要吃。"熊组长说："我们朝河边走。"三个人出了窑门，河堤上绿绿艾艾的，都是树和竹子。从河里起来的夜风，凉爽。河水在月光下清清地流，有鱼儿跳在细浪上。夜风里，二货说："走河好哇，河走完了是江，江走完了是海，海走完了是洋。"熊组长对二货说："你很会说话。你其实能当干部。"二货说："我哪里能当干部？我这是学话说。"熊组长说："当干部没得巧，只要学话说得好。"二货说："我要是能当干部就好了。我要是能当干部，婆娘就会送上门。我就什么都不消做得，专门吃干部饭。"熊组长说："你知道你为什么没有婆娘？"二货说："你说为什么？"熊组长说："是你没当干部。"二货笑了说："熊组长你太英明了。"熊组长问二货："你想不想当干部？"二货咧着嘴说："想呀，我做梦也想当干部。就是没人要我当。"熊组长说："你想当你就能当上。"二货说："熊组长，你真会说笑话。我要是能当干部，那狗子不也能犁田？"熊组长说："你要是听我的话，明天我就让你当干部。我发一句话，你就是队长。"二货说："算了，每回工作组下来就让我当队长，我当了好几回的。每回当了三天，沙街人就不让我当。我当不了。沙街人说我当队长，大儿细女要饿死一层。"熊组长说："那你不总也找不到婆娘？"二货说："找不到算了。"熊组长说："马柳生同志，你还想抽烟不？"二货说："熊组长，我还想抽。"熊组长又抽一支烟给二货。吸着烟，熊组长问："马柳生同志，你为什么不恨？"二货说："我恨什么？"熊组长说："人家有婆娘有瓦屋住，你没有。"二货说："我恨什么？我没婆娘没屋住不怪别人。"熊组长问二货："你家穷了几代？"二货说："穷了八代。"熊组长问："你父亲是做什么的？"二货说："我父死了埋了招山去了。"熊组长说："我问你，你父亲生前是做什么的？"二货说："他做什么？他给陶家挑窑泥。"熊组长说："那不是长工？"二货说："他不做长工能做什么？不跟陶家挑窑泥，只怕早就饿死了，饿死了连我都没有。跟陶家挑窑泥总算有了我。他是个哑巴。"熊组长说："你知道不知道陶家剥削了你父？陶家的屋、陶家的婆娘其实是你家的。"二货说："这我知道。土改那年分了成果的。我家分了陶家的两间青砖瓦屋，家具全带，我家只要搬进去住。我父那个哑巴畜牲，我娘死了后，他就乱搞，以为他是主人，天老大他老二，又喝，又赌，把两间青砖瓦屋拆了喝了赌了，我长大了，他就死了，我没得屋住只好住窑。"

熊组长见二货启发不了，把空烟盒一捏，朝河里一丢，说："个狗日的，烟抽完了，回去睡觉算了。"戴副组长说："熊组长，我热了，让马柳生同志再陪我凉凉。"熊组长没好气地说："你凉，你凉，我知道你书读多了，有对牛弹琴的瘾。"熊组长就回窑钻帐子睡觉去了。二货对戴副组长咧嘴一笑说："那个牛走了也好，一点人味都没有。总是问那些原话，不知道换点新东西。那些话我耳朵听起了茧。他认为他聪明，说我是牛，他更是牛，我是牛还穿了鼻，他连鼻还没穿。"戴副组长笑了，拍了拍二货的肩膀。戴副组长和二货继续走河堤。戴副组长和二货转到了河边的柳林子里。河边的柳林子密，密得连风都是凉的。月亮升起来了，柳林外，一片的光明，河水在月光下闪亮。二货摘了脚上的一只鞋，放在屁股下，张着膀子一屁股坐了下来。戴副组长放张报纸在屁股下，坐了。二货笑了，说："你们那东西爱湿，没有鞋垫得好。"戴副组长就撤了屁股下的报纸，脱了脚上的鞋，垫着，像二货那样地坐了。二货向戴副组长伸出两个手指头。戴副组长说："对不起，我不抽烟。"二货说："你连烟都不抽，下乡搞个什么路线教育？"戴副组长说："人与人不同。"二货笑了，说："算了，跟你一起好玩，我就不抽你的烟。"二货拿出自己的九分钱一盒的"经济烟"，对戴副组长说："你抽不抽一支，这东西解闷好。"戴副组长说："赵钱孙李，各人所喜。我不爱这东西。"二货笑着说："你不爱的东西我爱。我就不客气。"戴副组长说："你抽你的。"二货点火抽了一大口，说："他娘的瘟，这地方搞皮绊好。"戴副组长说："这地方是做那事的好地方。"戴副组长就是在这时候开始下套子套二货的。丧失警惕心的二货那时候却浑然不知。

这时候柳林子外月光下，沙街就响起了情歌声。

这样夏天的夜晚，正是沙街的姑娘们向娘和婶学情歌的好时候。这样有月亮的夏夜，沙街的日子真正是风含情水含笑。月儿升到了柳树的梢头上，月亮像雪白的帐子，帐着垸子和河边，驱蚊的艾把燃了起来。若明若暗的月光下，乘凉的竹床儿排开了，男女分开，说是男人不搞女人行，鲫鱼不跳鲤鱼塘。女人的天地里就是彻夜的情歌声。沙街一代代的爱情就生长在这些情歌里。柳林子外，月亮底下，四婶嘹亮地唱了起来。陶叔白天练泥时不敢放声用心唱，她四婶怕什么？她敢放开喉咙唱。她要是不敢放开喉咙唱，她就不是四婶。这时候小的们就在旁边围着，小槐花看着她娘唱，一双溜溜的大眼睛放着青翠的光。四婶唱的是《插秧情歌》。《插秧情歌》本来是欢乐调儿，四婶就有那本领，那天夜晚把那调儿唱得哀婉极了，唱得揪人的心。四婶手里拿着麦草扇子，一下下拍着胯子，哀婉地唱："畈里插秧排成排，一对斑鸠飞过来，母不开口公不叫，妹不点头哥不来。"柳林子里的二货听呆了，说："出鬼了，这婆娘为什么要这样地唱？"戴副组长问二货："唱哀了是不是？"二货高兴了，说："戴副组长，你也知道，你内行嘞？"戴副组长说："这个情歌要唱欢腔是吧？"二货说："对确。"二货想说外面的话儿，把"正确"说成了"对确"。戴副组长对二货说："你们沙街真是神仙过的日子，队长的婆娘唱得真好。"二货说："这算什么好？"戴副组长笑了，问二货："还有比这更好的？"二货说："有啊，我们沙街会唱的都是会说的徒弟。"戴副组长说："那真算巧事儿？说的有唱的好！今天你就说个我听听！"二货说："我不会说，我只能说个大概。"戴副组长说："你说个大概就要得。"二货就好笑，心里："你要听是吧？你要听我就讲给你听听，让你开开荤。你这个可怜的书呆子，怕是一辈子没听过这样的故事。"

柳林子外月亮底下的情歌儿唱得正欢。二货像说书人那样地盘脚坐了，对戴副组长弄起了玄。二货清清喉咙，用胯子当鼓，用根手指头当鼓槌，敲了起来："咚不龙咚咕，咚不龙咚咕，咚，咚，咚。"三声响，静了鼓，然后左手的巴掌当板，对着胯子拍了起来，挂了四句签："一根丝线抛江中，先钓鳖鱼后钓龙；八十岁的婆婆坐花轿，月窝的伢儿发酒疯啦——！"唱了，停了鼓板就说："自从盘古开天地，三皇五帝到如今。我们沙街别的没有，多的是故事。各位看官，今天我不讲别的，单挑好的讲，讲的是我们沙街故事的娘——'五寸长'的故事。为什么说她是我们沙街故事的娘呢？因为我们沙街一切荤歌荤话荤故事都是她生的，没她就没有天没有地没有男没有女，什么都没有了。"戴副组长笑了。二货指着戴副组长说："你这位看官不要笑，没有她，也没有你！你信不信？"戴副组长不回答。二货用手指着自个儿的鼻子说："你不信我信。"戴副组长就拿出笔记本子来，准备记。二货指着戴副组长说："你这位看官，记什么？我说的这个故事，书上写的有。白纸黑字地印着，你还记什么？"戴副组长说："请问先生，哪本书上记的有？"二货唱了起来："若问这个故事哪本书上记的有，做窑的姓陶的家里，你去看分明——！"

二货好吃懒做，曾经跟瞎子六爹学说了三个月的书。终因不认得字，全凭瞎子爹肉口传，又不肯吃苦，不成正果，只好作罢。二货用他半吊子说书的水平，在柳树林子里，把沙街"五寸长"的故事，给戴副组长讲了个全本。二货讲完了，戴副组长喊了一声"好"！二货问戴副组长："是真好还是假好？"戴副组长说："是真好。"二货高兴了，抓抓头说："唉，不跟师傅一路，我就聪明，还像那回事儿嘞。"

二货对戴副组长讲完我们沙街"五寸长"的故事时，月亮暗了。柳树林子外的沙街，四婶唱起了《十恨》。四婶的歌声更加地悲了。四婶如泣如诉地唱："一恨我的娘，我娘无主张——！"听得二货呆了，身上一阵阵地发冷。二货两眼惺惺地盯着戴副组长，突然醒了，对自己的嘴打了一巴掌，说："哎呀，个狗日的，我上了你的当！"

第六章

吃过早饭，沙街人都下畈做活去了，熊组长和戴副组长回二货的破窑。

下乡已经好长时间了，路线工作还没有进展，熊组长心情不好，闷闷地坐在铺上吸烟。熊组长把吸剩的烟蒂儿朝破窑旮旯里二货的尿桶子中丢，烟蒂儿丢到尿桶子里滋滋地响，烧起骚味儿。熊组长说："沙街这鬼地方，真是封建王国，铁板一块，针插不进水泼不进。"这时候戴副组长笑了一声。熊组长问戴副组长："你笑什么？"戴副组长说："只要深入，办法还是有的。"熊组长听戴副组长这样说，心里不悦，就坐端正，把本子摆好，对戴副组长说："好的，我听听戴副组长的高见。"熊组长心想："我看你这个书呆子有什么办法？"戴副组长知道熊组长是在敲他，瞧不起他，以为他没办法，也不恼，慢条斯理地，把昨夜里在柳林子里，从二货那里探得的"五寸长"的故事以及线索说给熊组长听。

戴副组长说故事说线索时，熊组长边听边朝本子上记，大个的字写得飞快。戴副组长说了故事和线索之后，还想对熊组长说说他利用故事和线索开展工作的几点意见。那夜从柳树林子回来，戴副组长很兴奋，通过思索后把他的几点意见写在本子上了，他认为他的几点意见很好很有效，这时候他就有表现欲，想把他的意见说出来。戴副组长刚想说他的意见。一个劲在本子上写的熊组长，也不抬头，用一只手摇，对戴副组长说："算了，老戴，你就说这么多。"戴副组长就把话吞了回去，心里不是个滋味儿。戴副组长不讲了，熊组长仍在他的本子上写。写阿拉伯数字，1，圈圈儿，大个的字，几个字就是一页，翻了又写；2，圈圈儿，又是一页，翻了写；3，圈圈儿，写。戴副组长闷着张脸，把自己的本子合上了，看着熊组长写本子，便一个劲地喝开水。

熊组长写完了，看着本子，笑了，说："他娘的，有时候刁德一是要比胡传魁强。"就从烟盒子里抽烟出来，顺手丢一支给戴副组长，自己含一支点火了吸。戴副组长没好气地说："你知道我不吸烟的。"熊组长说："这一支你吸它。"熊组长吐着烟说："老戴，以后你就专门做这方面的工作，这方面的工作你这样的人做最合适。"戴副组长没好气地说："我是特务？专门收集情报？"熊组长说："老戴，你怎么这样说话，出身不由人，道路可选择，派你下乡搞路线教育是党对你的信任。你不要忘了，你还是个发展对象。"戴副组长写了入党申请书，组织正在培养他。戴副组长沉默了，沉默了半天，说："熊组长，沙街下一步的路线教育工作怎样搞，我有几点看法，想说出来供你参考。"熊组长笑了。熊组长说："老戴，这要你操什么心？我不知道怎么搞吗？我是做什么的？我不知道怎么搞，组织上派我下乡做什么？你跟着我就行了，把记录做好。"戴副组长的脸白了，就不朝熊组长望，移眼睛看窑外，看窑外一地的好阳光。

熊组长情绪好了，就不管戴副组长的情绪。熊组长用铅笔敲着本子，对戴副组长说："老戴，你到畈里去把懒龙队长给我叫回来。"戴副组长看着窑外，说："我不舒服。"熊组长望着戴副组长，说："还是毛主席看得准，你们知识分子就是毛病多。"戴副组长不回答，撇嘴笑了一下子。熊组长说："你不去叫算了。我找个人去叫。我看你做什么？"说完起身就走。戴副组长没有办法，只好跟着他朝外走。

戴副组长跟着熊组长来到了三婆家。三婆坐在门口树荫里打草要子。她的哑儿六碗挑担桶，从井里提水回来。六碗高一脚低一脚，两半桶水荡荡洒洒的。三婆起身要倒茶给两个组长喝。熊组长说："刚吃粥，不渴，不喝茶。"三婆问："两个组长有什么事？"熊组长说："没什么。叫王得刚同志跑趟路。"三婆见工作组组长叫她的儿叫得刚，脸笑成一朵老菊花，就把她的儿指到熊组长面前。六碗放下桶钩和扁担，咧着嘴满脸微笑地来到熊组长面前。熊组长对六碗伸出了大拇指，意思是叫他到畈里去把队长叫回来。那知道六碗把意思领会错了，以为熊组长夸他说他是沙街的老大。六碗满脸的笑，对熊组长伸出大拇指，说熊组长是老大。戴副组长笑了起来，看着熊组长和六碗在树荫下对夸。六碗在队里打锣，女人做饭，男人收工全要听他的。他不把锣提到岗头上去打，女人就莫想回来做饭，男人就莫想回来吃饭。懒龙叔当年把锣交给六碗打时，对六碗伸的就是大拇指，说他是沙街的老大。六碗笑了，对懒龙叔伸大拇指，说懒龙叔是老大。懒龙笑了，伸出食指，说他是老二。六碗懂事，对懒龙叔伸的还是大拇指。六碗打锣爱随心所欲，迟和早，那要看沙街人对他的态度和他的心情。本来六碗什么时候打锣，他娘根据屋里亮瓦儿透过的四季太阳的照射，都在墙壁上划好了道道，他娘叫他什么时候去打，他就应该去打，但六碗不全听他娘的话。沙街人对他好，他心情好时，他就早早地把锣提到岗头去打了。女人做饭的锣是一声声地响，当，当，当；男人吃饭的锣是两声两声地响，当当，当当，当当；他高兴了，就把做饭锣当吃饭打了。锣一响，畈里做活的沙街男女就一窝蜂地收了工。懒龙叔哭笑不得，吼也吼不住，也收了工，说："你这些狗日的，我就让你们回去歇，看你们有什么味？"六碗觉得沙街人对他不好或者阴天他心情不好时，他就久久地不提锣上岗去打，让畈里做活的沙街男女饿断清肠，望穿眼睛。所以沙街的男女见了六碗，就对他伸大拇指，说他是老大。六碗对给他伸大拇指的沙街人也伸大拇指，说他们是老大。上学的孩子当然也是这样。上学的孩子那时候最大的理想就是长大了打锣。有一天父亲问我长大了做什么时，我犹都没犹豫就说："我长大了打锣。"父亲给我一栗包，又问我痛不痛？我说："一点儿也不痛。"父亲又给了我一栗包，问我还痛不痛？我说："还是一点儿不痛。"父亲就笑，笑出了眼泪。日子是很愉快的，充满着智慧和欢乐。

六碗在三婆的帮助下，终于弄清楚了熊组长对他伸大拇指是叫他下畈去把懒龙叔叫回来。六碗趔趄地去了。太阳在河畈里蒸起了一层的雾，雾里尽是霭霭的绿，那绿在风里如云如浪。云里浪里满是人和牲畜的声音，当然还有啾啾的鸟叫。六碗看到了这些声音，一个劲地望天上的太阳，一个劲地咧嘴笑。

熊组长把懒龙叔叫到了二货住的破窑里。熊组长对懒龙叔说："队长同志，为了沙街路线教育工作顺利开展，今天我要问你一件事。"懒龙叔说："你问，只要我知道的。"熊组长说："你们沙街是不是有个'五寸长'的故事？"懒龙叔一惊，马上笑了起来，说："有这个故事吗？我为什么没听说过？"熊组长说："你是不是真的没听说过？"懒龙叔说："听说过就听说过，没听说过就没听说过，我跟组织说什么假话。"熊组长说："队长同志，今天你说的话要记一记。"熊组长对戴副组长说："老戴，你记一记。"懒龙叔愣住了，接着就笑，对熊组长说："熊组长，你不要急吵。你让我回忆一下子吵？我们沙街的故事太多了。我从小伢长到大人，该听了多少故事。你一说我就记起来了，哪有这好的事。你不要动不动就拿记本子吓我吵。"熊组长说："那你就回忆回忆。最好是今天你回忆起来，来跟我说，我等你。"懒龙叔说："那可得。熊组长你好好地休息。我到畈里边做活边给你回忆。回忆起来了，再来跟你和戴副组长汇报。"

懒龙叔到了畈里，把二货叫到了梨子树脚下。二货知道懒龙叔叫他不是好事。二货仰头看梨子树，梨子树好高好大，树上的梨早下了，剩些叶子，树顶上还有一颗收剩的梨。二货说："队长，你看，树顶还有一颗梨呢。我上树去打下来，我们俩吃，肯定甜。"懒龙叔对二货吼："二货，你跟我少打野些。你跟两个组长说了什么？"二货说："我跟他们有什么好说的。"懒龙叔摊开了巴掌，又问："你是不是肉痒了。"又问："你是不是跟他们说了'五寸长'的故事？"二货说："哪是我说的？"懒龙叔问："是哪个说的？"二货嘿嘿地笑出了声，指着自个的嘴，说："不是我说的，是它说的。"懒龙叔气不过，朝他奔拢过去，说：

"好，不是你说的，是它说的，那我就打它。"他一巴掌过去，二货的嘴就流了血。二货伸巴掌把血一抹，说："你怎么打人？"懒龙叔说："我又没打你，我打它。"二货说："你打它，它还不是我娘身上的肉吗？我娘死得早，成了灰，只剩这块肉呢。"懒龙叔厉声地问："说，是不是你说的？"二货把掌上的血朝脸上一抹，成了个血脸，呵呵笑着对懒龙叔说："我的儿，是我说的呀。我说了，你把我的鸟咬去！沙街有没有这个故事？有，老子怎么又说不得？说了，说了。你莫以为你有几斤蛮力，老子打不赢你。你再动手试试？"懒龙叔问："再动手你怎样？"懒龙叔以为二货要与他对打。哪知道二货说："你再动手，老子就喊冤。"懒龙叔气得脸白了，说："你喊，你喊。我听你喊！你那血脸，你喊冤肯定效果好。"二货朝巴掌上啪啪地吐唾沫，吐得满巴掌都是，再用两个巴掌朝脸上一抹，抹干净了血，说："老子不喊。"懒龙叔说："你怎么不喊？"二货说："老子这回让你。二回你再动手试试。"二货拿起锄头，走出梨树林，锄地去了。太阳下，二货发狠地锄，锄得河畈颤。懒龙叔望着太阳下那个孤影子，忍不住地心酸了。

  吃过中饭，两个工作组组长夹着本子到懒龙叔家来了。懒龙叔起身笑着说："两个组长有什么指示？"熊组长马着脸说："你把我说的事忘记了是不是？"懒龙叔说："啊，你问的那个事哇！有那个事。我记起来了。那是我到公社开会时，过路的疯子对我说的一个故事，我觉得好玩回来就对沙街人讲了。"熊组长厉声地问："队长同志，不是你讲的吧？"懒龙叔说："是我讲的。"熊组长愤怒了，拿着茶碗盖子就往桌上一巴掌，说："你到现在还在欺骗组织！你是什么党员？你以为我们都是来吃干饭的？由你编？谁说的我们全知道了，都记在本子上了。你想包庇坏人办不到！下午不下畈了，开会！我不把你们沙街的水搅浑，我还下乡当什么路线工作组组长？你知道不知道我不把你沙街的水搅浑，就现不出乌龟王八来，现不出乌龟王八，沙街的路线教育就无从下手？"懒龙叔对熊组长说："熊组长，晚上开会好不好？桃子树畈还有五亩田没插完哩，今天不插完要误季节的。误了季节就要少收粮食。"熊组长说："不行！我们宁要社会主义的草，不要资本主义的苗。我命令你马上通知开锁门大会！学校放假，全体学生都参加！"懒龙叔喘着气对熊组长说："熊组长，学生小，就不参加。"熊组长厉声说："戴副组长你到公社去一趟，叫武装部长派民兵来把他带到公社关起来！我就不信挤不破沙街这个脓包！"小槐花见熊组长要带他父到公社，吓得眼泪流出来了。四婶在猪圈里喂猪，听见熊组长狠训他男人，把两个抢食的猪，一脚一个，踢得嗷嗷叫。四婶高声叫："你这两个畜生，把你胀糊涂了，还咬人呢？"四婶提着猪食桶出来了，对正在哭的小槐花说："细婆娘，青天白日的，又没死人，你哭什么？"四婶把猪食桶朝熊组长面前一搁，说："熊组长，你把这个东西抓去关着，明天你到我家吃派饭,我保险杀鸡你吃,要你吃得几好过!我多时想叫你们把这个东西抓走,这个没用的东西留着做什么?人家男人上战场死都不怕,他裆里夹两个卵子连会也怕开?"四婶走到懒龙叔面前,对懒龙叔说:"这个会你开不开?你不开我去筛锣开!不就是开会吗?开会也怕,你托什么人生?还人头狗脸地当队长?"懒龙叔说:"你个婆婆知道什么吵?"四婶两手的猪食,把腰一叉,指着懒龙叔说:"一没杀人,二没放火,怕什么开会?"

太阳刚过中天,沙街的蓝天上,那时候一丝儿云朵都没有,正是静的时候。一肚子气的懒龙叔把六碗的锣提到岗头上急急地筛了起来,一气乱敲,边敲边念经似地吼:"开会,开会,开会!开会,开会,开会!"锣心的铜打破了一块,掉在岗上的麻骨地上,溅出火星儿,蓝蓝的一亮。门前湖里的鱼乱跳了,纷纷地溅水起浪。天上的日头,晃晃地摇。

第七章

会在河边柳林子里开,全沙街所有的人都参加。

走得动的老人,走不动的孩子都去了。四九哥停了课,带着庙里的四、五年级也去了。熊组长有命令:不去参加会的,见人扣五十个工分。老的小的不能做工分,扣家里能做工分的。沙街一个整劳力,在河畈里累死累活,做一天才十个工分。五十个工分,得父亲做五天,谁敢不去?

河边夏天的柳林子好茂盛,人走进去就不见了天上的太阳。沙街的杨柳林子好大,是祖先栽下的防浪林子。自从祖先在河边栽下这片柳林子后,日子就一直茂盛着,人丁也一直茂盛着。外垸的人看沙街的日子和人丁是否兴旺,不看别的,就看河边这片柳林子。柳树的生命力极旺盛,只要栽下老树,就无须再栽。一年一度,老树们的根露出地面,就萌生新绿,顺着河堤长。沙街人会在秋天里,用锯伐老树,锯成一段又一段,放在清清的河水里浸着,做成水车的叶子,车清清的河水,浇灌河畈,滋润日子。河边的男女都离不开这片柳林子,那人之初阴阳合一神魂颠倒热汗淋漓的爱,在这里进行,先是野合,然后明媒,才再是家合。

全垸的男女老少进了柳林子后,熊组长在四周布了哨。只准进,不准出。熊组长组织了十个年轻人放哨,给每人加十个工分,发了红袖章,宣布他们为基干民兵。熊组长是农村工作的老手,做起这些来,得心应手,黑胖的脸上像上了釉,很滋润,很有光彩。哨布好了,熊组长就叫会计五九,照着分粮食的簿子一家家地点名。点一个人，要像当兵的那样大喊一声"到"。不大声喊"到"不行。不大声喊"到"的，重来。沙街的男男女女不太习惯，一般的都达不到要求，有的重来两三次，有的重来五次才有点像。只有二货做得最好。五九点二货名的时候，二货霍地站起来，双脚并拢，立正敬礼，扯着嗓子喊了一声："到！"一副正斤八两的样子。柳树林子里的沙街人一齐笑了起来。戴副组长忍不住也笑了起来。熊组长虎着脸，一吼："笑什么笑！"戴副组长的脸一下子涨红了。沙街的男女老少一个个被熊组长弄得很惊奇很新鲜很兴奋很紧张。密密的柳林子里，有人开始喘粗气，冒出汗来。

　　五九拿着分粮食的簿子点完名，坐了下来。熊组长不问五九，问懒龙叔："人都到齐了吗？"坐在地上的懒龙叔啜嚅着说："到齐了。"熊组长盯着懒龙叔，问："是不是都到齐了？"懒龙叔说："都到齐了。"熊组长生气了，从口袋里掏出任命的红头文件，翻开拿着走到懒龙叔面前，对懒龙叔说："队长，不要怪我了。组织上派我来，我就要公事公办了。我再不公事公办，对得起组织吗？完得成组织交给我的任务吗？你以为你是沙街的队长，你是沙街的土皇帝，沙街是你的天下，你天不怕地不怕惯了。你听着！现在我就让你有点怕处。"懒龙叔低下了眼睛。熊组长踢了懒龙叔一脚，吼："你给我站起来！"那一脚很重，踢得懒龙叔皱紧了眉。沙街的男女老少都惊呆了，头皮发麻，肛门发紧，没想到熊组长连懒龙叔都敢打。懒龙叔抬头望着熊组长，厉声地问："你怎么打人？"熊组长愤怒了，说："我打你怎样？我是代表组织教育你的！你再不起来，我就有权捆你！"熊组长的手伸进了裤子口袋，从裤子口袋里扯出了捆人的绳子，吼戴红袖章的基干民兵们上来。戴红袖章的基干民兵们你望着我，我望着你，不敢上来。坐在地上的懒龙叔气得筛糠般地颤，捏紧了拳头。熊组长见坐在地上的懒龙叔捏拳头，怪笑了，说："怎么样？是不是想打我？你是角色你动手试试！"四婶见熊组长动了真，怕事闹大了，吓得哭了起来，说："叫你这个剁头的莫当队长，你要当。你起来呀，死人哩。你不想过日子，我娘儿还要过日子。"熊组长说："你敢不起来？你再不起来，我说到做到把你捆到公社去！"懒龙叔松了拳头，从地上站起来，说："起来就起来。你记住，你踢了我一脚。"熊组长微笑了，拍了拍站起来的懒龙叔的肩膀，说："这还差不多儿。亏你当多年的队长，开多年的会，什么时候了，连火色都不会看？我再问你一声，是不是所有的人都到齐了？"懒龙叔说："都到齐了，就一个人没到。"熊组长问："那个人为什么不到？"懒龙叔说："他没有听到锣声。"熊组长问："他为什么听不到锣声？"懒龙叔说："他专心做事的时候就听不到世间的声音。"熊组长哈哈一笑，说："他是仙人是吧？我今天倒要领教他是哪路的仙人？你知道不知道我今天就是为他专门开会的？我现在命令你和戴副组长带人去把这个仙人给我请来。"熊组长把手里的麻绳子递给懒龙叔。懒龙叔不接绳子。戴副组长走过来,对熊组长说:"熊组长,绳子你装着。你命令我去请他,用不上这东西。"熊组长接过绳子朝裤子口袋里装,笑着说:"啊,搞忘了,你去当然不用这东西。你是读书人。这东西我留。"二货嚷了起来,说:"熊组长,你理好,不要搞结了。我还要用它挑谷的。你这个人好没得味,抽我的箩筐系,跟我声都不作。你领导得了我,我的箩筐你恐怕领导不了。"熊组长恼了,对二货说:"你莫邪。你不要认为你苦大仇深。"二货哈哈一笑,说:"熊组长,你用我的箩筐系捆我哟。"熊组长笑了对二货说:"你是个角,可惜今天我不会跟你说笑话儿。来,来,上台来坐。"二货说:"你怕我不敢?"熊组长说:"你敢就上台来。"

　　一张桌子摆在柳林子里,几张椅子摆在桌子后,那就是主席台。二货没有什么不敢的。二货真的上台了,笑嘻嘻地与熊组长并排坐了。熊组长递一根烟,给二货点上火,对二货说:"坐好,台上坐的人不要笑。"二货就不好再笑。二货不笑,台下的沙街人都看着他笑,弄得他极不自在,脚不是脚,手不是手。熊组长对二货说:"不要怕,坐长了就习惯了。当年我还不是像你一样。坐长了坐惯了,就是干部。"二货说:"算了,我还是下去坐。"这时候熊组长站起来对台下的沙街人说:"现在我宣布,任命马柳生同志为沙街民兵队长,配合工作组进行沙街的路线教育。"二货慌忙要下去,说:"熊组长,我是跟你闹着好玩的。"熊组长说:"谁跟你好玩?从现在起你跟我在台上坐好。"二货没有办法只好把袖章戴在膀子上,不笑地坐着。台下的沙街人都不笑了。小的更是不敢笑。柳林子里,四九哥像一只母鸡领小鸡那样,将小的们和陶女儿护在一堆儿坐。

　　懒龙叔领着戴副组长出了柳林子,朝龙山窑场走。

　　懒龙叔领着戴副组长到龙山去的时候,陶叔正在窑棚子里专心致志地做夜壶。日子晴,很干净。地远了,河清了;一片远地,一条清河之上耸着龙山,山上耸着龙窑。龙窑下便是窑场。窑场地上地下全是陶片儿,那是年年丢弃的烧变了形的陶器,破了,碎了,自然而然堆起来的。那些陶器破了碎了,还是火的颜色,堆着散着,便成了一片辉煌。窑场便建在这辉煌之上。天高,蓝蓝的,飘很白的云朵儿;太阳照着那连成一片的窑棚子。那些窑棚子用巴茅搭的,圆圆厚厚的顶。丝瓜蔓牵到窑棚子上了,开一溜溜的黄花儿,金色的蜜蜂儿从这朵黄花钻出来,从那朵黄花儿钻进去,嗡嗡嘤嘤地唱着阳光。窑场上很静,只有风儿吹动辉煌的声音。懒龙叔带着戴副组长走在辉煌里。

　　走近了窑棚子,懒龙叔不走了。戴副组长问懒龙叔:"队长,你怎么不走?"懒龙叔蹲下去摸被熊组长踢痛了的脚,仰头对戴副组长说:"个狗日的,踢得好痛。"戴副组长笑了。戴眼镜穿开片领褂的戴副组长笑得很文静，对懒龙叔说："不是那里痛吧？"懒龙叔说："不是这里痛，是哪里痛？"戴副组长指着懒龙叔的心口，说："我知道你是这里痛。"懒龙叔站起来，点一支烟狠狠地抽，说："戴副组长，你是个读书人，你跟我说实话，想把他怎么样地办？"办，在沙街是一个狠词。枪毙人不说枪毙说办。沙街人不说办则可，一说办就与性命连在一起了。戴副组长说："讲事实摆道理，不会额外地办他。"懒龙叔问："不吊不打吧？他也是读书的人，吊他打他，他就是死。"戴副组长说："吊人打人有什么用？攻心为上。"懒龙叔说："你要给我作保证不吊他不打他，我就带你进去。"戴副组长说："我保证不打他不吊他。你说吊人打人改变得了沙街的日子吗？"懒龙叔说："我就怕那牛一蛮三分理。"戴副组长说："一蛮三分理有什么用？不蛮那不一分理也没有？"懒龙叔对戴副组长笑了，说："还是戴副组长通道理，说的是人话。那我就先进去，你等一会再进去。"太阳光被风吹得闪了一下子，懒龙叔弯腰进了窑棚子。

　　太阳好静，静得懒龙叔浑身不自在。懒龙叔进了窑棚子叫了一声"陶哥"，说："戴副组长来了。"这时候戴副组长也弯腰进了窑棚子。陶叔在埋头做夜壶。沙街男人多，守夜和在家里起夜都离不开夜壶，陶夜壶又爱碎，沙街的男人一年四季要用，碎了不怕，窑上的陶叔烧的有。在沙街过日子，夜壶同装粮食的瓮一样重要，一样地离不开。夜壶说是男人的专用品，其实沙街的女人们也用，只是不说。陶叔不抬头，不说话，专心致志地做夜壶。懒龙叔急了，说："陶哥，戴副组长找你有事。"陶叔像没听见似的。懒龙叔更加地急，急得眼睛不安。戴副组长微微一笑，拍着懒龙叔的肩，在晾坯的墩子上坐下来了。懒龙叔没有办法，只好挨着戴副组长坐。轮盘飞快地转，泥在陶叔手里滋滋地响，陶叔埋头专心致志做那只夜壶。懒龙叔听见时间在太阳光里烧得响，屁股坐不稳。戴副组长不急，坐着摘下近视眼镜儿，用根手指头慢条斯理地擦。窑棚子里就全是陶叔做夜壶的声音。窑棚子里好静，陶叔做夜壶的泥，是从阴泥的棚子里拿出来的。阴泥的棚子不露，四转用巴茅扎的壁封着，封着一棚子的阴凉，阴凉了，泥就干不了，做窑的泥练好后，就封在泥的棚子里，堆成圆圆的山。陶叔用手撮起一团，用水练瓷了，就拿到晾坯的棚子里做。晾坯子的棚子四面露着，东南西北风随时有，坯子不能在太阳底下暴晒，暴晒就裂，坯子只能晾干，晾干的坯子不裂。陶叔在晾坯子的棚子里不做别的，就做夜壶。晾坯子棚子的地上安着轮盘。陶叔把泥放在轮盘上，双手拿着撑盘棍子，撑着轮盘飞快地转，轮盘带着风响，越转越快。陶叔从轮盘上脱了撑盘的棍子，就在飞快的轮盘上做夜壶。陶叔什么都能做，什么都做得好，做什么都能化腐朽为神奇，泥在他的双手里像是活的，有灵性。

那时候天地凝神，天人合一，陶叔的双手在轮盘按下去，提起来，就成形了，安上嘴，安上把儿，就成了。用手指擦眼镜的戴副组长感动了。他出身书香门第，是北京一所有名大学历史系研究生，品学兼优，对中国的历史和文化了如指掌。他有一腔的热血和民族进步的思想和理论，是那所有名的大学继"五四"以来有数的几个思想激进的导师的学生。毕业时，他的导师力荐他留校任教。导师已经两鬓如雪，力荐得意门生留校，是想让民族进步的思想和理论体系后继有人。戴副组长那时候风华正茂才华横溢，一边在他的导师的指导下进一步修改他的毕业论文《中国传统社会结构思考及其改造》，以便公开出版，一边等着学校通知他上讲台。这时便爆发了"反右"运动，他的导师被打成了右派，他留校的梦破灭了，不得不回原籍。回原籍的那天，他的导师送他到火车站，泪眼相别，对他说："回到民间也许对你更好。"他点了点头。他点头后，火车便开动了，风驰电掣起来。他回到家乡小县城的博物馆里当文物员，后来当了副馆长。为了实现他毕生的理想，他报名参加了路线教育工作组，组织上给他任命了个副组长。那时候，戴副组长被陶叔的那双手感动了。他看到轮盘上的那双手就看到了整个的一部中华民族的发展史，一部中华民族的发展史就是一部从陶到瓷的发展史。感动了的戴副组长用手指头擦近视眼镜，越擦就越是纹儿，越擦越模糊。

陶叔旁若无人地做他的夜壶。戴副组长看着旁若无人的陶叔，忽然明白陶叔为什么今天别的不做专做夜壶。那是姓陶的有意向他挑战。他知道他遇上对手了。戴副组长戴上了眼镜。懒龙叔见戴副组长戴眼镜，以为戴副组长等得不耐烦了，就更加急了，看看陶叔还在专心致志地做夜壶，就没话找话地同戴副组长搭讪，说陶叔平常对沙街人说的古话儿。懒龙叔对戴副组长说："这东西过去的皇帝叫它溺器呢。"戴副组长不说话，点了点头。懒龙叔笑了，说："什么溺器，不就是夜壶，男人屙尿的东西。"戴副组长不说话又点了点头。懒龙叔说："这东西不丑，不管是皇帝还是百姓是男人就要用。"戴副组长笑了。懒龙叔说："你敢不敢提个夜壶走满街？"戴副组长笑着问："你敢不敢？"懒龙叔说："我敢。你敢不敢？"戴副组长说："我不敢。我要用纸把它包起来。"懒龙叔说："包起来还不是个夜壶？"戴副组长说："是还是个夜壶，但我要用纸包起来才能提着走满街。"懒龙叔说："那为什么？"戴副组长说："这就是我要到你们沙街来的原因。"懒龙恍然大悟了，说："啊，你原来是下来教我们用纸包夜壶的。"

这时候陶叔把手里的夜壶做好了。晾在墩上，是一只好夜壶。懒龙叔站起身来，说："陶哥，戴副组长来了。"陶叔直起腰来，微笑了，说："我全知道。我就这样去吗？我要换身衣裳。"陶叔就脱下做窑的衣服，换上新棉布靛蓝色的对襟褂子，把布扣子从脖子下一对对地结好，掸掸袖摆，人就整个儿地干净修长了。

陶叔问："戴副组长，带绳子来了吗？"

戴副组长顿了顿，说："给了的，我没要。"

陶叔问："为什么不要？"

戴副组长说："我不会要。"

陶叔哈哈一笑，对戴副组长说："那就走。"

龙山之下的巴水河畔，天高气爽，天好高，地好远。天与地相接处，风在动云在涌。

第八章

陶叔到河边柳林子里的会场时，熊组长已经把斗争气氛酝酿得差不多了。

陶叔来到柳林子会场之前，熊组长已经领着沙街的男女翻着手里的语录本子，反复地学了好一阵子语录，沙街的人也跟着学。语录本，认得字的和不认得字的，见人一本，私人不出钱，鲜红的塑料壳儿，设计得好，厚厚的，八万八千字，刚好一把捏。熊组长领着沙街男女念"革命不是请客吃饭，不是做文章"；再念"凡是反动的东西，你不打它就不倒"；再念"严重的问题在于教育农民"。熊组长专挑这些针对性强的语录念。熊组长念一段，沙街人跟着念一段，柳林子里一片密密麻麻的含糊声。熊组长念得又狠又快，沙街男女本来不认得字，又要跟着狠跟着快，搞不赢就只有舌头在嘴里连着卷。

干净修长了的陶叔从密密的杨柳林外走进来了。

陶叔目不斜视，来了也不停，径直朝主席台走。沙街人就不念语录了，柳林子里的会场突然没有了声音。熊组长抬起头，张着嘴，也停了念。熊组长横了陶叔一眼，合上语录本子朝主席台的桌子上一拍，指着陶叔厉声地问："你是什么人？为什么才来？"陶叔站住了，说："我做活去了。"熊组长问："你好大的胆，没叫你上台，你为什么上？"陶叔说："你要我来不就是上台吗？"熊组长问："你就是那个仙人吧？"陶叔说："我是什么仙人？只是认得几个字。"熊组长说："好，怪不得沙街的路线工作展不开，原来幕后有你这个仙人！今天我倒要看看你是那一路的神仙？好聪明呀，料事如神。聪明到我熊某头上来了？你跟我站好？还没到你上台的时候。"陶叔不停，仍是朝台上走，说："站什么？人为刀俎，我为鱼肉，迟早总是要上台的。"熊组长拦不住，气极了，伸手打了陶叔一耳光，很响亮，很有劲，血就出来了，顺着陶叔的嘴角流了下来。柳林子里点点地筛着阳光，陶叔不揩血。陶女儿见他父一嘴的血，哇的一声哭了起来。

柳林子里不知是谁"啊"了一声，这一"啊"不打紧，林子里的男人接着全"啊"了起来，站起来了，会场就炸了窝。沙街男人一"啊"就全部愤怒了。不知是谁嚷："这狗日的，算什么鸡巴组长？动手打人。赶了它！"沙街男人就围了上来，把熊组长团团地围住了。熊组长没料到这一着，知道上了陶叔的当，慌了，声嘶力竭地喊："你们敢！我是组长，上级派来的！"朝拢围的沙街男人兴奋了，熊组长越说他是组长、他是上级派来的，沙街的男人笑得越响。笑话，巴河人怕你组长？巴河人赶人是有传统的。莫说你是组长，你是钦差又如何？元朝时巴河就有正月十五朝田里丢烟把为号，一夜之间把各垸的靼子杀干净的事。那些靼子也太可恶了，新谷出世他要先尝，人家接新媳妇他也要先尝，不杀他杀谁？偌大个的元朝就那样推翻了。沙街人赶工作组组长的事，也很有几桩。某某年赶了一个摸沙街女人屁股的工作组，某某年赶了一个要沙街人人写诗，连八十岁的婆婆也不放过的工作组，八十岁的婆婆连话也说不清楚，能写什么诗？沙街人说起这些来津津乐道，赶的干部越大，他们越以为荣。熊组长就彻底地惨了，他打懒龙叔，沙街人觉得情有可原，懒龙叔是队长，平常免不了得罪人，踢一脚是他的报应，再就是他再小也是个干部，要服你管，你踢他一脚是你们干部之间的事情，不与小民相干；但是你打我们的窑匠，你就错了，有理打得爷是不错的话，可是你还没有说理呀？你没说理你凭什么就动手就打人？你是什么东西？沙街人再不教训你叫沙街人吗？沙街的男人们就吼着围住了熊组长，撑拳捋手的。熊组长见势不妙，就往河边退，边退边声嘶力竭地喊："戴副组长，你在哪里？你出来！你出来！"

戴副组长急急地赶过来分开众人解围，身上挨了好几拳头，眼镜被打掉了，鼻子出了血。掉了眼镜的戴副组长，两手举在空中摇晃，大声对男人们喊："乡亲们，你们千万不能这样做！你们千万不要冲动！有话好好说。"沙街的男人们见该打的人没打着，不该打的人挨了打，不好意思，停住了。有人把戴副组长的眼镜从地上捡了起来，递到了戴副组长在空中乱晃的手上。戴副组长戴上了眼镜，从口袋里掏出个雪白的手帕儿，扶着眼镜揩血，雪白的手绢揩红了。熊组长见沙街的男人停住了，不往后退了，就势把主席台上的一把椅子掇起来，朝地上一放，一屁股坐下来。戴副组长揩着血对熊组长说："老熊，你不该动手打人。"熊组长气喘吁吁地冷笑一声，指着戴副组长一字一顿地说："戴副组长，你不动手打人，你是读书的人，你讲理，好吧，今天的会你开。"

戴副组长说："熊组长，你回窑歇会儿，今天的会我来开。"熊组长冷笑了，说:"你错了,我不会走的,我为什么要走?我今天就坐在这里看着你开。"沙街人佩服熊组长还是个角色。因为其他的工作组组长遇上这种情况都知道在沙街再也立不住脚了,马上卷铺盖走人。戴副组长对熊组长说:"你是组长,你要我开,我就开。"

这时候天上的阳光明亮了,柳林子上空的雁排着人字,鸣叫着,振翅飞,空中都是翅膀的声音,沙街的男女老少,就抬头看雁飞。沙街人都是不同时代迁徙来的,骨子里天生有迁徙的悲凉。在夏秋相交的季节,沙街人见不得空中的雁叫雁飞。一听见空中的雁叫雁飞,沙街人就是在河畈里正争死活,血光满面,怒吼如兽,也会停了争死活,抬头望雁。争斗的双方就会羞愧得泪流满面。沙街的日子里,经常浩荡着这旷古的悲凉情绪。空中有雁过,沙街人肃静了抬头望天,善良的女人们开始掉眼泪。柳林子里一遍的瑟瑟风,树叶漫卷。

戴副组长说:"各位父老乡亲,大家歇会儿吧,平下心静下气。你们沙街不是有句俗话叫作细细碓儿舂好米,细细话说好理吗?今天我们开个讲理的会。有话好好说,有理好好讲。大家说好不好?古话说,官打民不羞。现在应该把话反过来说,叫作民打官不羞。你们打也打了,赢了赢了。让我说几句好吗?"静下来的沙街人听戴副组长这样说,觉得是理,觉得戴副组长到底是个读书人,可亲,都喊:"好!"小的们也跟着大人们喊:"好!"空中雁过了,风息了,天和地静静的。

熊组长嘴角含着笑,挪背了椅子,反坐了,不看会场,看柳林子缝儿外的河。

戴副组长掇张椅子,放在陶叔的面前。戴副组长说:"老陶,请坐。"陶叔说:"姓戴的,你今天不是请我来坐的吧?"戴副组长不恼,笑着问会场的沙街人:"你们说他该不该坐?"会场的沙街人齐说:"该坐该坐。"陶叔说:"姓戴的,你不能这样做?斗人就斗人,应该刀枪齐下,血肉横飞。坐什么?又不是请客吃饭。"戴副组长说:"姓陶的,你也不要那样做!一点也不新鲜,不就是苦肉计吗?"陶叔说:"姓戴的,你叫我坐是什么计?"戴副组长说:"你可以不坐,我不可以不说。你我以理服人。"陶叔说:"姓戴的,你就新鲜吗?这是以其人之道反治其人之身。"

熊组长挪过了椅子,正坐了,叫二货宣布开会。二货是民兵小队长了,坐在台上有些时候了,好意思了。二货学说过大鼓书吃过开口饭,站起来扯着嗓子宣布:"现在大会开始!"一宣布就是那回事,台下的沙街人大吃一惊,说,这狗日的,像呢!戴副组长就走到台前开始讲话。风又起了,戴副组长一头长发,当台站了,如瘦竹临风。戴副组长讲话前,先拂了一手额前的长发,极风度极雅致。

那以后沙街小子们学他，纷纷地蓄长头发，蓄得遮住眼睛，人前人后一手手地拂。我也蓄了一头长发，我拂的时候父亲就笑得涎儿滴。戴副组长拂了一手额前的长发，说："各位父老乡亲，今天我要与一个人论一论，这个人就坐在大家的前面。请他来没有多的事，一是问一问，二是论一论。现在我来问。"戴副组长对陶叔说："姓陶的，今天我有一件事，要当着乡亲们的面问问你。你敢不敢面对乡亲回答我？敢，你就说敢，不敢，你就说不敢。"陶叔微笑了，说："大丈夫仰可对天，俯可对地。有什么不敢的？你问。"戴副组长说："好！我问你，你知道不知道沙街'五寸长'的故事？"陶叔说："知道。那是我们陶氏家族巴河始祖母的故事。"戴副组长问："是你们陶家的故事么？"陶叔说："是。"戴副组长问："为什么沙街人都知道？"陶叔说："是我传的。"戴副组长问："你是怎样传的？"陶叔说："开始口头传，然后上了书。"戴副组长问："上书是怎么回事？你说说。"陶叔说："没有什么大惊小怪的。也就是1950年吧，那年秋天庄稼熟了的时候，沙街来了一个人，说是北京的作家，下来采风的，有作家的证件和介绍信。他下到田间地头专要沙街人讲民间故事。他散烟给沙街人吸，态度非常好。沙街人给他讲了好多的民间故事，大多是原汤原汁的荤故事。他都记在他的本子上，说都是好东西、都很有价值。白天我没有讲，他听沙街人说我最会讲荤故事，晚上就到我家来借歇，非要与我一床困不可。那个作家健谈，他能说我们巴河方言，说得非常地道。他能说全国各地的方言，一一地说给我听。我觉得这个作家不简单，就同他聊，聊了一夜。那天夜里，我就同他讲了我们始祖母的'五寸长'的故事，他听了后胯子一抬说：'好'！兴奋极了，彼时记在本子上了。第二天那个作家就走了，回北京去了。过年的时候，我突然收到了从北京寄来的一本书，叫作《中国民间故事集》。我给他讲的'五寸长'的故事就白纸黑字地收在那本书里了。从那以后'五寸长'的故事就在巴河两岸流传开了。"戴副组长问："那本书呢？"陶叔说："早烧了。1966年'文化革命'开始时，我就把它塞到灶里化了灰。"戴副组长说："为什么故事还在流传？"陶叔笑了，说："书能烧了，故事能烧吗？这还用问我？你应该比我清楚。"

戴副组长脸气红了，问："姓陶的，你以为你那个故事很好是吧？很有味是吧？见得人是吧？"陶叔说："没有什么见不得人的。"戴副组长扶了扶眼镜，说："说得好！姓陶的，既然你说它见得人，今天你能不能当着沙街男女老少的面讲？"陶叔说："没有什么不敢的。当年我敢讲给北京的作家听，今天为什么不敢讲给沙街男女老少听？"戴副组长笑了，说："好，你讲。但是，你要是个人物，你就原汤原汁地讲，关键时候不准换字。"陶叔说："换什么字？几千年原汤原汁地流传下来，我为什么要换字？"戴副组长说："那好，你讲！"

戴副组长要陶叔原汤原汁地讲，是因为沙街"五寸长"的故事的确很俗，里边有许多与性连在一起的字眼，男人的性器都是直截了当地出现。这个故事可以雅讲，那就是讲到男人的性器时，将鸟换成别的什么或那东西，也可以俗讲，那就是不换字眼，直接将男人的性器讲出来，那就更见力量，更见原生力，外延更大，内涵更丰富。沙街的男人们在田垦地里做累了的时候，讲这个故事的时就是俗讲，不俗讲没味，俗讲了男人们就浑身冒汗，浑身有劲；有姑娘和小孩子在面前时，沙街人就雅讲，为的是不撕开，上代与下代之间还是有些不同才好，让他们的下一代明白意思就行。现在戴副组长要陶叔当着杨柳林子里沙街的男女老少俗讲，是有意出陶叔的难题，让陶叔脸红，让陶叔不自在，让陶叔在一代代生命面前难为情，羞耻不安。沙街的男人们野是野，男人们在河滩上玩野了，可以合伙脱女人的裤子，抓沙往里揉；女人们在河滩上玩疯了，可以合伙脱男人的裤子，将男人的东西用索子拴着扯，都没有事的。但是对于老对于小，他们还是有禁忌的。没有多少沙街的男人敢在他们老一辈小一辈面前赤裸裸地不换字眼讲"五寸长"的故事，那还叫人吗？那还是人吗？我这个沙街的小子，骨子里是深知沙街古风浩荡里这个禁忌的。我那时虽然小，但已懂事不少。我和陶女儿面对面坐在四九哥护着的一堆里，看着陶叔，看他怎么开口。陶女儿，那时候小脸儿彼时苍白了。陶女儿那时候就比我聪明，比我懂事得多，银项圈映着的一双小眼睛黯淡了，看着他的父受罚，眼泪打着转出来了。四九哥见了，把他拉到怀里坐，一双大手护着他。

坐在椅子上，面对沙街男女老少的陶叔，清清喉咙，泰然自若地开始讲沙街"五寸长"的故事。沙街古风里的"五寸长"的故事，我们人人都知道。我们生下来，落地之后眼睛会转了，耳朵会听了，我们就在满垸子地转、满垸子地听，听父亲和母亲们断断续续地讲这个故事，这个故事就如河畈里流动的四季风，流进我们的心田；就像一颗飞籽儿，随着我们的长大，于不经意间长成了一棵常青的树。沙街人孩子都知道"五寸长"的故事。

沙街"五寸长"的故事，其实不复杂，讲的是三个女婿给岳父赶寿的故事。那一年，具体是哪一年就不清楚了，岳父七十大寿，人生七十古来稀，那时候人活到七十就很是回事的，岳父是个员外，这样的故事里岳父通常是个员外，员外是个什么官儿，陶叔说得清楚，但沙街人记不清楚，清楚不清楚反正是个官，是个官，家里就有万贯的家财，富。岳父有三个女儿，这样的故事里做员外的岳父通常有三个女儿，没有三个女儿，那故事发展下去就没味。大女儿嫁了个文秀才，二女儿嫁了个武秀才，三女儿嫁了种田的，这样的故事里的三女儿通常最聪明，偏偏嫁了个种田的，巴河人通常爱把这样的女儿嫁给种田的。喝寿酒的时候，做员外的岳父坐的是首席，文秀才大女婿坐的是二席，武秀才二女婿坐的是三席，种田的三女婿自然坐的是下席，地位不同坐的就是不同。七十大寿，做员外的岳父兴来了，要三个女婿每人为他七十大寿说句恭维话，说得好的喝酒，说得不好的不准喝。文秀才大女婿和武秀才二女婿都说好，种田的三女婿不作声。岳父说，从大至小来，小的末了。这是自然的。大女婿举起酒杯说："岳父的寿比水长。"文人做的是文章呀，高山流水，绿水青山，才华横溢。岳父说："好，喝酒！"水也不错，你看那水有多长，水流千古呀。大女婿喝了酒，笑眯眯地坐了下来。二女婿举着酒杯站了起来，说："岳父的寿比路长。"岳父高兴了，说："好，喝酒！"武官骑马驰骋，跑的是路。怎么不好？路该有多长呀，有人就有路，路与人同在。二女婿喝了酒，笑眯眯地坐了下来。轮到种田的三女婿说了，种田的三女婿举着酒杯不知说什么好，站在那里发呆。岳父气来了，瞪着眼睛望着他。不说不行了，他举着酒杯，急了，说："岳父的寿比鸟长。"这叫什么话？岳父一听气白了脸，胡子一个劲地哆嗦，叫家人把三女婿打了一通，赶出了门。三女婿闷闷不乐地回了家。他的媳妇——员外的三女儿——问男人："你怎么这么早就回来了？没喝酒唦？"他哭了起来，说："唉，姑娘卖夜壶把，莫提！"他媳妇气来了，说："你个大男人哭什么？好没出息。男人的眼泪贵如金。出了什么事你跟我说。"他把寿酒席上大哥怎么说、二哥怎么说的说了。媳妇问他："你怎么说的。"他说："我不会说。我说岳父的寿比鸟长。岳父骂我错了，打我一通，不要我喝酒，把我赶出了门。"员外的三女儿听了男人的话，把胯子一拍，说："这话对呀！没错哇！你跟我把眼泪擦干净。等我回去拿他是问。"三女儿风风火火地赶回娘家，酒席还没有散。三女儿指着她的老子问："我男人的话怎么说错了？水有断流之时，路有崩溃之日，鸟有五寸长，代代出霸王。你说是不是？"问得她老子目瞪口呆。三女儿说："先拖你的猪儿，再牵你的猪娘！"她就把娘家的一窝奶猪连同母猪全牵了回去。

第九章

　　柳林子里，陶叔不换字，原汤原汁当着沙街男女老少的面，把那个"五寸长"的故事讲完了。陶叔讲得神圣极了，没有一点亵渎，没有一点难为情。陶叔讲完后，沙街的男女老少没有一个人笑，没有一个人感到难为情。
　　柳林里静静的，阳光静静的，风也静静的，天和地静静的，和谐。柳林子外的河里，有竹排挂着白帆一溜儿上来了，拖上来煤、棉布和煤油，停在河水线上，传来了纤夫们的号子："日头当顶放光霞，姣姑岸上烧细茶，左手打的青洋伞，右手提的白面粑，叫声亲哥来喝茶。"

听见号子，平日在河岸上搭凉棚卖茶卖吃食的寡妇翠霞坐不住了，一个劲地往河里看。往日的这时候正是吃了中饭后空闲的时候，她就在这悠远飘扬的歌声里，给壶凉茶，给些吃食，外带给一些媚笑来换点油盐钱，解那些远离婆娘的纤夫们的焦渴。暖风中，河里纤夫们的号子悠远飘扬极了。翠霞站了起来，两手叉在腰上，对台上大声说："台上哪个当家？请个假，我的事来急了。"说完了，也不等批不批，就急急地要走了。戴副组长问："那个女同志，你怎么走了？"翠霞说："我说了我有事。"戴副组长下乡下得不多，不知道沙街女人说有事就是要解小手。翠霞对戴副组长说："你要是不相信，你就跟我来。"沙街人一齐笑了起来。其实翠霞没得事，是要赶回去卖茶。沙街人那时候不说破，只是笑。戴副组长脸红一阵子白一阵子。翠霞走后，杨柳林子里又静了。沙街人坐在地上朝台上看。

戴副组长问陶叔："讲完了吗？"

陶叔说："讲完了。"

戴副组长问陶叔："你认为你讲得怎么样？"

陶叔说："你是个读书人。何必问我？"

戴副组长站了，说："姓陶的，你问得好！我要的就是你这句话。不错，我是个读书人，你也是个读书人，我俩都是读书人，读书人守的是道，那就来真的。不错，你讲得好，讲得很神圣，没有邪念，你讲的'五寸长'的确是个好故事，大俗大雅，说尽了人间真谛。讲了几千年，还可以流传几千年。但是，这样用得上你如此地讲吗？"陶叔问："姓戴的，你这是我讲的意思吗？我们论事，还是论理？"戴副组长笑了："这正我要这样问你的话。我们论理还是论事？今天你当着我的面同沙街父老乡亲泰然自若地讲'五寸长'的故事，不仅是论事吧？"

我们以为陶叔会有一番答词的。在沙街陶叔就是理。他做的、说的都是理，没有不合理的时候。多少个日子，沙街人活挤了，打破头，砸破脑，血流满面，找他评理，就会化干戈为玉帛。他怎么会没理呢？但是没有想到陶叔，面对戴副组长的问话，脸苍白了，嘴唇在柳林漏下的光斑里哆嗦着，说不出话来。柳林里的沙街的男女老少们目瞪口呆了，怎么也没想到陶叔会如此。

戴副组长说："现在我们再不说事，论理。据我所知你的祖上是江西景德镇上做官窑的。你应该知道你祖上做的是什么？做的是瓷。那是读书人世代以求的精神象征。像谭嗣同，像鲁迅，他们做的都是瓷。我问你，你津津乐道的'五寸长'是瓷吗？那是'陶'。你应该知道你们陶家从做'陶'到做'瓷'一代代花了多少心血？'瓷'是传世的精品。'陶'是传世精品吗？为了一件传世精品，你的祖上虽九死而不悔？而你呢，你把'陶'当成了传世精品。你深怕打破了你的'陶'，千方百计守着你的'陶'。你祖上要是不打破'陶'，他能做出'瓷'吗？你怎么不像你的祖上做传世的'瓷'，做虽九死而不悔的'瓷'，而心安理得地守你的'陶'？你还津津乐道？你这样做还是江西景德镇官窑的子孙吗？姓陶的，你愧对了你的先人！"

陶叔说："是我津津乐道吗？"

戴副组长说："事实上你在津津乐道。"

沙街人那时候听不懂戴副组长的话。但我们知道陶叔遇上了狠角色。椅子上的陶叔坐不住了，脸上的汗下来了。

戴副组长问陶叔："姓陶的，你说，我说的对不对？"

陶叔不作声。

戴副组长问："姓陶的，你说你错没错？"

陶叔低下了头。

这时候熊组长一拍桌子站了起来，说："老戴，你歇下儿。现在让我来。"熊组长对二货说："还愣着干什么？"二货慌忙领头举拳头喊口号："打倒陶维民！"沙街人随二货喊"打倒陶维民"。一阵河风吹歪了所有的树。沙街的男女老少在二货的带领下，举拳头，喊："打倒陶维民！"稀落落的三声下来，坐在椅子上的陶叔，撑在膝头上的两只手哆嗦起来了。

熊组长问陶维民："陶维民，你服不服？"

陶维民抬起头来，两眼的泪，说："天灭我也！"

熊组长把口袋里的麻绳子抽出来，对二货说："捆起来！"

二货说："服了，为什么还要捆？"

熊组长抽一根烟，用牙咬着点火，说："正因为服了，才要捆。"

二货一声笑，说："熊组长说的是真的。"二货就拢去，用脚踢了陶叔一脚，让他站起来，就要用绳子捆。二货想，这狗日的，原来总是有狠，现在该我狠一回。二货要捆陶叔的时候，小的们都有些怕。我想，二货这狗日的，原来也是有狠的人。不要再惹他了。从此后沙街小的们，都不敢再惹二货了，而在这以前，我们谁也不怕他。沙街有句说语，叫作"无钱空长百岁，有钱一岁成人"。顺口，我们记得牢。我们把他二货当什么人？我们不高兴了，就不理他，故意冷落他。我们唱："二货，二货，东边冒烟，西边起火，绊了古萝藤，摔了后脑壳，顾头顾不了脚！"二货气不过就在河畈里赶我们，我们就朝他扔石头，朝他吐唾沫。我们开始怕二货了。

二货兴奋了，一个劲地理绳子。

熊组长开始宣布陶维民的罪行。熊组长说，陶维民的主要罪行是站在封建阶级的立场上，妄想把沙街变成封建主义的王国，让沙街的日子永远不变样子。沙街人这时候就将信将疑了，河边的日子总是这个样子，沙街人如虫蚁样一代代糊里糊涂地活着，原来是这个陶维民在作怪。

日到中天了，沙街人都没有吃饭，在做一场梦。随人举拳头，喊震天动地的口号。陶女儿见要捆他父了，大声哭了起来。我对他吼："你哭什么啊？再哭，叫二货来捆你。"陶女儿的哭止转去了，像一只被割断了脖子的小公鸡。四九哥用眼睛瞪我，我才有点怕处。二货勒起袖子，朝手心上吐了口唾沫，搓了，准备过手瘾。这时候，戴副组长盯着熊组长问："还捆吗？"熊组长说："群众觉悟提高了，我们就不要做群众的尾巴。"戴副组长说："老熊，要是还捆，我就走。"熊组长问："你到哪里去？"戴副组长说："我回县去叫组织上给我换个地方。"熊组长问："换个地方做什么？"戴副组长说："还不是搞路线教育。"熊组长笑了，说："老戴，我知道你的意思。你不要在我面前玩花样子。"戴副组长说："真的。你要是不听我的我就走。"熊组长说："不散会就走？"戴副组长说："不散会就走。"熊组长说："那就算了，听你的。你说怎样搞？"

戴副组长说："不捆。"熊组长说："好。"二货说："好没得鸟味。"

那时候柳林里的沙街人饿了。一个动地抬头看太阳。

熊组长对饿了的沙街人不说散会，叫大家讨论。柳林子里饿急了的沙街人，能讨论什么？没人说一句话。没有说话，那就静静地挨饿。静静地挨饿那就不是个滋味儿。眼见得太阳直往下掉，熊组长还是叫讨论，还是不散会。

首先是二货不耐烦了。二货对陶维民唾了一口，说："讨论个鸟！"他懒得讨论，他要回去煮粥，拿着绳子掉头就走。那口涎啪的一声吐到了陶叔的脸上，白白的，花花的。沙街人见二货吐了走了，于是就上前一人朝陶叔吐了一口，也走。饿急了的沙街人草草地吐完了涎，作鸟兽散，急急地赶回家，饱肚子。

陶叔呆呆地看着沙街人朝他吐涎，看着每一个人胡乱地吐完一口涎，赶回去饱肚子。陶叔两眼的泪，望着沙街人流。

柳林子终于空了。

懒龙叔替陶叔揩着涎，流着眼泪说："陶哥，你要想开些。"

陶叔惨笑了，说："姓戴的，我输了，你赢了。我希望你一胜到底。"

戴副组长说："姓陶的。你可以恨我。"

懒龙叔扶着陶叔，在偏西的太阳下，慢慢地走出河边的柳林子。

第十章

　　河边，在二货的破窑里，熊组长用铅笔敲着本子，笑着说："老戴，一行服一行，扁担服箩筐，对付姓陶的还是你行。幸亏把你带下来了。他娘的，我打一生的蛇，好险被蛇咬了。有什么办法，做了捉蛇的事，关键时候不动手不行。按计划，下一步就好办，扒开了口子，破堤还不容易吗？"

　　巴水河边的夜，有了火把熊熊的光，把夜燎得一缩一缩的。二货举着蘸了柴油的火把，提着六碗的大筛锣，筛人开会。二货一边吼，一边敲："当当当！各家各户听了，开锁门大会！有耳朵有嘴巴的都到窑上去！当当当！"

　　六碗跟在二货身后，纠缠着向二货要锣。六碗奔过去，把二货提的锣双手揽在怀里就是不松手。二货吼："你这个畜生！松不松手？"六碗龇牙咧嘴的，就是不松手。火把上的柴油洒了六碗一头一脸。六碗誓死捍卫他的锣，不屈不挠。二货不能打他。二货苦笑地对六碗伸大拇指，对自己伸小指头，说六碗是大拇指，他是小指头。六碗还是不松手。二货没有办法，只好把六碗拖到他的破窑里，找熊组长和戴副组长。

　　二货的破窑里，煤油灯下，熊组长和戴副组长正在做改变沙街日子的规划。二货把六碗连人带锣拖进窑里，一脸苦笑地说："熊组长，这畜生要他的锣。"熊组长停了笔，走到六碗面前，扬起巴掌吓六碗，说："你玩邪了，你松不松手？"六碗双手揪着锣绳，眼睛瞪得牛眼一样的大，一头撞过去。熊组长被撞得趔趄了，好险倒在窑角的尿桶子里去了。熊组长站了起来，搓着撞痛了的腰说："这狗日的好大的劲！好大的劲！"戴副组长苦笑了，站起来，对二货说：'不是叫你不要他的锣，你不听。你要他的锣干什么？你松手。"熊组长从口袋里掏出一个亮闪闪的口哨子，对二货说："你把锣给他。"二货就连人带锣地一推，松了手。六碗倒在地上了，筛锣的沿碰破了六碗的鼻子，血喷出来了。熊组长吓了一跳，以为六碗要发牛脾气了。六碗没发牛脾气。六碗站起来不管鼻血，双手抱着锣走了。

　　二货站在破窑里，拿着熊组长给的口哨子，呆在那里。熊组长说："你还站着干什么？你去吹，吹人开会。"二货苦着脸说："你不知道，苕儿是三婆的命，六碗的鼻子出了血，三婆会找我拼命的。"

　　二货拿着熊组长给的口哨子，不敢出门，等着三婆来拼命。等了半天，没动静，只听见门外的黑暗里传来三婆的哭声："我的个苕儿呀！你要那个破锣做什么?"熊组长笑了说:"怎么样?她没有找你拼命吧?你现在是民兵小队长呀!哪个敢惹你?你跟我正斤八两地当。"二货笑了,说:"我怕她!"熊组长说:"你快去吹人开会!"二货拿着熊组长给的口哨子,放在手巴掌里翻过倒过去地玩。熊组长说:"你快去。"二货说:"你给的这个东西,卵子大一点,没味。没得筛锣过瘾。等会儿,我要弄个花哨子。"二货就把熊组长的帐子撩了起来。熊组长说:"二货,你要做什么?"二货说:"你下来搞路线教育,恐怕要作点牺牲。"熊组长没抢赢,二货就把熊组长的帐子撕下一条布来。熊组长说:"二货,你玩邪了,革命革到我头来了。"二货嘿嘿一笑,说:"熊组长,你下来革什么卵子命?扯你一根鸟毛你就现怕死人的相。"熊组长见二货扯的是边,没撕坏帐子,说:"我看你个狗日的撕去做什么?"二货不再作声,把撕的帐子布,系在熊组长给的口哨子上。系好用手一勒,吹一口气,飘飘的。熊组长说:"你那个白系子,有什么好看?"二货说:"哪没得红呦?"二货就走到桌子前,拧开了戴副组长的红墨水瓶盖子,用根手指头伸进去,蘸红墨水搽口哨子的系儿。搽了搽,就搽得红红的。搽红了之后,二货就拿到罩子灯上去烤,烤干了,用手摸,不掉色。拿着口哨子吹一口,红系子抖抖的。二货快活地大叫一声:"他娘的,是那么回事!"

二货出了破窑就举着火把,鼓着腮帮子,满沙街地吹人开会。

夜黑,只有二货举的火把一点红,还有他嘴里含的口哨子吊的红系子。二货吹到马家墩子的寡妇翠霞的大门口,遇到寡妇翠霞出来倒洗脚水。二货举着火把,没好气地喊:"开会。你洗那干净做什么?"二货骂,翠霞掇着细脚盆站在门口,没作声。

翠霞死男人多年,守着个儿养。翠霞的男人是跑长水驾船的,从巴河到汉口运货。那一年翻了船,死在洪水里了。男人死了后,翠霞就没有再嫁,在巴河的堤岸边搭个凉棚子趁闲卖茶水。河里的排直直地从巴河口上来,在沙街河边停了,停了排,排客们就在河里喊号子,喊那些巴水河边有味的古情号子,喊得水颤风活。翠霞就从河岸上搭的凉棚里出来,手里掂着条手绢儿朝河里招,喊:"他大叔来喝茶啊。"喊得甜蜜,他大叔们就下水上滩来喝茶了,兼带吃点东西。沙街人都知道寡妇翠霞的门风不清净,白日里卖茶,夜晚上排卖笑,赚点钱娘俩过日子。沙街人明知道也不管她,这也是管不清的事。沙街有句古说话,叫作"百事可管,莫管寡妇的媚眼",表示着沙街人对于寡妇过日子充分的宽容。

沙街的单身汉们,有了钱也半夜去叫翠霞的门。由于穷沙街的单身汉多,只要河里没排来,沙街的单身汉,一般都能叫开翠霞的门。可就是二货不行。二货叫不开,二货没钱。二货没钱也想进翠霞的门。二货用水泥袋子纸剪了个五角钱大小的块儿，半夜去敲翠霞的门。五角钱可以买三斤多盐，两打多火柴。二货去了，黑地里隔着门把水泥纸剪的五角钱塞到门里，以为翠霞趁黑朝口袋里一塞就会开门放他进去。哪知道翠霞用手摸了摸，觉得不对劲，就擦了根火柴看，一看不是钱，就对着门缝向二货吐唾沫。二货被喷了一头一脸的唾沫，落荒而逃。翠霞瞧得上沙街的任何男人，就是瞧不起二货。难道他二货不是人吗？二货就气得不行，在河畈做活的时候吹牛，说："那东西一分钱不要，找我二百块钱我都硬不起来。"这话传到了翠霞的耳朵里。翠霞换了衣裳，搽了粉，香香的一身，走到二货身边，当着众人的面把衣裳撩了起来，露出雪白的奶子，说："二货哩，老娘的奶胀起来了，你来吃一口呀！老娘养你不要钱。"二货气昏了头。二货再狠也不敢跟个寡妇斗。二货丢了锄，就朝家跑，回家拿切菜的刀要剁他的根，不是懒龙叔跟得及时，二货就真的把根剁了。

　　火把光里，二货含着口哨嚯嚯地吹，红系子一闪闪的。倒洗脚水的翠霞端着细脚盆，不进屋，看火光里的二货。翠霞说："二货嘞，你嘴里含的什么东西？"二货见他骂了翠霞，翠霞没恼，就站住了脚，说："口哨子。"翠霞说："啊，这就是口哨子呀！二货你能不能给我看看？"二货笑着说："我给你看，你给不给我看？"翠霞说："二货，你个烂嘴的！嚼蛆呀！"二货说："你拿去看。"二货就把嘴里的口哨子，摘下来给翠霞看。翠霞一手提着细脚盆，一手拿着二货的口哨看。翠霞说："这东西好响啦！让我吹下子可不可得？"二货说："吹可得，但不能嘬。"翠霞说："为什么不能嘬？"二货说："真的嘬不得。"翠霞说："我偏要嘬。"翠霞嘬一口，把二货吹到哨子里的涎嘬了满口。翠霞啪啪地朝地上吐。二货说："我说了嘬不得，没哄你吧？一嘬就是水。"翠霞脸红了，把哨子还了二货。二货用胳膊窝把火把夹了，伸手拿哨子的时候，另一只手就摸到翠霞的屁股上掐了一把。翠霞突然低声说："二货，你要死哟！"

　　二货一下子酥软了。在沙街要是一个女人叫你的名字低声对你说："要死哟！"那就有戏了。沙街的女人们在床上同男人较劲较到高潮的时候，说的就是这句话——要死哟！欲仙欲死是沙街男女之间最幸福最快活的事，不要说活，死也值得。

　　二货离开翠霞的门，就一路像踩在棉花上了，满把还像捏着的是翠霞滚动鲜活浑圆的屁股。秋风里的二货一个激灵，被突然来的幸福冲昏了。二货朝天喊了一声："娘啊娘！这哨子是吹得的！这民兵小队长是当得的！"二货咬着嘴里的哨子，热泪盈眶了。二货含着哨子越吹越响。举在头上的火把熊熊地发光，把他整个的灵魂照亮了。

　　二货举着火把，走到哪里，风就跟到哪里，火就跟到哪里。二货在沙街的墩子间吹哨子，可着嗓子喊人开会。

　　沙街初秋的夜好绿，绿树、绿竹、绿荷叶、绿湖水。越绿夜就越黑。天上的星星掉到潮里去了，闪着一颗颗的亮。秋风里，湖里的荷叶苍了，散发枯老的香味儿。二货听见湖岸边，那闪着一颗颗亮的地方，仙女在放声大笑。黑暗里，仙女的笑声，格外地响亮。仙女响亮地笑过之后，就唱了起来。仙女唱着沙街那一首古老的女儿歌《姐在房中脱小衣》。湖水哗哗地响，二货知道那是仙女在洗她的裤子。仙女总是在这黑暗的夜里，把自己的裤子脱了在清清的湖水边，赤身裸体地洗她的裤子。她总觉得她的裤子脏，总是在黑夜的湖边脱了洗。仙女赤身裸体地洗她裤子的时候，总是明亮地唱那支沙街古老的女儿歌。秋风凉了，星光满天，仙女在湖边赤身裸体地唱。仙女的嗓子好极了，她开口唱起来的时候，满畈的秋虫噤了声。仙女一句句地唱，唱得如出泥的白藕一般。这是沙街与"五寸长"的男性崇拜故事相对应的一首女性崇拜的女儿歌，这是沙街一代代情窦初开的女儿们在房中脱衣洗澡时，自己被自己美丽的青春迷惑了，情不自禁地唱的歌。歌有好长，一连串的生动形象的比喻。黑夜里，赤身裸体的仙女，在湖边，一句不错，一句不落，嘹亮地唱。

　　听见那哗哗的水响，听见那嘹亮的歌声，二货的喉结滚动了，吞了口唾沫。往日的这时候，他听见仙女的歌声，就知道仙女在做什么。他就趁着黑暗，摸到湖边来了，就着黑暗，伏在湖岸边的蒿草丛中，偷看湖水边赤身裸体的仙女。看得心火起了，他就躺在湖边的蒿草丛中，用手泄他的那可怜的欲望。他那可怜的欲望朝天射了，他就满眼的热泪，疲乏得像条死狗，回他的破窑睡了。仙女是个疯子呢。他总是在没有阳光的黑暗里做这见不得阳光的事。

　　幸福的二货，举着火听见仙女的歌声，没有像往日那样看。二货掉头便跑，被路上的石头绊了一跤，摔了个嘴啃土，摔落了一颗门牙，满嘴是血，爬起来又跑，裤子摔破了，跑起来直扇风，举的火把摔熄了。跑着跑着，二货自己被自己感动了，一个哆嗦，哭了起来："娘啊，狗样的二货原来也是人嘞！"

　　二货在池塘边漱了口，把他的血漱干净了。裤子摔破了，他就把两条裤腿整齐地卷到了膝头上，重新点了火把，把系了红缨子的口哨，挂在脖子下，挺直腰杆走到了龙山上窑场的会场。

　　龙山窑场的会场上，沙街的男女老少都到齐了。几把土壶灯，熊熊地冒着黑烟。熊组长和戴副组长在等他开会。熊组长问二货："马柳生同志，你怎么现在才来？"二货气喘吁吁地说："这大的垸，我都要吹到。"熊组长说："我们等着你开会。"二货说："我没来，会就开不成吵？"熊组长笑了，说："你不来，会是开不成。闹得好玩的？你是民兵小队长。你来了就好。你宣布开会！"二货说：

"莫慌，等我歇口气儿。"熊组长就把自己的搪瓷缸子掇给二货喝。二货喝了几口，抹了嘴唇，喘着气，光着两条腿，站到了主席台上的光亮处，准备宣布开会。看见二货那副模样，熊组长皱了皱眉头。熊组长说："马柳生同志，你把裤腿放下来。"二货难为情地说："放下来做什么？这样开会有劲！"熊组长说："乱弹琴，叫你把裤腿放下来，你就放下来！"熊组长要二货把裤腿放下来，二货就是不放下来。熊组长上前弯腰帮二货放裤腿。二货跳到一边，对熊组长说："你这个鸟人！真厌人！"

熊组长直起腰来，哈哈一笑，把一包东西放在主席台上的光亮里，包打开，里面是全套的军装。军褂军裤军帽一双解放鞋和一根牛皮武装带子。光亮里，东西很新。二货傻了眼。熊组长对二货说："你愣着干什么？还不快换上！"二货对熊组长说："丑话说在前头，我穿上就不会脱下来的。"熊组长笑着说："谁要你脱？你穿了就是你的。"二货说："真的还是假的？"熊组长说："真的。"二货的喉结动了动，眼睛里水汪汪的。二货不再说话，走上前剥了自己的破衣服，朝台下的河里一丢，流水无声，把他的那身破衣服淌走了。二货在主席台的大灯大亮里开始利索地穿戴起来，穿褂子，筒裤子；穿鞋，系鞋带儿；戴帽子，正了正帽檐儿；拦腰系武装带子，索索地响；完毕后，二货在众人的眼睛里就精神抖擞，焕然一新了。主席台上的光亮里，二货就极像样板戏里的英雄人物，就差一颗红心头上戴，革命红旗挂两边了。沙街小的们简直不相信主席台上光亮里站的就是二货。二货完全像换了一个人，眼睛里闪烁着夺目的光芒。

换了军装的二货，宣布开会。声音也不像是他的，中气很足。二货吼："斗争封建分子陶维民的大会现在开始！把封建分子陶维民带上台来！"由两个民兵押着，封建分子陶维民就带上台来了。

陶叔带上台后，二货大吼一声："站好！"陶叔就在台前站好了。二货走到陶叔面前，指着自己的鼻子问："陶维民，你看看我是谁？"陶叔眯着眼睛看二货，摇摇头说："不认识。"二货抬手打了陶叔一耳光，说："你再仔细看看！"陶叔看着二货仍是摇摇头说："不认识。"二货就抽出麻绳子，喷上水，打湿了，叫两个民兵上台，将陶叔的双手朝后扭着，二货就用湿绳子捆陶叔。湿绳子捆人越捆越紧。捆紧后，二货将留着的绳子头，朝窑棚子的梁上一抛，麻绳子穿过了梁。二货扯着麻绳子将陶叔住梁上吊，陶叔的脚跷起来了，陶叔的脚离地了，陶叔吊起来了，陶叔像个吐丝的蜘蛛在空中摇晃，骨头一遍响。二货斜着眼望着空中晃荡的陶叔，问："我是谁？现在认识吧！"陶叔咬着牙，血顺着嘴角朝下流。空中的陶叔喘口气，微笑了，松牙说："我认出来了，你是二货。"二货气急败坏了，跳起来又是一耳光，打得空中的陶叔一晃，问："陶维民，我还是二货吗？"空中的陶叔喷了一口血，仰面一叹，说："你不是二货是谁？"二货就在台上哈哈大笑，说："你说得对！我还是二货！"二货跳起来又打了陶叔一耳光。

戴副组长对熊组长说："老熊，打人有什么用？"熊组长瞪着眼睛对戴副组长说："你是不是又要走？你要是又要走，现在就走吧！我写个条子给你。"戴副组长被噎住了。熊组长对戴副组长说："戴碧泉同志，你为什么总是与革命群众格格不入？我劝你老老实实坐下来。"

空中的陶叔嘴乌了，脸乌了，满身的大汗水一样地往下流。二货打累了，吁吁地喘气，说："狗日的，打人比畈里做活还累人。"二货喘着气，仰面对空中的陶叔说："陶维民，我问你，你是不是罪该万死？"空中的陶叔咬闭着眼睛不作声。二货急了，跳起来说："陶维民，你快承认呀！"空中的陶叔嘴唇咬出紫血来了。二货哭了起来，说："陶维民，你快承认！"那时候陶叔的儿，平日里斯斯文文的陶女儿，一下子跳了起来，狼叫一样地吼起来，谁也抱不住，他抓起地上的石头和沙朝人群中一气乱扔。那时候陶叔听见了他儿的声音，松了嘴，惨叫一声："我是罪该万死呀！"于是大小便失禁了，顺着裤腿朝下淌。二货赶紧把陶叔放了下来，松了绑，说："个狗日的，叫你早承认，叫你早承认。"

陶叔抱住他的儿，声泪俱下。于是后来就好问得很。问他是不是个坏东西，他说是。问他是不是散布封建主义毒素破坏沙街的日子，他说是。问他什么罪，他就承认什么罪。

第十一章

下了一场初霜。初霜过后，天就冷了下来，白天就更短了，夜晚就更长了。昼短夜长，整个冬季就都是有雾罩着日子。云低天矮了，垸子里终日弥漫着柴火烧过后的辛咸。

戴副组长那段时间最爱起早，冬天在会龙山庙读书的那些小的们起得都早，但戴副组长比上学小的们起得还早。那段时间戴副组长总是睡不着。天没亮，戴副组长睡不着就点亮罩子灯，把亮拧得小小的，坐在床上看书，像蚕吃桑叶地那样翻书页儿，弄得破窑里的熊组长和二货都醒了。熊组长被弄醒了，熊组长不好说戴副组长，人家副组长天天早读，学著作，你正组长不读，躺在床上睡觉，能说人家什么？熊组长就不说，睡不着也把眼睛闭着在床上打鼾，装作睡着了。二货被弄醒了，就翻身面朝墙睡，朝墙还是睡不着，就忽地从床上坐起来，一手过去夺过戴副组长的书，说："你这个鸟人，学那么多干什么？能搞革命工作就可得哟！学那深，革命工作你一个人搞了？你还要给点饭别人吃哟？"二货话中有话，有意挑拨戴副组长与熊组长的关系。熊组长心里好笑，仍是抽鼾，装作睡着了。戴副组长对二货说："马柳生同志，对不起。"二货就嘿嘿一笑，反正是醒了，反正是睡不着，就伸手把罩子灯的亮拧大了，拧得冒黑烟，缠着戴副组长说："戴副组长，你教我读书。"二货把书翻开，那是一本西方的哲学原著，是关于人类起源与发展的。二货翻着在上面找字儿。二货先找个"二"字，用手指头按着，再找个"货"字，也用手指头按着。他问戴副组长这是什么字？戴副组长说，这是二字。二货再松开货字，问戴副组长这是什么字？戴副组长说，这是货字。二货笑了，说："要你教什么，这字我也认得。"抽鼾的熊组长忽然笑了起来。坐在床上的戴副组长摇头苦笑了。戴副组长就起床，把罩子灯拧小了，吹熄了，说："你们睡吧。"

　　戴副组长从桌上掇起装牙膏牙刷的缸子，扯下毛巾，到河边去了。戴副组长每天早晨坚持到河边用冷水洗口洗脸。到沙街搞路线教育，他每天的口脸都是在巴水河边洗的。巴水河一年四季清清亮亮的，没有污染。东方刚现出鱼肚白，星星还在空中闪烁。戴副组长在那崭新的时候，在河边，边洗口脸边呼吸新鲜空气。戴副组长在河边洗口脸，沙街小的们也起床了，掮着筼箕在河里捡粪。沙街小的们在会龙山庙里读书，父亲们说他们是些吃闲饭的东西。沙街把没到畈里做活的人，叫作吃闲饭的东西。所以沙街那些吃闲饭的东西，都自觉，想不吃闲饭。为了不吃父亲的闲饭，他们都要早早起床，在上学之前到河里捡一筼箕狗粪。我们沙街养的狗多，夜里从大别山里跑下来觅食的野狗也多，河里的狗粪便星罗棋布。沙街小的们捡狗粪，便在河边看到了洗口洗脸的戴副组长。满天的星光下，戴副组长看见一个个掮着筼箕捡狗粪辛苦的小人儿，眼睛就分外的深情，就像父亲们在满畈露水下看禾稼。戴副组长摸着小的们的头，用普通话问："你们加入了少年先锋队了吗？"那时候沙街的收音机还很少，由于湖太大了，广播线也牵不来，听不懂普通话。小的们新奇了，问戴副组长："你说的是什么话呀？"戴副组长就笑了，耐心地对小的们说："我说的是普通话。普通话是在北平话的基础上加以改造的，逐渐在全国推广。你们以后都要讲普通话。"小的们就懂了。戴副组长见小的们懂了，很高兴。小的们学着他的普通话说："我们加入了少年先锋队。"戴副组长问："都加入了吗？"小的们说："都加入了。"戴副组长听小的们说都加入了，连说："好，好。你们都是好孩子。你们是祖国的未来。"其实沙街小的们没写申请，四九哥就给每人发一条红领巾。沙街小的们谁比谁强不了多少，都是一个窑里烧的货色。戴副组长问："你们的红领巾呢？为什么不戴？"小的们不作声。小的们在家里捡粪的时候，是不戴红领巾的，上学才戴。戴副组长见小的们不回答，就明白了。明白了后，他就语重心长地教导："作为一个少年先锋队员，红领巾要时刻记住戴，那是信仰。你们说对不对？"小的们抿着嘴唇笑了。自那以后沙街小的们在捡粪的时候也戴红领巾，如果有谁不戴，戴的就对不戴的说普通话，说："作为一个少年先锋队员，红领巾要时刻记住戴，那是信仰。你们说对不对？"日子里就时刻飘扬着红领巾，使小的们每时每刻都神圣。

　　朝霞染红了东方的山头，二货也到河边来洗口脸了。二货原来是洗脸不洗口的，忙了，就连脸也不洗。自从两个工作组组长同他一起住破窑，把牙膏牙刷装在缸子里，整齐地放在桌子上，他的破窑里就一天到晚散着一种水果的清香，二货闻闻就觉得好。那天两个工作组到公社开会去了，他就把桌上放的牙膏挤出来吃，觉得味道不错，就决定刷牙了。二货到大队代销店买了一根牙刷，每天早晨起来，就挤戴副组长的牙膏。他不挤熊组长的，他尝过熊组长的牙膏，熊组长的牙膏味不好；再就是他发现熊组长小气，不好说话，挤了他的牙膏，他会阴着眼睛看。戴副组长好，挤了他的牙膏，他看见了，就点头朝二货笑。二货觉得划算，洗了口，又不用自己花钱。二货在这个方面喜欢戴副组长，与戴副组长亲近。

　　二货掇着个黄泥巴碗到河边洗口。戴副组长的口脸早洗干净了。洗净了口脸的戴副组长，把缸子和毛巾放在清清的河水线上，散步，边散步边唱一首"革命人永远是年轻"的歌儿。二货平时没听见过戴副组长唱歌儿，戴副组长平时不唱，戴副组长的歌儿是在无人的时候一个人唱。戴副组长是标准的男中音，在清清的流水轻轻的河风里，很新鲜很抒情。二货从来没有听见这么动人的歌。二货心想，这人确是个读书的角色哩，说得像唱得也像。二货想，他这么会唱，为什么不在人前唱？恐怕有很重的心思。二货心想，读书人到底是读书人，不像熊组长那个半吊子。

　　二货偷偷地走到戴副组长的身后，双手捂住了戴副组长的眼镜。戴副组长笑了，说："马柳生同志，你松手。"二货笑了，说："你怎么知道是我？"戴副组长说："我在你窑里住了这长的时间，我闻到你的气味。"二货就松了手，说："你厉害！连气味也闻得出。"二货又说："请问先生，我是什么味？"戴副组长笑着说："我现在还不能准确地说出来。"二货说："先生，你莫弄玄！"戴副组长说："马柳生同志，这不是弄玄。"二货说："戴副组长，你好精神，你哪来的这好的精神？我这个人老还没老就觉得老了。"戴副组长说："理想使我年轻。"二货恍然大悟了，说："啊，怪不得你唱这么好的歌儿。你教给我唱，让我也年轻年轻。"戴副组长高兴了，就在河边教二货唱"革命人永远是年轻"。戴副组长教一句,二货唱一句。一句太长了,二货总也唱不下来。戴副组长就两个字一教。两个字一教,二货唱是唱下来了,但是两个字不好定调,二货总是唱黄了,黄得难听死了,黄得二货自己都不好意思。二货说:"算了,不唱这个,我年轻不了。"二货就洗口,洗完了口,把河水线上戴副组长的毛巾扯过来,说:"戴副组长,把你的毛巾给我用一用,我俩共产主义。"

太阳出来了,半天的红光。熊组长带着懒龙叔,出现在霞光照耀的河堤上。熊组长对河里吼:"老戴,你老在河里搞什么?你要注意影响。你天天搞情调,老猫不死旧性还在。你还不快上来!"戴副组长就上来了。二货没上来,他知道他若是与戴副组长一路上来,熊组长肯定不高兴。二货就沿着河水线找脚鱼。脚鱼就是甲鱼。我们沙街人叫甲鱼叫脚鱼,冬天的脚鱼好找,它们钻到河沙里,早晨就朝外吐白气儿,找到了冒白气的地方,一扒就是一堆。二货装作找脚鱼。熊组长没好气地吼:"二货,你也上来!你找么卵子?"听熊组长吼他,二货就上来了。上来的二货对熊组长说:"我想找个脚鱼煨汤你喝,你这个鸟人,好心当了驴肝肺。"熊组长不理二货。戴副组长问熊组长,有什么事?熊组长没好气地说:"昨天研究的事,你忘记了?"戴副组长说:"是不是再研究研究,节约闹革命。"熊组长咬着牙一字一顿地说:"一定的形式表现一定的内容。"

熊组长叫二货把懒龙叔找来了。懒龙叔对熊组长说:"你找我来做什么?"熊组长说:"我找你来研究工作。"懒龙叔说:"你不是任命了新队长?"熊组长说:"那是民兵小队长,领着搞革命的。你是生产小队长。是两套班子。"懒龙叔笑了,说:"卵子大的地方,要那些队长做什么?"熊组长变了脸,说:"你是不是要我撤你?我别的权没得,撤你这个小队长的权还是有的。"懒龙叔望着河说:"你撤。"二货笑了,抽支烟给懒龙叔吸,对懒龙叔说:"你这个人好没得味。皇帝也是轮流当的,我当会队长又么样哟?"

熊组长找懒龙叔来,是要队里拿钱出来,上街买东西改变沙街面貌的。懒龙叔蹲在河堤上嘟囔着说:"改面貌就改,用什么钱?"站着的熊组长把手朝空中一挥说:"你说得轻巧,改面貌不用钱?不用钱那面貌怎么改?"懒龙叔说:"要用多少钱?"熊组长就对戴副组长说:"老戴,把昨天夜里造的预算表拿出来。"戴副组长说:"表在窑里。"熊组长说:"快去拿。早就跟你说了,有些东西要随身带。"戴副组长拿着洗口的缸子和毛巾到窑里拿预算表去了。熊组长说:"知识分子就是毛病多,想法太多了,要人时时敲打。"

戴副组长把用万能表造的预算表拿来了。万能表很薄,是为了节约时间、专为方便农村会计印的一种表,只要用劲,一摞可以复写十几份。万用表很大,戴副组长想在河堤上铺开,早上的河堤上有露水,铺开就湿了。二货忙脱了褂子在河堤上垫着，让戴副组长把表铺在他的褂子上。熊组长就表扬二货，说："要是都有马柳生同志这样高的觉悟，沙街的日子早就改变了。"预算表就铺开了，熊组长指着表后合计的数字，让懒龙看。表后的合计是一百五十多元。懒龙一看就跳了起来，说："为什么要用这么多的钱？钱艰难，鸡蛋才五分钱一个，猪肉才七角五分钱一斤，一担没有沤黄的稻谷挑到粮站去卖，顶好的价，才九分五厘钱一斤。"懒龙叔惶了眼，说："哪来的这些钱？队里的账上，一分钱的现金都没得。垸头的五保爹病得要死，找我支五块钱买药救命，队里没钱，他跪着跟我磕头，搞得我眼泪兮兮的。没得办法，我婆娘把卖鸡蛋的四块三角五分摸出来给了他。"熊组长说："没得钱，稻谷有没有？"懒龙叔说："稻谷有，那是留着的口粮。"熊组长说："那就挑稻谷去卖。"懒龙叔急了，说："熊组长，那不要卖千多斤？你不生儿不知道什么痛。把稻谷卖了，明年沙街的婆娘孩子吃什么？你口一开卖谷！你这是杀人呀。你们来改变面貌，我没有意见，你们为什么不带钱来？"叫懒龙怎么不急，一千多斤谷是沙街五十多人一个月的口粮。一个人一个月基本口粮才三十多斤。熊组长的脸气乌了，半天说不出话来。熊组长："你以为是我要搞的吗？这是上面的命令。"懒龙叔把地上的预算表拿起来，说："我看看，改变面貌为什么要用这么多的钱？少用点就改变不了？我的天，红纸要一百张，吓死人了。白纸要二百张，吃纸喝纸吵？红布要二十丈，改面貌要红布做什么？做幕唱戏呀？红油漆要四十桶，要红油漆洗澡沙？像章一人一个，六百多个，为什么要一人一个，一家人共一个不行吗？是个样子就行了！一个人不戴一个就不过日子吗？"熊组长怒不可遏了，吼："你说什么？"那时候懒龙叔就呆了，呆呆地站在湿湿的河堤上，自己被自己说的话吓傻了。熊组长指着懒龙叔的鼻子吼："跪下！"懒龙叔望着远处的山说："我不跪。"熊组长吼："你敢不跪？"懒龙叔说："你把我的队长撤了，我就跪。"熊组长就急急地从口袋里掏出语录本子，翻开了那张用薄玻璃纸儿罩的像，对着懒龙叔，吼："跪下！"懒龙叔两眼直直地望着那张像，问熊组长："队长撤没撤？"熊组长怒不可遏地说："撤了。马柳生你革命生产一肩挑。"懒龙叔听说队长撤了，就对着那张像，咚的一声，双膝跪了下去，跪在露水满地的河边，说："磕头谢恩。"

熊组长说沙街针插不进水泼不进，是有道理的。那时候"文化大革命"已经搞了好几个年头，沙街基本没动。

熊组长对二货说："马队长，你带人挑谷到公社去卖。"二货急了眼，对熊组长说："你杀我是吧？你要是让我同你一样吃商品粮，我就去，不然沙街人不把我扯碎生吃了才怪。"熊组长厉声地问："你去不去？"二货笑着说："熊组长，不是我不去，是去不得。"熊组长说："你不去算了，我换个人去。"二货问:"换哪个去?"熊组长冷笑了,咬着牙对二货说:"三只脚的鸡没有,两只脚的人没有?"二货知道他要是再不去,他的队长就撤了。二货就说:"总是人去。算了,还是我去。"熊组长说:"二货,你算是个明白角色。"二货就从畈里叫回了保管,开了仓库的门,带了沙街的十几个劳动力挑了十几担谷到镇上去卖。

风就把天上的太阳吃了,冷风嗖嗖,昏天黑地的,乌鸦在河畈里成群地乱飞,呱呱地乱叫。沙街人在冬天到来的日子,最怕看到这样的景象,人们心里就透骨的冰冷,没有温暖。

二货带着十几个挑谷的人,把谷挑到了渡口上,等渡船。戴副组长对二货说:"少卖五担谷,只买红纸白纸和红布。这是我这个月的工资。其他的就不买。"熊组长冷笑地说:"老戴,你有钱是吧?"戴副组长说:"熊组长,让我出点钱。"熊组长问:"是代表组织?"戴副组长说:"我代表我个人。"熊组长说:"你有钱你出。"二货接了钱,望着戴副组长,说:"应该这样。革命这样搞还差不多。"二货叫五个人把五担谷挑转去了。这时候渡船靠岸了,二货带着六个人挑着谷就要上船。熊组长说:"你急个卵子,等会儿。"熊组长就开始翻口袋,翻了半天,翻出了一把零块零角零分,捏在手里数,一共七块八角零三分,递给二货,说:"我也出点。我那婆娘屙孩子屙多了。"

二货带着六个人挑谷上船了。船在冬天死色的湖水哗哗地走。二货在船上悲怆地唱起了沙街的古人歌:"开天辟地是盘古嘞,开开洪荒大禹身嘞,开开书箱孔夫子嘞,开开财门赵财神嘞,前朝四个开古人嘞!"熊组长吼:"马柳生,你唱的什么?"二货扭转头来,一笑,说:"啊,错了!就唱革命人永远是年轻,革命,人,永远,永远——。""远"不下去,就不唱了。

二货带人卖了谷,从公社抱着红纸白纸红布回到沙街时,已经点灯了。戴副组长解手去了。戴副组长蹲不惯沙街的茅厕。戴副组长解手要到河边很远的沙滩上,那里很干净空气好。戴副组长解手很讲究,先在沙滩上挖个坑儿,解完了,用脚拢沙埋死。戴副组长解手总在夜里,白天沙街人总也看不见戴副组长解手。沙街人对戴副组长此举很看不惯,说是吃了沙街的饭连粪都落不到一泡。二货回窑时,见熊组长在罩子灯下摆本子,等戴副组长回窑学原著。二货把东西朝戴副组长的铺上一放,二货想东西是戴副组长出了钱买的,放在戴副组长的铺上,还个人情。二货放下东西后就喘气,就说好累人,说公社街上的红东西好俏,好多的人买红东西,站好长的队,说公社的街上全红了,好多红标语满街贴,看都看不赢,看得叫人有劲。二货以为把东西一放,他就交差了,没想到摆本子的熊组长要盘他的账。熊组长把红纸白纸一张张地数,拿笔在纸上算钱。红纸白纸的数和钱都不错，就拿尺量红布。熊组长问二货："红布几丈？"二货说："恐怕是三丈。"熊组长问："到底多少？"二货说："三丈。"熊组长问："怎么只有两丈七？"二货抓着头说："怕是那个婊子扣了尺。"熊组长问："哪个婊子？"二货说："合作社那个长辫子妖精，双眼皮，一笑俩酒窝。我光顾看她，忘了神。"熊组长笑了，说："二货，你跟我玩水？不看看我是什么人？"二货见熊组长不叫"马柳生"叫"二货"，心里就有些慌。二货说："熊组长，你怎么不相信群众？"熊组长说："你这个群众有时候要相信，有时候不能相信。"熊组长手一伸，对二货说："拿出来吧！"二货见瞒不住了，就笑着望熊组长，说："熊组长，你好高明，你怎么知道？你恐怕也是做那事的出身？"熊组长说："瞒得了别人瞒得了我？拿出来吧。"二货说："你说出我放在哪里，你说对了，我就拿出来。"熊组长一掀二货的裤腰，系在二货腰里的那三尺红布，就露了出来。二货说："熊组长，戴副组长出了钱的，这三尺红布折算他送我的哟。"熊组长说："戴副组长的钱是哪个发的？戴副组长的钱是组织发的。他是什么人？你不知道？我不知道？组织不发钱给他，他有钱吗？"二货说："你说话好没鸟味。拿去算了。我原想用这三尺红布，缝个裤衩儿，六月穿。六月好，六月百事不穿，穿件裤衩儿，满垅地走，就好看。"熊组长不笑，说："二货，你又在骗我，你骗得了别人骗得了我吗？我一生打雁，能被雁叨瞎眼睛吗？你娘的瘟，沙街的男人哪个六月穿红裤衩儿？不是你穿吧？"二货说："熊组长，你真会说笑话儿，不是我穿哪个穿？"熊组长笑了，说："要我说出来吗？"二货就涨红了脸，对熊组长说："你说，你说，你说出来也就那大个鸟事！"熊组长就笑了，把三尺红布，递给二货，说："拿去算了。不就是三尺红布。这事天知地知你知我知。这说这止。"二货说："你这样说，把我，我都不要。不就是三尺红布吗？笑话！"

戴副组长从河边解手回来了。熊组长拿着三尺红布对戴副组长说："马柳生同志没有裤头儿穿，给他三尺行不行？"二货嘿嘿一笑，说："熊组长，你知道不知道，鹭丝不吃鹭丝肉。笑话，我要你那卵子红布。"

戴副组长说："红布缝裤衩儿，不好看。"戴副组长就从破窑壁上取下他的提包，打开，拿出一件他穿的，橡皮筋缝的藕色裤衩儿，送给二货。二货拿在手里对着灯看。沙街男人穿的裤衩儿，是折腰的，长到膝盖下，旧式的，难看死了。二货接了，长裤子也不脱，就在灯下，把戴副组长送的新式藕色裤衩儿，穿在长裤外面，在破窑里走，说："个狗日的，这时候要是六月天就好。"

熊组长厉声对二货说："马柳生！你少疯点，你是队长了！"

二货嘿嘿一笑，说："熊组长，多亏你提醒！不然我搞忘记了。"

第十二章

　　戴副组长办栏的地点选择在学校会龙山的庙里。沙街人家的房屋都很窄，再就是没的大桌子，铺不开纸，过不了瘾。过不瘾对于戴副组长来说是个极大的痛苦。戴副组长选择在会龙山的教室里办栏，这些问题就解决了，他把沙街小的们上课的窄课桌儿，五六张一拼，就很宽敞，很有气势。

　　戴副组长是办栏的老手。在北京读书时，他就是那所有名的学校里"五四"文学社的最有觉悟和最有战斗性的重要成员之一。他办了许多期唤醒国民的、战斗性极强的好专栏和油印刊物。校史博物馆玻璃框子里的油印刊物上，至今保留着戴副组长的署名文章，看了后使人肃然起敬。

　　会龙山庙里的浓浓夜色里，离开北京那所有名的大学几十年的戴副组长，继承着当年的优秀传统和如火的感情。他一办栏，整个人就变得很神圣，耳边就响起了号角声，他的热血就沸腾起来。戴副组长对纸有特殊的感情，特别是大张的纸，白纸红纸。他手抚着白纸红纸，人就变得修长挺拔了，就犹如庙后竹园里一竿精黄的瘦竹，那是一竿竹母儿，满园的新竹都是它的后代，它与翠绿的后代迥然不同，它把它黄瘦的精神注在日子里，年复一年地传给它的后代。

　　办栏的戴副组长，心情格外沉重。夜霭如铅压在他的心头，沉重得使他双手撑着桌子仰面呼吸。会龙山庙是龙庙，依山而筑，一进三重，供着黑、白、黄三尊龙王菩萨，传说巴水河有黑、白、黄三条龙，每当洪水泛滥，黄龙疏，黑龙堵，打得不可开交，白龙就出来调停，弄得沙街的日子一塌糊涂。沙街的祖先开始在山上修大庙敬黄龙菩萨，在垸头修中庙敬白龙菩萨，在河边修小庙敬黑龙菩萨，修出层次，以示爱憎。哪知道根本就行不通，三条龙都有意见，各使各的威风和本领，当洪水泛滥时，就兴风作浪，河边的日子仍是一塌糊涂。沙街的祖先谁也得罪不起，就把三条龙都供在会龙山上的庙里，所以就叫会龙山。这样，日子就基本上可以过下去，基本上可以种田种地，生儿育女。会龙山的庙很美丽，沙街的祖先和后代在庙前植绿竹，在庙后种苍松和翠柏，在庙中做了许多的花坛，栽花栽草，栽桃子树和李子树，使它们有四季的鲜花和四时的鲜果。沙街人把河边的美丽都集中起来，供奉它们，以求日子过得下去。

　　戴副组长在庙里办栏。庙的菩萨藏着没有打，一尊尊地都在。虽说"文化大革命"搞了许多年，别的地方菩萨都打了，沙街的菩萨却没有打，沙街人拼命保卫着它们。上面有人来打，沙街人就事先把它们藏起来，说是打了，上面的人走了，沙街人便把它们又一个个搬出来，放在座子上供。戴副组长看见庙里的大殿上，那些座子还在，就知道菩萨们都在。庙下殿里办栏的他，心里就格外沉重。

　　罩子灯灌满了油，放在桌子上，灯捻子嗞嗞地响，庙下殿里就很亮。戴副组长彻夜不眠地办栏。二货帮他打下手牵纸。熊组长在旁边看，不时地作些指示。熊组长对于办栏是个外行，因为是外行，作的指示就苍白，说的不在点子上。熊组长指示着指示着就没有精神，渴困就来了，不时地张嘴打呵欠，就起身捧着缸子在庙里转着喝茶，边喝茶边用缸子盖儿敲缸子，唱"我们共产党人好比那种子"。熊组长五音不全，一个字两个字三个字地一唱："我们，共产党，人，好比，那种子，人民，好比，那土地，我们，到了，一个，呀地方，就要，同，那里的，人民，结合，起来，在，人民，中间，生根，开花，在，人民，中间，生根，开花——！"戴副组长咳嗽着，走到门外吐了一口痰，说："老熊，我在写文章。"熊组长说："你办你的栏，我唱我的。"戴副组长又咳嗽，说："你唱，我的思路就断了。"熊组长就笑了，说："要你写什么文章？抄几段报纸，字写大点，多用些红字，写个七八张纸贴出去，上面来人检查，看得过就行了。"戴副组长说："那怎么行？道理不说清楚不行。"熊组长笑了，说："对，你认真地写，争取写成社论。改变沙街的面貌就靠你的文章。那我就回去学习。"熊组长打着呵欠对二货说："马柳生同志，你代表我把关。戴副组长写完了，让他念给你听一听。行就行，不行再修改。"二货说："熊组长，你不能走，我不认得字。代表不了你。"熊组长说："不认得字怕什么？陈永贵不认得字当了国务院的副总理。你这点志气没有？有烟没有？没烟把我的拿去吸。"熊组长摸出烟，放在二货面前，就掇着缸子，回窑睡觉去了。

　　熊组长走了，庙里就静了。戴副组长写完了，真的念给二货听，征求二货的意见。二货笑着说："戴副组长，你真的征求我的意见哟？"戴副组长说："真的。你要是觉得好，我就往纸上抄。"二货一下子感动了，说："我这个人就怕搞真的。你一念我就受不了。莫念，你抄，我跟你牵纸。"二货牵纸，戴副组长压着尺子用铅笔在纸上打格子。二货牵着牵着渴困也来了，问："戴副组长，你有渴困没有？"戴副组长咳了一声说："我没有睡意。"二货笑了，说："对，睡意。我为什么总是学不熟。说渴困有什么味？说睡意多好听。请问先生，别人都有睡意，为什么独你没有？"戴副组长对二货说："这是什么时候？我哪来的睡意？"二货说："什么时候？睡觉的时候。"戴副组长说："这时候我怎么能睡觉？这时候我睡不着。"二货说："那算巧事？别人都睡得着，你怎么睡不着？这时候睡觉多好。"戴副组长说："这你不懂。"二货打着呵欠说："你这个先生是不好懂。先生你要是没有渴困，那我就睡会儿。"戴副组长咳着说："你回去睡算了。"二货说："我就在这里睡。我跟你做伴。我睡着了还不是个人。"

二货刚想倒在桌子上睡，戴副组长又咳起来。二货望着戴副组长，问："你这个先生，你怎么老是咳？"戴副组长说："可能是感冒了。"二货说："你这个先生这样瘦，恐怕是有病？不要闹着玩，不要把命搞丢了。"戴副组长笑笑说："没事。我精神还好。"二货说："你这个先生这样瘦，恐怕是光长精神不长肉。你要这好的精神做什么？人生搞简单些多好。就像我，那天夜里在柳树林子里，你把我卖了，我还跟数钱。"戴副组长笑了，说："人是应该有点精神的。有了精神我们的日子就会得到改变。比方说那天，你要是没点精神，熊组长能让你当队长吗？"二货说："算了，这时候让我当皇帝，我还是想睡觉。你搞你的精神，我睡我的觉。你精神了我就没有精神。你咳我跟你倒点热水喝，让你一个人精神。"

二货给戴副组长倒了一缸子热水，就在课桌上和衣躺下了，躺下后就开始抽鼾。庙里就更静了，罩子灯烧得嗞嗞响。戴副组长就不时地咳着，戴着近视眼镜，一个人在庙里彻夜不眠呕心沥血地办他的栏。

天亮了。天亮了以后，沙街就是血泼满天的早晨。那时候沙街早晨的天空总是血色的。东方的霞绯红，红得不正常，像是泼的人血。天气反常，无雨无雪。那天早晨，沙街人起来，就看墙报贴出来了，贴在垸头懒龙叔家当阳的墙上，贴得高，防小孩子扯。红纸的边子，方方正正，里边就有横看是行儿，直看也是行儿，墨水笔写的字，中间还画了人物的插图。墙报湿湿的，戴副组长眼睛布满了血丝儿，端着米汤盆子，从梯上走下来。撤了梯，那栏就更庄严了。晨风里，二货在垸子里，含着哨子吹，吹人到垸头开早会。六碗见二货含哨子吹人开会，没要他筛锣，就从屋里把锣提出来，满垸的筛，他娘吼也吼不住。一时间沙街又是哨子吹又是筛锣响，鸡飞了房，狗跳了墙。

全垸的男女老少都集中到垸头懒龙叔家的墙下了，开早会。熊组长的觉睡足了，精神格外地好，像只醒了的蚕，站在墙报下看戴副组长画的漫画，问："你画的是哪个？"戴副组长说："我画的是孔老二。"熊组长说："你画他干什么？为什么不画陶维民？"戴副组长说："画陶维民没典型意义。"熊组长冷笑了，说："你以后少典型些！"戴副组长严肃地说："熊得山同志，我提醒你注意！你不是家长。我不是儿子。我俩是同志。我有我的人格和思想。下次不准你这样。我对你尊重，你必须尊重我。你知道不知道四卷里写的闻一多，他是巴河人，我也是巴河人！"熊组长吃了一惊，看了戴副组长半天，说："看不出你还有好大的脾气呢！好，你对了。我错了好不好？"

熊组长就喊二货把封建分子陶维民带上来。不管有台没台，都叫带上来。二货就喊："把封建分子陶维民带上来！"喊了后，戴红袖章的基干民兵们就把陶维民带上来了。就又开斗争会，要陶叔交代毒害沙街日子的罪行。陶叔就站在泼血的霞光里，承认自己的罪行。陶叔站出来，手里拿着一张纸对戴副组长说："你给我看看是不是这些罪行？"戴副组长气白了脸，说："姓陶的，你这是什么意思？"陶叔说："我是真求教。怕遗漏了。你不看我就念。"陶叔拿着纸就着霞光念《我的罪行》：我罪该万死。我不该毒害沙街的日子。我不该把沙街变成针插不进水浇不进的封建王国。我不该守着"陶"不变。罪行很长，全是悔词儿。

　　念完，二货喊"封建分子陶维民滚下去！"陶叔就滚下去了。戴副组长就在泼血的霞光里，边咳边给沙街的男女老少念墙报上他写的《我们的日子为什么要改变》，边念边讲。戴副组长咳着给沙街的男女讲什么是儒家，讲孔子就是孔老二。沙街的男女突然明白了，原来孔圣人就是孔老二。沙街人对孔圣人很熟，对孔老二很陌生。戴副组长咳着对沙街男女讲天误生仲尼，万古长于夜的道理，进一步阐述由于中国出了个孔老二，日子几千年没有改变，积弱了几千年。讲积弱，就举例子，举的例子很叫人心痛，讲英法联军打到了北京，烧了圆明园。

　　熊组长几次想打断他的话，想到开会之前关于尊重的话，就没有打断。戴副组长详细给沙街男女讲改变日子的具体方法，同样举很通俗的例子。戴副组长咳着说："不破不立，改变日子就像是在这块土地上造新房子，旧房子不拆，新房能造起来吗？"早风里，有人回答："那哪造得起来？"那人不说做，顺着戴副组长的话答道。戴副组长高兴了，说："这就对！大家觉悟了，我们就有信心。日子就会改变，并且一定能够改变！"戴副组长说着说着，咳一声，嘴里就嚼出血来了，鲜血顺着嘴角流下来。下面有人就笑，说："戴副组长昨夜吃了苋菜，你看苋菜水流出来了。"二货听见后，瞪了那人一眼，上前用手抹戴副组长的嘴角，抹了一掌的鲜血，二货把手掌举起来，对沙街人吼："你们看，这是苋菜水吗？冬天哪家有苋菜他吃？戴副组长一夜没睡，为改变沙街的日子写了一夜的文章办了一夜的栏。"

　　沙街的男女被戴副组长的精神感动了。

第十三章

　　戴副组长当沙街群众的面反驳了熊组长，熊组长心里不舒服，几天不理戴副组长。熊组长不理戴副组长，戴副组长也不理熊组长。共同学习就停了几天。一连几天，天都是阴的，像熊组长的脸色。阴北风刮着，晴又不晴，雨又不雨。熊组长不理戴副组长，戴副组长沉得住气，一副天地本无事的样子。戴副组长不理熊组长，熊组长就沉不住，看戴副组长的眼睛，就有冷风。那冷风一扫一扫的，扫戴副组长的脸。戴副组长看见了像没看见一样。熊组长终于忍不住了。

　　早饭过后，风在破窑外刮，一阵一阵的。熊组长对戴副组长说："戴碧泉同志，我们是不是要开个批评与自我批评的会？"戴副组长说："你是组长。你决定。"熊组长把嘴上的烟蒂摘下来，丢到地上，用脚挪碎，说："是要开一个的。搞个本子做记录。"戴副组长笑了，说："两个人的会，谁记录谁？"熊组长说："我记录你，你记录我。"戴副组长就拿个本子出来，放在桌子上，摆好了记录架势，对熊组长说："好，你说吧。"熊组长说："就在这里开吗？"戴副组长说："不在这里开？在哪里开？"熊组长说："在这里开不行。我们要有些秘密。"戴副组长说："那到哪里去开？"熊组长站了起来，说："我俩找个秘密的地方开。"

　　天灰灰的，风扫着路上的浮沙。沙街人就看见两个工作组组长朝会龙山上走，一会儿钻到会龙山山脚的洞里去了。沙街会龙山下的洞，是响应号召挖的备战洞，很深，是为了防美帝和苏修放原子弹的。里面七弯八拐，有许多的暗门和子洞。沙街人对上面别的号召响应不强烈，对挖备战洞，积极性很高。这个备战洞，沙街人用了三年零六个月的时间才挖成的。挖成后，县里在沙街开了现场会，一千多人走进去，全装下了。开现场会时，洞里氧气不足，沙街人怕闭死了开会的人，在洞外排队用扇子朝里扇风，得到了与会者的一致赞扬。沙街人对别的事不在意，对性命的事，比任何地方都在意。要是放了原子弹，沙街人肯定死不绝。那个地方原来也有个洞，叫作鲤鱼洞，洞口小，不深，里面却很大，里面有很亮的河沙铺着。传说古时候有个鲤鱼在这个洞里修成了精。那个洞是沙街小的们的天堂。小的们爬进去，总想见到那个美丽的鲤鱼精。传说中的那个鲤鱼精是个漂亮的姑娘，后来嫁给了沙街的一个勤劳勇敢的后生。沙街的备战洞是在那个美丽的鲤鱼洞的基础上挖成的。洞挖成后，沙街小的们就没有再进去过，因为挖洞时，沙街人在洞里丢了两条性命，是放炮被炸死的。

　　两个组长的秘密会，是摸到洞深处一个子洞里开的。洞里湿湿漉漉的，一丝亮都没有。两个组长钻进去，惊得一洞的蝙蝠乱飞，纷纷下屎。进了深处的子洞后，两个组长谁也看不见谁，摸着洞壁坐下了。由于没有亮，原来设计的记录就做不成了。戴副组长拍着手里的本子说："熊得山同志，没有光，记录做不成。"熊组长说："做不成算了。"戴副组长说："熊得山同志，你先说。"熊组长就说："好，组织上任命我当组长，我就先说。"戴副组长说："熊得山同志，没有光，我看不见你的表情。"熊组长说："不要表情，我们灵魂深处爆发革命。"戴副组长说："好，熊得山同志，你先批评吧。"熊组长说："戴碧泉同志，我是个大老粗，我心直口快，我当众说你，你为什么要当众批评我？"戴副组长说："熊得山同志，我纠正你一下，你说的'说'，与你说批评是一回事。"熊组长问："戴碧泉同志，你说的是什么意思？"戴副组长说："我说的都是批评，就是你当众批评了我，我当众批评了你。"熊组长说："我是当众说，你是当众批评。"戴副组长说："熊得山同志，你这是家长作风。"熊组长说："戴碧泉同志，我知道你要求进步，想做出成绩，路线教育工作结束了，你入党的事，还不是我的一句话。我希望你不要跟我较真。"戴副组长听了，说："熊得山同志，你小看了我，你要是这样说，我就正式申请离开沙街。"熊组长吃了一惊，说："戴副组长，你不是为这，你下乡来干什么？"戴副组长说："熊得山同志，你这几句话，我要在本子上记下来。"戴副组长划亮了火柴，从口袋里掏出了半截蜡，要点。熊组长一口气吹灭了，说："个狗日的，戴碧泉，你跟我来真的是吧？你真的要改变沙街的日子吗？"戴副组长说："熊得山同志，你到沙街来是玩假的吗？"熊组长哈哈大笑了，说："我的个同志哥，你以为你那样搞能改变沙街的日子吗？"熊组长大笑不息，笑声在洞里回荡。刚刚安静的蝙蝠们又惊飞了，又纷纷下屎。熊组长大笑着说："我告诉你，你那样搞改变不了沙街人的日子。"戴副组长问："为什么？"熊组长又笑了："莫看我是个老粗儿，世事我还看得清的。你只知其一，不知其二。我要是看不清世事，我当得了干部吗？死了的和没死的，多少人像你那样搞过，我们的日子改变了吗？"戴副组长问："为什么改变不了？"熊组长笑着说："我的个同志哥，你不要问得那样清楚。你是不是真的要改变沙街的日子？"戴副组长说："真的。这是我毕生追求的理想。"熊组长问："所以你就申请下来？"戴副组长说："对。这是个好机会。"熊组长大笑了，问："机会是好机会，日子里多的是好机会呀！"熊组长不笑了，说："你是不是想试一试？"戴副组长说："怎么是试？"熊组长说："啊，不是试？好哇，我成全你。别的我没经验，搞这事我还是有经验的。我从十八岁在生产队当小队长起就开始搞这事，搞了多少回这样的事，我记不住了。我搞这事，有成功了，有失败了，真的都搞成假的，假的都搞成真的。不怕你笑话我，我告诉你，我是搞这事搞上来的干部。你放心，不就是搞这事吗？这事我搞得多呢！当年亩产三万六，你问问是谁搞的？"戴副组长问："是谁搞的？"熊组长说："我呀。当年在麻城，那不叫路线教育，开始叫社教，后来叫'大跃进'呀。还不是为了改变日子？当时我就在那个工作组里。"

熊组长的笑声在洞里回荡。熊组长说："戴副组长，我知道你们这些人讲究人格，讲究理想。把人格和理想看得比命还重。我知道你们讲究青史留名，像屈原，像司马迁。莫看我是个老粗儿，老书我还是看了几本的。从今天起，我保证在人前不批评你，尊重你的人格和你的理想。今天的批评与自我批评的会就开到这里。"熊组长说完，就又是大笑，大笑着从洞里走出来，不笑了，出了洞就揉眼睛望天，说："个狗日的，今年的冬天老不出太阳，怕是连麦苗叵要冻死的。戴副组长，你借点钱我，我的钱用完了，孩子他娘带信来，又要钱看病。我打个借条你。等日子过顺了，我再还给你。你们这些戴眼镜的讲究理想讲究人格，就是比我们知道过日子，连孩子都不生。不像我们这些老粗的家，你不想生多，娘和老子要你生，说是人多好种田。总是开口不离原词，种田，种田！我呀，一生像我们垸里的打鱼大伯说的，都是为儿劳鸟力，到头总是吃逼亏。"戴副组长掏了三十块钱出来，熊组长收了，写了借条儿，问戴副组长："是不是先要破？"戴副组长说："是要先破。不破不立。破旧立新，才能改变日子。"熊组长说："你说的对，我知道毛主席是这样说的，你们北京那所大学的导师们也这样说。所以我就没有什么说的。戴副组长，我给你铺路。不就是破吗？不就是改变沙街的日子吗？你大胆搞，我希望你有所创造，搞点新名堂出来。再说，不搞点新名堂出来，我这个当组长的怎么向组织交账呢？"

  寒冷的冬天，熊组长就开始在沙街不分昼夜地开会。熊组长把沙街的一百五十六户人家，分成五十多个小组开会。每五个户为一个小组。每个小组又不是所有的人都参加。每个小组男人做男人开，女人做女人开，孩子做孩子开，老婆婆做老婆婆开，老头子做老头子开。熊组长不愧是做这事的老手，不说开会，就是仅这样地一分，沙街的阵势就乱了。沙街人在熊组长这样的分法前，眼睛就集不了神，一双双零乱的眼睛，看什么都是乱乱的。熊组长很忙，忙得连饭都吃不赢，一天十二个时辰，轮流地开会。开完这个小组这几个人的会，叫这个小组和这几个人下畈，然后再从畈里把那个小组的那几个人召回来开。沙街就路上不断人，屋里不断会。一天到晚，开会，开会。

  熊组长开始开这样的会并不吃力，按事先设计好了的程序开。熊组长不要戴副组长开这样的会。熊组长说戴副组长不会开这样的会，说戴副组长有说话的瘾，让他开这样的会，唾沫淹死人还不起作用。熊组长让戴副组长一个劲地办栏，在垸中贴出来。让戴副组长负责做语录牌子。熊组长领导沙街人夜以继日地开这样的会。沙街小的们也不例外，都三个五个地被二货从教室里叫出来，开会。熊组长英明，他就不把我和陶叔的儿陶女儿分在一个小组里。我和陶叔的儿陶女儿分在两个完全不同的小组。我分在第七小组，陶叔的儿陶女儿分在十四小组。熊组长领导我们开会，并不说长篇大论的，只说是要破旧立新，要各组的人揭发。说完这个开场白，他就不再说话，摊开他的本子，搁着他的笔，坐在椅子上吸烟，等着人揭发。

  沙街的"文化大革命"是走了过场的。外面革得很厉害，从公社回来的人说，镇上戴红袖章的人烧了多少书，堆在山上烧，那书是用线缀的，黄灿灿的，很好烧，一点火，就像烧窑，冒很高的烟，冲很大火；说，镇广场上烧戏装，蟒袍玉带，值钱的东西全烧了，烧得金水淌，银水流；说，人斗人，搞成了串，好多人跳楼，好多人投塘；而沙街连会都没有开。懒龙叔从公社开会回来，把上面发的纸朝口袋里一塞，连声都不吭。

熊组长领导沙街人分班开会，要沙街人揭发。开始沙街人都不说。熊组长也不急，让大家坐着开，不说话，也不催，让每个组坐两个时辰，宣布散会。换班接着开。开着开着，开到后来，沙街人只知道革命的会，至于谁揭发了谁，都不知道。会也确实只有题目，没有开出内容。都不说，哪来的内容？我想说，我想说我唱了黄色歌儿，心里痒痒的，嘴也痒痒的。我要是说出来，肯定能得到熊组长的表扬。我渴望表扬。但是小组里其余的四个沙街小的们，都不想得表扬，都不作声，弄得我也不敢说，怕他们开完了会唱我。唱我：卵子卵得光，卵子得表扬，表扬一张纸，卵子啃鸟屎。沙街人见不得跟风跑红的人。叫跟风跑红的人叫卵子。我只好作罢。

熊组长的会，弄得沙街人心惶惶，在畈里做活的人，就忍不住问开会的人，开出了什么？开会的人说，没开出什么？其实真的没开出什么。但是没开会的人总是怀疑开会的人揭发了没开会的人，不肯说。沙街人就互相怀疑起来，你怀疑我，我怀疑你，平日见面一脸笑，问吃了没？那时候不再笑了，弄得沙街人一个个头不是头脸不是脸。天又老是阴着，总是见不阳光，沙街人的心情特别不好，毛躁躁的。人人心怀鬼胎，人防着人，人对人不说真话，不真笑，满垸子人见了人都是假笑。一垸子的假笑，人见了人，莫名其妙地嘿一声，嘿得极无道理。早晨，我背书包上学，在路上遇见父亲。父亲像不识得我，一脸的阴沉。我没有办法，对我父亲轻轻地一笑就过去了。父亲扭过头来打量，打量出了是我，就怒从心起，一把揪住我，瞅着我的脸，对我嘿一声。我见他对我嘿一声，我也对他嘿一声。父亲揪我的手紧了，恶狠狠对我说："你再嘿一声，老子就把你丢到湖里溺死你！"我不敢再嘿了。他却对我又嘿了一声。我知道父亲怕我揭发他。沙街人对于假笑自古痛恨，日子里见不得假笑的人。沙街自古有句说语，叫作："假笑无情，动刀杀人"。沙街的男人们就互相愤怒了，见了面互相吐唾沫，骂开了："你娘的×，你这个卵子假笑个么卵子？"对方回："你这个卵子假笑个么卵子？"男人们就互相地红了眼，动起了拳头。男人们动拳头，都是闷打，不出声。你打我三拳头，然后停手，让对方还三拳头，鼻青脸肿都鼻青脸肿，见血都见血，没有像往日边打边高声叫骂。后来，沙街人连闷打都觉得没有意思，就不真打了，一个见了另一个，看着不烦眼，一口唾沫吐过去，然后捏拳头，擂一拳头墙，打出三个印子，另一个人也毫不含糊，也一口唾沫过去，也是一拳擂墙，也是三个印子。冷风就在垸子里，怪怪地吹。浪就在门前湖里，怪怪地浪。

后来熊组长的会就开出了成果。沙街人就忍不住到熊组长那里互相揭发了。反正你不揭发他，他在背地揭发你了。沙街人一个个找熊组长，熊组长把他们一个个带到无人的地方，让他们一个个地互相揭发。熊组长很耐心地听他们揭发，掏出他的本子，很详细地记下来，然后说："很好，某某也揭发了你。"

最倒霉的是二货。熊组长没有让二货参加一次会。熊组长只是叫二货从畈里喊那些人回来开会，又让二货带那些开完了会的人下畈做活。二货闷得心慌，垸人对他吐的唾沫最多，他与垸中的男人闷打的最多。垸中的人最恨二货，背地说他是卵子，是熊组长的狗。他于是就真的成了狗，找垸中的男人咬遍了，没得一块好皮。二货先是恨垸中所有的男人，然后接着恨垸中所有的人。特别是翠霞，那天晚上，她让他摸了屁股，弄得他很兴奋，以为他是人了。后来她不让他摸她的屁股不说，还当着垸人的面唤狗。他看看又没狗来——她把他当作了狗，气得他七窍冒烟。

熊组长是腊月初七那天早晨，把他记的本子，交给戴副组长的。那是个记得密密麻麻的本子。腊月初七那天早晨起来，天就下起了雪子，一粒粒砸在沙街的瓦上，密密麻麻，一垸子的响声。在那片响声里，沙街的男女老少都发了一个语录牌子，都用别针挂在胸前。那语录牌子，是用红布粘的长方形的块儿。里面用硬纸壳做的衬，外面是戴副组长用墨水笔写的楷字，一笔不苟。熊组长领导沙街人分头开会的时候，戴副组长就在二货的破窑写语录牌子。那牌子是发动沙街的女人们打夜工粘的。沙街的女人们一个个都是粘花的好手，粘的花像鲜的，粘的鸟像活的，用粘花粘鸟的手粘语录牌子，当然好得没话说。一样的大小，平整，四方四正。全沙街一千多人，粘了一千多块，戴副组长就一笔不苟地写了一千多块。这是节约，没用多少钱。要是买牌子，一个牌子就要好几角钱。单是语录牌子，戴副组长就为沙街节约了好多的钱。我的牌子上写着毛主席语录：矫枉必须过正。一个个的字，遒劲有力。雪云压境雪子满地的沙街，到处都是红鲜鲜的语录牌子在走动，就像春日被风吹动的桃花。熊组长就在那一片鲜红和一片雪子儿的响声中，把他记的本子交给了戴副组长。

熊组长对戴副组长说："老戴，路我已经给你铺好了，到了火候，现在是真破的时候。该破的都记在上面了。你拿着去搞。我得请假，我婆娘病了。在县医院住院。我不回去，她就是死。"二货对熊组长嘿的一声，问："熊组长，你怎么知道你婆娘住院？"熊组长说："昨天她打电话我了。"那时候县里为了搞好路线教育，给每个工作组安了一部手摇电话。那部黑色的手摇电话就放在二货吃饭的破桌子上。二货说："不会的吧?"熊组长说："怎么不会?"二货嘿了一声说："你莫哄我,这东西通不了。"熊组长问："怎么通不了?"二货说："十几天前你的床睡散了架,我没得东西绑,剪电话线的铁丝绑的。你摇摇看通不通得了?"熊组长怒不可遏了,指着二货说："你这是,你这是搞破坏!"二货嘿的一声,说："你说得好没鸟味,我破坏还不是为你。"熊组长说："你不能用别的东西绑吗?"二货说："别的东西没得铁丝绑得稳。"熊组长说："就是电话线是铁丝吗?"二货说："你看看我这窑里还有哪是铁的。算我搞破坏好不好?我现在不搞破坏好不好?"二货就不管熊组长的床散不散,把绑床的铁丝解下来了,说："我还你的原好不好。"熊组长气得说不出话来。二货就把电话线接好了。熊组长说："二货,你真是个二货,沙街人骂你是狗,你怎么拿我出气?"二货笑了,说："熊组长,我找电话出气又没找你!"熊组长说："好,好,你打电话问问,看我老婆是不是住院要死?"二货笑着说："我打什么?我又不是副组长。我不管你那一套卵子经。戴副组长,你愣着做什么?你打哟!他走了,你就没得正组长。"戴副组长就开始摇电话,通过公社,接通了县委办公室。县委办公室主任说："你们那里是怎么搞的?电话老是摇不通?快通知熊得山同志回县,他老婆病重住院。"电话声音大,破窑里的三个人都听见了。二货惶惶了眼说："这狗日的,是真的!"熊组长眼睛红了,说："没哄你吧?我的婆娘我能不知道吗?我同她过了二十多年的日子呀。"

戴副组长说："熊组长,你不能走。"熊组长苦笑了,对戴副组长说："老戴,用不着你操心。俗话说水不急鱼不跳。现在水急了,鱼还不跳吗?你放心破得了的。其实本子也不屑要得,你只要召集人开会就可以。"

熊组长就卷铺盖要捆。二货说："熊组长,你么把被窝卷走了?革命还没搞完。"熊组长说："有戴副组长在这里。"二货说："你还来不来哟?"熊组长说："说不定。要是我婆娘活过来了,我就来。要是我婆娘死了,我还来干什么?"戴副组长说："老熊,你放心去吧!"二货说："快点走,搞得好惨人。我一生见不得惨人的事。"

熊组长坐渡船回县去了。

冷风嗖嗖的。天上下着雪,戴副组长和二货默默无言地送熊组长到湖边。熊组长上了渡船,戴副组长望着没入湖面上雪霭里的熊组长,打了一个哆嗦,猛烈地咳嗽起来,吐了一口鲜红的血。二货对戴副组长说："我们沙街不熟工作组,你怕也住不长。"戴副组长对二货说："你不要瞎说,我这是熬夜发了火。"二货拍了拍戴副组长的肩说："这就对确。你不能牺牲,我的新日子全靠你呢。"

第十四章

腊月初七的那天夜里,二货疯狂了,疯狂得一夜睡不着。

腊月初七的那天夜里,沙街的雪下大了。雪是从天黑时开始下大的。天黑的时候,下了一天的雪子,开始变成了雪团,北风裹着雪扯絮般地落。开门的雨,关门的雪。父亲看那阵势,关门的时候,站在大门口呆住了,自言自语地说:"怎么这么大?恐怕不是好事。"我满心欢笑地说:"越落大越好。明天没了屋顶才过瘾。"我同沙街那些小的们早就有了弑父的精神,父亲们觉得不好的事,我们坚决地认为那就是好事。比方说下雨,那当然是铺天盖地最好;比方说刮风,当然是刮倒几棵两人合抱的树最好;比方这下雪,当然是没了屋顶最好。

我明知道外面在下雪,却赤膊坐在床上,不肯钻进被窝,坐在床上嘻嘻笑。父亲瞪着我,说:"你这个鸟日的,怕是日子活多了。"沙街人是不兴穿衣服睡觉的,衣服金贵,沙街人舍不得拿它磨簟子。父亲并不理我,他独自卷着被窝埋头睡下了,让赤膊的我,坐在床上兴奋。我坐在床上快两个时辰了,仍是不冷。父亲就爬起来点亮灯,一手掌着灯,一手扒开我的眼皮子看瞳仁。我一动也不动,让父亲扒着我的眼皮子看。掌灯的父亲看见我的瞳仁比平时的大,并且发奇光,掌灯的手就打了一个哆嗦,说:"这狗日的,怎么放豪光?"父亲掌灯到厨下,舀了一瓢冷水,喝了,对准我的脸猛喷了一口。我狞笑了,对他龇牙咧嘴地做了一声怪叫。那声音像狼。父亲就笑出了眼泪,父亲问我:"发魔了。吃老子的肉不?"我又是一声怪叫。

夜里,沙街那些在会龙山读书的二十多个小的们与二货一样,同时疯狂了。沙街自古就有魔疯,不发则可,一发就传染。沙街的魔疯,是狼吓出来的。六月伏天在河滩上乘凉,经常有狼从大别山顺河下来,睡到半夜,不管真狼来,还是没真狼来,只要一人喊狼,那么一河滩就乱了套,魔疯起了,就在河滩上乱窜起来。若是没有明白的人及时地制止,那就会互相奔动。到天明大亮才罢休。沙街祖传制止魔疯的方法,就是揪住发了魔疯的人的头发打耳光。先把发了魔疯的人的头,一手揪住头发撑住,一手照脸狠打,要打得嘴角流血,方才清醒过来。

外面的雪在暗夜里纷纷扬扬地下,下得沉而且实,风低低地吼。父亲弃灯于桌,一只手揪住了我的头发,一只手左右开弓,在空中划很漂亮的弧线儿,啪啪声在我的脑子里火花四溅,很辉煌地爆炸,弄得我五颜六色的。我嘴角流出咸东西,但是我仍是怪叫,父亲拿我没办法,扔了我,一口吹灭灯,兀自睡下了。风雪里，沙街的灯在垸子里亮成了一片，耳光声此起彼伏。

　　疯狂的二货折磨得戴副组长一夜没睡觉。熊组长走了。破窑里只剩下二货和戴副组长，显得空荡。二货瞅着熊组长的空铺，总觉得少了什么东西。外面雪下得大，风从破板车钢圈做的窗子里，灌进破窑来。戴副组长点亮罩子灯学了一会儿原著，就觉得冷，咳了一阵子，把灯亮捻小了，就想睡觉。戴副组长没有吹熄灯，是因为看见二货没有睡。二货见戴副组长把灯捻小了，说："戴副组长，你为什么把灯捻小了？我要亮。"戴副组长说："我想早点睡。"二货笑着说："你这个人怎么不好合伙？我睡不着，你睡得着吗？"二货就伸手把罩子灯的亮拧得大大的，拧得冒黑烟。戴副组长说："你要那大的亮干什么？"二货说："你知道个鸟？亮大好做事。"戴副组长不悦地说："马柳生同志，你怎么说粗话？"二货瞪着眼睛像一对牛卵子，说："你们这些鸟人，秀才日屁股斯里斯文的。鸟味没得。"戴副组长心里一阵悲凉，就不再管罩子灯，让罩子灯冒黑烟，炸罩子地亮，脱衣睡了。二货就开始抡胳膊，两条胳膊在冷风里蛇一样地乱扭，然后就踢腿，劈劈啪啪，踢得眼花缭乱。搞完这些，二货就一把将破袄子剥了，朝铺上一丢。二货平时不穿那套绿军装，穿空心的破袄子。那套绿军装是他出人面的，只在开会和节日穿。二货脱了破袄子，就是肉，就是浑身的肉疙瘩。那样冷的雪天，脱了袄子的二货浑身云蒸雾蔚，大气汤汤的。二货扯下戴副组长的长洗澡毛巾，扎腰，伸左腿，吼一声，扎右边，伸右腿，吼一声，扎左边，扎得浑身筋霸霸的。戴副组长见二货身上青一块紫一块的，就戴着近视眼镜上前瞅。二货身上青一块紫一块是那段日子与沙街的男人们在河畈里闷打打出来的。戴副组长问："马柳生同志，你身上怎么青一块紫一块？"二货嘿嘿一笑，说："开的花。"戴副组长说："身上怎么能开花？"二货说："你不知道吧？血皮涨起来了，它就能开花。"二货开始抡起巴掌拍胸膛，两个巴掌在左右胸膛上一气乱拍，拍得胸膛像五月熟透的桃子，红得灿烂。浑身大气汤汤的二货，拍红了胸膛后，就从门后的竹桠扫帚上，抽下一条竹桠来，抡了，在自己的身子上，前前后后一气乱抽，抽得青一道紫一道伤痕累累的。戴副组长问二货："你为什么这样做？"二货大口吁着热气，说："这就是血皮涨起来了。打了好受些。"戴副组长苦笑了，叹了一口气，对二货说："你是个自虐狂。"二货不懂，瞪着眼睛问戴副组长："你说什么？"戴副组长就认真严肃地将自虐狂的意思对二货讲了。二货听了后，眨了半天的眼睛，明白了，说："你说得不错，我就是那东西。沙街没婆娘的东西，就是靠你说的什么虐过日子的。"二货笑了，说："戴副组长，你不自虐是吧？前天半夜，你在被窝里用手搞什么？你以为我没看见？你有婆娘，你下乡做什么？你半夜用手，那也是自虐呀。你也是自虐狂。"戴副组长脸红了，说："你这个人没意思。

灯亮着，你打吧，我要睡觉。"二货说："你这个人怎么爱见怪。前天半夜，我还不是在做那事，不然我怎么知道你在做那事？"戴副组长说："算了，我不同你说。我睡觉。"

二货抡起竹桠，对自己的身上又是一阵乱抽，抽得劲起，做狼吼起来了。狼吼里，二货两腿前后一条线下地，打了一个叉胯，接着两条腿左右八字下地，又是一个叉胯。二货终于累了，仰面躺在床上吁吁地喘气，盖上破被絮，想睡觉，热得还是睡不着，就一把掀了被絮，说："个狗日的，还是睡不着。"二货就起来了，走到戴副组长的铺前，说："你这个人好没鸟味，总没困得？阎王让你多活一年，有你困的。起来，教我学著作。"戴副组长没办法，只好起来，教二货学著作。戴副组长披衣坐在铺上教，二货掇张椅子赤膊坐到戴副组长对面学。学《湖南农民运动考察报告》。戴副组长教一句，二货读一句。戴副组长教："许多奇事，则见所未见，闻所未闻。"二货读："许多奇事，则见所未见，闻所未闻。"戴副组长教："我想这些情形，很多地方都有。"二货读："我想这些情形，很多地方都有。"二货说："毛主席说得真对。"戴副组长说："你冷没有？要是冷了，就去睡。明天再学。"二货浑身冒汗，说："还有冷。"戴副组长说："我真拿你没办法。"二货说："不学原著算了，太长了。你教我唱歌儿。"戴副组长说："教你唱什么？"二货说："教我唱《革命人永远是年轻》。"戴副组长没有办法，就教二货唱《革命人永远是年轻》。戴副组长教一句，二货唱一句。外面的风在吼，雪在下。叫戴副组长吃惊的是，平常荒腔掉板的二货，那天夜里居然不荒腔掉板了，他字正腔圆地教一句，二货字正腔圆地唱一句。他只教一遍，二货就全部从头到尾地会唱了。戴副组长就吃惊地望着二货。二货邪笑了，指着自个的鼻子，问戴副组长："你不认得我呀！我就是你们的马柳生同志呀！"

罩子灯终于亮炸了，啪的一声，然后就吞烟吐火，挣扎了半天熄了。戴副组长对二货说："马柳生同志，你会唱了，你自个唱吧。我睡会儿。"罩子灯熄了之后，外面的雪光就映了进来，惨白的一破窑。二货笑了，说："娘的瘟，其实不点灯也是亮的。"二货就开始找军装出来换。二货穿着军装对戴副组长说："算了，你们这些人没味。你困你的。"二货把军装穿整齐了，端正地戴了军帽，扎了武装带子，就打开破窑的门，大踏步地出去了。破窑的门也不关上，让冷风一个劲地朝破窑里灌。

天黄黄的，雪越下越大。雪快没了膝盖，二货在破窑的门口的雪里，抖出了一堆草要子，用草要子打绑腿，一直打到膝盖头。这样就湿不了裤腿，又威武雄壮。漫天大雪，一身军装的二货，踏着没膝的积雪，满坑子地转，满口热气一遍又一遍地吼戴副组长教给他的《革命人永远是年轻》。吼着，吼着，觉得不过瘾了，就学狼嚎：呜——！呜，呜——！

　　吼渴了，他就张着大嘴，仰天，让纷纷的大雪落到他的嘴里，便咽，便吞，弄得他满脸是热泪。他一把将热泪擦了，在雪地里双手叉腰，在雪地里走起了台步，折了一枝雪中的枯柳枝，当马鞭子，唱起了样板戏《智取威虎山》中的《打虎上山》。雪地里二货如醍醐灌顶，唱得像童祥苓一样。二货放开喉咙唱："党给我智慧给我胆，千难万险只等闲，为剿匪先把土匪扮，似尖刀插进威虎山，誓把座山雕埋葬在山涧，壮志撼山岳，雄心震深渊！待到战友们会师百鸡宴，捣匪巢，定叫它地覆天翻！"

　　沙街那些在会龙山庙里念书的小的们，赤膊坐在床上睡不着，居然没冻病，是沙街有日子以来的奇迹。

　　沙街有日子以来，最彻底的一次革命，是在古历腊月初八那天早晨在广阔的河滩上进行的。巴水河边的古历腊月初八，是传统吃腊八粥的日子。只要河边有人，有日子，腊八就吃腊八粥。清早起来，河边的主妇们就从床脚下拖出若干个大小不一的陶罐儿，那些陶罐儿里装着河边四季生长的五谷杂粮——绿豆儿、红豆儿、黄豆儿、花生、高粱、糯米，还有小红枣儿。这些都是河边的主妇们用心在平常的日子里积攒下来的。尽管日子穷，河边人家的主妇都会把这些土地的馈赠一样一点积攒下来，积攒到腊月初八煮腊八粥吃。这一天，河边的人家煮腊八粥吃，就表示日子从来就富有，河畈从来就丰收，日子从来就有不尽的希望。主妇们用铜盆或陶盆装了五谷杂粮，掇到清清的河水里去淘，上了花斑的老葫芦瓢，装着绿豆、红豆、黄豆，等等的，五颜六色，随着她们晃动的手，清清的河水里就荡着她们脸上的笑意。清清的河边，在四婶的带领下，就响起了她们欢乐的歌声："（哎嘿嘿），要吃（也）好菜（也）种（呃）好园（咧）。（罗呃儿嗬呃罗喂儿嗬呃）。（哎嘿嘿），要吃（也）白饭（也）插（呃）好田（咧）。（罗呃儿嗬呃罗喂儿嗬呃）。"小的们随娘来到了河边，就被娘们的歌儿醉了。河边的腊八粥，使人一生一世不能忘怀。

　　父母们被魔疯折磨了一夜，清早起来，眼圈儿乌青，一个个呆呆的、惶惶的，打开门望着漫天的白雪，不知所措。沙街没有一户人家煮腊八粥。一家家的主妇，没有生火的心情。一家家的男人也不催女人烧火，曲蜷着蹲在大门的阶沿下，吸着闷烟看雪。出埘的鸡们和出屋的狗们，全没了往日清晨的喧哗，缩着脖子，弓着腰，一副灾祸临头的死相。本应幸福温馨吃腊八粥的沙街，弄得像寒食节那样没了烟火。仙女突然双手举在空中，放声大笑地跑了起来。沙街的男女老少看见空中阵阵的白雪，滚成团，从天而降。我家的那条花母狗蹲在岗头望天开始哭，一声比一声长，一声比一声惨。

漫天飞雪里，六碗的筛锣声，就整垸子地敲了起来。随后才是二货吹人到河滩上扫"四旧"的哨子声。六碗的敲锣声竟比二货的哨子声快了两拍。二货气得吹胡子瞪眼——这个哑巴畜牲，竟然抢了他的先。

垸子里一片响的关门声，闩门声。

家家户户关门闭户了。

第十五章

漫天大雪里，二货带领十五个沙街的基干民兵，扛着红缨枪，抡着大刀，手拿麻绳，提着米汤桶和白纸封条，在漫天风雪里挨家挨户踢门，吼人到河里沙滩上去，然后封门。

二货带的十五个人，统一的绿军装，拦腰扎武装带子，带子一律是牛皮的，二指宽，发亮的铜扣子；统一的军帽，为了雄伟高耸，军帽里边一律压硬纸做衬子衬着。这十五个人，一个个都是叫鸡公，年轻力壮，全是威风凛凛大义灭亲的角色。他们的军装和牛皮武装带子，是他们想法子从当兵的哥或叔那里弄来的。头上戴的军帽是到湖外的垸子看电影时浴血奋战抢来的。全社会的年轻人都爱戴黄军帽，以戴一顶军帽为荣。他们没有，就出去抢，夜里成群结队坐船出去看电影，趁放映时的黑暗，围了别垸戴军帽的年轻人抢，抢到了手，就朝裤腰里一塞，就是他们的。由于是集体行动，由于他们拳头硬，每次出动都有收获，都能如愿以偿。沙街的基干民兵在巴河边是出了名的，人们叫他们叫二杆子队，别垸子的年轻人都怯沙街二杆子队的火，不敢和沙街的二杆子队对阵。沙街的二杆子队敢作敢为，不怕流血，不怕牺牲，打死不叫饶的精神，前无古人后无来者。这些都是平时不起眼的角色，或从小死了爷娘，没有爷娘家教的，或是家里兄弟多了，穷得没有女儿瞧得起而总也找不媳妇的。他们懂得不先革人家的命，人家要来革他命的道理。他们像二货一样能在一夜之间大放光芒。

二货带着二杆子队首先踢的是懒龙叔家的门。沙街人的二杆子队，与别垸的二杆子队有着最本质的区别。别垸的二杆子队一般欺软怕硬，沙街的二杆子队欺硬怕软。沙街的二杆子队不怕硬，越硬他们越不怕，他们专择硬柴劈，所以他们首先踢的是懒龙叔家的门。

懒龙叔偎在床上吸烟。自那天他在河堤上长跪不起，不当队长了，他就满肚子的心思。见天下雪，四婶就没要他起来。四婶说："你起来做什么？外面落大雪呢！"懒龙叔就苦笑了，说："这天要收人。"懒龙叔说这话时，二货的脚就踢到懒龙叔家的大门上了,咚的一响,又一响。四婶在屋里问:"哪个?"门外的二货说:"问什么?打开就知道!"四婶知道是谁来了,就把大门打开。四婶把大门打开后,就笑,说:"啊,是大兄弟带人来了,进来喝茶。"二货和二杆子们不进屋,站在门外边。二货问四婶:"人呢?"四婶说:"我不是人吗?"二货朝雪上啪地吐了一口唾沫,说:"你胯裆里少了一点。"四婶说:"你找他做什么?他又没当队长。"二货站在雪地里望着四婶笑,说:"我当队长了。叫他马上带全家的人到河滩上去,我们要封门。"偎在床上的懒龙叔说:"二货,你凭什么封我家的门?"二货说:"你不知道吗?革命了,家家的门要封,从你家封起。"懒龙叔问:"为什么要从我家封起?"二货搓着手笑了,说:"不从你家封,从哪家封?不从你家封起,沙街人家的门封得了吗?沙街人不说我二货欺软怕硬?你当了多年队长有狠。"二货把绿军装一把捋开,显出了肩膀,那上面有几记乌青,说:"这几个乌青的印是你闷打的,还记得不?你有劲,别人打的都消了,你打的消不了,叫我怎么忘记得了你?快点起来,带全家到河滩上去!不然我们就开始请!"二货扬了扬手里拿的麻绳子。

懒龙叔一把掀了被子,下了床,对二货说:"二货,你想怎么样?"二货笑着说:"我想流血呀。你想不想?你不想流,我就先流给你看看。"二货说完,哗的一声捋起袖子,从背后抽下大刀,刷的一下割开了一道血口子,鲜血就喷了出来,也不揩,也不包,面不改色,就那样走上前去,将那条流血的膀子扬起来,闷的一声打了懒龙叔一耳光。懒龙叔望着二货笑了,说:"打得好!二货,你是个角色!你比你死了的老子强多了!"四婶笑了,对二货说:"不就是一个口子吗?老娘割给你看看。"四婶就从厨下拿了菜刀来,挽起袖子,就要割。小槐花急得哭了起来。懒龙叔气得发颤,抢上前,一把劫下菜刀,一耳光过去,说:"你敢!"懒龙叔笑着对二货说:"是不是要捆我?"二货说:"是的。不捆你,我心里的气平不了。"懒龙叔一笑对二货说:"你一个人捆吗?你来!"二货笑着说:"十五个人不知道捆不捆得了你?"懒龙叔脸气白了,问:"二货,你到底想怎么样?"二货仍是笑,说:"不想怎么样。只是想捆你。"四婶说:"大兄弟,你捆。我帮你捆。"懒龙叔说:"非捆不可吗?"二货说:"也不是真捆,做个样子哟!不捆你,我的日子怎么过?你要是怕痛,我给你捆松点。"懒龙叔伸直两手,说:"二货你个狗日的,你捆,你给老子捆紧!你不捆紧,你就不是人养的!"二货就上前捆懒龙叔,捆得紧紧的,边捆边对懒龙叔嘿嘿笑:"是你叫我捆紧的。"四婶见捆了自家的男人,对二货说:"二货,带的绳子够不够?连我和槐花一道捆去。"二货笑着说:"你们娘俩就算了。不是我不捆,是捆你娘俩没得意思。"四婶说:"二货,你把他捆死它。捆死了,我就跟你做老婆,我把槐花带去，你女儿也有。免得你多费力。"二货就望着四婶狞笑了，说："你说得对！四姐呀，我也是人呢，我困到半夜想不通，我为什么就没你这样的东西呢？你这样的东西，多好。"

二货叫二杆们把懒龙叔和四婶、小槐花带出了门，就封了懒龙叔家的门。漫天的白雪下个不停。满垸子里的树断了桠，竹子弯了腰。

二货带人在懒龙叔家捆懒龙的时候，陶叔和他的儿正在龙山上的窑场屋里吃腊八粥。陶叔清早起来见空中有红雪花儿，龙山下的垸子里一片死静，便把平时积攒下来的五谷杂粮从床脚的陶罐子里倒出来，冒雪下河淘了煮腊八粥。陶女儿袖着手望着龙山下冷火冷烟的垸子，说："父，山下的垸子里都没人家煮呢。"陶叔边淘五谷杂粮边对他的儿说："儿，一年一度的老传教，他们不煮，我们爷儿煮。父今天有事呢，要吃饱。儿你也要吃饱，吃饱了不怕吓。你也大了，该懂事了。遇着事了，不要怕。"听父说有事，陶叔的儿陶女儿的脸就寡白了，瞪着一双鱼白的眼睛望着他父。陶叔对他的儿说："儿，你记着，人只要有吃的，不断气儿，就不怕，日子就过得下去的。"陶女儿点了点头。父儿俩就开始煮腊八粥。儿灶门煨火，父就生火烧。松枝在灶膛里呼呼作响，火光熊熊的，一会儿，锅里的水就烧沸了，灶下的父子烘暖了，脸红红的，浑身血脉胀胀的，沉浸在温暖和憧憬之中。那炊烟就朝天上冒。腊八粥煮熟了，父子俩就用粗陶大碗盛粥吃。陶叔把粥喝得响响的，陶女儿见他父喝得响响的，他也便喝得响响的。平时吃饭，陶叔总是不要他的儿喝粥喝得响，说是人活着，站要有站相，坐要有坐相，吃要有吃相。陶叔带头很响地喝粥，陶女儿也便喝响了。父子两个一齐喝得响响的。响着响着，父望着儿笑了，儿望着父笑了。喝完了锅里的粥，父问儿："你还冷不冷？"儿说："不冷。"父问儿："你还怕不怕？"儿说："不怕。"父对儿说："儿，记住，人生在世有时候是要不怕的。"儿点了点头后，哇的一声哭了起来。父问儿："你说了不怕，你怎么又哭了起来？"儿抽着鼻子说："我怕你死了。"父听儿这样说，鼻子一阵发酸，说："儿呀，我死不了。父一百芒槌打不死。"儿听父说死不了，抽着鼻子，说："父，你死不了，我就不怕。"父对儿说："对，这才是我的种。"吃完粥，儿坐在屋里呆呆地望门外白雪里飘的雪花儿。父就开始收碗，把碗洗得干干净净的，把灶抹得干干净净的，把地扫得干干净净的，把屋里的椅子和凳子摆得齐齐整整的。

风一阵阵的，雪一阵阵朝窑屋里落。落在窑泥堆上，也不化，落在做好的窑货坯子上也不化，整个窑场的屋子里压着窑泥的湿气和烧成了的陶器的火气。陶叔开始换衣裳，把他干净的对襟布扣子的棉布长衫，脱了下来，换上了冬季做窑时穿的破棉布袄子。那破棉布袄子上满是溅上去又干了的泥巴花儿，泥巴花儿叠花儿，后溅上去没干的最鲜艳。冬天陶叔穿这破袄子做窑，就与沙街的父亲们一个样。陶叔不做窑从不穿这破袄子。不穿破袄子，他就与沙街的父亲们两个样，就穿对襟布扣儿的棉布长衫，穿上后，就修长，就斯文。沙街的父亲们一直弄不懂，陶叔的棉布长衫为什么总是干净的，弄不皱？陶叔把换下的棉布长衫，叠得整整齐齐的，放在吃饭的桌子上。陶女儿问："父，你怎么不把它放到柜子里去？"陶叔对陶女儿说："今天有人要。"陶女儿问："哪个要？"陶叔说："等会儿，你就知道。"

陶叔望着他的儿，说："儿，你把你脖子上的银项圈儿摘下来。"陶女儿双手护着脖子的银项圈儿说："不能摘，父，这是娘生前给我戴上的。"陶叔说："儿，你大了，你要听父的话。从今天起你就不戴了，摘下来。"陶女儿问："父，摘下来是不是藏起来？"陶叔摇摇头说："藏什么？有儿我要项圈做什么？"陶女儿就把脖子上的银项圈儿朝下摘。头大了，银项圈儿小了，摘了半天，摘不下来。陶叔对着堂屋挂的镜框里的像，眼睛红了，流下泪来，说："他娘，儿真是大了呢，这项圈儿他戴了十三年！"他的儿终于把脖子上的项圈儿摘下来了。陶叔把摘下的项圈儿，放在吃饭的桌子上，与他的棉布长衫放在一起摆着。

做完这些，陶叔就从屋里的柜顶上，拿出一根新麻绳子，坐在凳子上，叫他的儿绑他。他人太长了，不坐下，他的儿就绑不了他。他在凳子上坐下了，对他的儿说："儿，你拢来，绑我。"他的儿陶女儿又哭了，说："我不绑。"他说："儿，父今天总是要绑。"

二货带着民兵来到龙山上陶叔父子住的窑屋。二货带民兵来到陶叔住的窑屋前，风裹着雪像人吹哨子。二货见陶叔家的大门敞着，就不由得气上心来。二货气的是沙街家家户户都把大门关着闩着，而只有这个陶维民，将门敞开。二货开始恼沙街垸子里的人家关门闭户，后来就不恼了，因为他在挨家挨户踢着门封门的时候，就觉得有味，而且越来越有味。到了窑屋，二货见大门敞着就突然觉得没味了，心里就有气。二货进了窑屋，气不过就用脚踢开着的大门，左边门扇踢三脚，右边门扇踢三脚，踢得两扇大门，张合吱呀地晃。二货吼："陶维民，你怎么把大门敞着？"陶叔平静地说："我知道你要来。"二货吼："你怎么知道我要来？"陶叔说："昨天夜里听见你在垸子里吼《打虎上山》，就知道你今天要来。"天下雪，屋里黑，二货从外面进来半天看不清楚陶叔，吼："陶维民，你在做什么？"陶叔说："我在等你来。"一会儿，二货的眼睛适应了，看见陶叔双手朝后绑着，坐在凳子上等他。二货的鼻子就气歪了，指着陶叔的鼻子问："陶维民，你怎么这样搞？"陶叔说："免得你出力。已经叫儿把我捆好了。我的棉布长衫，已经脱下来，放在桌子上，你拿去穿。你父生前在我家挑窑泥，虽然人哑不会说话，但最羡慕我父穿的衣裳，我娘将我父换的衣裳洗了，晾在窑场上晒，他趁无人就把我父的衣裳从晾竿上扯下来，穿会儿再晾上。我父每年都要把他穿的衣裳给两套他穿。虽说旧，但还不破。"二货斜着眼睛冷笑了，抖着他身上穿的军装，说："笑话，我要你的衣裳？我这军装比你的棉布长衫不强些？"陶叔望着一身军装的二货说："二货，你这一身军装好是好，但不会长穿。你穿这一身的军装，不会过人的日子。你还是穿我的棉布长衫好。"二货恼了，说："我要你的棉布长衫？我收去烧它！"陶叔说："还有我儿脖子上戴的银顶圈。我叫儿摘下来了，也放在桌子上了。一齐拿去。"二货笑了，说："这要你说个么卵子？还不快走！"陶叔说："戴副组长呢？怎么不来？"二货说："我们革命要他来做什么？"二货把手里的麻绳子，朝门外雪地里一丢，说："日他的娘，好抠人，这根绳子没用上。"

雪漫天漫地落，二货把陶叔和陶女儿押出了门。其他的民兵把窑屋的大门关了，刷糨糊要封。二货没好气地对民兵们吼："这个门有么卵子封头？跟我的破窑一样，除了卵子百无一有。"民兵们就没封窑屋，让那两扇大门敞着，任风喑哑吱呀。

大雪没膝的河滩上，聚集着沙街的全体的男女老小。二货奔前窜后声嘶力竭，又是拉又是踢，吼大家像军队那样地站好了队。

沙街的那些雕了花鸟的做了很好古漆的家具，纷纷被搬到河滩上了。抬的人满头冒汗，嘴里呼的都是热气。那些家具是沙街人家百多年的积累。太平天国"长毛们"沿河掳下来，在沙街放了一把火，烧了沙街七天七夜。那时候沙街富庶，人丁兴旺，家园齐整，挖了护垸河，砌了垸墙，但还是被"长毛们"放一把火攻破了，烧了七天七夜，烧红了天，烧红了地，烧不光的是东西，还有沙街的性命。东西和性命全在那场大火里化作了刺鼻的焦臭。但是沙街人全没记性，那场大火熄灭之后，"长毛们"退了，他们拼命地种田种地，拼命地积蓄，有了积蓄后，仍是重建家园，仍是打家具，找巴水河边优秀的工匠们给他们的后代打精美的家具，以便结婚，生儿育女，做架子床，在结婚的架子床上雕花绣朵，描龙描凤，以扬楚地雄风。这些家具上，按古传教，做楚漆，那楚漆的颜色黑中透红，黑是巴水河边黑色肥沃的土地和火后的灰烬，红是燃烧的火焰和他们身上沸腾的热血。

会龙山庙里的黄龙菩萨黑龙菩萨青龙菩萨，平日里沙街人把它们东藏西躲，这时候全背来了。落雪的河滩上，堆着河边的东西，层层叠叠，望着天空。不就是破吗？沙街人大多是痛快的人物，要破都破，要拿出来都拿出来，干净都干净，没有都没有。

二货朝那些雕龙画凤上金上漆的东西上浇油。沙街多的是木梓油。那些木樟树盘根错节生长在河畈上，沙街人在秋后把白成一片的木梓用摘镰摘下来，榨成木梓油，熬亮。二货就把木梓油朝那些雕龙画凤的东西上泼，然后举火，那些雕龙画凤的东西就哄的一声在漫天白雪的河滩上，烧了起来。那火好大，光是焰头就有二丈多高。沙街人要没有都没有，要干净都干净。谁也制止不了。

冲天的火焰里，陶叔泪流满面。

手拿本子的戴副组长眼泪也流了出来。

陶叔问："姓戴的，你流什么泪？你不是要破吗？"

那些东西统统化成灰烬后，河滩上没膝的积雪化了，化成了春日才有遍地的黑水，卷成波涛，冲进河里，河里涨水了，涨了一河的黑水。烧了之后沙街的女人一齐号啕大哭起来，男人们脸上默默地淌着泪，小的们也莫名其妙地随大人们哭了起来。

二货就开始斗陶叔。斗着斗着斗不下去了。沙街人不斗陶叔，互相斗了起来，互相叫骂，河滩上乱成了一锅粥。一河滩的骂声。一个跳起来说："娘的瘟，我怕你！要破，破到底。"另一个不跳，斜着眼冷笑："我什么都怕，就是不怕破。"一个说："要破都破，要革命都革命。"另一个说："要革命都革命，要破都破。"沙街人互相仇了，六亲不认，一个个气冲斗牛。

会龙山庙里的那些花花草草全部铲平了，种上麦子和油菜，由于季节迟了，稀稀拉拉像癞子头的毛。庙也拆了，因陋就简盖了两排屋，仍是教室。沙街有五十多人改了名字，凡是带花的名字，统统改成不带花的。比方四婶家的槐花，就改成了槐叶。男小子一个个改做了卫东、卫红、东风、红旗。我要把名字改成浩荡。父亲对我说："你改试试？你的名字是你娘生前给你取的。你改了，老子就兑你的现，不给饭你吃，让你吃你的新名字。"我不怕我父亲，我怕没饭吃，所以就没敢改。

几千年流传下来的老歌，一律不准唱的。几千年流传下来的笑话，一律不准说了。说话也改了，火柴不能叫洋火，煤油不能叫洋油，细布不能叫洋布，铁钉不能叫洋钉。谁再让这些东西带洋字，就要批判谁，外带扣五天的粮食。河边的几代人叫这些东西叫惯了，要改口就很难。谁要是不警惕，说这些东西时带了洋字，听见的人就指着说的人的鼻子说，好哇，你说了那个。就要开批判会，就在田头地角随时地斗一通。斗人的人要是不注意，不小心说了洋字，那么斗的人和被斗的人，就都要被斗争了。

沙街的牛就比狗幸运。沙街的牛几千年来一直受着尊重，不准杀写进了各姓的家谱。牛自从被人驯服了，一直犁田犁地，犯不了错误，而狗就不行了，狗自从被人驯服了后，职责有变化，狗在被人驯服后形成了势利眼，富人家的狗爱咬穿破衣的穷人。沙街的狗们就在劫难逃了。一切的狗，都在必打之列。全垸的狗，一夜之间全都丧命了。我家养的那条花母狗尽管怀了小狗，也要吊死。父亲将狗喂饱了，然后用绳套住了脖子。那狗被套住脖子时还以为主人是闹着玩的，父亲将它朝树上拉时，它才感觉不妙，汪汪地望着父亲哭。弄得父亲差一点就软了手。父亲一咬牙，还是把它吊到门前的树上去了。我家那条花母狗是一条富有传奇色彩的狗。那一年父亲搭船到汉阳二姑家借钱过年，它要跟着父亲去，父亲不要它去，哄也哄不回，在巴河码头，码头上的人不要它上船，把它隔在码头上。父亲看着它转去了。但是当父亲在汉阳码头下船的时候，它坐在江堤上，朝父亲一个劲地摇尾巴等着父亲，它竟比父亲还先到。父亲怎么也弄不明白，隔那么宽的长江，它是怎么过来的？从二姑家回来，仍是要坐船，码头上的人仍是不要它上船，父亲没办法，只好一个人上船了，留着它在岸上呜呜地叫。父亲心想，这回它肯定是丢了。父亲到家时，它听到了父亲的声音，跑出去迎接，一个劲地摇尾巴，把两只前腿搭到父亲的肩上亲他。我家那条花母狗被吊死了，咽气时，父亲哭了，哭得像个孩子。

沙街的狗全呜呼了。只剩下鸡。

第十六章

沙街的日子改变了。河边几千年的老传统日食三餐，改成了夜食两餐，白天吃一餐。日出而作日落而歇，改成了白天上午睡觉，下午和晚上下畈干活。小的们白天上午不上课，下午到晚上上课。整个儿阴阳颠倒了。

下畈做活的人，每人举一个火把，雪地的河畈上全是火把，远望比六月伏天天上的星星还密。河畈上夜里的劳动就美丽，有如神话一般。沙街人人充满了创造欲，个个脸红红的，眼亮亮的，竞相出新招。这种史无前例的创新精神使戴副组长料所不及，搞得戴副组长总怀疑不是真的，一副忧心忡忡的样子。县里在沙街河畈雪地里召开了个新日子现场会，要戴副组长交流改变日子的经验，平常口若悬河的戴副组长竟说不出个一二三四五，还是二货救了他的场。二货跳到主席台上，单就"白天睡觉，晚上下畈"总结出五条先进经验，其中的一条就是晚上下畈做活由于看不到周围的景色，做活的人比白天专心多了。县里的有关领导对此大加赞赏深以为然，说，人民，只有人民才是创造历史的真正动力。

河畈上和垸子里，腊雪渐渐地化了。不管怎样地创新，河边日子里古老的春节,还是一天天地临近了。小的们,不管死活,当着父母的面,唱起了渴望的歌谣:"年来了,是冤家,儿要帽,女要花,媳妇要衣走娘家。"这时候他们的激情就不在白天睡觉晚上上学的新鲜上。他们知道这时候如若不吵着父母给他们换身衣裳,那么他们将会破衣破裤穿一整年,永无换新的希望。

  父亲的两条眉毛愁成了一条,说:"我的老子,唱不得的。"我才不管唱不唱得,仍是唱:"年来了,是冤家,儿要帽,女要花,媳妇要衣走娘家。"父亲对我吼:"你再唱!你再唱,就叫二货把你捉去关起来。"我不为所吓,异常冷静地对父亲说:"不唱可得,缝套新衣给我。"我半大不小了,整天渴望穿新衣裳,知道穿新衣裳的感觉就是不同。父亲咬牙切齿地说:"我缝身鸟衣给你!"我开始抽泣起来,说:"我不管。谁叫你是我的老子?我跟你做儿,你不能这样打发我。不然我就不给做儿,让你绝代。"父亲就笑了,说:"好,我的个好儿,你不要吓我。我吓怕了。你要是不做我的儿,我真的就绝代了。我把我的脱给你好不好?你是老子我是儿。"父亲就把他身上穿的裇了脱了下来。父亲的那件裇子还好,还没破。我就把父亲的裇子穿在身上。父亲人长,裇子也长。我也长,但与父亲比,还是短多了。我把父亲的裇子穿在身上,父亲的裇子就齐了我的膝。我说:"太长了。"父亲笑着说:"我的儿,长好。长,一件顶两件,你拦腰系条带子,不穿裤子也可得。"我拦腰系了条带子,果真好看。我就看父亲,我说:"你过年穿什么?"父亲的咀嚼肌一个劲地咬,说:"你管我做什么?"我把父亲的裇子脱了下来,丢在床上,朝畈里跑,跑到到畈里咧着嘴哭。畈里无人,只有寒鸦一阵阵地盘旋,号叫,扑下来,飞上去,叼河畈里的绿。垸子里的炊烟有气无力地随寒风飘散。我忽然想起一向丰收的河畈原来歉收了。

  秋天的河畈上空空荡荡的。一眼望不到边的河地里,疯长着一种叫"地根土"的草。"地根土"长几片兰草花样的剑叶儿,中间长出一秆茎,开一簇伞状白不白紫不紫的花儿,遍地都是。根下结老鼠卵子样的东西。这种老鼠卵子样的东西,可以入药,也可做酒。这种草生命力特旺盛,节节生根。棉花就被"地根土"吃了。棉花秆一律地不到两尺深,一棵棉花上结几个到了霜降要还开不了的瞎球儿,而遍地的"地根土",绿得很,密密麻麻,毯子一样厚。套种的麦苗儿又黄得像一张纸。田里,遇到了空前的浩劫。二季稻要熟未熟的时候,爆发了"稻飞虱"。这是沙街从来没有遇到的新鲜虫。以前沙街人只看见人长虱,牛长虱,从来没看见稻子也长虱。那虱与人虱和牛虱差不多,也是一个个肉滚滚的,爆发的时候,沙街人扯一棵稻子丢到湖里,就浮上来一层,三四百头,浮一层油,油中大的小的公的母的,数都数不过来。那油是河畈稻子们的汁。河畈的稻子除了那些汁还能有什么。河畈的稻子全都没到季节就割了,捏在手里一把的灰,不屑用镰,镰没去,就断了。人们就丢了镰,一律地用手扯,扯了不屑晒得,直接捆,按紧,捆成牛高的一捆,提起来比稻草还轻。那些稻子捆几担连起来挑,冲担弯都不弯。

腊月二十七的夜里,二货做了好长的一个梦。梦见他把翠霞带到河边柳林里,柳林子静静的,他伸手摸了一下翠霞的屁股,翠霞扭了一下,对他笑了。他对翠霞说:"脱。"翠霞竟脱了。他兴奋极了,也脱了。他就抱着翠霞在草地上干开了。他一边干一边幸福地呻吟着。忽然他梦见自己变成了一条疯狗,沙街人满畈地追打他,他浑身是血,惊醒了。

天刚蒙蒙亮,二货听见戴副组长起来了,被子瑟瑟地响,以为戴副组长要走。腊月二十七是工作组组长回城的最后时间,如若不走,天亮是没有人供饭的。天亮腊月二十八是沙街人家吃年饭"还福"的日子。沙街人吃年饭是不要外人参加的。他们理所当然地要走。再不走更待何时。

二货被噩梦惊醒了,一身的汗,不敢睁开眼睛。过了好长的时间,破窑里亮大了,寡寡地白。二货听见响声停了,就从床上翻身坐起来揉开眼睛看,他以为戴副组长捆好了被窝,在等他醒来好走。哪知道他揉开眼睛,看见戴副组长没捆被窝,偎在床上学原著。戴副组长上身穿着袄子,下身偎在被窝里,聚精会神地学,一点儿也不分神,边学边朝本子上记,皱着眉头一副苦苦思索的样子。二货打了一个呵欠,无精打采地问:"戴副组长,你怎么还不走?"戴副组长说:"走!到哪里去?"二货说:"回家过年呀。你婆娘肯定在望你。"戴副组长说:"我已经同老婆打了电话,我不走。"二货一下子掀开被窝,光着身子从床上跳了下来,上前一把将戴副组长抱了起来,说:"看了这多年,你是个真革命的。你不像那些狗日的,腊月一到,就卷被窝回去过年。"戴副组长在二货的手里挣扎着,厉声说:"马柳生,你乱搞什么?"二货松了手,发现戴副组长的内裤掉了下来。戴副组长双手揪住往下掉的内裤,二货看见戴副组长的屁股瘦得像一对黄牛角。二货拍拍自己的横肉屁股说:"戴副组长,你真瘦。要是肉能匀,就好。要是肉能匀,我就把我屁股上的肉匀点给你。我马柳生命贱,喝白水也长肉。"戴副组长穿着衣服,说:"马柳生同志,你家是不是要吃年饭?你家要是要吃年饭,我就到外面去转会儿,等你吃完了,我再进来好吗?"二货一下子热泪盈眶了,说:"我一个人,哪算个家?外面是霜白一遍,你到哪里去?别人家不要你,我要你。我把你当亲哥哩。从今天起,你就在我家过年,我吃什么,你吃什么。"戴副组长也一下子热泪盈眶。两个人竟都是热泪盈眶的。二货就下灶生火,热火朝天慷慨大方地剁肉煮鱼,办年饭。

吃过年饭,四婶假装到二货的破窑里借水桶打豆腐,其实是来看戴副组长走没走。四婶笑吟吟地来到二货的破窑外喊:"有人吗?借担桶用。"二货知道四婶来做什么。二货在窑里说:"借桶没有,借鸟有一双。"四婶说:"那算巧事,你一个人有两条吗?我看看你是不是长了杈儿。"进窑一看,戴副组长果真没走,脸就刷地白了,说:"哎呀,戴副组长,日子新了,你怎么还不走?"戴副组长的脸就红了,说不出话来。四婶退出窑回了家。四婶回家后,后房里坐着同陶叔说话的懒龙叔问:"走了没有?"四婶叹口气说:"哪走?那是一条牛!我们沙街倒了八辈子的霉,遇着这条牛,老娘我怕是要改嫁了。这日子叫人怎么过?"戴副组长没走的消息不到一盏茶的工夫,就传遍了整个沙街,沙街人目瞪口呆了。田地歉收不说,更要命的是戴副组长居然不回去过春节。沙街人对付工作组组长最有经验。因为沙街人知道开春来的工作组,不管在一年里怎样变花样,怎样翻天覆地,腊月二十八必定要走,他们一走,沙街该过的日子还是照样过。

往年的这时候,工作一走,四面环湖的沙街,还是世外桃源。爱玩的男女吃了年饭来到窑场上,窑场上辛苦了一年的陶叔就经不住在河畈里同样辛苦了一年的沙街男女的怂恿,动心了。沙街的男女都喝了一些酒,聚在窑场上,一律地很幸福很美丽。天上腊月的太阳也楚楚动人,风吹尽了寒,晃动着明亮的影子。那明亮的影子,遍院子遍河畈的都是。男男女女喷着酒香,红着脸朵子,团团地将陶叔围在中间,人多嘴杂地嚷:"陶爹,玩玩。陶哥,玩玩。陶叔,玩玩。"一律地兴奋而急促,一副急不可耐的样子。陶叔就忍不住了,搓着一双大手,笑了,说:"是不是要玩?"回答声就像河畈里开得热闹的百色花儿:"玩玩,玩玩。"陶叔说:"玩玩?玩玩就玩玩。"陶叔就在明亮的太阳下,忙碌着糊"故事",因人而异地分"故事"。

沙街过年玩"故事"因人而异,分荤素。龙灯,天狮,那是男人们在河边抽水房里赌博,赌手气赌豪气,输的输了,赢的赢了,散场之后玩的,极粗犷,手舞足蹈,呼天吼地,大汗淋漓,而后身心通泰,极显过日子的勃勃雄心。这是素的,没有荤。沙街的荤素,体现在采莲船和大头包儿上。采莲船和双推车是素"故事",大头包是荤"故事"。素"故事"是姑娘和童子玩的。什么人玩什么"故事"靠陶叔分。

陶叔把隔年玩的采莲船骨架儿从壁上拿下来,把红纸绿纸剪了,用浆巴朝骨架上精心地糊,一会儿新一年的采莲船就糊起来了。红的鲜艳,绿的耀眼,盈盈的风里,它就活了。陶叔在船门的两边贴上对联,一边是"风调雨顺",一边是"人寿年丰"。陶叔把老桨拿了出来,揩尽上面的灰尘,用红绸子扎成两朵花儿,鲜艳着人的眼睛。他让全垸最漂亮的姑娘坐采莲船,他贴了胡子,用红化了妆,妆成诙谐的老头子，划桨，挂笺儿。天朗朗的，风活活的。排演就开始了。采莲船绕开了场子，陶叔划着桨，挂着笺儿。垸中清一色的小姑娘和童子就站在他背后帮腔。锣鼓一齐打，唢呐笛子一齐吹。他唱："我们的船——"姑娘小子接："哟——哟——！"他唱："朝前划——。"姑娘小子接："呀火嘿——！"他唱："划了这家——。"姑娘小子接："要喂哟——？"他唱："到那家——。"姑娘小子接："划着！"陶叔挂笺是很有文采的。两句一段，一段一段地往下唱。他挂得津津有味的，姑娘小子接腔接得津津有味的。陶叔唱："翻山过坳一条路，这个人家大不同，屋后有个来龙岗，门前有口映星塘，来龙岗上出天子，映星塘里出皇娘，左边有棵千年矮，右边有棵万年桑，千年矮上系骡马，万年桑上落凤凰，凤凰落在金沙地，何愁百鸟不来朝？"陶叔唱："二妹坐船抬头望，青砖瓦屋白粉墙，白粉墙上画月亮，月亮旁边画凤凰，凤凰口吐七个字，状元、榜眼、探花郎。丈夫好比杨宗保，婆婆好比杨令婆，所生儿女有七个，五男二女保山河。"陶叔唱："坐北朝南一向屋，条牛担种百担谷，老来儿孙绕膝坐，早也福来晚也福。"陶叔划着采莲船，描绘幸福美满的生活。人们心花怒放，腔帮得响遏云天。陶叔挂完笺之后，就是正节目，让沙街的姑娘们唱巴水河边的那些情歌儿，于是胡琴拉起来了，笛子吹起来了，锣鼓有节奏地打起来了，唱《下下打的空稻场》，姑娘唱："新打锄头两头叉（也），打起锄头种芝麻。郎种芝麻姐种豆（咧），芝麻开花豆开花，哥（咧）慢慢牵藤缠芝麻。"姑娘唱歇了，是过门，过门完了，男孩子接着唱："姐在塘里洗衣裳（也），郎在门口打谷场。郎打三下望望姐（咧），姐打三下望望郎，妹（咧）下下打的空稻场。"这唱完了，就唱《十绣手巾》《四季相思》《上楼台》等的。巴水河的情歌儿多得很，唱着唱着，总是有，总是唱不完。这是陶叔分给姑娘小子们玩的素"故事"。

陶叔分给沙街结了婚的男男女女玩的"荤故事"，就与"素故事"不同。最典型的是大头包儿。大头包儿在沙街也叫打柳戏，不叫玩叫打。打就是疯的意思。说到疯，就与男女之情有关系。参加打柳戏的人，一律地戴着大头面具，穿戏装，做各种叫人看了笑痛肚子的动作。这是配角，是伴舞的。打柳戏真正好玩的是两个角色。一个是蛤壳精，另一个是渔翁。扮蛤壳精的，一定要垸中最漂亮、腰肢最活、脸蛋最好的女人。扮渔翁的最好是垸中的老单身汉。扮蛤壳精的扎一个大蛤壳，能把一个活鲜鲜的女人包进去。那女人极尽妩媚之能事，顾盼生风，舞蹈着双手将蛤壳一张一合地撩渔翁。渔翁举着网，追着她，欲火中烧，总是想把她网住，又网她不住，那滑稽百出的样子，叫人笑出眼泪。巴水河边的打柳戏源于一个古老的传说。说的是古时候湖上有一个老渔翁，一直在湖上打鱼过日子，他是个出色的渔人，很会打鱼，但是他打鱼打老了，还是单身一个，无儿无女，湖里的美丽的蛤壳精很同情他，动了凡心，想嫁给他。但是她又想他是不是老了，就想试试他，于是她就在湖里撩他，让他网她。她在春天碧绿的湖水里戏他，时隐时现。老渔翁春心大动，追她，网她。结果她就被他网住了。她让他将她带回了他湖边的窝棚。就在那个美丽的春天的晚上，她就和他在湖边的窝棚里成了婚，那时候星光满天，充满了人间的美好。由于有了这个美丽的传说，沙街人几千年对于爱情充满了想象，所以沙街的人总也老不了。沙街人总爱玩这个"故事"。沙街打柳戏，总是四婶扮蛤壳精，二货扮渔翁。四婶扮蛤壳精，风情万种，躲闪腾挪，总让二货网不住她。二货举着网，总是千方百计地想网住四婶，总也网不住，弄得二货难忍难受。二货网不住四婶，就对四婶说荤话儿，什么话儿荤，二货就说什么。平常他不敢对四婶说，二货这时候他敢说。沙街玩"荤故事"，有"荤故事"的规则。那就是谁也不准恼。四婶本是辣角色，她什么不敢说，什么她说不出口？那时候她对二货说的全是裤带儿以下的荤话儿。陶叔带姑娘小子去玩采莲船的时候，父母们就在垸子里打柳戏儿。父母那时候就沉浸在天地之间原始的男女欢乐之中。

戴副组长不回城去过年，沙街人什么"故事"都玩不成，一片的寂静。

大年初一的早晨，二货和戴副组长坐在破窑里。二货一个劲想梦里与翠霞在柳林的事，难受得坐不住。二货对戴副组长说："戴副组长，好难受，我出去弄点事玩一玩。"戴副组长问："你弄点什么玩？"二货说："你不管。我去玩我的。"

二货就穿军装出去了。二货出去后，就到寡妇翠霞家，把寡妇翠霞拉到稻场上去斗。二货把翠霞拉到稻场上，要翠霞老实承认一年偷了多少人。翠霞哽咽着说不出话来。二货说："一年三百六十多天，你一天偷两个人不？一天偷两个人，一年就是六百多个。你说，你一年就这项副业赚了多少钱？"翠霞就号啕大哭起来。二货说："你哭也没有用。你只有老实承认。你一年四季接河里的排客，瞒得了别个瞒不了我。河里的排客离家久了渴女人，上了你的床舍得花钱，困你一回，两块钱不给？一年六百多回，就是一千多块。你怕我这个账也算不倒？你要把这钱交出来！"翠霞一句话也说不出来，只有号啕大哭的份。大年初一斗翠霞，弄得翠霞泼都泼不起来。沙街大年初一是很讲究兆头的。大年初一兆头不好，一年就没有好的。平日泼起来天不怕地不怕的翠霞，那时候只有哭，哭得惨声动地。垸里的人都围拢来了，二货见来了人，越是涎喷喷地有劲了。垸里的人敢怒不敢言。人群中的懒龙叔恨二货，恨得咬牙切齿的，拳头捏得骨头响。听到哭声，陶叔从龙山上走下来，一直走到稻场上。陶叔对二货说："二货，你不要斗她，斗个寡妇有什么味？换个人斗。"二货问："陶维民，你说换那个？"陶叔说："换我。斗我吧。斗我好看，有味些。"二货吐口唾沫，对陶叔说："斗你有鸟味？"陶叔说："二货，你要还是个男人就斗我。"戴副组长来了，脸都气白了，大声吼："马柳生，你还是人吗？"二货一点儿也不恼，仍是淫笑，说："大年初一，我哪个都不想斗，特别想斗她。"

戴副组长噎住了，无可奈何地摇头，悲哀地闭上眼睛。

第十七章

二货在稻场斗翠霞的声音传了满垸。

父亲则着耳朵听了半天。听了半天，父亲不听了，对我说："我的种，你爱不爱表扬？"我说："我爱。"父亲说："你想不想出人头地？"我说："我想。"父亲说："你这个种，平常弄得累死了，总没弄到点子上，所以总没得到表扬，总没出人头地。今天我给你出个点子，保险你得表扬出人头地。你听不听我的话？"我说："要是能得表扬出人头地，我就听你的。"父亲说："我给你出点子，你按我说的去做，得表扬出人头地那是当然的。不过事成之后你不要说是我出的点子，你要一口咬定说是你的觉悟。"我见不得父亲卖关子，我说："你说不说？你不说，我就出去看斗人。"父亲笑着说："我的个种，你慌什么？斗人斗得还有功，与你不相干！头签把二货抽去了。"我说："你就快说。"父亲贴着我的耳朵神秘兮兮地，将得表扬出人头地的点子对我说了。我一听果然好，乐得扯着一张大嘴嘿嘿地笑，笑出两挂涎水儿。

于是我就从在门角落里找出筲箕，我想找一只比较新一点的筲箕，起码的要求要不破，大年初一我还是讲点兆头的。我在我家大门角落里翻寻，终于找到了一只不破的筲箕，系儿也好。我就拿锄头用锄头柄把筲箕撬了，得意扬扬地出门去了。一垸的人惊奇地看着我撬筲箕，不知我要做什么。因为沙街人大年初一是讲究不碰筲箕扁担之类东西的，种田的人，一年四季都与这些东西打交道，若大年初一就碰这些东西，那么这些东西一年就不会离肩的，那就注定逃不脱劳苦命，沙街人虽说是劳苦人但都不愿意有劳苦命，而大年初一我偏要撬只筲箕出门，所以大家就像看猴把戏样地看着我。父亲在后面说："去，去，怕什么？有什么怕的？"父亲怂恿我，我见不得人怂，我就浑身自豪地去了，去做破旧立新惊世骇俗的事。

父亲对我耳提面命神秘兮兮要我做的事，其实没什么，很简单，就是叫我去捡狗粪。捡狗粪要在平常不算什么，我们平常天天捡狗粪，捡了狗粪回来，就让队长称，称了按斤两记工分。但在大年初一捡狗粪就不一般了。

狗粪不是那么好捡的。家狗在必打之列，物伤其类，山里的野狗们吓得不敢像往年那样胡乱地朝下游跑。我在河滩上，撬着筄箕跑，河滩上没有狗粪，这令我很失望。我是很聪明的，知道河滩上没有狗粪，河岸边的茅草丛中必定有。河岸边的茅草丛里，果真有狗粪。那狗粪是平常捡漏了的。我们平常在早晨捡狗粪，一般不去岸边的茅草丛，清早的茅草丛中有露水，湿裤腿的，湿了裤腿叫人冷得难受。河岸边草丛中的狗粪，都风干了，长了白毛，一堆堆的，丝丝的，很漂亮，一堆就像开在草丛中的一朵花儿。风干了的狗粪不重秤，捡了半筄箕，提在手里轻飘飘的，这是很划不来的事，要在平常，我才不干这吃力不赚工分的事。但在大年初一，我在乎的不是它重不重秤。我用了很长的时间捡了一筄箕狗粪，装起了尖。我把我捡的那一筄箕狗粪用锄头柄撬到了岗头上稻场边的粪窖边。那口粪窖很大，是用拆我们沙街西头的牌坊的红沙石砌的，那牌坊据说是一个贞节牌坊，高大得十里路远的地方就看得见，所以拆的红沙石就多，粪窖就砌得大，四四方方的，大得让沙街一年四季装粪总也满不了。

我撬着满满的一筄箕，来到岗头上稻场边的窖边时，翠霞在哭，戴副组长正在批评二货，要撤二货队长的职。二货说："你撤不了，我的队长是熊组长看重我，给我当的，熊组长不来，我就要当一生。"人们都围着看热闹，没人注意我。我就有气，破着喉咙大声吼："称粪——！称粪——！"我这一吼，人们就惊奇了一齐地朝吼声看，心想大年初一哪来个要称粪的？一看是我撬着满满的一筄箕站在窖边，就一齐哄堂大笑起来了。我理直气壮地对着众人吼："笑什么？笑什么？有什么笑的？"我看见只有二货没笑。二货显然被我弄愣了。我不把他弄愣，我算什么角色？我看见戴副组长的近视眼镜后的一双眼睛放亮了，像看到了一朵鲜花儿。戴副组长走到我面前，用手摸着我的头，我就感觉到了他的手给我的温暖。戴副组长问我："你是哪家的孩子？"我说："我是革命的孩子。"他问我："是谁叫你这样做的？"我回答他："谁也没叫，是我的觉悟。"戴副组长就笑了，连声说："不错。不错。"戴副组长对我说了不错后，对二货说："马柳生，你怎么连个孩子都不如？你看一个孩子都比你做得好。你还不快点去拿秤来称！"二货是队长了，当然是他称。

二货就老大不高兴，回家拿秤去了。垸里小的们见戴副组长表扬了我，一齐散了，各自回家找筄箕，纷纷下河去了。我万万没有想到，我的行动冲散了二货斗翠霞，带动了垸中小的们。我出尽了风头，那高兴劲就别提了。二货拿来秤，给我称，一边称一边说："你这狗日的长大了是吃公家饭的。"我不理他。他咬牙切齿地说："你这个狗日的，你捡的尽是草叶子，我扣你两斤，我谅你不敢有意见。"我朝他笑，说："你扣三斤吧。"二货瞪着眼认真地对我说："这狗日的，长大了肯定能吃公家饭。"

二货在湖边转，碰到驮着行李从渡船上下来的熊组长。二货抬头见了熊组长就笑，打了一个惊诧，说："熊组长，你怎么来了？"熊组长说："我为什么不能来？我是沙街路线工作组的组长。"二货说："啊，你婆娘没死哟？"熊组长苦笑了，说："你怎么这样说话？我哪能要她轻易死，我的孩子她还没养大。我卖血把她抢救过来了。"二货说："哎呀，熊组长，你可把我想念死了。"熊组长说："队长给你了，你还想我做什么？"二货说："想你早点来领导我们继续地闹革命呀。"二货就接过了熊组长的行李，驮着，说："我的熊组长，你婆娘又没死，你应该早点来！"熊组长说："我还没早点来？我大年初一就来了，你说哪个比我更革命？"二货说："你来得好，你来了我就有劲。"熊组长说："我不来你还不是有劲！"二货说："有劲是有劲，总是差一味。"熊组长望着二货，说："马柳生，你不错呀，你多好的精神！这样搞下去，你的好日子快到了。"二货笑着说："熊组长，我的好日子别人靠不住，还要靠你。"熊组长就笑，说："我走后垸子里的日子新没新？"二货说："那还用说，天新地新人也新。你把火点着了，拍拍灰走路，让别人去烧。"熊组长说："哪是我要走？是我婆娘要死。"二货说："我跟你把被窝驮回去。我大年初一心想斗个人搞开门红，姓戴的说我连孩子都不如，表扬捡狗粪的，我斗人就不如捡狗粪。你来了就好。我回去做饭。中饭你在我家吃。你来了我就不得给饭姓戴的吃。"熊组长问："你为什么不给饭他吃？"二货说："他是个副组长，我哪的饭给他吃？腊月二十八的吃年饭，别人家不让他进门，是我给饭他吃的。算是喂了一餐狗。"熊组长说："人家下来是搞革命的，饭还是要吃。"二货说："他个副组长，我给饭他吃？"

熊组长说："大年初一捡狗粪是要比斗人强。"二货说："我知道你要说这话。"熊组长哭笑不得："二货，你是虱子托生的，不咬人不好过，张三一口，李四一口，专门挑拨离间。老子还没住脚，你就挑拨我和戴副组长的关系。"二货一笑，笑喷了一口涎，斜着眼说："你算说对了，我是那东西托生的。你是什么托生？你怕我不知道？还不是那东西托生的。"熊组长笑了："我今天偏不信你的。"熊组长就抽一支烟给二货吸。二货狠狠地吸了一口，掉头就走，边走边唱："革命人永远是年轻，他好比——！"比不上去，就不唱，说："哎，没得味，不比算了。"

沙街人发现熊组长来了，那惊奇就不是小惊奇。熊组长见了戴副组长，上前一双手紧握着戴副组长的一只手抖，说："戴副组长，你好！你辛苦了。"

饭桌上的父亲，很有希望地看着我，弄得我受宠若惊，有点儿不自在。

太阳出来了，照着河边二货的破窑。大年初一的阳光，从破窑板车做的窗子里，照进去，二货的破窑里就春光明媚的样子。二货把饭煮熟了。戴副组长和熊组长坐在破桌子前等饭。灶上的熟饭冒着阵阵的香气儿，那香气儿和着从天上漏下的阳光，缕缕地冒，使饿了的人很容易沉浸在吃饭前的幸福里。二货就失手摔了一个，吃饭的黄泥巴碗。那个黄泥巴碗从灶台上滚下来，掉到地上就摔成了八瓣，像一朵开得响亮的花。二货"啊"了一声，骂自己一声。二货本来只有三个吃饭的黄泥巴碗，摔了一个，只剩下两个。二货盛了两碗饭，放一碗在熊组长面前，掇着另一碗装着不知放在自己面前好还是放在戴副组长面前好，犹豫了一会儿，还是把那碗饭放在自己的面前了。戴副组长面前就是空的。戴副组长那样子极难为情了。二货说："戴副组长，你莫急，我跟你去借个碗。"二货就起身出门要去借碗。二货走到窑门口，又转来了，说："啊，我差点搞忘记了，大年初一不能跑到人家借碗。戴副组长你等会儿，莫急，我吃了，替出碗来了，你再吃。"

戴副组长扶桌的手就颤抖起来了。戴副组长起来站了起来朝外走。熊组长问戴副组长："老戴，你到哪里去？"戴副组长说："我不饿。"二货对熊组长说："他清早吃了好多的，恐怕是不饿。"

垸子里静悄悄的，沙街人正准备吃中饭。戴副组长不走垸子，走河堤。戴副组长怕人看见了，沿着河堤走。吃中饭时，沙街的大年初一，有太阳照着，房屋错落有致，那就是典型的人间风光。沿河堤走的戴副组长忽然很伤感，鼻子酸酸的，近视眼镜后的眼睛潮湿了一阵子，脑子里忽然跳出一句古诗来："自古圣贤皆寂寞"。他看到古远的时光里，那个形销骨立的老头子为了他的理想带着他的弟子们四处游说。戴副组长噗地笑了，想那老头子不也在陈蔡断粮饿过肚了吗？那老头子不也是四处碰壁，后人不也说他惶惶然如丧家之犬吗？没有什么！这时候戴副组长听到了噗的一声笑。戴副组长四顾无人，心里觉得十分奇怪，问："何人笑我？"那声音说："无人笑你，是你自己笑自己。"戴副组长说："我为什么自己笑自己呢？"那苍老的声音问戴副组长："你为什么比我？你不是批判我吗？你不是要把我的那一套全部否认，要建立你新的一套吗？"戴副组长说："咳，我这时候想起你，看起来极无道理，但却极有道理。"戴副组长说："咳，谁叫我学了历史专业熟知你呢？"戴副组长那时候自然而然地想起了那个形销骨立的老人来，在想象里同他说了一些话后，戴副组长就不悲哀了，很坚强地抬起了头。

大年初一的春，好。只要人坚强，它就可以生出许多希望和慰藉来。戴副组长走到巴水河边的龙山上，太阳下巴水河畔的龙山，遍地的窑址，遍地散落着陶片儿,那全是日子里烧出来又碎了的陶器,那些散落的陶片儿,在太阳的照耀下,一齐蒸出刺鼻的土气和火气。那全是碎了的粗陶器片儿,日子久了就化成泥,又被人做成陶器。戴副组长一下子看到了这迅速轮回的过程。他俯下身去,双手抓起那些陶片儿,在手里搓着,说:"怎么这样粗糙?怎么这样原始?怎么这样快地轮回?怎么这样固执而又难以改变?"戴副组长身后传出了声音,说:"你没有饭吃吧?"戴副组长以为还是想象中的那个声音,懒得回头,问:"你为什么知道我没饭吃?"身后的人笑了,说:"我也同你一样,只有没有饭吃的时候才会想很多很多。"戴副组长吃了惊,回过头来,发现他的身后站的是陶叔。陶叔对戴副组长说:"我家的饭还没吃,你要是想吃的话就到我家去吃。"戴副组长丢了手里的陶片,拍拍手说:"我怎么能到你家去吃饭呢?"陶叔说:"我知道你是不食周粟的。只是白费了我的一番苦心。大年初一,你何必与饭过不去呢?"戴副组长望着陶叔,陶叔望着戴副组长,站在龙山上,双方默默地相对无言了。

第十八章

　　河边的日子里彻底地没有了歌声,垸子里一片死寂。巴水河畔的春天整个儿反常了。

　　首先发现反常的不是别人,是我。那天早晨起来我起来放鸡,就觉得有些不对头。我家的鸡归我放。我父亲管我,我管它们。父亲有气就打我,我有气就打它们。这是我从父亲手里争取要放鸡的原因。我觉得不对头的是我家的那只初开窝的小母鸡。我一打开笼门后,她不像往日那样开笼的第一件事就是慌着找窝儿生气,而是在堂屋里神气地望着我。我家的那只小母鸡自从开窝生气后,每天都按时生气,她每天按时生了气,并不认为她生的是气,下窝来就大声喧哗,觉得有功,骗父亲和我的粮食吃。我就气不过,拿根棍子将她赶出门,赶得她像燕子高飞。她张着翅膀飞出门,竟像鹰一样地不肯落地,径直朝河畈飞去,划一个优美无比的弧线儿,气仰了我的鼻子。她像鹰一样飞出去之后,一会儿又飞了回来,回来后瞧着我的眼睛更有变化了,变得贼亮贼亮的。我就好生奇怪。她就飞到我家的屋脊上,脖子一伸一伸地开始打鸣了。这时候太阳从东边的龙山上升起来了,要出不出、要红不红的半轮。她同垸中公鸡们一样,居高临下,一副天降大运于斯的样子在屋脊上唤太阳出来呢。站在屋下的我,惊奇地发现她原来变成了公鸡,难怪她对我神气,她也是一只公的了。

　　熊组长及时总结了沙街前一段路线工作取得的成绩,为了进一步扩大战果,把全天在会龙山读书的小的们，改成了读半天的，叫作半耕半读。沙街小的们上半天驮着书包到会龙山上学，下半天同父母们下畈做活。这样做的直接好处，就是让沙街小的们不知道自己到底是学生，还是种田的，让沙街小的们少了好些骄傲和娇气，使沙街小的们在很短的时间里，懂很多道理，早熟起来，在艰苦的劳动中额上有了许多的抬头纹，一个个小大人似的。这样一来，使父亲不知怎样教导我，往常我全天读书，他好教导，他总是在吃饭的时候，用陶叔的话教导我，说书中自有黄金屋，书中自有颜如玉，说你小子跟我好好地读书，读好了书将来要什么有什么老子老了跟你沾光享福。现在他就有点为难了，父亲像沙街许多父亲一样是认准了理一条路走到天黑的人，脑子不是十分活泛，他不知道我是什么了，不知道是叫我好好读书好，还是叫我好好做活好。他就在饭桌前像盯一个妖怪样地盯着我，掇着粥碗，一个劲嚼他盛的菜，想说什么又说不出什么，不说什么又老大不甘心，恨恨地把碗一搁，骂一句："他娘的！"

我家那只变了性的小母鸡在我家屋脊上脖子一伸一伸地叫，太阳的红光儿合着河风一缕缕地染红了她。这时候我听到了我们早晨的沙街里，一片轰鸣的，都是雄鸡的叫声。这使我一下子糊涂了，不知道春天里的沙街一下子哪里来的这么多雄鸡？春天里沙街的雄鸡是很少的，一家一户只留一只做种。沙街人千百年来日子过久有了智慧，知道雄鸡留多了，是没有用处的。雄鸡留多了，会惹是生非，日子就会过得不太平，它们会为了争夺母鸡打架，打得不可开交，非得让人或者狗去管那闲事儿不可。沙街的人家等小鸡们长到能认到公母，就让阉鸡佬来，一只只从笼子提出来，网住，用脚踩着网口，夹在怀里的夹子上，绑好，张着绷子扯毛，用很明亮的刀子阉。阉了的小公鸡们去了性，就是阉鸡了，阉鸡就是肉鸡，它们的任务就是光长肉不做别的。沙街人对于养畜生做什么，是从来不让畜生糊涂的。就让母鸡们明白它们的任务是生蛋，就让公鸡们明白它们的任务是给母鸡们踏水做种，阉鸡的任务就是长肉。

光芒很好，我仰望着我家那只变成了公鸡的小母鸡，站在我家的屋脊上，脖子一伸一伸地叫着太阳。我看到全垸人家的屋顶上，那些变了性和没有变性的鸡们，各自拍翅儿抢着站高，杂乱纷呈蔚为壮观，各自引颈洪亮地啼叫，叫着太阳出来。那真是万鸡争鸣的壮观景象。我指着垸子里的屋脊给父亲看，父亲笑了，就捐着锄头，不急于下畈了，同我一起站在屋下看。那是震人耳朵的杂唱，分不出哪是哪个的声音，只知道是声音，在天和地之间滚动。结果太阳没有唱出来，反而下去了，天乌了，一阵阵的冷风吹，天边上剩的是一摊血样的残霞。

全垸出工的人大惊失色了，河边把母鸡变性站在屋脊上啼叫看作是最大的不祥之兆。垸人纷纷用竹竿子把那些变了性的鸡，从屋脊上赶下来，捉着杀肉。

这时候就听见仙女在垸后桃树林子里号啕大哭。仙女哭得密不透风。仙女披头散发，右手两指如剑，兀自指着桃花在痛哭流泪。仙女那剑指，豪光四射，指着桃树，叫人不寒而栗。陶叔站在桃树林子里，像一个陶人。春天了，桃树林子里的桃花开得可怜地少，这棵树上几朵儿，那棵树上几朵儿，根本不是春天。仙女披头散发，一个劲地号啕大哭。仙女哭得连气都不换，女人跟着红了眼，然后是小的们，桃树林子里的陶叔默默地流泪了。

沙街的桃树按照天理，向来是三年两头熟。不管怎么算那年也是大年。沙街人就慌了。哪有大年不熟桃的道理？桃在沙街不是贵果子，不像梨那样金贵。桃是贱果子，只要在土上栽下它，在树下埋一只死羊什么的，它就从生到死一年年给人开花结甜蜜的果子。沙街有史以来有两次桃花不盛给日子带来了劫难。

沙街桃花不盛的事，第一次发生在清朝咸丰四年。那一年巴水河边的春天，风是风，雨是雨，点点知时节，一切顺极了，可就是垸后的桃花林子里的桃花，稀得毫无道理，沙街人怎么也想不通，这么好的年岁，怎么桃林子不开茂盛的桃花？秋后就应验了，"长毛"来了。第二次发生在1958年。那一年的春天，太阳是太阳，月亮是月亮，年岁也格外地顺，但垸后桃林子里的桃花，也开稀得毫无道理。沙街人积历史的经验，警觉了，在陶叔的带领下开展了使桃花开茂盛的辉煌的民间活动。那一年春天，母亲还在人间，父亲和母亲带着我参加了那辉煌。在桃花开得极少的林子里，父亲母亲们用他们生命的激情热烈地歌唱，尽情地舞蹈，感染桃花盛开。父亲和母亲们唱疯了，跳疯了，大汗淋漓，热烈得天上的春阳光芒四射，像夏天一样温暖。我那时还在襁褓中，我的母亲把我挂在茁壮的桃枝上，我红红的脸蛋儿兴奋得就像五月鲜桃。我看见父亲和母亲，肆无忌惮地抱在一起，歌唱着，舞蹈着，狂烈地亲吻，吻得他们透不过气来。那时候我的生命之椒——我的那小鸟儿就随他们的歌唱和舞蹈膨胀胀起来了，在襁褓里尿了，尿得襁褓直往地下流水。母亲看见我在襁褓里流水，挥舞着两只浑圆的手膀子对父亲大喊大叫，说："你看你的种，好大的尿哇！"那时候四婶的情歌儿，就在春日下嘹亮起来。四婶唱："新打的凉船翘窝窝，情妇搭船到巴河，姐问情哥好多路？河湾港湾五十多，亏得情哥赶夜河。"四婶唱完了，懒龙叔唱了起来："情哥荡船爱唱歌，问姐情歌有好多？唱得嫦娥开口笑，唱得织女下天河，肉挨肉儿多快活！"河边桃林子的桃花，第二天就轰然地满林子地怒放了，五月结出了压满枝桠的鲜桃子。沙街在四年三次的全国灾害中，日子依然是日子。沙街是个神奇的地方，人情直接与收成联系在一起。在稻子快要成熟的季节，朗月星空，就像古诗里所说的稻花香里说丰年听取蛙声一片的时候，父母们就要到稻田边交欢，交欢之后，稻子就会丰收，多几分的收成那是常事，这是家合的结果。若是那块田里的稻子长得出奇地好，那么田边必定有人野合了。沙街对于男愿女愿两厢情愿的事，从来就没人认真追究过，嘴上说那要不得，其实心里觉得托了一趟人生，真爱几回不容易。

　　熊组长站在林子外边，厉声地说："谁也不准再哭！"天乌乌的，阴风怒号。可怜的几朵桃花被风吹落了，被人脚践了，干净，红也没留下一点儿。

　　春天还是来了。谁也挡不住巴水河迎春天的脚步。河畈里的油菜花儿开了，粉黄黄的。隔年的燕子还是飞回来了，呢喃地觅着旧家。春风瘦瘦的，但那还是春风。巴水河畔的沙街在那春天里，没有了红。红就是鲜血。巴水河畔的沙街人，因为酷爱鲜血，所以禁忌鲜血，日子里流了血，一般不说血，说红。垸中新接了媳妇，第二天早晨女人们碰到那家的婆婆就问："见红没有？"见红就是处女血。打架，双方打得不可开交，论轻重就问见红没有。见红一般是打破了头练破了脑。还有谁家的女儿提了脚盆，提脚盆就是初潮了。那家的做娘的，就会在畈中对垸中其他家做娘的说，他家的女儿见红了。

　　那个春天，沙街的日子就是瘦瘦的、寡寡的。瘦瘦的寡寡的，还有沙街所有人的心情。那个少年在落寂的春天，许多日子，没有闻到弥漫在春风中那股腥味儿。

　　那个少年想象在春风里闻着那股腥味儿的激动心情。那个少年的褂子破得褂子不像褂子，裤子破得不像裤子，但在泱泱的春风里，盼望闻着那股腥味儿。天上的太阳又嫩又白，他自个儿捏着长粗了长长了的手膀子，满把的粗满把的劲，听着了满畈春情泱泱的歌儿，嘴里跟着胡乱地唱那些春情泱泱的歌儿，渐渐地明白了往日春风中那腥味儿里含的许多事。明白了，那个少年就莫名其妙地兴奋和激动，兴奋和激动像毛毛虫爬上他的鼻子，使他有点想哭的感觉。

　　父亲白天把破被窝驮到太阳底晒了，到了夜里让他盖着，那个少年很暖和，就闻着了太阳。那甜甜的，腥腥的味儿，原来就是沙街成熟的男女们如太阳般散发的气息。知道河边有了这些气息才是春天。那个少年就在春风里散发的甜甜的腥腥的味儿里，激动地长大。

　　沙街因为没有歌声，那甜甜的腥腥的味儿就少了。那个春天使那个少年萎靡不振。

　　那是个春天的下午，沙街小的们与大人们在瘦瘦的春风里朝瘦瘦的油菜田里送湖泥。没有声音，只有肩上扁担咿哑着，天上的燕子们怪怪地看着我们。沙街人一担担地朝油菜田里送湖泥，突然四婶肩上的扁担就朝天上飞了起来，紧接着四婶家的小槐花肩上扁担也飞了，四婶搂着她小槐花就哈哈大笑了起来，那哈哈一个接着一个，在满是瘦瘦黄花的河畈上，非常响亮。四婶不停地打着哈哈说:"我的儿,我娘俩都成公人了!我的儿,我娘俩都成公人了!"说着说着就嘹亮地哭起来。这一哭不打紧,全垸的女人们肩上的扁担都飞到天上去了,像一群奋飞的大雁,她们就在扁担奋飞的天空底下,全笑了起来,全哭了起来,全疯了,满畈都是她们的追逐,满畈都是她们的哭笑,谁也劝不住,谁也吼不住。天地在那时候一塌糊涂了。

　　破窑里忙于研究工作的熊组长和戴副组长赶出来,被河畈里的景象惊呆了。两个组长这才明白,沙街的女人们内分泌紊乱了。二货一本正经地说:"这是阶级斗争新动向,肯定是阶级敌人搞了破坏。"戴副组长一听,觉得非同小可,马上要向上级写报告。熊组长笑了。戴副组长问熊组长怎么写。熊组长说:"亏你是个读书人,这还不会写?要我教?题目搞长点。"熊组长扳着手指头说:"《关于沙街阶级斗争新动向阶级敌人无孔不入搞破坏致使沙街女人精神失常的报告》"一个字一字地数,说:"搞三十五个字,题目搞长点能引起上级足够的重视。"戴副组长赶紧写报告。写完了,给熊组长看。熊组长把戴副组长写的报告拿在手里,一句地读,读完了,说:"写得不错,会用词儿。词儿用得好。"熊组长说完就把报告拿在手里撕了。戴副组长说:"熊组长,你怎么撕了?"熊组长说:"不撕怎样?这事能向上报告吗?你不想吃饭我还想吃。"戴副组长问:"你说这事怎么办?"熊组长严肃地说:"怎么办?你会用显微镜吗?"戴副组长说:"我在大学读书实验室里学过用。"熊组长说:"那就好说。正好你学的派上了用场。你不是有个同学在公社卫生院当院长吗?你去借套仪器来,一查不就出来了。"

　　沙街就热闹起来了。戴副组长真的借来了显微镜和一套化验的设备。戴副组长身穿着白大褂子,戴着白帽子和白口罩,只露出两只警惕的眼睛来,先在湖里取水样化验,用那透亮的玻璃瓶子,从潮岸边,从湖深处,用船吊起水来,拿到显微镜下照。沙街全垸吃湖水。湖水清澈透亮极了。他很忙了几天,显微镜下没有发现湖水有什么问题。于是他就查沙街人的粮食和菜油。他到各家各户把粮食和菜一样取一点,同时放到显微镜下照,左照右照,照不出问题。接下来,他就取沙街女人们身上的血,一人一个瓶子,制成片子,拿到显微镜下照,同样没有发现阶级敌人下的毒。沙街人真是开了眼界,一个又一个女人哭了笑了抽了血被显微镜照了。垸子里只有一个女人死活不让他抽血照。这个女人就是寡妇翠霞。她不知听信了谁的话,说那显微镜能照出一个女人跟了好多男人。仙女每天找上门要抽她的血照她。她问戴副组长:"我几个?"问得戴副组长莫名其妙,说:"你一个。"仙女笑吟吟地问:"是不是王小二?"戴副组长更是莫名其妙。二货就在旁边邪笑,嘴角的涎儿湿兮兮的。二货点点头对仙女说:"你一个,是王小二。"仙女听了后就拍着巴掌，向空中招手，说："小二，你来啊！我要你！"搞得一垸的人啼笑皆非，心里很不是个滋味儿。戴副组长这才如梦初醒，仰天一叹。

熊组长见再闹下去不像话，对戴副组长说："不照算了。"

第十九章

戴副组长感觉到天亮了，抬头看的窗子。戴副组长失眠了，看了半夜的书，思索着写了半夜。破窑旧板车钢圈做的窗子，圆圆的，漏亮。他看到圆圆的天地里，蜘蛛正在结网。那网有经有纬，经纬分明，圆圆的天地，圆圆的天地在黎明里闪烁着崭新的光芒。面对黎明结网的蜘蛛和那张网，戴副组长脑子里霎时掠过一道明亮的闪电，情不自禁地"啊"了一声。

熊组长被他"啊"醒了。熊组长翻身坐起来，看着窗子里的那个蜘蛛，知道戴副组长又有了新的构思，问："你是不是也织了一张？"戴副组长说："受到了一些启示。"熊组长说："你行。我总是启示不了。我是一只昏头苍蝇。我从卵子绿豆大参加工作，总想织网，一张网也没织成。"

二货在床上翻了个身，说："你两个鸟人，不要人安生，大清早的，什么织织织？"二货乜斜着那只蜘蛛，说："那哪是'啊'？用得上那惊奇？不就是个虫吗？那个虫是我养的，我总是在河畈里提苍蝇蚊子回来喂它，让它织网。它不知道织了好多网，弄得像真的样。它傻瓜一个，不知道窗子没扇，河风太大了，一张也织不成功。"

戴副组长一言不发，一脸悲壮地坐在铺上。

清早起来，沙街人在早风中聚在一起看垸头贴的那条鲜红的大标语。那条鲜红的大标语写着：我们不仅善于破坏一个旧世界，我们还要善于建设一个新世界。

吃过早饭，天上的太阳刚露出头来，又被乌云吃了。雾气重重的，颜色一点儿也不纯，压得人喘不过气。戴副组长向熊组长请假。戴副组长说："我想回县城去一趟。"熊组长说："是不是想到县剧团请个老师来？"戴副组长说："是。"熊组长说："好，你我不谋而合。你回县里跟县革委会主任汇个报，到县剧团请个辅导老师来。"戴副组长说："我想把'严伟才'请来。""严伟才"是《奇袭白虎团》中的男主角，县剧团演"严伟才"的角色是从全县男人中挑选出来的。公社广场上搭台唱样板戏《奇袭白虎团》时，沙街的女人和姑娘，说是赶去看戏，其实是专门去看那小子的，看了戏回来，脸潮红潮红的，平平的路，她们深一脚浅一脚地走不平。熊组长说："请'严伟才'有什么用，你把'柯湘'请来吧。""柯湘"是样板戏《杜鹃山》中的女主角，县里演"柯湘"的角色，也是从全县女人中挑选出来的，漂亮得像十五的月亮。剧团下乡巡回演出，沙街的男人们看了"柯湘"，就回来折磨婆娘，沙街的婆娘们几天不得安生。我虽然小，但我同陶女儿一场都没空过，戏一句没记住，"柯湘"的那张脸却记住了，看完戏，回家跟父亲要媳妇。父亲不作声，盯着脸看着我，笑了一阵子，然后用指节在我头上凿粟包，凿得头上尽是包，我还不觉得痛。戴副组长看着熊组长说："那不行。影响不好。"熊组长对戴副组长说："有什么不行？什么影响不好？你回县照我说的办，就说是我要的。"戴副组长不再说什么。

戴副组长就回县去了。

戴副组长走后，二货心情格外不好，给沙街男女下大任务。天上又没出太阳，他要小的们一人锄半亩地，大人们一人锄一亩地。地里尽是草，苗在草里很难认出来，小的们为了赶任务，就连苗带草一起挖。二货脱光了膀子，一边挖地一边自言自语地说："那狗日的，这时候肯定在过瘾。"二货旁边的四婶听了说："二货，你该钻到他的胯裆里，跟他一路去。"二货脸红了，笑着说："那狗日的，今天肯定来不了。"四婶说："你怎么知道他来不了？"二货说："多时没做，他不要做好多回？他有劲走路？"四婶说："二货，你羡慕人家的做什么？你到街上买四两肥肉回来，不是一样的？"二货恼了，瞪着一双牛眼睛对四婶吼："你润什么？老子叫熊组长把沙街男人那条筋全割掉。"四婶笑了，说："二货，你这是个法子，你叫熊组长把沙街男人的全割了，留你一条，沙街的女人就全是你的，你就是皇帝，三宫六院。"二货说："你再说！你再说老子就脱裤子。"四婶哈哈大笑了，笑得喘不过气来。四婶说："二货，我的乖乖，你快脱！你一脱，老娘也脱。"懒龙叔放下锄头，走拢来了。懒龙叔走到四婶面前，不说长七短八，扬手打了四婶一耳光。四婶把锄头一丢，捂着脸呜咽着，像一条母狗。懒龙叔咬牙切齿地对四婶说："你还有什么？亏你人头狗脸，生儿育女。"沙街人停了锄头看，以为四婶要与懒龙叔拼命。四婶是什么人物，四婶泼起来桃花灿烂，但四婶却满脸的泪，捂着脸望着男人。

太阳挤破乌云，出来了。一地的阳光，河风脉脉地吹，河畈活了。河边春天的太阳一出来就光芒万丈。河畈里劳作的沙街人眼睛美丽起来了，感觉到耳朵边的春风不再冷了，吹动千丝万缕温暖的阳光给人听；湖水不再是黑的，碧绿起来了，在阳光下闪着粼粼的波光。人们明亮的眼睛充满跳动的希望。

春阳霭霭的湖面上，传来了渡船破水的哗哗声。那小子就看到了船头上并排站着两个人,一个是戴副组长,另一个是"柯湘",那个叫沙街男人和那小子久慕的美如满月的女人。那小子突然涌上来要哭的感觉。

湖中的渡船上,戴副组长一直扶着她,她坐不惯渡船。渡船靠岸后,戴副组长牵着她的手,把她从渡船上扶下来。那小子怎么也想不通戴副组长怎么敢扶她。在戴副组长的带领下,她走到河畈上。沙街人一下认出了她。她就是"柯湘"呀!敞胸露肚锄地的沙街男人们一片的整衣声。二货慌忙地在地上拿褂子穿,二货把褂子穿好了,把五个扣儿扣得整整齐齐的。那小子低头把鼻涕用手背揩干净了。陶女儿脸红得像一朵桃花。沙街的女人们和女儿们一个个低头看自己,看了自己后半天不敢抬头。不动的是熊组长,熊组长对她说:"你来了?"她说:"我来了。"熊组长问戴副组长:"没费什么口舌吧?"戴副组长笑了,说:"请她费什么口舌?"熊组长点点说:"这就不错。"熊组长吸了一口烟,慢慢地吐出来,对她说:"你来要吃苦的。"她笑了,露出一口洁白,说:"我是来吃苦的。"熊组长用手指头磕着烟灰笑着对她说:"任务很艰巨呀。"她说:"争取完成任务。"熊组长说:"先不忙。先安顿下来。"熊组长就喊二货:"队长,你到学校扫间屋搭个铺,铺要宽。"二货说:"她一个人要那宽做什么?"熊组长笑着说:"队长同志,这回不是睡一个人,这回要睡两个人。"二货问:"哪两个?"熊组长用两根手指朝拢一排,笑着说:"她睡,他睡不睡?"二货把两根手指叠在一起,问熊组长:"她和戴副组长是这?"熊组长笑了,说:"你这个二货聪明一世,糊涂一时,亏你打半生的单身,这点眼力都没有!"二货一下子恍然大悟了,河畈里锄地的沙街人一下子恍然大悟了,原来她和戴副组长是树上的鸟儿成双对。

二货忙得屁颠屁颠的,朝会龙山学校跑,扫屋架铺去了。二货像一只快乐的兔子,两条腿一弹一弹的,很可爱很活泼,他头上的黄毛跑竖了,一闪一闪的。"柯湘"的脸红了,她脸红了,畈里的桃花就白了。熊组长对她说:"很对不住,你们只有在庙里了。乡下有乡下的规矩,你们两个住乡屋要写玷污字儿。用黄纸写某某某与某某某借某某屋,敬请谅恕。贴在大门上。""柯湘"的脸更红了,说:"熊组长,你真会开玩笑。"熊组长说"是真的。住公屋就不写。"

晚上,戴副组长就和"柯湘"住在会龙山庙改成的小学里。二货给他们扫了一间屋子,给他们俩架了一张很宽的铺。二货把地扫得很干净。

沙街的男女骚动起来了。

夜深的时候,我闭着眼睛起来摸到房角的尿桶子屙尿,抓着了挂在壁上的书包。我刚伸出手,书包就滑到了我的肩头上了。我无比兴奋,闭着眼睛,双脚就动了起来。我打开了我家的大门。我打大门时,门闩竟然像一条蛇样地滑。父亲睡在床上，一点也没有觉察。我的双脚移动得非常快。我穿着一条单裤，感觉到天地一团的漆黑，垸子通往会龙山学校的路却明亮地映在我的脑子里，我闭着眼睛，高一脚低一脚，一点儿也走不错。我走到那间屋子后时，睁开眼睛。我发现那天夜里我的眼睛里竟然没有一点儿眼屎。我睁开眼睛，发现那间屋子里亮着罩子灯。那盏罩子灯明亮地映在窗纸上。那灯我熟悉，是熊组长带领戴副组长学原著的那盏罩子灯。铺搁得高高的，罩子灯的亮光里，窗纸上映着两个人纠缠在一起的影子。那影子人尾蛇身，头分开，尾巴紧紧地连在一起，很象形，很原始。我看到了那幅图画，浑身打了一个哆嗦。我感动了。我刚要流泪时，却发现我的身子前有一个影子站起来，遮住了我。我问那影子："你是谁？"那个影子木头一样地站着，不回答我。我摸着我前面的影子，发觉他身上热热的是个人。我发现他身上没有书包。我踏了我前面的那个影子一脚，然后把他的身子扭过来看他的脸。我吃了一惊，原来他是陶女儿。他两只眼睛闭得死死的，站在我前面。我把陶女儿扭过来后，他的身子就像一根木头直直地倒了下去。我就把他平平地放到地上，他两脚两手张开，像一棵活树，连枝带桠，湿漉漉的。我前面的陶女儿，像一棵树湿漉漉地倒下了。

巴水河边会龙山上黑夜里的罩子灯依然明亮，在那窗纸上，明亮地映着那幅人头蛇身古老的图画。后来我就听见了那黑暗中明亮里的声音。那男人哭了，哭得像个虫蚁，说："秀，放开我，放开我，我不行了，我不是男人了。"那女人紧紧地，抱着他不松手，说："你行，你肯定行，你是个男人，你是个男人。"那男人把头埋在那女人的怀里，说："我废了啊！"那女人说："碧泉你好好的，你好好的，怎么会废呢？"那时候我就听到了会龙山上那痛苦的哭声。那幅古老的人头蛇身的图画分开了。那男人在黑暗里，用颤颤的手抚摸着那女人雪白的肌肤，泪流满面了，说："秀，我对不住你！"那女人仰起脸笑了，说："我的戏越演越好了。我演'柯湘'，我演'江水英'，我演'阿庆嫂'，人人都说我演得好。'柯湘'没男人，'江水英'没男人，'阿庆嫂'家的男人只有个名字。你不回去，我就越演越好。你跟我回去。我要你不要戏好啊！"

河边夜更沉了。父亲和陶叔醒了，一齐发现不见他们的儿。一个在垸子里找，一个在龙山上呼。垸子惊动了，于是就有了火把的亮照彻河边，熊组长也起来了，带着垸人翻天覆地地找。找了很久没有找着我们。天要亮的时候，二货才从他的破窑里懒懒地起来，在火把的光亮里，打了一个呵欠，笑着对父亲和陶叔说："乱找什么呀？那两个种在会龙山。"人们问二货："你怎么知道？"二货说："我是神仙。"

果然人们就在会龙山那屋后，找到了两个倒在地上睡得像死狗一样的种。我和陶女儿把"柯湘"吓得半天说不出一句话。

朝霞在东边的天上。

那小子和陶女儿，躺在地上，视而不见，任父亲和陶叔千呼万唤，就是不肯醒来。

第二十章

沙街的政治夜校选在会龙庙改建的小学校里。

熊组长带着戴副组长和二货到教室来看屋。半耕半读，下半天是我们的耕，上半天是我们的读。四九哥正领着我们上课，没课本了，四九哥教我们读报纸上的社论。我们跟着四九哥读。四九哥教一句，我们读一句。我们知道外面早就破了师道尊严，老师是学生，学生是老师了，我们渴望不坐好，双手不抄在屁股后，读的时候手和脚还有身子乱晃乱动，那才叫自由。那是外面的事，外面的事在沙街硬是行不通。除非我们不进教室，只要我们一进教室，四九哥就要我们一个个坐好坐规矩，一个个双手抄在屁股后，他才教我们读。你不坐好，他就不教，一双眼睛一个个地望着，望着一个个坐好了，他才教你读社论，弄得我们一点办法也没有。

四九哥把报纸上的社论，从头到尾教了一遍，又从头到尾一句句地教我们读。我们一句句跟着他读。声音好洪亮，洪亮就是劲，在洪亮里越读越有劲。我身边坐的是陶女儿，我睁着眼睛读，陶女儿他闭着眼睛读。自从那天夜里我和他夜游了后，他在大白天总是不肯睁开眼睛，好像庙里和尚参禅，嘴里喃喃的也有声音出，好像不是他的而是别人的。我总是忍不住，偷偷地用手掐他的屁股肉，让他痛，痛了让他好醒来，他却不痛，他却不醒来，眼睛皮子闭着眨都不眨，仍是一副参禅的样子。我们洪亮地跟着四九哥读社论。

熊组长领着二货像入无人之境地进教室来了。戴副组长在教室门外停了脚。熊组长说："老戴，你怕什么？你进来。"戴副组长说："学生在读书。"熊组长把嘴上叼的烟屁股摘下来，吸一口，丢到地上，用脚挪了，说："我知道！哪是读书，是读社论。"我们随四九哥一句句大声地读。四九哥不停，我们也不停。戴副组长不进教室，站在门外。

熊组长领着二货在书声琅琅的教室里抄着手视察，指着教室的墙壁作指示。熊组长大声对二货说："听着，要全部见新！"熊组长的声音压过了四九哥的声音。我们就一齐背走了腔。我们背："听着，要全部见新。"二货说："什么见新？就是用石灰水再刷一回。"我们一齐背："什么见新？就是用石灰水再刷一回。"熊组长说："对，就这么办。马柳生聪明！"我们一齐背："对，就这么办。马柳生聪明！"四九哥一拍讲台上的桌子，说："错了，都给我停下来！"我们一齐背："错了，都给我停下来！"四九哥脸气白了，对熊组长他们说："都给我出去！不能等课上完了再进来吗？"我们一齐背："都给我出去！不能等上完课再进来吗？"熊组长脸红一阵白一阵，抽一支烟出来，点着火，吸一口，吐出来，悻悻地退了出去。

　　熊组长出了教室的门，讪笑着对二货说："这些小东西多好玩。"二货说："熊组长英明，这些小东西都是玩出来的。"熊组长说："二货，你正经点好不好？"二货说："熊组长，你正经点好不好？"熊组长严肃了，不笑，问二货："马柳生，你跟我说清楚。我什么时候不正经？"二货瞅着熊组长的脸，愣住了，愣了半天，回不过神来。熊组长拍一把二货的肩，笑了，说："马柳生，你笑咵！你搞那么正经做什么？"

　　会龙山高。高，河风就爱来吹。风中，熊组长带领二货和戴副组长视察了教室，接着视察庙门。庙门是旧的。熊组长指着庙门对戴副组长说："这个东西叫人难为情。"二货说："没办法，它顽固，拆不了。"熊组长说："要想办法，要新。"二货说："是要新，不然看不得。"熊组长对戴副组长说："老戴，这是你们读书人的拿手戏，你负责新！马柳生，你回去把红漆提几桶来。"

　　二货回窑把红漆提来了。戴副组长围着抹衣，搭着梯子，准备漆庙门。"柯湘"正在会龙山顶的那块桑树坪上排练，跳舞练嗓子。会龙山顶上的那片桑树林，因为没养蚕，长得异常的绿。那片桑树林是一片的古桑树，一棵棵长得高高大大的，枝繁叶茂，太阳下闪着银子般光芒。会龙山庙后的那块土地肥沃极了，黑得捏一把土就可以捏出油来。那是沙街一代代人烧香烟和纸钱形成的。春天万物生长，太阳就从山顶上的桑树间升起来。她换了从县城里带来的戏装，那裤子翠得像河边无尽的春天，那褂儿红得像湖中映日的荷花，腰间围着那块绣着白花的小小黑抹衣儿，一抹就像河边深藏的偶尔露出来的黑土地。她迎着东方刚刚升起来的红日头，在一片绿得青深的桑海中边舞边唱。她舞蹈着，像一只天边飞来的青鸟张开了翅膀；她歌唱着，把河边一切颜色一齐唱起来。古桑的绿叶随着她婀娜，随着她歌唱。雾绿了，风紫了，会龙山顶上的古桑林绿云紫烟，一刹那变成了众人瞩目的仙境。

　　二货看呆了，听呆了，唾沫子吞不赢。二货对熊组长说："这样的女人让我睡一夜，枪毙也值得。"熊组长笑了，对二货说："你没得志气，你这样说，那不戴副组长要死几千回？"二货说："真算巧事，他一回没死。真是有东西不当东西，无东西当宝贝。"

　　戴副组长站在搭梯上，拿着书准备照图用铅笔勾线条。陶叔挑泥从旁边过。站在梯上的戴副组长见有人从旁边过，喊："麻烦把尺子递上来。"陶叔挑着泥担子停下来，一笑："要什么尺子？照葫芦画瓢算什么本领？"戴副组长朝下一看，见是陶叔，说："姓陶的，你不勾线条能画？"陶叔说："勾什么线条？天地造万物，浩荡其间的是人。以造化为师，以泥为本，陶某绘尽了人间的欢乐；鸟兽虫鱼，奇花异草嘉禾，从人间的绳纹到天上云纹，什么时候勾过线条？都是直接画从心所欲不逾矩。"戴副组长说："我要画什么你知道吗？"陶叔说："我有糊涂的时候，但我拿笔画人间世事的时候就没有什么不明白的。"戴副组长说："那你就上来画。"陶叔说："那我就斗胆一回吧。"陶叔就放下泥挑子，上了梯，揭开红油漆桶的盖子，扎了衣襟，挽了袖子，用笔饱蘸着鲜红的油漆，直接朝古老的庙门上画。先画海浪，再画红日，再画向日葵。海浪生风，红日放霞，向日葵迎着太阳一片辉煌。一切都活了，一切都是活的。陶叔画了这些后，提笔在庙门两边写了副对联：四海翻腾云水怒，五渊震荡风雷激。陶叔画完了，对戴副组长说："是不是这样子？"陶叔下梯弃笔挑泥就走。戴副组长望着陶叔的背，提着红油漆桶，好半天回不过神来。"柯湘"的歌舞仍在会龙山后的那片古桑林子中缠绕。

　　春夜的巴水河边，垸子和河畈在无声的河风中黑得浓了，河水在浓黑中流得响响的，栖在河水边上南来的大雁和野鸭们，偶尔地叫，使人怦然心动。沙街人的血就涌到脸上来，就分明地感觉到底是春天来了。春夜浓黑。父亲带着我，踩着河边浓浓的夜，到河边的龙山的窑场上，看不肯醒来的陶女儿。窑场的屋子里，聚了许多垸中的人。三婆在那里，懒龙叔和婆娘四婶在那里，他家的小槐花也在那里。人们围着床上，看闭着眼睛躺在床上不肯醒来的陶女儿。人们怎么也弄不明白，他得的是什么病？弄不明白为什么我能睁开眼睛过日子，大家都睁着眼睛过日子，他却不肯睁开眼睛过日子。虽然他脖子上的银项圈儿没有了，但他整个人一根毫毛没损，却闭着眼睛躺在床上，让人替他着急。人们都夸我好得快。

　　陶女儿闭着眼睛，仰面朝天躺在床上，没有精气神，只听见气儿从他的张开的嘴里出和进。三婆伏下身子，用手掰开陶女儿的眼睛皮，是瞳仁。三婆看了瞳仁，对陶叔和垸人说："这小东西把魂丢了，叫回来就好了。"三婆是河边叫魂的好手。地属古楚的巴水河边自古巫风盛行，许多人经常在过得好好的日子里，莫名其妙地丢了魂魄，有丢魂魄的就有收魂魄的。

　　三婆看看窑外的夜说，这夜收魂最好。三婆就忙着备水饭和放路灯儿的亮。

三婆忙着用葫芦瓢盛饭兑陈潲水，忙着找烘笼钵子出来装地灰倒柴油拌。水饭和路灯是河边收魂的基本材料。饭加陈潲水是水饭；地灰拌柴油沿路撒是放引路灯。加陈潲水的饭香，能香好远好远。那香对于游魂来说极具人间烟火的召唤力。水饭用葫芦瓢泼出去，散荡着无比的清香。一溜红红的引路灯引着，清香在黑黑的夜风中召唤："孩子啊！回来吧！饭都馊了，你快回来吃吧！"对于招魂的人来说，被招魂的，无论大小，哪怕一百岁也是孩子。三婆忙着办招魂用的东西，忙得一头的汗。三婆说，月黑风高的夜正好收人魂。垸子里许多人就是这时候经她的手收回了魂。自古以来月黑风高的晚上正是河边魂魄肆意的时候。收魂的三婆，拖着个柴扒子，提着装满拌柴油地灰的烘笼钵子，拿着装水饭的葫芦瓢，叫四婶点个柴把子，就要出门给陶女儿叫魂。懒龙叔按住三婆的手，说："三婆，这个时候叫魂，你不要命啦？路线工作组知道了，要斗你的。"三婆对懒龙叔说："斗我怕什么？我这老命。"陶叔说："他三婆，命是召不回的。"三婆说："怎么召不回？几千年不都召回来了？"

众人出了门，看河边那几千年悲怆的招魂术。三婆在前泼水饭，放引路灯。四婶在后边点引灯，从龙山下沿垸子到河边的路，撒一溜儿，边撒边点。垸子到河边黑暗的路边，无数的小灯儿在夜风中闪烁。这引路灯，是为了让失了的魂魄，好沿着照路的灯从河水中回来。河边的人失去的魂魄，都是随河水走的。河水是活水，一年四季地流，一年四季地绿，流得上不见头，下不见尾，给河边苦累的庄稼人许多的奇想，想着想着，魂魄就不知不觉随活水流走了。河边的人不像大别山里的人那样木讷，住在大别山里的人们看人看事看日子，盯着眼珠子不动，而巴水河边的人们，看人看事看日子，眼珠子随河水溜溜地转。所以河边的人就爱丢魂魄。

雪白的米饭粒儿在黑暗中的红火里散发着诱人的人间烟火味儿，沿着引路灯，三婆嘹亮地唱起了招魂曲。巴水河边招魂曲怆然古朴，词简单极了，曲调却九曲回肠。三婆在幽幽地唱："孩子啊！山高水寒啊——！孩子天黑风冷啊——！孩子你还游什么啊——！趁亮归来吃人间的饭啊——！"三婆唱完了，陶叔一声声地叫着："女儿啊——！跟我回去啊——！女儿啊——！跟我回去——！"四婶拖着柴把子，顺着引路灯，一路应，应回来，应到了陶女儿的床面前。

河边丢魂的人听到了有人叫他的名字，就答应了，就睁开了眼睛醒了过来，魂就回来了，就两眼热泪地安心过凡人的日子。而陶女儿，古老招魂术对于他来说，丝毫不起作用，他还是天地不醒地躺在床上，任三婆千呼万唤，就是不肯打开眼睛醒来。

陶叔两眼的热泪淌了下来，抱着他的儿摇，说："我的种啊！你是死了还是活着？你答应父亲一声，你答应父亲一声啊！"陶女儿不应他的父亲。

三婆替陶女儿招魂的时候，二货在龙山下的垸子里举着熊熊的火把，吹响了系着红缨子的口哨。黑暗的夜里，火把熊熊。二货无比地兴奋和激动。二货吼变了腔，吼得像春天河畈追发情的母水牛的公水牛叫。二货吼："全垸的男女老少听着！都到庙里去唱歌！都到庙里去跳舞！"河边漆黑一团的夜，破了，数不清的裂缝儿嗡嗡地响。仙女披头散发地出来了，唱起黄梅戏的悲腔来。

龙山下河边黑暗的垸子沸腾起来了，像开锅的粥，什么颜色都煮出来了。每家每户的门打开了。每人从灶门口抱出一抱柴把子来，点着了，河边的夜全是熊熊的火。河边的人走夜路就爱点柴把子照路。夜里女人或男人到别家去说事，走时，主家的人就对说事的人说，打个把子去。主家就拖一把柴把子出来，给来说事的人抱着，帮说事的人在油灯上点亮一个，让说事的人一路上一个柴子把子接着一个柴把子，把火一直照到家。河边的人日子里离不开火，有了火就亢奋，有了火就胆大，就什么邪都不信。

沙街的男人举了火就上邪劲，上了邪劲就打呵火。一人领头，众人和起："呵火火——！呵火火——！"无数的火，就举到了庙改的政治夜校里。

政治夜校里也全是火，四壁上挂着吞火吐烟的夜壶灯。一齐地啪啪响，威风有气势。垸人将那些没烧完的柴把子，堆在庙门口烧，丢成了一堆熊熊的大火，很亮，很热，把庙门上的那些红油漆烧热了，烤化了，朝下淌鲜红的溜儿。

庙改的教室里，一张桌子摆着，熊组长坐着吸烟不动。熊组长旁边侍立着嘴里含着口哨子不肯吐出来的二货。戴副组长手里拿着个马粪纸做的土喇叭，指挥众人，要众人听他行动。众人围在教室的四角，中间留着一个空场子。场子是留给"柯湘"的。"柯湘"从二货扫的屋子里化好妆，出来了。"柯湘"着大红大绿的戏装，缎子的，抹紧腰绣白花儿的小抹衣，全身上下就全是让沙街男人们直吞唾液的线条。她一副好不自在的样子。戴副组长拿着土喇叭对她说："开始教。"她怔了怔就闪亮登场。

沙街的男女老少让开了一条路，她到场子中间了，她就像桂花，一树清香。所有的声音都静了下来，所有的眼睛都亮了，静了看她，亮了看她。面对沙街男人们要把她吞进去的眼睛，她忽然想哭了。坐在桌子后的熊组长站起来说："我宣布：沙街政治夜校现在开学！"

场子中的"柯湘"，扭着腿儿，两个膀子就像鸟儿翅膀样地亮起来了。戴副组长用土喇叭对着口念起了曲谱。"柯湘"就随曲谱，双膀子舞动起来，双腿前后左右地跳了起来。她随着曲谱，边蹈，边唱："敬爱的毛主席，你是我们心中的红太阳！敬爱的毛主席，你是我们心中的红太阳！我们有多少知心的话儿要对您讲，我们有多少热情的歌儿要对您唱！千万颗红心向着北京，千万张笑脸迎着红太阳！敬祝领袖毛主席万寿无疆！万寿无疆！万寿无疆！"

"柯湘"示范了一遍。戴副组长对沙街人说："你们要认真学。"沙街人一齐笑了起来。戴副组长问："你们笑什么？"四婶说："戴副组长，这学什么？这还要学？这忠字舞不就是十字花儿吗？我们沙街三岁孩子都会跳。"熊组长笑着说："真的？"四婶说："这还有假？"四婶对她家的小槐花说："槐花，你出去跳一回给熊组长看看。"小槐花就站到场子中去了。四婶对戴副组长说："你念谱子。"戴副组长就对着土喇叭念起了谱子。小槐花就跳了起来，前后左右，左右前后，跳得熟极了，像一只河畈里穿春的燕子。没等小槐花跳完，二货就跳到了场了中央，说："这我也会跳。没要人教。"二货就像公鸡样架起膀子跳将起来。沙街的男女老少一齐笑出了眼泪。熊组长对戴副组长说："老戴，你看，不消要人教得，他们一个个的都会跳。你把那个土喇叭丢了它。我们一起跳！"

熊组长哈哈大笑，一拍桌子说："好！革命的同志们，让我们一齐唱，一齐跳，唱出一个新世界，跳出一个新天地！"二货对熊组长说："干唱干跳没有味。"熊组长问："你说怎么样地唱怎么样地跳？"二货说："要动响器，拿锣鼓唢呐来，吹着唱，打着跳那才有味！"熊组长说："那就拿来吧！"二货对人群中沙街男人们一挥手，说："还站着做什么？快去拿锣鼓唢呐来呀！"

锣鼓拿来了，唢呐长号拿来了。人们又静了下来。听鼓下钹。懒龙叔敲了静鼓，叫了点子，吹的人一齐奏起了《雁南归》。戴副组长拿着土喇叭愣在那里。二货一把将戴副组长的土喇叭抢过来，一脚踩扁了，说："还要这东西做什么？"戴副组长脸红得像猪肝。沙街人一齐哄堂大笑了。

熊组长对"柯湘"说："不教了，你领个头，就可得。"于是政治夜校里，就全是扭动的人。"柯湘"领着，唱着扭，扭着唱。不用一会儿，在"柯湘"的带领下，人们一律地会唱了。前后左右，左右前后地跳，疯狂出世，如醉如痴："敬爱的毛主席，你是我们心中的红太阳！敬爱的毛主席，你是我们心中的红太阳！我们有多少知心的话儿要对您讲！我们有多少热情的歌儿要对您唱！千万颗红心向着北京！千万张笑脸迎着红太阳！敬祝领袖毛主席万寿无疆！万寿无疆！万寿无疆！"

政治夜校里，人挤人，人撞人。由于人太多了，跳得太疯狂了，撞得墙壁直晃。寡妇翠霞跳得最疯狂，唱得最疯狂。青绿色的翠霞，口里喘着绿气儿，一团绿气儿就罩着她舞动着，迷乱着沙街男人们的眼睛。翠霞与"柯湘"比着跳，跳得比"柯湘"还疯狂，还痴迷。翠霞从口里吐出来的绿气儿，裹得"柯湘"脱不开身，使她若隐若现的。翠霞就像屈原笔下的山妖，精气迷走了沙街男人们的魂魄。翠霞唱着跳着，身子扭曲得像一条河畈上春情勃发的蛇，两只眼睛射着欲仙欲死的光，叫人生怕。墙壁晃动着，随时像醉了似地要倒。眼看就要出危险，熊组长当机立断，决定换场子，叫人们到庙后山顶上的那块古桑林子中去跳，那里没有墙壁，不怕出危险。

疯狂的沙街男女就换了场子，到庙后山顶上古桑林子里去跳去了。那块青葱古意的桑林子里的夜就被灯火和疯狂染了。沙街疯狂的女人们跳着唱着，就一齐快意地呻吟起来了，浑身扭动着不能自已，只跳不唱了，高喊着："我娘啊——！我的娘！"一双双的眼睛里淌出了幸福的热泪。她们仍是不管，仍是疯狂地跳，疯狂地跳。她们跳着喊着快意地呻吟着。那个小子混在人群中跳，跳着跳着。那小子就闻到了那久违的气息。那气息笼罩着他，使他牵不动双腿，跟跄地倒在地下了，挣扎着想站起来，却怎么也站不起来。于是他咧着黑黑的嘴号啕大哭了，听不到声音，只觉得泪如雨下。那小子就不站起来了，躺在遍地温暖里。

那小子一个人孤独地躺在温暖里，仰望着天空，天空黑黑的一团，没有一颗星。他看见陶女儿，闭着眼睛张牙舞爪，像一个狰狞的魔鬼。他哭着喊着，想让他也像他一样躺下，躺在那温暖里，但丝毫没有用处，他分明看到那个舞蹈的魔鬼，无声地笑了，咧开了黑洞洞的嘴，露出白森森的牙齿，那白森森的牙齿交错着，发出一阵阵凄厉的声音。那小子听到那个美丽的女人"柯湘"在黑暗里大声呕吐起来。

第二十一章

翠霞身上一身的汗，举着火把回了家，已经是后半夜了。

鸡从远外叫近了。翠霞闩上大门，烧了一锅水，把火把立在堂屋中，就着火把的光亮脱衣洗澡。翠霞赤身裸体，站在脚盆里洗。久不沾男人了，翠霞浑身燥热，双手发疯地搓着自己的胸脯子，念叨着她死了的男人的名字。她男人叫河生。她一个劲叫："河生啊，河生，河生！"

这时候翠霞就听见门闩响，有人用刀拨她家大门的闩。翠霞站在脚盆里问："哪个？"门外低声说："男人。"翠霞惊叫了："你不要进来！"门外的已经用刀把大门的闩拨开了，一步抢进来，灭了立在堂屋中的火把，一把抱住了水淋淋的她。翠霞想挣扎挣扎不了，叹口气说："你这个该死的！"那人浑身颤抖着，用头抵住她的胸脯说："你说的不错，我早就该死。"黑暗中，两个人就抱着滚作一团，不用什么讲究，就在堂屋的地上干开了。男人边喘边说："我要你死。"女人喘着说:"你死不了我。"声音过后,再没有声音了。女人说:"你死了吗?"男人说:"我死了。"女人狠命咬了男人的肩膀一口,说:你这个畜生,你没得好死!"男人像孩子样地嘤嘤地哭了起来,说:"我要好死做什么?我就这样死算了。"

男人做完了,提着裤子,起来走,撞到了一个冰冷的人身上。他两腿一软,跪了下去,一个劲地磕头,打自己的耳光,一边朝脸上打,一边说:"河生,你饶了我吧!河生,我再也不敢了!"他认为他求了饶,那鬼魂就散了。他伸手一摸,面前站的那个人仍然在。他就发狠了,说:"河生,你再不让开,我就要点火。"他说点火,那个冰冷的人也不让开。他就真的点火了。他扑的一声擦了一根火柴,把立在堂屋里的火把点亮了。火把熊熊的,亮着堂屋里站的那个人。不是河生,是闭着眼睛的陶女儿。

两个男女一惊呼,闭着眼睛夜游的陶女儿轰然倒在地下,就把沙街的半个垸子惊动了。没有惊动的是两个工作组,一个在会龙山上的屋子里与城里来的老婆怎么也和谐不了,痛苦得不行,另一个回窑倒头便睡死了,雷也打不醒。

清早起来,"柯湘"默默地收拾东西要回县去,谁也留不住。熊组长对她说:"你来了,就在沙街多住几天吧。从今天起我再不派老戴的任务,让他陪你。""柯湘"期期艾艾地说:"熊组长你让我回去吧。我留在沙街什么用处都没有。"熊组长没有办法,就对戴副组长说:"老戴,你送送她。""柯湘"说:"我要他送什么?我自己长脚会走路。他忙,他要集中心思改变沙街的日子。"熊组长苦笑了,对闷闷不乐的戴副组长说:"老戴,我就不送了,还是你送送她。"戴副组长跟在后面送她。她咬着牙对戴副组长说:"我不要你送!"戴副组长愤怒地站住了,说:"你太过分了!"她打了一个哽咽,泪流满面,说:"你不要送了,你送我,我心如刀绞。老天,什么时候还我一个男人呢?我不要仙人!我是肉眼凡胎的女人啊。"

湖里霭霭浮光中的渡船哗哗响地把那个天仙般的女人送走了。湖水边早起捡粪的那小子,目送着她,直到她像一朵洁白的莲花,化在茫茫的尘烟里。湖里只剩下疯狂的风,那风像黑鱼,一条条地蹿浪翻泥。那小子突然觉得像丢了什么。

天阴了,下起了毛毛雨。河里起雾,垸子里起雾,雾压着满垸子滚滚的湿气散不了。吃过派饭,熊组长如释重负地坐在二货的破窑里。熊组长对戴副组长说:"老戴,现在你向县革委会写份喜报,报个喜。"戴副组长把笔和纸摆出来,戴着近视眼镜写喜报。戴副组长捏着笔,想了半天,皱眉头说:"这喜报不好写!"熊组长说:"你说什么不好写?"戴副组长说:"主要是不好措辞。难道政治夜校的作用就是为了让沙街人的女人正常吗?"熊组长吸了一口烟,啪的一声吐出来，说："什么不好措辞？就按事实，实事求是地写。"戴副组长说："实事求是写有什么用？"熊组长笑着说："你想千古流芳吗？这胜利就不小。你是不是想惊天动地？当年我们在麻城搞亩产三万六，《人民日报》头版头条，好大一个的字。"戴副组长脸气白了，站起来说："熊得山同志，这是对我的极大侮辱和污蔑！我戴某从不做这样的事！我戴某从来不说假话。"熊组长笑了，说：你激动什么？我又没说是你写的。那文章是不是你们读书人写的？"戴副组长说："那你不是说天下全是我们读书人弄坏的？"熊组长不恼。熊组长说："你吼什么啦？我们这些老粗，做错了事就好比狗放了臭屁，放了就放了，放了就随风淡了，淡了就不再臭，留不下什么。你们这些读书人把臭屁写在纸上，白纸黑字的，字有多长，你们的臭就有多长。天下一大半是你们坏的。"戴副组长说："那样的文章我决不写，这样的文章我也决不写。"熊组长说："你不写算了。我来写。这件事县革委知道了。我不写个喜报不行。"熊组长就写喜报。戴副组长不看熊组长，看窗外绿满了的柳枝儿，斜着风拂着雨。

　　熊组长把喜报写出来了，放在戴副组长面前。戴副组长不看。戴副组长闭着眼睛说："你给我干什么？"熊组长说："你看看。"戴副组长说："我不看。"熊组长没好气地说："老戴，你这个人百事好，就是自尊心太强了，好认个死理。工作是我俩搞的。好坏我有份你也有份。我念你听。看合适不全适？"熊组长就念他写的喜报。

　　喜报：
　　县革委会，在上级的正确领导下，我们及时开展政治夜校活动，用崭新的文艺形式占领农村社会主义阵地，一夜之间解决了沙街的老大难问题！特此报喜！

沙街路线工作组

　　熊组长叫二货起来送喜报。二货正睡在床上做梦。梦里的二货直咂嘴，那是甜的，像吃糖样。熊组长喊："二货，快起来，快起来，把喜报送到公社去！"二货在床上翻了一个身，头朝里，说："吼什么？我的梦还没做完。"熊组长没好气了，一把将二货盖的被子掀了。被子掀了，二货也不动，只穿裤衩赤裸裸地躺在床上。熊组长就看见了二货的裤衩。熊组长的眼睛就睁圆了，嚷："二货，你裤衩上哪来的桃子花？"二货惊得坐了起来，笑嘻嘻地对熊组长说："我还不是来了。"熊组长咬着牙说："马柳生，你起来，跟我老实交代。"二货慌忙起来穿长裤子，边朝身上筒边说："问什么？我跟你去报喜。"二货把衣裤穿好了，拿着喜报笑嘻嘻地问一脸迷惑看着他的熊组长："是捉公鸡还是捉母鸡？沙街媳妇生了头胎到岳母家报喜，生儿就捉公鸡，生女就捉母鸡。"熊组长没好气对二货说：

"我要捉你的魂!"二货拿着喜报,一溜烟地跑出了门。

寡妇翠霞披头散发,满脸泪痕,在毛毛雨中走,到河边的破窑里找两个工作组组长。

翠霞来到河边的破窑,不肯走进去,满面泪痕两眼发呆地扶着门框子,说:"两个组长,我找你们有事。"戴副组长戴近视眼镜的一双眼睛呆了。熊组长一见那情形,对翠霞说:"你进来说。"翠霞说:"我不进去,我要在外面说。"熊组长说:"外面在下雨,你进来说。"翠霞说:"这个破窑,我淋死了也不进去。"没有办法,两个组长就出去了。二货的破窑边是个稻场,稻场有个石磙。翠霞一屁股坐在石磙上,雨淋湿了石磙。翠霞呆呆地坐着像个木头人。熊组长说:"出了什么事?你说。"戴副组长说:"你说呀,出了什么事?"翠霞泪流满面,哇地一声哭响了,说:"两个组长哇,你们要为我做主。"哭了又停住了,不停地打哽咽,不说话,急人。冷风一吹,冷雨一淋,戴副组长猛烈地咳嗽起来,吐了一口带血的痰。熊组长对戴副组长说:"老戴,你进去,这事我处理。"戴副组长说:"不,我不能进去。我俩有祸同当。"熊组长拍着戴副组长的肩膀说:"老戴,没好大的事,天塌不下来。你进去。"翠霞哭着说:"熊组长哇,戴副组长不能走。"熊组长说:"我知道你要戴副组长做记录。那就进窑去说。"翠霞哽一口,说:"那窑我死也不进。"熊组长说:"你没看到他在咳嗽,天在下雨,做记录要动笔纸,纸经得住雨吗?那窑你不肯进去,未必叫我们在雨地里审官司?找个屋吧。"翠霞哭着说:"熊组长,就在外边审吧。沙街哪里有审寡妇官司的地方?有天有地,还要屋做什么?"

熊组长对翠霞说:"你说。"翠霞抽搐着说:"熊组长,我怎么活呀?"熊组长说:"你不是活得好好的吗?"翠霞说:"那个畜生——!"熊组长说:"他把你怎么了?"翠霞放声哭了起来:"熊组长哇,我可怎么活?你要跟我做主。我死了算了。"熊组长说:"你不能死。"翠霞说:"我让他死。"熊组长说:"你说,是不是他强蛮了你?你说实话。老戴,你记下。这东西搞邪了,日子活多了!"翠霞说:"是他强蛮我的。"熊组长对戴副组长说:"老戴,你记清楚。有这一条,这东西就死定了。"熊组长对翠霞说:"我再问你一遍,他是不是强蛮你的?这不是好玩的。白纸黑字,你要对你说的话负责。"翠霞瞪着一双大眼睛望着熊组长,说:"熊组长,强蛮了是不是要判死刑?"熊组长说:"那还用说。那是当然的。"翠霞哇的一声又哭响了:"熊组长哇,那我怎么活?"

熊组长叹了一口气,动了感情,说:"你这个苦命的女人啦!叫我怎么说你?你回去吧。你一口咬定,是他强蛮了你。听见没有?这回我饶不了他!"翠霞哭着说:"熊组长哇,这日子叫人怎么过!"戴副组长把雨笠给她戴在头上,对她说：“你回去吧。一切有我们给你做主。”

熊组长叫来几个基干民兵拿着麻绳子在窑里等二货回来。二货送喜报回来，一身的湿。二货一进窑，熊组长一个眼色，几个基干民兵就蜂拥而上，架住了二货的膀子。二货站着不动，哈哈地笑，对绑他的民兵们说：“我的儿，老子平常是怎样教你们的？绑人一上去就要捏麻筋点痛穴，你们这样个水平能绑人吗？"几个基干民兵就使劲地捏他的麻筋点他的痛穴。二货痛得龇牙咧嘴了，说：“这还差不多！狗日的东西，腿肚子还差一脚，腰上还差一膝头，不然服不了绵。"几个基干民兵就用劲在他的腿肚子踢一脚，在他腰上顶一膝头，只听得骨头一遍响，把二货五花大绑了。二货大叫起来，说：“过瘾，过瘾！狗日的东西，绳子头要留长点，绑完后好朝梁上扯。"绑他的民兵们拿头绳子头儿，找梁扯，吊他。破窑里没得梁。二货笑了起来，说：“姓熊的，我的儿，这地方怎么能办人呀！真是笑死人。"找不到梁，绑他的民兵们就把二货扯到大门扇上吊了起来。吊得不高，脚刚离地。二货说：“这没味！算白吊了一回。"熊组长笑着说：“二货，不要有高要求，将就点算了。"二货就呻吟起来了。熊组长说：“二货，你哼什么？"二货仰起头来，望着熊组长笑了一下，说：“你知道什么？熊得山，我这是享受呀。"熊组长气得颤，坐在椅子上，望着吊着的二货，说：“那就不急，让你多享受会儿。"二货的眼泪和鼻涕一会儿全流出来。熊组长问：“二货，现在享受得差不多了吧？"鼻涕眼泪里的二货抬起头来还是笑，说：“熊得山，这叫享受吗？时间太短了！"熊组长气不过，一耳光扇过去，二货头一歪，血就从鼻子里出来了。熊组长问：“还享受不享受？"二货一笑，喷着血说：“熊得山，你好没得水平，这时候是我说了算数吗？你这个狗日的，老天瞎了眼，让你也来当组长。你有屁就放，有话就问。莫啰嗦，是不是要我死？"熊组长咬牙切齿地说：“是要你死。"二货说：“那就快点。"熊组长说：“你慌什么？等老子问明白了，再说。"二货喷着血叫：“我的儿，你快问呀！"

熊组长对戴副组长说：“老戴，你做好记录。"熊组长问二货：“马柳生，你昨天夜里是不是强蛮了翠霞？"二货说：“对呀，是我强蛮了她。"熊组长往桌上一巴掌，说：“好，二货，是个角色！"二货不理熊组长，歪头对戴副组长说：“戴副组长，你记。你是读书人，跟他不同。他跟我一样认不了几个字，动不动说错了，说错了又不负责任，就像我一样，等于放了个臭屁。我说什么你记什么。"熊组长冷笑了，说：“二货，老子要你死！说，昨天夜里是不是跑到翠霞她屋里强蛮了她。"吊着的二货说：“这是明摆的事，我没得婆娘，她没得男人，我的她没有，她的我没有，我不强蛮她，谁去强蛮她？她不让我强蛮她，让谁强蛮她？笑话，天地间男人和女人就这点事，我还能说假。"熊组长愤怒了，说：“你承认你强奸了她？"二货说："对，我强奸了她。"熊组长又一耳光过去，打得二货头一歪，吼："二货，你是不是真的想死？"二货哭了起来，血、眼泪与鼻涕一脸，说："姓熊的，让你说对了。我真的想死，我好歹在人世间走了一回，沙街女人看了我就像看了狗，她那回让我摸了一回她的屁股，这回又让我强奸了她，她让我做了一回男人，我还活着做什么！"熊组长问："我再问你一回，是不是你强奸了她？"二货说："还问什么？我早说了，是我强奸了她。"

翠霞与二货对质的会，在政治夜校里开。

熊组长叫基干民兵们把二货从吊着门上放下来，五花大绑的二货，放下来后，脚吊麻了，找不着地，两个基干民兵要架着他走。二货摆开他们，雄得像个绑着要杀的公鸡，头都不回，径直朝会龙上走。毛毛雨在日子里无声无息地下。风黑黑地在河畈上刮，毛毛雨黑黑地在会龙山上下，人黑黑地朝会龙山上涌。

政治夜校里涌满了黑黑的人。黑黑的脸上，黑黑的两个洞。当着蚂蚁群一样黑黑的人，熊组长指着五花大绑的二货，问披头散发的寡妇翠霞："是不是他强奸了你？"披头散发的翠霞，两个眼睛淌着泪，点头说："是，是他强奸了我。"熊组长对戴副组长说："你记下来了吗？"戴副组长说："记下来了。"熊组长指着披头散发的翠霞，问五花大绑的二货："我再问你一次，是不是你强奸了她。"五花大绑的二货点点头说："是，是我强奸了她。"熊组长问戴副组长："你记下来了吗？"戴副组长说："我记下来了。"五花大绑的二货仰起脸来问熊组长："强奸人的人是不是要吃花生米？"沙街人叫枪毙人叫吃花生米。熊组长说："花生米吃不了，要判个几年的。"二货笑了，说："那不是死不了。"熊组长说："死不了怎么样？"二货对披头散发的翠霞说："你等着，我回来了，再强奸你。"翠霞哇地哭出了声："熊组长，我的日子怎么过？"二货笑了，叹了一口气，说："我跟你说笑话呢。我离开沙街了，我还回来做什么？我就去死。你答应我，每年清明节，给我烧点纸。"披头散发泪眼婆婆的翠霞望着五花大绑的二货，点了点头。

熊组长仰天大笑起来，笑出两泡眼泪，往桌上拍一巴掌，说："算了吧！这是些什么案子？都给我下畈扒土去吧！"熊组长一把将戴副组长认真记的纸捻过来，撕了，撕成了碎片儿，扬起来，天女散花般地在政治夜校里撒了。

人们涌出了庙门。二货对熊组长说："不送我去死？"熊组长气得浑身哆嗦，说不出话。二货："不要我死，解开我，我又要强奸她。"熊组长说："你敢！"二货说："我敢了一回，为什么再不敢？"熊组长脸气得脸像一张白纸，咬牙切齿地说："老子绑死你！"

戴副组长长长地叹了一口气。

103

熊组长没好气对戴副组长说："这时候，你叹个鸡巴气！"

第二十二章

熊组长叫人把五花大绑的二货，从政治夜校里牵出来，牵到二货扫给"柯湘"和戴副组长过夜的那间屋子里。"柯湘"走了，戴副组长不能搞"特殊"，仍回到二货的破窑里同熊组长住。二货扫的那间屋子就空着。屋子里的地，依然很干净，二货架的那个宽铺仍在，空空的。二货被牵进去后，熊组长叫人用绳子把二货绑在屋子里石头柱础上。那石头柱础原来是庙里的。上半截顶柱，下半截接地。石头柱础与柱一样大，一人高，雕着云纹和龙凤。

二货被牵进去之后，屋子小，看热闹的人们就涌不进去，在窗子外面看。沙街的基干民兵们，把二货像绑牛样，绑在半人高的石头柱础上，二货想动也动不了。被五花大绑的二货，背负着庙里的石头柱础，两腿叉着，头昂着，仍是很雄伟的样子。二货不停地呵呵笑，笑出了很多的亮涎儿。手绑着没东西揩涎，嘴角笑出的涎，亮亮地像牵油面，一挂一挂的。太阳从云缝儿里钻出来了，光从屋面的瓦缝儿里漏下来，照着绑在石头柱础上的二货，他嘴角上挂的涎儿很亮很有光彩。

熊组长问绑在石头柱础上的二货："舒服不舒服？"二货呵呵笑着说："托你熊组长的福，还可得。"熊组长吸着烟歪着头瞄着二货的脸："低头认罪不？"熊组长用手拨弄着二货身上蛇样的绳子，说："不然这绳子就结了，解不开。"二货笑了，涎直滴，说："姓熊的，低头认罪有什么用？像总没过日子样？这事儿认罪有鸟用？比方说你老婆在城里被人强奸了，让那强奸的人认罪，你说有什么用？"熊组长叹口气说："那也是的。那你就死在这石头柱子上吧。"

熊组长围着二货转了几转，觉得没有多大意思了，就吼围在窗子外的沙街男女下畈去做活。熊组长丢一个烟屁股，又点了一支烟，吸了一大口，对围着看的沙街男女，说："没剩多少看头了！都下畈做活去吧！这是什么东西？连畜生都不如。畜生知足不知羞，人知羞不知足。"被绑在石头柱础上的二货笑着笑着，忽然地哭了，挣扎着，喷着涎骂熊组长："姓熊的，我日你的老娘！是我要他们看的吗？"

沙街男女忽然觉得是没味，纷纷地下山，回垸拿了篾箕和扁担下畈做活去了。

熊组长到垸子里，比划着叫二婆家的六碗上会龙山去看管二货。六碗咧嘴笑了，拿着锣槌提着大筛锣跟熊组长蹒跚地上了山。庙改的屋子里，熊组长对二货说："都忙，没得合适的人照你，你委屈点，将就点。"二货说："熊组长，你照我，你比他强。"熊组长说："我肯定比他强，这不要你说。但我不得照你。"熊组长叫六碗好好地看管着二货："不要让他跑了，他要跑了，你就筛锣。"六碗点了点头。熊组长对二货说："你慢慢地享受，我不陪你了。"

人都走了，庙改的屋子里，只剩下绑着的二货和提锣看管的六碗。很好的太阳，照着会龙山上。屋面上的亮瓦儿像舞台上的聚光灯射下来，照着绑在石头柱础上的二货。六碗提着他的大筛锣，守在绑的二货旁边，不笑，一副很严肃的样子。二货对六碗笑，对六碗做鬼脸儿，二货想轻松点儿不严肃。六碗不理他。二货对六碗做手势。二货对六碗说："我不跑，你不消提锣，提锣好累人。"六碗看懂了二货的手势。六碗看懂了后，就把手里提的大筛锣，放在二货的脖子上吊着。二货哭笑不得。这样六碗就不累。二货的脖子上就重。众人走了，静静的。众人走了，二货就觉得绑得难受。二货就动。二货动一下，六碗就用锣槌当头打二货一下。二货又动一下，六碗就又用锣槌当头打一下。头是肉做的，不是锣。二货的眼泪就痛出来了，仰头咧着嘴嚎："熊得山，我日你的先人，你这样的磨轭老子！"二货嚎，六碗一下下地用锣槌打他的头。二货痛不过，就不嚎了，就求饶，用眼睛叫六碗看他的脚趾头。他的手绑着，手指头不能动。他的脚没绑，脚趾头能动。二货把他的大脚趾头昂起来，示意六碗，说六碗是大脚趾头；二货昂完了大脚趾头后，就昂小脚趾头，说他是小脚趾头。六碗明白了，高兴地笑，就不用锣槌打二货的头，让绑得不好受的二货动。门敞着，窗子敞着，让二货能够看外面的天地。门外窗子外山顶上古桑树的叶儿，绿得好肥，好亮。一只画眉鸟跳在叶儿里，唱着婉转的歌儿。二货的泪一下子涌了出来，怎么也止不住。二货抽搐着，哭得好伤心。

女腔的黄梅戏唱上了会龙山。自由自在的仙女唱着黄梅戏上山来了。春天的阳光里，仙女头梳得光光的，衣裳穿得整整齐齐的，踏着青青草唱上了山。仙女唱："我家住在大桥头，我的名字叫作王小六——！"仙女唱到山上来了，阳光里，古桑林漾漾的风里，都是她明亮的声音。她唱的时候，古桑林中的画眉就歇了，满山活活泛泛的。庙改屋子的门敞着，仙女唱着近了。天上的日头更加明亮了，地上的阳光更加明亮了。仙女一身的明亮进来了。仙女进来后，一把抱住了提锣的六碗，叫了一声："我的小六啊！你在这里啊！我找你找得好苦啊！我可找到了你！我想死了你啊！我的心肝我的肉儿！"仙女一双凤眼里流出的泪像河里哗哗的水。当着绑在石头柱础上二货的面，仙女就和六碗，在屋面上漏下来明亮的阳光里，滚在地上，做起了男欢女悦的事。

105

二货闭上眼睛拼命地挣扎。绑他的绳子却怎么也挣不断，勒进了他的皮肉里，一身的鲜血，人高的石头柱础动了。二货背着半人高绑他的石头柱础，浑身鲜血，挣出了门。二货挣扎着，爬到了会龙山顶上了。二货竖在会龙山上，睁着一双血红的眼，朝河畈垦大喊："天啊！天！天朗朗的，云白白的。"二货旁边站的是闭着眼睛游来的陶女儿。二货喊一句："天啊！天！"陶女儿闭着眼睛跟着喊一句："天啊！天！"

　　二货和陶女儿喊天的声音，把熊组长、戴副组长和沙街的父母们从河畈里惊到会龙山去了。沙街的娘和父亲们对于仙女和六碗的事，格外大度，喜笑颜开地说："仙女和六碗也知道做那事儿呢。"熊组长对浑身是血背着石柱础的二货说："你喊什么天？天是你喊的吗？"又把浑身是血的二货，连同那个柱础，牵回了庙改的那间屋子里。二货喷着嘴里的血对熊组长说："熊得山，你做点好事，送我去判刑去死。"熊组长咬牙切齿地说："你喊什么？你是万恶之源。"二货说："姓熊的，你要是人，你就把老子送去判刑，让老子去死。"熊组长冷笑了，对二货说："你想死是吧？死当然好。死多简单。老子要你死吗？"二货破口大骂："你是我的儿！"熊组长上前给了二货一耳光，说："狗日的，换个人守。"戴副组长自告奋勇地说："熊组长，我来守。"熊组长冷笑了，说："老戴，你守他最好。你跟他讲道理。你道理讲得好。"

　　捉曹容易放曹难。二货开始绝食。戴副组长把饭拨到面前，他都不吃。他闭着眼睛仰面朝天躺在铺上，任凭戴副组长嘴巴说得流鲜血，他不讨价也不还价。戴副组长日夜守在会龙山上的那间庙改的屋子里。为了让二货开口吃饭不饿死，戴副组长费尽了心血。戴副组长为了让二货开口吃饭不饿死，搬来好大一堆书。精装的原著：《资本论》《共产党宣言》《湖南农民运动考察报告》，码在铺头边。戴副组长让人把二货的铺盖和他的铺盖搬来了，为了教育二货，他与二货睡到一个铺上了。

　　戴副组长将二货的被子在铺上铺好了，就把二货的绑松了。二货说："戴副组长，你把我松了，你不怕我跑？"戴副组长打水拧毛巾，跟二货擦身上的血和脸上的血。戴副组长说："我要是怕你跑了，我解开你做什么？"二货说："戴副组长，我知道你这样做，是要我不好意思跑。"戴副组长把二货扶到铺上，说："马柳生，你躺下。"二货说："戴副组长，你待我这样好，我不把你为难，我保证不跑。"戴副组长说："你累了，躺下。"二货说："戴副组长，你也累了，你也躺下来，我俩睡。睡好，睡着了世事都不想。"戴副组长说："人生在世不能光睡觉，要开化。"二货说："戴副组长，我蠢牛木马，开化不了。"戴副组长说："我帮你。"二货说："帮也无用。我狗屎糊不上墙。"戴副组长说："人不是生而知之,人是学而知之的。"二货说:"戴副组长,你一松绑我渴困就来了,你还是把我绑着让我听,绑着我就有劲,没得渴困。"戴副组长说:"读书人一向以理服人,没有强蛮之事。"二货打着呵欠。

戴副组长翻开《共产党宣言》给二货念。戴副组长刚念:"一个幽灵在欧洲大地上。"二货就说:"戴副组长,我渴困来了,你念完了就叫醒我。"戴副组长说:"马柳生,这是无产阶级翻身得解放的宣言,你慢慢听,慢慢听就会听出味来。"二货打着呵欠说:"你莫念,你跟我讲。我跟师傅学说善书的时候,师傅教我也是肉口传。"戴副组长就不念书了,给二货讲。戴副组长给二货讲共产主义,讲共产主义理想。戴副组长讲一句,二货"嗯"一声,嗯着嗯着,就抽起了鼾。戴副组长摇醒了二货,说:"马柳生,你怎么睡着了?"二货揉着眼睛说:"戴副组长,这本书我听熟了。你换一本。这一本的神我知道。"戴副组长问:"你知道这一本的神是什么?"二货说:"不就是一个字?"戴副组长问:"一个什么字?"二货说:"不就是一个'共'字。我想共,它不要我共,总是共不了。"戴副组长就哭笑不得,知道再说无用。

戴副组长就换《湖南农民运动考察报告》念。戴副组长念。二货打着呵欠说:"戴副组长,莫念了,还是肉口传。"戴副组长就讲,讲一句,二货"嗯"一声,嗯着嗯着,二货又睡着了,打起了鼾。戴副组长摇醒二货说:"马柳生,你怎么又睡着了?"二货打着呵欠说:"戴副组长,这一本的神我也知道。"戴副组长问:"这一本的神你知道是什么?"二货说:"还不是一个字。"戴副组长问:"一个什么字?"二货说:"一个'反'字。我不是在反吗?你们又说反错了。你不要折磨我,让我困会儿。"二货说完就打起鼾来,睡着了。

戴副组长望着铺上睡着了的二货大吃一惊,发觉原来他搬来摆在铺上的书对于铺上睡的人来说,全无用处。戴副组长摇醒了二货。戴副组长问:"马柳生,你觉得你明白是吗?你觉得你做的没错是吧?"二货冷笑了,说:"戴副组长,你这样问话好不明白?"戴副组长没好气地说:"我怎么不明白?"二货说:"我要是知道错了,我会去做吗?"戴副组长厉声地:"你怎么没错?她家的大门是不是闩了?"二货说:"闩了。"戴副组长问:"是不是你用刀拨开的?"二货说:"是我用刀拨开的。"戴副组长说:"那你就错了!"二货说:"我没错。是人说我错的。"戴副组长说:"人说你错了,你就错了。"二货说:"人说我错了我就对了。"戴副组长生气了,说:"你是人吗?"二货说:"戴副组长,人是我吗?"戴副组长说:"是你错了。你不合人的规矩!"二货说:"我没错。是人的规矩不合我。"戴副组长气极了,说:"你,你不要再说!"二货流着泪说:"我是不想再说,是你要我再说。我要困了。戴副组长,你要是人,等我困断了气,埋我一

107

把。"二货就困过去了，不吃不喝，任凭戴副组长怎么说，他闭着眼睛，就是不开口。窗外是哑哑的春天，庙改的屋子里，戴副组长悲凉极了，弯腰咳了一阵子，吐了一口嚼出的鲜血。戴副组长望着铺上不吃饭等着饿死的二货束手无策，一点法子也没有。

二货闭着眼睛仰面朝天，睡在会龙山那间庙改的屋子里。没人照他，他也不跑。

熊组长不让戴副组长守二货了。熊组长让戴副组长回河边破窑绘沙街改垸的蓝图。戴副组长不安地说："老熊，马柳生要是死了怎么办？"熊组长说："死了算了。"戴副组长问："那怎么行？"熊组长说："叫你不要管你就不要管！"懒龙叔和四婶来到窑场找陶叔。陶叔坐在轮盘上，正在用黄泥巴做碗。四婶坐到陶叔身边，说："人命关天，你拿个主意。"陶叔说："天地造万物，万变不离其宗。他缺的给他就是。"四婶明白了，说："陶哥说的对。"

四婶从翠霞家出来，正是吃中饭的时候。阳光正好，河风散荡，满垸刺槐花飘香了。四婶带着满身的清香，上了会龙山上。四婶换了身干净衣裳，穿着那件过年过节走人家才拿出来穿的，蓝得像晴天样的满大襟褂儿。四婶穿了那件满大襟儿，好腰身，在风中走，就好像河岸上婆娑的杨柳。四婶身上好香。四婶身上的香是用难得的香肥皂洗的。那香皂是河里的竹排从巴河口的长江拖上来的，是四婶用粮食和棉花换得的。四婶用粮食和棉花换了一块香皂，和她家的小槐花，细细地用。四婶走进庙改的屋子里，闭着眼睛仰面朝天躺在床上准备饿死的二货，就闻到了一阵清香。那阵清香一下子就浸到了二货的心底，二货的心一下子就感动了。二货闻到那阵清香就闻到了女人，二货闻到了那阵清香就闻到了日子。二货就感动。二货就想日子啦，日子原来是香的，香的日子真叫人难受。二货的嘴唇就开始颤动起来。四婶进屋后，在铺边挨着二货坐下了。二货隔着被窝，就感到了那款款的湿热儿。二货还是鼻子朝天闭着躺着不动。四婶笑了，把手伸到二货的鼻子上，试。那手软极了，香极了，二货就浑身发软。二货的眼睛就潮了。四婶叫了起来："啊，还有热气儿呀？我以为死了。"二货心里说："我是还有热气儿。我是还没有死。你怎么这样香呀？"二货的眼泪就涌出来了。泪湿了四婶的手。四婶说："呀，能湿手，那还有救！"四婶就把那条软软的手绢儿，从怀里掏出来。四婶掀开二货的被窝，把那条软软的手绢儿，放在二货那双摆得整整齐齐的，准备去死的手上。二货那双摆整齐了准备去死的手，在被窝里，禁不住摸了摸那条软软的手绢儿。二货突然鲤鱼跌籽般地挺身坐了起来，说："这哪来的？"四婶说："我带来的。"二货问："是她愿给的吗？"四婶点了点头。二货"啊"了一声，突然孩子般地哭了起来。二货哽哽咽咽地说："那我不死了？"四婶笑了，说："是的，你死不了。我们怎么要你死呢？起来不？"二货说:"起来。"四婶说:"吃饭不?"二货说:"吃。"

二货像个孩子,抽抽搐搐地在四婶面前哭。

晌午的河边,连天扯地的都是粉粉的刺槐花儿香。

第二十三章

天高地远,朗朗的太阳,地老天荒中,流动着亘古不变清新四季的风。巴水河在垸子后流动着。白沙、绿水、青山,一弯十里的平川,是河上游的鲤鱼山挡出来的。沙街就在这十里平川上。河对面是上巴河古镇。河里有码头,与古镇相接,竹排挂着白帆,张满风上来,一溜溜像水上浮动的长街。石级的码头上,密如蚂蚁的人朝岸上驮货。河水边浮动的竹排上,蹲着的是拖排、洗排的妇女和儿童。河上,有一座木桥相接。桥是漫水桥,天干的时候,可以过人;发水了,桥淹在水里。绿树成荫——桃树、梨树、杏树、石榴树、柳树、杨树,还有许多数也数不清的树,全在荫里;荫里竹绿——水竹、贵竹、斑竹、丛竹,杂在绿树绿水中。湖是大的,一个接一个。湖心光亮,是鱼跃浪的地方。有船撑到了那里,撒网打渔的渔船,撑入过渡的渡船,还有放鱼鹰下水捉鱼的尖头小船。湖边浅处是莲藕和水草挤着长的地方,许多的小鱼儿,玩乎所以被荷香、草香撞醉了,跳到荷叶和草面上,还是跳。塘是小的,一切出于自然,圆的如满月,弯的像半月,瘦的一线,如一抹天光。那些杂长的杨树柳树,或弯或直,或斜或倚,长在岸上,映在水里。水波乱了,晃一圈又一圈的影子,越晃越大,最后定在浮水的水牛背上,必有穿红着绿的垸姑来,洗衣或汲水,一声情歌,必定惊起一阵水鸟儿,拍着翅膀飞到天上去。这些似梦非梦,不在梦中,都在梦中。

低处是水,高出的是田地,是垸子。一条弯曲的大路,穿垸子而过,连接着垸子里的各个墩子。每个墩子,以姓聚居,一个墩子一个姓,绝无杂姓,全是一个祖人流浪到河边过日子,留下的血脉。墩子以姓为名——王家墩子、马家墩子、倪家墩子、周家墩子、徐家墩子、陈家墩子、陶家墩子,七个墩子,在树竹的绿里,以路相连,又以路为隔。墩子四周用石头垒起一人高,一围就是一大片,像平地而起的寨子,又不是寨子,是为了住得平安,垒起来,防水的;没有寨门,却有陷进去的路。路是石头垒的级,拾级而上,人就走到了墩子里。墩子里,或茅屋或瓦屋,一律抱在一起,簇拥而居。墩子与墩子之间,低下去的路,随弯就曲,丈余宽,旱季是路,雨季是港。旱季,墩子与墩子之间走动方便;雨季,湖塘的水涨起来,那路就淹了,墩子与墩子之间走动就要用船撑。

二货满脸胡子，穿着破袄子，用根草绳子系着腰，用绑他的绳子捆着被窝，驮在背上，从会龙山下来了。阳光明亮，活过来的二货，像条几天未归家的狗，不认识似地打量着河边的垸子，走一步停一步，停一步走一步，回到了河边他住的破窑。春暖暖的，一年一度河边的杨柳开始飘杨花柳絮了。暖暖的风里，漫天尽是如虫如蚁雪样的东西，白晃晃的阳光中，飘得他恍恍惚惚的。

二货回到河边的破窑时，熊组长和戴副组长正在绘蓝图，研究沙街建设新农村的事儿。上级有指示，要下乡的路线工作队，在极短的时间内在各自住的地方彻底改变农村几千年的落后面貌，建设社会主义新农村。二货跨进河边他住的破窑的时候，熊组长和戴副组长已经为这事儿研究了一天一夜。熊组长边吸烟边叉腰作指示，戴副组长戴着近视眼镜伏在床上用绘图笔绘蓝图。那纸是上级发的图纸，绘出来后晒了就是蓝图。这蓝图要上交的，集中在一起作为成果，好展览。戴副组长是绘图的好手，那张蓝图定稿了，铺了二货的一床。戴副组长往上面标日期，日期一标，蓝图就大功告成。熊组长踱过来伏下身子看，搓着手笑着说："不错，画得好，像个城市。"

二货驮着被窝进了破窑的门。熊组长看见了二货。熊组长拉长了脸问："二货，你怎么不死？"二货从怀里，掏出那个手绢，朝吃饭的桌子上一拍，仰天一笑，说："我要死，是它要我不死。"二货把破被窝朝床上一扔，愤怒地对熊组长和戴副组长吼："出去！都给我出去！"熊组长问："二货，你说真的说假的？"二货吼："出去！这窑是我的。"熊组长不笑了，拿起吃饭桌子上的那条手绢，说："让我看看这是什么东西？"熊组长仔细地看，说："啊，我以为是什么宝贝？原来是条手绢子。"

熊组长仰起鼻子大笑了，笑得眼泪直滴。二货说："你笑个鸟！"熊组长拍着二货的肩，说："不错，不错，你是个角色，活出人样儿来了。"二货把手朝破窑外一指，说："姓熊的，两个山字一摞，请出！"

熊组长笑得直不起腰来，说："马柳生，我以为你活明白了，哪知道你还是不明白。你以为我和戴副组长稀罕你这个破窑吗？你以为你这个破窑是住人的地方吗？我和戴副组长住你的破窑是看得你重。"二货没好气地说："出去。我要你看我这重？"熊组长问："马柳生，你除了破窑之外还有什么？你没有的，我和戴副组长全有。你有的，我和戴副组长全没有。你说是不是？你有戴副组长那么漂亮的婆娘吗？你有我这样说话像人的干部吗？"二货气得白眼翻。戴副组长对熊组长说："老熊，你不能这样说话。"熊组长说："你知道什么？这时候不这样说话怎样说话？他有破窑，我俩连破窑都没得住的。"二货狞笑了，说："我就是要你连破窑也没得住的。"熊组长说："你是不是要破窑结婚？"二货说："是。"熊组长又仰天大笑起来，说："好！我们这就走。我们搬到山上去住。痛快！你给我们的你收回去，我给你的我也要收回了。"二货说："你收。"熊组长说："首先我把你的队长撤了。"二货说："我不要。你拿去！"熊组长说："还有那套我给你的军装，我也要收回来，你给我拿出来。"二货满眼是泪，把破絮包的那套叠得整整齐齐的草绿色的军装，拿了出来，说："你拿去！"

二货说："姓熊的，还有什么？说出来，我都还给你。"熊组长说："我只给你这多。幸亏我只给你这多。"二货说："现在我俩了结了。你出去吧！"熊组长和戴副组长就开始捆被子，收拾东西。二货把他的破被窝，打开往床上铺。熊组长和戴副组长收拾完了，肩上背着被子，手里提着东西，说："我们走了。"二货说："不送。"要出门的熊组长笑了，打量着二货的空荡荡的破窑，说："马柳生，我把我给你的东西收回后，你还有什么？"二货说："我还有四样东西。"熊组长问："哪四样？"二货说："我连人带鸟两样。"熊组长说："算两样。还有两样呢？"二货说："破窑和这条香手绢。"熊组长说："破窑有什么用？马上要建新农村。你的破窑能不拆吗？"二货说："总是不与我相干。"熊组长说："所以我说破窑没得用。"二货扬着手里的手绢，问熊组长："这算不算一样？"熊组长笑了，熊组长说："你就守着你的手绢子吧！这香手绢子好哇，上可铺天下可盖地，你就在这香里做你的好梦吧！"二货双手抱头蹲在地下，突然像狗一样呜咽起来，吼："姓熊的，你是流氓！"熊组长对戴副组长说："老戴，还愣着干什么？我们走。"

太阳不照破窑，照外面。杨花柳絮满天飞。熊组长头里走，戴副组长跟着走。懒龙叔赶到熊组长前面，说："熊组长，向你请求个事。"熊组长止了脚，扭转头来，脖子一歪，问："什么？说。"懒龙叔说："我想当队长。"熊组长扬起一只手，说："啊，你当。戴副组长，你把蓝图给他。不，你跟我到山上庙里去，让戴副组长把蓝图讲你听。队长啊，你万寿无疆。"懒龙叔笑着说："熊组长，你莫发脾气哟！发脾气百无一用。"熊组长笑了，指着自己的脸给懒龙叔看，说："你真会说笑话儿。我这是发脾气吗？"

刺槐开过花之后，开始结荚儿。沙街人开始按蓝图造新农村。不造不行，理解也执行，不理解也要执行，在执行中加深理解。熊组长把日子限定了，连拆带建半个月。

熊组长笑着在会上宣布，哪家不愿动手也算了，不强蛮，那么就组织熊上垸的基干民兵来拆。熊组长算是把沙街人的那点抗拒的心思摸透了。熊组长宣布后，开始在会上想不通嚷嚷的人们，不再嚷嚷了，突然静得像井里的死水，一张张的脸像浮上来的黑锈，不互相看了，各人低头，埋在怀里想心思。其实不须他们想，利害明摆着。熊上垸的人不在河边过日子，他们的田地没得河边的肥，比沙街还穷，早就把沙街恨红了眼。熊上垸为了过日子，争湖田种粮食，一代代与沙街打垸仗，一代代各自打死了不少的人，打到一九四年后才没法打，仇都到骨头里了。他们带着激情来，能让沙街人有好果子吃吗？要是他们开进来了，拆沙街的屋，断砖破瓦折椽条就是很有道理的事。还不能向他们说狠话，说狠话，断的砖破的瓦折的椽条就更多。河边的沙街比他们富是富点，并没有富到他们想的程度。哪家也不愿受这损失，哪家也受不起这样的损失。沙街人想，要是熊上垸的基干民兵来拆我们的屋那就惨了，那真是粥泼了鸟烫了，两头蚀本的事，与其让熊上垸的那些二杆子来拆，不如自己拆。

沙街人赶紧叫来各家的亲戚，领着一家老小自己拆自己的屋。

拆垸的那几天，天晴得出奇地好。天天出几好的太阳，那太阳一出来就几好的颜色。拆屋的那天，那小子见垸中有人家把梯掇出来，架在屋檐下，怕落了后，也从屋里把梯掇出来架在屋檐下。那小子像个猴子爬上梯准备上屋揭瓦，父亲扯着他的耳朵把他从梯上摘了下来，照着瘦屁股踢了一脚。那小子准备流眼泪的时候，父亲仰着鼻子，骂起了天。父亲气愤愤地骂："晴，晴个卵子！"父亲骂天的时候，垸中许多的当家人也在骂天。那小子扑的一笑。父亲不看天了，看那小子。父亲问那小子："是你笑的吗？"那小子说："是我笑的吗？"父亲伸出一只大手把那小子罩定了，罩得他动弹不得，五个指头像钉子钉得那小子的脑袋生痛。父亲闭着眼睛说："天的确是好天，儿的确是好儿。三春的天，晴有什么错？天天出太阳晒，是为了好在河畈种粮食长粮食，它知道你用它拆屋吗？长大的儿帮做老子的拆屋有什么错？"父亲双膝朝地上一跪，趴在地上，磕了三个头，作了三个揖。父亲说："老屋啊，有这样的天，有这样的儿，莫怪我，你保不住了！"父亲闭着的眼睛缝儿里流出浑浊的汁水来，就那么一点，经不得他的大手一抹。父亲站起来睁开眼睛，摊开他的巴掌看。天上的太阳好白好亮。

木梯子朝天架着，给那小子攀高的欲望。父亲指着老屋对那小子说："我的个聪明儿，你跟老子数数，我家老屋有几间？"老屋有几间，他比那小子更清楚。但那小子遇上这样个老子，是没有办法的事，说："两连四间。"祖父留给他四间破瓦屋，一间做堂屋，一间做厨房，一间是他的房，一间是他儿的房，他儿还小，他不放心，让我和他住一个房，给儿留的那间房就空着，做了收捡屋，放着杂七杂八的东西，让许多的蜘蛛在那里做网。他的儿渐渐地长大了，他就把那间放杂物的空屋定为他的儿结婚的处所。父亲是天底下最良苦用心的父亲。

父亲说："我的聪明儿，你会数数啊。是四间。这梯朝上一搭，就不是四间了。"那小子就不懂，以为四间拆了做还是四间。那小子问："为什么不是四间?"父亲说:"人盘穷火盘熄叫花子盘得没饭吃。你一爬上去,瓦就要破的,椽条就要断,瓦条就要折,拆下来再做,就不是四间是三间。三间,一间做堂屋,一间做厨房,老子的一间是不得让的,你做种的一间就没了。"

全坨一片揭瓦声,弥漫的火尘味,呛得人打不赢喷嚏,辣得人流不赢眼泪。父亲说,天要下雨娘要嫁人,无法可治。

父亲愤愤地上屋揭瓦。他把老屋上的三个角的瓦和半边瓦,抽出来扔到地上摔砸了,看得那小子的心都痛。要知道三个角的瓦和半瓦儿对于河边的人家来说也是命,三个角的瓦和半瓦也是瓦,盖在屋上也能遮雨挡太阳,谁家能像父亲样的大器?那小子说:"父亲,不能丢。"父亲说:"丢,怕什么?你有新农村。"那小子说:"再丢,我真没地方跟你做种。"父亲说:"不要怕,还做得起三间的,你做种的时候我就去死。"那小子急得哭了,说:"你再丢,我就从屋上跳下去!"父亲就不敢再丢了,说:"我的种,你知道哭吵?你知道哭,我就不丢了。"父亲也哭了,抽手自己打了自己一嘴巴,说:"你是个什么老子?为什么跟儿过不去?"

巴水河边的沙街人生活了千百年的老坨子,就在几天的太阳底下,腾尘起雾彻底地轰毁了。沙街人谁都知道,拆屋容易做屋难。沙街人一个个又都有恋旧病,尽管熊组长和戴副组长把蓝图上的新农村说得天花乱坠,沙街人对于纸上的东西,任你怎样说,他们就是不相信。他们不需要什么新农村,他们认为巴水边的老坨子,原本就是人间天堂。如画的老坨都拆了,拆了去建新农村。原来住了数不清代数的住熟了的老坨基不要了,在河东头的荒滩上重来。河东头的荒滩,好大,那是沙街人,在一次又一次洪水过后,挑浮沙堆起来的,荒得连草都不长。那里,原来是沙街的乱葬滩子,专门葬那些喝药、吊颈、跳水死的,以及生下地就夭折了的性命。河东的荒滩上,一个沙包,连着一个沙包,沙包被日子里的风,刮平了,又有沙包堆起来。原先葬死人的地方,现在要住活人了。因为是荒滩,好规划。一张白纸,没有负担,好画最新最美的图画。

懒龙叔膀子弯里夹着一只装地灰的箩筐,像一只大虾子,一把把抓着地灰在熊组长和戴副组长放的线上撒迹儿。懒龙叔一边撒地灰一边对脚下的沙包说:"小鬼们大鬼们莫怪,你们让一让,这里要住活鬼了。"熊组长问懒龙叔:"你嘴里在念什么经?"懒龙叔说:"没念什么经。我叫鬼们让一让。"

第二十四章

一连十几天的好太阳,照着河边拆坨建坨的繁忙,照着濒临绝望的二货。

二货将那条香手绢盖在脸上，仰面朝天，两脚张开，躺在河边破窑的顶上，一动也不动。二货在闻那条手绢被太阳晒出来的香。他张开着胯子，脚头放着一块残缺不全的磨刀石，磨刀石旁边，丢一把一尺多长、生满红锈的杀猪刀。他想试验试验，那条手绢是不是永远是香的，他想试验验那条手绢到底能香多久。那条手绢的香味若是一直有，他就一直躺下去；若是没有了，他就坐起来磨刀。

二货的破窑，临着穿垸的大路。沙街的父母带着小的们，在穿垸的大路上，来回往返，抓紧太阳，拆巴水河边的老垸子，建社会主义新农村。拆了的老垸子里，刺鼻子的尘烟，总算落下去了，但那味还在，久久地散发着。住熟了住久了的人味还有烟火味，好难散尽，经露水一露更加浓烈了，让人闻了，鼻子发酸，涌出些难舍难分的东西来。河东头的荒滩上，新农村在建，沙街的父母带着小的们忙着拆老墙，把老墙的旧砖，挑来做新墙，老垸子和新垸子之间的路上，沙街人就像蚂蚁开路一样的，挣扎着兴奋，呼喊着叫骂。窑高路低，这些都在二货张开的胯子下。

挣扎与兴奋，呼喊与叫骂，与二货毫不相干。他家，河边的破窑，不存在破和立，破不了，也立不了，所以二货不看垸子里人蚂蚁样地繁忙。二货对这些不感兴趣，谁家的忙他也不帮，他为什么要帮人家的忙？反正日子还在月头上，队里称的粮食还有，他要做的就是每日三餐后在窑顶上困，饿了，就下来回窑去，把粮食拿出来，做饭吃饭，吃得饱饱的，吃饱了，再上到破窑顶上困，仍是用那条香手绢，盖着脸，仰面朝天，两脚张开，对着天上的太阳，困成一个"人"字，闻太阳下那条手绢散发的香。破窑顶上，长满春天的草，别的没有，树还是有一棵的，不成荫，但还是树。二货仰面朝天对着天上的太阳躺着，闻香，那棵不成荫的树，在他旁边站着。从河里飞上来一只翠鸟儿，在他的脸上和那棵树上，来回地跳着，跳一下叫一下。那景象让沙街所有忙碌的人，都看到了，看到那景象后，心里就惶惶的。

那小子肩上挑着两块从老屋拆下来的旧砖，腰压得像一把弹棉花的弓。从老屋拆下来的老砖太沉了，他一次只能挑两块，一头一块，还压得走不稳，乱颤，像抽筋。父亲挑八块老砖还走得稳。父亲挑着八块老砖，看见了窑上那景象，对他的儿说："不要看他。"

二货盖着那条香手绢，仰面朝天，躺在河边的破窑顶上，闻那条手绢上的香。春天的太阳底下，那条手绢的香总也散不尽。

河边只有翠霞的手绢永远是香的。

河边春天的太阳底下，那条手绢散发着无尽的清香。那只从河里飞上来的翠鸟儿，从树上跳到二货的脸上，又从二货的脸上跳到树上。河边亘古不变的太阳，很好，暖烘烘地照着二货的脸。二货心里对那只从河里飞上来的小翠鸟儿说："这香散得了吗？"那只小翠鸟喳喳地叫，像在说，散不了，散不了。二货涌出了泪心里说："小翠鸟呀，这香要是散了呢？"小翠鸟从树上跳到他的脸上，喳喳地叫，散不了，散不了。二货闭着眼睛心里说："小翠鸟，你不要骗我！天下没有散不尽的香。"小翠鸟喳喳地叫，散不了，散不了。

太阳太好了，一连几天的好太阳，太阳底下那条手绢的香开始变淡了，二货像狗一样耸着鼻子闻，也很难闻出来。二货坐起来，两个胯子间就是那块磨刀石，顺手一抓，就是那把尺多长的杀猪刀。窑下静静流的是河水，二货并不用水磨。二货朝磨刀石上啪啪地吐唾沫，将那块磨刀石吐得泛滥了，然后才磨。二货瞪着一双血红的眼珠子，像一条吃了死人的狗，磨他的杀猪刀，霍霍地磨，磨得整个河边都是刀的声音。那小子听见那声音，头上的毛就竖了起来，因为那小子从小就知道巴水河边磨刀的厉害。巴水河边若是一个单身汉子，不杀猪，也不杀牛，一连几天坐着磨刀，那就准不是好事，就要在平静的日子里，制造出惊天动地的故事来。

对二货的磨刀声，沙街的男人谁都不怕。他们听见二货的磨刀声，一个个笑出声音来。垸中的沙路上，他们笑着说："狗日的二货，磨刀呢。"他们路过破窑，就抬起头来，问破窑顶上二货："二货，你磨刀呀？"太阳下的二货不理他们。二货端正地坐在破窑顶上，一个劲地磨他手里的那把杀猪刀。二货边磨边把那把杀猪刀举起来，眯着眼睛对着太阳看刃，一边看刃，一边用大拇指摸那刃，扯一根胡子下来，吹到刀刃上，看那根胡子在风中断成两截。

戴副组长见二货一天到晚坐在破窑上磨刀，吓坏了。戴副组长端着一碗水，扶着近视眼镜，跑到窑顶上做二货的思想工作。戴副组长弯着腰，战战兢兢地问二货："马柳生同志，你，你干什么？"戴副组长的声音，在漫天的杨花柳絮中，一片温柔。二货说："我磨刀。"戴副组长说："你磨刀干什么？"二货说："戴副组长，你真是个呆子。我磨刀做什么，你不知道？"二货喑哑地笑出了声，说："我告诉你，我磨刀吃血。"戴副组长脸就吓白了，一点血色没有。戴副组长一边咳，一边说："马柳生同志，你千万不要乱来，你千万不要乱来。"二货把刀放在磨刀石上，又接着磨，说："戴副组长，这刀好难磨。"

戴副组长吓得赶紧去找熊组长，要熊组长赶紧组织基干民兵，防备着。熊组长正在忙着指挥沙街人在河东头滩子上建设新农村。熊组长把褂子披在肩上，背着手在正在建设的新农村中走，一副很忙的样子。沙街人其实不要他辛苦。沙街人把自家的屋拆了之后，很自觉地做自家的屋。沙街的男人们一个个都是能工巧匠，泥匠，木匠，都会做。沙街的男人们，遇到性命活急了的时候，除了生儿的事不做，其他的事都会做。熊组长很忙，主要是到各家各户去看一看，站在屋底下，说些各家各户都知道做，也决不会做错的事。戴副组长是在翠霞家的新屋处，找到了熊组长。

翠霞家的新屋，在全垸人的帮忙下，快做起来了，陶叔领着垸中男人们正在屋上盖瓦。陶叔会做窑，也会盏瓦。陶叔盖瓦像撒沙。一摞瓦捏在他手里，哗啦一下子，就全盖到屋上去了，有条不紊。陶叔的那手绝活儿，把熊组长看呆了。熊组长站在屋下说："陶维民，名不虚传，你是个角色。什么样的乱瓦经你的手都盖得顺。"屋上的陶叔说："熊组长，这不是难事，几千年一个道理，伏瓦仰瓦，瓦压瓦。"屋下的熊组长对屋上的陶叔说："陶维民，我服你，你是个角色。"

翠霞家新做起来的屋，敞敞亮亮的两连四大间。寡妇翠霞家原来的老屋只有一间，现在是两连四大间，父亲也在屋上帮她家盖瓦。沙街人家的老屋，都不经拆，每家在原来的基础上都做少了半间。不管怎样小心都无济于事的，拆了再做，它都要破瓦，都要断椽条，破了瓦断了椽条，归不了原，要少一间半间。

春天的太阳底下，造起来的新农村，还是很好看的，很像新农村的样子。沙街人还是很听话的，尽管屋没有归原，还是就前不就后，前面还是很整齐的，后面少半间就少半间，参观的人看不见后面，参差一点不要紧。

翠霞家的屋做多了，那是沙街所有的人家出了材料的结果。这家出一点瓦，那家出一根椽条，她家的四大间屋就做起来了。那小子家也出了两担瓦，是他和父亲一人一担挑来的。那小子怎么也弄不明白，他家的屋少做了一间，父亲预备他做种的房也没了，为什么父亲要他跟着挑两担瓦来，使她家的屋由原来窄窄的两间变成宽宽的四间。

戴副组长火急火燎地向熊组长汇报二货磨刀的事，要熊组长作组织基干民兵去防备的决定。熊组长听了戴副组长的汇报后，皱着眉毛说："老戴，你就爱唱插花戏儿，你没看见垸子里的人忙得卵子摇铃，哪来的工夫做那事？"戴副组长说："事关重大，出了事，我俩受处分事小，出了人命，那是大事。"熊组长说："你不说，就没事。你这样说了，就是个事儿。这样好不好？我俩分工，来个革命生产两不误，我指挥造新农村，你去照他。他要是杀人，你就把他的刀捏住。"戴副组长说："杀人的刀，赤手空拳怎么捏得住？"熊组长说："你是不是怕牺牲了？你要是舍不性命，我去照他。"戴副组长脸气白了，嘴唇一个劲地哆嗦，说："逞匹夫之勇，算什么英雄？"熊组长说："戴副组长，你莫嚼经。我不懂你那什么勇。我就不信照二货会要命。"戴副组长戴着两个圈圈套圈圈的近视眼镜，再也说不出一句话。沙街的男人们望着可怜的他，一个个在屋上笑。只有一个人没笑,那就是陶叔。陶叔在屋上闷头盖瓦。

太阳下,熊组长一个劲朝河边破窑顶上走。二货见熊组长来了,站起来,挥舞着手中的杀猪刀吼:"姓熊的,莫过来!"熊组长说:"二货,你不是想杀人吗?我过来让你杀。"二货吼:"姓熊的,你要是过来,我就不客气!"熊组长说:"你跟我讲什么客气?杀!杀我还有点用。杀我比杀别人强。"熊组长一步步从窑脚走到窑顶上。二货拿着杀猪刀,挥舞着,抡得乱转。熊组长朝拢逼,逼得二货一步步地朝后退。熊组长逼到二货的面前,二货手里的刀就不舞了,停在阳光里。熊组长说:"杀吧,你怎么不杀?"二货一屁股坐在破窑顶上,哭了起来,骂:"姓熊的,我日你的娘!"熊组长朝二货的屁股踢了一脚,说:"你连我都不敢杀,你磨刀杀什么?"二货哭着说:"姓熊的,我磨刀又不是杀人。"熊组长说:"你磨刀不杀人,你磨什么?"二货一把将鼻涕揩了,狞笑着说:"姓熊的,我磨刀杀我自己,你管得了吗?"熊组长笑了起来,说:"你这样的东西,还知道杀自己?还算有点觉悟。"

二货在窑顶上哭了一声:"我的娘!"熊组长从地上捡起来那条手绢,拿到鼻子下闻,说:"这手绢子还在香。你杀你干什么?"二货说:"它再也不香了。"熊组长说:"谁说不香?"二货骂:"姓熊的,你哄我。我日你的八代!"熊组长又朝二货屁股踢了一脚,把二货手里拿的杀猪刀踢飞了,说:"你日我的八代。我的八代是你日的吗?我一代也不得给你的。"熊组长从地上把杀猪刀捡起来,送到二货的手上,说:"你要是个角色,你就回窑去杀!亏你裆里还夹条鸡巴!"二货像条断了脊梁的狗,双手抱着头,呜咽起来,说:"我杀我,哪里杀,不与你相干!"熊组长笑着说:"莫杀了,留着还有点用。"山穷水尽的二货,一把鼻涕一把涎,哭:"娘呀,你为什么要生我?你为什么要生我?"哭得好伤心。熊组长的眼睛也红了,说:"二货,我不哄你。你今天不要死了,今天阎王不收人,死了托不了人生。明天天一亮你就死,到阎王那里排个头队,托人生。"二货说:"我死了以后再不托人生,托猪生,托狗生,也不托人生。"熊组长说:"还是托人生。托人还是有点味儿。相信我的话,不错。"

第二十五章

天,黑透了。天上缀满亮晶晶的星星,像地上一对对人的眼睛,眨呀眨。二货只有在河边日子里,这样的夜晚,才看得见星星如此的明亮,如此的璀璨。

二货决定在破窑顶上流尽活了三十五年的鲜血。他想他的命是河边的,他的血是河边的。他的命和他的血,是河边的土,河边的水,还有河边的绿做的。他决定不要了,还给河边。他孤身一人,赤膊来,赤膊去。除了血和命,河边没给他什么东西。他想他要是还了,就收付两抵。河边没欠他什么,他也不欠河边什么。

二货手里捏着那把杀猪刀,仰面朝天,盖着那条手绢,躺在破窑顶上。他的眼睛再也不闭了,隔着那条手绢瞪着一对大眼睛,看天上的星星。二货要瞪着他的一双眼睛,将满天的星星看下去,看没了,看得朝霞从天边升起来。那时候就是新的一天,他就死。死很简单,手里捏的杀猪刀已经磨快了,他想他要是把刀朝脖子上一抹,脖子就会像切葱样地断了,血就喷出来,命就像游丝一样,随风飘上九天云中。

他觉得熊组长的话有道理,天一亮就死,他就会在阎王那里去排个头队,托生,还是托人生。他想他要是再托人生,阎王肯定让托个好人生,阎王要是再让他托个歹人生,阎王肯定不过意。过奈何桥的时候,阎王肯定不让他喝迷魂汤,因为这一趟人生,他没有什么可留恋的。想到这里,二货的鼻子就酸。他想那个可恨的阎王爷,为什么不给他在这一生中,留一点可以留恋的呢?哪怕是留一点,他二货也不至于磨刀呀。

二货翻江倒海般地想。河边的日子,总是在人不经意中朝前过,说易得过也难得过,说难得过也易得过。换季了,风暖了。春过了是夏。初夏的垸子和河畈,密不透风的是蛙鸣和虫嘤,那是它们活得快活的歌声。人和虫一样,活得快活了,就会什么也不顾地唱歌。还有那些萤火虫儿,在那水草茂盛的湖边港边,在那青青的秧棵里,你亮着我,我亮着你,热闹繁忙。那绝不是让人觉得好看。那是它们在繁种。夜风中,满畈的秧棵,吸水吸肥,一遍的拔节声,像是人身上的胀血声。人其实跟草一样,活着就有声音。只不过人身的血是红的,草身上的血是青的。怪不得哑巴父在世的时候,总是指了他后,朝畈中的草,指。

二货想,他就要死了。人生一世,草木一秋,想想没有多大意思。二货想,明天他就死了,明天的河边就没有他。他真不知道没有他,这河边该是什么样子?这河边的人会样地说他,怎么样地评他?他很想听一听他死后沙街人评说他的声音。他想要是人死了后又能活那该多好,就像睡了一觉,又醒了,醒了后的人就像蛇样地脱了一层皮,变成了小孩子,从头再活。二货想,咳,那该多好。二货想,咳,咳,要死了,死了就死了,再也活不过来。现在才觉得想死的人比要活的人更痛苦,更难受。怪不得许多的人,要死的时候留下许多遗言,说许多后悔的话。二货想呀想,想得如涨水的巴河,汪洋一片,浑浊一片,怎么也想不清。

河边的风就湿了,夜露随风下了。河边的日子只要太阳下去了,露水就上来了,使河边阳光与雨露同样充实。露水上来的初夏,河边垸子里家家户户房前屋后菜园子里栽的栀子花,在如奶的夜露里,悄悄地一树树地开白了,夜风中一阵阵的香,构成河边神奇美幻的夜。河边只要南风一来,整个夏天就是栀子花的。那一树一树肥而厚的绿叶里,带露开放的全是它们,洁白清香,使河边整个夏季的生命都很愉快。在辛苦漫长的夏季,洁白清香的栀子花,是属于河边整个性命的。未嫁的小女子把栀子花戴在辫梢上,她们的娘把栀子花戴在奶子尖上,她们的父亲把栀子花戴在胸前的扣眼里或草帽上,老祖父边放牛,边捏一朵或两朵栀子花在手上闻,哥哥姐姐或弟弟妹妹,把栀子花装在裇子的口袋里,随时献给心上的人。这个季节的夜晚河边,若是唱戏放电影,那场子上便是栀子花的海洋,黑的人头是水,白的栀子花便是浪,浪中放彩的便是一对对传弄风情的眼睛。沙街太阳明亮月亮明媚的夏天,就在一片栀子花中风情万种,格外温馨。

　　夜风中,沙街的社会主义新农村在河东的荒滩上彻底地建起来了,一片栀子花香。陶叔、懒龙叔、四婶和翠霞,在夜霭里,打着一盏红灯笼,从河东滩地新建的新农村来到河边的破窑上。他们一行的脚步踏着夜露,踏着夜里栀子花的阵阵清香。河边二货躺的破窑顶上,就有一盏暖暖的红灯笼照亮了,像一朵红花儿开放着,照亮窑顶上的绿树和杂草。

　　满畈的蛙鸣更加强烈,萤火虫儿们更加繁荣。二货仰面朝天躺在窑顶上,一动也不动地望星,他身子的四周就全是站着的人脚。陶叔对躺在地上的二货说:"大兄弟,起来!"躺在地上的二货说:"不要逼我,我天亮就死。"陶叔弯下腰对二货说:"我们接你回垸过日子。"二货说:"算了吧,那里没有我过日子的地方,我想通了,这河边的日子,有我不多,无我不少。"陶叔说:"起来吧,大兄弟,河边生了你,就有你过的日子。"二货哈哈一笑,说:"算了吧,大哥,你的心意我领了。我还活做什么?我还活你们过意我不过意。"四婶没好气地说:"二货,你做戏,你接着做,不要怕,做真些!"二货哭了起来,说:"我这是做戏吗?你来做试试?"二货仰面朝天躺着,望着头顶上的星空不动。黑暗里的翠霞开口了:"二货,你还要怎样?你蠢牛木马呀!你别的本事没有,就会死。你有几条命?我们的屋垸人帮忙做起来了,我们的新房,垸人帮忙布置好了。"二货说:"你不要跟我说梦话。"翠霞哭了起来,说:"二货,跟我回家过日子吧。柳生,我前生欠你的,今生还你。"

　　二货从破窑顶上一个鲤鱼打挺爬起来,问翠霞:"你说的是真的吗?"翠霞颤声说:"二货,你要是再也不相信,你现在就不要活在这世上,我看着你死!"二货将手里拿的杀猪刀,一把丢到河里去了。暗里的河水溅起了一朵明亮的浪花。

二货弯下腰去，从地上摸起那条手绢，双膝跪地拼命地闻，一闻一个哽，一哭一个噎："娘呀！果真还香！果真还是香的！"

二货和翠霞是在那天夜里结婚的。河边初夏的婚事，就像初夏盛开的栀子花，芬芳无比。河边自古以来夏天一般是没有婚事的。河边的婚事大多在冬天，冬天是万物收藏地季节，这个季节河边的后生们积蓄了一身雄伟的力，播下的种子就好。河边若是在初夏有了婚事，那这婚事就不太正常，或是先装了窑的，再不结婚，那就要显山露水；或像二货与翠霞这样的，再也等不得，再等就要死人。河边的婚事正常的有正常地结法，不正常的有不正常的结法，只要结，一切就正常了。

河边对于正常的婚事，人们兴奋，闹起来三天无大小。河边对于不正常的婚事，人们更是兴奋，那背后有故事，那些故事使人听起来想起来有味有劲。河边的人们对于婚事，爱正的，更爱邪的。

一盏写着喜字的大红灯笼，把二货从河边的破窑顶上接了下来。二货与翠霞的婚事，在沙街人同心协力做起来的新屋里进行。由于破了"四旧"，一切旧的规矩不能用，全用新的。新房里新粉的红沙壁还是湿的，房里的家具，桌子、椅子、柜子，全是垸里人家凑起来的，刷了大红的油漆。油漆还没干，染衣裳。进去的人，身上都有红油漆。全垸的男女老少都去了。

二货与翠霞的新房里挂着红灯笼，贴着新剪的成双的红喜字。红灯笼不算四旧，游行也打红灯笼，动不动也贴双喜字。新房的壁上贴着新婚程序。字是陶叔的字，刚写的，墨汁还未干。一、典礼开始；二、主婚人讲话；三、证婚讲话；四、新娘新郎讲恋爱经过；五、新娘新郎入洞房；六、余兴。没有喜糖，糖金贵。翠霞无钱买。堂屋桌子上的盆子里放着她白天在会龙山顶的古桑林子里采摘的桑枣儿。由于是初夏，紫的少，红的不多，一大半是青的。小的们抢着吃，吃得牙酸，酸得直流涎。父母们吃着桑枣儿，不问翠霞，问二货："你这枣儿冒熟哇！"换了新衣裳的二货愣在那里不知道答。四婶碰了碰了二货，说："你伴什么？人家问你的话。"二货说："四嫂，不是我摘的。"四婶说："敢说不是你摘的？熊组长做了记录的。"二货可怜巴巴地望着四婶，说："四嫂，你不要再审我，是我摘的。"四婶说："熟没有？"二货说："熟了。"四婶说："人家怎么说没熟。"二货说："熟是没全熟。吃还是能吃。吃到肚子里不就熟了？"四婶笑了，说："二货，你还是个角色。你横直把脸不要。"二货活了，说："四嫂，我要是要脸，我不饿死了！"大家一齐哄笑起来。"翠霞的眼睛红了，对二货说："你少卖点聪明好不好！"二货脸红了，低头说："我是错了。我打算死，是你要把我接来活。"

陶叔对翠霞,说:"妹子,今天是你的大喜日子,乡亲们要笑一笑。你何必当真!"翠霞说:"陶哥,我命苦呀!"陶叔说:"妹子,你又糊涂,苦的就是日子呀!不苦要人做什么?"陶叔笑了。笑了的陶叔对沙街人说:"大家吃,大人吃青的,小伢们吃红的。"垸人就一齐吃。陶叔择了一颗青桑枣儿往嘴里填。翠霞择了一颗红桑枣儿往陶叔嘴里填,说:"陶哥,今天我没什么报答你,我择颗甜的你吃。"陶叔眼睛红了,说:"好,好,今天我吃颗甜的,吃颗甜的。"

垸人在新屋里闹,热闹得很。

会龙山庙改的那间屋子里,熊组长和戴副组长正在罩子灯下学著作。听见热闹声,戴副组长对熊组长说:"老熊,山下怎么这样热闹?没布置活动呀?他们在做什么?"熊组长说:"你真的不知道?"戴副组长说:"真的不知道。"熊组长说:"他们在结婚。"戴副组长抬起头来问:"谁跟谁结婚?"熊组长说:"马柳生与翠霞结婚。"戴副组长说:"我怎么不知道?"熊副组长说:"这样大的事情,你不知道?老戴我俩还是安心学习吧。老戴,我不服别人,我服毛主席。他老人家硬是把农民看透了。他老人家说,严重的问题是教育农民。我俩争取把这个问题研究清楚。你是这个问题的专家。你教教我,怎样才能把农民教育过来?"戴副组长说:"这个问题早在'五四'时期就提出来了,只不过那时候叫民众,不叫农民。"熊组长说:"老戴,我就不爱你这个毛病,动不动就钻字眼。农民不就是民众,民众不就是农民。你跟我说这干什么?你跟我说怎样教育?"

戴副组长说:"这个问题的关键就是要抵住流俗。"熊组长问:"什么叫流俗?"戴副组长说:"流俗就像这巴河的水,几千年来它按照习惯的河道向下流,我们要挡住它,让它改变流的方向。"熊组长说:"啊,你一通俗我就懂了。流俗像河的水。哎呀,这河的水哪能挡得住,流了几千年的河,你要是挡了它,它不要发大水淹死人?这是不好搞的事。"戴副组长说:"这就要需要人作出牺牲。"熊组长叹了一口气,说:"那不是抓沙挡水吗?"戴副组长说:"沙有什么用?要中流砥柱。"熊组长呵呵笑了起来,说:"我懂了,怪不得他人家写诗,说,到中流击水,浪遏飞船!"戴副组长说:"不是浪遏飞船,是浪遏飞舟。"熊组长说:"啊,我认多了一边。老戴,你又跟我钻字眼,舟不就是船吗?"戴副组长说:"不是一回事。船比舟大,舟比船小。"熊组长笑了,说:"那浪遏飞船不更有味。要是我写,我就写浪遏飞船。"

垸子里闹洞房的笑声,一浪高过一浪。

戴副组长扶了扶近视眼镜说:"熊组长,这事儿我们不能袖手旁观。"熊组长一愣,望着戴副组长,说:"对!老戴,你跑一趟,代表组织去制止!"戴副组长不说话,望着熊组长。熊组长说:"老戴,你望我干什么?"戴副组长说:"熊组长，你不要把我当成三岁小孩子。"熊组长说："老戴，我不扯卵子经。你跟我说说为什么不能袖手旁观。"戴副组长说："要因势利导。"熊组长笑了笑，说："你说说怎样因势利导？"戴副组长说："要利用有利因素，让事物朝正确的方向发展。"熊组长说："老戴，跟你说话累人。你跟我说通俗些，怎么样搞？"戴副组长说："马柳生是不是我们的依靠力量？"熊组长说："是。"戴副组长说："我们去参加他的婚礼，他对我们感激不感激？"熊组长说："那当然感激？他一个赤膊鸟儿，我们跟他找了个鸟笼子，他还不感激？"戴副组长说："我们去参加了他的婚礼，下次我们依靠他搞运动，他积极不积极？"熊组长一拍胯子，说："哎呀，你说的对！我怎么没想起来！"熊组长掏一支烟，递给戴副组长，说："老戴，我代表组织，奖你一根烟！"戴副组长说："我不吸烟。"熊组长说："你不吸烟啦！我忘记了。"

熊组长就点火吸烟，把烟从鼻孔里全喷出来，一阵的雾。熊组长喷着烟说："老戴，你去！"戴副组长说："你是正组长，应当你去。"熊组长绷着脸，说："戴副组长，二货的婚礼用得上一个正组长去主持吗？派一个副组长去，算是给他长脸。"

戴副组长就动身走。熊组长从床上拿起手电筒推亮了，递给戴副组长，说："老戴，回来的时候，好生照路，这日子蛇多，不要踩到蛇身上去了。"

戴副组长到的时候，二货与翠霞的婚礼已经进行到了第六项，余兴。坨子里的大人和小伢们正在闹洞房。戴副组长一到屋，大家就不闹了。懒龙叔说："戴副组长是不是来下文件？"戴副组长说："下什么文件？"懒龙叔说："结婚是要组织批的。"戴副组长说："我是代表组织来祝贺的。"四婶说："哎呀，你来迟了。早就余兴了。"懒龙叔说："不迟，戴副组长，你不管怎样要讲个话。"大家哄堂一笑。懒龙叔说："笑什么？约不过张飞不灵。戴副组长，你再主持。"大家就静下来，让戴副组长照着壁上贴的程序，一二三四五六地从头到尾再念一回。戴副组长念完了，就上前跟二货握手，说："祝贺，祝贺！"

大家蜂拥而上，又闹了起来。四婶说："戴副组长，你主持完了你就走，我们河边闹洞房百无禁忌，闹疯了讲究脱裤子。我知道裤子是你的命，要是把你的裤子脱了，你的命就丢了。"戴副组长连连摆手，笑着说："好，好，我走，我走。"戴副组长出门后，推亮了手电一直照着路，初夏入夜河边的路上果真有好多的蛇。那蛇见了亮，一条条地傻竖着头，与他对峙，吓得他出一身的冷汗，眼镜差点吓掉了。四婶赶上去给了他一根棍子，转来对坨人说："那个姓熊的要不得，怎么能盘读书的人。"

余兴其实文明得很。根本没有脱裤子的事。往年要是结婚，闹得最凶的是二货,他要把新娘抱到床上去揉,揉得新娘喘不过气来,还不肯罢休。结婚的人家见他是个单身汉,只有好言相劝的份儿。二货想今天轮到他结婚,垸人恐怕是要狠狠地还账,因而作好了准备。但是垸人闹了会儿,就没劲闹了,静了下来。懒龙叔说:"大家都早点睡吧!明天还要出早工呢。"于是垸人们都出门散了。天上的星星正亮,月亮像一个人的耳朵儿,挂在天上。初夏的天,还很早。沙街人把很早的夜留给了新婚的二货。沙街人对于二货的婚事很是斯文,让二货尝到托人生来到人间做人的根本欢乐。

  垸人散尽后,二货和翠霞正在恩爱,陶女儿就趁陶叔睡着后,摸起了床,闭着眼睛从龙山摸到了二货和翠霞家的窗子外。摸到二货和翠霞的窗子外时,陶女儿睁开了眼睛,望着星光下的窗子里,一个劲地呵呵笑。翠霞对二货说:"二货,窗外有人。"二货说:"有人怕什么?现在我俩可以到大路上去做。"翠霞说:"二货,是陶女儿又夜游了。我俩起去送他回家。"二货说:"要送也要等一会儿,结婚第一回的事要做完。结婚的第一回事不做完,将来我俩白头到不了老。"翠霞说:"柳生,我有点怕。"二货说:"我不怕,你怕什么?"翠霞说:"你看窗子外陶女儿的眼睛睁开了,好亮。"二货说:"让他亮。望这事不亮,望什么亮?"翠霞说:"他才十四岁的孩子。"二货说:"真算是巧事,那一回'柯湘'来了,他闭着眼睛到会龙山庙里去赶好事,这一回他又睁开眼睛来赶好事。"二货加强了动作。翠霞说:"柳生,你要死哟!"二货说:"死在这上面,托一回人生值。"翠霞就一个劲地呻吟起来。

  龙山的陶叔醒来,不见了他的儿,陶叔从龙山上下来找他的儿,听见他的儿在深夜里的垸子中笑,找来了。陶叔上前一把抱住他的儿,生怕他的儿惊醒了,倒在地上跌伤了。陶叔抱着他的儿,轻轻地说:"我的种,你跑到这里来做什么?"陶叔从地上撮起一撮土,揉在他的儿的头上,抱着他的儿,朝龙山上走,说:"听话,跟父回家!"他的儿在他的怀里仍是呵呵地笑,笑着笑着,睁着一双大眼睛,一口咬住了陶叔的手膀子。陶叔的手膀子被咬得鲜血淋淋。陶叔紧紧地抱着他的儿不松手。陶叔说:"儿莫咬我,莫咬我啊儿,父痛啊儿!儿,跟父回家!"

  翠霞听见窗子外那苍凉的声音,涌出了热泪。二货说:"你不要哭。"翠霞双手搂住二货的腰,说:"我是你的了。"二货就流下热泪,热泪泛滥了翠霞的胸膛。翠霞说:"你哭什么?"二货说:"翠霞,你不要作声,让我好好地哭一场。"

  那天夜里,那小子回家后,没有兴奋就睡着了。早上醒来,那小子坐在门槛上打呵欠,看初夏的霞光慢慢地染红了垸子和河畈。好晴的天,门前湖里的浪,蓝得一丝儿云朵也没有。风里那小子就闻到了一阵阵地清香,香得那小子站了起来。

　　那小子看见一身翠蓝的翠霞，胳膊弯里挽着个大竹篮子，走在前面，二货一身青，青得整个的人都变了样子，二货像个腼腆的小伙子跟在翠霞的后面。翠霞挽的大竹篮子里，装满了盛开的栀子花。沙街的日子里数翠霞种的栀子花最多，她家的菜园子和房前屋后都种的是栀子花树，翠霞种的栀子花开得最早，品种最好，朵儿最大，每年夏天一到，就是她家的栀子花先开先香。翠霞家的栀子花香了的时候，沙街人就知道一年一度河边愉快的夏天就来到了。新婚的翠霞领着二货挨门挨户送栀子花儿，一户人家送一手，一手七八朵。翠霞的栀子花是连叶儿摘的，雪白的花连着翠绿的叶儿，叶儿上还带着清脆的露珠儿。沙街的规矩，新结婚的男女一个月不准进别人家的屋。翠霞领着二货在每户人家的门口，站一会儿，喊着户主的名字，说："有劳你们了！"等有人出来，她就把栀子花从篮子里拿出来，递给出来的人，说："多谢乡亲，人穷没得什么填谢，送几朵花儿闻闻香！"户主出来接翠霞手中的栀子花的时候，二货就趴在门外的地上，给每家每户磕三个响头。出来接花的户主说："二货，快起来，快起来，你这是做什么呀？经当得起吗？"二货说："收下吧，老少爷们，我二货什么都是你们的。"二货说这话的时候，就有画眉鸟在绿树丛中唱着歌儿，布谷鸟从河畈里飞到垸子中来了，当着人们的头上叫。河边日子里歌唱的是四声杜鹃。生活在巴水河边的沙街人，从古至今根据心情，将它的歌唱译成许多的意思。催人收割的时候，快插快割！收割完了，就是个个快活！当夏日有了闲暇的时候，它在空中歌唱，沙街人就问它，家在哪里？它就在空中答，家在广东。沙街人问，几间瓦屋？它在空中答，四间瓦屋。沙街人的思绪就随着它的歌声在空中飞翔。

　　初夏日子里清香四溢的早晨，沙街静谧极了，在乍起的南风中充满感动。太阳慢慢地从东边天上升起来了，初夏的河边，辉煌一片，布谷鸟在河畈的麦海上空连天中叫着成熟。

　　沙街新农村的现场会是在二货结婚后不久开的。新农村建起来后，县里来了几个领导看了后很满意，当场拍板要在沙街开个现场会，说是经验好，要在全县推广。熊组长和戴副组长又忙了起来，又是刷标语，又是写口号，弄得满垸子重新见红。开现场会，少不了要大批判开路。斗谁呢？当然是陶叔。熊组长对戴副组长说："老戴，沙街人都精了，再斗陶维民，恐怕没劲。"戴副组长说："别人没劲，有一个肯定有劲！"熊组长问："谁？"戴副组长说："马柳生。"熊组长笑了，说："你怎么知道他有劲？"戴副组长说："他在斗争中得到的东西最多，尝到了甜头，他肯定有劲。"熊组长说："对。"

　　由于太忙了，开始定在白天开的现场会改在晚上开。县里的领导带着其他公社的干部们都来了。他们没有在沙街吃饭,是带干粮来开的,沙街只供应开水。河边有的是水,用柴烧开就行了。六碗挑水,仙女烧,风火灶,龙席锅,大缸装,大气汤汤的。现场会在新建的垸子中开,点着几盏土壶灯,点亮了之后,许多的虫就飞来撞亮,一团团的,看不清台上领导们的脸。

　　熊组长就举拳头呼口号,台下的沙街人跟着举拳头跟着呼。呼完口号,熊组长喊:"把坏分子陶维民带上台来。"陶叔就从台下的人群中走上台去了。其实没人带,他自己上台的。熊组长吼:"站好!"陶叔说:"站好了。"熊组长说:"九十度。"陶叔就在台上把腰弯成了九十度。熊组长对台下喊:"马柳生来没有?"台下没人回答。熊组长对戴副组长说:"老戴,你去把马柳生叫来!"

　　天上的月亮长大了,半轮的,发着光。戴副组长来到翠霞家。翠霞家的大门关着,戴副组长推一把没推开,门闩着了。戴副组长拍着窗子,喊:"马柳生,马柳生,起来!起来开会!"窗子里的二货打着呵欠,问:"哪个在外面瞎喊什么?"戴副组长说:"是我,老戴。晚上开会!"二货隔着窗子说:"是不是要我斗人?我还斗什么人?你没看见我睡了在做事。"戴副组长的脸气白了,嘴唇一个劲地哆嗦。戴副组长回到会场,熊组长问戴副组长:"积极分子是不是病了?"戴副组长不作声。熊组长说:"病了,算了。换个人斗。"熊组长走到陶叔的儿陶女儿面前,摘下胸前戴的像章拿在手里晃,笑着对陶女儿说:"你想不想戴这?"陶女儿望着像章,眼睛发着毫光。那时候沙街小的们都有像章戴,只有他没有。他太想戴那金光闪闪的像章了。熊组长对他说:"你要是想戴,你就上台斗你父。你要是上台斗你父,我就给你戴上。"陶女儿一双毫光闪闪的眼睛盯着熊组长手里的像章,整个的魂魄都上去了。熊组长就给陶女儿戴上那个金光闪闪的像章。陶女儿戴上那个金光闪闪的像章后,浑身打了一个哆嗦,身子朝上一耸。熊组长给陶女儿戴的那个像章是夜光的,夜光像章是极品,黑夜里金光四射,戴在胸前可以照着走夜路。

　　陶女儿戴着那枚金光闪闪的夜光像章,上台了。上台斗他的父亲。河边史无前例儿子斗父亲的戏,就开场了。上台的陶女儿指着陶叔问:"你是谁?"台上陶叔颤声呼唤:"是我啊!我是你父!"陶女儿说:"你是鬼!"陶叔说:"我不是鬼,是人。"陶女儿笑了,说:"你是鬼,你是鬼!哈哈哈,我有金光闪了,我有金光闪了!哈哈哈!"台上的陶女儿敞开喉咙唱起了:"红星闪闪亮,照我去战斗。"陶叔上前去抱他的儿,却怎么也抱不住。陶叔说:"我的儿,你怎么了?"他的儿几下就爬到他的头顶上。那儿戴着那只夜光的像章,一只脚站在他父亲的头顶上,然后张开两只膀子,像一只鸟儿,哇的一声,跃了出去。

第二十六章

陶女儿再也用不着夜游了。

陶女儿终于疯了。

他再也没有同小的们一起驮书包到会龙山庙改的学校去上学，再也没有同小的们一起清早到河滩上去捡粪。

陶女儿疯了后，头等大事就是吃。他疯了之后，为了配上他疯狂的想象，他就拼命地吃，立竿见影地长肉，于是他几乎在超出沙街人的想象之间，就完成了发展他疯狂的肉体和他狂妄的思维，创造着人世间生命的奇迹。

五月的麦海在太阳下升腾着辉煌的火焰，南风中麦海的火浪了一阵阵地拍天，如果不是蓝蓝的大潮一个接着一个地夹在中间，如果不是许多的梨树桃树柳树们绿在其间，沙街的麦海就会燃烧起来，就会把一整条活水的巴水河连同河边的垸子以及垸子里的许多性命一起，烧干烧死。河边不是没有麦海燃烧的事发生过。1958年创造小麦亩产五千斤放卫星的时候，河畈里的麦地，就发生过烧燃的事，烧死了十五条水牛和两个放牛的人。

那小子裸着头敞着怀，掇着升子，走在火焰般的麦海之中，那一望无边的麦焰海给了他无比的兴奋，同时也给了他无比的恐惧。巴水河边的那小子，喜欢在麦焰海中走，又时时惧怕它燃烧起来，会把他烧成一撮灰，然后一阵风地化了。那小子一边走，一边恐惧地盯着阳光下的麦海，一边没忘记用手抓着升子里的生米朝嘴里送，嚼成温暖的白浆，朝肚子里吞。那小子不能把父亲叫他送去的一茶盅米完整地送去，他得偷着嚼点儿，因为他饿，同样需要点养分，维持可怜的思维。父亲叫他用升子把一茶盅米给龙山窑场上的陶叔家送去，他不能不送。青黄不接，这升子里的一茶盅米，是他和父亲仅有的，父亲叫他给陶叔家送去，他是极不情愿送的，因为升子里的一茶盅米，送了，他和父亲没有吃的，就要挨饿。他问父亲："为什么要给他家送？"父亲说："他的儿等着吃。"他问："他的儿吃，你的儿就不吃吗？"父亲叹了一口气，说："他的儿狂了，等着吃。没吃的跟上，他的儿即刻就是死。"他问："你的儿就不吃吗？"父亲拿起一根棍子赶他，说："你狂了吗？我谅你狂不了！你要是狂了，老子割我的肉煮给你吃，我的肉多好的养分，吃了我的肉能让你上天入地想个够！我怎么弄出你这样个不知道替人着急的种来呢？你又狂不了，你挨会饿应该的。"

那小子狂不了，没有办法，只好掇着升子去送米。麦海的焰升腾着，他看见垸子里的许多人在麦焰里走着,同他一样,掇着升子朝龙山的窑场上送米。

龙山窑场上的屋子里,大气汤汤的,陶叔正在灶下煮饭,把煮熟了的饭,用碗盛出来,盛到堂屋桌上的大筲箕里。那小子和垸中来送米的人,把一茶盅或半茶盅米,倒进灶上的陶盆里。陶叔流着眼泪对送米的垸人说:"天啦,遇到饿鬼了!"垸人每个人送的米尽管不多,但聚在一起就不少,大半陶盆儿,两三升。垸人把米倒进洗米的陶盆,就不走,在堂屋里参差地围着看陶女儿吃。陶女儿把张椅子放在桌子上,高高地坐着,把神龛当桌子,用个洗漱的铜盆当碗。扫了四旧,神龛上没有菩萨,但神龛还在,神龛当面的壁没扫四旧前,是贴家神的地方。沙街每家的家神是一张红纸写的,中间是六个大字——天地君亲师位,右边是某氏门中宗祖,左边是司命土地六神,一张家神就是一个完整的世界。

陶女儿高高在上,目中无人把神龛当饭桌,吃。不要菜,他吃完一碗,就居高临下,把手中的空碗一伸,瞪着一对灯笼大的红眼睛,说:"饿,饿。"陶叔就把碗接下来盛饭,对他说:"有,你吃,你吃。"一碗饭,他接了三五口就扒干净了,又把空碗一伸,说:"饿,饿。"陶叔又盛一碗上去,对他说:"全垸都送米来了,我都煮了,你吃!"居高临下的陶女儿看着大筲箕里的饭,咧嘴狞笑了。陶女儿上边的嘴一个劲地吃,下边的胯裆里一个劲地屙尿,那尿竟不骚,很香,散发着一种叫人说不出的香味儿。陶女儿吃着一个劲地放响屁,那屁一串接一串的,就像天边的滚雷,散发着雨后天地万物神奇无比的气息。下面的陶叔仰头望着边吃边尿,一个劲放香屁的儿,欲哭无泪,干号着:"天啦!可怜可怜我的儿吧!"

陶女儿捧着如山的肚子拍了拍,然后松开,张开了,像鸟儿一样的,在众人的眼前,从桌子上盘旋着飞了下来,落到地上。他一阵风样地刮到房里,三下五去二,把自己的衣服剥了,剥得精光,从床上揭起铺着的黑被单,朝身上一裹,拦腰用根红绸带子系了。沙街的小子们每人都有这样一根红绸带子,都是瞒着大人将飘扬的红旗偷着撕了,每人分一条,集在一起的时候,捆肚子找劲的。陶女儿用红绸带拦腰系了黑被单,就像一个身披大氅的将军。陶女儿将熊组长给的那个瓷盘子大的夜光像章,掏出来,拧开别针,戴在额头当中。别针刺进肉里,他的头就像一个熟透了桃子挤破了,黑血流了出来,流了一脸。那个夜光像章,就在那个黑血四溢的脸上,灿烂无比,好像那颗河畈上的正当顶的太阳。河畈五月的麦浪,正煮着火海,连天扯地,辉煌极了。身上裹着黑被单,头顶上戴着颗太阳的陶女儿,叉开双胯,山一般地站在沙街人的面前,狰狞地笑着。他伸出两个指头,一挥,风就被斩断了。他首先看准了那小子,指着额上戴的夜光像章,对那小子怒喝:"跪下!"那小子仰头看他,怕了。陶女儿那两只眼睛里的怒火就可

127

以把他烧化。那个平时欺软怕硬的小子，就扑通一声双膝跪下了。陶女儿挥手在他面前一扬，将他斩了。陶女儿放过了他，一手指着额上戴的夜光像章，用手一个个指着垸中送米的人，怒喝："跪下！跪下！"垸中送米的人，一个个全跪下了。陶女儿高声狞笑着，站着不动，让他在想象中，挥手一一地斩了。从河里起来的风，被他斩得乱摇乱晃。

垸中送米的人，在他的想象中，就那样被他一一地斩了。这时候他发现一个人还站着。他嘴里喷着气，指着额上的夜光像章，对那站着的人吼："你是什么人，竟敢不跪？"那人流眼泪说："儿啊，我是你父。"他说："胡说！"那人说："儿啊，我是你父，你是你怎么连父都不认？"他仰天哈哈大笑，笑得透不过气来："一派胡言，一派胡言！"他上前伸手给了那人一耳光："跪下！"那人被他一耳光打得趔趄了，血顺着嘴角流了出来。那人捂着脸，说："儿啊，我真的是你父。"他指着额上戴的，说："你不是我父，他是我父。跪下！"跪着的垸人说："陶叔，你跟个疯子说什么父？我们都跪下了，你还是跪下吧！"那人把他的脸埋在双手中，泪流满面，点着头说："我跪，我跪！我跟一个疯子说什么父呢？"那人喊了一声天，就昏了过去。陶女儿挥手一斩，在想象中，把他也斩了。

垸中送米的人全被他斩了。他看见没有一个站着的，他叉开两个胯子，然后双手张合着朝会龙山下窜了出去，两个胯子并得拢拢的，变成了想象中的一只黑色的大鸟，奔进了河边太阳下五月的麦海。

躺在地上的陶叔醒了过来。陶叔醒过后，长长地叹了一口气，一双眼睛望着天。

会龙山下沙街五月日子里的太阳，一望无际地照着河畔成熟的麦地，所有麦芒上都闪烁着太阳的金光，金光闪闪烁烁折射到半天云中起晕了。陶女儿的眼睛里就出现了幻影。就有高大红色的城墙耸立在半空云中，一代伟人身穿草绿的军装，站在上面挥手，红色的城墙下面，就有红色的旗海在飞扬，在飘荡，有无数的人头在旗海下如醉如痴地呐喊。巴水河边沙街人的眼睛里，麦收时节从古到今太阳当顶的时候，就爱出现幻影。什么样的年代出现什么样的幻影。抗日的时候，老出现日本兵杀人放火奸女人的幻影。解放战争的时候，老出现这边一个兵倒下去，那边一个兵倒下去的幻影。陶女儿就像一只黑色的鸟儿，奔驰在那一遍辉煌的幻影之中。

陶女儿开了河边五月疯人的先例。河边的沙街从古到今在这样的季节是没有人疯的。河边的沙街，自古以来巫风盛，平常日子里以经常有人疯。但这个季节是没人疯的。正常年景的这个季节，不过兵不打仗，没人来抢粮食和银子，没人来点一把火将好生生的房子烧成灰烬，没人驮着刀矛或枪来青天白日什么也不顾地扯裤子奸女人，河边的沙街人为什么要疯？河边这样的季节漫天的麦子成熟了，青白的河风里透着浓浓的新麦面和新麦粑的香气，那香气浓得巴不得收成到口的沙街人，很实在地吞着口水，这样的成熟季节，沙街人是不疯的。河边的饮食男女都很正常，男人是男人，女人是女人，男人做男人必做的事，女人做女人必做的事，男人如两岸的青山，女人如河里的流水，日子就水依着岸，岸绕着水，白天流着太阳，夜晚映着月亮。

第二十七章

陶女儿行进在河边的麦海里。

清晨，露水好重。很重的露水里，那些成熟的麦穗下的叶子们，挣扎着即将褪去的青色。麦海中的小路，笔直笔直的，因为露水重，虽然有风，也吹不动沉熟的麦穗，那麦海里的小路，就合不拢，仍是小路，笔直地连向天边的云彩。身披黑被单，拦腰系着红绸带，额上戴着瓷盘子大夜光像章的陶女儿，走在前头，后边跟着的是沙街小的们，再后面跟着垸中的许多条狗。

这就是沙街疯狂的队伍。在这清晨的时候，小的们跟着陶女儿跑疯。为什么？不为什么。小的们觉得新鲜。多少年了，沙街没有出个大人物，现在出了，没有出在那些动不动就骂他们错了的大人中间，竟然出在他们这些小的中间了，这使他们感到无比的幸福、无比的激动。

陶女儿是他们心中的首领。

小的们和垸中的狗们尾随着陶女儿。他并不理小的们，兀自地前面走，两只眼睛望着空中，盯着，嘴里滔滔不绝发表他的演说。他不需要地上的人回答他。挺神秘的，空中似有人回答他，声说声应的样子。他万分高兴了，手舞足蹈，一个人在那里作势，伏在地上，一个劲伏在地上，仰起头向天。这时候他的两只眼睛就不见了，全变成了泪水，哗哗作响地朝地上流。他爬了起来，浑身抽了半天筋，忽然跳了起来，两只手在空中挥动着红色语录本子，一个劲地喊："万岁"！小的们一听那声音纷纷兴奋起来，朝他猛奔，猛奔的同时，掏出随时准备着的语录本子，挥动着高喊。狗一律闪着红色的舌头，竖起前面的两条腿，向天狂吠起来。五月麦熟的河畈里，充满了地老天荒的神奇。

金黄的麦海之中艾绿的垸子里，一阵人声之后，便响起了敲脚盆的铜脸盆的声音。垸中的大人们以为麦海着火了。

小的们和狗便像绿头苍蝇样地围着陶女儿。陶女儿并不要人围他。他不时地回过头来驱赶小的们。小的们一心一意地崇拜他。他愤怒了，转身，并直了他的两根手指头，在麦海间的小路上，划两道沟，不准我们越雷池一步。那时候尾随他的小的们和狗都伤心极了。他在雷池那边更加辉煌灿烂了，一蹿一个老高，两手张扬，两胯张扬，喊着口号。小的们便怂恿狗跃过去攻击他，狗们愤怒了，群起而攻之，陶女儿跃起来，拿着红宝书像陀螺样地旋转。狗们害怕了，一个个猖猖地朝后退，裆里湿湿的，吓出尿来了。

二货从垸中的茅厕里打担粪悠悠地挑来了。二货笑嘻嘻地对小的们说："唉，你们有什么用？你们白托一趟人生！都跟站开，站退！"二货指着自个儿的鼻子尖，对小的们说："看我的！"二货放下粪桶，用长桶舀了粪，朝陶女儿划的深沟泼去。陶女儿就停在地上不动。二货笑嘻嘻地说："怎么样？还是我有狠。"二货用的是巴水河边破邪的传统法子。在巴水河边，如遇到了邪，没有正法子破的时候，就用泼粪。很灵，粪泼出去，邪就破了，屡试屡爽。二货拿着长柄粪舀子，舀着粪一个劲地朝前泼，泼得陶女儿一头一脸的都是。陶女儿节节后退。二货用粪打败了陶女儿，使小的们很惬意。陶女儿一身的屎尿，在那里干眨眼。二货放下粪舀子，走到陶女儿面前，跳起来，腾出一只手，就势将陶女儿的头狠狠地拨一把，说："我没疯狂，你疯狂什么？"陶女儿怒目圆睁，浑身一抖。二货坐屁股一跤，退了丈多远。陶女儿眼睛里喷出火来，吼："什么东西？竟敢动我！"陶女儿抻出剑指，指着二货吼："脱！"二货只剩一条裤衩儿了。坐在地上的二货两只手死死地捏着裤带子，嘿嘿笑地说："大仙，饶我一回吧！"陶女儿哈哈笑。二货起身就跑。

大人们以为地里起了火。

熊组长和戴副组长领着沙街的父母们排着长队，用木脚盆和铜脸盆从湖里取水，围成圈，一路地泼过来，泼得小的们只有干眨眼的份儿，泼得小的们和狗像挣扎在水里的老鼠儿，只有尖嘴朝天仰着鼻子出气的能耐。在铺天盖地的泼水声中，陶女儿一身的毫光，像一只鸟哇的一声冲了出去，带走一阵水雾。父母们各自边泼边在水里雾里认他们的儿，把他们的儿一个个从水雾里提出来，一边责骂，一边剥身上的湿衣裳，从上到下检查，一直检查到裆里，看裆里的鸟儿烧了没有。他们用手拧拧他们的儿裆里的鸟儿，发现还是活的，就用脚踢挨在身边那些浑身精湿多事的狗，甩手拧干剥下的湿衣裳，扔给他们的儿，没好气地笑了，说："狗日的，还不快穿上？你要是烧死了鸟儿，看老子要你不？"这时候沙街的老子是老子，娘也是老子。可怜的是那些狗，因为毛湿，被踢了，也飞跑不起来，痛得一个劲猖猖地哀怨。突然降温的小的们，像潮里用网捞到岸上来的青皮虾子，冷得杂在麦秸里乱弹乱跳，分不出谁是谁，一个个张牙舞爪的。

河风把蒸起的水雾一阵阵地吹走了，露出爽朗的天来。沙街的父母们纷纷吁了口气，纷纷拧自己的湿裤腿儿和湿袖子，水桶和木脚盆铜脸盆，参差地放在麦地边上，太阳下，一律呈颜色。浑身精湿的戴副组长，弯着腰，不停地咳着，吐出绿色的痰。戴副组长直起腰来，边咳边抬头望那麦海，一直望到地尽头。熊组长说："老戴，你还不快回去换衣服。你个病壳子。"戴副组长遥望的眼睛不肯收回来，陶女儿正在那里飞奔。戴副组长说："沙街真是一个叫人百思不得其解的地方。"熊组长见戴副组长又在那里深沉，没好气地笑了。

　　奔到社山上的陶女儿，两个膀子张着、拍着像一只黑色的乌鸦，在山头上掠过，引来河畈的乌鸦们纷纷地朝他飞。乌鸦们在社山头上，一片喧哗。二货没好气地笑了，说："狗日的，它们肯定开会讨论国家大事。"陶叔头顶着一锅盆米饭，一只手扶着，一只手洒着米饭，雪白的米饭在阳光抛着明亮的线。陶叔抛着米饭，高声喊着："儿啊——儿，回来，回来吃饭——！"陶叔凄凉的声音，在河畈的风中一阵阵发紧。他的儿陶女儿并不理他。四婶走过去对他说："他陶叔，莫撒了。"陶叔流着眼泪说："四妹子，人生就是糊涂啊！"

　　太阳下河畈的麦海里，高高矮矮尽是黑蚂蚁样的人。湖对面的社山上，尽是大大小小芝麻点样的乌鸦。人在湖这边的麦海里望着湖那边社山上的乌鸦们。湖那边社山头的乌鸦们望着湖这边麦海里的沙街人。人在这边叫。乌鸦们在那边叫。人在这边举手跺脚驱赶乌鸦。乌鸦在那边山头上张着翅膀，朝着这边的人呱。它们一点儿也不惊慌。陶女儿在乌鸦中间狞笑着，声音特别地响。

　　龙山上的屋子里，戴副组长悲哀地说："怎么把这个魔鬼放出来了呢？"熊组长马上警觉了，问戴副组长："老戴，你说这话是什么意思？"

　　熊组长右手夹着烟，左手夹在右腋里，对戴副组长说："老戴，你说是我把魔鬼放出来的？你要对我讲《伊索寓言》。我读过小学的，别的我不知道，《伊索寓言》我还知道一些。一对渔夫在海上打鱼，打起了一个瓶子。一个渔夫说，不要打开。另一个渔夫不听，把那个瓶子打开了。一阵黑烟，从瓶子里出来一个魔鬼，那魔鬼见风就长，要先吃渔夫，然后扬言要把所有地上的人都吃光。"戴副组长说："不错，我就是要说这个寓言。"熊组长摇头笑了，说："老戴，你又在卖聪明。是的，瓶子是我撒网捞起来的。但是你不驾船，我能撒网吗？再说，海虽然大，撒网的人这么多，我不捞瓶子，总有人要捞起来的。世上有驾船的，就有撒网的，有撒网的，就会有把瓶子网起来的。我不怪你，你能怪我吗？不错，是我手痒把瓶子打开了。但是这又能怪我吗？要是瓶子里没有魔鬼，我打开又有什么要紧？能怪我打开了瓶子吗？要怪就怪瓶子里有魔鬼。"

　　戴副组长铁青了脸，额上的筋一个动地蹦跳。戴副组长咬紧牙关，从牙缝里吐出字来："老熊，你不要当组长，你当哲学家去。"熊组长丝毫不为戴副组长的懊恼所动，哈哈一笑，说："你又在弄玄。拿哲学家吓我！什么哲学家？洋的我当不倒，土的我还是当过一回的。那一年全国学哲学，讲先有鸡还是先有蛋。公社开会，有人说先有鸡然后才有蛋，有人说先有蛋然后才有鸡，有鸡派说没鸡哪来的蛋？有蛋派说没蛋哪来的鸡？文斗差点搞成了武斗。我上台一拍巴掌，说，什么先有鸡先有蛋？全他娘的扯蛋？这事有什么争的？有鸡的时候有鸡，有蛋的时候有蛋。台下的人全傻了眼望着我。有的人不服，事后说我歪曲了主义。问题一直向上反映，反映到了中央学哲学领导小组，组织专家研究来研究去，结果说还是我说得准确，没错。戴副组长，你把我刚才说魔鬼的事反映上去。"戴副组长的脸刷地白了，说："君子不屑小人之为。"熊组长笑了，拍了一把戴副组长的肩，说："你又在嚼经。你君子不屑小人之为，为什么发牢骚？"戴副组长嗫嚅地说："我不是怪你，我是想我们用什么办法把放出来的魔鬼收进去。"熊组长苦笑了，说："是不是对他说，你要是再能进瓶子，我们就把世界给你。他就进去了，你就把瓶子盖上了，把它扔到海里去，万事大吉。"戴副组长点头说："能这样做就理想了。"

熊组长又拍了一把戴副组长的肩，说："老戴呀，你真是个书呆子。什么理想？《伊索寓言》是聪明人写的，能不聪明吗？所以里面全是聪明。渔夫聪明，魔鬼也聪明。聪明来聪明去，魔鬼就能进去了吗？那是写的。这是写的吗？能由你聪明吗？你聪明，他不同你聪明。我有什么办法？我千不怪万不怪，只怪我下乡来当了这个劳什子组长。我总想搞点名堂出来，早点回去。腊月间我回去，你知道我那病壳子婆娘怎样对我说，她说：'我要死了，我们夫妻一场，你能不能陪我几天？'我说：'我又不是医生，我陪你，你好得了？'她说：'有你在身边，我不吃药也好受。'我说：'你死不了。'她说：'我死不了？'我说：'你这样念记我，你怎么死得了。'她叫我抱抱她，我抱着她，她说：'人啊，我不死，我要睁着眼睛，等你一路死。'他娘的瘟，我遇的尽是魔鬼，你叫我怎么收得了？"戴副组长眼睛红了。熊组长狠狠吸了一口烟，吞了下去，一丝儿也不吐出来，说："老戴，你不能像我。我，凡夫俗子一个，断不了儿女情长，柴米油盐，是顺水流的船，水到哪船到哪。你，一个读书人，李太白不是说过，会当水击三千里，直挂云帆济沧海吗？你是你，我是我，骡子和马不一样。"

西边天上涌起了乌云，有雷在里边吼，闪电像金线样地织，一团漆黑地涌来了，把金光灿烂的河畈，迅速地收了去。暴风雨来了。只听见麦海里，一片的桶响盆响。父母们叫小的们撒腿开跑。

一切都不管了。风在吼，人在叫。一畈的麦海翻腾着黑浪。

小的们一边跑，一边高唱："风来了，雨来了，麻子淋出屎来了！"

风吼雨响雷鸣，沙街连同整个的河畈都在颤动。

泼天洗地的雨，翻天覆地的雷，吓得小的们大气儿都不敢出。

那一场风雨是罕见的。雨是布雨，一直下，一点缝隙都没有；风是龙卷风，扫过来，就一直往上走。风是从西边到来的，呼呼地叫，河里的沙刮起来了，一直向沙街的垸子埋，半个时辰，沙就将我们沙街建的新农村埋了五寸深。只听见瓦上，壁上，树上，一片的沙响，分不清是哪里响。湖边百年的老柳枞被连根拔了起来。漫天的飞沙中，树枝和各种叶子都砸成了细末，屋上的瓦和出窝的燕子，飞出去，没来得及叫，就跌成了粉。风把河里的水吹到了河畈和垸子里，那是连天的水，水搅着沙，沙搅着水，把河畈和垸子包在中间，撕，扯，闪电张着血盆大口。稻场上的石磙飞了起来。陶叔泪流满面，说："我的种，日子完了哩。"望着门外黑天黑地的风雨，父亲默不作声，一脸的戚然。

第二十八章

暴风雨过后，天晴了。

晴了的天，非常干净，像一面被女人细心抹了的镜子，蓝蓝的，上面连白云丝儿都没一根。清新的空气在垸子里河畈上流动起来了，款款地湿润，脉脉地宜人。河畈里被暴风雨打倒的草儿们，从泥里沙里重新站了起来，在风和阳光里一阵阵地抖擞。那些垸子里河堤上的树，断枝处流着新鲜的绿汁儿白汁儿，重新向天举起了枝叶，在阳光中哗哗作响。灾难过后的垸子和河畈格外地迷人。沙街人四散开去，河畈和垸子的每一个角落里，明晃晃的，都是出门检查日子的人。

不断地传来好消息。尽管那么大的风，那么大的雨，河畈的麦子竟没有多大损失。虽然吹得乱如麻，伏在地上贴了沙，但那是不要紧的。只要麦子的根还连着地，它再乱，沙街人都有本领一根根地割起来，颗粒归仓。梨林子里的梨树虽然断了一些枝桠，也没有多大的损失，吹落了一些梨，那些梨一般说来是要落的，经风就落的梨，那叫梨吗？落不了的就会更加熟，长得更大，更加水灵水润，一个顶俩或者仨，不碍收成。垸子里的屋虽然吹飞了许多瓦，竟然没有倒一间房子，搭梯上屋捡捡匀匀，还是不漏亮，不漏亮就不漏雨，还是人住的。

这些都是应该好好庆贺的。巴水河边的沙街人，对于灾难古往今来一向是比较达观的。比方说，天上掉下一块石头来，砸在沙街人的脚上，砸断了一只脚。断了脚的沙街人，就会把断了的脚捡到身边放好，因为断了的脚还是自己身上的肉，忍痛把血止住后，然后望望天，望望石头，再望望放在身边断了的脚，开颜笑了，说："还好，幸亏掉在脚上没有掉在头上，要是掉在头上那就更惨了。"如果那块石头恰巧掉在他的头上，将他的头砸开了，砸得脑袋浆子一片白，他痛得要死了，他倒在地上，临死前就会想："还好，幸亏掉在我的头上，没有掉在我儿的头上，要是掉在我的儿头上，那就真的完了。"

对于灾难，沙街人都是些想得开的角色。垸子里升起了炊烟，蓝蓝地描着天空。因为过了暴风雨，沙街的夏日竟然如春天般地湿润。沙街家家户户都把留着过节的好东西拿出来煮着吃，沙街就整个儿都是食物的香味儿，彼此弥漫着。这样的时候沙街男女老少都会觉得日子比平时更幸福更美好。

风从河里刮起来，刮到湖里，在湖里转了几转，漾在垸子里河畈上，湿湿的，润润的。六碗手里举着一个烙饼，从垸子里开紫花开白花的木槿篱笆深处走出来，走到河畈上。六碗手里举的那个烙饼很大，像他往日敲的那面大筛锣。六碗举着那个大烙饼，并不吃，举在头顶上，咧着嘴笑着看。那个大烙饼烤得两面金黄，葱香味散发在流动的风中，许多指甲大的彩蝶儿，从木槿花开的篱笆上飞下来，围着他举着的烙饼转。六碗的娘三婆在灾难过后，就格外爱惜他的儿，每回灾难过后都要烙很大的烙饼让他的儿吃。

太阳很嫩。很嫩的太阳，照在河畈灾难过后的麦海上。六碗像举太阳般的，举着他的烙饼。小的们就不看天上的太阳了，一齐看六碗举在头上的烙饼。在小的们的眼睛里，六碗举在头上的烙饼，比天上太阳更金黄更灿烂。小的们和赖在小的们胯子边的狗子们，嘴里的涎一齐流了出来。这样的时候垸子里的狗子们一个个在小的们胯子边上显蠢，怎么赶它们也不肯走，因为它们知道小的们海吃的时候就特别地爱屙，裤子一褪，露出屁股蛋来，跨地就是一堆。这时候它们显蠢就是它们的聪明。

太阳的光里，麦鸟儿晒干了羽毛，飞到麦海上了，停在天上，一个劲地叫："熟了，熟了，熟了。"六碗举着烙饼，朝湖边大喊："吃，吃，吃六碗——！"小的们和他们的父母顺着六碗举饼的声音看，原来仙女正在湖边上采荷花。仙女的长发凌乱着，赤着脚，正在荷叶丛中寻那没被风雨弄残的荷花采。仙女穿着粗棉布蓝色的满大襟褂儿，那满大襟褂儿长齐膝，被泥污了，被水湿了，贴着身子，把她该曲的地方曲了，该饱满的地方饱满了。仙女是沙街的美人坯子，满大襟褂儿是沙街民间的旗袍，漾漾的湖风中，仙女修长挺拔。仙女从湖边浅水处的荷叶丛中，寻到了一朵雪白的莲花，摘了下来，拿在鼻子下，闻着。仙女起湖了。仙女赤着脚，走在蒿草青青的湖岸上，边走迎闻，边闻边唱黄梅戏："树上的鸟儿成双对，绿水青山展笑颜。"仙女唱着，任湖风把她的身子吹乱。

六碗举着烙饼，朝着仙女喊："吃，吃，吃——！"仙女拿着那枝白莲花，站着了，站着不动。仙女听见了六碗的喊声。仙女抬起头来，眼睛直直的。仙女看见了麦海里举饼的六碗，拿莲花的手和没拿莲花的手同时扬了起来，抱住了胸前流动的湖风。仙女哈哈地大笑起来，忽然噎了一声，泪流满脸。仙女哭出了声，喊："小二，小二啊！花，花！"这时候河畈里所有的阳光都灿烂了，所有的花儿都开放了，所有的香气都蒸成了雾，所有的蝴蝶们都在风中涌舞了。六碗举着饼向仙女走来，仙女拿着莲花向六碗走来，青青的湖岸上，他们走到一块儿了。六碗把举的饼给了仙女，仙女把手中拿的莲花给了六碗。仙女流着泪，放声地笑，吃着六碗给她的饼。六碗嘿嘿地笑，啃着仙女给他的白莲花。吃着，啃着，他们不要了饼，不要了花，又是涎又是泪，紧紧地抱在一起了。这时候沙街人就从心底起了亘古的幸福和激动。沙街人知道亘古幸福和激动的事就要发生在他们的眼面前了，任它什么也挡不住。

　　阳光很好，细细密密地织着金线儿。湖平了，无风无浪，一湖断树的枝桠和鸟的尸，静在湖面上。所有阳光都聚在湖岸边那乘行床上。走了的暴风雨，没损坏湖岸边的那乘行床。那乘行床，顶在，四周的棂儿都在，黑黑地立在湖岸边。沙街的行床，是沙街人守湖的床，有顶有床，像一间房子，可以随着日子移动，所以叫行床。仙女伸出双手把着六碗抱了起来。仙女把六碗抱到了湖岸边的那乘行床里。仙女高大，六碗矮小，在仙女的怀里，六碗就像个婴儿。沙街人远远地站着，看见那情景，忽然眼里都有了泪。如果是沙街人，每逢灾难过后，走在河畈，如果遇上了坦亮的性交，你也会满眼的泪。因为那是好兆，说明河边的灵性仍在，叫生命不失时机地顽强繁殖，生生不息。仙女把六碗抱到了行床里，替六碗解衣裳。天上太阳更加明亮，父母叫小的们赶快到湖里去折荷花摘莲叶。小的们就下湖折荷花摘莲叶。父母们就走拢去，用那荷花和莲叶饰那湖岸边的行床，把那乘湖岸边的行床饰得花山叶地，让仙女和六碗在里边像阳春三月抽笋般地呻吟。父母领着小的们在河畈里，打起了嚆嘿。小的们随父母一齐吼："嚆——嘿——！嚆——嘿——！"风起了，浪起了，灾难过后的沙街，遍地都是生命拔节的声音。

　　湖在阳光里明亮。暴风雨过后的湖水，浊的，像牛奶裳，撑着长长的竹排，裸着头，在湖里找他的儿。他想那么大的风雨，他的儿和社山的乌鸦们必定都吹断了翅膀，落到湖里，死了。往年这么大的风雨，死的乌鸦最多。风雨过后，一死一湖，湖面上漂的都是。陶叔想的很有道理，巴水河边的乌鸦与别地方的乌鸦不同，别地方的乌鸦除了黑毛还有白毛，是花的，人说那是与喜鹊杂交了的。巴水河边的乌鸦全是黑的，绝不干与喜鹊杂交的勾当。沙街的乌鸦身上没有一根杂毛,是保存得最好的纯种乌鸦。巴水河边的纯种乌鸦们,动不动聚在山头上开会,统一思想,最爱打个疯子阵,它们搞火了就与暴风雨斗,再大的风雨来了它们都不怕,头鸦领着它们成群结队地迎着风雨上,所以它们不死则可,一死就不是少数,壮烈的时候可以全群死绝。死的时候所有翅膀统统齐根折断,只剩个光身子,朝天张着硬硬的嘴,眼睛一律不闭,睁得圆圆的,像两颗要发芽的鸟豆儿。所以沙街人的族谱上,除了壮士篇烈妇篇外,还设有烈鸦篇,很记了几桩烈鸦的事,读起来比壮士篇烈妇篇还壮烈。

　　陶叔流着眼泪,默默地唱着招魂曲,用长长的撑排篙,边撑排边挑着浮在湖面上的鸟尸,找他儿。他想把他儿的尸找到,找到后,钉口薄板棺材,埋在河滩上,堆一个土堆儿,尽他做父亲的责任。不管怎样,儿还是他的,他们做了一场父子。潮里的水在太阳下反着白光,刺人的眼。陶叔痛心地眯着眼睛。陶叔没有想到他辛辛苦苦养了十几年的儿,竟落到了如此的下场,说狂就狂了,说没就没了,就像一盏菜油灯,黄豆大点的光,一口风就把它吹熄了,熄得连烟都不剩一丝儿。沙街人见陶叔撑着竹排在湖面上找儿,心都颤了,纷纷地找来渡船、竹排、摘菱角的渡盆,还有放鱼鹰的两头尖的船儿,下湖帮陶叔找儿。潮里就全是船,全是浪,全是翻鸟尸的人。湖面上浮着各种鸟的尸,画眉的、八哥的、黄莺的、还有鹰的,密密麻麻的一湖,什么样的死鸟都有,就是没有陶女儿和乌鸦的尸。真是怪事,那么大的一场暴风雨,竟然没有发现一只死鸦。

　　天上刷的一下,就像大幕拉开,出现了一道七彩的虹,赤橙黄绿青蓝紫,架在天上,辉煌得小的们一个个张着膀子跃起来,想朝上飞。接着空中以虹作背景,现了海市蜃楼,出现了旗海、广场、接见、挥手的景象。那海市蜃楼来得快,也消得快,眨眼工夫天上只剩下那道彩虹,一头插要河里,一头插在龙山上,辉煌无比。

　　忽然成群的乌鸦不知从哪里出来了,一齐飞了起来,朝着天上的彩虹铺上去。辉煌的彩虹,悬在天上像五线谱,涌动的群鸦像音符在谱子上,上下飞翔。它们振着翅一齐呱,满天都是它们的声音。

　　彩虹下的龙山,一派夺人眼睛的辉煌。夺人眼睛的辉煌里,一个人出现了。他头戴崭新的草绿色军帽,身穿崭新的草绿色军装,拦腰扎着根武装带子,一手托天,一手压地,做着舞台上英雄人物出场的亮相动作,久久地亮在那里不动。满天的霞,满天的乌鸦中,沙街人终于认出了那个焕然一新的人,原来不是别人,就是陶女儿。他托天的手里,拿着一本红宝书。不是小本的八万八,而是大本的四卷,出现在那辉煌里。他换了亮相的姿势,托天的手压地了,压地的手托天了,托天的手朝天一举,他大喊了一声口号。这时候万鸦振翅,围绕他上下飞舞，于是就不见了他，只看见上下翻飞的鸦群，流光溢彩，蔚为神观。

河边的日子，与其说是人的历史，不如说是神的历史。河边的疯子都是同乌鸦连在一起的。有疯子必定有乌鸦。有鸦阵必定出了疯子。若看见河畈里成群的乌鸦在那里飞，千万不要以为那是在争食，赶开它们，就会发现下面就有一个疯子。沙街的纯种乌鸦们，把精神看得比食物更重要。

二货见陶女儿一身的军装就笑了，嚷："那狗日的，肯定把熊组长发我的军装偷去了！"熊组长说："不可能的事。你的军装是我找公社武装部长借来的，早还了。"二货说："肯定是他偷来了。你不知道疯子有神功的，天上的东西他也偷得来。"戴副组长没好气地对二货说："马柳生同志，你少说神功好不好？"二货望了戴副组长一眼，说："戴副组长，你以为你叫我同志就没得神功是吧？我穿过的东西我不知道？我穿过的东西我隔八百里路也认得。你知道什么？你只知道白纸印黑字。搞得五行六合的。架马日骡子。"沙街的架马日骡子是句很笑人的话。骡子本是驴子和马杂交的，传不了后，架马日骡子有什么用？那是白用功。沙街人的这句话专捡读书人说。戴副组长彼时就气变了相。翠霞过来赔小心，说："戴副组长，你莫怄气。这东西除了婆娘，其余的都当不得真。"沙街人都笑了起来。二货不笑，看着翠霞说："你这个同志说得对。"

忽然听见仙女唱起了黄梅戏《女驸马》中打马游街的片段。沙街人一齐抬头循声看去，看见仙女和六碗不知什么时候把行床上花山叶地里的事做完了，一人穿了一套军装，手牵着手，出现在杨柳青青的河堤上，沙街人一齐欢呼起来，就知道不是一套军装的事了。河里肯定还有，纷纷从河畈涌到河里看稀奇。古往今来，河里什么奇事都发生过，什么奇事发生了就不为稀奇。

果然不是一套军装的事，风雨过后的河滩上遍地都是军装，有打烂了的，有没有打烂的，还有崭新的。还有横七竖八的枪，断了的，没断的，上了刺刀的，没上刺刀的；子弹打完了的和膛里还有子弹的。这情景就把见过不少世面的熊组长和戴副组长搞愣了。两个组长大眼瞪小眼，弄不懂是么回事。什么样的想象也跟不上发生的事实。沙街人不捡枪，专门捡军装朝身上穿，他们对枪不感兴趣，谁也不要上子弹的枪，上子弹的枪就是打猎也远不如河边的铳，搞不好还会走火。一时间，太阳底下，沙街的男女老少一片的草绿色。那高兴劲就别提了。要知道在那年代衣服对于沙街人来说是多么重要。

熊组长和戴副组长还没醒过来，沙街的男女老少就每人捡了一套穿上了身。对于天外财富，沙街人从来就不贪心的。见人一份，多的不要。久居河边，断不了大水淌来的财，又断不了被大水淌了去。

巴水河边自古以来，天上下过谷雨，于是就做一个节气，叫作谷雨；天上下过鱼雨，下过钱雨，从来没有下过枪和军装，那时候下了。后来军装和枪都收起来上交了。上级发动起来查了，原来是邻县人武部的仓库被龙卷风刮了。

小的们一人一套军装穿上了，很兴奋，一齐朝会龙山上赶，一齐喊："疯子疯，头撞钟！疯子狂，头撞墙！疯子颠，飞上天，落下来一阵烟！"

乌鸦们见小的们朝会龙山奔，便从天上围了下来，纷纷地朝小的们头上落，要攻击小的们。陶女儿朝天一挥手，乌鸦们在小的们头顶上盘旋。

熊组长和戴副组长派民兵守了河边满是军装和枪的现场，见那满天的鸦阵，便赶上了会龙山。陶女儿大声说："慢，请问，谁是疯子？"陶女儿一个个地指，指着熊组长，指着戴副组长，指着小的们："你们说！"

陶女儿仰天大笑了，挥手，声若洪钟地说："跪下，跪下，统统跪下。"

满天的鸦阵乌云一般，狂号着，朝下压。头鸦呱了三声，鸦们一齐纷纷地下屎。那屎雨密密地从天上掉下来，淋得沙街人一身一头一脸。陶女儿张嘴朝天接了几口，嚼了，吞了，微笑着。另一群乌鸦飞了过来，这一群乌鸦见了，立即迎了上去，两群乌鸦在天上混战起来，打得不可开交。

第二十九章

南风一阵阵地紧，满河畈的麦子熟透了。

巴水河边日子里的麦子，自古以来就是这样，不熟就不熟，不熟望穿眼睛也没用，一熟，就在一夜之间全熟透了。这时候就会感觉到天上的金光地上的金色，全部集中到麦子上去了。

河边的小满节就像一副门帘子，一掀，里边就全是久盼的辉煌。巴水河边的沙街，日子里的小满不用写在皇历上，满河畈成熟的麦子就是。小满了，就是天上不出太阳，河畈上的麦子们，也像七月天上的火烧云，能把天上和地下像烙饼样地全烤熟，那散出的香味儿，叫人喘不过气来。这样的季节只要是沙街人，满腔子饱肚子的渴望就会随嘴里的气朝外喷。要知道如果老天不发神经落连雨，懒龙叔就会带领沙街人不失时机地把麦子收割起来。新麦子收割起来后，懒龙叔总会搞点土政策给每家每户瞒产私分点麦子，让沙街人吃两餐饱肚子的新麦面。

河上游铁匠垸的赵铁匠带着他的两个徒弟，大铁卵和二铁卵，挑着铁匠挑子，沿河下到沙街发沙镰来了。赵铁匠叫他的两个徒弟，把红炉架在垸中的那棵满是鸟窝的古柳树下生红了，把打铁的家伙摆好了，然后扯着喉咙叫唤着："发沙镰！发沙镰！"沙街的是赵铁匠的世主，每年小满的时候，赵铁匠总是不失时机地来到沙街发沙镰。巴水河边的各色手艺人各有各的地盘,叫作世主。世主是世袭的,各自的师傅传下来的,徒弟出师时师傅总要把世袭的地盘划一些出来,给徒弟。沙街是赵铁匠的世主,不担心别人抢生意,所以他有把握架了红炉才喊:"发沙镰!发沙镰!发沙镰老价一角钱一张。"

懒龙叔就把全垸人家的沙镰都集中起来,堆在赵铁匠的红炉边,让赵铁匠和他的两个徒弟大铁卵、二铁卵发。古书上记载"发"就是新开刃的意思。《庖丁解牛》中就有"新发于硎"。意思是说庖丁的刀,解牛之后,还像在磨刀石上新磨出来的一样。其中的发就是开刃,硎就是磨刀石。巴水河边的沙街口语中保存着许多古楚的字。赵铁匠把沙街的沙镰丢到红炉里,一张张沙镰烧红之后,开了口,用刀两面割齿,然后再淬火。沙街割麦子的沙镰就发好了,堆成一堆。那镰状如弯月,弯儿内从头到尾都是密密的齿。沙街割麦子的沙镰,据陶叔说沙镰是由兵器演变来的。无数事实证明河边粮食丰收的日子里免不了打仗,巴水河边粮食成熟的时候总有人成群结队地来抢。比方说闹"长毛"的时候,比方说日本人进攻中国的时候。有史以来,沙街人为了捍卫自己的粮食流了多少血,又让来抢粮食的人流了多少血,写也写不完。巴河人捍卫自己粮食的时候,农具就是兵器,打完了仗把农具上的血擦干净了,歇也不歇接着种粮食,所以农具有时候就是兵器,兵器有时候又是农具,说不清是兵器受了农具的影响,还是农具受了兵器的影响。

新发的沙镰,每一把像天上弯弯的新月,细细密密的齿儿就放射着毫光。沙镰新发的时候,河边的麦子就彻底地熟了。这样满天满地辉煌的日子,那些小的们早就比大人更按捺不住了,像河里春天闯上水的小鱼儿,蠢蠢欲动,大人们稍不注意,他们就偷偷地用指肚子试新发的沙镰,看它快不快,一试就试出鲜红的血来,那新发的沙镰每一把都锋利得很。他们割出血后,决不给大人看,把手指含在嘴吸干净了,然后装作若无其事。因为大人们早就对他们说了,收麦之前最好先尝下自己的血,一年一度新麦面新麦粑未吃到嘴之前,尝下自己的血,身上的劲那就不同。他们若是割出了血,吸了,朝出吐,那才不叫沙街的种。

开镰的时候,沙街日子没有多少新花样,古旧得很,一心归命的事,那就是割麦。这样的季节,沙街铁板钉钉的规矩,一切人都得做这事,或者做服务这事的事。就是天王老子,只要吃沙街的饭,就得服从这规矩。若不服从这规矩,沙街人是没得好脸色给他看。

南风有劲地吹,河里的竹排上那一片片白帆,鼓了风,同天上的白云赛跑。沙街一年一度开镰的齐心酒,选在麦海中间的梨子园里。沙街古时候割麦子的齐心酒,是一个庄严的祭祀,在宽敞的河畈上明晃晃的日头底下,许多张漆着黑漆的八仙桌，三七二十一，成方阵地摆开，整猪整羊用专门祭祀用的大铜盆装着，端上桌子，大坛子酒搬上桌子，祭完土地菩萨，然后大块吃肉大碗喝酒，畅快淋漓。日子过得艰难，酒早没有了。齐心酒只剩下个古传教，形式而已。

懒龙叔把全垸的男女老少都集在那里。没有桌子，全垸的男女老少一律破衣破衫地集在梨子树下。这时候沙街是不穿好衣裳的，一件好衣裳是留给过年过节出人情穿的，麦收之前懒龙叔给女人们放了一天假，补冷季穿的破衣裳，把冷季穿的破衣裳补丁叠补丁地补好，打发这残酷的麦收季节，所以那时候沙街梨子树下开镰前的齐心酒，全是冬天的景象，壮烈而又悲怆。梨子树下放着一只很大的四耳陶罐，地上仰着许多朝天的黄泥巴碗，四耳陶罐里化的是糖精水。那时候糖精对于沙街人来说也是稀罕之物，因为那么小小的两包儿化在井水里，竟也甜得出奇。懒龙叔提起四耳罐，朝地上仰放的一只黄泥碗中倒了满满一碗糖精水，高举双手朝梨子园中间的一棵大梨子树说："对不住土地菩萨，日子过艰难了，没酒，好在这水也甜。我这个当队长的敬你一碗！"说完就将那碗清亮的糖精水泼在地上，双膝跪下了，叫了一声："土地菩萨保护！"那棵大梨子树是沙街土地庙遗址，原来供奉着土地菩萨。沙街人自古以来在麦收季节，对土地菩萨格外地虔诚。

沙街人知道庄严的时刻到了。

懒龙叔掇起四耳陶罐依次朝仰放在地上的黄泥巴碗倒，倒出来的水，清亮寡底的，一点也不改变，全是井水的颜色。懒龙叔给每一只碗倒满之后，双手从地上掇起黄泥巴碗，举齐胸，对沙街的男女老少说："对不住父老乡亲了，我这个队长没当好。没酒，只有用水当。有手的都把碗端起来！"沙街里有手的都从地上把装水的碗掇了起来。懒龙叔说："我敬大家一碗！"说完一伸脖子，朝众人亮了碗。沙街人都一口气干了。学校放了忙假，小的们一个个放了书包，再不装读书的相，同大人们一齐喝懒龙叔敬的水。

南风打着嘚哨子，吹得天上的燕子们斜都斜不赢。懒龙叔说："垸中老少听着，大家举我为事，大家受我一拜！"懒龙叔又双膝跪下了。这时候垸中老少一齐说："有话起来说。"跪在地上的懒龙就起来了，拍拍膝头和手上的灰，大声地问："听好，有病的没有？有病的早说。"梨子树下静静的，没人应声。当然没人应声。就是有病的，这时候沙街也绝没人应声，这时候说有病会被人耻笑一年的。懒龙叔见没人应声，双手抱拳，对垸人说："日子是大家的，那就拜托大家了。古有传教，收麦如火里抢灯草。抢住了，沙街半年的粮食就有着落。从现在起，我懒龙脾气不好，大家忍着点。一切等麦子收完了再论。"风吹梨树沙沙响，沙街收麦的齐心酒就喝完了。天上的太阳烧得河畈的麦子们炸炸地响。

懒龙叔说完了，并不叫熊组长、戴副组长作指示，就给两个组长发沙镰。熊组长问懒龙叔："你这是什么意思？"懒龙叔说："我要放的屁放完了，再没屁放。没别的意思，叫你割麦。"熊组长说："我不是给你们说了吗？我们这次下乡不是做这些事的。"懒龙叔说："我知道你这次下乡不做这些事，但是沙街这些时日没别的事做。这些时日你要是不割麦子，就没人家供你的饭，你就莫怪我这个队长不称你的职。"熊组长冷笑了，说："麦子我是会割的，但我不得割。你知不知道我现在一割麦子就犯了路线错误？"懒龙叔说："你摇个电话到公社去，问开不开会？"熊组长说："你不要以为你聪明，在教师爷门前卖打。这个时候公社肯定没会开，这个时候我们路线工作组组长的任务就是严密注意阶级斗争新动向。"懒龙叔气极了，说："熊组长，我有言在先，你要是在收麦期间再搞新动向就莫怪我日你的娘。"熊组长问懒龙叔："你说真的还是说假的？"懒龙叔说："这时候还哪来的假。你刚才看我跪了的。沙镰你要是不要？不要你就两个山字一摞。"这是沙街人关键时对人说的狠话。两个山字就是"出"字，叫"你请出"。熊组长气得一个劲地抽烟，面子上还装着笑，望了懒龙叔半天，见沙街围着看的人，眼睛一齐看过来，一个个脸绷得紧紧的，一个都不同他笑，就也不笑了，拍拍懒龙叔的肩膀说："你把沙镰给我算了。我还要吃几时你们沙街的饭。"懒龙叔说："这还差不多。"熊组长说："你有消肿药没有？我从小割麦割多了，割出了毛病，一割麦卵子就肿。"懒龙叔说："肿卵子，沙街不用药，有个偏方儿。"熊组长说："我知道沙街偏方儿多，你说什么偏方儿？"懒龙叔说："叫兽医来一刀割了它。"熊组长说："那不成了太监？"懒龙叔说："成了太监就进宫，大小要封个宫，那就不割麦。这样的事沙街不是没有，清朝割麦的时候沙街有个男人割麦割肿了卵子，听说朝廷招太监，就想不割麦，想进宫当太监，就叫兽医来一刀把卵子割了，结果太监招满了，没他的份。他捧着割下的卵子哭，说他的卵子白割了。沙街同情他，这个没卵子的男人，我们沙街人还不是照样养着了，养到了死。"

熊组长说："懒龙你不要以为我不会割麦？割起麦来，你恐怕不是我的对手！我俩先割一垅试试？"懒龙叔二话不说，就脱衣裳，拿镰在手，对熊组长说："你先割一丈远我再割。"熊组长同样拿镰在手，说："笑话，我的卵子又没割。"懒龙叔说："你还有个卵子？"熊组长说："你喊一二三，我俩开始割，割完一垅再看。"二货见不得那样的事，站在旁边喊了"一二三"。三字落音，两人就开始割。于是只见麦铺子翻飞，不见人。一会儿遥远的地头上熊组长竟比懒龙叔还先伸起腰。二人割完了朝回走。懒龙叔对熊组长说："你还真有卵子，说定了，中饭你在我家吃，过年的酒我还留了半瓶的。"熊组长气喘吁吁地说："笑话，我要是没卵子,我当得了干部管得住你吗?"懒龙叔点点头说:"那是的,那是的。看不出你还是个有卵子的官。麻雀儿有时候就比燕子飞得高。"

　　二货的尿来了,避过人就扯裤子边掏家伙出来屙,二货边屙,边摇动着自言自语地说:"老二呀,你平时不是说你多有狠,你的狠呢?你不嫌丢人我嫌丢人。"懒龙叔说:"二货,你屙你的尿,屙尿哪来的话。"二货扎好了裤子对熊组长说:"熊组长,我俩来比一垯。"熊组长笑了,说:"你是不是想我把你们沙街的麦全割完?"懒龙叔没好气地对二货吼:"二货,你是不是要比?我俩来?"二货说:"我不明白。"懒龙叔说:"老子叫你割麦,不要你明白。世上的事你要是全明白了,你不也是太监?"二货伸了伸舌头,拍了一把自己的头,说:"嗐,本也是的,要我明白做什么?个狗日的,打一生的雁,还是叫雁啄瞎了眼睛。"梨子树下的沙街人就全都笑了起来。

　　懒龙叔将地上的沙镰捡起来,对戴副组长说:"戴副组长,这里还有一把。"熊组长对懒龙叔说:"懒龙,你这就外行了。我是个老粗儿,他可真是从京城学回来的,正宗的官人。"熊组长这时候把刚受的一肚子气移花接木出在了戴副组长身上。戴副组长气得脸乌紫了。戴副组长扶了扶近视眼镜,拿过沙镰说:"不就是割麦吗?我割,我割。"戴副组长弯腰就连镰带手一起扯,一把麦子没割下来,却把手的小指头割破了,血直淌,染红了没断的麦。戴副组长不停,还要割。懒龙叔一把抱住他,说:"算了,你割了。你割了。"那时候,沙街人一起想,是不能让他再割了,让他再割他的五个手指头恐怕都保不住。戴副组长悲怆地说:"让我割,总要割会的。这一课我迟早要补上,我接受再教育,你教我。"说完又要弯腰割。沙街人纷纷说:"算了,戴副组长,你不是割麦的人,沙街不缺你割麦呢。队长跟你说笑话呢。世上的人哪能都割麦呢?世上总要把人割麦,把人不割麦。"熊组长对戴副组长说:"老戴,你就不要做相了。你横直是没卵子的人,还怕人说你没卵子吗?"戴副组长抖开懒龙叔抱着腰的手,说:"我不也是两脚两手吗?我就不信割麦是世上最难的事。"熊组长笑了,对戴副组长说:"老戴,你说的对。割麦是世上最简单的事,只要不割断手指头,把麦割断就行。"

　　懒龙叔不耐烦了。懒龙叔见不得扯筋的事,大声吼:"开镰!"

　　开镰了。接天的麦海中,跃动着沙街男女老少舍生忘死收割的身影。烟尘起来了,那细细密密呛人的烟尘,合着太阳味和沙街人的汗味,蒸起来,像云像雾,与麦晕连在一起,使河畈更加辉煌。麦收的五月,沙街人不怕太阳,太阳越大越好,晒得越暴烈越好。小的们挥动沙镰同父亲母亲们一起一边喝水,一边流汗出来。父亲浑身汗湿了,只有胯裆里那一线是干的,而母亲连一线干的都没有。

连天的乌鸦飞回来了，在金光灿烂的河畈，在割麦人的头顶上，一点水分也没有，呱呱地干叫，叫得人眼睛里金星儿直冒。这时候几天不见踪影的陶女儿随鸦阵回来了。明晃晃的太阳下，那小子看见一个影子，像树样地一个劲地朝前长。那小子吃惊地住了镰，发现陶女儿腆着个福肚儿，已经走到他的面前来了。那小子想，这家伙在镇上吃了时日，肚子已经鼓起来了。这家伙肚子里肯定都是油。面对迎面走来腆着个大肚子的陶女儿，那小子眼睛看不见东西了。因为迎着太阳走来的陶女儿，全身挂的都是金灿灿的像章。

早些天，鸦阵不见了，陶女儿不见了，沙街清静了。四婶坐渡船到镇上买东西，回来说她在镇上看见陶女儿了。她笑着说陶女儿真是疯对路了。她说她在镇上看见满身挂着像章的陶女儿和乌鸦在镇上飞。四婶说，镇上的干部正忙着敲锣打鼓举红旗喊口号带人游行哩。陶女儿见有人游行，他就一身的像章，一只手举着伟人像，一路高呼地过去。领队的干部见他来了，就停了队伍，叫众人把路让开，把陶女儿迎到队头，让他领头走。游完了行，吃饭的时候，干部们就请他坐在首席上，吃菜，干部们不敢先伸筷子，请他先吃，然后他们才敢吃。四婶笑着说："沙街总没有出这大人物，这回出了。怕它什么干部，我们的陶女儿见官大三级。"懒龙叔对四婶说："不要跟陶哥说这事，唯愿那狗日的莫回来，在外面见官大三级。"没想到陶女儿和鸦阵还是回来了。

天上的鸦影像织布的梭子一样飞过来飞过去，陶女儿走到弯腰割麦的那小子面前了。那时候那小子都在陶女儿的影子里。陶女儿走到他面前，挥动手中的红语录本子，冲他大喊了一声："万岁！"那时候那小子腰酸得要断，趁机直起来，冲他回了一声。陶女儿朝他咧嘴笑了一下，他朝陶女儿咧嘴笑了一下。那时候喊"万岁"是很好的休息方法，谁也不敢说他偷懒。为了休息，他和陶女儿就在日头照耀下的河畈里一声地对喊。把一河畈忙着弯腰割麦的人们都喊惊动了，纷纷地直起腰来。陶女儿把语录本子收到怀中贴好了，瞪着眼睛一字一顿地问那小子："你知道我是谁？"那小子直着腰望着他。那时候他割麦割糊涂了，一点儿也不聪明。他说："你是陶女儿。"陶女儿冲着他大喊："你说什么？"他说："你不是陶女儿是哪个？"陶女儿怒瞪着一对充血的牛眼，指着自己鼻子尖问："你看清楚，我是他吗？"畈上的清风使那小子收了身上的汗，那小子轻松了的时候，就比较聪明。他知道这样的纠缠下去，他肯定是搞不赢陶女儿的。沙街若是有人无故地考你，你千万不要去想，最好的方法就是把原话问回去。那小子挥舞着手中的沙镰，作水泼不进去地转，笑着问陶女儿："你知道我是谁？"陶女儿看着他，说："你是割麦的。"他说："你看清楚我是割麦的人吗？"陶女儿认真地想了想，问他："你是割人头的吗？"那小子对陶女儿大声说："对！我是割人头！"陶女儿惶着眼问他："你什么时候来的？"那小子说："你没来的时候我就来了。你再不走我就把你的头割下！"陶女儿跳了起来，说："你是谁？你敢割我的头？"陶女儿一爪子把那小子抓住了，将他举到空中，于是他就在空中飞旋着，陶女儿手一松，那小子便像一只鸟儿飞了出去，落到麦地上，满嘴巴的血。陶女儿高呼"万岁"，丢下那小子扬长而去，让那小子苍白的聪明涨满眼泪。

事情闹大了，差一点闹出了人命。

陶女儿在五月麦熟的河畈上，见人就拦着问："你知道我是谁？"沙街人忙着收麦，谁也答不出他是谁。答不出他是谁，他就要把见到的人抓住，弄得沙街人谁也冇的办法。懒龙叔就找正在割麦的熊组长出主意。熊组长说："你找我干什么？我在割麦。"懒龙叔说："你把你的手枪借我，我一枪毙了他。"熊组长说："你敢毙他？他一身的像章儿，公社游行干部见了他就退位，让他领头。"懒龙叔说："我先毙他，再毙自己。"熊组长正色了，说："你莫乱来。"懒龙叔说："那总要有个法子，不然这麦怎么收？"熊组长见懒龙叔急得差不多了，拍了一把懒龙叔肩，说："看你急的？你恐怕只会割麦。你急什么？简单得很，有一个人专门做这事出身的。你去，叫他不要割麦了，到我这里来。"

懒龙叔把戴副组长叫来了。熊组长指着陶女儿对戴副组长说："老戴，你不割麦了。现在我代表组织交给你一个重要的革命任务。你把你所学的所有知识拿出来，回答那个疯子。"

事情的结果是，戴副组长一点也不比那小子聪明。梨子树脚下，他跟陶女儿讲了一通道理。陶女儿问他："你知道我是谁？"他说："你是人。"陶女儿问他："你知道我是什么人？"他说："你是吃饭穿衣的人。"陶女儿问："你知道我从哪里来吗？"他说："你从该来的地方来。"陶女儿问："你知道我为什么能飞吗？"他说："你不能飞，那是你感觉在飞。"陶女儿不再跟他啰嗦，把他一手抓在手里，将他举到空中，盘旋一阵过后，让他飞了出去。戴副组长同那小子的结果一样，落到麦地的时候，眼镜摔落了，满嘴的血，掉了两颗门牙。熊组长跑过去将戴副组长从地上扶起来，说："舌头还在不在？老戴，说话呀。说话呀，老戴。"

躺在地上的戴副组长睁开眼睛，吐出嘴里的血，双手在地上摸眼镜，对熊组长说："我硬的掉了，软的还在。"熊组长说："在就好。在就还能说话。你不知道摔到地上的人，往往自己咬掉了自己的舌头。"戴副组长摸起掉在地上的眼镜，戴上，苦笑了，对熊组长说："老熊，你知道司马迁吗？"熊组长说："我知道，那个写史的老头子。割了卵子还写。"戴副组长说："我现在就是他。我有舌头在，就不管怎样死不了。"熊组长说："老戴，这事怪我，我检讨。老戴，我真的不是有意害你的。我以为你有办法。"

熊组长对懒龙叔说:"还愣着干什么?送戴副组长到医院。"

第三十章

　　天上的太阳晒得背痛,那个在河畈里割麦的小子正在想,要是割麦的时候一下子死了,麦割完后又活了过来,那该多好。这时候熊组长手里拿着一根三尺长,像驴子鸟样的发黑的胶皮棍子,从公社回来了。

　　熊组长一下渡船,那小子的眼睛就被引去了。那小子从来没见过熊组长手里拿的那玩意。那小子好奇心特强,见到他没见到过的东西,就正好趁机偷懒。那小子不割麦了,拿着沙镰直起了腰,盯着熊组长手里拿的东西看,心想,这是什么东西呢?熊组长扬着手里的黑棍子,对那小子说:"快割,不然我戳你一下子。"那小子对熊组长说:"要得,你戳我一下。"熊组长被那小子说笑了,说:"你是不是也想上天?"那小子说:"这东西能让人上天?"熊组长笑着说:"你不信是吧?我让你开开眼界长长见识。"正有一匹公水牛从湖里吃饱了草,趔着大蹄子上来了。熊组长将手中的胶皮黑棍子朝那匹公水牛的屁股上一戳,那匹公水牛就蹿了个八丈高,像冷天对着北风跑疯样地跑,痛得吼个不停,两个大眼睛里都是泪。那小子就怕了。那小子只是想偷会儿懒,并不想真死。父亲在农闲煮新出世的东西给那小子吃的时候,总是教育他说,人活着多好,人活着总有新东西吃,吃新出世的东西多有味。父亲对那小子说:"种,你累得想死的时候就想吃新出世的东西。"那小子就想吃新出世的东西,就知道不能惹熊组长,就知道他手里拿的东西挺厉害的。那小子就眼睛怯怯地不看熊组长,看麦子。那小子说:"熊组长,我再不偷懒,我割麦。"

　　那小子对熊组长说:"我在割麦,你不要站在我身边,你走。"熊组长对他说:"你不要怕,我不会戳你。你歇会儿,把陶维民叫来。"于是那小子拿起沙镰就朝龙山上跑,去叫陶叔。

　　陶叔正在龙山上的稻场上码麦垛。麦垛长长的高高的像城墙。他在麦垛下喊:"陶叔,你下来。"陶叔说:"没人码麦子。我下来做什么?"他说:"熊组长找你有事。"陶叔就踩着梯子下来了。陶叔下来后,那小子小声对陶叔说:"陶叔,今天不要跟熊组长争,他从公社捏了条驴子鸟回来了,那条驴子鸟好厉害!"那小子就喘着气把那条驴子鸟的厉害对陶叔说了。陶叔听了后,叹了一口气,对那小子说:"那是电棍。"

　　那小子和陶叔踩着阳光走到了湖边的麦地,熊组长就拿着电棍走了上来。熊组长指着陶叔的鼻子，说："陶维民，你知道我找你做什么？"陶叔望着天上的白云朵，说："我知道你找我做什么。"熊组长鼻孔里喷着烟说："真的知道！那你不糊涂。"天上的风扯着白云朵走。陶叔苦笑了，说："我要是不知道。我配姓陶吗？"熊组长说："你到底是沙街的聪明角。"陶叔说："姓熊的，你不要磨轭我了，戳我一下子，让我闭眼睛。我活够了。"熊组长说："姓陶的，你现在真的不能死。你死了沙街的日子不好过。"陶叔说："不是有你们吗？还留我干什么？快动手。"熊组长冷笑了，说："站住！陶维民，我知道你的心思。我不会让你的阴谋得逞。我现在代表党，命令你把你的儿领回去！"陶叔睁开眼睛说："姓熊的，他现在不是我的儿了。"熊组长说："怎么不是你的儿？他不是你的儿子是哪个的儿？国家这么大，要是全国的人都这样不认老子，那还成什么世界？"陶叔的泪一下子就出来了，说："姓熊的，你问我干什么？你去问他。"

麦海无边，晌午的热风吹得湖里的荷叶都卷了。陶女儿叉腰站在河畈的梨子树顶上，乌鸦们绕着树飞，下面是绿绿的叶，上面是蓝蓝的天。陶女儿昂头问天："你知道我是谁吗？"问完了等着回答。他心想这么大的天，一定知道他是谁。然而天不回答他，蓝蓝的，飞白云。陶女儿就哈哈大笑起来，笑出了眼泪："完了，完了，连天也不知道我是谁。连我都不知道，这个天要什么？跟我滚下去！"他在梨子树顶上跳了起来，枝桠一片响。熊组长提着电棍在树下吼："什么人在上面搞破坏，跟我下来！"陶女儿见有人吼，来了精神，站了起来，站在树顶上笑着说："你是不是天？"熊组长笑着说："我就是天。"陶女儿拍着手高呼："我找着天了！"陶女儿从两胯间朝下瞄，说："天，你知道我是谁？"熊组长说："天忙得很，没时间查。"陶女儿流着泪说："天，你真的忙没查吗？你真的不知道我是谁吗？我是毛主席的儿呀！是毛主席派我来的。"

熊组长不敢大意。那时候社会上传毛主席有个儿在井冈山时流落了。熊组长问陶叔："老陶，你跟组织说实话，他是不是你的儿？"陶叔苦笑了，说："我说了他不是我的儿。"熊组长严肃了，说："这样的事你为什么不早跟我汇报？"熊组长马上叫畈里收麦的人停了工，聚在梨子树脚下进行调查。风好，沙街的男女老少都聚到梨子树脚，拉起衣襟扇风。懒龙叔没奈何，骂了一句："他娘的，搞得像真的样。"熊组长就拿出红皮笔记本展开了调查。四婶说："熊组长，我先说可不可得？"熊组长说："你先说。"四婶说："熊组长，我说真话可不可得？"熊组长说："世界上怕就怕认真二字，共产党最讲认真。"四婶笑着说："熊组长，沙街别的事我没权发言，沙街的儿我最有发言权，沙街的儿都是我接的生，树上这个儿也是我接的，他娘生他时很费了些力，死过去活过来，是我帮她把这个儿生下地的。这个儿生下地后他娘就死了，他这个狗性命是沙街的娘们一人一口奶养大的。"熊组长说："你说的是真的?"懒龙叔没好气地说："调查个卵子。毛主席在井冈山打游击是哪一年，树上这疯子现在多大，一算不就出来了。还调查?!"熊组长这才恍然大悟，照脸一巴掌，说："日他的娘！好险又上了当。"沙街的人一齐笑了起来，都笑出眼泪，揩都揩不赢。

熊组长也笑出了眼泪，对树上的陶女儿说："我的好伟儿，你敢不敢跟我下来？"树上的陶女儿对熊组长说："你笑什么？跪下，统统给我跪下！"

熊组长昂头对树上说："伟儿你敢不敢下来？"树上的陶女儿说："天，你敢不敢上来？"熊组长说："你敢下来，我就敢上去。"陶女儿就扬起双手，哗的一声跳了下来。没等陶女儿站稳脚，熊组长一电棍朝他头上戳过去，只见火光一闪，陶女儿轰然一声倒在地上。熊组长收了电棍，拍拍手说："我怕你伟儿！我到公社武装部长哪里借了个这东西专门诊伟儿的。陶维民，你把你的伟儿捡回去。他娘的，巧事我看到了一些，还没看到这样的巧事！"熊组长上前踢了踢躺在地上的陶女儿，说："怎么样？是你狠还是我狠？"陶叔扑到他的身上，喑哑地哭出了声："我的儿。"熊组长说："怎么样？陶维民，现在是你的儿吧！"

熊组长把电棍扛在肩头上，笑着对围着看的沙街人说："孙猴儿一跟头十万八千里，翻不过如来佛的巴掌心。天下无事了，大家割麦去吧。"陶叔说："熊组长，你不该戳他的头。"熊组长说："我不戳他的头戳哪里？他不是说他是伟儿吗？戳别的地方有什么用？我这一戳下去，他保险不再说他是伟儿。"

熊组长的话还没说完，只见地上的陶女儿像睡了一觉样地睁开眼睛，放声痛哭起来，鼻涕和眼泪像放水一样地朝外流，接着噎了一声，像有人在搔他胳膊窝儿，不停地打起了哈哈。只见平地一阵旋风，陶女儿跃了起来，朝熊组长扑了过去。我和沙街人吓得四散。熊组长并不逃。熊组长见陶女儿朝他扑来，扬手把电棍挺上去。电棍与陶女儿的头碰在一起了，只见火花四溅，陶女儿没有倒下去，只听见嘭的一声，熊组长反弹起来，弹到空中，落到地上，趴着起不来了。

陶女儿就更加疯狂了。陶女儿不再说话，不再指着自个的鼻子问沙街人他是谁。他默默地信心十足地做他惊天动地的事业。

陶女儿不再说话了。他认为他需要孤独。他驱散了那些鼓噪的乌鸦，保持他神圣的高深莫测的笑容和孤独。陶女儿默默地在沙街长天野日五月麦收季节静静的垸子里转。他不转河畈了。

他在无人的垸子里转，抱着膀子开始了伟大的设想。他认为垸子的房屋下面不是沙土，一定是黄金。这样地一认为，他就笑了，他想不通沙街人为什么知道屋下面就是黄金，还去割什么麦子。他认为好了之后，就回家收集挖宝的工具，把鹰嘴镐和铁锨还有钢撬棍，杂七杂八的工具，陆续地从龙山的窑场上扛出来，扛进了垸子。垸子里很静，静得只有阳光下的树影。巴水河在垸子的河堤外无声地流淌。沙街人这时候在河畈里收麦子，家家的大门只用一根麻绳子系着门环，都不锁。

　　蝉在绿树掩的垸子里叫着清凉。陶女儿在无人的垸子里，开始他伟大的发掘行动。他要把他挖出的黄金堆成山。然后分给天下所有的穷人，不管他们要不要，都得要，让他们都得解放。四九哥家的那条老公狗夹着尾巴，吠都不吠，睁一只眼闭一只眼看着他。垸中年轻的狗，闲不住都随人下畈去了，或照孩子或看鸭，奔人前奔人后，忙得吊着红舌头喘。四九家的那条老公狗老乏得再也没意思活了，但它又没有办法死，躺在屋檐下极无奈地看着时光。

　　陶女儿就在四九哥家的那条老公狗无奈的眼光里，举起鹰嘴镐开始挖四九家的墙脚。陶女儿有许多天才的想法，他认为地下的黄金是连着墙壁长的，就像畈里种的红苕，只要把藤扯了，土里的红苕就会露出来，所以他就挖墙脚。沙街人的房建在河边上，本来屋脚就松散，很好挖。陶女儿没用多大的劲，就挖出许多硬的东西来。那些硬东西，有陶女儿认得的，那就是石头和瓦砾。陶女儿把那些他认得的东西弃在一边，不要。陶女儿把那些从深处挖出来的、他不认得的硬东西，统统堆在一起。那些他不认得的东西，是些稀奇古怪的东西，有石头打制的，像刀像斧像木匠用的凿子；有泥烧的，像鸡胯子，像猪脚的筒子骨，中间还有洞；还有也是泥烧中间厚边上薄的，像车轮样的东西。陶女儿就把那些东西堆在一起，那便是他的黄金。

　　太阳快落山了，染得巴河水血样的红。就在这时候，畈中割麦的沙街人听到一声轰响，四九哥家三连房屋惨遭不幸，倒了，腾起一阵尘雾。垸中的人跑回去时，陶女儿正在一片废墟上捡那些从深处挖出来的硬东西，堆堆儿。那条老公狗死在废墟里，肠子都流了出来。四九哥的娘一身的汗，哇的一声，哭晕了过去。在龙山麦场码麦的陶叔也赶来了。众人望着赶来的陶叔。沙街是有规矩的地方，未成人的儿子闯的祸，老子负责。陶叔两眼的泪，一句话说不出来。四九、五九气不过从地上拿起鹰嘴镐和钢撬棍冲了过去，被他父亲吼住了："放下，他是畜生，你也是畜生吗？"陶叔对四九的父说："大哥，让他们挖死他。这样个畜生留着何用？"四九的父说："陶哥，你这是说的什么话？你还要不要我和儿们在沙街做人？"陶叔一巴掌捂住脸，狗一样地呜咽起来："天，你这是羞辱我！你睁开眼睛看一着！你瞎了眼睛啊！"

　　陶女儿不管众人的喧闹，举起手中的鹰嘴镐又要挖。五九忍不住，从隔壁家拿出了鸟铳，朝天上一扣扳机，轰地一响，火光四射。五九的父走过去，一脚把五九踢到地上，吼："跪下！他是疯子，你也是疯子吗？"陶女儿拍着巴掌，忽然唱了起来："打得好哇，打得好！"在众人的眼里，他上了邻家没挖倒的屋，踩着屋脊一阵风样地走了。

五月的巴河，梅雨还没来，河里的水清亮寡底地流着日子。陶女儿更加疯狂了，疯狂到赤身露体在畈里见女人就赶的地步。他想他是伟人的儿，只要他要，沙街的女人一定脱不赢裤子。他就在青天白日之下，浑身像章，叮当响地找女人。沙街的女人一见他就跑，他没有办法就赶，赶得沙街的女人落不了地，燕子高飞似的。那天早晨，四婶家的小槐花在畈里没跑赢，伏地一跤，被他按住了。他把小槐花的衣裤全扯乱了，要不是四婶和众人赶得快，小槐花就惨了。四婶救下自己的女儿后，没有怪陶女儿，反而骂小槐花："你没长脚吗？别人都跑赢了，就你跑不赢，你不知道见了他早点跑？"于是五月收麦的河畈上，女人和姑娘们，只要一见陶女儿，就没命地逃，全乱了套。陶女儿赶不到女人，就非常痛苦，痛苦得把他的阴毛和头发全扯光了。

陶女儿是在那天半夜制造他人生最后辉煌的。经过沙街男女老少的流血流汗，河畈的麦子终于收完了，码在龙山上的麦场上。那天半夜垸子里的人突然被龙山上的火光惊醒了。衣服都来不及穿，就爬了起来。起来一看，看见码在龙山麦场上的麦子堆，起火了，火焰冲天。全垸的男女老少拿着盆桶盛水奔到龙山上救火。人们看见赤身裸体的陶女儿在麦子堆上踏着火焰跳舞。风呼火啸，他跳得有劲极了。沙街人什么都不顾，盆浇桶倒，水漫龙山。经过沙街男女老少舍生忘死的扑救，大火扑熄了，损失了半码麦子。陶女儿这回惨了，大火扑熄后，他浑身烧伤了，躺在地上动不了，浑身脱了一层皮，整个人像黑伏炭。

沙街人把火泼熄后，把陶女儿连夜送到当时地区的精神病院。开始一直捉不住他，那时候他自觉了让人抬。

懒龙叔问："医生，有没有办法？"医生说："你问的是身子，还是脑子。"懒龙叔说："都问。"医生说："皮有办法，报上不是早向世界宣布了吗？我们国家能治愈烧伤面积达百分之八十的患者吗？"懒龙叔说："那你就赶紧治。"医生说："脑子就没办法，像这样神经错乱到了能在火上跳舞的患者，目前大街上多得很，治不过来，也没有治愈的先例。"懒龙叔说："那你这个精神医院算白开了。"医生笑了："假疯我治得好，真疯我就没办法。不过皮伤我倒可以试试。"懒龙叔没好气地说："说什么，挂牌子诊的，你说诊不倒，不挂牌子诊的，你又要试。光诊个皮有卵用？"医生说："你这个同志，你跟我发什么疯？这样的病人毛主席也没办法。"

熊组长没好气地对懒龙叔说："问什么问。你没看他神经兮兮的。"懒龙叔说："他诊神经的，未必自己神经了？"熊组长说："你未必没看见，我一进来他就朝我翻白眼！像要吃我一样。"懒龙叔骂了一声："这日子除了疯子没得好人。"陶叔仰天长叹一声，流着泪说："天，看来陶某的儿，只能陶某有办法了。"懒龙叔问："你说什么？"陶叔说："我没说什么。"

　　天黑漆漆的，垸人举着火把抬着陶叔的儿陶女儿朝回走。巴水河边麦收五月的夜从来没有这样反常的黑过。河边有那么辉煌的麦子，怎么那样地黑呢？黑得人脚下不踏实，像踩在棉花上一样。

第三十一章

　　陶女儿死在巴水河边那连绵不断的梅雨季节里。
　　由于老天阴差阳错的安排，那小子目睹了陶女儿死的全过程。
　　陶女儿死的那天，清早起来父亲领着那小子在堂屋里磨麦子，父亲推磨，他喂磨，磨磨的声音，让他感觉到天在旋地在转。他的头痛得像钻子钻。他家养的那只猫没见了好几天，他和父亲四处找也没找着，就不找了，以为是被老鼠吃了。他和父亲掇碗喝早粥的时候，突然听见楼上的稻草里老鼠搅成了团，稻草落雨样地纷纷下，有猫愤怒地叫。父亲叫他赶紧搭梯上去看。他家堂屋的楼，说是楼其实是几棵弯弯曲曲的树架着烧饭的稻草，一块板子都没有。那里便是老鼠的天下。那时候没有多少吃的，人养不活人，不知道哪来的那么多疯狂的老鼠。晚上游行不说，大白天它们也游行，成群龇牙咧嘴的，只是没有敲锣打鼓。他家就提了一只猫养，居然是母的。因为是母的，日日夜夜就给他们寡汉父子叫出了许多温馨。他搭梯子，拿根棍子上楼，群鼠轰地散了，它们不是怕人是怕棍子。就在群鼠散尽的地方，他看见稻草里有一个洞，屋面上的亮瓦儿的亮正照着，母猫躺在草洞里，肚子下有一个小东西在动。他伸手去摸，母猫见了他伸手，一个劲地威胁他。怪不得老鼠围攻，原来它们看见猫生了小猫。他嚷："猫生了小猫。一只哩！"他一嚷，父亲很高兴。他知道父亲高兴的原因，河边生猫大有讲究。不是生得越多越好，而是生得越少越好，有句说语，叫作一龙二虎三猫四老鼠。生一只就是龙，生两只是虎，生三只是猫，生四只就不是猫是老鼠了。他家的猫生一只，当然是龙。他从草洞里提起小猫的耳朵，给父亲看。小猫个头儿不小，是只好猫。看了半天，看出小猫的两只眼睛白白的，没有瞳仁，是个睁眼瞎。父亲叹了一口气，叫那小子快下来。他刚下楼，一阵风旋起，老鼠们又成团地围了出来，牙挫得一片地响。这时候那小子的头像要炸开样的一痛。晴得好好的天，忽然一个响雷打下来，炸天炸地一震。那小子脑子里忽然出现了一幅图画，一个人朝天张着嘴死了。许多人围着。那小子哭了起来，说："父，我怕。"

那时候河边的梅雨就落了下来。河边的梅雨自古以来总是在这样的时候来。河畈的麦子收完了，打完了，河畈里的禾稼锄完两遍锄。这之前，先是彻日彻夜的南风陡然息了，天蓝得静人，湖平了，像镜子样地耀着阳光，垸子和河畈，以及人和畜生，倒映在湖水里不动。这天闷人，明显感觉到手掌的汗醭了，搓不动。红蜻蜓绿蜻蜓紫蜻蜓们飞低了，撞人的脸。那些老燕子带着刚学飞的小燕子，剪着翅膀贴着湖面上飞。接着风就凉了，云就起了，天上的云密得连缝儿都没有，雨就哗哗地下。那阵势很稳，是那种舒天缓地的节奏。初夏刚酽的炎热褪去了，雨携着风盈门地灌进来，凉得人要穿夹衣。对于一年一度的梅雨季节，沙街人是不慌的，是惬意的，因为这个季节是老天爷安排沙街休养生息的。禾稼放在河畈里长，连天的阴雨比粪还肥，不用人着急。这时候沙街人就笑着说，人不养人天养人。新麦出世了，趁着雨天磨出来，白的粉子，擀面；黄的麸子，做粑。垸子里的家家户户烟囱里都有烟冒出来，在阵风骤雨里飘，湿气太重了，飘不高，覆下地来，生遍地的香，遍地都是新麦面和麸子粑被火烙熟的香，那香直朝人鼻子里灌，让人流不完口水，吞不赢，让人觉得日子新鲜，有味，嚼得。

父亲说："你肯定是饿了，人饿了就胆气不足。"那小子哭着说："不是。"父亲说："不是，是什么？"人是英雄饭是胆。这之前懒龙叔说麦收太辛苦了，称粮的时候，瞒着熊组长和戴副组长叫小会计五九给每人多捧了五捧麦子。不称，见人捧五捧。这是沙街那时候瞒产私分的传统方法。他和父亲两个人就是十捧。门外的雨，黑黑亮亮地下，山墙外的金银花爬到窗子里来开了，香得父亲一个劲地搓手，对那小子说："花好香，正是饱肚子的时候。"父亲高兴了，把懒龙叔叫五九多捧的十捧麦子捧出来另外磨。父亲推磨，他添磨。父亲对他说："折算没多分，饱一餐过过瘾，你就不怕。"十捧麦子磨完了，粉子擀面，麸子做粑。面在锅里煮，粑在灶里烧，都是香的。面煮熟了，用大碗盛好，一字儿在灶上排开，晾着；不烫嘴，吃起来，才过瘾。不然的话，吹一口，吃一口，那才急人。麸子粑没油，在灶里烧，烧熟了，一个个碗口大，连灰拿出灶，摞高，摞好，像一筒筒的港饼。港饼是中华人民共和国成立前黄石港出的月饼，据说尽是猪油冰糖籽的，嚼得嘣嘣响。他和父亲开始了吃。他头痛，心里慌慌地空。父亲对他说："种，先把肚子拍松。"父亲把褂子敞开，叫他也把褂子敞开，父亲双手拍肚子，叫他学他的样，拍得咚咚响。父亲问他："拍松冒？"他说："拍松了。"父亲就带头在排开大碗的灶前站好了，拿筷子朝灶上一戳，对那小子说，开吃！他和父亲就吃面喝水啃粑，蚕吃叶般地响。父亲边吃边说："辛苦做快活吃，神仙换我都不依。"父亲问他:"种,你能说这好的话吗?"他说:"我不会说。"父亲说:"你要学会的。光会吃算什么?酒醉英雄汉,饭胀哈巴苔。"在这方面那小子不是父亲敌手。父亲说:"种,你也来两句。你好歹也读了几句书,一点文气没得?"那小子就停了筷子想句子,想了半天,想了一段,说:"风没停雨在下,我和父亲吃面粑,父亲一个我一碗,幸福全靠毛主席他老人家。"父亲笑了,说:"你这狗日得像。"沙街把说时髦话叫做日狗。那小子知道父亲讽刺他,就不作声。父亲说:"种,我搞几句,你学学。"父亲说:"一双筷子两个叉,先吃面来再吃粑,自家种的自家吃,天是老二我老大。"父亲问他:"好不好。"那小子我不作声。头痛,心里仍是空,吃了也恶心,仍是怕。

就在这时候,堂屋楼上稻草里传出了一阵呕吐声。父亲大惊失色,问那小子:"什么响?"那小子放声大哭,嘴一张就要朝外吐。父亲一巴掌蒙过来,蒙住他的嘴,对他说:"儿,吞进去!听到没有?吞进去,饱一回不容易。"他含着眼泪将涌到嘴里的粮食吞下了肚子。那时候那小子脑子里又出现了那个人朝天张嘴死了的图画,说:"父,我怕,怕。"父亲说:"鬼来了?"父亲搭梯上楼一看,草洞里的小猫不见了。猫娘的肚子鼓鼓的,旁边的老鼠围成圈正在唱歌跳舞,一个个前爪儿竖起来。父亲就知道发生了什么。父亲气不过,拿起一根棍子就打猫娘。猫娘鼓着肚子跳下楼来逃出门。门外的雨透天透地地下。猫娘一到雨里,就被淋得尽是骨头。父亲赶着猫娘,浑身湿透了,像猫娘一样淋得尽是骨头。猫娘逃到湖边,父亲赶到湖边。猫娘逃到湖边就痛苦地呕吐起来,父亲站住雨地不赶了。猫娘伏在青草地上,全身呕成一把弓,两只眼睛里尽是泪。父亲两只眼睛里也尽是泪。在那透天透地的雨里,青草连天的雾,那只猫娘将她生的那只瞎眼小猫,完整地吐了出来。那只瞎眼小猫涎兮兮的湿漉漉的,躺在青天一岸的湖边,凭狂风吹,凭暴雨淘。猫娘一跃,一头跳进浪分浪合的湖里,再也没有起来。雨里的父亲,仰天号啕:"天!是不是荒久了要收人?"那小子撒腿便往龙山上跑,天上居然下起了冰雹,噼里啪啦地砸下来,打得他的眼睛发花。

阴阳恍惚,使那小子不知道哪是生哪是死。

那小子跑到龙山上窑场的时候,不下冰雹了,下了多日的雨也停了,天上的云开了,太阳忽然出来了。天上的太阳万丈光芒照着久雨过后的巴水河畔,山飘岚,水含风。河畈上的禾稼青葱一片,绿天绿地,飘云扯絮,宛如仙境。那时候那个小子第一次感觉到,生人养人的沙街,原来是如此美丽。他忽然感动得哭了起来。边走边哭,他感觉到他的泪流在脸上,很温暖很温暖,像小时候娘奶他时流在脸上的奶水儿。

天上的太阳像娘奶样的温暖,那小子在温暖里往窑场上走,在灿烂的阳光里,他看见芭茅搭的窑棚子上,丝瓜开花了。那些漫漫的藤儿,从窑棚子的脚下漫起来,伸出嫩嫩的梢儿,在风中摇晃,像蹒跚学步的儿伸出的手,一旦攀住了窑棚上盖的芭茅,便网似地撒开去了,开金黄的花,一朵比一朵大,一朵比一朵艳。结的丝瓜一根比一根长,一根比一根大。许多的蜜蜂和蝴蝶绕着邪灿灿的黄花儿,飞,舞,嗡,嘤。

那小子钻进歇火的龙窑里,借出货口朝外看。那小子看到,陶叔把他烧伤的儿搬到了窑棚子外的太阳地里了。一乘结实的竹床,上面躺着他浑身漆黑的儿。竹床短了,他在脚头接了一张椅子放他儿的脚。陶叔坐在竹床的头边上,侍弄他的儿。他把他的儿像沙街六月伏天晒伏一样地出晒了,他浑身漆黑的儿在明亮的阳光里透亮了。沙街的人家,不管穷富,每年六月伏天总有几样贵重的东西,要晒晒伏,杀杀霉。晒伏的日子是沙街人最精心的日子,太阳金贵,东西金贵,谁也不敢离开东西半步,像晒心肝宝贝一样。那时候陶叔在朗朗的太阳下就像晒伏一样的晒他儿。天上的太阳收着地上的水气。陶叔问他的儿:"舒服不?"他的儿陶女儿仰躺在竹床上,一脸幸福地哼了一声。那时候躲在歇火龙窑出货口里的那小子,眼花缭乱了,看见天上的阳光像河畈上的粉蝶和飞蛾,一阵阵朝陶女儿漆黑的身子上扑。那时候那小子脑子里充满神奇的想象,想象天上的阳光被那漆黑的身子吸得做水响,就像水库抽闸,惊天动地的。陶女儿的身子渐渐地活了起来。粉红的肉芽象蛆样纷纷地拱动,生长,通身大气汤汤,云蒸霞蔚。四九哥总是在课堂教导他说,太阳是万物之母。那小子想象着太阳下生命的疯狂,想象里陶女儿双手举天,像海里的章鱼那样,伸出所有的触角抓住太阳的光芒。太阳对他格外恩赐。那小子被他神奇的想象陶醉了。

陶女儿仰天躺着,嘴一个地嚼。那小子听见陶叔问他的儿:"你在嚼什么?"躺在竹床的陶女儿仰天笑了,说:"我在吃太阳。"陶叔说:"你把太阳吃了,还要不要人活?"陶女儿瞪着一对血红大眼,说:"鳌鱼眨眼,天翻地覆。死人翻身,活人倒地!"陶叔伏在竹床头问:"你认得我是哪个?"陶女儿摇摇头,一脸的漠然。

那时候陶叔哭了一声,马上就止了,一巴掌揩干了脸上的泪。陶叔双膝向西跪了下来,说:"列祖列宗,我知道不孝有三,无后为大。你们睁开眼睛看看,这是什么后啊!庆父不死,鲁难难平。莫怪子孙不孝了!"陶叔磕了三个头,站了起来。陶家是从江西景德镇搬来的,陶叔他祷告祖人自然向西跪。止住了哭的陶叔又哑哑地哭了起来,天上的太阳当顶,正是人驮影子的时辰。沙街日子里这个时辰最累人。陶叔进窑棚子把队里存在那里的扯泥纤拖出来了,开始在竹床上捆他的儿。那时候陶女儿很听话。陶叔叫他莫动,他就不动。陶叔用那根扯泥的纤将他的儿连同那乘竹床一起密密麻麻地捆住了。那根扯泥的纤，稻草搓的，很长很长，茶盅粗，像一条大蟒蛇。河边的扯泥纤别的地方没有。河边的湖又大又深，总也干不了，河边的田地要泥肥，于是祖先就发明了搓草纤系泥拖子撑竹排扯泥肥田地。每年春上，沙街人就把扯泥的纤，蟒蛇一样地放进湖里去，哪里的泥肥，它就钻向哪里，扯起的泥肥得发亮。沙街的扯泥纤极有灵性，要是人不想活，用它吊颈，据说只要把它丢到梁上去，它就会自动缠人的颈。平日想活的人，见了它敬若神灵，绕着走。躲在龙窑里的那小子，吓得大气都不敢出。金光一片的龙山上，他眼见那条大蟒蛇连同竹床把陶女儿活活地缠住了。陶叔把纤头打了死结。陶叔打那死结的时候，那小子看到天上的太阳一闪，迸出了火光。

陶叔打完了死结，弯腰半天，吐了一口鲜红的血。陶叔仰脸望天上的太阳，两眼的泪，说："天，是我的不对吗？你在报应我呀！"陶叔大口喘着粗气说："天，人说天无绝人之路，你给我一条啊！天，你知道我没路了。你为什么还要报应我？"太阳很好，很亮，当人头地照着，阳光下的巴水河很静，静得只有阳光。那小子眼前出现了幻觉，看到背后绿树掩映的垸子里，一片明亮，那全是人的眼睛，睁着朝龙山看的眼睛。那小子想原来不只是他有眼睛，很多的人都有眼睛，许多的眼睛睁着，静静地看。那小子就怕得浑身颤抖起来。他的喉咙就像被魔鬼捏住，怎么也喊不出声来。只是泪流出来，咸咸地流进嘴里。

遍地的阳光里，陶叔喃喃地说："天，我的儿好多日子不食人间烟火。新麦出世了，我进去擀一回面给我的儿吃。你要是不灭我的儿，就让他挣脱这扯泥的纤。他挣脱了就是活。他要是挣不脱，那就说明，天你也不容他。"

陶叔进屋擀面去了。竹床上的陶女儿就开始挣扎。在那小子的眼睛里，那扯泥的纤竟是活的，他动它也动，死死地缠着他，他只有仰天张嘴喘气的份。龙山下的垸子里，家家户户的烟囱里升起了炊烟，那些烟散淡地铺开去，罩着河畈。龙山上陶叔的窑棚子里的炊烟也升起来了，如树朝天与云接。

陶叔端着陶盆出来了。陶盆里满满地装着雪白的新麦面。陶叔看见他的儿没有能挣脱扯泥的纤，叹了一口气，说："儿，你在劫难逃。"陶叔说："儿你痛不痛？"仰天躺在竹床上的陶女儿张着嘴说："不痛。"陶叔说："儿，你不痛，你就吃。我喂你吃。"陶叔就掇着陶盆喂他的儿。陶女儿张着大嘴，让他的父喂。他父喂一口，他吞一口。陶叔喂不赢。陶叔说："儿，你吃慢点，我不吃，有你吃的。"陶女儿一个劲地喊："饿啊饿。"陶叔就把陶盆举起来，朝他嘴里倒。陶女儿这才吞不赢，哽出了眼泪。陶叔替他的儿揩干了眼泪，说："儿，还有，你吃。"陶女儿张开嘴接着吞。一陶盆新麦面倒完了。陶叔摸着陶女儿的头，问："儿，你吃饱没？"陶女儿喘着气说："饱了。"陶叔说："儿，你饱了就好。你饱了你这生就不饿。"

　　破窑躲着的那小子感动了，那时候一个能在父亲怀里吃饱的儿该是多么幸福。

　　那小子的眼睛里，天上的乌云朝太阳拢过去，像老鼠围着那小子家的猫娘样的，围住太阳跳起了舞。陶叔的儿幸福得像河畈里开的花儿一片白。陶叔拿起身边的瓶子，说："儿，你吃饱了，喝不喝点糖水？"仰躺在竹床上的陶女儿笑了，说："喝。"陶叔把瓶子拧开，用一个雪白的瓷碗朝出倒。那瓶子装的东西，朝出倒，就像奶水样的白。陶叔把身边的纸包儿拆开，朝里面加白东西。那白东西纷纷扬扬地像杨花像柳絮。那小子看出那是白糖。陶叔用调羹调匀了，就用调羹喂。陶女儿张着大嘴吞。陶叔喂一调羹，他吞一调羹。陶叔问："儿，甜不甜？"陶女儿说："甜。"陶叔闭着眼睛，把瓷碗里的水，全倒进了陶女儿仰天张大的嘴。陶女儿咕咚咕咚全吞了下去。

　　那小子不知道陶叔给他的儿喂的糖水是剧毒药1605加白糖。那小子以为陶叔真的给他的儿喂糖水。等那小子明白过来，从破窑里钻出来奔过去时，一切都迟了，药性发作了。竹床上陶女儿浑身像蛇一样在扯泥纤里扭动，痛苦地呻吟起来，满嘴的白沫。陶女儿翻着眼睛痛苦地望着天。陶叔抱着陶女儿号啕大哭："儿呀，这不是你的错。你没有要到这个世界来，是我让你到这个世界来的。儿呀，你去吧？此生我让你受苦了，吃没给你好吃的，穿没给你好穿的，我对不住你！天地玄黄，生生不息，若有来生，你再到一个好人家去托儿生吧。儿！"陶叔用手揉，把他儿睁着望天的那两只眼睛揉闭了，哭着说："儿，你去吧！"

　　那小子吓得没命地逃回了垸子。

　　乌云合了，太阳没了。河边又下起了雨，下得没有缝儿，阴风阵阵，天惶地惨。滂沱大雨里，龙山上的陶叔，把那乘竹床竖起来，扯泥的纤都不解，就那样地绑着，他双手抓着竹床边沿，背起来，背着他的儿一步步朝河边走。陶叔把他的儿，背到河边的柳林子里。河边的柳林子被雨水泡涨了，土很好挖，一会儿坑就挖好了。陶叔把他的儿连同那乘竹床和扯泥的纤埋了进去。陶叔不解他儿陶女儿身上的扯泥纤，就那样绑着，连同竹床一同埋了。没有坟，平地一块。只有雨哗哗，只有柳青青。巴水河边的柳林子里的柳，不像会龙山祖坟山上的松，一年四季都青，都不肯死。巴水河边的柳，严冬的时候它就落尽了叶子。陶叔哭着说："我的儿啊，你记住，日月轮回，夏过了是秋，冬尽了是春。春天来了，父来河边。父来河边看你活啊，儿。"

　　一口鲜血从陶叔的嘴里喷出来。

　　雨中的布谷鸟，叫着河，叫着畈，叫着垸子，叫着飞。

河边的日子平静下来了。一切都是静静的。人命关天的大事，在沙街发生了，好像根本没有发生似的。

叫那个小子怎么想都想不明白。

第三十二章

燕子走了。河边日子的燕子，说走就走了，谁也留不住。河边日子里给人欢乐的燕子，来得清去得白，总是清明节来，白露节去。在清明与白露这段日子里，它们在湖边衔泥，在梁上做窝，不失时机地孵出欢乐的一家，然后在北风到来之前，一群一群地飞起来，化入秋后的蓝天，随飘动的白云去了。

河水瘦了，枯枯地洗着河床上的白沙，昼夜都有沙垮到水里的声音。一场霜打下来，站在垸门口望，河畈一片白。河边柳树林子的叶子，落尽了，只剩枝丫。萧条与落寂随北风扫荡着河畈和垸子。

清早起来，戴副组长走在霜上，下河洗漱。一河的银白，戴副组长从肩上拉下毛巾，蹲在河水线上，将毛巾放到河里涮。清晨的河水，寡亮，含烟吐气。戴副组长把手里的毛巾放在河水里，涮过来，涮过去，涮得河水哗哗响，涮得毛巾干净了，干净得像河里正中午的天上飘过来的一片白云朵，然后用那白云精心洗他的脸。戴副组长有个毛病，就是非常看重他的脸，一年四季他的脸要干净。一年四季每天早晨的一场脸，他都要洗很长的时间。两个组长为了方便工作，又搬到河边原先二货住的破窑里，二货搬到垸人做的屋与翠霞结婚后，河边的破窑只剩两个组长住。破窑里就没得锅灶熄了烟火，吃派饭的两个组长就没得人跟他烧热水洗手脸。熊组长不怕麻烦，他总是把毛巾搭在肩上，驮到派饭的人家去，让人家用脸盆把热水打好，他洗脸。沙街的柴火金贵，灶上热水坛里的水总难得热。总是一盆水洗一家人，当家的先洗，然后依次地洗下来，老娘最后洗，老娘洗后一盆水就成了浆巴。浆巴还不能浪费，还有热气，老娘趁热气涨衣裳。熊组长派头大，每天洗脸总要派饭的人家为他单单另打一盆水洗。一天两天好说，日子久了，为洗脸的事，沙街人就很讨嫌熊组长。戴副组长与熊组长不同，戴副组长从不在派饭的人家洗脸。破窑挨河，他每天到河里洗冷水脸。沙街人说没见事还是见了好多事，就是从没有看见他那样认真洗脸的人，认真得早起的沙街人都看他的稀奇。天热好说，天热他这样地洗脸，真叫沙街人羡慕。人是张脸树是张皮，人把脸看重些还是好。打霜了，河水冷得伸不出手，他还是这样地洗脸。

戴副组长蹲在河水线上绞毛巾，像老和尚做功课那样，一行一款地洗他的脸，手冻得绯红，像姜芽。沾了冷水，他就咳，咳一阵子洗一下，洗一下咳一阵子。

戴副组长在河里洗脸，熊组长冷冷地站在霜裸裸的河堤上吸闷烟。熊组长夹着烟，一口口地吸，烟从他鼻孔里一阵阵地冒，像会龙山上没闭火的龙窑。

戴副组长洗完脸一路踏着霜咳着上了河堤。熊组长见戴副组长上来了，把烟屁股咬在牙上，说："过路的君子，打霜了，河水恐怕有些冷？"戴副组长知道熊组长叫他过路君子是在讽刺他。过路君子是我们沙街人搞火了才对人说的一句话。入乡随俗，戴副组长在沙街住长了，当然知道这句话的意思。沙街人若叫你叫过路君子，那就是点醒你，不要搞得像个读书的样。戴副组长知道熊组长在讽刺他，嘴角浮起淡淡的笑，说："还好。"熊组长笑了，说："还好，你咳什么？"戴副组长说："我用开水洗脸也咳。"熊组长说："我好说，我贱惯了，莫把过路君子搞翘了辫，那就不好玩。"戴副组长说："我死不了。只是咳咳。"熊组长说："咳好，焦裕禄也咳。你争取搞个焦裕禄。"戴副组长说："我算什么？我连党员都不是，成不了焦裕禄。"熊组长说："那就搞个圣人。圣人不是党员。"戴副组长长叹了一口气，说："识迷途之未远，知来者之可追。"熊组长说："你又嚼经。你不知道我不懂？你说顺口溜，你说'天上一笼统，井上黑窟窿，黄狗身上白，白狗身上肿'，我就懂，我就知道是落雪。"戴副组长说："我不会说顺口溜。"熊组长说："都说顺口溜。你不会说顺口溜，你下来搞什么路线教育？"戴副组长苦笑了，说："都说顺口溜，那还搞什么教育？"熊组长笑了，说："老戴，说归说，笑归笑，昨天晚上说的，你怕还是要写一写。"戴副组长说："我说过，要写你写，我是不会写的。"熊组长说："我要能写，要你下来做什么？"戴副组长说："我下乡难道就是当你的笔吗？你叫我写什么，我就写什么吗？那我还要脑袋干什么？"熊组长说："老戴，我俩下乡两年了，恐怕还是要弄个温暖。县里要开路线教育总结表彰大会，好不容易定我们的典型，我俩议一议，议个架子，还是你写。写出来，对你入党有好处。"戴副组长苦笑了，说："熊组长，这辈子我恐怕入不了党，我也不指望入了。古人云，朝闻道，夕死可矣。我没有找到道，温暖有什么用？"

熊组长望着戴副组长，默默无言了好半天。堤下的河水，汤汤地冒热气。熊组长说："老戴，我给支烟你吸，转口气儿。"戴副组长说："俗话说，药能医假病，酒不解真愁。烟能转气吗？"熊组长说："你吸试试，这东西好，吸几口再一想，世界不就是那回事。假假真真，真真假假。"戴副组长接了烟，吸一口，一个劲地咳，呛出了眼泪。戴副组长说："熊组长，人生如菌，朝生而夕死，还是不读书的好，不读书不知读书的痛苦。"熊组长笑了，说："老戴，你又错了，人生在世，谁不会说些雅话儿？我祖父是个种田的，大字不识一个，插完秧洗脚坐在田岸上，也会说天不生仲尼万古长如夜。我知道你们一个个是灯，不能吹熄。算了，你把烟丢掉，我不能害你。就算你帮我个忙，你不要温暖，我要。我选青当上干部那年，父亲背被窝送我到垸头，对我说：'儿，我叫你吃种田的饭，你要吃官饭。你知道不知道，从古到今吃官饭的诀窍？'我说：'我不知道'。父亲说：'你不知道，你种田算了，出去吃什么官饭？从古到今要想吃官饭没得巧，七个字的诀窍。'我问哪七个字。父亲咬牙切齿地说：'顺风扯篷走上水。你要是做不到，你就趁早跟我转去。'我点头咬牙切齿地说，我做得到。父亲笑了，说：'那我的儿，你吃得到官饭。你吃得到官饭，就少回来吃我的饭。'你说有什么办法？我点了头的。你就成全我。你不典型你，你典型我，怎么样？"

戴副组长说："典型你可以。我写完后，你抄一遍。底稿我要烧掉。"熊组长说："你送佛送上天，莫折磨我。我能写几个字？"戴副组长说："要不你叫个认字的人抄。"熊组长笑了，说："可以，可以。你是老子我是儿。人不求人一般大，谁叫我贱，求人哩？"

于是两个组长就在住的破窑里议典型材料的提纲。戴副组长问："怎样写，我听你的。"熊组长说："莫慌，等我再吸支烟。"熊组长就点烟吸。熊组长把烟吐出来："好写，总不是老三段。"戴副组长问："哪三段？"熊组长说："猪婆养三年会打门，你还没熟？你记好，我说你听。第一段，世界的大好形势；第二段，全国的大好形势、全县的大好形势；第三段，在世界大好形势全国大好形势全县大好形势的带领下沙街路线教育取得的大好形势。第三段是正肉，分三小段；第一小段，沙街路线教育的重要性和必要性；第二小段，沙街路线教育的步骤和方法；第三小段，沙街通过路线教育取得的翻天覆地的变化。"戴副组长说："这仅是个架子？"熊组长说："中间的肉你填"。戴副组长说："写不写人斗人？"熊组长说："不能说人斗人。说如何发动群众深挖细找进行阶级斗争。"戴副组长说："那还不是人斗人？"熊组长说："是人斗人？但不能那样写。"戴副组长说："好，我听你的。"熊组长笑了，说："你听我的？好像人斗人是我一个人的事？"戴副组长的脸就红了。熊组长说："听见没有？这事脸不能红。你脸红了，我怎么办？"

戴副组长喝了一口水，问："写不写沙街女人内分泌失调的事？"熊组长说："怎么能那样写？写沙街女人们经过政治夜校活动一齐提高了觉悟。"戴副组长问："写不写陶女儿疯的事？写不写陶维民喂药死儿的事？"熊组长搞火了，往桌上拍一巴掌，说："老戴，你是存心与我过不去是不是？"戴副组长说："这样的大事不写恐怕不合适。"这时候天上传来了闷响。熊组长问戴副组长："什么响?"戴副组长说："打雷。"熊组长惊呆了，说："霜都打了，还打雷?"熊组长出门看天，天上又传来了闷响。熊组长说："这狗日的天，是真打雷。"熊组长进窑，把戴副组长面前铺的提纲，扯起来一把揉了，说："算了，没得味。写个卵子！"

　　熊组长就开始收拾进县城开会的东西。熊组长边收拾东西边对戴副组长说：："老戴，会还是要去开的。开会我不发言。典型不要算了。看来人算不如天算。会开完了，我恐怕要陪我那病婆娘几时，她离得开我，我还离不开她。看来人只能保一头，要保上头，就要苦下头。我保不住上头，保下头算了。我要是不滋润她，她要是死了，真是划不来。要不要你带信叫剧团的那角来一趟?"戴副组长说："算了，她来了也没用。"熊组长笑了，说："老戴呀，不是我说你，你恐怕比我还划不来，你是上头也不行，下头也不行。"戴副组长说："我上头比你行。"熊组长摇头苦笑了，说："老戴，看不出你也能说俗话。我走了以后你就是沙街路线教育的领导，怎么搞，我全权委托你。你上头比我行。"熊组长拍着脑袋说："我这上头现在搞混了，他娘的，硬不是我的样。"

　　一湖的北风，一湖的枯荷，渡船剌剌地把熊组长渡走了。

　　稻子收割了，剩一河畈惨白的苋子。棉花扯秆了，河地里只有播下的麦子，那些从土里刚打开眼睛的麦子，极黄，极瘦，极没看相，极对不住人。

　　陶女儿死了，北风暮秋里的垸子静了，是那种空鳘的静，无奈的静，静得北风里的沙街人瞪着两只眼睛望天，天上也没什么，太阳早被漫起的黄沙雾闭死了。

　　渡船把熊组长渡走了。

　　河边二货住的破窑里只剩他戴副组长一个人。

　　戴副组长围着江姐一样的长围巾，用那长围巾遮住他的半边嘴角，咳着，登到龙山顶上准备远眺，看见窑棚子里呆坐的陶叔，北风里的他，两眼的泪就涌了出来。泪出来了，他也不揩，他的口袋里不是没有手绢，他的口袋里始终装着两个手绢，左边口袋里一个手绢子专门揩痰，右边口袋里一个手绢专门揩泪。那时候他不讲究了，他觉得有时候不揩，涌在眼角，心里的味道就不同，有痛快的感觉。在北京读书的时候，他除了跟他的导师研究中国历史之外，不知动了那根神经，竟跑到表演系去学表演。那时候他年轻，学什么接受很快。那时候北大表演系学的是俄罗斯斯坦尼斯拉夫斯基的表演体系，特别讲究内心独白，提倡为一个人表演。导师对他说，你朝台上一站，你就在台下找一个你的意中人，你是男人就找一个漂亮的女人，你是女人就找一个英俊的男人，你就为他或她一个人表演，你为他或她倾诉衷肠，你打动了他或她，你就成功了，台下所有的人都会以为你为他或她表演的。他是学历史的,哲学起来就比较有高度,问导师,要是台下没有观众呢?导师笑了,对他说,那你就为自己表演吧,最好对面镜子。他问,要是没有镜子呢?导师说,那就对着灵魂。涌出的泪不要揩,让它尽情地流,肉体颤抖了,灵魂就颤抖了。

那时候北风号天,昏黄遍地,站在龙山顶上满眼泪的戴副组长,望着河里枯瘦的流水,禁不住念起了古人的歌谣。他记得那歌谣是叫作陈子昂的读书人登幽州台时唱的,不对,不是唱的,还是内心独白,心里自己对自己说的——前不见古人,后不见来者,念天地之悠悠,独怆然而涕下。戴副组长扶着龙山顶上的那棵看山树,热泪滚滚。龙山顶上的那棵看山树是棵松树,遍山的松树在1958年砍了烧成了铁屎,留那一棵,独着,守着,望着有朝一日满山的新树,绿起来。

戴副组长听到北风在吃吃地笑,他仿佛听到了天上有声音在问:"你颤抖没有?"北风中的戴副组长,满脸泪水仰脸向天说:"我颤抖了。"那声音对他说:"你颤抖了,你就把你洁净的手绢拿出来,把你的泪揩干净。拿出你的行动来。"

暮色四合,混沌一片,山如蛋黄,河如蛋清,若隐若现,看山树下的戴副组长摇头喑哑地苦笑几声,像一会儿排着人字,一会儿排着个字,划天而过向南飞去的大雁在鸣叫。

河边破窑里的戴副组长怎么也睡不着。睡不着的戴副组长就穿好衣爬起来,先找刺棍子,刺棍子找不着,没有柴烧,田岸上地岸上的刺,都被沙街人在田畈上歇气儿的时候连蔸儿挖尽了塞了灶,所以要负荆还是件难事。戴副组长找不着刺棍子,只好用根芭茅棍子代。巴水河边别的没有,芭茅还是很多的,芭茅贱,只要蔸儿不死,春天来了就连天扯地乱长,长得遍地都是。芭茅好,秋深了,就拿镰放它,放倒它能当柴烧,它就在漫长的秋天和冬天里给沙街人温暖。戴副组长找着了一根芭茅棍子就双手抄着插在背后,再找草绳子捆手。向后捆手,没人帮他,他就捆不住,只能缠几道再用手捏着,作捆的样子。戴副组长想要是有人帮他,他就不至于仅是个样子,有人帮他,那他就是真捆。

戴副组长双手朝后捏着草绳子,背着根芭茅棍子来到窑场的时候,巴水河边深秋的夜,像用黑漆漆了,丝缝儿都没有,黑得使人透不过气来。会龙山上日子怎么也离不开的龙窑熄火了,没有了松枝舔着夜的火,连天扯地黑黑的静静的,只有没绝气的秋虫,在有一声无一声幽幽地叫。

窑场的两扇门没关,在黑暗中大敞着。戴副组长朝后捏着草绳子背着那根芭茅棍子,走进去的时候,没见灯,只见火。一个树蔸子,在火塘里微微地烧。火亮里,戴副组长看见窑屋的壁上映着两个人的影子。一个的身子旁边是另一个,向着火。柴苑子炸出一个火星儿，把夜炸亮了。戴副组长发现陪陶叔向火的是懒龙叔。戴副组长说："怎么不点灯？"陶叔像一座木雕，闭着眼睛坐着不动。懒龙叔听声音听出是戴副组长，喑哑地一笑说："有火，点灯做什么？"戴副组长咳了一声说："能不能把灯点上？"懒龙叔说："哪来的灯？"河边的灯都被风吹熄了。戴副组长说："陶先生，我有正经事。请你把灯点上。"懒龙叔又哑笑了，说："戴同志，迟了，叫先生没用。他不能答应你。"

戴副组长问："他怎么不能答应我？"懒龙叔说："他要说的话说完了，不想再说话。"戴副组长说："他怎么了？"懒龙叔流着眼泪说："他喝了哑药。桌上还有半碗，你最好是把它喝了，百事都不消说得，陪他坐会儿。我们冷，你不冷吗？有火啊，来坐。"戴副组长双膝朝地上一跪，仰面一哭，说："陶先生，我来迟了。戴某向你负荆请罪来了！"

陶叔忽然满眼是泪，浑身颤抖着，在火塘边站起来，伸手掇过那盏哑药的碗，摔在火塘边。碗碎了，药泼到火塘里，嗞地一响，冲起一阵呛人的药味。

第三十三章

戴副组长背芭茅棍子之后，是沙街人难以忘怀的日子。戴副组长在沙街办起了扫盲夜校。

为了应付上面的检查，沙街的政治夜校还叫政治夜校，牌子没换。本来戴副组长要换牌子，不叫政治夜校，叫扫盲夜校。

开学的那天夜晚，戴副组长拿着"沙街扫盲夜校"的牌子要朝政治夜校门口挂。提汽灯给戴副组长照亮的懒龙叔说："先生，你这样做不行。"戴副组长说："怎么不行？"懒龙叔说："先生，牌子不能换。牌子嘛，留着应付检查，古人有讲，这叫作明修栈道暗度陈仓。"

二货笑得涎直滴，说："队长，真是看不出来，你一嚼经，就像个人！"懒龙叔不笑了，问二货："你这说的是什么话？我为什么不能像个人？嗯！字不认识我，我就有这雅；我要是认识字，雅给你看看。"二货说："幸亏字不认识你，要是字认识你，你不要搞三宫六院？"懒龙叔摸着脖子说："字要是全认识我，恐怕是要那个规模，不然那对得住字？"四婶过来牵住了他的耳朵，说："你说什么呀？你再说一遍？"懒龙叔护着耳朵说："你个婆娘，我不怕你怕什么？就是搞了那个规模，水涨船高，你还不是正宫。"四婶牵着懒龙叔的耳朵不放。

懒龙叔打四婶的手，说："放脱，先生今晚教字，严肃些！"

看热闹的人们住了笑。一点不冷的北风里,懒龙叔走到六碗面前,对六碗打手势,叫他回去把筛锣提出来筛,把全垸的人筛来学字。六碗懂了,咧嘴笑了,下了会龙山,在黑地里蹒跚地朝垸子走。

　　这时候深秋的北风里,垸子后面的巴河忽然传来了涨水声。不知道哪来的水,水从上游而下,哗啦啦全是响声。人们跑到会龙山顶上的古桑林里去看,只见蓝色的星光下,水漫了雪白的滩,一河的泡沫浪花,下水的鱼儿直住上水跳,泼刺刺的,金光闪耀,竟全是鲤鱼。站在古桑林子里的懒龙叔忽然满眼是泪,指着河里跃浪的鲤鱼,对戴副组长说:"先生,你看,河边的好日子来了!河边的好日子来了啊!今天要让我给你吼几嗓子!不然对不住日子。"戴副组长问:"你吼什么?"懒龙叔说:"我给你吼个最来劲的谣怎么样?"戴副组长问:"你们河边什么谣最来劲?"懒龙叔说:"我给先生吼个《踩凌谣》。"山顶上的人一齐说:"对,是要吼个有劲的,不然没味。你吼我们接腔。"戴副组长说:"你吼。"懒龙叔就在我们会龙山顶上的那片古桑林子里吼了起来:"十月(罗火罗),有个小阳春,(众人接腔)咳火咳;冬月(罗火罗),是太阳菩萨的生,(众人接腔)咳火咳;腊月(罗火罗)一点冷,(众人接腔)咳火咳;开年(罗火罗)就逢春,(众人接腔)咳火咳、咳火咳——!"

　　吼完,戴副组长问:"你们河里三九天背纤的人吼了这谣是不是不冷?"懒龙叔笑着说:"先生,哪能说冷?小的时候我爱吼这谣,祖父不要我乱吼,我祖父就是纤夫,他是那年三九天背纤冻死在河里。他没冻死的之前对我说,你乱吼什么?这谣是乱吼的吗?记住,三九天河边的凌冰尺多厚,你的脚冻得不是你的脚,你要哭哭不出声,觉得日子不是你的时候,才吼这谣!一吼你就死不了,日子就回来仍是你的。祖父别的话我没记住,这句话我记住了。我不冷了,先生,你冷不冷?"

　　那时候懒龙叔说着说着就流了眼泪。戴副组长眼里泪花闪烁,说:"你不冷,我也不冷。"懒龙叔一把揩了泪,笑了起来说:"冷季发大水,鲤鱼跌春籽,吼谣就吼谣,流个什么泪?差点儿搞偏了题。"戴副组长笑了。懒龙说:"先生,笑笑好,好多时没见你笑。"

　　会龙山下,黑夜里的垸子锣声当当地响起来了。深秋的夜,一下子生动起来了。三婆为了让儿好锣筛,颠着细脚,在前面打个火把为儿照路。

　　锣声荡漾着沙街深秋的夜,荡得人心里暖烘烘的。

　　家家户户敞着的大门口,火把点起来了。男女老少一人点着一个,那火就在北风里呼,那烟就在黑夜冒。河边深秋的夜就像春天的夜沸腾起来了,垸子里能动的都动了,有声音能吼的都吼出了声音。会龙山下各条上山的路都烧了起来,亮与亮相接，亮与亮相连，把黑暗的夜割了，凸出来的是屋，是路，是人，是跟人在路上前后跑的狗，是两边摇晃的树和竹子。会龙山下那时候众望所归的火把浮在夜霭上就是一派的辉煌，人在辉煌里走。那时候在辉煌里走的人，就像涨水的河里顺着活水成群结队到湖里跌籽的鲤鱼。火把的光亮里，沙街的父母带领小的们，一律地如春时的鲤鱼走活水，朝会龙山上庙改的小学校兼扫盲夜校里涌。

　　四盏汽灯咝咝地响，一个角落挂一盏，把庙改的教室照得像白昼。沙街平常夜里开会总是点土壶，舍不得点汽灯。汽灯是从河对面马家潭租来的。沙街没有汽灯，汽灯只有河对面马家潭有。马家潭有个黑龙庙，庙里有个古戏台。每年桃花汛来到之前，马家潭就要备三牲，接班子来唱戏。马家潭唱庙戏的时候要点三七二十一盏汽灯。租马家潭的汽灯，一天五角。钱值钱，租一盏汽灯一天五角是件大事，沙街一般的日子是租不起来的。为了让戴副组长教好字，懒龙叔特地到河对面的马家潭租了四盏汽灯。

　　沙街的男女老少打着火把，涌到庙改的教室里来了。把未熄的火把，在庙门口的场子上聚成一堆熊熊的大火。河对面马家潭的人不知沙街发生了什么，以为是跟他们赌雄。不输旗鼓，他们也在黑龙庙外烧了一堆。沙街人觉得好笑，懒得与他们计较，闷头做正事，让河对面马家潭的人不输旗鼓地烧他们的火。要是没得正事，沙街非得把龙山整个地点着不可，煞煞马家潭的威风。

　　来的人太多，庙改的教室太小了，挤得墙壁直晃。懒龙叔用手撑着壁，怕屋挤倒了，砸死了人。懒龙叔用手撑着壁，赶紧大声喊："换场子！换场子！"那喊声变了调。戴副组长没有想到，来的人这么多，眼看到精心布置多日的教室不能用，急得脸都白了，不知如何是好。懒龙叔怕壁挤倒了砸死了戴副组长，叫二货和两个年轻人护着戴副组长出门先走。懒龙叔布置人赶紧下汽灯，朝外提。汽灯走了，众人不再挤了，人们像畈中的飞蛾，随亮走。

　　懒龙叔急中生智，把场子换到了河边龙山的窑场上。

　　龙山的窑场真是个好场子。龙山上的龙窑依山而上，头朝下尾朝上，一节就有一个出货的窑口，每个出货的窑口，有一个平场子，正好坐人，每个出货台子上坐三个五个，真是全了，挤不倒，朝上望又望得清楚。

　　龙窑在会龙山的腰里，有会龙山挡着，正好避北风。古老的龙窑那场子就好比大学里的阶梯教室。懒龙叔把讲台设在龙窑的尾巴上，那里一面斜坡下一个平场子朝天竖着个烟囱，正好是个标志。懒龙叔叫人拿锹铲除了草，斜斜的一面坡，正好是个大黑板，世界上没有比那个黑板更大的了。

　　沙街的扫盲夜真正是天苍苍野茫茫，风吹草低见爷娘。沙街的爷沙街的娘，那时候就很会想办法，扯龙山上的荒草编成了庙里和尚坐的蒲团，圆圆的，垫在屁股下坐，不冷，又养肉。沙街的爷娘就一级级盘脚坐在那龙窑的出货口的平场子上，听戴副组长扫他们的盲。地冷得像生铁，懒龙叔叫人顺山点起了火堆，大火熊熊，呼呼地炸，一是亮，二是暖，沙街的爷娘的脸在火光里像三月桃花灿烂一片。一切是古朴的，一切是悲怆的，沙街的爷娘没有笔更没有一片纸。沙街纸同钱一样甘贵，没有写字的白纸，就是字纸儿也没有。沙街人见了字纸，敬若神灵，都要送到河边的字藏里去化，谁也不敢用它揩屁股，说是哪个用它揩了屁股，谁就会瞎眼睛。小的们没上学之前，沙街除了陶叔之外，很少人认得字。垸中路边的茅厕上，只好女的一边画个0，男的一边画个1，女的进0，男的进1。

　　没有笔纸，懒龙叔赶紧叫人回垸收托儿来，垸里一家家的大门都没锁，扯开系门环的麻索儿就可以收。沙街的托儿是过年过节掇菜掇汤用的，木头做的，平平的浅浅的，用红漆漆了，正好可以放六个碗。沙街人用托儿掇汤待客，掇菜供祖人，每家都有。回垸收托的人很快将托儿收来了。懒龙叔一声号令，沙街的爷娘们，就起身到河里把托儿盛了沙，用手抚平，那就是写字的板，没笔，个个人有手指头，随便伸出一个就是笔。懒龙叔告诉他们，莫用错了手指，最好用食指，食指写字记得牢。

　　火光熊熊，巴河的夜霭，没了天没了地，没了山没了河，涌动复合，蒸成了气吞云梦泽的景象。龙山龙窑尾的讲台上，懒龙叔站在戴副组长旁边，下面一级级坐着的是沙街的爷娘。戴副组长要开讲。懒龙叔对戴副组长说："先生，请慢。河边荒野，没什么招待先生，规矩要到，请先生受拜。"懒龙叔双膝对着戴副组长跪下了，对山下沙街的爷娘吼："拜先生！"山下沙街的爷娘们一排排地双膝跪下，头磕地，喊："先生受拜！"戴副组长慌忙跪下，两眼的泪，戴的眼镜差点儿碰掉了，说："戴某何德，敢受如此礼拜？"懒龙叔说："先生你跪什么？你快起来！你受拜是应该的。"懒龙叔把戴副组长扶了起来。戴副组长仰天一哭，说："苍天在上，恕戴某无罪！路漫漫其修远兮，吾将上下而求索！"

　　会龙山下稳着夜霭里的巴河，流得哗哗响。

　　那些日子戴副组长站在会龙山上，不是用笔写字教，而是用白石灰在斜坡上撒字教。一个装石灰的箩筐，就放在龙窑尾颠天竖的烟囱旁边。每天夜来，汽灯亮起来了，火堆烧起来了，戴副组长就抓满把的白石灰，在斜坡上撒字，撒一丈见方的大字。撒"人"教，撒"口"教，撒"手"教。一呼百应，龙山下都是"人"的声音，"口"的声音，"手"的声音。撒"年"教，撒"月"教，撒"日"教，龙山下都是"年"的声音，"月"的声音，"日"的声音。撒"地球"，教"地球"。下面的二货站起来说，像个卵子。戴副组长他并不纠正，随着二货的话点头说，是个卵子，是生万物的卵子。撒"好"，教《好字谣》："谁家的女子不知羞,同个男子睡一头,头相连,脚相勾。"于是,龙山下一片的都是他编的《好字谣》:"谁家女子不知羞,同个男子睡一头,头相连,脚相勾。"他教的字就好学,好记。

那段日子,在沙街的龙窑旁,在那四盏明亮的汽灯里,戴副组长教了沙街的爷娘许多字。沙街的爷娘至今还认识戴副组长教给他们的许多字。沙街的爷娘尽管都老了,但是见了他们认识的字,就会高兴像见了亲人,说:"这个字我认识,是戴先生教我的。"四婶她现在还认得"人口手,马牛羊,年月日,男女老少,春夏秋冬,地球月亮太阳星星,风。"太阳好的日子,她带着她的外甥晒太阳,一边晒,一边教她的外甥,笔顺错不了。二货还写得下她婆娘的名字"翠霞",二货算聪明角,常常沾沾自喜,说翠霞这两个字是一般人认不得的。二货跟瞎子爹学说过大鼓书,当然要比一般人更胜一筹。翠霞还原汤原汁地写得出当年戴副组长为了扫盲编的通俗字谣《好字歌》:谁家的女子不知羞,同个男子睡一头,头相连,脚相勾。当年翠霞学这个字的时候,旁边的二货兴来了就用脚勾她,翠霞大义灭亲站起来当场揭发了他,二货差一点被懒龙叔开除了学籍,吓得他不敢再邪了。懒龙叔还记得《攀字谣》:"木对木,叉对叉,大字胯下用手抓",还根据《攀字谣》写得下来十九画的攀高峰的"攀"字。懒龙叔当队长一辈子,别的字都不爱,独爱这个"攀"字。仙女写得下来"王小二"三个字。倘从沙街过,会在春暖花开的日子看到人老珠黄但眼睛特亮的仙女,披头散发坐在巴水河桥头的沙滩上,一遍又一遍写她的"王小二",写了又擦,擦了又写。连六碗也写得下"女"字,他写下"女"字后,知道用指头戳,知道写男字。倘若是指他是什么人,他会在地上先写一个"田"字,再在"田"字下面给你写个"力"字,指着地上的字再指他,说那就是他。

这些都是熊组长不在沙街时的一个月内,戴副组长所作的贡献。

沙街路边的茅厕,不再女是0,男是1了。沙街路边的茅厕,就男是男的,女是女的。垸子里,河畈上像春风吹来了,一片的雅词儿,一片的新气象,新得垸子里的狗叫和牛哞,听起来就像唱歌儿。戴副组长为了扫沙街的盲,用尽了心思,沙街到处是字,一律的半寸见方的纸片儿,见东西贴,所用的东西上都是相应的字,锄头上贴"锄头",扁担上贴"扁担",牛头上贴"牛",猪身上贴"猪",母鸡前头贴"鸡",后头贴"蛋"。男人在女人背上贴"婆娘",女人在男人背上贴"懒汉",小伙子在姑娘背后贴"媳妇",姑娘在小伙子背上贴"不要脸"。小伙子避开人对姑娘说:"我写个字你看。"说完就弯腰在地上捡个树枝给姑娘写个"爱"字。姑娘不说话,捡个石子,在地上还他三个字"想死你",真正是风起云涌,气象万千。

巴水河边的沙街,天生动,地生动,风生动,河生动,人生动,日子生动。

第三十四章

我们河边那么生动的日子就像十月小阳春,来得快,去得也快;太短了,短得现在想起来,就像一场梦。

巴河边的冬天来了。

那天河畈里早起做活的人们,忽然听见了乌鸦叫成了堆。河畈早起做活的人们听见了乌鸦叫就散了神,睁着眼睛惶惶地望着天,没心思做活了。陶女儿死了后,河边的鸦群很散了些时候。许多日子沙街人耳根子清静,沙街人听得见风儿吹叶儿落,听得见花儿悄悄开河水静静流,听得见太阳升在山头上月儿落在原野尽头。没有了乌鸦,河边的日子该有多好,该是多么清静的日子。没有乌鸦的那段日子,父亲的脾气格外好,经常摸那小子的头,抚育着他成长。那小子也敢和他并着脚后跟比长,可以把父亲的褂子拿来扯在身上当长衫穿。所以那小子非常珍惜戴副组长在龙山上教字的那段日子里他这个儿的幸福生活。

那段时间也是戴副组长来沙街后最幸福的日子,一日三餐,沙街派饭的人家都把他当先生待,专门料理他,清早起来不再让他到河里去洗冷水脸,打满盆的热水掇到他手上让他洗,每餐单另煮一碗白米饭掇到桌上,不管他吃不吃也要他吃,说:"先生你要是不吃就是打我的脸。"

那天早晨突然有了乌鸦叫。很大的一群,集在河边埋陶女儿的那片落光了叶子,只剩枝桠的杨树林子里叫。那天早晨做的是轻活,全坨的男女在河畈里光麦地的沟。光麦地沟是沙街日子里最轻的农活儿,一般是老头子和老妇人做的事。隔夜学字学得太晚了,懒龙叔天亮就叫沙街男女光麦地的沟。沙街全体男女很高兴在河畈里光麦地沟的时候,聚在陶女儿坟地上的乌鸦们就叫了起来。头鸦站在高枝上,屁股朝天嘴巴朝地,站在矮树枝上的群鸦争先恐后地哇哇乱叫,一片的嘈杂,叫得寒风陡起,河畈里的麦苗儿东倒西歪。河畈里光麦地沟的二货直起腰,支着耳朵听了半天,指着乌鸦对懒龙叔说:"听,又在开会!"这时候在河堤上走早晨的仙女忽然放声大哭起来,满脸是泪,仰面朝天,一声紧一声,叫她的"王二小"。三婆家的六碗,本来一脸笑眯眯的好相儿,忽然收了笑,张口结结巴巴说:"三,三,三碗!"二货把手里的锄头朝地沟里一丢,说:"不好了,少了三碗!"懒龙叔的脸彼时就白了。懒龙叔知道大事不好。沙街人都知道大事不好。你不知道自古以来,沙街人清早起来听得喜鹊叫,听不得乌鸦叫。沙街的人清早起来要是听到了乌鸦叫,就知道准没好事。河畈里光麦地沟的沙街人心惶惶,像掉了什么东西似的。

果然,刚吃早饭,一个多月没来沙街的熊组长,突然影子似地坐渡船来了沙街。熊组长来到沙街后,不说县里路线工作总结会开得如何,也不说他的病婆娘滋润得如何,背着双手马着张脸,谁也不理,像沙街每人欠了他二百大钱似的,绕着垸子走圈子。懒龙叔见熊组长来了,就和戴副组长迎上去。戴副组长笑着说:"熊组长,你回来了!"熊组长斜了戴副组长一眼,没好气地说:"回来了。你欢迎不欢迎?"戴副组长说:"你这是什么话?你是正组长,你回来我怎么敢不欢迎?"熊组长说:"你摸摸头还长没长在你的颈上?"戴副组长就住了脚,不跟熊组长走了。懒龙叔说:"熊组长,你这是什么态度?戴副组长问你,你怎么像吃了夹生米一样?"熊组长说:"这不与你相干,这是我与他之间的事。"懒龙叔说:"毛主席教导我们说要相信群众要相信党。你相信党不相信群众回沙街做什么?我走了哇,有什么你不要找我。"熊组长愣了一刻儿,笑了,头上拍一巴掌,说:"你说得正确。你不要走了。你走了戏就没法唱。"懒龙叔笑着说:"熊组长,真有你的,你一来就有戏唱。什么戏?是《赶会》还是《嫖亲》?你快唱。要不要搭台?"熊组长说:"当然要搭台。不搭台怎么唱戏?"懒龙叔说:"怎样搭?在哪搭?我好派人。"熊组长说:"不慌,先看下场子。"熊组长回过头来对戴副组长说:"戴先生,你莫走了,跟着我。"

熊组长就带着懒龙叔和戴副组长径直朝会龙山上走。懒龙叔见熊组长径直朝会龙山上走,知道大事不好,脸就白了。懒龙叔走到熊组长面前笑着说:"熊组长,你辛苦了,休息两天。"熊组长不停脚,说:"没办法,戏要趁热的唱,你不知道我的记性不好。"熊组长回头对戴副组长说:"戴先生,你跟我走。"

一阵北风灌过来,戴副组长咳了一声,避过背朝荒草丛吐一口血痰。

熊组长把懒龙叔和戴副组长领到会龙山上的龙窑旁,指着说:"呀!好大的场子,草都没一根,我走了后你们真的唱了戏吙?"懒龙叔忙掏烟出来,给熊组长递烟,给熊组长擦火,说:"不关戴副组长的事,闲着没事,我领乡亲们唱了两夜水本子戏。我检讨。"熊组长笑了,问:"不止两夜吧?"懒龙叔说:"只唱两夜。唱得好玩,没本子唱着唱着唱不下去了,就散了场。"懒龙叔对熊组长说的水本子戏是沙街的草台班唱的提纲戏,提纲戏没本子,只有一个提纲,分角色上台各凭聪明,现编现唱的戏。熊组长说:"唱的什么?"懒龙叔说:"我叫四九编了个提纲,叫什么啦?哎呀,你看我这记性,我忘记了。啊,我记起哒了,叫《宁要草不要苗》。"熊组长笑了,说:"你编的戏名掉了内容,不全面吧。"懒龙叔笑了,说:"全面,全面。没掉内容。这点事我还是记得。我这个人记性好忘性大。我记起来了，叫《宁要社会主义的草，不要资本主义的苗》。二货演旦角饰的草，我演小生饰的苗。唱的是对子戏。'她'妻我夫。争哪个当家。'她'跟我搞斗争。我要的，'她'不要。'她'要的，我不要。我说是白的，'她'说是黑的；我说是红的，'她'说是绿的。那角色是聪明角色，跟瞎子爹学了大鼓书的，一张油嘴，很好玩，把沙街人的肚子笑痛了。我唱：妻呀，清早开门七件事，油盐柴米酱醋茶。'她'唱：清早开门两件事，语录像章手中拿。我唱：妻呀，好吃不过鱼和肉，好玩不过肉挨肉。'她'唱：错了，好吃不过沙和土，好玩不过找人斗。我搞不'她'赢，照脸打'她'一巴掌，说，气死我也！你这个草真不是个好草！'她'照裆踢我一脚，说，你这个苗不是个好苗！我和他就唱不下去了，笑得眼泪滴。"

熊组长马着脸对懒龙叔说："你算了好不好！水本子戏我比你会唱，但我今天唱的可不是水本子戏。我今天三升大麦唱回影子戏，玩个正经曲子，有本子的。"说着熊组长就从口袋里把红头文件掏了出来，捏在手上。熊组长对懒龙叔说："懒龙同志，你不要白做戏好不好。戴先生的事组织上全知道了。"懒龙叔吃了一惊，说："组织上怎么知道的？"戴副组长悲怆地说："怎么不知道。普天之下莫非王土，率土之滨莫非王臣。熊组长，组织上要怎样处分我？你念我接受。我只有一个请求。不要当着乡亲们念。"

熊组长叹了一口气，说："老戴，你什么不好做？为什么偏要做这种事？你教字我不反对，你教字就教'东方红太阳升中国出了毛泽东'，教'敬祝毛主席万寿无疆'，那同样是字。偏要教什么'谁家的女子不知羞，同个男子睡一头，头相连，脚相勾'。这是什么？你懂不懂？这是四旧呀，我的先生。叫你来进行路线教育，叫你来用无产阶级文化占领封建主义阵地，你偏要惹火上身，你叫我怎么办？"戴副组长说："那样教，乡亲们记不住。"熊组长说："亏你是个读书人，许多事不是记住的事，你要他们记住干什么？有人说你在乡下饿怕了，这样做是为了每餐有一碗白米饭吃，乡下人有敬师的陋习。我问你，你是不是每餐都吃了一碗白米饭？"懒龙叔说："你信那些人造谣，沙街穷得要死，水都没喝的，哪来的白米饭给他吃？"熊组长对懒龙叔说："我问他，你插什么嘴？戴先生，有没有此事？你坦白每餐是不是有一碗白米饭？"戴副组长点头说："有此事。"熊组长说："你说什么？我没听见。我不相信，沙街人每年才四百二十斤粮食，哪来的白米饭给你吃？"戴副组长说："是吃了。"熊组长正色了，说："记住！不要乱说。对我不能乱说，对别人更不要乱说。听见没有？我告诉你们，今天我是偷偷地从医院溜到沙街来的，我先来跟你们通个气，说了后就得走。县里为这事又成立了专案组。明天专案组要来沙街，组织上要我随他们一路来。你们千万不要说我先来了。戴先生，我跟你说，你不要犯呆！这事不那么简单，县里怀疑沙街私分了粮食。你要一口咬定没吃白米饭。听见没有？"

熊组长叹了一口气，扬着手里的红文件说："老戴，文件发到我手里了。明天我随专案组来了后，该怎么搞我就要怎么搞。这事莫怪我，我也是没办法。本来我不想唱这本戏，你不知道，我到县里开完会就病了，同我那病婆娘一起住院，一张床，她睡那一头，我睡这一头，住了三十多天，我想住长点，把正组长让给你。哪知道脸上刚住点颜色出来，你好为人师的病就发了，县革委会发出文件来了，成立了专案组，要我陪他们来。你叫我怎么办？我陪他们来了后，该怎么就怎么搞，不然行不通，我泥巴菩萨过河自身难保。不那样搞我的一碗饭就吃不成！我有个病婆娘还有一窝的儿女，要我养。你要为我想一想。"懒龙叔问："是不是非派专案组来不可？你挑不过去？"熊组长说："你借个胆我，我也不敢挑。"懒龙叔对熊组长说："姓熊的，你不是个好汉！"熊组长苦笑了，说："我是什么好汉？戴先生，我对不住你了。我得走了。队长，我今天来的事，你跟乡亲们说，要守口如瓶，说不得的。"

北风凛冽，乌云密布，河边的天更低了。空中飘出了雪花儿。那是初飘的雪花儿，一朵朵，稀稀地下，一朵朵落在龙山上龙窑旁边那棵幸存的古梅树上，那棵幸存的古梅是棵红梅，在凛冽的北风中，红梅花儿怒放了。纷纷的雪花中，戴副组长对熊组长说："你走吧。一人做事一人当，我不会连累你的。"熊组长说："戴先生，我代表我的儿女，跟你磕个头。"说完就要跪。懒龙叔朝地吐了口唾沫，对熊组长说："还啰嗦什么？你走。快上船，我撑你走。"

雪下大了，漫天遍野地下。懒龙叔对戴副组长说："戴先生，明天你就搬到我家来住，让我婆娘料理你。"戴副组长摇头苦笑了，说："那是何苦来哉！我不会搬的，河边的那口破窑是我的归宿。"懒龙叔说："你搬来，我不跟我婆娘困，我跟你困，我跟你暖脚。"戴副组长说："没那个必要了，我孤独惯了，我需要孤独。"

懒龙叔撑着熊组长隐入茫茫的湖中时，湖岸上的戴副组长忽然仰天大笑了："够了！有什么没够的呢？朝闻道，夕死可矣！"戴副组长又文了起来，围紧了他的长围巾，掩住他的嘴角，沿着湖岸，在漫天的风雪中，踽踽而行。

那时候我们的河边，真正是柳宗元笔下——"千山鸟飞绝，万径人踪灭。孤舟蓑笠翁，独钓寒江雪"的景象了。

懒龙叔用船把熊组长送走后，见天在下雪，就到会龙山庙改的教室里，叫四九哥停会儿课。懒龙叔把小的们统统叫到雪地里扯劲朝天喊雪。小的们就站在雪里，仰面朝天，双手号着嘴，一齐扯劲喊："雪，雪，落大！雪，雪，落大！"在小的们的喊声里，天上的雪果然落大了，开始一朵朵地飘，后来一球球地滚，铺天盖地，迷茫得三尺外就看不到人。沙街人自古有喊天的风俗。喊风喊雨喊雪喊太阳，想要什么喊什么，往往灵，喊得下来。天上的雪越落越大，懒龙叔拍着巴掌笑："还是童子喊得有效！落得好！落得好！落十天半月打不开门。我要他们调查不成！"

第二天那雪下得真大。第二天早晨开门时已经盖地三尺厚了。白雪盖地盖山就是湖盖不了。雪中的湖面飘着场汤的热气，一阵阵随风朝垸子里散来。沙街小的们见老天下了那么的雪，都得意地笑，笑得脸上一塌糊涂。一律地用草绳子朝腿上打裹腿，一直打到膝头上，这样就可以在雪地里跑而不至于湿裤子。这样的裹腿是河边的老猎人传下来的。古时候河边的猎人，在这样的天气里就打这样的裹腿，驮根竹棍子出去打兔儿。这样的天气里打这样的裹腿出去总有收获，这样的天气里我们河边的兔儿跑不动很好打。出去总会打几只兔儿回来，煮一锅，让大雪天里的一家热热地吃一餐好的。河边那时候蒿草连天，蒿草丛中有许多草兔儿，草兔儿太多了，多得我们河边的狗寻觅了也不追。闻一多先生就在他的《故乡》诗中描绘过这样的景象。他说，你不知道故乡有一个可爱的湖，常年总有半边青天浸在湖水里，湖岸上有兔儿在黄昏里觅粮食，还有见了兔儿不要追的狗子。巴水河边有时候会温馨得让人掉眼泪。小的们在漫天的大雪中打着草裹腿手拿棍子追兔儿，时代不同，兔儿是没有了，但雪大。没有兔儿有大雪，他们也很高兴，因为这场大雪是他们喊下来的。

小的们在河里打雪仗的时候，熊组长带着专案组的两个人，冒着漫天大雪来到了沙街。再大的雪并不影响他们的行动。

熊组长带着两个专案组的人，轻车熟路来到河边破窑的时候，冷凛的北风一阵阵呼啸着，把空中球球的雪朝窑顶上加，破窑顶上的乱长的荒草全埋到里雪去了，只剩那棵树光着枝桠指着天。熊组长把门推开，外面的雪光就涌进了破窑。熊组长喊："老戴。"铺上传来了一阵咳嗽。戴副组长睡在被窝里没有起来。熊组长赶紧把门关上了，说："老戴，我回来了。"熊组长指着专案组的两个人说："老戴，我给你介绍一下。"被窝里的戴副组长那时候说："不介绍，我都知道了。"专案组年纪大的诧异了，问："你知道什么？"熊组长一个劲地对戴副组长使眼色，生怕戴副组长把话说露了。那时候戴副组长望都不朝熊组长望，笑了，说出的话比外面刮的北风还冷还硬。戴副组长说："天地这么小，我又不是井底之蛙，能有我不知道的事吗？"专案组年纪轻的问："你是怎么知道的？"戴副组长说："秀才不出屋，能知天下事。我连这个也不知道，我算秀才吗？我的书不白读了。"专案组年纪轻的问："如此说来，你是有意犯罪？"戴副组长笑着说：

"你说对了。我这样的人不犯罪则可，一犯罪就是有意。"专案组年纪大的黑着脸说："既然如此，那你起来！"戴副组长咳着从被窝里支撑起来，熊组长伸手摸了一把戴副组长的头，一把按住戴副组长说："老戴，你不能起来，你在发烧。你躺在被窝里。"戴副组长挣扎着说："我能起来的。我还没到不能起来的时候。将在外君命有所不受，现在君命到了，我能不起来吗？"专案组年纪大的黑着脸说："戴碧泉，你说的什么话？"戴副组长笑了，说："你要我说什么话？我现在什么话不能说？"熊组长按住戴副组长，对两个专案组的人说："他病得很厉害，不能起来。"熊组长急了，对戴副组长说："老戴，听话。你不起来。你躺在床上听。"戴副组长挣脱了熊组长按的手，说："不。你们转过脸去，我穿衣服。"专案组年纪大的说："为什么要我们转过脸去？你又不是女人！"戴副组长说："我太瘦了，对不住组织。我不能让你们看。"专案组的两个人没办法，转过脸去。熊组长不转脸。戴副组长说："老熊，你我共事一场，请你尊重我的意愿，转过脸去。"熊组长说："老戴，我不转脸，我闭眼睛帮你穿行不行？"戴副组长说："不行。你转过脸去。我无法判定你是真闭眼睛还是假闭眼睛。"熊组长颤声说："老戴，我不转脸，我真闭眼睛。"戴副组长说："真闭眼睛也不行。转过脸去！我不要你帮我穿。"熊组长只好转过脸去。

戴副组长就起床穿衣服，只听见一片骨头响，那是戴副组长在穿衣服。先穿袄子，把袄子穿好了，把纽扣扣得整齐了，再穿裤子，把裤子提得上上的，再系裤带子，再穿鞋袜，穿上鞋袜后，再梳头，把头梳得光光的，再围围巾遮住嘴角，说："好了！可以进行，念文件吧。"

专案组年轻的不耐烦，转过身来，说："怪不得说你是个女人，弄得像江姐一样。"戴副组长愤怒了，怒目圆睁，伸出指头，一步向前，逼将过去，指着他的鼻子，冷笑地问："可怜啦，你这个稚子，你知道什么？我知道你会写字，会写专案材料。可你知道你从哪里来，又将到哪里去？谁说我是女人？你知道司马迁吗？你可知道司马迁是女人是男人？司马迁被阉割了，但连毛主席都不敢说他是女人，你敢在我面前轻言女人吗？"

专案组年轻的恼羞成怒了，说："你再犟，就绑起来！"戴副组长哈哈大笑，说："稚子，你错了。我连死都不怕，还怕你绑吗？绑我不难，容易得很。我愿意绑。我自己绑过自己一回的。自己绑过自己一回的人，还怕再绑吗？"

专案组年轻的气得颤，说："好，我问你，你在沙街教没教封建主义的货色？"戴副组长微笑了望着他，问："你知道什么是封建主义的货色？"专案组年轻的咬牙切齿地说："我只问你教没教？你敢不敢回答我！"戴副组长摇了摇头说："戴某呀！你这是何苦？人家稚子不知道什么是封建主义货色，你问他干什

171

么？知其不可言而言，失言也。你好为人师的毛病又犯了。"戴副组长叹唷完了，转过身来对年轻的说："你只问我教没教，我可以明确地告诉你，教了。"专案组年轻的说："这是你说的！你再说一遍。我记下来。"专案组年轻的翻开本子拿着笔就要记。戴副组长说："我再说一遍，教了。你记下来。"专案组年轻的在翻开的本子上急急地写。戴副组长说："记好了吗？"专案组年轻的说："记好了。"戴副组长问："还有什么要问的吗？"专案组年轻的说："当然还有。"戴副组长说："请接着问。"专案组年轻的摊着本子拿着笔问："你贩卖封建主义货色的一个多月，是不是每餐吃了沙街人家的一碗白米饭？"戴副组长说："听好，我说慢点，请你一个字一个字地记，记录我的原话。戴碧泉在沙街教字一个多月的时间内（逗号），每餐都吃了沙街派饭人家的一碗白米饭（句号）。"专案组年轻的在本子上记完了，说："现在我念一遍，核实一下。你听好。"专案组年轻的一个就念那句话，念完了问："修不修改？"戴副组长说："接着记。所说全是事实（逗号），不须修改（句号）。"专案组年轻的记完了，把本子递过来，对戴副组长说："请签字。"戴副组长接过本子就要签。

  熊组长脸吓白了，手脚无措，不知如何是好。这时候在破窑的门外听了多时的懒龙叔，一把推开了破窑的门闯了进来，带着冷风大声嚷："要修改！没有的事，我们沙街饿得连粥水都没得喝的，哪来的白米饭给他吃？"专案组年轻的敲着记录本子对懒龙叔说："他亲口说的，你抵赖有什么用？"懒龙叔走拢去摇着戴副组长，吼："戴同志，你为什么要瞎说呀？"戴副组长像风中的一片树叶儿，飘了起来，慢慢倒在地上了。倒在地上的戴副组长，瞪着眼睛，喘着粗气，满眼的泪望着懒龙说："队长，我知道不能说。我到沙街两年来，一直说梦话，现在我终于醒了。让我说一回醒话吧！说一回此生足矣。谁言寸心草，报得三春晖！沙街乡亲们的情，我能瞒吗？"

  戴副组长躺在地上一个劲地说雅话说傻话，说得懒龙叔一个劲地摇头，说："戴同志，你大错特错，醒不得的！"躺在地上的戴副组长对懒龙叔说："有什么办法？我醒了。我要站起来！你扶我起来。"懒龙叔叹了一口气，从地上抱着戴副组长，将他扶了起来。

  专案组年纪大的开口了，对熊组长说："好了，会可以开了。"

  巴水河边，漫天风雪。处分戴副组长的会在龙山上的窑场上开。什么也阻挡不了。那时候河边都是白的，白的天，白的地，白的人，只有风雪里的那树古梅树的花是红的。不知道为什么老天要让梅花在那样冷的天气里，如血一样地开！那样鲜艳，那样灿烂，开得人不敢睁开眼睛看。风雪中的戴副组长一连吐了三口血，竟与梅花一样的颜色。处分戴副组长的决定其实很简单，红头文件拿出来一念,就完了。文件宣布他就地免职,就地接受贫下中农再教育。

第三十五章

一连半个多月,落到地上的雪就是不化。早晨起来,那小子和父亲在灶间喝粥。父亲父亲瞅着窗子外不融的雪,忧心忡忡地对他说:"种,雪等伴。"父亲不安地对他说贤文:"福无双至,祸不单行。这不是好兆。"果乎其然,那小子半碗粥没喝完,就看见大门外,专案组的两个人带着懒龙叔走。戴副组长惨了以后,轮到懒龙叔惨了。

父亲怎么也弄不明白,戴副组长为什么要交代教字期间他每餐吃了沙街人家的一碗白米饭。父亲说:"吃了就吃了,你交代什么?你不交代,他剖你肚子看不成?"

专门专案组带着懒龙叔朝会龙山山脚走,把懒龙叔带到战备洞去了。专案组的两个人带懒龙叔走的时候,天阴阴的,懒龙叔刚喝过早粥,站在大门口想排工,安排垸人下畈做活。专案组的两个人走过来,朝懒龙叔肩上拍一把,说:"跟我们走走。"懒龙叔问:"到哪里去?"组长冷冷地说:"到了就知道。"懒龙叔就知道不是好事,就跟着走。懒龙叔一紧张,就想屙尿。早晨喝的是粥,全是水,一吹三条浪一喝九条沟,两箭远的路,懒龙叔三泡尿就把肚子屙空了,屙空了还是想屙,解不赢裤子,屙不出冲天冲地的响,只有三滴两滴地滴。组长问:"你哪来的这些尿!"懒龙叔边屙边打着寒战咧着嘴说:"怪娘老子给我名字没取好。叫我懒龙。我清早出门,有事无事,先是三泡尿。懒人屎尿多。原来我又是屎又是尿,现在全是尿没得屎。"组长厉声说:"你胡说!"懒龙叔说:"我随哪个敢胡说,对你不敢胡说。现在真的光是尿没得屎。主要是喝粥水。"组长不再跟他说话,黑着脸带着懒龙叔走进了会龙山脚的备战洞。

专案组的两个人把懒龙叔带进洞之后,懒龙叔就知道他被隔离起来了。心里暗暗地叫苦,洞里打人好,打了还都不知道是谁打的,算是被鬼打了,心想这回恐怕遇到了专业的。这要怪,不怪别人,怪他自己,怪他没得前后眼,不知道今天要在洞里隔离他。要是知道今天人家在备战洞里隔离他,当初一定不会响应号召挖这洞。还挖得这好。这不是自找苦吃?人家垸子挖的备战洞都是应付了事,没有他这样认真。当初响应号召挖洞对,他怕打起仗来人家超级外国向沙街扔原子弹,把洞挖得像宫殿似的。他心想,有这好的洞,要是扔原子弹,人家垸子的人死绝了,他沙街的人恐怕一个也死不了。他没有想到人家超级外国没扔原子弹，专案组却把备战洞用来隔离他。洞挖得这样好，这样深，专案组的要是给亏他吃，那才是叫天不应。

专案组长的两个人把懒龙带进备战洞深处的作战室里以后，就把每人手里拿的手电筒的开关推上了顶，不熄，一直亮着，一只照洞，一只专门照懒龙叔的脸。懒龙叔一惊，知道他们这样做是为了观察他的脸，心想这回恐怕遇上了真角，派来的专案组恐怕是公安局专门审犯人的，不然没有这内行。懒龙叔用手遮住脸，笑了起来，说："这是做什么？不要我看世界？逼瞎了我的眼睛，我好说，我婆娘恐怕要找你们扯皮的。"于是手电光就从他的眼睛上移到了他说话的嘴巴上。有声音传出，问："什么名字？"懒龙叔听那声音好专业，心想，真是公安局的。马上双脚并拢立正回答："王懒龙。"问："大名？"懒龙叔答："没大名。"问："年龄？"懒龙叔答："三十六岁半。"问："职务？"懒龙叔答："队长。"问的快，答的也快。洞里有回声，一个劲地问，一个劲地答。手电光又移到了懒龙叔的眼睛上，笑："你还蛮内行。"懒龙叔说："没吃猪肉，看过猪走路。"黑暗里笑了。只听见金属的声音，一只手铐递到了亮里的懒龙叔眼皮子底下。问："你认得这东西吧？"懒龙叔说："认得，手铐。"问："做什么的？"懒龙叔答："铐人的。"问："知道不知道它的厉害？"懒龙叔答："知道，越挣越紧。"问："你想不想戴？"懒龙叔说："想戴是想戴，就怕到时候你们没带钥匙打不开。"问："说你们沙街私分了多少粮食？"懒龙叔说："不多，一个人一年万把斤。"听的人兴奋了，就在手电的光里急急地朝本子上记。一记，觉得不对头，问："你们沙街一年产多少粮食？"懒龙叔说："两百多亩田地一年两季八九万斤。"问的人愣住了，显然在算账。愣了一会儿，显然账已经算出来了。问："你胡说！那不够十个人私分！"懒龙叔说："是你要问的。"问的人愤怒了："你是不是肉痒？"懒龙叔说："快动手打。黑地里，哪个打的我不知道。你们一打，我就承认每人私分两万斤。"懒龙摊好了两脚两手，准备挨打。却不见动手。只是冷笑，问："你敢不敢保证沙街没有私分？"懒龙叔答："我不向你们保证，我向毛主席保证。"冷笑："你的保证还蛮高！"懒龙叔说："贫下中农最听毛主席的话。"问："要是查出你们沙街私分了粮食怎么办？"懒龙叔说："你们手铐不是拿着了。"问的人冷笑了，说："不仅铐，还要判的。十年八年说不定，你挨不成老婆。"懒龙叔叹了口气说："就怕没那福气。其实算命的早说我是吃外头饭的。查出来了，你大胆地判。我早跟与老婆分床困了，成天喝粥水，哪来的劲？"问的人说："好，我不怕你嘴硬。你就等着吃外头的饭。"手电筒熄了，两个人就商量，把一个人出去，把一个守懒龙叔。主要是怕懒龙叔自杀出意外。懒龙叔笑了，说："你们两个也太瞧不起我了，你们不杀我自杀什么？"黑暗里的两个人还是不放心，仍是商量哪个出去，哪个留下来守懒龙叔。懒龙叔说："你这两个同志，亏你们是公安的，不是我说你们，你们做事连我婆娘都不如。我婆娘恨我时就拿刀，我就掇盆她接血。你们还怕我死了。真是笑人。这还不好办，你们要是怕我死了，把我铐起来不就行了。我保证出去不说你们铐了我。"一句话把专门专案组的两个人都说得咬牙切齿了，说："你怕我们不敢。"就真的拿出手铐来，铐住了懒龙叔的双手。懒龙叔就势坐在地上，说："我保证半寸不挪。你们放心出去。我要是挪了半寸就不是人。"专案组的两个人就从洞里出来了，对洞口外的熊组长说："看好，他要是出来了，拿你是问！"熊组长没有办法，就袖着手在洞口守着。

两个专案组的人出洞后，沙街的男女老少很是紧张了一阵子。沙街的男女老少一个也不比懒龙叔蠢，通过他们带懒龙叔的架势早知道他们是公安局的。不带人不知道，一带人沙街的男女老少就知道，那水平不一般，不一样就不一样，这叫出水才见两脚泥。两个人张着膀子朝垸子里走，沙街的男女老少站在自家的场子上护着大门，像大水到来时河边的杨树柳树们护着堤。灾难到来之前，河边就这一点悲怆让人感动，人和树护堤的护堤，护屋的护屋，不到灭顶的时候，休想叫他们后退。沙街的男女老少一个个护着门紧张得说不出话来。心想这回算是惨了，私分粮食的事再也瞒不住。沙街人一个个摆出不是鱼死就是网破的架势。冷风在吹，男人的拳头不由得捏紧了，冷冷地望着两个专案组的人张着膀子朝垸子里走。这时候发不得一声喊，要发一声喊，准会头破血出。沙街人对生不是很讲究，死是讲究的，讲究慷慨激昂血光溅天，这样的例子历史上多的是，面对手枪拍案而起的闻一多只是其一。那时候幸亏没人发喊，要是有人发喊，那就全完了。那时候沙街人早把公安局破案的本领传神了。这要怪巴河里经常有船走上水，长江的风就吹到了三面环水的沙街，长江的风一来就与巴河巫风搅在一起。扑朔迷离地生长着。沙街人就坚信公安局有照妖镜。那照妖镜科学得很。不管你做什么坏事，一照就像过电影，清清楚楚，土里能照八丈深，不管你埋什么，埋得还深，一照明明白白。所以那时候沙街的男女老少摆出了鱼死网破的架势，只等那组长拿出镜子来，只等有人发喊。那组长走过来，对二货说："民兵队长！"二货吓了一跳，捏着拳头说："到！"汗就从额头上下来了。组长说："赶紧集合民兵！"二货说："集合民兵做什么？"那组长说："做什么不知道吗？集合民兵挨家挨户搜粮食！我就不信搜不出来。"二货是什么角，二货灵醒得很，见组长并没拿镜子出来，一听组长说搜，马上松了拳头，站直了，脸笑成了一朵菊花儿，伸出大拇指，学电影《地道战》里汉奸司令说的话，说："高，实在是高，高家庄！"马上对旁边站着的后生们吼官话："还愣着干什么？集合！挨家挨户搜

175

粮食!"

专案组的组长就是从那时候开始犯糊涂的。他那样专业的角色那时候竟也糊涂了，在巴水河边的沙街用如此传统的手法，怎不叫沙街人肚子笑得抽筋，喊他万岁！日子里沙街人别的怕，会怕搜吗？先说远的，太平天国的"长毛"们溃到巴河边沙街来，饿得靠抢的时候，巴河边的沙街不是不长粮食，他们就是一粒粮食抢不到，只有杀人放火的能耐。小日本漂洋过海，跑到中国来建立大东亚共荣圈，从上海一路溯江攻上来在巴河口建立"红部"的时候，供给不足，饿得沿河抢粮食，沙街不是不长粮食，那时候沙街并没有收到陕北的毛主席关于"坚壁清野"的命令，就知道坚壁清野，小日本一粒粮食也没有抢去，只好杀人放火。四年三灾的时候，沙街的河畈里的庄稼经常光杆，那当然是偷了，追究起来，沙街的家家户户为了清白，异口同声说："搜。"搜是最好的办法，就搜，男女全部出门以迎搜，一回回又搜出了一粒粮食吗？

全坑的男女老少出门迎搜。一家一家的门敞着，让搜。一家一家翻天覆地搜遍了，粮食没搜出来，老鼠倒搜出不少，只见黄毛尖嘴的东西满坑地乱窜，饿狗子四处乱追。搜是没有办法了。不然懒龙叔那天夜里河滩上的会不白开了。专案组长后来一点办法没有了。但他还是有办法。他根据戴眼镜的交代，给沙街每人扣了半个月基本口粮。沙街人基本口粮每月三十斤，扣了十五斤，真是要了沙街人的命。那组长也不是吃白饭的。以为人家没办法的时候，人家的办法就来了，快刀斩乱麻地处理完了后，写了一份处理报告，就领着部下走人。知道紧纠缠是纠缠不清的。熊组长知道他不能走了，因为路线教育的最后胜利还没取得。戴副组长就地免职接受改造，天寒地冻的沙街，只剩下他一个组长了。

那日子河边的沙街寡味得很，就好比肚子饿得发烧喝口凉水止饿。沙街人说肚子饿得发烧就不是一般的烧了，那烧的滋味叫人不要受。偏想以喝凉水止饿，没想到凉水还把牙塞了，叫人不知道是张嘴好，还是闭嘴好。

戴副组长终于晕倒在沙街的日子里。

天一直阴着，不晴。雾霭罩着河畈笼着坑子，总也散不了。二货提着一个烘笼，烘笼里煨着一碗粥，朝河边他原来住的破窑里走。二货的头上戴着个黑色的狗打洞帽子，连头带脸遮着，只留两个窟窿朝外看。狗打洞的帽子学名叫作老人帽，专给老人戴的，就像蒙面人戴的面套儿。不知道是那位高人发明了这玩意。不知道觉得天对不住脸还是脸对不住天，反正那时候沙街人除了女人外，其余的人都喜欢戴。二货戴着狗打洞朝河边他原先住的破窑走。他专门监督戴副组长改造的。因为他苦大仇深，经懒龙叔一介绍、熊组长一补充，专案组的组长就把这光荣而又艰巨的任务交给了他。

雪盖着地，总也化不了，上半天化了几滴，下半天凌风一吹又凌了。二货走着想着，心里不好受，他就把头上戴的狗打洞帽子，一把摘了，捏在手里，一口的白气，朝天吼起了他跟瞎子爹时肉口传的鼓书帽儿《胡八扯》。鼓书帽儿《胡八扯》全是乱扯，扯起来叫人肚子发酸发痛。二货满口热气喷着，扯将起来："六月炎天下大雪，窦娥有冤天不说，不说不说你就不说，为何炎天下大雪？大雪就是天在说。要说你说你就说，炎天下个什么雪？雪不是说，说不是雪，雪说，说雪，扯得月窝的伢儿头发白。你说要个什么雪？你说要个什么说？你要跟我学明白，我把聪明对你说，给你说了千万不要出去说，出去说了你的聪明就冇得。东边白了西边保证就会黑，西边黑了东方保证就会白。睡觉时头一定要挨着枕头歇，不然的话你做梦也不润贴。相好的来了你千万要跟她歇，不跟她歇那就要不得！有饭的时候你千万莫喝粥，喝粥你就要不得。"二货扯着扯着，突然不扯了，说："出鬼，怎么扯出粥来了？"二货就把狗打洞戴在头上，拉得只剩两个洞望路，深一脚浅一脚，提着粥朝河边他原来住的破窑走。

　　戴副组长住在河边二货原来住的破窑里。破窑没变，但戴副组长变了，不是戴副组长了，变成了就地免职接受贫下中农改造的坏分子。

　　二货提着粥踩雪推开河边破窑门的时候，戴副组长正在写诗。一股瘦削的风缠绕着他。他写诗用的是红笔，写出的字是红字。他浑身像打摆子样地写诗，二货的眼圈红了，一进门搁了烘笼就关门。白纸上戴副组长在写诗，一行接着一行，就像空中的雁阵排着一字朝前飞。戴副组长写着："收割后的河畈上，漆着暮色，苍茫的天抵着地，蒿草在金黄中泛白，冬雪在北风里发黑。阵阵暮霭飘荡着，纷至如觅食的鸦群。希望叨尽了，是啄地火的时候，嚼火于心，朝天喷一口，破个太阳出！"写完了，戴副组长一把丢了手中的笔，伏在破桌子上哭泣了起来。

　　二货走拢去，说："你这个巧人，自家跟自家哭什么？"戴副组长止了，抬起头来，说："长哭当歌。"二货说："你写了什么歌？这大的感动。念给我听听。能感动我吗？"戴副组长的泪就涌了出来，万分悲怆地把那首诗从头到尾念了。等戴副组长念完，二货说："有什么用？"戴副组长问："你说什么？你说什么有用，什么无用？"二货说："有用的时候有用，无用的时候无用。"戴副组长说："不对。无用的时候有用，有用的时候仍然有用。"二货说："你跟我说什么绕口令。我刚才路上吼了半天的。"二货伸手朝桌子上一抓，说："一张好纸，莫浪费了，送我揩屁股。"戴副组长的脸气变了形，厉声地说："你敢！"二货的手松了，笑着说："我什么不敢？我看你哭，怕你哭死了。多大的事？饥荒年岁一坨金子换不到半边糠粑。"戴副组长笑了起来。二货说："是的呀，你笑得就好。"

戴副组长说:"我想哭就哭,我愿笑就笑。"二货说:"我不要你哭,不要你笑。"戴副组长笑得吐不气来,说:"你要我做什么?"二货往桌上一拍,说:"我要你吃饭!"二货把粥掇到破桌子上。

戴副组长望着粥碗大笑不止,问:"我早不吃这东西了。"二货说:"这不是水,是米油哩。"戴刹组长说:"我不需要油了。"二货用筷子搅着粥,说:"跟你说笑话的,粥还是粥,水还是水。今天我婆娘盛的是粥,你看,这酽。不瞒你说,油我和她喝了。你吃渣。"戴副组长感动了,说:"你的情我领了。油我不需要,渣我也不需要了。"二货说:"别人家的你不吃算了。今天我家的我要你吃!今天你跟我非吃不可!"戴副组长长叹一声,含眼泪说:"你不知道天知道,姓戴的真的吃不进去了。姓戴的现在吃什么吐什么。姓戴的已经不食人间烟火了啊!"说完人就像河边的枯树被水冲动一样,摇了摇,一头栽倒了。戴副组长终于不行了。

戴副组长是在那个暮霭连天的时候,被沙街人用乘竹床抬离沙街的。那时候河边的垸子凡是有人的屋子都点着昏黄的灯,一粒粒如同遍地的磷火。二货那天送粥给戴副组长吃,戴副组长吃不下昏倒后,懒龙叔就把河边的那口破窑推垮了,将戴副组长接到了他家里,让四婶料理他。戴副组长是在那个漆黑的夜晚彻底不行的。那天夜晚戴副组长摸黑上路边的茅厕,半天不见人回来。四婶就急了,跑到路边的茅厕里去找。四婶在路边的茅厕里找到戴副组长,屙血吐血的戴副组长就蹲在茅坑上起不来,是四婶含泪帮他穿的裤子。那时候戴副组长望着四婶泪流满面,不让四婶穿。四婶突然大哭一声,说:"戴先生,你还顾什么羞丑啊?"四婶的一声哭把垸人惊动了。垸人慌忙地找竹床抬人朝渡口跑往县里送。一支火把照着路,熊组长捏着戴副组长的手,一路反复地说:"老戴,挺住,挺住!老戴,我不能送你到县里去。老戴,你把握两条原则,一不能急,二不能死。相信组织,相信党。"那个时候熊组长还像老太婆摇纺车样地绕来绕作那作了等天没作的指示。沙街人气个半死。

天地黑黑的,黑得一丝缝都没有,只有那支火把喷着火,像船桨破水一样地破开黑暗。那时候立在漆黑龙山顶上的那个人大哭了三声,一声比一声哑,一声比一声嘶。

这时候天边就真的传来了隐隐的雷声,一路响来,响到沙街的天顶上。那雷竟一夜未止。那雷后来被当作异兆记入新修的县志里边,文字极简洁:"是年冬日,雷震巴河,彻夜不息。"

抬到渡口的船上时,戴副组长艰难地抬起他那一双瘦手,把他戴的那副眼镜摘下来,递到懒龙叔手上,流着眼泪摇摇头说:"此恨绵绵无尽期。我没有什么可留了，唯有此物。"

戴副组长住院期间，四婶到县医院去看戴副组长。垸子里每户人家出了两个鸡蛋，一竹篮子。四婶换了身干净衣裳，挽着那篮子鸡蛋去的。四婶回来后，垸人问么样？四婶红着眼睛说："伤心，一点东西吃不进，连糖水针也打不进去。"

果然是雪等伴，雪又下下来了。漫天的风雪，搅天搅地的，三日不息，天昏地暗。三日过后，分不出哪是白天，哪是黑夜，天地间唯有雪，唯有静。静得人耳朵痛，静得人心惶惶不止。没日没夜的时候，垸中的狗，莫名其妙地狂吠起来。四婶突然哭了一声，哽住了，对懒龙叔说："懒龙哇，老戴死了。"

果然电话铃响了，熊组长赶紧接。"柯湘"打来的。"柯湘"在电话里哽一声，止住了哭，说："熊组长，老戴化了。"

事隔二十多年后，当年的那小子竟去找了当年的"柯湘"。戴副组长死后，她就与团长明铺明盖了，再也不干沙街人所说的半关半掩的勾当。

那女人到底是唱戏的。他一问她，她的泪就来了，问："你是不是想写他？"他说："是的。"她问他："你是不是想挖戏？"他说："我想了解一下。"她说："你了解什么？你知道我恨他，你知道我对不起他。他要像你是个男人，我就不恨他。他要是像你是个男人，我就不会做对不起他的事。你不是挖戏吗？我对你说那死鬼是真人呀，世上难得的真人，烧的时候好看得很，像一地的桃子花儿开，烧完后冷了后，灰里有好多好多玻璃珠子。你知道那是什么吗？那是舍利子，只有得道高僧才有。还有什么不明白？接着问。"他急忙说："我不是这个意思。"她仰脸惨然一笑："不是这个意思，你问我干什么？不是这个意思，你找火葬场不是一样？二十多年了，我都忘记了，你还记得他！"她突然歇斯底里地大哭起来。

他只有无言而退。

他只有在那无言里遥想。

戴副组长化了。没有花圈，没有悼词，静静地化了。

窗外冷雨连天，当年的那小子漂泊着，坐在窗前写。吸着烟，吞出来，它就罩着他，像个蓝色的精灵。他停止了打字，烧着烟，默默地看着烟四处如潮水般的蔓延，正忽然变成了戴副组长抬离沙街时的那张脸。那张脸苍白得像一块出土的甲骨，笔画勾连着模糊不清，写着悲怆写着苦难，唯有镜片后的那双眼睛，燃烧着两轮热热的光。那光随着他仰天张开的大嘴呼出，不绝如缕。这时候看到沙街冬日里遍地的桃树落光了叶子，露出赤红一片的身子，根部被虫蛀了，眼也似的洞流着如血的桃子树油，稠稠的酽酽的，据说若是埋入地下亿年万年，经历沧海桑田后，掘出来便是琥珀。

第三十六章

　　巴水河边沙街人日子里古老的家园,就是在那一年大雪茫茫的腊月间开始毁的,毁起来毫不费力。如今要是回忆那山明水秀典型的江南水乡,只有在梦里。那一面临河,三面环湖,常年总有青山漫在静水里,常年总有白帆走在流水里,常年总有人行在树与竹的荫氲里,那如同回到了母亲怀娘肚般的温馨,就是从那时候起开始毁灭的。

　　上面来了精神,填湖造田。

　　那日子地上的雪没融,天上的雪如虫蚁地下。风割得人脖子痛,迎着北风,人一个劲地流眼泪水儿。湖瘦了水浅了,风一个劲淘着浅水,浪便粥一样地浑。懒龙叔领着沙街全副武装的全体老少沿湖布阵。

　　垸子里,六碗的锣还在急急地筛,筛得人头皮发紧。在急急的筛锣声中,垸子里的人驮着家伙像潮水一样地朝湖边涌。懒龙叔叫六碗筛锣,筛的是急急风。这急急风是沙街人从戏台上学来的。沙街人天生爱戏,对戏台上的程式熟得很,戏台上一敲急急风,准是大事。戏台上一敲急急风,准是边关告急。一敲急急风就要旌旗引路,武将出征,兵来将挡,飞沙走石,一场好战。白古以来沙街遇到大事,就敲急急风。敲急急风不是难事,一个劲地敲就是。以锣为号,全垸的男女老少,驮得动家伙的,都驮家伙涌出来了。垸子里所有的杀鱼的叉都拿出来了,所有的打猎的铳都驮出来了,所有挖田的挖锄和扒锄都搬出来了,人手一件,皆为武器。那场面极悲怆,极壮观。

　　听见锣响,那小子和父亲二话不说,从大门旮旯里抄家伙朝出跑。父亲拿的是鱼叉,他驮的是扒锄。他稀里糊涂的,因为那时候天和地都在雪中静静的,像没发生什么似的。他问父亲,是不是搞演习?因为那时候讲究全民皆兵,动不动就搞演习。父亲的鼻子里出粗气,冷冷地对他说:"演习你娘的头!"他就知道不是演习。他说:"不演习,驮家伙做什么?"父亲说:"这要老子教你?别人做什么你做什么。"父亲的心情一点也不好。他不好多问,只好闭嘴。他就随父亲驮着家伙朝湖边跑,湖边上黑压压的都是人。那时候说全国全民皆兵那多少有点水分,沙街自古以来倒是全民皆兵。那时候说全国全民皆兵,"四类分子"不包括在内。沙街自古以来全兵皆兵,不论成分什么分子都在内。自古以来沙街真正做到了一致对外,日本人败了,投降了的兵,沿河押送路过沙街时,被沙街人用扒锄挖死了好几个,不是押送的中国兵拼命制止,恐怕一个活的都不会剩下来。日本人节节胜利时，胜利到沙街的时候，沙街人沿湖布阵，以死相拼，沙街人死了十几个，但也挖死了他们三个，虽然后来才听说日本人攻到巴河来后留的人好少，连官带兵只有三个半，那半个是日本留学的翻译，其余的其实不是日本人，但被沙街挖死的三个中起码有一个是真正的日本货，这就足够了。巴水河边的沙街人护窝的精神堪称世界一绝。

懒龙叔领着全垸的人沿湖布阵，三尺远一个。懒龙叔对垸人说："多的话不说，上岸一个，你跟我放倒一个。放倒再说，命我填。"其实也不是他填。自古以来沙街有规矩，阵一布，出了人命，众人负责。出了人命，派个代表填，或坐牢或枪毙，坐牢的全年的工钱全垸人分担，枪毙了的当烈士，妻儿众人养。阵亡的也是这样的，按烈士处理，妻养到老，儿女养到十八岁。

沿湖的阵布好了，严阵以待，但好半天还不见动静。

就在这时候，湖对面全公社的民工就像潮水一样朝四周的垸子里涌。一队队的人推着狗推车儿，插在车子上的红旗在风中呼啦啦地响，像随时要扯破似的，那上面什么民工团什么民工营的黄字抖得人看都看不清。一车领头，后面的车，推着稻草，推着被窝，推着箢箕洋镐还有龙席锅等等的东西，走兵一样，如牵线不断地朝四周垸子里推，看样子也是布了阵的。那些车，轧轧地响。轧轧地响，就像一片榨人骨头的声音。狗推车是巴水河边一种手推车儿的俗称，这种车子极传统极好做，一寸铁都不要，全用木头。这种车子极具楚地雄风，独木轮，又是木轴，做好后，人用条辫绳套着脖子，像狗一样地推，巴河边上的人极有自嘲天赋，叫它叫狗推车。这种车子许多年不见了，突然冒出许多来，要不是推车的人穿的与沙街人一样，还以为是从两千年前的战国时期推过来的。要是笑它原始，那就错了，那时候叫它叫作"机械化"。一队队的"机械化"推过来，那声音就彻地连天，轧得地壳儿要破。只听见湖对面的垸子，一片的鸡飞狗跳声，一片的号令声，声音与声音碰在一起，直往沙街人耳朵里跳，炸得沙街人的耳朵嗡嗡痛。那时候那小子才知道，懒龙叔为什么要叫六碗筛锣，领沙街人沿湖布阵了。

什么叫烟水苍茫，如临大敌。那才叫烟水苍茫，如临大敌。隔着湖，懒龙叔领着沙街人挂着武器冷冷地站在湖岸上，大人小伢谁也不说话，一脸的漆黑，严阵以待。懒龙叔派二货去找熊组长来。冷风中，懒龙叔咬着牙对二货说："你跟我去把他叫来。"二货问："是文叫还是武叫？"懒龙说："他要是不来，你就跟我一锄头把他的头挖下来。"二货说："那就是武叫。你要把话说清楚。我好见鼓下铙。"懒龙叔黑着脸说："你啰嗦什么？快去！"二货驮着扒锄急急地去了。懒龙叔朝地唾一口，说："狗东西，卖水卖到我头上来了，这大的事，他连声都不作。昨天夜里他还若无其事地喝了我家的三碗粥。看老子怎样料理他！"一眨眼的工夫，二货驮着扒锄愤愤地来了。懒龙叔问二货："人呢?"二货没好气地说："不见了。连铺盖都卷走了，只剩一张纸。"懒龙叔把纸拿过来，叫四九哥念。纸上大大的八个字，说："对不住乡亲，我走了。"懒龙听四九哥念完，脸就白了，一把抓过那纸，扯了个粉碎，朝天一扬，那纸屑就像雪蚁子一齐飞。懒龙叔骂了一声："我操他的八代！"骂完，笑得眼泪滴，说："这是什么组长?!"

熊组长就那样偷偷地溜了。一场声势浩大的路线教育运动，就以熊组长悄然无声地溜走而结束。实事求是地说，熊组长只有那样不打招呼悄然无声地走。他是明白人。他找不到比这更光彩的走法。隔着那么大的湖，不知他是怎么过去的。现在沙街人早把他忘记了，偶尔提到他，必要先唾一口，再说做什么，那东西，算个什么明白角色？要是都像他那样明白，世上人毛都没有了。

熊组长走了，留下的都是武装好了的清一色沙街男女。武装好了的清一色沙街男女，一个个心如骤鼓在敲。沙街人是些什么角色？一个个极具生命的本能，一个哆嗦打下来就不打哆嗦了，就知道那些"机械化"是冲着他们的湖面来的。

公杜组织那些"机械化"来对付沙街的湖，真是一箭双雕。一是叫作路线教育的运动，一搞两三年老是结不了束，不是不想结束，是结不了束。结不了束，就有一个办法，那就是以运动冲运动，运动就运动了。公社组织"机械化"来对付沙街的湖，还有一个原因，那就是四周垸子里的人忿不得沙街的湖。因为沙街的湖一年四季就是再荒的年岁，还是有荷叶莲蓬藕鱼虾蚌壳，就算四周垸子里的人饿得咽长气短，沙街人只要下湖就有吃的，不说别的，就是摸个螺蛳起来，也有茶盅大，煮熟了，连肠带肉还可以当一餐，人家不眼红吗？人家不借学大寨的运动来填湖造田才怪？有些事情不能光仅桌面上怎么说，桌面上说的归桌面上说的，沙街人心里明镜一般。

沙街人隔湖对峙着，只要填湖造田的队伍敢于开进沙街，定叫它人仰马翻，非闹出人命来不可。但是沙街人失算了，当时的公社领导根本就不派人进驻沙街，根本就不让沙街人闹出人命来。只是派民工隔湖进驻沙街四周的垸子，不让沙街人有用武之地。沙街人全副武装算是白用了功。要是连这一点都没有料到，那夺得了权当得了家吗？沙街人无用武之地了。什么叫英雄无用武之地，这才叫英雄无用武之地。他们不仅不派人进驻沙街，还不派沙街人的填湖任务。他们知道沙街人不会出力填湖的，就干脆让沙街人瞪着眼睛隔着湖干望。沙街人就整个儿没有精神了，就像老虎找不到猎物，就像拳师找不到擂台。他们用这种方法，让护窝的沙街人捏着出汗的拳头打风去。按理说事情到了这种地步，沙街人应该算了，散了，但是沙街人还是舍不得散，还是驮着武器，走过走过去地游湖岸，直到觉得彻底没意思了，然后站着湖岸上漫无目标地骂一通娘，然后驮家伙收场回家。

　　雪停了，天上出一粒太阳来，昏惨惨地照着地。开工了。湖对面的山头上尽是人，尽是蚂蚁样的人，数不清个儿，隔湖望，尽是头。红旗招展，猎猎作响，插尽四周高出的天空，夜以继日的，像烧红的烙铁，烙人。遍地的语录牌子，都是红得发烫的豪言壮语，使人不吃饭也觉得有劲。高音的喇叭像造林样地栽满了山头，一天到晚，一遍又一遍放着叫人血沸的歌儿。那狗推车用的真是地方，装着石头和沙土，从山头上开的一条条路朝下推，快捷得很。一条条的路上尽是装着石头和沙土的狗推车儿，风也似地推下来，沿着湖边朝湖里倒。沙街的湖呻吟了，一车土倒进去，冒一阵蟹沫样可怜的细泡儿。在一阵接一阵蟹沫样可怜的细泡儿里，沙街的湖一点一点地小了。湖里的各种鱼，还有螺蛳蚌壳以及莲藕藻类们，无一幸免地等着埋葬。沙街的湖深，有史以来没干过，里边什么样的大鱼烈鱼没有？填湖的人一边朝里倒土，一边一齐呐喊着，总想让湖里的鱼受不了跳出来，他们好干手干脚地逮着吃鲜，那才是踏破铁鞋无觅处得来毫不费工夫的快活事。但是那漫长的填湖的日子里，沙街湖里的鱼们面临着灭顶之灾，从始至终没有一条跳出来。

　　那日子是沙街人要哭无泪的日子。无所事事的沙街人，也巴望着能有一条鱼跳出来，忽然一响，像太阳炸破乌云出。让他们看最后一眼，让那些狗日的逮着吃，那也证明他们的湖里有鱼，有好大好大的鱼啊！让那些狗日的人吃了后，再也吃不上，让他们一辈子忘不了，死也记得从前沙街的湖里有好大好大的鱼。鱼啊，怎么就默不作声地让他们埋你们啊？你们托了鱼生，你们这时候不出现，什么时候出现？但是那时候沙街的湖里，就是没有一条鱼肯跳出来。整个的湖像是一个死湖，像一条活鱼都没有的死湖。

　　那日子沙街的男女老少眼里，从早到晚，都呛着一泡泪。那一泡泪，流出来，又胀满了。那天夜里，那小子目睹了巴水河边生命的奇迹。夜漆漆黑黑的，伸手不见五指，湖对面填湖的人们填累了，一个个累得像死狗样死在铺上的时候，三婆领着沙街的女人和孩子们到湖边去烧香。黑暗的湖边，一把把寿香燃着了，沿着湖岸插。那些燃着的寿香，沿着湖，就像春天的花儿插在岸上开在水里，密密麻麻开得像六月伏天银河里的星星。曲折的湖岸上，那烟阵如龙，香浓得人闻着了喘不过气来。三婆站在湖岸上，全身着黑，用条黑布扎着眼睛，在那如龙的烟阵里，念起了《往生咒》。三婆叫的娘和小的们都用黑布把眼睛扎着，随她念《往生咒》。三婆喃喃地念，娘和小的们随她一声一声地念。《往生咒》没有词，只有一些书面叫作感叹词的词，念着念着，那小子脑子出现了沙街的湖，湖面上白雾四起，慢慢地如奶样地霭了。突然天上裂开了一个口子，里面金碧辉煌。看见湖里的鱼一条接一条跃出水面，金光闪耀，密密麻麻像布天的鸟，携儿带女成群结队朝天上飞。那时候娘和小的们热泪盈眶了。鲤鱼带头，沙街的鲤鱼是龙的化身，一跃龙门就是龙。三婆让沙街善良的娘和小的们用那种办法，看到了鱼飞天门的景象。

  日后的事实证明，那天夜里三婆使的是障眼法，其实沙街湖里的鱼一条没有飞，全部留在湖里了。三婆真是法术通天。填湖后的第三年，湖早已是田了，因为是山上的死土填的，那些田瘦得根本长不出粮食，但那却是很有看势的大片大片的田。沙街人出去再也用不着坐船了，顺着开出来的笔直的路走就行。三年来沙街人沿着那条填起的路走，人踩车碾，路中间总有海绵样软乎乎的一段，人们以为是冒水的地方，没在意，后来在六月三伏太阳很毒的一个响午，那段路冒出血来了，垸人驮锄挖开，竟挖出一条活活的老黑鱼来，老黑鱼的背脊骨被碾断了，瞪着一双眼睛望着天。整整三年它竟在路上活着，惹得娘们为它流了一场好眼泪。

  那日子懒龙叔领着沙街的男人们做了一件蠢事。他见隔湖布阵找不着敌手，就带着沙街的男人到湖那边去制止填湖运动。他带着沙街的男人们气冲牛斗，坐渡船要开到湖那边去的时候，被从龙山窑场下来的陶叔挡住了去路。懒龙叔见陶叔不让，就吼："大路朝天，各走半边！"陶叔不让路，对他直摇头。懒龙叔对陶叔说："让开！你喝了哑药，连话都不说，拦我干什么？"陶叔不让开，仍是摇头。懒龙叔说："陶哥，我跟你磕个头，你把路让开。"懒龙叔就趴在路当中跟陶叔磕了个头。懒龙叔爬起来后，对陶叔说："我跟你磕了头，你要是再不让开，我就不认人了。"陶叔仍是不让路。懒龙叔一把掀开了拦路的陶叔。陶叔经不住懒龙叔一掀，仰天长叹一声，倒在路边的荒草里。懒龙叔就带着沙街的男人们冲过去了。

  懒龙叔带着沙街的男人们坐船来到湖对面，一字儿排开。懒龙叔一声令下，沙街的男人们每人抓个地上的卵石将头打破了，血一律稀里糊涂地流下来，流到脸上去，一时间红花灿烂。沙街的男人们用此法制止填湖的人往湖里倒土。往湖里倒土的人愣住了，不敢往湖里倒土了，猫着腰，把车辫套在脖子上，真正地像狗一样地望着沙街男人直眨眼。

  这时候公社革委会主任带着早已准备好了的全副武装的基层民兵开出来了。他们三个人对付一个沙街男人，不费吹灰之力，就将沙街的男人们分化瓦解了。他们将敢于过湖的沙街男人一个个绑粽子一样地绑了起来，也不跟他们擦血，把沙街的男人一个个绑得像通红的粽子。

  公社革委主任指着懒龙叔的鼻子说："你看错了皇历吧，懒龙。你明白不明白，天是谁的天，地是谁的地？与天斗其乐无穷，与地斗其乐无穷，与人斗其乐无穷！天是我们的天，地是我们的地。我们说改天就改天，我们说改地就改地，你不要说把头打破，你就是把卵子打破了，也是水浒的军师，吴（无）用。"

公社革委主任亲自把沙街男人们送到县民兵指挥部里关了一个多月，连年都不让他们回来过。年过完了，才把沙街男人放回来。沙街的男人们押送县里的时候是走去的。人太多了，没有车，只有走。公社革委会主任怕沙街的男人们在路上闹事，急中生智，就举了一个毛主席像，说："我跟毛主席走，看哪个敢不跟毛主席走？"沙街的男人们就乖乖地跟他走到县里去了。在县民兵指挥部里，沙街的男人吃的苦受的罪就不用说了。那些武装民兵们一个个戴着面具在黑屋子里，分班料理沙街的男人，料理完了，你还不知道是谁料理的。他们心想，你们沙街人不是爱流血吗？就让你们多流点。你们沙街人不是爱打架吗？就让你们多挨几下。

那年沙街的男人回来后，都蔫了，再也雄不起来。河边的柳树成排地死了，春天来了，它们就是不发芽不长叶子，呆在风中像做梦。那一年春天的时候，沙街好几家屋后竹园的竹子开了花。竹子开花不是好的兆头。沙街有句谚语：竹子开花，不死就要搬家。沙街人最怕竹子开花，开花说明人丁不旺，要绝后的。懒龙叔伤得最厉害，放出来后，人矮下去了一截，眼睛没有光，腰也弓了，背也驼了。

年过后，春天迟迟地来了。春天来了的时候，填湖的民工又上了马，接着填湖。那年春天，沙街垸子里的鸡蛋一律地抱不出鸡儿来，全是寡鸡蛋。沙街垸子里的畜生们，母的发情了，公的不交配。深更半夜里，总有女人放声哭。沙街深更半夜的女人不哭就不哭，一哭就不会细泣细饮的。不哭出个惊天动地来，不算事。不哭个惊天动地来，那为什么一定要托女人生？那年春天，沙街的天是灰的，地是暗的。整个春天，垸子里没有一个女人的肚子能鼓起来，哪怕是新接的媳妇。娘们走在一起的时候，一齐苦楚地说，这日子还要人过么？

湖在填，田在造。

日子在绝望中呻吟。

寂静无声的日子里，龙山上夜里常传出了陶叔狼一般的号哭，一声声地震着夜空。

沙街的河边，那深埋在地下，如雪的泥，就是在这时候奇迹般横空出世的。

第三十七章

　　湖四周山下那深埋的雪泥，是那天夜晚填湖的人们放炮炸出来的。

　　那天夜晚他们把雪泥炸出来后，并不知道炸出来的与往日的不同，以为还是石头和沙，因为那时候为了只争朝夕，填湖分两班倒，白天一班，晚上一班，白班推土，晚班备料。晚班的人负责打炮眼放炮，炮眼按任务打好后，就填炸药点炮捻子，炮捻子一点着他们就跑到安全地带数响，响数到了，他们的任务就完成了，就回去睡觉，他们根本没指望能炸出什么新鲜东西来，人困天不醒的时候，摸摸身上的头还在手脚还全，接下来的幸福就是钻被窝睡觉。他们呵欠连天，喃喃地说："睡觉啊睡觉，一觉睡下去不醒才好。"这时候对于吃，对于女人，统统不是他们的幸福，他们唯一的幸福就是睡觉。这时候不要说炸出白泥巴，就是炸出狗头金来，他们也懒得回头捡。

　　那日子填湖的人和沙街人，没有一个知道那雪泥是什么东西，只有做窑的陶叔知道它是什么东西。那日子做窑的陶叔根本没想到，原来巴水河边的地底下也有这东西，也能挖出这东西。

　　那天夜里填湖的人们放炮的时候，陶叔正在做梦，做一个又一个噩梦。先是梦见一条条的蛇缠着他，使他喘不过气来，他的胸口闷极了，痛极了，痛得他的灵魂出窍了，他梦见了他的娘，他对他的娘痛哭。娘就用手跟他抚胸。娘的手像风儿拂着他，使他的痛化了，化了，化作了混浊里半天空的歌声。他的热泪就像洪水一样地泛滥了。他想睁开眼睛，却怎么也睁不开，头脑里混沌得像一个寡鸡蛋，摇散了，分不清哪是清，哪是黄，只觉得天空中有磨面的磨子在转，轰然作响，一道道的闪电，像鞭子在抽，在炸，慢慢地清的上升了，黄的下沉了，天风一阵阵地吹，分出天和地来。这时候他听见半天云中，有男人的声音一齐传出，那些声音清清的，旷旷的，随天风一阵阵地吹，一阵阵地散："起来吧！我的子孙——你还睡着干什么？！"陶叔就猛地惊醒了，惊醒后，一身的汗，脑子格外清新，像一个刚落地打开眼睛的婴儿。他赶紧披了白汗褂，开了窑场的门，来到龙山顶上。夜风一阵阵从河里吹上来，吹动着他披着白汗褂。这时候在满天的星光下，他就看见了湖对面炸开的山头上一片雪白，他以为是梦，揉了揉眼睛，看见星光下那雪白更加地夺目。那时候夜风中的他禁不住一个劲地打哆嗦，双股紧紧的，颤颤的，血朝头上涌，唾沫像潮水样地朝口里涌，使他吞都吞不赢。他的脑子里刹那间燃起无边的大火，升起无边辉煌。他知道那是什么了，于是他就朝那雪白狂奔，周身充满的神奇力量，使他像一朵白云开始了急骤的飘动，什么也不能挡住他，他的双脚被刺和灌木扎烂了，他的白汗褂被撕得一缕缕的。他就像楚人筚路蓝缕一样地狂奔。他终于奔到了湖对面那被炸出来的一片雪白里。那时候雪白就像水一样浸了他赤裸的身子，遍地嫩嫩的白光，把他的心肝五脏都照透了，连同他的头发和胡子。他双膝一软跪了下去，抓起一把雪泥，两只眼睛里热热的泪就像涨水的巴河，忽然没了满天星光。他仰天呼一口，吐出来，声音就在腔子里雷一样地炸："列祖列宗，你的子孙起来了！"

这时候黑夜就裂开了口子，日子里的黎明就来到了河边。河边迟迟不肯萌发的春天，萌发了。河开始清，山开始清，风开始清，开始了春天清清的早晨。他记起了他儿时父亲教他读《粥子》，心底默念着父亲对他说的话："道在于行，行才有道。"他默念着父亲的话，在那春天清清的早晨里，在龙山的窑场上，开始了他的行动。

首先他要在窑场上辟一个崭新的泥场来。老泥场久不用了，长满了蒿草，堆满了破碎的陶片。他用锄细细地把那些蒿草连根挖干净，捡干净，把那些蒿草堆在一起，成一个蒿草的丘，让它们堆在那里长。他再用铲子精心地平整，把高的挖平填到低处，用脚细细地踩实。燕子飞来了，早春的阳光白白地照在龙山上，山下清清河水打着漩涡流。春风缠着河边枯了的柳树们，吹个不停。龙山的窑场上，一个崭新的泥场辟出来了，金黄的一块儿，圆圆的，亮亮的，像一轮崭新的太阳，升在龙山上。

接着他开始挑泥。从湖对面炸出来的山上，到河边的龙山上，他头戴草帽，无声无息，赤脚草鞋地挑。两只青青的竹篾箩筐，一条青青的竹扁担，一天到晚不离肩。两只青青的箩筐里装满雪白的泥，像两座雪白的塔，一条青青的扁担，弯弯地在他的肩上唱一支咿呀的无字歌谣，一趟又一趟，如入无人之境。

那时候没有人知道他挑的是什么东西，更不知道他夜以继日地挑它做什么。龙山的新辟的泥场上，雪泥渐渐地堆高了，就像高耸入云的雪峰，那样地白，那样地光彩照人，使他心驰神往。那是他心中的圣地，而那小子和沙街人则迷茫一片。

现在那小子和沙街人终于知道它是什么了。现在那小子和沙街人叫它碗泥，好像那时候把它炸出来，专门让陶叔给沙街人做饭碗似的。后来那小子翻《中国的陶瓷史》才知道那不叫碗泥，那叫高岭土，是以景德镇旁边一个地名命名的。

河边那遥远的日子里，春天生动起来了，龙山窑场里的陶叔，在草长莺飞的春天里开始练泥做窑。可怜的是那小子和沙街人，面对一天天填平的湖，六神无主，什么都无心做了。那时候那炸出来的雪泥，裸在日子里，月亮和星星从西边落下去，太阳从东边升起来，它一点色都不变，雪白在日子里，雪白得耀人的眼睛，就像六月间湖中总也不谢的白莲花，惊得沙街人以为又是异兆。沙街的男女老少隔湖又跪了下来，又是烧香，又是烧纸。这是没有办法的。自古以来沙街人对人不爱跪，但对异兆特别爱跪。垸中的狗见了湖对面挖出的那堆雪样的东西，一个劲地狂吠。沙街人只有跪下敬香烧纸。

　　沙街人那时候除了下跪烧香还能做什么？

　　挖山填湖的人们，挖出那东西来，的确不是件容易的事。地处长江中下游平原的沙街，没有大山，只有像馒头样的小山丘。这样的小山丘，都是在一次次洪水中沉积起来的，上面是一层层的黄泥夹着卵石，这一层很好挖，疏松，用鹰嘴镐挖松，用铁锹朝狗推车上装就行。愈往下挖，就不那么简单了，愈往下挖，黄泥仍是黄泥，卵石仍是卵石，但黄泥与卵石，统统变成了石头，变成结成一体的石头，黄泥发黑了，像铁，卵石发黑了，结在一起，像洪炉里倒出来冷了的铁屎，中间夹着贝壳儿，间或夹杂着变成化石的骨头，书上把这叫作沉积岩，河边的日子就整个儿沉积在一起了。水枯的时候，到巴河口去，两岸耸出来的都是这，冷风嗖嗖，它给人格外沧海桑田的味道。挖这样的沉积岩填我们的湖就不那么容易了，它不光要人的汗，还要人的血。它太坚硬了，让人的虎口震得流血，它需要放炮，放炮有时候不光炸石头还兼带炸人，要许多的牺牲。填湖的人挖这样的石头填沙街的湖，开了好几场追悼会。沙街人在炮响后一听到对面山头上有哭声，就知道又要开追悼会。于是乎就真的开追悼会，就看见四周山头上的人歇工了，不朝湖里填土了，聚在一起开追悼会，无数的人站在一起脱帽默哀，就听见栽在湖对面山头的高音喇叭里传出"要奋斗就会有牺牲，死人的事经常发生，人固有一死，或重于泰山或轻于鸿毛"的教导来。龙山窑场的陶叔就在这样的声音里，专心致志练他的泥，做他的窑。

　　那炸出来的泥不光白，而且细腻极了，用手指一捏绝对捏不出半点沙粒来，比沙街人磕的糯米粉子还要白还要糙。春天，随着河边杨柳叶子慢慢地变阔，各色的小花儿开遍了会龙山的窑场，春风化出无数的小蝶儿，在练泥的陶叔身边绕着飞。练泥的陶叔开始吃素了，每天吃河边各色的野菜。巴水河边多的是野菜，野芹菜，野地米菜，还有野茼蒿，等等，都喷香扑鼻。陶叔每餐采了这些来吃，他的身子就香了，沙街人老远就能闻到他身上随风散发的浓香。陶叔练那雪泥不用牛了，用他的双脚，用干净的木桶，从河里汲上清冽的水，浇着脚下的雪泥，然后践，践得脚下的雪泥一片响，像是婴儿吸娘奶的声音，雪泥的浆从他的双脚朝上漫，就像娘奶从婴儿嘴角漫出来。他脚下的雪泥糍了靿了，他浑身的浓香就与雪白的泥巴如水乳交融在一起。春天的太阳一天比一天红了起来，像河边懂了事的姑娘的脸朵子，飞红霞，晕红光。河边的杨柳林子的秆儿一天比一天青润了，泛着活活幽幽的色儿，像河边懂了事的后生的眼睛。河边的春天在练泥的陶叔的脚下酣畅淋漓起来。陶叔在这酣畅淋漓里，开始跟沙街人做饭碗。轮盘在他手持的棍子下，飞快地转动，转得日月经天般地响。雪白的糍泥在他的手里像听话的花，一开一个样儿。他把那些听话的花儿从轮盘上摘下来，一搞就是完整的一朵，细润鲜活，发着雪白水灵的光芒。氤氲的窑棚子，一片片像天上的云朵，你连着我，我连着你，一道道晾坯的台子垒出九曲回肠般的气势，那些开得听话的花儿，一朵又一条，带着幽幽的芳香，活的摘下来，摆上去又接着活。陶叔做着数着，数着做着，他要给沙街大人小孩，凡是能张口吃饭的人，每人做一个碗。大人大碗，小人小碗，大碗小碗错落有致，雪白得让人眼花缭乱。

春雨一场下了，就一场接一场地下，几场春雨落下来，河边的春天在陶叔的手里绿肥红瘦了。刺槐树上的花开了，雪白的花裹在翠绿的叶子里开，开得不见叶子，只见了花儿。这时候布谷鸟从远处叫近了，近在人的头顶上，仍是叫，一声赶一声地叫："快插快割，快插快割！个个快活，个个快活！"春浅地远，春深天低，才觉得河边的日子像陶叔手里的碗泥幻化无穷。陶叔朝天呼一口气，那气青青的，直上云天，正午的太阳晒化了河边笼罩的雾霭，那青气接了一行斜飞的白鹭。青草长了，壮了，长成了蒿草，铁青一片。陶叔在长满蒿草的龙山上，开始盘烧碗的窑。他用新烧的青砖盘烧碗的窑。他把窑基深深地挖在会龙山上，像一口天井，用新烧的青砖一道道一层层地围出地面，然后封顶，然后封土，新垒的竖窑的烟囱，东南西北地竖起来，像平地而起的树。起拱的窑门，深深的，厚厚的。窑门外的场子，平，阔，可摆货，可堆柴。自古以来沙街人烧陶的窑，或龙窑，或竖窑，一律地粗糙。那一年陶叔给沙街烧瓷碗的窑，垒得精致极了。

春老夏熟了，晾在窑棚子里的碗坯子，一个都没有裂，一个个都干透了。这是奇事，往年陶叔做的陶坯子总有一些干了后要裂，没有哪个窑匠敢保证他做的坯子干了后一个不裂。那年陶叔做的瓷碗坯子干了后一个没裂。陶叔抑制住喜悦的心情，给碗坯子上釉，他给所有的碗坯子上釉后，就把床搬到晾坯子棚子里睡，他生怕夜里的老鼠把碗坯子碰破了。在他的心中，一个碗坯子就是一个人，就是一条性命，一个破不得，破一个，沙街的饭碗就会少一个，沙街的性命就会不完全。陶叔从练泥的时候就怀着这个心事。河边做窑货的时候，做窑的人每做一窑就要怀着一个心思，达到一祝愿，古往今来都是如此。

夏天老了，麦子又黄了。沙街的天和地又火一样地辉煌起来了。在这火一样的辉煌里，陶叔开始装窑。陶叔不要任何人帮忙，他一个人装。他怕人多手杂，破了碗坯子。因为装窑是关键，窑装好了，窑货就等于成功了一半。河边装窑极神秘，与八卦有关，怎样留风道、怎样留火道、怎样留烟道是大有讲究的。这时候是考验人是否虔诚的时候，要是不虔诚，心存邪念，装得好好的窑坯子，忽然垮了，就前功尽弃。这样的事情在河边多次发生过。陶叔在沙街麦熟的辉煌里，把窑装好了，竟一个碗坯子没破，从窑门外朝里看，风道是风道、火道是火道、烟道是烟道，如有神助。陶叔小心翼翼地把窑封起来只留烧的门。做完这些，陶叔对天对地对窑长长地作了三揖，然后双膝跪下，脸对地，胸中默念："苍天在上，陶某平生不足愿。成全我一回！成全我一回吧！"

窗外春风，有鸟飞过，青青地叫，在春风里叫着早晨。时光在耳边哗哗流响，那小子的心飞到了遥远的时光里，飞到了他梦里稔熟的家乡，巴水河边。他听到了龙山下的巴河涨水了，一河的雄浑，一河的原汤原汁，一河的泡沫和浪花拍打着青草的堤岸。河之上，龙山上的竖窑烧起来了，烧的是松枝，那松枝是从大别山里头顺河用排装下来的，装松枝的竹排浮在河里，像一道长街。松枝一捆捆地上岸了，码在龙山的窑场上，一垛垛码得高高的，耸入云霄。龙山上的陶叔生火，把窑烧起来了，成捆的松枝，扔进窑门，风就呼呼地响，火就像游龙在窑里蹿动。烟从烟囱里冒出来，一阵阵随风飘向高天，日子里的蓝天上，每天每天飘着龙阵。

那窑瓷碗烧了七天七夜。七天七夜，陶叔没有合眼。七天七夜，陶叔禁食了，没吃一点东西，只喝些清水。第七天早晨，陶叔打开风门，看见窑里通红了，分不出哪是火哪是货，一窑的混沌，一窑的辉煌，稠稠的，酽酽的。陶叔知道火候快要到了，只要再烧一个时辰，他的心愿就要实现。风在呼，火在吐，烟在冒，成捆的松枝扔进窑门，只一卷，就变做了火，稠稠酽酽的火。

陶叔万万没有想到，就是在那天早晨，他呕心沥血的窑突然垮了半边。那天早晨是那小子和沙街人至今仍然弄不明白的早晨。那天早晨开始还好好的，也有天光，东边也有红霞。但是一眨眼的时候，天边就涌起了乌云，一会儿就涌得天黑漆漆的，不像是早晨，就像是夜里了。天沉沉的，好像要垮下来，好像暴风雨就要来临似的，但又不见风，不见雨，就那样地胶着。天地静静的，黑黑的，一会儿竟黑得伸手不见五指。就在这时候那小子和沙街人就感觉到地在动，一阵阵地动，就像父亲所说的鳌鱼眨眼，一阵阵的响声从遥远的地底下传出来，震得人心一阵阵地慌，好像世界末日到了似的，满垸子传出一片绝望的呻吟。就在这时候，一声绝响，龙山上陶叔烧的窑突然垮了半边。漆黑里，只看见龙山上突然敞亮了，冲天的火在呼，冲天的烟在冒，惊心动魄，虎啸龙吟。

陶叔就是在那时候跳到垮窑里去的。那时候那小子和沙街人所有的眼睛都望到龙山的窑场上去了，那小子和沙街人，看见冲天烟火里，一个巨大的身影，像一只巨大的鸟，吟哦着响动漆黑的歌，挟风雨起，飞了起来，一头扎进那冒着冲天烟火的塌窑里去了。沙街人披头散发，呼号着，携儿带女，什么都不顾，朝龙山上奔。

那小子和沙街男女老少奔到龙山窑场的时候。云破了，天开了。云无雨而破了，天无风而开了。太阳挂在天上，风凝在河里头。龙山上那塌了的窑，火舔舔地熄了，烟吞吞地熄了。那时候沙街的男女老少一律地泪流满面，那小子也泪流满面。那时候那小子和沙街的男女老少，听到夏天满河畈的瘦黄花儿，如虫如蚁一齐唱起了细碎的歌儿，那时候天地间都是那不绝如缕的声音，怎么也息不了。

天地间没有了陶叔，一点都没有了，塌了半边的窑里，只有白气汤汤朝出冒朝出冒。那气好大好大，那气好白好白，冒不完，绝不了，缠在一起不散，把坑子、河畈和沙街的男女老少全罩在里面。那白气好香好香，是松枝的香，是野菜的香，混合在一起是陶叔的体香，从此总也散不尽。到如今，只要是夏天，只要是晴朗的早晨，沙街人只要一走神，就会闻到那阵阵浓香。

那时候娘们领着沙街小的们，在冒烟的塌窑前跪下了。娘们的眼泪流成了河，伏在地上说："他陶叔啊，你痛死了啊，你痛死了!"这时候全身穿黑衣裳、头上包着黑包头的三婆到了龙山上，她朝天扬一下手，便喃喃有声地念起了《往生咒》。三婆念完《往生咒》，对坑中人说："五月正是天河涨水的时候，陶儿坐天船过去了。"三婆辈宗大，她叫陶叔叫陶儿。她说："陶儿祭窑一点痛都没有。陶儿跳到窑里时，一眨眼就化了，化成了水，化成了精气。"三婆说这话时，两只眼睛对着天，脸上一点表情都没有。三婆说的这话那小子信，相信陶叔跳到窑里时不会有一点痛苦，就像那时候一个叫作诗人的人跑到武钢从楼上跳到钢水中一样的，能有什么痛苦？一眨眼的事，跳下去就云蒸雾蔚，就化作飘向青天云里的一首诗。

那时候沙街人接下的事，就是要弄明白陶叔跳窑时唱的那几句诗。沙街人对于人临死前说的话，历来非常当事。沙街人知道活人活着一生很长，需要说许多无的说成有、有的说成无的话，沙街没有人把这些当真。但是沙街人把人临死前说的话，都当真，人死后他们一定要弄明白人临死时说了什么话，他们相信，这是要死的人，一生过日子过出来的真话，不弄清楚这些话，怎么知道要死的人活了一生，到死时心里想什么。可惜的是陶叔奔窑时唱的几句诗，含混不清，那要命的哑药使他的话不能清楚，只能嘶哑地吟哦。那时候沙街人在白气飘飘的龙山上，猜陶叔奔窑时唱的几句话。二货自作聪明，说是四句书签。书签是河畈说大鼓书人的开场白。他说肯定是四句书签。四婶问他是哪四句，二货以手当板拍着胯子悲凉地唱了起来："白鹭来了不插秧，水车哗哗车太阳，三千六百五十夜，一觉睡醒没天光。"二货唱完，四婶说："狗肉上不了正席。"众人不再理二货，二货脸红了，睁着眼问四婶说："你说是哪四句？"四婶说是这四句。四婶就用纺线的调儿唱了起来："白娘来时正插秧，河边车水对脸望，三千六百五十夜，恩爱夫妻流水长。"白娘是陶叔的妻，白娘跟陶叔生下陶女儿后就死了，四婶这样地唱，使沙街人一齐想起美丽的白娘来，眼泪就水一样流了出来，四婶更是一脸的泪。懒龙叔对四婶说："你个婆娘，你怎么唱还是个婆娘。陶哥奔窑时怎么会这样唱呢？他是君子呢！"四婶说："木头，生死离别，君子就不思情吗？"懒龙叔摇头说："你世事不懂呀，婆娘。"四婶说："你不懂世事呀，木头。"懒龙叔不理四婶，到窑屋里清陶叔的遗物去了。

陶叔祭窑时唱的四句诗是懒龙叔清理陶叔遗物时，清出来的。陶叔祭窑时唱的四句诗夹在一本发黄的叫作《粥子》的线装书里，那本书放在床头的枕头下压着。陶叔化了，窑屋里什么都没有，什么都没留下，只留下这本线装书和夹在书里的一页纸，纸是熟宣纸，字是碑体。看来那是祖物。纸上写的是一首没写完的、现在才知道叫作绝句，四句，碑体写着："世路干戈劫难央，牛车轧轧复阴阳，三千弟子成精卫，一箭苍茫矢未荒。"

白气飘散着，懒龙叔领着沙街人开始出窑了。懒龙对三婆说："三娘啊，你唱吧。"全身着黑包着黑包头的三婆站在龙山顶那棵看山树下，双手扬向天，对着东方唱了起来："魂兮归来！世路干戈劫难央——，牛车轧轧复阴阳——，三千弟子成精卫——，一箭苍茫矢未荒——！"三婆唱一句，出窑的男人们跟着吼一句。窑门扒开了，雪白的窑灰扬起来了，扬得像满天的雪雾，迷了天，遮了地。扒开雪白的窑灰，迷离的太阳下，窑里露出五彩的光芒来，闪烁着，变幻着。奇迹出现了，一窑的瓷碗，一个没破，全都窑变了。雪白的瓷碗上，都有血丝一样的纹，像是天上的云丝儿，又像是人的眼睛。那时候在三婆悠远悲怆的声音里，沙街的男人们一个个通身透湿，大汗淋漓，大吼了一声："我的天！"

那时候风自天而来，刮得河畈上成熟的麦子，火浪一样地滚，浪天浪地。

风凉凉，气清清，沙街的男女老少把碗搬到河里去洗，朗朗的太阳下，一河都是洗碗的人。龙山顶上的三婆的声音，忽然变成了陶叔的声音，那声音震天动地，随着麦子翻滚的火浪，一声赶一声："日月如梭兮光阴不断！春去秋来兮天地不变！"

那时候河边枯死的柳林子活了过来，忽然长出了叶子，撑起一地绿荫来。那时候懒龙叔一声号啕，那小子和一河洗碗的沙街人捧着碗，脸仰着天，跪在河水线上了，泪像伏天的骤雨从眼里流出来，一滴滴掉在河水里。

那时候巴河在太阳底下,像一条明亮的带子,汩汩流淌,从接云的天际流来,流到接云的天底去。

1998 年清明节动笔
2000 年 3 月 11 日初稿
2000 年 4 月 11 日再稿
2006 年 11 月 4 日深夜改毕

太阳最红

第 1 章　风从天外来（1）

《工农革命长精神》
浅草色儿青，操场地儿平，校旗国旗高高升。
天空云儿轻，扑面风儿清，今朝天气分外晴。
树上鸟儿鸣，花坛花儿馨，共和号角响彻云。
读的书儿新，唱的歌儿新，工农革命长精神。
——摘自《鄂东革命歌谣》

注释：一九二六年十月，北伐军攻克武汉，推翻了北洋军阀对湖北的统治。国民党湖北省部通知各县，由省农民部指导全省农民协会工作。其时在湖北省农工厅工作的董必武，受中国共产党党中央的指示，先后派遣黄安、麻城籍在武汉中学、启黄中学、湖北省第一师范、湖北省省立女子中学、共进中学、中华大学附属中学、湖北省省立政法大学等学校读书的 50 多名学生，以暑期调查和特派员的名义，回乡发动和领导农民运动。此是他们离开学校回乡时唱的歌儿。

一

王幼勇是夏末秋初回来的。

长江枯了，枯出蛇山脚下的鹦鹉洲，一片沙滩，浪着江水。

"晴川历历汉阳树，芳草萋萋鹦鹉洲"，是盛唐留下的诗句，繁华作为历史永远留在昔日的辉煌里，犹如黄鹤一去不复返，空余蛇山顶上的黄鹤楼作为遗迹。作为读书人，老师和学生心里都明白，只有这样的年代，只有这样的枯水季节，才能现出江心的残洲来。

老师和师娘把王幼勇和十几个学生送到江边，一只木船停在江滩上，老艄公迎风扯起了帆,帆像一片白云一样地升起来。船与滩没有搭跳板,如果搭跳板那目标就大了。一切都在悄悄地进行。老师站在江滩上,看着王幼勇和学生们朝船上跳。木船晃晃的,老艄公把着舵,稳着木船。站在江滩上的老师,朝王幼勇和同学们挥挥手,说:"去吧,过了江就是江北,到了阳逻上岸,你们就能走回家乡。"

老师站在江滩上,送着王幼勇,看着江中的木船小了,白帆远了,江雾淡了,太阳未出来,江北朝霞下连绵千里的大别山,像浸在一片血海里。站在江滩上的老师,看到那景象,喉咙里发出一声呼啸,像是歌又像是哭。

师娘潸然泪下。

二

王幼勇坐木船从武昌过江回乡时,他的亲舅舅——麻城县参议员,夫子河乡绅联合会会长,傅兴垸傅姓族长傅立松,正忙着召集族人疏通护垸河,加固护垸城墙。

东方被朝霞撕破了,破出连绵的群山。

日出生风,浩荡的南风带着刺鼻的硫磺味,从四面刮来,涌向夫子河边的傅兴垸,摇着垸子里的树木和竹子,垸子在刺鼻的硫磺味中乱晃。天旱得很,低洼的河边竟然没有露水,树木和竹子蓄了一夜还是蔫蔫的,吹出的声音干燥坚硬,像农妇清早起来擦破锅,叫人听了火辣辣的。

农谚说,大干不过七月半。往年就是再旱,过了七月半,老天就会下雨。七月半是鬼节,大别山里的人们就会给死人烧包袱,包袱里包着纸钱,写上死人的名字烧,死人就会在阴间收到,收到钱的鬼就一同要求阎王给人间下雨,缓解旱情,叫作淋包袱。大别山里的七月半,对阴间和阳间来说,是一个具有人情味的节日。但是这年怪了。这年七月半过了,活的人给死人依照惯例烧了包袱,包的钱比往年的多,烧得比往年还虔诚,天还是这样干。活人烧完包袱,望穿眼睛,老天还是不肯挤出一滴眼泪。垸子里充满硫磺味,这硫磺味儿是从山里飘来的。大别山有温泉,雨水多的时候,地下的泉水旺,硫磺随着泉水顺着泉眼流出来,咕咕地叫。那时候春天来了,杜鹃花开了,山谷里的兰花香了,风和日暖,山里的男女老少来到温泉里,洗疮洗癣,洗尘洗垢,包治百病,唱着男欢女爱的山歌儿,洗出一身的精神来。那年不行,那年久旱无雨,大山里的泉眼干涸了,硫磺就顺泉眼冒出来,随风飘散,硫磺重,硫磺味朝低的地方聚集,呛得人不能安生。早晨和晚上还好说,早晨和晚上气温低,傅兴垸的人们还可以生火做饭吃,到了中午气温高了，傅兴垸的人们就不敢生火做饭吃，硫磺燃点低，碰到明火就着，傅兴垸的人们怕烧着房子，中午的一餐就吃冷食，搞得家家像过寒食节。

垸子里青石铺的街巷，积几寸厚的灰尘，人的脚走上去，那些灰尘就飞扬起来，落在人的眉毛上，白白的，让人像刚从土里爬出来似的。

傅立松坐在祠堂里的太师椅子上，旁边立着他的儿子傻大爷。傅立松问："装扮好了吗？"傻大爷说："装扮好了。"傅立松说："装扮好了那就去喊。"

傻大爷头缠红布条，一身短打，腰间系着五寸宽钉满铜钉的板带，带着两个族丁出了祠堂的门。两个族丁背着长枪在后，傻大爷提着铜锣在前，绕着垸子。铜锣当当地响，傻大爷破着嗓子喊他父亲隔夜议的口号："保家护垸，天经地义，有钱出钱，无钱出力！"口号短促，押韵，顺口，有力，伴着铜锣响在傻大爷的嘴里，就像刀矛对打相碰发出的声音。坐落在夫子河边的傅兴垸，沸腾了，几百人闻声出来，带着工具聚集在傅氏祠堂门口，举行动工之前的祭祀仪式。

一面黄色的大旗，顺着祠堂大门前的旗杆，扯上去。浩荡的南风打起旋儿，旋得那旗像漫卷的荷叶。傅立松披着黑色的斗篷，着粉底鞋，站在青草地上，双手举天，吼一声："作大乐，震天！"顿时一排火铳手，铳口朝天，扣响了扳机，震天动地，硝烟像一朵朵花儿开在蓝天上，散着阵阵火药味，风便顺了，旗沿着青天向北展开，展出用金线绣的一条龙和浮在龙身上的八个大字：保家护垸，天经地义。龙和字哗哗作响。

族人抬出一卷芦席。那芦席是傅立松叫族人砍来夫子河边的芦苇新编的，散发着水气的阴凉。傅立松在草地上将那卷硕大的芦席慢慢展开，族中长者点燃了三根蓍草作香，傅立松双手接来，朝天长长三揖，插在芦席的缝隙上。蓍草的烟，清香淡远，若有若无。族中长者用葫芦装来清水，傅立松接过葫芦，将清水倒在放在芦席上的三个洗净的蚌壳中。傅立松掀起斗篷，跪下去，将芦席上盛着清水的蚌壳，掇起来，举过头顶，然后低头向天倾洒，壳中的清水哗哗作响。傅立松说："苍天在上，傅某不才，今天代表傅姓族人用蓍草作香，清水当酒，祭祀你。蓍草作香，清水当酒，是周朝天子祭天的最高礼节。天不贪，人何贪之？傅某不敢以富欺世，但求一方水土安宁！"傅立松以头磕地，额头磕出了血。族中长者拿来一支羊毫斗笔。傅立松拿在手里，用笔将额头上的血蘸饱满。族人掇来云梯搭在旗杆上，傅立松嘴含斗笔爬上云梯，扯过空中飘扬的大旗，将笔上的血，点在"义"字的点儿上。这叫点旌。

点完旌，仪式就结束了。

那旗就竖在空中高高地飘扬。

傅姓族人按照分工，下河的下河，上墙的上墙。大别山南的鄂东，六月是旱季，护垸河正好水浅，下河的人们，用山里采来的石头，垒垮了的岸，把河里的泥沙用篼箕挑起来，平岸。上墙的人们，用出窑的青砖，修复垸城和垸城的垛子。天好，大旗飘扬，太阳红艳艳的，人心齐，场面很好。傅立松的心情明亮起来。夫子河是进入大别山腹地的必经之路，不断有消息传来，邻县黄冈和新洲的农民协会多如牛毛，仅黄冈县就有三百多个，他们成群结队出动，闹得鸡犬不宁，人心惶惶的。傅立松想，护垸河深了，垸城高了，就防得住邻乡的农民来打掳和吃大户了。作为族长，他的责任就是维护傅兴垸一方水土的安宁。

傅立松心情好了，作为族长是不必下河和上墙的。此时他可以静制动，于是坐在祠堂的戏楼上喝茶。祠堂的戏楼高，站起来，放眼望，方圆五里的垸子尽收眼底。

傅立松看见他的儿子傻大爷，在两个族丁的簇拥下，提着盒子炮，绕着城墙监工。傻大爷眉飞色舞，到一处，人们就停下来望着他笑。他就将手中的盒子炮举起来，朝天扣扳机，说："铜墙铁壁，水泄不通！"人们说："大相公，你不要把天打穿了。"傻大爷笑兮兮地说："天早打穿了，尽是窟窿。你信不信？"人们笑着说："你说的对。"傻大爷问："我说的对，那你笑什么？"人们说："我没有笑哇。"傻大爷说："我看见你笑了。不准笑。"人们说："我们听大相公的，不笑。"人们说不笑，还是笑。

那些笑衔在嘴角，意味深长。

傻大爷举的盒子炮是傅立松的。这个傻儿子是个人来疯，人越多越来劲，这么多人，不让他出面监工不行。傅立松没有法子只好将子弹退光，让他举个空壳子，朝天扣空扳机。傅立松在戏楼上喝茶，将这些看在眼里，心里酸酸的。

傅立松的女儿傅素云出来给父亲续茶。傅素云说："父亲，你让哥出面干什么？见人就朝天扣扳机，空枪击发，你不怕撞针撞断了？"傅立松说："不就是一支枪吗？让他玩吧。"素云说："玩也得玩出品位，傻不拉叽的，尽出洋相。"傅立松说："素云，你不懂。"素云说："父亲，女儿十八岁了，好赖也是省立女子中学毕业的。"傅立松说："你懂世事不懂人心。我让你傻哥出面，是让傅姓族人看着心里高兴。"素云说："父亲，我不懂你的话。"傅立松说："我让你哥出面，是让人们随时记住我傅立松出了个傻儿子。说明老天是公平的，天底下的好事没有让傅某占尽。"素云说："父亲，你喝茶。"傅立松的好心情一扫而光，望着女儿长叹了一口气，说："素云，勇儿回来了吗？"素云说："表哥在路上。"傅立松问："什么时候到得了家？"素云说："父亲，你急什么？"傅立松说："素云，这不是你待的地方，你到桂花楼去，陪你姑妈和表哥表妹们说话。让我一个人静会儿。"

素云说:"父亲,我陪你说话。"

三

傻儿子是傅立松的一块心病。

傅立松想不通,他作为傅兴垸的族长,长房"元记"的传人,怎么养出这么一个儿子来了?傅立松让女儿素云读家谱他听。家谱就藏在祠堂的阁楼上。女儿搬出发黄的家谱,一册册地朝出摆,问:"父亲,读哪篇?"傅立松闭眼睛说:"读原序。"女儿就读原序。原序是一修时傅氏家族举人写的,是骈体文,开头两句是:筚路蓝缕以启河泽造福子孙万代,穷经皓首通达天理点亮明灯一盏。接着便是傅姓的历史。有女儿读,能使他沉浸在傅家的辉煌里。也因为女儿读,使他的心情更加沉重。

傅兴垸坐落在夫子河边,从大别山流出来的许多河,穿破乱石,向低处流,汇到这里便缓了,缓成一马平川。平川肥沃,是养人的地方。绿树如云,许多古老的垸落夹在其中,傅兴垸就是其中的一座。夫子河边的傅兴垸俨然是一座紫禁城,垸子四周筑有城墙,东南西北开着四个城门,一道护垸河绕着垸子。垸子内有九条街道,七十二条巷子,傅姓的后人分作"元记""裕记"和"江记",三千多子孙住在这里。傅兴垸的傅姓,据族谱记载是明朝洪武年间从江西迁到夫子河边来的。迁来的始祖叫傅兴,所以就叫傅兴垸,至今传人二十三代。始祖定居举水河边,最先种田种地,到傅姓传人十一代的时候,开始经商,那是清朝中叶,傅姓的十一世祖,只身到老河口做生意,将四川秀山的"秀油",从老河口用船顺汉江运到汉口,在汉口设点销售。"秀油"是秀山出的桐油,是那时候木船和农家必不可少的物资。傅家发迹是在十三世。从做小生意到发家经过了三代人的努力和积累。到十三世时,傅家出了三兄弟,傅家在老河口开了五个当铺,在汉口开了"万兴裕"油庄和两个"净花庄"。净花是去了籽的棉花。三兄弟从江汉平原和鄂东进净花,用木船运往老河口入川,再从四川运"秀油"回来,两不空船。发财以后,三兄弟建起傅兴垸。三兄弟分作了三支,三支各起名字,长房为"元记",二房为"裕记",三房为"江记"。二房"裕记"和三房"江记"继续做生意,长房"元记"不做生意了。二房和三房将各自的田地集中到了长房"元记"。长房"元记"买田置地,做起了地主。"元记"就是傅立松的一支。"元记"的田地很多,麻城、新洲以及黄冈的很多好田好地都是他家的。

土地和家产给傅立松带来了巨大的名声,也带来了无穷的压力。他知道他在民间有两个绰号,两个截然相反的绰号:一个是"铁公鸡",另一个是"活菩萨"。当他拿出家产修桥修路,遇到天灾开仓放粮时,人们就欢喜,叫他"活菩萨";当平常的年岁佃户希望他发善心少收租子而他坚决不让时,人们就叫他"铁公鸡"。他在两个绰号中过日子,搞得他很痛苦。而他的儿子傻大爷就比他幸福,因为他的儿子只有一个绰号,那就是傻大爷。人们叫傻大爷的时候,脸上充满快意。

  他的儿子傻大爷在邻近三县给人们带来的是快乐。他的傻儿子制造出许多的笑话,让人们觉得解恨。他的宝贝儿子傻大爷制造的许多笑话中,有两个是人们茶余饭后念念不忘的。一个是《徐古一条街》,一个是《我就是傻大爷》。这两个笑话被鼓书艺人编成鼓书帽儿,在说善书之前开人们的胃口。那些跑江湖的鼓书艺人们,丝毫不避他"活菩萨"的讳,用真名真姓败他的名声。

  《徐古一条街》说的是他儿子傻大爷十四岁时的故事。十四岁的时候,他的儿子傻大爷身子已经长成了,晓得爱戏台上的花旦,晓得赶场子,哪里唱戏他就朝哪里赶。也不爱哪个具体的,戏台上化了妆的花旦他都爱。你能不让他爱吗?你能不让赶场子吗?除了这,他吃了喝了还有什么事可做?因为傅家就这个傻儿子混世界。傅立松还有一个大儿子。大儿子叫斋公。生下地,傅立松把他领到凤凰寨庙里拜了一个道人做师傅。大儿子十五岁的那年给师傅拜年后干脆就不下山了,跟着师傅学道。不姓傅了,连名字也改了,师傅给他取了道号,叫作云根,成了云根道人。傅立松没有办法,只有随他去,折算少养了一个。那么他在这个俗世上,只有傻大爷这么一个儿子了。傅立松的夫人少了云根那个儿,再也不能少傻大爷这个儿了,她时刻护着这个傻儿子。傅立松不允许傻儿子赶场,说:"哪有这么小就爱女人?"夫人对傅立松说:"爱女人有什么不好?你不也是见女人就爱吗?爱女人说明我的儿子不傻。"傅立松哭笑不得,就让他赶场。那一次是徐古唱戏,徐古是新州地界,与夫子河相隔四十里地。书童领着傻大爷去了。戏散场的时候天下雨了,看戏的人多,将书童与傻大爷冲散了。傻大爷走在徐古的街上,天下雨了,他觉得需要一把伞。于是他到一家店铺里,拿了一把伞。店家问,钱嘞?傻大爷说:"我没钱。"店家说:"没钱,你买什么伞?"傻大爷出门是从不带钱的,钱由书童带。书童被冲散了,他当然没钱。店家不让傻大爷拿走伞。傻大爷说:"我是傻大爷。"店家说:"我不认识你。"傻大爷说:"你不认识我?明天我就让你认识我。"店家说:"明天我怎么认识你?"傻大爷说:"明天我就让你跟我家做生意。"店家说:"不见得吧?明天我还是跟自己做生意。"傻大爷说:"你等着。"傻大爷回家后,就要傅立松将徐古一条街一天的买卖全买下来。一天的买卖全买下来,就是说不管是买还是卖,所有的钱都归傅家出。傅立松说:"不行,你买一条街一天的买卖,人家会出天价的。"傻大爷非要傅立松将徐古一条街一天的买卖全买下来不可，否则他就要去死，不给他做儿子。傅立松的夫人吓着了，对傅立松说："儿死了我也不活，让钱给你做老婆做你的儿。"傅立松没有办法，只好连夜出钱派管家去，将徐古一条街一天的买卖，买断了。

第2章 风从天外来（2）

第二天傻大爷来到了徐古街上，从街头走到街尾，于是所有店铺的人都认得他。他边走边问两边店铺的人："是不是给我家做生意？"店铺的人说："对，跟你家做生意。"傻大爷高兴了，说："怎么样？我说怎么样就怎么样。"店铺的人哈哈大笑。傻大爷什么都没有买，拍着两只空手唱山歌，让傅老爷一天白白地丢了五百块大洋。徐古一条街一华里路长，大小五十多家店铺，只是买个名义，傅老爷给每家店铺送了十块大洋。当佃户诉说夫子河的傅老爷是"铁公鸡"一毛不拔时，徐古的人就笑，说，谁说夫子河的傅老爷是"铁公鸡"？夫子河的傅老爷的钱最好赚，你不要，他非要送给你不可，不收还不行。那些走江湖的鼓书艺人将这事儿编成唱词儿，敲鼓打板，合辙押韵地唱，听得方圆三县的人如醉如痴，笑得肚子痛，眼睛水儿淌，气得傅立松七窍生烟。

这还不算，还有更绝的。更绝的是《我就是傻大爷》。傅立松家的佃户多，傅兴垸垸大，四座城门进去，四道主街不说，光巷子就有七十多条，佃户给"元记"的傅老爷家交租子，不认得主人，只认得管家。一日，佃户挑着稻谷交租子，进了垸城的东门，遇到了在街上闲逛的傻大爷。佃户问："请问傻大爷的家在哪里？"这个佃户进了傅兴垸，分不清东南西北，迷路了。傻大爷笑了，指着巷子对佃户说："朝左，再朝右，再朝左，再朝右，就到了。"佃户挑着稻谷，左转，右转，转了一上午，又转到原地方。傻大爷还在那里。佃户问："请问，我转了一上午，怎么没到？"傻大爷说："你不认识傻大爷？"佃户说："我不认识，只听人说。"傻大爷指着自个儿鼻子笑，说："我就是傻大爷呀！你这么聪明怎么被傻大爷骗了？"佃户愣在那里。傻大爷说："算了，不收你的。你挑回去吧。"佃户说："那怎么行？"傻大爷说："怎么？连傻大爷的话都不信吗？我在你的褂子上写个收条按个手印。"傻大爷字写不好，按手印还行，就真的在佃户的褂子上写了个收条，按了个手印。佃户喜出望外，将租子挑回去了。

鼓书艺人将这故事编成书帽。农闲的时候，傅兴垸周围的垸子有红白喜事就接艺人来说书。夜深了，夫子河边氤静，鼓板的声音和艺人高亢的唱和白，就传到了傅兴垸中傅老爷的耳朵里。鼓书艺人先敲鼓板，然后停了鼓板，敞开喉咙说签词:"各位看官,宇宙洪荒,天地玄黄;天下之大,分久必合,合久必分;昏昏欲睡,夜深人静,我给诸位来一段笑话,让大家醒渴困。来什么呢?笑话有荤有素,今天在下不说荤的专说素的。"鼓书艺人敲起鼓板唱将起来:"题目叫作《我就是傻大爷》啦!"高低起伏,声情并茂。笑声像破闸的洪水起来了,传到了久久不能入睡的傅立松的耳朵里。

往往这时候他的儿子傻大爷就在各位看官之中,人们笑,他也笑。看官问他:"有此事没有?"他的宝贝儿子笑得涎儿滴,说:"有此事,没得这些词儿。"恨得睡在床上望屋梁的傅立松直哼哼。夫人却高兴,说:"听听,在说我们的儿子哩。"傅立松笑了,说:"说吧,说吧,谁能做到人前人后无人说,人后人前不说人。"夫人说:"就是。"人生的大悲哀,就伴着傅立松的微笑升起来,傅立松亢奋了,最好的方法就是放平夫人,爬到她的身上大汗淋漓。

这种人生的大悲哀对谁说,谁都不会理解,只有对外甥幼勇说。他的外甥幼勇是读书人,书又读得好,所以傅立松盼望他的外甥幼勇回来。

傅兴松的亲外甥王幼勇是学政治经济学的。教他的老师是清末举人,留学东洋,什么都懂,成立一个私立学校当掌门人,让他的学生每人从他那里学一门知识。他的学生都是鄂东大别山里的望族子弟,这些望族做梦都想让他们的子弟成龙成凤,汉口有他们的商号和铺面,于是他们就集资在武昌粮道街建了黄麻会馆,让他们的子弟在乡村读完私塾便集中到这里深造。王幼勇从小在傅兴垸桂花楼发蒙,桂花楼是傅氏家族提祖业兴办的家族私学,推一个家族中书读得最好的人出来,教傅氏家族的子弟。王幼勇从小跟"元记"的后人母族的族舅读四书五经,把书上记着的自从盘古开天地,三皇五帝到如今的书,读得很好。十六岁那年王幼勇经过舅父傅立松的资助到武昌学政治经济学,王幼勇老想做一通前无古人后无来者的学问,成天埋在故纸堆里,却老是做不出来。王幼勇请教老师,老师笑了,说王幼勇做不出学问主要是方法不行。老师对王幼勇说,做学问要敢破,要换一双眼睛看世界。王幼勇不得要领。老师便把王幼勇领到了汉口新戏场法国人开的西洋镜馆。那里面的墙壁上装着许多玻璃镜子,弯进去,突出来。老师对王幼勇说:"你自己看。"王幼勇就对着那些镜子自己看。一会儿成伟人,一会儿成了侏儒。王幼勇哈哈大笑。老师问王幼勇:"明白吗?"王幼勇说:"明白了。"老师说:"依我看,你还没有明白。"王幼勇说:"我明白了。"老师就两脚上去把镜子踹破了两块。哗啦一响,管镜子的法国人赶来了,问:"怎么回事?"老师说:"我们在这里做个实验。"法国人一脸的不解:"在这里做实验?"老师说:"对。"法国人问:"什么试验?"老师说:"心理试验。"法国人说:"先生,破坏镜子是要赔的。"老师从口袋里掏出两块大洋,递给法国人,问:"少不少?"法国人连说:"不少,不少。"老师问王幼勇:"明白吗?"王幼勇说:"明白了。"老师最不放心他这个学生。这个学生太儒了。北伐军攻进武昌的那几天,全城陷入了无政府状态,富人们逃到了汉口,有人乘机放火,所有的店铺被砸开,不少的人趁机抢东西,学生们戴着袖章到街上去维持治安,都知道找东西吃,他居然饿肚子,饿得发软。问他为什么不找东西吃?他说:"那不是抢吗?"老师苦笑了。

  素云从学校回来,把表哥的这些事,讲给父亲听。

  傅立松非常同情他这个外甥,觉得他的外甥内心深处有着与他一样的痛苦。

  素云还在读家谱的原序。傅立松闭着眼睛听。

  素云停了读,问:"父亲,睡着了吗?"

  傅立松睁开眼睛说:"别读了,我的耳朵里全是打鼓说书的声音。"

四

  穿蓝布长衫的王幼勇,提着柳条箱子,和同学们在阳逻码头上岸,顺着古驿道走了一程,然后就散了,散到了大别山深处各自的家乡。

  王幼勇走进了石头冲一进三重的家,家里静静的,天井漏着天光。王幼勇兴奋地喊:"大!"管家在第一重天井边的八仙桌上盘账,算盘珠子粒粒地响。大别山里的儿,叫母亲叫大,留着母系社会的痕迹,很温暖。管家抬起头,说:"大少爷回来了!"王幼勇问管家:"我大呢?"管家说:"太太带着少爷小姐们到傅兴垸消夏去了。你回来得正好,舅父给你留了乘轿子,让你一回来就去。"王幼勇说:"我不想去。"管家说:"舅父说他想你,想见你这个喝了洋墨水的外甥儿。你不去不行。这是规矩。"王幼勇说:"今年我想破破他的规矩。"管家忙对王幼勇作揖,说:"大少爷!你得去!傅会长交办的事,我得办到。"

  这时候傅家留的四个轿夫抬出轿子,一齐围上来求王幼勇,说:"去吧大少爷,我们等你等了两天了。你不去我们交不了差。"那架势像是要绑架王幼勇似的。王幼勇哭笑不得,吼一声:"你们不得侵犯人权!"轿夫们吓得退到一旁。王幼勇见轿夫们那个样子,心就软了,笑着说:"你们不要怕。你们与我是平等的。"年纪大的轿夫见王幼勇笑,上前一步,说:"我有一句话要对大少爷说。"王幼勇说:"不要叫我大少爷,革命了,我们都是同志。"年纪大的轿夫不笑了,说:"你以为我们等两天是为了叫你大少爷吗?春天我们随农会到新洲打土豪吃大户分银子,土豪们见了我们吓得颤,我们吼他们像吼狗。"王幼勇说:"好!"年纪大的轿夫问:"是真好还是假好?"王幼勇说:"是真好。"年纪大的轿夫说:

"是真好,那你今天就得随我们去,由不得你了。"

王幼勇觉得很新鲜,乡村革命了,民众的觉悟提高了,民风说变就变。王幼勇说:"行,我随你们去。"王幼勇就上了舅父给他留的轿子。轿子是四个人抬的。抬轿子的是傅家的四个长工,留轿子必定要留抬轿子的人。鄂东的大户人家有接姑娘回娘家消夏的风俗,傅家办事的规矩多,每年接老姑娘回娘家消夏,必定是八乘轿子。三个等次,老姑娘坐的是八个人抬的,叫作八抬大轿。外甥和外甥女一个人一乘两个抬的,叫作便轿。王幼勇是王家的长子,长子不同,长子用的是四抬中轿。这一切由舅父傅立松安排。傅家比王家富,王家的脸面就是傅家的脸面,傅家的威风就是王家的威风。王家的家道虽然破落了,但架子还得在。他傅家的姑娘嫁到王家生了五男二女,七子团圆,是他傅家的福气,做舅父的得给王家撑着。每年傅家的老姑娘带儿女回娘家消夏,什么都不准带,一切都准备好了,只要人去就行。

王幼勇坐在轿子里,从学校带回来的柳条箱子放在座位旁边。王幼勇把轿帘掀起来,两个轿窗对开着,于是就有风吹。石头冲到傅兴垸十几里的山路,正是秋天,由于天旱,山里该成熟的没有成熟,黄得不正常。年纪大的轿夫抬着轿杠走在前头,热,闷,他们敞胸露肚。山路崎岖,四个轿夫的步子没有协调好,高一脚低一脚走得沉闷。年纪大的骂了一声"狗日的天",说:"伙计们,不能这样抬。这样抬会扭死人。"于是年纪大的就提脚喊号子,喊:"前脚紧!"三个年轻的接着喊:"后脚松!"四个人配合了一齐喊:"前紧后松过山冲!"四个人都是抬轿的老手,经这一喊,步子协调了,风就活了,轿子就轻了。

年纪大的问:"王同志,舒服不舒服?"轿子里的王幼勇眉头紧锁着像喝了苦药,说:"舒服是舒服,但得停下来。"年纪大的问:"走得好好的,为什么要停下来?"王幼勇说:"我要撒泡尿。"年纪大的说:"刚上轿就要撒尿,上轿前你为什么不屙?"王幼勇说:"上轿时我没记起来。"年纪大的笑着说:"王同志,你怎么像个女人?只有女人上轿才记起要屙尿。"王幼勇涨红了脸,问:"女人不是人吗?"年纪大的说:"王同志,你莫发脾气,女人当然是人。"王幼勇说:"是人你就停下来。"年纪大的对三个年轻的说:"停下来,停下来,王同志要屙尿。"

轿子停了下来,王幼勇下了轿,朝草木深处走。年纪大的轿夫笑着说:"王同志,没得女人,就在路边就行,何必多费时间?"王幼勇站在草木深处解裤子。其实王幼勇没有尿,天热,喝的水少,想尿尿不出来。王幼勇扎好裤子朝外走。四个轿夫一齐朝他笑。王幼勇问:"你们笑什么?"年纪大的说:"王同志,你没尿。"王幼勇问:"你怎么晓得我没尿?"年纪大的轿夫说:"尿尿要响,没听见响。"王幼勇笑了，说："实话对你们说，我是没尿。"年纪大的说："没尿你要我们停下来干什么？"王幼勇说："我要停下来，是有一个问题不明白，想请教你们。"年纪大的说："王同志，我们是乡下人，只晓得白天种田种地夜晚挨老婆，懂什么问题？不请教算了，你上轿我们抬你走。"王幼勇说："这个问题很重要，不请教明白不行。"年纪大的问："什么问题？你说出来。"王幼勇说："为什么你们抬轿子我坐轿子？"四个轿夫以为是个很深奥的问题，没想到是这么个问题，一齐笑了起来。年纪大的说："王同志，这世上有人坐轿子，就得有人抬轿子。"王幼勇问："为什么不是我抬你坐？"年纪大的说："坐的人不能抬，抬的人不能坐。"王幼勇问："谁说的？"年纪大的答不上来。王幼勇说："今天我们破一破。"年纪大的问："怎样破？"王幼勇说："我来抬你来坐。"年纪大的说："我没穿坐轿子的衣裳。"王幼勇说："我俩把衣裳换一换。"年纪大的说："王同志，你的衣裳我穿不惯，各人有各人的气味。"王幼勇说："不换也行。换只是个形式，坐是内容。我们追求内容，不追求形式。你敢不敢坐？敢坐我们就试验一次。"年纪大的笑了，说："王同志，我做梦也想坐。"王幼勇说："那你坐上去，我来抬。"年纪大的说："王同志一定要我坐？"王幼勇说："叫你坐你就坐。"年纪大的对三个年轻的说："伙计，我就坐上去了。"三个年轻的说："那不中，要坐都坐。"年纪大的说："总不能我们四个坐，让王同志一个抬。"年纪大的轿夫就坐上去了。王幼勇和三个轿夫起了肩。

　　走了几步，年纪大的叫了起来："停下，停下！"轿子停了下来。王幼勇问："为什么要停？"年纪大的说："有个问题没说清楚。"王幼勇问："什么问题没说清楚？"年纪大的说："我坐轿子，你要不要我的赏钱？"山里的规矩，坐轿子的人要给抬轿子的人赏钱。王幼勇笑了，说："谁要你的赏钱？"年纪大的轿夫说："你不要，他们三个要不要？"三个年轻的轿夫说："他不要，我们三个要。"年纪大的对王幼勇说："先说清楚，他三个的赏钱归你出。我是没得钱的。"王幼勇愣住了，他没想到这个问题。年纪大的说："王同志，你说话。"王幼勇苦笑了，说："到时候我一齐出。"年纪大的说："这还差不多。不然就划不来。我不跟你细伢日肚脐——搞得好玩。"年纪大的坐上了轿，王幼勇和三个年轻的又抬着走。年纪大的又叫："停下来，停下来！"轿子又停下来了。王幼勇问："为什么又要停？"年纪大的说："还有一个问题没说清楚。"王幼勇问："还有什么问题不清楚？"年纪大的说："还有我的工钱不能少。王同志，我们先小人后君子，先要说好，我的婆娘伢儿指望我的工钱回去养家糊口，我不能白替你坐。"三个年轻的望着王幼勇笑。王幼勇没想这又是一个问题，愣了一会，说："这样好不好，只要你坐，抬到傅兴垸，工钱一分不少。"年纪大的说："这还差不多。那我就替你坐。"

于是就抬，于是就走。抬得生，走得硬。

年纪大的拍着轿子说："王同志，不能这样抬，要喊号子。"王幼勇问："怎样喊？"年纪大的笑着说："我刚才不是喊了。"王幼勇说："我不会。"年纪大的说："你不会，我教你。"年纪大的坐在轿子里，拍着轿子喊："伙计们，听我吼。"三个年轻的应了，喊："当家的，听你吼！"年纪大的拍着轿子吼："前武昌！"三个年轻的接音："后汉口！"年纪大的拍着轿子吼："工农革命一起走！"三个年轻的接音，吼："工农革命一起走！"王幼勇在吼声中脚下的步子一致了。四个轿夫哈哈大笑。王幼勇很感动。

轿子抬到傅兴垸，早有人报信。傅立松带着女儿傅素云和儿子傻大爷来到垸城的东门迎接。傅兴垸的族人正热火朝天地挖河修城，护垸河和护垸城已经竣工了。族丁放下吊桥，轿子顺着吊桥通过。傅兴垸的族人看见傅立松的外甥王幼勇抬着轿子，长衫汗得透湿，再看轿子里坐的竟是轿夫，一个个看了稀奇。

轿子过了吊桥，傅立松愣在那里。

轿子到了傅立松面前。王幼勇一声："放轿！"轿子前倾，年纪大的轿夫从轿子里爬了出来，跪在傅立松面前，说："傅老爷，你要为我做主！"

傅立松问："是他要你坐的吗？"

年纪大的轿夫指着王幼勇说："回老爷，是他要我坐的。"

傅立松拍着外甥王幼勇透湿的肩哈哈大笑，说："不错！不错！书没有白读，有民生意识，有民主思想！"傅立松喊来管家，当着傅兴垸众人的面，说："听着，给轿夫放赏！"

于是管家给工钱，放赏钱。

第3章　风从天外来（3）

五

傅立松把老姐的一家接来消夏，不敢放松警惕。

入夜，夫子河边的硫磺味淡了。没有月亮，只有星光。周围的垸子静了，傅兴垸不能静。傅立松举着火把，带着族丁在垸城的城墙上布哨。

有内线传信给傅立松，说大崎山的胡老憨准备这几天夜里带人下山吃大户。

内线是傅家的佃户。大崎山的胡老憨人高马大，上无片瓦，下无寸土，穷得叮当响，见别人成立农会，他也成立农会。别的农会接受县农会的领导，他不接受。胡老憨说："他是农会，我也是农会，凭什么他领导我？"胡老憨的农会以铜锣为号，铜锣一响，会员们就驮着冲担扒锄闻风出动，专找大户，劫富济贫。胡老憨劫来的财物，不上交，也不提留，按参加的人平分。胡老憨是杀牛的，敢作敢为，打上门去，将不服的土豪，以农会的名义就地处死。胡老憨的农会纪律严明，入会的人，喝了齐心酒。酒里兑了鸡公血，喝进去了的，谁也不敢不跟他走。胡老憨疾恶如仇，见不得不打土豪的人。有一次他带人到新洲打土豪，路边遇着一个在地里锄草的农民。他问那个农民："为什么不去打土豪？"那个农民说："地荒了要锄一锄。"他愤怒了，说："你是不是想当土豪？"那个农民说："我自家的事，你管得着吗？"胡老憨说："你娘的，我让你当土豪。"就举起锄头，把那个锄草的农民用锄头挖死在地里。县农会派人调查，在场的人守口如瓶，怎么也查不出凶手。

傅立松不敢怠慢，得防着。

傅立松举着火把带着儿子傻大爷在垸城上布哨。垸城上十步一哨，族丁们荷枪实弹，如临大敌。星光下护城河深了，引了河水，满满的，阔阔的，映在熊熊火把的光里；护垸城墙耸立着，壁垒森严，族丁们驮着快枪，那可是傅立松花血本武装起来的。傅立松笑了，心想，不说人，就是鸟想飞进来怕也难。这个胡老憨也太自不量力，想捋老虎胡子，不是以卵击石吗？白天不敢来，晚上来。晚上就是你的天下吗？

尽管这样想，傅立松仍是心惶惶的。傅立松对儿子傻大爷说："传我的话，好生防守，每人一夜守夜费一块大洋。"傻大爷挎着盒子炮，问："父亲，我是不是一块？"傅立松说："听着，要是让胡老憨摸进来了，老子首先让你死。"傻大爷问："怎样死？"傅立松说："家法处置，开祠堂打板子，然后装篓子沉潭。"傻大爷说："傅会长，放心，进不来的。"傅立松从口袋掏出一粒子弹，丢给傻大爷，说："一有风吹草动，就鸣枪报信！"傻大爷接过子弹，吹了吹，打开枪膛，将子弹装了进去，说："父亲，你太小气了，多把几粒给我不行吗？让我过过瘾。"傅立松说："没有情况，天亮之后，把子弹退出来交给我。"傻大爷马上把子弹从枪膛里退出来，说："傅会长，我不要你的子弹。"傅立松问："为什么？"傻大爷说："你不把我当人。在你眼里我连一粒子弹都不值。"傅立松伸手要将子弹拿过来，傻大爷将子弹拿着用牙咬，咬得一片响，想把子弹咬碎，说："你信不信，我能把它咬破。"傅立松怒喝一声："你疯了？"傻大爷说："你才疯了。"傅立松从傻大爷嘴里抠出子弹，子弹的铜壳上，咬得尽是牙迹。傅立松把子弹交给旁边一个巡夜的老头子,说:"他三叔,你替我管着,有情况,你再给他,让他报信。"

傅立松安排妥了,从东门下了垸城,朝垸子深处走。外甥幼勇回来了,世事乱如麻,他现在急切想跟幼勇说说话,外甥见过大世面。老姐与众外甥儿外甥女住在桂花楼。傅立松踏着青石铺的街道朝桂花楼走。桂花楼隐在霭霭暮雾里,傅立松远远地看见了那些灯,那些灯亮在楼上各个房间里。傅立松心里涌上来一阵温暖。姐夫死得早,抛下七个儿女。老姐不到四十岁就守寡,倚着他的帮衬,养着五个儿子和两个女儿。如今五个儿子和两个女儿都大了,老姐不容易,他也不容易。傅立松的母亲生的很多,活下来只有他和老姐两个人,老姐比他大三岁。他从小是老姐抱大的。母亲是父亲纳的妾,父亲的正房没有见生。妾是什么?妾是父亲生儿育女的工具,母亲除了料理父亲之外,还要料理正房,他们一天到晚把母亲支使得陀螺般地转,母亲根本没有时间亲近温暖她的儿女。尽管有奶妈,但是傅立松闻不惯奶妈的气味,不吃奶妈的奶,只吃亲娘的奶,不要奶妈抱,只要亲娘抱,亲娘没时间抱他,只有老姐抱他。他在老姐的怀抱里才安静,因为老姐是吃母亲的奶长大的,老姐身上留着母亲的奶味,姐弟二人相依为命长大。所以傅立松对于老姐的情感胜过了亲娘,傅立松对老姐格外地看重,一年一度要接老姐回娘家消夏,老姐回娘家消夏时众外甥儿和外甥女必定也要接来,宾客相待,住在桂花楼。为着什么?为着一种说不清道不明的血源情义。这样做了,傅立松心里才安稳。

桂花楼是傅立松动用祖业,在垸东头修建的一组古色古香的建筑。秋天到了,正是桂花盛开的季节,暮雾里傅立松闻到了桂花的香。天太旱了,桂花的香浓得化不开,闻得傅立松想呕吐。若是天不旱,有雨和露水,湿着风,那桂花的香就冲淡了,香得宜人。然而世事不尽如人意,老让傅立松心口发堵。桂花楼也是傅立松的一块心病。桂花楼是傅氏家族用攒起来的祖业修建起来的不错,傅立松是族长,掌管着祖业,但是祖业是死的,用一点就会少一点。死的祖业需要人盘活。他傅立松将死的祖业一点点地盘活,活得修建了一座桂花楼,积下的比原来的还多许多倍。傅氏家族的人,还认为他吃祖。他这么大的家产还在乎这点祖业吗?每年清明家族祭祀过后,就是盘祖业的账,账明摆着,一笔笔进和出,记得清楚明白,族中老辈们查了,当面有说有笑,有吃有喝,说了笑了,吃了喝了,还拿了,大家族祭祀过后是要分些东西的,作为祖业的红利。他们过后还是不满意,背后说桂花楼不是家族的,是他傅立松家的。这又说不清楚了。他是族长,家族的事,地方的事,要在桂花楼办。桂花楼理所当然成了他办公的地方。比方说家学设在桂花楼,教的是傅氏家族的子弟。桂花楼修得好,县督学来了,要视察桂花楼,他得在桂花楼接待他们。比方说家族出了事,他得在桂花楼出面调解。比方说地方官员来了,见桂花楼好,要住桂花楼,他不能不答应。所有这些事是公是私,他说不清楚。

桂花楼的确修得好。三个品字形的花园拥着,主楼后面是主花园,花园里栽着四棵参天的桂花树,树高出楼,传说这四棵桂花树,一棵是傅氏始祖明朝时从江西迁来时栽的,另三棵是傅氏三兄弟发财后栽的。桂花楼建成之后,族中老辈们叫他也栽一棵,说是光宗耀祖。他没有栽。他知道他不能栽。他若是栽了,就更说不清。这就是世事。

本来老姐回来,众外甥来,是要住家里的。家里不是没有房子,多得很。但是婆娘硬是不同意。婆娘说:"桂花楼不是有客舍吗?"他就感到悲哀。他知道婆娘的意思。一是她嫌老姐是寡妇,她不要老姐住家里,是怕不吉利,这婆娘怕他男人死了,她守寡。二是老姐家的儿女都比傻儿子聪明,特别是长外甥的书读得好,她认为这都是傅家发了外棵,她不能再让王家占傅家的灵气。这就是人心。

许多的世事和人心折磨着傅立松,使他不得平静。

傅立松进了桂花楼。老姐领着儿女就住在桂花楼主花园后的走马楼上。走马楼两层,荫在桂花树下,一道环形楼梯能将各个房间走遍。老姐住在二楼中间一个大房间里,她的儿女每人一个小房间。敞开房门唤一声,儿女们就能到她的房间相聚,关上房门各自都能安静。傅立松踩着木楼梯上了二楼,来到老姐的房间。老姐的六个儿女都在娘的房间里,唯独没见大外甥幼勇。老姐起身迎接傅立松。傅立松问:"吃晚饭没有?"老姐说:"吃了。"傅立松问:"吃得还惯吗?"老姐说:"比家里的伙食好。"傅立松问:"喝点老米酒吗?"老姐回来,傅立松特地打了木子店的老米酒。木子店的老米酒是美人糯酿的,水好,曲好,滋阴补阳,远在周朝就是贡品。老姐说:"没心思喝。"陶罐装的老米酒就放在桌子上,泥封的口没有打开。傅立松开了封,拿起桌上的两个酒盅儿,倒了两盅,说:"老姐,莫怪兄弟。兄弟太忙了。现在闲下来了,我陪你喝一盅。"老姐摇着头。灯光红红的。老姐望着傅立松的脸,说:"兄弟,你瘦了。"傅立松笑了,说:"瘦点好,瘦点精神。"老姐走拢来,手指摸着傅立松鬓角的白发,说:"我的兄弟也老了。"傅立松闻到了老姐身上的娘留下的奶味儿,心里涌起来一阵感动,说:"老姐,兄弟怎么不老?你看外甥儿和外甥女都长大成人了。"老姐说:"兄弟,听老姐一句,把钱财看轻些。"傅立松苦笑了,说:"老姐的话,兄弟心里明白。"老姐就默不作声了。

众外甥围在老姐的身边。老姐好福气,五男二女。王家传到这一代是"幼"字辈,儿女生下地,老姐就让舅爷给儿女取名字。舅爷依王家的辈派"幼"字排列下来，五个儿子依次是幼勇，幼猛，幼刚，幼强，幼健；两个女儿，一个叫幼霭，一个叫幼馨。傅立松掇起酒盅说："老姐，兄弟敬你一盅。"说完，傅立松就一口干了。老姐颤颤地掇起酒盅，说："兄弟，老姐老了，不能陪你了，只能喝一口。"傅立松说："老姐，你喝一口就行。"老姐抿一口，掇着盅儿对长女说："幼霭，你代娘敬舅爷。"幼霭接过娘手中的盅儿。傅立松说："老姐，喝酒是儿的事。"老姐说："兄弟，儿大了，毛儿干了翅儿硬了。"傅立松觉出了气氛不对。傅立松问："幼勇呢？"儿女们不作声，只望着娘。老姐说："他在书房里。"傅立松问："他没吃晚饭吗？"老姐说："他说他累了。"傅立松笑了，说："他抬那远路的轿子，肯定累。"老姐叹了一口气，说："那东西。"傅立松笑着说："老姐，饿不着你的儿，房里点心准备好了，饿了他晓得吃。"

　　傅立松笑着离开老姐的房，边走边说："这个幼勇，这个幼勇。"傅立松走到幼勇的房门前。傅立松在桂花楼专门为外甥备了一间书房，叫作"寒暑庐"，每年寒暑学校放了假，外甥来傅兴垸就住在这里。书房四壁是书架，藏着成排的线装书，平常每天有专人打扫，窗明几净，一尘不染。书房的名是外甥起的，一块黑漆底子的金字匾挂在门楣上头，是傅立松的手迹。这是桂花楼的一道风景，也是傅立松的骄傲。每逢头面人物造访傅立松，傅立松必定要带着看。"寒暑庐"是傅立松与外甥讨论问题的地方。王幼勇只要回来，舅爷和外甥就在"寒暑庐"里彻夜长谈。上下五千年，纵横千万里，天上地下，国内国外，无所不谈，无所不议。舅爷向外甥请教共和新政，外甥向舅爷请教诸子百家。舅爷与外甥有意见相同的时候，也有意见不同的时候。同的时候意气相投，谈笑风生。不同的时候，各抒己见，互不相让。外甥试图说服舅爷，舅爷却避开锋芒，笑着说，君子和而不同。这样也很愉快。舅爷以外甥而骄傲，外甥以舅爷而兴奋。开窗敞轩，和风习习，其乐融融。每次外甥来，舅爷就不归宿。舅娘稀奇，就借陪老姐的名义来听，听舅爷和外甥说些什么。舅娘听来听去，发觉他们说的都是些原话，九口不离原辞，国家的前途，民族的命运，就好比乡下大娘坐纺车，捏的是棉条，纺的是线子，一根根地捏，一锭锭地纺，没有什么新鲜的。舅娘就笑，说："这两个活宝。"老姐对兄弟媳妇说："有什么法子？有这样的舅爷就有这样的外甥。让他们纺。他们纺他们的。我们纺我们的。"于是夜露无声，花开花落，那边忧国忧民，这边儿长女大。

　　傅立松走到"寒暑庐"门口。门关着，屋子亮着灯。窗玻璃上映着王幼勇坐在桌子前看书的影子。傅立松拍着窗子，喊："幼勇，快把门打开，我来了。"王幼勇说："我睡了。"傅立松说："你没睡。"王幼勇说："你总是自以为是。你怎么知道我没睡？"傅立松说："我看见你坐着看书哩。"王幼勇说："我累了。"傅立松说:"你抬那远路的轿子怎么不累?汗湿的长衫换没,夜里凉,当心感冒。"王幼勇说:"不用担心,我打赤膊哩。"傅立松说:"打赤膊有辱斯文。"王幼勇说:"你在门外,我在门里,不存在斯文不斯文。"傅立松问:"幼勇,我知道你对舅爷有想法。"王幼勇说:"寄人篱下,岂敢。"傅立松说:"幼勇,我们敞开一谈如何?"王幼勇说:"我累了。"傅立松问:"是心累还是身累。"王幼勇说:"身算什么?是心累。"傅立松笑了,说:"这就对了。君子心累,小人身累。"王幼勇说:"君子坦荡荡,小人长戚戚。"傅立松问:"我是小人?"不知什么时候老姐跟在傅立松身后听。老姐说:"幼勇,你怎么这样跟舅爷说话?"王幼勇说:"娘,我向他请教学问。"娘叹了一口气,说:"你这个儿!"傅立松说:"老姐,他还是个孩子。算了,他累了,我也累了。"老姐说:"怎么还是孩子?早该成房立户。"傅立松说:"有话说得清,有理说得明。不在乎一时一刻,不急。"王幼勇说:"我打着赤膊有辱斯文,不能送你。"傅立松说:"幼勇,我把长衫脱给你。"王幼勇说:"各人有各人的气味,我穿不惯。长衫我洗了,干了我会穿的。"傅立松说:"饿了,桌上有点心。"王幼勇说:"我不想吃。"傅立松笑了,说:"不食周粟?"傅立松同外甥说话经常用典。"不食周粟"用的是孤竹君的儿子伯夷和叔齐的故事。孤竹君是商朝子国的国君,伯夷和叔齐不愿继父之帝位,逃到首阳山,周灭商,伯夷和叔齐不食周粟而死。王幼勇笑了,说:"这哪里是周粟?是民膏。"傅立松笑着对老姐说:"你看看你的儿。"老姐说:"我的儿,你莫吃。下了药的,吃了我就少了一个儿。"屋里的王幼勇禁不住笑了,说:"娘,我要吃。既然是民膏,众人吃得我也吃得。"傅立松对老姐说:"你回房歇息吧。你听听,我说了他还是个孩子吧?"老姐回房歇息去了。桂花树下纺织娘窸窸窣窣地叫。

窗玻璃上有一条缝,傅立松俯身朝屋子里看。傅立松看见王幼勇打着赤膊坐在桌子前吃点心,边吃点心边看书。两本书搁在案头,一本厚厚的,一本薄薄的,都是洋文。红色的封面。封面上依稀看见印着一个满面大胡子的人。

栖在桂花树上的一只大鸟,忽然惊飞了。不知是什么鸟,也不出声,巨大的翅膀扇着风,朝天冲去。傅立松忽然感觉到了冷。抬头望,天空无底,星光暗烁,夜凉如水。

傅立松一夜无眠。

六

打着赤膊的王幼勇,是数着鸡鸣从床上起来的。

数鸡鸣使王幼勇很兴奋。通过数鸡鸣，王幼勇发现了一个人们从来没有发现的真理。数千年来，人将鸡驯化了为人服务，母鸡下蛋，公鸡报晓。人们只知道天风扫公鸡的耳朵，公鸡拍翅就开始叫，叫一遍后隔一会儿再叫，叫三遍天就亮了，并不知道三遍一共是多少声，而王幼勇通过实践知道了。王幼勇知道公鸡报晓三遍一共要叫九十声，每一遍三十声。王幼勇很激动，因为就是乡村之人，也不见得知道这个秘密。他们几千年来被生活过麻木了，并不觉悟。所以说数鸡鸣是一种觉悟，一种发现真理的境界。王幼勇觉得他是幸运的，因为如果他不在傅兴垸，如果他不是睡不着，他就不会发现这个真理。他就会像世人一样混混沌沌地睡着，达不到世人皆睡我独醒的地步。自从鸡开口，他就数，一遍三十声，他一声声数得清楚，一声也不多，一声也不少。为什么一遍三十声，不是二十九声，或者三十一声？王幼勇以科学的精神继续探索。王幼勇想这肯定与日子有关。天生万物，冥冥之中必定存在着对应关系。王幼勇从书架上找出一本《万年历》，对着灯光一查，发现此月正是月大。古历月大三十天，所以鸡每遍叫三十声。王幼勇推断，若是月小，公鸡每遍必定叫二十九声。王幼勇心潮澎湃，几千年来公鸡是乡村中先知先觉者，每天当人们还在昏睡之时，它就冲破黑暗呼唤黎明。而可悲的是世人却浑然不知。

第4章 风从天外来（4）

叫王幼勇百思不得其解的是公鸡每一遍的叫。公鸡每一遍的叫，必定是头鸡开口叫了，其他的公鸡才能跟着叫。傅兴垸的头鸡是他舅父傅立松养的。那鸡不是平常的鸡，是只斗鸡，个头比土狗还高，据说是宋埠一个洋教士送给傅立松的。这只洋斗鸡在傅兴垸落土后，就占领了统治地位，半个垸的母鸡都是它的，它敢跟土狗较量，若是土狗戏它的母鸡，它能赶得土狗夹着尾巴猎猎地逃。这只洋斗鸡的声音格外粗犷，王幼勇听它的领叫，格外地不舒服。

王幼勇想，他的舅父傅立松数过鸡鸣没有？肯定数过。他的舅父傅立松知道头鸡领叫吗？肯定知道。不然他为什么弄来这只斗鸡养在垸中？兴奋消失了，剩下的是沮丧。

摸摸搭在椅翅上昨夜洗的长衫，已经干了，王幼勇就穿上。有了自己的长衫，他再也不用打赤膊。这时候就是黎明。傅兴垸一片鸟噪竹林的声音，一片人放鸡出笼的声音。

王幼勇开门掇张矮竹椅，坐在桂花楼桂花树荫里的楼顶上。清晨万物醒了，风生风动，硫磺味合着桂花树的香味，让人窒息。晨光鱼肚白，护垸城的垛子犬牙交错，像一张巨嘴朝着天，护垸河像一条白带子，捆着傅兴垸。王幼勇就觉得非常好笑。紫禁城坚固不坚固？挡住没挡住推翻帝制的义旗？武昌城坚固不坚固，挡没挡住走向共和的枪声？太平洋宽阔不宽阔？戈壁滩荒凉不荒凉？挡没挡住风暴中的号角？王幼勇气定神闲地穿着自己的长衫坐在桂花楼上看世界。

那只出笼的斗鸡，拍着翅飞上桂花楼顶，站在那里叫太阳。王幼勇坐着，那只斗鸡站着，一点不比王幼勇小。王幼勇嘘它。它一点也不惊慌，仍在那里叫得起劲。王幼勇弯腰捡楼顶上的小石子扔过去，它竟然将丢过去的小石子，一颗一颗叼起来，吃下去。王幼勇跺一脚，那东西竟然张开双翅，拍起来，作斗士状。王幼勇苦笑了。楼太高了，太显眼了，王幼勇不愿与那东西计较。计较起来岂不让人笑话。这个世界真是太荒谬了，他知道比这更荒谬的在后头。

王幼勇穿着自己的长衫坐在桂花楼上看世界的时候，傅立松也起来了，正在垸城的东门城楼上看王幼勇。东门城楼比桂花楼高。垸中的三哥走拢来，将隔夜交给他保管的子弹拿出来交给傅立松，说："昨夜无事。"傅立松眼睛望着王幼勇，拿过子弹，对垸中三哥说："知道了。你辛苦了。歇去吧。"傅立松心思不在子弹上，因为黑夜已经过去。傅立松的心思在王幼勇身上。他知道他的外甥起这么早坐在桂花楼上的原因。

这时候听到"嗨"的一声吼，傅立松循声望去，看见他的儿子傻大爷正在后花园里练功，那个请来的教师爷抱着膀子，站在旁边指导。傅立松拿出单筒望远镜，对着望过去。这单筒望远镜是一个朋友的。这个朋友的父亲在北洋水师待过，战死在与日本人的那场海战中，留下这个单筒望远镜。傅立松花重金买下这个单筒望远镜，让他能有学费到日本去读书。单筒望远镜对过去，傅立松看见他外甥王幼勇的眼睛放亮了。

傅立松叹了一口气。俗话说，穷文富武。这一点不错。穷的人家，节衣缩食，让儿子拼命读书，从大的讲，劳心者治人，劳力者治于人，为的是安邦治国平天下；从小的说，书中自有黄金屋，书中自有颜如玉，为的是光宗耀祖，出人头地。而富的人家往往不是这样，富人的子弟读不进去书，却醉心习武。穷人家拜的是先生，富人家请的是教师。鄂东的先生和教师不是一回事。先生教的是书，教师授的是武。先生除四时八节的礼外，一年学费就几担粮食。教师就不同，教师是富人家蓄的，有规矩的，一教三年，三年出师，三年吃住用动全归富人家扛，练武的人要吃好的喝好的，不是少数钱能办到的事。再就是学费。学费没有定规，视主人的家底和教师的武艺而定，最少也得几百担粮食的钱。这由不得你，谁叫你家有钱？这又不是你一家，就说望天湖边的陈家吧。他家的陈沉是清末状元，陈沆的祖父是太子太傅，后来太子做了皇帝，他家祖上就是皇帝的先生。他家怎样？他家的后人后来也习武。习到了世人叹为观止的程度。不说别的，单说一项，那就是走锅边子。把一口龙席锅仰放在地上，龙席锅很大，是乡间操办大事才用的。龙席锅，锅底朝地，锅口朝天地放着，锅沿必定是斜着的。他的子孙飞身上去，踩着锅沿呼啦啦地在上面走，那锅竟像陀螺一样立着随人转。鄂东尽出这样武艺高强的教师爷。据说那个教师爷接下来要教陈家子弟最上乘的功夫，那就是铺领芦席在江面上，让陈家子弟踏着芦席过江，结果没有实现，原因是陈家破败了，没有那么多钱。

傅立松很悲哀，很无奈。傅立松知道富家子弟如此练武，是想震慑乡邻，保住家产。

傅立松看见他的外甥王幼勇，居高临下地微笑了，微笑地看他的儿子傻大爷在后厢房的空地上练功。教师爷此时坐在远处的椅子上平静地喝着茶看。他的儿子傻大爷的功夫已经练到出神入化的地步，用不着师傅教了。师傅此时最大的用处就是看，因为他的儿子傻大爷已经到了"发血皮胀"的地步。"发血皮胀"是大别山里练武的人练到一定程度的专用术语。一般的人是很难达到的。练到此种程度的人，每隔三天浑身皮痒，血胀得难忍难受，就得发作一次。他的儿子傻大爷发作了，把自己脱成了赤膊，只穿一条裤衩儿，露出浑身的肉，那肉赤红赤红的，冒着汤汤的热气。他的儿子傻大爷浇冷水拍一遍身子，特别是胸脯，两个巴掌浇着水在胸脯上一气乱拍，拍得震天动地，拍得胸脯上耸起的肉乱颤乱跳，然后拿起刺条浑身乱打，打得青迹满身鲜血淋漓，这样就舒服了，朝天吐一口气，叫作呼天。这是预备，接着就开始武装，穿一条青色的灯笼裤子。这裤子是专门用来练功的，绸子做的，裤腿宽大，抖动生风。双手用一根五寸宽布满铜钉的板带拼命扎腰，扎到右边，右脚伸出去，嗨的一声，扎到左边，左脚伸出去，嗨地一声，叫作吸地，扎得整个人两头大中间小，像个药葫芦。这时候就到了魔界。眼珠子发绿光，头发像铁丝一样竖起来。

傅立松看见外甥盯住了他的儿。傅立松知道此时外甥根本看不到他儿的脚如何地动，只觉得整个人擎了起来，一会儿就到了厢房墙壁的夹角，两只膀架起来，撑着墙壁的夹角，两只膀子挪动着，身子就上去了，上得很高很高，上到了房架的顶。只听房顶上的瓦哗哗地响，头就顶到了房顶。师傅叫了一声："好！"就停住了。因为要是把房顶顶出了窟窿，那就不好。傅立松知道外甥没来得及看清，他的儿就下来了，来了个金鸡独立，然后来了个大鹏展翅。师傅说："来下一套。"他的儿子根本不理，就开始做动作。对着一面墙壁，后退十步，然后朝前冲，双脚双爪并用，顺着光溜溜的墙壁，竟然上到了十丈高，像壁虎一样贴在墙壁上。

傅立松忽然听到了一声："好！"傅立松知道那是外甥发出的。傅立松知道外甥忽然被感动了。这么一个平常人在魔力的影响下，居然具有超人的能力，能不情不自禁地叫好吗？傻大爷被惊动了，忽然像一只受伤的鸟，从墙壁上跌落下来。教师爷从椅子蹦起来，问："什么人？"王幼勇从楼上的椅子上站起来，说，是我。傅立松知道练功的人最怕旁人偷看，破他们的场。教师爷怒发冲冠，问王幼勇："你瞎吼什么好？我上来六根去你一根。"跌在地上的傻大爷对师傅说："算了，他是我表哥。"

单筒望远镜里的傅立松心里酸酸的。

傅立松看见，发完"血皮胀"的他的儿子傻大爷，竟然连路都走不稳，要师傅扶着他。

傅立松看见这时候太阳从东边群山上升了起来，朝霞染红了半边天。傅立松看见外甥迎着初升的太阳朝天举起双臂欢呼。傅立松知道在外甥的眼里，初升的太阳不是太阳，是老天在排卵。老天每天排一颗卵，孕育着新生。群山簇拥着那颗卵，鲜血浸染着那颗卵。外甥为那颗卵在欢呼。傅立松看见外甥坐了下来，坐成了一种境界。傅立松知道境界是什么。是灵魂脱离肉体的飞升，就好比真人得道。清新的风从天上吹下来，祥云四起，整个的天和地都是新的。傅立松梦想达到那种境界，却总是达不到。傅立松流泪了。傅立松看见达到了那种境界的外甥，坐在桂花楼的楼顶上，向天喃喃自语。傅立松知道外甥喃喃自语与隔夜那两本厚厚的薄薄的书有关，与封面上那个大胡子有关。傅立松在宋埠那个洋教士住的阁楼上，见过那两本厚与薄的书。那个洋教士说，那是两本德文的书。那个洋教士指着那本薄的书，把第一句翻译成中文给他听，第一句是："一个幽灵在欧洲大地上徘徊"。那个洋教士还用原文给他唱了那首悲壮旋律的歌。傅立松看见外甥喃喃自语后仰天在唱。傅立松知道外甥唱的就是那。那个洋教士对他说："你知道不知道这些漂洋过海都进来了？"

傅立松看见老姐走上了楼顶。傅立松知道老姐被闹动了。老姐惊慌地看见她的儿，看他的儿坐在那里喃喃自语，唱谁也听不懂的歌。傅立松看见老姐上前，用手去摸她儿的额头，翻眼睛看瞳仁。

傅立松看见外甥仰起头笑，对老姐说："娘，你干什么？"老姐说："儿，我怕你昨日感冒烧糊涂了。"外甥笑着对老姐说："娘，怎么会哩？我清醒得很。"

桂花楼顶上的那只斗鸡惊飞了。

垸东门的城楼上的傅立松，拿单筒望远镜的两只手，颤颤地，捏出汗来。

七

  吃过早饭，傅立松与外甥王幼勇对坐在"寒暑庐"里。
  老姐和其他的儿女坐在娘的房里，不打搅舅甥俩。王幼勇看着窗外。傅立松抚着书架上的小水车看着外甥。那架小水车是傅立松十八年前做给外甥玩的。那时候王幼勇才三岁，傅立松很喜欢这个长外甥，经常别出心裁做些小玩意让王幼勇玩。傅立松会木匠活，就花时间给王幼勇做了这架小水车。这架小水车做得与大水车一模一样，龙骨车叶子什么都有，用桐油油得发亮，放在洗澡盆里摇动，能哗哗地车出水来。那时候舅父的一只大手在左边摇，外甥的一只小手在右边摇，水花湿了舅父的胡子，湿了外甥的脸蛋儿，那都是人间的欢乐。外甥长大了，小水车仍在，同书放在书架上，阳光从窗子外射进来，照着。
  王幼勇看不得那架童年的小水车，更看不得舅父抚在小水车上的那双手。王幼勇知道舅父在折磨他，他的眼光就是还坚硬，还是不由自主地落在上面了。傅立松说："喝茶不？"王幼勇心里不想喝，嘴里却说："喝。"傅立松笑了，说："这就对了。我有好茶。龟山云雾。我舍不得喝，特地留给你回来。"王幼勇说："不必讲究，什么茶都可以喝。"傅立松说："这就不对。读书之人有讲不讲是为过，有究不究是为昧。子曰，席不正不坐，割不正不食，不撒姜食不多食。"王幼勇问："前些时你在夫子河街上施粥了吗？"傅立松说："天旱无雨，饥民四起，我不能眼看着他们饿死。"王幼勇问："施了多久？"傅立松说："施了一个月，用了一百担粮食。"王幼勇问："施粥后施龟山云雾了没有？"傅立松哈哈大笑，指着外甥说："幼勇，我又上你的当。"傅立松叹了一口气，说："如果乡亲们鱼肉饱得消化不了，我当然愿意施茶。"王幼勇说："那你可施不起。"傅立松说："若是如此，傅某倾家荡产，在所不惜。"王幼勇问："为一雅？"傅立松说："为一俗。"
  傅立松说："幼勇，我俩不抬杠好不好？今天为舅的泡龟山云雾给你喝，是有一事相求。"这时候龟山云雾泡好了，倒在茶盅里，冒袅袅的香气。王幼勇问："什么事？"傅立松说："傅氏家谱自道光年间四修过后几十年没有续了，导致长幼无序，亲疏不分，我想重修。"王幼勇说："那是你傅家的事，与我无关。"傅立松说："怎么与你无关？你是傅家的外甥，身上流着傅家的血。"王幼勇说："我对此事不感兴趣。"傅立松说："各项事宜，族中长者正在做。舅父只想你写一篇序放在老序之前。"王幼勇说："我何德何才，敢掠人之美？"傅立松说："你是喝过洋墨水的人，先用洋文写，然后用国文翻译，我连洋文带国文放在傅氏五修家谱之前。"王幼勇哈哈大笑了，笑出了眼泪。傅立松问："你笑什么？"王幼勇说："我笑你不糊涂。"王幼勇的娘正在"寒暑庐"门外听热闹。娘在门外说："幼勇，你就用洋文给舅父写一篇。"

王幼勇不笑了，说："要我用洋文写一篇？"傅立松说："对，给我长长脸。"王幼勇说："那我有条件。"傅立松问："什么条件？"王幼勇说："我要格物致知。我要把傅氏家族重新翻出来看一看。"傅立松品了一口茶，手朝胯子上一拍，说："对！求知之人就得这样。去浮言存天理。"王幼勇说："那得给我时间。"傅立松说："行。"王幼勇说："那我该怎么做就怎么做，你不得反悔。"傅立松说："行。"

娘在门外很高兴，乐得合不上嘴，看见舅甥俩像小孩子那样击掌而定。太阳下的风很好，桂花树婆娑成很好看的样子。王幼勇的弟妹们见娘高兴了，也高兴，簇拥着娘，嚷："打麻将，打麻将。"傅立松给每人发一摞铜角子，说："玩去吧，玩去吧。"

王幼勇对傅立松说："要我写序，首先你得把那只斗鸡杀掉。"傅立松问："那是为何？"王幼勇说："不伦不类。"傅立松说："我知道你看不惯它。"王幼勇说："太霸道了。"傅立松问："昨天晚上你是不是听了它的领叫？"王幼勇说："它不开口，别的鸡不敢叫。"傅立松说："这是真话。我也不喜欢它的张扬。早就想杀了它。"王幼勇问："怎不动手？"傅立松笑了，说："你以为我养这个畜牲是为了领叫吗？叫算什么？土鸡叫也是叫，它叫也是叫。什么鸡都能报晓司晨，没有什么不一样。我养它是为了振种。傅兴垸的鸡都退化了，那还叫鸡吗？一代不如一代，蔫头蔫脑，拖翅耷毛，比乌鸦大不了多少。我引进它是听了宋埠教堂那个洋教士的话，他给我看了一本书，叫作《天演论》，说是一个叫作赫胥黎的洋人写的。此人在书中说，天演万物，优胜劣汰，叫作进化。"傅立松品了一品茶，接着说："幼勇，你看见没看见，自从我引进这个种，这个种给我们傅兴垸带来了新气象。垸中的鸡平均比往年重了一斤多。这就是肉哇。莫笑农家腊酒浑，丰年留客足鸡豚。"王幼勇哭笑不得。傅立松说："要是你看不惯，那我把它杀掉。"

第5章　风从天外来（5）

傅立松就喊他的儿子傻大爷。傻大爷闻声而至。傅立松对傻大爷说："你去把它捉住杀掉。"傻大爷说："它长着翅膀满天飞，怎么捉得住？"傅立松没好气地说："你那么好的功夫，连只鸡都捉不住?"傻大爷四处捉鸡，将那只鸡赶得没命了，终于捉住了。傻大爷把那只斗鸡提到傅立松面前，问："是枪毙还是用刀砍?"傅立松脸气得通红。王幼勇问："是你杀还是我杀?"傅立松问："真的连'镜子'也要踢破吗?"王幼勇听懂了傅立松的话，那是老师那年到汉口看哈哈镜的事。王幼勇说："我不需要'镜子'。"傅立松说："好，我杀了它。"于是提起那只鸡将头上的毛拔了一撮，放了。那只斗鸡惊叫着拍着翅膀，拼命逃生。王幼勇问："这就是你的'杀'?"傅立松说："留发不留头，留头不留发。"王幼勇知道傅立松用的是曹操的典。当年行军曹操传令马不得踏庄稼，踏庄稼的杀头。而他的马踏了庄稼。执法的军士问他怎么办？他下马将自己的头发挥刀割了一撮，以发代头，傅立松说出此话来，王幼勇问傅立松："你是曹操吗?"傅立松说："头发割了可以长出来，头割了长不出来。攻心为上。你赢了。"王幼勇说："不是我赢了，是你赢了。"傅立松说："我俩斗什么输赢?"

　　傅立松问："你还有什么要求?"王幼勇说："备三天的干粮，我要到方圆十里采采风。"傅立松问："采什么风?"王幼勇说："风也不知道吗?《诗经》中不是有《风》吗?《风》就是民风。"傅立松笑了，说："是不是想听一听民间对傅氏家族的说法。"王幼勇说："对。"傅立松："没那个必要吧?"王幼勇说："我知道你不敢让我这样做。"傅立松说："有什么不敢的？试试吧。"于是就叫下人传话，给王幼勇备了三天的干粮。

　　王幼勇背着三天的干粮来到垸东城门。傅立松亲自为王幼勇放吊桥。吊桥放下来，王幼勇踏上吊桥就要走。傅立松说："慢，世事荒乱，你一个人出去我放心不下。"于是喊来教师爷，让教师爷陪着王幼勇。王幼勇不走，问："你这是什么意思？监督我吗?"傅立松说："没有别的意思。我要保证你的安全。"王幼勇说："我是自由的。"傅立松说："我要对你的自由负责。"王幼勇说："我对我自己的自由负责。"傅立松笑了，说："你个苕外甥，你们娘们住在我这里呀。出了事怎么办?"王幼勇浑身不自在，坚决不走。娘过来对王幼勇说："我的儿，你不要犟。舅爷是为你好。前些日子岐亭李家的儿子不是被天堂寨的大王绑票了吗？花了五百大洋，才保了命。不怕一万，就怕万一。"

　　娘苦苦地哀求，王幼勇没有办法。傅立松叫人拿来两套袈裟，让王幼勇和那教师爷穿上，化装成两个化缘的和尚，准备动身。那个教爷师哈哈一笑。傅立松问："你笑什么?"教师爷指着头说："蓄着头发怎么是和尚?"傅立松说："对，和尚需要剃度。"于是喊来剃头匠给两人剃头。王幼勇坚决不剃。傅立松说："不剃，你就不能出去采风。"王幼勇没有办法，只好剃。剃头匠用护城河的水将两人的头洗了，剃头匠手艺很好，五七刀下来，两人成了光头。新引的河水很亮，映着王幼勇的光头。众人笑了起来。王幼勇哭笑不得。他没有想到他竟然成了和尚。傅立松对教师爷说："师傅，要你辛苦了。从现在起，你不要说话。你要装成又聋又哑。他走到哪里，你跟到哪里，眼观六路，耳听八方，相机行事。"教师爷打手势哇啦了一通。众人又笑了起来。娘不笑，娘看着王幼勇，说："儿哇，你这是何苦。"

王幼勇和那个教师爷在方圆十里的垸子采了三天的风。王幼勇发觉上当了，那个教师爷虽然剃了头，装成又聋又哑的和尚随着他，但是人们都认得他，晓得他是傅家长年请的教师爷，问到傅氏家族的事，人们都拣好的说。那个教师爷根本不让王幼勇自由走，王幼勇一自由走，他就装聋作哑，哇啦一通，拉住王幼勇。王幼勇根本不是他的对手，身不由己，只有随着他，这让王幼勇深受自由被强权强奸的痛苦。三天过后，王幼勇就被教师爷像羊儿一样牵回来了。牵过吊桥，吊桥升起来了。王幼勇又在傅兴垸的垸城里了。

王幼勇一肚子气坐在桂花楼的"寒暑庐"里。傅立松赶来了，问："有收获没有？"王幼勇冲着傅立松喊："还我头发！"傅立松赶紧叫儿子傻大爷去找戏班子管箱的，拿头套来。这戏班子是傅立松蓄的家族班子，用来唱社戏和神戏，四时八节也唱节戏，傅氏家族富，箱底足，各种头套都有。傻大爷拿来一个头套，是《梁山伯与祝英台》中演四九的套的，刘海长长的。傻大爷将四九的头套戴在表哥的头上。王幼勇一把扯脱，丢在地上。娘过来说："儿，你不能光头。光头像什么样子？你可是读书的人。叫你不要出去，你要出去。你就将就戴几时，等头发长起来，再摘了它。"王幼勇大声说："娘，我成了唱戏的吗？"傅立松过意不去，拿起头套，用剪子将刘海剪去了，剪得像个学生的发型。娘拿起头套戴在王幼勇的头上，拿过镜子照，说："儿，听话。不碍事。"傅立松笑了。王幼勇问："我可笑吗？"傅立松说："不是你可笑，是我可笑。"王幼勇问："你为什么这样做？"傅立松说："问得好。你为什么这样做？我要你写序是为了给傅氏家族增光添彩，你却要去采风。傅氏家族在夫子河边立根几百年，我傅立松当维持会长和傅氏族长几十年，我对你说实话，众人百姓，各怀其心。我傅某做的好事，他们不见得认为是好事。世代相居，朝夕相处，牙齿与舌头再好也有伤着的时候。一家饱暖千家怨。你去采风。他们能说什么好话吗？"王幼勇怒不可遏，问："这么说你是有意安排的？"傅立松说："是我有意安排的。俗话说，周瑜三步一计，孔明一步三计。"王幼勇哭了，问："你为什么这样对我？"傅立松叹了一口气，流下了泪，说："这要问你，你为什么这样对我？"王幼勇说："你虚伪。"

傅立松摇头说:"我不虚伪。我对我的外甥用得上虚伪吗?"王幼勇说:"你老奸巨猾。"傅立松说:"你说对了。你自小跟舅父长大,你认为舅父简单吗?幼勇,你这次一回来就与往回动静不同,你也不简单了。"

娘对儿说:"儿,你少说几句。"王幼勇说:"不,我要说。我有话要说。"傅立松说:"姐,你让他说。"娘流着眼泪。傅立松说:"有理不在声高。我们坐下来,平心静气地说好吗?"王幼勇笑了,说:"你以为我说不过你吗?"傅立松说:"我知道你在武昌街头面对万人滔滔不绝,有雄辩的本领。这样好不好?今天你有气,我也冲动。我俩都冷静地想一想,约个时间再谈行不行。"

傅立松又长叹一口,说:"都是我的错。"王幼勇说:"你在讽刺我。"傅立松说:"昨天我修垸城东城楼大门,请了白果的张木匠,安门的时候他把大门安反了,门闩朝外。我气不过,说他眼睛瞎了。他说我的眼睛瞎了。我问,我的眼睛怎么瞎了?他说,是你眼瞎了请我来。"

傅立松说完朝楼下走,听见老姐在哭泣。傅立松知道老姐听懂了他话里的意思。傅立松很后悔,他不该伤他老姐的心。

这时候夫子河畔,暮色四合,那只大鸟张着翅膀飞回来了,宿在桂花树上。

八

傅立松与王幼勇再次见面,傅立松满脸愧色。

傅立松说:"对不住,外甥。是我的不对。我失态了。古人说,春秋责备贤者。我跟外甥较什么劲?"王幼勇说:"你不要什么都往你身上拉?我知道我们王家是傅家资助起来的。我是你养大的。我身上的肉是你的。但是你要知道我长大了,我有我的自由和人格,我有我的理想和信仰。你有钱能够买到肉体,但是你用钱买不到灵魂。"傅立松连连连点头,说:"对,俗话说,买到奴的人,买不到奴的心。"王幼勇问:"我是你的奴吗?"傅立松说:"只是比喻。比者,以此喻彼,来不得细究,细究起来都觉得好笑,因为此不是彼。"傅立松跟王幼勇讲修辞,王幼勇笑了。傅立松问:"你笑什么?"王幼勇说:"没笑什么?"傅立松说:"我知道你是喝洋墨水的,我不配在你面前讲这些。"王幼勇问:"你来就是跟我讲这些吗?"傅立松说:"你说得对。我来的确不是为此。你说你有话要说,我专门来听的。"

王幼勇说:"你们傅家附庸风雅。"傅立松问:"何以见得?"王幼勇说:"此次采风尽管你用武人钳制我,但是我还是有所收获。"傅立松问:"有什么收获?"王幼勇说:"你们家谱上记载,你们傅氏家族坐落在夫子河边,夫子河是孔子周游六国适楚时问津讲学之处,此地开教化之先,你们傅家因为得圣人之教而发家致富,为了纪念孔子,将此河叫作夫子河。真的如此吗?"傅立松说:"古人不见今时月,今月曾经照古人。"王幼勇哈哈一笑,说:"不对。"傅立松问:"怎么不对?"王幼勇说:"据我采风和读史得知,孔子当年根本没有路过这里,问津处不在这里,而在团风。此河不叫夫子河,而叫麸子河。此河两岸古盛产麦子,麦多麦麸就多,所以叫麸子河。"傅立松说:"你这也是一说。"王幼勇说:"仅此一说。你们傅氏家族为了往脸上贴金,不顾事实。"傅立松脸红了,说:"这也是有的,家族富了,攀龙附凤的事多,以视不凡。"王幼勇说:"我要还原历史,以正视听。"傅立松说:"你这一说,可以加进傅氏五修家谱序言之中。"王幼勇冷笑了,说:"你不怕辱没祖上名声?"傅立松说:"这不要紧。祖上功德如日月之蚀,过则过矣。"王幼勇说:"那就要删除原序中有关夫子河的内容。"

傅立松脸变色了,说:"那不行。"王幼勇笑了,望着傅立松,问:"为什么不行?"傅立松说:"祖上之言,只能纠不能改。"王幼勇问:"你不是讲究格物致知吗?"傅立松说:"你这样一改,叫傅氏家族的后人心里怎么好受?"王幼勇问:"那序还要不要我写?"傅立松说:"那就算了吧。"王幼勇乐了,在"寒暑庐"里踱起步来,将墙壁上挂的二胡拿下来,紧了琴弦,调了琴码,拉将起来,嘴里唱起了《工农革命长精神》。王幼勇唱:"读的书儿新,唱的歌儿新,工农革命长精神。"王幼勇把傅立松气个半死。

傅立松怒喝一声:"不得胡来。"王幼勇笑了,问:"我这是胡来吗?我这是听你的话,格物致知呀。"傅立松说:"你拉吧,你唱吧,我不陪你了。"傅立松出去了,将书房的门关上了。王幼勇放下胡琴说:"慢,你以为不要我写序就算了吗?"傅立松退回身来,问:"你还要怎么样?"王幼勇说:"我这次回乡是有任务的。"傅立松问:"什么任务?"王幼勇说:"你知道我是学政治经济学的,受国民政府的委托,要解剖一个大家族,写一篇调查报告。"傅立松口气软了,说:"大别山里大家族多,解剖别的行不行?"王幼勇说:"近水楼台先得月,我对傅氏家族最熟,我不能舍近求远。"傅立松脸白了,说:"不看僧面看佛面,你剖别家好吗?"

王幼勇说:"你不要怕,我会格物致知,实事求是。"傅立松问:"幼勇,你是不是听到了什么?"王幼勇说:"这次采风除了夫子河外,还听到了一种传说。"傅立松问:"什么传说。"王幼勇问:"要我直说吗?"傅立松说:"直说无妨。"王幼勇说:"那天我到界岭关采风,拳师解溲去了,我见到一个攀绝壁采药的白胡子老人。我采访他，那个老人对我说傅家的事。他说傅家是得了不义之财，一夜暴富起来的。"傅立松说："这是不实之词，我们傅氏家族是世代积累才到今天。"王幼勇摇头，说："老人说不是那回事，他说你们傅氏发家不是十一世祖做秀油生意发财的，是得了天台寨洪秀全领导的'长毛'的金银财宝发财的。天台寨的'长毛'将劫来的金银财宝，装进三具棺材埋在白云洞里，清兵灭了凤凰寨，杀尽全寨的'长毛'，没有发现金银财宝，被你们的进山采药的祖上发现了。于是你们傅家一夜之间发了财。老人说，你们傅氏家族每一个毛孔都沾满了鲜血。"傅立松急了，一巴掌拍在桌上，说："欺世之谈！"

　　王幼勇说："你动什么气？你不是说有理不在声高吗？"傅立松说："此事怎么说得清？"王幼勇说："我自有办法。"傅立松说："世事如烟，史无对证。"王幼勇说："你不要急。你知道我是学政治经济学的，同时对历史和考古有所研究。"傅立松手颤抖了，说："你有什么办法？"王幼勇说："很简单，只需在傅兴垸中挖一口井，真相就会大白。"傅立松问："挖一口井？"王幼勇说："对，挖一口井。你敢不敢让我挖？"傅立松说："此事重大，我不敢当家。我得同族中长者商量。"王幼勇说："你去商量。我等着。"傅立松问："如果族中长者不同意挖怎么办？"王幼勇说："那我就用调查报告的方式，将此事作为素材写进去。"傅立松问："道听途说，怎能写进文章？"王幼勇说："所以我需要证实的机会。"

　　傅立松下了桂花楼，开祠堂的门，敲那口祭祀的青铜大钟将族中长者招来，将事情的前因后果说了。族中长者义愤填膺，一致认为此事非同小可，关系到傅氏家族名声。傅立松在祖宗的牌位下，焚纸烧香，跪拜，禀告："列祖列宗在上，事到如此，需要一口井证明傅氏家族的清白！如果不同意挖这口井，我只有不当这个族长，因为时逢难世，众口铄金，我无法面对夫子河两岸的众人百姓。"傅立松拿出一张黄表纸，拟了文，让族中长者在上面签名。族中长者只好在表上签名。

　　王幼勇走进傅氏祠堂，问："商量好了没有？"

　　傅立松指着王幼勇，说："畜生，商量好了。你挖吧！"

　　王幼勇笑了，说："想不到傅族长也有骂人的时候！"

　　族中那个长者，问王幼勇："书生，傅兴垸的井不是那么好挖的。如若挖了井不能证实，你该当何罪？"王幼勇说："我以科学的方法，何罪之有？"长者冷笑了，说："那由不得你。你是傅家的外甥，如若错了，傅家有权动用家法，开祠堂打板子。你怕不怕？"王幼勇笑了："实事求是，何怕之有？"

第6章 风从天外来（6）

九

井选择在傅氏祠堂的门外的广场上挖。

王幼勇不要任何人参加，他一个人动手。为了不让垸人打扰，王幼勇钉木桩用草绳子围了三丈见方的一块地方。垸里的女人清早起来在草绳子上拴着许多红布条儿。那些红布条儿，在风中飘摇，就像社庙里披的红。因为在垸中动土，傅兴垸的女人们怕犯着了孩子，夜里在绳圈外烧了许多纸钱，泼了许多水饭，风中纸钱的灰像黑色的蝴蝶，水饭是潲水和的，饭粒雪白，潲水散发着很浓的馊味儿。消息传得很快，垸人都知道了挖井的原因。垸人站得远远的，望着祠堂广场上用草绳围着的那块地方。天旱旱的，老天没有半点下雨的意思，太阳白白的，空气中硫磺味更重了。王幼勇先用石灰在绳子圈里两横两竖撒了个"井"，穿着长衫举着鹰嘴镐在"井"字里挖，先用鹰嘴镐将土一层层地挖松，然后用铲子小心翼翼地铲起来，观察土里的遗物，将土里的遗物捡起来，分类堆放。

傅立松和族中长者聚集在祠堂里。傅立松拿着那个单筒望远镜，搬了一张高脚凳，坐在祠堂里的祖宗牌位之下，看王幼勇挖井。祖宗牌位高，一面窗子正对着广场。族中长者们袖手噤声坐在木楼板上，让傅立松看，随时将看到的，通告他们。

傅立松隔夜到宋埠教堂去了一趟。傅立松说："教士，我的外甥要挖一口井。"那个洋教士是个中国通，不要翻译，直接听得懂傅立松的话。洋教士哈哈一笑，说："挖井是平常的事情，用不着大惊小怪。"傅立松说："他要在祠堂广场上挖一口井。"洋教士问："是为了汲水吗？"傅立松摇头说："不是。我们傅兴垸的井多得很。"洋教士警觉了，问："你那个外甥是什么人？"傅立松说："他是省立政法学校的学生，学的是政治经济学，兼修历史和考古。"洋教士说："啊，知道了。告诉你，他要挖的不是井，是探方。"傅立松问："什么是探方？"洋教士说："探方是考古学的专业术语。探方样子像井。"傅立松问："是不是像盗墓的用洛阳铲打洞？选准地方下手，地下有什么就清楚了？"洋教士说："对。"傅立松一下子就明白了。

整个傅兴垸在王幼勇的耳朵里静了下来。王幼勇专心致志挖他的"井"。作为省立政法学校的学生，有着考古发掘的专业知识。他参加过国民政府组织的武昌放鹰台新石器时期遗址和盘龙城楚国故都的试掘工作。王幼勇先揭的是祠堂广场上铺地的方砖。因为天旱，这些二尺见方的青砖是干的，破的多，整的少。揭动了就是烟火气息。这气息因为没有经过时光的过滤，是燥的，冲人的鼻子。王幼勇闻着了松烟的味道，知道这些青砖是用松枝烧的。这些或整或残的砖，颜色鲜艳，充满燥气。王幼勇敢推断这是从方塘取土烧制的，时间不过几十年。也就是说傅氏祠堂的广场原来是土的，几十年前才用青砖铺地。此时的王幼勇沉浸在傅兴垸的历史里。傅氏家谱记载，垸城完工之时，举全族之力，在垸城西门外开族塘一口，二十亩见方，其势泱泱，外人望而生叹。其实不是那回事，傅氏家族定居夫子河边之后，历代在那里取土烧砖烧瓦，形成大坑，傅氏族人不存在举全族之力，只不过对大坑稍加整理，成了族塘，记在家谱上。王幼勇笑了。

　　族中长者问傅立松挖出什么了？傅立松说："砖，铺地的方砖。"

　　王幼勇继续朝下挖。下面就有水分，挖出来的都是瓦片，瓦片是黑色的，许多的瓷片和陶片夹在其中，瓷片是白色的，陶片是红色的和灰色的，都是日常器物打碎了，积压下来的。红陶片是夹沙的，粗糙，厚；灰陶片是细泥沉淀后制作的，细腻，薄。瓷片是青花的，上面有字，记着景德镇制造，还有堂号。傅氏家谱记载，家族鼎盛之时，傅氏三支各立堂号，日常器用，从景德镇定做，各铭堂号，从江西用竹排启运，溯长江经举水上，靠垸东城门夫子河码头，一派大家之气。通过瓷片推断，这是真的，可见傅氏家族那时富庶的程度。王幼勇将那些记着各堂号的瓷片儿，分堆放着。

　　族中长者问傅立松，挖出什么了？傅立松说："都是些瓦片。红的灰的白的。"一个长者不信。傅立松递过手中的单筒望远叫他自己看。长者通过单筒望远镜，看见了堆在一起的瓷片上他家的堂号，笑着说："挖什么？有什么值得挖？我家这样碗和盘子还有。我去拿几个给他就是。"族中长者都笑了。傅立松说："不要笑。看他继续挖。"傅立松累了，坐下休息。族中那个长者举着那个单筒望远镜，替傅立松看。

　　王幼勇继续朝下挖。"井"已经挖到了两米深。成排的杉树露了出来。那些杉树由于地下湿度大，很新鲜。王幼勇心跳加速了，他要探的就是这。傅氏家谱记载，"长毛"过后，祖业鼎盛，族中人丁猛增。族人决定在原垸址，外修垸城，内布垸局。恐河边地基不固，扫平垸基，放杉木成排相互连结，以成一体。这也是真的，有杉树为证。界岭关的那个采药的老人告诉王幼勇，傅氏家族是得了"长毛"的不义之财后，修垸城和垸落的。修垸城和垸落时，将"长毛"所铸的铜钱和银锭，秘密地在杉树下铺了一层，一是镇地气，二是

"长毛"所铸的铜钱和银锭不能用,因为上面铸着他们的年号。王幼勇要探的就是这。成排的杉树露出来了,揭开杉树就可以找到"长毛"所铸的铜钱和银锭。找到这些东西,就可证明傅氏家族根本不是做生意积累起来的,而是得了不义之财,一夜暴富的。

  杉树太长了,王幼勇不能将成棵的挖起来。王幼勇只能采取斩断的方法。这在考古来说是不允许的,因为这不符合科学。王幼勇顾不得了。斩断杉树之后,露出了杉树底下的土,土仍是熟土。土里果然发现了铜钱,还有银锭。王幼勇很兴奋,趴下身子,小心翼翼地将那露出来的铜钱和银锭取出来,拿在手里拭擦。泥土擦去了,没有露出光芒来。王幼勇就用牙咬,因为铜钱和银锭用牙咬就会现出本色来。王幼勇用牙咬过之后,发现不是铜和银,而是泥。原来所谓的铜钱和银锭都是泥烧的。这在考古上有讲的,叫作泥钱和陶宝。这些东西在汉代以后的墓葬里经常发现。不是巨富,谁用真的?只能烧泥钱和陶宝,寄托愿望。

  王幼勇大失所望。

  王幼勇咬泥钱和陶宝后吐土的情景被那个拿单筒望远镜的长者看见了。长者笑得直不起腰来。傅立松问:"笑什么?"长者说:"你们各人看。"于是那个单筒望远镜就在众长者的手上递过来递过去,他们都看到了王幼勇留在嘴上的泥。于是那些老货们都笑,布满皱纹的脸,笑出菊花般的灿烂。因为采药老头所说的话,早就流传于夫子河两岸,成了傅氏子孙们的一块心病,讳莫如深,他们隐隐地知道王幼勇要找的就是这。

  傅立松仰天吁了一口气。

  一连几天,王幼勇继续朝下挖。朝下挖没有砖瓦的碎片,露出原始泥垒的屋基,夹杂着芦苇和茅草的残片,还有粗糙的陶片,记录着原始和粗糙。那个陶井圈就是在这时发现的。说明这是一口古井。叫王幼勇吃惊的是,陶井圈上刻着字,显然是烧井圈时用树枝刻上去的,字为"江西瓦西坝筷子巷傅氏之井"。王幼勇被陶井圈击中了,脑子里出现了夺目的辉煌。几年前他参加武昌放鹰台新石器时期遗址和盘龙城战国时期楚国故城遗址试掘时,有一个推断,认为古人迁徙是背着陶井离开家乡上路的,一是古时烧制陶井圈非常不易,二是陶井圈是一个家族繁衍的图腾。成语"背井离乡",不是别井离乡,而是背着陶井圈离开家乡,到了新地方,再打井,将背来的陶井圈安上。这才是"背井离乡"的原义。这个陶井圈说明,傅氏家族的确是明朝洪武年间从江西瓦西坝筷子巷迁徙来的,与家谱记载是一致的。

  王幼勇没有停下来,继续朝下挖。朝下挖发现了绳纹的陶片,陶鼎足和陶鬲足,灰坑和散落在灰坑边的石器。这些器物具有长江中下游龙山文化的特征,说明这块河边的二级台地五千年前就有人居住。

　　这时候王幼勇就被傅氏家族的长者包围了。那些长者问王幼勇："挖到什么了?"王幼勇抬起头来,满脸的汗,喃喃地说:"不是那回事。"长者们问:"不是哪回事?"王幼勇说:"不是那回事。"

　　长者们围上来,说:"不是哪回事?不是那回事就跟我们到祠堂里去一趟!"长者们挽了长衫的袖子,伸出爪子,将王幼勇从"井"里提了上来。傅立松一声断喝:"你们想干什么?"长者们说:"听信妖言,理当处罚!"傅立松把王幼勇护在怀中,哈哈一笑,说:"洗尽沉冤,天日可鉴!可喜可贺。传我的话,唱社戏三天,论功行赏,挂彩披红!"

　　傅兴垸沸腾起来了,在祠堂广场上搭台唱戏,各家把大门板卸下来,铺在戏台上。傅兴垸的门板因为富所以厚,任凭演员唱打念做,扑闪腾挪,不会断。傅立松让人把唱戏的由头传得很远,方圆二十里的人们都知道傅兴垸为什么唱戏。傅立松为了表彰王幼勇,做了一块金匾。金匾长八尺,高三尺五寸,写着四个金字"唯井有德"。匾上扎着红绸子,准备开锣时,由族长领着族中长者上台祭祀祖先之后,献给王幼勇。闹台的锣鼓吃了中饭就开始打。震天动地的锣鼓,不怕重复一遍地敲,一遍地打。与此同时傅立松领着族人作开场仪式的准备。整猪整羊整牛,杀了,褪了毛,净了膛,点了红,趴在供桌上。傅立松亲手扎红花,做绶带,准备戏开场祭祀过后,给他的外甥披戏挂彩,将"唯井有德"的金匾,当着众族人的面献给他。

　　戏是傅立松亲自点的。是连台戏《劈山救母》,唱三天,一天三场,一共是九场。族中长者都认为傅立松的戏点得好,有深意。傅立松传话族中诸户,他们可以接亲戚来看,但只限小孩和女客,非常时期,不得不防。傅立松布置好了,对进垸之人严格盘查,戏开锣之后,垸城四门紧闭,护垸族丁上城巡逻,加紧防范。

　　王幼勇是在戏开场时失踪的。戏开场,三牲抬上了台,傅立松领着族中众长者上台,鼓乐齐鸣,香烟袅袅。傅立松站在台上双手捧着表,表的题目与匾字相同,也是《唯井有德》,是按古文格式写的,四言八句,上句与下句对应。傅立松抑扬顿挫地念,对王幼勇挖空井的功绩大加褒扬,台上台下肃然起敬。就在傅立松念完表彰,抬出金匾,隆重推出王幼勇之时,傻大爷匆匆上台,单腿朝傅立松面前一跪,说:"报告族长,大事不好,王同志不见了!"傅立松问:"怎么不见了?昨天晚上不是住在桂花楼上吗?"傻大爷拿出一张纸,说:"我去的时候不见人只见这张纸。"傅立松问:"纸上写着什么?"傻大爷说:"你自己看。"傅立松说:"念。"傻大爷说:"我认不全。"傅立松拿过那张纸,念出声来。纸上写着：不困樊笼里，腾飞出古城。我来秋风扫，天地长精神。台下一片哗然。主礼的族中长者问傅立松："怎么办？"傅立松说："继续进行。"问："不见了人怎么进行？"傅立松说："我是他的舅父，我代表他。"于是继续进行，主礼的族中长者将绶带和红花给傅立松戴上了，两个人抬着匾，献给了傅立松。于是戏照唱，演员出场，演《劈山救母》。

第一本唱完，人散夜静，星月在天。老姐流着泪对傅立松说："我要我的儿。"傅立松说："城门紧闭，吊桥扯起，护垸河这么宽这么深，我想不通他能到哪里去？"老姐说："是你逼了我的儿。他肯定寻了短见。"鄂东方言中，寻短见就是死了。傅立松说："是他逼我。"老姐说："我不管，我要我的儿。"傅立松说："他不会死的。"老姐流着眼泪说："你那样出他的洋相，我养的儿我知道，他受不了。"傅立松说："事到如此，我陪你去找。"

于是傅立松领着老姐和一群人打着火把在垸中呼喊，垸中无人应。一路喊，一路走，就来到族塘的边上。星月的光映在族塘里，夜风在火把光里，微风起着涟漪。傅立松和老姐一群人站在族塘的小岛上喊。这小岛叫作官人岛，传说清朝时有一个官员到傅兴垸钓鱼，因为钓的鱼太大了，扯鱼时淹死在族塘里，朝廷为了惩罚他以儆后人，将这个官员就地葬在这个小岛上。

娘喊："儿啊！你回来！"星月在塘，只有鱼惊动跳出水的声音。

傅立松喊："幼勇，你在哪里？你回来啊！"没有回声，夜色茫茫，火把红红的，像石榴花开在夜色里。忽然有人在塘岸上发现了一双鞋。娘将鞋抱在怀里，痛哭，说："这是我儿的鞋呀！我的儿呀！"

这天夜里，傅兴垸发了瘾，先是一个人做了梦，梦见王幼勇从祠堂挖的"井"钻进去，出了傅兴垸，飞上了天。他大呼起来。然后全垸的人惊动了，开了门，在垸子里狂奔呼号，说是地挖破了，涌出了水。鸡飞狗跳，乱成了一锅粥。傅立松叫族丁在垸城上朝天放了三排枪，才将族人震醒。

十

第二天早晨，老姐领着儿女要回家。她对傅立松说："你就是三餐给海参燕窝我们娘儿吃，我们也住不下去。"傅立松说："姐，兄弟对不住你。"老姐说："你又没有错。"傅立松说："姐，我是没有错。"老姐问："那就是我的儿错了。"傅立松说："你的儿也没有错。"老姐说："那就是天错了。"傅立松说："放心，他死不了。"老姐说："我不管，我活要见人，死要见尸。"傅立松说："一定，一定。"

傅立松备好了轿，依然是八乘。老姐领着儿女不坐轿子，要走回去。傅立松说："姐，你要给我面子，来时坐轿，去时也得坐轿。"老姐说："我连儿都没了，还坐什么轿？"傅立松朝老姐双膝一跪，流着泪说："姐啊，不修来生，修今生，你看在我们同胞的份上，依兄弟一回，我求你了。"老姐泪流满面："父亲母亲啊，我心痛我的儿，也心痛兄弟的轿啊。"哭完，老姐领着儿女上轿。

轿子还是来时的八乘。老姐的一乘是八个人抬的，在前面走。接下来的是四个人抬的，是长外孙幼勇坐的。外甥不是常人，外甥有功名，依古制相当于举人，当然是四抬大轿。但是不见了人，没人坐。大管家问傅立松："老爷，抬空轿吗？"傅立松说："轿子不能空。把匾放进去。"老姐说："不要那东西。"傅立松说："不能让旁人看出是空的。"大管家说："一块匾太轻了。"傅立松说："加两块青砖进去。匾放进去后，加块青砖，就与人的重量差不多，外人看不出。传我的话，对外就说外甥已经找到了，坐在轿子里了。"管家点头说："是。"

老姐的六个儿女按长幼的顺序，坐上两个人抬的轿子。八乘轿子顺着放下的吊桥，走出了傅兴垸。傅立松随着轿子送老姐和众外甥。

老姐掀开轿帘对傅立松说："兄弟，莫送了。"傅立松说："姐，让我送送吧。我们姐弟，年纪都不小了，送一回少一回。"老姐哭着说："兄弟呀，屎好吃，人难看。我养儿一场，活要见人，死要见尸。不然这条路就断了。"鄂东方言中，看就是养。傅立松的泪就涌了出来，说："老姐，我答应你。若是找不回，我陪我的命。"

八乘轿子出垸城走在山路上，锣鼓唢呐一路紧吹慢打，排铳朝天一阵阵地放。

这时候王幼勇出现了。

衣衫破褴的王幼勇，就在这时候出现在对面的山头上。

这时候太阳升出来了，升在山头上。众人目瞪口呆地仰望着。山下的众人看到山上的王幼勇，站在太阳里了，通身金光万道。太阳里的王幼勇，哈哈大笑，双手举着天，高声唱着那首谁也听不懂的歌。歌声随着松涛一阵阵地响。

王幼勇唱完那首歌，双手作了喇叭状，朝山下喊："演戏吧，继续演，继续往下演！看你能演到几时！"

风从天外来。那风生猛活泼，扯着云，和着雾，从山头上往下弥漫。

青天无垠，那轮太阳光芒四射，射得众人睁不开眼睛。

第7章 心有千千劫（1）

《好为穷人争自由》
人生在世几多秋，若不革命怎出头？
奉劝人人入农会，好为穷人争自由。
——摘自《鄂东革命歌谣》

注释：这首歌是一九二六年冬红安、麻城各地动员农民参加农民协会，向土豪劣绅们展开清算而作。这首歌用"孟姜女"曲调来演唱，风靡一时。

十一

一场雪落在地上没化，娘又听见天在下冷子儿。

冷子儿就是冰粒儿。冷子儿一片响地砸在屋面的瓦上。许多的传言像雾一样在娘心头弥漫着。娘根本就没睡。娘夜里点着灯，和衣靠在架子床头。娘不让灯熄，闭着眼睛，让灯一直陪她到天亮。娘心醒着，耳朵醒着。

天在一遍冷子儿的响声中亮了。接着又下雪，夹在群山里的石槽冲，就像一口死塘陡然冲进了活水，打破了素日的平静。水满了，塘阔了，山民们像鱼儿一样，有的按捺不住，跳出水面，看新鲜；有的深潜水底，惶惶然不知所措。平常熟得不能再熟的人，互相生了。见了面，你的眼睛望着我，我的眼睛望着你，都想从里面看出点东西来。就像精明的赶山猎狗，见了同类，怕是狼，不敢远，也不敢近。互相瞪着眼睛看动静，互相抵着地面闻气味，谁也不敢先摇尾巴。霜打树叶落，连着下雪，是农闲，田里地里没事，但谁的心都不闲，清早起来天地一片白，众人就袖着手，聚集在一起闻气味。

乘马岗说鼓书的"肥肉"，踏着积雪，提着柳条编的篓儿，带着苕婆娘，来到了石槽冲。柳条编的篓儿里装着鼓板，那是他吃饭的"家业"。"肥肉"一只手提着吃饭的"家业"，一只手搀着他的苕婆娘走进了石槽冲的早晨。"肥肉"独人一个，婆娘是他从说书的路上拣来的。婆娘晓得朝进吃晓得朝出走，晓得同"肥肉"做爱，"肥肉"就不嫌弃。"肥肉"一只脚不方便，是从娘肚子里带出来的。"肥肉"不识字，没有从师，说书是他随心所欲漂出来的。北路的鼓书先生组织徒儿们几次清理门户，盘他的江湖，砸他的场子，但每一次他都知错不改，谁都奈他不何，只有随他放任自流。"肥肉"之所以叫"肥肉"，是因为他说书的时候离不开荤话，说到动情处，一口一块"肉"，全是裤带之下的。于是"肥肉"就成了他的号。

"肥肉"来到石槽冲的垸头的时候，垸人正聚在一起说闲话。

"肥肉"走上前，松了婆娘，朝人群里王家的老三王幼刚打招呼。"肥肉"说："王老三，你晓得吧？天亮了。"王幼刚笑了，说："我晓得天亮了，你晓得吧？""肥肉"说："我也晓得。"众人就笑了，说："'肥肉'要你弄个鸟的玄？哪个不晓得天亮了？"王幼刚当然晓得天亮。天刚蒙蒙亮，王幼刚就起床了，走到娘的房门，对娘说："娘，我到山上帮你打柴烧。"弄得娘很感动。王幼刚拿条冲担走出门，见了人他又不走。"肥肉"对王幼刚说："王家老三，还打什么柴？天要变了。前天顺河一家养的狗忽然开口说人话，说前十年人羡饭吃，后十年饭羡人吃。""羡"在鄂东方言里就是想的意思。王幼刚问："这是什么意思？""肥肉"说："这你也听不懂？""肥肉"说："有人看到一个白胡子老头，站在大别山主峰天堂寨的云朵上，唱刘伯温的《烧饼歌》。"王幼刚问："你听谁说的？""肥肉"说："都传遍了，你没听说吗？半个月前，我到六安时就听说了。"王幼刚马上警觉了，问："你去六安干什么？你是什么人？""肥肉"反问："你问我是什么人？你是什么人？"王幼刚说："我问你，唱的什么词？""肥肉"说："大风起兮云飞扬，安得猛士回故乡！"王幼刚笑了："说荤话，你晓得鸟是肉做的？那是汉武帝刘邦的《大风歌》，不是刘伯温的《烧饼歌》。""肥肉"笑了，说："王家的儿，我知道你读了几句书，雅。你只晓得个鸟是肉做的，不晓得肉是鸟做的！那是汉武帝刘邦托刘伯温，刘伯温托白胡子老头唱的。"

众人大笑。王幼刚的脸气白了，拿着手里的冲担要扫过去。

"肥肉"冲着垸子大喊："傅大脚！我晓得你家有钱！把钱准备好，你家的儿要打我！"

老大王幼勇闻声打开窗子，用手指敲得一遍响，对王幼刚说，老三："你干什么？俚语村言，姑妄言之，姑妄听之。""肥肉"冲着窗子喊："王家老大你说得真好！"床上的老二王幼猛在被窝里蒙头笑，说："哥，秀才遇着了兵。"娘在隔壁的房间里梳头，在梳妆台上拍着梳子，大声说："'肥肉'，你让他打。我给你准备了一条老命。"王幼勇隔着墙壁说："娘，你怎么这样说话？"娘说："我不这样说话怎样说？是不是又要唱戏？"

"肥肉"不理众人了。"肥肉"搂着婆娘上了路。冷子儿下得一片响，北风里，"肥肉"果真就唱。"肥肉"大声唱："说新鲜，就新鲜，各位看官听我言，张家有钱不会用，李家会用没得钱！今日八仙来相会，张果老骑驴走在前！"

娘的气不打一处来。

从傅兴垸消夏回来,娘就不理王幼勇这个儿。

娘指望这个省政法大学的儿,毕业后在省城武汉谋个好差事,一是光宗耀祖,二是衣食无忧娶妻生子,她这个做娘的不说享福,起码料理了一个,不再为他操心。男人死早了,她一个女人靠娘家的嫁妆养七个子女成人不容易。娘没想到这个儿竟然这样的不同列。

娘没想到她的儿不同列的事,接着发生了。

一天吃早饭的时候,一个头戴破草帽的人,进了王家大门。来人掀了头上的破草帽拿在手上,问:"这是傅大脚的家吗?"傅家的老姑娘,名字别人记不得,一双大脚与能干远近有名。娘起身问:"哪来的客?"来人问:"你就是傅大脚吗?"娘说:"我就是。有什么事?"来人说:"你家老二欠了我的钱。"娘问:"欠你什么钱?"来人拿出字据说:"你自己看。"娘拿过字据,字据上写着:今欠到张天师现洋五十块。字据上写着名字摁着鲜红的手印。娘五雷轰顶,指着二子问:"幼猛,你欠他什么钱?"二儿不说话。来人说:"欠我的赌债。"娘气得浑身颤,指着二儿问:"有没有这事?"二儿说:"有这事。"娘问:"你什么时候去赌博的?"二儿双膝朝娘面前一跪,说:"前天。"娘问:"在哪里?"二儿说:"在土地庙。"来人说:"怎么样?有这事吧?还我的钱!"王幼勇拍案而起,问:"你是什么人?"来人笑了,反问王幼勇:"你是什么人?"王幼勇说:"我是他哥!"来人手朝腰里按,露出扎在裤腰里的刀,说:"我是他爷!"娘朝椅子上一坐,说:"想干什么?不必多说。杀人偿命,欠债还钱!"于是将刚收的八担净花折合成五十块现洋,给了来人。来人拍了一下巴掌,从岗头上的松林里走出八个来,一人一条扁担,挑着八担净花扬长而去。

日子里,娘的心凉透了。

地处鄂东的大别山属季风性气候。一场北风下来,大别山的山山岭岭就白了。先是霜,后是雪。霜和雪落下来,就在山头上化不了。这时候山里就是三种颜色,一是青,二是白,三是红。青的是松,山山岭岭都有,越冷越绿,松针上冷出松糖来,越发绿了。白的是霜雪,铺天盖地,不到春天它不化。红的是枫树和木梓树的叶,开始是红,慢慢地变白,白得没有了颜色,然后从树上掉下来,被人和牲口的脚践成泥,完成生命的一个轮回。这样的季节,大别山里就是冷,冷在人的魂儿里。

十二

冷子儿下得一片响,北风盈门吹。

王幼勇用从箩筐上抽麻绳捆被子。从箩筐上抽下来的麻绳子很长，可以与北伐军捆被子的专用带子媲美。王幼勇在学校时参加过国民政府组织的军事训练，训练时用那种草绿色的布带子捆被子。那种草绿色的带子，一指宽，织得很好，能将被子捆成三横两竖，背后插一双鞋，驮在背上。家里没有那种军用带子，王幼勇只好抽箩筐上的麻绳子替代。做箩筐系的麻绳也行，有足够长，也能将被子捆成很好看的三横两竖，背后也能插上一双鞋。

王幼勇将捆好的被子驮在背上，提着洗漱的用具，行军样地准备出门。这时候与王幼勇同床睡的大弟王幼猛在床上翻了一个身，脸从向壁的方向扭过来，朝着王幼勇，露牙一笑，问："哥，捆得这样雄赳赳的，怕人认不出你是吧？"王幼猛一笑，王幼勇就闻到了从王幼猛嘴里散出来的油面味。

王幼猛拜岗背垸的王老先生读了五年私塾，读完了《三字经》《幼学琼林》，将《古文观止》读到一半时，娘就让他辍学回来，跟垸中的面师傅学牵油面。娘让他辍学是没有办法。孤儿寡母的，虽然娘家给了些嫁妆田，每年可以收些租子，但一家八口的日子仍是艰难，大儿有舅父的资助读到了汉口的大学，其余的六个儿女，都是娘身上落下的肉儿，她得公平，得让每个儿女都读几年书，识点字儿，以便今后过日子。娘对二儿说："猛，从你起你们兄妹每人读三年。"王幼猛只好回来。娘说："猛，牵油面是手艺。是艺好藏身。"王幼猛不敢违抗娘的旨意，捧着书哽住了。娘说："你哭一场。哭出声，心里就好过些。"王幼猛换一口气过来，哈哈笑。娘问："你笑什么？"王幼猛说："娘，我不哭。牵油面好。牵油面有吃的。"娘说："你怄我是吧？"王幼猛说："娘，我不怄你，我怄我自己。"于是王幼猛就学牵油面。王幼猛牵油面的时候，经常顺手吃油面头儿。油面是大别山里的山民们的传统面食，就是还穷的人家，腊月间也要牵一盆，一是待客，二是过年。油面用菜油和盐揉面，缠在细丛竹做的面棍子上，放在用土砖砌的面埒里发一会儿酵，然后拿出来，插在面架子上牵，牵出的油面，根根银丝样地细，等到晒干后再用皮纸条儿束成一把儿一把儿的。油面里有油盐，待太阳下山，油面风干下架扎把时，面棍子上就留下许多油面头儿，小孩子们就围过来，馋吃。十八岁的王幼猛领着孩子，边收油面边将竹竿上的面头儿，朝身边的孩子嘴里塞，同时不忘朝自己的嘴里丢，津津有味地嚼，满嘴冒白地吞，往往吃了油面头儿就不吃夜饭。他回家对娘说："娘，我跟你节约一餐。"恨得娘只有叹气的份。娘没想二儿居然瞒着她去赌博，一下子输了八担净花。娘追问他："为什么输那么多？"他说："中了圈套。"娘问："二回再赌不赌？"他说："不会有二回。"娘想，浪子回头金不换，也就算了。

王幼猛用带油面味的口气对王幼勇说话，王幼勇很不屑。王幼勇说："老二，等你嘴里的生面味干净了，再同我说话好不好?"王幼猛说："你吃你的熟食。你不管我嘴里的生面味，我跟你说，你这样走肯定不行。"王幼勇问："为什么?"王幼猛说："你吃熟食的人，连这事都不明白？要我教你?"王幼勇笑了，知道读了一半《古文观止》的二弟对他用了典，说："肉食者，未能远谋。"王幼猛说："孺子可教。"王幼勇问："昨天晚上你为什么双手抱着我的脚，连身都不翻?"王幼猛说："哥，被子不能捆。"王幼勇问："不捆怎么背?"王幼猛说："叠成条，像山里守夜人那样斜背着，那就自然。"王幼勇说："你跟我王顾左右而言他?"王幼猛说："我说的是实话。"王幼勇说："我要你教训我?"王幼猛问："哥，你干的事很神秘是不是?"王幼勇说："教书有什么神秘的?"王幼猛说："准我参加吗?"王幼勇说："不要瞎说。"王幼猛问："哥，你看我的觉悟怎样?"王幼勇说："赌债还清了是吧?"王幼猛问："哥，你过来。"王幼勇走到王幼猛的身边。王幼猛贴着王幼勇的耳朵说："有人叫我监视你!"王幼勇吃了一惊，问："谁?"王幼猛笑了，说："你紧张什么？是娘。"王幼勇松了一口气，说："我早知道了。"王幼猛说："我向你告了密，你就要收我。"王幼勇说："你说什么？我听不懂。"王幼猛说："我不跟你说的玩。我可是出卖了娘的。"王幼勇吸了一口凉气。王幼猛问："哥，你为什么不说话?"王幼勇说："放心，我不会这样走。就像燕子，清明回白露去，回得清去得白。我这就去见娘。"王幼猛说："这就对。"

王幼勇放下肩上的被子，朝娘的房间走。

王幼勇对外的职业，是石槽冲平民学校的教员。平民学校是武汉国民政府在乡间设立的启蒙机构，国民政府为了提高民众素质，在乡间设立平民学校。平民学校是县民众教育馆的分支，民众教育馆归县政府教育科领导。平民学校不收学费，平民学校的教员都没有薪水，每月由县政府教育科发两袋米或面粉，作为伙食补助。平民学校属于季节性学校，利用冬闲的夜晚召集山民扫盲。不分老幼，只要愿意去的都收。山里的老人们有猫冬的习惯，霜雪下来，守着火塘，不愿出门，说是学会道士老了鬼，所以只有年轻的男女愿意去。石槽冲的平民学校设在王姓的祠堂里。王姓世代是庶民，按照制度，祠堂只能一进三重，不像熊姓的祠堂煌煌然一进九重。因为熊姓的祖先是楚国国王，属于天子级，祠堂可以九重。作为平民学校的教员的王幼勇，为了便于秘密开展革命活动，组织上指示他离开家，住进王氏祠堂后面的厢屋里。

王幼勇穿着长衫，夹着书，来到天井后娘的房。娘早起床了，将房间和自己收拾得一尘不染。几十年来，娘就这样井井有条、一尘不染地过日子，叫王幼勇很心酸很感动。古老梳妆台前的太师椅子上坐得有条不紊、一尘不染的娘，正等着王幼勇。王幼勇站在房门里，说："大!"叫娘叫大是大别山的习俗。王幼勇本来是要叫"娘"，他是政法大学毕业的学生，受过新教育，叫"大"是不新的，但王幼勇不叫"娘"而叫"大"，是为了让娘听着心里温暖。娘背对着他，问："就这样离家出走吗？"王幼勇低下头，说："是。"娘问："是不是参加北伐？好男儿志在四方。儿啊，你把衣裳脱了，让娘在你的背上刺字：尽忠报国。"王幼勇嗫嚅了半天，说："娘，儿当初是想参加北伐军，报了名的，可是拉了一场痢疾，北伐军开走了。"娘问："儿啊，北伐军开走了，你到哪里去？"王幼勇说："儿到应该去的地方去。"娘问："你应该的地方在哪里？"王幼勇说："王氏祠堂。"娘说："王氏祠堂？那不是石槽冲你们王姓这一支的小祠堂吗？"王幼勇说："是。"娘问："儿呀，王小祠堂太小了，离家太近了，不是你应该去的地方!"王幼勇说："娘，儿记得你从小对我说，不因善小而不为。我在那里教书，离开家是为了方便。"娘问："方便什么？"王幼勇说："娘，有些事跟你一时说不清楚。"娘说："儿啊，娘老了，娘老糊涂了。娘昨天夜里做了一场梦，梦见了那个东西。几十年不见了。你帮娘找回来。"王幼勇问："什么东西？"娘说："你不要问，把柜顶上码着的箱子朝下搬。"

娘掇张椅子放在柜子前给儿搭脚，说："上去吧。"王幼勇上到椅子上。娘说："搬。"那些箱子整齐地码在柜子顶上，全是娘出嫁时的嫁妆，装着被子和衣裳。这些被子和衣裳够她穿一辈子。王幼勇将那些箱子一口口地朝下搬。搬到最下面的一口。娘说："就在这口箱子里。"娘拿出一串铜钥匙，择一根，递给王幼勇，说："打开。"那口箱子放着娘出嫁时穿的凤冠霞帔，还有几件首饰，有金的，有银的，也有玉的。娘都没有戴，封在箱子里，以防急用。王幼勇一件件朝外拿，都不是娘要找的。一杆三尺长的竹竿银嘴的东西躺在箱子底。娘指着说："儿呀，我要找的是它。"

王幼勇一惊，那是一杆烧烟土的烟枪。

娘说："你给我拿出来。"王幼勇说："娘，你找它干什么？"娘说："娘需要精气神跟你说话。"王幼勇说："这是吸鸦片的。"娘说："娘比你清楚。"王幼勇说："鸦片是毒品。"

娘说："娘知道它是毒品。"

第8章　心有千千劫（2）

王幼勇的心猛地一缩，浑身颤抖起来。王幼勇对烟枪并不陌生。那时候鸦片已经打开国门进入鄂东。鄂东像样的人家都有烧烟土的习俗。有像样的客来，主人就用烟枪招待，一张榻分两边躺着客人和主人，中间是盏烟灯，两支烟枪对着烟灯，主人将烟土捻成泡儿，装进烟窝里，对着烟灯吸，就格外地有精神。娘从小在傅家就熟悉这个。鄂东的小孩子有个三病两痛，头痛发烧，或者牙痛肚子痛，富人家就让小孩子吸半口，立马就不痛了。穷人家的孩子病了，就跟富人家讨烟窝里的水喝。娘从小就知道烟土的滋味。有时候出于好奇，趁大人不在，偷偷地吸一口，精神就格外好。日子长了，娘不知不觉有了瘾。娘出嫁的时候，嫁妆里就有烟枪。是娘问父母要的。娘说："儿有的，女儿也要有。"娘的父母认为女儿说得对。作为傅家之后，烟枪就是大家之后的标志。娘跟娘家争来烟枪，同时也争来了烟土的份子。娘的父母在世的时候，每年都给女儿家送来五十两烟土，让仆人按时送去。娘的父母去世后，舅父傅立松遵从父母留下的惯例，每年雷打不动要给老姐送来五十两烟土。王幼勇记得父亲在世的时候，娘还不时尝几口，父亲逝世后，日子艰难了，娘就没有吸过。烟土值钱。娘就把舅父送来的烟土卖了钱，养家。

娘把烟枪擦亮了，点着了烟灯，拈了一撮烟土，捻成泡，躺在太师椅子上，将烟枪对着烟灯。

王幼勇喊："娘，你不能吸！"

娘说："娘为什么不能吸？"

王幼勇哭了，说："娘，你不能这样做！"

娘说："你不离家，娘就不吸。娘帮你浆洗，娘做饭你吃。娘要日日夜看着你。"

王幼勇说："娘，你养儿成人，上大学，难道是为了日日夜夜看着儿吗？儿的决心已下。"

娘的烟枪对着了烟灯。

一股异香在房间弥漫开来。

娘的眼睛放出毫光来。

娘说："儿啊，你来陪娘吸几口。"

王幼勇呜咽得像条狼，痛苦地揪着自己的头发。

他万万没有想到娘用这样的方法对付他。

王幼勇说："娘，你吸我也得走，你不吸我也得走。"

王幼勇回到自己的房间，驮着捆好的被子头也不回地出了大门。兄妹们谁也拦不住。

冷子儿变成雪。雪在飘，风在呜咽。

王幼猛披着衣裳，揉着眼睛，来到娘的房间。娘仰起脸问："还是走了？"王幼猛说："还是走了。娘，你真的吸鸦片？"娘一哽咽，泪流满面。王幼猛拿过烟枪吸一口，呛出了眼泪。王幼猛说："娘，昨天夜里哥老是掀被子，我受凉了肚子痛。我以为我是吸真的。"娘含着眼泪说："娘能吸真的吗？娘要留着家当，你们兄妹男婚女嫁。"王幼猛说："娘，我跟哥一路去，看他做什么？回来跟娘说。"娘说："对，你看着他。"

王幼猛将挂在壁上的火铳取下来，拿在手里，背上装猎物的竹篓儿。

王幼猛出门赶王幼勇。雪下大了，漫天遍野纷纷扬扬。王幼猛赶出冲口，赶上了王幼勇。王幼猛喊："哥，你不能这样走。"王幼猛赶上前，将王幼勇背上的被子扯下来，从腰间取下猎刀，将麻绳割断了，将被子叠成条子，斜披在王幼勇的肩上，说："入乡随俗，应该这样驮。"王幼猛说："我跟你一路去。"王幼勇问："你跟我做什么？"王幼猛说："哥，你忘记了是不是？我报了名的。"王幼勇说："你不能去。"王幼猛说："我为什么不能去？你去得我也去得。"王幼勇问："是不是娘又叫你来监视我？"王幼猛说："不是的。我来娘不知道。下雪天又牵不成油面。我当你的随从。俗语说打虎须得亲兄弟。"王幼勇说："不行。"王幼猛说："哥，我跟你跟定了。你走到哪里我跟到哪里。"王幼勇说："这是掉脑袋的事，你怕不怕？"王幼猛说："你不怕我怕什么？你的命就是我的命，我俩的命是一个娘生的。"王幼勇说："那行，我在前面走，你踏着我的脚印后面跟。"王幼猛说："这样不行。要将脚印去掉。这是我第一次跟你，你看我有没有办法？"王幼勇说："对。"王幼猛说："这简单。我连这点办法没有，跟你做什么？"王幼猛就折松枝绑在腿脖子上。哥在前面走，他拿着猎枪在后面跟。王幼勇问："老二，你怎么用火铳对着我？"王幼猛说："哥，我怕前面突然出现狼，雪天的狼饿，很凶。你放心，走不了火。"王幼猛拿着火铳。前脚迈，后脚扫，拿出过年玩大头包的舞步功夫，松枝将雪地上的脚印扫得干干净净。王幼勇不时朝后看。王幼猛问："哥，怎么样？你看我的办法怎样？"

老三挑一担柴回来，将柴放在柴屋里。娘问："回来了。"王幼刚说："回来了。"娘说："好好歇着吧。火塘里有火。"王幼刚说："娘，我要出去玩。"娘问："到哪里去玩？"王幼刚说："娘。我去听书。"娘问："到哪里去听书？"王幼刚说："'肥肉'在后山说书，你没听见鼓响？"娘说："我怎么没听见？"王幼刚说："娘，你年纪大了，耳朵背了。"娘问："大哥走了，二哥走了。你也落不住窝？"王幼刚问："娘，大哥、二哥到哪里去了？出去有事。"王幼刚又说："娘，你是不是叫二哥去监视大哥？"娘不作声。王幼刚说："娘，你怎么这样糊涂。牛吃麦苗叫羊去赶？"娘一惊，说："老三，快去！跟着他们，看他们做什么?"王幼刚从壁上取下火铳,急急地出了门。大别山里的火铳多,是男人就有一管。

王幼刚驮着火铳出门,急急地朝山上走,雪地里留下一行脚印。

娘用包头包好头,提着菜篮,跟着出门,大女儿幼霭问:"娘,大雪天,你出去干什么?"娘说:"我到菜园去扒点新鲜菜。"幼霭说:"娘,我跟你一路去。"娘说:"你跟我做什么?做你的女红。娘马上就回来。"娘提着菜篮子出门。娘没有到菜园。三儿走远了,雪地上留着脚印子。娘跟着三儿的脚印子朝山上走。

北风呼号,群山莽莽,大雪茫茫,铺天盖地。

十三

大雪茫茫,娘包着包头,提着菜篮子跟着老三的脚印子朝前走。包头是丝织的帕子,染成纯正的黑色。包头薄,包在头上特别的温暖。一说包头从秦代时就有,秦始皇尚黑。一说满人入关后才有的。大别山里六十岁以上的女人才能戴包头。戴上包头的女人就能受到人们的尊重。

雪落在娘的黑色的包头上,一会儿就成了白。娘哪有心思到菜园子雪地里扒菜?娘的心思不在菜上。娘闻出了儿们身上散发出来的不同往常的气味。娘不相信大儿,同样不相信二儿和三儿。这样的大雪天,他们一个一个急不可耐地出门,背地里肯定有不可告娘的秘密。娘要探究她的儿们究竟在干什么?三儿驮着火铳急急地朝山上走,雪地上留着深深的脚印。娘留心观察雪地,想看大儿和二儿留在雪地上的脚印,但是雪地上没有他们的脚印子,只有像狼尾巴扫的一条印迹。娘知道这是二儿做的手脚。娘生活在大山里头几十年,熟悉山也同样熟悉她的儿。二儿表面是个儿,骨子里还有一个儿,这边走边扫的印迹只有他才能做出来。娘看着三儿留在雪地上的脚印子,心里感到温暖。三儿晓得悦娘的心,要出门就起早打一担柴回来,这样娘就会应允的。但是三儿到底年轻,不晓得扫自己的脚印,脚印留在雪地上,才好让娘跟踪着。

娘跟着三儿的脚印,走上王姓的祖坟山。王姓的祖坟山有一个好听的名字,叫作桂儿山。一山的桂花树,冬天了还是青枝绿叶。大雪下的桂儿山,一棵棵的桂花树和一座座的坟,落满了厚厚的雪。在娘的眼里,那些坟包儿像一笼出锅的白馒头。石槽冲的王姓不求大富大贵,只想居有定所,食有定粮。子孙万代像桂花树一样四季常青。雪地里的娘恍惚了,看到那些白面馒头里,仰面朝天地躺着王姓一代代的祖人。他们还是生前的样子,穿着整齐的衣服,双手握拳放在胸前捏着元宝，元宝就是鸡蛋，眼睛没闭，仰望着谜样的天空。从小在绣房做女红读《诗经》的娘，日子过旧了过苦了，有不同常人的太多磨难、太多的瘴苦，所以她背着人经常热泪盈眶。娘热泪盈眶的时候，耳边就响起那温暖的诗句：关关雎鸠，在河之洲。娘忘不了那个穷书生。那个穷书生投亲到傅兴垸跟她的父亲求学读书，三年一千多个日子，那个穷书生冲破重重阻力，走进了她的心。事情败露后，面对父亲的家法，那书生从容镇定，以"水暖春江鸭已知，可将一死与君同"的两句诗，让父亲妥协了，决定将女儿嫁给他。如今女儿老了，梦也老了，但一回回老了的梦里，还是年轻的他，还是那些年轻的细节鲜活着，温暖着她，守着她的魂儿。

娘想陈子昂登幽州台的诗搞错了，怎么会是"前不见古人，后不见来者，念天地之悠悠，独怆然而涕下"？应该是"前可见古人，后可见来者，念天地之悠悠，独怆然而涕下"。天像锅盖，地像蒸笼，蒸着骨肉也蒸着灵魂啊。娘走到那个"馒头"前，站住了，咽一口，说："老鬼啊，我老了，精气神不足，怕拢不住儿们的魂了。"娘的泪就下来了，说："老鬼，你不要光躺着享福，'采菊东篱下，悠然见南山'了。你要起来帮帮我！"娘扯着包头擦干了泪水。

娘提着菜篮子，跟着三儿留下的脚印朝山里走。

风一阵，雪一阵。忽地一亮，天上出了太阳。风不减，雪不停，天上地下亮堂堂的，亮得人头晕目眩。天地奇观，竟然下起了太阳雪。大别山里的伏天，阵雨隔牛背，经常可见太阳雨。太阳雪千古难逢。浑身是雪的娘，来到王祠堂的后山上。天上的太阳金光万道，娘的瞳仁缩了。娘像一只老猫眯起了眼睛。娘看到了寡亮一片的王氏祠堂门口，有两个蚂蚁样的黑点儿在那里活动。三儿急匆匆驮着火铳朝山里走，走得不见了人。娘知道那两个蚂蚁样的黑点儿，是他的大儿和二儿。原来他们并没有走远。娘提着菜篮，跌跌撞撞摸下了山。娘躲在祠堂前的那片松林里看。

娘看到大儿捐着被子提着用具朝王氏祠堂里走，二儿站在大门外。娘不知道大儿捆得那好的被子为什么散了，散成了山里狩猎人的样子。娘听见大儿转身对二儿说："我到了，你回去吧。"娘听见二儿说："哥，我走了。"娘看见二儿拿着火铳躲到了祠堂后。一会儿放下被子和用具的大儿出祠堂门，左看看右看看，见没人，就朝山里走。这时候二儿端着火铳出来，跟上了。大儿听见身后有响动，站住了，并不转身，大声问："谁？"二儿躲不及。大儿猛地转过身来。二儿笑着说："哥，是我。"大儿眼睛盯着二儿，问："你为什么不回去？"二儿说："哥，我不放心。"大儿问："你不放心什么？"二儿问："你到哪里去？"大儿说："我去会先生。"二儿问："约定了吗？"大儿说："约定了。"二儿说："哥，我去会朋友。"大儿问："约定了吗？"二儿说："约定了。"大儿问："在什么地方？"二儿说："前面。"大儿问："前面什么地方？"二儿说："一去二三里，烟村四五家。"大儿一笑，说："亭台六七座，八九十枝花。"二儿说："哥，我们同路！"大儿问："你知道怎么走吗？"二儿说："我知道怎么走。"大儿说："你前面走。"二儿说："你前面走。"大儿说："我不晓得怎么走。"二儿笑着说："哥，你骗我。你晓得。"

大儿猛地转身，眼睛盯着二儿问："幼猛，跟哥说实话。你是什么人？"

二儿笑着说："哥，这还不清楚吗？我是你的兄弟呀！"

躲在松树后的娘，心在颤抖。娘见过鼓书祖师爷"王麻雀"带着徒儿们盘"肥肉"的江湖。说的也是常人不知道的话。从鼓"盘"起，源远流长。鼓是盘古，盘古开天地，鼓胆是蚩尤，黄帝打败蚩尤，将蚩尤囚在鼓里。再"盘"板，板更有来历。板是潇湘竹做的。潇湘竹是斑竹，长在九嶷山上。尧将两个女儿娥皇与女英嫁给舜，舜累死在九嶷山，娥皇、女英的泪滴在竹子上，成了斑竹。竹梢被姜太公捡去了，做了钓鱼竿，用丝线系直钩在渭水秋风中钓鱼儿；竹蔸儿被骑青牛的老子捡去了，劈成两半，做了道观里的卦；中间一截被八仙之一的韩湘子捡去了，做成了云牙板。韩湘子是吃开口饭的，说鼓书也吃开口饭。说鼓书的传到后来分作南路子和北路子，北路子祖师是柳敬亭，南路子的祖师是邱长春，云牙板成了奉天承运，宣讲圣谕的"家业"。这些"肥肉"都不晓得，一问三不知。接着就说"行话"，一套一套的，可怜的"肥肉"答不上来，野路子的他，只有来横的，说，要命拿去。她只好出面，让"王麻雀"高抬贵手放"肥肉"一马。说："他哪里是说书，混口饭而已。救人一命，胜造七级浮屠。""王麻雀"叹口气说："也是。我跟他计较有什么意思？"她想大儿和二儿念千家诗，"一去二三里，烟村四五家，亭台七八座，八九十枝花"，恐怕就是"行话"。一个有来言，一个有去语，对上了，珠联璧合，所以就是同路人。

风雪漫天，娘提着竹篮子舍了三儿的脚印子，跟着二儿像狼尾巴扫的那道印子朝深山里走。山越走越大，路越来越小，走到了二程寨半山腰当地人叫桠米树的地方，狼尾巴扫的印迹就没有了，绑脚的松枝解了，解在了路边儿上。羊肠小路上就是两行人的脚印。一前一后，参差着。娘知道到了目的地，他的大儿和二儿不再担心暴露了行踪。娘对这个地方很熟悉。二程寨是大别山深处的一座山，顺着山路，半山腰悬崖绝壁处有一个观音洞。不知道是哪朝哪代，也不知道是什么人在悬崖上凿了一个观音老母的像，于是信徒就在绝壁处做了一座观音庙。这庙傍着崖，一半悬空，一半落地，像庙又像洞。当地人不叫观音庙，叫观音洞。上观音洞的拐弯处有一个供人歇气的平场子，当地人叫桠米树。男人死后，娘每年奔着大脚要到观音洞来朝三回观音菩萨,跪在观音菩萨石像前的蒲团下,双手合十,闭着眼睛,说说心里想说的话儿,这样就舒服。一年来三回:一回是正月十九,正月十九是观音菩萨的出生日;二回是六月十九,六月十九是传说中观音菩萨的得道日;三回是九月十九,九月十九是传说中观音菩萨的出家日。娘与大别山普通的妇人不同,大别山普通的妇人,有了难才去拜观音,比方说求子,比方说消灾,或减病。娘是读过经书的人,娘知道观音是唐朝从印度传过来的。原来观音是男的,传到中国后变成了女的。娘是心里苦,才去朝观音的。娘到观音洞与大别山普通的妇人没有什么两样,爬到桠米树也喘气,需要歇几口。一路同来的妇人喘着气说:"桠米树真好。"娘喘着气儿也说好。但娘心里清楚,桠米树不叫桠米树,而叫阿弥石。这地方山深林密,人烟稀少,古时候出家人就在这个地方立了一块大石头,石头上刻着五个大字"泰山石敢当",给人壮胆。山里的日子过久了,过旧了,过俗了,石头风化了,倒了,化成尘埃,山里的人不知根底,阿弥石传成桠米树。娘不纠正。纠正有什么用?桠米树就桠米树,入乡随俗。

第9章 心有千千劫(3)

娘上到了阿弥石,大雪茫茫,下得天和地一样的颜色,呼啸的北风里都是白。白里有她的儿,大儿和二儿。大儿前面走,二儿后面跟。二儿用火铳指着前面的大儿。娘就听见了吼声,娘看到观音洞洞口之上,一个人拿着火铳指着他的大儿和二儿。那人吼:"公鸡啄白米!"她的二儿马上回答:"白米管玉帝!"那人吼:"玉帝管土地!"他的二儿答:"土地驮长枪!"那人收了火铳,朝洞里喊:"客来了!"娘听那人的声音好熟,远远望去,竟是他的三儿。他的三儿从另一条山路先到了。原来她的三个儿不约而同,瞒着她都到观音洞来了。娘身子贴着崖,心一阵扯痛。娘转过身去,娘不愿在这时候出现在儿们的面前。娘是知书达礼的人。娘想走,脚挪不动。脚挪不动,娘还是支撑着走。娘的耳朵里都是那些声音。问,长枪打毛狗!答,毛狗拖公鸡!问,公鸡啄白米!答,白米管玉帝。娘的耳朵被那些声音灌满了。那些声音是大别山里孩子们玩一种纸牌游戏时喊的词,孩子们用硬纸壳儿一张张写上这些字,分发了,一张张地亮,一张张地压着吃掉,回环往复。娘的脑子里幻出小时候的儿们来,她的儿们小时候趴在草地上,做这种游戏。娘想不到儿们长大了,这游戏的词竟成了他们接头的暗语!

娘提着空菜篮子朝回走。菜篮子里落满了雪。娘的心空落落地,充满了辛酸。娘走到王姓的祖坟山上，白雪茫茫的，桂儿山上的桂花树的绿叶上压满了雪，厚厚的。娘提着空篮子走到那个雪馒头前，弯下腰，伏下身子抓了一把雪。娘哽咽一声就是两眼的泪。娘忍不住哭出了声。娘说："老鬼呀，你的儿我一个一个地养大了，可我拢不住养大的儿了。"娘平常最看不惯山里的女人号天撞地地哭。娘现在也忍不住了。娘发现痛痛快快地哭一场，任眼泪流出来，心里就好过一些。号天撞地地哭，原来也是一种幸福。天地在雪里静静的，静得人的耳朵痛。娘的脑子里出现了丈夫临死前的景象，丈夫临死前拉着她的手，流着眼泪不松手，不能说话，却张着一张大嘴不肯闭。她知道那是丈夫要说话。她俯下身子伏在丈夫的胸膛上听，她听见丈夫喉咙深处浓痰滚动的声音，那声音别人听不懂，只有她听得懂。丈夫对她说："你答应我，你不能丢下我的儿女，你要把他们抚养成人。男婚女嫁。"她含着眼泪点头说："我答应你。你闭上眼睛放心走吧。"娘想起这些，眼泪又止不住地流出来。

娘顺着原路回到了石槽冲。娘来到菜园子，放下菜篮子，倒掉篮子里的雪。娘弯腰，在雪地的菜畦里扒菜。娘将菜叶子一片片地摘下来，放进菜篮子里。娘不能空着篮子回去。家破败得只剩一个管家了。她是娘，没断气之前就是家里的主心骨。家里还有两个儿和两个女儿，等着她的菜回家，做中饭。

十四

娘走了。娘回去了。

娘的五个儿，有三个参加了这个有名的、历史上叫作"观音洞会议"的会。

洞上，王幼刚手里拿着火铳继续放哨。洞下，王幼猛用火铳指着大儿王幼勇吼："站住！"王幼勇问："站住干什么？"王幼猛说："叫你站住你就站住！你要是不站住，我就开你一铳！"王幼勇就站住了。王幼猛吼："闭上眼睛！"王幼勇就闭上了眼睛。王幼猛说："不许偷看！"王幼勇闭着眼睛说："我不偷看。"王幼猛放下火铳走上前，从裤腰里掏出一样东西来，戴在王幼勇的眼睛上。王幼勇问："你给我戴的是什么东西？"王幼猛说："你这么聪明的人，未必猜不出来。"王幼勇笑着说："是不是磨面驴戴的眼罩子？"王幼猛说："你真聪明，猜得对了。"王幼勇问："你这是干什么？"王幼猛说："少啰嗦。进去！"

王幼猛用火铳押着王幼勇，朝洞里走。洞不大，进了石头做的门就到了。观音洞里的尼姑没来，尼姑是半路出家的，山下有她的儿女。山上忙的日子她上山点灯烧香，山上不忙的日子，她就下山持家过活。观音像石头做的桌子下，烧着一堆火。湿柴架的，因为泼了石缸里的剩油，所以还旺，熊熊的，冒着青烟。王幼勇进洞后听见许多声音在窃窃私语。王幼勇进洞后那些声音就没了。走到火堆前，身后的王幼猛用火铳捅了一下他的后背，说："站好！"王幼勇站住了。王幼猛说："报告师傅，人我押来了，就是他。这个人近几个月以革命的名义四处活动，太张扬了。我怀疑他是奸细。"师傅对王幼猛说："你做得对。"师傅对王幼勇吼："跪下！"众人一齐吼："跪下！"王幼勇说："不能跪。有三句话要说。"师傅问："哪三句？"王幼勇说："这三句话不是普通的三句话。不是一去二三里，也不是公鸡啄白米。"师傅问："是接头暗语吗？"王幼勇说："对。"师傅笑了说："对不起，我们除了一去二三里和公鸡啄白米，其余的不晓得。"王幼勇说："你们中间肯定有人知道。"师傅说："那好，你说吧！"王幼勇说："英特！"这时候王幼勇听见观音洞外传来一个姑娘的笑声。那姑娘一身男装踏着雪进来了，掀了头上的帽子，露出两只明亮的眼睛，说："我来答。"姑娘说："纳雄！"王幼勇马上答："奈尔！"姑娘伸手摘掉了王幼勇的眼罩子。王幼勇喊："素云！是你？"姑娘喊："没有想到吧？"王幼勇说："你怎么回来了？暑假过后你不是回学校了吗？老师不是叫你当秘书吗？"傅素云说："是老师派我回来的。"傅素云对众人说："同志们，这就是组织派回来的特委书记。他是我的同学，也是我的表哥。"傅素云对王幼勇说："对不起，误会了。都是一家人。今天同志们才见面，平常都是单线联系。要不是老师派我回来，告诉我与你的接头暗语，你今天就没命了。"王幼勇问："老师可好？"傅素云说："老师好。"王幼猛和王幼刚上来叫傅素云叫表姐。傅素云笑着答应。

众人你望着我，我望着你，众人都知道傅素云是夫子河傅家的大小姐，没有想到傅家大小姐也是革命的人。王幼勇用眼睛扫着洞里的人，发现坐在观音像下石桌前，王幼猛叫师傅的，原来是"肥肉"，怪不得大清早"肥肉"就来石槽冲唱八仙。王幼勇看见"肥肉"的那个婆娘就挨在他的身边坐着。王幼勇看见那个曾经戴着破草帽腰间藏着刀到他家讨赌债的人也来了。王幼勇明白了，他家老二和老三原来都参加了地下组织，那八担净花其实不是赌博输的，而是作了地下党的活动经费。"肥肉"是老二的联络人，老二给"肥肉"打了欠条，"肥肉"不出面，让戴破草帽的人去讨的。王幼猛上前朝王幼勇肩上拍了一把。王幼刚上前叫了一声"哥"。王幼勇的两只手同时握住了王幼猛和王幼刚。傅素云鼓掌，欢迎王幼勇。王幼勇坐到观音像下石头桌子前，"肥肉"不让。"肥肉"问傅素云："凭什么说他是上级派来的特委书记？就凭那三句谁也听不懂的话吗？"傅素云哭笑不得，说："那三句话是英语，共产主义的意思。""肥肉"说："我怎么听起来像南无阿弥陀佛。"傅素云说："不要瞎说。""肥肉"说："我不管那些。我不要肉口传，我要看真经。"王幼勇就把带在身上的文件拿了出来，叫傅素云宣读。

原来那文件王幼勇从学校回来时就带在身上了。文件上盖着鲜红的章子，"肥肉"这才信了，让出观音像下石桌前的位子，让王幼勇坐下。

于是傅素云就宣布开会。王幼勇说要布置一下会场。"肥肉"说："什么都没带，就这样开算了。"王幼勇说："不行，这是一个严肃的会，不能草率，要布置一下。""肥肉"说："空手白巴掌，用什么布置？"王幼勇说："主席台正中央最起码要挂一面党旗。""肥肉"问："急赶急的，哪里找那东西？"王幼勇说："想办法。""肥肉"朝观音像望，观音像用一面红幔子遮着。"肥肉"就搭梯上去，将红幔子拉上了。"肥肉"踩着梯子问："党旗上画的是什么？"傅素云笑了问："党旗上画的是什么你也不晓得？""肥肉"说："我只晓得农会的旗上画的是一张犁。"傅素云说："党旗上画的是镰刀和锤子。""肥肉"说："那好办。画不到，我们挂实物怎么样？"王幼勇一想："也行。本来镰刀代表农民，锤子代表工人。"于是就挂实物。王幼刚从腰间拔出镰刀递给"肥肉"，戴破草帽的是铁匠，从背后拔出锤子递给"肥肉"，镰刀和锤子是他们的工具，他们随身带着也作为防身的武器。"肥肉"从壁上拔几只钉子，将镰刀和锤子挂在红幔子的正中央。历史记载观音洞会议是挂实物的。

于是特委第一次扩大会召开了。成立了特委班子，王幼勇任特委书记。"肥肉"任宣传委员，铁匠向永远任组织委员，傅素云任妇女主任。王幼勇作报告，报告内容是根据上级批示，根据形势发展的需要，党的活动由地下转入公开，主要任务是发展和壮大农会组织，以各级农会组织为依托建立革命武装。会上布置了下一步的工作任务。

会散后，天还下雪，王幼勇指示大家将洞里打扫干净，物归原样，不留痕迹。"肥肉"笑了，说："扫个卵子。"王幼勇说："那不行。从今天起，我们到了一个地方要秋毫无犯，这是纪律。"大家就扫洞，将洞里烧的灰扫出去埋掉，将红幔子归原。王幼勇批示大家分头隐去。

众人分批散去。

雪纷纷扬扬地下。王幼勇和王幼猛、王幼刚一起走。王幼猛激动了，喘着气说："哥，你现在是特委书记，我是你的兵。"王幼刚说："哥，我也是你的兵。"王幼猛说："哥，我跟你再告个密。"王幼勇问："什么密？"王幼猛拿出一撮艾，说："娘吸的不是烟土。"王幼勇一愣，问："娘吸的是什么？"王幼猛说："娘吸的是陈艾。陈艾也香。"王幼刚说："哥，是真的。"王幼勇朝家的方向，跪下了，说："娘，儿对不住你！"

雪地里，王幼勇站起来，眼睛盯着王幼猛和王幼刚。

王幼猛和王幼刚吸了一口凉气，问："哥，你为什么这样望着我们？"

王幼勇说:"记住!告诉你们,有些密是不能告的,要让它一辈子烂在肚子里!听见没有?"

大雪茫茫。

傅素云赶上了王幼勇。王幼勇问:"你怎么不走?"傅素云笑了,说:"从今天起,我的公开身份与你一样,是石槽冲平民学校的教员,协助你的工作。"王幼勇问:"是组织决定的?"傅素云拿出一张纸说:"这是文件,还有老师给你的一封信。临行前老师语重心长地对我说,转告王幼勇,要想大别山的革命取得成功,离不开他,同样也离不开你。"

十五

娘那天夜里劳累奔波,彻夜没睡。

吃过夜饭,娘的心就空得慌。

天井漏着寒光,儿女们丢下碗筷就到王氏祠堂平民学校上课去了。家里剩她和一个管家。管家也要走,管家边管王家的账,边种自家的田。有事就来,事做完了,就走,不在王家住。每年的工钱讲好了,只拿一半。管家说:"主家,没工夫陪你,我回去了。"娘说:"你走吧。路不好走,我给你打个火把。"管家说:"主家,不麻烦你,我自己来。"管家就到灶下点了一个火把,出了门,走进夜色里。

娘望着管家消失在夜幕里的背影,叹了一口气。一进三重的老屋里只剩一盏灯和灯下她的影子。小女儿幼馨平常最离不得她,脚前脚后地挨着她转,这些时放下碗筷就夹着油印的识字课本随着哥姐和垸人疯跑了,说是去学知识。王氏祠堂像是收魂的地方,把他们的魂儿都收走了。娘不明白那地方怎么这样地吸引人?白天娘拿过小女儿识字课本看过,想看一看到底是什么东西吸引人?娘发现那识字课本一点也不深奥。是大儿幼勇编的,娘家侄女素云用钢板铺着蜡纸刻的,油墨草纸印的。娘家侄女素云的字,字如其人,清秀可人。但课本内容极其简单,无非是"人在世上走,为的身和口,工人织布无衣穿,农民种地没饭吃"之类的。娘看不出什么吸引人的地方。要说她的七个儿女都上过学,都认得这些字,而且不止认这些。她不明白,他们为什么一到夜里,还要放下碗筷落了魂一样地朝那里疯跑?

娘坐不住了。娘也要到祠堂去听听。娘提着烘笼,带着一个小板凳,打着火把去了。到了王氏祠堂,娘就把火把踩熄了。王氏祠堂的大门敞着,一进三重的大殿里挂着汽灯,挤满了人。娘没进去。娘将带来的小板凳放在窗子下,提着烘笼坐下。没有人发现她。祠堂里正在教歌儿,他的大儿站在讲台上打拍子,娘家的侄女素云踩着风琴教众人唱。居然还有风琴,肯定是县民众教育馆拨下来的。山里人没见过这洋乐器,很新鲜。娘听那调儿很熟,很好听。原来是《孟姜女》的调儿。娘对这歌儿很熟悉。她从小跟着自己的娘坐在绣房里绣花,娘就教她唱。词儿她记得全。《孟姜女》的词分四季,每段四句。第一段是春季:"春季里来绿满窗,大姑娘窗下绣鸳鸯,忽然一阵无情棒,打得鸳鸯各一方。"娘发现调儿没改,词儿改了。词儿改成:"人生在世几多秋,若不革命怎出头?奉劝人人入农会,好为穷人争自由。"她的大儿指挥,她的娘家侄女踩着风琴教,一祠堂的人跟着风琴唱得热血沸腾。娘情不自禁跟着开口了,娘不是唱词儿,而是哼调儿。祠堂里有人喊:"再来一遍好不好?"众人齐声喊:"好!"于是又热热地教,热热地唱。唱得祠堂瓦面的雪化了水,滴下来丁当地响。唱完了,她的大儿就在黑板上将那词儿写下来,指着字教众人一个个地认。都认识了,就又唱。这回不是教,而是大家一齐跟着素云的风琴唱。唱完。她的二儿叫了一声好。众人一齐拍巴掌。掌声雷动。

这时候夜就深了。娘听见她的大儿对众人说:"今天的课就上到这里。大家回去睡觉,明天晚上再来吧。"众人意犹未尽,男男女女结着伴,兴高采烈地说,脚半天出不了祠堂的门。娘掇着小板凳急急地起身走了。来祠堂学的都是些青年男女,娘不想让年轻人看到她。娘急急地回到石槽冲,垸子黑漆漆的,只有天上的寒星明亮。娘回到自己的房,关上门,点亮灯,脱了鞋偎在床上,做出睡了的样子。偎在床上的娘静心听,听她的儿女们推开大门回来。这样的时候会有两声问候。进门的儿或女,会对娘点灯的房问一声:"大,睡了吗?"娘会答一声"睡了。"这是做娘的味儿,也是做儿女的味儿。然后儿女们各进各的房,门关了,灯熄了,留下长长的、深深的夜,让娘的心平静下来,落到腔子里。偎在床上的娘耳朵等着那味儿的到来。娘听见深夜垸中的门纷纷地响,纷纷的问候声响起来落下去,最后静下去了。同人一齐回来的狗,也不兴奋了,归了窝,不再出声音。娘就是听不到她要听的声音。

第10章 心有千千劫(4)

垸里上夜校的人都回来了,她的儿女们没有回。娘偎不住了。娘起身穿好衣裳,到灶下重新点起了火把,带上大门。娘打着火把朝王氏祠堂走,山路上黑黑的静静的,除了火把哔剥燃烧的声音,就是娘的心跳声。娘来到王氏祠堂,踩熄了火把，只见祠堂大门虚掩着，一进三重的大殿空黑空黑的，两口天井漏着天光。娘在大殿里悄悄地走，娘听见大殿后的厢房有人的声音。娘朝着人声走，看见厢房里有灯光。娘轻轻地走到厢房的窗子前，朝里看。娘看见厢房中间的一间打扫了，有床和桌子，桌子上点着一盏油灯。娘看见她的五个儿两个女，还有娘家的侄女素云在厢房里的灯光里，举着拳头面对墙壁站着。大儿和素云举着拳头站前排，四个儿两个女举着拳头站后排。正中的壁上挂着一面红色的东西，红色东西上用红纸剪了镰刀和斧头贴在正中央。娘细看，原来那红色的东西是大儿从家里背出来的被子填心。那被子的填心是红色的，拆下来挂在墙上正好是一面红色的旗。前排的举着拳头的大儿问："准备好了吗？"后排的儿女们举着拳头一齐回答："准备好了。"大儿说："我说一句，大家跟着我说一句。"前排的大儿说："我志愿加入中国共产党！"后排的儿女一齐说："我志愿加入中国共产党。"前排的大儿说："遵守党的纪律，保守党的机密，服从党的决定，随时为党牺牲一切，永不叛党！"后排的儿女跟着前排的大儿一齐说。前排的大儿说："宣誓人！"后排的儿女各自说出自己的名字。

　　娘心猛地一紧，赶紧朝大殿里走。娘跟跄着，跌了一跤。厢房里的儿女惊动了，大儿警觉了，问："谁？"娘伏在地上，不敢动。过了一会儿，娘听见二儿说："哥，人都走尽了，肯定是只猫。夜深了，猫出来找食吃。"这时候刚好有猫叫。娘听见厢房里有了议论声。她的儿女坐下来了。娘摸着黑从地上爬起来，顺着山路回到了石槽冲。

　　娘打开大门回到房间。娘点亮灯，坐到了梳妆台前，对着镜子梳了头。娘换了一身衣裳。娘打着火把来到管家的家，敲开了管家的门。管家穿好衣裳打开门，大吃一惊，问："主家，这么夜深你来干什么？"娘说："管家，陪我走一趟。"管家问："陪你到哪里去？"娘说："陪我到傅兴垸。"管家问："出了什么事？"娘说："管家，你不是外人，我不瞒你，王家大祸临头了。"管家说："主家，夜深天黑路不好走。"娘说："不好走也要走，你陪我走一趟。"

　　二十多里山路走了三个时辰，娘和管家打着火把来到了夫子河边的傅兴垸。垸城东门的吊桥高高地吊起，护垸河宽宽的。东门的门楼上值夜的族丁，看见有人打着火把远远地来，警觉了，站在城楼上，拉响枪栓，朝下问："什么人？"娘耀着火把对城楼上喊："我找我家兄弟！"家丁听出是傅家老姐的声音，慌忙报告傅立松。傅立松就睡在城楼上，听了家丁的报告，赶紧起床。傅立松站在城垛子边问："老姐是你吗？"娘听见了兄弟的声音，眼泪流了出来，说："兄弟呀，是我。"傅立松赶紧叫家丁放下吊桥，下了城楼接老姐。傅立松说："姐，有什么事到家里说。"娘说："兄弟，我没脸进屋了。就在这里说。"傅立松问："姐出了什么事？"娘说："兄弟，我的儿女在祠堂里开会。"傅立松问："开什么会？"娘说："他们对着红旗举拳头。天上雷公地上的母舅，这事你要管。"傅立松笑了，说："姐，看把你紧张的。几个孩子能成什么事，图新鲜，闹着玩的，让他们玩吧。"娘说："不是玩，是真的。"傅立松说："姐，更深夜静，兴师动众，让乡亲笑话。"娘说："兄弟这事你不能不管。"傅立松说："姐，不要紧。他们都是读书人，不会出格的。也许他们是对的。你看这世界成什么体统？军阀混战，你打过来，他打过去，各说各有理，总有一个是真有理的。"娘说："兄弟，王家的事你不管了吗？"傅立松说："不是我不管，是怕管错了。幼勇不是平常人，做舅的要是管错了，他会笑我的。"娘说："兄弟，我知道王家是王家，傅家是傅家，王家的事你可以不管，傅家的事你总得要管。"傅立松说："傅家的事我也管不过来呀。"娘说："兄弟，我跟你说，你家的素云也在里面。"傅立松说："姐，这事我知道，老师派素云到石槽冲的平民夜校教书，跟我说了的。"娘问："你同意了？"傅立松笑了，说："世道如此，多少富家子弟都是这样，都在闯，想闯一条新路出来。让他们试一试。"娘问："兄弟，这么说是我错了？"傅立松说："我也不知道谁对谁错。"娘问："兄弟，你修护垸墙护垸河，将傅兴垸日日夜守得铁桶一般为的是什么？"傅立松说："姐，你不要逼我，我也是在党之人。我是国民党员，国民政府的县参议。素云和幼勇的老师是武汉国共两党的创始人，国共两党合作联手推翻帝制，走向共和是兄弟。我不能干涉。"娘流着眼泪说："兄弟，姐走，姐不麻烦你。"傅立松说："姐，在家歇一夜，天亮再走。"娘说："兄弟，姐命苦。"傅立松说："姐，我派人送送你。"娘说："兄弟不用送，你不杀我，我的儿女不杀我，没人要我的命。有管家陪我，你放心，我死不了的。"傅立松将身上披的风衣脱下来，说："姐，夜太冷，穿上。"娘说："兄弟，我得娘家的太多了，不能再得了。你守你的财，我守我的儿。守得住就守，守不住，我就守我的老命。"傅立松喊："姐！"娘说："兄弟，你的护垸河护垸城修得不牢靠哇！你修得铁桶一般，我的大儿那回不是进得来也出得去吗？"傅立松说："姐，你这是打我的脸。兄弟对不住你！"

娘和管家打着火把顺原路回，走到了王氏祠堂。娘对管家说："你在这里站会儿，等下我。"管家问："主家，你到哪里去？"娘说："我到祠堂再去看看。"管家说："我陪你去。"娘说："不用了，我去去就来。"娘到了祠堂门口。祠堂里没灯了，古老的松树和柏树掩着黑。娘摸到祠堂厢房的后面听。娘听到她的大儿和她娘家的侄女素云睡到一张床上了。夜风吹着松涛，娘听到素云和大儿在说话。素云说："表哥，我俩终于自由了。"大儿说："素云，我俩结合恐怕是个错误。"素云说："表哥，我爱你。"大儿说："素云，我俩青梅竹马，我也爱你。"

素云说:"只要爱,我什么都不怕。"大儿说:"我俩是近亲结婚,从生命进化的角度对子孙有影响。"素云说:"表哥,傅家与王家二百年都是近亲开亲,亲上加亲,我的祖母是王家的姑娘。我们不是没影响吗?你不傻,我也不苕。"大儿说:"素云,你哥不是有点儿吗?"素云问:"你说是我大哥还是我二哥?"大儿说:"你大哥和二哥都有点儿。一个练武飞檐走壁,一个出家当道人。"素云说:"表哥,我不要你说这些。你只说爱我吗?"大儿说:"素云,我爱你。"素云说:"我是不是也有点傻。"大儿说:"素云,你不要说这些。"素云就哭,说:"表哥,这一生我离不了你,其余的我不管。"接下来就是干柴烈火,男女在一起的那些世俗声音。

娘叹了一口气,离开了。娘心想,有什么法子?好也好坏也罢,穷也罢富也罢,抽刀断水水更流,王家和傅家又缠在一起了,逃也逃不掉,躲也躲不脱。

娘送管家到家,管家不进屋。管家送娘到石槽冲。娘对管家说:"我不能再送你了,送来送去,天就亮了。"管家就回去了。娘推门,门竟然没闩。

娘进屋,儿女们都睡死了,一片的梦呓声。

十六

娘提着篮子走在春天里。

娘提着篮子到深山里摘皮树的叶子做豆豉。豆豉是大别山一种发酵食品,当菜咽的。将黄豆熟后,用皮树的叶子盖着发酵。皮树的叶子很适合一种酵母菌生长。皮树叶子背面有很白的绒毛儿,煮熟的豆子用皮树子盖了七天后,也会长出很白的一层绒毛儿。这样做出的豆豉就成功了,很香很甜,很开胃很下饭。别的树叶不行。俗话说,一物降一物,扁担朝上翘,犁弯朝下翘,用错了树叶,豆豉长的毛不是发红就是发黄,做出的豆豉不是苦就是酸。

山头上的积雪在暖风中化了,大山里头,一树一树的梨花开放了。娘提着装皮树叶子的篮子一路朝回走,一路的风中都是消息,朝娘耳朵里灌。国共合作,北伐成功,军阀打倒了!一路是标语,一路是人兴奋不已的喘气声。娘心里酸酸的。娘像大别山所有的娘一样,虽然有满肚子的心思,但必须做每天打开大门后必做的事。做娘的天大地大,一日三餐料理儿女们的事最大。必须做饭做菜给儿女们吃,让儿女们吃了健康,吃了活泼。大别山里娘的一日三餐的心思,从古到今虽然千变万化,却永远温暖地重复着:一是新鲜的,二是发酵的。新鲜的是稻谷,是麦子,碾了,磨了,或饭或粥,或面或饼;新鲜的是菜园里的匹时瓜果,洗了,切了,或清炒或凉拌。这些都是天地赐给人的。发酵的就多了,有豆豉,有豆腐，有麦酱，有米酒，有发粑，这些都是用曲儿发酵做的。清香扑鼻，清甜可口，聚集着化腐朽为神奇的光芒。大别山里一代代的娘，一年四季，一天到晚，像蜜蜂一样忙忙碌碌，重复地做着这两件事，温暖着儿女也温暖着自己。

屋子静静的，儿女们不见了。回家的娘在天井边洗了手，拿米筛出来垫一层皮树叶儿，把煮熟的黄豆倒进去，摊开，把皮树叶子朝上面铺。做豆豉手是要洗干净的，不然带进其他的菌，会坏豆豉的。就在这时候娘听见了响动。响动是从她的房里传出来的。娘转身去看。这时候娘的眼睛适应了三重老屋的黑暗。娘看见大女儿幼霭将一口箱子搬到地上，打开箱盖子，翻里面的东西。娘问："细婆娘，你在做什么？"婆娘是大别山里的娘叫女儿的口语，随着口气变化。大别山里的娘高兴时叫女儿细婆娘是昵称，恼了的时候叫女儿叫细婆娘是贬称。婆娘与细婆娘一字之差，是女人与女儿之间的区别。大别山里的女儿结婚后叫婆娘。叫了婆娘的日子就是生儿育女，就没有女儿金贵了。娘是读书人，平常的日子从不叫女儿叫细婆娘，叫女儿名字，以视她家与其他人家之间的区别。

娘叫幼霭叫细婆娘，幼霭就知道娘恼了她。幼霭说："娘，我在找东西。"幼霭翻的是嫁箱，那口嫁箱是娘给女儿准备的。大别山里的人家女儿生下地，女儿的鼻涕揩干净了，像个女儿了，做娘的就给女儿准备嫁妆。从床上准备起，床帐被窝。再穷的人家嫁女儿时最少要有四床被子，八床十六床二十床不限，越多越好，越多说明娘家越富，越多说明娘家重女儿，娘家脸上有光，女儿脸有光。娘问幼霭："是不是准备出嫁？"幼霭说："娘，女儿百岁是人家的人，松柏前天不是上门认亲了吗？"松柏是顺河郑家的儿，郑家也有田地，郑家的儿也读了些书，郑家与王家可算门当户对。郑家的松柏与王家的幼霭在王氏祠堂同了两个月的学，两人就自由恋爱了，前天郑家的松柏就不要媒人，提两盒点心和一块肉自报家门上门认亲。娘恼是恼，恨是恨，但还是煮汤给郑家的儿喝。有什么办法，女大娘难做。都讲究自由，她家的女能不自由吗？娘问幼霭："那天是提亲，没送日子呀？"送日子是大别山提亲的礼数。男家要接媳妇，就把日子用红纸写在帖子上插上柏叶和整根的葱，松柏常青，一清二白地送到女家。娘被幼霭气得咽了一口："细婆娘，是不是找红被面子做旗？"幼霭问："你怎么知道？"娘说："我怎么不知道。红颜色的东西做旗好。观音菩萨像前的红帐幔，红色的被子填心都是好东西。"幼霭一惊，呆住了，问："娘，你都知道了？"娘说："要想人不知，除非己不为。是观音菩萨托梦告诉我的。观音菩萨坐在九天云端的莲花台上，日夜看着人间，人间什么事瞒得她？"幼霭说："娘，你既然知道了，就让女儿拿一面出来，哥们都作贡献了，我也要作贡献。"幼霭从箱子里拿出一块红缎子，朝怀里塞。那是一床红缎子被面，上面用金黄色的丝绣着凤凰。娘的脸色变了,说:"你不能拿娘的东西作贡献。"幼霭双手护着怀,眼睛望着娘,说:"娘,箱子里不是女儿的东西吗?"娘冷笑了,说"家贼难防,偷了屋梁。还没到是你的时候!"幼霭说:"娘,我是拿,不是偷。"娘伸手打了幼霭一巴掌,说:"听好!没嫁出去之前,连你身上的肉都是娘的!给我拿出来。"幼霭捂着脸嘤嘤地哭。娘指着幼霭说:"跪下!"幼霭跪下了。娘说:"王家的女儿历来光明磊落,什么时候变得见不得人了?"幼霭就把怀里的缎子被面拿了出来。娘问:"谁叫你拿的?"幼霭说:"我自己愿拿的。"娘说:"肯定不是。"跪在地上的幼霭说:"肯定是的。"娘叹了一口气,说:"行!红缎子被面做旗好呀。我的女儿要作贡献。细婆娘,你给娘记好,你出嫁时我打算给你八床被面,你先拿了一床的,到时候只有七床,你莫怪娘。"娘把红缎子被面丢给幼霭,说:"拿去做旗吧!"娘又到天井边铺皮树叶子。幼霭跪在地上不敢动。娘用拳头捶着天井的压阶石,说:"还跪着做什么?快去做旗呀!"

　　娘不理幼霭,择菜淘米,下灶,生火,做饭。柴在灶膛里响响地炸,烟从屋面上升起来,袅袅地飘,接了天上的云朵。

　　王幼霭拿着红缎子被面来到王氏祠堂,交给了王幼勇,说:"哥,这是我的贡献。"王幼勇问:"娘看见了吗?"王幼霭说:"娘看见了。哥,娘要我跪了,打了我,很痛。"王幼勇说:"革命是件很痛苦的事。"王幼霭说:"哥,我长这么大,娘从来没有打过我。"王幼勇问:"你哭了?"王幼霭说:"我哭了。"王幼勇说:"不哭,哥跟你擦干眼泪。你把红缎被面铺在讲台上,我们来画旗。"

　　王幼霭把红缎子被面抖开,铺在讲台上。王幼勇拿着斗笔,蘸着黄油漆画旗。王幼勇在红缎子被面上画了一张犁。王幼勇从小跟舅舅傅立松练书法,笔力很好。王幼霭说:"哥,你画得真像。"王幼勇说:"幼霭,这是我们的旗帜。你信不信,只要我们挂起来,振臂一呼,拥护者就会云聚。"王幼霭说:"哥,我信。"

　　旗画好了,王家兄弟欢呼雀跃。王幼猛搬来一架木梯,王幼刚用手将旗擎着,王家兄弟妹姊簇拥着,将旗挂在王氏祠堂大门的正上方。这时候正有风来,风一阵阵地吹,那旗就在石槽冲的上空,高高地飘扬起来。王幼猛问王幼勇:"哥,放不放鞭炮?"王幼勇说:"放。"王幼刚就拿出一挂过年放剩的万字头鞭炮,王幼强接过来缠在祠堂门前的柏树上,王幼健吹着火捻子点着了。鞭炮一点没有潮,很响,震耳欲聋过后,红烟紫雾像一条龙腾上半空。王幼猛问王幼勇:"哥,动不动乐?"王幼勇说:"怎么不动乐?动。"王家兄弟五个就敲锣打鼓吹起了唢呐,热闹非凡。鞭炮和锣鼓唢呐的声音将附近垸子的乡亲都招来了。乡亲们袖着手站在王氏祠堂前的松树林子里看热闹。

王家兄弟见乡亲们聚来了，很兴奋。王幼勇裁红纸写招贴。半张红纸上写着：农会报名处。王幼猛将招贴贴在祠堂大门的石头门框上。王幼刚搬出一张课桌，当祠堂的大门放着。王幼勇将一本用黄纸订好的簿子，摆在课桌上，搬张椅子出来，让王幼霭坐在桌子后登记。这时候风劲吹着，旗哗啦啦地响。天上的云朵让过太阳，地上一阵阵地亮。

第11章　心有千千劫（5）

王幼勇朝祠堂门前的石阶上一站，长衫飘风，手里拿着竹板打将起来，用"好了"押韵，即兴唱起来："乡亲你们好，大家请听了！北伐成功好，军阀打倒了！共产主义好，就要来到了！参加农会好，分田打土豪！"松林中的乡亲把袖着的手抽出来拍，叫了一声"好"！王幼勇高兴了，说："快来报名参加农会吧！"王幼勇以为乡亲们就会上前来报名。哪晓得乡亲们站在松林中不动，把手又袖着，笑。松林中的一个人远远地喊："说得没得唱得好！"王幼勇就叫王幼猛把风琴搬出来，放在大门口的台阶上，叫傅素云出来弹。傅素云坐在风琴后，王幼勇站在风琴前，王幼勇朝傅素云点了一下头。傅素云弹，王幼勇指挥，乡亲们一齐唱起了："人生在世几多秋，若不革命怎出头？奉劝人人入农会，要为穷人争自由！"阳光明媚，歌声嘹亮。唱了一遍。松林中的那个人又喊："再来一遍！"于是又弹又唱。

弹着唱着，到了快吃中饭的时候，就是没人上前报名。王幼勇急了，停了唱，提笔将自己的名字写在簿子上。王家兄弟姊妹见大哥带了头，纷纷将自己的名字写在簿子上。墨磨得好，浓，笔是鸡毫的，硬，好用，王家兄弟妹妹都是读过书的，字如其人，刚柔并济。松林中的乡亲们围了过来，人群中那个喊好的人走上来伸手拿过簿子，对着天上的太阳看，看过了就传，乡亲们你的手拿过来，他的手拿过去，看那些名字，你望着我笑，我望着你笑，笑得涎儿亮亮的。

王幼勇问那个传簿子的人："你笑什么？"那个人问王幼勇："大少爷，你认识我吗？"王幼勇说："我怎么不认识你？你是项家垸的表叔。"那人笑了，说："大少爷，你错了。我与你家没亲戚，叫我表叔，那是你娘采情作礼。我是你家的佃户。你娘为了收租子，才以你们的辈分叫我表叔的。"王幼勇哽住了。那人指着围观的乡亲问王幼勇："大少爷，这些人你认识吗？"王幼勇说："认识，都是乡亲。"那人笑了，说："大少爷，你又错了。不是乡亲，都是你家的佃户。"王幼勇问："你怎么这样说话？"那人说："大少爷，我是个粗人不会说话，不会打竹板，更不会说好了歌。我只问你一句话，入了农会，还向你家交租不？"王幼勇说："我家？"那个人说："回去问下你娘傅大脚，她要答应不向你家交租，我们就报名。"乡亲们一齐笑，说："对，要是不交租，我们就报名。"

王幼勇愣住了。那人说："大少爷，你教我们识字，教我们唱歌儿玩都好，你们兄弟这样做就不好，饱人不知饿人饥。我们又不是苕。你说是不是？"王家兄弟姊妹气得你望着我，我望着你。那人又笑，说："打土豪分田地，大少爷，你又不说清楚！打哪个土豪？分哪家的田地？叫我们怎么打？怎么分？不说清楚，贴什么告示张什么旗？"乡亲们一齐笑，齐声说："对！"

这时候娘提着篮子送饭来了。娘问："谁在哪里说话？"那人说："表嫂，是项家垸的表兄。"娘问："项家表叔，你在说什么？"那人说："没说什么。表嫂，我来参加你儿的农会。"娘问："报名了吗？"那人说："还没。等着你来。"娘说："项家表叔。我傅大脚来了。你报呀。"那人说："表嫂，你还没答应，我哪敢入！"

娘说："儿女们来吃饭，娘给你们做好了。"娘把碗从篮子里朝出掇，摆在青草地上。新鲜的青菜，鲜红的豆腐，雪白的米饭。王家儿女都不拢来，都没心思吃。娘拍着手，笑了，对乡亲们说："都过来吧，我的儿女都成仙人了，不食人间烟火，你们来吃吧。"

那个人笑了，说："表嫂，这餐饭就不吃你家的了。吃一餐有什么用？你跟你的儿女们商量好。要是入了农会不交租子，还可以分到你家的田地，你就叫你的大少爷再出个告示。我们都来入。"娘叹了一口气，问："项家表叔想不交租子呀？"那人说："想。"娘问："想我家的田呀？"那人点头说："想，做梦也想。"娘问："项家表叔，王家的田地都是我从娘家带来的嫁妆！"那人说："晓得。"娘说："那些田地不与姓王的相干，是我傅大脚的。"那人说："我晓得，所以等你答应。"娘说："项家表叔，你这不是逼我的儿女吗？"那人说："表嫂，我没逼呀！是他们叫我们入会。入会总要有好处。不然我们入它做什么？"娘说："项家表叔，你是王家老佃户，几十年来傅大脚对项家不薄呀！"那人说："表嫂，你是对项家不薄，但是要是不交租子，将田分给我，那就更好。我这个人一把锯两把瓢，说不倒假话。"

乡亲们大笑，一哄而散。

娘手里掇的碗掉在地上碎了，白花花的饭散了一地。娘像一架山轰然仰面倒在地上。地上的娘，眼含着泪，望着天上的太阳。娘看见太阳下面观音菩萨手托净瓶坐在云朵做的莲花台上，光芒四射。娘看见一道毫光，观音菩萨手托的净瓶碎了，碎成了许多碎片儿，那些碎片像流星划过天空。

十七

娘是三十年前那个秋天出嫁的。

秋天是大别山的男婚女嫁好季节。石槽冲的那个穷书生，只人单挑，把八字帖儿连聘礼送到了傅兴垸。聘礼是两只活雁和三张鹿皮。石槽冲的王家虽然穷，但底子在，知书达礼。聘礼是那个书生查古书，按周礼下的。那个投亲读书的书生，别的不行，志气可嘉，送两只活雁三张鹿皮作为聘礼，说明家虽然穷，但人有志气，天上飞得最高的是雁，地上跑得最快的是鹿，他给傅家送来了，说明他既然敢爱傅家的女儿，就有本领养活傅家的女儿，叫娘心里很幸福很温暖。娘那时候还是女儿。女儿的心里世俗不多，很单纯。

那个穷书生将聘礼送来，父亲当着看热闹的众人将礼盒打开，两只活雁扑腾腾挣扎着要飞，将白花花的粪便拉在礼盒里的鹿皮上。父亲的两手糊了，拍着，哈哈大笑。母亲问父亲："你笑什么？"父亲说："我笑女婿懂礼。"母亲说："不是你教的吗？"父亲说："青出于蓝而胜于蓝，他这是以其人之道还治其人之身呀！叫老夫如鲠在喉，无话可说。"看热闹的人们就劝，说："生米做成了熟饭，水落三丘，老爷，你大人不计小人过，算了。"父亲说："我能不嫁女儿吗？他的聘礼又没送错。"母亲抱着女儿就哭。母亲哭得鼻涕眼泪一把流。母亲说："在家千日好，出嫁一时难，我的肉儿呀！你要受穷了。"女儿咬着牙，朝母亲面前一跪，说："娘，女儿此生不图大富大贵，只图恩恩爱爱，我跟你做了一场女儿，别的不求，求你在我出嫁那天不哭，让我高高兴兴地嫁。你答应我。"母亲擦干净了眼泪，说："我不哭，我不哭。"

母亲不哭，父亲流泪了。父亲说："女儿，王家的聘礼送来了，女儿百岁是人家的人。自从盘古开天地，女娲泥水作男女，男大当婚，女大当嫁，天经地义，你出嫁不要点什么吗？说出来让父亲听听。"女儿问："父亲是要女儿跪着说，还是站着说。"父亲说："傅家的女儿不兴跪。你站起来说。"女儿就从地上站起来，说："好女不要爷田地，好女不穿嫁妆衣。我什么都不要，只要女儿体体面面嫁出去。"父亲破涕笑了起来，手指颤颤地，指着女儿，说："知女莫若父，我知道你会这样说。你想让父亲背嫌贫爱富的名声。你错了。你什么都不要我的，我什么都要给你。我要让傅家的女儿风风光光体体面面嫁出去，我要让傅家在夫子河留下嫁女的佳话。"夫子河边的傅家除了财产就是儿女。傅老爷除了生命就是名声。傅老爷爱财产更爱儿女，傅老爷爱生命更爱名声。母亲对女儿说："还不快跪？"父亲说："不要跪。膝头一挨地，我什么都不给。"女儿抱着父亲哭。女儿说："父亲我听你的话，不跪。"父亲说："女儿，我把你养大了。要嫁的留不住。我有什么可说？俗话说，女儿是菜籽命，肥的瘦得了，瘦的肥得了。父亲读《诗》，读《书》，读《礼》，读《乐》，像孔夫子当年五十岁开始读《易》，我不是嫌王家贫，王家与傅家世代开亲，千丝万缕割不断，女婿投亲跟我读书，人也不错，有志气。为父只觉得王家的家道三起三落，兴时如日中天，败时一贫如洗，究其原因在于王家之后心气太高。心气太高容易为心气所累，所以在你的婚事上顾盼再三。父亲对不住你。"女儿说："父亲，你不要说了。"父亲说："女儿，父亲要说的说了，听不听在于你，记不记也在于你。"

女儿是八月十五那天出嫁的。八月十五月团圆。八月十五桂花香。八月十五傅家的女儿要出嫁，夫子河边古老的傅兴垸喜气洋洋，大红灯笼高高挂，挂满了城东门，挂满了垸街，挂满垸中的七十二条巷子，一直挂到了出垸的路边。迎亲的花轿伴着锣鼓伴着唢呐，伴着丝竹管弦之乐，在桂花飘香的风里，顺着山路，翻下了山，过了护城河。进了垸东城楼，早早地停在庭院深深的大门外。女儿坐在闺房的梳妆台前，让母亲给她"开脸"。"开脸"是大别山里女儿的成人礼。女儿"开脸"了，就不再是女儿，是人之妻、人之母。"开脸"本来是牵娘做的事，母亲不让牵娘做，母亲要亲手给女儿开。母亲让女儿端坐了，两只脚踏在米斗上，米斗里装的白米堆成了尖。母亲双手捧着女儿的脸，对着照人的镜子。那镜子按古礼是青铜的。贫穷的人家嫁女儿的青铜镜是借的。傅家嫁女儿的青铜镜是自家的。古老的青铜镜新磨了，在红烛袅袅的光芒里，放着祥和的光芒。傅家的青铜镜，照着母亲，照着女儿。母亲捧着女儿的脸，那脸就捧住像天上的一轮明月。母亲用丝线合股捻着，用力绞女儿脸上的绒毛，那绒毛细细的、密密的，是从娘肚子带出来的胎毛。胎毛随丝线的绞动，像雪一样地飞扬起来，落在母亲的身上。母亲禁不住呜咽起来。脚踏米斗的女儿对母亲说："娘，说好了，今天不许哭。"母亲说："我的乖，娘是为你高兴。"女儿说："娘，你为女儿唱支山歌。"母亲说："女儿，娘唱得不好听。"女儿说："娘，今天我就要离娘了，你给女儿唱一支，祝福女儿。"母亲就开口唱："姐儿门前一棵槐，手扒槐树望郎来……"母亲唱不下去了，说："女儿，娘唱得不好听。"女儿说："娘，你唱得好听。"母亲说："女儿，娘唱不下去了。"女儿说："娘，我给你唱。"女儿接着娘唱："娘问女儿望什么？我望槐花几时开。娘哇，不好说得望郎来。"母亲笑了，说："不要望，来了，花轿就停在大门口。"女儿说："娘，女儿今天好幸福。"母亲说："女儿，娘今天也幸福。"母亲手拿梳子，将女儿的辫子打散了，梳顺了，挽起来，绾好，用银簪别着。青铜镜里的女儿就像观音一样鬓云高耸。母亲给女儿穿霞帔，戴凤冠。穷人家嫁女儿的凤冠霞帔是借的，要还。傅家嫁女儿的凤冠霞帔是定做的,永远是女儿的。

这时候主礼官在大门外高喊:"吉时已到,新人上轿!"兄弟上楼,进房背姐出门,下楼上轿。那时候兄弟还小,个儿还没长起来。姐长弟矮,与其说是弟背姐,不如说是姐抱弟。姐与弟就那样相依相抱地下了楼,弟的手放了,姐的手还没放。弟对姐说:"姐,你上轿吧。"姐的手才松开,姐对弟说:"弟,姐走了。"弟含着眼泪,背过脸去不看姐。

姐上轿了。女儿听见桂花楼的两扇大门乒的一声关上了。女儿掀开轿帘朝外看,女儿看见了父亲用力关门的身影。女儿的眼泪就流了出来。女儿知道大别山里千百年的风俗,嫁出去的女儿,如同泼出去的水。女儿上轿,娘家是要将大门关紧的,防止女儿带走娘家的财运。从此以后婆家是婆家,娘家是娘家,关门声如同女儿落下地剪断与娘相连脐带的剪刀声。女儿一阵心痛,一阵昏眩。一会儿女儿就内疚了。女儿心想,你还要什么?父母要给你的都给你了,你应该知足。

女儿就把轿帘放下了。这时候三声炮响,十六个号手把十六把大号仰天吹响了,四乘大轿一齐起肩抬起来。鞭炮齐响,鼓乐喧天。抬嫁妆的人送嫁的人,摆了两里路。五乡八保的乡亲们都挤来看热闹,看那人生在世绝无仅有的嫁妆长龙。真是越富越全环,从生到死都准备了。一百八十八抬嫁妆的队伍,前面是旌旗开路,十六人举着五色的旗帜,接着是二十四人抬供桌,供桌上供的三畜三牲,整只的羊整只的猪,头上点着红趴在供桌上。架子床描龙画凤,金嵌银配灿烂辉煌。一架梳妆台,上面放着两套饰品,一套金的,一套银的。各种生活用具都是双份的,就连灯盏灯草也是两盏两把。嫁衣四十八套,被褥四十八床,堆起来捆好了。各种农具齐全,耕牛水车,就连镰刀也备着了。陶罐里装的是种子,稻种麦种还有豆种菜籽。最沉的是那口四人抬的铜箱子,箱子里装着一千块银元,六十石嫁妆田的契约,就压在箱子底。嫁妆里还带着人,两个丫鬟,两个使妈一同陪嫁。两个丫鬟和两个使妈,傅家都用钱买断了身份。傅家将女儿的生前都准备齐了,连死也准备齐了。两口圆木棺材,盖着红绸子,抬在最后面。看热闹的人们计算过,这些傅家的嫁妆够傅家的女儿吃穿用过三世的平常日子。

晕乎乎的娘,出嫁那天感觉到了空前未有的辉煌空前未有的幸福。那辉煌那幸福就像身上的血渐渐地流空后,脑子里才会出现的。娘嫁到王家后,隔年一个地生儿育女,一次次地流血,一次次体验着那种人浮在空中幸福的感觉。娘看到观音菩萨坐在半天云空中的莲花台上,手托净瓶,用净瓶里的杨枝儿,朝人间洒着雨露,身外的祥光与身内的祥光融为一体。

娘这时候在轿子里放声大哭了,哭了一声爷,哭了一声娘。

黄昏的时候花轿到了石槽冲。那个书生顾不得斯文,穿着红袍,像范进中举那样冲出家门接花轿,两手举到空中发癫狂,对着众人欢呼:"我赢了,我赢了!"

父母备两口棺材是指望女儿和女婿百年好合,白头到老的。

娘没想到那两口陪嫁的棺材没有同时用。那个书生考不上功名,一天到晚愤世嫉俗,她与他该爱的时候爱,该吵的时候吵,就像大别山里孩子唱的谣:天上落雨地上流,小两口吵嘴不记仇,白天不吃一锅饭,晚上同睡一枕头。唉,人生在世,夫妻一场不好说!朝好处想全是恩爱,朝歹处想全是仇恨。

后来顺河的陈姓和李姓为田地械斗,官家判李姓赢,他认定陈姓有理。他不听她劝,自告奋勇,一文钱不收,当了陈姓的讼师。再后来他就不明不白地倒在到黄州府打官司的古驿道上,再也没能站起来。陈姓说是李姓害死的,李姓说是病死的,前头的官司未了,后面的官司又起,告得天昏地暗。口说无凭,死无对证,官府具不了案,不了了之。

到头来应验了父亲生前所说的话。

于是两口陪嫁的棺材先用了一口,装着铮铮铁骨死不瞑目的书生,抬上山,埋在王姓种满桂花树的祖坟山上。于是留下她,靠娘家带来嫁妆和嫁妆田,拖儿带女过日子。

十八

娘是古历三月初三那天作出分家决定的。

大别山里的三月三是与七月半相对应的鬼节。"三月三,鬼上山"。三月三民间的祭祀尽了,接到家过年的祖先们受完香火,这时候人间忙,活人们就把他们送到山上。这时候他们就成了鬼。清早起来,娘像往年一样,挽着篮子到野地去扯地米菜花煮鸡蛋给儿女们吃。传说三月三吃地米菜花煮的鸡蛋,能防眼疾,使儿女们这一年眼明。

娘是在给儿女们分熟鸡蛋时宣布分家决定的。

吃早饭的时候,娘将地米菜花煮的鸡蛋分给桌上的儿女,每人两个。儿女们拿着鸡蛋朝桌子上碰,一片破壳的声音。这时候坐在首席上的娘平静地说:"儿女们听好!今天晚上我也要开个会,是我的儿女都要到,一个不能少。"儿女们停止了剥鸡蛋,静在饭桌上。娘对大女儿幼霭说:"你带两个鸡蛋给你大哥,带个信他,叫他也回来。"幼霭问:"娘,开什么会?"娘说:"到时候就知道。"饭桌上又是一片剥鸡蛋的声音。娘说:"听见没有?"儿女们说:"听见了。"

第 12 章　心有千千劫（6）

　　吃了早饭，娘把管家叫到房里，对管家说："麻烦你到傅兴垸去一趟，跟我把娘家的舅爷接来。"管家说："主家，你是大家之后，从小饱读诗书，你决定要做的事用不着我多嘴。我只是想，天下做娘的责任，是儿婚女嫁。现在少爷和小姐们都没嫁妆，这时候分家是不是有点不合适？"娘说："管家，我不是不知道这些道理。但是我没有别的办法。我不能眼看着王家的田地守不住坐以待毙。我这时候把田地分给他们，每人一份，田地是他们自己的了，也许他们会珍惜。"管家说："主家，给外甥分家，当然要接舅爷来。俗话说，天上的雷公，地上的母舅。不是我不去。我估计我去了，舅爷不会来。他还来做什么？"娘望着管家，说："他来不来是他的事，接还是要接的。你去'把信'，就说我死了。看他来不来。""把信"是大别山里死了人通知亲戚的仪式，"把信"的人挂一根枯竹棍，到亲戚家，哭一声说，某某什么时候走了，什么时候上山，亲戚就会带着祭礼，按时间赶来。管家说："主家，这更不合适！那有生人报死信的？"娘说："有什么法子？事到如今只能如此。"

　　管家就按主家的吩咐，挂着一根枯竹棍，到了傅兴垸护垸河的城东门。管家站在桥头，举着手中的棍子喊："开门，放我进去！"吊桥高吊着，城门楼上的族丁高声喊："你是什么人？"管家大声说："我是王家的管家。"族丁喊："有什么事？"管家说："我找傅家舅爷。"族丁赶紧通告，傅立松出来站在门楼上。傅立松认出了管家，见管家那样的打扮，问："管家，出了什么事？"管家说："我不能在这里说。"傅立松赶紧叫家丁放下吊桥，让管家进去。傅立松迎了上来，问管家："怎么了？"管家说："傅家舅爷，得按规矩来。"大别山里"把信"是有规矩的。要把"把信"的人请家里，"把信"的人将枯竹棍放在大门外，进屋，主家要煮一碗汤，给"把信"的人喝。"把信"的人要将碗里的吃尽，不准剩。傅立松的老婆煮了一碗汤，管家吃尽了。傅立松问："谁过了身？"大别山死了人不能说死，要说过了身，就像走亲戚一样从阳间走到阴间。管家一哭说："你家老姐叫我来把信，她说她死了，叫舅爷今天晚上到她家去。"傅立松诧异了，问："不会吧，老姐死了怎么会说话。"管家说："她叫我这样跟你说。"傅立松说："老姐怕我不去，才叫你来下这样的猛药。"管家说："是的。傅会长，我不敢对你撒谎。"傅立松说："我明白了。老姐叫我去给她的儿女分家吧？"管家说："是的，傅家舅爷。"傅立松说："管家，我不能去。"管家说："傅会长，你老姐说她死了。"傅立松说:"我老姐糊涂了。要是往年我去了有用,现在去了没有用。"管家说:"傅会长,你去不去?给一句话我。我好回话。"傅立松说:"你回去跟老姐说我不能去,傅家会派一个人去。"管家问:"派谁去?"傅立松说:"你就说我去,到时候会有人来的。"

管家回去了。娘问管家:"舅爷听说我死了,哭了吗?"管家说:"哭了。"娘问:"他说他来吗?"管家说:"他答应来。"

到了晚上,大别山里的石槽冲黑了。娘有命在先,儿女们都没有到祠堂上课,聚在家中,王幼勇也回来了。娘在堂屋的"家神"前点了香,烧了纸钱。"家神"贴在堂屋的正中。"家神"是一张红纸,正中写着:天地君亲师位;右边写着:司命土地六神;左边写着:王氏门中宗祖。一张"家神"把掌管天上人间的都写全了。娘说:"儿们女们,今天我把祖宗请动了。娘做一件事,一件大事。儿女们给娘坐好,等一个人来,娘就开始做。"娘就给儿女们分家里的太师椅,一人一张,男左女右,让她的儿女分坐在供桌的两边。供桌的上方,摆着两张太师椅,左一张,右一张。娘双手入怀,坐右边的一张。左边的一张,空着。娘对管家说:"管家,你也坐一张。你尽管不是王家的人,但你几十年跟王家管账,也算是王家的人。"管家说:"主家,内外有别。我坐门边吧。"管家掇一张竹椅,坐在大门边。坐在左边第一张太师椅子上的王幼勇问:"娘,还等谁?"娘说:"幼勇,你虽然是长子,但今天不是你当家。娘还没有死。你明明知道等谁,问什么?儿女们听好,娘生了你们,娘有时候爱你们的聪明,有时候不爱你们的聪明。"

大门关着,香烟缭绕,供桌前两支红烛照得堂屋亮亮的。

一会儿听见大门外狗咬,拍门声。管家起身把大门打开。一身短打的傻大爷,挂着一根枯竹棍进来了。娘起身问:"你父呢?"傻大爷说:"姑妈,我父说他死了,让我来。"王家兄弟纷纷站起来。王幼勇问傻大爷:"你一个人来的吗?"傻大爷哈哈一笑,说:"表兄,我怎么可能一个人来呢?我带了十八个家丁。他们都在大门外。"傻大爷手掀着袍子角,露出了挂在腰间的盒子枪。王幼勇指着傻大爷说:"你?"傻大爷笑了,说:"表兄,你放心,家伙里没有子弹。临走时我父将子弹收了,叫我带空枪。不信你拿去看。"娘坐着不动,说:"想干什么?都给我坐好。"娘对傻大爷说:"侄儿,你父死了,你在。你来了就是我娘家的人,陪姑妈上坐。"傻大爷说:"姑妈,那我就代我父。"傻大爷就坐到了娘身边上边的位子上。娘说:"现在开会。你们讲究开会。娘今天把你们召起来也开个会。"

娘的声音高了。娘说:"儿们女们,听好。娘将你们养大了,一个个都能瞒

257

着娘开会。娘老了,不能反对你们开会了。你们一个个毛干翅硬,都是干大事的人。为娘一场,苦也好,累也好,做牛做马,都是为了你们。娘累了,娘想歇了。今天娘给你们分家。娘今天跟你公布王家的田地。我跟你们说,王家的田地就是娘从傅家带来的嫁妆六十石谷田地。我给你们做主分,是我的儿女,我不薄女,不重男,一视同仁,做七份分,每人一份。"傻大爷站起身说:"姑妈,我父亲说,做八份分,你也占一份。"娘说:"侄儿,你不是说你父死了吗?"傻大爷说:"我说了不能这样说,他要我这样说。"娘说:"母舅的情我领,那我也算一份。大家有意见没有?"儿女们不作声,他们哪能有意见。娘说:"没有意见那就举手宣誓吧。"儿女们坐着不动。娘说:"今天由不得你们了,我要你们宣誓。事到如今,娘也不瞒你们。娘看过你们宣誓。很好,很齐心,很有气势。娘要你们当着娘的面宣一回。幼勇,你带个头!"娘的眼睛烁烁发亮。王幼勇没有办法,举起了手。王家的儿女都举起了手。娘说:"好!一齐说,嚼黄连吞猪胆心甘情愿!"嚼黄连吞猪胆心甘情愿,是大别山里穷人结十兄弟会时起的誓。大别山里的人们为了生存,常常结兄弟会,富人们找十个结,穷人也找十个结。富人结兄弟会换金兰帖,喝同心酒,弹琴唱高山流水的古曲儿。穷人结兄弟会的时候,学《三国演义》中的样子,找一个桃树林子,偷一只狗杀,煮一锅,大口吃,斩一只鸡公的脖子,将血滴在酒碗里,举起来,起誓,齐声说:"不求同年同日生,但求同年同日死,有福同享,有祸同当。嚼黄连吞猪胆心甘情愿!"娘不说高山流水,娘说嚼黄连吞猪胆心甘情愿。娘厉声对儿女说"说!"傻大爷说:"姑妈,你不能起这俗的誓。你的儿女都是读书的,要用高山流水,我父说我妹妹素云同大表兄一道在王氏祠堂里踩风琴教众人唱山歌,让大表兄叫她把风琴搬来,唱高山流水。"娘变色了,厉声对傻大爷说:"你读了几句书?知道什么?"娘厉声对儿女们说:"说。"儿女们只好齐声说:"嚼黄连吞猪胆心甘情愿!"

第13章 心有千千劫(7)

于是管家就把王家的田契拿出来,将算盘放在供桌上,算着分。六十石嫁妆田地按八份分,每份七石半。这账好算。关键是田在哪里,水源怎样,肥瘦怎样,收成如何,需要说明,需要搭配。管家对王家的田地熟悉,算盘打得精,肥瘦搭配了,一会儿就分好了,将田契做八份分好了,放在供桌上。管家对娘说:"主家,我要做的事,做完了。"娘站起身来,摘下头上戴的一根银簪说:"管家,这是你分账的辛苦。贵人不可贱用,少是少了点,王家穷了,只能有这大的出手。今年三个月的工钱按半年算，归我出。"管家流出了眼泪，说："主家，今年的工钱就算了，我不要。"娘说："管家，几十年来你对王家忠心耿耿。我知道你心里难受。书上说，天下没有不散的筵席。《红楼梦》里说，好便是了，了便是好。对不住你了！"娘就裁白纸制了八个阄儿，写上一二三四五六七八，八个数字。娘将阄儿折好，用手抓着朝供桌上撒开。娘说："凭天倒地，我的儿女们来拈吧！"王家兄弟姊妹们不拈，望着老大王幼勇。娘笑了，说："望他做什么？今天是娘当家。"王幼勇说："娘，我拈。"王幼勇伸手要拈。娘说："就这样拈吗？跪下！"王幼勇就跪下了，从供桌上拈起一个阄儿。王家兄弟见大哥拈了，纷纷地跪下伸手在供桌上拈。拈着了也不展开看。幼霭和幼馨要跪下拈。娘流着眼泪说："你俩还没出嫁，就不拈。供桌上剩的三个阄就是娘和你们的。我们合着行不行？"两个妹妹望着大哥不说话。娘看出了女儿们的心思，说："算了，都跪下拈走吧！"王家儿女们都拈了，供桌上剩着一个阄儿。娘拿起那个阄儿，对着烛光展开看，说："这个是我的。"王幼勇站起来说："娘，还有事没有？没事我走。"娘说："老大，我到祠堂里听过你教的歌儿，唱得真好，你和兄妹们唱给娘听听好吗？"王家儿女们从地上爬起来，站着不动。娘说："儿女们，你们不唱给娘听，娘唱给你们听。"娘流着眼泪唱了起来："人生在世几多秋，若不革命怎出头？奉劝人人入农会，好为穷人争自由。"娘唱完，说："儿们女们，你以为娘不会唱吗？娘也学会了。儿们女们，娘留给你们只有这些家当，合起来像个人家，分了就不算什么了？从今以后这些田地就是你们衣食父母。"娘把大门打开，说："儿们女们，娘的会散了，你们接着去开你们的会吧！"

娘要送傻大爷。傻大爷说："姑妈，我不要你送。我不怕，我带了十八个人的。"娘对傻大爷说："侄儿，你的盒子里真的没子弹吗？"傻大爷说："姑妈，真的没有。"娘说："我不信，你把枪膛打开，让姑妈看看。"傻大爷把枪膛打开，里面真的没子弹。娘流着泪说："我兄弟没死。"傻大爷说："本来就没死。"娘对傻大爷说："侄儿，你带个信给你父，就说老姐也没死。"傻大爷说："姑妈放心，我会把你的信带到。"

傻大爷带着家丁走远了。走到老远的山头上，娘听到一声枪响。子弹划过天空。娘听见傻大爷在黑夜里叫："谁说我没子弹！我放一声你们听听！"

十九

分家的第三天娘就知道她错了。而且错得不轻。娘满以为将田地分给儿女们，每人一份的养命田，儿女们会珍惜。娘没有想到将田分给儿女后，更促进了他们革命的决心。

　　王家兄弟姊妹们的行动是坚决果断的。他们在夜课上完众人散去之后，在大哥的主持下，聚在王氏祠堂的厢房里，经过一夜认真讨论，一致同意将分到各人名下的田地，分给佃户。第二天早晨，一张用红纸新写的告示，就贴在动员众人放农会的告示旁边。新写的告示依然是王幼勇用顺口溜的形式拟的，通俗易懂，朗朗上口。娘去了，见红纸黑字地写着："王家兄妹人等，今天告示乡亲，既然参加革命，应该带头先行，祖上课田六十，娘作八份摊平，兄弟妹姊七个，每人七石五分，自愿分给乡亲。凡是王家佃户，当众毁约认领。"下面还有注。注是小字儿。注也是两行，同样押韵："傅氏名下除外，特此当众申明。"下面是王家兄妹各人签的名字。众人围着看，娘也挤着看。众人问娘："写得怎么样？"娘说："那还有话说？到底是读书的儿！写得好啊！"众人问娘："你的那份为什么不拿出来？"娘笑着说："我读书的儿有孝心。晓得娘老了，不能参加。"娘对着众人笑，笑出了眼泪。众人说："傅大脚，你回去吧。这里没有你的事。"娘说："我的儿写的，我不能看看吗？"

　　石槽冲轰动了，王家的佃户闻讯赶来了。王幼勇领着众兄妹，将那些田契，当着众人的面点火烧了。大火熊熊，穷人们欢呼雀跃，兴奋起来，纷纷报名参加农会。项家表叔是最后来的。幼霭说："项家表叔，你来了。"项家表叔对幼霭说："我有了田地，你还叫我什么表叔？"幼霭说："叫你什么？"项家表叔说："从现在起你我平等，叫我同志。把我的名字写上，我报名参加农会。农会好，把我儿的名字也写上。"幼霭问："你的儿子年满十五岁了吗？"项家表叔说："我的儿今年十岁，我替他先报上。"幼霭不写项家表叔儿的名字。项家表叔说："我的儿叫项存钱。你给他写上。不然人收满了报不上。"幼霭不写。项家表叔说："凭什么不写？农会又不是你家的。莫看你家给了我七石五分田，那田三十年前本来是我家的，是我父赌输了卖给你家的，回去问你娘看是不是？"王幼勇上前对幼霭说："写上，写上。"农会下面还有很多组织，有妇救会，有儿童团，未满十五岁的入儿童团。幼霭就把项存钱的名字写下了。一时间石槽冲风起云涌，一天报名的就有五百多人，许多人家全家老小都报了。

　　王幼勇领着兄妹们给报名的人发红带子。那带子叫赤化带，是用红线织成的，两指宽，凡是报名的发一条，系在腰间，喜气洋洋。

　　王幼勇领导的石槽冲在乘马地区带了个好头，报名参加农会的人最多。地下党发出通知，号召各地以石槽冲为榜样。鄂东的农民运动如卷席之势展开了。各地开红炉打造大刀长矛，武装骨干，带领骨干展开了轰轰烈烈的减租减息运动。王幼勇被任命为地下党的县委书记。

这时候的娘，彻底平静了。娘将王家的老屋也分了，七个儿女，每人几间。她自己留了两间。儿女们都忙，忙得整天不落屋。她叫人将通往老屋的门封了，在屋后沟开了一个门。屋后沟向山，只有风来，没有阳光照。屋暗，娘大白天点着灯。娘在灯下看《心经》，听风从山上吹下来，看屋面上的亮瓦儿筛着太阳的光。

傅立松就是在这时候来看老姐的。

那是个春寒乍暖的天，傅立松头戴一顶破草帽，提着一个破包袱，化装成讨米的来的。傅立松从屋后山走进老姐的屋。娘听见脚步声，就知道谁来了。娘问："是人进来了吗？"傅立松说："是人进来了。"娘问："你是谁？"傅立松掀掉头上的破草帽说："我是你兄弟。"娘摇头说："你骗我。我兄弟他死了。"傅立松说："他没死。"娘问："来做什么？"傅立松说："来看下你。"娘说："我死了。"傅立松说："你不是说你没死吗？"娘仰起脸望兄弟，两眼的泪。娘说："我俩都没死。"娘起身说："兄弟，屋里只有一张椅子，你来坐。"傅立松说："老姐，还是你坐吧。"娘说："兄弟你读了《易经》，这里有六枚铜钱，你摆个卦，给老姐算个命。"傅立松说："老姐，《易经》演理不算命。子不语怪力乱神。"娘说："兄弟，你不是什么都懂吗？"傅立松流泪了，说："老姐，我错了，你也错了。"娘说："兄弟，你的儿骗了我。你的儿有子弹，放出来好响。"傅立松说："老姐，既然备了盒子枪，不能老空着。"娘问："兄弟，子弹长眼睛吗？"傅立松说："人长眼睛，子弹就长眼睛。"娘问："兄弟，你带着了吗？"傅立松不作声。娘起身朝傅立松腰间摸一把，摸着了一把硬硬的东西。娘一哭，说："兄弟，想不到你也带着了。"

这时候外面响起了筛锣的声音。

娘扯衣襟擦一把眼，站起来厉声说："不是我说你，都什么时候了，还要你来看我？还不快走！"傅立松将提的一个包袱放在桌上，说，老姐，没有什么东西带给你了，一点心意。"傅立松说完，急忙出门，上了山后的松林，一会儿不见了人影。

娘又手颤颤地将桌上的包袱解开，屋面的亮瓦儿照着，露出白花花的银元。

娘哭出了声，说："我以为是什么好东西？原来还是银子！"

娘将那包银元朝屋后沟一丢，包袱破了，那些银元随破布散了，哐哐当当落了一沟。

这时候春时的天说变就变。乌云四合，电闪雷鸣。"惊蛰"过了半个月雷才动，落地的雷，震天价响，惊天动地。娘的心像雷下的群山，颤动了。娘走出屋，走上山头，望着风，望着雨。娘咽一声："天，我的兄弟，没带雨具呢。"

那雷,滚动着,一串串从天上劈下来,娘浑身湿透了。

第14章 烽烟平地起（1）

  《暴动歌》
  民国十六年,
  革命大发展,
  湖北黄麻县,
  就把革命办。
  有县委和区委,
  作个普宣传,
  组织农协会,
  办起青年团,
  大家团结一致,
  反抗杂税苛捐。
  到了九月间,
  就把主义变,
  破县城,杀贪官,
  一致要共产。
  各区开大会,
  男女倡平权,
  义勇队成立,
  防务会不变,
  军阀,土劣,反动走狗,
  一律要杀完!
  ——摘自《鄂东革命歌谣》

注释：这首歌作于一九二七年"黄麻起义"期间。它反映了"黄麻起义"前后的革命斗争情况。

二十

  老师挂着手杖,一领青衫包着瘦骨,只身登上蛇山顶上的黄鹤楼遗址。一连几十天，老师心急如焚，吃不下饭，睡不着觉，备受煎熬。没有谁比他更了解家乡瞬息万变的革命形势。

蛇山顶上的石榴树，同家乡的石榴树一样，开出朵朵红花儿。夏天老了，是秋天。万里无云。他心潮起伏，眺望着东方太阳下连绵起伏、烟霞明灭的群山。那里是他的家乡。

他的家在大别山里那个叫黄安古老的小县城里。一方围墙，数间青砖瓦屋。住着他的父亲母亲和他的妻儿。向街的大门含着院子，院子里有一棵石榴树，一到古历五月，树上就缀满花儿，如火如荼，非常鲜艳。那棵石榴树是他与妻子结婚那年，父亲从乡下老屋垸连根带土移来的。他的家原来在乡下，祖父做生意发财后，在县城买了一家破败富户的宅子，让子孙在县城落了脚。他结婚那年，父亲为了让他和子孙记住根在乡下，特意移来那棵石榴树。石榴树是多子多孙富贵的象征，从小读四书五经的父亲，为了拯救他这个儿子用尽心思。

他结婚那天是古历五月初五。五月初五是大别里的雨季，天乍雨乍晴，古老的黄安县城，霭云弥漫，徐徐的南风里，绕县城的倒水河涨水了，那水是楚地纪念屈原的龙船水。山水从群山里带着树枝树叶和浪渣流下来，耀眼的太阳下，满河白花花的泡沫卷着浪花。龙船一条条浮在野水上，船头耸着鼓和钹，赛船的人们，头裹黄巾，身穿背后写着"勇"字的对襟无袖衫，在鼓和钹的响声中，船桨一齐下舀，比浪涌船飞的雄风。他这个清末秀才董家的大公子，就是在那个呐喊声声雄风四起的日子结婚的。那时候风起云合，雨又来了。雨湿着院子里，刚连根带土栽的，那棵石榴树上的花儿。父亲为系住他这个雄心勃勃的儿，传信带信，把他从武昌召回，给他定亲结婚。那时候烟雨茫茫，院子里张灯结彩，雨湿花红，亲朋满座。父亲举酒三杯，敬天敬地，然后敬他。父亲说："用威，把酒举起来。为父敬你一杯。古人说得好，人生两大快事，一是洞房花烛夜，二是金榜题名时，论功名你是秀才，虽不满意，但也是功名，今天你洞房花烛，人生两大快事，你都占了，你应该知足。古人云，知足者常乐。为父出一联你对，如何？"他站起来，说："父亲，应该是我敬你。我不想的你都替我想到了。"父亲说："我敬你也是一样。不分先后，为人之子必定要为人之父。"他问："父亲，你是考为儿的才学，还是考为儿的志向？"父亲说："用威，为人做事。不能太执，顺着自然。"他问："父亲，你的上联是什么？"父亲指着门前的石榴树说："石榴红时雨。"那时候他才思敏捷，说："父亲，儿子给你对上。"父亲说："说出来听听！"他一字一顿地说："革命路上人。"满座皆惊。父亲举酒一叹，知道系儿不住。

结婚三天，他就只身离家来到了武昌。

如今他这个铮铮铁骨的清末秀才，跟随孙中山先生，与仁人志士一道，推翻了清王朝，成了武汉地区国共两党的创始人，武汉国民政府的要员之一，骑在马上，是真正的"马上人"了。

遥望家乡，万里无云，雁过秋风。那些雁在头雁的带领下，一会儿排着"一"字，一会儿排着"人"字，翅膀拍着风，伴着带血的鸣叫，牵扯着他的心。他没有想到家乡的农民运动发展得如此迅猛，就像一座荒久了的山，点了一把火，大火借着风势，毕剥燃烧起来，烈焰腾空，谁也阻止不了。当正反两方面的消息从各种渠道，一齐向他汇聚时，他才感到了真正的沉重。

那沉重如排排大山向他压来。

商人打扮的傅立松，就是在他下山后，点名要见他的。

蛇山脚下，武昌国民政府大门前，义旗高扬，荷枪实弹的哨兵列队，在红楼前站岗。傅立松要进去，被哨兵拦住了。卫队长上前问："你找谁？"傅立松说："我找农工厅厅长。"卫队长问："你是什么人？"傅立松拿出名片，递给卫队长。名片是用毛边纸裁成的，上面没有别的，只有用毛笔竖写的三个字：傅立松。卫队长问："这是你的名字？"傅立松点头说："是。坐不改姓，行不更名。"卫队长问："你认识农工厅长吗？"傅立松说："烧成灰我也认得。"卫队长问："他叫什么名字？"傅立松说："他叫董用威。"卫队长说："这里没有董用威。"傅立松说："那是他的字。他的名叫董必武。"卫队长问："他认识你吗？"傅立松说："没烧成灰之前，他应该认得我。"卫队长笑了，说："对不起，不能进。"傅立松问："为什么？"卫队长说："你以为是人就可以进去吗？"傅立松问："还要什么？不是共和了，自由了，平等了吗？"卫队长说："那是外边的事。进这个地方，光凭这个不行。"傅立松说："小同志，这样行不行？你将这张纸送进去，他要是不让我进，我不进行不行？"卫队长打量着傅立松，问："你到底是谁？"傅立松说："名片上不是写着有吗？"卫队长不知道傅立松的来头，怕有什么差池，叫傅立松在大门外等着，拿着名片进去了。

卫队长拿着名片上了二楼，他正在办公室里处理公文。卫队长将名片递给他，说："这个人要见你。"他接过那张名片，问："他在哪里？"卫队长说："在楼下大门前。"他看过名片，哈哈一笑，笑过之后，心里就不是滋味儿。那时候敢用这种毛边纸只写名字当名片的人，全中国只有两个，一个是南京国民政府的总统蒋中正，二个是武昌国民政府的总统汪精卫。一个乡绅敢用这种做派，显然是做了准备的，来者不善。卫队长问："见不见？"他说："既然来了，就让他进来吧。"

他本来要出去接，一想不能，就放下公文，坐在办公桌后面等。一会儿就听见脚步踩得楼颤,红楼是木结构的,人用劲就悠悠颤。傅立松上来了。老远地喊:"董厅长在吗?"他在办公室里说:"在。"话音未落,人就进来了。傅立松进门就说:"董厅长,把你的贡茶泡一壶尝尝。"他说:"对不起,这里没有贡茶,只有白开水。"他起身给傅立松倒了杯白开水。傅立松说:"经当不起,要你亲自倒。秘书呢?"他说:"国民政府办公经费不足,节约开支,秘书减了。"傅立松说:"你这是何苦?我的女儿素云给你当秘书当得好好的,说好了,把她放在你的身边,让她向你学习,我又不要薪水,你把她派回去干什么?她给你当秘书,别的没有,爱女重先生,茶叶我每年是要送几斤的,不至于让厅长喝白开水。"他说:"老兄,我不派,她也会回去的。"傅立松打了一个惊叹,问:"不派也会回去?那是为什么?"他说:"为什么?这要问你。当年我与你一起在黄州府赶考,为了广济姓姚的考生搜身之事,大闹考棚,你挺身而出,抛开功名不要,罢了考官的官,为了什么?"傅立松说:"啊,你还记得那事?如果没记错的话,三年后,你还是考了秀才的。虽说你不坐轿子回乡,但还是威风得很。我可不如你。从那以后,我可没有再进那地方啊。"他的脸红了,说:"那是父亲要我考的。"傅立松说:"你不要忘记,我父亲也要我考。我不去。"他笑着问:"你觉得你能考取吗?"傅立松说:"取不取是天的事,考不考是人的事。你认为我就一定考不取吗?只要把脸皮放厚些,猴儿不上树多打几遍锣,瞎猫也会碰上死耗子的。主要是我觉得那个死耗子没得味。"

他不作声,望着傅立松。傅立松问:"董厅长,你望着我干什么?"他说:"傅会长,差不多了吧?"傅立松问:"什么差不多?"他说:"你的味玩得差不多了。"傅立松说:"比起你来,我差多了。"他说:"你知道当今之下,在这个地方有几个人敢用毛边纸,只写名字当名片?"傅立松说:"知道,不就是南京国民政府的总统蒋中正,武昌国民政府的总统汪精卫吗?"他说:"名士呀!傅会长。我知道你在我面前敢出此招。你比我还狂。请问换一个人你敢吗?"傅立松笑了,说:"那要看什么人。在两个人面前我敢。"他问:"说说看,哪两个人?"傅立松说:"哪两个?我说给你听。第一个在孙中山先生面前我敢。第二个在董用威面前我敢。"他笑了,说:"傅会长还算会说话。"傅立松笑着说:"两个人,一个已经死了,只有一个人还活着。不然我这个名片没地方用了。"傅立松不坐,就那样站着,说:"董厅长,还有一个人面前我敢用。"他问:"是谁?"傅立松说:"周公呀。你不知道吗?周公吐哺,天下归心。可惜,他也死了。"

他说:"傅会长,喝白开水吧。"傅立松说:"你喝,我就喝。"他说:"我不是在喝吗?"傅立松说:"那我也喝。"他拿出旱烟袋问:"傅会长,吸口烟不?"傅立松说:"就你的吸一口。"两人就喝白开水,吸旱烟。傅立松说:"董厅长,这可是家乡的烟叶子呀。就这口味没变。"他说："傅会长，吸也吸了，喝也喝了，有什么话？说吧！"傅立松说："兄弟这次来，带了两样礼物，请你收下。我知道你是高洁之人，不收不义之财。放心，我带来的不是黄的金，也不是白的银，只是两张纸。"傅立松将两样东西从怀里拿出来，放在桌子上，说："一样是家乡的乡绅们给你的联名信，另一样是你的老父亲给你的亲笔信。"

傅立松就将两样东西在桌子上展开。傅立松说："董厅长，你知道不知道家乡的乡绅被杀了多少？半个月杀了十几个呀！农会的人专门捉乡绅，绑票敲钱造武器，不是关就是杀。死了流的是血，活的留的是字。他们要求你发个话儿，能不能不杀，让他们活着。要不要我说个杀人的惨状你听？宋埠金罗家的金光祖，你知道不？那年在黄州罢考，他也在其中。长得高瘦的那个，你一定还记得。带头撞考场大门的就是他。他被你的学生带人用石头枕了头，砸得脑浆四溅，连一声娘都没喊出来。"他的脸涨红了，问："傅会长，光他们杀你们，你们没杀他们吗？要不要我出示证据？我这里都有。"傅立松说："问得好，杀有先后，一个先杀，一个后杀。"他愤怒了，站起来往桌上一巴掌，问："杀有先后吗？"傅立松也愤怒了，往桌上一巴掌，说："当然有。就如你愤怒在先，我愤怒于后。"他说："先杀喻于义。"傅立松说："后杀喻于理。"他问："理是谁家的理？"傅立松问："义是谁家的义？"卫队长闻声带兵前来，问："是不是把他抓起来？"傅立松笑了，对卫队长说："抓吧。在这里抓我不反抗。因为我是国民党党员，麻城县参议。"他对卫队长说："退下吧。这是我的同窗。我们在论道。道不同，争论难免。"

卫队长带人走了。他说："傅会长，你今天不该来。"傅立松说："我知道，道不同，不相与谋。但那些人都是你的学生，是你派回去的。我没有办法。你把你父亲的信看看吧。"他说："看什么？我知道我父亲说什么。倾巢之下安有完卵？"傅立松问："你敢保证不杀你父亲吗？"他说："你带信给我父亲，叫他把财产交出去。"傅立松笑了，说："你估计你父亲听你的，甘心把财产交出去吗？"他说："听不听在于他，信你还是带到。转告我父亲，识时务者为俊杰。"傅立松说："也是忠告我的吧？"他说："算是吧。"

傅立松起身要走。他问："傅会长，你这次来不是专门送信的吧？"傅立松说："你猜对了，我来做趟生意，顺便送信。"他问："什么生意？"傅立松说："董厅长，你外行了吧？生意之人就像你们的事业，天机不可泄露。"他说："我知道你这次来做什么生意。傅会长，这年头有些生意不能做。比方说枪就不能买。"傅立松笑了，说："董厅长，楚庄王当年强大武装你知道为了什么吗？为的是止戈为武呀。"他说："傅会长，你认为你这趟生意能做成吗？"傅立松说：

"生意人诚心做生意哪有做不成的?"他笑了。傅立松问:"董厅长,你笑什么?"他说:"我笑天下可笑之人。你这是给我下战书的。"傅立松说:"岂敢!我知道现在在你眼里我是什么?"他问:"是什么?"傅立松说:"一个不知天高地厚的乡巴佬,一个顽固不化的守财奴。有什么办法?谁叫我俩一起赶过考呢?"他问:"话说完了没有?"傅立松说:"话说完了。听不听在于你。"他问:"要不要我送你?"傅立松说:"不用了,我既然进得来,就出得去。"他说:"那就恕我不送。"傅立松说:"你忙吧。你看你案头上几多的公文!堆积如山呀!你比当年的诸葛亮还忙。"他问:"你去做生意?"傅立松说:"既然来了,生意还是要做的。"他说:"傅会长,不要做,要蚀本的。"傅立松说:"董厅长,目前武汉三镇好像不全是你的天下。"他问:"你决意要做?"傅立松笑了,说:"别人不知道我,你不知道我?我像你一样,决意要做的事,谁也拦不住。"他说:"我不是拦你。是劝你。"傅立松笑了:"这就对了。就像我来,劝不劝在于我,听不听在于你。"他说:"傅会长,你这是有恃无恐。"傅立松说:"岂敢,我是有恐无恃呀。"

他说:"傅会长,我俩占个卜,预测一下,你这趟生意成败如何?"傅立松说:"没得蓍草。"他说:"要什么蓍草?我的字纸篓里有揉皱的纸团,我倒出来给你占。"傅立松说:"行。"他将纸篓放在桌上,说:"你这趟生意只有两种结果,或成或败。纸团多少,我不知道。我一个个地朝出拿,一个代表成,一个代表败,看最后落在成上还是落在败上?"傅立松说:"行。你代表吧。"他问:"先说好,第一个代表成还是代表败?"傅立松说:"第一个代表成吧。"他说:"那我就动手了。"傅立松说:"你动手吧。"于是他就嘴里说着"成",说着"败"地拿纸团。纸团拿完了,最后落在"败"上。他说:"傅会长,你看这结果。"傅立松哈哈一笑,说:"董厅长,我不信。"他说:"傅会长,君子无戏言。你看,败了。"傅立松说:"如果我说第一个代表败,那我不就成了?"他说:"谁叫你先说成呢?"傅立松说:"我知道你想做什么!"他说:"谁叫你明目张胆呢?"傅立松问:"你觉得你能成吗?"他笑而不答。

傅立松的那趟生意果真没有做成。

就在傅立松通过军火库的一个关系,秘密购买十条汉阳造,混在棉布中准备装船运往江北时,被码头上巡逻的警察查获了。傅立松因盗送军火被抓了,是他出面将傅立松保出来。他把傅立松送到江边,说:"傅会长,你回去吧。"傅立松说:"董用威,这回我输了。"他问:"傅会长,你知道你为什么会输吗?"傅立松说:"我明白。"他说:"你不明白。你输在知其不可而为之。止戈为武是什么逻辑?止戈为武是强盗逻辑。傅会长,我有一句话要对你说。麻烦你转告我父亲和所有的家乡人，我董用威可没叫人杀人。"傅立松说："你是没叫，可是事实上杀了那么多呀！"他说："那有什么办法？"傅立松问："是必死的，就像太庙里的牺牲吗？"他说："你这样理解也行。"傅立松说："我明白了。"

他把傅立松送到船上，拿出他的名片，说："傅会长，这是我的名片。别的没有什么作用，拿上它，可以保你平安地回去。"傅立松被气得半死。

他说："傅会长，你若是不受，可以撕掉它。"傅立松哈哈一笑，笑出了眼泪，说："董用威，我若是蠢到连命都不晓得保，众人能选我当会长吗？"他一把捏住傅立松拿名片的手，说："实在对不起。我知道你是个明白人。我叫你不要做，你不信。我没有别的办法。"傅立松朝他面前唾一口，说："你还算君子吗？从今天起，我俩大路朝天各走半边！"那涎像子弹一样射到江滩上。他不看地，看天，说："傅会长，我不愤怒，敢当面唾我的人，除了你这个世界上没有第二个。这一口我受了。你走吧。"

第15章　烽烟平地起（2）

二十一

傅立松坐船过江时，船老大认出了他。

船老大笑着问他："傅老爷回去呀！"傅立松说："你认错了人。我不姓傅。"船老大说："傅老爷，你不用瞒了。过了江不仅我认识你。认识你的人多。"傅立松问："是要命，还是要银子。"船老大说："傅老爷放心，我只是个摆渡人。世人隔着这条江。把世人从这边送到那边是我的事。上我的船，我希望所有的人平安。傅老爷，你穿这身衣裳过去有危险。"傅立松问："你是什么人？"船老大说："傅老爷，你不是原来的傅老爷了。你防着人，人必防着你。船舱里有我一套换洗的衣服，你若是不嫌弃，就换上吧。换上有百利而无一害。"傅立松就到船舱把衣服换了。傅立松粗衣大衫地出舱。船老大说："傅老爷，船头上有一条扁担和绳子，你带着吧。人问你做什么的，你就说你是挑夫。傅老爷，我可不是贪你的一身衣裳。衣裳我给你留着，下次过江如果再坐我的船，我还给你。"傅立松说："不用还了。你穿吧。"

船到对岸，傅立松下船。傅立松要付船钱。摆渡人一定不要，说："我若是收了你的船钱，你心里就想我贪了你的衣裳。那又是何苦？下次调衣裳时再付。

你存着我也存着。"傅立松就拿着扁担麻绳在阳逻上岸。

傅立松没有想到仅隔几天，江北局势发生了翻天覆地的变化。叫傅立松吃惊的是如果不是拿着那张名片，他就真的回不了傅兴垸。踏上鄂东的土地，他就发现农会组织在各个路口上设了卡，盘查过往行人，逢是可疑的人就把他们抓起来。傅立松凭着那张名片，过了许多关卡。设卡的人问他是什么人，他不说话就把那张名片拿出来，设卡的人看了那张名片，就把他放过去了。

傅立松衣衫破烂一脸菜色回到傅兴垸时，守垸城的族丁们没认出他，费了半天的周折，族丁才放下吊桥，让他进了垸。傅立松走过青石铺着的垸街，发现教师爷和大儿子傻大爷趁他不在家，正在傅氏祠堂的广场上临坛，训练他们的武装。广场上的旗杆上竖了一面黄色的旗，旗上画着一个八卦和一群飞翔的乌鸦，那群乌鸦长着三只脚。风烈烈的，那旗猎猎的，在空中响得气势。传说中的三足乌是太阳，那么多的三足乌在空中飞翔，让人心颤，仿佛听到它们奋力飞翔时发出的哇哇叫。傅立松看见，旗杆下作土为堆，四周用青砖砌了个两人多高的坛子，坛子前放着从祠堂里搬出来的青铜香炉，青铜香炉里烧着三炷一人多高的天香。群烟袅袅，如云似雾，异香扑鼻。傅立松闻出那香竟是檀香。那檀香是傅氏清明祭祀时才用的。趁他不在家，他的傻儿子把祠堂里檀木做的天香拿出来点了。教师爷穿着黑色的灯笼裤，系着五寸宽布满铜扣的板带，打着赤膊，头裹黄巾，盘起双脚，双手合十，闭目坐在土坛上，受着天香。傻儿子领着与教师爷一样头裹黄巾的会众们，在坛下匍成一片，顶礼膜拜，三声炮响，三呼天师再世！教师爷睁开眼睛，傻儿子就举着铜盆上前，铜盆里装着清水。教师爷起身，用手拔水，一把向天，一把向地，然后两只巴掌抡起来，用冷水拍胸脯，一遍肉响，教师爷胸脯上的肉，一块块鼓了起来，红红的，颤颤的。教师爷跳将起来，吼叫："天师附体，刀枪不入！"于是会众们纷纷用冷水拍胸，一律地肉鼓肉跳，发声喊："天师附体，刀枪不入！"于是就刀枪棍棒，列队走阵，教师爷摇旗呐喊。扬旗冲锋，倒旗伏地。

傅立松身上的血沸了起来。那时候整个黄安麻城两县的乡绅们，与农会武装对着干。他们以民团为基础，都在扩大自己的武装。民团是军阀混战时大别山里对付土匪的产物，那时候乡绅们利用起来了。他们招兵买马，以旗为号。旗红的叫红枪会，旗黑的叫黑枪会，旗白的叫白枪会。还有大刀会、孝子会、扇子会，等等。会众都是乡绅们用钱雇来的本姓或外姓的穷苦农民。

那时候衣衫破烂的傅立松叫了一声："好！"傻大爷惊了，发现父亲回来了。发现父亲回来，傻大爷就不知所措。因为父亲一向反对他这样做。父亲扩大组织民团，保家护垸，但父亲不赞成教师爷天师附体刀枪不入的这一套。傻大爷呆在那里。傅立松说:"你呆着干什么?"傻大爷问:"父亲,是你喊的好?"傅立松说:"不错,是我喊的。"傻大爷问:"你为什么也喊好?"傅立松的老婆跑上前问:"你是不是疯了?"傅立松说:"把我的衣裳拿来,等我把衣裳换了再说。"老婆把衣裳拿来,傅立松当着众人换了。换了衣裳的傅立松活气就上了身。傻大爷搬上一张太师椅,让傅立松坐着。坐在太师椅上的傅立松挽了挽袖子,说:"他们有他们的主义。主义是个好东西!振臂一呼,拥护者云聚。我们不能什么都没有啊!我们也应该有我们的。"老婆说:"你疯了!"傅立松望着老婆说:"不是我疯了,是世界疯了。"

　　傅立松拿出那张名片递给老婆,说:"你把这东西拿上,到石槽冲去,把傅素云给我叫回来。"老婆说:"你不怕他们把我杀了吗?"傅立松说:"这时候有这张名片,他们不会杀你的。"老婆问:"就这样去吗?"傅立松说:"把女佣的衣裳换上。"老婆说:"换衣裳有什么用?这地方谁不认识我?"傅立松说:"谁叫你一个女人家平时总爱抛头露面?现在该你抛头露面的时候了。那就不换吧。记住,要死和你女儿一起死。我备两口棺材。"

　　傅立松的老婆就不换衣裳不坐轿子也不带人,拿着名片,走过吊桥,顺着山路,来到了石槽冲。傅立松的老婆来到石槽冲王氏祠堂时是下午,太阳悬在天空上。傅立松的老婆站在王氏祠堂对面的山岗上,看见王氏祠堂大门的广场上,红旗飘扬,人声沸腾。一群人正在画着犁的旗帜下,操练。广场上架着几座红炉,一群人打着赤膊,拉着风箱,抡着大锤和小锤,从红炉里抽出烧的铁,在铁砧子上,火星四溅地制造武器。打大刀和长矛,还有火铳。那些出炉的铁打成武器后,在空气里由红变成青,然后放到水桶里淬火,一阵青烟,水就沸腾了。还有一些人专门打造"掰子"。"掰子"是一种土造的手枪,从中间掰开,装一粒子弹进去,扣扳机就可以发射。这种"掰子"是鄂东高明的铁匠发明的,没有膛线,在十米的范围内,可以伤人。

　　傅立松的老婆站在王氏祠堂对面的山岗上,高声喊:"我找傅素云!"哨兵发现了她,拿着大刀长矛围过去,将她捉住了。哨兵们要捆她。她挣扎举着手中的名片喊:"我找傅素云!"傅素云听见喊声,对王幼勇说:"幼勇,我娘来了。"傅素云奔上山岗,王幼勇跟在后面。傅素云对哨兵说:"放开她,她是我娘!"哨兵看着王幼勇。王幼勇说:"放开她!"哨兵放开了傅立松的老婆。傅素云问:"娘,你来干什么?"傅立松的老婆摇着名片说:"素云,你父亲叫你跟我回去!"哨兵将名片拿过来,递给了王幼勇。王幼勇看了名片,对哨兵说:"这是老师的名片。不得无礼。"傅立松的老婆望着女儿,说:"素云跟我回去吧!"傅素云眼睛红了,说:"娘。"傅立松的老婆对王幼勇说:"外甥,让素云跟我回去吧!"

王幼勇说:"回不回去是她的自由,让她自己决定。"傅素云哭了。对娘说:"娘,跟父亲说,我回不去了。"傅立松的老婆看着女儿呆住了。太阳下的女儿已经怀孕,显山露水了。娘问:"谁的?"傅素云对王幼勇说:"幼勇,给娘磕个头。"王幼勇不磕。傅素云哭着问:"你磕不磕?"王幼勇跪下,磕了一个头。傅立松的老婆哭着说:"素云,我不要他磕。我要他站起来说。"王幼勇站起来。傅立松的老婆说:"幼勇,我只有一个女儿啊!傅家与王家世代结亲,亲上加亲。你答应我,你要一辈子善待她!"王幼勇问:"傅素云,你回答我,要是不怀孕,今天你回不回去?"傅素云流着泪说:"我回不去了。离开那个家门,我就不打算回去。"王幼勇问:"为什么?"傅素云说:"王幼勇,你没权利这样问我?有权利这样问我的,只有老师。"王幼勇说:"现在回去还来得及。"傅素云奔拢去,咬住了王幼勇的肩头,就在咬住的那一刻儿,傅素云的口松了。王幼勇抱着傅素云哭了,说:"素云,我错了。"傅立松的老婆流着泪,说:"素云,娘回去了。"哨兵拦住她不准走。王幼勇对哨兵说:"让她走。"

  傅立松的老婆回到了傅兴垸。傅立松问:"你去了吗?"傅立松的老婆把那张名片撕碎了,丢在傅立松的面前。傅立松说:"我知道回不来。"傅立松的老婆说:"都是你的错。你为什么要她到武昌去读书?"傅立松的老婆坐下来说:"老爷,我该做件事儿了。"说完就领着女仆们,做针线,做小鞋小帽,缝毛衫。毛衫和小鞋小帽是小人出世穿的。傅立松吃了一惊,问:"有了?"傅立松的老婆仰起头来,含着眼泪说:"恭喜老爷,你要做外公了。"傅立松愤怒起来,说:"岂有此理!"傅立松的老婆:"傅会长,你又错了。人生在世,几个十八岁,几个二十春?"傅立松吼道:"你给我放下!"傅立松的老婆说:"傅会长,你当你的会长,我做我的外婆。"傅立松吼道:"气死我了,你这个贱女人!"傅立松的老婆说:"傅会长,女人生来就是贱。我贱,你的女儿也贱。贱人来到这个世界上,就是生儿育女啊!我要做外婆了,我给要出世的小外孙缝点衣衫鞋帽,违哪家的王法?"

  傅立松气得将手中的宜兴茶壶丢在地上,粉碎了。碎片弄了傅立松一手的血。

  傅立松的老婆,泣一声,起身拿一个茶壶,递给傅立松,说:"老爷,还有,你继续摔吧。"

二十二

  傅立松是在桂花楼召集乡绅开会商量联合"剿匪"时,被他的外甥王幼健用"掰子"顶住腰眼的。王幼健偷了一管"掰子",只身来到傅兴垸,原因很简单,是那天与项家冲的"表叔"吵了架。

傅立松的五个外甥数王幼健最小最犟。王幼健在农会里给大哥王幼勇当通讯员。有什么事王幼勇就让他跑。王幼健知道大哥是地下党的县委书记，很有些自豪。自豪感一上来，就爱指责比他年纪大的人。那天他与项家冲的"表叔"，一起贴标语，标语是两个字一张纸，"表叔"不识字将标语的意义贴反了。本来是"打倒土豪劣绅，一切权利归农会"！"表叔"错贴成了"一切权利归劣绅，打倒土豪农会"！王幼健气不过，上前将标语揭了，说："你怎么不晓得反顺？"这句话是鄂东骂人的话。王幼健没有说全，只说了半句。这句话说全了是："你怎么拿个鸡巴不晓得反顺"。"表叔"听出来了，说："你晓得反顺不当黄瓜一口咬住了？""表叔"咬牙切齿地问："你凭什么将我的人？"这里的"将"是动词，在鄂东方言里将人与走象棋"将军"的意思一样。"表叔"说："不就是傅立松教你们兄弟认得几个鸟字吗？不就是陪你们玩吗？你还当真？当真你就到傅兴垸去把傅立松捉来？老子才服你。笑不笑人？你们王家才那点田地，也拿出来共产，腥不腥臭不臭的，过不倒老子的瘾。居然一个二个地将人？"王幼健彼时就气昏了。

山里的季节比山外迟。山里的花，一点不因政治气候影响它们开。岭上的杜鹃花开过了，谷底里的兰草花接着开。谷底的兰草花开过了，漫山遍野的油菜花接着开。太阳照耀，金光灿烂的世界里，土狗们发起了菜花疯，一只只不吃不喝，眼睛烧着红火儿，狂吠着追着咬着，漫无目的地瞎跑。南风起了，一阵阵燥热的风，使人无法安静。消息不断传来，说是蒋委员长在上海开始清党，口号是什么"宁可错杀三千，不使一人漏网"。昔日携手合作推翻帝制走向共和的兄弟，由于政见不同，路线不同，翻脸了。一个说是土地革命搞错了，一个说根本没有错，互相指责，一个管农民协会叫"匪"，一个管乡绅组织叫"匪"，争得不可开交。

就在这样的季节，王幼健开始了他的冒险行动。

王幼健从祠堂后厢屋装武器的仓库里，偷了一把新打的"掰子"，上了一颗子弹，别在腰里。王幼健出来时被守仓库的"表叔"看见了。"表叔"笑着问王幼健："老五，你到仓库去干什么？"王幼健没好气地说："我的事你少管。""表叔"说："你腰里别的是什么？是不是粑，给我吃一口？"王幼健不理他，装着无事朝外走。王幼健来到祠堂另一间厢屋，打开装戏装的箱子，贴了唱戏的胡子，戴着侠客的帽子，偷偷地溜了出去。

古历五月天上的太阳很好，地上的草木葱茏，山蒸雾，水起烟。王幼健揣着"掰子"，走在通往傅兴垸的山间小路上，走到一个岔路口，王幼健就在一棵大松树后躲藏着。跟王幼勇当通讯员的王幼健从大哥那里得知，傅立松要在傅兴垸开乡绅联合会，就在这里等猎物。山风好，吹得松林一阵阵响。一会儿山路上果真就有两个人来了。一个穿纺绸长衫，骑在一匹青马上。另一个一身短打，腰间插着盒子，牵着马。王幼健认出骑在马上的人是黄家畈姓黄的乡绅。王幼健爬到松树上，等姓黄的乡绅到过，一下子跃出来将姓黄的乡绅扑下了马。牵马的保镖吃了一惊，抽出腰间的盒子。王幼健骑在姓黄的乡绅背上，用手中的"掰子"抵着姓黄的太阳穴，对着保镖吼："不要动。你一动我就开枪打死他！"地下姓黄的乡绅哆嗦起来，摇着手对保镖说："二师傅，把枪收起来。"姓黄的乡绅说："好汉，你要做什么？"王幼健问："你是不是到傅兴垸去开会？"姓黄的乡绅说："是的，是的。"王幼健说："你不要紧张，我不会杀你。你叫保镖回去。我跟你一起去。"姓黄的乡绅说："好汉，你去做什么？"王幼健笑了，说："我当你的保镖。你叫他回去吧！"地下姓黄的乡绅对保镖说："二师傅，你回去吧。"那个保镖说："主家，我俩把话说清楚。不是我不保主，是你不要我保。"姓黄的乡绅说："不怪你。你尽了心。"保镖说："主家，我的饭吃满了。我不会回黄家畈。我回老家。"保镖解下腰间的盒子丢在地上，转身上山，走进了树林。姓黄的乡绅喊："二师傅，我回来后会把今年的工钱派人送到你家。"保镖在树林里长啸一声，说："主家，你不要羞辱我。我不会要。"王幼健下了姓黄的乡绅的身子，用"掰子"指着，让姓黄的乡绅起来整理衣衫。姓黄的乡绅整理衣衫时认出了王幼健。姓黄的乡绅笑了，说："你不是王家的老五吗？"王幼健说："你怎么认识我？"姓黄的乡绅说："傅家的五个外甥，五虎将，谁不认识？"王幼健说："认识就好。"姓黄的乡绅整理好了纺绸长衫笑着问："五同志，你要到舅舅家去吗？"王幼健笑着说："对。"姓黄的乡绅问："找你舅玩玩？"王幼健说："你猜对了。"姓黄的乡绅问："不杀我？"王幼健说："不杀你。"王幼健弄着手中的"掰子"说："这里面只能上一颗子弹，我杀你就没有了。"姓黄的乡绅笑着说："那就好，那就好。我这个人什么都不怕，就是怕死。五同志，是你骑马还是我骑马？"王幼健说："当然是你骑马。我骑马那不露了馅？"姓黄的乡绅说："五同志，那黄某就不客气了。"姓黄的乡绅就骑上马，让王幼健牵着马走。

于是就到了傅兴垸东城门护城河边。也是对暗语。城楼上的人见有人来，问："干什么的？"城下姓黄的乡绅答："会猎的。"城上的人问："这个时候会什么猎？"姓黄的乡绅答："打野猪。野猪成了灾。"城上的人说："进来吧！"

于是吊桥放了下来，放姓黄的乡绅和王幼健进去。

各路乡绅陆续到齐了。

傅兴垸垸城紧闭，吊桥扯起。古历五月田里地里农活正忙，傅立松下令闭城一日，垸人不得出垸。傅立松在桂花楼议事厅里开会。十八张太师椅摆着，坐着各地"枪会"的头面人物。旁边站着各自带的保镖。会前傅立松发了帖子，为了安全，各乡"枪会"头面人物只准带一个贴身保镖。制订了暗语，进垸城时进行了严格的盘问，答对无错才放行。傅立松以为万无一失。

第 16 章　烽烟平地起（3）

瓜果摆上桌，香茶摆上桌。于是就开会，作为会长，傅立松就挽起衣袖，站起来说话。傅立松兴致很好，振振有词。傅立松说："诸位，今天傅某请大家来，不说治国安邦的大道理，那些不是我们管得了的。傅某今天说几句良心话。生逢乱世，我们只管我们该管的事，作为乡绅，我们就是维护一方土地的安宁。积中国几千年的经验，国可乱，乡不可乱。事实证明，乡间一日不宁，鸡飞狗跳，三月不宁，盗贼纷起。你们看看乡下成了什么样子？人头落地，血流成河，到了忍无可忍的田地！孟子说，天降大任于斯人，我们能坐视不管吗？到了我们该管的时候了，所以请大家来，商讨对策。"

众乡绅激动了，鼓起掌来。傅立松面色潮红，越说越激动，越说越觉得心里舒服，把多时积在心里的气敞出来了。傅立松有点把不住自己了，话就像山洪一样暴发了，越说越有劲，越说越有理。就在傅立松越说越有理的时候，看见一个满脸胡子戴帽子的人，手叉在腰间，从桌边站了起来，贴住了他。傅立松问："干什么？"王幼健压低稚嫩的声音说："不准动！"傅立松就感觉一个冷冷的硬硬的东西，隔着衣裳，顶住了他的腰。

傅立松吃了一惊，问："什么人？"王幼健说："跟我走一趟。"傅立松问："到哪里去？"王幼健说："去了就知道。"众乡绅慌乱起来。傅立松感觉说话的声音耳熟，对众乡绅说："大家不要慌。客来了。"众乡绅坐着不动。傅立松问："谁带来的？"其中一个姓黄的乡绅哆嗦起来。傅立松知道那个乡绅来的时候，被人以保镖的身份劫持了，混进了会场。

傅立松笑着说："我说渴了。我喝口茶，可以吗？你也喝盅茶。"傅立松说："给客人上茶。"傅立松的老婆闻声，用红漆托儿掇两盅茶出来了，将茶放在桌子上。傅立松对老婆说："进去吧。"傅立松的老婆退回了里屋。傅立松掇起盅儿，说："请用茶。茶冒着香气。"王幼健不喝。傅立松问："哪里来的？"王幼健说："不必多问！快走！"

傅立松将手中的茶猛地泼在来人的脸上，膀子一扬，王幼健退了三尺远。与此同时,王幼健手中的"掰子"响了,子弹击中了傅立松的左膀子。子弹飞出来打碎了天花板上的吊灯。王幼健手中的"掰子"冒着黑烟掉在地上。王幼健惊呆了。傅立松眼疾手快,用脚踩住地上的那把"掰子"。众人一齐上前捉住了王幼健。傅立松用右手抱住左膀子,血从手指间冒出来。傅立松对众人说:"诸位不要惊慌,不会是别人,肯定是我的外甥来看我来了。我有五个外甥,他必是其中的一个。"

傅立松哈哈一笑说:"没有想到吧?你以为舅舅是文弱书生,只会给你讲书上的道理?想当年你们的老师在黄州府闹考棚时,一肘击中守门的官兵,让他当场吐血。不然你们的老师会把我当人待吗?外甥呀,你以为做一个真正读书人容易吗?一个真正的读书人,书是他们的心,剑是他们的胆。《离骚》中歌曰:'高余冠之岌岌兮,长余佩之陆离'。你知道陆离是什么吗?有人说那是五彩的颜色,怎么仅是颜色呢?那是嵌着宝石的长剑呀!"

傅立松弯腰将地上的"掰子"用满是鲜血的右手捡起来,拿在手上看,说:"你们的老师也真是的,让你拿这种铁匠打的,只能上单发,连膛线也没有的东西来革命,太冒险了,太不把性命当性命了。"

傅立松把"掰子"放在桌子上,用满是鲜血的右手,抽出腰间的八音盒子,说:"外甥,你看舅舅这是什么东西?这可是用舅舅花二十块大洋从汉口租界买来的。你大哥的老师以为他不让我做生意,我的生意就做不成?"傅立松退出弹夹,弹夹里装着八粒金黄的子弹。傅立松把弹夹装上,说:"不瞒外甥,这玩意儿我学会用了。洋人这东西就是造得好,我朝天扣扳机,子弹全出去了,声音就像唱歌一样好听。孔夫子当年闻韶乐三月不知肉味,我真舍不得用啊!放着看,该是多好的东西!但是有什么办法?它被血染了啊!不是别人的,恰恰是我傅某自己的。"

傅立松的老婆吓得颤,出来说:"老爷,莫说了,我给你包伤。"傅立松说:"急什么?我的话还没说完。"傅立松把八音盒子放在桌子上问,说:"我要看一看,到底是不是我的外甥?"王幼健挣扎着。架的人不放手。傅立松说:"放手!他跑不了。"架的人放了手。傅立松问:"是我的外甥就露出真实面目来!"

王幼健说:"露就露。你以为我不敢吗?"王幼健掀掉戴在头上的毡帽,扯掉脸上的胡须。那胡须是用胶粘上去的,扯掉后嘴唇上露出一圈茸茸的毛。那毛刚长出来,浅浅的,柔柔的,像初春的草儿,还没变过颜色来。傅立松的手指颤抖起来,指着王幼健,说:"是老五呀!"王幼健说:"没有想到吧?"傅立松说:"我知道是我的外甥来看我了,因为你贴住我时,我闻到了一种熟悉的气味,那是你娘身上的。"傅立松嘿嘿一哭,说:"我以为这时候来看我的,起码是老大或者老二，没想到是你?"王幼健问："不能是我吗?"傅立松摇着头说："能是你，但是你太年轻了。我记得你是惊蛰生的，刚刚才满十六岁呀。一个刚满十六岁的外甥，想做惊天动地的事，太早了。"王幼健说："不是早了，是迟了。我要是贴住你开枪就好了，你就没命了。"傅立松问："五外甥，跟舅舅说实话。你贴住我时，手颤了吗?"王幼健说："颤了一会儿，我咬紧牙，就不颤了。"傅立松泪流满面，说："五外甥，叫我怎么说你？你太年轻了啊!"傅立松泣了一声，问："为什么要杀我?"王幼健说："想杀你的人多。"傅立松说："别人想杀情有可原，你为什么想杀我?"王幼健说："因为你是麻城一只虎，为富不仁，不愿交出家产，还领着'枪会'，与我们对着干。作为你的外甥，我感到耻辱。"傅立松问："是谁派你来的?是你们的老师吗?"王幼健说："你小看了我的觉悟。"傅立松问："那就是你的大哥?"王幼健说："谁也没派，是我自己来的。"傅立松问："'掰子'和子弹哪里来的?"王幼健说："是我偷的。"

傅立松勃然大怒，拿起桌子上的八音盒子，指着王幼健，说："我一枪毙了你。"王幼健说："毙吧，死在你面前，我值。革命会记得我的。"傅立松推子弹上膛，说："只要我扣动扳机，子弹飞出去，你就没命了。你怕不怕?"王幼健说："开枪吧。我无脸回去了。"王幼健就要喊口号。傅立松不让王幼健喊，叫人用手闭住了王幼健的嘴。王幼健挣扎着，脸涨得通红。傅立松拿枪的手，颤抖起来。众乡绅说："傅会长，欺人太甚，毙了他。"王幼健睁着眼睛说："开枪呀！怎么还不动手？姓傅的，你不敢开枪。"傅立松仰天一叹，说："五外甥，你说对了，姓傅的不敢，虎毒尚不食子，况且我是人"。众乡绅说："傅会长，你这是纵虎为患!"傅立松说："这时候我不该死，你也不该死。"众乡绅说："傅会长，这一枪你白挨了吗?"傅立松说："这是我们舅爷与外甥之间的事。傅某愿挨这一枪。谁叫我是他亲舅舅呢?"众乡绅说："傅会长，不让他死，也不能轻放他，六根去它一根。"傅立松摇头说："你们错了。你们想想，他们的枪和子弹甘贵得很，怎么会让一个毛孩子轻易偷了，没人知道呢？你们听听城外是什么声音?"

果然就听到城外传来阵阵铜锣声和呐喊声。傻大爷一头汗水跑进来，说："父亲，垸子被农会的人包围了!"傅立松笑了，说："怎么样？我说得不错吧?"众乡绅问："傅会长，怎么办?"傅立松说："放了他。"傅立松领着众人押着王幼健，来到垸城的东门城楼上。王幼勇领着农会的人，将垸子围着。隔着护城河，双方对峙着。傅立松站在城楼上，朝下喊："幼勇，老五来看我，你领这么多的人来干什么?"王幼勇站在护城河边问："他的人呢?"傅立松说："在这里。"傅立松叫人松开架王幼健的膀子和手，将王幼健推到前面，说："在这里。"王幼勇问："你们押着他干什么?"傅立松说："没有呀。"王幼健在城楼上跳了起来，指着傅立松说："谁来看你？我是来杀你的。"傅立松说："不要瞎说，你怎么会杀舅舅呢？"王幼健说："我就是来杀你的！"傅立松对城下喊："幼勇，你现在也是当家人，要把你们的武器看紧。'掰子'在，只是少了一颗子弹。老五好好的。你把他领回去吧！"王幼勇喊："你放吊桥，让他回来。"傅立松说："大外甥，吊桥就不能放了。"王幼勇问："那他怎么回得来？"傅立松说："我放梯子，让他从梯子上下来。"王幼勇问："那他怎么过得了河？"傅立松说："游过去呀。你那次到傅兴垸采风时，后来不也出去了吗？"王幼勇说："那好吧。"傅立松就叫人从城楼上放了架梯子。王幼健从城楼上顺着梯子朝下爬。王幼健顺着梯子爬了四步时，脱下身上穿的长衫，用手趴了城墙上的一块断砖，包了断砖，摸出裤子口袋里的"洋火"，抵着城墙一擦，那"洋火"是原始的，不管在什么东西上擦都可以着。王幼健点着了长衫，站在梯子上，将那包火丢到了城楼上。

城楼是木结构的。五月干燥，好烧得很。城楼顿时烟冒火起。城楼上乱成一片。王幼健趁机下了梯子，跳到护垸河，游到了对岸。

城楼上大火熊熊。农会的人，趁机朝城楼上放了一通乱铳，像一团团的花开，守城的"枪会"来不及做法念咒，就被散子伤了几个。农会的人，一阵锣响，撤回石槽冲。

王幼健夹在驮枪舞棒的人群中，走在山路上。"表叔"赶到王幼健面前，拍着王幼健的肩，伸着大拇指夸，说："老五，你真正是个人物。别人说得水点得着灯我都不服，独服你。""表叔"对王幼健说："老五，你劳苦功高，'表叔'不能让你走路，没得轿子。我来背你。"王幼健问："真的？""表叔"说："'表叔'什么时候说过假话？"王幼健就真的让"表叔"背。"表叔"弯下腰，王幼健趴到了"表叔"的背上。王幼勇气极了，走上前，朝王幼健的屁股上踢了一脚，说："干什么？给我下来！"

二十三

傅兴垸城东门楼，烈焰腾空。

风助火势，烧得夫子河方圆几里听得见火响。

傅立松急忙叫人筛锣报警。铜锣急急敲起来。敲锣报警是黄麻两县的特色。黄麻两县北部靠山，自古多匪患，他们啸聚山林，占山为王，经常下山打家劫舍。黄麻两县每一个大垸落，每家每户从古到今总备着一面大铜锣。这铜锣叫筛锣，有一面米筛那么大。通常一个垸子或是一家被围了，就筛锣报警，同垸的人和周围的垸子的人就赶来相救。听到筛锣声，傅兴垸的男女老少都出来了，附近各处的枪会也赶来了。吊桥放下了，傅兴垸城东人声鼎沸，都是救火的人。几架云梯搭上城东楼，几路人上楼揭瓦断火路，下面的人排成队，用桶从护城河里取水，传上去浇。火终于熄了。由于救得及时，垸城下的垸人房屋只烧了几间，这是不幸中的万幸。火熄了，天静了地静了，人也静了。傅立松焦头烂额，吊着那只受伤的膀子，站在城东门城墙一片冒烟的废墟上，欲哭无泪。

灰飞烟灭，斗拱飞檐的城东楼，说没就没了。

这座垸城的东门城楼是傅氏家族二百年辉煌的象征。想当年他们的始祖傅兴从江西瓦西坝筷子巷迁到大别山的夫子河边，历十一代人的艰辛，建家立业，才有夫子河边傅氏家族的辉煌。这座城楼二百多年来，自垸城筑起来后，一直保护着傅兴垸。反清复明时，蕲黄四十八寨的"土匪"几次来攻，族长领着族人死守，垸城没破。太平天国时，"长毛"包围垸城数日，炮轰火攻，城楼没烧。那块"傅兴垸"的金字匾，历经劫难，总是悬在门楼上。那块金字匾传说是乾隆下江南时为傅家亲笔题的。如今被他的五外甥，那个乳臭未干的小儿，随手一把火，居然就烧了，就毁了。

火熄了，烟散了，天上的太阳仍是好好的，静静地照着山照着河照着垸子。众乡绅衣衫不整，聚在垸城东门城楼一片漆黑的废墟上，望着会长傅立松。遍地的瓦砾，楼柱和椽子冒着烟。这时候欲哭无泪的傅立松发现眼前异常地亮。傅立松用没伤的手擦了一下模糊的眼，看到姓黄的乡绅正对着他笑。姓黄的乡绅救火时很卖力，脸就比其他乡绅的黑，露出的牙齿就特别白。傅立松问："你笑什么？"姓黄的乡绅说："对不起，傅会长，我们黄家畈离傅兴垸远，黄家的人没来救火。"傅立松说："这不怪你。远人救不了近火。"姓黄的乡绅说："难得傅会长通情达理。傅会长，我要回去了。麻烦你派人护送我。你是晓得的。来时我带的人被你的外甥顶替了。"傅立松问："姓黄的，你说这话是什么意思？"姓黄的乡绅说："傅会长，我晓得你恨我。是我引狼入室的。我有什么办法？你恨我，我恨谁呢？"傅立松说："会还没开完。"姓黄的乡绅说："不是完了吗？都明摆着。还有什么可说的？摆在你面前只有两条路攻还是不攻？你放个响屁！攻，我回去带人跟你走。不攻，你派人送我回去。"傅立松说："姓黄的，你这是逼我！"姓黄的乡绅说："傅会长，你们傅家的家产比我们黄家的多，你的书比我读得好，道理比我懂得多，我没资格批评你。你说的是什么话？我逼你，那谁逼我呢？我的父亲可在你外甥的手中，生死未卜。我可没耐心陪你们舅甥玩猫捉老鼠的游戏。"

傅立松的脸涨紫了，勃然大怒，说："是可忍孰不可忍！"傅立松拔出腰间的那只八音盒子，推弹上膛，举枪，扣动扳机，将八粒子弹全部射上了天。

那声音果然像唱歌儿一样好听。

就在大别山里乡间的栀子花开放的季节，"麻城惨案"爆发了。

麻城县乡绅联合会会长傅立松一声令下，众乡绅带着各自枪会的会众，向麻城黄安两县交界的乘马岗地区的农会发动了围攻。受伤的傅立松坐着四人抬着的轿子，临阵指挥。枪会人多势众，头裹各色头巾，举着各色的旗帜，以快枪开路，一路烧杀。先是顺河农会义勇队抵挡不住，向麻城县城方向撤退。枪会的会众烧了顺河农会的房屋，接着向乘马农会进攻，乘马农会义勇队同样抵挡不住，向麻城县城方向撤退，"枪会"会众捣了乘马农会的驻地乘马会馆。枪会会众乘机向石槽冲农会的驻地王氏祠堂进攻。

十月怀胎的傅素云，就是在这时间里生产的。

傅素云是在王氏祠堂生的。顺河乘马两地的农会退到了石槽冲时，祠堂厢屋里的傅素云的羊水破了。一阵阵的疼痛折磨得傅素云死去活来。王幼勇的两个妹妹守在傅素云的身边，不知如何是好。王幼勇急得手脚无措。这时候傅大脚进了祠堂厢屋。傅大脚对王幼勇说："你们走吧。这里有我。"王幼勇说："娘！"傅大脚一哭，说："还不快走！众人的性命都捏在你手里。再不走就来不及了。"远处锣声呐喊声伴着枪声阵阵传来。王幼勇两眼的泪，说："素云，我走了。"浑身痛得大汗淋漓的傅素云睁开眼睛说："幼勇，吻吻我！"王幼勇弯腰吻了傅素云。傅素云哭着说："你走吧。"王幼勇带着三支农会义勇队向麻城县撤退。

枪会的会众呐喊着，潮水般包围了王氏祠堂。

会众们围定了。傅立松的轿子抬到了祠堂大门坪上。放轿，傅立松出来了。傻大爷问："父亲，烧不烧？"傅立松说："还有什么可说的？一视同仁。"傻大爷打了一个手势，旁边的喽啰就将准备了的火把递给了傻大爷。傻大爷从口袋里摸出一根"洋火"，抬直脚，朝鞋底上一擦，那"洋火"就嗞地一声着了。傻大爷点着了火把，熊熊地举着。傻大爷问："父亲，是不是开始烧？"傅立松说："等会儿。"

第17章　烽烟平地起（4）

手缠绷带的傅立松，站在王氏祠堂大门坪上，朝天放了一枪，问："里面有人没有？"这时候祠堂里传出了婴儿响亮的啼哭，傅素云被枪声惊生了，一个落下地，又一个落下地，生了两个。两个粉红的生命，落在脚盆里，手脚划动，血光四溅。傅大脚在脚盆里就着血水洗婴儿。傅素云喘着气儿问:"生下来了?"傅大脚说:"生下来了。"傅素云问:"几个?"傅大脚说:"两个。两个都是儿啊!"傅素云哭了。傅大脚说:"你歇着吧。剩下是娘的事。"傅大脚脱下身上的满大襟儿,撕成两半,洗一个,包一个。站在祠堂大门外的傅立松朝里喊:"里面的人出来!"傅大脚在祠堂里大声说:"等会儿,就好了。"傅大脚将婴儿洗好了包好了,把傅素云扶起来,将傅素云的衣裳整理了。傅大脚对傅素云说:"素云,我们出去。"傅大脚抱着两个婴儿,扶着傅素云走出了祠堂的大门,出现在傅立松的面前。

傅立松什么都明白了,问:"生了?"傅大脚说:"生了。干柴烈火在一起,哪有不生的道理?本来不顺,是你放一枪,把他们惊下了地。"傅立松问:"还是两个?"傅大脚说:"对,是两个。"傅大脚拍着怀中的婴儿,说:"兄弟,你什么时候学会了放枪,听说你的枪叫八音盒,放出去比唱歌还好听,你再放一枪给他们听听。"傅立松说:"老姐,兄弟今天对不住人了。"傅大脚说:"要杀吗?是我,还是这怀中的婴儿?是你的枪声让他们来到这个世界上。我给他们取好了名字,先落地的叫枪响,后落地叫枪生。"傅立松说:"你给我出来!"傅大脚说:"啊,不杀,那就是要烧。"傅立松说:"你说得对。"傅大脚说:"那就等我走远点,你再烧。"傅大脚对傅素云说:"素云,你走得动吗?"傅素云哭着说:"我走得动。"傅大脚哭了,说:"儿哇,人家的媳妇生儿要喝鸡汤,你奔死奔活生两个,一口鸡汤没喝,还要血淋淋地走呀!走哇,儿哇。你的老子要烧呀!"

傅立松咬牙切齿地说:"今天不烧,我就不是人。"

傅大脚说:"还说什么人?你烧吧。"

傅大脚抱着两个婴儿,扶着傅素云朝石槽冲走。傅素云一路滴着血,那血一滴滴红着弯弯的山路。

傅立松对傻大爷说:"还等什么?烧!"

傻大爷将手中的火把朝上一丢,就点着了王氏祠堂。

具有二百年历史的王氏祠堂,同样好烧。一会儿烈焰腾空。

傅立松带着枪会会众,追着三支撤退的农会队伍,向麻城县城围去。

就在傅立松领着各地枪会会众,将麻城县城围得水泄不通时,傅立松在凤凰寨出家的大儿斋公,手敲木鱼,一身道袍,青发高束,要下凤凰寨。和尚敲木鱼,道人敲的也是木鱼。斋公是俗家给他绰号。他的道号不叫斋公。上山时师傅给他取的道号叫云根。师傅问云根:"你要干什么?"云根对师傅说:"师傅,我要下山去一趟。"师傅说:"云根,你还是有根呀!"云根答:"师傅,云根也是根。"师傅说:"云根,你看不空今世,修不了真身呀!"云根说:"我不求真身,只求真心。我的妹子生了。"师傅问:"你怎么知道?"云根说:"我闻到了血腥。"师傅叹了一口,说:"去吧,快去快回。那里不是你久留之地。"云根说:"师傅,我知道。"

云根敲着木鱼下了凤凰寨,来到了夫子河边的傅兴垸。傅兴垸吊桥扯起,垸城上仍然有头裹黄巾的枪会会众巡逻把守。云根衣袂飘风,站在护城河边敲着手中的木鱼。头裹黄巾的枪会站在城上高声问:"那里来的道人?"云根说:"凤凰寨的。"头裹黄巾的枪会,问:"你敲什么?"云根说:"我敲人出来。"头裹黄巾的认出了云根,说:"哎呀,那不是大少爷吗?大少爷,你怎么回来了?"云根不说话,手中的木鱼仍是敲。山上的风一阵阵吹下来,吹得护城河的水,起层层的波浪。

那人赶紧拿着火枪下城到桂花楼给傅夫人报信。

那人进了桂花楼,傅夫人正在缝毛衫。那人喘着粗气说:"夫人,大少爷回来了!"傅夫人问:"在哪里?"那人说:"在东门外吊桥头。"傅夫人放了针线,赶紧上到一片废墟的东门上,看见太阳下绿水边果然就是她的大儿。傅夫人慌忙解开吊桥的绳子,放下吊桥。傅夫人喊:"儿呀,快进来!"云根敲着木鱼说:"俗家,里面的杀气太重,血腥味太浓,我不能进去。你出来吧。"

傅夫人一双小脚慌忙地走,过了吊桥,来到护城河桥头上。云根两眼空茫,站在那里敲木鱼。傅夫人说:"儿呀,你回来了?"云根说:"俗家,你认错人了。"傅夫人说:"儿呀,你怎么跟娘说话?你不是娘身落下的肉吗?"云根说:"俗家,贫道早已脱胎换骨,以天为父,以地作母。"傅夫人说:"儿呀,你难道不是我生的吗?"云根说:"那是皮肉的出处,算不得灵魂的归宿。"傅夫人问:"那你为什么还回?"云根说:"俗家,你说错了,不是回,是来。"傅夫人问:"还来干什么?"云根说:"来给人间报信。"傅夫人问:"报什么信?"云根敲着手中的木鱼说:"俗家,你听这木鱼多么生动。它生动说明人间就有喜讯。"傅夫人问:"什么喜讯?"云根说:"天生一,一生二,二生三,三生万物,万物之中就有人。"傅夫人问:"谁生了?"云根说:"人生了。"傅夫人明白了,忽然两眼的泪,问:"生人了?"云根擎一掌于鼻下,说:"俗家,你说对了!"傅夫人问:"是你妹子生了?"云根说:"非也,是人生人了。"傅夫人哭了起来:"儿哇,你特地下山给娘报信?"云根说:"青天白日,人间正在杀人放火,没人管生人的事。仙家不能不来。"傅夫人咽了一声:"我的儿哇!"云根说:"俗家,我来是必定要来,我去是必定要去。我要走了。"云根敲着木鱼就走。傅夫人听着木鱼声响声脆。傅夫人看着那领道袍随着木鱼声上了山。

太阳下,青天四合,山上云缠雾绕。

傅夫人跌跌撞撞回了桂花楼。仆人见她那个样子，问："夫人，怎么了"？傅夫人哭一声笑一声地说："我得了外孙！"于是傅夫人就忙，忙得手忙脚乱，找篮子，篮子不知在哪里，找红纸剪喜字，红纸不知在哪里。一会儿就条条有理了。篮子找着了，红纸找着了，喜字剪好了。

傅夫人迈着两只小脚，提着两只篮子，左手一只，右手一只，顺着山间小路，来到了石槽冲。左手一只篮子里装着毛衫肚兜儿和小鞋小帽，右手一只篮子里装着几只用红布带缚了脚的老母鸡。傅夫人提着两只篮子，从后山的那条小路，来到傅大脚家朝后山开的门。那时候的傅夫人听见两声响亮的啼哭从屋里传出来。那两个啼哭大声大气，不间断，像春天山坡上破土的楠竹笋，顶天立地，粗壮有力。傅夫人的心颤了，两眼的泪就流出来了。那是傅家和王家的血脉呀！

远处被烧的王氏祠堂，还在冒烟。四周的山静静的，没有鸟叫。鸟儿被烟火和枪声惊走了。石槽冲空了，人走了。没有狗咬，狗随人走了。除了静，还是静，静得她心空心痛。傅夫人将篮子放在后门对着的山坡上，将左手篮子里的毛衫小鞋小帽拿出来，放在显眼的地方，将右手篮子里的几只老母鸡捉出来，放在显眼的地方。鄂东的风俗，送竹米的篮子是要提回去的。不能连篮子都送了。这是规矩，连篮子都丢了，对傅家和王家都不好，不能做断头事。提回去的篮子，也不应该空，应该有回篮的，一礼来一礼去，有礼不还打倒退。没有什么回篮，她就从松树上折了几根枝桠，放在篮子里。松树是长青的。这样的回篮，彩头很好。她在心头说："老姐，素云，还有我的刚出世的外孙儿呀！我不能进去了。做外婆的只能这样了。"她咽一声，用手抹一把都是泪。然后起身提着两只装着松枝的篮子，转身从山间的小路回去。

二十四

那一仗打得非常乱，乱成了一锅粥。

准确地说不叫仗，更像家族之间的械斗。

鄂东自古光黄之地，民风骠勇，家族之间为水源，为土地，为婚姻，有时候什么都不为，就是为了斗气，经常发生械斗。比方说大年三十夜斗火，两个家族住得近了，一个家族在另一个家族认为不该烧火的地方烧了一堆火，就可能发生械斗。这样的时候哪些器械能用，哪些器械不能用，是有规矩的，人是六亲不认的，外甥打破舅爷的头是常有的。打破了就打破了，大年初一的早上外甥照常到舅爷家拜年，提一个糖果包加一块肉去，糖果包是拜年的，肉是赔礼。舅爷还是舅爷，外甥还是外甥。

那一仗说是家族之间械斗，也不完全是。

王幼勇和黄麻地下党的负责人、宣传委员说鼓书的"肥肉"、组织委员向铁匠等人领着乘马顺河的三支农会义勇队，押着一路抓来的乡绅，撒进麻城县城时，县城里新上任的国民党县长，见势不妙，急忙调东八奎民团来县城保驾。东八奎民团国民政府资助起来的组织，与各地枪会不同。各地枪会完全是乡绅自己组织起来的，带着浓厚的家族色彩。武汉的国共两党破裂了，黄安与麻城天高皇帝远，两党尚未撕破脸，同在国民县政府的旗帜之下。东八奎民团团长与新上任的国民党麻城县长私交不错，接到县长的信，带着民团来了。所以这一仗，阵线不很分明，有许多说不清楚的。

傅立松领着各地枪会一万多会众，押着一路抓来的地下党负责人的家属，将麻城县城团团围住时，天已经黑了。

古老的麻城县城四门紧闭。黑黑的城墙，黑黑的夜，被城外枪会会众举在手中的火把烧红了。农会义勇队和东八奎民团在城里，傅立松带的各地"枪会"会众在城外。双方对峙着。城外的傅立松以地下党负责人的家属作人质，要城里的放抓去的乡绅。城里的王幼勇与黄麻地下党负责人和国民党新上任的县长一道，将农会义勇队和东八奎的民团统一编为农民自卫军，同时将城里的店员和工人，也编成了队伍，统一指挥上城墙，动员城里的各家各户把灯笼拿出来，点着，一个城垛子放一个，严防死守。城上的对城下的喊："喂，说一声，夜里打不打？"城下的说："你们说。"城上的说："你们说。"双方都不说。于是就达成了默契，夜黑着，双方都不敢轻举妄动。

天亮了，城外的火把熄了，城墙上的灯笼熄了，天上的太阳出来了。天上的太阳出来了就不需要各自的亮。新上任的县长领着王幼勇一行人在城墙上巡视。巡视到城东门，新上任的县长看见城外的枪会的会众出了宿营的树林，聚集在各色的旗帜下，驮着刀矛，多得像蚂蚁。驮刀矛队伍的后面是成排的快枪手。各地"枪会"用钱买的快枪不少，比民团的还多。新上任的县长就怕了，吓得脸都白了。原来的县长由于治地无方，被国民政府撤职了。治地无方是因为农民运动过头。他刚上任就遇上了傅立松领着各地枪会围攻县城。新任县长站在城墙上喊："傅会长！你在哪里？你出来！我有话要说。"只见一乘轿子从树林里抬出来，抬到空地上搁着。从轿子里走出了胳膊上缠着绷带的傅立松。新任县长指着傅立松问："你这是干什么？要造反吗？"傅立松说："我来剿匪！"新上任的县长问："我是匪吗？"傅立松说："你身边的是。"新上任的县长问："谁说的？"傅立松说："国民政府说的。"新上任的县长问："我怎么没听说？"傅立松说："那是你装糊涂。"新上任的县长说："总理遗嘱说联俄联共扶助工农，你带人回云吧！我正在设法调停。"傅立松说："要我带人回去简单，只要你叫他们把关在县城牢里的乡绅放出来，只要你把站在你身边的人抓起来。"新上任的县长说："傅会长，我上任时可是上门拜访过你的。兄弟十年寒窗，当个七品芝麻官不容易。"傅立松说："我不为难你，只要你带着东八奎的民团打开城门让我们进去。"新上任的县长脸气白了，说："岂有此理！"傅立松说："事到如此，由不得你了！"

新上任的县长问："你要攻城？"傅立松说："对。箭在弦上。"新上任的县长问："大开杀戒？"傅立松说："忍无可忍！"新上任的县长问："君子在德不在杀。"傅立松说："以德报怨，何以报德？"新上任的县长问："非破不可？"傅立松朝城上拱了拱手说："对不住了。"新上任的县长拔出了腰间的手枪。城下的傅立松也拔出腰间的盒子，问："要用枪吗？"新上任的县长说："对。"城下的傅立松站着不动，问："你先用吧。你用一枪，我用一枪。县长你瞄准我要命的地方！最好是头，一枪打死我。傅某没死在外甥手里，死在你手里，也是一个了结，值！如果你没瞄准，一枪要不了我的命，那莫怪我还手了。"

新上任的县长仰天长叹一声，说："我知道此地凶险，不知是如此的凶险。好在我只身赴任没带家人。县城里不足一千，怎敌一万之众？傅会长，我来陪你！"新上任的县长用手枪对准自己的脑门，扣动扳机，纵身一跳，枪响了，身子像鸟儿一样飞到城下，落到傅立松的轿子旁。上任仅一个月的县长就这样死了。

傅立松闭上眼睛，叹了一口气，说："兄弟，是你自作自受。怪不得我了。"

由于枪伤，傅立松的胳膊肿得厉害，又发烧，不能走，坐轿子让人抬来的。这乘轿子就成了攻城的临时指挥所。树林的深处传来斑鸠咕咕咕的声音，这东西天阴也叫，天晴也叫。太阳就慢慢地升高了。围着的乡绅对着轿子问："傅会长，太阳升高了。"傅立松闭着眼睛说："我知道太阳升高了。"姓黄的乡绅问："攻还是不攻？我们听鼓下钹。"傅立松闭着眼睛说："不是围着了吗？"姓黄的乡绅问："是不是开始？"傅立松说："新任县长他死了啊！"姓黄的乡绅说："是他自己死的。"傅立松问："你为什么不自己死？"姓黄的乡绅说："我自己死还用得跟你来吗？我的父亲可要在城里的牢里等死啊！"傅立松问："谁家打头阵？黄兄，你家的'红枪会'训练有素，担当此任如何？"姓黄的乡绅笑了，说："傅会长，黄家小门小户，捉蚂蚁凑兵，岂敢担当此任？你们傅兴垸的'黄枪会'那才叫训练有素。"旁边的傻大爷将腰间的盒子一抽，叫了起来："说个卵子。我们打头阵就是。"于是就解下腰间的盒子拿起大刀，对教师爷说："养兵千日，用兵一时，我们上！"

教师爷的眼睛亮了，摇动黄旗一喊，傅兴垸的"黄枪会"的会众，就刷地站起来，整成了队伍。教师爷一声令下，众人来到池塘边，跟着教师爷一律脱成赤膊,将头上的黄巾缠紧了,左脚一伸右手出力,右脚一伸左手出力,将腰间的黄带子系紧了,腰带上嵌着的小铜镜闪闪发亮。然后用手拍拍冷水,拍得哗哗响。轿子里闭着眼睛的傅立松,眼泪流了出来,喃喃地说:"回去吧。"乡绅们问:"傅会长,你在说什么?"傻大爷说:"莫听他的。他烧糊涂了,在说胡话。"

教师爷在前,傻大爷在后,傅兴垸的"黄枪会"会众们,手拿刀矛,肩扛梯子,念着咒语,从东城门开始攻城。各地枪会的会众们蜂群般地跟在后面。守东城门的是王家兄弟。城墙上的王幼猛瞄准冲在最前面的教师爷,举起飞镖,狠命掷去,只听嗖的一声,飞镖正中教师爷的脑门。教师爷两手向空中乱抓着,没抓着什么,抓着脑门上的飞镖,拔出来,鲜血喷了出来,仰面朝天倒在地上。一会儿只见他一个鲤鱼打挺,脑门上的鲜血竟然止住了,又向前冲。王幼刚举起手中的"掰子",对准了教师爷的脑袋,扣动扳机,乓的一声,教师爷的脑袋就开了瓢,脑浆和血又喷了出来。脑子空了的教师爷竟然没有倒地,树桩一样地站着,眼睛睁得大大的。王幼强和王幼健抓起石灰包,向城下抛去,一片白雾,会众们捂着被石灰烧灼痛的眼睛乱叫。

傻大爷领着傅兴垸的"黄枪会"退下阵来。

城墙上的王家兄弟大叫大笑,喊:"再上呀!"

第18章 烽烟平地起（5）

傻大爷退到轿子边。坐在轿子里的傅立松睁开眼睛问傻大爷:"教师爷死了吗?"傻大爷咧嘴一哭:"死了。"傅立松叹了一口气:"世上哪有刀枪不入的事?传我的话,收尸,与县长一样厚葬他。"傻大爷对城墙上王家兄弟喊:"我跟你们说,是你们不讲规矩,说好了不用枪,你们用了。"城墙上王幼刚哈哈大笑,问:"不是刀枪不入吗?我试一下是不是真的。肯定是水没拍到位,咒语没念真,护身符没戴正,再不就是教师爷昨天夜里做了坏事。"傻大爷对城上哭着说:"再莫开枪,等我收了尸,喊一二三再开始行不?"城墙上的向铁匠笑了,说:"行。"城墙上的人就不动手,站在上面看,看傻大爷上前抱教师爷。教师爷的脚像生了根。傻大爷使尽全身的力气,教师爷才动,树桩一样倒下来,倒在傻大爷的怀里。

傅立松走出轿子,众人一齐努力将县长和教师爷的尸体放进轿子。

城墙上的向铁匠拖过一门土炮,那土炮的筒子里装满了火药和碎锅铁。向铁匠转动炮座,将炮口对准了轿子。王幼勇问:"干什么?"向铁匠吹着了火捻子,点着了炮身后面的炮引子,说:"那乘轿子太可恶了。"说话的工夫,土炮响了,轰的一声,装尸体的那乘轿子便飞上了天。两具尸体炸乱了,手和脚以及那些碎片,落到了地上。

于是真正的恶战便开始了。城下的乡绅们集中快枪排成阵,朝城东门射击。城墙上的人像收割庄稼般的,倒下一片。城墙上的立即组织火力还击。城下的也像收割庄稼般倒下了一片。由于城墙上的装备差,以鸟铳为主,倒下的人就多。城下的以快枪为主,倒下的就少。

于是持续的战斗就开始了。双方杀红了眼。城外的人围着,攻城不息。城里守着,将攻上城墙的,不停地砍下去。

双方力量悬殊,县城危在旦夕。

二十五

王幼健是第二天夜里帮大哥王幼勇突围去武汉找老师搬救兵时负伤的。

那两天身在武汉的老师,心莫名其妙地痛,夜里睡在床上觉得人浮了起来。老师到汉口租界看德国医生。德国医生仔细检查过后,对他说:"先生,你没有什么病。这是臆症,你觉得心痛,它就痛起来了。"德国医生说完也没开什么药,就让老师回去了。老师看过医生,坐在武昌国民政府农工厅办公室里吸旱烟,将烟丝装进烟窝,吸了一口,就觉得烟里带血腥味,于是就干呕起来,呕得眼睛冒金星。那金星像许多萤火虫儿,浮在空中,不散。老师就更加心绪不宁了。

第二天天黑的时候,双方停止了战斗。王幼勇领着地下党的几个负责人在县衙里举着火把,开紧急会,商量对策。争论来争论去,尽管许多意见不同,但有一点是一致的:那就是今天晚上若不突围出去,明天早饭过后,城必破,全部死定了。偌大的县衙只点一只火把,由宣传委员说鼓书的"肥肉"举着,中间亮,四周就人影幢幢的。得出一致结论之后,其余人默默无言,宣传委员"肥肉"就将手中的火把,举到王幼勇面前。"肥肉"不照别人了,专照着王幼勇的脸。火把是用县衙伙房里剩猪油浇的,县城里各店铺的"洋油"和"皮油"早就用完了,开会要亮,只好浇县衙伙房里的剩猪油。猪油比"洋油"好烧,又亮,亮得王幼勇睁不开眼睛。王幼勇问"肥肉":"你拿这么近照着我干什么?""肥肉"说:"书记,事到如今他们都不说,你想不想听听我的?"王幼勇说:"你是宣传委员,有什么办法你拿出来。""肥肉"对王幼勇伸出三个指头:"要突围必须三管齐下,才能万无一失。"向铁匠说:"'肥肉'你不要纸上谈兵。这不是说书。""肥肉"说:"这不是打眼,照墨线来。"向铁匠说:"你懂多少?""肥肉"笑了,说:"向铁匠,你就错了,说书人三皇五帝说到今,书上有的世上就有,世上没有的书上也有。不就是破阵吗?破阵的书我说了多少本?从《封神》到《说唐》,妖阵火阵风阵等等的阵,我破过多少回?"向铁匠冷笑一声说:"还有鸡巴卵子阵,你上嘴唇对下嘴唇一碰,说破了就破了。""肥肉"说:"你不服是不是?我说破了就破了。我说破不了,它就破不了。你信不信?"王幼勇说:"不要争论。让他说。"向铁匠没好气地说:"'肥肉',你破吧。""肥肉"说:"向铁匠,你把火把拿去举着,照着我。"向铁匠果真把火把拿过去,举在手里,照着"肥肉"。向铁匠说:"'肥肉',我照好了,你说。"

"肥肉"说:"王书记,你把你位子让出来,让我坐坐。子曰,名不正则言不顺。"王幼勇起身把椅子让给了"肥肉",说:"你坐。""肥肉"说:"这就对了。""肥肉"坐在椅子上,伸着三个手指头说:"要破此围必用三计,两惑一实。我先施惑计之一。"向铁匠问:"要多少人?""肥肉"伸出一个指头说:"此不要多,一人足矣。王书记,你在本子记好,今后肯定有论功行赏的时候,空口无凭。会散之后,城上所有的灯和所有的人全部撤去,要空,要黑,要静。你们养精蓄锐作好准备,让我出头阵。"王幼勇问:"你怎样出阵?""肥肉"说:"我在城墙上架鼓说书,惑他们。"向铁匠问:"说《大破天门阵》吗?""肥肉"说:"错了。那是正书,此时不能说。此时说正书,有百害而无一利。那不是向他们叫板吗?"向铁匠问:"说什么?""肥肉"说:"说《十八摸》。"众人笑了起来。《十八摸》是鄂东著名的黄书段子,即从姐的头摸起,一直朝下摸。向铁匠说:"'肥肉'都什么时候了,你莫打邪。""肥肉"说:"我打什么邪?那些狗日的,落雪的时候专门凑钱请我去说,笑得嘴流涎。我说《十八摸》,俗是俗了点,但傅立松必定暗笑。"向铁匠问:"暗笑什么?""肥肉"说:"笑我们弹尽人乏,黔驴技穷,就这点本领。"向铁匠点头笑了,说:"'肥肉',你这个法子不错。""肥肉"说:"与此同时,集中全部人马做好破北门而出向七里坪撤退的准备。此应该由向铁匠带队。城门一开,破城而出。"向铁匠说:"对。""肥肉"不满了,说:"王书记没说对,你说什么对?"王幼勇沉思半天说:"对。""肥肉"说:"这只对了一半,与此同时还有一半要做。"向铁匠问:"是不是在撤退之前放火烧县衙?""肥肉"说:"对。我们破城而出,他们必定要追。放火烧县衙,他们必定要救火。他们就无力追我们。这是惑计之二。"向铁匠说:"这主意不错。到时候你放火。""肥肉"说:"我在城上说书不能停鼓的,火就归尔放了。"向铁匠问:"你是要我背火烧县衙的骂名吗?""肥肉"笑了,说:"向永远,你一个铁匠不背骂名,难道要王书记背这个骂名吗?"

王幼勇说:"不要争了。既然革命就不存在骂名不骂名。你们想得不错,要想突围出去,只有如此。但是你们想过没有?我们突围之后怎么办?撤到七里坪,他们就不追吗?我们逃得了一时,逃得了永远吗?所以我还有更重要的要做。""肥肉"把胯子一拍,说:"英雄所见略同。要把人连夜到武汉去搬救兵,而且在这之前行动。突围出去后,我们撤到七里坪守一阵子,然后救兵就到,不然就来不及。所以我要他放火。武汉我去没用,他去也没用。老师不认得我,也不认得他。你是老师的学生,只有你去。"

王幼勇向北面动了感情地说:"老师,学生不堪大任,只有向你求救了。""肥肉"说:"王书记,不是我批评你,胜败乃兵家常事。"王幼勇说:"我无颜见老师。去负荆请罪。""肥肉"说:"负荆大可不必,老师对家乡有感情,备一份乡情礼带上。"

于是就议带什么乡情礼好。"肥肉"对王幼勇说:"王书记,你不是说老师喜欢家乡叶子烟吗?离乡多年总是抽家乡的叶子烟吗?我别的没有,家乡的烟叶倒有。我吃的是开口饭,说到夜深乏了时,我就要告示乡亲停下板来,抽几口。我常年备着麻城夫子河上好的晒烟叶,离不得。麻城夫子河的晒烟叶得过巴拿马万国博览会金奖,今天我拿出来,你带给老师作见面礼。"王幼勇感动了,说:"送了你抽什么?""肥肉"笑了,说:"今天夜里你们走的是生门,我守的是死门。鼓停之时,可能就是我命尽之时。众人都叫我'肥肉',我'肥肉'一生荦荦素素,众人认为我是插科打诨的角色。生没有颜色,但求死个名堂。今天你让位子听了我的,死而无憾。"向铁匠说:"'肥肉'你死不了。菩萨不要你。""肥肉"说:"死不了算我赚。"

"肥肉"叫过他的苔婆娘,拿来包袱。那个青布包袱里束的是金黄黄的、库秤两斤上好的夫子河的晒烟叶。"肥肉"将那个青布包袱交给了王幼勇。

王幼勇接过青布包袱问:"谁跟我去?"

门外的王幼健,拿着"掰子"挺身而入,大声说:"大哥,我!"

那时候偌大的麻城县城,静了下来,黑了下来。城墙上所有的灯火和人声突然没了,夜黑着,黑着风,黑着天上的星光和地上万物的影子。

"肥肉"脱下短打,换上长衫,提着装鼓板的布袋子,同王幼勇和向铁匠他们告别。"肥肉"说:"我走了。婆娘麻烦你们带着,莫让饿死了。"向铁匠点头说:"'肥肉',你多保重。""肥肉"的婆娘见男人换长衫提鼓板,问:"你到哪里去?""肥肉"说:"我去玩会儿。"婆娘说:"我要跟你一路去。""肥肉"哄婆娘:"你不去,我一会儿就回来。回来我带好东西你吃。"婆娘说:"我要跟你一路去。""肥肉"说:"你不能去。"婆娘就咧嘴哭。"肥肉"说:"也好,我俩一路去吧。"王幼勇见她身上的衣裳破得不像,就叫他的大妹幼霭脱下身上的衣裳，给"肥肉"的婆娘换了。"肥肉"的婆娘换了新衣裳咧嘴笑。"肥肉"双手抱拳说："谢谢！我的婆娘从没穿这好的衣裳。"

"肥肉"挽着婆娘，提着鼓板，登上城墙。"肥肉"将婆娘扶到城垛子下，捡块城砖让她坐好。"肥肉"说："听话，你坐在黑影里听我给你说，不要站起来。"婆娘就盘脚在城垛的黑暗里坐了下来。婆娘很乖，乖得像一只绵羊儿。"肥肉"从布袋子里拿出鼓架，张开鼓架在城垛子上架好了鼓，然后一手拿着鼓槌，一手拿着板。"肥肉"用力咳一声，清了一下嗓子。夜风很好，徐徐地吹来，吹动着"肥肉"的长衫。"肥肉"舒了一口气，抬头望天，天上的星星，一颗一颗的，好亮。"肥肉"低头看地，看到了婆娘望他的那双眼睛。那双眼睛世事不醒，天真无邪，就像天上两颗亮亮的星星。自从那年落雪的腊月，在说书的路上捡了她，他就一直带着她走村串户打鼓说书吃开口饭。冷也好热也好，贵也好贱也好，有他吃的就有她吃的，有他住的就有她住的。不管日子过得还穷还苦，只要一听他说书，他的婆娘的眼睛就这样静静地、亮亮地盯着望着他，给他温暖给他慰藉。"肥肉"的眼睛湿了。

"肥肉"下槌，咚咚咚三声醒鼓，这在江湖上有讲的，叫作三有请：一请天，二请地，三请人。然后越打越疾，疾得密不透风，震得山摇地动，密到极处，然后缓了下来，如河水随风顺山吹，接着按下槌来，一声静鼓。紧接着左手起板，右手用槌，板随鼓响，对着那双眼睛，唱将起来："一摸姐的头，姐头搽香油，香油窨了十八载，桂花树下桃木梳，左梳凤凰把翅展，右梳狮子爬绣球。姐的头，哥的手，姐头哥手热泪流，今天哥哥摸着了，人间世事无忧愁。我的姐呀，我的哥，姐香香到哥心头。"

"肥肉"用的是悲腔，唱得峰回路转，荡气回肠。城下树林里放哨的枪会会众哈哈大笑。巡夜的傅立松厉声问："笑什么？"放哨的说："报告傅会长，'肥肉'在城墙上唱书呢。"傅立松问："唱的是那本？"放哨的说："唱《十八摸》。"傅立松侧耳一听，说："还真是的。"放哨的说："傅会长，你听他唱得多好听，平常他用雅腔开口就是荤，今天他用悲腔，出口尽是雅词儿。""肥肉"平常在鄂东民间说《十八摸》有两套，一是俗的，一是雅的，说的时候看主人和场合定，可以大俗，也可以大雅。傅立松说："'肥肉'今天夜上哭的是雅本子哩！"放哨的说："傅会长，莫看你是读书人，这词儿你就哭不出来。"傅立松说："我哭不出来。你们睁大眼睛，小心守着，听他哭吧！"

"肥肉"在城墙上声情并茂接着唱："二摸姐的嘴，姐嘴放了蜜，蜜蜂采了十八年，今日今时归我吃，左尝三口姐的心，右尝三口哥的意。姐的心，哥的意，姐心哥意合一起，今天哥哥尝着了，死了可以眼睛闭。我的哥呀，我的姐，世间真有好东西。"

城下放哨的会众听得如醉如痴。

就在这时候，王幼勇和王幼健开始了行动。王幼勇背着一百块银元，王幼健背着烟叶子。一百块银元是路费，一包烟叶是送给老师的。王幼勇和王幼健从城墙上系着绳子，人顺着绳子朝下爬，爬到城墙下，王幼勇和王幼健就下到护城河，举着包袱踩水过河。就在上岸时，被放哨的"会众"发现了。一阵乱枪，王幼健被乱枪击中了胸膛。王幼健躺在地上举着手中的包袱对王幼勇说："哥，快走！"王幼勇将装银元的包袱丢到河中，抓起装烟叶的包袱就跑。王幼勇跑到远处黑暗的树林里，感觉装烟叶的包袱湿漉漉地黏手。王幼勇逃脱了，放哨的会众抓住了王幼健。就在这时候城中县衙火起，城北门洞开，向铁匠砍了几个关在县大牢里的乡绅的头，带着农会义勇队向北突围。

傅立松领着各地"枪会"破城而入，救熄了县衙的火。向铁匠趁机领着农会义勇队逃向了深山。城墙之上，"肥肉"仍在那里打鼓唱《十八摸》。"肥肉"唱完了十七摸，还有一摸就完了。姓黄的乡绅找到了绑着双手倒在地上父亲的尸体，找了半天才找到父亲的头。姓黄的乡绅将父亲的身子和头拢在一起，咬牙切齿地随傅立松带的人上了城墙。"肥肉"唱："十八摸到姐的脚，姐的脚儿红绸裹。"傅立松喊："算了吧！""肥肉"不停，仍是唱："解开红绸一尺多。"傻大爷上前就是一枪，"肥肉"歪了歪，扶着城垛子站住了。"肥肉"嘴角流出鲜血，打鼓起板唱："人生难得真快活。"傅立松喊："割断他的喉咙！"

姓黄的乡绅上前一刀割断了"肥肉"的喉咙管。血朝漆黑的天喷了起来。"肥肉"倒在地上。"肥肉"的婆娘吓哭了，惶着眼看着傅立松，抱着了"肥肉"。

姓黄的乡绅要拉开"肥肉"的婆娘。

傅立松说："莫动她，让她抱着吧。"

第19章 烽烟平地起（6）

二十六

傅大脚最小的儿子王幼健是在麻城县城东门城楼上死的。

第二天太阳出来时，胸口冒着血的王幼健，被人五花大绑，带上了城楼。

傅立松和乡绅聚在城东门城楼上。傅立松问戴着热孝的姓黄的乡绅："是你审还是我审？"姓黄的乡绅哑着嗓子说："傅会长，他是你的亲外甥，还是你审吧。"傅立松说："姓黄的，你让我大义灭亲吗？"姓黄的乡绅说："姓傅的，这对你有好处。"傅立松说："那好吧，我不下地狱，谁下地狱。"姓黄的乡绅说："傅会长，天气炎热了，时间不能太长，我等着你审完了，送我父亲回去入土为安。"傅立松说："姓黄的，你不能太性急了。"姓黄的乡绅说："活人可以不急，日子多如牛毛慢慢活，死人能不急吗？"傅立松说："姓黄的，你认为全是傅家和王家的错吗？"姓黄的乡绅说："我不敢这样认为，但是你不要忘记我父亲是你的外甥们带人抓来的。冤有头债有主。再说你是县参议乡绅联合会的会长，我不找你找谁？"傅立松问："你要我自己屙屎自己吃呀？姓黄的，他刚满十七岁，还是个孩子。自古以来，未满十八岁的，罪不当死。"姓黄的乡绅说："傅会长，我父亲今年七十，自古以来，哪朝哪代古稀之年可以杀？"傅立松说："非要他死不可吗？"姓黄的乡绅说："那你兴师动众，带我们来攻什么？"傅立松说："姓黄的，你这是置我于死地呀！一部《论语》忠恕二字。"姓黄的乡绅愤怒了，拔出枪来，指着傅立松，说："姓傅的，杀父之仇焉能不报？痛快点，发句话，是你动手，还是我动手？"傅立松说："姓黄的，昨天晚上你可是动了手的。'肥肉'的喉咙是你割断的。你杀一个了。"姓黄的乡绅说："姓傅的，你不要忘记，是你儿子先开的枪。他一个说野书的能抵我父亲的命吗？"傅立松说："不要忘记，天地生人，他也是性命。"姓黄的乡绅说："你不是叫割断他的喉咙吗？我是代你行事的。"傅立松仰天一叹，说："天灭我也！"

傅立松走到王幼健的面前，问："五外甥，你还认识我吗？"王幼健胸口流着血，闭着眼睛摇摇头，说："我不认识你。"傅立松问："与你一道下城的是谁？"王幼健说："不知道。"傅立松问："是不是你大哥？"王幼健说："不知道。"傅立松问："你们下城去干什么？"王幼健说："不知道。"傅立松说："我知道你和大哥下城去干什么？是到武昌搬救兵吧？"王幼健说："不知道。"傅立松摇着头，眼泪流了出来，说："五外甥，你不认识我，我可认识你。你是我老姐的儿呀！"傅立松朝着石槽冲方向一哭："老姐，倾巢之下安有完卵？没有办法。今天弟弟要杀你的儿了！"王幼健说："我的血快流完了，让我快死。"傅立松抚着王幼健的胸口，问："外甥儿，我是你的亲舅舅，你对舅舅说实话，子弹钉进胸膛痛不痛？"王幼健说："开始痛，血快流完就不痛了。"傅立松问："我的外甥儿，你现在是什么感觉啊？"王幼健笑了，说："现在很舒服，身子朝上浮，腾云驾雾，脑子里一片辉煌，到了天堂。"傅立松问："我的外甥儿，你在天堂看到什么？"王幼健说："我看到一个长着大胡子的人向我微笑。"傅立松问："是不是你大哥带回的那本书封面的那个人？"王幼健说："是的。"傅立松问："他对你说什么？"王幼健说："他对我说英特纳雄耐尔一定能实现！"傅立松问："英特纳雄耐尔是什么？"王幼健说："是共产主义。"傅立松问："共产主义好吗？"王幼健说："那里人人平等，没有压迫没有剥削，按需分配。"傅立松问："你相信能实现吗？"王幼健说："我相信只要经过奋斗和牺牲，就一定能够实现。"傅立松流着眼泪说："傅某活了五十多年，各种信徒我都见过，他们想修成正果都没有能达到。我的外甥儿啊，想不到没半年，你修成正果了。能修成正果的人不多。我为你高兴。我知道牺牲对于你们来说，是实现理想的最高境界。你的血快流完了，不死也活不成了。舅舅成全你。送你上路。"

王幼健说："快点动手。"傅立松号啕一哭，说："我的外甥，你快要死了，你睁开眼睛，你对我最后说句实话，你认识我吗？"王幼健睁开眼睛，说："我认识你。"傅立松问："我是谁？"王幼健说："你是我舅舅。"傅立松说："这就对了。我是你舅舅，你是我的外甥儿。外甥儿，舅舅送你上路，有什么要求提出来，舅舅答应你。"王幼健说："我有四个要求，第一，临死之前我要喝杯酒，我要死得红光满面；第二，我要写家信一封，让我娘和我的哥哥妹妹们知道，我死得光明磊落；第三，革命者一人做事一人当，不许你们迫害家人，尤其是我的娘；第四，我是革命者，死时要喊口号，你们在场的人必须附和。"

傅立松说："行。我答应你。"

于是傅立松就叫人解开绳子，傅立松倒满满的一杯酒，搁在王幼健面前。王幼健的手绑麻了，不能动。王幼健弯下腰，伏下身子吸了一口，用嘴叼起酒杯，一饮而尽，然后用力一吐，酒杯吐出老远，落在城墙铺地的青砖上粉碎了。王幼健说："拿纸笔来。"傅立松将备好的纸笔拿过来，将纸铺在城墙垛子上，将笔蘸饱墨，递给王幼健。王幼健接笔一挥写了四句顺口溜："大别山上一棵松，太阳照得红通通。流完鲜血真理在，那个男儿不英雄？"傅立松拿过一看，说："我的外甥儿，舅舅平日是怎样教导你的？'通'字写错了。文章千古事，得失寸心知。不要留下笑话。"王幼健说："错就错了，不改！"

傅立松对王幼健说："不改？是不能改。改了就不是你。那好。外甥儿，你的愿望实现了。闭上眼睛吧。"王幼健说："我不能闭眼睛。我要睁着眼睛喊口号。"傅立松说："行。你睁着眼睛喊口号。"

傅立松对姓黄的乡绅说："动手吧。"姓黄的乡绅拿枪的手颤抖了，说："姓傅的，我不能动手。"傅立松说："你怕了吗？你不是要报父仇吗？"姓黄的乡绅说："姓傅的，你动手。"姓黄的乡绅整个身子颤抖起来。傅立松骂："你这个孬种！你父亲怎么种出你来的？那次知情不报引狼入室的是你，这次口口声声要报父仇的又是你。"

姓黄的乡绅不颤了,说:"你谅我不敢?"傅立松说:"谁谅你不敢?"姓黄的乡绅推子弹上膛,对准了王幼健。王幼健说:"慢,我要喊口号。"傅立松说:"你喊吧。"王幼健就举起拳头睁大眼睛喊:"英特纳雄耐尔一定要实现!"

众乡绅不作声。姓黄的乡绅手中的枪对准了王幼健。

王幼健怒目圆睁,说:"不能开枪!你们没有附和。"傅立松走上前对王幼健说:"我的外甥儿,人各有志,他们不附和,不要强求。我和你表兄陈和怎样?"王幼健点了点头。傅立松流着眼泪对傻大爷说:"儿子,我们父子附和吧,送你表弟上路。"

傅立松和傻大爷举起拳头。傅立松对儿子说:"喊。"傻大爷喊得非常响亮很完整。傅立松喊:"英特纳雄耐尔一定要……"傅立松喊不下去。傅立松咽一声,说:"我的外甥儿,闭上眼睛吧。"

王幼健闭上眼睛。姓黄的乡绅手中的枪响了。

"乓"的一声,子弹击中了王幼健的胸膛。

王幼健的胸膛白白的。果真没有血。

姓黄的乡绅吓出了一裤子稀屎,手中的枪掉在地上。

天旋地转,傅立松闭上眼睛,一屁股瘫在地上,昏了过去。

二十七

是那包被血浸了的烟叶,击中了老师的心。

一身硝烟的王幼勇,只身背着那包被王幼健的血浸了的烟叶子,趁着夜色,从阳逻坐渡船过江来到了武昌老师的家。青石铺的小巷,静静的,王幼勇敲门。屋里老师正在灯下看书,听见敲门声,问:"谁?"王幼勇不作声。老师把门打开。老师没有认出他,以为是讨米的。老师从口袋里摸出两个铜角子,说:"夜这么深还来讨米?对不起,这个月的薪水没发,只有这点钱。拿出去买两个烧饼吧。"王幼勇一哭,说:"老师,是我。"老师认出了王幼勇。老师问:"幼勇,你这是怎么了?"王幼勇哭着说:"老师,我们败了。"老师说:"快进屋。"王幼勇进屋,老师将门闩了。老师问:"是不是你舅组织枪会围攻了你们?"王幼勇说:"是。他组织各地会众一万多人围攻我们,我们退到麻城县城,他们围攻了麻城县城。围了两天两夜,昨天夜里,我们突围退到了北部山区。他们一路烧杀,烧了农会干部们的家,杀死了十几个农会干部。"老师沉默了。王幼勇解下包袱,双手递给老师,说:"快救救我们!"老师问:"什么东西?"王幼勇说:

"一包夫子河的烟叶,是同志们托我带给您的见面礼。"老师说:"都什么时候了,还给我带见面礼?"王幼勇说:"是我们的一点心意。"老师的手颤抖着,将包袱解开,那烟叶被鲜血浸了。老师问:"哪里来的血?"王幼勇说:"是我五弟的,昨天夜里他和我一起突围求援时中了弹,被捉了,我估计他已经死了。他们不会放过他的。"

老师眼睛湿了。老师说:"幼勇呀,你叫我怎么吸得下去?"老师将浸血的烟叶,拿两片出来,夹在书面里,说:"幼勇,这烟叶我不能独吸,留下一半,带上一半,用包袱扎好,陪我走一趟吧。"王幼勇将烟叶留下一半,扎好包袱,背着跟着老师上路。

老师带着王幼勇来到武昌农民运动讲习所,见到了毛润之。毛润之正带着讲习所的学生兵上课。毛润之与老师私交不错。毛润之在湖南办农民运动讲习所后转到湖北办,老师以农工厅长的名义捐了一万大洋。毛润之见老师来了,停了课,说:"董厅长,找我有事?"老师说:"润之先生,今天我来是给你分见面礼的。"毛润之问:"什么好东西?"老师说:"是我的学生从家乡带来的,我不能独享。"毛润之说:"你总是看得起我啰。"老师说:"润之先生,家乡人记得我喜欢抽烟,我记得你喜欢抽烟,所以特来与你平分。"于是老师就叫王幼勇解开包袱。包袱解开了,露出浸血的烟叶。毛润之动容了,问:"哪里来的血?"老师对王幼勇说:"跟润之先生说说。"王幼勇泣不成声将情况说了。毛润之愤怒了,说:"这哪里是乡绅,分明是一群土匪!"老师说:"借你二百学生兵,进山剿匪如何?"毛润之说:"没得说的,义不容辞!"于是就在操场上集合学生兵,紧急动员,每人一条汉阳造,配足弹药,备足半月的粮食,发布命令,向大别山进军。

第二天,由王幼勇带路,二百学生兵以剿匪的名义,乘十条木船,每条船上二十人,从武昌上船,到阳逻上岸,全副武装浩浩荡荡地开进了大别山。

二十八

破麻城县城之后,傅立松知道他的大外甥王幼勇到了武昌,得知消息的董用威不会放过他,救兵马上就要杀来,县城不可久留,断不可回傅兴垸,于是带领各地枪会会众弃城,向大别山北部山区与河南交界的光山方向逃去。

傅立松赶紧派人回傅兴垸将守垸城的家丁和家人全部召来跟队走。傅立松下令垸城四门敞开,吊桥放下,叫傅氏家族的有钱人统统跑掉,穷人不得反抗,做好欢迎的准备。由王幼勇带路的二百剿匪的学生兵,从阳逻上岸后直扑傅兴垸,找不到傅立松和傅立松的家人，也找不到垸中的有钱人。垸中的穷人举着旗子，喊着口号，列队欢迎学生兵入垸城，烧茶做饭给学生兵吃。王幼勇领的学生兵，要烧傅立松家的桂花楼，傅兴垸的穷人跪下一片求情。由于傅兴垸屋挨着屋，烧了桂花楼必定要连带一垸，学生兵只好作罢。所以那次王幼勇领来的学生兵进驻傅兴垸后秋毫无犯，没杀一个人，没烧一间屋。

那次王幼勇领来的学生兵，剿匪历时十六天。对于整个经过，一个姓戴的学生兵写了一篇汇报文章，题目叫作《剿灭麻城会匪的经过》，发表在一九二七年湖北《青年》杂志第167期上，由王家唯一的"人种"，王幼勇那九死一生的二儿王枪生，作为父亲的遗物保存到中华人民共和国成立后。1984年王幼勇的二儿王枪生将此文拿出来，献给了组织。事隔五十七年，地方党史办作为珍贵的历史资料，编在《鄂东革命史料》第二辑上。《剿灭麻城会匪的经过》文章是用当时的白话文写的，许多地方不符合现在汉语的规范，带着历史的痕迹。全文如下：

五月十四日，我们出发了！农讲所教员和全体同学整队欢送我们，高呼"杀尽土豪劣绅！"我们亦对他们说，不做这个口号，我们是不回来的！十五日就到了团风，是晚在黄冈剿会匪，杀死老师徒弟十余人，同学亦伤了十人。十六日，经夫子河，宿营白果。十七日抵麻城。该县县党部，工会，农协，妇协，一切革命团体，知道我们到了，都好像大旱得了雨露，欢迎之热烈，达到极点！他们说农讲所学生是解除他们的痛苦的救星，我们虽不敢说怎样为麻城人民解除痛苦，但在当时，也觉得勇气百倍。抵麻城，守卫二日，每夜放哨侦探敌人。二十日，前方来电云，会匪声势浩大，催促前往援救。我们的队长，就命号兵吹号，睡在地上的同志们，连忙起来，挂好水壶、粮袋、子弹、刺刀，肩扛着枪，排着队，一口气走了六十里路，就到了该县北乡乘马冈会匪的巢窟，二十一日就预备向敌人进攻了。

先是警卫团三营九连进剿会匪，不幸死排长二人，伤排长一人，同志死伤约五十人，失去步枪十余支，因而会匪声势更浩大，我们没有进攻，他们却来挑战了，于是我们发起进攻，一仗打下来，死伤敌人数十人，捉拿土匪数人，当夜即行枪决。这样一来，固然我方胜利了，但是该县北乡，地连豫省，会匪遍地皆是，随时随地可以向我们袭击。所以不得不在二十二日再向光山方面进剿了。

警卫团作尖兵，农讲所学生所预备队，农会千人手持武器任后卫，攀山过岭地前进，距敌人驻地二里之处，农讲所学生任右翼，警卫团任左翼，与匪作战。于是，会匪的巢窟熊家冲胡家垸，马上化为焦土，杀死烧死计四十人。一连跑了三座山，就占领了前面的李家寨，农民送水送饭，络绎不绝。是晚回到余家河宿营，我们夜晚作步哨。

二十三日，警卫团在附近剿杀会匪，我们农讲所的同志就在该地宣传，演说此次来麻城的意义，和农民应该武装起来，才能抵抗敌人，并说明会匪都是失业的农友，不过被老师欺骗，被土豪劣绅利用，所以变成了坏人，我们要杀死老师和土豪劣绅，欢迎觉悟的会匪来加入农会。听的人越聚越多，越听越起劲，并有许多人要求我们驻两个月或者一个月。正在闹得非常热闹的时候，前面剿匪警卫团来信催我们赶紧救援，说前方有红白会匪二百余人，并占了四个山头，向我们进攻。队长命令我们整队往援，攻打水家垸和杏子树垸，打死老师三个，两个倒在地下，会匪死了三个，其余都跑了，白匪也缴械了。该处匪穴会堂及土豪劣绅的房屋，一概由农会捣毁了。总计在李子河杏子树垸几次战役中，获得敌方土炮台乌枪妖佛会会旗不少，共杀会匪土豪劣绅约二百人。

十四日，回到乘马岗，该县县党部及惨案委员会召集该地民众开了一个城北乡革命势力胜利大会，农会到会千人，妇女二百人，军队及农讲所学生四百人，天气虽然非常炎热，革命情绪非常深厚。

留守乘马岗二日，二十七日开到麻城县城，一路上家家都放鞭炮，噼啪声不断。二十八日，各界前来慰劳，慰问麻城民众的牺牲和我们的杀敌精神。每人赠送黑袜一双，化妆品二件，手巾一条，作为纪念。

二十九日，农讲所学生一部分分队往四乡宣传，分八组，每组六人。一部分在城内各街演说，另一部分守卫。这一天麻城民众在县城隍庙开了一个慰劳大会。三十日举行五卅纪念，我们整队参加大会和演讲发传单贴标语作了大宣传。六月一日起程回武昌，麻城各团体，挽留异常热烈，只因当时夏斗寅叛变，武昌防务吃紧，加之麻城有警备队一连留守，于是我们回到了武昌。

二十九

各地枪会在学生兵强大的攻势下纷纷逃亡。

傅立松带着家人和他的黄枪会，逃到了河南光山境内。

就在这时候，继南京国民政府蒋介石"四·一二"之后，武昌国民政府汪精卫发动了"七·一五"反革命政变。汪精卫在武昌全面"清党"，屠杀共产党人。第一次国共合作失败，国共两党关系彻底破裂，公开翻脸，一夜之间，昔日的朋友成了敌人，汪精卫在武汉三镇贴出布告，悬赏两万五千大洋瓜董用威。7月17日，国民党十四师师长夏斗寅为，在驻地誓师，准备回乡"剿匪"。夏斗寅为麻城东乡人，其家为麻东首富。其父被农会所杀，早就怀恨在心。

二十三天后，中国共产党在中央苏区召开了"八七"会议，确定了以武装斗争推动土地革命和武装反抗国民党反动派的总方针，响亮地提出"枪杆子里面出政权"的口号。中央拟定通过了《两湖暴动计划决议案》。毛润之回湖南发动秋收起义。

老师派人将中央的指示，及时传达给王幼勇等黄安麻城两县地下党的负责人。

古历九月，正逢旱季的黄麻大地，风声鹤唳，剑拔弩张，群山灰影，草木欲燃。

第20章　风云际会时（1）

《庆祝苏维埃》
八月桂花遍地开，
鲜红的旗帜竖起来；
张灯又结彩，张灯又结彩，
光华灿烂闪出新世界。
亲爱的工友们！
亲爱的农友们！唱一曲国际歌，
庆祝苏维埃。
——《选自鄂东歌命歌谣》

注释：这是"黄麻起义"后为庆祝胜利创作了这首歌曲，在苏区传唱。曾任鄂豫皖省委宣传部长兼鄂豫皖特区文化委员会主席成仿吾于一九八二年视察红安时讲，这首歌的歌词是七里坪一位小学教员创作的，后随红四军北撤而流传到川西，叫作《八月桂花遍地开》。

三十

那场写进中国近代史的、著名的"黄麻起义"，是在一九二七年十一月十三日，那天早饭过后，由于一个误传的消息，提前爆发的。

原来农会在暗处。土豪领导的枪会在明处。现在农会政权成立了,事情掉了过来,农会政权在明处,逃亡在外的土豪领着枪会在暗处,以傅立松为首红了眼的枪会会首们无所不用其极,派敢死的,化装潜入,造谣生事,暗杀放火的事时有发生,使王幼勇日夜提心吊胆,防不胜防。作为黄麻地下党支部书记、石槽冲农会政权的负责人,王幼勇这才深深地体味到,明枪易躲,暗箭难防,攻易守难的滋味儿。

那时候农会运动像烧山的大火,愈烧愈烈。各地农会在麻城黄安地下党的领导下,以地域为界,纷纷成立农会政权。这些农会政权名义上由县农会统一领导,但实际权力掌握在麻城黄安两县地下党领导人手中,少数时候统一行动,大多数时候相机行事。各地农会政权根据本地的需要,以革命的名义发号施令,进行红色割据。根据地下党的指示,各地农会政权成立了组织机构,选举了主席和秘书长。主席由苦大仇深的农民担任,秘书长由地下党负责人担任。主席不脱产,秘书长脱产。各地农会政权实际当家的是秘书长。

王幼勇担任石槽冲农会的秘书长。

王幼勇就是从那时候感到压力的。

王幼勇就咸菜喝了一碗稀粥当早饭,王氏祠堂改作了农会,王幼勇坐在祠堂里办公,起草安民告示。上了一趟茅房后,王幼勇就觉得肚子里空空的,跟不上劲。当初老师让他们回乡时,是以武昌国民政府名义派遣的。那时候武昌国民政府以职业革命者的名义给他们每月发放一定的生活费用,这笔生活费够他们吃饭。国共两党公开破裂后,共产党转入地下,这笔生活费就泡汤了。他们就向上级地下党组织申请生活费,上级地下党组织的领导人都在通缉逃亡之中,无力解决这笔费用,指示他们就地解决。用什么方法就地解决,上级没有明示,只说相机行事。作为职业革命者,王幼勇和傅素云的生活就没有着落,他们又生了两个儿子——枪响和枪生,生活就更加艰难了。按人头分田地的时候,王幼勇和傅素云都没要。作为职业革命者,他们哪能与民争地?天大旱,山里粮食奇缺,当地农民见他家生活艰难,这家送点米,那家送点菜,才使他家不断炊烟。其他地下党农会政权的领导人是怎样解决这个问题的,是吃打土豪得来的浮财,还是吃农会会员缴纳的会费?王幼勇没有问。因为这些都是他不愿做的。一不能批评,二不能仿效。只有默默地承受。但是他不是仙人,傅素云也不是仙女,一日三餐得吃饭,两个刚出生的孩子嗷嗷待哺,张嘴要吃。王幼勇没有想到农运成功后,生活艰难成了他难以启齿的一块心病。石槽冲农会政权成立后,复杂的局势使他如履薄冰,日日夜夜无时无刻不在煎熬着他,他需要足够营养补充心智来应对。

秋天的太阳像一颗新生的卵,从东边血红的霞光里排出来了,排在青气无垠的天上，喷薄地照，照着地上，照着松树、枫树、木梓树杂丛之中的王氏祠堂。枫树红了，木梓树跟着红了，而松树不红，松树绿着。这些颜色，斑驳杂处，造化着大别山秋天的生命之间天演物择悲怆的底色。坐在椅子上起草安民告示的王幼勇，脑海里如混沌初开，青气袅袅升起来，浊气缓缓沉下去，顶上露出青天，脚下现出大地，弥漫的青气化作了烈烈大风，一个长发飘飘的女人，裸着双乳，挺身站在天地之间，浑身大汗淋漓，忙着抡青藤，用泥水作男女，忙着采五彩石，补苍天。天上的太阳一片喷薄的声音，喷射出万道炫目的光芒。王幼勇揉揉眼睛，发觉他在重复隔夜的梦境。

隔夜那场梦，与两本书有关。

隔夜他失眠了，怎么也睡不着。于是他重读了从武昌带回的那两本书。一本书封面是红色的，印着木刻画，一个满脸大胡子的头像。一本书封面是线装的。红色封面是翻译过来的《共产党宣言》，线装封面的是《中国神话》。他知道喷薄的太阳是红色书中的意象，挺身站在天地之间裸着双乳抡青藤做男女采五色石补苍天的女人，是线装封面书中《女娲补天》的意象。叫他吃惊的是他居然在梦中将这两个意象浑然地接在一起了。这使他兴奋之余生出许多惶惑。

一阵眩晕之后，他听到一个声音咕咕的在叫。这个声音不在外面，就发生他的肚子里。他知道这是饿了，若用书面语言，应该是饥肠辘辘。他知道思维需要营养了。他知道当营养贫乏时，思维就很难正常运转，一碗稀粥几箸咸菜，使他的思维感到了痛苦。他放下手中的笔，他知道他需要补充能量。通常是要喝一碗盐水。这是他熬夜时经常做的事。他就起身找碗找盐。碗是喝粥的碗，放在案头上，没有洗，根本不用洗，那是粮食，他喝得很干净，包括汁水。于是就找盐，盐是娘送来的，用一个小陶罐装着，连同上级配给他防身保命的"掰子"，那是一只没有膛线，从中掰开，只能装一粒子弹的手枪，一同放在案头上。

盐是娘送来的。

娘心痛他日夜操劳的儿，没有别的送，只有送这。

大别山里不产盐，盐比粮食更甘贵，红白割据，断了盐路。军阀卫立煌在大别山那边的安徽搞模范区，从海边开专路运盐救世民，标榜青天。山这边的盐只能从山那边的六安通过黑路才能流一点过来，一块银元才换一两。也不是有钱能买得到的。不是手眼通天，根本就吃不上。王幼勇知道娘的盐是娘用土法自己熬的。娘把茅厕墙上结的白霜刮下来，化在水里，除掉沙土，放在锅里烧火熬成的。这种盐叫硝盐，只能配木炭做黑色炸药做鞭炮，根本不能给人吃。这种盐又苦又涩带着一股骚味儿。这种盐是娘学着山里人的法子，被生活所迫熬出来的。这种盐不是盐，但还是盐，是生命轮回的盐，要想活在世上，你得吃。

娘那天夜里用盐罐送盐来的时候，王幼勇问娘："这是盐吗？"娘说："是盐。"

王幼勇问："哪里来的？"娘说："是我用烟土换来的。"王幼勇见盐的颜色不正，说："娘，我知道这盐是怎样来的？"娘正眼看着王幼勇，问："我的儿，你也知道呀？你是怎么知道的？"王幼勇说："娘，你以为儿蠢吗？"娘叹了一口气，说："谁说我的儿蠢？别人不知道，娘不知道吗？我的儿学贯中西。"王幼勇说："娘，这种盐不能吃。"娘说："儿哇，这也是盐，将就吃吧。有总比无好。我不能看着我的儿活着没得劲。"

娘不再说话了，放下手中盐罐默默地朝外走，出了祠堂，踏着夜霭，沿着蛇一样的山间小路，头也不回，回到山中的老宅。青青的一阵夜风，把娘化在疏淡的山竹丛中。那滋味叫王幼勇心里不好受。

王幼勇用手在娘的盐罐里撮起一撮，放在碗里倒水化，化成一碗，掇碗喝下去。一会儿就觉得头不晕了，一股力量从脚下生出来，生到头上来。于是拿笔的手就有劲了，就铺纸写安民告示。安民告示的内容是让贫苦农民安心秋播。农会政权将土豪家的田地分了，分给了贫苦农民，分时明文告示，说是耕者有其田，分给你们就是你们的，你们放心耕种就是。但是土豪们以重金派敢死的枪会会丁，化装趁夜潜回，以其人之道还治其人之身，也贴告示，将那些告示贴在大树上，甚至贴到了苏维埃的大门上。那些告示很通俗，上面写着："有主之田，不容无主之客，谁敢种，绝没有好下场。"弄得人心惶惶，分得田地的农民都不敢种。眼下正是秋播季节，王幼勇必须以农会政权的名义出布告安民，以正视听。喝了一碗大别山生命轮回的盐水，王幼勇就大义凛然，敏捷的才思化成了红纸上荡气回肠的文字。他提笔写下斗大的"告示"二字，接下来便是铿锵有力，通俗易懂的四句："红旗插遍大别山，放眼都是新政权，穷人分田放心种，莫信枪会能回来！"写了一张，王幼勇两手叉腰，仰面吁天，畅快淋漓。

王幼勇接着铺纸又写，要写三十五张，每个自然村都要贴到。

这时候就听见一阵枪响。王幼勇一惊，抛了笔，条件反射地拿起桌上放的那把用红绸子裹着的"掰子"。"掰子"里一粒子弹上了膛，是准备一有情况，就奋起射击的。近来各地农会领导人惨遭暗杀的事时有发生，他不得不防。王幼勇紧张四顾，看见一只饥饿的闻着墨香逃出来的老鼠，仓皇钻入墙角的洞。王幼勇拿着"掰子"，问："哪里枪响？"没有人回答。祠堂太深了，仍是静。王幼勇到底不是职业军人，经验不足，不能通过枪声判断距离，以为很远。于是王幼勇放下"掰子"，坐下来接着写告示。

祠堂大门外兄弟王幼猛和王幼刚一边一个，手持长枪为他站岗。王幼强带着农会武装巡逻边界把守路口，盘查一切可疑人员。阳光静静地从窗外射出来，斗拱飞檐的王氏祠堂虽经火劫，但没有被烧垮，经过修复，仍是黑白分明。白的是墙，黑的是瓦。祠堂内外所有的墙用石灰水重新刷过，焕然一新。山里有的是石头，石灰是王幼勇领着农会的人采石灰石筑土窑烧的。山里有的是泥，瓦是王幼勇带着农会人练泥做成坯子筑竖窑烧的。石槽冲农会的人都是山里的能工巧匠，恢复王氏祠堂没用多大的力气。天上的太阳红红的，大门之上"王氏祠堂"四个墨字仍在，大门左侧挂着扎着红绸子的"石槽冲农会"的牌子。

　　老鼠逃进了墙角的洞，厢屋里充满新鲜的石灰水味和新出窑瓦的味道，桌上有条不紊地摆着笔和纸砚，溢着清香。王幼勇写完了三十五张，叫人进来，贴出去。王幼勇心情很好。窗外秋阳下，石槽冲分得田地的穷苦农民们，见了告示，带着武器和农具下地了，一边劳作，一边防范着枪会反扑。

　　傅素云坐在祠堂天井边奶孩子。阳光从天井里漏下来，许多的蜜蜂和蝴蝶乘着阳光从天上飞下来，织着美丽的图画。傅素云左边一个右边一个抱着孩子，哼着山里的儿歌。傅素云用手拍着怀里的孩子，轻轻地哼大别山里的儿歌："竹子爷，竹子娘，我跟竹子一般长，竹子长大做树杪，我长大了做人王。"怀中的两个孩子拼命地拱傅素云的怀，傅素云没办法，掀起衣裳让两个孩子吸。两个孩子吸着吸着，哇地哭出声来。王幼勇问："怎么了？"傅素云说："你说怎么？"王幼勇说："你让他们吸。"傅素云说："我不是在让他们吸吗？"两个孩子拼命地吸，吸不出奶就咬。傅素云哎呀地叫了一声。王幼勇问："又怎么了？"傅素云仰起脸望着王幼勇说："他们不知道，你也不知道吗？"傅素云生孩子时受了惊，奶水惊回去了。王幼勇说："素云，你要坚强。"傅素云说："你看我还不坚强吗？"王幼勇拿出盐罐，对傅素云说："我来化点盐水喂他们。"傅素云夺下盐罐，说："你不能这样对待我的孩子！别人不知道，你应该知道，土盐有毒，他们没有要求到这个世界上来，是你和我要他们来的。他们是性命，我和你有责任，让他们健康成长，不要让他们长大了成白痴。"王幼勇说："素云，你以为我不知道吗？"傅素云说："你既然知道为什么还要这样做？"

　　这时候傅大脚穿着青色的满大襟褂儿，提着装着米汤的瓦罐来了。青色满大襟褂儿向左缀着的七个布扣儿，整齐地扣着，摆下第七个布扣上缀着一朵白色的花儿。王幼勇说："娘，你来了。"娘说："我听到孩子的哭声。孩子哭了，我能不来吗？"王幼勇见娘的满大襟褂儿布扣上缀着白花儿，说："娘，你不能这样！"娘说："儿哇，你知道山里女人穿的满大襟为什么是七个布扣子吗？"王幼勇嗫嚅着说："我不知道。"娘说："养不教父之过，你父死早了，让娘来教你吧。山里的女人满大襟褂儿上缀七个布扣是多子多福的象征。有讲究的，叫作五男二女，七子团圆。娘七子团圆啊！你看七个扣子都扣在娘的怀里。你告诉娘，幼健到哪里去了？"王幼勇说："娘，老五执行任务去了。"娘问："那好，跟娘说说，到哪里执行任务？"王幼勇说："娘，这是军事秘密。"娘眼泪流出来了，说："你还在骗我。给我跪下，说，你把他埋在哪里了？"王幼勇慌忙跪下，说："娘，老五真的执行任务去了。"

娘扯起满大襟的摆一把擦干泪，说："想不到你还能跪下啊。好吧，执行任务吧，你们执行任务。"娘厉声问："刚才是哪个混账东西要喂我孙子的土盐水？那东西能喂孩子吗？我们王家蠢了一代不能蠢两代。"王幼勇从地上爬起来，说："娘，不是你送来的吗？"傅大脚说："是我送来的，不错。我送来是不让你死，你不能让我的孙子死。"王幼勇说："娘！"娘说："这时候叫什么娘？我还是你的娘吗？"娘抱过孩子，揭开瓦罐，开始喂孩子。娘说："儿不是我的儿了，孙还是我的孙，孙子啊，我给你们喂米汤，渣儿奶奶吃，米油奶奶喂你们。孙儿呀，九磨十难，日子还艰难，有奶奶活的就有你们活的。"两个孩子吞着米汤，牙牙学语。

傅素云满脸的泪，喊了一声："姑妈！"娘说："孩子你错了，应该喊我娘。"王幼勇喊："娘。"娘说："不要喊我娘，你们不是执行任务吗？喊我大娘吧。"

娘起身收拾瓦罐朝竹篮子里装。娘说："孩子，靠山识鸟音，近水知鱼性。从古到今，打猎的吃山，种田的吃田。大娘问你一句，你和你的孩子靠什么吃什么？"

娘望着他的儿，泪流满面。

三十一

其实枪声并不遥远。

那叫王幼勇心惊肉跳的枪声，就发生在他领导的石槽冲农会政权境内。

娘喂完孩子走了。王幼勇心里堵得慌。

就在这时候门外一阵喧哗，一个手拿裹着红缨的长矛的哨兵跑进来，喘着气说："报告，抓到了一个可疑的人。"王幼勇问："什么人？"哨兵说："不知道。"王幼勇说："把他带来。"哨兵说："带不来，他手里有枪，我们拢不去。我们打伤了他的腿，把他围在枫树林里了。他点名要你去，说有重要情况要你去当面说。"

王幼勇就拿起桌上的"掰子",跟着哨兵走。

王幼勇不敢大意,因为那时候敌我不明,鱼龙混杂,经常有地下党的交通员化装前来传达党的指示。这些交通员遵守党的纪律,指示只对指定的负责人当面秘密传达,不会对其他人说。农会的哨兵由于性急,由于方法不当,不少地方把他们当作了顽抗的枪会奸细杀了,造成不必要的牺牲和损失。地下党痛心疾首,对这种做法提出了严厉的批评。

第21章 风云际会时(2)

王幼勇提着"掰子"同哨兵来到了枫树林。只见王幼强带着农会武装,手拿大刀长矛,将一个头戴毡帽,骨架高大的黑衣人,团团围在枫林里。黑衣人的腿上流着血,靠着一棵枫树,举着手枪,指着农会的人,使他们不敢靠近。王幼勇躲在一棵枫树后,不能不躲,有的农会负责人就是这时候上了当的,只要一露面,枪会的奸细一枪就过来了。枫树后的王幼勇就喊话:"请问,哪路神仙?"黑衣人答:"玉皇大帝派来的。"王幼勇喊的是地下党最近指定的接头暗语。这暗语属于机密,只有核心人物知道。喊出哪路神仙,对方若是自己人,就会答天上派来的。黑衣人不答天上派来的,答玉皇大帝派来的,对了一半,也错了一半。这使王幼勇很为难。王幼勇接着喊:"星星之火。"黑衣人答:"放火烧山。"按约定应该是可以燎原,黑衣人答的放火烧山,似是非是,意思差不多,这使王幼勇很难判断。地下党规定的接头暗语不复杂,只有两句,太复杂了就记不住,不利于接头。王幼勇见黑衣人举着手枪就喊:"放下屠刀。"黑衣人马上接:"立地成佛。"这是成语。喊得快,答得也快。王幼勇喊:"把枪丢掉!"黑衣人哈哈一笑,说:"子弹打完了,留着没用。"于是使劲把枪一抛,那枪像一只鸟飞出一丈多远,落到枫树上,砸落许多叶子,那些红叶子随枪纷纷地落在地上。

王幼勇和王幼强领着农会武装一齐围了上去。

王幼勇问:"你是什么人?"黑衣人靠着枫树说:"连我都不认识吗?"黑衣人伸手一把掀掉了头上的毡帽,说:"我是你舅爷。"王幼勇认出是柴铺垸的黑老五。柴铺垸的黑老五人高马大,酷像傅立松,民间传言黑老五是傅立松父亲的种,黑老五的母亲很漂亮,傅立松的父亲年轻的时候看上了黑老五的母亲,私通后黑老五的母亲生下了黑老五。

王幼强怒不可遏,说:"你胡说。"黑老五说:"不是我胡说,是众人胡说。众人不胡说,我能像你舅爷吗?"王幼勇问:"你来干什么?"黑老五说:"问个卵子，你没看到了吗？我来捣乱的。"王幼强问："黑标语是你贴的吗？"黑老五说："算你说对了，是我贴的。"王幼强问："为什么？"黑老五说："捣乱呀！"王幼强一把揪住了黑老五的领子，说："你活得不耐烦是吧？"

黑老五说："你说错了，外甥，我活得很耐烦了。我要是活得不耐烦，能活到今天吗？那我不早就没脸活了。"王幼强气极了，揪的手更重了。黑老五呵呵笑，对王幼勇说："大外甥，你叫四外甥手放松点，舅爷这次不光是来捣乱的，大哥派我来有正经事。"

王幼勇问："什么事？"黑老五说："大哥派我来专门给大外甥送贺礼的。"王幼强说："什么贺礼，拿出来！"黑老五嘿嘿一笑，说："我没读书，但我戏看得不少，戏台上说两军交战不辱来使，你不放手我不得拿出来的。"王幼勇对王幼强说："松手。"王幼强就松了手。黑老五说："这还差不多。"

黑老五从怀中拿出一个用红纸做的信封儿，递给王幼勇，说："大哥说了，要我亲手交给你。"王幼勇接过信封，撕开，掏出，是一张白纸包着一块银元。黑老五说："大外甥，大哥说千里送鸿毛，礼轻情意重，要我把这块银元和这封贺信送给你，大哥说这块银元，黑市价可以买一两盐。盐是好东西，人离不得，人要是离了它，就活得浑身没劲。大哥说大外甥以往不当家不晓得，现在当家了肯定晓得。"

王幼勇脸气白了。王幼强把那块银元接过来丢到草丛中。王幼勇弯腰从草丛中捡起来，说："说的对。这块银元我收了。"黑老五说："大外甥，你千万不能收！"王幼勇问："为什么？"黑老五说："那个老狐狸是骂你。"王幼勇问："骂我什么？"黑老五说："不是明摆着吗？骂你世事不懂呀！"王幼勇笑了，说："你问他还有多少？他有多少，我收多少。"黑老五说："大哥说他还有一把老骨头，问你要不要？"王幼强说："要，我们专收他的老骨头。"黑老五笑了，说："这就对头。那个老狐狸的骨头是金子做的，值钱，不收他的收谁的？"

王幼勇问："信哩？"黑老五说："不在你手上吗？"王幼勇说："这是无字天书。"黑老五说："大外甥，这就是你的不对了。这不是无字天书，是有字天书。"王幼勇问："字在哪里？"黑老五哈哈一笑，说："字在纸上呀！用米汤写的。你们不是也用米汤写吗？表面上无字，涂上碘酒用水一浸，上面的字就现出来了。这叫秘密。"

王幼强接过纸放在路边的水沟里，哪里有什么字，还是一张白纸。王幼强问："字哩？"黑老五笑得涎直滴，说："啊，我搞忘记了。他原来想写，后来不写了，说是没有什么可说的。叫我直接送纸。我有什么法子？"

王幼勇气得手发颤。黑老五说："你颤什么？我还不是想有字。有字多好。"

王幼强怒视着黑老五，问："说，傅立松给了你多少钱？"黑老五说："不瞒你说，给了一百块。"王幼强笑了，说："一百块你就为他卖命？一百块有什么用？国民党的票子不值钱。"黑老五说："告诉你，是银洋。大哥说天地之间只两样东西值钱，一是黄的金，二是白的银。"王幼勇问："命就不值钱吗？"

黑老五说："外甥，命值什么钱？傅立松的老子当年占我娘的时候，我娘说只给了五块。你说五块算什么？我娘生我的时候难产，花了七块呀。我落下地睁开眼睛就穷，穷得我找不到媳妇，我无能的父亲死了，让我养老娘，你说我合算吗？这回大哥一下子给了我一百大洋，我娘下半辈子算有着落了。吃的喝的葬的全有了，你说我还想什么？"

王幼强说："你来送死。"黑老五满眼的泪，笑着说："外甥，这回你说对了，我专门来做这事的。大哥对我说：'你放心去吧。我给你的，你不是给了你娘吗？'他成全了我，我得成全他啊。今天我要说的说了，他要给的给了。俗话说人活脸树活皮，家丑不可外扬啊！我要是活着回去见他，还有什么意思？"

王幼勇就是在那时候开始杀人的。

那时候王幼勇胸中积压的怒火一下子爆发出来，扣动手中"掰子"的扳机，那颗子弹飞出来，击中了黑老五的胸膛，黑老五捂着胸口嘴里的血喷了出来。黑老五喷着血，说："有劳你，大外甥。"王幼强喊："哥，你为什么杀他？"王幼勇说："我不杀他杀谁？这样的人留在世上何用？"黑老五说："大外甥，你中了那个老狐狸的计。他派我来就是激怒你，让你杀我。他杀了五外甥，手上沾了亲人的鲜血。他让你杀我，你手上不也沾了亲人的血吗？他内心不安，也让你内心同样不安。他不是好东西了，他要让你也不是好东西。"

王幼勇说："你以为我不知道吗？"黑老五说："你既然知道，为什么还要这样做？"王幼勇浑身颤抖着说不出话来。黑老五倒地之前，对王幼勇说："大外甥，舅爷要死了，让我出卖傅立松那个老狐狸一回。你知道不？夏斗寅带着一个团的国民党正规军从汉口出发，以剿匪的名义杀到黄安县城来了！"王幼勇问："是真的吗？"黑老五仰面朝天躺在地上说："大外甥，舅爷一生真不得，这回是真的。戏上说，鸟之将死，其声也悲，人之将死，其言也善。不怪你生错命，只怪落错根。大外甥，你们把天地造好，二十年后我还是条好汉，我回来跟你们过。"黑老五含着泪水咽了气。

这时候一片黑云从天边吹过来，阴阴地遮了太阳。

王幼勇的血一下子涌到头上，挥着手中的"掰子"发出怒吼。王幼强和在场的农会武装一齐怒吼起来。

王幼勇当机立断，叫王幼强将祠堂里报警的铜锣提了出来。

三十二

不用烧烟，自古以来大别山里没有烽火台。也不用快马报信，自古以来大别山深处，不通驿道。那场写进中国现代史的"黄麻起义"，大别山人习惯叫"黄麻暴动"，是以铜锣为号的。

几千年来，大别山人对付各种灾变都以铜锣为号。比方说山洪暴发，比方说蝗虫临境，比方说土匪掠村，比方说天狗吃月亮，需要集体逃离，需要聚众抗争和救助的时候，都敲铜锣。铜锣是大别山人的性命，也是大别山人的灵魂。

那时候太阳明晃晃的，王幼勇提着铜锣来到了石槽冲的山头上，愤怒的王幼勇脱掉了上衣，赤着上身，面对如浪的群山，敲响手中的铜锣。王幼勇提在手中敲的是大别山人叫作筛锣的锣，有米筛那样大。筛锣是日子里大别山里每个垸子备着专门用来报急的。筛锣是低音锣，音很低传得很远，敲起来群山震荡。

王幼勇边敲边大声地喊："夏斗寅带兵从汉口杀回黄安县城来了！夏斗寅带兵从汉口杀回黄安县城来了！"王幼勇周身热血沸腾起来，他知道他敲响铜锣意味着什么。他知道山里没有大吕洪钟，他敲的铜锣就是大吕洪钟。筛锣的声音在手里像在过电，麻麻的颤颤的，震颤着他的肉体，轰响着他的灵魂。乌云被锣声震走了，天上的太阳露了出来，满眼一片炫目的赤光。山高日近，秋旱如火，那时候他感觉太阳就在他的背上。太阳滚滚的烫烫的。他心跳过速，大汗淋漓。他知道他背着太阳了。

那时候群山之中，由近及远，铜锣声和吼声陆续响起。在巡逻的和在畈中劳作的穷苦人们听见锣声，纷纷停止巡逻，停止劳作，带着武器驮着农具，向响锣处集结。正规武器少得可怜，无非是火铳大刀长矛，大多数人的武器是农具——扒锄、冲担还有扁担。这些东西本来是他们日子里用来种粮和打猎的，那时候都成了他们的武器。他们愤怒地集在祠堂门口，黑压压的一群。赤着上身的王幼勇挥着手中的"掰子"吼："走，打黄安县城去"！众人应："对，打他狗日的，一齐打起了嚯海。"傅素云放下孩子，上前说："幼勇，你忘了那枪是空的，起码要上一颗子弹。"幼强摸出一粒子弹，递给王幼勇，说："哥，嫂说得对。"王幼勇接过子弹，将"掰子"拦腰掰开，将子弹装进去。众人呐喊着，王幼勇挥着"掰子"，赤着上身领着众人就要走。娘来了。娘说："我的儿，你就这样走吗？众人赤膊，你不能赤膊。众人鲁莽，你不能鲁莽。两军交战，你得要个样子。你说你这样子能叫娘放心吗？你说你能成大事吗？"

娘的话使王幼勇感到了惭愧。王幼勇说："娘，你说得对。"娘上前将衣裳递给王幼勇，说："我的儿，你给娘把衣裳穿好，穿整齐。记住，你是傅大脚的儿，活，娘要看你活个样子，就是不活，你也要给娘一个样子。"王幼勇穿上了热裤，娘给王幼勇扣好扣儿。娘说："儿，娘知道这时候拦不住你，娘希望看到一个整齐的儿回来。"傅素云说："幼勇，娘说得对。"王幼勇说："娘，我听你的。"众人等得不耐烦了，打起了嗬嗨，说："走就走！哪来的这么多话？"

王幼勇领着石槽冲的农会武装，一路打着嗬嗨，朝红安县城赶。各地农会武装在两县地下党领导人的带领下，驮着火铳大刀长矛和农具，打着嗬嗨像潮水一样，向红安县城涌去。

其实黑老五临死前出卖的傅立松的消息并不确切，夏斗寅领的一个团，根本没有到红安县城。夏斗寅的大队人马在阳逻，只派几个管后勤的人前来号房，作进驻的准备。

各路农会武装涌到了红安县城，三万多人将红安县城围得铁桶一般。

坐落在大别山里的红安县城很小，是明代建县时建的，方圆不过三里。小城依着举水河筑着城墙，那城筑得很不规则。城内住着几百户人家，百多号店铺支撑着几条石板铺成的街。

得知消息，红安县县长贺守忠慌忙叫警察局的人将县城的吊桥吊了起来，紧闭了城门。但是哪能闭得住。愤怒的农会武装蜂拥而至，各路人马从县城四门进攻，贺守忠见守不住，急令将四门打开，带着警察局的人退到县衙。城门一开，三万多农会武装像潮水一样涌进城内，刀矛如林，吼声震天。街上的行人纷纷逃进屋躲避，街两边的店铺纷纷关门。农会武装分几路沿着石板街涌到了县城正中的县衙，将古老的县衙团团围住。

古老的县衙大门紧闭着，门里下了挡杠，愤怒的人们推不开。众人发一声喊，扒起县衙门前两个石头狮子，一齐抬起来，撞。古老的县衙大门尽管厚，门里尽管下了挡杠，哪里经得住众人抬石头狮子撞。挡杠被撞断了，门扇被撞散了。古老的县衙大门，像一张没牙的老人的嘴，裂开了。两县地下党负责人王幼勇和潘忠汝指挥众人进攻。众人呐喊着，风生火响地攻进了一进三重的县衙。

县衙里阴森森的，阶上长满青苔，池里的水上漂着浮萍。青苔在众人的脚下，被踏得没了颜色，池里的浮萍被众人搅起的风，弄得聚散不定。晃眼的阳光，众人呼出的火气和搅起的浮灰，让这个古老的县衙战栗。警察局就设在县衙的右殿里，警察局长和四十多个警察吓呆了，没了往日威风，一齐举手缴枪投降，农会武装得了汉阳长枪三十多条和两只手枪，还有子弹九十多箱。愤怒的人们剥了他们的制服，将他们剥得赤条条的，把他们的制服丢到殿池里。众人打开监狱的门，把那些平日关进去的人，释放出来。那些被押的人，一出来就哭，就喊，一会儿就融进了愤怒的队伍。

这时候王幼勇和潘忠汝才想起县长贺守忠，领着众人涌进正中的县衙找人。县衙的大殿，俗称老爷大堂，是县长平时办公审案的地方。民国了，大堂之上"明镜高悬"的匾换成了蒋中正的像和青天白日的旗。手下的人早就化装跑了，剩一个孤零零的贺守忠坐在案后的椅子上。

潘忠汝问："你是谁？"贺守忠与潘忠汝是黄埔军校的同学。国共两党公开破裂后贺守忠被国民政府派到黄安当县长，潘忠汝被地下党派回家乡发动秋收起义。贺守忠说："老同学，这个时候你不认识我，我却认识你。成者为王败者贼。在下，贺守忠。"众人狞笑起来，说："你好大的胆！"贺守忠说："我的胆不大。"众人说："你胆不大，为什么不跑？还坐在位子上？"贺守忠说："我朝哪里跑？"潘忠汝问："你想干什么？"贺守忠说："不想干什么。县城既破，让我死在位子上。"潘忠汝问："既然知道是死，自己为何不早点想办法？"贺守忠问："什么办法？"潘忠汝说："河里有水，屋上有梁，再说你手里有枪。"

贺守忠笑了，说："老同学，你我同学一场，别人不明白，你应该明白。作为你我，生难，死亦难。我要是不明不白死了，黄埔军校不是白读了吗？"王幼勇说："忠汝，不要为难他。"潘忠汝说："姓贺的，你想死个名堂是吧？"贺守忠说："你说得对。"潘忠汝说："道不同不与相谋。今天不可能让你死在位子上。"贺守忠说："我知道你今天让我怎样死。拉到河滩上宣布罪行后，枪毙是吧？"潘忠汝说："你是聪明人。"贺守忠说："这也好，比自杀强。"潘忠汝对众人说："还愣着干什么？拉出去！"愤怒的人们将贺守忠架了出去。一会儿河滩上传来枪声。

一会有人进来报告。潘忠汝问："毙了吗？"来人说："毙了。"潘忠汝说："给他换衣裳。"来人问："埋在哪里？"潘忠汝说："就地掩埋。"王幼勇说："河滩上不行，山洪下来就冲出来了。"潘忠汝说："把坑挖深些。"

这时候愤怒的人们要放火烧县衙，火已经点着了。潘忠汝朝天放了一枪，镇住了放火的人，扑熄了火。这时候传来消息，大街上愤怒的人们到了失控的程度。潘忠汝和王幼勇当机立断，迅速组织纠察队，戴上红袖标，在城内巡逻，宣布战时纪律，乱杀乱抢乱烧者以抢匪论处。这才将局面控制住。

三十三

农会武装攻占黄安县城时，逃亡在外的傅立松，坐在河南商南县县长顾敬之的"顾荆乐堂"里，正同顾敬之喝茶说话。

第22章 风云际会时（3）

顾敬之是鄂豫皖边区剿匪司令，以"清乡"著称，杀地下党和不安分子是他的拿手戏，得到了上峰的赏识，所以他统治的商南境内，做到了夜不闭户道不拾遗。顾敬之是商南县首富，因为富坐上县长的位子。傅立松与顾敬之私交不错，对于治地有许多共同语言。傅立松从光山县逃到他那里，虽然客居，倒也安全。顾敬之虽然书读得不如傅立松，但也是读书人，顾敬之对他宾客相待。所以傅立松坐在"顾荆乐堂"里，有顾敬之陪他喝茶，心暂时落到腔子里了，显得神闲气定。

"顾荆乐堂"是顾敬之为三姨太修的别墅，也是他的行宫。"顾荆乐堂"坐落在一架小山之中，一进三重，壁垒森严，四周修着碉楼。耸立的大门之上挂着一块巨匾，上书四个金字"顾荆乐堂"。这四个字是顾敬之请武昌的一个有名的书法家写的，据说一个字就给了十两金子的润笔，四个字就是四十两金子。顾敬之要那个著名的书法家落款盖印，那个书法家金子照收，却不肯落款。

傅立松同顾敬之讨论这个问题时，顾敬之愤愤不平。顾敬之说："他娘的，巷都入了，却不肯亲嘴。"傅立松笑了，说："老兄，他不亲嘴是对的。说句你不爱听的话，在他的眼中你和我算什么东西？草头王一个，过客而已。他怎么可能为一个草头王留下千古骂名。"顾敬之说："傅兄，你怎么这样同我说话？"傅立松说："顾兄，放眼天下，除了我有谁同你说这样的话？"顾敬之说："傅兄，你是对的。"傅立松说："不，他是对的。"

顾敬之说："不说这话。"傅立松说："对，我俩喝茶。"

顾敬之与傅立松坐在"顾荆乐堂"中多重的花园里喝茶。"顾荆乐堂"中西合璧，高高的两层，全是用大别山里开采的花岗岩石灰糯米灌浆铁屑合缝砌成的，里面铺的是木地板，每重的门外耸着粗大两人才能合抱的花岗岩柱子。花岗岩的墙壁上嵌刻着斗大的浓墨填就的四个字：礼义廉耻。

傅立松喝了一口茶，吞下去，指着墙壁上的四个字，说："你这样做是什么意思？"顾敬之说："我这样做什么意思，你不知道吗？致君尧舜上，再使风俗淳。蒋校长的办公室不也这样的吗？"傅立松叹了一口气，说："顾兄，你这样做有杀身之祸，不得善终。"顾敬之一笑，说："傅兄，你过虑了。你我好比惶惶然一条丧家之犬，自身难保，何谈善终？"

傅立松捧着茶盅，戚然了。顾敬之说："对不起傅兄，言重了。"傅立松说：

"顾兄，你就不必为我费心了。天将丧斯文乎？丧，你我何言？不丧，你我何言？"顾敬之拍着傅立松的手，说："傅兄，我俩喝茶，我俩喝茶。"

几年后，顾敬之的命运被傅立松言中了，顾敬之被人用离间计告了黑状，告他的人说他"三宫已就，六院未成"。状直接告到了顾敬之所说的蒋校长那里，顾敬之被逮捕入狱，关在开封的大牢里。

那时候顾敬之并不警觉。

顾敬之与傅立松坐在"顾荆乐堂"里，续水喝茶。

这时候傻大爷进来，贴着傅立松耳语。顾敬之问："何事？"傅立松说："一点私事。"顾敬之说："傅兄，在我这里，你的事就是我的事，有什么不可告人的？"傅立松说："顾兄说得对。"傅立松对傻大爷说："把他带进来。"傻大爷就把一个扮作布匹生意的人带了进来。

傅立松问："黑老五死了吗？"那人说："报告老爷，黑老五死了。"傅立松问："是不是大外甥亲手杀的？"那人说："是的。黑老五把那张纸和那块银元送到后，口口声声以舅爷自居，嬉笑怒骂，王幼勇气极了，用'掰子'一枪将黑老五打了。"傅立松闭上眼睛说："是我不仁。"那人说："恭喜老爷，你耳根子从此清静了。"傻大爷说："那个黑老五早就该杀。"傅立松怒喝："你知道什么？给我退出去。"

傻大爷退出去了。

傅立松问那人："还有什么消息？"那人说："老爷，黑老五临死前出卖了您。"傅立松问："他说了什么？"那人说："黑老五把夏斗寅带兵从汉口进山剿匪的事给王幼勇说了。王幼勇筛铜聚集三万多农会的人，打黄安县城。"傅立松问："真的。"那人说："是真的。"傅立松问："打下来了没有？"那人说："夏斗寅的兵并没有到，只是派人打前站。农会的人涌到县城，县长守不住，开了城门。"傅立松说："此举不是坏事。"顾敬之问："傅兄，你这是什么意思？"傅立松说："他们不是要吗？给他们就是。"顾敬之说："这个夏斗寅成事不足，败事有余。不就是手里有兵吗？你出兵就是，在汉口誓什么师？"

傅立松不接顾敬之的话，问那人："攻进县城后，县城乱了吗？"那人说："乱了。乱成一窝蜂。缴了警察局的枪。"傅立松问："杀人没有？"那人说："杀了，把县长拉到河滩毙了。"傅立松问："放火没有？"那人说："放了。放火烧县衙。"傅立松问："县衙烧了没有？"那人说："没烧成。"傅立松问："为什么？"那人说："刚点着，他们慌了，赶紧组织了纠察队，戴着红袖章，扑火的扑火，巡逻的巡逻。"

傅立松沉默了一会儿，说："这就好。洪水滔滔，鱼龙混杂，葫芦全浮到水面上了,让他们去按吧!他们不是口口声声说要创造一个新世界吗?我倒要看看他们如何造法?顾兄这一杯喝淡了,喝寡了。拿好茶出来,洗盏清盅,泡新的,我们俩重新喝。"

顾敬之说:"傅立松,你是只老狐狸!"

傅立松哈哈一笑,笑出眼泪,仰脸问:"顾敬之,都什么时候了?我能不是只老狐狸吗?"

三十四

纠察队将县城局面控制住后,潘忠汝和王幼勇经过简短的商议之后,紧急通知两县各路负责人到县衙开会。

太阳升到天顶上,照着大别山举水河边古老的小县城,喧闹像流入深潭的潮水,渐渐地平息下来。硝烟散淡着,扑熄的火弥漫着刺鼻的辛味。潘忠汝和王幼勇知道这平息是暂时的,如若不及时开会作出决议,统一意志和行动,涌进深潭的洪水就会掀起滔天的巨浪。

那会由于情况紧急,开得很短,前后不到一个时辰。

县衙的门大敞着,临时派的哨,分三道,守在门外。会场没有布置,除了人是新的,一切都是县衙的样子。人到齐了。潘忠汝叫王幼勇主持。王幼勇说:"你主持吧。"潘忠汝说:"你是上级任命的特委书记,你主持吧。"王幼勇说:"你黄埔军校毕业的,上级派你回来领导起义的,你主持。"潘忠汝说:"我回来的时间比你短,还是你主持。"众人说:"都什么时候,你俩就不要谦让了。"参加会议两县各路的负责人,都是老师派回来的武昌读书时的同学,资历相当,在党内担任着不同职务。

王幼勇就主持。

那时候王幼勇没往深处想,以为是潘忠汝尊重他。

会是在县衙大厅里站着开的。王幼勇以特委书记的身份传达党的指示,宣布两项决定:一是成立苏区农民政权苏维埃临时政府,选举县苏维埃临时政府组织机构;二是宣布起义成功,将涌进县城的起义队伍三万多人,择优秀的留三百多人,改编为中国工农革命军鄂东军。关于鄂东军的建制,王幼勇代表特委作了简短的说明,为了与国民党的军阀军队有别,鄂东军下面不设师,设路。分两路,黄安县的起义队伍为第一路,麻城县的起义队伍为第二路。鄂东军设总指挥、副总指挥和党代表等职务,选举产生。

王幼勇言简意赅,与会的人鼓掌通过。

接下来便是选举。

选举不由王幼勇主持，众人推举，换成了潘忠汝。

选举是在两县地下党负责人之间，用举手表决的形式进行的。潘忠汝提名一个，与会的地下党负责人举手，然后数手，按得手多少来当选。潘忠汝当选为苏维埃临时政府主席、鄂东军总指挥兼第一路司令。吴光浩为副总指挥兼第二路司令。

叫王幼勇感到意外的是，与会的人像是事先约好了，作为鄂东特委书记的他，竟然没有当选为苏维埃临时政府主席，也没有当选为总指挥。王幼勇当选为鄂东军党代表兼苏维埃政府临时副主席，分工负责后勤供给。王幼勇心中不快，按照资历，他起码要当鄂东军副总指挥兼第二路司令。

王幼勇一言不发。潘忠汝见王幼勇不快，笑了，问："幼勇，你怎么不说话？"王幼勇说："你叫我说什么？"潘忠汝说："我知道你心里想什么。不是我们为难你，今天这些职务都是老师安排的。"在党内，潘忠汝同样叫董必武叫老师。王幼勇说："我不相信。"老师正在逃亡途中。潘忠汝拿出一张纸，拍着王幼勇的肩说："说的不灵，写的灵。你自己拿去看。"王幼勇拿过那张纸，一看的确是老师的手迹，用的是武汉国民政府农工厅的信笺，上面写着："若是起义成功，事关前途命运，切记一定量材担任！"后面列着长长的名字，谁当什么谁当什么。王幼勇的名字后面是党代表兼政府副主席，括号内是负责后勤供给。落款的日期竟是一年前的。王幼勇问："我怎么不知道？"潘忠汝笑了，说："这是我受命回来时老师给我的，叫我藏着，不到时候不要拿出来。"王幼勇叹了一口气说："老师怎么不对我说？"潘忠汝说："这事能对所有人说吗？"王幼勇说："老师是把我放在火炉上烤呀！"潘忠汝说："老师给信时对我说古往今来，成事不易，成大事更不易。关键在事，更关键在人。幼勇同志，党内没有职务高低，只有分工不同。天降大任于斯人，舍你其谁！为了什么？为了我们共同的理想。老师看重你，请你不要辜负老师的希望。相信你能够接受这个职务。"王幼勇说："还有什么可说的。"

王幼勇这才明白潘忠汝要他主持会议的意思。

潘忠汝说："幼勇同志，我们不是盼望着这一天吗？这一天终于到来了。老师不会看错人的。他说你在学校，你政治经济学得最好。你舅父的傅氏家族又是世代经商的，你从小耳濡目染，有经济头脑。"王幼勇气极了，说："请你不要在我面前提傅氏家族，更不要提傅立松。"潘忠汝说："为什么？"王幼勇说："你知道吗？他手上沾了我兄弟的鲜血。你知道吗？就在今天早晨，他派一个口口声声称他为大哥的人，羞辱我，给我送来一张白纸包着一块银元，气得我一枪杀了。他让我手上也沾了鲜血，他不干净让我也不干净。我恨他！那个老狐狸。我与他不共戴天。"潘忠汝笑着问："幼勇同志，你收下没有？"王幼勇说："我收下了。"潘忠汝说："这就对了。光恨有什么用？一块银元对革命事业也有用的！那个老狐狸送的没错。我们是需要钱，我们是一张白纸。"王幼勇说："他等着看我的笑话。"潘忠汝说："是啊。兵书上说，兵马未动，粮草先行。我们是兵马已动，粮草无有。新政权和军队刚刚建立，一旦建立，我们就不轻松了。这么多人要吃要穿，吃穿从哪里来？大敌当前，弹药要补给，伤员需要药品，弹药和药品从哪里来？你肩上的担子比我们还重。"王幼勇说："所以一开会你就叫我主持，然后提名让同志们举手，让我就范。"潘忠汝说："幼勇同志，党的纪律历来是少数服从多数，个人服从组织，全党服从中央。我俩都是明白人，多话不说。从今天起，我俩来个明确分工，你主内，我主外。我是学军事的，军事上的问题，怎样防怎样攻，打仗的事有我。后勤供给的事就落在你的肩上。后勤供给需要设哪些机构，人员如何配备，需要什么样的人，怎么运作，由你决定，我听你的。"潘忠汝问众人："大家说怎么样？"众人说："好！"潘忠汝说："这事就这样定了。"

　　潘忠汝说完就宣布散会，带着人去布防和布置誓师的事。

　　潘忠汝随王幼勇走出县衙。

　　潘忠汝边走边对王幼勇说："这时候布防是第一要务，不得不防。夏斗寅的兵在阳逻，听说农会武装攻进了黄安县城，不敢妄动，但是保不准不动，三万多人涌在县城里，一旦他们趁机进攻，包了饺子，后果就不堪设想。再就是师也得誓，既然成立了军队，应该大白于天下。不然威从何来？你说是不是？"

　　心事沉重的王幼勇随潘忠汝走在大街上。

　　大街上一片明亮。王幼勇抬头望着天。太阳升到了天顶上。太阳明晃晃的，刺着他的眼泪流了出来。

三十五

　　探子将这些消息传到"顾荆乐堂"的时候，傅立松还在同顾敬之喝茶。

　　傅立松听到王幼勇任职的消息后，仰面望天，望了半天，张嘴一哭。顾敬之问："傅兄，你哭什么？"傅立松说："我哭我。石击卵破，我命休矣！"顾敬之说："傅兄，不哭。我俩喝茶。这茶可是上好的云雾茶。正在味上。"傅立松点头说："听你的话。不哭。喝茶。"傅立松就喝茶，喝一口吞不进去，吐了，张嘴又一哭。顾敬之问："傅兄，为什么又哭？"傅立松说："我哭我的大外甥。老姐呀，劫数难逃，你的儿命休矣！"顾敬之问："你这是什么意思？怎么两边都哭？"傅立松哼一声，说："顾敬之，参天地赞化育，世间真谛不是什么人都可以懂。"

顾敬之笑了，问："你懂？"

傅立松点头说："对，我懂。"

顾敬之问："你懂？哭什么？"

傅立松说："正因为我懂，所以我才哭。"

三十六

那时候潘忠汝问王幼勇："你在看什么？"王幼勇说："我在看天。"

潘忠汝说："天不是在吗？没有塌下来。"王幼勇说："我在看太阳。"潘忠汝说："太阳不是在天上吗？光芒四射。"王幼勇苦笑了，问："总指挥，你在同我谈理想吗？"潘忠汝说："对。"

王幼勇问："总指挥，你饿不饿？"潘忠汝说："刚才不饿，你一说还真的饿了。"王幼勇对潘忠汝说："总指挥，此时有一个现实的问题需要请示。"潘忠汝问："什么问题？"王幼勇说："起义队伍三万多人的中饭怎么样吃？"

潘忠汝愣住了。

在此之前，这个问题他没有想。不光他没有想，就是王幼勇也没有想。起义太仓促了，听见锣声各路人马蜂拥而至，谁也没有想到吃饭的问题。潘忠汝问："以往怎么吃？"王幼勇说："以往怎么吃你不清楚吗？"

以往怎么吃？潘忠汝当然清楚。以往农会集体行动，是吃大户。铜锣一响，众人带着大刀扛着长矛直奔选定的目标，在哪里闹，在哪里吃。那些大户笑脸相迎，杀猪办酒，不得半点怠慢，让众人吃饱了喝足了，离开时还得拿出农会派的银子，一两不得少。农会给每个人发一些，其余的留作农会活动经费。

第23章 风云际会时（4）

潘忠汝问王幼勇："你说怎样吃？"王幼勇说："我计算过，三万多人涌进不足千户的小县城，富户望风而逃，县城里店铺关门，居民闭门不出，眼下三万多人的中饭有三种吃法。"潘忠汝问："哪三种吃法？"王幼勇说："一种吃法是抢着吃。县城的店铺虽然关门，但是店铺里储存的糕点应该不少，够三万人吃一餐。"潘忠汝摇头说："不行。现在成立了苏维埃临时政府和鄂东军,不能像往常那样吃！那样吃我们能立足吗？"王幼勇说："二种吃法是买着吃。拿钱叫开店铺的门。"潘忠汝说："这种方法好。"王幼勇说："这种方法好是好,佐是钱从何来？我算过三万多人一人十个铜钱,就得三十万个铜钱。莫说没有钱。就是有钱,发都来不及。"潘忠汝说："那怎么办？"王幼勇说："所以我就想用第三种方法。"潘忠汝问："什么方法？"王幼勇说："号令各农会武装以苏维埃政府和鄂东军的名义打欠条赊着吃。到时候由苏维埃政府统一偿还,实报实销。"潘忠汝想了想,说："这也不行。苏维埃政府和鄂东军刚刚建立就打白条赊着吃,怎么取信于民？"王幼勇说："那怎么办？太阳升到了天顶上,人驮着影子,到了吃饭的时候啊！三万多人不能不吃饭！"潘忠汝望着天上的太阳,思索了半天,说："是到了吃饭的时候！怪不得我忙着布防誓师,你抬头看天。老师没有看错人,你到底进入角色快。"王幼勇说："不在其位不谋其事,我既然在位就要谋其事。你说起义成功后的第一餐饭如何吃？"潘忠汝叹了一口气,肃然了,说："这一餐饭非同一般,我看这样。既然革命,就得要点精神,号召大家饿一餐,誓完师后,参加鄂东军的留下来,你加紧安排晚饭,其余的人回家吃晚饭。一餐饭不吃饿不死人。"王幼勇摇头苦笑了,说："这样做行得通吗？"潘忠汝说："非常时期,有什么办法？只有如此！你带巡逻队,以我总指挥的名义发布命令！传下去,坚决执行！有不听命令者,军法处置！"

王幼勇迅速召集巡逻队开会,将巡逻队分成几个小分队,每个分队三至五人,临时任命分队长,分头传达命令。巡逻队都是年轻力壮的小伙子,他们是各地农会队伍中选择出来的,刚改编的鄂东军中的骨干分子。

王幼勇布置完任务,各分队领令出发。

王幼勇带着三个肩戴着红袖章的巡逻队员,沿着石板铺成的街,朝石槽冲起义队伍的驻地走。为了减少起义队伍之间不必要的冲突,各队划定了临时防御地盘,石槽冲的起义队伍驻在城东东岳庙。石板铺成的街,很窄,街两边的店铺都关门了,店主纷纷逃走了,留下店员关着门,在店铺里隔着门缝观望。街上没有行人,只有起义队伍驮着大刀长矛,游过来游过去。

王幼勇带着三个巡逻队员来到石槽冲城东东岳庙驻地。东岳庙是座生死庙,管着城东人的生死,平常烟火很旺,这时候庙门关闭了,没有香客,只有起义队伍成型又不成型地聚在那里。太阳照在庙顶上。王幼勇看到石槽冲的起义的人围着他的兄弟幼猛。他的三兄弟幼刚和四兄弟幼强在旁边维持秩序。王幼猛的身边堆着许多纸盒子。王幼猛拆开纸盒子,将糕点发给众人。先发到手的人,正拿着吃。有说有笑,津津有味。庙街上一家店铺的门开着,一个人战战兢兢地站在纸盒子边上，显然是店小二。

那店小二还是个孩子，哭着说："大哥，大哥，你们不能这样。老板回来我交不了差。"吃糕点的人笑着说："你怕个卵子，就说是我们吃的。"店小二说："我又不认识你们。"吃东西的人笑着说："不认识我们，认识革命吗？"店小二哭着向店里喊："干爹，他们说他们是革命。"这时候从店里走出一个穿着破衣裳的老头子。老头子看着众人问："糕点好吃不好吃？"众人说："好吃。"老头子问："冰糖籽儿甜不甜？"众人眉开眼笑，说："甜。"老头子笑了，说："那你们就放开肚皮吃吧，看你们能吃几餐！"

王幼猛警觉了，停了分糕点，抬头问："你是什么人？"老头子说："你不认识我是吧？我就是这个糕点铺的老板。"王幼猛问："你为什么不逃？"老头子说："衣裳换了没来得及逃。逃也没用，倾巢之下安有完卵？这个小糕点铺，估计你们吃了不会杀我。"众人笑着说："对，吃了就不杀。"

王幼勇带着巡逻队三个人走拢去。众人欢喜了，说："幼勇，会开完了呀？"王幼猛分完了，拿起一个蛋糕往嘴里送，咬了半边，嚼，看见了王幼勇，拿起一盒绿豆糕，递给王幼勇说："哥，你没吃饭吧！"王幼勇勃然大怒，问："谁叫你这样做？"王幼猛正要吞，噎住了。众人停住吃，说："不是到了吃饭的时候吗？吃饭大似皇帝，君子不差饿兵。"王幼勇叫巡逻队分队长传达总指挥的命令。分队长传达了总指挥的命令。众人不敢再吃，将手中糕点放回纸盒中。

王幼勇指着王幼猛说："吐出来！"

王幼猛哽咽着将嘴里糕点吐了出来。吐在地上。那糕点粘着涎，黄黄的。老头子说："这又是何苦？吃了就吃了。"王幼勇对巡逻队说："绑起来！"巡逻队队员不敢动手。王幼勇说："听见没有？绑起来！"巡逻队员拿出麻绳子，将王幼猛绑了起来。王幼猛噎出了泪水，问："哥，我犯了什么法？"王幼勇指着老头子说："你问他。"老头子吓得连连退，摇着手说："我不知道，我不知道。"王幼勇说："你刚才不是说得很清楚吗？"老头子说："我刚才没说什么，只说了句笑话儿，问糕点甜不甜。"王幼勇说："你刚才不是说，那你们就敞开肚皮吃，看你们能吃几餐吗？"老头子认识王幼勇，叫王幼勇叫王先生。老头子说："王先生，那也是笑话。"王幼勇问："是笑话吗？"老头子说："是笑话。"王幼勇说："老伯，不能是笑话了。"老头子说："王先生，到底是喝了墨水的人，话中有话。"

王幼勇说："老伯，对不住了。我现在没钱赔你，好在没吃多少，你把没吃的装好拿回铺子吧。"老头子望着王幼勇。王幼勇说："老伯，你不相信我的话吗？"老头子连连点头说："相信，相信。别人的话可以不相信，你的话我相信。"绑着双手的王幼猛望着王幼勇，问："哥，今天我错了吗？"王幼勇说：

316

"今天你错了。"王幼猛问:"就因为吃?"王幼勇说:"是的。"王幼猛问:"哥,往常你领着我们不也是这样吃吗?"王幼勇说:"往常是对的,今天是错的。"王幼猛问:"不就是吃吗?"王幼勇说:"是吃,但是今天能像往常那样吃吗?"王幼猛说:"哥,我不明白。"王幼勇说:"别人可以不明白,你不能不明白!"众人说:"革命就不吃饭吗?连饭都不吃的,革什么命?那不成了神仙?"王幼勇对众人说:"谁说革命不吃饭?饭是要吃的。我现在是专门管你们吃饭的。石槽冲的兄弟们,你们忍耐一下啊!"王幼勇将分队长叫到一边,低声吩咐。分队长说:"是。"脱下袖章,匆忙走了。

王幼勇对众人说:"还愣着干什么?整队到河边誓师!"

王幼勇带着石槽冲农会武装绑着王幼猛整队到了举水河畔。

各地农会武装整队向举水河边集结。

三十七

誓师就在县城的举水河畔。

举水河是从大别山山南发源向西流淌的一条河。它与倒水、巴水、浠水、蕲水一道织成了鄂东大地。向西流淌五条河的泛滥与平静,构成了鄂东大地的贫瘠与富庶,让世代生活在五水之间的人们尝尽了生命的欢乐,流尽了生存的泪水。这块土地古称"光黄",从春秋战国时起,布满了刀光剑影。楚王在这片土地上试尽了铁剑的锋芒,吴王在这块土地上燃尽了战火的硝烟,铁剑的锋芒和战火的硝烟和着五条河里的水,煮出了五水之间历代生灵不屈命运的性格和灵魂。苏东坡踏上这块土地,留下"自古光黄多异人"的感叹。从古到今,滔滔河水向东流,这块土地的河不向东流,偏向西流。

公元一九二七年十一月十三日的倒水河,由于大旱,河心只有一线水。河滩上布满了石头。这些石头是从山上滚下来的,经过时间和流水的打磨,成了卵石。这些卵石大的如卧牛,小的如人头,上面长满苔藓。

誓师大会的主席台设在临河的仙人台上。仙人台是洪水劈出来的,高出河滩。台下的断岸之下有一个仙人洞。传说洞里有仙人修道。洞里有三个子洞,分别是盐洞、油洞和米洞。仙人修道是不愁吃喝的。仙人台和仙人洞寄托着山里穷苦人们精神和肉体的理想。

那时候烈日在天,喷射着夺目的光芒。手持大刀长矛衣衫破烂的人们,一队队赤着脚,开进了布满卵石的河滩。人头和石头密密麻麻的。一面临时用红布做的大旗,用一根新鲜的楠竹做杆,插在台上的石缝里。那面大旗没来得及缝边子，非常原始，旗上面用墨汁写着"中国工农革命鄂东军"。

潘忠汝、王幼勇同各位领导人就站在旗下，旗后站着几个绑着麻绳的人，王幼猛就在其中。这些人是从街上抓来的抢吃者，他们都是各地农会武装的领头人。正午的太阳很烈，台上台下三万多人，一齐蒸着呛人的汗骚味。没有一丝风，台上台下的人们满眼焦渴，大汗淋漓。

筛锣为令，锣静人静。

副总指挥吴光浩拿着纸筒做的土喇叭在台上高声清点队伍，按着顺序以乡为单位喊："乘马到了没有，顺河到了没有，石槽冲到了没有……"喊到一个地方，河滩上的人们齐声回答："到了！"这时候风就起了。风从山头上滚下来，一阵阵地吹。吹得那面大旗猎猎作响。吹乱了河滩上人们的头发和身上破烂的衣裳。

仙人台上的潘忠汝接过土喇叭对着台下大声喊："各位苦难的兄弟，你们饿不饿？"台下一齐喊："不饿！"潘忠汝动了感情，说："太阳当顶了该是吃饭的时候，你们攻了一上午，人是铁饭是钢，怎么会不饿？回答我，饿不饿？"台下一齐喊："饿。"潘忠汝说："这就对了。我也饿啊！"

河滩上静静的，风中一片咽口水的声音。

潘忠汝说："同志们，你们饿是我的错，我作为总指挥只顾进攻，没有想到吃饭的事。事情来得太仓促了。我向你们说声对不住！"王幼勇接过土喇叭说："作为苏维埃临时政府副主席鄂东军党代表，按照分工后勤供给的事是我的责任。"潘忠汝说："幼勇同志，你是刚选出来的，不要把责任揽在你的身上。"王幼勇说："从现在起我得负责任。"王幼勇指着身后绑着的人问台下："同志们，这些绑着的人你们认识吗？"台下的人说："认识。"王幼勇将王幼猛拉到身边："同志们，你们认识他吗？"台下的人不作声。王幼勇说："他是我的兄弟。他是石槽冲农会的负责人。他是我带人从街上绑来的。你们知道我为什么绑他吗？他领着石槽冲农会的人在东岳庙打开糕点铺的门分糕点吃。起义成功建立了苏维埃新政权。天下就是我们的了。千万双眼睛看着我们，你们说我们还能这样吃吗？还这样吃，成何体统？我们叫什么苏维埃政府？还叫什么革命军队？"台下的人们一齐喊："不能！"

潘忠汝接过土喇叭，说："同志们，饿不饿？"台下一齐吼："不饿！"潘忠汝说："不饿是假，饿了。"潘忠汝说："同志们，饿了怎么办？为了新生的苏维埃政权，为了新生的鄂东军，我们不能饿肚子。同志们，倒水河里不是有水吗？河水可以解渴，也可以解饿。我带着你们喝举水河的水，暂解饥渴！同志们，人太多了，不要乱，不要搞脏了河水。我们顺着河水，喝吧。没有瓢，也没有碗。我们伏下身去，用手捧着喝。"

那一场三万人喝举水河河水的场面，天地为之动容。那一场三万人喝举水河河水的场面，没有记入任何史册。黄麻起义胜利后的第一餐饭就是喝举水河的水。三万人有条不紊，一队队走到河边，顺着河水线，伏下去，一双双粗糙的手，捧起清亮的河水，喝。河水潺潺流不尽，人们喝饱了，喝够了，嘴角流着水。咳，解渴，解饿，过瘾！

太阳在天，明晃晃地照，照着河滩，照着衣裳破烂的人们。

喝饱了，喝够了，人们一队队集在河滩上。

王幼勇指着台上绑着的几个人，对台下的人们说："你们说他们怎么处理？"台下的众人说："解开绳子让他们也喝水。"王幼勇说："他们违反战时纪律。"潘忠汝说："不怪他们，是我的命令下迟了。"潘忠汝问台下的人："你们说怎么办？"台下的人一齐喊："解开，让他们喝水。"潘忠汝说："幼勇同志，尊重大家意见，解开绳子让他们到河边喝水吧。"王幼勇上前一一解开绳子。王幼勇对王幼猛说："兄弟，到河边喝水去吧。"王幼猛活动着被绑麻了的手，说："我不喝！"王幼勇对潘忠汝说："总指挥，你不是说后勤让我组建吗？他们几个我要了。"王幼猛说："我不跟你，跟你没味。我要上战场。"王幼勇说："兄弟，我知道你恨哥，哥出了你的洋相。但你要理解哥，俗话说打虎需要亲兄弟，上阵还得父子兵。你不帮哥谁帮哥？从今天起我们兄弟四个绑在一起负责后勤。"王幼勇将几个人带到河边，弯下腰捧起河水，一捧捧，捧给他们喝。王幼猛吞着河水哭了。那几个人吞着河水哭了。

山风一阵阵吹猛了。各地农会武装集在太阳裸照的河滩上。仙人台下空出一块，潘忠汝拿着花名册，随着点名声，点到名的人从各支农会队伍中走出来，走到仙人台下那块空场里。被点名的都是各地农会武装中的年轻人，他们是新改编的鄂东军的战士。所有的枪支、子弹还有火器都给了他们。三百多个年轻的生命集在仙人台下。他们身上的衣裳破烂，破烂得不成样子。由于起义仓促，没有统一的着装，指挥部临时只给他们每人发了一顶帽子。那帽子是灰布做的，上面缀着一颗红五角星。一顶缀着红五角的帽子，便是鄂东军的标志。各地农会的人见不像样子，纷纷将身上没破的衣裳脱下来，送他们的子弟穿，让他们的子弟穿得像个样子。

台上的潘忠汝动情了，对台下的人们说："各位农友，别看我们穿的是农家产的土货，我们这些土人土货却能把那些上等人上等货收拾掉！我们不仅要打下一个黄安县，我们还要打遍大别山，打遍全中国，打出我们的大路，打出我们的江山，任何势力也阻挡不住我们工人农民武装起来的革命队伍！农友们，团结起来，努力革命吧！农友们，各位父老乡亲们，感谢你们！革命成功后，一定报答你们的恩情！"

誓师开始。三百多人在总指挥潘忠汝的口号下，分两路，整成八列纵队。火器在肩，迈着整齐的步伐，喊着口号，通过仙人台，接受检阅。河滩上群情激愤，欢呼的声音一浪高过一浪。

就在这时候那个老头子带着县城店铺的人挑着糕点来了，将糕点送到河滩上的众人吃。王幼勇抓着老头子的手，说："老伯，感谢你！"老头子说："这是我们的一点心意。革命哪有不吃饭的道理？"众人不肯吃。王幼勇对老头子说："老伯，我一定记得还你的钱。"老头子说："不要钱，不要钱。"王幼勇对众人说："那就听老伯的。吃吧。"

就在这时候分队长回来了，红安麻城两县邻近各乡的乡亲们送饭来了。傅大脚和傅素云也在送饭的队伍中。王幼勇说："娘，你怎么来了？"傅大脚说："我怎么不来，我的儿要吃饭啊。儿是娘身上落下来的肉，能空着肚子革命吗？儿哇，娘祝贺你，你们领导的队伍，这餐饭是这样吃。"

河滩上欢乐起来，都是吃饭的人，饭香和菜香弥漫着。

潘忠汝热泪盈眶，抓着王幼勇的手，说："幼勇，还是你有办法！"王幼勇睹饭思情，感慨万千，脱口而出，创作了那首著名的革命歌谣。那首著名的革命歌谣后来经过多人多次的润色，成型为：

　　小小黄安，真不简单，铜锣一响，四十八万，男将打仗，女将送饭。

烈日当空，山风浩荡。

作为红军三大主力之一的红四方面军前身的鄂东军的旗帜，就是那时候在弥漫举水河畔糕点和饭菜的香味中，飘扬起来的。

第24章　风云际会时（5）

三十八

"黄麻起义"胜利后，新生的苏维埃临时政权和鄂东军在黄安县城只待了二十一天。

苏维埃临时政权和鄂东军占领黄安县城后，五天之内制定出一系列的政策和法令，以布告的形式颁布出去。黄安县城内很快恢复了正常的生活秩序。逃亡在外的大商人不敢回来，小商人试探着陆续回来了。店铺陆续开门做起了生意，逢单日的露水集也开张了，县城内居民的生活必需品基本有了保障。

这时候，一个严峻的问题摆在新生苏维埃临时政权和鄂东军领导人面前，那就是苏维埃临时政府工作人员和鄂东军的日常开支。黄安县本来是个穷县，县城是个小县城，国民党黄安政府的县库空虚，起义军打开县库时，里面空空如也。潘忠汝和王幼勇带着人接管县库，管县库的人交出一本账，账上没有一文钱的结余，留下一串用红笔写的数字。潘忠汝问："钱呢？"管库的人说："哪来的钱？"潘忠汝指着账后红笔写的数字，问："这不是吗？"管库的人知道潘忠汝不懂账，苦笑了，说："长官，这是赤字。"潘忠汝愤怒了，拍着手枪，说："你不要同我玩花招！"管库的人彼时吓出尿来，哭着说："我的性命捏在你的手上，我敢同你玩花招吗？"王幼勇把愤怒的潘忠汝拉到一边，说："不要为难他。"潘忠汝问："赤字是什么？"王幼勇说："赤字是亏空。"那时候潘忠汝的脸气紫了，骂了一句粗话："娘的，欺我不懂行！说亏空我不就懂了吗？"王幼勇对管库的人说："还不快走！"管库的人双手提着尿湿的裤子走了。

管库的人走了，潘忠汝冷静下来。潘忠汝问王幼勇："我们怎么办？"王幼勇说："天无绝人之路，我来想办法吧。"潘忠汝说："三百多人要吃要穿，你得赶快想办法！"那时候王幼勇当机立断就把办法想出来了。潘忠汝松了一口气，说："这个办法好。按你的意见执行。"

县衙改作了苏维埃临时政府和鄂东军的办公地点。王幼勇带着王幼猛几个人连夜在县衙里刻木板印制税票。将毛边纸裁成巴掌大，一张张地印，印好后盖上苏维埃临时政府和鄂东军的大印，同时以苏维埃临时政府和鄂东军的名义写出收税告示。第二天王幼勇带着王幼猛几个人来到街上，贴出布告后，分头向开门的店铺和集市收税。

税票上没有金额，只有税票两个字，盖着两个大红章子。税按开门的店铺和上市的摊位收起，收多少看行市，双方商议进行。这样一来，很有效。开门的店家和上市的人们很乐意接受，说，从古到今，只要秩序正常，开市收税天经地义。关键的问题又来了，那时候虽说建立了苏维埃临时政府，但是市面上流通的还是国民党发行的票子。新政府怎么能用国民党发行的票子呢？再就是那时候通货膨胀，国民党发行的票子"金元券"根本就不值钱，早上可以买一斗米的票子，到晚上一升米也买不到，收票子就等于收费纸。店铺收银元和银角子，不收纸票子。市上交易的人，也不用票子了。人们回到了原始社会，以物换物的多，少数人没有物，只有拿银元和银角子买东西。王幼勇带着王幼猛几个人，只有收实物。挑着箩筐，卖米的收了税票后，给一点米，卖菜的收了税票后，给几把菜，卖鱼和卖肉的收了税票后，给点鱼和肉。他们就挑回去，挑到食堂里，让做饭的大师傅，做给苏维埃临时政府的工作人员和鄂东军战士们吃。以这种方式，维持着日常生活。

潘忠汝掇着饭碗苦笑了，对王幼勇说："这叫什么事啊？这不跟叫花子一样吗？"王幼勇说："眼下只有如此。"潘忠汝说："这不是长久之计，我们不能坐以待毙。为了新生的苏维埃政权和鄂东军的发展和壮大，我们得走出去，打出一个新局面来。"王幼勇说："对。我们需要扩充地盘，还有一个更重要的。"潘忠汝问："我知道，更重要的是我们需要钱。"王幼勇说："不是纸票子。"潘忠汝说："我知道。我们需要硬通货黄金和银元。有了黄金和银元，我们就不怕贬值了。"王幼勇说："对。"

于是潘忠汝召开会议，任命了刘镇一为守城司令，留下六十多人留守县城。潘忠汝和王幼勇带着鄂东军，向县城南部比较富庶的安南扩大战果。鄂东军所到之处，土豪们望风而逃，潘忠汝和王幼勇所领的鄂东军除了扩大了地盘之外，还缴获了一些银元和金条，包括金银首饰。鄂东军后勤部就是在这时候正式组建。王氏四兄弟就是在这时候担起历史重任，成为鄂东军后勤部的骨干。

潘忠汝代表鄂东特委任命王幼勇兼任后勤部长负总责，王幼猛为记账员，王幼刚和王幼强为专员，同时任命三个人为监督员，制定出一套严格的管理制度。每到一处打开土豪的庄园之后，王幼勇就当着潘忠汝和监督员的面，将缴获的银元金条和金银首饰清点了，让王幼猛记账，记完账后，交给王幼刚和王幼强挑着。王幼勇和三个监督员领着十个身强力壮装备齐整荷枪实弹的战士护卫，跟着部队走。部队打到哪里，他们就挑到哪里。记账员，不管出现什么情况，账不离身。专员就是专业挑夫，挑着金银，一天到晚担子不离身。担子比命更重要，银元和金条以及金银首饰，都是重货，得亲自挑着，不是牺牲了，不能交给别人，就是牺牲了，咽气之前也得将数目交点清楚，死个清白。

部队辗转交战，王氏兄弟身心交瘁。随着担子的加重，王幼刚和王幼强的脚板磨出血泡，不敢有半点大意，吃饭时担子得放在身边，睡觉时要枕着一个箱子，抱着一个箱子睡。旁人不敢随便接担子，王幼刚和王幼强也不敢把担子交给旁人。王幼勇和王幼猛心痛兄弟，会替他们挑一会儿。王幼刚和王幼强虽说年轻，但也有睡下去累得起不来的时候。王幼强累哭了，对王幼勇说："哥，我不当这个专员了，让我当战士吧。当战士就是死，也落个痛快。"王幼勇说："老四，谁叫我们读书识字呢？战士谁都可以当，专员可不是什么人都可以当的。"王幼刚说："哥，你不要忘记，我们是恨这些东西才参加革命的呀。你不能让这些东西将我们累死。"王幼勇说："兄弟，这些事也得有人做。"王幼强流着泪水，哈哈一笑，问："哥，这也是革命吗？"王幼勇说："对，这也是革命。"

十一月二十六日，夏斗寅部四百多人，趁鄂东军南下扩大战果之机，乘虚进犯黄安县城。守城司令刘镇一领着六十多人，坚守县城两天一夜，浴血奋战，打退了夏斗寅多次进攻，七里坪的农会武装七百多人闻讯驮着农具大刀长矛赶来支援，围住了攻城之敌，夏斗寅部见阵势不好，退走了。鄂东军主力带着战利品银元金条和金银首饰，回师县城。起义军豪情满怀，在胜利面前错误地估计了形势，认为武汉反革命政府派一团兵不敢来，派两团兵打不进，派一个师未必有。那时候军阀混战，忙于争权夺利。那时候总指挥黄埔军校毕业的潘忠汝当场赋诗，那诗通俗易懂，诗云："资产阶级力量不多大，人少势弱不怕它，学习苏俄齐暴动，共产胜利工农笑哈哈。"诗念出来后，鄂东军战士一齐喝彩。

鄂东军为此付出血的代价。十二月五日深夜，敌十二军教导师从宋埠突袭黄安县城。睡梦中的鄂东军仓促应战，敌十二军教导师装备精良，且人数几倍于鄂东军。在强大的火力进攻之下，装备落后的、新生的鄂东军根本守不住，城门被攻破，一片火海，苍生涂炭，县城陷落。

鄂东军总指挥潘忠汝战死于东城门。

鄂豫皖烈士纪念馆里用三件实物和一幅版画配以简短的文字浓缩着潘忠汝革命的一生。三件实物是一床被子、一个书箱和一块银元。版画是潘忠汝指挥突围的情景。潘忠汝于一九零六年出生于鄂东黄陂潘家堰，一九二四年在董必武和陈潭秋创办的武汉中学读书。一九二六年入广州黄埔军官学校，同年加入中国共产党。一九二七年受党的派遣担任黄安县农民自卫军大队长，同年十一月担任黄麻起义总指挥，起义胜利后担任中国工农革命军鄂东军总指挥兼第一路军总司令。一九二七年七月国共两党合作全面破裂后，中共湖北省委指示担任黄安县农会自卫军大队长的潘忠汝，继续回黄安领导秋收起义。在离汉返黄安途经家乡时，他不顾个人伤寒病未愈，不顾父母和新婚不久的妻子的再三挽留，毅然启程回黄安。他临行前放下书箱和被子，掏出身上所剩的一块银元，对妻子说："家中一切全凭你照料。"

第25章 风云际会时（6）

版面下的说明文字是：一九二七年十二月六日，工农革命军鄂东军在黄安城的突围战斗中打得异常激烈。潘忠汝腹部中弹，陈旧的棉衣撕开了一条不规则的口子，腹部外露，肠子从伤口处，冒出一截，潘忠汝用左手捂住伤口，右手挥刀杀敌。

潘忠汝死得非常壮烈。

敌人倚城而立，将身受重伤的潘忠汝团团包围之后，为报杀父之仇，夏斗寅上前用中正剑首先斩断了潘忠汝拿刀的右手。那只断手连同那把系着红缨的大刀飞上了天空，然后落下来，落到古老城墙下，当的一响，鲜血像无数朵梅花从天散落。失去右手的潘忠汝，腾出捂伤口的左手，扶着城墙的垛子站住了。夏斗寅狞笑了，问潘忠汝："你还反抗不？"潘忠汝说："姓夏的，你也是黄埔军校毕业的。你还是军人吗？"夏斗寅说："姓潘的，闭上你的嘴吧。这时候你还同我谈什么军人？我父亲是人吧？你们杀他时，把他当人了吗？你们连子弹也舍不得用，用一块石头枕头，再抬一块石头砸。你还有什么话可说？"潘忠汝张开嘴说："姓夏的，你看，我的舌头还活着。"夏斗寅说："这么说，你还有话要说？"潘忠汝说："对。"夏斗寅说："那你就说吧。"潘忠汝身子挺直了，说："姓夏的，你想听吗？"夏斗寅说："我当然想听。"潘忠汝呼一口气，说："尧天舜日多是梦，世态崎岖要整磨。不肯昏庸同草木，愿输血汗改山河。"夏斗寅笑了，说："姓潘的，你这是诗呀！"潘忠汝说："对，是诗。姓夏的，我送给你。"夏斗寅说："姓潘的，想不到这时候你还有诗！你这是准备传世的呀！"潘忠汝说："不错。姓夏的，你敢录下来吗？"夏斗寅说："我怎么不敢录？天地之下作得好的绝命诗并不多。我父亲临死时想作诗没作出来。"夏斗寅对参谋说："去拿纸笔来。"参谋拿来纸笔。夏斗寅说："姓潘的。你再说一遍。"潘忠汝说："姓夏的，你好不晓事，死只有一回，绝命的诗能重复吗？"夏斗寅说："好，不重复。姓潘的，你不愧是黄埔军校毕业的。你不是要传世吗？我成全你，让你更壮烈一些。"夏斗寅就上前用手中的中正剑，挑着潘忠汝的肠子，朝外扯。潘忠汝痛得用左手护肠子。夏斗寅挥剑斩断了潘忠汝的左手。潘忠汝倚着城墙痛得大喊一声，流出了眼泪。夏斗寅用中正剑挑着潘忠汝的肠子，朝外扯。古老的城墙上，那肠子五颜六色，像天上的一道彩虹。

潘忠汝的腔子扯空了，轰然倒地，气绝身亡。

三十九

王幼强是挑着装有被银元金条和金银首饰的挑子突围时负伤后被敌人抓住的。

教导师攻陷黄安县城时，各地枪会如影子一样跟着杀回来了。傅立松没回。傅立松的大儿子傻大爷带着黄枪会像猎狗一样跟在教导师后面。

王幼强是在县城外树林里被俘的。抓住王幼强后，夏斗寅带着人在树林子审问王幼强。夏斗寅问:"叫什么名字?"王幼强说:"问名字有何用?"夏斗寅问:"干什么的?"王幼强说:"问干什么有何用?"夏斗寅问:"挑的是什么?"王幼强说:"这可以告诉你,挑的是银元金条和金银首饰。"夏斗寅问:"这些东西是从哪里来的?"王幼强说:"明知故问。你还不知道从哪里来的吗?"夏斗寅问:"你想怎么死?"王幼强说:"这不是我的事。"夏斗寅问:"是想死快点,还是想死慢点?"王幼强说:"快死慢死不就是一死吗?"夏斗寅说:"看你比他们累,就让你快死。"夏斗寅就拿起中正剑对准了王幼强的胸膛。王幼强说:"心脏在左边。"夏斗寅狞笑了,说:"这用得上你教我?"王幼强说:"快点!"夏斗寅放下了手中的中正剑。王幼强说:"姓夏的,快点!"夏斗寅说:"你不能用中正剑。"王幼强说:"为什么?"夏斗寅说:"你不够资格。"王幼强破口大骂:"姓夏的,我日你八代。"夏斗寅说:"日我的八代,也不能用中正剑。潘忠汝可以用,你不能用。"夏斗寅对身边的兵说:"操枪瞄准心脏。"

　　王幼强说:"慢。"夏斗寅说:"你怕死吗?"王幼强说:"姓夏的,你得重新审我一遍。"这时候一个人对夏斗寅耳语一番。夏斗寅笑了,指着头缠黄巾的傻大爷问:"你认识他吗?"傻大爷点头说:"报告长官,我认得他,烧成灰我也认得。"夏斗寅笑着说:"他不是要再审吗?你来审。"傻大爷说:"长官,还是你来审。"夏斗寅问:"为什么?"傻大爷说:"我跟他太熟了。"夏斗寅说:"这就好。你代我。"傻大爷说:"我不会审。"夏斗寅说:"不要紧,我在你身边。你理直气壮地审。"傻大爷说:"长官,我试试。"夏斗寅叫人备了纸笔。傻大爷就开始审。整个审问的过程就跟台戏一样。

　　傻大爷问:"叫什么名字?"王幼强说:"你不知道吗?你记清楚。我叫王幼强。"傻大爷对夏斗寅说:"长官,没错,他是叫王幼强。再问什么?"夏斗寅说:"再问他是不是共产党。"傻大爷说:"长官,他是共产党。"夏斗寅说:"要他自己说。"傻大爷问:"长官要你自己说,是不是共产党。"王幼强说:"你跟他说,我是共产党。"傻大爷对夏斗寅说:"长官,再问什么?"夏斗寅说:"问他是干什么的?"傻大爷问王幼强:"长官问你是干什么的?"王幼强说:"专员。"傻大爷说:"长官,他说他是专员。"夏斗寅说:"你问他是什么专员?"傻大爷问:"长官问你是什么专员?"王幼强说:"专门挑银元金条和金银首饰的。"夏斗寅说:"你问他这些东西从哪里来的?"傻大爷说:"长官,这些东西是他们抢来的。"夏斗寅说:"你问他,要他自己说。"傻大爷问:"长官问你,这些东西是从哪里来的?"王幼强说:"问什么?他比你更清楚。"傻大爷说:"长官,他说你比我更清楚。"夏斗寅说:"你问他多少数目。"傻大爷问:"长官问你多少数目?"王幼强说:"银元一千九百六十块,金银首饰五十三件,金条三根。"

夏斗寅说:"你问他该当何罪?"傻大爷说:"长官问你该当何罪?"王幼强哈哈一笑,指着夏斗寅说:"姓夏的,戏唱完了吗?"夏斗寅说:"你急什么?还有几句台词。"王幼强说:"不就是一死吗?"夏斗寅说:"对。不就是一死吗?不唱了。"夏斗寅拔出手枪递给傻大爷,说:"瞄准他的心脏!"傻大爷说:"长官,还是你来。"夏斗寅说:"什么人都要我动手吗?什么人都要我动手,你们像苍蝇一样跟着我干什么?瞄准他的心脏。"傻大爷端枪的手颤抖起来,说:"长官,我瞄不准。"夏斗寅说:"你瞄不准?那你头上缠条黄巾充什么英雄?他娘的,你老子怎么养出你这么个傻东西。"傻大爷被搞毛了,回枪对准了夏斗寅,问:"你骂谁?"夏斗寅眼疾手快,一下子捏住了傻大爷的手腕,捏得傻大爷动弹不得。夏斗寅说:"你这个狗东西,狗肉上不得正席。听不听令?这里是战场。不听令,老子毙了你。瞄准他的心脏!"傻大爷拿着手枪,冷笑了,说:"你以为我不敢?"傻大爷用手枪瞄准了王幼强的心脏,说:"不是我要杀你,是他要我杀你。你做了鬼,不要找我。找他。"

王幼强叫了起来:"傻子,你不能这样杀我,你得给我数清楚。"傻大爷笑了,说:"你不是说了?还数什么?"王幼强说:"不行,你得给我数清楚。"夏斗寅对傻大爷说:"满足他的要求。"傻大爷就打开箱子数。傻大爷对夏斗寅说:"银元不错,一千九百六十块,金银首饰不错,五十三件。就是没有金条。"夏斗寅说:"你问他金条在哪里?"傻大爷说:"长官问你金条在哪里?"王幼强拍着肚子,说:"你跟他说,金条在我肚子里。"夏斗寅吃了一惊,于是就不用傻大爷这个道具,直接问了。夏斗寅问:"你吞了?"王幼强说:"对。"夏斗寅说:"吞金会死人的。"王幼强说:"你以为我不知道吗?"夏斗寅问:"吞下去怎么办?"王幼强说:"吞下去还不在肚子里吗?剖开就是。"夏斗寅说:"你很聪明。不愧是石槽冲王家的后代。不愧是傅立松的外甥!看在你舅父的面子上,我让你快死。"王幼强说:"不行,你得打个欠条给我。"夏斗寅问:"是欠条吗?是收条吧?"王幼强说:"是欠条。你欠我们的。"夏斗寅说:"命都没有了,还要什么条子?"王幼强说:"你必须打个欠条,盖在我尸体上。有人会找你算账的。"夏斗寅说:"行。是条好汉。"

夏斗寅对傻大爷说:"还不动手?送他上路吧!"

傻大爷把枪对准王幼强,闭着眼睛扣动了扳机。

一声枪响,王幼强仰面朝天倒在地上。

傅大脚的第四个儿子就是那时候倒在倒水河边的树林里的。

傻大爷问:"金条拿不拿出来?"夏斗寅说:"傅立松呀,你聪明一世糊涂一时,怎么养出这么个傻东西来了?"夏斗寅对傻大爷说:"你干得很好。三根金条算什么？留他一个全尸。将条子盖在他的尸体上。"傻大爷问："为什么？"夏斗寅仰天一叹，说："你永远听不懂。他哪里要什么条子？他是要交代清楚，留个清白。傅立松呀傅立松，你这个老狐狸，不要老是等着坐收渔利了。你种下的，我给你留着，让你慢慢尝。"夏斗寅望着倒在地上的王幼强，感叹了，说："校长呀，你把他们太看简单了！不那么简单呀。有这样的人，什么事不能成？待以时日，试看谁家之天下！"

夏斗寅感叹了一阵子，就口授捷报，以电报的形式发出去。

捷报很短，全文连标点符号一共二十二个字：

　　　　残兵败将数十人越城墙而出，逃往黄安县北深山。

那时候硝烟弥漫，残阳如血。

群山莽莽，山风呜咽。

第26章　阴阳割昏晓（1）

　　　　《反围剿歌》
　　　　民国十八春，革命取了胜，
　　　　工农群众都觉醒。
　　　　到处闹革命，要把土地分，
　　　　打倒土豪和劣绅。
　　　　土豪不死心，镇压革命人，
　　　　运用金钱搬匪军。
　　　　北来李克邦，南来夏斗寅，
　　　　搬来二匪杀穷人。
　　　　匪军进黄安，杀人不眨眼，
　　　　刺刀捅来铁丝穿。
　　　　群众跑进山，两眼泪不干，
　　　　远望家乡冒浓烟。
　　　　　　——摘自《鄂东革命歌谣》

四十

鄂东军退到七里坪苏维埃政府根据地时，伤亡惨重。

长胜街上家家关门闭户，听到风声，街上住的人都跑了。往日热闹的靠山小镇死一样的寂静。北风起了，挟着寒潮，吹得星月变色。一弯上弦月挂在西边的天上，周围是闪烁不定的星星。惨淡的星月下，狭长的石板街冷得静人，街两边的店铺一律地上着木板，严丝合缝，不见灯光和人声。残缺不全的队伍就集合在街上。总指挥潘忠汝战死了，军中不可一时无帅，戴克敏接任总指挥。戴克敏与王幼勇在街上清点人数，发现三百多人的队伍只剩下一百多人。这使他大吃一惊。戴克敏的军帽在战斗中被打掉了，头发被流弹烧焦了。戴克敏裸着头，捏着手中的盒子枪，问："都到齐了吗？"队伍中没人回答。戴克敏冲着街两边大声问："还有人没有？"有人站到队伍中来！星月下青石板铺成的街，除了屋的黑影，没有人的影子。戴克敏举着盒子枪问："为什么只有这点人？"队伍里传来压抑的哭声。王幼勇站在戴克敏的身边，王幼勇的身后站着拿着扁担的王幼猛和王幼刚，身边放着四个装银元的箱子，四个护卫银元的战士，拿着武器围着挑子。王幼勇对戴克敏说："都来了。"戴克敏问："没跟上的是不是都战死了？"王幼勇说："战死了一些，重伤了一些。战死的和重伤的没能跟上队伍。"戴克敏说："我知道牺牲了一些，重伤了一些。但是不止这些人！"戴克敏判断没错。死了和重伤的远远没有二百多人。戴克敏愤怒了，问："告诉我，那些人都到哪里去了？"王幼勇说："你应该清楚到哪里去了。"戴克敏流泪了，说："幼勇同志，我这是明知故问呀！幼勇同志，胜败乃兵家常事。一场战斗下来，除死伤之外只剩这么多人吗？如果这样还叫什么军队？"王幼勇说："老同学，潘忠汝牺牲了。"戴克敏说："我知道。"王幼勇说："你现在是总指挥。"戴克敏呜咽着说："老同学，你这是批评我。批评我书生之气太重。"王幼勇说："老同学，我也是书生。"戴克敏说："你要知道总指挥现在是我呀！"王幼勇说："我知道你是总指挥。作为总指挥应该流血不流泪。"戴克敏盯着王幼勇说："你说得对。但是我心里难受。"

戴克敏心里清楚，这支成立只有二十多天的队伍，都是农家子弟，没有进行严格的军事训练和严格的组织纪律约束，重兵压来，惨烈的战斗过程中，他们之中的部分人没有能跟上队伍，弃了手中的武器，跑回了家。秋风阵阵，清光淡淡的石板街上，立着那支衣衫不整，武器不全的队伍。王幼勇说："不要再问了。"戴克敏说："不，关键时候，不能不问。"

戴克敏站在队伍前说："兄弟们，你们听四周的枪声压来了，夏斗寅和枪会会众不会放过我们的，正向我们围过来。摆在我们面前只有两条路，一是继续跟着队伍走，二是报名退出队伍。愿意继续跟着队伍走的，革命成功之后不会忘记你们。不愿意跟着队伍走的，不勉强，发路费让你们回家。"戴克敏问王幼勇：

"后勤部长，银元还有吗？"王幼勇问："幼猛，还有多少银元？"王幼猛流着眼泪打开箱子说："报告总指挥，除了王幼强被敌人杀害而丢失的一担外，还有五百一十二块。"王幼勇说："是五百一十二块吗？"王幼强说："是五百一十二块。"戴克敏说："有五百一十二块，不少。不愿意跟队伍走的，每人发两块大洋作回家的路费。"戴克敏说："大家听好，现在我喊口令。立正！向右看齐！向前看！愿意跟队伍走的，向前三步走！"秋风中队伍中所有的人向前三步。戴克敏感动了，举起手向队伍敬了一个军礼。戴克敏说："同志们，既然大家都愿意跟着队伍走，作为总指挥，我必须重申，从现在起如有临阵脱逃的，军法从事！军中无戏言。大家听见没有？"队伍一齐回答："听见了！"

秋风中，喊声枪声从后面逼来了。戴克敏和王幼勇带着队伍朝大别山北深处的木城寨退去。一路短兵相接，浴血奋战，鄂东军且战且退，夏斗寅部和枪会会众穷追不舍。鄂东军退到大山深处的木城寨时，夏斗寅部和枪会会众不敢再追了。戴克敏和王幼勇清点人数，一百多人的队伍，死伤三分之一，死的死了，重伤的没能跟上队伍，鄂东军只剩七十二人。清点枪支弹药时，七十二人只有长短枪五十三支，人均没有一支枪，子弹几乎全部打光了，有的战士长枪打断成半截儿舍不得丢。有的人武器打没了，赤手空拳跟着队伍。所幸的是装银元的箱子没丢，还有五百多块银元和一些金条。

七十二人的鄂东军在戴克敏和王幼勇的带领下，跳出重围，转移到黄陂木兰山，开始了以木兰山为中心的游击战争。

四十一

听到鄂东军惨败的消息，傅立松一刻也待不住了，带着他的黄枪会从商城县顾敬之的"顾荆乐堂"动身，坐轿过小界岭沿着光黄古道，杀回夫子河边的傅兴垸。

顾敬之骑马带兵护送傅立松，送到了小界岭。

光黄古道是一条秦吞六国后中原连接江淮的古驿道。小界岭是光黄古道上的一个古隘口。两边群山耸立，两山之间辟一条路从中通过。关这边是安徽，关那边是湖北，关这边的水流向淮河，关那边的水流向长江，自古以关为界，作江淮和风俗之别。大别山由此得名。守关的是顾敬之的兵。关城上守关的兵早得到了消息，看到顾敬之送傅立松来到关前时，朝天鸣一阵排枪，将关门打开了。傅立松下轿。厚重的关门发出沉闷的声音，露出那边的阳光，吹来那边的风，让傅立松觉得格外的亲切，他吁了一口气。

傅立松关前下轿，以为顾敬之会下马相送。

顾敬之并不下马。顾敬之在马上朝傅立松拱了拱手，说："傅兄，我只能送到这里了。山那边不是我的地界。不以规矩，不成方圆。我不能越界。"傅立松冷笑着说："蒋委员长不是任命你为鄂豫皖边区剿匪司令和游击司令吗？山那边也是你的势力范围。"顾敬之说："见笑，见笑。那是他鞭长莫及的权宜之计。顾某还有自知之明。顾某仅是山这边的地头蛇。山那边鱼龙混杂，古今都是藏龙卧虎之地。顾某哪敢随便染指？"

傅立松说："顾兄说得好听。你是循规蹈矩之人吗？"顾敬之说："在你面前我得讲规矩。"傅立松说："请问顾兄，我记得这古关前原来立着一块碑？"顾敬之说："是立着一块碑。"傅立松问："什么时候立的？"顾敬之说："据说是秦始皇并吞六国后颁行天下设郡县时立的。"傅立松问："碑上刻着什么？"顾敬之说："大道通天下，孰能无隘？隘前文官下轿，武官下马。"傅立松呵呵一笑，说，"我下了轿，你下了马吗？"马上的顾敬之笑了，说："我知道你设套于我，争的就是这事儿。傅兄，你太迂腐了。关隘虽在，古碑已毁，大道荒没。人心不古呀！"傅立松说："顾兄，你不该救我于危难之中。"顾敬之问："此话怎讲？"傅立松说："我问你，你收留我，让我暂免杀身之祸，是同情我，还是尽道？"顾敬之说："两者兼而有之。"傅立松问："孰重孰轻？"顾敬之说："难分轻重。"傅立松说："总有轻重。"顾敬之问："要我直说吗？"傅立松说："直说无妨。"顾敬之说："重在前者。"傅立松叹口气，说："那你就错了。我从来不要人同情我。我以为你救人于水火是尽道。民国了，讲究人人平等，讲究把人当人。只因为我曾经寄于你篱下，你就高人一等，趾高气扬吗？"顾敬之笑了，说："傅立松，我知道你今天心情好。我不同你争。我不坏你的好心情。君子成人之美。我执君子礼，下马相送。"

顾敬之翻身下马，双脚落地，将缰绳递给傅立松。顾敬之说："傅兄，无以相送，唯有坐骑。"傅立松说："我一粟乡绅，要什么坐骑？"顾敬之笑了，说："傅兄，你再不要以乡绅自居。你现在是文武双修了。你嘴里念着经，手里拿着枪，带着头裹黄巾的队伍，虽是乌合之众，但也浩浩荡荡呀！还说什么乡绅？"傅立松脸红了。顾敬之说："我这马是好呀！我这马跑得快。你今后用得上。"傅立松问："要钱吗？"顾立松说："本来是不要钱的。但话说到这份上，我不能白送，得要钱。"傅立松问："要多少？"顾敬之说："就一千大洋吧。"傅立松冷笑了，说："好贵的马！"顾敬之说："这马可不是一般的马。这马是蒋委员长封我为鄂豫皖游击司令时送给我的。"傅立松冷笑着说："马是好马，可惜太贵了。"顾敬之说："你不是带着钱吗？你逃到我这里时不是带着很多黄的金白的银吗？

不要舍不得。"傅立松脸气白了,说:"顾敬之,打人不打脸。"顾敬之笑着说:"权当存我这里,你带那么多金银不累吗?给谁不是给?我打个收条你。你再来时,我还给你就是。"傅立松问:"真的要?"顾敬之说:"君子无戏言,当然要。"傅立松说:"好吧。傅某别的没有,钱还有一些。给你一千。"傅立松当即叫人给了一箱子银元,一箱子一千银元。顾敬之要打收条。傅立松说:"收条就不要了,权当交了房钱和伙食钱。"

  傅立松翻身上马,喝令黄枪会会众走。

  傅立松领着黄枪会会众过小界岭古隘关。

  傅立松领着黄枪会会众过了关门之后,顾敬之命令关城守兵关上关门。顾敬之朝关门唾了一口,说:"什么东西?把脸不要脸,茅坑的石头又臭又硬。以为他是圣人再世?教训到老子头上了!"当即把一千块银元发给了守关的兵,每人丢五块。

  傅立松领着黄枪会会众和家人,沿着光黄古道过歧亭。

  黄枪会会众一路护着夫人的轿子,如临大敌,生怕有人潜在草木丛中,忽地跳出来劫道。一路秋风扫地,落叶纷飞,雁阵在天。古驿道顺着大别山的山势出来,愈走愈平,愈走愈宽。下到歧亭,雾霭浮日,秋树生烟,簇簇树竹隐着垸落,垸落四周池塘环绕,不见人烟,不闻鸡犬,只见断壁残垣,弹洞烟痕,傅立松心中涌出许多状如秋水的悲凉来。

  秋阳下,倒水河枯了瘦了,河里的水像是死了,但用心看了,它却没死,静静地向下流淌。秋阳下的歧亭残破了。残破的歧亭立在秋风里,挂在亭角的风铃随风摇响,像发蒙时脑后拖着辫子的老先生教他的那首《诗经》里的《伐檀》。那时候夫子河的傅兴垸的祠堂是傅氏家族办的家学,十几个傅家小儿在藏经楼上课。窗外那棵古老的桂花高得撑了天,荫了院子,秋天正是桂花香得醉人的季节,窗子外夫子河在秋阳下闪着银光。老先生摇头晃脑教他们:"坎坎伐檀兮,置之河之干兮,河水清且涟猗"。几十年过去了,那景象那音节仍然萦回在脑海里。秋风中,遥望歧亭的傅立松苦笑了。历史是什么?历史是永远流动不可复回的一条河。历史是什么?历史是活着的人的一场梦。你可以梦见它,却不能亲历它。你不能亲历它,它却时常闯进你的梦里头,流淌在你的血液里,使你刻骨铭心,不能忘怀。雾霭浮天,秋风凛冽,太阳就像顶在头的一盏灯,忽明忽灭,忽灭忽明,傅立松恍兮惚兮了。作为本地乡绅,几十年来,傅立松翻检了有关史书,对连接光黄古道和武昌古道的歧亭驿,有着不同常人的情感。历史记载西周时鄂东大地遍布周天子的封国——黄国、六国、英国,还有弦子国,等等。分封着周天子的同姓子孙和异姓的有功之臣。这些封国不是公爵侯爵,也不是伯爵,大多是子爵和男爵。子爵和男爵的封地是方圆五百里和方圆五十里。周天子将大别山南麓向西流淌的五河流域，作为他们子孙的采邑和食邑，让他们在此统治民众过日子繁衍子孙，同时让这块土地上的子民过日子繁衍子孙。这些子爵和男爵封地为国，一方面以河为界以山为界筑关闭守，另一方面辟道相连贸易互通有无。然后是礼崩乐坏春秋战国吴楚相争，然后是秦吞六国江山一统。秦始皇下令书同文车同轨，从咸阳出发在六国驿道的基础上修驰道贯通南北，这便是光黄古道。歧亭是光黄古道与武昌古驿相接的古驿站。向北连接开封，直通中原，向南连接武昌。于是有唐，于是有宋。光黄古道上的歧亭是新官上任迎接之地，也是贬官流放的落脚地之所。歧亭里交织着得意的辉煌和失意的惆怅。苏东坡就是从这道古道贬到黄州来的，骑着那匹瘦马踏着茫茫大雪过春风关来的，春风关据说就是界岭关。昔日的辉煌都没有了，只有一条鲜活的生命尚在身上。昔日一肚报国报民的理想压在腔子里，化作大雪里怒放的树树梅花。也喝酒，他怎么能不喝酒呢？也有诗，他怎么可能不写诗呢？那充满酒味的诗赋，后人说是融儒释道于一炉了，说他是得道了，对世事真正地看"空"了，其实哪是那回事？诗中那颗蠢蠢欲动的心，不是一个"空"字说得通的。

遥望歧亭，面对断壁残垣的乡村，傅立松过小界岭的喜悦一扫而空。歧亭地处倒水河畔，一望平川，有史以来都是富庶之地，土地肥沃，稻麦两熟，又是棉花的主产区。自古以来许多富户就出在这里。旷野之上，千人以上旺族的聚居，比比皆是，炊烟相接，鸡犬相闻。如今断壁残垣，路大人稀。

秋风凛冽，大雁斜飞。傅立松触景生情，唏嘘不已，两句诗伴着眼泪涌上的心头："无为在歧路，儿女共沾巾"。身边腰插盒子枪的傻大爷稀奇了，歪头打量傅立松的脸，嬉笑着问："父亲，不是回来了吗？你还哭什么？"傅立松的脸气白了。夫人听儿子的话，掀开轿帘问："老爷，终于回家了，你不能哭。"傅立松说："夫人，我年纪大了。我见风流泪。"

傻大爷呵呵笑了起来，说："你一生别的都好，就是假。哭了就哭了，说是见风流泪。"

傅立松愤怒了，扬手给了儿子一巴掌。

傻大爷捂着脸，抽出腰中的盒子枪，指着傅立松，瞪着眼睛问："你敢打我？"傅立松吓住了不敢动。轿子里的夫人吓白了脸，下轿说："儿哇，你还认不认得人？他是你老子呀！"傻大爷脸上的肌肉抽动着歪头看了半天，醒了，点头说："娘说得不错，还真是我的父亲。"娘说："儿呀，你想怎么样？"傻大爷呵呵笑，笑得涎直滴，说："不看是我的老子，老子一枪毙了他！"娘说："儿哇，你疯了？"傻大爷说："他疯了。"傅立松问傻大爷："你敢杀我吗？"傻大爷说：

"敢打我的人，我就敢杀！"夫人哭着说："傅立松，你前世作了什么恶呀？"傅立松说："杀我吧？杀了我干净！"傻大爷收了枪，说："我还认得你是老子，我要是不认得你是我老子，你就死定了。"傅立松问傻大爷："儿哇，你还认得我是你的老子？"傻大爷说："我还认得你是我的老子。"傅立松的眼泪又流了出来，说："夫人，春秋责备贤者，是我错了。"

夫人说："儿哇，你老子心情不好。你看不到脸色？惹他干什么！"

傻大爷说："我说的哪不是真的？见不得他那副假相。又想当婊子，又想立牌坊。"

傻大爷的话把傅立松气得半死。

一路如入无人之境，傅立松在秋雁鸣天中，回到夫子河边的傅兴垸。

携家带口逃出去半年，昔日壁垒森严的傅兴垸面目全非。绕垸的垸城残破了，断砖乱塌，这里一个口子，那里一个口子，长出了荒草。护垸河里的水干涸了，朝天露着干裂的泥巴。垸城城楼烧毁了，吊桥没了，城门洞朝护垸河落了许多残砖，成了垸人临时进出的一条路。垸前大片农田长满了草，秋风中那些草黄黄的，有气无力。

第27章　阴阳割昏晓（2）

傅立松下马，牵着马，沿那条断砖投成的路从垸城的城门洞进了垸子。垸巷子里青石路上，瓦砾遍地，火迹烧痕随处可见。傅立松来到桂花楼前。桂花楼的门烧毁了，二层木楼塌了半边，剩下的半边，窗残门破，弥漫着呛人的烟火味。下轿的夫人哭了起来。傅立松在桂花楼前放声悲喊："傅兴垸，我回来了啊！"垸子里静静的。没人应声。傻大爷叫黄枪会会众在桂花前列了阵，朝天放了一排枪。子弹呼啸飞上了天。没有鸡飞，没有狗跳。傅立松仰面朝天高声喊："人嘞？人都到哪里去了？"

这才听见垸巷里陆续传出抽门闩的声音。陆续有穿着破烂的男人从门里探出来，探出来陆续聚集到桂花楼前。其中一个穿着破烂的男人看着傅立松，问："老爷，你回来了？"傅立松看出是垸中的出了五服的族侄顺生。傅立松问："顺生，垸里怎么这几个人？"顺生笑了说："老爷，垸中有钱的人家都跑反去了。你前脚跑，他们后脚跟着跑。"傅立松问："你为什么没跑？"顺生说："我跑什么？他们不惹我。"傅立松问："没分东西你吗？"顺生说："分了。婆娘想要，我不让她拿。"傅立松问："为什么？"顺生说："不好说。"傅立松说："直说无妨。"

顺生说:"我想要是拿了,你回来了我怎么活?"旁边的男人笑出了声,说:"老爷,你莫信他的。他怎么没要?他要了。"顺生说:"彼时是要了。彼时不要行吗?分给我的三亩田,我荒着了没敢种。分给我的东西我都留着了,等着老爷回来,还给老爷。"傅立松笑了,问:"顺生,你家缺什么?"顺生说:"老爷,要我说真话,还是要我说假话?"傅立松说:"说真话。"顺生说:"我家除了人不缺,什么都缺。"傅立松马上叫人打开箱子,给了顺生五十块白花花的大洋。在场的人每人十块。顺生不拿。顺生说:"老爷,我不要五十块,也拿十块行吗?"傅立松说:"拿着,给你五十块不多。"傅立松问:"顺生,我再问你,烧桂花楼是谁点的火?"顺生说:"记不得了。"傅立松问:"顺生,我对你如何?"顺生说:"你对我好。"傅立松说:"我对你好,你应该对我说实话。"顺生说:"老爷,你给我五十块大洋,我不对你说实话,对不住你。"傅立松说:"说实话。有我给你撑腰,你不要怕。"顺生说:"老爷,我说了实话,他们要是回来了,我怎么办?我不是死路一条?"傅立松:"有我的命在,就有你的命在。从现在起,我收你入黄枪会,你跟着我。说,烧桂花楼是谁点的火?"顺生说:"要我说真话吗?"傅立松说:"当然。"顺生说:"你信不信?是你的二外甥!"傅立松问:"是他吗?"顺生说:"是他。我看他点的火。不信,你问他们,看是不是。"傅立松说:"说得好。顺生,我再给十块大洋。"众人一齐笑了起来,说:"顺生,一眨眼的工夫,六十块大洋,好哇!"

顺生望了傅立松一眼,把大洋朝地上一丢,对众人说:"好什么?好在哪里?设我的套子,以为我不晓得?他好我就不好。你们放心,我一不会要他的大洋,二不会入他的枪会。我求我家的性命全。"顺生转身就走,走了一会儿,转过身来,说:"老爷,说是说,笑是笑。我还跟你说句实话,桂花楼的火是我带人扑熄的,好歹还有半边楼在,不然你回来连落脚的地方都没有。放排枪?放排炮也没用。"

傅立松心里五味俱全。

傅立松回到垸子深处的老宅。

老宅没烧,因为三进五重的老宅连成一片,住着许多傅姓人家,若是烧就不是一家。进了老宅的大门,中间的青石大门是傅立松的家。进了青石大门,一重天井露着天光,压天井的石青条上的青苔,因为没有水润,枯瘦着发黄。二重门紧闭着,大门上交叉贴着盖着红章子的封条。傅立松伸手一把将封条撕下来,揉成一团,丢进天井里。身后的傻大爷呵呵一笑,说:"父亲,你又做傻事。"傅立松愣住了。因为老宅就是一个大家族,三进五重东西南北的厢屋,住着许多小家,地上屋基相连,地下水洞相通,傅姓子孙许多代人住在一起,气息相通,祖上传下来很多规矩：比方说不管是老人和小孩不能随地吐痰随地便溺，随地吐痰和便溺就会流传疾病。比方说不能随手丢废纸和废布屑入天井，随手丢废纸和废布屑入天井就会堵塞下水道，造成水流不畅。从小傅立松就教傻大爷这些规矩。小时候傻大爷若是随地吐痰和便溺，或是随手丢废纸和废布屑入天井，傅立松见了，就会说："你又做傻事。"要傻大爷及时纠正。傻大爷别的没记住，此事记住了，及时纠正着傅立松。傅立松听见傻大爷的话，只好忍住气，弯腰从天井里捡起那揉成一团的封条，撕碎了。仆人赶紧上前，双手捧住碎片儿。

　　傅立松踢开了门，灰尘一阵飞。屋子里一团糟，值钱的家具不见了，不值钱的家具横七竖八，缺胳膊少腿，乱得不成样子。傅立松的气喘粗了，脸气白了。傻大爷赶紧掇来一张三只脚的太师椅，用袖子拂去灰尘，让傅立松闭着眼睛坐在二重门里。傻大爷说："父亲，等收拾好了，你再进。"夫人带着仆人进屋忙碌起来，收拾砸坏了的家具，将砸剩的家具归位，打扫灰尘，忙了好半天，这才有了家的样子。夫人说："老爷，你不要闭眼睛，你把眼睛打开，收拾好了。"傅立松的眼睛打开了。傅立松说："夫人辛苦了。"夫人说："老爷辛苦。"傅立松叹口气问："床在吗？"夫人点头说："床在。"傅立松："床在就好。"房里雕龙画凤的架子床没砸，夫人赶紧将带回的被子铺上去。傅立松一见铺了被子的床就想睡。傅立松对傻大爷说："傻儿子，扶我起来。"傻大爷说："父亲，你不能这样叫我，我长大了，有名有号。你说了我长到十八岁后，你不再叫我傻儿子。"傅立松说："傻儿子，你让我这时候叫你一回。"傻大爷说："我是大人了，这一回就算了，二回再不行。"傅立松眼睛湿了，说："傻儿子，扶我起来。"傻大爷说："父亲，扶你到哪里去？"夫人说："傻儿子，扶你父亲起来到房里去睡。"傻大爷扶傅立松到房里，傅立松摸着床就和衣倒了上去。傅立松对傻大爷说："锁上房门。"傻大爷问："锁上房门做什么？"傅立松说："不要叫醒我，我要饱睡。"傻大爷问："要是有人找你怎么办？"傅立松说："你就说我死了。"傻大爷说："父亲，你又说傻话。"傅立松说："傻儿子，你就说我死了。"傻大爷退出房，真的用把铜锁锁了房门。夫人说："傻儿子，你锁房门做什么？"傻大爷说："又不是我要锁的。是他要我锁的。"夫人叹口气说："让他睡吧。傻儿子，你父亲半年没有睡回安稳觉。"

　　夫人领着仆人忙起了居家的日子。汲水淘米，生火做饭。水响风生，炊烟升起来。饭熟了，端上桌子。傻大爷要喊傅立松起来吃。夫人说不要喊醒他。傻大爷领着枪会会众狼吞虎咽起来。夫人掇着碗吃不下。

　　吃了饭已是下午，太阳昏黄地浮在西边的天上。秋风扫着落叶，夫子河畔，雾霭连着天接着地。夏斗寅领着一个排的卫队就是在这时候来拜访傅立松的。夏斗寅在垸子周围布了哨，领着副官和两个亲兵沿着护垸河那条乱砖铺的路走进了傅兴垸。傻大爷和教师爷闻信赶紧集合黄枪会会众夹道迎接。傻大爷迎了上去，抓住夏斗寅戴着白手套的手，说："夏师长，你好！"夏斗寅不摘手套，让傻大爷抓了一下，问："你父亲呢？"傻大爷说："报告夏师长，我父亲在床上。"夏斗寅问："你说什么？"傻大爷说："我父亲在床上。"夏斗寅问："在庆上做什么？"傻大爷说："报告夏师长，我父亲说他死了。"副官拔出手枪来，冷笑了，问："什么意思？"傻大爷见副官拔枪也拔枪，问："你什么意思？"夏斗寅笑了，摆手对副官说："你对他动什么枪？"副官收了枪。夏斗寅笑着拍拍傻大爷的肩，说："收起你的家伙吧。叫你父亲来见我。"傻大爷收了枪说："我父亲说他死了。"夏斗寅说："你就说我来了。看他活不活得过来？"傻大爷说："我试试。"

　　傻大爷并不急，迈着步回了家，又去拍门，问："父亲，你活过来了吗？"傅立松惊醒了，在床上问："什么事？"傻大爷说："报告父亲，夏斗寅来了，要见你。"傅立松问："是吗？"傻大爷说："是的。"傅立松说："你叫他等会儿。"傻大爷说："父亲，那狗日的好大派头。"傅立松说："知道了。你去。叫他不要急。你就说我要穿戴整齐。"

　　傻大爷先去了。夏斗寅问："你父亲活过来了吗？"傻大爷说："报告夏师长，我父亲活过来了。"夏斗寅笑着问："怎么没见人？"傻大爷说："报告夏师长，我父亲叫你不要急，他要穿戴整齐。"

　　一会儿穿戴整齐的傅立松来了。傅立松迎了上来，对夏斗寅拱手，说："夏师长大驾光临，有失远迎！"夏斗寅问："傅会长，睡好了没有？"傅立松说："洛阳虽好不如家，但愿长睡不愿醒。"夏斗寅不笑了，说："傅会长，我来可不是与你吟诗的。"傅立松问："夏师长有何见教？"夏斗寅问："就在这里说吗？"傅立松说："对不起，桂花楼烧了半边，不能接待你。家破得不像样子，进不得人，就在这里说。"夏斗寅说："也好。傅会长，奉蒋委员长之命，我部就要撤了。你觉得这是坏事还是好事？"傅立松说："世事没有好坏之分，在于人怎么看。"夏斗寅说："傅会长，据我所知，其他乡绅回来后，正在四处忙碌。"傅立松问："忙碌什么？"夏斗寅说："傅会长不知道呀？他们正在以牙还牙，以血还血。"傅立松说："这我知道，不用夏师长教诲。"夏斗寅问："请问傅会长，你行动了吗？"傅立松说："夏师长，半年来我惶惶然如丧家之犬，没睡一回安稳觉。我得饱睡才行。不然我没得劲。"夏斗寅问："傅会长，缓过劲来没有？"傅立松说："没睡多长时间，就被你打醒了。"夏斗寅说："傅会长，你以为我是来与你讨论饱睡吗？"傅立松说："我知道你不是来与讨论饱睡的。要多少？"夏斗寅哈哈一笑，说："傅会长果然直人快语。那我就不客气了。"夏斗寅叫副官递上一个单子。傅立松接过单子,那单子长长的,列的是各项军费开支。傅立松不看前面,只看后面的数字。傅立松笑了:"要我出多少?"夏斗寅说:"你出五千大洋吧。"傅立松问:"夏师长,你们是国民党吧?"夏斗寅说:"不错,我们是国民党。"傅立松问:"国民党打仗要地方出银子是蒋委员长的意思吗?"夏斗寅说:"实话跟你讲,我们不是老头子的嫡系,军费供给严重不足,需要自筹。"傅立松问:"能开国民政府的正式收据吗?"夏斗寅说:"国民政府的正式收据倒没有,但师部的正式收据能开。取之于民,用之于民。夏某决不会吃黑的。我不能亏了我的弟兄们。不然他们能跟我卖命吗?"傅立松哈哈一笑,笑出了眼泪,说:"行,五千大洋,傅某还有。你拿去吧。"

于是副官就开票。傅立松叫人抬了五箱银元。两厢交割清楚了。

傅立松说:"夏师长,我就不送你了。"

夏斗寅说:"不用你送。"

傅立松说:"夏师长,你是真正的赢家啊。"

夏斗寅问:"此话怎讲?"

傅立松说:"你报了父仇,又得了银子。两不相亏。"

夏斗寅说:"我父亲活不过来啊。"

傅立松说:"你的意思是我还活着?"

夏斗寅说:"你说得不错。傅会长,黄麻是我伤心之地,此去一别,山高水长,我恐怕不会再回来打搅你了。你接着饱睡吧。"

四十二

王幼霭和王幼馨是在黎明时分送军鞋的途中,得知鄂东军惨败的消息的。

军鞋是妇救会的姐妹们为鄂东军做的。王幼霭是石槽冲苏维埃的妇救会主任,鄂东军占领县城后,给养困难,各地妇救会根据上级指示,不分日夜为鄂东军赶做军鞋。王家姐妹踏着林子里的露水霜挑着军鞋沿着山路朝县城送,走到紫云山时,碰到了浑身是血的"表叔"。"表叔"是傅家的老佃户,分得了田地,于是响应号召参加了鄂东军。王家姐妹在弯弯山路上与"表叔"狭路相逢,"表叔"见了人想朝树林中躲。但路两边是悬崖,"表叔"无处躲。王家姐妹吃一惊问:"这不是表叔吗?""表叔"问:"你们是谁?"王幼霭说:"表叔,是幼霭、幼馨呀。""表叔"问:"你们是人是鬼?"王幼霭说:"我们是人。""表叔"问:"我是人是鬼?"王幼馨说:"你也是人。""表叔"咧嘴望天一哭,说:"原来我还活着。"幼霭问:"表叔,你到哪里去?""表叔"说:"放我过去吧!我送命回去。"幼霭问:"表叔怎么了?""表叔"说:"完了"。幼馨问:"什么完了?""表叔"一把鼻涕一把眼泪说:"太惨了,太惨了啊!"

"表叔"扯袖子擦眼泪,擦干了眼泪后,望着王家姐妹挑的军鞋呵呵笑,说:"大小姐二小姐,你们把鞋朝那里送?不用送了,没人穿你们的鞋了。我把枪丢了,你们把鞋丢了它。空手求命吧。"王家姐妹流着眼泪问:"我哥他们呢?""表叔"摇着头说:"我不知道。大小姐二小姐,表叔求你们一件事,你们要答应我。""表叔"在霜路上跪下了。王家姐妹说:"什么事?""表叔"说:"看在我跟你家种多年佃田的份上,红也罢黑也罢,从今天起不要对任何人说我的事。此生表叔只有一条命,我家妻儿老小指望我过日子。"王家姐妹说:"表叔你起来吧。""表叔"起来了。"表叔"说:"大小姐二小姐,放我过去吧。"王家姐妹让开路,让"表叔"过去。"表叔"仓皇而过,树林深处传出狼叫一样地哭。

王家姐妹没有丢鞋。

王家姐妹把一担军鞋挑回来了。傅素云正在给枪生、枪响喂食。傅素云问:"怎么了?"王家姐妹的眼睛就红了。傅素云手中的碗就落到地上碎了。这时候傅大脚就赶了过来。傅素云流着眼泪叫了一声娘。傅大脚就什么都明白了,哽咽着哭了一声:"我的儿!"马上止住,不哭了。傅大脚问:"败了是不是?"幼霭流着眼泪望着娘。傅大脚叹了一口气说:"怪不得县城方向的枪声响了一夜,不响了,原来我的儿败了。怪不得听说我兄弟回来了,原来他胜了。"

就在这时候晨风中岗头上有木鱼声一路敲下来,敲到王家老宅的大门口。傅大脚急忙出门,见一个穿青衣的道人敲着木鱼站在了大门外。那道人边敲手中的木鱼嘴里念念有词:"世事茫茫一大荒,蓬莱立在海中央。烟波浩渺风飘梦,轮回几度雨湿裳。"傅大脚一惊,认出那道人是娘家到凤凰寨出家的大侄儿。傅大脚张嘴叫出大侄儿的小名:"斋儿。"大侄儿俗名叫斋公,傅大脚那时候没有叫斋公,叫斋儿。斋儿是昵称,比斋公充满爱意。那道人停了手中的木鱼说:"施主,凡家莫乱仙家事。"傅大脚急忙改口:"云根师傅。"云根一手擎在鼻下,说:"这就对了。"傅大脚问:"你来找我啊!"云根问:"你怎么知道?"傅大脚说:"我怎么不知道?你手中的木鱼声敲到了我的心底。"云根仍是一只手擎在鼻下,低头说:"施主,都怪我血缘难了,六根未尽。"傅大脚问:"云根师傅,求什么?只要我有,你说。"云根指天。傅大脚问:"求天?"云根摇头,说:"天太高。"傅大脚问:"那求什么?"云根指地。傅大脚问:"求地?"云根摇头,说:"地太厚。"傅大脚问:"那你求什么?"云根说:"我求中间的。"傅大脚问:"中间是什么?"云根说:"施主,天之下地之上,你应该知道是什么?"傅大脚咽了一声,说:"那是人啊!"云根说:"人求即我求,我求即人求。施主,天机不可泄露。泄露即是人机。贫道走了。"云根敲着木鱼走了。傅大脚喊:"斋儿,我拿几个栗子给你。"云根敲着木鱼说:"留着吧。留着几粒种子在,好化来年满山春。"

傅大脚心里明白了。

傅大脚目送云根走,看见云根走上山头,走进云雾里,不见了。

傅大脚回屋女儿还在哭。傅素云问傅大脚:"什么人在门外敲木鱼?"傅大脚说:"一个道人。"傅素云问:"是我大哥吗?"傅大脚说:"不是你大哥。"傅素云说:"肯定是我大哥。我大哥下山了。"傅大脚厉声说:"说不是你大哥就不是你大哥。"傅素云哭了起来。

第 28 章 阴阳割昏晓(3)

傅大脚声软了,说:"女儿们哭什么?此时不能哭。生逢乱世,他们男人们只有两件事,一是胜,二是败。胜了败,败了胜,胜败对于他们来说是常事。我们生逢乱世的女人,只有一件事,就是保全子孙的性命。傅会长回来了,你们不逃,他放得过别人,放不过你们的。"傅素云说:"娘,你不能这样说。"傅大脚说:"儿哇,是的,牙齿和舌头长在嘴里是最亲的,但是闹起事来,伤舌头最狠的是牙齿。"傅大脚对傅素云说:"傅家大小姐,挑上我的两个孙子,去找你的男人吧。"

傅大脚找了一担箩筐,将枪生和枪响一头放一个,找出换洗的衣裳塞满了,找出一条扁担对王幼霭说:"王家大小姐,傅家大小姐比你金贵,两个侄儿归你挑。"傅大脚对王幼馨说:"王家二小姐,这担军鞋归你挑,挑着它找你们的哥吧。你们的哥还有许多苦要吃,还有许多路要跑,要穿鞋啊。"傅大脚拿三双鞋,放进挑子里,说:"我也做了三双鞋,你带着找你们的哥,见着他们一人给一双,对他们说娘没有别的能力,这是做娘的一点心意。"幼霭说:"娘,要四双。"傅大脚流着眼泪说:"娘是做了四双的。但是现在三双够了。"幼霭说:"娘,要四双。"傅大脚摇着头说:"王家大小姐,你们虽说是革命的人,但消息不如娘啊。我的强儿再不需要穿鞋了。"幼馨问:"娘,你听谁瞎说。"傅大脚说:"刚才你们的'表叔'浑身是血回来,洗尽了血,偷偷跑到我家对我说的。娘没错生啊!我的强儿是挑银元的。我的强儿死得光明磊落。"

傅大脚弯下腰亲了箩筐里的两个孙儿。两个孙儿,搂着傅大脚不松手。傅大脚说:"我的孙儿,祖母不能留你们了。跟着你的娘找你的父亲逃命去吧!"傅素云和王家两个女儿哭了。傅大脚愤怒了,说:"亏你们入了组织的,还不如我一个老婆子?"傅大脚厉声说:"还不快走?再不走就迟了。"

傅素云流着眼泪说:"娘,我们一起走。"傅大脚说:"我走什么?我等着你父亲来杀我。"傅素云含着眼泪叫一声:"娘。你不能这样说。"傅大脚说:"孩子,娘说错了。与你不相干,我等着我娘家的兄弟来杀我。"

傅素云和王家姐妹挑着孩子挑着军鞋向县北深山逃去,在茫茫群山中去找鄂东军。

那时候黄安麻城两县的参加鄂东军子弟的家人离乡背井,纷纷逃往深山避难。

乡绅们开始疯狂的报复,带着枪会,在黄安麻城大地上,开始空前未有的血洗。那场血洗惨绝人寰,不堪回首。黄麻大地上,乡村几千年来的生存秩序彻底打乱了,家族观念没有了,血亲观念没有了,一切以革命和反革命为界限,非此即彼,不是你死就是我活。

近代史书记载,仅黄安一县就为中国革命牺牲了十四万优秀儿女,占全县人口的三分之一。这是统计数字,是那时期死人的总数,是之前全县人口总数减去死去的人所得的数字。这个统计数字忽略了一个历史事实:那就是所死的十四万人中,不全是优秀儿女,是当时敌对双方死人的总数。

四十三

傅立松饱睡之后醒来了。

傅立松饱睡之后恢复了元气。夫人掇饭进房,傅立松狼吞虎咽吃了三海碗饭,喝了一大碗水,然后弃碗来到了傅兴垸家祠的广场上。

秋阳很好,照得枫树上的枫叶,很红,很亮。家祠的广场上,傻大爷和新招来的教师爷正带着黄枪会在演练。再不是长矛为主,如今是快枪为主。再不是喝符水,刀枪不入的那一套。教师爷为辅,傻大爷是主角。傻大爷将正规军那里学来的一套用在枪会上了。傻大爷正在瘾头上,教枪会会众卧倒,匍匐前进,然后端枪瞄准射击,一套套的,很像样子。

傻大爷卧在地上精心瞄准。傅立松走到傻大爷的身后,用脚拨了拨傻大爷的屁股。傅立松本来要踢儿子一脚,因为傅立松心里好笑:你这个龟儿子,练得这样正规,未必想让国民政府招安成正规军?傅立松有了上次的教训,不敢踢,怕正在瘾头上杀红了眼的傻儿子六亲不认。逃亡在外的半年,黄枪会死了多少人,给了多少银子的安抚费,傅立松心里清楚。傻儿子领着黄枪会打了多少回仗,吃了多少苦，受了多少次伤，傅立松心里清楚。如果说他是一只离山的虎，那么他的儿子就是一条猎狗，他跑到哪里，傻儿子领着枪会跟到哪里；他指到哪里，他的傻儿子跑哪里，一要看他的眼色行事，二要看夏斗寅正规部队的眼色行事。夏斗寅根本不把傻儿子和枪会当人，连狗都不如，从来不拿正眼看。

　　傅立松用脚拨傻大爷的屁股，说："起来。"傻大爷端枪爬起来问："父亲，你睡好了吗？"傅立松点头说："睡好了。傻儿子，现在不要瞄那么准，把枪会带出去就行。"傻大爷问："到哪里去？"傅立松说："到哪里去你还不懂？"傻大爷说："我不懂。"傅立松说："你不懂我来教给你。我问你，是谁搅得我们傅家不得安宁？是谁点火烧了我家的桂花楼？"傻大爷说："这我晓得。"傅立松说："这还不简单，谁搅得我们傅家不得安宁，谁点的火烧我们的桂花楼，你找谁算账去！"傻大爷说："我不敢去。"傅立松说："有什么不敢？他敢来你就敢去。来而不往非礼也！各地枪会都出去了。我们能不出去吗？"傻大爷说："父亲，能不能到别处？"傅立松说："不能。我是会长，到任何地方都说不过去。"傻大爷说："父亲，那是姑妈家。"傅立松哈哈一笑，笑出了眼泪："傻儿子呀，这时候只有仇恨，哪来的姑妈？是可忍孰不可忍！门徒当年问孔子，以德报怨何如？子曰，以德报怨，何以报德？以直报怨，以德报德。"傻大爷说："我不懂。"傅立松说："你不懂，我教给你。孔子说，以德行报答怨恨，那用什么报答德行？"傻大爷说："父亲，我还是不懂。"傅立松说："你怎么不懂？回家的路上老子打了你的巴掌，你不是拔枪对准老子吗？"傻大爷咧嘴笑了，说："就是这？"傅立松说："就是这。"傻大爷说："父亲，我懂了。"傅立松说："懂了就好。"傻大爷说："你以为我真的不懂。你那套经我耳朵听起茧。"傅立松说："我就不出面了，你带人去。"傻大爷问："父亲，你怎么不出面？"傅立松说："君子远庖厨。"傻大爷问："什么意思？"傅立松说："君子吃肉不必亲自下厨。"

　　傻大爷说："我明白了，又要当婊子，又要立牌坊。"

　　傅立松愤怒了，怒吼："你这个畜生，怎么跟父亲说话？"

　　傻大爷问："要我骂你吗？"

　　傅立松说："你敢？"

　　傻大爷说："你不是说以直报怨？"

　　傅立松脸气白了，骂："你这个狗东西！"

　　傻大爷说："我是那东西，你还不是那东西。你骂你自己。"

　　傅立松忽然呵呵笑，说："骂得对。"

　　傻大爷说："笑个卵子，比哭还难看。假笑无情，动刀杀人。"

　　傅立松说："骂得好！再骂几句。"

夫人闻声出门，喊："都疯了啊！"

傻大爷哭了，说："叫我出去杀人放火就直说，以为他是圣人，引经据典，绕几多的圈子。以为我是傻子。我没好下场，他也没好下场，都跑不脱。"

夫人说："傻儿子。谁叫你是他的儿？"

傻大爷说："娘，我知道他是老子。我去就是。"

于是傻大爷吹哨子集合枪会。

傅氏祠堂的广场上，枪会会众列队出发。

吹哨子集合队伍是傻大爷从夏斗寅部队那里学来的。

四十四

秋风凛冽，傻大爷领着黄枪会会众，荷枪实弹包围了大山之中的石槽冲。

大山之中的石槽冲散落着几户人家，一溪为系，分布在岗下和岗上。垸里跑得动的人早已跑光了，只剩一些跑不动和不愿意跑的老人，关紧大门，守屋。那时候每逢变乱，大别山里的庄稼人携家带口，不管对错，先跑再说，叫作"跑反"。跑到大山里头，静观其变，等局世定了，再回来过日子。"跑反"是大别山里专用名词。跑了多少回，跑了多少代，人们跑出了传统，跑出了习惯。石槽冲家家关门闭户，没有鸡飞，没有狗跳，像一个死垸。傻大爷指挥黄枪会会众包围垸子之后，领着教师爷和几个贴身兵丁，径直朝王家老宅走去。

王家一进三重的老宅，坐落在山岗之上，正是秋旱，门前那条溪早已干涸了，滴水无有，布满从山上滚下的石头。傻大爷带着教师爷和几个贴身兵丁，跨过干溪，来到岗头上王家老宅。岗头上王家老宅门前栽着一棵古枫，经朝历代，那棵古枫枝繁叶茂，直插云天。秋风干烈，枫树的叶子，红得像血，瑟瑟打抖。这些傻大爷再熟悉不过。往年秋天的时候，傅大脚总要吩咐管家派仆人送些鲜果或出产到娘家去，让舅爷尝新。这些鲜果或出产是她在园子里自己兴的和佃户孝敬的。傅立松收到后，就派傻大爷代表他到王家送些银子。傻大爷总要到姑妈家来，让姑妈温暖一阵子，说些亲热话。那时候傻大爷总爱爬姑妈家老宅门前的大枫树，数大枫树的枝桠，那些枝桠一分为二，二分为四，愈向上长愈叫人眼花缭乱，数也数不清。秋天的时候，姑妈家门前的那棵大枫树上挂满了枫球，那枫球成熟了就落在地上，裂开了蹦出许多枫籽来。来年春天那些落在地上的枫籽就从泥土里长出许多小枫树儿，满眼都是，叫人数也数不清。父亲说王家子孙旺是因为门前那棵枫树栽得好。傻大爷打心眼里喜欢姑妈老宅前这棵大枫树。傻大爷不喜欢他家桂花楼里的桂花树，桂花树高是高，大是大，但那桂花，只是开花，只是香，但总没有结出桂子来。桂花盛开的时候，傅兴垸的人们总是打那桂花，不是酿酒，就是做桂花糖，使那些桂花空开一场，饱了垸人的口福。

秋风满天，正是枫果遍地的季节。

那些枫果踩在傻大爷的脚下吱吱作响，裂开许多的枫籽。傻大爷知道他今天来不是赏风景的，因为他带着人，手里拿着盒子枪。傻大爷拿着盒子枪走到王家老宅前那棵枫树下，因为紧张，尿就急了，急得他不能不解。傻大爷把盒子枪夹在胳膊里，解裤子朝大枫树根尿。傻大爷打了一个哆嗦，收了势，扎了裤子，然后站定，拿了枪，上膛，扣动扳机，朝天放了一枪。子弹上天，打碎了几片枫叶，碎了的枫叶像血丝飘落下来，落在傻大爷的头上。傻大爷伸手拂一把头，将枫叶的碎丝拂了下来。傻大爷拿着盒子枪指着王家老宅敞开的大门，破着喉咙喊："屋里的人听着！都给我出来！"

这时候傅大脚就坐在王家老宅头重大门里的椅子上。

傅大脚送走女儿媳妇和孙子后，关了向后开的门，敞开头重大门，掇把椅子，将椅子的四只脚，两只放在门槛里，两只放在门槛外，就那样坐着。风雨剥蚀的大门作了她的背衬。教师爷和那个贴身兵丁早就看见临门而坐的傅大脚，只是傻大爷没有看到。傻大爷因为尿急，忙于解决，疏忽了。傻大爷解裤子尿尿时，教师爷和那几个贴身兵丁看不过眼，避过眼睛。当门而坐的傅大脚厉声问："谁家没家教的东西，敢在这里撒野？"傻大爷吃了一惊，这才看清了当门而坐的傅大脚。傻大爷说："是我。"傅大脚问："你是谁？"傻大爷说："你不认识我吗？"傅大脚摇头说："我不认识你。"傻大爷说："你不认识我，我认识你。"傅大脚问："你认识我？那我问你，我是谁？"傻大爷说："你跟我一个姓。"傅大脚说："敢情你还明白。你也姓傅呀？"傻大爷点头说："我也姓傅。"傅大脚说："你也姓傅？不会吧？我们傅家是夫子河边有教养的大户人家，不会出解裤子撒尿连人都不避的畜生。"傻大爷说："姑妈，你不要这样骂我。父亲这样骂我时，我将原话还了他。你想想，我是畜生，他是什么？骂我还不是骂他。"傅大脚说："傻儿，你聪明，骂得好。都是畜生。"傻大爷说："姑妈，我尿尿时没有看见你。"傅大脚说："傻儿，我在娘家做姑娘时，你总是当着我尿尿。"傻大爷说："姑妈，那时候我小，现在我长大了。"傅大脚说："我的傻儿真的长大了，懂事了。"傻大爷说："姑妈，算了，你莫夸我。你一夸我，我就受不了。"

傅大脚冷眼望着傻大爷，问："傻儿，你认我这个姑妈？"傻大爷说："我认。"傅大脚说："那好，我就问你，谁叫你来这里的？"傻大爷说："我说换个地方，父亲不同意。"傅大脚问："是你父亲要你来的？"傻大爷说："是父亲要我来的。"傅大脚问："来放枪给姑妈听？"傻大爷说："姑妈，我知道你不爱听枪响。"傅大脚说:"那你放什么枪?"傻大爷说:"没办法,不放枪不行。"傅大脚问:"要杀人还是要放火?"傻大爷说:"父亲说该杀人就杀人,父亲说一礼来一礼去。该放火就放火。"傅大脚脸气白了,对傻大爷说:"傻儿,你拢来,姑妈有话对你说。"傻大爷不敢上前。傻大爷说:"有话你坐在那里说。"傅大脚冷笑了,说:"傻儿,姑妈一个手无寸铁的老婆子,杀不了你。"傻大爷就收枪去到大门口。

  傅大脚猛地起身,双手抓住了傻大爷的领口。傻大爷歪着脸,狞笑起来,说:"姑妈,你松手。"傅大脚说:"我饶不了你。"傻大爷说:"姑妈,我要是一还手,伤的就是你,你信不信?"傅大脚说:"你想杀姑妈是不是?"傻大爷说:"姑妈,你不能抓我领口。我长大了是男人。鄂东有句说语,女人不能抓男人的领口,女人抓男人的领口,男人要背时的。"傅大脚说:"傻儿,人都疯了啊,不是人了。姑妈也疯了,不是人了。"傅大脚声泪俱下,问:"傻儿,我问你,我家强儿是不是你杀的?"傻大爷哆嗦起来,说:"姑妈,不是我杀的。"傅大脚说:"你还不承认。我都知道了。"傻大爷说:"是夏斗寅要我杀的。"傅大脚一脸的泪水,问:"要你杀,你就杀吗?"傻大爷说:"他总是死,我不杀总有人杀。总是一个杀。我一枪就让他上了天堂,他死得很幸福。要换了别人,他会很痛苦。"傅大脚打了傻大爷一耳光,说:"你这个畜生!"

  教师爷和兵丁一拥而上,架住了傅大脚。傻大爷挣脱了,捂着脸拿着盒子枪,跳了起来,说:"姑妈,对不起,你打也打了,骂也骂了。父命不可违,我要执行公务。"傻大爷挥着手中盒子枪喊:"屋里的人都给我出来!"傅大脚说:"傻儿,门不是没关吗?喊什么?你进去就是。"傻大爷怕中埋伏,不敢进。傅大脚说:"傻儿,你也怕死呀。"傻大爷说:"连死都不怕,我怕什么?"傅大脚流着泪笑了,说:"谁说我家的傻儿傻?我家的傻儿一点也不傻。"傻大爷说:"叫他们出来吧。"傅大脚说:"傻儿呀,你真是个傻儿。连蚂蚁都知道惜性命。天底下哪有等着送死的人?"傻大爷问:"屋里没人吗?"傅大脚说:"怎么可能有人呢?"傻大爷问:"跑到哪里去了?"傅大脚说:"傻儿,难道你不知道吗?"

  就在这时候傅立松骑着顾敬之送的那匹白马到了王家老宅门前。傅立松翻身下马,问:"人都跑了?"傻大爷说:"父亲,人都跑了。"傻大爷问:"父亲,你不是说不来吗?怎么又来了?"傅立松说:"傻儿呀,我能不来吗?"傅立松朝傅大脚面前一跪,说:"老姐,兄弟来看你来了。"傅大脚闭上眼睛,问傅立松:"你知道人都跑了?"傅立松说:"我知道跑了。"傅大脚说:"有一个没跑。你杀她吧。"傅立松起身说:"我不会杀她的。"傅大脚说:"杀她吧,杀她解你心头之恨。"傅立松说:"杀她天理不容。"傅大脚问:"不杀她,你来做什么?"傅立松说:"老姐,兄弟有一事不明白,特请教你,你要跟我拿主意。傅兴垸的门楼是谁一把火烧的?桂花楼是谁一把火毁的?那可是傅家老祖宗几百年来创下的基业呀。自从出了他们,你兄弟有家不能归,惶惶然如丧家之犬。兄弟作为傅家族长、乡绅联合会会长,有何脸面面对祖宗,面对乡亲?"傅大脚说:"那就杀我吧!我是他们的娘,他们是我生的。杀了我一了百了。"傅立松说:"老姐,你不能把兄弟为难,你是我的同胞老姐。"傅大脚含着眼泪呵呵笑,说:"我兄弟好为难呢。"傅立松说:"老姐,我真的好为难。"傅大脚说:"兄弟,你想干什么?"傅立松说:"老姐,你知书达礼,你应该知道我该怎么办?"傅大脚说:"人不能杀,那就放火?"傅立松说:"老姐,你说得对。兄弟听你的。"

第29章 阴阳割昏晓(4)

　　傅立松说完,翻身上马。傻大爷问:"父亲,你怎么走了?"傅立松说:"傻东西,话说清楚了。"傻大爷问:"怎么做?"傅立松说:"这还不懂吗?按姑妈说的办。怎么做还要父亲教你吗?"傅大脚喊:"傅立松,你不得好死。"马上的傅立松回头望了一眼傅大脚,说:"老姐,你说得对。我知道我不得善终。我有什么办法?听天由命吧!"傅立松对傻大爷说:"傻儿子,动手吧。"

　　傻大爷就把当门的那把椅子掇了过来,掇到门口的大枫树下,叫兵丁将傅大脚架过来。傻大爷叫兵丁把傅大脚按在椅子上。傻大爷对傅大脚说:"姑妈,你坐好。你是我们傅家人,我们不杀你。跑得了和尚跑不了庙,我们烧王姓的房子。"傻大爷点了一把火,点着了王家老宅。王家老宅升起了滚滚浓烟。

　　风助火势,烈焰腾空。

　　傅大脚自始至终被兵丁按在椅子上,看着王家百年老宅在烈火浓焰中,慢慢化成灰烬。

　　"表叔"是搜垸时被搜出来的。

　　"表叔"的妻子带着孩子跑反跑到山上,家里无人,浑身是伤的"表叔"将大门反锁了,掀开厨屋中苕窖的石板,藏到苕窖里,然后顶着石板盖住窖口,想躲过一劫。苕窖是大别山人窖苕的洞,秋天挖了苕,将红苕藏在窖里,红苕就烂不了,留着能慢慢地度饥荒。"表叔"躲到苕窖里,因为人在窖下不好用力,盖洞的石板就复不了位,留下一条缝。傅立松围住石槽冲,带着枪会会众,挨家挨户地搜,搜到"表叔"家,发现盖苕窖的石板没有盖好,掀开石板,就将浑身是伤的"表叔"捉住了。

傅立松将"表叔"五花大绑，绑到冲下的干溪里。

傅立松问："你是什么人？"

"表叔"说："什么都不是，种田的。"

傅立松问："你身上的伤从哪里来的？"

"表叔"说："上山打猎，被狼伤的。"

傅立松上前察看"表叔"的伤，"表叔"的伤在腿上，是枪伤，子弹打穿了他的腿肚子。

傅立松指着"表叔"腿上的伤，问："不是狼伤的吧？"

"表叔"说："是狼伤的。"

傅立松问："狼会打枪吗？"

"表叔"说："如今狼也会打枪。"

傅立松脸气白了，问："你是什么人？从实招来？"

"表叔"说："你不是知道了吗？还问个卵子。"

傅立松问："想死还是想活？"

"表叔"说："被狼捉住了。想活也活不成。"

傅立松问："说！他们跑到哪里去了？"

"表叔"说："不知道。我要是跟着他们跑，我回家干什么？"

傅立松说："是条汉子。今天你死定了。活，你选择不了。死，可以选择。说，想怎么死？""表叔"说："不就是一死吗？随你。"傅立松问："想死快点还是想死慢点？""表叔"说："活一场不容易，那就死慢点。"傅立松说："其实，你可以选择快死。慢死很痛苦。""表叔"说："能多活一会儿，就多活一会儿。"傅立松说："我担心你受不了。""表叔"说："你要是怕我受不了，你就让我活。"傅立松说："那不可能。""表叔"说："不可能，你哆嗦个鬼，动手吧。"

傅立松问教师爷："慢死有哪些死法？"教师爷说："剐和剥。"傅立松问："剐，多少刀？"教师爷说："三百六十刀。"傅立松问："那剥呢？"教师爷说："从头到脚，一整张。"傅立松问："他们都用了吗？"教师爷说："他们都用了。麻东一个乡绅就是他们用细刀剐死的。"傅立松问"表叔"："你想剐还是想剥？""表叔"说："不是说了随你吗？那就剥吧。""表叔"说："姓傅的，我俩先小人后君子，先把话说清楚，你要是剥不出一张整皮，我做鬼也饶不了你！"

傅立松问教师爷："你能保证剥出一张整皮来吗？"教师爷说："回老爷，我的手艺不行，很难做到。"傅立松叹了一口气，说："这一套一点不新鲜，商纣王就用了。"傅立松对"表叔"说："对不起，我只能让你快死。""表叔"说："那不行，我要多看一眼世界。"傅立松说："我知道你的心思。你想让我跟你一样死。我这样对你，将来必定有人这样对我。我不会上你的当。""表叔"说："那不行，穷富不一样，死是一样的。我要你跟我一样死！"傅立松说："我不能跟你一样死。"

"表叔"说："傅立松，你不是人。"

傅立松说："这不要你说。我还能是人吗？我早就不是人。"

傅立松对教师爷说："还愣着干什么？送他上路！"

教师爷拔出枪，哆嗦着。傻大爷扬手，一枪击中了"表叔"的胸膛。

血喷了出来，"表叔"张嘴一句话没说出来，倒在乱石遍布的干溪里。

傅立松怒吼："你这个傻子！"

傻大爷吹着枪口冒出的烟，说："父亲，他不行。我比他打得准。"

四十五

傅素云和王幼霭、王幼馨挑着枪生和枪响在茫茫大山中费尽千辛万苦，终于在黄陂木兰山找到了鄂东军。

此时的鄂东军接上级批示，奉命改编为工农革命军第七军。说是军其实只有七十二人，五十三条枪，准确地说只有五十二条半。一条长枪打断了枪管子，战士没舍得丢。工农革命军第七军由四人组成领导核心。吴光浩为军长，戴克敏任党代表，汪奠川任参谋长，王幼勇任后勤部长。为了保存实力，七十二人编成三个队昼伏夜出分散在木兰山活动。

大别山群山之中的木兰山，是鄂东的道教圣地。木兰山异峰突起，余脉连绵，自成一体。上山一条路与武当山的一样，牌坊林立，从山脚到山顶石级相接，有七宫八观三十六殿，宗教活动始于隋唐，盛于明清，供奉佛像一千余尊，有师傅八百，道童三千。鄂东有句俗话，木兰山的菩萨应近也应远。平常的日子，山上云遮雾罩，晨钟暮鼓，松涛阵阵。逢道教节日，远近香客必来朝拜，沿着古老的石级，三步一拜，五步一叩，香火很盛。上山正路虽说只有一条，但毛路很多，那毛路是附近山民上山砍柴走出来的，有了风声，朝毛路散去，隐入松林，很难找到人的。再就是山上多洞穴，有的洞穴很大，很深，易于藏人。鄂东军退到木兰山是王幼勇力举的，因为木兰山进可攻，退可隐，是理想的游击之地。

改编后的工农革命第七军落脚木兰山，是在木兰殿与道真道长谈判达成的。落日黄昏，西天的晚霞收尽了，山上云遮雾绕，带着武器的七十二人，分作三路，一人手里一把香，从毛路上山，聚齐后，一下子涌进了木兰殿。簇簇香火将大殿照得通明。道真道长带着道人正在做功课。见一下子涌进这么多带枪的香客，睁开眼睛问："客从何来？"军长吴光浩说："从凡界来。"道真道长问："所来何事？"吴光浩说："借仙山暂且栖身。"道真道长问："带香即可，何必带枪？"吴光浩说："实不相瞒，本是带枪之人。"道真道长问："那为何带香？带枪之人带香即是诈。"吴光浩说："带香是见面之礼。"道真道长说："仙山只容香火，不容兵刀。你们还是下山去吧。"吴光浩咳了一声。众人将手里的香纷纷敬在香炉里。吴光浩说："仙山不赶敬香之人。"

道真道长沉吟半天说："仙山是不赶敬香之人。但是心即是神，神即是心，心不安，于事无补。看得出你行伍之人，满脸杀气，急功近利，神不见容。换个人谈谈，看允不允？"吴光浩面红耳赤，就叫戴克敏出面。戴克敏说："我同你一样是行伍出身啦。"改编后戴克敏不当总指挥了。吴光浩就叫王幼勇与道真道长谈。

王幼勇出来后，揖手于鼻下，与道真道长施了礼。那礼施得地道。道真道人问："你是什么人？"王幼勇说："师傅，我是董必武的学生。"道真道长问："董必武不就是董用威吗？"王幼勇说："对。"道真道长说："那人我知道。想当年我与他同年考取秀才的。听说他在再造一个新世界。"王幼勇说："对。"道真道长问："那边枪声不断，打得天昏地暗，是你们在争吗？"王幼勇点头说："是。"道真道长问："争赢了吗？"王幼勇说："胜败乃兵家常事。"道真道长说："我在再造，你们也在再造，做的是同一件事啊。你知道吗？再造不易。"王幼勇说："知道。师傅，我们来保证秋毫无犯。"道真道长说："你可知此地的来历？"王幼勇说："略知一二。"道真道长笑了，说："说来听听。说得出，太乙真人就容你。"

王幼勇又施了一礼，说："师傅，那就求教了。"道真道长说："不必客气。"王幼勇说："传说木兰山是花木兰的故乡。南北朝时花木兰代父从军，在中国文学史上留下《木兰词》，为千古佳话。黄陂木兰山是不是花木兰的故乡有人怀疑。怀疑的人说《木兰词》是南北朝留下的民歌，其文化背景在黄河流域不在长江流域。说木兰山得名是因为山上遍布木兰花。但是鄂东有花姓，而且不少。查姓氏起源，金时女真人孛术鲁氏汉姓为花。满洲八旗姓傅都哩氏的后改姓为花，还有蒙古族伯颜氏汉姓也为花。满、蒙、锡、伯等民族均有此姓。所以我认为木兰山就是花木兰的家乡。"道真道长说："存异议本是人间常事，小道不同，大道归一。你说是吧？"王幼勇说："对。"道真道长问："你知花木兰为什么从军吗？"王幼勇说："逼的。木兰词中说得清楚，阿爷无大儿，木兰无长兄。"道真道长点头说："你说得对。是逼的。到底是董用威的学生。"请问："你是哪里人?"王幼勇迟疑了。道真道长说:"放心,我不会出卖你的。"王幼勇说:"石槽冲人。"道真道长问:"贵姓。"王幼勇说:"姓王。"道真道长问:"可是沙河王姓?"王幼勇点头说:"正是。"道真道长说:"我就知道你是那里的人。"王幼勇问:"你怎么知道?"道真道长说:"你的面相告诉我的。我一见你的面,我就知道你是沙河王姓的后人。"王幼勇吃了一惊。道真道长问:"你看过你们的族谱吗?"王幼勇说:"没有。"道真道长说:"这就是你的不对了。学识这样渊博,怎么不看家谱呢?你知道你们沙河王姓从哪里来的吗?"王幼勇说:"不知道。道真道长说,那我今天就来告诉你。"

道真道长就叫道童上茶,上木兰山的道茶,又叫道童拿一个蒲团让王幼勇坐在他的对面。

道真道长说:"你知道吗?沙河王姓本不姓王。沙河王姓原是鞑靼人的后裔。一代天骄成吉思汗凭他的弯弓烈马入主中原建立元朝后,分封他的子孙到各地为王。元末年间,朝廷册封鞑靼族姓'也先不花'的子孙为桃花站提领王。那时候分封到各地的提领王,俗称'鞑子老爷'。'鞑子老爷'在领地享有特权。新谷出世先要进贡他,他要先尝新。他不先尝,不准百姓吃。就连结婚,初夜权都是他的。民愤沸天。桃花站的这个提领王与其他的提领王不同,他为官清正。朱元璋扯旗造反,暗令各地以正月十五朝田里丢烟把为号,一夜之间全国各地的'鞑子老爷'杀干净了。沙河百姓隐藏了他。他大难不死。此后他的后裔便以提领王的'王'字为姓。时至今日已繁衍二十三代人。这便是如今沙河王姓了。"

王幼勇问:"道长,这是真的吗?"

道真道长说:"鄂东许多人以为他们是南方人,其实不是。你就不是。你看你高鼻耸目,表面上温而尔雅,骨子里却血性十足。那里像南方人,是典型北方人种啊。"

王幼勇说:"道长,传说不足为凭。"

道真道长说:"家谱能骗后人吗?血脉相承,绝没有冒认祖宗的。春节期间你玩过马驴吗?"王幼勇说:"小时候玩过。"道真道长说:"那用篾扎的,用彩纸糊的,像马又像驴,头部可以活动,用手抓住头部,有节奏地拉动,双脚跑弹跳步,唱高亢的'马驴调'的民间故事,别的地方没有,只有沙河才有。我告诉你,沙河马驴是元代留下来的鞑靼文化的缩影。因为那位提领王没死,留下了许多后人。代代相传,他的后人用这种方式怀念他们遥远的故乡啊。你知道吗?蒙古人出门不是骑马就是骑驴。'沙河马驴'是典型的蒙古人在鄂东的文化遗存。"

道真道长望着王幼勇问:"你相信吗?"

王幼勇点头说:"我相信。"

道真道长说:"所以说古往今来,杀人可以夺天下,绝不能长久。杀人者终被人杀。容人者终被人容。太乙真人说,再造不易。再造者必有再造的胸怀。"

王幼勇说:"道长,你说的对。"

道真道长说:"喝茶。"

王幼勇喝了一口茶,问:"请问道长,你贵姓?"

道真道长问:"你又错了,仙界问信,不问姓。"

王幼勇说:"我是问身从何来?"

道真道长说:"这样说你就对了。人生下来不是神仙。"

王幼勇说:"所以敢问。"

道真道长热泪盈眶了,说:"身在俗世时,与你一样,姓王啊!"

王幼勇感动了,说:"怪不得你能细数家珍!"

道真道长起身一揖擎在鼻下,施了一礼,说:"木兰山拜托你了。"

王幼勇起身还礼,说:"保证相安无事。"

于是道真道长叫道童生火开大锅,煮粥给众人吃。

王幼勇和吴光浩、戴克敏等人开会,制定出几条纪律。大家议了一会儿,议出几条,王幼勇记在纸上,想编成歌儿唱最好,于是用歌词的形式将内容进行修改,定名为《红军纪律歌》:

红军纪律最严明:

行动听命令,

不得胡乱行;

打土豪要归公,

卖买要公平;

工农的东西,

不可拿分文;

说话要和气,

开口不骂人;

无产阶级劳苦大众,

个个尽相亲。

出发与宿营,

样样要记清:

上门板、捆稻草,

房子扫干净;

借物要送还,

损失要赔银；
便溺上厕所，
不搜俘虏身。
三大纪律八项注意，
大家照此行。

王幼勇将词配上《土地革命歌》的曲子，教给喝完粥的战士们唱。

这首歌后来随着红二十五军走出红安，经过艰苦岁月的补充和完善，唱到了陕北延安。中华人民共和国成立后，经多次修改，定名为《三大纪律八项注意》，成为中国人民解放军军歌，传唱得家喻户晓，深得人心。

四十六

傅素云和王氏姐妹挑着枪响、枪生是在木兰山祈嗣顶与王幼勇会面的。

工农革命军第七军吃了道真道长的斋粥之后，布了哨兵，隐入几个山洞休息。连日转移浴血奋战，战士们弹尽粮绝，衣不遮体，山上冷，洞里温暖，入洞之后，倒头便睡。形势太严峻了，王幼勇和第七军几个主要领导连夜聚在藏经洞里开会，商量对策。

藏经洞在祈嗣顶后殿之下，一块石板盖着洞口，非常隐蔽，常人不知道，只有道真道长和极少数道人知道。藏经洞是开出来的密封斗室，洞里不能点灯，不能抽烟。洞里很黑，彼此看不到表情，那会开得很压抑。吴光浩分析了目前形势，目前形势很明了，那就是终于跳出了围剿的包围圈，保存了革命火种。黑暗里，大家默默无言。吴光浩知道大家的心思，形势其实不用说，明摆着的，大家关心的是生存问题。吴光浩问王幼勇："还有多少银元？"王幼勇说："还有五百多块。"吴光浩问："能过多长日子？"王幼勇说："我计算过，五百多块银元，七十二人，仅吃饭一项，最多能坚持二十天。"吴光浩急了，问："那怎么办？天冷了，战士们该穿棉袄了。一日三餐，战士们不能不吃饭？"黑暗里王幼勇不作声。吴光浩说："幼勇，我问你呢？"王幼勇说："军长，我不是在想吗？"吴光浩说："你是负责后勤的。你要拿出办法来。大家看着你呢！"王幼勇说："怎么办？山上不出银元，山上不出粮食。"吴光浩问："那哪里出银元和粮食？"王幼勇说："银元和粮食只有山下有啊！"吴光浩激动起来，说："同志们，以前我只想如何革命？只要革命，银元和粮食都有。没想到现在革命问题变成了生存问题。幼勇说得对！粮食和银元只有山下有。他们想饿死我们，冻死我们，困死我们，我们不能坐以待毙！我们必须活下去！我们要吃饭，我们要穿衣，他们用极端的手段对付我们,我们必须用极端对付他们!大家说对不对?"大家说:"对。"吴光浩说:"既然大家同意我的意见,就做决议吧。"

第30章 阴阳割昏晓（5）

　　会议决定以木兰山为根据地,所编的三个大队,白天隐蔽在山上的山洞里休息,夜晚化整为零化装下木兰山选定目标向大户要粮食要银元,天亮之前回山。万一不能及时回山的,就地隐蔽,不能暴露行踪。吴光浩对三个大队分配了任务,每个大队必须完成一定的数额。多完成的有奖。作了决定后,王幼勇要求发言。吴光浩说:"幼勇同志,夜深了,大家累了,你说简单点。"王幼勇说:"军长,我只说一句。"王幼勇说:"我同意军长极端之说。但是面对如此严峻的生存形势,我建议此次下山后不能滥杀,以筹钱筹粮为主要目的。这对我们建立根据地有好处。"黑暗里有人笑了,问:"不要他的命,他会给钱给粮吗?"吴光浩说:"大家拿出各自的手段来,相机行事。"吴光浩说:"幼勇同志,你也带人下山,我希望你不杀人能筹到银元和粮食。你还有什么意见?"王幼勇说:"说完了。"吴光浩说:"散会。"

　　散会之后,木兰山恢复了自然的宁静。松涛阵阵,月朗星稀。

　　傅素云和王家姐妹挑着枪响、枪生,沿着石级历尽千辛万苦上到祈嗣顶,正是半夜时分。祈嗣顶在木兰山最高处。石级两边绝壁悬崖扎着青松。松是黄山松,飞籽落在石缝里生根长成簇簇树。那树扎在石缝里历千年万年不死;那枝经山风磨砺,伤迹累累,尺长寸长,山风再也吹不断;那叶细如针,密如发,簇簇丛丛,不到换季它不落。上山的香客叫它迎客松。上祈嗣顶的香客,多为女客。人间俗女,结婚一年两年如若不能生儿育女,就上祈嗣顶求子。据说祈嗣顶是南海观音下凡送子的必经之路。祈嗣顶的青石板上,挖着一个石坑儿,一岩相隔。那坑形似女阴,那岩形似男阴。求子的香客隔岩投石,如若石子中坑,必大喜过望,说明送子观音允了,能受孕。

　　路无再上,山无再高,夜雾沉沉。傅素云将箩筐放在那岩边。傅素云含着眼泪对箩中的枪响、枪生说:"儿子,你们大声喊,喊你们的父亲吧!"箩筐中的枪响、枪生举着小手喊:"爸爸,爸爸,你在哪里?"空山静静的,松涛阵阵,只有回声,没有答声。枪响、枪生冷得一齐哭了起来。

　　山洞里的王幼勇听见那哭声,打了一个哆嗦。吴光浩警觉了,问:"这时候山顶上哪来的孩子哭声?"王幼勇说:"是孩子他娘带着孩子找我来了。"吴光浩说:"不会吧?"王幼勇说:"血脉相连,我的孩子哭声我听得出。"吴光浩说:"出去看看。"王幼勇和吴光浩就出洞上到了祈嗣顶。果然就是他们。王幼勇一哭,问:"你们怎么来了?"傅素云哭着说:"房子烧了,我们来找队伍。"王幼勇问:"谁烧的?"王幼霭说:"哥,问什么?你应该知道是谁烧的。"王幼勇说:"我不该问。娘嘞?"王幼霭说:"娘没死。娘还活着。"吴光浩说:"真是乱弹琴,部队是育儿园收容所吗?"王幼勇问:"你说什么?"吴光浩说:"幼勇同志,我理解你的心情。撤退时多少亲人尾随队伍啊,是我流泪磕头劝他们离开的。"王幼勇问:"他们找来了啊,未必眼看着他们死吗?"吴光浩问:"暴露行踪没有?"傅素云说:"我们一齐在深山里走,没有暴露行踪。"王幼勇说:"军长,你不是要建立新的根据地吗?你不是要我负责后勤吗?战士们寒衣要人做,伤员要人照料。尽管形势严峻,生存第一,但是只要有队伍存在,后勤建设和后勤保障必不可少。素云和我的两个妹妹都是党员,让她们做这事吧。我的两个孩子会一天天长大的,也会为革命做一点事。"吴光浩沉默半天,说:"你说得对。我做主留下她们。傅素云同志,形势很严峻,你要随时做好最坏的准备。"傅素云说:"军长,你放心。王家生是革命的人,死是革命的鬼。"吴光浩说:"素云同志,山顶太冷了,快带孩子进洞吧。"

吴光浩同第七军负责人商量后,留下了王家姐妹和傅素云母子,宣布成立被服厂和红军医院。被服厂设在太乙洞,由傅素云负责。红军医院设在八卦洞,由王幼霭负责。

四十七

傅大脚像一座雕像,坐在大枫树下的椅子上。大火熄灭之后,北风凛冽,天空中的小雨化成了雪花。傅大脚哽咽一声,抹干脸上的泪,从枫树下的椅子上站起身来。数代人积累起来的家,一餐饭的时间,被傻大爷一把火烧光了,只剩下一把椅子。

傅大脚从废墟中捡起一个四耳陶罐,用铁丝系了,丢到屋后井里,汲了一罐水,喝了几口凉水。喝了几口凉水后,她身上就有了力气,开始清理烧毁的王家老宅,将老宅前重的残砖和灰烬清除了,清出平整的一块地。然后从老宅后重的废墟中,捡了一把砍刀和一把茅镰,铁器是烧不化的。她带着砍刀和茅镰上了山,上山砍毛竹、割茅草。她决定在王家老宅的废墟上搭一个栖身的茅棚。

石槽冲静静的,垸人"跑反"去了,还没回来,没人帮她。大山空静,没有人声,没有鸟叫,只有凛冽的北风吹。北风夹着雪花漫天飞扬。雪花中,傅大脚用砍刀将毛竹一棵棵砍倒，砍倒之后，削掉枝叶，刮去表面的青皮。山里的人搭茅棚必定削去毛竹表面的青皮，叫作去青。她虽是傅家小姐，从小跟父亲熟读诗书，知书识礼，自从嫁到王家后，一直过俗日子，知道用毛竹搭茅棚不去青，毛竹干了后就会炸裂，又爱招虫蛀，不会长久的。她砍了十八棵毛竹，精心去了青。她将那十八棵毛竹，一棵棵拖到王家老宅前重的空场上。她计算过，十八棵毛竹可以搭一个简易拖地茅棚。然后她就上山割茅草。她不割线茅草，线茅草是山里人用来做蓑衣遮雨的，不能盖茅棚。线毛草古书称白茅，古时候是用来缩酒的。春秋时礼崩乐坏，楚国不进贡白茅，周天子伐楚，罪名就是"尔贡苞茅不入，王祭不共，无以缩酒"，使天子不能用清酒祭祀祖先。盖茅棚不能用线茅草。盖茅草棚要用梗茅，梗茅草长得人多高，叶小而梗直，叶尽之后，尽是梗。那梗挺而坚，经风雨而不烂，是盖茅棚的好材料。傅大脚将山上的梗茅草割下来，用草绳捆好，从山上一捆捆背下来，背到王家老宅平整后的空地上。然后她用刀劈篾，架毛竹，用篾将毛竹绑好，然后将梗茅草密密地铺在上面，扎紧，扎平，留门，留窗，里外两间拖地的茅棚就搭好了。

茅棚搭好后，傅大脚辟篾做了个竹篮子，采了三支枯草放在竹篮里。傅大脚在废墟上找，竟找到了两挂过年用剩的短鞭炮，捡起来放进篮子里。傅大脚拍尽身上的灰尘，牵伸衣袖，将黑色的包头扎在头上，掩了柴门，提着竹篮，踏着积雪，朝傅兴垸走。傅大脚来到夫子河畔的傅兴垸，天上的雪越下越大。垸巷里家家关门闭户，傅大脚径直走到垸中间的傅氏祠堂。傅氏祠堂的大门紧锁着。傅大脚伸手拍门，拍得响响的。旁边守祠堂的傅姓老人听见响声后出来了。风雪里老人认出了傅大脚，说："大小姐回来了。"傅大脚说："回来了。"老人问："大小姐，你不进兄弟的门，到祠堂做什么？"傅大脚说："我回来祭祖。"老人说："不是清明，不是重阳，又不是大祭，你祭什么祖？"傅大脚说："我是傅家的血脉，我不能祭祖吗？"老人说："能祭，能祭。"傅大脚说："能祭，你就把门打开。"老人说："开祠堂的门要族长发话。"傅大脚愤怒了，说："把门打开。傅家女儿哪有不能祭祖的道理？"老人没有办法，把门打开了。傅大脚来到大殿祖宗的牌位下，点燃三支枯草，插在香炉里，从篮子里拿一挂短鞭炮，放了。红烟紫雾过后，傅大脚双膝跪下，说："列祖列宗，女儿穷了，下无寸土，下无片瓦，无钱买长爆竹，也无钱买香。只能放短鞭炮了，这短鞭炮还是火劫中剩的。只能点枯草当香。没酒祭你们了，女儿用眼泪当酒。"老人慌了，说："大小姐，多时没人进祠堂的门了，等我打扫干净了你再祭。"傅大脚说："等不及了。"傅大脚跪在祖宗牌位前说："列祖列宗，你们的女儿活着回来了。列祖列宗，兵荒马乱，没人祭祀，你们蒙尘了啊。"傅大脚放声大哭起来，哭得天昏地暗。

守祠堂的老人赶紧到桂花楼通报傅立松。

傅立松随老人踏着积雪来到了祠堂。傅立松问:"你哭什么?"傅大脚仰脸问:"我哭什么,你不知道吗?"傅立松说:"你哭吧。"傅大脚一抹脸上的泪,不哭了。傅立松问:"为什么不哭?"傅大脚说:"你来了,我就不想哭。"傅立松问:"你回来就是为了哭?"傅大脚笑了,说:"当然不是光哭。"傅立松问:"你笑什么?"傅大脚说:"我笑什么,你不知道吗?"傅立松说:"我不知道。"傅大脚说:"告诉你。老姐家做了新屋。"傅立松问:"做了新屋?"傅大脚说:"做了新屋。"傅立松问:"什么时候?"傅大脚说:"你去了就知道。"傅立松说:"我与王家不共戴天。"傅大脚说:"好不晓事的东西,老姐家做了新屋,你不去祝贺一下,送个礼吗?"傅立松说:"我不会上你的当。"傅大脚笑了:"族长,你原来怕死呀。你不是杀回来了吗?天下不是你的了吗?你怕我杀了你不成?你要还是傅家子孙,你今天就要跟我走一趟。"傅立松说:"为什么?"傅大脚说:"看看我家的新屋呀。"傅立松问:"还想要礼吗?"傅大脚说:"当然要。你烧了的,得还。"傅立松说:"原来你回来是要礼的?"傅大脚说:"对,我不向你要向谁要?"傅立松说:"好吧。今天我就随你走一趟,看看我怕不怕死?我活够了,总想死个名堂。今天看看能不能死个名堂,要是能死个名堂出来,对祖宗和世人也有个交代。"

傅立松叫人备礼,问傅大脚要什么。傅大脚说:"你有什么?"傅立松说:"别的没有,无非还有点黄的金,白的银。"傅大脚说:"黄的金,白的银,我要够了,现在对于我来说没用,不要了。"傅立松问:"那你要什么?"傅大脚说:"老姐新屋刚做好,缺吃的缺用的,你带上吃的和用的吧。"傅立松叫人带上吃的和用的,领着兵丁,如临大敌,随傅大脚冒着风雪来到了石槽冲。

来到王家老宅的废墟上,傅大脚从竹篮里拿出另一挂短鞭炮,点着放响了,指着茅棚对傅立松说:"这就是我家新屋。"傅立松问:"你搭的。"傅大脚说:"是的。王家不能没有屋住。"傅立松说:"不容易。"傅大脚说:"也不是很为难。"傅立松问:"你叫我来就是看你的茅棚?"傅大脚说:"有这茅棚在,王家就不会断烟火。"傅立松哈哈一笑,笑出了眼泪,说:"老姐,礼还要不要?"傅大脚说:"当然要,娘家兄弟的礼我怎么不要?"傅立松问:"东西放屋里还是放在外面?"傅大脚说:"放在外面吧,老姐搬得动,会慢慢朝屋里搬。"傅立松说:"那就放在外面吧。"傅大脚说:"不进屋坐坐?我烧茶你喝。"傅立松说:"我喝不进去。"傅大脚问:"兄弟,你也有喝不进去的时候?"

傅立松长叹一声,说:"老姐,我走了。"

傅大脚大哭一声,说:"兄弟,你走好。我就不送了。我要朝屋里搬东西。"

第31章 阴阳割昏晓（6）

四十八

第七军是在敌第十二军一个团进攻木兰山时，分成若干小组跳出包围圈，与四县交界的大崎山的第六军会合的。第六军说是军，其实比第七军的还少，只有四十多人。

王幼勇和王幼刚是趁黑夜下大崎山，半夜摸进夫子河边的傅兴垸找傅立松筹款的。傅兴垸就在连绵的大崎山的山脚下。大崎山北边的水，就流向傅兴垸边的夫子河。

偌大的垸子，没有狗咬，跑反回来的人们都睡死了。

王幼勇和王幼刚摸到傅家老宅傅立松二楼卧房时，傅立松还没睡。床头点盏灯，傅立松就着油灯，和衣半躺着在看《春秋》。《春秋》据说是孔子编的，以鲁国为编年，记事的。事记得非常简约，许多微言大义隐在其中，不好看懂，要《公羊传》和《谷梁传》作辅导才能看出。傅立松半躺在床上，床头翻开的都是线装书。傅立松以《春秋》为蓝本，结合《公羊传》和《谷梁传》正在研究逢丑父该不该杀的问题。逢丑父是齐国人，齐国与晋国交战，齐顷公战败，眼看就要落入敌手，与齐顷公同一战车上的逢丑父冒充齐顷公，救了齐顷公的命。齐顷公跑了，逢丑父被抓住了。晋国主帅被逢丑父忠心保主的精神感动了，不但没杀逢丑父，反而把他放了。逢丑父该放还是该杀？这是个历史问题，史书上各有各的说法，有的说该放，有的说该杀。该放的有该放的理由，该杀的有该杀的理由，莫衷一是。到底是放对还是杀对，傅立松搞不清楚。傅立松在《公羊传》里发现逢丑父该杀。为什么呢？《公羊传》里没说，只是五个字：逢丑父该杀。读经搞不清楚大义是件使人难受的事。傅立松只好翻《春秋繁露》。《春秋繁露》是汉朝大儒董仲舒写的。傅立松在《春秋繁露》中找到答案。董仲舒说其实逢丑父那时候不应该救齐顷公，他应该让齐顷公死。他应该对齐顷公说，作为一国之君，你既然挑起了战争，就应该在这关键时刻战死，苟活着做什么？苟活着上对不住祖宗，下对不住国人。逢丑父救不该救之人，该杀不该放。这不是生死问题，而是大义问题。

傅立松幡然领悟，一拍胯子说："这就对了！"

就在这时候二楼闩着的房门,吱呀一声开了。一阵风,油灯忽闪了一下。两个蒙面人闪了进来。傅立松一惊,抓起床头上了膛的盒子枪,对准了,问:"什么人?"就要开枪,王幼勇和王幼刚一把扯下了蒙面布,说:"不要怕,是我们。"油灯忽闪着,傅立松看清了是他的两个外甥。傅立松说:"这就对了。不及时扯下蒙面布,枪就响了。"傅立松用枪指着王氏兄弟,说:"不要动。动就没命。"王幼勇和王幼刚站着不动。王幼勇说:"我们知道。你的枪法不错,练出来了。"傅立松问:"是怎么进来的?"王幼勇说:"你忘记了吗?我那次是怎么出去的?那次是怎么出去的这次就是怎么进来的。"傅立松问:"哨兵没发现吗?"王幼勇说:"没惊动哨兵。"傅立松说:"我明白了。"王幼勇说:"你明白什么?"傅立松说:"我明白你们是怎么进来的。"王幼勇说:"土围子修得再好也有漏洞。"傅立松问:"是从下水道爬进来的吧?"王幼勇点头说:"是的。"傅立松说:"那不是君子之路啊。偷鸡的毛狗才从那里进出。"王幼勇说:"这时候骂是没有用的。开枪吧。"傅立松说:"你谅我不敢?"王幼勇说:"那你就开枪。"傅立松说:"太容易了。太容易的事我不做。"王幼勇问:"为什么?"傅立松说:"没意思。说吧,来做什么?"王幼勇说:"你应该知道。"傅立松说:"我不知道。"王幼勇说:"我来送点礼物给你。"傅立松说:"什么礼物?拿出来让我开开眼界。"王幼勇对王幼刚说:"送上去。"王幼刚顺手将手里提的袋子放在桌子上。袋子落桌时,铮然作响。傅立松问:"是子弹吗?"王幼刚点头说:"是。"傅立松说:"不就是杀人的吗?这东西我也有。"王幼勇说:"你的是你的。"傅立松问:"送我几颗?"王幼刚说:"三颗。"傅立松问:"你是说我家还有三个人,每人送一颗?"王幼勇说:"随手抓的。"傅立松说:"你肯定是有意的!"王幼勇说:"你可以这样认为。"

傅立松勃然大怒,问:"是恐吓我还是羞辱我?"王幼勇说:"你是个明白人。不能说破。"傅立松呵呵发笑,说:"这就是你的不对。"王幼勇说:"没有别的办法,逼出来的。"傅立松激动了,说:"盗亦有道啊!你知道不知道?这要我教你吗?蒙面绑票,进门之前应该先吹灯,然后趁我没抓枪之前用枪对准我的脑袋。你们的枪呢?枪到哪里去了?"王幼勇说:"枪我们还有,只是今天没带。"傅立松问:"为什么不带?绑票没有不带枪之理。哪有只送子弹的?"王幼勇说:"不想带。"傅立松问:"真的没带?"王幼勇说:"真的没带。"傅立松说:"我不信。"王幼勇说:"不信你看。"王幼勇和王幼刚举手亮腰让傅立松看,果真没带枪。傅立松问:"不想杀我吗?"王幼勇说:"不是不想杀你,是不想杀人。"傅立松问:"为什么?"王幼勇说:"于事无补。"傅立松问:"攻心为上?"王幼勇说:"说得对。"傅立松说:"假如我想杀人呢?"王幼勇说:"人固有一死。"傅立松问："或轻于鸿毛？"王幼勇说："或重于泰山。"傅立松哈哈一笑，说："哎呀，到底是我的外甥，说得比我还熟。"

傅立松不笑了，问："带多少人来了？"王幼勇说："这是我们的秘密。"傅立松问："先礼后兵？"王幼勇说："你开枪吧。"傅立松说："这么说我得把枪收起来？"王幼勇说："那是你的自由。"傅立松说："那我就把枪收起来，免得你们紧张。"傅立松把枪收了，对王幼勇和王幼刚说："动手吧，我成全你们。不过得按规矩来。得先用黑布蒙住我的眼睛，然后用绳子绑住我，我好随你们走。"王幼勇说："这不用你教。要是那样，我们进屋之前必定像你刚才说的那样做，先灭灯，然后动手。"傅立松问："这么说你们这次来不绑票？"王幼勇说："不想那样做，只想与你协商。"

傅立松笑了，说："协商这两个字眼好。我爱听。那就协商吧。喝不喝茶？我叫舅娘起来烧茶外甥喝。"王幼勇说："不用了。不喝茶。"傅立松问："坐不坐？我叫人搬椅子。"王幼勇说："不坐。"傅立松说："那好。那就站着说吧。"王幼勇说："我不动气，你也不动气。保持一定距离，这对你我都有好处。"傅立松说："这就对了。这才合君子之道。"

傅立松问："说吧。要什么？"王幼勇说："一千大洋。"傅立松问："做什么用？"王幼勇说："我们需要钱买粮食、枪支弹药和药品。"傅立松问："你们不是革命吗？杀人就是。要钱干什么？"王幼勇说："正因为我们革命，所以必须要钱。"傅立松说："呵，你们也要钱呀？你们要钱找我算是找对了。你知道我们傅氏家族世代积累，别的没有，大洋还是有的。大外甥啦，你不带兵打仗，建功立业，深夜跑到舅父这里来讨小钱，不影响你的理想？"王幼勇说："不瞒你，我负责后勤事务。"傅立松问："听说是董用威安排你做这事的？"王幼勇说："组织上安排的。"傅立松干笑，说："董用威知人善任。我的外甥内行，是做这事的料。"傅立松干笑了好几声，说："董用威害你呀！我的大外甥，你要吃苦了。残兵败将，退往深山，吃没吃，穿没穿，要枪没枪要子弹没子弹，要药品没药品，全得你操心呀。一千大洋太少了。一千大洋能过多长日子。趁傅家还有，舅父给你四千。大外甥，三外甥，大洋全在我床底下，你们看。"

傅立松将床垫掀开，垫子下果真全是银元。

傅立松说："自己拿吧。每个箱子里装的是一千大洋，你们拿四箱子去吧。这东西太重了，跟着我跑了许多冤枉路，今天总算派上用场。你们每人挑四箱子去吧。扁担我这里有，绳子我这里也有，只要你们出个肩挑就行。"王幼勇说："我打个借条你，算借的。革命成功之后，你拿出借条来，算你为革命作的贡献，你就是开明绅士。"傅立松说："大外甥，你太幼稚了，你太理想化了。打土豪哪能有言借之理？今日之钱哪能保明日之命？我连脸都不要了，还在乎银子？挑去吧。挑去了落个干净。"王幼勇问："真的？"傅立松说："动手吧。我同外甥玩什么假？"

王幼勇和王幼刚就装银元。

王幼勇和王幼刚挑着装银元的箱子，朝门外走。

傅立松说："要不要点个火把？天黑路不好走。"王幼勇说："不用。"傅立松问："重不重？"王幼勇说："不重。"傅立松说："哪有不重的？金银压死人啊。"王幼勇说："挑得起来。"傅立松问："外面有人接应？"王幼勇说："这不是你的事。"傅立松点头说："对，这不是我的事。"傅立松笑着说："大外甥，三外甥，这次你们不能从下水道爬了吧？从下水道爬不体面。我就不送了。舅舅累了，要梦周公了。"王幼勇说："不用送。"傅立松说："不送，不送了。"

王幼勇和王幼刚挑着银元箱子出了傅兴垸。

傻大爷带着黄枪会兵丁举着火把夹道相送。

王幼勇和王幼刚挑着箱子走到垸子外夜的深处。

傅立松站在傅兴垸火把的光里。值夜的教师爷从垸后潜回了垸。

傅立松问教师爷："外面有人接应吗？"教师爷说："回老爷，外面没人接应，他俩是单独行动的。"傅立松说："我就知道他们不敢整体行动，化整为零了。银子压住了他们，他们不会跑远的。传我的话，呐喊，鸣枪追击！"教师爷问："要不要他们的命？"傅立松说："不要他们的命。逢丑父该杀，王氏兄弟不该杀。让他们活着。"

于是傻大爷和教师爷带领黄枪会兵丁，呐喊，鸣枪一阵猛追。山路上的王幼勇和王幼强只得弃了装银元的挑子，潜进山林。傻大爷和教师爷带着黄枪会兵丁，挑着装银元的挑子回到傅兴垸。

火把的光亮中，傅立松哈哈大笑，笑出眼泪，说："这是什么事？这是什么事？这是与虎谋皮呀！黄口小儿，你们也太天真了！"

傅立松连夜下令，将垸中所有的下水道，钉铁桩用铁网封死。

四十九

第六军失败了，第七军又回到木兰山。

吴光浩是在木兰山天宫观与王幼勇见面的。各小队下山多少都有收获，只有王氏兄弟空手而归。见了面，吴光浩没有正面批评王幼勇，连说："笑话，真是笑话。"王幼勇无言以对。王幼勇说："我请求组织免去我的职务。"吴光浩说：

"想跟我对换是不是？可惜呀！可惜的是，我懂的你不懂。你懂的我不懂。假若你都懂，事情就好办了。"王幼勇默默无言。吴光浩拍着王幼勇的肩膀说："还是干你的本行吧。打锣卖糖，我们各干一行。老师怎么会看错人嘞？别人不相信你。我还是相信你的。"

王幼勇说："不要相信我。"

吴光浩说："我要相信你。"

吴光浩说完就走了。

王幼勇流出眼泪。

王幼刚说："哥，你哭什么？叫你听我的，你不听。要是听我的，是这个结果吗？"

王幼勇说："你懂什么？"

王幼刚说："总是你懂。你一个人懂去吧。我不陪你了。"

王幼刚说完也走了，留下王幼勇一个人。

天宫观的门对着莽莽群山，天风吹来，两扇大门随风张合着，发生吱呀声。王幼勇走出门，含着眼泪，望着山下的世界。

第32章　破茧裂丝帛（1）

《游击生活歌》
几年游击在深山，
一片荒凉绝人烟。
岩缝沟旁茅棚搭，
缺粮无灶怎为餐？
茶缸面盆来烧饭，
葛根野菜是粮源。
无油无盐清水煮，
一天难得进两餐。
山楂树叶泡菜喝，
薄荷晒干当旱烟。
唯有脸盆功劳大，
煮饭洗衣洗手脸。
——摘自《鄂东革命歌谣》

注释：此歌是离休老红军邢立仁于中华人民共和国成立初期所作。它记述了党和红军当年游击战争中的艰苦斗争生活。

五十

王幼勇是一九三零年十月被历史推到风口浪尖的。

那时候退到木兰山的红军队伍，经过多次挫折和失败，终于缓过气来。七月随着商南起义成功，红军第十一军第三十二师成立，鄂豫皖边区苏维埃政府在红安七里坪成立。此时的鄂豫皖边区苏维埃政权与起义初期的不同，中央派人来成立了鄂豫皖军事委员会，加强了领导，兵多了地盘扩大了，形成了以七里坪为中心，连接三省边界的一块红色根据地。鄂豫皖苏区政权随着革命形势的发展，需要建立一系列的机构，保证红色政权的运行。边区政府决定组建边区银行。雨循旧路，王幼勇作为唯一合适人选，被军事委员会主席兼苏维埃主席任命为苏维埃苏区银行行长。

任命是主席以军事委员会的名义在大会上宣布的。事先主席没有征求王幼勇的意见，三个领导小组成员内定的。主席宣读文件过后，台下的人们就鼓掌。掌声像雨声哗啦一片。主席将红色任命书双手拿着，走过去，走到坐在主席台一侧的王幼勇面前。按照习惯王幼勇应该站起来。但那时候王幼勇没有站起来。主席说："王幼勇同志，请你站起来。"王幼勇坐着说："主席，这个担子太重了，我能力有限。"主席说："这不是我个人的意见。"王幼勇说："能不能换个人。我当后勤部长有些时间了，行长比后勤部长担子更重，我力不从心。"主席问："你力不从心？"王幼勇说："我力不从心。"主席说："那你就推荐一个人吧？这个行长总要有人当。不然红色政权怎样进行下去？革命怎能成功？我想听听你的意见。你说谁合适？"王幼勇摇头说："我也不知道。"主席说："你也不知道。那怎么办？我知道这个行长不好当。其实我知道有个人比你合适。"王幼勇问："谁？"主席笑着说："财神菩萨赵公明呀！他要是肯下凡，那就不要你当。"主席台上的人一齐笑了。王幼勇脸红了。主席说："王幼勇同志，不要脸红。脸红是幼稚的表现。你革命这么多年了，经了这么多的风雨和考验，应该成熟。"王幼勇的脸更红了。主席说："你能不能请财神菩萨赵公明下凡？"王幼勇摇着头说："我不能，他是神仙。"主席说："你不能请他下凡，那还得是你当。"主席不笑了，严肃地说："王幼勇同志，你既然选择了革命，革命就有权选择你。我们想过，就苏区目前的状况，除了你没有第二个人更适合这个职务。站起来接受任命吧！"

王幼勇站起来接受了任命书。主席带头鼓拳,台下的人一齐响应。掌声雷动。接下来举行就职宣誓。那时候就职宣誓是必不可少的。无论什么人就什么职都要宣誓。台下的人一齐唱起了《国际歌》,就职宣誓就在歌声中进行。党旗、军旗挂在主席台正中,下面挂的是马恩列斯的伟人像。主席宣布就职宣誓开始。王幼勇拿着任命书随着众人的歌声转过身去,面对党旗、军旗、伟人像站好。主席也转过身去,站好了。主席说:"宣誓开始!"他领着王幼勇举起了拳头说誓词。誓词是主席事先写好了的。很简单,八个字:"赴汤蹈火,义不容辞。"主席说:"赴汤蹈火!"王幼勇说:"赴汤蹈火!"主席说:"义不容辞!"王幼勇说:"义不容辞!"主席说:"宣誓人。"王幼勇说:"王幼勇。"台下的《国际歌》唱完了,就职宣誓也结束了。

面对中央派来的北大毕业具有雄辩能力的主席,王幼勇没有理由推脱,也推脱不了。王幼勇宣誓就职当上苏维埃苏区银行行长。宣誓完了之后,主席说:"王行长,随我走走吧。"王幼勇就随着主席走。秋天的太阳很好,挂在天上照,照着古色古香的长胜街。长胜街上红旗飘扬,满街都是庆祝胜利的人群。军人一队队夹在人群中走。主席领着王幼勇走在街上,带队的军官见了主席,一个个举手敬礼。主席一一还礼。主席笑着问王幼勇:"王行长,你知道我带你出来干什么?"王幼勇说:"参观胜利景象吧。"主席说:"关于行长的决定事先没有征求你的意见,很对不起。但是我知道你会以大局为重的。"主席说得很真诚,王幼勇很感动。主席指着街上的房子说:"王行长,关于银行的组建事宜,我不干涉,由你定。比方说房子,你认为哪幢房子合适做银行,你提出来,我批准。"主席带着王幼勇走到七里坪北街"鼎泰祥"当铺前不走了。主席问:"这里怎么样?"王幼勇说:"行。"主席说:"到底是行家,眼力不错。就定在这里吧。"王幼勇说:"哪里是我定?还不是你定的。"主席说:"不是你点头的吗?"王幼勇说:"是你带我到这里来的。"主席一笑,说:"行了,就定在这里吧。你看当铺的主人跑了,房子在,正好做银行。当铺与银行都是做钱生意的。"

"鼎泰祥"门前有战士守着。木结构三开间的大门上贴着封条。封条写着征用,盖着苏维埃政府和军事委员会的鲜红章子。守门战士见主席来了,举手敬礼。主席还礼,对守门战士说:"这里不用守了,撤岗吧。"守门战士大声回答:"是!"持枪跑步离开。主席伸手将大门上的封条扯了,将大门打开,说:"王行长,请进。"主席迈过高高的木门槛踏着铺地青砖将王幼勇带了进去。当铺阔大,一进三重,两边都有门,两口天井露着天光。阴森偌大的屋里,只有主席和王幼勇两个人。主席说:"王行长,我俩就在这里谈谈吧。"王幼勇说:"行。"主席问:"关于银行的人选,你考虑过了吗?"王幼勇说:"脑子还没转过弯来,还没有考虑。"主席从口袋里掏出一张纸说:"我替你列了个名单,供你参考。你看行不行?"王幼勇接过名单对着天井上漏下来的天光看。王幼勇看见名单上的银行,由六人组成,行长王幼勇,会计王幼霭,出纳傅秀云,押运员王幼刚,保管员王幼猛,炊事员王幼馨,全是王家的家人班子。主席问:"怎么样?"王幼勇面露难色说:"这不行。"主席问:"有什么不行的?"王幼勇说:"全是王家的家人班子。"主席说:"这是组织上决定的。"王幼勇说:"你不是说由我定吗?"主席说:"业务问题由行长决定,人事问题由组织决定。"王幼勇说:"还不是你说了算。"主席说:"不要争论了。就这样吧。"

主席说完了,就同王幼勇握手,握完手就走了。新政权刚刚建立,很多会等着他去开,许多事等着他去办。王幼勇就留下张罗银行开业。王幼勇清楚,说是银行,其实很不成熟,就是负责苏维埃边区军队和政府日常衣食住行,包括做饭在内一切事务的机构。叫王幼勇想不通的是,银行六个人,怎么全是他的家人班子?组织上怎么把如此重大的任务交给他的家人班子?王幼勇觉得不妥。王家与傅家是世亲,傅立松除了收租还经商,王幼勇从小出入傅家,耳濡目染,对经济运作并不陌生,知道凡是与钱相关的事,家人班子不妥。时间一长,家人班子之间有些事情说不清楚,应该避嫌。

王幼勇哭笑不得,哭笑不得还得执行。

为了工作的方便,组织上安排王幼勇和王氏兄弟、姐妹,傅秀云和两个孩子住进了改作银行的"鼎泰祥"。牌子挂了起来,银行开业了。家人按照分工,各就各位,各司其职。一进三重的"鼎泰祥",进门第一重昔日当东西高高的柜台没拆,正好成了银行的营业的地方。第二重是钱库和仓库。第三重是个大院子,排着桌凳,是红军食堂。开始没有钱,只是实物。主要是收和领。收战士们缴来的东西,记账入库,然后让人带着条子来领,记账出库。其中主要的任务就是做饭,一日三餐将米和菜根据人数做熟,撞钟让红军战士和领导们来吃。那口钟是从庙里取来的。听到撞钟声,战士和领导们就知道吃饭的时候到了。敲锣不同,敲锣是军事行动。一日三餐,饭做熟了,王幼勇就撞那口从庙里取来的钟,钟声悠扬,傅秀云就领着两个孩子同王氏兄弟姐妹忙碌着摆桌开饭。两个孩子枪响和枪生到了能搬碗拿筷子的年纪,傅素云教导两个孩子革命队伍里谁也不能吃闲饭。

家人班子运行了几天,王幼勇怎么想也觉得不规范。事关重大,王幼勇觉得有必要找鄂豫皖军事委员会主席兼苏维埃政府边区主席说一说。

五十一

　　王幼勇是深夜里去找主席的。

　　深秋十月大别山里的夜，星星总在天上闪烁。大别山深处的七里坪，弯曲狭长的街，木板的铺面门户相对，可以想见昔日山民赶集繁荣的景象。七里坪三省交界，是鄂豫皖山区货物集散地。寒霜凝在铺街的青石板上，巡逻的队伍不时从街上走过，盘查行人。巡逻队因为白天吃饭的缘故，都认识王幼勇。对王幼勇点头，叫行长，问："行长，有事？"王幼勇点头，说："有事。"王幼勇走石板街上，夜安静了。北望是群山连绵的影子，南望是群山尽去的田野和垸落，连接田野和垸落的是静静的河流。

　　王幼勇是在鄂豫皖军事委员会里找到主席的。军事委员会同样设在一处逃跑地主的一进三重阔大的屋，比"鼎泰祥"还大还深。主席和军事委员会的主要成员就住里面。主席很忙，白天忙苏维埃政府的事，夜上忙军事的事。王幼勇是在主席办公室兼卧室里找到主席的。主席伏在桌上对着油灯看地图。办公室门外有卫兵站岗。主席是中央派来的，军事专家，戴着一副眼镜，他不是鄂东人，作报告时讲北方话，不作报告时，入乡随俗，操着一口半生不熟的鄂东话。王幼勇进门，伏在桌子上看地图的他，没有抬头，指着椅子对王幼勇说："坐。"王幼勇就坐。等了好半天，主席才从地图上抬起头来，问王幼勇："你来了。"王幼勇说："我来了。"主席说："你来得正好。仓库里有烟吗？"王幼勇说："没烟。"主席问："这几天没缴到烟？"王幼勇说："没缴到烟。"主席伸手用艾叶卷的烟点火抽。主席眼睛里布满了血丝，熬夜全靠抽烟提神。艾叶烟劲大。一般人没烟抽，用薄荷叶晒干卷着抽。主席的烟瘾大，薄荷叶卷的烟不过瘾。一口烟喷出来，不抽烟的王幼勇被呛出了眼泪。主席苦笑了，说："这烟没纸烟好。"王幼勇说："有缴来的烟，我送几盒给你。"主席说："纸烟稀少，不是说缴到就能缴到的。"

　　王幼勇说："靠缴是不行的。"

　　主席说："你说得对。"

　　主席就叫卫兵倒水给王幼勇喝。

　　主席说："大别山里的水倒是好喝。"

　　王幼勇喝着水，说："主席，我有想法。"

　　主席说："把你的想法说出来。"

　　王幼勇说："银行的人不能是家人班子。"

　　主席问："为什么？"

王幼勇说:"经济工作不比其他工作,时间长了说不清楚。"

主席问:"有什么说不清楚的?"

王幼勇说:"每一行有每一行的规矩。"

主席哈哈一笑,说:"同志哥,你有这样的想法不行啦。"

王幼勇问:"为什么不行?"

主席一字一顿地说:"你有这样的想法说明你骨子里存在私心,作了分别想。这时候我们连命都是革命的,你怎么还有这样的想法?你有这样的想法,让我感到吃惊。"

王幼勇没有想到主席会这样说。

王幼勇的脸就红了,说不出话来。

主席说:"你不要紧张。我只是提醒你。我以为你找我谈如何开展工作,没有想到你找我谈的是这。你来得正好。我正要找你。今天夜里你不走了,我要与你彻夜长谈。食堂里有什么吃的没有?"

王幼勇说:"没有。"

主席问:"剩菜也没有吗?"

王幼勇说:"剩菜有一点。"

主席问:"行长,能不能叫人送点来?你不能让我饿着肚子谈啦。我写个条子,你批一下,我叫卫兵去取。"

王幼勇说:"两碗剩菜就不要条子了。"

主席说:"那不行。得按规矩办。"

主席就提起桌上的毛笔,写条子。主席的字写得很好,规范的柳体,比王幼勇的字还好。条子上写着:"为了革命工作,今晚需要剩菜两碗。"署了名和日子,递过条子,让王幼勇批。王幼勇问:"真的要我批?"主席说:"军中无戏言。"王幼勇说:"有那个必要吗?"主席说:"这是组织赋予你的职责,任何人都得遵守。"

王幼勇就提笔批了两个字:"同意。"

主席就喊警卫进来。主席说:"拿王行长的条子到食堂取两碗剩菜来。"警卫说:"是。"拿着条子跑出门。一会儿警卫掇着两碗剩菜进来了。

两双筷子,主席一双,王幼勇一双。

主席说:"吃吧。"

王幼勇说:"我不饿。"

主席说:"哪有不饿的道理。我吃,你也吃。"

王幼勇只好陪着吃,用筷子夹着剩菜一点点吃。主席的确饿了,夹着一筷子剩菜朝嘴里送,很香地嚼。主席嚼着菜说:"要是有点酒就更好。"王幼勇说:"暂时没那东西。"主席说:"到时候肯定全有的。"王幼勇说:"会有的。"

主席发现两碗剩菜经不起几夹,笑了,说:"还得慢点吃。不然就没味。"于是就夹少了,一点点地夹。细嚼慢咽。主席的眼睛在镜片后闪闪发亮。主席用筷子指着装剩菜的碗说:"这菜很好吃。在哪里采购来的?"王幼勇说:"不是采购的。"主席问:"从哪来的?"王幼勇说:"是从山上采来的。"主席问:"这么说是野菜?"王幼勇说:"是的。秋天是大别山区菜的淡季,这么多人要吃很多的菜,根本供应不上。没有办法只好到山上去采野菜。好在山深林密,野菜还能找得到。用不了多长时间,野菜也没了,吃菜就存在问题。"

主席说:"你以为我不知道吗?"王幼勇说:"你知道为什么还要问我?"主席说:"我希望这是暂时的,不是成立了苏区银行吗?我相信成立了苏区银行一切都会好起来。"王幼勇说:"你说的有可能。"主席高兴了,说:"这就对了。这几天我老是在想一个问题,越想越兴奋,越想越觉得有道理。我问你一个政权最容易做的事是什么?"王幼勇摇头说:"不知道。"主席问:"你是行长了,你不可能不知道。"王幼勇说:"真的不知道。"主席说:"真的不知道,那我就告诉你。"

王幼勇问:"最容易的是什么?"

主席说:"莫过于发行钞票。"

王幼勇问:"发行钞票?"

主席说:"对,钞票一发行,一切问题就迎刃而解。如此简单的事,你如何不做?"

王幼勇笑而不答。

主席问:"你笑什么?"

王幼勇说:"经济工作不那么简单。"

主席说:"你笑我是外行?"

王幼勇说:"作为总指挥,你那样认为没有错。"

主席说:"你是说我还是错了?"

王幼勇说:"是的。你错了。"

主席问:"错在哪里?"

王幼勇说:"主席,你留我彻夜长谈,我知道就是为了这。银行成立那天你就命令我立即发行货币,你说纸有油墨有大印也有,只要印出来发出去就行,用不了多少成本。你知道我为什么迟迟没有执行?"

主席说:"你不是对银行都是家人班子有意见,怕时间长了说不清楚吗?"

王幼勇说:"主席,王家人为什么参加革命,在乡亲和傅立松的眼里本来就说不清楚,我们需要说吗?你说你连命都是革命的,我们难道不是吗?"

　　主席说:"对不起,我误解了。"

　　王幼勇激动了,说:"你批评我作了分别想。你为什么对我作分别想?"

　　主席笑了,说:"幼勇同志,你太聪明了。"

　　王幼勇说:"我知道你是用的激将法,堵我的口,让我安心当行长,不作他想。"

　　主席笑了,吐一口艾叶烟,说:"你看得很准。"

　　王幼勇说:"说实话,西方经典的经济著作,我没有系统研究,中国历朝历代建立之初如何发行货币,因缺乏系统资料,无从说起,但是我有一个蓝本。这个蓝本说起来好笑。这个蓝本是从傅立松那里得来的。傅立松你知道吗?"

　　主席说:"我知道。不就是你的舅父吗?"

第33章　破茧裂丝帛(2)

　　王幼勇说:"对。就是他。他家良田万顷,除了收租之外,还在汉口做生意。生意做得很好,赚了很多的钱。为了资金周转,他傅家商号也发行票子,内部流通的。他发行票子,不敢多发,以他的银元和商号作储备,随时准备人拿着票子来兑。大至一个国家,小至一个商号,发票子是以储备作保证的,西方以黄金作抵,叫作黄金储备。谁也不敢滥发票子。滥发了,那票子不成了废纸?"

　　主席哈哈大笑,说:"你以为我真的不懂吗?"

　　王幼勇问:"你也懂。"

　　主席说:"我怎能不懂?我懂呀。幼勇同志,我问你,我们一无所有,用什么作储备?我们没有黄金,没有白银。我们只有政权呀。我们别无他法,只有用政权作储备。"

　　王幼勇说:"政权能作储备吗?"

　　主席说:"谁说不能?"

　　王幼勇说:"有政权作保证,苏区之内,我们发行的货币暂时能用,时间长了,不说黄金,也需要银元作储备。国民党的封锁这样严,伤员的药品要从苏区以外购买,枪支弹药和布匹也得从苏区外购买,物价飞涨,国民党发行的票子不值钱,购买这些是需要硬货币,银元的。"

　　主席连连点头,说:"说得很对。说下去,说下去。"

王幼勇不说了。

主席问："怎么不说？"

王幼勇问："银元从何而来？"

主席说："这要问你这个当行长的。"

王幼勇问："所以选我当行长？"

主席说："对。"

王幼勇问："所以银行的人都任命我的家人班子？"

主席说："所以说革命是件很痛苦很难的事。怀半点私心杂念是不能成功的。"

王幼勇说："无所不用其极？"

主席说："能有其他的办法吗？同志哥，这是你死我活的斗争呀！你懂不懂？"

王幼勇沉默了。油灯亮在桌子上，吸着油吱吱地响。夜往深里走，那声音特别大，特别地响。两碗剩菜吃完了，只剩下水。主席放下筷子站起来，在屋子里转动，大口吸着烟。主席转过身来，对王幼勇说："王行长，剩菜吃完了，我提醒你，我们不能坐以待毙。要说的我全说了。为了革命的需要，赶紧把票子设计出来，印出来，以解燃眉之急！"主席掇起碗喝光了菜水。主席说："王行长，你把那碗喝了吧。"王幼勇眼泪流了出来，掇起碗，喝光了菜水。

王幼勇站起来，拿起两个空碗，朝外走。

巡夜的队伍走过来走过去。

长胜街上寒霜遍地，星光点点。

五十二

边区货币的样票设计工作落到傅素云的身上。王幼勇叫傅素云抓紧时间。傅素云把自己关在鄂豫皖苏区院子深处的一间屋子里设计货币样票。

关起门来的小屋子，深在院子的最后面，院墙后就是通往山里的路，小屋子有一小窗与外界相通。有山风吹进来，有阳光透进来，通过小窗可见七里坪北面的连绵群山，黛色的山影，画一样地接着天空。秋往深里走，无际的秋风扫着山上松树上的松针，风一阵，松针一阵，松针像火一样飘到地上，满地赤红，满眼赤红。傅素云被那火红的景象感动了，日夜沉浸在创造的快感之中。

傅素云有一定的美术基础，从小喜欢绘像。将薄纸覆在《水浒》和《三国演义》的插图上，绘那人物肖像。那些人物插图都是线条的，临多了，就能脱稿绘出活灵活现的英雄或仕女。在武昌上学时，傅素云喜欢美术，是学校墙报和油印小报的美术编辑，插图和尾花画得很地道，很受欢迎。傅素云凭着这样的美术功底，设计货币票样足够了。因为设计货币并不复杂，只要山水就行。傅素云用了几天几夜设计出一套全新的、面值不同的货币票样。受了枫叶的影响，傅素云设计的这套货币，与国民党政府银行发行的货币，颜色完全不同。这套货币是以红色为主调的。傅素云以朱红绘大别山水作为背景，以大红的数字作面值，以铁红作文字，整个票面深浅不一，全是红色。样票设计出来后，傅素云很激动，觉得很好。傅素云拿给王幼勇看。傅素云问："怎么样？"王幼勇笑着摇摇头。傅素云说："我这是创造，全新的。"王幼勇说："精神可嘉。"傅素云说："你应该支持我。"王幼勇说："你以为货币是传单？"傅素云问："你说这话是什么意思？"王幼勇说："货币不是传单。"傅素云说："你不支持我算了，我拿去给主席看。"王幼勇说："他就是同意了，也通不过。"傅素云问："为什么？"王幼勇说："你不要忘记了。行长是我。"傅素云就拿着票样给主席看。主席看了票样后很高兴，说："好。"傅素云对主席说："王幼勇说不行。"主席说："我同你一道去找他。"

主席就同傅素云一道来找王幼勇。主席说："傅素云同志设计的票样不错，我看能行。"王幼勇说："主席，我不是全盘否定她的创作。我只是说颜色不行。"主席说："为什么不行？红色政权发行红色货币，天经地义。"傅素云说："他说我设计的货币是传单。"王幼勇说："对，货币不是传单。"主席说："王幼勇同志，谁说货币是传单？"王幼勇笑了，说："这样的颜色不是传单是什么？"主席问："不能这样吗？"王幼勇说："不能这样。你看看中外发行的货币有几个国家敢用红色的？"主席说："我们是红色政权。"王幼勇说："红色政权也不能发行红色货币。"主席问："我们就不能敢为天下先吗？"王幼勇说："这不是敢为天下先的事。货币发行有它的规律。你知道红色为什么不能作为货币吗？"主席说："不知道。"王幼勇说："道理很简单，是容易褪色。"主席问："那用什么颜色？"王幼勇说："很简单，中外的货币用什么颜色我们就用什么颜色。"主席对傅素云说："王行长说的有道理，别的不改，你把颜色改过来吧。"

傅素云就把票样拿回来改颜色。傅素云问王幼勇："你说该用什么颜色？"王幼勇搬来一本叫作《中外货币图谱》的书来，对傅素云说："傅家大小姐，经济工作不能随心所欲，有范式本的。请你参考。"傅素云屈服了，参考《中外货币图谱》将颜色改了。于是苏区货币的颜色设计出来了，以蓝色为底色，除了"鄂豫皖苏维埃政府银行"几个字之外，与国民政府发行的法币没有多大区别。

样票送审，主席笑着问王幼勇："这就是对的？"

王幼勇说："这就是对的。"

主席说:"你说是对的,就按你的执行。"

主席在样票上签了字:"照样印刷。"

于是就制版印刷。没有机器,王幼勇用土法上马,刻石板,用油墨印刷。边区没有印钞的纸张,向中央苏区求援,中央苏区答复:运输困难,就地解决。边区没有合适的纸张,王幼勇只有用牛皮纸印刷。牛皮纸厚。边区没有比这更好的纸了。

牛皮纸印的边币出来了,散发着浓浓的油墨味道。没有速干油墨,印出来的票子,要分散晒干才能够发行。不然用手一摸上面的字就模糊了。印出来的票子晒干后,苏区政府就发布告,批准发行。布告贴满苏区所有的城镇乡村。同时加大宣传力度,让边区家喻户晓。边区的人们都知道边区政府发行货币了。人们把边区银行发行的票子叫边币。

边币首先是发给战士们使用的。根据战士们日常生活的需要,每人每天发一定面额的货币。战士们欢呼起来,因为有了票子,就可以在苏区流通,就可以买到吃的和用的东西。货币真是个好东西,有了货币很方便。战士们高兴地问主席:"怎么不早点印票子呢?"主席对战士们笑,说:"急什么?不是印出来了吗?"

那时候苏区国民党发行的票子并没有禁止,两种票子在市面上同时流通。王幼勇想统一货币,禁止国民党的票子使用。主席笑了,说:"那不行。"王幼勇问:"为什么不行?"主席说:"这还不懂吗?表面上是用我们的,其实还是用他们的呀。"王幼勇愣住了。主席问:"你愣什么?"王幼勇说:"你说的不对。"主席问:"有什么不对?"王幼勇说:"货币是什么?货币是符号呀。背后的财富是苏区人民的。"主席沉默半天,点头说:"我说得不错,你说得也不错。真正牺牲的是苏区人民。"

一时间苏区票子满天飞,物价飞涨。人们不相信票子。集市上交易出现了最原始的形式,抱布贸丝、以物易物的现象。战士们没有东西可易,手中只有边币,少数商家拒收边币,战士们买不到东西。情况反映到了主席那里。主席叫人将王幼勇找到军事委员会。主席问王幼勇:"作为行长,你应该拿出办法来。"王幼勇说:"我想过,没有办法。"主席面色严峻,说:"你没有办法我有。把拒收边币情节严重的,拉到河边插斩标枪毙!"王幼勇说:"这不是行长的事。"主席说:"对。这不是你行长的事。这是政权的事。以我的名义执行。"

于是就出布告。将拒收边币情节严重的商人,捉了一个,拉到河边,召开群众大会,宣布罪行,就地正法。

于是就没有拒收边币的事情再发生。

边币在边区畅行无阻，商家不敢不收。只是纸质太差，战士们行军打仗，雨淋汗湿，边币经不起湿，一湿就毁了。主席指令王幼勇根据战时需要设计新的货币，便于战士行军打仗之用。

难题摆在王幼勇面前。

一连几天，王幼勇难住了，呕心沥血，怎么也设计不出经得起湿的票子来。

那一夜王幼勇伏在桌上打盹，梦见了娘，娘点着昏亮的油灯，盘着一双大脚在摇纺车纺线，纺车嗡嗡地响，手中的棉条随着摇动的线车，吐着银丝一样的线。他回到娘的身边，闻到娘身上好闻的遥远的奶香味。娘抬头，银发飘动。娘问："儿呀，你为什么回来了？"他说："娘，儿累了。"娘说："我的儿，来，到娘怀中来歇一歇。"他就化小了，化成了儿时，伏在娘的膝头上睡了。娘拍着他哼起了催眠的童谣："亮光虫儿，亮溅溅。姐妹三个，纺线线。纺车儿摇，纺车儿转。纺线织布，做雨伞。描龙画凤，浸桐油。劈根竹子，做龙头。油伞一张，无风雨。儿女随我，外婆去。"

王幼勇猛地惊醒了。翻身起来，遥望窗外。窗外夜浓如水，明亮的星星挂在天上，闪闪发光。王幼勇浑身一个激灵，受了梦的启示，叫傅素云从仓库取来一匹棉布，拿来裁缝的大剪，将棉布裁成方块，取梨木雕板刻图案，盖在成块的棉布上，然后用桐油浸，晒干，设计出一种不怕汗湿，不怕雨淋的"油布票"来，发给行军打仗的战士们使用。

这种"油布票"，作为中外货币史上的奇迹，经过半个多世纪的沧桑，已经被历史尘沙掩埋。只有一张保存下来，作为一级革命文物，陈列在重修过的鄂豫皖革命博物馆里的玻璃柜子里，供后人参观。

五十三

傅立松是在傅兴垸桂花楼修缮的工地上见到油布票的。

那时候边区银行发行的纸币没有用到白区，但油布票却用到了白区。那时候为了扩大苏区地盘，红军经常化整为零，趁黑夜在割据区四出活动，不时打击反动枪会势力。深夜里化整为零的红军战士饿了乏了，经常敲开商铺的门，用油布票买纸烟和吃食。在此之前红军战士夜里活动饿了乏了，没有办法的时候，也敲开路边的店铺的门，那时候没有票子，他们就记账或者打条子，说是先赊着，等革命成功了再还，店铺的老板或是同情他们，或是为了保命，也给。不记账，也不要条子。就是打了条子，等他们走了，将条子扯了。在白区留下账和条子是通匪的证据，谁敢留？那时候红军战士饿急了的时候非常可怜。有了票之后，红军战士夜里再敲开店铺的门,就用票子买东西,就方便多了。红军战士掏出边币说:"老板,买筒饼子和两盒纸烟。"白区明令禁止边币通行,老板不敢接边币,说:"要什么我给你拿。"红军战士理直气壮地说:"将钱买货。"老板哭不得笑不得,说:"用什么钱?"红军战士问:"怎么?这不是钱吗?"老板不敢说不是钱,只得说:"是钱,是钱。"红军战士说:"是钱,你就收。"老板只得接,还得按规矩,计货收钱。这就是票子的好处,有了票子之后使红军战士用起来名正言顺。是钱就得收,不收还不行。

傅立松的商铺遍布倒水流域的旧街、白果、四合庄,这些地方是白区,是红军深夜活动的区域,所以各店铺的掌柜在不长的时间内,就不约而同地收到了边区银行发行的油布票。各店铺的掌柜都是傅立松请来做生意的,面对油布票,他们不敢不收,收了又得报账,一级级朝上报,所以那些油布票就集中起来,到了傅立松的手里,听候他的处理。

集中起来的油布票是由傅家大管账先生交给傅立松的。大管账先生是傅立松的同窗,姓熊。十五岁他与傅立松在龙湫书院里共一个先生求功名。龙湫书院是明代李贽开山的,李贽是个拗相公,一生教学生不合时宜,其拗气恰与光黄之地异气相符,世代相传,很有名气。熊先生与傅立松在龙湫书院里共一个先生读《尚书》,读《史记》,学做策论。其先生与李贽一脉相传,教学生不合时宜,不同凡响。熊姓和傅姓作为鄂东的大姓都乐意把子弟送到那里。熊姓作为楚国的国姓没落了,论家财不及傅姓,但十五岁的熊先生恃才傲物,自认比十四岁的傅立松强。其先生认为他要教的教完了,再也不能教下去的那年,就举行结业考证,结业考证很简单,出对子让两个稚子对。他又不出上联,让他们两个出,一个出上联,一个对下联。那时候姓熊的恃才傲物,出口快,以大别山龟峰为题,说了上联:"一柱分天地。"先生不说好坏。傅立松出口也快,以长江和淮河为题,对了下联:"两水别分明。"先生说:"好!教完了。你们回去吧。"

他们就回去了。几十年风风雨雨,一柱分天地的熊家子弟只好给两水别分明的傅立松当管账先生,给鄂东民间留下他们的笑话。民间笑话很通俗。精练成八个字:山不如水,气不如钱。

傅立松在桂花楼工地上忙碌。被火烧过的桂花楼,需要换梁换柱,新换的梁柱上需要雕龙画凤,需要上漆,傅立松召集大批工匠,精心策划,忙得不亦乐乎。

就在这时候熊先生用一张黄纸包着那些油布票,在工地找到了傅立松。傅家有许多铺面,一个铺面有一个小管账先生,这些小管账先生由大管账先生统管。傅家生意管理等级森严,小管账先生不与傅立松直接打交道,出现问题由大管账先生与傅立松直接打交道。那么冷的天，大管账熊先生拿着那包油布票双手颤颤的，一头的冷汗。傅立松问："有什么事？"熊先生说："傅老爷，你家的饭我终于吃到头了。"按照生意场不成文的规矩，收了这么多的不能用的票子，是大管账先生失职，应该赔偿。傅立松问："怎么了？"熊先生说："傅老爷，放牛娃赔不起牛，我要回家了。"傅立松问："出了什么事？"熊先生说："黑白无常索我的命来了。"傅立松问："包的什么东西？"熊先生把黄纸包交给傅立松说："你自己看。傅老爷，我知道冤有头债有主。今年工钱我不要。账我都做清楚了，账本放在柜子里锁好了，这是钥匙。"傅立松问："站住！你就这样走吗？"熊先生说："留是你说了算，走是我说了算。"傅立松说："我倒要看一看，什么把你吓成这样？"熊先生说："我吓什么？我是天上的云朵啊。风来我走。"傅立松把黄纸包打开，露出一大包，浸了桐油的棉布票。太阳光下，一张油布票，油光水亮。熊先生问："傅老爷，你看清楚了吗？"

第34章　破茧裂丝帛（3）

傅立松摁着油布票子看，哈哈大笑，笑出了眼泪。傅立松说："好啊，好！真是好东西！傅某一生什么票子都看过，就是没有看过这种票子！多么美妙，不怕雨淋，经久耐用。"熊先生说："傅老爷，你要看清楚。"傅立松举起票子对着太阳看票子。天上的太阳很好，白花花的。傅立松看见票子上盖着行长的红印章。熊先生问："傅老爷，你看清楚了吗？"傅立松笑着说："我看清楚了。我以为是什么东西？原来是我外甥发行的票子呀！我外甥当行长了。李太白说：'天生我材必有用，直挂云帆济沧海'！果乎其然。董用威他们真是知人善任，用心良苦呀！熊先生，你走什么？你给我转来。"熊先生问："傅老爷，转来做什么？"傅立松说："转来继续当我的大管账。"熊先生说："我没脸再当。"傅立松说："你没脸，我有脸呀！我给脸你用。你跟我走。"熊先生问："傅老爷，到哪里去？"傅立松说："到哪里去？到我们该到的地方去。"熊先生问："我们该到地方在哪里？是天堂还是地狱？"傅立松说："天堂地狱跟我走。"

傅立松丢下手头的活，带着熊先生，离开工地，回到老宅夹墙的密室。这样的夹墙，鄂东富户家里都有。夹墙密室很隐秘，是两道墙中间留的密室。门是活动的，与墙一样的。外人看不出。变乱的年代用来藏金银，或藏女眷的。拉开活动墙门，二人进了密室。点亮了灯。傅立松坐在太师椅子上。熊先生垂手站着。傅立松指着椅子说："坐。"熊先生说："你主我仆。不敢。"傅立松说："不要再阴阳怪气了。记得当年在龙湫书院，没有你不敢的？"熊先生说："好汉不提当年勇。虎落平阳了，要我死吗？"傅立松说："我要你坐！"熊先生问："坐着干什么？"傅立松说："坐下，我有话对你说。"熊先生说："站着听不是一样吗？"傅立松说："这还不懂吗？你站着堕了我的势。"熊先生就坐下了。于是傅立松就密语一番，如此这般，要大管账依计行事。

熊先生听后一笑，说："傅老爷，我不敢。"

傅立松问："有什么不敢的？"

熊先生说："很简单，这样做，同样要人的命。"

傅立松说："如此说来，当年意气风发，恃才傲物的熊相公如今只剩下命了？"

熊先生说："你说得对。如今我只剩下命了。"

傅立松说："我要是死了，你活着有什么意思？"

熊先生说："如此说来，我的命是你的命？"

傅立松说："皮之不存，毛将焉附？"

熊先生笑了，说："傅老爷，你错了。"

傅立松问："错在哪里？"

熊先生说："我的命不是我的。"

傅立松问："你的命是谁的？"

熊先生说："我的命是我全家老小的。"

傅立松说："我给你一千大洋，拿回去安置老小过日子。然后按我说的去做行吗？"

熊先生问："又用老手法？用钱买人的命？"

傅立松说："这不怪我。"

熊先生问："怪谁？"

傅立松说："怪你自己。谁叫你当我的大管账？什么事不好做，偏偏要到我家当大管账？"

熊先生说："当年不是你用轿子接我来的吗？"

傅立松说："对。是我用轿子接你来的。谁叫你愿意上轿？"

熊先生说："现在我不愿意。"

傅立松说："你不愿意也行。你不愿意现在就可以走人。不过按规矩我得出逐条，驱逐你。傅家的大管账哪能不明不白说走就走？我得公布你的过失。"

熊先生问："请问，我的过失是什么？"

傅立松说："通匪。"

熊先生问："证据。"

傅立松说："油布票不是证据吗？"

熊先生气得乱颤，说："傅立松，那是你外甥印的。要通匪也是你。"

傅立松说："你说的不错。但是世人都知道我与他势不两立。我不会通他的。"

熊先生说："傅立松，你威胁我。"

傅立松笑了，望着熊先生，叹口气，说："是的。我谁都不威胁，我要威胁你。事已至此，你不做，我得出你的逐条。我不管你给傅家管账有多少年，我不管是不是两袖清风一肩明月，我得将逐条贴到鄂东大地，说你关键时候为了保全自己弃主而走。仁毁义弃，看谁还敢用你？你还有何颜面混迹人世？"

熊先生说："君子之命就值一千大洋？"

傅立松说："那就给两千大洋吧。"

熊先生哈哈一笑，说："傅立松，你看错人了。我若是愿意去，不取一文。"

傅立松说："是给你老小养命的。"

熊先生说："我若是死了，那是你的事。"

傅立松说："这么说你愿意去？"

熊先生说："古往今来，君子无过错，哪有驱逐之理？"

傅立松就取出夹墙里藏的酒，倒了一碗。傅立松举酒敬给熊先生。傅立松说："先生，你说得对！这一碗，给你壮行。若死，我给你披麻戴孝，实现你当年一柱分天地的夙愿。"熊先生问："我若活着回来呢？"傅立松说："兄弟十里迎接，行三步一拜之礼。"熊先生掇着碗，一口将酒饮尽了，掷碗于地，说："谁叫我做了傅家的大管账先生呢？我不下地狱谁下地狱？我有话说在前。你得答应我。"傅立松说："你说。我答应你。"熊先生说："我走之前，你得为我备棺木设灵堂。"傅立松说："行。"熊先生说："我死后，我的全家老小的事，你要说话算数。"傅立松说："我说话算数。"熊先生说："你要对我起誓。"傅立松说："我起誓。"

熊先生说："跪下！"

傅立松说："我跪。"

傅立松在熊先生面前跪下了。

熊先生说："行了。傅立松，今生，我为你两水别分明去了！"

五十四

傅立松的大管账熊先生是第二天动身到根据地去的。

天晴得好。太阳出来，山影纵横，寒霜铺地。傅立松为熊先生在夫子河边搭帐篷办酒为熊先生送行。酒席办了十五桌，清一色的白布帐篷，完全是根据鄂东死于非命的人的丧事风俗办的。从大别山流出来的夫子河，这时候是枯水季节，那水清瘦，流在遍布河滩的卵石之中。

夫子河的河堤宽阔，是进山出山的路，傅立松将酒席办在这里，就格外地招人眼睛，新鲜热闹。尽管是战乱时期，大别山的山民们为了日子，总要挑着山货出山进山去赶露水集，河堤上断不了三五成群的人。这些人就成了喝酒的对象。赶集的人挑着山货走在河堤上，傅立松就叫儿子傻大爷拦进帐篷。傻大爷穿着毛边孝衣，用根稻草绳子拦腰系着，毛边孝衣是白棉布不缝边子做的，傻大爷从头到尾地穿在身上，颇有些衣袂飘风的味道。

傻大爷穿着这副行头，站在河堤上拦赶集的山民。傻大爷见了有人来，就双手作揖，朝帐篷里请。傻大爷一脸笑地说："各位有请。请入席！"山民们都认识傻大爷，笑着问："傻大爷，有什么喜事？"傻大爷说："白喜事。"山民们问："你家什么人过世了？"傻大爷说："我父说我家大管账熊先生过世了。"山民们问："是胀死的还是醉死的？"傻大爷说："是怄死的。"山民们问："怄得死人？"傻大爷说："怄得死人。"山民们说："总没听说怄得死人。"傻大爷说："进去你就知道了。"山民们问："随不随礼？"傻大爷说："不随礼。进去喝酒就要得。"山民们问："不要钱就喝酒？有这好的事？"傻大爷说："有这好的事。我骗你我就是你的儿。"山民们说："经当不起！"山民们见傻大爷赌了咒，就进了帐篷。

很快十五顶帐篷里就坐满了人。肉香飘了起来，鱼香飘了起来。酒坛子开了，酒香飘了起来。山民们兴奋起来。这时候傅立松来了。傅立松问傻大爷："坐齐了吗？"傻大爷说："坐齐了。"傅立松说："那就开席吧！"于是站在一边的吹鼓手，吹打起来。伴着锣鼓的节奏，唢呐吹起了鄂东民歌《八仙出洞门》。爆竹点响了，遍地开花，震耳欲聋，硝烟与河雾缠绕。

傅立松倒了一碗酒，双手掇起，哈哈大笑，说："熊先生有请！"熊先生一身素衣出来了。山民们笑了起来，说："傅老爷，今天唱的那本戏？不是说熊先生怄死了吗？怎么还在？"傅立松说："各位乡亲，不是熊先生怄死了。是我怄死了。他陪我怄死的。不过还没有完全怄死。我和他都还有一口气儿。我和他未怄死之前，今天请各位乡亲来喝这餐酒，是想请各位乡亲评个理儿。傅某有句话想问问你们，你们说纸是不是钱？"山民们说："纸当然不是钱。"傅立松说："可偏偏有人用纸当钱用。我就收了不少。"山民们一下子明白过来了。明白过来的山民们都不作声了，这是容不得他们多嘴的大事。有个胆大的山民忍不住，站起来说："傅老爷，这不关我们的事。"傅立松说："对，这不关你们的事。但这是我傅某的事。今天我请你们来只是喝酒。熊先生为纸和钱的事就要去了，熊先生此去凶多吉少，为了心诚熊先生沐浴戒斋了，我代熊先生敬大家一杯！"

傅立松掇碗就要喝。熊先生一声笑，说："傅立松，这就是你的不对！你一生就喜欢代人。此刻你代得了别人，代不了我。我沐浴了，但我没有斋戒，酒肉是人间美食，是人怎能不吃怎能不喝？熊某敬各位乡亲一杯！"于是掇碗倒满了酒，仰头一饮而尽，又拿起筷子夹了一块肥肉，放进嘴里大嚼起来，嚼得满嘴流油。

熊先生问："傅立松，戏演得差不多了吧？"

傅立松说："演得差不多了。"

熊先生说："演得差不多了，送我上路吧！"

傅立松说："熊先生，我对不住你！"

熊先生说："给我道义。"

傅立松说："准备好了。"傅立松拿出装边币的包袱。

熊先生说："给我背上。"熊先生伸直双手，傅立松将包袱背在熊先生的肩上。

熊先生说："配我以道具。"傅立松拿出写好了的幌子。那幌子是用白布做的，上面用墨笔写着四个黑字：替天行道。

傅立松将幌子交给熊先生，说："掌稳掌好。"

熊先生笑了，说："白布黑字太肃杀了，配我以鲜血！"

傅立松咬破中指，鲜血出来了。傅立松将鲜血淋在幌子上。

傅立松问："可以吗？"

熊先生说："可以了。"

傅立松问："要不要弹剑而歌？"

熊先生说："歌什么？"

傅立松说："歌'食无鱼，出无车'。"

熊先生说："不必了。"

秋风满天，熊先生背着包袱，举着幌子，走上河堤，走向山里。河水清浅，白日如灯，远处群山如影。

吃饱喝足的山民们一齐笑了。谁也没听懂傅立松和熊先生临行时说的话。一个问："刚才傅老爷和熊先生说的是什么呀？"一个答："鬼晓得。"

接着山民们该做什么做什么去了。山民们把此事当作笑话说，一个早晨的工夫，就把此事传遍了半个鄂东。

秋风中，熊先生一身黑衣，只身一人，背着青色包袱，举着白布幌子，沿着光黄古道过岐亭向北，往大别山深处的苏区走。熊先生一路上嘴里大声唱着谁也听不懂的歌儿。由于消息传开了，就有不少的山民站在古道两边看稀奇。山民们不敢近前，站在远远的竹影树影处，交头接耳，窃窃私语。

空中有雁，雁阵一会儿排着人字，一会儿排着一字，"项啊""项啊"地叫，振着秋风朝南飞。地上的熊先生的歌儿与天上雁群的声音接应着，凛冽而悲怆。

愈走山愈高，河愈瘦，熊先生刚走到乘马岗，就被红军的岗哨拦住了。这里是红区与白区交界处。两边是山，光黄古道夹在两山之间。红军岗哨设在暗处，放哨的是两个红军战士，其余的是一群儿童团。熊先生走上山口，不见人，只听一声喝问："站住！"接着就是拉枪栓的声音。树丛中枪口露了出来。熊先生没有动，站住了，将幌子竖在身子前。树丛中露出举枪瞄准的人，那枪口一直对着熊先生。哨兵问："什么人？"熊先生答："良民。"哨兵问："做什么的？"熊先生答："传教的。"那时候宋埠就有教堂，经常就有外国传教士穿着山民的衣裳说本地话入山传教。哨兵问："哪国人？"熊先生答："中国人。"哨兵问："中国人传什么教？"熊先生说："中国人就不传教吗？"

哨兵说："不准动！"熊先生说："我知道，一动就没命。"哨兵说："举起手来！"熊先生将幌子插在地上，双手举了起来。两个哨兵带着儿童团就跳出来将熊先生团团围住。哨兵问："有通行证吗？"熊先生说："有。"哨兵说："拿出来！"熊先生就把手伸进口袋，拿出一张早准备好了的边币。哨兵不接，愣住了，问："这就是你的通行证？"熊先生说："对，这就是我的通行证。"哨兵说："我们不要你的钱。"熊先生说："你们不要有人要。"哨兵问："放老实点！说！你到底是什么人？想干什么？"熊先生说："我是送钱来的。想见你们银行的行长。"哨兵问："包袱里驮的是什么？"熊先生说："都是你们的钱。"哨兵说："打开看看。"熊先生说："你们自己看。"熊先生站着不动。另一个红军战士将熊先生背上的包袱拿下来，解开，发现里面包的全是边币，傻眼了。熊先生笑着说："莫乱动。包好。有数的。短了数，不好交差。"那个哨兵吓白了脸，颤颤地将包袱原样包好，放在熊先生肩上驮着。

哨兵问："想见什么？"熊先生说："你们这里谁的官最大？"哨兵笑了，说："你的架子不小呀？"熊先生说："既然送钱来，那就要送到位。"

于是哨兵就把熊先生一路押着，翻山过岭押到了七里坪红军司令部。熊先生不唱歌儿了，举着幌子跟着哨兵走。

红军司令部里，主席正在开会。哨兵报告，主席出来了。主席问："什么事？"哨兵急了，结结巴巴地说："报告主席，有人送钱来了。点名要见你。"主席问："真的是送钱？"哨兵说："真的是送钱。我们打开看了。全是钱。"主席笑了，说："好。把他请进来。赶快去通知王行长来！"熊先生带进司令部，王幼勇很快赶来了。

交锋就在司令部里进行。

王幼勇一见熊先生就知道事态严重，气氛紧张起来。

主席对熊先生说："先生送钱来？"

熊先生说："对。"

主席问："什么钱？"

熊先生说："你们的钱。"

主席问："哪来的？"

熊先生说："你们发的。"

主席知道来者不善。

主席问："敢问先生名姓！"

熊先生说："名不重要，姓熊。"

主席问："什么意思？"

熊先生说："楚国大姓。"

主席咽住了。

主席缓了一口气问："你是什么人？"

熊先生指着王幼勇说："他认识我。"

主席问王幼勇："王行长，你认识他吗？"

王幼勇摇头说："我不认识他。"

熊先生笑了，说："王行长，你当行长就不认识我吗？我是傅立松家的大管账呀！我给傅家管了几十年的账，傅家所有的钱都是经我的手积累起来的，包括每年送给王家的钱都是我经手的。"

主席面色严峻起来，问王幼勇："王行长，你认识他吗？"

王幼勇点头对熊先生说："姓熊的，我怎么不认识你？我认识你。"

主席说："有什么事坐下来说。"

熊先生说："我不能坐，我得站着说。坐可以平心，但不能静气。"

主席拍着桌子问："你手里的幌子是什么意思？"

熊先生说："意思很明白。上面写着了。"

主席问："替天行道？"

熊先生说："对。"

主席问："替什么天？"

熊先生说："亘古不变之天。"

379

主席问："行什么道？"

熊先生说："货币流通之道。"

王幼勇气极了，问："谁派你来的？"

熊先生说："你的舅父傅立松。"

王幼勇问："是自愿还是强迫？"

熊先生笑了，说："你是他的外甥，他的为人你应该清楚。强迫的归他，自愿的归我。"

王幼勇说："你不应该听命于他。"

熊先生说："我不听命于他，他要出我的逐条，因为我是他的大管账。出了逐条，我还有什么脸面混迹于人世？"

王幼勇问："他给了什么好处？"

熊先生说："还不是大洋吗？"

王幼勇问："你就那么爱钱？"

熊先生哭了，说："那是我妻儿老小活命的东西。"

王幼勇问："你自称君子，就甘心为他卖命吗？"

熊先生说："也不全是。此行来主要是受困于道。孔子说，朝闻道，夕死可矣。"

王幼勇脸气白了，说："你少跟我说这些酸话。"

熊先生笑了，说："外甥，此要是酸，请问世上还有不酸的吗？"

王幼勇问，说："你到底想干什么？"

熊先生伸出两个指头，说："很简单，两个字，兑钱。"

王幼勇问："兑钱？"

熊先生说："对。"熊先生解开包袱，指着边币说："请问这票子是不是你发的？"

王幼勇说："你说的不错。是我们发的。"

熊先生说："是你们发的？"

王幼勇说："对。"

熊先生问："你们发票子以什么作保证？是黄金还是白银？"

王幼勇说："我们以银元作保证！"

熊先生问："此话当真？"

王幼勇说："不然怎么取信于民？"

熊先生哈哈大笑，说："这就对了。今天我特地来就是兑银元。军中无戏言。请问你们有银元吗？实话实说。有就说有，无就说无。"

王幼勇的脸涨红了，半天说不出话。

主席勃然大怒，说："有！苏区就是倾家荡产也兑给你！"

熊先生说："这就对了。不然众目睽睽之下，边区政权何以立世？"

主席对王幼勇说："分文不差，照兑！"

第35章　破茧裂丝帛（4）

于是就数边币，按比率兑换银元。兑换下来，苏区银行储存的银元空了不少。边区对外购买药品和弹药全靠银元。王幼勇心如刀割。

兑换的银元得用人挑。主席叫战士帮熊先生挑。

主席说："挑着走吧。"

熊先生不走，说："你这里要人吗？我参加革命。我别的本领没有。我会理财。我留下来。这些银元作为见面礼。"

主席问："你就这样背叛你的主人吗？"

熊先生说："来时我就死了。此时我还活着。"

主席感动了，说："熊先生，你的心情我理解。你把银元挑回去吧！你不把银元挑回去，傅立松不会放过你的妻儿老小的。"

熊先生还要说。

主席说："不用说了。去吧！既然替天行道，你要你的道，我也要我们的道。"

主席叫红军战士帮熊先生将银元挑到关口。两个战士挑到关口后停住不送。

于是熊先生另雇两个人将两担银元挑回了夫子河边的傅兴垸。傅立松出门迎接。傅立松问："兑回来了？"熊先生说："兑回来了。"傅立松问："他们没要你死？"熊先生说："他们没要我死。傅立松，我向你交账。两担银元，你要仔细地过数。"傅立松的脸气紫了，说："放下吧。不用数了。"熊先生说："数不数是你的事。我道尽矣。"说完大叫一声，跳到傅兴垸广场前的那口古井里。傅立松叫人打捞。熊先生被捞起来时，已气绝身亡。傅立松按照诺言给熊先生举行了隆重的葬礼。

就在熊先生气绝之时，七里坪红军总指挥部里，主席一只手重重按在了王幼勇的肩。

主席面色严峻地问："王幼勇同志，傅立松要困死我们啊！你该知道怎么做了吧？"

王幼勇咬紧牙关，两眼望着过云的天空，说："知道了。"

五十五

王幼勇带着王幼猛和王幼刚装成三个砍柴人驮着冲担拿着砍刀出发了。

主席给他们一人配了一把手枪，手枪掖在腰间，三个穿着破烂的衣裳，头戴破草帽，肩上驮着装干粮的袋子，装着结伴砍柴的样子。

鄂东大别山区冬季来临之前，山民有结伙砍柴的习惯。趁大雪还未封山，砍些硬柴回来猫冬过年。有了硬柴，冬就好猫，年就好过，就能生火塘，熏大块的腊肉，系上吊锅儿，煮一锅的荤腥，下火上烟地受用。一家老小就能围着火塘，喝自酿的老米酒，唱"老米酒蔸子火，除了神仙就是我"的歌谣。生火塘熏腊肉有讲究的，什么硬柴熏什么味。松柴熏的是松香味，柏柴熏的是柏香味，杂木熏的就是杂木味。杂木熏的上不了正席，所以大别山的农家过年的时候，当家人总上山寻一些松柴熏一些腊肉上正席。柏柴当然好，但柏柴很少。柏柴是难得的上等木，一般农家是不敢奢望的。那就结伴砍松柴。

秋天出门结伙砍硬柴，一是为了防野兽，深山里少不了狼和野猪，遇上了人多好对付。二是为了防人，虽说山密林深，松柴好砍，但是莫看平时看似无主的山，你砍的时候就有主了，跳出来干涉你不要你砍，这样的时候，结了伙，事情就好办，一蛮三分理，山主奈何不了，也就忍着算了。

装扮停当。主席为兄弟三个来送行。

主席问王幼勇："什么时候能回？"

王幼勇说："七天之内。"

主席说："对手太狡猾了。你们不能大意。"

王幼勇说："放心，这一次会按时完成任务的。"

主席说："去吧。相信你们会成功的。"

王幼勇就带着两个兄弟来到夫子河边，昼伏夜出，游走在群山之中。

熊先生死后，傅立松知道他的日子不好过。

傅立松原想借兑钱之机，让边区政府杀了熊先生，让人们知道边区政府背信弃义，从而搞垮边区经济。他没想到边区政府不但没有杀熊先生，反而将边币兑了银元。这一点出乎他意料之外。傅立松知道边区政府不会放过他，所以日夜提防着。他令师爷带着枪会会众严守傅兴垸的垸城和城楼，日夜巡逻，不让一个形迹可疑的人靠近垸城，对垸城城门加紧盘查，不放一个外人进垸来。他将自己和儿子傻大爷关在桂花楼二楼之上的书房里，不下楼来，吃在楼上，睡在楼上。他明白边区政府会用什么办法来对付他。他不会让边区政府得手的。这样一来，一天天的日子，他就很难过。平时呼风唤雨惯了，徒然像鸡一样囚在埘里，很难受。于是傅立松就看书，看什么呢？择最难的书看。傅立松从小读四书五经，四书五经中数《易经》最难看。连孔子也觉得难。孔子说，假以天年，五十可以读《易》，无大过矣。所以他认为《易经》是一本最难读懂的书。许多人读了其实都没懂。许多人说是读懂了，其实并没有懂。普天之下，几千年来无数的读书人前赴后继地读，有几个真正能读懂。对于《易经》的义，他似乎懂了，但对于他来说，那些卦象和爻辞卦扑朔迷离的意义近乎天书。是科学？是迷信？傅立松也说不准。信，不知从何信起？不信，也不知从何不信起？但在精神深处傅立松又舍不得离开它，《易经》像云山像雾水缠绕着他。

傅立松就读《易经》。沐浴熏香，正襟危坐地读。

那么他的儿子傻大爷长天野日地做什么呢？他的傻儿子是抡枪使棒的角，一天不抡不使他就血皮胀得难受，总不能让他傻瞪着两只眼一天到晚望着老子读天书吧。老子正襟危坐地读天书，傻大爷无事可做，坐不住，就在书房旦捉蚊虫。傻大爷趁老子不注意将桂花楼的后窗子偷偷地打开。桂花的后窗正在那棵根深叶茂的桂花树的荫下，由于荫凉，树下就有秋天寻觅过冬之所的蚊虫。那些芸芸性命，知道秋风来了，正想飞进人住的屋子里，寻找温暖的角落作为藏身之地，度过寒冬，保住性命，等到来年春天出来繁殖后代。

傻大爷立在窗口，蚊虫飞进来一只，他就用手一捏，一捏就是一只，饱满的就听见一声脆响；不饱满的，两指间就是黏黏的一撮。傻大爷敏捷得很，这是从师爷那里学来的练就的功夫。傻大爷惬意得很，一只只地捏，很有成就感。傅立松的《易经》就读不下去了。

傅立松摇摇头说："嗜血成性的东西！"

傻大爷停了手，望着父亲，问："你骂谁？"

傅立松说："不准杀生！"

傻大爷说："你又假斯文，它吸我的血，我不捏死它。"

傅立松气极了，问："这时候它吸了你的血吗？"

傻大爷问："你算一卦，看能不能保证它明年春天不吸我的血。"

傅立松气白了脸，无言以对。

傅立松缓了一口气，说："傻儿，你听我说。"

傻大爷呵呵笑，说："哪个傻？哪个都比你聪明，整天抱着那本死书看。那本死书能保住你的命？"

傅立松哈哈笑了起来，说："我的傻儿说得对。这本死书，保不住我的命。

我的傻儿呀，你来，你来给老子翻一个卦，看能不能保住我的命？"

傻大爷说："这就对了。你不是常说人算不如天算，我给你翻一卦看看。"

傅立松说："你来翻。"

傻大爷来到傅立松身边，问："怎么翻？"

傅立松说："你拿着书随便翻，翻到哪里算哪里。"

傻大爷说："那我就随便翻。翻到哪里算哪里？要是我翻的不合你的意怎么办？"

傅立松说："童言无忌。"

傻大爷说："那我就翻？"

傅立松说："你翻吧。"

傅立松将《易经》递给傻大爷，手颤颤的。

傻大爷问："父亲，你的手为什么颤？"

傅立松说："傻儿子，你不懂，君子三畏呀！畏天命，畏大人，畏圣人之言。"

傻大爷说："那你为什么还要我翻？"

傅立松说："权当游戏。"

傻大爷就拿起书，随手一翻，将翻到一页递给傅立松。

傅立松将翻到那页看了，脸就白了。傻大爷翻到的是随卦第十七。傅立松反复推算，得上六。上面白字黑字注明："拘系之，乃从维之，王用亨于西山。《象》曰：拘系之，上穷也。"卦象说上天也没有办法，他会受绳索捆绑。

傅立松说："傻儿子，你这是害我呀！"

傻大爷说："你不是说童言无忌吗？"

傅立松说："对，对，童言无忌，童言无忌。"

傻大爷说："父亲，这是天意。"

傅立松愤怒了，站起来说："傻儿子，子不语怪力乱神。什么天意？这是我们父子做的一场游戏而已。"

傅立松的夫人送饭上楼。

傅立松对夫人说："从今天起你不要出门，饭由仆人送。听见没有？"

夫人问："老爷怎么了？"

傅立松说："按我说的做。一个女人问那么多干什么？"

五十六

王幼勇带着两人兄弟装成砍柴的，在夫子河边的群山里游走。

他们白天并不砍柴。他们白天找山洞睡觉，晚上就钻出来上傅姓祖坟山砍柏树。

夫子河边傅姓祖坟山有个好听的名字，叫作凤凰抱蛋。两脉山一路飞来，像是展开的翅膀，抱着中间一座鸟形的山，说是凤凰抱蛋，倒也形似。山上有一棵参天的古柏，古柏下葬着傅姓南宋从江西迁徙到鄂东的一世祖。夫子河边的傅姓选凤凰抱蛋作为祖坟山很有传奇色彩。王氏兄弟作为傅家外甥从小跟着傅姓祭祀，耳濡目染的，当然清楚。

据傅氏家谱记载，南宋从江西迁徙来的傅氏一世祖原来并不葬在这里。傅氏一世祖原来葬在一个叫作茅草洼的地方。那时候傅氏一世祖还是穷人，死后无山安葬，儿子向熊姓讨一棺土来葬父。熊姓是本地土著旺族，可怜傅姓，答应在茅草洼安葬，条件是只准堆坟，不准竖碑。傅姓儿子只有答应的份，地是人家的，允许你葬父就不错，你若是树了碑，以后日子久了，地是谁的，就说不清楚。熊姓还有一个条件，就是清明傅姓子孙只能遥祭，不准到实地祭祀，一到实地祭祀，以后地是谁家的也说不清楚。这些写成了契约，由熊姓族长保管着。那时候还未发财的傅姓子孙只有忍气吞声的份。后来傅姓的子孙发财了，当然不愿祖人寄人篱下，于是就请高明的道士选风水取坟另葬。那道士姓熊。那时候夫子河边的熊姓破败了，破败的熊姓子孙就出高明的道士。熊姓道士听说傅姓要选风水另葬茅草洼的一世祖，就上门说：“我手里有一处风水宝地，你们要不要？”傅姓族长问："真的假的？"熊姓道士说："只要葬下不出三代必然大富大贵。"傅姓族长笑了，说："有这么好的地方，怎么不葬你们姓熊的？"熊姓道士说："富者，命也。发财要命登。我们熊姓气数已尽。"傅姓族长说："讲得好！请开个价。"熊姓道士伸出三个指头说："一生二，二生三，三生万物。要想发，不离三。天时地利人和。三个狗头金。"傅姓族长说："不多。不过有一个条件。"熊姓道士问："什么条件？"傅姓族长说："要搭上你们熊姓祖坟山上那棵古柏。"熊姓道士说："行，我成全你。"傅姓族长说："你能当家吗？"熊姓道士说："你用三个狗头金买那棵古柏。我将钱重修熊氏宗祠，续熊氏雄风，保险能成。"傅姓族长问："那你得什么？"熊姓道士说："各取所得。你得地气，我得种气呀！"傅姓族长说："行！于是就成交。"熊姓道士将凤凰抱蛋宝地赶给傅姓，让傅姓取了一世祖的骨头烧成灰，做成一个灰粑，葬在凤凰的嘴里，同时将熊姓祖坟山那棵古柏连根带土挖了，栽在傅姓一世祖的坟头。于是熊姓卖了古柏，重修了祠堂，熊姓祖坟山上的那棵古柏，就成了傅姓祖坟山的古柏。旁姓笑熊姓，熊姓人不笑。熊姓人说，三十年河东，四十年河西。有什么可笑的？至于熊姓那个道士背后对族人说了些什么话，外姓不得而知。

那棵古柏从此成了傅姓一世祖坟山上的标志。那棵古柏参天立地，人们远远地见了，有人说，那是熊姓的。有人说，那是傅姓的。有人说，那是熊姓卖给傅姓的。傅氏家谱并不掩饰，如实记载："某年某月，用祖产三个狗头金购熊姓祖坟山古柏栽于一世祖凤凰抱蛋之上。"熊氏家谱也不掩饰，如实记载："某年某月，本族地仙卖祖坟山古柏得三个狗头金重修熊氏宗祠。"

作为傅氏的外甥王氏兄弟知道那棵古柏被一代代的人传成了神树。那棵古柏三人才能合抱，据说是宋朝栽的，有几百年的历史。据历史记载，柏树是皇家园林才能栽，凡家是不能随便栽得的。秦始皇并吞六国之时，六国旧地曾经遍栽柏树，乱得不可收拾，分不清贵贱，于是秦始皇就下令伐民间柏树造车船，民间有再栽柏树者以犯上论处，民间柏树绝迹。秦代结束，禁令随之解除，民间受秦代禁令影响，栽柏树有了无形的规矩，寺庙可栽，坟山可栽，其余的地方栽得就少。柏树生长很慢，很难长成大树。民间对于柏树有了敬畏，寺庙和坟山上栽的柏树，人们视作神树，一般不敢动。只要有柏树的地方，不是寺庙就是坟山，尽管寺庙垮了，坟塌了，栽的柏树还在，绿荫荫的，那是灵魂敬畏之地。

在夫子河边人们和傅姓子孙的心目中，傅氏一世祖凤凰抱蛋坟前的那棵柏树，就是这样的神物。王氏兄弟夜里出动，砍的就是这棵神物。

王氏兄弟夜里出动砍凤凰抱蛋傅姓一世祖坟前那棵柏树，并不砍树身，上到树上砍柏树上的桠。第一天夜里三兄弟上到树上砍，砍了一节枝桠。第二天就被守祖坟山的傅姓子孙发现了。那户傅姓子孙住在凤凰抱蛋那架山下，种着那块傅姓提起来的祖业田过日子，同时担当守护祖坟山的任务。那户傅姓人当天夜里就听到了响动，因为兵荒马乱，他不敢夜里起来，清早起来开门就发现古柏被人砍了桠，惊得六神无主。在鄂东祖坟山上的古柏被砍不是小事，是与祖坟被挖同等的。那户傅姓守山人急忙下山到傅兴垸向族长傅立松报告。傅立松住在桂花楼上。傅姓守山人费了好大的周折，才见到傅立松。傅姓守山人哭着说："本家老爷，我们祖坟山上那古柏夜里被人砍了桠。"其实这消息从那个傅姓守山人带着哭腔奔下山时，傅兴垸就传遍了，弄得傅姓子孙沸沸扬扬，傅立松早就知道了。傅立松不说话，对着守山人闭上眼睛。守山人说："本家老爷，你说话呀！你怎么不说话？"傅立松闭着眼睛说："醉翁之意不在酒。那不是砍树。那是砍我的。"守山人说："本家老爷，这可怎么办？"傅立松说："与你无关。"守山人说："本家老爷，你要为傅姓人作主。"傅立松说："你回去吧。"

守山人出了桂花楼，一路的傅姓人问："族长说什么？"守山人说："他说不是砍树，是砍他。他说与我无关，叫我回去。"傅姓人就哗然，这是什么话？身为族长连祖树都保不了？说是砍他。真是笑话。傅姓人还有什么脸面见人？

第二天夜里，守山人又听见山上有响动，偷偷地打开门，潜在杂草中看。星光在天上闪烁。潜在杂草中的守山人看见一个人上到柏树上，拿着砍刀，砍柏树的桠。守山人急忙潜下山赶到傅兴垸向傅立松报告。那时候傅兴垸守垸城的人没有睡，傅立松也没有睡。桂花楼上灯亮着。傅立松在闪烁的灯光里问守山人："你看清了吗？"守山人说："我看清了，他们上到树上正在砍。"傅立松问："有多少人？"守山人说："人不多，树上只有一个人。"傅立松沉吟了。傻大爷摩拳擦掌了，说："父亲，我带人悄悄地上山，将他们围住捉活的。"傅立松说："不那么简单。他们是要引蛇出洞。"傻大爷说："你怕什么？你不出洞就行，让我带人去。"傅立松说："你不要打草惊蛇。"傻大爷说："我带人悄悄地出去。我们手里有枪，怕他们不成？"傅立松说："你去吧！看来不出动不行。"

第36章　破茧裂丝帛（5）

　　傻大爷就带着枪会，悄悄地开垸城的便门出动了，一色的黑衣，不举火把，潜进夜色，躲在树草中，向山上潜进。傅立松下楼，送傻大爷的队伍出垸城的便门。傅立松送出便门。傻大爷的队伍像风一样地刮走了。傅立松望一眼夜空，天上寒星闪亮。傅立松准备进垸城的便门回垸。就在这时候傅立松内急了，一泡尿憋了多时，他想轻松。于是他就在垸城的便门外解开了裤带。就在他解开裤带轻松之时，被绊倒了，倒在地上。两个蒙面人按着他，用手枪抵着他的脑门，低声说："不准动！不准叫！"傅立松"啊"了一声，就明白了，急忙脱下脚上穿的鞋。躺在地上的傅立松说："我不叫。但我的裤子没系。我的裤子要系上。裤子不系不行。"蒙面人低声说："不要动。我来给你系。"于是一团东西塞住了傅立松的嘴，与此同时一双手给傅立松系了裤带，一个硕大的麻袋从头到脚装住了傅立松，用绳子扎住了麻袋口，两个人抬起来就走。

　　麻袋里的傅立松从鼻孔里长出一口气，哑笑了，忽然明白了那卦，忽然明白什么是天网恢恢，疏而不漏了。

　　原来如此。

　　傅立松索性将那泡没完的尿尿完，尿在麻袋里，热热的骚骚的。

　　麻袋里的傅立松如释重负。

　　傻大爷带的枪会在凤凰抱蛋的山上自然是空闲了一场，回垸后才发现傅立松不见了，只发现地上那双脱掉的鞋。

五十七

王氏兄弟将麻袋里的傅立松连夜抬到了大别山深处的黄羊寨。

黄羊寨在大别山主峰天台山深处，山陡林密，只有一条黄羊才能走的小路连接外界。黄羊寨传说是薛刚反唐时建的山寨，山寨里至今留下许多石磨和石碾。因为人迹罕至，外界所知甚少。

黄羊寨寨墙依旧，地面建筑荡然无存，只有石屋和石洞还在。

王氏兄弟合同红军一个支队，将傅立松抬到了黄羊寨时，费了不少气力。王氏兄弟将傅立松放到黄羊寨的石屋外，大别山的秋天正往深里走，山风浩荡，松涛阵阵，山雾重重，秋天的太阳就像一盏风中挣扎的灯，忽明忽暗的。王氏兄弟蒙着面将傅立松倒出麻袋。不是倒的，是蜕出来的。傅立松人高马大，要倒出来是很难的。蜕出来的傅立松闭着眼睛，像一只大虾，仰面朝天躺在青石板上。因为屈在麻袋里的时间太长了，傅立松的手脚都麻木了。傅立松躺在青石板上好半天，手和脚才恢复知觉。青石板的清凉慢慢灌进他的手脚，他动了动，才感觉手和脚是他的了。

傅立松睁开眼睛，天上的太阳光刺得他的眼睛流出了泪。

傅立松问："到了吗？"

站在旁边蒙面的王幼勇说："到了。"

傅立松问："这是什么地方？"

王幼勇说："你应该知道。"

傅立松仰面朝天看着天上的云，说："我当然知道这是什么地方。这是薛刚反唐的黄羊寨啊。这就对了。你们应该把我绑到这个地方。这个地方好。这个地方合适。"

王幼勇说："坐起来吧。"

傅立松扫一眼王氏兄弟，说："到地方了。你们还蒙面干什么？扯下来吧。"

王幼勇说："你不是说盗亦有道吗？这回可全是按你说的办。"

傅立松点头说："这就对了。不然叫绑票吗？又不是小孩子过家家。不用再蒙了，扯下来吧。我又不是不晓得你们。你们一上手，我就知道是你们。露出你们的真面目，让我看一看我的外甥。"

王幼勇将蒙面布扯下来拿在手中说："少废话。我们早不是你的外甥了。"

傅立松说："我也早不是你的舅父。但是有什么办法，你们的血管里流着傅家的血脉呀。情义断了，但血脉断得了吗？"

王幼猛说:"这时候说这些有什么用?"

傅立松说:"是没有用,但是这时候你叫我不说废话做什么?长天野日的,你们和我都活着。人活着,总要想办法找些话说。"

王幼刚说:"起来吧。"

傅立松说:"三外甥,舅父就这样起来吗?我对你们说实话,你们做得不是很人道。你怎么能在舅父尿尿时,把舅父装进麻袋呢?舅父的一泡还未尿完呢,活人不能叫尿胀死呀,所以只能在麻袋里尿。你们抬我几十里路,没闻出舅父做尿骚吗?舅父需要换裤子哩。不换裤子不行。因为这里除了你们还有外人。不然今后别人怎么说道?如果没有外人,那就好说,舅父就是不穿裤子,也就那回事。你们不顾羞丑,我怕什么羞丑?"

王幼勇脱下裤子,丢给傅立松换。

傅立松躺在青石板上换裤子。青天白日下,傅立松就那样脱得光光的,仰面朝天地换。

王幼勇看不过眼,对王幼猛和王幼刚说:"携起来,让他到石屋去换。"

王幼猛和王幼刚去携傅立松。傅立松不肯起来。傅立松说:"没那个必要。我不要脸。你们要什么脸?"

傅立松换了裤子。王幼勇脱下脚上的鞋丢给傅立松穿。傅立松说:"我不穿那东西。我既然脱了,就不打算再穿的。"傅立松赤着脚从青石板上坐起来,双手抱着膝头望着远近层叠的山,说:"大外甥,舅父渴了,要喝水。"王幼勇摘了一个野葫芦用刀剖成瓢,掏空了,装了一瓢水,递给傅立松。傅立松掇起葫芦瓢仰头一饮而尽,说:"好水。秋空山色老,正是饮溪时。大外甥,你给我续两句吧。"王幼勇没好气地说:"我续不了。"傅立松说:"大外甥,记得你小时候秋天菊花黄了,舅父以文会友,带你参加,你不是很有捷才吗?你的才气到哪里去了?"傅立松侧起身子放了一个屁,笑着说:"其实很好续,清水化浊物,烦恼一屁除。"王幼勇说:"不错,你很有才。"傅立松将葫芦瓢放在身边说:"大外甥,想不到你蠢了。续不到算了。这瓢就留着舅父喝水。"停了一会,傅立松说:"外甥,舅父饿了,要吃饭。"王幼勇一个眼色,王幼猛就从石屋给傅立松拿来一竹筒饭。傅立松拿起竹筒,顺手折松枝做一双筷子,掇起竹筒,一口气扒得干干净净。吃完,傅立松就把竹筒和那双松枝做的筷子放在青石板上,说:"外甥,这竹筒和筷子就留着舅父继续吃吧。"

王幼勇问:"还渴不渴?"傅立松说:"不渴。"王幼勇问:"还饿不饿?"傅立松说:"不饿。"王幼勇问:"那我就问你,你知道我们为什么把你装到这里?"傅立松问:"是开始审问吗?"王幼勇说:"对。"傅立松说:"外甥,那我要睡会儿。"王幼勇问:"为什么?"傅立松说:"这也不知道吗?我要养会儿自尊。我的自尊被麻袋折腾尽了,需要养会儿。这对你有好处。如果舅父没有自尊,就是行尸走肉。审起来就没有任何意义。外甥不难为情,舅父难为情。你说是不是?"

傅立松屈膝躺下,倒头便睡。王幼猛气极了,上前制止。王幼勇说:"他说的对,让他睡。"傅立松倒在青石板上,一会儿就有鼾声出来。王幼刚说:"哥,你不能这样。"王幼勇说:"不要紧。他又跑不了。"

睡了半天,太阳下山了,山风凉了。傅立松坐了起来。王幼勇问:"睡好了吗?"傅立松说:"不敢多睡。山风太凉了。"王幼勇问:"自尊养得怎么样?"傅立松说:"差不多了。你可以开始审。"

王幼勇问:"你知道为什么把你装到这里吗?"

傅立松摇摇头,不说话。

王幼勇问:"你知道为什么把你装到这里吗?"

傅立松摇摇头还是不说话。

王幼勇问:"你为什么不说话?"

傅立松嘴巴一裂,哭了起来。

王幼勇问:"为什么哭?"

王幼猛问:"你的眼泪呢?"

傅立松说:"你们要眼泪是不是?我流给你看。"说完眼泪就流出来了,流得满脸都是。

傅立松对王幼勇说:"大外甥,你又错了。这时候你怎么可以这样?这时候我在你的眼里是一个被绑票的呀。你给我什么自尊。你应该不给换裤子,你应该不给我喝水,不给我吃饭,不让我睡觉。你应该打我骂我,折磨我,不把我当人待,就像对待一个畜生,让我生不如死,完全丧失自尊。这样一来,你问什么,我就会顺着你的问,回答你,满足你。你给了我换了裤子,给我喝给我吃让我睡,自尊回到我身上了,叫我怎么回答你?"

王幼勇问:"我不会那样做。我要让你养足自尊。你的自尊达到了,我才来问你。你回答我,你知道为什么把你装到这里?"

傅立松说:"把我装到这里,是为了实现你们的理想。"

王幼勇问:"你知道我们的理想是什么?"

傅立松说:"我怎么不知道?你们的理想是实现共产主义呀。"

王幼勇问:"用这样的方法对你,你服不服?"

傅立松说:"有什么不服的?以其人之道还治其人之身。不这样做,那还叫绑票吗?比方那一次,你们心慈手软,与虎谋皮,坏了大事不是?"

王幼勇说:"这次我们请君入瓮。"

傅立松说:"不是很新鲜。这方法古人早用过了。"

王幼勇说:"你不后悔吧?"

傅立松说:"后悔什么?我知道迟早你们会用这一套的。"

王幼勇说:"你不是防着了吗?"

傅立松说:"有什么办法?天网恢恢,疏而不漏。我不投罗网,谁投罗网?王行长,绑我来,要多少银子?"傅立松不叫大外甥了,叫王行长。

王幼勇问:"你知道我们要银子?"

傅立松说:"我怎么不知道?你们成立了政权,发行了货币,而你们又没有黄金白银作储备。你们需要这些东西呀。对外购买枪支弹药和药品,对内需要这些东西作保证以取信于民。所以我千方百计要搞垮你们。"

王幼勇问:"难道我们错了吗?"

傅立松说:"你们没有错。自古以来造反想夺取天下者,都是这样做。"

王幼勇问:"这么说你错了?"

傅立松说:"我也没有错。你夺你的,我守我的。"

王幼勇问:"那你为什么处处与我们作对?"

傅立松笑了,说:"这也不明白吗?道不同不相与谋。"

王幼勇说:"现在我要与你相谋。"

傅立松问:"谋什么?"

王幼勇说:"银元呀!"

傅立松问:"这么说你们要下票了?请问我的命值多少?"

王幼勇说:"你的命值一万大洋。因为革命需要。"

傅立松说:"一万大洋?对。我的命要值这么多。你们绑我来,不要这么多不像话,与我的身份不相称。要我写信吗?"

王幼勇说:"对。你儿子别人都不信,信你。"

傅立松问:"现在就写?"

王幼勇说:"现在就写。"

傅立松问:"我要是不写呢?"

王幼勇说:"有办法。就按你刚才说的折磨你。"

傅立松问:"你亲自动手?"

王幼勇说:"不会的。有人。"

傅立松问:"君子远庖厨?"

王幼勇说:"对。"

傅立松仰起脸看着王幼勇，说："大外甥，你成熟了。你现在才配称为一个赤色革命者。你说共和党那些人算什么东西？让清朝逊位，最终做到了吗？革命要无所不用其极才能达到目的，自古以来求仁得仁那是纸上写的东西。舅父祝贺你！"

王幼勇说："不用多说了。收起你的那一套吧。你总以为你是孔子再世，满嘴仁义道德，说到底还终是乡村一霸，骨子里充满匪气。"

傅立松笑了，说："骂得对。知舅父者大外甥也。舅父身上不光充满匪气呀。舅父身上什么气都有。死到临头还像茅坑里的石头又臭又硬。大外甥，你不是要银子吗？舅父这就给你写。拿纸笔来。"

王幼猛拿来纸笔。傅立松就伏在青石板上写信。

傅立松伏在青石板上，铺开纸就动手。傅立松很快就写完了。递给王幼勇。王幼勇拿着那张信看。看见纸上什么都没有写，只是画了一张画。画上画着两只脚，每只脚画了五个脚趾头。王幼勇问："你这是什么？"傅立松说："这还看不懂？两只走路的脚呀。"王幼勇问："什么意思？"傅立松说："两双脚每只脚五个脚趾头，每个脚趾头一千大洋，一共一万大洋呀！"王幼勇说："你别跟我卖关子！"傅立松说："王行长，尽管你是我的外甥，但是你毕竟不姓傅，我们父子有些事不会对你说的，你是不明白的。这是我们父子之间的暗语。送我的信给我的儿子，尽管他傻，见了我的信，他会送一万大洋来换老子的命。"王幼勇问："是的吗？"傅立松说："不信，你先送回去让你老娘看看，问你的老娘，看是不是。你老娘她姓傅。娘家的事她知道一些。"

第37章　破茧裂丝帛（6）

王幼勇说："你要知道，军中无戏言。"

傅立松笑了，说："这不是戏言。我这是大言。微言大义。"

王幼勇在纸上写定了交钱的日期和地点，叫人送信。

送信人拿着信走了。傅立松哈哈大笑。

王幼勇问："你笑什么？"

傅立松说："大外甥，叫人来折磨我吧。叫我生不如死。我想死啊。我活够了。不想再活了。你以为你们的目的能达到吗？天下哪有这么容易的事？那哪里是一万大洋啦？那是我不想再走路的两只脚丫子。我的傻儿子哪里知道那是一万大洋啊！那是天书。你被我骗了。我不骗你骗谁呀？来吧，我喝了吃了裤子也换了,让我死!傻外甥,你知道我为什么脚上没穿鞋?我告诉你,就在你把我装麻袋时,我就把鞋脱了。你知道你们给鞋我为什么没有穿?我告诉你,纸上画的意思是一句鄂东方言:今日脱了鞋和袜,从此就不打算穿。"

王幼猛脸气白了,忍不住踢了傅立松一脚。

傅立松哈哈大笑,说:"对!就是这样。"

王幼勇喝住王幼猛:"老二,你干什么?"

傅立松说:"大外甥,让他折磨我。他折磨我比别人强。"

王幼勇说:"傅立松,你高兴得太早了。"

傅立松接着笑,说:"对,不要叫别的,就叫我傅立松。接着踢呀!为什么不接着踢?不接着踢呀?大外甥,不接着踢舅父又渴了,要喝水。舅父又饿了,要吃饭。给我饭吃,给我水喝!"

五十八

信是由送信的红军战士趁黑夜用响箭射进傅兴垸的垸城楼的。大别山的男人都是打猎的好手,箭是他们日子里狩猎的工具。箭带着哨声飞上垸城城楼时,傻大爷带着枪会会众正在垸城城楼上举着火把巡逻。

熊熊的火把光里,那箭带着啸叫拖着红缨像鸟一样飞上来了,傻大爷顺手一揽,就将响箭揽在手里。傻大爷趁着火把的光,取信一看,见是父亲的画,就明白是怎么回事。于是朝响箭的地方放了几枪,枪声过后,一切归于沉寂。傻大爷仰面一哭。枪会会众围上来问:"二少爷怎么了?"傻大爷抹一把脸说:"没事。你们巡逻吧。"

傻大爷急忙下垸城回到桂花楼见母亲。娘睡了。房里点着灯。娘和衣起床开了房门。傻大爷进了房。娘问:"老大,是不是票送到了?"傻大爷问:"娘你怎么知道?"娘说:"儿哇,我通夜睡不着,我听到了箭响声,还有你的哭。"傻大爷说:"娘,你说怎么办?"娘问:"信呢?"傻大爷拿出信说:"信在这里。"娘问:"你父亲说什么?"傻大爷说:"娘,你自己拿去看。"娘说:"儿哇,娘不敢看,你念给娘听。"傻大爷说:"娘,父亲什么都没说,只是画了一张画。"娘问:"画了什么?"傻大爷说:"画了两个脚丫子。"娘问:"信上他们说什么?"傻大爷说:"他们要一万大洋,说了交货的地点和日期。"

娘拿过信对着灯光看,眼泪就下来了。娘说:"儿哇,你父亲这回抱定一死了。"傻大爷问:"娘,是谁绑了父亲?"娘看着信后的字说:"是你的表兄们,这是你大表哥的字迹。"傻大爷就气得颤,说:"我就知道是他们,别人没有这样熟。"娘流着眼泪说:"这不怪他们,要怪就怪你父亲,明知道那是马蜂窝,捅它干什么?"傻大爷问:"娘,你说这事该怎样办?"娘说:"儿哇,这事难办啊。不按他们的话送银元去,你父亲的命就完了;按他们的话送银元去,你父亲不会放过你我的。"傻大爷问:"娘,难道我们就眼睁睁地看着父亲死吗?"娘说:"傻儿子,送了银元去,叫你父亲还怎么活?他死去比活着好。"傻大爷说:"娘,不就是一万银元吗?父亲不是常说留着青山在,不怕没柴烧吗?"娘说:"傻儿子,你父亲是怎样的人你不知道吗?这样的时候他宁可死也肯不受辱呀!"

傻大爷说:"娘,儿不能听你的话,我不能这样看着父亲死。"

娘说:"你要是送银元去赎回你父亲,你父亲回来会动用家法,沉潭处死你这个不孝的子孙。"

傻大爷说:"我宁可死在父亲手中。"

娘说:"你不能死在你父亲手中。你死在他的手中,今后傅姓人会怎样说他?"

傻大爷说:"我成全他。让族谱记上他大义灭亲。母亲,我今生做他的儿,累啊。他又要做婊子,又要立牌坊。"

娘指着傻大爷说:"胡说什么?跪下!你的父亲容易吗?别人咒他,你不能。"

傻大爷不跪。

娘怒喝:"你为什么不跪?"

傻大爷说:"我错了吗?为什么要跪?作为儿子,救父有什么错?娘,你难道要族谱上记上一笔,说儿子见父死到临头不救吗?"

娘痛哭起来,说:"谁说我的儿傻呀?我的儿不傻!儿,你没有错。"

傻大爷说:"儿没错,那就是父错了。"

娘说:"他也没错。"

傻大爷呵呵笑了,说:"我没错,他也没错,娘,那就是你错了。"

娘说:"我的混账儿呀!娘错在哪里?"

傻大爷一哭,说:"你错了。你为什么要生我这个儿?"

娘问:"你决意要去?"

傻大爷说:"这由不得你。"

娘说:"儿哇,此去凶多吉少。"

傻大爷跪下了。傻大爷跪在地上,说:"娘,感谢娘的养育之恩。儿傻,没有给父亲母亲争光,儿天地不醒,总想强身练武,争强好胜,一事无成。娘,别人不清楚,你应该清楚,儿像世人说的那么傻吗?儿是娘生的父养的。娘生的父养的儿,知道应该怎么做?"

娘从地上扶起儿,说:"儿呀,是妖是怪,各人生的各人爱。儿一落下地,娘没嫌你傻。"

傻大爷问:"娘,你答应了?"

娘哭着说:"儿哇,还有什么可说的?你去吧。天要灭儿,娘有什么办法?娘折算少生一回。"

傻大爷说:"娘,你莫哭。"

娘说:"娘要哭啊。娘哭给儿听。"

傻大爷笑了,说:"娘,莫哭。儿练武给你看。儿的武艺不凡呢?"

傻大爷就脱成赤膊,就扎板带,将自己束成上大下小,葫芦一样;就拍胸脯,就喝冷水,鼓着腮帮子喷,左右腾挪,吼声如雷,扑壁直上,灰尘直落。

娘闭上了眼睛,泪从眼睛缝儿里流出来,咽一口气说:"儿啊,你这是要老娘的命。算了啊,我的儿。"

傻大爷说:"娘,莫哭。儿的武艺怎么样?你笑一回给儿看。"

娘说:"儿啊,我笑不起来。"

傻大爷说:"娘,你笑不起来。我笑给你看。"

傻大爷张嘴一笑,牙齿一露像一朵雪白的花儿。

这时候栖在桂花树上的猫头鹰叫了一声。

娘泪如雨下,惨叫一声,倒在地上,昏死过去。

五十九

傻大爷一身黑衣黑裤,带着五个人挑着一万大洋,到了黄羊寨寨子的脚下。

一路哨兵送信,王氏兄弟早就知道傻大爷的到来。傻大爷站在寨子脚下,哨兵问:"什么人?"傻大爷说:"赎命的。"哨兵说:"上来吧。"傻大爷带着挑夫沿着羊肠小道爬上了山寨。山风忽起,漫山遍岭狂吹,吹得人站不住脚。寨门口十几个人荷枪实弹站成两排,搜身。傻大爷举起双手让人搜。搜的人沿着傻大爷的身子从上到下搜,搜到腰间,摸到傻大爷的板带周围硬硬的。搜的人问:"什么东西?"傻大爷说:"吃食。"哨兵问:"什么吃食?"傻大爷说:"干粮。"搜的人掀开傻大爷的黑褂子,发现那硬硬的真是干粮。哨兵问:"为什么把干粮绑在裤带上?"傻大爷咧嘴望着哨兵傻笑,说:"爬山省力。"哨兵见傻大爷除了腰间的干粮没带什么东西,就放傻大爷进了寨门。哨兵接着检查挑夫,挑夫除了担子里的银元什么都没带,于是就把五个挑夫放进了寨门。

交割在寨子里石屋前进行。傅立松一见傻大爷来了，眼睛就直了，怒不可遏地从坐着的青石板上跳了起来，指着傻大爷的鼻子骂："畜生，你来干什么？"傻大爷说："我来赎命。"傅立松问："谁叫你来的？"傻大爷说："他们叫我来的。"傅立松问："你没看懂我画的画吗？"傻大爷说："看懂了。你那点聪明我怎么看不懂？"傅立松问："看懂了为什么来？"傻大爷说："谁叫我是你的儿！"

傅立松被人架住了膀子，仍是跳，对着傻大爷仍是骂："你不是我的儿。我没你这个儿！"傻大爷说："有什么办法？可我有你这样个老子呀。"傅立松骂："你臭屎无用，成事不足，败事有余。"傻大爷呵呵笑，说："这父亲不能怪我，谁叫你被他们用麻袋装到这里来了？你聪明一世糊涂一时。而装你到这里的不是别人，是你的亲外甥。"傅立松说："你让我死不行吗？折算没我这个老子。"傻大爷说："你想让我背不救父亲的骂名吗？今后谱族上记我一笔，我岂不是枉活了这一生？"傅立松哭了说："谁说我的儿傻？我的儿不傻呀。"傻大爷说："连这事也不知道，我能做你的儿吗？"

王幼勇问傅立松："哭够了吗？"傅立松说："哭够了。"王幼勇问："还哭不哭？"傅立松说："还哭什么？大外甥祝贺你，你的目的达到了。"王幼勇说："有你这样一个舅父，我们的目的能不达到吗？"傅立松笑了，说："大外甥，舅父补你一个聪明。"王幼勇说："你总是聪明。"傅立松说："你现在有个最好的办法。先收银元后杀人。"王幼勇说："你以为我听你的吗？"傅立松说："这对你有好处。"王幼勇说："你不是说盗亦有道吗？收了银元不会杀人的。"傅立松说："你今天不杀我，我不会放过你的。"王幼猛说："你以为我们不敢？"傅立松说："我知道你们敢，那就杀吧。"

王幼勇摇头说："我不会上你的当。今天不杀人。我们只要银元。"傻大爷说："对，送了银元，哪有杀人的道理。"王幼勇问傻大爷："送来多少银元？"傻大爷说："按你们说的一万。"王幼勇说："那就先验银元，然后放人。"傻大爷说："不，你们先放我父亲，然后再验银元。"王幼勇说："不行。你要是有诈呢？"傻大爷说："我先把担子全部打开，你拿银元用嘴咬，看是不是真的？"王幼勇说："我说话算数，先验银元，保证放人。"傻大爷叫了起来，说："我咬给你们看。"傻大爷叫挑夫打开挑子，将银元统统倒在地上，扒开，一个个地咬给众人看，说："这是假的吗？这是假的吗？银元傅家有的是，可父亲只有一个啊！我怕你们收了银元反悔。你让他先下山，我留下来陪你们验。不然传出去是个笑话，后人说傅家陪了银元又蚀了老子。"

王幼勇笑了，说："行。"王幼勇对傅立松说："你先下山吧。"傅立松说："我不下山，今天就死在你的面前。"傻大爷对着傅立松双膝跪下，说："这由不得你了。"说完一个眼色，五个挑夫一齐上前，架住了傅立松。傻大爷问王幼勇："他可以下山吗？"王幼猛说："哥，不能这样。"傻大爷望着王幼猛笑，说："二表兄，父亲下去了，不是还有我吗？舅父值钱，表兄就不值钱吗？万一钱不足数，有我在，你们可以接着要呀。"王幼勇说："行。"哨兵放行，五个挑夫就架着傅立松下山去了。

于是黄羊寨上，就验银元过数。

一万银元个个都是真的，白花花地堆在青石板上。

傻大爷问："是不是真的？"

验银元的王幼猛说："是真的。"

傻大爷问："是不是一万？"

王幼猛说："是一万。"

傻大爷笑了，说："表兄呀，哪有假呢？"傻大爷走到王幼猛的身边，说："表兄，给我一支烟抽。我累了，歇口气。"王幼勇点上火递给傻大爷一支烟。傻大爷吸了两口，从鼻孔吐出烟来，冷不防朝怀中点了一下，猛地一下抱住了王幼猛。只看见傻大爷怀里青烟直冒，嗞嗞作响。原来傻大爷的腰带上扎的粗看是干粮，其实不是干粮，是装了导火索的炸药包。

王幼猛挣扎着，练了武功的傻大爷双手死死抱住了王幼猛，怎么也挣不脱。

众人围了上来。

王幼勇喊一声："卧倒！"

众人卧倒在地。傻大爷喊了一声："父亲，儿给你尽孝了！"

就在那时候炸药包炸了。血肉横飞。银元横飞。

山下的傅立松双膝一软，叫了一声："儿呀！是父亲害了你。"

黄羊寨上，硝烟随风散去。王幼勇扑倒在青石板上，双手一抓，每一块银元上都沾着模糊的血肉。他悔得直打头。他没有想傻大爷会来这一手。红军战士们捡骨肉安葬，都炸烂了，分不清谁是谁的，只得统统拢在一起，在寨子的山头上挖坑安葬。

战士们在山上捡那被炸飞的银元。除了炸烂的外，还有九千多块。

王幼勇叫战士们将那些银元用溪水洗干净，将那血水倒进坑里，然后撮土堆坟。

银元挑回了七里坪。

主席捧起银元，潸然泪下。

第38章　化日焚金石（1）

《甘心直上断头台》
马列思潮沁脑骸，
军阀凶残攫我来。
世界工农全秉正，
甘心直上断头台。
——摘自《鄂东革命歌谣》

注释：此是王幼勇在新洲干河就义时写的绝命诗。王幼勇就义时年仅三十二岁。

六十

傅立松一身重孝，带着枪会会众扑到石槽冲傅大脚的茅屋时，大别山里的天黑了。饥饿的乌鸦成群地飞来，聚集在枫树上号叫。寒风阵阵，枫叶瑟瑟，天光挣扎着。

傅立松在茅屋前朝天挥舞着手中的枪狂叫："傅大脚，你出来！"

傅大脚拄着拐棍，推开柴门出来了，问："谁在哪里叫？"

傅立松说："是我。"

傅大脚问："你是谁？"

傅立松说："你的兄弟。"

傅大脚问："你来做什么？"

傅立松说："我来看你死没死。"

傅大脚说："我没死。还活着。"

傅立松说："好人早归世，祸害千万年。你和我为什么总死不了？"

傅大脚说："这群该死乌鸦噪死人。"傅大脚弯腰从地上捡起一块石头朝枫树上扔，赶乌鸦，那群乌鸦并不惊，仍站在枫树上噪。

傅立松狞笑着，说："赶不走的。"

傅大脚说："你手中不是有枪吗？给我，我放几枪赶走它。"

傅立松说："没用。大别山里的乌鸦经过枪炮的。"

傅大脚问："是你带来的？"

傅立松说:"不错。是我带来的。"

傅大脚问:"带它们干什么?"

傅立松说:"带来吃你我的肉。"

傅大脚说:"我没死你也没死呀。"

傅立松说:"可有人死了哇。"

傅大脚问:"谁?"

傅立松说:"你还不知道呀?我来告诉你。你的二儿和我的大儿死了。"

傅大脚一哭,问:"我的二儿和你的大儿死了?"

傅立松说:"死了。"

傅大脚问:"怎么死的?"

傅立松说:"同归于尽的。"

傅大脚流着眼泪说:"兄弟,你为什么要跟我说这些?"

傅立松说:"这些我不同你说,跟谁说。"

傅大脚问:"你特地赶来报信的吗?"

傅立松说:"对。我没儿,你的儿也没了,我不好过,我要你也不好过。"

傅大脚用拐棍拄着地,咬牙切齿地骂:"你这个畜生,给我滚!"

傅立松说:"没那么容易。"

傅大脚说:"要杀我吗?"

傅立松说:"杀你不解恨。"

傅大脚说:"那你要干什么?"

傅立松说:"我要烧你的屋。"

傅大脚说:"你不是烧了一次吗?"

傅立松说:"还要再烧。"

傅大脚说:"好。等我回屋,连我一起烧。"

傅立松说:"不。我不会让你这样死。我要让你看着烧。"

傅大脚流着眼泪说:"掇张椅子出来,让我坐着看你烧。"

傅立松狞笑了,说:"掇椅子让你坐的人死了。这回你不能坐了。我要让你站着看着烧。"

傅大脚说:"你让我死。"

傅立松说:"谁叫你和我是同胞姐弟。我没死,你不能死。我要让你和我活着看这世界。"

傅立松让枪会的人架着傅大脚。傅立松点了一把火,朝茅屋上一丢。火借风势,茅屋在烈焰中哗剥作响,一会儿化成了灰烬。

傅立松说:"你哭吧。放声地哭。"

傅大脚说:"我不哭。"

傅立松说:"你哭给我听。"

傅大脚说:"我不哭给你听。"

傅立松说:"你不哭。我哭。我哭给你听。"傅立松仰天号哭起来。

傅大脚咬着牙指着傅立松说:"傅立松,你死无葬身之地。"

傅立松不哭了,说:"不要你说,我知道我死无葬身之地。玉石俱焚,我要让我死无葬身之地的人也死无葬身之地。明人不做暗事,我这次来烧屋不是最终目的。告诉你的大儿,我不会就此罢休的,叫他不要落到我的手里,落到我的手里,我会杀了他。"

傅大脚扑到傅立松面前,一口咬住了傅立松拿枪的手。

傅立松哈哈大笑,说:"你拼命地咬,朝死里咬。我要是动手,我就不是姓傅的种。"

傅大脚松口了,泪流满面。

傅立松带着人走了。大别山的暮色像水一样漫起来。

傅大脚一屁股坐在地上号啕大哭。

聚在枫树上的乌鸦飞走了,扇起一天的火灰。

无家可归的傅大脚默默地流着眼泪。傅大脚眼泪流得累了,就依偎着那棵大枫树的根睡着了。那棵大枫树像一柄巨大的伞遮着傅大脚。只是秋天了,大枫树的叶落得稀了,又有风摇,哗哗地如泣如诉,稀着天,稀着风,稀着梦里的她。

天亮了。

大别山的天像住日一样亮了。枫树底下的傅大脚醒了。露水霜湿了她的一身。东方破了鱼肚白,太阳升了起来。太阳升起来,天地就温暖。天地温暖了,傅大脚的身子就有劲。山底的清泉潺潺地流,山间的松涛一阵阵的响。

傅大脚叹了一口气,从灰烬中找出砍刀,上山砍楠竹,割茅草,清除灰烬,重新盖她的栖身的茅屋。好在大别山上楠竹总有,茅草总有,有力气就能盖间栖身的茅屋。只是新盖的茅屋比原来的小了许多。没什么,能栖身就行。

傅大脚在茅屋里搭了口灶。从灰烬中找来火种,从灰烬里找来粮食,米没烧尽,装在坛子里,虽然烧煳了,但还可以吃,灰烬中还有红苕。生着火切苕洗米煮起了红苕粥。锅里的水响了,如虫如蚁唱着无字的歌;饮烟像字儿一样从灶口飘出来,锅盖缝里煮出了香味。

她揭开锅盖,大气汤汤的。她用碗从锅里盛起红苕粥,吹一口,喝一口,流出了眼泪。那泪流得满面都是。

傅大脚喃喃自语:"嚄,我有吃的了。"

六十一

王幼勇是在新洲干河抽税时被傅立松抓住的。

那时候苏区正在扩大,边区财政吃紧,需要人在红白交界处抽税,解决边区财政的不足。作为边区银行行长,任务就落到王幼勇的身上。主席下达命令,从红军部队里抽出一些人供王幼勇使用。王幼勇将这些人分成若干小组,化装成丐帮潜入红白交界处抽税。那时候长江中下游经常活动着成群的丐帮,他们是职业的,打着莲花落,以帮会的名义乞讨,逢是红白喜事,他们就打着莲花落到门前,一人领头唱押韵的四言八句,其他人帮腔,主家就不敢马虎,迎进门,吃一餐,然后给钱。吃得坐席,给钱不能少。这都是规矩。这些人,或是青帮,或是红帮,每个帮会有严密的组织和一套完整的江湖黑话,老百姓们是分不清也得罪不起的。

王幼勇他们就是装成丐帮进入新洲干河抽税的。

新洲干河离红安七里坪有一百多华里,属于白区。这里大别山尽了,尽成了一望无边的平原,除了河湖港汊,就是棉地稻田,棉地稻田之中就是树竹浓荫的垸落。这里是冲积而成的平原,长江在这里阔大平缓,河湖港汊在这里静水生风,这里四季弥漫着霭霭的雾,肥黑的土地上盛产棉花和稻谷。这里自古是富庶之乡,是富人的生财之地,也是丐帮经常出没的地方。边区财政吃紧,王幼勇他们不到这里到哪里?王幼勇带着三个人的抽税小分队,化装成丐帮,白天并不行动,给些钱找一家靠得住的农家住下,晚上冒着生命危险出来抽税。

是抽税,不是收税。

收税是合法的。抽税是不合法的。那时候新洲是属于白区,国民政府有专业税员,他们拿着国民政府的证件,白天上门收税。王幼勇他们白天不敢行动,只有在晚上出来抽税。他们晚上出来,敲开店家的门抽税。店家问:"干什么的?"他们说:"抽税的。"店家就不敢多问。他们知道抽税的是什么人。店家问:"抽多少?"王幼勇他们说出数目,店家一般不敢少给,就拿。店家拿出钱,然后问:"能不能开个收据?"王幼勇说:"能。"店家说:"不是不相信你们,是因为你们开了收据说明我们交了,有个凭证。"王幼勇说:"那当然。"于是就开收据,开边区银行正规的税票。店家送他们出门,说:"你们提着脑袋出来,要小心。"王幼勇说:"谢谢提醒。"店家说:"镇上有国民军的部队呢。"王幼勇说:"知道。再有人来抽税,你拿税票出来,就说抽了。"店家将手中的税票撕碎了,点火烧了,说:"哪敢留呀。他们要是查出来了,我们全家的性命还要不要?我要你开票,是想知道你们是不是真的。"那时候新洲一般开店的人家两边都不想得罪,多一事不如少一事,求个太平日子过。

王幼勇出事的原因是新洲干河离夫子河的傅兴垸太近了。新洲的干河与夫子河的傅兴垸只有三十里,平原之上,垸子连着垸子,河水连港水,一阵风吹就会闻着腥。傅立松知道王幼勇他们会到这里来的,就像一只狂疯的老蜘蛛张着网,虎视眈眈地盯着猎物来落网。

于是王幼勇理所当然就落到了傅立松的手里。

六十二

那时国民党的一个团驻在新洲城内。新洲与汉口临近,是鄂东连接大别山苏区的门户,这个团驻在新洲,负责汉口的安全和对苏区进行封锁。傅立松将暗中打听到的消息,派人到新洲向驻军团长报告。驻军团长马上出动荷枪实弹的一个连。

正是干冬,长江瘦了,干河瘦了。瘦了的干河,一线的水,缩在河心,无声地流。两岸裸露着茫茫的白沙,沙间枯草在秋风中萧瑟,任凭成群的水牛散放啃食。

那时候王幼勇带着抽税小组的两个人,带着抽来的税款,准备涉河回山。抽来的税款,很杂。有国民党的票子,也有边币,还有银元和铜板。边币用到了白区,他们不能不收。边币收回去,在苏区也有用。银元和铜板是国民党发行的,全国通用是他们抽税的真正目的。这些钱可以到白区采购所需的枪支弹药和布匹药品。王幼勇他们用一口薄板棺材装着抽来的税款。王幼勇腰系草绳子,披麻戴孝,打着引路幡,在前面引路,装成穷家的孝子。两个人抬着薄板棺材,跟在后面抬着棺材,出丧。就在他们抬着棺材过河边的哨卡,哨兵准备放行时,驻军的团长带着一个连的兵,将他们围在干河那边。

一个连的兵将三人团团围住,围在河滩上,用枪指定他们。

团长摘下白手套,拿在手中,兵们让开一条路。团长走上前来,指着王幼勇问:"什么人?"披麻戴孝的王幼勇说:"种田的。"团长问:"干什么?"王幼勇立着引路幡说:"送葬的。"团长问:"给什么人送葬?"王幼勇说:"我娘。"团长问:"棺材为什么这样轻?"王幼勇说:"我娘死了十几年,我家穷得叮当响。前些日子我做了一个梦,梦中我娘对我说,她从观音菩萨那里讨了一块宝地,在河对面的金牛地,叫我把她的尸骨取出来挪到那里去葬,我家就会发财。棺材里装的是尸骨，所以就轻。"

王幼勇对鄂东风俗了如指掌，编得滴水不漏。团长笑了，说："编得不错。"王幼勇说："怎么是编，本来就是这样。"团长说："我要破棺检查。"王幼勇说："你敢？"团长说："我怎么不敢？"王幼勇说："要是装的尸骨，你怎么办？"团长说："重新装殓，我陪你一口棺材。"王幼勇说："没那么简单。"团长问："很复杂吗？"王幼勇说："鄂东有句俗话你知道吗？"团长问："说给我听听。"王幼勇说："死人破棺，活人倒地。"团长问："什么意思？"王幼勇说："以死相拼，血溅三尺。"

团长望着王幼勇笑。王幼勇问："你笑什么？"团长说："我看你不是种田的。"王幼勇问："我怎么不是种田的？"团长说："你编漏了嘴。"王幼勇问："漏什么嘴？"团长说："请问先生，一个种田的，能说出以死相拼，血溅三尺的话来吗？"王幼勇愣住了。团长说："编谎话是需要本领的。你没有。"

团长一挥手，说："拿下！"兵们涌上来，棺材落地，引路幡撕了。三五个架着他们一个，使他们动弹不得。团长说："搜！"于是从他们的腰间搜出短枪来。

团长问："你们是什么人？从实招来！"王幼勇说："不是清楚了吗？无须再问。"团长笑了，说："这就对了。说的是官话。是个有学问的。是不是从河那边山里来的？"王幼勇说："是。"团长问："那边的什么人？"王幼勇说："与你一样拿枪的。只不过枪没你们好。"团长问："什么职务？"王幼勇说："没有什么职务，普通革命者。"团长笑了，说："你骗我？一个普通革命者能说文话吗？"王幼勇说："谁说一个普通革命者不能说文话？"团长说："说文话的不是普通革命者。"团长问抬棺材的两个人："他是什么人？"抬棺材的两个人哈哈一笑，说："笑话。你问不出来，问我们？"团长说："你们要明白，不说实话会是什么后果？"抬棺材的两个说："不就是死吗？还问什么？"

团长说："本团长执行公务，当然要问明白。"抬棺材的两个说："我们明白了，只是你不明白。你不明白与我们什么相干？"团长说："你们明白没有用，我需要问明白。"王幼勇说："团长先生，开枪就是。"团长问："你怎么知道我是团长？"王幼勇说："通过你身上的皮。"团长说："这说明你对我们的军阶很熟悉。"王幼勇说："略有所知。"团长说："看来是个明白人，与我们合作过的。在那边是什么职务？官阶比我大，还是比我小？"王幼勇说："这不是你问得明白的。不要问了。世上的事不是你都问得明白的。"

团长说："对。世上的事不是我都问得明白的。我可以就这样让你们不明不白地死。但是本团长是个认真之人，历来不收无名之鬼。不说明白，我不会让你们死。"两个抬棺的挣扎着跳脚骂，用鄂东土话骂团长的祖宗八代。团长笑了，说:"想激怒我吗?想一枪送你们上西天?我见得多。这是你们的惯用手法,许多人在这样的时候成全了你们。我不会入你的圈套。我想不通。这样做对你们有什么好处?今天天气很好,围住你们没费一枪一弹。你们在,我的兄弟都在。难得。本团长心情不错。都说你们宁死不招,我想见识见识。我不急,你们也不要急,慢慢来。"

团长对王幼勇说:"先生,我听说董必武派了不少他的学生回乡点火领导穷人闹革命,看来你就是其中一个。如果没有看错的话,你是他们的领导,他们两个是你的部下。我们四川人有句话,好汉做事好汉当。如果你是个读书人,就不要连累部下。孔夫子说,求仁得仁。他们是种田人,除了命什么都没有。你说出你是什么官。我就放他们活命。"王幼勇说:"先放后说。"团长说:"先说后放。"

两人各执一端,相持不下。团长哈哈一笑。团长笑了,用四川话骂:"娘的个巴子,这个世界都是圈套呀。你套我,我套你。谁都想套,谁都套不住。"

就在这时候傅立松带着红枪会会众来了。王幼勇吃了一惊。傅立松与团长是熟人。一个是驻军团长,一个是乡绅联合会会长,剿匪与治安,经常合作。傅立松挤进包围圈,对团长说:"团座,这个人你不熟悉,我熟悉。我来帮你的忙。"团长问:"傅会长,这个人你熟悉?"傅立松说:"他身上几多胎毛我都清楚。"团长笑了,说:"傅会长,猎物刚围住,你就及时赶来了!"傅立松说:"你是猎人,我是条闻着血腥的猎狗。猎物围住了,我帮你咬。"团长说:"傅会长,你是个读书人,在我面前不要来这一套。自取其辱。与其说辱己,不如说辱人。这手法不新鲜。"傅立松说:"团座,这个人你咬不出来。得我来咬。"团长说:"傅会长,你轻视我。"傅立松呵呵一笑,说:"强龙压不过地头蛇。让我来咬,你看看怎样?"团长冷笑了,说:"行。傅会长,那就让你来咬。"

王幼勇被人架着动弹不得。

傅立松上前伸出手摸着王幼勇的脸,问:"你认识我吗?"

王幼勇一阵肉麻,打了一个寒战,痛苦地闭上了眼睛。

傅立松用手拍打着王幼勇的脸,说:"你闭上眼睛干什么?你睁开眼睛看看。我是你谁?"

王幼勇闭着眼睛说:"我不认识你!"

傅立松凑上去张嘴用舌头舔王幼勇的脸说:"你怎么能不认识我呢?你怎么能不认识我呀?"傅立松咬了王幼勇一口,说:"我是你的舅父呀!"

王幼勇颤抖了,流下了屈辱的泪。

团长问:"傅会长,他是你的外甥?"

傅立松说："团长，你没听说呀？他就是我的大外甥呀！我助他读书，他回来领着四个兄弟和两个妹妹革我的命，闹得我痛不欲生。"

团长说："他就是你的亲外甥？"

傅立松流下了眼泪，说："这假不了，你问他。我和他娘从一个肚支出来的。他的血里有一半姓傅。他生下地，我就舔他的脸，咬他的脸呀！"

王幼勇流着屈辱的眼泪，睁开眼睛说："姓傅的，君子自重，把你的嘴移开！"

第39章　化日焚金石（2）

傅立松说："大外甥，我这是爱你呀！你是我从小舔大的。现在受不了是不是？你受不了，我也受不了呀！你知道不知道？从黄羊寨一别之后，我就不是人了。我是一条疯狗，一直带人跟踪你。我知道你必定要到这里来，果然你就来了。我不是给你娘报了信吗？叫你不要落到我的手上！你为什么要入我的圈套？"

王幼勇问："是你派人报信包围我的？"

傅立松说："是我。对亲外甥我不说假话。"

王幼勇眼睛里冒出火来，逼视傅立松，说："姓傅的，你的阴谋得逞了。"

傅立松说："我的阴谋能不得逞吗？从黄羊寨回来后，我对天发誓，这辈子我要亲手除掉你！"

团长问："傅会长，他是那边的什么人？"

傅立松狞笑了，说："团座，你不知道呀？他就是王幼勇，鄂豫皖苏区银行的行长呀！负责边区政府的吃喝拉撒，肩上的担子很重。那次就是他带人绑我的票，将我绑到黄羊寨。我的大儿子就是那次与他的二弟同归于尽的。"

团长说："他就是王幼勇？"

傅立松拍打着王幼勇的脸，说："错不了。烧成灰我也认识他。"

团长问王幼勇："你就是王幼勇？"

王幼勇朝傅立松唾了一口，说："他说得对。我就是王幼勇。"

团长问："刚才为什么不招？"

王幼勇说："刚才他没来。现在他来了。"

团长问："那次是你带着兄弟绑他的票？"

王幼勇说："是的。"

团长问："为什么要亲自动手？"

405

王幼勇说:"别人对付不了他,只有我。正像他用这样的手段,对付我一样。"

团长抽出烟来点火吸,半天才吸出烟来,问:"这次过河来干什么?"

王幼勇说:"抽税。"

团长说:"钱在哪里?"

王幼勇说:"棺材里面。"

团长说:"你刚才不是说是你娘的尸骨吗?"

傅立松打了王幼勇一耳光,说:"团座,他娘根本没死。"

团长说:"打开棺材!"

兵们上前劈开棺材,棺材裂了,纸票子和银元铜角子散落一地。

傅立松说:"团座,傅会长能谎报军情吗?"

团长说:"傅会长,你说的不错。"

傅立松说:"团座,兄弟我出来了。本会长有一个请求。我要亲手处置他。有用的东西你拿走,没用的东西留下来。你和兄弟们辛苦了。我另外给你带了一千大洋。"

团长说:"傅会长,你的意思是把人交给你?"

傅立松说:"对。我就是为猎物而来。"

团长问:"那我怎么向上峰交代?"

傅立松说:"你就说交给了我。放心,我会使你们满意的。"

团长摇头说:"傅会长,你大可不必这样做。"

傅立松说:"我为他而来。"

团长说:"你可以让我把人带走。"

傅立松说:"团座,你说的是借刀杀人吗?"傅立松仰面一笑,笑得吐不气来,说:"那个姓孙的用尽机巧写什么三十六计,几千年了,充满腐臭。亲外甥绑舅父都不用,我还有脸用它吗?世界都赤裸了,只剩八个字:以血还血,以牙还牙。"

团长将烟丢在河滩上,用脚踩熄了。

傅立松叫人将王幼勇他们三个五花大绑了,对团长说:"团座,让你见笑了。"

团长问:"傅会长,看来你的主意已定。"

傅立松说:"不然,傅会长干什么?"

团长问:"这么说,没我的事了。"

傅立松说:"当然。"

团长手一挥说:"好。那我就收兵!"

兵们收枪,抢散落在地上的钱。河滩上一阵杂乱。

团长朝天放了一枪,烟从枪口飘出来,淡了。兵们被镇住了,停止了抢夺。团长戴上白手套,朝天竖起手指说:"听着!谁捡地上的钱,军法从事!"

兵们纷纷丢了手中的钱。

连长喊口令:"河滩沙起,兵们排队。"

傅立松说:"团座,把我带来的一千大洋拿走。"

团长说:"傅会长,别人也许会要你的钱,但本人不要。"

傅立松问:"为什么?武官爱钱,文官惜命。大洋还有用。"

团长愤怒了,说:"姓傅的,你在我面前疯什么?"

团长带着兵,将两个红军战士绑走了,沿着干河撤回了新洲驻地。

六十三

王幼勇就是在那个冬天的上午被傅立松活埋在干河河滩上的。

旱冬的太阳照着干河,河滩上的霜晒化了,气温升了起来。河滩上蒸起茫茫的雾。那雾被太阳化了,化作无垠的蓝,浮得极高极远。干冬无云。太阳裸了,浩渺无底,竟赤裸裸的,竟像伏天一样炫人。

红枪会会众将王幼勇围在裸裸的河滩上。

傅立松躁热了,剥了皮袄,卷起袖子,对河滩上五花大绑的王幼勇问:"你以为今天我会放了你吗?"王幼勇摇着头说:"我知道你今天不会放我。"傅立松说:"放你也容易,你跪下对我磕三个响头。"王幼勇说:"那做不到。"傅立松说:"很容易,只要跪下。我让你活,改姓傅,我收你为儿。自古以来外甥给舅父做儿多得很。"王幼勇说:"我不会按你说的做。"傅立松说:"你要明白,大鹏也好,黄雀也好,生只一次。"王幼勇说:"死也只一次。"

傅立松说:"这么说你决定死?"王幼勇说:"人固有一死。"傅立松:"或轻于鸿毛?"王幼勇说:"或重于泰山。"傅立松问:"你以为你重于泰山?"王幼勇说:"不会轻于鸿毛的。"傅立松问:"为什么?"王幼勇说:"因为我背着太阳,为理想而死。"傅立松问:"你以为你的理想会实现吗?"王幼勇说:"会的。因为它是真理,就像天上的太阳照耀人间。"傅立松说:"也许你说得对。你觉得你这一生没留什么遗憾吗?"王幼勇说:"没有。该做的我做了。不该做的我没做。"傅立松问:"哪些是你该做的?"王幼勇说:"追求光明。"傅立松问:"你觉得你有不该做的吗?"王幼勇说:"没有。"傅立松说:"你知道不知道你有很多不该做的?"王幼勇说:"我不知道。"傅立松说:"你不应该怀私。"王幼勇问:"我怀什么私?"傅立松说:"你应该像夸父那样在神话里活着,无私无畏。"王幼勇说:"我做到了。"傅立松冷笑了,说:"无畏你做到了,无私你就狗屁胡说。那我来问你,傅素云是你什么人?"王幼勇说:"你的女儿。"傅立松问:"不是你的妻子吗?"王幼勇说:"不是。"傅立松问:"枪响、枪生呢?"王幼勇说:"你的外孙。"傅立松气得颤,问:"一点与你不相干吗?"王幼勇说:"因为你要杀我。"傅立松问:"你为什么结婚,为什么生子?"王幼勇说:"因为我没死之前还是人。"傅立松问:"你死了他们怎么办?"王幼勇说:"天地生人,死生各得其所。"傅立松流着眼泪说:"我不如你。我这一生年轻时血气方刚,勇往直前,反清共和,幻想开一个新时代,结果碰得头破血流。后来慢慢年纪大了,瞻前顾后,患得患失,既贪生又怕死,到头人不人鬼不鬼。我佩服你的虔诚。自古以来在这块土地上所有的信仰都是功利的。所有虔诚都是可笑的。唯独你不是。舅父今天成全你。你死在我手里,历史会记住你。"王幼勇冷笑了,说:"动手吧。"

傅立松说:"好。你想怎么死?商朝以来活人的办法不多,死人办法多了。如今大别山让人死的花样更多,前无古人,后无来者。"王幼勇说:"在你面前,我想站着死。"傅立松说:"站着死?那就活埋吧。活埋是站着的。"王幼勇说:"好吧。那就快点。"傅立松说:"急什么?凡事总有个过程。外甥,我跟你说你不要以为活埋很幸福,一埋了事。活埋是世间一件很痛苦的事,你亲历了就会知道。"王幼勇说:"不就是一死吗?"傅立松说:"舅父今天让你见识见识,给你一个全过程。到时候你就会知道。"

裸日在天。

傅立松说:"那就挖坑吧。"

红枪会的兵丁在河滩上扬沙如雾,挖出一个坑来。那坑一人多深。

傅立松对五花大绑的王幼勇说:"是你自己跳下去?还是我叫人推你下去?"王幼勇说:"不用你动手。我自己下去。"绑着手的王幼勇走到坑边,跳了下去。

傅立松说:"此坑就是你的葬身之地。要不要立个标记?立个墓碑,写上某某之墓。百年之后让后人祭奠你。"王幼勇说:"不必了。"傅立松说:"外甥,你比司马迁强,那个刑余之人,写《史记》其实是想名垂青史,沽名钓誉呀!老天,我的外甥什么都不要。"

王幼勇站在坑中,抬头望了望天上的太阳。太阳光芒万道,刺出了王幼勇的眼泪。傅立松说:"太阳呀,我的外甥在追你背你呢!"

傅立松站在坑上问:"大外甥,临死前你还有什么要求?"王幼勇说:"没有。"傅立松说："吃碗肉喝碗酒吧。舅父叫人给你去拿。不要做饿肚子鬼。"王幼勇说："不必了。"傅立松叫人拿来酒肉，说："大外甥，这几年你吃苦了。风餐露宿，我不能看着你瘦成这个样子死。这碗肉你吃下去，这碗酒你喝下去。肉能壮胆，酒能忘忧。"王幼勇说："君子不吃嗟来之食。"傅立松说："我要你吃。"傅立松叫人站在坑沿上，掇着碗用筷子夹着肉，朝王幼勇嘴里送。王幼勇咬着牙，不吃。没有办法，肉进不了王幼勇的嘴。傅立松说："肉不吃算了。让他喝酒吧。"傅立松叫人捏着王幼勇的鼻子，将那碗酒硬灌。王幼勇呛出了血。酒进了王幼勇肚子。不一会儿，王幼勇的脸和两只眼睛通红了。傅立松说："太阳呀，你看看，我的外甥是真君子呀。一生不会喝酒。不像我这个酒肉之徒。"

　　傅立松说："大外甥，你为什么要选择站着死。活埋是人生最痛苦的事呀！它死得很慢很慢。"王幼勇愤怒了，说："姓傅的。动手吧！"傅立松说："行。那我就动手了。"红枪会的兵丁三五个上前用铁锹朝坑里填沙。傅立松制止了他们，说："站开。我的外甥让我来。"

　　傅立松用铁锹朝坑里填沙。王幼勇闭上了眼睛。沙填到王幼勇的膝骨之上，膝骨之下的血压上来了，王幼勇的气喘粗了。傅立松问："大外甥，感觉如何？"王幼勇说："问什么？赶紧填吧。"沙填到了王幼勇的腰间，血压到了上半身，上半身绷得紧紧的，像要爆炸。傅立松问："大外甥，你醉了吗？"王幼勇喘不过气。王幼勇说："你这个畜生！"傅立松说："骂得对。我就是个畜生。"沙填到王幼勇的心脏，王幼勇心脏跳得像闪电。活埋是人间慢死的酷刑。将人身的血慢慢地压上来，让人生不如死。坑中的王幼勇抬起头，两眼的泪水，朝天张着嘴。王幼勇眼冒金星，脑海里一派辉煌。傅立松问："大外甥，你到了哪里了？"王幼勇张着大嘴，喘气，说："我背着太阳了。"傅立松问："灵魂出窍了吗？"王幼勇不能回答，朝天张着大嘴。傅立松问："你后悔了吗？"王幼勇摇摇头。傅立松哭了，下坑蹲到王幼勇头前，说："你知道吗？大外甥，太阳是不能背的。你还有什么话可说？"王幼勇说："还有。"傅立松说："你说。"鲜血从王幼勇的嘴里喷出来，喷得傅立松一脸。血喷出来后，王幼勇随血喷出了那四句绝命诗："马列思潮沁脑骸，军阀凶残攫我来。世界工农全秉正，甘心直上断头台。"

　　傅立松朝坑里不停地填沙。

　　血从王幼勇的七窍里冲出来。

　　那血冲天而起，朝天喷个不停。那血像雨一样，从天上落下来，落到河滩上，漫天遍地开花。

　　傅立松满头满脸都是冲出来的血。

血没了天上的太阳。

傅立松被击倒了。傅立松仰面朝天，倒在河滩上，昏死过去。

红枪会的兵丁涌到坑前，割下了那颗喷血的头，准备提去领赏。

傅立松醒了过来，看见了那颗头，大叫一声，彻底疯了，将身上的衣裳剥得一干二净。傅立松将散落在河滩上的边币收成一堆，跪着点火，对着那具没头的尸体，烧。傅立松泪如雨下，说："舅父给你烧钱了，我的大外甥啦！这些钱你到阴间去用！"大火熊熊，浓烟四起。烧完了，傅立松提着那颗喷血的头，一路狂笑，向新洲驻军之地走去。

傅立松提着那颗喷血的头，一丝不挂地闯进驻军团部。

傅立松冲着团长叫："给我赏钱！"团长大怒，叫人将傅立松绑了起来，用块布遮了傅立松，派一个班的兵将傅立松送回傅兴垸。

王幼勇的头颅被人用桐油炸后，挂在新洲县城门城墙上的一棵大柳上示众。天晴了，太阳从东山升起的时候，一只老鹰飞来，将那颗头颅叼走了，朝着太阳升起的方向，飞到了天台山山顶的清音寺，被清音寺的住持幻化大师收着了。幻化大师在那悬崖下架干柴焚化了头颅，埋在徒儿为他修的七层砖塔的底座。王幼勇的尸体被好心的干河人收葬了。他们叫木匠用梨木雕了一颗头，叫皮匠用皮线缝在尸脖子上，用几块薄木板钉了个棺材，将王幼勇安葬在干涸的河滩上。没有堆坟，也没有立碑，与干涸的河滩混在一起，任其草生，任其鸟落。

六十四

傅大脚得知大儿被杀的消息，拄着拐棍回娘家向傅立松问罪，是在王幼勇死后的一个月。秋天尽了，是冬天。冬天的细雨如牛毛飘，大别山里石槽冲尽是雾，终日飘不开，散不了。傅大脚穿着蓑衣戴着竹笠，带着水罐和干粮，出门去，蹲在山坡上补栽油菜。她年纪大了，行动不方便，中餐就不回家，冬天的雨湿着山坡，山坡上开着一块块地，是她种的油菜。油菜露苗了，参差不齐，簇簇的绿。这时候需要趁雨匀苗，将瘦苗儿扯掉，将壮苗儿扯起来，补栽在空隙处，就不至浪费土地，明年就有收成。

细雨空山，有鸟在山林子里一声声叫着静。山路弯弯羊肠样的盘结，细雨空蒙的静里，忽然就有了马铃声，山路上飘来人气儿。细雨里，一个木梓客牵着一匹瘦马，瘦马两边驮着两个袋子，走村串户收木梓，收到了石槽冲。大别山里的人叫商人叫客。收皮货的叫皮货客，收蚕丝的叫蚕丝客，收什么叫什么客。大别山的木梓是上好的油料。冬天山冲里的木梓成熟了，树树红叶落尽了，一棵棵高高的木梓树上挂着累累的果。果皮在风中裂了,枝头露出白白簇簇的昊,用柯镰收下来就可以榨油,榨出上好的木梓油。大别山里的木梓油是与桐油一样名贵的上等工业油料。太平日子里大别山人在冬天的时候就忙于采摘木梓,摘下来卖给收木梓的人,是一笔不小的收入。兵荒马乱的年月,人们忙于杀伐,木梓就没人收。但还是有收木梓的人不死心,雨行旧路,牵着瘦马,在山里转,希望有收获。

那个木梓客,没有收到木梓,走累了,歇在傅大脚的地头,向傅大脚讨水喝。木梓客说:"大娘行行好,给口水喝行不?"往常大别山里的泉水能喝,现在不能喝了。杀的人太多,水都染污了。傅大脚抬起头来看着木梓客,说:"行。罐子在地头上,你自己喝。"那个木梓客喝了水,很感激,说:"大娘,我的马也渴了,能不能给它喝点?"傅大脚说:"喝吧。它也是性命。"木梓客拿陶罐给瘦马喂了水,瘦马喝了水,叫了一声。木梓客盯着傅大脚的那双大脚看。傅大脚问:"客,你看什么?"木梓客问:"你是不是姓傅?"傅大脚说:"我是姓傅。"木梓客问:"你的夫家是不是姓王?"傅大脚说:"我的夫家是姓王。"木梓客问:"你的大儿被是不是叫王幼勇?"傅大脚说:"勇儿是我的大儿。"木梓客说:"大娘哇,你的大儿被活埋了。"傅大脚呆住了,问:"你说什么?"木梓客说:"你还不知道呀?都传遍了。你的大儿被他的舅父傅立松在干河河滩活埋了。"

傅大脚一把丢了挖锄,啊了一声,软了,泪就下来了。木梓客说:"大娘,我不该告诉你。"傅大脚说:"客,扶我回家。"木梓客问:"大娘,你家在哪里?"傅大脚说:"就在山脚下。扶我回家。"木梓客将傅大脚扶回了山下新搭的茅屋。进了茅屋的门。傅大脚说:"客,你走吧。你忙你的。"木梓客说:"大娘,我陪陪你。"傅大脚说:"客,我死不了。"木梓客说:"大娘,我不该告诉你。"傅大脚说:"客,我感谢你。"木梓客说:"大娘,我不该告诉你。"傅大脚流着眼泪说:"客,说都说了,还说不该有什么用?你忙你的去。"

木梓客牵着瘦马在细雨中走,走走停停,回头望。傅大脚哇地哭出了声,说:"客,你是好人,你走吧。"木梓客走了,消失在羊肠小道上。

傅大脚坐下来,开始梳头,拿起断齿的木梳,对着破了的镜子,梳顺了乱发,用树枝儿栓了。傅大脚换上干净衣裳,挂着拐棍出门去。顺手关上柴门,用根麻绳儿系了。细雨如牛毛迎面扑来,傅大脚咽一声,泪流满面。傅大脚上路了。

傅大脚挂着拐棍,迎着细雨,回到傅兴垸时,泪和雨湿了她的全身。

第40章 化日焚金石（3）

傅兴垸垸城的门虽有兵丁守，但人心如浮头的鱼，惶惶不安。细雨中，守城门的兵丁见傅家老姑娘回来了，放下吊桥，洞开城门让她进。没人说一句话，沿路只见兵丁们默默的。傅大脚沿着垸巷青石铺的路朝桂花楼走，一路将手中的拐棍，拄得咚咚响。垸人见她，都避过眼睛不朝她望。傅大脚一路如入无人之境。垸中充满着死亡的气息。

傅大脚进大门，踏上桂花楼，拐棍拄得木板楼梯打颤。

傅大脚拄着拐棍喊："傅立松，你这个畜生在哪里？你给我出来！"傅立松的夫人流着眼泪出来了，不打招呼，不说话，领着傅大脚朝楼上走。傅大脚走到二楼上。傅大脚拄着拐棍问："畜生在哪里？"夫人将傅大脚领到一间紧闭的房间前。门前和窗前有人守着。夫人对傅大脚说："他在屋里。"只听见紧闭的屋里传出狼样的叫。傅大脚透过窗户看见傅立松赤身露体用绳子绑着手脚，狂跳不止。

傅大脚用拐棍拄着地板骂："你这个畜生！"

屋内狂笑不已。

傅大脚骂："你这个天杀的！"

屋内狂叫："天杀，地杀。"

傅大脚骂："你想杀尽吗？"

屋内狂叫："杀！杀！他杀，我杀！我杀，他杀！"

傅大脚昏倒在地上。夫人叫人灌水，傅大脚一口气转来了，泪流满面，说："天啦！这是人吗？这哪里还是人？"

谁也拦不住。傅大脚拄着拐棍沿着垸街的石板路回去了，回到了大山里的石槽冲。

一路山路弯弯，细雨无声。

那雨如虫如蚁，无边无际，湿天湿地，湿透了傅大脚一身的瘦骨。

六十五

一九三二年十月十日，大别山里的红四方面军在国民党军队第四次围剿、四面受敌的情况下，红四方面军主要负责人在红安河口黄柴畈召开会议，决定中共鄂豫皖分局和红四方面军总指挥部，率领部队离开鄂豫皖革命根据地，西越平汉铁路，进行战略转移。

转移之时，红四方面军为了筹集资金，决定分头对红安麻城两县的乡绅庄园进行洗礼。时任团长的王幼刚奉命率领红军一个团进攻夫子河边的傅兴垸，将傅兴垸"江记""裕记""元记"三支的财产全部没收。

红四方面军决定准备放弃经营十年的鄂豫皖苏区，分成若干路，犹如破堤的洪水瞄准各自的目标泄出。王幼刚带着一个团出山连夜向夫子河边扑去，三更时分，像铁桶一样包围了傅兴垸。夜破了，火光熊熊，枪声骤起。一个团的兵力围着护城河进攻。傅兴垸虽有护垸河垸城防范和红枪会兵丁把守，但无济于事。时值深秋，沿垸城的护城河水浅得可怜，现出淤泥，红军战士用准备好的稻草，一人一捆，沿护垸河铺成若干条路，踏着稻草路，向垸城发起进攻，势如破竹。那时候傅立松疯了，绑在屋子里关着，红枪会群龙无首，成了乌合之众，根本抵挡不住王幼刚带着一个团的攻击。只用一个时辰，傅兴垸的垸城就破了。王幼刚的一个团分数路攻进了傅兴垸。傅兴垸七条主街和十八条垸巷里被火把照亮了，"裕记"和"江记"乖乖向红军交出财产，交给红军登记，装挑。登记装挑的主要是黄金和银元。"裕记"和"江记"把纸币也拿出来了，但红军不要，因为当时国民党发行的纸币连连贬值，几乎是废纸，要它干什么。纸币散落在地上，像树叶，任风吹，任脚踩。王幼刚带着没收人员将"裕记""江记"没收的金银登记之后，最后围住了垸中的"元记"的桂花楼。

"元记"的桂花楼是垸城中的城中城，有高大的围墙围着，铁门紧闭。王幼刚带着红军战士举着火把攻到铁门前。王幼刚指挥红军战士抬起青石条撞铁门。八个红军战士抬起青石条向铁门猛撞时，由于用力过猛，一齐倒在地上。这才发现铁门根本没闩。高大的桂花树黑在夜里，庭院深深的桂花楼无灯无火，静得像一窟坟。

王幼刚的一个团向傅兴垸发起攻击时，火光熊熊，枪声大作，绑在桂花楼二楼屋子里的傅立松的衣裳被撕得一条一条地露着肉，还在疯狂地咆哮，用头撞着墙，一个劲地喊："杀，杀，杀！"妄图挣脱绳索，冲出屋来。但绑他的麻绳相当粗，无论他怎样疯狂，无济于事。自从他在干河河滩活埋王幼勇，被郑个团长绑着送回之后，家人就没有松开他，他认不得人了，见人就吼就咬。只有夫人给他端吃端喝，他才安静。夫人端饭端水喂给他吃喂给他喝。他一天到晚亢奋着，瞪着眼睛不睡。他站着屙站着拉，夫人含着眼泪给他洗给他换衣裳，折磨得夫人心力交瘁。当红军攻进垸，枪声停止，没收"裕记"和"江记"的财产之后，傅立松突然清醒了。傅立松不狂不吼了，望着夫人。傅立松对流泪的夫人说："把绳子解开！我要换身衣裳。"夫人吃了一惊，问："你说什么？"傅立松说："把绳子解开，我要换身衣裳。"夫人问："老爷，你醒了？"傅立松说："我醒了。"夫人上前给他解了绳子，拿来平常换洗的衣裳。他不要。他说："给我拿出门时的衣裳来。"夫人拿来他出门穿的呢料中山装，问："是这身衣裳吗？"他点头说："是的。"夫人动手给他换。他不要夫人动手，他自己换。穿上呢料的中山装，换上配套的呢料裤子，他对着墙上的镜子照，将扣子从下到上，一直结到脖子上，结得整整齐齐。然后叫夫人将他的黑色毡帽拿来，他对着镜子戴正。墙上的镜子里他衣冠楚楚了。他对夫人说："我要洗脸。"夫人拿来毛巾和水。他绞着毛巾，仔细地洗他脸，将他的脸洗得干干净净。然后叫夫人掇张太师椅到二楼的楼梯口。夫人掇来一张太师椅放在二楼的楼梯口。他出门，端端正正地坐在二楼楼梯口的那张太师椅子上。坐在太师椅上的他对夫人说："给我光明。"夫人进屋将点着的烛连同烛台掇出来。他对夫人说："将光明放在我的眼睛前。"夫人将烛台放在木制的栏杆上，烛光亮亮的，照着傅立松的脸。傅立松望着发光的烛，流下了眼泪。

傅立松对夫人说："站在我的身边。"夫人站到他的身边了。傅立松说："将它吹熄吧。"夫人将烛吹熄了。桂花楼陷入一片黑暗之中。

王幼刚带着红军战士举着火把进到桂花楼的院子里。桂花楼在百年高大的桂花树浓荫下更加地黑，那黑无隙无缝，火把的光亮闪闪的，撕得那黑咝咝作响。王幼刚冲着黑暗的桂花喊："有人没有？"喊声被黑吃了，留下丝丝余声。王幼刚朝天放了一枪，大声喊："人都死了吗？"栖在桂花楼上的那只猫头鹰，这时候才惊飞了，飞向黑暗的天空，翅膀扇起阵阵黑风。

这时候黑暗里就有了叫声。叫声传出来："谁说人都死了？还在！"王幼刚冲着黑暗问："在哪里？"那声音笑："你看不见我吗？我看见你了。"王幼刚喊："听着！你被包围了。少玩花招！"黑暗里传出笑："我不玩花招了。我的花招玩尽了。三外甥，我在这里，我将光明点亮，照你上来。"傅立松叫夫人点亮蜡烛。蜡烛点亮了。光从天井上漏下来，现出二楼楼梯口的太师椅上坐着的傅立松，还有他身边的夫人。

王幼刚带着红军战士举着火把上楼，坐在椅子上的傅立松没有站起来，两只手放在椅翅上，望着上楼的王幼刚笑。

王幼刚用手枪指着傅立松的脑门。

傅立松说："我知道是你来了。"

王幼刚说："知道就好！"

傅立松说："来结总账吗？"

王幼刚说："是的。"

傅立松问:"结完总账就要走吗?"

王幼刚说:"你一生太聪明了。"

傅立松叹了一口气说:"你说错了。不是聪明,是明白。是该到结账的时候了。十年啦,恩恩怨怨,冤有头,债有主,总该有个了结。不了结心就放不下。这样你是对的。你不能让我疯死。是要命还是要银子?"

王幼刚说:"命也要,银子也要。"

傅立松说:"你说得对。光要命是行不通的。人肉虽然是肉,但不能吃;人血虽然是水做的,但不能喝。要银子是对的。银子是天下财富,不然漫漫征程,你们吃什么,喝什么?"

王幼刚说:"少废话!"

傅立松说:"一样一样地结吧。先把命拿去。然后拿银子。"

王幼刚问:"你怕死吗?"

傅立松说:"我什么都不怕,还怕什么死?等着你来。"

王幼刚说:"你以为这样说我就不要你的命?"

傅立松说:"我等够了。还不快动手?"傅立松朝王幼刚张开了嘴巴,露出牙齿,喉咙深处传出喑哑的声音:"你看看这里边软的还在,硬的还在。"

傅立松扑上前一口咬住了王幼刚手中的枪管。

王幼刚愤怒了,吼:"你松口。"

傅立松咬着枪管,像狮子一样猛摇头。

枪响了,子弹从傅立松的头后飞出来,傅立松扑倒在地。

夫人惨叫一声,撞墙而死。

这时候天亮了。王幼刚不敢停留,领着他的一个团,带着没收的金银,整队向红安天台山方向集结。天台山山高林密,是红四方面军西越平汉铁路作战略转移的集结地。

傅立松的尸体仰面朝天,就放在傅兴垸垸城的城楼上,肚子上挖了一个洞,洞里放了一根棉纱搓成的捻子,点燃了,吸着油嗞嗞响。

这是鄂东对付恶人的一种刑罚,叫作点天灯。

六十六

红四方面军各部在天台山脚会合了,准备离开开辟十年的鄂豫皖根据地,西越平汉铁路,突出重围。浩荡的队伍里,王幼刚与两个妹妹王幼霭、王幼馨和傅素云母子见面了。为了不影响战略转移,就在这时候红四方面军指挥部根据实际情况作出决定，命令各部轻装简从，将重武器就地销毁，将重伤员和儿童尽快就地安置。

那时候红四方面军在鄂豫皖边区根据地十年，由于红白对立，水火不容，队伍里许多都是家人班子，父母子女兄弟姐妹都参加了红军。能拿枪打仗的编入战斗队伍，不能拿枪打仗的安排在医院和军工厂和被服厂。王幼勇在干河牺牲后，傅素云离开了苏区银行，组织安排她和两个孩子枪生、枪响到苏区被服厂工作。傅素云与妇女们在苏区被服厂给红军缝军服，枪响和枪生年纪小，就给军服钉扣子。傅素云接到指挥部发布的孩子必须留下的命令时，枪响病得不轻，正在发烧，离不开娘的照应。傅素云向组织上反映，她不能离开队伍，她的孩子也不能离开队伍。组织上指示，枪响病重不能离开娘，那就带着，但是枪生在转移之前，必须服从组织安排尽快就地安置。

八岁的枪生就是在转移之前离开娘的。

那是惨彻人间生离死别的场面。

大别山的冬天随着来了。寒霜凝地，雁阵在天。北风一阵阵吹来，寒得人打战。南迁的雁阵，在风中一声声地叫，叫得人泪流满面。红四方面军负责安置的有关领导，将山里老百姓召来，召集在天台山脚一个小村山坡上的稻场上。山民们袖着手站在稻场的四周，红军的孩子们由父亲和娘领着站在稻场中间。敌军四面围来情况紧急，红四方面军的有关的领导人给山民做简短的动员，动员山民们为了革命胜利，为了保存革命后代，领养红军的孩子，宣布每个孩子给五块大洋的领养费。

北风中四周的枪声像炒豆子一般。

第41章　化日焚金石（4）

傅素云牵着枪生混在人群中，跪在稻场中间。傅素云流着眼泪对稻场周围的山民说："好心的乡亲，收下我的孩子吧！"一位乡亲看不过眼，来到傅素云面前，对傅素云说："大姐，不要哭，我收你的孩子。"傅素云忙拉着枪生的手给他磕头，傅素云泣不成声地问："好心人，你姓什么？告诉我，好留个念系。"那个乡亲说："大姐，人多口杂，不要问我姓什么。我没儿子，他就是我的儿子。"旁边的乡亲小声对傅素云说："大姐，他姓罗。"傅素云哭着对枪生说："去吧，孩子，从今以后，他就是你的亲父亲。"姓罗的乡亲问傅素云："大姐，儿姓什么？"傅素云流着眼泪说："大哥，不要问了，儿八岁了。从此以后他就姓罗。希望你把他抚养成人。"姓罗的乡亲问:"大姐,你姓什么?"傅素云说:"大哥,别问了。我的儿若是长大成人会记住我姓什么。"姓罗的乡亲流着泪说:"大姐,我问多了。"傅素云抱着枪生流着泪说:"我的儿,记住,为了活命,从今以后父姓什么娘姓什么埋在心中,不要对人说。你就姓罗。你就是罗家的儿。"枪生点头说:"娘,我记住。我听你的话。"傅素云对姓罗的乡亲说:"儿八岁了,生下地,睁开眼睛,跟娘受了不少苦。儿从小懂事,会做事儿。"姓罗的乡亲说:"大姐,你去吧。你的儿就是我的儿。我不亏待儿的。我会千方百计把他养大成人。"

这时候集合号吹响了。部队开始行动。枪生一下子抱住了傅素云。傅素云用手理了理怀中枪生黄乱的头发。傅素云对枪生说:"孩子啊,娘要走了。娘不能不走。孩子啊,记住娘的话,不管遇到什么困难,只要有一口气,一定要活下来。"枪生哭着说:"娘,我记住你的话。"傅素云说:"儿啊,你姓什么娘姓什么你记在心了吗?"枪生说:"娘,我记住了。"傅素云抱起枪生,吻枪生的脸。傅素云贴着枪生的脸,问:"儿,你给娘说一说,你姓什么娘姓什么?"枪生用小手揩着娘脸上的泪,吻着娘,说:"娘,我姓王,娘姓傅。"傅素云说:"儿哇,你要记在心中。"枪生说:"娘,我记在心中了。"傅素云放下枪生,脱下军袄,披在枪生的身上,说:"儿,娘走了。"傅素云抱起发烧的枪响,跟着大部队,向天台山深处进发。

枪生的心一下子扯痛了,昏了过去。

姓罗的父一下子把枪生抱起来,抱着枪生跑到山下的垸子里。

那是一场历史上称作"第四次围剿"的惨烈行动。国民党的军队从四面合围而来,红四方面军向天台山深处转移。那是一场有史可查惨彻的人间悲剧。虽然事先做了布置,但是许多乡亲离不开亲人,尾随红军大部队朝天台山深处走。跟随红军走的乡亲有三千多人。他们都是红军的家属,他们都离不开红军。他们知道离开红军,国民党的部队和本地枪会绝不会放过他们。十年来的革命,已将他们的性命与红军紧紧连在一起了。

号哭连天,携儿带女。红军的队伍根本走不动。不管怎样地苦劝,都没有用。红四方面军指挥部只有忍痛,命令红军大部队快速转移,突出重围。三千尾随的乡亲和后勤人员以及掉队的伤病员就掉队在天台山中。

大别山深处的天台山,山高林密,许多地方人迹罕至。红四方面军大部队突出重围后,国民党围剿的部队,扑了一个空,恼羞成怒,下令放火烧山。火从四面点着,绝壁深谷,蒿草遍地,杂树丛生的天台山,一律过火。火借风势,方圆三十里的天台山烈焰腾天,烧了一个月,烧红了天,烧红了山。三千多尾随红军的乡亲和红军的伤员以及掉队的后勤人员全部葬身火海。

王氏姐妹和枪响就是那时候没逃脱，被大火烧死的。

大别山深处的天台山，经那次火劫，方圆三十里从此成了无人区。据红安县志记载，一九四九年中华人民共和国成立后，国家搞第一次人口普查，天台山定为无人区。那时候天台山经风经雨，树又长了起来，草又长了起来，上绿着天，下绿着地。泉水又清亮着从山里潺潺地流出来。当时民政部门的领导为了对生命负责，组成若干个小分队对天台山地区进行拉网式的深入调查，结果发现天台山不是无人区。大山深处有四个人：两个烧炭的憨子和一个女人共同住在窝棚里，生了一个孩子。他们都不知道山外发生的事。两个烧炭的记得他们是本地人。问及女人，那女人哑了，还能写字。调查人员拿出纸来让她写，她在纸上写出字来，原来是红军医院的护士。她在纸上写下她的名字，写她是河北保定人，是北平某校某年的毕业生，是当年从上海来到鄂豫皖苏区的。为了证明她的身份，调查人员费尽了力气，上北京，跑遍了全国所有认为相关的地方，但是没有一个人能证明她的身份。能证明她身份的人都死了。

她的身份成了一个谜。

六十七

大火袭来时，山上的树和蒿草一齐燃着了，向人扑来。人赖以生存的氧气全部变成了二氧化碳，傅素云抱着枪响，忍住呼吸沿着顺风的方向逃到山头上，发现怀中的枪响已经窒息了。傅素云放下孩子，嘴对着嘴做人工呼吸，孩子的脸成了紫色，无论怎样的努力都无济于事。傅素云含着泪水，下到山下的小河边，小河里有水，河边的土松，傅素云用手挖出一个坑，将孩子埋葬在小河边。天风呼啸，火仍在烧，山烧得发烫。傅素云脱下被火烧着的褂子，用河水浸湿，系在嘴上，顺着小河朝外奔。

傅素云向山外逃，两天两夜后，死里逃生，逃离火海，逃出了出来。国民党的部队和本地枪会围住天台山，守住各条山路的出口，等待她的是束手就擒。

傅素云被国民党的部队捉住了。傅素云头发烧焦了，衣不遮体。

国民党的部队绑住了傅素云。能从火海里逃出来的人很少，捉住她的国民党军官以为奇迹。

军官问："你是什么人？"

傅素云说："我是上山砍柴的。"

军官打量着傅素云，说："你不是砍柴的。"

傅素云说："我是砍柴的。"

军官检查傅素云的手，傅素云手上没有茧，军官就望着傅素云狞笑。军官对枪会会众说："认出她的奖十块大洋。"这时候有一个枪会的认出了傅素云，对军官说："长官，我认得她。"军官问："她是什么人？"那人说："她是苏区银行行长的妻子，她在平民夜校里教过我的书，她叫傅素云，是傅兴垸傅立松的女儿。"军官问傅素云："他说的是真的吗？"傅素云的眼泪就下来了。傅素云点头说："他说的是真的。我就是傅素云。"军官问："你就是傅立松的女儿？"傅素云说："对。"军官问："你就是王幼勇的妻子？"傅素云说："是的。"军官问："你是董必武的学生？"傅素云说："对。"军官叹口气说："可惜呀，傅小姐。"傅素云说："没有什么可惜的。"军官说："傅小姐，你怎么不在火里烧死？你逃出来叫我怎么办？"那个枪会的对军官说："长官，给我十块大洋。"军官给了他一耳光："一日为师，终身为父，你还有脸向我要钱？"那个枪会的捂着脸悻悻地退了。

军官对傅素云说："对不起傅，小姐，本人执行军务，只能公事公办。"

傅素云问："打算让我怎样死？"

军官说："上级有令，押回原籍处理。"

傅素云说："能不能就在这里处理？"

军官说："不行。对于赤色革命者，一律押回原籍，惩一儆百。"

军官带着兵，押着傅素云沿着光黄古道朝山外走。北风凛冽，光黄古道两边万木凋落。山走尽了，走成平原。过歧亭，就是长江边上的冲积平原。北风里的天灰着，村落与水在风中寒着。雁阵没了，天上没有叫声。雁阵去了南方，没了踪迹。军官押着傅素云来到夫子河边，沿着弯弯的河岸朝傅兴垸走。夫子河瘦了，瘦瘦的水仍在河里流。流着流着拐几个弯儿，就汇入了倒水河，向前并入长江。傅素云从小就在河边长大，那里是她的家乡。女儿是春天生下地的，睁开眼睛就是草青青，水碧碧，风中的燕子，水中的蜻蜓，都与她亲，都是她的亲人。如今女儿要归去了，归于那一方土，归于那一条河。那里没有她的亲人，父亲和母亲都先她而去了。恨也好，爱也好，恨与爱都归于沉寂。傅素云流着眼泪。天空破了，破出一片阳光，冬天的阳光破出来就白，白成云在空中飘，白得刺人的眼睛。面对一片沉寂的阳光，仰望天上那片被阳光染成的白云，傅素云心里响出一支空前未有的歌，那歌儿如同《诗经》里的句子，飘在天上，如同那片被阳光染成的白云朵。

　　　　白云性高远，
　　　　野渡生荒情。
　　　　秋风无着处，

河水两岸清。

　　这是她做女儿时，父亲课女秋日做的诗啊。那时候女儿就多愁善感，同时又倔得出奇。父亲和娘拿她没办法。父亲、娘啊，今天女儿回来了。女儿今生与你们不共戴天，却又要与你们同归于这方土地。

　　快到傅兴垸了。傅素云停住不走。

　　军官问："你为什么不走？"

　　傅素云说："我是傅兴垸的女儿，今天回归家乡，要对得住乡亲。我得换件衣裳，我得梳梳头。"

　　军官说："行。"

　　军官答应了傅素云的要求，叫人拿来一身干净的衣裳和梳子，给傅素云松了绑。傅素云换上干净的衣裳，对着河水梳头。河水映着天，天上飘着云，河里映着女儿。河里的女儿干净了，水里的女儿体面了，像个女儿了。冬日的阳光更亮了，天上那片云朵更白了。

　　傅素云站起来，对那个军官说："女儿无憾了，动手吧！"

　　枪响了，就在那片洁白的河滩上，傅素云倒下了，血从胸膛里流出来，染红了河滩，像一片春日的杜鹃花开放了。

　　军官执行公务后带兵走了。

　　傅兴垸的人出来，将傅素云葬在夫子河边。没有立坟，四周用石头垒了一个墩子，中间栽了一棵大柳树。傅素云就同那棵大柳树一起生长，河边土地肥沃，柳树长得快，几年后那棵大柳树枝繁叶茂，上撑着天，下荫着地，成了河边一处风景。

　　傅兴垸的人们为了纪念她，取了一个名字，叫作大姑墩。

　　因为她是长房"元记"的大姑娘。

六十八

　　红四方面军越过平汉铁路突出重围之后，大别山鄂豫皖地区仍没有平静，国民党正规军撤走了，还乡团空前活跃。他们忙着对留下来的红军妻子和红军后代进行清洗，将红军的妻子和后代公开拍卖。这就是大别山地区历史上震惊中外、臭名远扬的卖"匪婆"和"匪儿"的事件。

　　石槽冲的傅大脚就是这时候在茅棚里孤苦伶仃死的。

　　这时候傅大脚七十二岁了。人活七十古来稀，七十二岁的傅大脚突然躺在床上不能起来了，好心的石槽冲乡亲们来看她，围在她的床前，给她端茶倒水，给她喂鸡蛋。但是她不能说话，不能吃不能喝，进入了弥留之际。

不能说话的傅大脚在床上躺了三天三夜，两只眼睛望着天，一口气怎么也断不了。好心的女人们给她烧纸钱，含着眼泪祷告老天爷，不让她再受罪，让她早点离开人世，踏上天堂的路，但是她一口气落不下，两只望天的眼睛怎么也闭不了。

垸中的老姊妹们守着她，问她想谁，想哪个亲人就念。傅大脚不能说话，两眼望天，喘着气儿。为了让她早点咽气，垸中的老姐妹问她是不是想儿，在她的耳边一个个念五个儿的名字，说："老姊妹呀，你要是想你的儿，你就流眼泪。"傅大脚两只眼睛定定的，没有流眼泪。垸中的老姐妹们问她是不是想女儿，在她的耳边念两个女儿的名字，说："老姊妹呀，你要是想你的女，你就流眼泪。"傅大脚两只眼睛望着天，没有流眼泪。垸中的老姐妹问她是不是想孙子，在她的耳边念两个孙子的名字，说："你要是想你的孙子，你就流眼泪。"傅大脚的眼泪流出来了。

垸中的老姊妹们流着眼泪替她擦眼泪，揉眼睛，说："老姊妹呀！去吧。观世音菩萨手托净瓶来度你来了。"她的眼睛还是闭不上。

垸中的老姊妹发现她的摊在床边的一只手，指着床底下的一只陶罐。

垸中的老姊妹们搬出床底下的那只陶罐，揭开罐盖儿，看见里边有黑黑的东西，才明白那是烟土。烟土是值钱的东西，是早年娘家每年给她的份子，她留下来卖钱应急的。多少年了，家破了，搭的茅棚也烧了三回，她还留着一些，留着度饥荒。

垸中的老姊妹连忙从陶罐里挑出一点黑黑的东西，揉成一小团儿，按在旱烟窝里，用石镰打火点着捻子，用捻子将旱烟点着，拿着旱烟给傅大脚，让她吸。

躺在床上的傅大脚，张开嘴吸了半口儿，平静了。

一会儿，那口气断了。她闭上了眼睛。

她升到了天上，看见了观音菩萨。观音菩萨领着她踏入九天之上的极乐世界。回头望，祥云朵朵，像花儿一样开遍人间。突然她看见了他的孙儿枪生，看见他的孙儿枪生衣衫破烂，在人间流离失所。

她闭上的眼睛突然睁开了，睁得大大的。

任凭垸中的老姊妹怎么揉，也闭不上。

傅大脚是睁着眼睛入殓的。

乡亲们凑了六块楼板，钉一个匣子，是她的归宿。乡亲们把她抬到傅姓祖坟山上，将她安葬在她男人的身边。安葬之后，月圆之夜，石槽冲的乡亲和过路的人总听见坟里传出哭声，那哭声如虫如蚁，如泣如诉。

那是鄂东女人们眼泪流尽后的一种哭，叫作"数"。

第 42 章　尾声 春回万物生（1）

《踏春歌》
春光明媚天气晴，
大家去踏春。
河山锦绣峰连峰，
到处好登临。
只待花开东风起，
民族更精神。
小鸟枝头唱太平，
春回万物生。
——摘自《鄂东革命歌谣》

六十九

八岁的枪生从此历经了九磨十难。

枪生在罗家做儿，改姓罗。

八岁的枪生给罗家放牛，放一条黄牯牛。这头牛是罗家的命根子。罗家在大别山的深山里，三五户人家组成一个垸子。群山连绵，赖以生存的田都在山冲里，一块块的都很小，需要牛点点地犁；地都陡在山岩上，需要牛慢慢地耕，所以牛比人还金贵。那时候大别山的红军走了，走到川西。国民党的大部队也走了，跟着红军屁股后追。还乡团回来了，回来的还乡团无孔不入，到处都在清找"匪儿"，扬言斩草除根。罗家人忧心忡忡。

为了避人耳目，清早起来，罗家的父亲就把黄牯牛从牛栏屋里牵出来，让枪生带上几个烧熟的红苕，牵着牛到深山去放，吩咐枪生等天黑透了，才能回来。八岁的枪生牵着牛，在深山里放，饿了就吃烧红苕，渴了就喝山泉水。深山里无人，整天只有风吹树草的声音，没人同他说话，枪生孤独得像块山里的石头。枪生想父亲，枪生知道父亲已经死了，死在干河的沙滩上。枪生想娘和枪响，还有两个姑姑。枪生不知道他的娘，他的哥哥枪响和两个姑姑已经死了。枪生以为他的娘还活着。枪生在深山里放牛，每天想他的娘和亲人想得心痛。枪生沉默得像个哑巴，成天不说一句话。

天黑透了，枪生赶牛回家，将牛赶进牛栏，然后进屋，坐在堂屋油灯下。油灯下有亮儿，枪生望着油灯发呆。那样子让罗家人好可怜。罗家的娘心酸了，问枪生："你是不是想你的娘？"枪生呆呆地望着油灯。罗家的娘说："孩子，你不要想苦了。你要是想你的娘，你就哭。哭出声来，心里好受些。"油灯的亮里，枪生的眼泪流了出来。

枪生只流泪，不出声。

罗家的父替枪生擦眼泪，说："孩子，不要哭。眼泪流多了，脑壳痛。"

枪生在罗家住了一个月。罗家父母怕枪生怕，夜里让枪生跟他们一床睡。一床被子盖着三个人，罗家的父让枪生跟他一头睡。枪生的脸朝里，蜷在床角落里，整夜一动也不动。罗家的娘扯过枪生的脚，抱着说："孩子，你伸伸脚。"

枪生的脚不敢伸。

罗家的娘叹口气说："孩子，你这样怎么过日子？"

一个月后的一天夜里，屋前守夜的狗叫了起来。还乡团突然包围了垸子，挨家挨户地搜，搜"匪儿"。有人走漏了消息，说罗家藏了"匪儿"。罗家父母赶紧将枪生藏在帐子后。八岁的枪生瘦小，躲在帐子后不显形。还乡团搜到了罗家，各个角落都搜到了，没有搜到枪生。枪生躲过了一劫。

还乡团的头目连夜把罗家的父绑到了乡公所，对罗家的父说："你家是不是藏了'匪儿'？"罗家的父说："没有。"还乡团的头目说："有人说红军离开那天，你在稻场上领了一个'匪儿'。"罗家的父说："有那事。第二天我就让他走了。"还乡团的头说："谁叫你领的？"罗家的父说："我看好可怜，于心不忍。"还乡团的头目说："把你家的牛牵来吧。"罗家的父说："为什么？"还乡团的头目说："只要你领过'匪儿'，就得罚。不然就把你送到县大牢里关着。"罗家的父没有办法，只好带信叫妻子把牛牵到了乡公所。

罗家的父回来后，把枪生从帐子后叫出来，对枪生说："孩子，本想领你做儿，看来行不通了。不是我心狠，是那些畜生不通人性。"罗家的父叫妻子烧了一堆苕，用包袱包着，让枪生驮着。罗家的父流着眼泪对枪生说："本来要给点钱你，你看见了，罗家穷得什么都没有，只有苕啊。孩子呀，有心难照月。你走吧，奔你的命去。是死是活，只有看你的命。"罗家的娘流着眼泪对枪生说："孩子，你就装哑巴吧，什么人问你什么话，你都不要开口，讨口饭吃，活你的命。"

八岁的枪生背着红苕，离开罗家，开始了流浪生涯。

枪生沿路讨米讨到石槽冲。枪生记得石槽冲是他的家，他和哥哥是娘在石槽冲祠堂里生的，那里有他的奶奶和老屋。枪生讨到石槽冲看见老屋烧了，老屋基上只有一个空空的茅棚。没人认识他。过路的人问他找谁？他不说话，望着茅屋。垸人问："孩子，你找傅大脚吗？她死了啊。"枪生的泪流了出来。枪生才知道奶奶死了，风中只剩孤零零的茅屋。垸人猜出他是谁，但是没人敢收留他。

枪生讨到夫子河边的傅兴垸。枪生记得夫子河边的傅兴垸是外婆家，那里有他的亲人。但是外婆家的亲人都死了，桂花楼和傅家的老宅里没人了。垸人问："孩子，你找谁？"他不说。垸中人猜出了他是谁，同样不敢收留他，给些红苕，让他走。

枪生讨米讨到了方家塘远房的一个姑妈家，枪生记得父亲曾经跟他说过，方家塘有一个远房的姑妈。远房的姑妈见了他，问："你是谁家的孩子？"他不说话流着泪。远房的姑妈心里知道他是谁家的孩子，无人的时候将他扯到屋里。枪生在远房的姑妈家藏了十几天。风声太紧了，远房的姑妈没有办法，只好含泪送他走。枪生讨米讨遍了大别山里他认为亲近的地方，没人敢收留他，他像一叶浮萍随风飘荡，无处生根。

枪生的心苦痛了，两眼含着泪。天悠悠，地悠悠，大别山清静了，没有枪炮声，人间烟火渐渐浓了。走投无路的枪生，流浪到凤凰寨下。天晴了，清气飘散，枪生听到了风里传来钟声和木鱼声。那声音随着风荡漾。枪生抬头仰望，太阳从东边升起来了，蓝天之下山头上的凤凰观，朝云朵朵，祥光闪烁。

风中那钟声和木鱼声，阵阵敲着他的心。

枪生哭了，心里陡然升起求生的欲望。

走投无路的枪生，背着讨来的红苕，循着那声音，沿着破败的石级，一步步踏上山去。

一路上，枪生听到鸟在树中叫，水在谷里流。

风中都是生的气息。

七十

凤凰寨山顶上的凤凰观。

青气四合，生气荡漾。

凤凰寨是一座陡峭的山，自古上山只有一条路。

凤凰观是大别山鄂豫皖三省交界闻名的道观。大别山里的道观不多，山民们信道教的不多。山民们大多信佛教。凤凰观之所以有名，传说是因为观里的师傅道行深。山民有了苦难上山，听了师傅布道都能得以解脱。不是升官，不是发财，也不是求子，是精神层面的。传说上山的石级有九折，每折九九八十一级，构成三重天，爬完三重天，就是金顶。凤凰观就在金顶之上，进了一天门，只需听到清音，闻到香火，就是神界，人间一切苦难都能解脱的。

枪生背着讨来的红苕，沿着破败的石级爬上了山顶。

一切都在传说里，九折石级没有了，三座天门没有了，金顶没有了，山顶上只有用旧青砖在旧址上垒起的简陋的观。枪生来到了观前。观为前后两间。观门开着。前一间供着老子的像，案上一盏长明灯点着，摆一只香炉，插几支燃着的香。前间朝后间开着一个幽深的门，是道人住的地方。山上清净极了，兵荒马乱，师傅和道童走了，破败的观里只有一个穿着道袍、束毛的道人。

枪生站在观门看。

那道人盘腿坐在蒲团上，闭着眼睛，对着一张长满胡子的像，敲着木鱼在念。枪生喘着粗气，背着红苕站在道人的背后，听道人念。道人闭着眼睛，嘴里念："道可道，非常道；名可名，非常名。"这些枪生听不懂。

道人念："一生二，二生三，三生万物。"枪生心里一动，眼泪流出来了。枪生在观门前，双膝朝地上一跪，叫了一声："师傅！"由于久不说话，枪生的那声喊，颤颤地陌生。

听到喊声，道人回过头，睁开了眼睛。道人看见了枪生。盘坐在蒲团上的道人，盯着枪生看，那眼睛烁烁有神，像太阳射破云层，闪闪发亮。

跪在地上的枪生磕着头，哭着，又叫了一声："师傅！"

道人举起手中的槌，敲了一下木鱼，木鱼声又亮又脆，破空而出，说："孩子啊，你来了！"

枪生跪在地上，说："师傅，我来了。"

道人问："孩子，你听到了什么？"

枪生说："我听到了木鱼声。"

道人问："是风传到山下的吗？"

枪生满眼的泪水，说："是的。"

道人说："孩子，你知道我在等你吗？"

枪生说："师傅，我不知道。"

道人说："孩子，我在等你，等了很久很久。"

枪生哭着说："师傅，我爸死了，我妈死了，我哥死了，姑姑奶奶都死了啊！我没有家，没有亲人。什么都没了。"

道人说："孩子，天下有人便是亲。"

枪生说："师傅。收下我吧！我能放牛，我能捡柴。我能帮你做事，我不会吃闲饭。"

道人问："孩子，你知道我是谁？"

枪生摇头说："我不知道。"

道人问："你知道这个世上有个叫云根的吗？"

枪生说："我不知道。"

道人问："你的亲人没对你说过？"

枪生说："没对我说过。"

道人叹口气说："孩子，不要怪他们，你生下地，他们就太忙了，忙得无人对你说这些。"

道人望着枪生说："孩子，走近我，让我闻闻你，看是不是我要等的。"

枪生走到道人面前，道人抱着枪生的头闻。道人流出泪来，说："我闻出来了！不错。是我要等的。天地生人。每个都有每个的气息。"

枪生说："师傅，你说的话我不懂。"

道人说："人不懂，地懂。地不懂，天懂。孩子，你包袱里驮的什么？"

第43章　尾声 春回万物生（2）

枪生说："是我讨来的红苕。"

道人说："我饿了。能给我吃吗？"

枪生解开包袱，拿出红苕递给道人，说："师傅，你吃。"

道人说："我问你，我要是不收你，你会给我吃吗？"

枪生说："师傅，你吃。我下山后再去讨。"

道人流着泪望着枪生。

枪生说："师傅，你哭什么？"

道人流着眼泪说："孩子，我哭善根未断。"

枪生说："师傅，我吃一个，你吃一个。你不吃，我不吃。"

道人说："我吃，我吃。我吃，你也吃。"

道人流着眼泪吃红苕，问："孩子，你姓什么？"

枪生说："我姓罗。"

道人说："孩子，你不姓罗。"

枪生问："你说我姓什么？"

道人说："你姓王。"

枪生问："师傅，你怎么知道我姓王？"

道人说："师傅算出来的。"

枪生问："师傅，你会算。你算算我娘姓什么？"

道人闭上了眼睛，泪水流到脸上。道人说："孩子，你娘她姓傅。"

枪生高兴了，说："是的。我娘姓傅。师傅，你算得真准。你太高明了。你真是神仙。师傅，你姓什么？"

道人说："出家人不论俗姓。"

枪生问："师傅，你没娘没父亲吗？你像孙悟空一样是从石头里变出来的吗？"

道人说："对，孩子，师傅无父无母，是神仙。"

枪生说："师傅，我跟你，也做神仙。"

道人叹了一口气，问："孩子，山下怎么没有枪炮声？"

枪生说："红军走了。白军也走了，白军追红军去了。"

云根问："啊，都走了。他们走了，山下的人在做什么？"

枪生说："在烧火做饭吃。"

道人问："是吗？"

枪生说："是的。一烧火，烟就升起来了，我就闻到了饭香。"

道人流着眼泪笑了，说："孩子，我们不当神仙了。还当什么神仙？你随我下山去，我们还俗，种田种地，生儿育女去！"

枪生问："你收我？"

道人说："我给你做父，你给我做儿，我俩合成一家过日子好吗？"

枪生说："好！"

道人进后屋，将被子捆了出来，叫枪生驮在背上，拿过枪生驮红苕的包袱，牵着枪生的手，说："孩子，你替我驮被子，我替你驮红苕，你随我下山去过人的日子！"

枪生高高兴兴随云根道人下了山。

云根带着枪生下山后，在山下找了一个地方住下来。附近的人们不究云根的根底，也不究枪生的根底，都传凤凰观的道人还俗了，还带了一个道童做儿。云根带着枪生开山种地，搭砖造屋，日子里有了烟火，有了生机。还俗的云根找了山里一个死了男人的女人做老婆。结婚后，云根的老婆，给他十年生了两儿两女。

日子里，枪生慢慢长大了，长成了十八岁的小伙子。云根张罗给枪生说了一房媳妇，生了一个儿子。枪生的儿与云根的小女儿同年同月生的。乡亲们都来祝贺，当作盛事传。

枪生的儿子满月后的那天夜里，云根同枪生将前因后果说破了。

　　真相大白。枪生泣不成声，叫了云根一声，舅。云根叫了枪生一声，外甥儿。双方哽咽得说不出话来。云根流着眼泪，笑了，仰天一叹："此生别无他求，一声足矣！世事风云变化，变也好，化也罢，万变不离其宗。既然各知根底了，我们就各落各的根吧！"

　　于是云根带着家人，搬回了夫子河边的傅兴垸。

　　傅兴垸人认出了他，接纳了云根和他的一家。

　　于是枪生带着家人，搬回了石槽冲。

　　石槽冲人唏嘘不已，接纳了枪生和他的一家。

　　枪生带着一家搬回石槽冲的那一年，老婆又一肚子生了个龙凤胎。枪生已是五口之家的一家之主了。枪生用三年的时间，完成了人生中一件大事。他历尽千辛万苦，把他所有亲人的骨殖都找到了，背回来，背到王姓的祖坟山上。枪生将亲人们挨着祖父和祖母，立碑安葬了。枪生在父亲的墓碑上刻着父亲的绝命诗："马列思潮沁脑骸，军阀凶残攫我来。世界工农全秉正，甘心直上断头台。"枪生在母亲的碑上刻着母亲的绝命诗："白云性高远，野渡生荒情。秋风无着处，河水两岸清。"

　　枪生跪在祖母的坟前，对祖母说："祖母啊，孙子把亲人都找回来了，找回来挨着您了。您的一家又团圆了。"

　　九月重阳，枪生带着他的老婆和孩子到坟山上举行隆重的祭祀。枪生带着老婆和孩子，挨个给他的亲人磕头，叫他们安息。枪生给他的亲人，每座坟前烧很多很多的纸钱，将纸钱堆起来烧，让他们在阴间有钱用。

　　山风吹来，纸钱的灰，像漫天的蝴蝶儿，飞。

七十一

　　王幼刚是十六年后，一九四八年春天随刘邓大军南下杀回大别山的。

　　十六年历尽艰辛，十六年枪林弹雨，终于盼来了胜利的晨光。

　　百万雄师过大江。身为师长的王幼刚带着部队在阳逻作渡江作战的准备。阳逻是倒水河、举水河的入江口。面对浩浩长江，王幼刚思乡之情油然而生。他忆起了群山里的石槽冲，那里是他的家乡。十六年音信全无，估计母亲早已不在人世了。他嫂子，他的两个妹妹，他的一个侄儿，都死在天台山那场大火里了。他不知道那重重的大山里还有没有他的亲人？他记得当年红四方面军离开苏区时，他的一个侄儿，被一个姓罗的领走了。他记得他的侄儿叫枪生。十六年了，斗转星移，沧海桑田，他不知道他的那个侄儿，枪生还在不在人世间？

思亲难忍。于是他就叫一个侦察员化装成买布的，进山到大山里去打听。他告诉那个侦察员，他的家乡地名叫石槽冲。他不知枪生是死是活。他拿出随身带的一张当年他大哥设计的油布票，叫那个侦察员带着，为了怀念大哥，他将那张油布票一直带在身上，珍藏了十六年。他对那个侦察员说："若是找到王枪生，就把这张油布票拿出来交给他。叫他带着这张油布票，到阳逻找我。这张油布票就是见面的凭证。"

那个侦察员带着纸条进山去，费尽了周折，问到了大山里的石槽冲，找到了枪生。

那个侦察员对枪生说："你是不是姓王？"枪生说："我是姓王。"侦察员问："你是不是叫枪生？"枪生说："我是叫枪生。"侦察员说："你还活着？"枪生说："我还活着。"侦察员拿出那张油布票说："有人找你？"枪生问："谁找我？"侦察员说："给油布票的人。"枪生拿着纸条一看，泪就出来了。枪生见了那张油布票就像见到了父亲。枪生问："是谁找我？"侦察员说："不要多问，去了就知道。大战在即，我先走了。你带上这张油布票，按我说的地方去。"

侦察员走了。枪生不知是福是祸，拿着那张油布票到夫子河傅兴垸找云根舅拿主意。云根看了那张油布票，对枪生说："这是你至亲的人啊！不是你至亲的人，拿得出当年的油布票，叫得出你的名字？你去吧！"

枪生就带着那张油布票，顺着光黄古道走。一路的兵，一路的哨，检查过往行人。哨兵拦着，枪生就拿出那张油布票给哨兵看。哨兵见了那张当年苏维埃政府发行的油布票，知道是自己人，就放行。

枪生拿着那张油布票来到了长江边上的阳逻。王幼刚的师部就在那里。枪生找到了师部。王幼刚正在开会布置渡江战役。那个先回的侦察员等着枪生了。见枪生来了，那个侦察员进了师部，在王幼刚耳边低声说："一号，外面有人找。"王幼刚问："谁？"参谋说："你要找的人。"王幼刚听后通身热血沸腾起来，对参谋说："叫他等一会儿，等我开完会。"

王幼刚开完会，就出来了。春天的阳光格外地明媚，格外地亮。太阳下，王幼刚看见太阳底下站着一个后生。那后生就像他的大哥，就像一个模子脱出来的。

王幼刚问："你是枪生吗？"

枪生望着王幼刚愣住了，问："你是谁？"

王幼刚说："你不认识我吗？我是你的三叔啊！枪生，你还活着？"

枪生咧着嘴，半天说不出话。

枪生一下子扑进三叔的怀里，说："三叔，我还活着。"

王幼刚拍着枪生的背，泪流满面，说："真没想到我们王家没死绝！还留着一个'人种'啊！"

枪生拿出那张油布票，说："三叔，这张钱我还给你。"

王幼刚说："侄儿，这就是你父亲啊！三叔给你，你留着。传下去，传给子孙后代！"

一九四九年中华人民共和国成立。一九五四年，全军授衔，王幼刚被授为共和国的将军。大别山里出的将军多，二百多个。王幼刚是其中的一个。王幼刚死后，骨灰按照生前遗嘱送回家乡石槽冲安葬。将军没有葬在祖坟山上。将军的墓建在大路边上，只要走进石槽冲就能远远地看见。

几十年过去了。鄂豫皖革命博物馆重修了，广阔，辉煌，灿若星河，聚集着革命英烈。广场高耸的纪念碑上，用大理石塑着手擎铜锣的像。那面铜锣就像一轮太阳擎在天上，闪闪发光。

二十年就是一代人。石槽冲王家的子孙成群了。夫子河边的傅家子孙也成群了。傅姓子孙据说在台湾当大官的很有几个，因为"江记"一支的有几个，服役于国军，1949年前夕逃到了那边。两岸关系缓和后，经常有人回来省亲。

改革开放后，傅兴垸成了鄂豫皖三省交界有名的小商品集散地，傅姓子孙有许多做生意做到了汉正街，在当地富得很有名声。傅兴垸村和石槽冲村的村干部，都是傅姓和王姓的子孙当。

两姓的祖人，盘根错节。傅姓和王姓达成默契，清明时节，不在同一天上山祭祖。

有人来采访，问起过去的事。双方都不说。

他们说，书上有，书上都写着哩。

于是就请，请你到垸里去喝酒。

2008年12月6日1:30完稿
11日修改
27日再改

何存中 著

何存中文集 ❷ 中篇小说卷（上）

武汉大学出版社

图书在版编目(CIP)数据

何存中文集.2,中篇小说卷.上/何存中著.—武汉：武汉大学出版社,2021.3
芳草文库
ISBN 978-7-307-21637-2

Ⅰ.何… Ⅱ.何… Ⅲ.①中国文学—当代文学—作品综合集 ②中篇小说—小说集—中国—当代 Ⅳ.I217.2

中国版本图书馆 CIP 数据核字(2020)第 119803 号

责任编辑：黄　殊

出版发行：武汉大学出版社　　（430072　武昌　珞珈山）
（电子邮箱：cbs22@whu.edu.cn　网址：www.wdp.com.cn）
印刷：武汉中远印务有限公司
开本：720×1000　1/16　印张：14.5　字数：268 千字　插页：3
版次：2021 年 3 月第 1 版　　2021 年 3 月第 1 次印刷
ISBN 978-7-307-21637-2　　定价：145.00 元(全 3 册)

版权所有,不得翻印；凡购我社的图书,如有质量问题,请与当地图书销售部门联系调换。

《芳草文库》序

刘醒龙

  武汉有一批年纪不算太老,但肯定不再年轻的作家,既往作品每出无不风行江汉,后来平淡了些。二〇一五年初,恰逢一场小聚,其间有老朋友提议给这些在文学创作上颇有成就的作家出版文集,且当场做出关键决策。老朋友提及的作家也是我的朋友,他们的处境很有代表性。

  世事流逝到今天,说一点不残酷是不真实的,说太残酷似乎也不科学。值此宁翔雁前羞跟牛后世风,普天之下莫不借口追求日新月异,其实是乡下俗语说的,人人都想一锄头挖出一口井。宁肯臭名远播,哪管丑态百出。忘却不该忘却的,强化不该强化的,是世情中一大不敬。这几年为一位已故作家出版文集,好不容易才成,一来二往之间,见识了足够多的现世生态。似这等才华出众的作家,若非上苍失察,弃之英年,敢不是当今文坛大旗一帜?同理,那些在喧嚣背后悄然尘封的作品,谁能说不是日后人有所诵的典范?天地同根,不是没有高下之分,而是天有天的高度,地有地的厚重。

  常住武汉三镇之人,最能体会大江东去、流水落花深意。也是体恤的缘故,又于旷野之间留下高山流水千古知音,以为勉励,兼作念想。朋友提议,饱含诗情,深藏灵性。没有太多商量,三言两语之间,就达成共识,以《芳草》杂志名义,逐年排选,将这批作家的代表性作品编成文集出版。只是由于执业所限,本套书只能以《芳草文库》相称,名头虽小,相信分量不轻。

  哲学教会人们认知正确与错误,自然科学是要让人懂得成功与失败。然而,短短人生,包罗万象,其善其美,何止兴衰胜败!文学的存世与流传,其意义正是超然前二者,不以成败对错为目的,也不以卑微尊贵定价值。人非草木,却如同草木,这是文学理由之一,生命不能永恒,却绝对永恒,这是文学理由之二。文学根本理由是,协助芸芸众生在庞杂得无可把握的宇宙间,在神与鬼、灵与欲、虚与实等一切冲突与对立之间,寻找适合每一个体的美妙平衡。

二〇一五年十月十五日

何存中文集

中篇小说卷（上）

目 录

感觉	/ 431
化入阳光	/ 449
画眉深浅	/ 481
巨骨	/ 511
马鞭草	/ 528
你知道我为什么时时仰望苍穹	/ 554
水底的月亮升起来	/ 573
太阳发芽	/ 593
太阳说话	/ 611
正果	/ 637

感　　觉

一

　　我父亲最大的功绩是生了我这个感觉特别好的儿子。

　　那时候，在巴水河畔我父亲繁殖并导演的那个大家庭里，我的感觉像无所不知的神。我父亲活得荒谬是我的正确的参照系……

　　我的拿手戏是批判我的父亲。全盘否定他。

　　我的最大优势是比我父亲年轻；还有，他是个地地道道的睁眼瞎，一个只会盘篾的篾匠，而我识得字，爬得动格子，更关键的是，我居然能够爬得出名堂，爬出了泥土，吃上了官粮，而且能举小家迁进县城全吃官粮呢；还有，我比他懂得的多得多，比他远见卓识得多，口锋比他锋利得多，反应也快得利索。在那些他活我死的年月——具体地说就是在他十年大计造屋的三千多个日日夜夜——他咬牙切齿地发号施令，淋漓尽致地暴露他父亲狰狞面目的时候，是我叛逆光辉形象的最佳曝光点。那些时候，我的灵感便白鳝一样从沙地里忽地蹿出来乱晃，我冷冷地瞟他一眼，根本用不着张大嘴巴，根本用不着高声，只从紧咬的牙缝里，悠然自得地吐出一句两句，便立即见血封喉，父亲便整个儿地失色，整个儿颤抖开去，歇斯底里在喉管里发不出声响来，就像一只被人捏着脖子的公鸡……

二

　　那时候，那整个的一个世界里，我恨我父亲恨得最起劲，他也侲我恨得斗劲。眼光起劲不行，还需要斗劲。

　　十年三千多个日日夜夜，我旷日持久地恨我的父亲，他也能让我旷日持久地恨。那时候，我总只能在睡梦中自由幸福，周身青春初潮的热血只有在梦里自由鼓胀地流动，自由畅快地浑身流汗，让我生命之根朝气蓬勃隆起。总是在这个时候，我梦见我父亲死去了，突然像一堵挡住阳光的黑墙轰然倒塌了。于是我的眼光出现了一个新奇的世界，阳光原来是如此的灿烂，空气原来是如此的新鲜，天地原来是如此的广阔，隔着巴水河的远山原来是如此的蔚蓝，我亢奋起来，赤裸着全身站起来，我的生命之根就如春天雨后初晴的竹笋，沐浴着阳光前所未有的坚强，披坚执锐，所向披靡……

往往就在这个时候，这个我梦中的太阳正温暖得达到顶峰的时候，而生活的太阳正在山那边扶桑树下养精蓄锐的时候，雄鸡懒懒地唱过两遍，我父亲便高声在堂屋里干咳起来。我的两个哥哥对于父亲催命的声音，条件反射良好。干咳声起，床外的两个"他"，便像山坡上断藤的葫芦，应声滚下了床，窜到堂屋拿挖锄铁锹之类的捞沙工具在手了。而我正躺在床上装死，父亲在堂屋咆哮开了："困死！娘的×"。我仍是不动。他奔来了，一路如石滚碾动，奔到床前，以迅雷不及掩耳之势，掀飞了我的被子。这时我温暖的感觉我披坚执锐所向披靡的生命之根便落花流水春去也……

出门去，这时候巴水河里的乳雾正浓正酽，鸟兽虫鱼，树的花和叶，河滩地上的禾稼，在那恬静的雾里发着均匀的鼾声，露水慷慨无声，把它们的睡意愈抹愈浓……

那个老篾匠领着他嫡传的三个少篾匠，八只大脚把乳雾搅动了，露水在他们个个脚丫像棒槌的大脚下涉得哗哗作响，入河的小港极不情愿地被搅醒了……二四得八，八只胳膊拿着挖锄开始了行动，从潺潺流动的港水里捞那港沙，挖下去，一锄沙旋即被港水携走一半，迅疾地一拉，那未被港水携走的另一半，便随着喘息上岸边。水滤下去，沙堆渐高起来，喘息便随沙的堆高而愈演愈烈，渐渐气喘如牛声开始荡漾在整个港湾，渐渐毛孔大开大汗淋漓，那带着腥咸的汗从脸上脖子上肚皮上汇聚到胯裆里，然后一如奔蛇走兔溅进潺潺流动的港水里，浊了它清亮的颜色，进而流进巴河……

这时候，东方的鱼肚被我们并排站着的父子喘出的粗气吁白了，港湾里弥漫的乳雾被我们张开的大嘴驱散了，抑或是吸尽了……

"算了，上工。"那个老篾匠这才罢休，丢出这四个音节，领着他大小清一色篾匠，夹着篾刀和抹衣，顺着巴水河吃百家饭去了……

三

我总是感到我父亲与我母亲没有合伙预谋制造之前，我就存在着。我不知道这是什么原因。那时候我就存在着,存在于巴水河畔的乳雾里,飘忽不定;存在于那葱茏绿染的河畈上,优哉悠然。

那时候,我与我们误生的整整一代人,在田地归了真正主人的那明亮天空下,被蓬勃而至时代的生命力诱惑着,朝朝暮暮总想无孔不入找着一个附着点——就像那些蒲公英种子,被温暖之风鼓吹起来,漫天遍野散荡开去,张着一个个小伞儿,随时准备着陆生根。

开始,我父亲没有警觉。那时候我父亲有田地可种,田里地里不比人家收的少;同时,我父亲有艺在身,闲了揣着篾刀赚百家钱吃百家饭,自然心里比人家多一重快活。那时候我母亲正年轻,我父亲把她养得水灵灵地白嫩。所以他们干起那事儿来就格外精神,无所顾忌,随心所欲,并没有认识到后果的严重性。

我父亲那时特别地健壮,一用劲就浑身疙瘩,惬意时自个儿当胸拍一掌,嗡嗡作响。他轻松愉快接连不断地同我母亲干那事儿,我母亲便不歇气地跟他生儿育女。拿我父亲的话说,他的种子特别地优良、生命力特别地旺盛,那时候他从来没有空函儿的事情发生。我母亲不惜血本,肆无忌惮地生。于我之前,他们已经胜利地六年生了五个。虽然后来在三年困难时期,我的两个姐姐和一个哥哥先后饿死了变作泥土回归了河滩,但他们拼命保住了两个哥哥和我,此是后话。现在我父亲说起此话来每回都是一脸悲戚,而我总是幸灾乐祸。

苦了的是我母亲,她在制造人的伟大神圣事业中,不幸以身殉职。具体地说是在生我之后不久的岁月里,以身殉职了。这是我每每引为自豪的资本,因为是我结束了她痛苦的生涯,让她的灵魂早日升到了天堂里憩息……

那天夜里,我正虚无缥缈地在星光熹微的河畈上空游荡,夜风格外地柔格外地甜,我像白岚飘带一样裹挟在夜风里,同萤火虫一起嬉戏,在蛙声四起的水田稻棵中捉迷藏,巴水河正酝酿着五月成熟的馨香。这时候,我被无声地感应了,我躁动不安地飘到了河滨垸,我就觉得有好戏在后头,因为我闻出河滨垸四周水光天色一片白茫茫的藕湖蒸发起血腥味的异香,这使我欣喜若狂……

我被感应着,从门缝里飘了进去——飘进了我的家。

这时候,我在黑暗中看到,我的五个哥哥姐姐横七竖八摆了一床,而我的父亲同我的母亲,几乎是被挤在床沿上。

我忽地被囚进了幽境,开始了极不浪漫极不自由的生活。这个天大的错误是我父亲一手造成的,是我恨他的根源……

四

说出来真不是滋味，每年我母亲的忌日来临，我周身泛滥成灾的热血便冷了下来；我满脑子乱七八糟疯长的邪念便萎缩了，整个儿我的心身，便冷，便静；唯有脑际中灰色银幕上的那缕残红鲜艳如初。我总试图让那缕残红褪尽颜色，然而我不能够……

我知道那缕不肯褪去鲜艳如初的残血，是我母亲生我时流下的一溜鲜血，那么少，少得像一个悭啬且惜墨如金的国画大师自恃高明惨无人道地用他的朱砂作画。这使我彻心绞痛。

我母亲生我时，只流了那么一溜鲜血，连羊水刚好湿润供我挣扎出来的道路。那时候她那么羸弱，像一根风干开裂的甘蔗，通身精黑。

我落下地就睁开眼睛了，落下地就张开大口号啕，我冷，我饿，我理由十足地要吃，要温暖。我不管我的父亲为找不到一件破褂子包我，而急得闭上眼睛不敢看躺在产盆里赤裸的我。母亲用温水洗了我，见我哭得天昏地暗日月无光，便把干瘪的乳头塞进我张开的大嘴。我便毫不客气拼命地吸吮起来，吸得她浑身乱颤。我感觉到那时吸出了腥咸，我不管她颤抖不颤抖，只管朝肚里吞。

八个月后，我母亲便被我胜利地吸干了吸死了……

我用我感觉的滤色镜，年复一年滤着那幅图画。我母亲快要死了，我还伏在她瘦骨嶙峋的胸膛上吸那一块皮似的奶。我父亲急红了眼，拉我，我整个身子被拉起，而我的嘴还拼命吸着乳头，扯不开。

母亲两只眼窝没有泪，像两口幽深干涸的井，她吃力地说："他伯………莫拉，让他吸最后一口……"

父亲便不拉，放了我，腾出手揪住自己的头发，拼命地扯……

"他伯……我要走了，伢们全归你……"

我的父亲便唤来我的哥姐们跪在床面前，他则使劲捏住我母亲枯干的手腕，妄图拉住她。然而我母亲还是兀自走了。走了半天，我父亲竟全然没有发觉，因为他看见我母亲的眼睛还睁着，等他发觉我母亲眼里没人时，他才松手。

他铁了，没有表情没有泪。老半天，他才揉合我母亲的眼睛。然后，他小心翼翼像摘一根嫩黄瓜，不，像摘一条吸血的肉蚂蟥，把我从母亲的胸膛上朝下摘。我拼命地反抗，他摘下我，便把我的嘴凑在他的乳头上，我立即一口咬住他的那个肉疙瘩，吸吮起来，吸了半天，没吸出什么。我便使出惯用伎俩，咬他，咬得他生痛。他到底意志坚强，不颤不动，任我咬……

我的父亲一夜之间便整个儿变作了缄默的冬天，看不见一丝绿色的笑容。

就在那年那个寒冷的冬天，我的两个姐姐和一个哥哥化作了泥土……

那缕残红，那个冬天，我感觉的滤色镜哟，年复一年总想改变它们的颜色，却总不能……

五

总之，我活了下来；霸在我的两个哥哥之间。

我是个贪婪的家伙，在我母亲去世以后的最艰难的日子里，我父亲每天出门做篾匠活来混饭，腾出他的那份口粮给两个哥哥和我。父亲便把柴办好把水挑足，将几把米和满地爬的我交给两个哥哥。两个哥哥一个灶上一个灶下，把稀粥熬熟了。这时候爬在地上的我，闻着了粥香，便停止了号啕。粥端上了桌子，两个哥便谁也抱不住我，我脏猴儿样地以顽强的意志，爬上了桌子。我不让两个哥哥喝粥，我要他们把三个碗统统摆在我面前让我一个人喝。他们要喝，我便又撕又咬。每一餐，他们都默默地忍受，等我喝饱，胀得鸡头冒水，安静下来，两个哥哥才能收拾残局。在那苦难的岁月我饿出了许多荒唐。我喝过泔水，因为泔水白，我误认为那是母亲怕我饿，给我储备的奶，我伏在泔水缸里，把头插进去喝，灌了一肚子，差一点没被灌死，是两个哥哥发现得快。我吸过大哥的鸡头，误认为那是母亲留下的奶头，伏上去拼命地吸，吸不出水，我便咬，咬得我的哥呼天抢地。

当父亲踏着疲乏的晚霞归家时，哥哥们便含着眼泪把我的所作所为诉与他听。父亲总是被惊得木头一般地望着我，这时候我便停止了在地上乱爬，坐起来，突然"嘿"的一声笑了，露出刚长齐的门牙，白森森的。见了那白光一闪，父亲便浑身一抖，怒不可遏地掀翻我的屁股，结结实实给我几巴掌。他误认为我会负疚，会放声痛哭。我没有哭，几个翻滚，逃脱魔掌，潜进大门旯旮里，用两只幽幽的绿火对着他。父亲便抛我不顾，搂着两个哥哥抽泣。这时候的我，丝毫不嫉妒，让他们去运用感情，互相温暖吧……

我是一条孤独的狼崽子，孤独是我力量的源泉，我越孤独就越证明我是生活的强者——至今我这个感觉支撑的这个信念格外地坚强，不同凡人，不同凡响。因为我从书上看到过这样的一句话：世界上最孤独的人是最伟大的人。我拣了这句话，就像狗拣了块肉骨头，独自儿嚼得起劲，独自儿嚼得有味极了。

六

　　父亲真正的恐惧是在我和两个哥哥不知不觉从他胯下蹿高了的那个伏天夜里。

　　我和两个哥哥都上小学了。在父亲的眼里，踏着日影出门槛是参差不齐的一群，放学回来带来饿魂闯进门的又是一群蝗虫一般。

　　那个伏天的黄昏，我的大哥小学毕业了。这个浑身精黑的闷葫芦，从荷包里扯出录取通知书，递给饭桌上方的父亲。父亲早得知了信息，大哥全区统考第三名，被县一中录取了。他知道大哥会这样向他炫耀。他接过录取通知书，脸上的皱纹激动起来，就将通知书横折竖折成指甲壳那样大的一块捏在掌心里。那时候大哥连一眼都没敢朝父亲看，埋头把咸菜夹进粥碗里搅和着，吞他的粥。

　　入夜了，乳雾中的河滨垸恬静下来，凉风起了，把欢乐弥漫开去。蛙们在青草丛中相依相偎，喃喃梦呓；萤火虫眨着求偶的信号，翩翩起舞。这时候，我们兄弟早就沉入了幸福水湖，在冥冥之中静静地躺着，任凭从窗户吹进来的脉脉之风，撩拨着我们的生命之根。月儿银白的，斜斜的，柔柔的，从屋面明瓦漏下光来，洒在床上。我和我的两个哥哥几乎是同一姿势——仰躺着，双手护着蓬发的生命之根。

　　那个时候，我的父亲正在想念我的母亲，那是他最难受最孤独的时候。他辗转反侧夜不能寐，内心思念的苦汁，反反复复地翻腾煮沸，稠黑如酱。那个时候他的思念之根醉苦了，他闭上了眼睛，千呼万唤着我的母亲，眼角流出咸咸的泪。就在那个时候，明月钻出天上的白云，忽地亮得晃眼。在一片明亮中，我父亲睁开了眼睛，明明白白地看见了，看见了我和两个哥哥的蓬勃之根，根根如鼓满风的帆，旺旺盛盛如春堤破土之笋，粗粗壮壮了。他老人家于是面对这一片辉煌战栗了，恐惧地睁大了眼睛。他便埋下头去抽开了闷烟。

　　那时候梦中的我，格外亢奋起来，生命之根用劲张扬了几下。我在梦中，我沉浸在蜜样的妙不可言之中；该我的父亲，醒着，把夜想苦……

　　那时候，我父亲便起身来到堂屋，趁着熹微的月色，掏出大哥的录取通知书，细细地展开，然后擦着火柴，烧掉。那洁白的纸在火光中挣扎着挣扎着，然后变作了几只黑蝴蝶，飞进了无垠的黑暗。

　　第二天，父亲便提着他那只魔袋上街，叮叮当当提回了一袋玩意儿。一回来，他就把那魔袋锁进了睡柜。

早饭过后,他交给了我大哥一把铮亮的新篾刀和一块新抹衣。

"你母亲死了,你大了,跟我上工。"他这样地跟大哥说。

"我跟你做屋,我跟你娶媳妇。"他跟大哥轻轻地说。

我大哥不愧是孝子,半句话没说,把他小学六年所读的书,搬出来,搬到大门前的粪挡前,一本又一本地烧,烧个一干二净,然后拍拍手上的灰,接过父亲交给的篾刀和抹衣。

跟着父亲,踏着他的影子,我的大哥学徒去了⋯⋯

我那时觉得眼前金星直冒,我的灵魂仿佛被摄了去,恍恍惚惚地装进了那个魔袋。我只觉得牙根痒,想咬碎个硬东西。

七

那个我世事初谙的时候,我恨我的父亲,我不明白他为什么把我大哥一片光明的前途烧成一片黑暗。我知道我大哥的今天便是我和二哥的明天。于是我看我父亲便添了一层窥视,我酝酿着阴谋,总想捞一点我父亲的隐私,积累一点到时候拿出来攻击的资本。我不想掩饰,这是我当时的真实想法。

自从我产生这个念头以后,正是月圆的日子。那天夜晚,月到中天,我父亲蹑手蹑脚起床了。他没有趿那木头拖板,光着脚。我躺在床上不动,把眼睛裂开了一条缝,我窥见我父亲走出了房门,只那么轻微地一响,就像一只咸熟的豆荚破裂了,大门便开了,只见月光一明一暗,他便出去了。

这时候我周身被神秘快意之感膨胀了,我朦胧地感觉到,有故事要发生了。这时候我的两个哥哥正比赛似地在打鼾,一个个蠢相十足。我如小老鼠一般尖着嘴"嗞"地一声溜下地,从父亲打开的大门缝儿里侧了出去,潜进了月光下的树影里。

这时候邻家云仙婶家的卷毛白狗,慢慢悠悠吊了两声嗓子,那竹影婆婆的窗户,便嵌出一个乳峰高耸的剪影。

我不想塑造一个寡妇形象,美化云仙婶的行动。在我少年绿色的记忆里,云仙婶是个工人的妻子,丈夫在很远很远的那黛色群山的油田里当工人,每年只回家一度,却每月准时寄钱给云仙婶。所以云仙婶从不缺钱花,她缺的是年轻女人所渴求的东西。

那狗长吟声毕,我随窗口那剪影的眼睛搜寻着我的父亲。

于是我就看到了那尊塑像,月光下那尊塑像泛着沉思的冷光。微风之下,或鱼儿觅食，或垂柳轻摇，那湖中的涟漪圈圈儿细密，那尊塑像就蹲在那伸进湖心的木跳板上，面对我家的破屋，作永久的凝思，对间缓缓地流动着，燃烧着他手指间那支红红的烟头。

竹影婆娑窗户里的那个剪影儿，忽然如山泉叮咚，淌出了鄂东情歌：

> 姐在房中纺棉纱，
> 郎在外面把窗子扒，
> 要奴许配他……

清江中那赤裸的美人鱼游来了，一路慢慢悠悠楚楚袭人地游来了……

然而，那尊塑像坐怀不乱，继续默悟天机。

树影中的那个小人儿，分明听到那歌止了，止不住一声长长的哎叹；那清江中的美人鱼化了，留下了无尽的碧水清波……那个小人儿怕了，湖中木跳板上的那尊塑像变作了一个狰狞的黑色魔鬼，这个魔鬼不为人情所蛊惑，只对湖底感兴趣，趁月圆趁夜深趁人静，酝酿着一个惨无人道的阴谋……

那个小人儿一败涂地，溜回床上装死。

八

真的不明白，我们从江西瓦西坝迁来的老祖宗，为什么选中了河滨垸这块弹丸之地作为基业？

当然，这里土地肥沃，四周湖泊沼泽相拥，唯这河滨凸出一块高地，于是乎就认定这是神的旨意，神为他和他的子孙准备了这块天造地设的宝地；于是乎他就忘乎所以地带领妻小在这块凸出的高地上安营扎寨，下沼泽开田种稻，入湖泊撒网捕鱼，回家来男欢女悦。他老人家太缺乏自信心，对他的子孙繁殖能力没有乐观地展望。他没能预料到今日他的子孙呈如此芜杂之势。

这块凸出的高地上，密密麻麻爬满了他的子孙。二房的屋脊压上了大房的屋檐，五房的后墙遮住了九房的前窗。蚂蚁样的芸芸众生纠缠在一起各自又在竞赛繁殖，挤得连喘气都觉得困难。

土贵如油，石贵如金，是我们河滨垸独具的特色。

九

我的预感完全正确，没过几天，厄运就降临在我们苦难的兄弟身上。

那一年，我九岁，读六年制的小学三年级。那一天，鸡叫头遍，父亲便把我们兄弟喝起了床。记得我大哥与我父亲起得迅速，这时候堂屋里那如豆的油灯蒙眬着我的睡眼，大哥稳当地坐在椅子上，一副与父亲合伙屠杀我和二哥的样子。我和二哥揉着眼屎看见微光中大哥嘴角挂着冰冷的笑，就像三九天屋檐下挂的冰凌柱发着寒光。我和二哥不知要发生什么，惶惶然头皮发紧肛门发紧。

我的父亲从柴屋里拖出了四担崭新的筼筤。做筼筤是我父亲的拿手好戏，巴河两岸多竹，我们河滨垸水竹尤其茂盛修长。所以父亲做起筼筤来，五根长篾一齐行动，一只筼筤就五根长篾从头到尾，中间绝无接头；所以父亲做的筼筤闻名于巴河两岸，他做的筼筤特别经久耐用，一担筼筤能用到儿死孙生。灯光惨淡起来，父亲就在那惨淡的灯光下，给我们分配那经久耐用的筼筤。四担筼筤是筒在一起的，他依次从里朝外分发。最里面的一担是我的，最小，系儿最矮，配一条青青楠竹扁担。我正要反抗，我知道我反抗前必是先翻白眼，然后动用嘴巴这张利器。知子莫如父，父亲对于我这些伎俩早已看熟了，我刚要张嘴，他便眼角一动，斜视了个正着，右手的栗凿随即迅速有力敲上了我的头。因而我的头颅"嗡"了一下，那脱口而出的伶俐顿时被敲散了，顷刻之间痛楚难熬的情绪涌上了我的眼睑。我真想扑上去咬那手一口，最好咬深点，咬得牙齿陷在肉里，半天才退脱。然而我不敢付诸实践，只忍气吞声，慢慢把肚里的流水账簿打开，慎重地又记下一笔。

二哥比我乖巧，接他的一担筼筤时，他将筼筤翻过来检查一番，唯恐以劣充优哩。接过扁担后，他握一头，一头抵地，按啦按的。这一着果然奏效，换来父亲的大手一摸他的头，他便像猫那么浑身惬意，朝我扮了一个鬼脸。

大哥的筼筤比我大一倍，扁担是槐树木的。他不表现，默默接受父亲的馈赠。

最后是我父亲的一担，的确大得狰狞，大得残忍，一只大得可以让我蜷曲着睡下。那条他给自己预备的扁担，几乎是条圆木的抬杠。

当父亲把给他自己的残酷公布后，一切便血淋淋赤裸裸不容置疑不容分辩了。要死，他做父亲的先死五次，然后才轮到你们做儿的死一次，你做儿的有什么理由不去死，有什么方法逃脱死？

慢说这不是死啊！只是慢磨的酷刑。

十

日子哟，那时的日子，一天天像一条条被魔爪拉扯着随时可以绷断的橡皮筋。那时的日子一点儿没有光泽，一天天瘦得像沙滩上的地米菜，瘦长瘦长的茎，叶子褪掉了，那顶上的小白花未曾开瓣就枯萎了，半死不活地在河风中挣扎。

我虽说是个贪婪的家伙，顽强地活着不死。但我毕竟是未断奶就死了娘的孩子。我瘦，瘦得两条腿像两根赤黄的高粱秆，瘦得像秋风中的小蚱蜢。对于这些，我打开我那时的感觉仓库，搜寻遍每一个角落，没有找着一点父亲的怜悯。

一年四季，三百六十五天抑或是三百六十六天，不分春夏秋冬，不论雨雪阴晴，每天鸡叫头遍，我的父亲便独自起床，下灶煮我和二哥作为早饭的粥，如若他和大哥无工可上，他便煮四条寡汉作为早饭的粥。若是夏天，煮好粥，还要洗完全家的衣服，晾好。

这时候，鸡叫两遍，魔鬼的干咳便在堂屋里响起来，把我们兄弟驱赶出温暖的梦乡。父子四人带着捞沙工具，无声地朝港湾进发。父亲走在头里，那时他的背还阔，不驼，像一条犍牛，依次是我的大哥，我的二哥，最后那个随时可能倒向梦乡的小人儿便是我。

我已说过那时我九岁，没有哪一天，我的父亲动恻隐之心，恩准我不起早随他下港捞沙。每天我们从港湾上游开始捞，顺港而下，将弯弯曲曲的港湾两岸缀满沙堆。大约要捞几十个小堆儿，捞到小港入河处，东方准时发白。这时候，方才罢手回家。我和二哥边大汗淋漓喘着粗气边喝粥，吞完最后一口，便迫不及待地背着书包上学。那时候小学在五里外的龙王庙，我和二哥要一路小跑，才不至于迟到……

最难受的是晚上，喝完粥，河滨垸已是暮色四合了。父子四人四担筻箕下港，任务是将早晨捞起的沙挑回来。这时候沙早滤干了水。

那时候，九岁的我挑担子尚不知地道平衡，扁担上肩，便双手抱着扁担跑，生怕扁担飞了。开始腰还直着，逐渐弯成了一张弓，战战兢兢的一张弓，扁担两端装沙的筻箕像两只秋千，晃荡。开始我并没有挑什么沙回来，筻箕里的沙撒得一粒无有，每一趟我只完成名义上的历程。目睹这些，父亲咬牙切齿地教我，他并不叫我停下来，只是一趟又一趟教我折腾，折腾得日子久了，我终于能挑沙回来了。

我至今肩上的硬茧犹在。不，捏捏那是个硬茧的感觉，清晰明朗，韧性良好，常存。

我学会了咬牙，像父亲重担在肩那样咬牙，那样嚼肌悸动。我觉得牙关一咬，心一横，命随它去的时候，眼前的路才变得清晰。

沙一担担地挑回，按照父亲的旨意，倒在距我家老屋侧丈余远的地方，集中倒,父亲说倒一条沙堤过去。

虽说我的父亲每一担就是两座小山,我的大哥和我的二哥每一担就是两座小山,加我每担两个平原,但是面对一片蔚蓝之湖,显得那么渺小,那么可怜。一担担倒下去,沙子悄然无声被湖水吞没了,换得的是一阵痱子米大小的一片细泡,随后跳起来迸裂了,仍是一片寂寞,一片虚无。湖水那样深,那样贪得无厌。十天半月过去,它才让沙堤昂出头来。

于是,我才嚼出什么是苦,什么是愁,什么是无泪的哭泣。

于是,我总在盼望,有一天早晨我的父亲突然死去。那时候这个企图时常情不自禁地在我脑子里跳跃……

十一

两年后,沙堤终于以我们的血肉筑成了三道。在我们血肉筑成的三道沙堤上,父亲没有浪费一寸光阴,及时地栽上泡桐树和白杨树。这时候我才恍然大悟,父亲为什么填屋基先倒沙堤。两种速成林,一字儿摊开,经春风夏雨的孕育,已经蹿起了两人高,平地绿起了三道墙。

这年夏天,我的二哥小学毕业了。这一回我二哥很争气,暑假一放,就老老实实与锄头扁担打交道,一点非分之想不存。果真,眼见得天气凉了,新学期开始了,没有什么录取通知书来,免除了大哥那样向父亲炫耀的那一套烦琐。

在那个太阳很好的中午,二哥蹲在属于他的那口钉了铜扣的破箱子旁边,清理着他从小学一年级起所读的所用的课本及练习本。一摞摞拍去灰尘弄整齐码成方阵儿,然后拿一把带着绿色的新稻草,屁股一跌坐在地上搓草绳,理几根草,朝掌心唾口唾沫,好手艺,搓得漂亮极了,搓了好长好长一段,他张开双臂丈量着,估计足够了,他便用那新草绳捆他的"遗产",横三竖二像军人打背包那样捆,捆得蛮像那么回事儿,捆好了,他便蹲下去双臂张开,将他的遗产背出了门。

那时候我正躺在竹床上浑身累散了架苟延残喘着,我乜斜着眼,无赖地望着他,有点想哭,但不知从何哭起。我的父亲和我的大哥对我的二哥那行动不问不看,他们到底大智若愚,唯独我意志薄弱多愁善感。

二哥像军人样背着他的"遗产",到当时的大队代销店卖掉了。也有三十来斤,五分钱一斤,总共卖了一块五角几分钱。他花一块钱买一斤砣砣糖,另外买了两包烟。

回到家，踏进门槛，他美滋滋地嚼糖嚼得震天价响，嚼得嘴角流汁，边嚼边慷慨大方地抓一把糖给我，抓一把糖给大哥，说声："真甜呵！"然后将那两盒烟孝敬给父亲。父亲不朝他望，他不肯浪费时间加劲嚼他的糖，边嚼边对父亲的背说："就值一块五，两包烟一斤糖。"

这时候，我父亲转过了脸，我看见他脸上的皱纹剧烈地颤抖着……

二哥不看父亲，嚼糖，他的嘴终于嚼破了，鲜血流出了嘴角……

"跪下！"一声雷霆震怒。

二哥便动作极标准极规范地在堂屋跪下了。父亲从睡柜里提出了那个魔袋，将一把新篾刀掷在二哥面前："你怄不倒老子！要死用这把篾刀死，要活用这把篾刀活……"

十二

一切都不会影响我父亲的决心，沙堤往日月更替中终于筑起了六道。壮观的六道沙堤全部栽上了泡桐和白杨。父亲一方面把它们栽在那里生长不已，另一方面率领我们挑沙不已。

父亲不再往前相距丈余地筑沙堤了，而是填沙堤间的空档。这时候河滨垸目光短浅胸无大志的人们才陡然明白，我父亲筑沙堤并不是他们想象的那样仅仅是为了栽树，而是为了填地基做屋。地基照填，栽的树照长——这是何等缜密的阴谋！那几夜垸中没有太平，几乎每个女人都在骂自己的男人，每个懂事的儿子都在抱怨自己的父亲。我父亲这时候做父亲初露光芒了，大哥也很是大哥的味。

但是这些却闷雷般震撼了我的心灵。因为那时候我差一年就要小学毕业了，而成绩正在滑坡，江河日下。我知道我正滑向父亲的陷阱，父亲唯愿我像二哥那样。到时候喝你跪下，你不敢不跪；丢一把篾刀子给你，你不得不接。

我那时对一塌糊涂的河滨垸印象糟透了，我觉得我之所以活着是为了将来离开它；我对我父亲统治的这个寡汉之家更是恨之入骨，我感觉到若是将来离不开，我的生命就将窒息，我不愿重复我的父亲——我不知道这是不是所谓的理想——这美好的名词。

这时候我突然聪明起来，在滑向父亲陷阱的时候，我的理智没有崩溃，我在那向下滑动的绝壁上，巧妙顽强地运用了我的大脚趾头，我把我的大脚趾头插进了岩缝，同时揽住了空中飞飘着的希望的游丝。结果我稳住了自我，我的成绩竟枯木逢春，重放光彩了。

那时候我的良法说到底就是转换一种感觉，并且经过一段艰苦地训练后娴熟地运用了这种感觉。往常早起捞沙和暮黑挑沙时，我总把这些当成一和折磨，我总是全身紧张，恨得脑子里一片空白。意识到问题的严重性后，我开始试图把这些当作人生应该做的、不可避免的，努力粉饰它，使它美丽神圣。这样我便开始放松，在以后的劳作中，我集中精力想我课堂上所学的知识，反反复复默诵我所学习的课文和演算我所遇到的难题。

我反复回味我当时的感觉就像坐禅，锄头在手扁担在肩。我就开始悟，把我所学的东西，悟得融会贯通出神入化。有时悟着悟着竟悟出了一个崭新的天地，每每犹如初生之子，新奇极了。后来竟习悟成瘾，只要劳作，就能忘我，思路格外清晰，感觉格外新鲜。很快我的成绩跃到了全班第一名。我的成绩好得异常，连老师一时间也觉得莫名其妙。

真感谢造世主，给我安排了这样一个父亲……

十三

一年后，我以优异的成绩从小学毕业，考上了县重点中学。这时候，我的两个哥哥已被父亲的魅力弄得神魂颠倒了。因为对于他们来说，所盼的太阳快要出山了，展现在他们面前的已是一片朝霞。他们已经不需要父亲催命了，变成了自觉的行动，早晚干得近乎疯狂，所以地基填得发面一样地快。

这时候，我便彻底地悲哀了，我知道我已经形影相吊了，因为父亲的统一战线已经形成并牢不可破了，我没有了同盟军。所以整整一个暑期我沉默着。

接到录取通知书的那天夜里，我听到了一只孤雁划天而过，留下几声哀鸣。

夜里，果然"火山"就爆发了。

挑完沙，洗完手脸，按照父亲的惯例，就应该迅速吹灯上床睡觉，以利明天再战，可这天父亲没有睡觉的意思，把灯亮挑大了。大哥和二哥正襟而坐，我就知道大事不好。

在我的感觉里，那时候人为刀俎，我为鱼肉，只有任其宰割。

我躺在床上，裹着被单，闭上了眼睛。

"三，你小学毕业了。初中就不读算了。不怪生坏命，只怪落坏根，农村读个小学毕业，进城错不了路，在家错不了账，就可得。"

我不理这一套理论。我抽噎。

怪只怪父亲没有及时扇我的耳光，没有保持他的传统风格，关键时刻心慈手软。

大哥说话了，愤愤不平："死了！"他对父亲统治不严表示了不满。

二哥马上响应："这是什么态度？父亲说话……"他菜刀切豆腐两边光。

于是乎父亲迅速剥了我的被单，一耳光扇得我金星直冒。

这时候，我没有晕头转向，失去目标，挺身坐起来，怒目圆睁。不知为什么，我这一坐一睁，父亲不由得后退了一步。

"你这杂种！你要么样？"

"我要读书！"

"我不要你读！"

"我要读！"

"你是老子，还是我是老子？"

"……"

"你是老子还是我是老子？"

"我不要了，你把我收回去！"

"混账东西！"父亲气得变形状了，"混账东西，我养你养坏了，我养你养坏了……"

"邪了。"大哥不失时机地扇阴风点鬼火，"都是爷的儿，一视同仁。爷养儿，儿不养儿。"

"要死一起死，要活一起活。有福同享，有祸同当。"二哥及时帮凶。

这时候的我，忽然升腾起绑赴刑场的感觉，我冷笑了一声，砍头犹如风吹帽地说："除非我死，不然书是要读的。"我觉得那个时候我对于关联词组的运用非常漂亮。

"好，好，你读，你读！我管不了你们，你们毛儿干翅儿硬，你们有本事。"他咬牙切齿，对准了我，"你读，老子丑话说在前头，新屋做起没你的份。你赚不到钱还要用老子的钱，读书的钱老子拼老命供应你，算你几年填地基的钱。你尽你的气力读，读书的钱老子拼老命供应你，读到不能读读不到为止。到时候，你若是回老子的河滨垸，住旧屋，找不到媳妇，你愿吃狗屎鲜甜你莫怪老子你无怨言。"他说这话时，简直是一气呵成，像机枪一梭子连射，对着我的胸膛，唾沫溅了我一脸。

"你答应不答应老子？"他补了我一枪。他以为我早就断了气。哪晓得我还活着，同样咬着牙说："要得。"

"你写出保证来。"

"写。"

于是在那摇摇不灭的油灯下,握着坚硬的蘸水笔,刚满十三岁的我,写出人生第一份保证书。写完,父亲请大哥、二哥验明正身,收藏了。一口吹灭了灯。

那个没有睡眠的长夜,缩在床旮旯一动不动的我,不知为什么突然想起了母亲。记不得母亲的形象,该像空中的那轮月吧,白天不属于她,只有夜晚才出来看望她孩子的梦。她的孩子醒着的梦湿了,湿了枕头,无声的枕头……

我十三岁的梦就失去了弹性;十三岁,我的脊梁骨就充满坚硬的冰凉;唯有我的感觉,丰富如春山的红杜鹃,年复一年燃烧着火红的欲望,面对生活的日月……

十四

以后的日子,我便彻底摆脱了那慢死的酷刑。为了使我读书的钱充足,为了闭住两个哥哥的嘴,让他们不至于儿养儿,我在星期天和暑假寒假,就自觉参与造屋工程。这时候完全是出卖劳力,我干得非常出色,干完就没事,什么都不想,谈不上折磨与享受。

父亲实践了他的诺言,保证供应了我初中两年及高中两年赖以生存的米和钱。每个星期天我干完活,父亲便在桌上摆出三五块来和给了我要背的米,让我上学。

父亲的辉煌事业,历经十年,在我高中毕业的那一年大功告成了。在一寸一寸填起的地基上,建起了六连红砖瓦屋。那时候建红砖屋在我们河滨垸是破天荒的。十年树木,父亲把那几道成材林伐了,六连屋的橡条以及大小瓦条全部是这些树。屋做成后,还多了一堆。

新屋落成那天,很隆重,父亲办了几桌酒请来众乡亲,大喜大庆了一场。那天,父亲和大哥二哥都喝醉了酒。开始是对笑,喝着喝着,后来对哭。

在同一年里,大哥和二哥皆有姑娘送上门,几乎是唾手而得。父亲让他们结婚了,一个分开一家,结束了他的统治,他这个火车头不再拖车厢了。大哥二哥很争气,在两三年的时间内,争先恐后地变成了火车头,一节两节三节地挂上了自己的小车厢,紧张地运行起来。

六连红砖屋,大哥两连,二哥两连,父亲两连,按照统一规划,各自开门,各成体系,他们住得津津有味,而我自然是旧屋落脚。

这些对于正在读书的我,没有感觉,因而也没有故事。等我高中毕业后,命运存心捉弄我时,等我对于这些有切肤之痛的感觉时,故事便产生了。一产生便是些五味俱全的故事……

十五

　　高中毕业时，我十八虚岁，正赶上了"上山下乡"运动。那时上大学不考，兴推荐。推荐也不是从应届毕业生中推荐，而是从下乡或回乡锻炼了几年的知青中推荐。不是说凡是锻炼好的就能推荐，当然还得需要背景。

　　毕业了，不论成绩好坏，一律回乡劳动。这是我始料不及的。

　　我回到了破屋，这回不仅仅落脚而已，而是长住。这时候，我才感觉到破屋住人，的确赶不上新屋。就这么简单的道理，只有这时候，我才恍然大悟。

　　回乡三年，我任劳任怨地劳动了三年，没有背景，推荐无望。这时候我便开始犯错误，我不知道我为什么也要恋爱，也要那么如饥似渴地想现在成了我妻子的女人，为什么这时候觉得女人是如此诱人，我又那么经不起诱惑，真是不可思议。原来我不是天上不食人间烟火的神仙；原来我也不过是肉眼凡胎一个，夜里思念起爱人来也拼命地想同床共枕；原来我只不过多读了几本破书，就把自己的感觉惯成了白雪公主的模样……

　　终于我和我爱人朝夕相处按捺不住了，我的意志原来也是如此的脆弱，根本控制不住欲望的野火，我们便在一片春色万物都在拔节生长的夜晚，畅快淋漓了，以至于走火入魔，不可自拔。

　　爱人的肚子显山露水了，给我下了最后通牒：结婚。这些正安排在那个秋暮沉沉细雨霏霏的时分供我受用，这时候我满眼愁云地面对破屋，我才感到无底的悲哀向我袭来，无限的屈辱向我袭来。我才感到我不配做一个男人，让爱人住这般破屋并且在这里同她做爱、让她在这里生儿育女，我无地自容。

　　窗外不尽的细雨更兼夜色使我的感觉失尽了亮色，而又有那秋风一阵阵吹动残破的窗纸喧哗嬉闹，不知人愁苦。这时候我又的确不愿死去，为的并不是我一个。然而此时我只有闭上眼睛的能耐。

　　我忽然听到了响动，那是一双巨足在泥水中的拨动声，给我孤独的心田溅起一层暖意。

　　"三。"一个苍老的声音在呼唤我。

　　我没有回答，我觉得我的力量启不开我的双唇。

　　"么样？三！"那苍老的声音愤怒了，力度犹如撞破乌云的闪电。

　　我睁开了眼睛抬起了头，在我悲凉的感觉里，手指握着一颗星星。

"我……"那时的我丧失了表达功能。

"小子!我总以为你长大了,是条好汉,是我做老子的估错了,你还是个孩子。有么事愁哇?不就是结婚,结婚不就是要新屋?新屋我换给你就是了。"

"不。"我忘不了那张保证书。

"三,做老子的么事对不住你?你还记老子的仇?你不该记老子的仇!"他掏出了我写的那张保证书,擦着火柴烧了。

"不……"我还嘴硬。

"敢不!"父亲一耳光扇过来,扇得我眼前山花一片,"混账东西。你不搬新屋,老子跟你拼命。"

还是传统手法痛快,过瘾……

父亲搬来了旧屋。我如期在新屋里结婚了。

新婚之夜,夜深了,闹新房的人早散尽了,我没有兴趣同我的妻子马上胶在一起。心有五味,我鬼使神差踏着黑暗来到了老屋。来到窗前,我看到我的父亲没有睡,没有点灯,一个人在黑暗里独坐,静静地吸着烟,烧着他的孤独。

孤独太久了太深了,深沉得像巴水河黑鱼庙下的深潭,永没干涸……这时我才知道父亲孤独的滋味……

我静静地立在窗外,他静静地坐在窗里……

这时候我的心强烈地颤动着。"你是老子,还是我是老子"?我耳边响起了八年前的那句话,此时我才真正感觉到这句话的分量!"你是,你是老子……"我轻轻呼唤着,禁不住泪流满面……

父亲被轻轻的呼唤惊醒了,见是我,愣了半天。

"三,深更半夜你来做什么?"

"来看看你……"

听我说这句话,父亲竟泣不成声了:"孩子……你的书没白读……你的两个哥哥结了婚就忘了我……"

十六

后来,我对生我育我的河滨垸充满了深情厚爱;后来,我对教我养我的河滨垸充满了深情厚爱。我坚持不懈地用我手中的这支笔爬格子,讴歌生活中的明媚阳光和不尽春风,我把失败叠成阶梯,坚韧不拔地朝前走,终于我的心血和汗水变成了一篇又一篇铅字,其中一篇有幸获中央级奖。于是就转干吃官粮,接着老婆、孩子农转非。我的感觉又好了起来，空前地好。我觉得我到底不同凡响，高父亲一筹……

我终于要离开我的父亲，离开我的河滨垸。父亲佝偻着背送我的一家上路，送了一程又一程，父亲终于留步，不再朝前走……就要翻山了，我的视线就要被遮住了。我要最后望一眼，望一眼我的河滨垸；望一眼那十年辛苦造成的红砖瓦房，那里面有我的血和汗，如今要离开了，一切变得如此的珍贵；望一眼我的老父亲……

我看到我的父亲站在路旁，站成了一棵怀念的古松，背景一片辉煌恰是他十年苦心经营的红砖瓦屋……

这时候我感觉里一片光明，天地间突然使我顿悟到：原来我和父亲在人生的殊途同归了！原来朝的是同一方向，用的是同样走法……

原来我并不高明，值不得沾沾自喜……

我暗暗吃惊，是一种感觉欺骗了我整整三十五年；我悔恨交加，为什么，为什么今天的我才走出感觉的误区……

人啊？！

化入阳光

得知消息，我收拾行囊，回故乡去。只要回到了故乡，我的心才落到实处，不再彷徨。在生命喧哗的城市，我总也找不到感觉，一踏上故乡的熟土，树竹葱茏，绿水，绿天，绿地，在这密不透风的绿色中，我看到了伯父生命升华的轨迹。

什么是故乡，不同的人有不同的答案。有人说生我养我的地方是故乡，有人说生命过程中刻骨铭心的地方是故乡，有的人有第一故乡还有第二故乡。其实这些都不算准确。我常常想起一个伟人的话：什么是故乡？埋有亲人骨殖的地方才是故乡。对她，你一辈子怎么也割舍不了，而且注定要魂牵梦绕，你的灵魂自觉或不自觉总在这块熟土上，徘徊，寻找。

但你为什么徘徊，你又想寻找什么呢？

现在该写写我的故乡了，该写写我故乡的伯父。是的，是写的时候了。因为故乡的伯父已经走完了他人生的全部路程。对于他，对于人，伯父的一生已非常完整，似乎只等着我来为他画上这个句号了。

我放下行囊，理出日夜相伴的稿纸，摆在桌子上。方正的格子无言地望着我，我听得见它们在隐隐地呼唤。故乡的梅雨季节已经结束了，巴水河在遥远的地方静静地流淌，浪花与清风在低语，在诉说。蓝天如洗，五月的阳光明亮，白云如白莲花开在蓝天之上，又顺着天风悠悠飘游。我想这就是故乡的伯父的灵魂，正用他舒展的姿势同在凡尘中的我交谈。我仰望着，望化白云，便能清楚地看见伯父那慈祥的面容。昨夜一场雨，巴水河里泛出白花花的泡沫，白浪拍着青草河堤。河堤上，白色的羊羔贪婪地啃着旺盛的青草。伯父，我回来了。你就是那野火烧不尽春风吹又生的旺盛青草，而我——你的孩子，则是回头嗫饮你的幼稚的羊羔呵！

伯父，我知道你为什么选在这个故乡生命葱茏的季节，变作青烟，化入阳光的。孩子我现在才全部悟懂了你。

故乡对于为人善恶，有自己的一套规矩。故乡论天，说天有九重，天堂在九重天上。善人死后，能够得善报，灵魂升到九重天。九重天是王母娘娘开蟠桃宴的地方，那里笙歌弦乐，美酒佳肴，是人生极乐的地方。故乡说地有十八层，地狱在地下的十八层，恶人死后，打下十八层地狱，叫他受尽折磨，变猪变狗，永远不得再托人生。

因而在我们的故乡，对于老死的人，子孙们总需要给他们请道士做道场，超度他们的灵魂。通常的说法是，人生在世，总免不了要做些恶事。而做了恶事，死后进入天堂的手续是相当严格的，因为阎王一点一滴都知道，决不让你蒙混过关。所以故乡一旦谁死了，都要凌空架起桌椅和梯子，上面搭一匹白布，是为奈何桥。奈何桥是人死后亡魂进入天堂的必由之路。到时唢呐呜呜地吹，磬和木鱼叮当地敲，锣鼓合着节拍镗镗地打，身着黄道袍的道士手执云帚，呜里哇啦地念经，念《血盆经》，念《黄经》等，念七天或七七四十九天。直到让死者的亡灵获得阎王爷恩准，顺当地过了奈何桥，然后才能升到天堂。但伯父不需要这些。伯父是冷静的唯物主义者。伯父生前以他整个漫长的生命过程超度自己的灵魂。

伯父是抗美援朝时入党的。我小的时候，伯父房里挂着一张照片，那张照片上密密麻麻蚂蚁样的全是穿志愿军服装、胸挂冲锋枪的士兵。父亲说那全是他那个军的兵。伯父站在他的战友中间，很威武的样子。这张照片我只看过一遍，后来就不见了。我小时非常渴望当兵，非常渴望挎枪打仗，非常羡慕胸戴大红花在战场上出生入死的英雄。那时候有一支歌，唱得幼小的我热血沸腾，至今我还记得，并且唱得非常熟。我想到这里，那支歌便在我的耳边响起来："雄赳赳，气昂昂，跨过鸭绿江；保和平，卫祖国，就是保家乡。中华好儿女，齐心团结紧，抗美援朝，打败美帝野心狼！"耳边这支歌响起来的时候，我便看到了千军万马赴朝作战的景象。那火车长鸣拖着炮群拖着坦克，还有全副武装的志愿军战士，这中间便有我的伯父。我非常向往这支歌，我知道这支歌已经融化在我的血液中，只要一撩拨，我便沉浸在伯父的英雄情结里。前些时候一家文学刊物在神农架举办笔会，有位血气方刚的中年作家领着我们复习中国近代史，他摸着美丽的大胡子，用歌的形式把中国近代史联起来唱。我们唱的第一首歌就是这支《志愿军之歌》。当时我唱着，唱着，就感觉到了明亮，感觉到了热血与战火相交沸腾的情景，这时我便看到了伯父在鸭绿江那边跃入敌阵厮杀的身影。我唱着，唱着，流出了眼泪。邻座的小姐很吃惊，露了明媚的牙齿，她问我："你哭什么呀？"我说："我也不知道我哭什么。"但我确实哭了。本来我是1953年生的，当时那场战争已经结束了。当我把《志愿军战歌》唱得热泪盈眶的时候，才深知，一种叫作文化的东西，早已浸染着我和我们这一代人。我们这代人是吃这种奶长大的。所以我并不需要直接进入那场战争，就能感受到那场战争。

那时候我自作聪明地挎着用竹子做的冲锋枪，冲进伯父的卧室，去瞻仰那张人头浩繁的照片。那时候那些蚂蚁样密密麻麻的志愿兵，使我怎么也分不清哪个是我的伯父。我搭着凳子，瞪大眼睛仔细寻找，分辨，就是找不出伯父来。伯父的卧房很清洁，地扫得很干净，地面上的沙子平整，明亮，像天上闪烁的星星，屋面上的明瓦漏下幽静的光。伯父床上的被子叠得四四方方，像块豆腐。由于我是父亲的独生儿，由于我贵，那时候我可以任意出入垸中的所有人家。只要我乐意，我可以不洗脚，鼻涕满脸，浑身浴泥狗一般，去爬新媳妇的床，而且扯过冒着新香的被窝，蒙着头脸睡。但是，我唯一不敢做的，是随便爬伯父的床。伯父的床居然对我充满诱惑，但我同时又对它充满畏惧，每每爬到踏凳上，就愣住了。

  我挎着竹子做的冲锋枪，站在凳子上分辨伯父。我分辨不出。我嚷："伯父，哪是你呀？"伯父坐在凳子上吸烟，那烟从他的嘴里一吐一口。伯父埋着头不搭理我，使我永远也没有从那张排山倒海的照片上分辨出他来。所以我就恨他，当他把我从凳子上抱下来时，我狠狠咬了一口他抱我的手。伯父恼了，在我的屁股上拍了一巴掌，然后默默放下我。伯父到死也没有向我指明那张照片上哪个是他。那张排山倒海的照片后来也不知去向。

  我咬了伯父一口后，马上兔儿般地溜出伯父的家门。我那时被尿憋急了。我恨伯父，他不把他是谁告诉我，我便跑到伯父家后阴沟，捏着小鸡，朝伯父家的砖缝里扫射，哒哒哒！伯父听到响声，喝一声："小兔崽子！你朝我尿哇？"我一个激灵，便落荒而逃，尿也憋回去了。我跑到竹林里躲起来。这时候才感到，憋回去的尿不知什么时候已漫出来了，浸了我两个小胯子，正湿淋淋地滴水呢。

  伯父那时候蓄一头长发，不像我父亲和河滨垸的男人那样蓄寸头或者干脆剃光头。伯父这一点与众不同，使我难以忍受。我爬上伯父的肩头，张开两个小爪子："你的头发干吗要这么长呀？"说话间两个小爪子情不自禁地抓开了。伯父一把捉住我的两只小手，把我摘下来，扔在地上，瞪着眼睛恶语相向道："滚你妈的蛋！"伯父骂的是北方话。我便一片惊愕和恐惧，哇哇大哭。父亲听见我的哭声，赶过来。父亲揪着我，把我掀倒在他的胯子上，给我屁股啪啪几巴掌，响亮过后，那便是着着实实的疼痛。我父亲说："想做什么呀？你这个逆种！"我这时候不哭，知道父亲惩罚我，是我犯了错误，不可饶恕。

  父亲放我下地，我盯着父亲。父亲怒："你盯着我做什么？"我忽地一笑，说："我晓得。"父亲便给我一栗凿，这回不是屁股，是头，是震耳欲聋的一痛。父亲问："你晓得什么？"我茫然一片，摇摇头。伯父便跑过来抱起我，摸着我被父亲凿起的疙瘩，揉，说："我懂事的娃娃啦！"又是北方话。

  我在伯父怀里挣扎，手脚乱弹乱动。我懂什么？

我懂什么呀？

转眼秋天到了。大雁在巴水河畔的上空，一会儿排个"人"字，一会儿排个"一"字。头雁在秋风中叫，雁们向南迁。收割过后的河畈，一眼望去尽是稻茬子。开始一片金黄，而后一片惨白。

父辈祖辈们在河畈里秋播，我和我的小伙伴们在河畈中光着脚丫子撒野，什么好玩玩什么，什么危险玩什么。疯得河畈晃，疯得日头晃。

这时候从河畈上游走来一个妇女。妇女左手提着一个竹篮子，右手牵着一个孩子。伯父正在河畈中驾牛犁地。那妇女径直走到伯父面前，伯父握在手里的牛鞭就颤抖。伯父并不停犁，喝牛走。那妇女叫："老八"！牛不走。那妇女说："我来看你。"伯父说："我还好，不用你看。"那妇女把手里的孩子朝前一递，说："这是你的骨血。"伯父这才抬头看了男孩子一眼，哈哈一笑，说："秋珍，你说笑话吧！是不是我的孩子，你心里明白，我心里明白，我再糊涂也糊涂不到连日子也算不出的地步。"那妇女说："老八，这是我的一份心意。你应该有个孩子。"伯父说："你的心意我领了，孩子你还是牵走吧！"那妇女说："老八，我知道你恨我。"伯父说："我恨你什么呀？我恨我的命。"

那妇女嘤嘤地哭，把篮子放在田埂上，说："老八，孩子他伯叫我送篮子鸡蛋给你吃，这蛋全是我喂的鸡生的开窝蛋。"那妇女仍在嘤嘤地哭泣，扯着衣襟擦红红的眼睛。垸中的女人们留那女人和那孩子吃饭。那妇女扯着那孩子的手作揖，说："有劳叔叔伯伯，婶婶娘娘们了。我哪还有那心。"说得河畈里的河滨垸人都红了眼睛。

我们尾随那妇女那孩子走。真不好玩，光哭。

那妇女那男孩子走了后，伯父奔到田埂上，一屁股坐下，掀开篮子。一篮子的开窝蛋，蛋壳上沾着血，红红的，像五月的红桃子。伯父摸摸这个，捏捏那个，泥，水，汗，染得伯父两手鲜红。伯父仰面朝天，说："你不该提这些东西来折磨我呵！"

河畈里，那个牵孩子的妇女的影子，远了，模糊了，融进了黛色的河霭。雁在空中叫，北风起了，烈。

因为那个牵男孩子的妇女的插入，巴水河畔河滨垸的人们很不平静了些日子。这使我懂了一回人事。

我问父亲："那妇女是谁？"父亲不能不告诉我，那是我的伯母。通过父亲，我便知道了那妇女和伯父的故事。

这时我拿笔的手在颤抖着。我追忆过去的日子。我说追忆是因为没有能够生活在那些逝去的日子里，我追忆是因为我能够感知那些逝去的日子。那些日子做了伯父艰难生活的背景。

伯父是1950年参加抗美援朝的。在这之前，伯父参加了国民党军队。我的祖母生了伯父和我父亲两个。我家在1949年前是巴水河畔的有钱人，祖父在竹瓦店镇上开了一家药店。这个药店是祖传的。在非常久远的日子里，祖父行医。祖父的医术很高明，救了一方土地上的许多性命。祖父为伯父和我父亲很挣了些家业。祖父让伯父和我父亲读书打幼功。祖父一面行医，一面挣钱财，用他行医挣的钱财供两个儿子读书。指望两个儿继承医术，是祖父的夙愿。

那时候抗战已胜利，对外的战争结束了，但是对内的战争说打就打开了。经过多年抗战，兵员奇缺。国民党军队四处抓壮丁扩充兵源。祖父有两个儿子，按照当时的规矩，兄弟两个，两丁抽一。本来祖父想用光洋买丁。巴水河畔用钱买丁的事那时候常有。但国民党竹瓦党部书记与祖父不合。祖父找党部书记说此事。党部书记说："你家有钱能买命吗？你有钱人家的儿是命，那无钱人家的儿就不是命？自古圣人曰，天下兴亡，匹夫有责。"祖父知道多说无用。祖父就对伯父说："老大，你是我的儿吗？"伯父说："我是你的儿！"祖父说："好，兄弟小，你去当兵！"伯父当即穿上了党部书记扔过来的军装。那时祖父拍了伯父肩头一把，说："不错，像老子的种！去，莫给老子丢脸。"抓壮丁的党部书记要捆伯父。伯父那时年轻气盛，说："捆个鸡巴！我跟你走就是。"

伯父走的那天残阳如血。祖父把伯父送到巴水河边上，递给伯父一本祖传的药书，说："老大，带上。"伯父说："当兵带药书什么用？"祖父说："当兵打仗是死人的事，到时候救人一命，胜造七级浮屠。救人性命的草药到处都是，你照书上扯就是。"伯父说："我要是在战场打死了，祖传的药书不就失传了。"祖父说："儿哇，你放心，我家祖上救了多少人的性命，早积了阴德，你放心去就是。"伯父就掖了那本药书，朝祖父鞠了一躬，大踏步地走了。

伯父到国民党部队后，打了许多场恶仗，败仗，子弹像蝗虫般地飞，大炮震天动地地炸，活人成堆地死，血流成河。伯父怀揣祖传的那本药书，竟然没有死。这不能不说是个奇迹。三大战役结束，伯父所在部队的师长率部投诚。这是1949年年底的事。这一年伯父脱去旧军装换上新军装，怀揣祖父给的那本药书，参加解放军，仍是当兵。部队首长见伯父有祖传的药书，能识草药，安排伯父在营部任卫生员。这期间伯父在剿匪和平叛中救过不少战友的性命。中华人民共和国成立，伯父准备复员回家，跟祖父行医重操祖业，这时候朝鲜战争开始了，伯父和他的部队奉命参加抗美援朝。

入朝前，部队准假一个月，让伯父回家探亲。伯父回家后，乡亲们张罗给伯父娶房媳妇。乡亲们说，以前跟国民党打仗好说，这回跟美国人打可不是好玩的。美国人武器新，逼急了扔原子弹。这回去了很难有人回。伢儿托了回人生，应该让他享受享受做人的滋味儿。伯父的亲事很快说定了。那时候"最可爱的人"讨姑娘喜欢，俏。说定了就结婚。因为伯父这时候年纪不小了，又是要上战场的人，回不回得来，谁也不能料定。

乡亲们给伯父娶的媳妇就是那天提篮子牵个男孩来看伯父的妇女。她姓张，叫张秋珍。

伯父婚后开赴战场，一去无音讯。抗美援朝战争结束，仍不见伯父回来。从1950年到1956年，漫长的七年，婶娘望穿双眼，等啊等，总也等不到他回来。婶娘以为伯父死了，多次到乡里到县里打听伯父的消息，当时乡里县里都对伯父的消息一无所知。时间长了，婶娘绝望了。婶娘到乡政府要求改嫁。乡政府向上反映，上级亦无明确答复，在这种情况下，乡政府那个秘书批准了婶娘的要求。婶娘再嫁了，嫁给了巴水河上游李家墩的一个小学教师。

原来那个提竹篮子牵男孩来看伯父的妇女，就是我的婶娘呵！

婶娘走了，消失在巴水河上游那黛色的群山中。那里有她一个完整美满的家庭。我茫然地望着河畈上空，有一只雁掉队了，仍在振翅疾飞。凄切地叫。我知道那是只巴水河畔河滨垸人所说的孤雁。我哭了。我喊："我要我的婶娘！我要我的婶娘！"

伯父摸着我的头，把我背回家。

现在，我要让你看看我那些荒唐的年月。当然是我儿时的岁月。

那时我爱枪，捡个棍子就是枪，拿起来就冲锋、喊杀，杀杀杀！瘦瘦的我，头戴有檐帽，那并不是军帽，而是父亲买给我过年的帽子。那年月，穷。过年简单。"年来了，是冤家，儿要帽女要花。"不就是帽子嘛！父亲给我买一顶便宜的。我现在知道那个时代对于我这个家庭出身的人来说，是与军帽无缘的，但那时候的我却浑然不知。我腰间扎条带子，把瘦小的胸和肚子，扎成个药葫芦的样子。我全副武装，在巴水河炎热的伏天，挺着手中的棍子，不，那是我的冲锋枪，一个劲儿咆哮山林。我奔跑在燕儿山上，朝山下的树刺杀，激情来了，朝山上的石头乱踢。

你看那个荒唐的我，疯狂的我。

我那时候并不害怕见血，反而觉得非常快意。过年的时候邻家捉鸡公杀。在屋檐下，鸡们的脖子被割断了，血喷出来。在我看来那血就像燕儿山上春日盛开的杜鹃花。邻家把杀死的鸡公提进屋，我便蹲在屋檐下欣赏那血。鸡公的血一股冲人的腥，新鲜过瘾。你看我，蹲在那里用指头蘸血，舔。

我之所以疯狂，是因为我从小死了娘，娘没有用奶汁哺够我。我敢于疯狂，敢于野，是因为我没有娘，那些有娘的东西，不敢像我这样。我没娘我什么都不怕，我东家进西家出，我喊，杀杀杀！我小，没人敢欺负我。常听见邻里冲着我的背影训斥说，人家没娘的孩子，你与他计较什么？

父亲和伯父这一辈两房共我这根独苗。父亲出外做泥工去了，把我交给伯父。这样说不准确，应该说父亲把伯父交给我。伯父与我家分开过。土改时老屋留两间向阴的土砖房子给我家和伯父住，两间向阴的房子，朝阴沟开着同样两道阴森的门。

山阴后，树多，竹多，一般的日子阳光照耀不到我们的家门口。巴水河畔雨水旺，通向我们家门的小路总是湿漉漉的，流着阴水，长着青苔，屋脚的石缝里蹲着张着大嘴巴的癞蛤蟆，时时有肥硕的毛虫从树上滚下来。我和伯父就住在这两道门里边。

父亲不在家，关上门就只有我。不关门怎样？不关门也一样，不关门也全是我。屋里乒！乒！哗！那是我在造枪。门外有什么？门外有伯父，伯父又怎样？伯父管不住我。

我极爱造枪。我对你说，我整个童年是在造枪中度过的。我开始小，智力还不发达，拿我们巴水河畔河滨垸人的话说，就是心窍子还不够，拿根棍子朝肚子上一挺就是我的枪。后来我大了些，觉得光是个象征不过瘾。我就开始造水铳，河堤上砍根水竹子拖回家，弄一节下来，一头开口，一头留节用钉子钻若干个小孔，用根筷子缠棉花做成活塞。成了，拿水铳在手，戳进阴沟中阴流的水里一吸，一管。这时候伯父从河畔收工回来了。我举起水铳，突地钻出来，对准他一推，吱溜一声，水便在伯父的脸上开花。伯父一惊，用手摸一把，脸便铁青了，瞪我一眼，我便以胜利者的姿势开跑。我躲在水竹林里，就是不出来，等着伯父在竹林外苦苦地喊我出来吃饭。水竹林子，密。伯父钻不进去。伯父喊："我的细老子，你出来吃饭呵！"我说："你还瞪我不？"他说："不呀！"我才钻出来，吃他的饭。

后来，我又长了些日子，觉得水铳不过瘾，没有力度，没有杀伤力，就开始做竹弹子枪。同样把一节竹子弄断，留一节不通，开洞为枪口，竹膛上挖两个孔，一长一短，短的不镂空，长的镂空，插一根竹篾为弓。你看我在竹膛里装上了石子儿。我等伯父吃完饭，转身上灶台洗碗的时候，我瞄准了他的后脑勺，用手指顶起竹弓，便有一粒石子，乒的一声射出去，中了伯父的后脑壳。我笑，手舞足蹈。伯父不能容忍了，转身捉住我，揪住我的耳朵，把我整个人捏起来。我便在伯父的手下蛇一样地挣扎，扭动。

于是我便和伯父分庭抗礼了。我不理伯父。我从他家的大门出来，进我家的大门。他说:"哪里去?"我说:"我不要你管。"他说:"你玩邪了是吧?"我说:"你玩邪了!"我便开始不吃他煮的粥。我自己煮。米也不洗不淘,那是不会洗不会淘。我舀水锅里煮,煮得一塌糊涂,生的生,熟的熟。我闩门吃。伯父在窗子外看着我说:"吃不得。"我说:"要你管?"伯父喊:"我的天老子,吃不得!"我说:"不要你管!"

  我用我的竹弹子枪,打过垸中的鸡。特别是那些红冠绿耳的大公鸡,更是我攻击的对象;打过垸中那些跑春的狗;打破过垸中孩子们的鼻梁,使他们流血。我弄得垸中鸡飞狗跳,时常有垸中的女人领着受伤的孩子找伯父告状,控诉我的罪行,弄得伯父对于我像豆腐落到灰里吹又吹不得,打又打不得。后来垸中大人们找到了良法,趁伯父不在而只剩我一个人的时候,包围着我,他们高我矮,他们四面出击偷偷地在我头上凿栗包。我目不暇接,他们一个个打了我,等我扭头看他们时,他们一个个装作什么事也没发生的样子,使我饱受了精神和皮肉之苦。许多时候,我痛得头都快要炸了,还不知道是谁打了我。这个细节使我至今怎么也忘记不了,生动而深刻。唉,那个混账小子。现在使我想起来,不好意思。

  巴河水畔的时光使我不可抗拒地长大了。我又开始用木头造手枪。我无师自通地在一块厚木板上画出手枪的形状。家里没有锯,幸好有一把菜刀。这把菜刀便成了我制造手枪的唯一工具。我用菜刀,剁、削、砍。我不分昼夜,疯狂地进行着我制造手枪的事业。那时候我大不大细不细,十岁的东西。制造手枪,鼻涕都顾不上擦,用两只袖口擦,所以我那时的袖口总是油光水滑的。

  我在这边不分昼夜地制造手枪。伯父在隔壁被吵得睡不着。伯父的翻身和叹气声,我充耳不闻。有时候伯父心烦了,用拳头擂墙。你擂什么呀?擂我也不得停的。后来我的疯狂得到了报应。记得那一回,我抱着木头剜枪眼,木头滑了,我左手食指的根部被菜刀剁出了一个白口子。剁出了骨头的口子,雪白雪白的,竟然不痛,竟然不出血。伯父在隔壁听见了刀剁骨头的声音,连忙跑过来。我依然没有歇刀。伯父接去我的刀。伯父捧着我的手,用嘴吸,吸一口,吐一口;吐一口,吸一口,直至白口子变红了血流出来。那血流出来后就不可遏止,染红了我造成的手枪把。伯父替我包扎。伯父那时候从柜子里翻出他的军用挎包,拿出一个小瓶子,将瓶子里的粉状白药倒在我的伤口上。我马上闻到了一股清新的药香。在那清新的药香里,我马上感觉到了我的伯父与众不同。我早听父亲和垸里的人说过伯父有一瓶从长白山带回来的治刀伤的白药,嗨,这白药终于给我用上了!那时候我在小学课本上和我们老师的嘴里知道了与鸭绿江相连的长白山,那皑皑的白雪,那连绵山冈上高高的白桦林,这些都与红旗红星和那首军歌连在一起，都与伯父和药香连在一起。那时候那个远离父亲的孩子，在伯父的怀抱里感到了伟大与温暖。伯父一边给我包扎伤口，一边问我痛不痛？我说，不痛！伯父端着我的手在窗口明亮处看。伯父说："小子，锈刀有剧毒，现在不痛，毒入骨髓，不是不痛，有你痛的时候。"结果被伯父言中了，十年后，我的刀伤复发，莫名其妙地溃烂、流脓，总也好不完全，诊了三年，差点儿要锯去左手，吓得我父亲半死。

14岁那年，我开始制造能装火药的长枪。正如一个白痴天才一样，我别的都不行，唯独对枪情有独钟。夜里日里，一切造枪的材料，都在我的视线之中，要不来的我千方百计偷也要偷到手。在生产队的保管室里我发现拉杆喷雾器的拉杆中间是空的，便趁人不注意时暗暗偷来。偷来后，在红砂石上磨穿两端，那便是一管长枪的枪管。我将一颗步枪子弹壳，磨穿底部，露出两个针大的眼，再磨去一节，焊在喷雾器的拉杆上；这样一管长枪的关键部位便大功告成了。这时候伯父正用两道悲哀的目光看着我。

我偷来生产队水车大头上的一个齿。那个齿，不用我加工，正好是一个枪托子。我报废了父亲的一个水平尺。因为泥工的水平尺可以横着看水平，也可以竖着看水平，所以横着有槽放玻璃管，竖着有洞放玻璃管。我把那些玻璃管砸了，连同那水泡儿倒进门前的粪池里。我开始在水平尺上用铁丝绑枪管，接下来又做了许多的制作和装潢，我的长枪便面世了。我用皮带子钉着，可以像模像样地背在肩上，在垸子里招摇。

响午的垸子里很静，只有微风吹着树叶沙沙响。头场北风下的垸子，已经有了秋意。我已经在枪筒里装进了黑色火药。这些黑色火药是我过年过节蹲在地上捡未炸的爆竹剥来的，我精心地聚了好大一包。我装好火药和铁沙，装了半枪筒。我抠一粒火炮下来，安在子弹壳底部，然后将宽橡皮连结的撞针，定在扳机上。

我趾高气扬，操着我的枪。我在垸中走动。我要试验我的武器了。我需要找一个目标。我蹑手蹑脚在那里动作。这时候伯父出来了，他装着吸烟，装着没看见我的样子。那时候我开始端枪瞄准垸中过路的一个孩子。伯父的脸顿时就吓白了。其实我早看见伯父在监视着我，我哪敢打人，我只想吓吓他，果然他就被我吓着了。我不能再吓他了。我移过枪口，想射杀邻家蹿上屋脊抓老鼠的白猫。白猫精，见我枪口对它，朝我喵一声急蹿而逃，从屋檐跃了下去。只听见一阵惨叫，邻家的白猫跌在地上，打几个滚，然后跃起来又跑。正当我专心致志瞄准的时候，伯父走到了我的身边，正和蔼可亲地朝我笑。伯父指着远处高大的梧桐树，对我说："你看见那片黄叶子吗？"我说："我看见了。"伯父说："你相信不相信，我可以打落那片黄叶子。"伯父朝着我笑，充满着慈祥与诱惑。我看那棵梧桐树，在五十步开外，十丈多高，河风吹来，直摇直晃，没有静止的时候。我不信伯父能打落那片黄叶。我说："你不能！"伯父说："给我试试。"我就把我手中的枪给了他。伯父接了我的枪，瞄都不瞄，枪管在我眼前一扫，镗的一声，那片梧桐树叶子便打碎了，像雪，纷纷扬扬地朝地上落。我高声叫道："好准，好准！"想不到伯父不做任何铺垫，抬手给了我一耳光，打得我眼冒金星，耳朵直鸣。我被伯父这突如其来的耳光打懵了。伯父打过我之后，提着我的枪，来到藕湖岸上，一扬手，将我精心制作的长枪，远远地扔到藕湖心里。只见我那心爱的长枪，像一只水鸟，张着翅膀飞出去，然后扎进水里，腾起一片浪花。

这次伯父打我出手很重。也是这一次，伯父打灭了我疯狂的造枪欲望。说也怪事，自从伯父那次缴了我的枪以后，我便与枪绝缘了。我再也没有造枪。那年我14岁，瘦瘦的14岁，懵懵懂懂的14岁，不知世事的14岁。

14岁满，我小学毕业。那场革命爆发了。那场以"文化"命名的大革命，触及灵魂同样触及皮肉。革命真是大课堂，一开课就使我震惊。可以说，我是在震惊中一下子长大成人的。

伯父注定在劫难逃。

我坐在故乡的老屋里，看见命运之神在头上窃笑。我想伯父参加那场抗美援朝战争若是战死了，死在战场，那是他的光荣，也是我们家族的光荣，起码是个烈士。国家民政部门会发给我们一个大红的革命烈士证书的。我就知道邻垸的那个张四牛，他同伯父一起参战，还没有跨过鸭绿江，就病死在火车上，同样被评为烈士。我在他家里见过那证书。他的父母一直享受着国家的民政补助，一直到两位老人寿终正寝。我想伯父参加那场战争没有死也是正常的。那场战争血肉横飞，白骨累累，双方死人不少，但是总有没死的。有幸不死，胜利回国，那又是何等的景象！有一道衡量革命资格的顺口溜，叫作：吃过糠的，渡过江的，负过伤的。有这三样的人，谁敢不尊重？伯父虽然没有参加长征吃糠，但是伯父起码占有后两条，解放战争渡过江，抗美援朝负过伤。伯父起码能弄个军分区司令干干，住幢小楼肯定是无疑的。但是——事情往往坏事就坏在这个"但是"上——伯父偏偏当了俘虏。说起伯父当俘虏的事，那简直是场误会。当时战场上敌我双方里三层外三层包饺子，伯父所在那支被打散了的部队包在最里层，本来援军就在小河沟那边，近得可以听见说话，可以说抬腿就是，可当时的指挥员不知道犯了哪根神经，竟然带着队伍朝"饺子心"里走，结果全体被俘了。这事当时谁也不知道，知道的也不准说。直到战争结束几十年后的前几年，当年被视为绝密的军事秘密随着时光的流逝，敌我双方才作为战例予以披露。当历史披露伯父所在那支部队的部分官兵在打散后被俘的事实真相后,伯父怎么也不肯相信那是真的。伯父当时一下子气昏了,醒过来后仍在说,不可能,怎么可能呢?完全不可能的事!但是事实是无情的。不可能还是可能。伯父一下子就像老了十岁,埋藏在心中几十年神圣的东西被无情地践踏了。伯父不堪忍受,但无奈那是严酷的事实。伯父在那个误会中被俘。据说伯父所在那支部队的旗帜仍放在美利坚合众国的陈列室里,作为战利品收藏。现在我想来这美利坚合众国也太阿Q了,整个战争打了个平手,却把局部胜利炫耀得什么似的。

战争与革命连在一起,像两个连体婴儿。战争过后,便来革命。

那场革命一开始,我没有感觉到了伯父的不妙。从这一点说明,生命里有许多东西在冥冥之中,谁也说不清楚。垸里贴了大字报的那天黄昏,晚霞把巴水河烧得血红。我看见伯父在高大的梧桐树下,默默吸烟。他蹲着,埋下头去,一额深深的皱纹。

那天夜里的斗争大会使幼小的我刻骨铭心。我对于生命深深的恐惧,就是在那天夜里种下的。

祠堂改作的大队部里,石头做的廊柱上挂着冒烟的土壶灯,火光把红旗映得像猪血一般。整个大队的男人女人忽然都编进了武装组织。25岁以上的为基干民兵,25岁以下的为普通民兵。基干民兵发枪,普通民兵持大刀长矛。不知道哪里来的那些枪,一排排驮出来,多的是汉阳造,三八式,杂有半自动步枪和全自动步枪。我想那时候全国常规武器的库门恐怕都半掩着,许多声音高叫着:"驮出去!驮出去!革命!革命!"我说这话对得住历史。稍有记性的人就会记得当时有几多武器被造反派抢了。抢?开玩笑!这是枪,不是吹火筒,是要人性命的东西。我不给你,你抢得去吗?

我制造的长枪幸亏被伯父收缴,抛入了湖心,就是在这前不久的时候。我想多亏伯父及时缴了我的枪,若是不缴,那么多真东西背出来,我那假的背着有什么滋味。咳,我会自觉惭愧的。

枪响,有机枪的连发,哒哒哒,哒哒哒;有步枪的单发,勾儿——咻——,勾儿——咻——,那时候巴水河畔热闹着哩。有子弹出来,就有人死;有人死,就有更多的子弹出来。占山头,呐喊,厮杀。你说你捍卫真理,我说我捍卫真理。

揪伯父出来斗的那天晚上,为了壮威,也放了枪。"司令"胡二杀猪出身,操枪自然不怕,不熟练不碍事,只要敢就行。操枪,朝天,扣扳机,勾儿——咻——,那声音好响。那些子弹我如今仍见着在天际上飞。

对于枪,伯父不怕。对于枪响子弹飞,伯父漠然。"司令"胡二说:"何八相，你怕不怕？"伯父在家族中排行第八。伯父笑了，说："我怕什么？我做这事出身的。""司令"胡二就知道他班门弄斧了，有点难为情。"司令"胡二说："你打个鸟枪，你当了两回叛徒。"伯父的脸涨红了，霍地直腰，说："胡二，你把话说清楚，解放战争，我是投诚的，我向共产党投诚，你说我是叛徒？""司令"胡二笑了，说："你吼个卵子，拐那些弯，投诚不是叛徒吗？跟嫁了两个男人的女人有什么两样？你若跟定一个，你就是个角儿。你当时怎么不自杀？你自杀了老子服你！"公社武装部长一拍桌子怒喝："胡二，你胡说什么？""司令"胡二咧着嘴笑，说："我个杀猪的，讲不出那些道道。"伯父豁出去了，说："胡二，你说老子怕死，好，老子今天与你赌条命。当着众乡亲的面，我俩用枪赌。我俩站百步远，你先朝我打十枪，你要是没打死我，我打你一枪。我打你一枪，我就要你死，你敢不敢？""司令"胡二胆怯了。"司令"胡二说："我俩用刀行不行？两把剁肉的刀，你一把，我一把，我俩对剁。"众人哄堂大笑。公社武装部长见闹走了题，叉腰一吼："胡二！你这个司令是怎么当的？"胡二醒了过来，一紧腰带，对几个基干民兵下命令，说："上！绑这狗日的，看他还凶不凶？"胡二拿出他绑猪的手艺，没用多长时间，就把伯父收拾了。伯父被五花大绑，绑在石头柱子上。伯父浑身筋鼓鼓的，头不低腰不弓。胡二问："何八相，你在抗美援朝中为什么没有死？"伯父说："没有机会，死不了。"胡二问："那么多的人，为什么你活着？"伯父说："这事我不知道，你去问组织。"公社武装部长拍一把桌子说："我问你，你叛变过祖国吗？"伯父说："没有。"公社武装部长说："真的没有吗？"伯父哽咽了，说："真的没有。"这时候胡二呵呵笑了，胡二笑得涎水直滴。胡二装着无事般地踱到伯父面前，突然揪住伯父的长发，问："没有是吧？"伯父惊慌了。胡二仍是呵呵笑，说："没有，你为什么蓄这长的头发？"伯父扭着头说："没有，没有，我没有！"胡二霍然变脸说："那就剃头！"

    那个瘸脚剃头佬听见号令，提着只箱子走上台去。那个剃头的小子本被伯父救过命，他小时候得了小儿麻痹症，伯父扯了草药让他父母煎给他喝，喝得他没有死。他的父母倒非常感谢伯父救了他儿的命，这小子小的时候见伯父也是一脸的笑。现在这小子长大了，家里穷，人又瘸，找不到媳妇。因此他不但不感谢伯父，反而恨伯父，问伯父为什么要救他不让他死，他要是死了不就洒脱多了。这小子那几年处于青春迷茫期，一直找伯父要药吃，问伯父什么药吃了死了不痛苦。伯父当然不给药这小子吃。伯父劝他好好活下去。

    那小子上台后，先是掇一盆热水，放在伯父面前的椅子上，笑着说："八叔，小的给您洗头。"伯父不理那个混账小子。胡二把伯父按坐在椅子上，然后把伯父的头强按进盆里洗。那时候伯父虎啸熊吟，扭着头就是不让洗，胡二一个人按不住，便吼了一个基干民兵上来按。伯父高昂的头颅终于按在盆里了。那个剃头的小子用他修长的十个指头，替伯父洗，涂上肥皂，细心地搓揉。在那深秋的日子，那小子把伯父的头洗得大气汤汤的，蒸腾起蔚为壮观的景象。

那个剃头的小子将伯父的头洗好了。胡二抓着伯父的头发，让伯父的脸朝台下仰起来。我隐隐看见伯父的脸被眼泪和鼻涕糊住了，像一个破了壳的鸡蛋。

胡二揪着伯父的头发瞄着伯父的脸问："何八相，你叛过国吗？"伯父朝胡二喷了一口涎，说："没有！"胡二高兴了，说："那就开始剃！"

两个基干民兵架住伯父的膀子，另两个基干民兵撑着伯父的头，剃头的那个小子替伯父围了抹衣。那抹衣尽管脏，但它底子却是白的，又是夜晚，那白就黑不了。土壶灯忽闪着，一团白晕看伯父。那团白晕与伯父一头黑色的浓发形成强烈的对比。那个剃头的小子不慌不忙系了镗刀布，拿出了剃刀，用手指头架着，然后反复在镗布上镗着刀锋。镗刀声格外地响。我永远也忘不了那个陌生的夜。

那个剃头的小子开始从伯父的前额下刀了。伯父呻吟了一声，恨恨的。那个剃头的小子用右手的三个指头夹着剃头刀，小指头优雅地跷着，活像戏台上丫鬟翘起的兰花指。那个剃头的小子一刀刀将伯父的长发剃下来，并不甩到地下，而是刮一刀，就用右手的两个指头，勒一下刀刃，将伯父湿湿的长发勒下来，弹在主席台的桌子上。主席台桌子上铺着红布，所以伯父被刮下的长发格外显眼。

伯父的头在土壶灯明火的光亮里被刮得精光。伯父被刮得精光的头颅很白，所以伯父那时候整个儿惨白了，唯有一双黑白的眼睛还在眨呀眨。

那个剃头的小子将伯父的长发剃光，然后把主席台上伯父的长发趁湿抓起来揉。伯父的长发多，被剃头的那小子揉成一团，有皮球大的一团。剃头那小子替伯父解抹衣。伯父噌地一下子从椅子上站起来，两个民兵架都架不住。伯父喊："不要拿走！不要拿走！"剃头的那小子望着伯父，点点头，说："我哪能拿走呢？这是你的东西。我虽然小，但我晓得我们手艺人的规矩，八叔你剃了胎头，胎头剃后剃头佬要揉发团的。"剃头佬根据发团推测小孩子未来的命运。这好比西方人的洗礼吧。那个剃头的小子看着伯父的发团，说："八叔，不要犟呀！犟，你就活不长。"剃头的那个小子幽幽地看着伯父，然后提着他的剃头箱子走下台去。剃头的那小子下台后，在黑暗里长哭了三声，然后在这天夜里悄悄自杀了。这三声与他自杀前转到伯父屋后哭的三声一样。伯父那天夜里睡得很死。

第二天伯父得知这事，嘴朝天张成了一个呜咽的黑洞。

还说那晚给伯父剃头。剃头那小子走下台后，胡二便怒吼一声："亮相！"基干民兵们马上将伯父的背转过来，对着台下。土壶的火光吞吐着，噗噗作响。火光里，伯父剃光的头颅蓦然现出四个乌青的字。这四个字我不忍心写出来。为了历史的真实，我还是写出来吧。那四个字是"杀猪铲毛"。

我的目光穿过时空，遥望着朝鲜巨济岛战俘集中营。我看到那个自诩世界文明国度的军队所干出的伤天害理的事。他们把人绑在凳子上打过麻醉，让人醉过去，然后剃光头皮，用中国传统手法，用墨染，然后用针在头皮上刺字。出血后，那字与墨结合，永不褪去。这四个字是个口号，并不新鲜，稍有历史知识的人都知道，那是在井冈山革命时期，国民党在"围剿"毛泽东和朱德领导的中央红军时提出来的侮辱人格的口号，地道的国粹攻击形式。想不到在若干年以后，那个自诩文明国度的军队又用来对付在战场上迫于某种原因而被俘的中国军人。

现在我知道，只要有战争，就免不了有战俘。同样是那场战争，我们也同样俘虏了他们一大批军人。伯父就是在停战几年以后交换战俘时交换回来的，当时的交换条件是一个对一个。我想我们没有给他们的军人刺字，刺那些如此下流的字吧？如有请你们站出来讲话。你们也许会微笑，说，那是你们在海峡那边的中国人干的。不错，但我还要问，那时候在巨济岛集中营，是不是你们美国军队持枪把守大门？

伯父挣扎，伯父呜咽，伯父泪流满面。

胡二问伯父："你说你是不是美国派回来的特务？"伯父呜咽着说："不是。"胡二怒吼："不是？你头上的字是怎么回事？你说！"伯父失语了，伯父的喉结动了动，把喉咙间的呜咽哽回肚子里去了，因而伯父的眼泪和鼻涕又像泉水一样涌出来。胡二吼伯父："你说你不是美国派回来的特务，那你头上哪来的字？"胡二暴怒了。胡二左右开弓扇了伯父几个耳光。伯父被打得满嘴喷血，那血一喷出口就开出很鲜艳的花朵。伯父被人按倒在台上，连同他的高昂的头颅挺直的脊梁。那时候疾恶如仇的河滨坬人一齐愤怒起来，拥到台上，对头上刺了字的伯父一通乱踢。

伯父昏倒在台上，嘴角流一摊鲜红的血，嘴角还在一个劲地蠕动。

台下的我惨叫一声吓昏了。

遥远巴水河的那段日子，对于我来说仿佛一场噩梦。自那以后我便在噩梦中生活。由于伯父的原因，河滨坬人在一夜之间恨屋及乌，再也不像往常那样对我好了。也怪我的母亲死得早，也怪河滨坬人在这之前对我这没娘的孩子宽容放纵惯了，现在对河滨坬的人向我指指戳戳，竟一时难以适应。从无时不在的那些冷若冰霜的目光里，我读出了他们对我的极端蔑视。你不就是个没娘的孩子吗？原来你并没有什么资本可以在坬中横冲直闯，过去是过去，过去了的事情再也不能让它重演了。你这个叛徒特务的侄儿！

在我失魂落魄的那段日子里，我家向阴的大门从没有锁过，和我家并排的伯父家的大门也从没有锁过。伯父一直护着我,我一离开他,他就满畈地呼我找我。

我原以为剃了光头的伯父无脸见人,只有去死。我在心里对他说:你应该去死,还活着干什么呀?哪晓得日子过得好没甘味,日头从燕儿山上升起来,朝霞满天时,伯父竟重新出来见天日了。那时候满天满地的露水,河风吹过来,哗哗地像下雨,雄鸡站在岗头上鼓着脖子扇着翅膀荒唐地叫着。小队长破着喉咙喊出工了。这时候的我就坐在后阴沟长满青苔的石阶上,用陌生的眼光看着伯父。他见我没疯出去,便松了一口气。他从缸里舀瓢冷水,毫不含糊地刷牙洗脸,弄得满屋子里都是声音。我看到他用冷水洗过的脸,满是发青的棱角,坚硬的。他用毛巾抹一把被人剃光的头,从箱子里翻出他发黄的军帽,拍几把,拍干净了,对着脸盆的亮水戴端正了,然后从屋角落里提出锄头,出门在屋檐石上斗一把,对我说:"走,随我出工去。"

伯父驮着锄头牵着我的手走在垸中冰凉的大路上,路在我的眼睛里宽得像湖面,两边长着些像树样的东西。这时候许多用两只脚走路脸上开着五个窟窿的人,拥了出来,同样驮着锄头。胡二快步赶到牵我手的伯父面前嘻嘻地笑,冷不防掀了伯父头上的军帽,说:"你戴这个鸟用?"他疾速地把伯父头上戴着的军帽朝裤裆里塞一把,然后扔在大路旁的牛屎巴上又踏一脚。周围涌起几声怪笑,哇哇地,像河畈里的乌鸦叫。

伯父浑身一抖,暴怒了,对我吼一声:"站远些!"我怯生生地站远了。伯父霍地握紧锄柄,摆开了刺杀的架势。胡二见了,慌忙放下肩上的锄头应战。只听见乒乓几声响,胡二坐屁股一跤。胡二刚爬起来,又是仰面一跤,接着咔嚓一声,胡二的锄柄折断了,额头上鼓起一个鸡蛋大乌青的包。胡二落荒而逃。胡二逃到远处立刻掉转身来朝伯父扔石头。伯父挺锄在手,拔了几个,追上去。追得胡二跑不赢,又是一跤。伯父再追上去,用锄柄抵住胡二的胸口。若不是河滨垸的人们急忙赶上来拦住伯父,暴怒的伯父怕是要一锄柄结果胡二的性命。胡二浑身乱颤,脸吓得煞白,他怎么也没有想到暴怒了的伯父有这大的狠气。人们一齐哄堂大笑起来,那笑声像风荡湖水。伯父弃了锄头,一头撞进湖滩的淤泥里。伯父头脸不见。垸中的人们把他拉起来,淤泥糊了他一头一脸。伯父号啕:"不要拉我,不要拉我!让我去死,让我去死!"垸中的人们当即把满头淤泥的伯父架回了家。我记得故乡的锄柄一律是青竹的,节儿密,一根根一丈二尺长。那时候故乡清晨的河风,已绿得鼓荡起来。我遥远的河滨垸的父老乡亲将伯父送回家以后一齐跃入青青的棉花棵中锄草,那些高大的棉花棵在一望无涯的河畔上密密地疯长,河风把那些肥厚的叶子一吹一片闪耀,露出数也数不清的白芼儿和红花儿。那便是我童年花儿欢乐的海洋。我看见父老乡亲跃进在我童年清晨花儿欢乐的海洋。那时的我站在高高的河堤上,大声号啕着,一脸的鼻涕和眼泪。

  我的魂魄随着胡二跌跌撞撞地向远处走去。在清凉如水的晨风中,满身伤痕的胡二要去找公社武装部长告状。公社武装部长正在厕所里掏大粪,掏得热了,敞开军衣露出满胸膛的疙瘩肉。胡二涎喷喷把伯父揍他的事说了,指望公社武装部长给他主持公道。公社武装部长撩起军衣擦脖子,笑着说:"你也真是的,敢跟他较真。他做什么出身的?你以为好玩是吧?"我哭着说:"他把我伯父的头踩到牛粪里去了!"胡二急忙说:"不是头,是帽子。"公社武装部长马上明白了是怎么回事。公社武装部长变脸说:"胡二你怎么乱搞?我命令你马上去把帽子从牛屎里捡起来洗干净送还他。"公社武装部长前面走,胡二挨了训,蔫蔫地跟在后面。胡二从大路边的牛屎里抠出伯父的军帽,拿到湖里去洗。胡二搓了又搓,洗了又洗,拧干水后,拿到岸上。公社武装部长说:"莫慌,拿来我闻闻。"公社武装部长闻了闻,说:"没洗干净,再洗。"胡二哭丧着脸,又拿到湖里去洗。洗得干净了。公社武装部长说:"快给他送去。"胡二惶着眼说:"部长,还是你送吧。"公社武装部长说:"你好大个胆,你怕他还打你是吧?他要是还要打你你能逃得脱?"胡二没有办法,只好硬着头皮拿着帽子朝垸子里走。

  我大步走在胡二前面。胡二拿着伯父的军帽紧紧地跟着我。胡二对我恶声恶气地说:"狗日的,何八相要是再打我,我就捏死你!"我哈哈大笑。胡二说:"你笑你笑,我现时就捏死你!"我和胡二走到伯父家开向阴沟的大门,我看见一头一脸淤泥的伯父正挺坐在屋子里的板凳上。胡二蹑手蹑脚走进去,将伯父的军帽放在睡柜上转身就跑。伯父呆坐着像尊泥塑。我喊了一声,说:"伯父,他们把你的头送回来了!"伯父的眼睛活动了,活动的眼睛里慢慢地流下了两行浑浊的泪。伯父含着眼泪对我说:"种!帮老子烧锅热水。"我便刷锅生火,舀几瓢水进锅,盖上锅盖烧。伯父起身揭开锅盖看,说:"少了,再舀几瓢烧它一大锅。"泊满泊满的一大锅水烧开了,大气汤汤的。伯父从床脚下拖出过年磨豆腐才用的渡盆,门也不关,就脱衣服,脱得只剩裤衩,洗。哗哗的水搅着淤泥的腥味,雾了一屋子。伯父对我说:"种!跟我再烧!"于是我就舀水再烧。伯父将头脸和身洗得干干净净,用棉布手巾擦干身上的水,擦得浑身通红。伯父将渡盆里的大半盆脏水泼在阴沟里。伯父叫我背过身去,拿出干净衣服抖抖,穿上了。然后一身干净的伯父坐在灶门凳上,捏着他的军帽细心地烤。他挪动着手中的帽子,让灶膛里的火焰映照着。军帽上蒸起了乳白的水气儿,慢慢地,那一片暗湿在他的手里变作了一片干爽的草绿。他站起身来,以一个立正的姿势,将那顶干爽的草绿色的军帽戴在头上。

故乡巴水河畔的太阳从东山轰然升起,朝霞像堆熊熊燃烧的大火。伯父驮着锄头牵着我的手昂首挺胸朝河畈里走。这时候满世界的阳光在我们的头顶上灿烂地照耀。河畈里的燕子纷纷张着翅膀飞翔,漫天剪着阳光的金线线,那叫声美丽极了。

　　田头地角白色的豌豆花蓝色的蚕豆花一开,我故乡的春天便浩然又浑然了。那被巴水河冲积得淤黑的土地,春雨连绵中被人的脚和牛的脚踏得直流油。故乡一年一度的春耕开始了。正是青黄不接的季节,人们肚子里的粥水荡得直响,三泡尿撒出去,肚子便瘪了,就尽是想吃的欲望,漫漫日头望穿眼睛也难落下去。这时候的人难得有劲做活儿。于是就找劲。找劲必须有办法,食物有限,那得从精神方面去动脑筋。那就斗人吧。杀鸡吓猴是回事儿,但总没有直接杀猴吓猴效果好,过瘾。故乡有句俗话叫鬼吓人吓不倒,人吓人吓死人,说的就是这个道理。斗谁呢?这又得挖空心思。那时评劳模常用的办法是矮子中挑长子,找人斗是长子中挑矮子,只要有人,就总有人长,总有人矮。需要人斗时,故乡从来就没有缺的时候。

　　我故乡的伯父甩手甩脚地走在春情勃发的湖岸上。伯父扶着犁,那犁是老式的木犁,有笨拙的弯,向着土地,前面由一头浑身泥巴,老得连毛都掉尽了的水牛拖着。此时河风正旺,藕湖里碧绿的水被河风吹得荡个不停。想到这里我的心就惶惶的,身上起着一层鸡皮疙瘩。因为我看到了湖面上浮着的荷叶被浪打碎了,并且碎了还绿,留下丝丝缕缕惨白的叶脉儿。伯父耕耘在遥远的故乡里,背景是河畈里盛开着的直与天接的紫云英。在那样辽阔的背景里,辛勤的蜜蜂儿小得看也看不见,数也数不清,嗡嗡嘤嘤地采着蜜。伯父戴着军帽,扶犁大踏步犁着蓝天下那灿烂的田野,他的步伐使我想起他在戎马生涯中所操练的标准正步。风在他的胯下浩荡,水在他的胯下响亮,故乡春时待播的土地在他的胯下发出快意的呻吟。啊,那就是我雄风犹存的伯父,那就是我洁身自好的伯父。我看到了你,我的眼里就有了火烫的泪。

　　那个眼睛被春光烂醉得扑朔迷离的孩子像尾巴一样跟着伯父。他犁到田这头,我跟到田这头。他犁到田那头,我跟到田那头。那时候我像他的影子一刻也离不开他。离开他我就害怕,离开他我就歇斯底里地呼号。我来回跟跄地奔跑在茅草丛生的田岸上,凄惨凄切地叫。伯父没有办法,喝住牛,来到田岸上,将我提起来架到他的脖子上。我坐在伯父的脖子上,扶着他的头,两条小腿敲打着他的胸膛。伯父吆牛开耕了,我高高耸立在伯父的头上。伯父像山一样呵护着我,我再也不害怕了。不要想象那时只有14岁的我能像现在营养过剩的那些孩子那样鲜皮嫩肉,那时的我像把干柴光是筋,轻得像根能随风吹走的羽毛。

我怎么也没有想通故乡那块贫瘠的土地为什么会养出那样高大的伯父来。我怎么也想不通我的祖父为什么要毕生地积攒家财，让他的长子读书并要活成一个体面人模样。再就是那辗转的铁一样的军营，为什么除了将伯父磨炼成合格的军人以外，还培养出了伯父在日常生活中的洁癖。说起来也够令人伤心，我的伯父没有婆娘痛爱没有姐妹浆洗，在河滨垸漫长的孤单生活中，他只有十分地爱干净了。而这放到别人身上也许是美德，但出现在伯父身上就是令人心酸的悲剧了。故乡普遍矮小的人们在春耕到来的时候，由于田脚太深，由于农活太紧，顾不到干净也不可能顾干净，一天的劳作下来谁都头脸不见浑身浴泥狗一般，可我的伯父迈着长腿扶一天的犁下来，身上竟干干净净的。这不能不是一件叫人恼火的事。我们都脏，你凭什么干净？我们都成浴泥狗，你凭什么不成浴泥狗？坐在伯父脖子上的我看到胡二看伯父的眼睛阴阴狠狠的，就知道大事不好。

那时候找劲批斗伯父有个美好的名字，叫作誓师大会。那时候每到农忙都要开一个这样的大会。这就像日子中的四季一样不可缺少。找劲批斗伯父的誓师大会在姚家老屋里召开。姚家老屋一进三重，有两口天井，下午的阳光很灿烂地从天井里泻下来，有很干爽的风急急地吹。姚家老屋是姚家土改时分到的胜利果实，很宽敞，河滨垸的男女老少坐进去也只半屋子。我和伯父吃过午饭，民兵排长来通知伯父，说："八相，下午要用你。"民兵排长不走。伯父知道要用的意思。伯父洗了饭碗，简单，连我的两个。伯父对民兵排长说："不怕，我不跑。"民兵排长说："你要跑就害我。"伯父说："你个苕伢，我不得跑的。"民兵排长就押着伯父朝姚家老屋里走。我吊着伯父的衣角跟着走。伯父吼："小子，你跟着我干什么？"我说："你到哪里去我到哪里去。"伯父哀求我说："小子，你在屋里睡觉，我就回。"我不说话。我怎么能离得开他呢？

誓师会仍由胡二主持。我和伯父走进去。胡二立刻来个下马威，他把伟人的像朝主席台前一插，说："这会是他老人家叫开的，看哪个敢放肆？"胡二拿出语录本，结结巴巴念语录："凡是反动的东西，你不打它就不倒。"胡二念了语录后对众人说："今天是革命行动，看哪个敢不革命？不革命的会计记着扣工分扣口粮。"接着胡二举拳头喊口号："打倒何八相！"众人一齐举拳头："打倒何八相！"震得姚家老屋掉灰尘。胡二举着拳头喊："坏家伙何八相滚出来！"众人一齐喊："坏家伙何八相滚出来！"我知道若是一个胡二，伯父能要他死；然而面对伟人像，面对河滨垸的众人，伯父就毫无办法了。我吓得哇的一声大哭起来。伯父站出去，我也哭着站出去。这叫亮相。接着就批斗。胡二说："狗日的何八相，春耕大忙我们糊得像个浴泥狗，你却像个公子哥，一天下来身上一点泥巴也没有，你说你坏不坏？"伯父说："我又不比你少犁，为什么一定要糊满身的泥巴？"胡二说："这是对待为革命种田的态度问题！你晓不晓得滚一身泥巴炼一颗红心？"伯父说："那好，下次出工我一下田就滚。"胡二懒得多说。胡二说："这个会不开长，与坏家伙何八相划界线下面开始。坏家伙何八相站好！"胡二上前一把摘了伯父头上戴的军帽，伯父的光头露出来了。胡二吼："革命的同志们，忠不忠看行动！开始，每人吐一口！"这时胡二要小会计打开记工簿记名字，让河滨垸的人们分班出来朝伯父身上吐唾沫。一时间脚步声，吐唾沫的声音响成一片。在我的印象里，那唾沫像河畈里黑压压的乌鸦屙的屎，白花花地朝我和伯父头上脸上身上飞来。几十年来我怎么美化怎么过滤都改变不了它的颜色。一场唾沫雨下来，伯父的肉体和灵魂便被埋葬了。伯父面对着河滨垸的人们发出痛苦的呻吟。伯父泪流满面，说："你们，你们为什么都唾我，都唾我啊？"伯父抽搐了一下，又抹一把眼泪，然后双手抱头蹲到地下。这确实是故乡几十年前发生的真实的故事。当我在洁白的稿纸上写下这段往事的时候，我直感到故乡肃杀的秋风吹入骨肌。

　　那时候我完全不知道伯父要干什么。那时候我只觉天寡亮寡亮的，黑和白搅和着，像浮像沉。光着头，一头一脸唾沫的伯父在我们家族遗址上的那个莲花墩上，郑重其事地摆放着一只烧伏炭的小火炉。我们家庭遗址上的那个莲花墩有米筛大，红沙石的，四周刻着莲花。据说那是我们家族中的十字厅中的48个柱础之一，依稀可见我们家族世代沉积的辉煌。那烧伏炭的小火炉，我家和伯父家里遗留了很多很多。伯父刚从战场回来那段和平的日子里，伯父忙碌着，每天每天都有成排成排的小火炉摆在廊檐下煎着草药。药煎好了，伯父就挨门挨户送到巴水河畔病人的家中。写到这里我的鼻子忍不住发酸，我闻到了故乡巴水河畔那遥远的温馨而淳厚的药香味。

　　伯父搬出了一口小风箱。伯父掇出一大筛伏炭出来，放在火炉里扇。小火炉里放着一个烙铁。伯父不断扇着，灰出来一阵，烟出来一阵，接着是阵阵火焰，炉膛转眼红了。插进炉膛的烙铁开始是黑的，渐渐被烧成紫红，后来火红火红。伯父端坐着，从火炉里抽出烙铁，大吼一声："我要活呵，我要活！"这时只见那只通红的烙铁烙在伯父的头顶上，顿时冒出一股青烟，随后一阵刺鼻的人肉焦臭弥漫在我故乡的天地之间。

　　从此我挺拔高大的伯父便一年四季军帽不离头了。

　　那时候我只有号啕大哭。每天夜晚公鸡还未叫的时候，我就准时摸起床了，我摸得非常非常地轻。我像个幽灵，活得如入无人之境，而我的灵魂却像火一样猛烈地燃烧，脑子里有粉电交织，制造着炫目的辉煌。那时候我什么都不想，只想做一件事。哭。那时候故乡河滨垸的树竹们在清风中同我絮絮交谈，我把那些挺立在黑暗中艾绿的影子当成了我久违母亲。我知道那是母亲来看儿子我了。我抚摸着她艾绿的衣裙，摸了我一手的凉湿，我断定这是母亲沾襟的泪。我甚至闻到了母亲奶水的清香。我一头钻进母亲的怀里，温暖得直打哆嗦。当我发觉那不是母亲而只是树时，我的鼻子碰得已流出黏稠的血。

我就这样站在故乡巴水河畔河滨垸的岗头上，用哭声和满村的雄鸡一道，向这世界发出一阵阵呐喊。此时遥远的垸落里没有一丁点儿灯火，整个世界仍在冥冥之中。泪水像巴水河的浪涛那样从我的眼里夺眶而出。哭着哭着，我开始仰起脖子向天号啕，声音大得惊人，终于把全垸子里的狗都哭醒了，汪汪地咬成一团麻。

这时候一个黑影摸上了岗头，那黑影说："孩子跟我回家去。"我说："不，你是鬼。"黑影说："孩子，我是你伯父。"我说："你不是我伯父，我的伯父死了，你是鬼。"黑影说："孩子我是你的伯父，我点亮你看。"黑影擦亮了一根火柴，火光儿一闪，照亮了那颗头颅。我眼前一黑，像一脚踏空那样倒了下去。冥冥中我看见自己被一片光亮托举着，行走在白云奔涌的天空上。

伯父吓坏了，急忙给我在黄石做泥工的父亲打电报，催他火速回来。父亲从黄石回来，进门问我认不认得他。我茫然地摇摇头。父亲抱着我大哭，说："种啊！是我回来了。"为了我的病，伯父和父亲费尽了心思。父亲自恃从小跟祖父在药铺发药，懂得一些药理，他从县城买了朱砂、龙骨、龙齿等许多能镇静的药，放在一起碾成粉末，然后和着蜂蜜做成丸药给我吃。我被那些裹着蜂蜜的毒药丸吃得眼睛发乌，浑身青筋鼓突，头发大把大把地掉。我不但没有被镇静，反而更加疯狂了。我死过几天活过来。我活过来之后咔嚓咔嚓直咬床档子，伯父和父亲都抱我不住，最后我挣脱他们撒腿疯跑，并且手脚并用见壁就上。我那时不再趁着鸡开口时跑到岗头上去哭了，而是趁着伯父和父亲熟睡时神不知鬼不觉地摸出去，彻夜在垸口哭泣。每当我的父亲和伯父将我抱回去，我都将他们的脸撕开花。父亲拿不出更好的办法，急得用自己的头去撞墙直到撞得血流出来，我才不哭。

伯父对父亲说："兄弟，你不能这样啊！"父亲说："哥，我有什么办法？我只有这样。"伯父含着眼泪说："兄弟，我们只有一个法子才能救孩子。"父亲问："哥，你有什么办法？"伯父说："兄弟，记得屈原屈大夫的《国殇》吗？那是个招魂曲啊！"

那时候就是夜了，夜里巴水河畔所有的灯火都是红肿的眼睛，眨呀眨。那个巴水河畔的古老的招魂术，就悄悄地进行着。我父亲不知从哪里弄来一些纸钱，堆在路边的蒿草里暗暗地烧。烧完纸钱，父亲又提着潲水桶沿路泼水饭。潲水的香味，随着夜风传播。伯父捎着我走在前面，父亲拖着一个柴笆跟在后面。我坐在黑暗里伯父的肩头上，听任夜风从耳边幽幽吹过。走到大队部斗人的土台上，伯父撮了一撮土，放在我的头顶上，然后捎着我大步朝回走。苍凉的夜风里，伯父一声声地呼喊："孩子啊，跟我回家——跟我回家——"父亲拖着柴笆跟在后面一声声答应。那时候我已感觉到我的灵魂正从遥远的黑暗中飞了出来，扇着清凉的翅膀，在满天星斗的照耀下，飞回我的头颅。我浑身直打哆嗦，直打哆嗦。伯父将我捎回家，放到床上。父亲把柴笆一直拖到我的床面前。我在明亮的灯光里，伏地呕吐。我吐成了一把弓。我把我肚子里所有的苦水都吐了出来，然后呆坐在灯光里，慢慢地，我的眼睛里有了活气儿。我叹了一口长气，醒了过来，开口叫了一声"父亲"，又叫了一声"伯父"。此时此刻伯父和父亲的眼睛像春水泱泱中的豌豆花簇儿。

　　日子像故乡巴水河畔大树上的叶子，冬来了就黄，春来了就绿，总在失望中给人希望。我病好后，父亲便与伯父合家了，让伯父有我这个儿伴着，父亲仍旧到黄石市做他的泥工去了。两个大门闭了一个，两间屋子通了，我童年的天地也随之拓宽了。

　　小学堂设在三里外的孔岗祠堂里。伯父怕我再次惊走魂魄，每天清早送我上学。伯父对我太溺爱了，我病好了他还是坚持驮我。伯父驮着我他心里才踏实。傍晚放学了，晚霞烧红巴水河畔的天空。伯父总是在这个时候到学校门口准时接我回家。那时候我离不开我的伯父，他是我灵魂的慰藉之所。夜晚伯父总是抚摸着我的脊梁，让我在他的抚摸中进入梦乡。清晨我又总是在他的轻声呼唤中醒来。我忘不了童年的那些烟雾霭霭的日子，那些日子里有一线蓝隙给予我无限遐想的天空。入夜，油灯被伯父挑得明晃晃的，一晕又一晕如水的明亮在黑暗的屋子里荡漾开来，温暖着坐在老式木桌前的我。我开始做功课了，伯父握着我拿笔的右手教我写字儿。我儿时的写字本我现在还完好地保存着。我现在一看见伯父教我写的那些字，心里就充满硝烟还未散尽但却在苍凉中透出苍劲的那种味道。我知道我的手书字写得并不好，但是我深知我的字里浸透着伯父不肯瞑目的风骨。伯父教我做完功课，夜就已经很深了。窗外虫声絮絮，风儿静静，那一刻故乡巴水河畔再没有生命的厮杀与叫嚣。伯父在灯下展开一张洁白的纸教我折和平鸽儿，折鸽儿尖尖的嘴，折鸽儿张开的双翅。伯父把那洁白的鸽儿托在他的手掌上，那洁白的和平鸽就在我童年的目光里展翅飞翔。我心中洁白的鸽儿飞到蓝天深处，只一个点，久久地在飞在飞啊！那阵阵振翅声一直保存在我的脑子里，几十年来只要在盛大的节日看见放飞和平鸽，我就情不自禁地满眶热泪。伯父还教我折巴水河畔那些小小的渔船，那渔船惟妙惟肖，有舱有帆。灯光下我将小小的渔船儿托在手里,弯弯的巴水河就在我幼稚的手掌中活了,欲流进宽阔的长江,流进蔚蓝的海洋。我童年的小渔船儿,就这样驶在通体的蔚蓝中。我至今还在折我童年的这两个意象。我在故乡折了一大袋子和平鸽和渔船,搬进县城的那年,儿子从柜子提出来问我:"爸,这是什么?"我说:"儿子,那是鸽子和船。"遥远的故乡那豆大的油灯照耀着,照耀着壮年的伯父和童年的我。我禁不住用颤抖的手抚摸着,在稿纸上写出的这一段文字,这时候我居住的小县城里有雄鸡拍翅叫着黎明。

灾难再次落到伯父头上的那一年,我与天相接的故乡,先是油菜熟,一丘接一丘没有败花的,一茎到底的荚,放鸡蛋上去都滚不动。收割的日子,捆在田里的油菜密如繁星,出奇地沉,父辈祖辈们的扁担压断了许多条;接着小麦熟了,这时候天也晴了,阳光刺啦啦收着水气,仿佛就在一夜之间河畈和岗头连天扯地,黄了,齐刷刷的麦粒儿,亮眼的一片。那是我故乡裸着脊梁浑身冒汗的收割日子。那些日子垸里没有人,就连看门的狗也耐不住寂寞跑到河畈赶热闹去了。舍生忘死的日日夜夜,河畈里的辉煌就都拢码在阔大的麦场上了;牛拖石磙日夜地碾,连枷成排扑扑地打。几场日头下来,那些丰收的作物就晒干了,一口咬个崩响,入了囤,油菜籽儿太瓷实了,麦粒儿太饱满了,囤子囤得太高了,囤条箍不住。我始终忘不了那一年我故乡的保管室里炸了好几个囤子。

那时候河畈赶过两遍锄,天就入梅了。梅雨暗亮着挂在天上不紧不慢地往下落,绿垸子绿河畈,河风从涨水的巴水河里旋起来,把垸中的树叶吹成一片白色,凉爽宜人。天下雨不能下畈,胡二就召集人们开会学报纸,真是好享福,辛勤惯了的河滨垸人开了两天的会,舒坦了筋骨,惬意得觉出有些懒散有些无聊了,就想搞点刺激。乡亲们坐不住就怂恿胡二,说:"胡司令,今年丰收了是你领导有方,打这多油菜籽,打这多小麦装都无处装,我们搞点吃吧!"胡二听不得恭维话,一听恭维话就笑就骂"娘的瘟"。"娘的瘟"是他惬意后的口头禅。胡二摸着后脑勺笑得涎水直滴,说:"娘的瘟,你们这些狗日的莫害老子,前头吃后头出去说,要老子儿犯错误。"乡亲们说:"哪个出去说操他哪个祖宗。"胡二就说:"丰这么大的收是该吃点儿。不吃点儿不白托了一趟人生?莫慌,你们说吃点么东西?说合了老子的心就吃。"乡亲们就瞪着大眼小眼琢磨胡二想吃什么。乡亲们怕说不准便吃不成所以不敢随意说。伯父戴着军帽拢着我坐在屋角落里。我站着抚摸伯父的头顶。伯父头顶的军帽里有硬硬的疤,那是那次用烙铁烫的。那时候我脱口而出喊了一声:"油条!"因为当时我太想吃油条了,所以说到吃什么的时候我便迫不及待地喊出了口。伯父拉了一下我,我知道不该我说,但是话说出了口,胡二已经听到了。胡二站起来朝四下看,同时问:"刚才哪个小子说吃油条?"我怯怯地说:"是我。"胡二一拍大胯,说:"对了!就是它。我的个乖乖,老子当家破个天荒,全垸胀它一餐油条!"

胡二走到伯父面前用脚尖拨拨坐着的伯父,说:"何八相,你到大队榨油坊去把菜油挑回来。油桶在榨坊里,菜油灌好了120斤,你只管挑回来就是。"伯父说:"这事我去不合适,你派别人去。"胡二说:"是老子叫你去的,犯错误老子去犯,你怕个鸟?"伯父说:"那我就去。乡亲们在场,这是你叫我去挑的,到时候你莫不认账。"乡亲们一齐说:"何八相,叫你去你就去。"胡二接着派两个人挑两担新麦到街上去轧面粉子。伯父当即牵起我回家拿扁担到大队油榨坊挑菜油去了。

新打出的菜油挑回来了,新麦粉子轧回来了,胡二到街上请炸油条的师傅来炸油条。现搭架龙席锅的大灶,卸几扇大门下来加铺尼龙布做案板,油桶提起来就倒,清亮的新打出来的菜油盛在龙席锅里,喷香;树蔸子扔进灶膛里点火就烧;炸油条的师傅围裙一扎,用几个大脚盆摆起来和面配料,面和好了,用刀大块割开双手抱到案板上,然后是眼花缭乱地捆面和乒乒乓乓的刀响。一扭一捏,油条下锅了,炸得满锅满锅滋滋叫唤。据现在的科学家最新研究表明,油条是中华民族传统食品中营养价值最差的食品,我相信现在科学家的研究成果,但是谁也无法抹去我脑子里对油条的辉煌印象。那时候我遥远故乡巴水河畔饥饿的河滨垸,因为充满了油条的清香,所以充满了从未有过的欢乐。大人小孩脸上全是期待的笑容,闻着那清香,饥饿的河滨垸人吞不赢口水。油条炸得像山一样堆在案板上,胡二就逐家逐户分油条。按人头和工分分,人头20根,每个工分2根。家家户户喜笑颜开掇筛子挑箩筐来分油条。油条师傅很会办事,油条炸得手膀子样粗,3岁的小孩子拿着吃拖在地上。你看那是多粗多长的幸福与欢乐!

我是个贪婪的东西,油条分回家后,还未等伯父煨在灶上把水烧开,我就吃了两根。油条出风就干,我嚼我吞,嘴里打了几个血泡,血泡破了,我嚼着嚼着嘴角流出了鲜红的血。伯父刚替我揩干嘴角的血,不幸就降临了。我开始上吐下泻,吐得闭不了嘴,泻得解不赢裤子,全屙到裤裆里。最后我吐泻得站不住倒地上不能动。这时候垸里传出一片哭声,全垸除伯父之外,全都上吐下泻起来,许多人都倒在地上起不来。伯父被眼前的惨象惊呆了。伯父拿起油条一闻,马上跃起来到河地里去扯那些止泻的草药满天星。满天星长着细碎的叶血红的脉,我故乡河边的潮泥地里很多很多。伯父很快从河畈里扯回了一大筐子,洗净扔在龙席锅里煎。伯父用水桶挑着满天星的汤汁送给垸中所有上吐下泻的人们喝。折腾了一个下午和一个晚上,在伯父及时抢救下,风静了月明了,我和全河滨垸的人脱离险境活过来了。

本来这种吃的方式在当时就是违法的，如果不出事没人当叛徒泄露出去也就没什么，过去了就过去了；就是有人吃了嘴痒忍不住说出去，上级知道了也不要紧的，种田的人年岁好丰收了放开吃点，上级也会开只眼闭只眼不予追究的。但是倒霉的河滨垸人偷鸡不成反而蚀了一把米，油条的味没有润到胃，竟发生了集体中毒事件。在那个以阶级斗争为纲的年代，这不是小事件。胡二见事情闹大了，他脱不了干系，就开社员大会，一口咬定是伯父下的毒。

接着胡二着急马慌跑地到公社报案，公社又向县公安局报了案。与此同时胡二已经拿着印泥盒子走家串户发动河滨垸的每家每户在一张纸上按手印，让他们证明是伯父投的毒。那时候我故乡河滨垸除了我家总共32户，一家户主一个手印，那张纸上不多不少正好按了32个密密麻麻血红的东西。十二届三中全会后落实冤假错案，关于伯父的投毒案也真相大白，我接到通知去接伯父出狱，从退给伯父的档案袋子里清清楚楚地看到了那份原始证明材料。那时候已是草长莺飞树绿花红的春天，在茫茫平原劳改农场的办公室里，我却感到了彻骨的冰凉。胡二因为报案及时不仅没有受处分反而得到了上级的表扬，上级夸他阶级斗争觉悟高，若不是他的确狗屎糊不上墙，当时很有可能因此当上吃皇粮的国家干部。

那时候的公安局当场来我家抓伯父，又当场在我家审伯父。一共来了5个穿军装扎武装带子别着手枪的。然后一个人审问，一个人记录，其余3个手按在腰间虎视着。那人问伯父："姓名？"伯父答："何霭如。"那人说："嗯，不错，是个老溜子。"伯父抬起眼睛嘴唇哆嗦着脸唰地白了。伯父怎不知道那话的含义呢？那人问："何霭如，你知不知道你犯的罪行？"伯父说："我没有犯罪。"那人说："对，你是受过训练的人，所以才这样回答我的问话。不过我还得告诉你我怎样问你就得怎样回答，与问话无关的话一概不要说。好，我问你何霭如，河滨垸油条集体中毒事件的菜油是不是你从大队榨坊挑回来的？"伯父说："是我从大队油坊挑回来地。"那人问："何霭如，我再问你，那天油条炸出来后河滨垸全垸的人都吃了，唯独你没吃是不是？"伯父就没有再回答了。那时候的伯父知道再回答再说什么都没有用处。伯父就开始叠床上的破军被子。伯父的军被盖了几十年已经盖得相当破了。伯父弯腰把他的军被叠得四方四正，从柜子里拿出褪了色的背包带，三横两竖像出征那样郑重其事地把军被捆好了。那时候我帮伯父收拾其他要用的东西。必要用的东西收拾了，伯父坐在门槛上系他的军用胶鞋带。那人说："何霭如，你磨磨蹭蹭地想干什么？"伯父说："不干什么，我把鞋带系紧了好走。"伯父从门槛上站起来，伸出双手。那人就掏出明晃晃的手铐，咔嚓一声把伯父的双手铐住了。那人接着要揭伯父头上戴着的军帽。伯父哀求说："求求你们不要摘我的军帽。"那人吼："走！"这时我用双手搂着伯父的脖子不让他离开。伯父的眼泪唰地流了下来。伯父问我:"儿子,你相不相信伯父下毒?"未等我回答,伯父又一连串地问:"儿子你相不相信伯父下毒?你相不相信伯父下毒?"那时候我不知怎样回答他,那时候我也不敢回答他。

多灾多难的伯父走了,他去了许多年后我才去那个地处茫茫大平原上的劳改农场。伯父平反后我接到通知去接伯父前的那天晚上,我流泪流湿了枕头,你要知道那个少年自从伯父走了以后泪就流完了并没有泪再流了。我风尘仆仆赶到了那个劳改农场,连日的春雨,道路泥泞,我全身的血管发紧头晕晕乎乎的真怀疑那是不是在梦游。

几十年前发生在故乡的所谓投毒事件,其实是个集体食物中毒事件。说起来可笑得很,是胡二高兴得糊涂了,把一耳罐油水车的桐油误作菜油倒进龙席锅里炸了油条,使全河滨垸的人吃了以后上吐下泻惨遭不幸。这个冤案在平定冤假错案的时候是很容易澄清的。上级派人来河滨垸调查落实,胡二开始不承认。上级说:"胡二,现在怕不是那时候,现在是讲事实重证据的时候。对于你误将桐油当作菜油使全河滨垸的人中毒的事情并不重要,关键的是你诬陷了一个好人。你知道不知道?"胡二见瞒不住,就一把鼻涕一把泪,承认了事实真相。

胡二承认事实真相以后,我非常震惊。那时候我已经结了婚有了儿女,而且我已经写了不少东西,也发了不少东西,自认为是有些名气的作家了,甚至经常以为自己年过三十开始不惑了。于是面对河滨垸的乡亲们,我就想,现在你们该后悔,该大吃一惊了吧?但是我彻底地错了,河滨垸的人们听到这个消息后,并没有像我那样震惊。一部分人在我面前说他们早知道我伯父的案是冤案,另一部分人淡淡一笑,说他们在捉我伯父的当时就知道是怎么回事。这时我就惑了。我的心开始暗暗地渗血。

我接到通知从县城搭车赶到劳改农场接伯父回家时,漫长的雨期已经停了。我和伯父踏上故乡河滨垸的时候春光正好,巴水河畔的杨树柳树们漫天飞着洁白的花絮。我和伯父走在河畈大路上迷乱的飞花中,伯父戴着军帽在前面走,我背着伯父的被窝跟着伯父。十年的劳改生活使伯父苍老了,刻下了一额深深的皱纹。伯父头上戴的军帽洗旧了洗破了洗成了雪白开花的一片。十年了,十年沧海桑田,我已经将父亲和我的小家搬到了县城。我走在故乡河畈的大路上,心里涌起一阵又一阵悲凉。我真不知道苍老孤独的伯父回来后日子该怎样过。伯父看出了我的心思。伯父笑着说:"别担我的心,我回来后的日子好过得很,你信不信?"我看见伯父那时仰面朝天发出一阵大笑。

河滨垸人对于伯父出狱回来的态度大大出乎我的意料。我在河滨垸生活也有几十年了,我知道无论哪一回河滨垸的新女婿过门都没有伯父回来那样热闹。那天河滨垸的人都没有下畈，全垸的男男女女集中在垸头迎接伯父。伯父走到垸头时，全垸的男男女女的脸全笑成了一朵花儿，一个跟一个比着笑，全冲着伯父，生怕伯父没看见；一个比一个叫得亲热，生怕伯父没听见。我在那一瞬间明白了伯父叫我别担他的心、他回来后日子好过得很的话和他那仰面朝天大笑的意思。那时候我看见面对河滨垸的人们，伯父只是冷冷地笑。人问："你回来了？"他点头，答："嗯，回来了。"他对全垸的人一样的态度，不跟任何人显得特别亲热，弄得河滨垸人一惊一乍的，不知如何是好。伯父从垸中穿过，走到哪家门口哪家就出来放爆竹。河滨垸的家家户户都争着放一万足头的爆竹，红烟紫雾在垸子腾起来，绕结在一起浮在空中落不下散不尽。胡二点头哈腰跟在伯父身后。走到我家老屋前伯父停住了脚步。伯父看了一眼老屋，说："胡二，这破屋没法住人，我不想在这屋里住，你说我在哪里住？"胡二连忙说："到我家去住，到我家去住，我婆娘听说你要回新洗了被窝新铺了床。"伯父笑着说："那你早做了我回的准备？"胡二说："是的，是的。"伯父说："那我就不客气了，到你家去住。"胡二谄笑着说："莫客气，莫客气。"

伯父就背着行李径直住到了胡二的家。胡二的婆娘一脸的笑迎接伯父进屋。伯父坐下。胡二的婆娘倒茶伯父喝，胡二递烟伯父吸。伯父脱下头上戴的破军帽拍了拍，对胡二说："胡二，你看我头上戴的这顶帽子是不是该换一顶？"胡二说："是该换一顶，是该换一顶。"伯父说："那你就去给我换顶新的来。"胡二没有办法，只好在垸中复员军人那里要了一顶新军帽给伯父戴。伯父戴上这顶新军帽，对着镜子反反复复照了几遍，边照边一次次迅速地提起右手，搭向帽檐，仿佛在从头操练自己的军姿。但照着，照着，他的手停了，脸也僵了，不知不觉中，只见两眶眼泪像雨点般的劈劈啪啪地跌落下来。

伯父在胡二家住着，一住就是半个月。每天胡二弄好的东西给伯父吃。这期间垸中每家每户都请伯父去吃，伯父哪家都不去，垸中的每家每户只好用托儿朝胡二家掇，请伯父吃。伯父说不吃就不吃，一口水不喝一筷子不动。垸中的人开始见伯父吃他们的东西很是愕然。半个月过去了，垸中的人见伯父没有多大异常，心就放回腔子里去了。

伯父在胡二家吃了15天，第16天清早，伯父对胡二说："胡二，我回来的生活是不是你安排？"胡二说："开了垸会的，是我安排。"伯父说："那好，我只需要你从垸东头起安排我吃一轮。"胡二说："我去安排我去安排。"河滨垸人们的心一下子又提到了嗓子眼，伯父轮到哪家哪家就杀鸡割肉小心伺候着，生怕有什么差池怠慢了伯父。

我对故乡河滨垸太熟悉了，只要我想起它我就能闻到那块土地在太阳下蒸发出来的各种气味和看见古旧日子里的各色人等。那时候伯父在河滨垸里轮着吃，家家户户把伯父当作菩萨供。一个月后每日每餐吃肉鱼的伯父，开始面黄肌瘦了，鱼和肉在伯父嘴里嚼着像锯木屑子那样毫无甘味。那个晴朗的早晨，云轻轻风荡荡的。伯父起得非常早，伯父趁胡二的全家没起床的时候，打开门，口也不漱脸也不洗，把他的破被窝从床上卷起来，用绳子草草地一扎，扔在背上驮着，出门走了。伯父眯着布满血丝的双眼在晨风拂拂的垸中移动，伯父走着走着，像梦游一样来到了我家老屋的后阴沟。那道久无人气的大门紧锁着，锁被阴沟溅起的雨水淋了，锈得流血水。伯父摸索出他口袋里的钥匙，那钥匙也满是血锈，染了伯父的双手。伯父把大门打开，那熟悉的霉味儿就充盈了伯父的鼻子，那时候伯父贪婪地吸着流出了热热的泪。伯父把门一闩，一头倒在满是灰尘的床上抽泣着。伯父抽泣了一阵子，就打开门，从后阴沟里扯了泻肚子的草药，捣烂吞了。过了会儿泻药发作了，开始泻，泻个不停，一直泻得没有什么再泻了。伯父把肚子里的东西全泻出来后，倒头便睡。这时候胡二掇着早饭找来了。胡二说："八哥，你怎么回来了？今天又轮到我家供你的饭。你在我家住不惯回来住也好，你不消跑，我每餐送给你吃。"伯父吼："你跟我掇回去！"胡二惶了两眼，说："八哥，我又没招惹你，你为么发这大个脾气？"伯父咬牙切齿地对胡二说："你跟我掇回去！"胡二吓得直哆嗦，说："八哥，当年我做错了对不住你，我现在也老了，一分钱的用都没得，家又穷儿大女小的，请八哥高抬贵手饶了我家吧！"胡二说着双膝就跪在了伯父面前。伯父抬手给了胡二一耳光，说："胡二，我俩前后的账一笔勾销，了结了。你给我站起来，像回人样地走出去！"

自那以后伯父便禁语了。

禁语后的伯父一个人住到了故乡燕儿山上那个小木屋里。伯父主动为政府去照山。伯父的山照得很好。那时候河滨垸的人什么都敢动，就是没人敢动燕儿山上的一草一木。春天伯父在燕儿山上挖坑栽树，把燕儿山栽得满满的。春风吹夏雨浇，燕儿山就绿得不见了我的伯父。我伯父把自己浸泡在了故乡燕儿山那松林晕如墨团的浓绿里啊！蓝天白云下，我看到我头戴军帽的伯父荷着锄在走动，走在松林那晕如墨团的浓绿里，他用他无声的禅意，听着月亮抚着山风吹响阵阵松涛，听着日头出来，撒落满山的金光，听着山岗雨雾里孵出满山鸟的叫唤。

写到这里，我的心充满静谧，那可是意念中我的伯父万劫不死的归宿。

那一年，大鹰开始在《中国青年报》上连载披露朝鲜战场上中国战俘在美军集中营英勇斗争坚持回国的长篇报告文学。这篇作品血火交织，催人泪下。我看后心里直颤，一股生命的热流击中了我。我立即寄了一份报给伯父，我在信上说："伯父，这里面有没有你？"几天后我收到了伯父的回信。我颤抖着手拆开，伯父说:"有我啊!儿子你快回来吧!"

那一年我满35岁了,35岁的儿子我从县文化馆搭车赶了回去。在那细雨霏霏的薄暮,我回到了故乡巴水河畔河滨垸,细雨无声地湿了我的衣服和头发。耳边巴水河静静地流淌,布谷鸟扇着湿漉漉的翅膀在雨雾里飞过,我听到了它的嘴角啼出了鲜红的血,那血染红了故乡燕儿山上林子脚的杜鹃花。那时候我朝燕儿山顶上爬,满山的湿气裹着浓绿朝我扑来,新鲜得几次把我呛住了。我一路呼着吸着吼着,弯弯的林间小路就伸进了我热热的眼眶里。久违了我的燕儿山,久违了我的伯父!终于我望见了,我望见了燕儿山顶上那座孤单的长满青苔爬满青藤的小木屋。小木屋里闪烁着我焦渴而又明亮的灯光。我奔到小木屋门口。我喊了:"伯父,伯父!"伯父一个踉跄扑出来。那时候禁语许久的伯父望着我,喉结咽动着好半天,才出声音。伯父说:"种,是你回来了?"我说:"是我回来了。"伯父说:"种,我说的是人话吗?"我说:"伯父你说的是人话。"伯父呜咽了。伯父说:"种,我还能说人话呵!"伯父说了这一句,禁不住泪流满面。

吃过夜饭,蒙蒙细雨住了,几阵山风吹过,天上就挂出一轮月亮,在霭霭的林梢涂一层银辉。伯父烧旺了火塘。伯父把柴蔸子架起来烧,小木屋里火光熊熊,辉煌一片。我和伯父坐在火塘边上,望着天上的明月,对着旺旺的火,感觉到很安静很温暖。伯父说:"种,你是写东西的人懂得政策,我问你报纸上登了我能说不?"我说:"报纸上登了,说明开了禁,你当然能说。"伯父说:"不能,我是军人,军人以执行命令保守军事秘密为天职,组织上没有通知我,我不能随便说。"我说:"伯父你说啊,你对我说,你现在还不对我说什么时候对我说?"伯父摇头说:"不能说,不能说,我不是普通百姓,我是一个军人,组织上没人通知我,我不能对任何人说。"那时候我两眼的热泪夺眶而出,我被生命进行中"军人"两个字深深地震颤了。

我现在知道了伯父被俘与斗争的全部历史,这些就写在由中国文史出版社出版的张泽石主编的纪实专著《美军集中营亲历记》中。伯父后来写的《盘肠搏斗护红旗》和《壮士不幸作楚囚》两篇文章就收集在这本书里。这本书的前言以饱蘸血泪的文字写道:我们都曾是抗美援朝的志愿军战士。在那场艰苦卓绝的战斗中,中华儿女为了保家卫国曾经付出过巨大的牺牲!我们不少战友血洒疆场,而我们自己则由于种种不可抗拒的原因陷于敌后,在未冻死、饿死、病死之前不幸被俘。在战俘集中营里,为了反抗敌人强迫我们背叛祖国,我们曾经进行过长达两年多的殊死斗争。多年来,我们一直怀着一种强烈愿望:把我们当年在那场战争中亲身经历的战俘集中营的斗争史写出来!这个愿望,就是由于我们在被交换遣返回国后一直受到误解,长期承受了极不公正的对待,因而渴望祖国人民,特别是党和政府,了解我们当年在美军集中营里的表现,确认我们并没有变节和背叛,而是以生命和鲜血捍卫了祖国和党的尊严!

那时候小木屋的门大敞着,木屋外的天上挂着那轮皎洁的明月。我和伯父都不说话,静静地吸着烟,红红亮亮的,一对。燕儿山上无边的绿在湿漉漉的山风里浓得没了缝隙。我喉头哽动着,我对伯父说:"你不对我说,叫我回来干什么?"伯父说:"种,你不要再逼我了。我不能说,脱给你看就是。"这时候明净的月光从小木屋的窗子洒进来了,伯父就在火塘边上开始脱衣服,伯父一件件地脱。伯父脱光了他的身子。我看到寒冷的月光里伯父他瘦骨嶙峋的身子在火光的照耀下,像出土的青铜闪着泥土的辛咸。伯父胯下的根萎缩得像一块古树上的疤节,一条一尺多长的伤疤像蛇一样的在那里凸突着。伯父悲凉地说:"种,你看见了吗?"我说:"我看见了。"伯父说:"种,你把手伸过来。"我把手伸了过去。伯父捏住我的手,引导着,我的手摸着了那条长长的伤疤就像摸着一条冰凉的蛇。伯父对我说:"孩子你顺着它往上摸。"我说:"是。"伯父说:"孩子你摸到了什么?"我含着眼泪说:"伯父我摸到了你的生命之源。"人制造生命的源头应该有两个,但伯父只有一个。伯父呼唤着我,说:"孩子,你不用伯父说吧,你应该明白。"我说:"伯父你不要说,孩子什么都明白了。"

我现在知道伯父是在历尽千辛踏向回国之门的那一刹那间被一刺刀刺过来,失掉了一个睾丸。一尺多长的伤口,当时血流如注,淹没了朝鲜战场停战以后那个美丽的早晨。我同时知道,伯父被遣返回乡后,组织上对他们下的两条禁令:对于朝鲜战场被俘的事情一不准说,二不准写。几十年来我的伯父就是这样受尽折磨却严守着这个禁令。

那时候伯父对我说:"孩子嘞,我要吼它几嗓子。"我说:"伯父你吼吧。"面对那无边的绿色,伯父便双手往腰上一叉,吼:"雄赳赳,气昂昂,跨过鸭绿江,保和平,卫祖国,就是保家乡,中华好儿女,齐心团结紧……"那沙哑的歌声一串串从伯父禁语已久的喉咙里滚出来,唱得山月亮了,山风陡了,松涛阵阵。在那个静静的月夜里,我的故乡里就满是伯父那沙哑的歌声,久久不能停歇。

我故乡的时光在乳燕振翩的翅膀上飞翔着,闪耀着!我故乡的河畈,永远有清新的呢喃,所以我永远永远被故乡的时光陶醉着。

1980年,中央专门为伯父他们发布文件落实了政策。那时候伯父已经65岁了。伯父在燕儿山上照了几年的山。那是我故乡满地霜花冻得非常干净的一个早晨,年轻的村支部书记带着胡二上山去接伯父下山。小木屋里,伯父已经起来了正在煮早粥。伯父见了胡二,问:"胡二你上山来干什么?"胡二讷讷地说:"八哥，我和支书一路来接你回垸去住。"年轻的村支书说："霭如八叔，我代表村支部村委会来接你，你已经过了60岁，按照政策，你该吃五保了。从今以后你不要劳动只安心享福，你的一切生活费用由全村人共同负担。"伯父听了村支书的话后仰着脸，望着，呆着。胡二急了。胡二说："八哥，你不相信吗？八哥，是真的，是真的呀！"伯父摇了摇头。村支书见伯父不信便从口袋里拿出了村支部和村委会的文件，文件上盖着两颗鲜红的大章子。胡二急了，把文件递给伯父，伯父接了。伯父从桌上摸来老花眼镜，捏着镜腿子戴稳了，看。伯父一个字一个字地看，看着看着，伯父拿文件的两只手就颤抖起来。胡二问："八哥，白纸黑字，你现在相信不相信？"伯父的眼泪溢了出来，一滴又一滴，滴在盖了两个鲜红大章子的纸上。伯父把文件仔细地叠好装在贴身的荷包里。伯父把锅里的粥盛起来，重新给村支书和胡二做了丰盛早餐。伯父把自己埋在灶口阴地里吃粥，吃着吃着，我苦难的伯父就像小孩子一样禁不住哭出声来了。

吃了早饭，只听见木屋外的山路上锣鼓喧天，村里组织了响乐班子开一台神牛牌拖拉机上山来接伯父。垸人给我的伯父戴了一朵大红花。我的伯父戴军帽在神牛拖斗当中乡亲们安置的藤椅上坐了，被垸人簇拥着下了燕儿山。我想那时候必定朝霞满天，我的故乡进入了稔熟的冬藏呵！

我的故乡的五保制度自中华人民共和国成立以来建立得很好，无依无靠的老人一到60岁就吃五保，这是极平常的事。可是这对于我的伯父，不是一件小事情。伯父托人带信给我，要我一定抽工夫回去一趟。春节了，我带着妻子儿女回去给伯父拜年。我回去的时候伯父正在塘里洗衣服。我来到塘边，伯父正在石板上揉一手洁白的泡沫。伯父见了我很高兴。伯父一个劲地对我说："种嘞，我现在吃五保了，你晓得不晓得我现在吃五保了？"我说："我晓得了。"伯父转过头来，笑，说："你晓得啥？你是么样晓得的？"伯父扯着帽檐正了正，蹲在石板上哗哗地洗。

吃了五保后的伯父像换了一个人似的，在垸中非常可亲非常和蔼，见人一脸笑。见了谁家的孩子，他都要伸手抱一抱。垸中小狗小猪小鸡见了他就亲，围着他的脚儿叫唤。伯父返老还童了。那一年春节垸中年轻人们醒起来玩双推车儿，要伯父挂笺。那群年轻人考伯父，说："八爹，你要是不说原词，挨家挨户唱一遍算你有本事。"伯父笑了，说："那是小事一桩。"正月初三的晚上，伯父就挨家挨户地挂笺。伯父一概原辞不唱，唱的全是根据各家实际情况即兴编的合拍押韵的祝愿辞。

车儿玩到村支书家的门口，伯父唱的是："大红灯笼朗朗照，洁净庭院勤勤扫，倒吃甘蔗节节甜，脚踏楼梯步步高。"车儿玩到胡二家门口，胡二和他的婆娘一边一个站着迎。伯父开口就唱:"左边夫来右边妻,夫妻二人笑眯眯,檐前挂的好种子,良种熟田不费力。"众人笑成一团和着唱。胡二的婆娘叫:"八哥,你要死呀!"众笑得眼泪水儿滴。

啊,我终于看到了我故乡的伯父在春风涣涣中开颜地笑。伯父最喜欢邻家那个口齿伶俐的小姑娘月,那是我远房侄子的女儿。她叫伯父叫尊。伯父把月抱在手上,月叫:"尊。"伯父应:"嗯。"月高兴了,手就不安分,就掀伯父头上戴的帽子。伯父用一只手按着。月问:"尊,你为什么总戴这顶帽子?这帽子一点也不好看!"伯父用手护着头上的帽子,说:"乖,尊就戴这顶帽子好看。"月说:"尊,你把帽摘下来,我要看你的头。"伯父用手护着帽子,说:"乖,不能摘,你把手伸进去,你把手伸进去摸,摸。"月把小手伸进去,摸。月说:"啊,尊,我晓得了,你是个陈佩斯,大光灯。"那时候我远房的侄儿就奔过去,夺下伯父手中的女儿,照着月的屁股几巴掌。月的脾气大,就哭,哭得像要断气。伯父说也不好,不说也不好,眼泪巴撒的。

伯父是在故乡那个春季化入阳光的。

伯父吃五保后,主动维修了从河滨垸到村部的一段机耕路。这段路大集体时有专人维修,很平很宽很好走人和拖拉机。责任田到户后,河滨垸做粮食生意的人多,很红火。这条路就夜以继日有手扶拖拉机和神牛跑,年长月久跑得像两个碾槽沟。天晴还好说,若是下雨,河滨垸人要上村部,那溅起的泥浆就齐了脚膝盖,恨不得穿下水衣。吃五保后的伯父就主动维修这条路。每天伯父吃过了饭,就肩上荷着鹰嘴干锄,手里拖着铁锨,出门去修路。伯父一路唱着小由儿,手里拖的铁锨在路上叮当地响。那时候故乡的河风就活就好。伯父在愉快中掇石头填沟。伯父用鹰嘴干锄挖土用铁锨掀土铺平。伯父在那愉快的每日每日里,将那条路修得如沙滩那样黄亮平坦。河滨垸的人和机子走在上面,顺畅得很。那时候伯父维修完了路,就到河畈里挖些草药和硬柴,扯几根青藤拧成绳儿捆了。伯父用锨柄当扁担,一头是草药一头是硬柴挑回家。伯父从河畈中挑回来,趁太阳铺在门坪上晒。草药晒干了,他送给垸中的人治病,硬柴晒干了,他留给自己烧,所以伯父的床底下就堆满了草药和干柴。草药和干柴散发着太阳晒出来的很好很好闻的香味儿,这些香味每日每日弥漫在我故乡的河滨垸里。

伯父是那一天被石头绊了一跤后中风的。那个石头其实很小,只比鸡蛋大不了多少。伯父用锨掀土,碰到了它,伯父就倒了,倒在地上起不来。垸中的人七手八脚将伯父抬回家。伯父身体一边的手脚从此后就不能动了,躺在床上起不来。伯父中风后,垸中的人轮流换班料理他吃喝拉撒。伯父很受感动。伯父知道他成了垸人的负担。

伯父化入阳光的那天，我故乡巴水河畔正是很好的天气。伯父叫远房的侄孙给他擦了个澡，换了身干净衣服。等垸人趁三春阳光正好下畈的时候，伯父躺在床上，擦着了一根火柴。伯父静静地躺着，火慢慢地烧大了。厉风和火焰在伯父眼前交织成一幅凤凰展翅的图画。伯父微笑着化了，化了，化入了故乡三春灿烂的阳光，阳光下是遥远地平线上与天相接的霭霭青蓝。

当我赶回故乡的时候，垸人已经把伯父的骨灰安葬了，垸人把伯父的骨灰安葬在祖坟山上列祖列宗长眠那片霭霭如烟的松林里了。我化了些纸钱，趴在地上给伯父磕了三个头。我回到了垸子里，伯父住的老屋仍在。伯父化入阳光时，只将老屋顶冲了个井大的窟窿，其余的没烧掉。伯父的军帽就挂在那黝黑的壁上。我把帽子从壁上摘下来，帽子里飘出一张纸。我弯腰捡起来。我便看见了伯父那久违的字迹。

伯父写道："我的孩子，你儿时的长枪，我给你找回了。"

胡二就递给我一杆锈剥的长枪。啊，那是我儿时制造的长枪。垸人对我说，正月干湖，挑湖泥挑出来的，你伯父给你洗干净了藏着的。我的眼泪就怎么也止不住。

伯父化入了阳光。故乡的八尊婆说，伯父化了以后，没有费那么多手续，就转胎托了人生。八尊婆说，伯父在同年同月同日同时辰托体降生了。

我相信八尊婆的话。此时我的耳边响起了婴儿新生那嘹亮的啼哭。

我坐在桌前对着稿纸轻轻地呼唤：我的伯父，你在哪里？你在哪里啊？

画 眉 深 浅

　　三十五岁的山秀在县毛巾厂当工人。小巧玲珑的山秀好身段好腰胯。毛巾厂红火的时候，山秀有班上，工资高；丈夫同她在一个厂里工作，丈夫当保卫股长，收入也不错，两人每个月加起来一千多块。虽说女儿上初中，婆家娘家两家都有负担，但不紧张，过得来。大山里头出来的山秀，心不高，不求大富大贵，有平常日子就行了。那时候山秀心情好，每天早晨到摊上吃了早点，一碗豆腐脑两根油条，穿着厂里发的工作服去上班。山秀的工作服总是洗得白白的一尘不染。山秀把厂里发的山鹰飞的厂徽戴在奶子上显眼。姐妹们会了面见她那样做就笑山秀，笑山秀舍得戴。山秀认真地说："这是厂里订的制度，不戴不准进厂门。"姐妹们说："你哄鬼呀？进不了门，你老公不是守厂门的吗？别人不准进，敢不要你进吗？"山秀说："哪开得后门的？那东西见我没戴厂徽，当着众人的面，用指头戳我的奶子说：'什么人？不准进，你的厂徽呢？'"姐妹们就都笑了起来，说："你那个活宝！"山秀知道说漏了嘴，脸红了。姐妹们离开了，就一齐羡慕山秀夫妻好和睦。

　　白衣白帽清清爽爽的一个灵巧人儿，在林荫路上朝坐落在河边的县毛巾厂里走，那婀婀娜娜的背影儿不知勾去了多少后生的魂儿。那些早起跑步的后生，那些转车赶路的后生，见了山秀的背影儿就拼命地朝前赶，赶到前面看山秀的脸面。这时候的山秀不急不恼，让那些后生看。赶到前面的那些后生看到了山秀那张上了皱纹徐娘半老的脸，多少有些出乎意料。山秀就朝他们温暖大度地笑一笑。那些后生还是感动了。

　　山秀不是平常的人。山秀是练了多年戏功的人。

　　山秀未到县毛巾厂之前，是县楚剧团唱小旦的。小旦属旦角行当。不是场子里的人，不晓得吃开口饭的讲究。吃开口饭的，同是一个旦角行当，要分很多种类来，练各门的绝活，那饭才吃得牢靠。单是一个旦角行当，就分老旦、花旦、刀马旦、武旦等，然后才是小旦。剧团里数小旦的地位最低。一般刚进剧团的小娃子，师傅就先让她饰小旦，演跟小姐端茶倒水听使唤的丫鬟，演熟了路子，才练其他的功夫，饰其他的角色。小旦讲究小巧玲珑，声如莺啼，眼睛两边睃，是小姐与公子幽会时穿针引线的机智人物。比如唱《站花墙》，墙外的公子把木鱼敲过来，作为演小旦的，你就要对小姐说，小姐呀！你看那花园里的花也开了，鸟也叫了，春来了哩！把小姐引过来与公子会面。所以吃开口饭的有句说语，叫作唱小旦的要悦人。悦人两个字，大有讲究。山秀演小旦能悦人，那动作那声音那眼睛拧得住人的魂，要台下看戏的男人们坐不住屁股。山秀进县楚剧团十几年，没演过其他行当，唱念做打，手眼身步法，练的全是小旦这一门悦人的功夫。

　　山秀演小旦，靠的是先天的条件。山秀家住在县城北部的山区，那里全是数不清的山，太阳一年四季只有晌午烧中饭时才晒到屋顶。那里是革命时期打游击的好地方。山秀的家里穷，娘生的全是女儿。她娘一连生了七个女儿，她最小，也数她最水灵，垸子里的人说她是七仙女下凡。山秀六岁时上学发蒙的时候，头上的黄毛还梳不顺，像个刚出壳蹦蹦跳的小山鸡儿，她的那双眼睛就青山绿水地放亮儿。垸中的男人们就说，这个女儿蓄得。蓄得两个字，意味深长叫人好想。又说，这将来是哄得死人的东西。这些话，驮书包上学的山秀全听到了，但那时山秀小，不晓得这些男人们的话是什么意思。山秀回家后把这些话学给她娘听，问她娘这些话是什么意思。她娘把她揽在怀里，梳顺了她的黄毛，对她说，这话对娘一个人说，莫对别人说，对别个说不得的。山秀点点头。山秀点点头后，朝她娘眨着小眼睛，她连她娘的话也没听懂，擦一把鼻涕，整一个糊涂的小人儿。

　　山秀十二岁的那年，县剧团到山里招学员，招一个唱样板戏的女生角儿。样板戏演了些年头了，开始招的一批演员年纪大了，没人接角。县有关领导就指示县剧团到大山里头去招生。那个县领导是山里的人，说大山里头山清水秀埋没的都是良家的好女儿。县剧团的女老师云仙带队在山里的公社住了下来，招了半个多月，没有碰上一个合格的。那天清早起来，云仙听到两个放牛的仔子在对面山头上对山歌。男伢子先唱："喏嗨喏火喏，太阳出来满山坡，山坡上面露水多，我跟乖妹比赤脚，乖妹快活我快活！"这是大山里头一首古老的情歌，那个对歌的男仔子嗓子倒不怎么样。这时候山头那边一个女伢子应了起来："喏嗨喏火喏，太阳出来满山坡，山坡上面露水多，谁家杂种打赤脚，你妹快活我快活！"那快活扬了起来，满山都是那女伢子响响的回声。剧团的女老师云仙兰花指一竖，指着山头，对人说："快去把那放牛的女伢子给我找下来。我要找的就是她！"那应取的女伢子就是山秀。那天早晨改变了山秀的命运。山秀被招进了县楚剧团。

　　大山里头的山秀，别的不行，独一条，憨秀。她憨秀起来，一副天地不省的样子，叫人又痛又爱。山秀招进了县剧团学员班后，学员班的男女伙伴们爱拿她这个山丫头开玩笑。清早起来练站桩，一排的学员在风里站了，站断了时辰。站在她后面的女伙伴，就问她："山秀，你怎么两个耳朵？"她扭过头来，大声问她身后的女伙伴："你哪不是两个耳朵唦？"站桩的队伍就笑散了架。学员班的老师云仙追究起来，受罚的自然少不了她。罚她再站半个时辰的桩。她站着站着，就哭，哭得眼泪鼻涕一脸，抽抽泣泣地说："她哪不是两个耳朵唦？我哪说错了唦？"弄得罚她站桩的云仙哭笑不得，拿她这个憨丫头没办法。剧团学员班的那些男伢子特拐，最爱不动声色地捉弄山秀。云仙带男女学员，在排练大厅练眼睛，练眼睛要瞪大瞪圆，不许眨，拿燃着的香在眼睛前晃也不许眨，叫作盯狗望子。这是最要精气神的事。也是一排男女站了，站在大镜子前练。老师云仙转过背儿料理其他的事去了，站在山秀前头的男伢子功夫，就拿一只手在大镜子前直晃直晃，晃个好半天，晃得山秀好奇了，然后拿到自个儿眼睛前照，津津有味的样子，引山秀上当。山秀果然上当了。山秀问："你照什么呀？"那个男伢子功夫拿着巴掌说："我的巴掌对着镜子晃久了，能照到脸。"山秀就把功夫的巴掌拿过来，照她的脸。山秀用功夫的巴掌照不着自己的脸，就问功夫："我么样照不到？"功夫一本正经地说："我刚才么样照得到。"山秀就掰着功夫的手指头探究竟。排练大厅里又是一阵哄堂大笑。云仙过来又罚她，还叫了一个陪伴的，就是那个男伢子功夫。别个都吃早饭去了，她和功夫，在排练大厅的镜子前练眼睛。云仙极认真地掇碗饭边吃边站在旁边监督他们两个。功夫练累了，小声埋怨山秀："你么个苕样？"山秀大声说："你个苕样！"云仙走过来，问山秀："你说什么？"山秀指着功夫说："他说我个苕样。"功夫说："我没说。"云仙气不过，踢了功夫一脚，说："你没说也说了。"云仙虽然老了，但是练了功夫的，手脚不轻。功夫因痛了，眼泪流了出来。山秀见了把她的手绢从荷包里掏出来对功夫说："拿去擦下子。"功夫不理她。山秀在镜子里对功夫说："你个苕样！"云仙忍不住笑了，当头凿了山秀一栗包，说："你这个憨丫头，我看你今后怎样过日子？"后来功夫把山秀缠到了手，二人成了夫妻。功夫别的不行，会翻几个跟头，再就是恋爱。剧团别的女孩子不理他，他就在山秀身上下功夫，什么事他跟山秀做，山秀就依了他。事后剧团的姐妹问山秀："你怎嫁了功夫？"山秀一本正经地问她的那班姐妹："我怎么嫁不得功夫？一个女人总不是要嫁个人的。功夫好脚好手，什么零件都不缺呀，是个男人。"把她的那班老姐妹笑出了眼泪。山秀她们练好了功，样板戏就不演了，剧团开始演传统戏。云仙对人说，山秀演丫头是天生的，憨秀全让她占尽了，望着机灵，其实别个把她卖了，她还要帮人家把钱一五一十数清楚，怕错了价。老师在上面说她，她在下面不服，小声说："你乱说，我没跟人数过钱。"云仙说是说，云仙疼爱山秀极了，什么人都不嫡传，嫡传山秀一个，她把山秀认作干女儿，不让山秀离她左右，让山秀一门心思地跟她学丫头的戏。

那时候山秀叫云仙叫干娘。剧团的领导说剧团里面不准搞资产阶级那一套。山秀就叫云仙叫娘。山秀说:"叫干娘不行,叫娘总可以吧?"剧团的领导拿山秀没办法。云仙是中华人民共和国成立之初县剧团刚成立时,从汉口新戏场里请来的教戏的师傅,那时候剧团里刚成立没人教戏,县领导没得那么多的讲究,会教戏就行,至于云仙其他的事,概不过问。知内情的人说云仙是从青楼里卖到戏园子里唱戏的,因为年轻时那事做多了,没得了生育。云仙看破了红尘,一生没嫁人。云仙戏唱得好,不过县里的人没人看过她唱戏,只看过她教戏。云仙到县剧团后,就收了手,不再登台抛头露面。云仙子姐妹多,一共十个,她是大姐。云仙的十个干姐妹分布在鄂东诸县剧团里教戏。人说云仙的干姐妹都是从青楼里卖出来唱戏的。这十个女孩子都不知道自己的娘老子,是由于家里穷急了养不活从小被人贩子用极少的几个钱买来的。这些云仙从不透露,人们也从不问她,心照不宣。云仙到县剧团教戏时有洁癖,从来不跟人同房同床睡觉,不管剧团到哪里演出,条件如何,她必定一人单睡,不准任何人挨她。她的东西不准任何人动,谁要是动用了她的东西,她必定把那东西丢到茅厕里,再去买新的。但山秀叫她叫娘后,她就让山秀挨她睡,让山秀用她的东西。人说山秀的仙气是云仙传给她的,这一点不错。云仙身上的仙气不是道中的人,绝对看不出来。云仙平常青衣青裤的在街面上走,守着自己的魂儿,不多说一句话,你不注意她,也就是平常的老太婆一个,你若注意了她,她的仙气儿,就摄你的魂魄。山秀身上也有她干娘云仙的仙气儿,那仙气儿绝不是高不可攀的。那仙气儿是一种常人被生活炼过了千遍万遍然后展给人的返璞归真大智若愚的气韵。当年功夫缠山秀时,剧团的人都笑功夫癞蛤蟆想吃天鹅肉,以为是做不到的事。但后来做到了。究其原因是云仙帮了功夫的忙。功夫缠山秀到关键的时候,山秀被缠得没有了主张,就叫干娘云仙帮她拿。功夫下起工夫来连山秀的裤衩都抢着洗,叫山秀感动得直想哭。山秀一个劲地对云仙说:"娘,娘,这叫我如何是好?你给我拿个主意。我听你的话。你说么办就么办。"云仙叹口气地对山秀说:"傻丫头,你要我拿什么办法?你就嫁给这个痴情郎吧!他没啥过人本领,但他痴情呀。为女人活在世上,求什么呀?有一个痴情的男人终身守着你就是你福气。"云仙说完这句话,眼睛里就有了泪。山秀抱住云仙摇,说:"娘,你莫哭你莫哭,我听你的话,嫁他就是。"

山秀手里捏着两块钱到菜场去买菜。山秀没提篮子,也没握手袋,那两块钱被她捏成鸽子蛋大的一团,搭在手心里。这两块钱是功夫昨天夜里开麻木赚的钱。毛巾厂停工了,没得工资发,工人放了长假,说是什么时候通知什么时候上班。工人们各自回家奔生路。功夫却不能放假。功夫在厂里当的是保卫股长,守着厂的大门不让人偷国家财产。关于工资,厂长说,困难啦,跟你存着,什么时候有钱就什么时候发给你。功夫白天在厂里守大门,晚上就开麻木赚点菜钱。开始还可以,一个晚上运气好能赚十块八块的,一家三口的菜钱也就有了。晚上十一点,功夫收车回来,山秀还给他温个两盅儿,让他的脸微红了,山秀洗净了身子同他上床,功夫也就哼哼唏唏的心满意足了,睡到第二天早晨等山秀摇醒他,山秀把洗脸水打到床面前,把牙膏挤在牙刷上,让他洗漱了,他便穿上厂里发的内保服上班。厂里发的内保服是正规的警察服装,黑皮鞋,大盖帽,很威风,只不过肩章写着经警。功夫在剧团里练了武把式,身架子好,穿上警服,很像样子。功夫穿上警服后就对着穿衣镜子笑,说他白天是人,晚上是鬼。功夫晚上出去开麻木,是不能穿警服的,穿了警服谁还敢搭他的麻木?他穿的是一身油渍的工作服,越穷越好,越糟蹋自己的形象越好,给人安全,唤起搭麻木的人的同情心,好多赚几块钱。现在麻木生意不行了。县城里开起的士公司,小小的县城一下子投进了两百辆的士,满街跑的都是那东西。麻木不准上主要街道,只能在胡同里窜。昨天晚上功夫只赚了两块钱。回来时一脸的黑煞气,头不是头脸不是脸的。山秀知道不能惹他,一晚上没有说话。清早起来,上学的女儿连喊了他几声爸,他都懒得理,也不让山秀伺候他,早早地起床闷闷地穿他的警服到厂里上他的班。这一天山秀只能拿这两块钱上菜场。可恼的是山秀住的是富人区。这里叫作南城开发区。开发区在这里做了一大片商品房。当初山秀和功夫在剧团多年有了些积蓄,就在这里花了三万五买了一套两室半一厅的房子,图的是清静,远离剧团时的名利场。夫妻两人都不在剧团了,这样做好。哪晓得这片商品房住的都是先富起来的个体户。先富起来了,一般都穷不了,穷不了的先富起来的个体户家的婆娘一般都换了新的小的,新的小的们都不再做事了,在家里养着,白白嫩嫩地学娇莺啼,满意着丈夫的欢喜。山秀人缘好,楼上楼下对门对户地住着,都熟了。从剧团出来的山秀,天生丽质,铅华洗尽了更见了雅,穿什么什么就好看。她们就学山秀,学又学不像,她们总在学。清早她们见山秀提篮子下楼,她们从窗子里看见了,就喊:"秀姐买菜呀,等我。"山秀就同她们一道到菜场上去买菜。她们有的是钱,大鱼大肉地买。山秀就以买青菜为主,偶尔买些荤腥。她们就说:"秀姐呀,你为什么这样的节约?"山秀就淡淡地笑说:"我们全家都不爱吃荤。"她们问为什么呀?山秀说减肥呀!说得她们信以为真。现在山秀不敢提篮子了,手心里摸着丈夫夜里赚的两块钱到菜场去。果然那些邻居就没有发现。山秀嘘了一口气。

山秀走在上菜场的路上,早上的空气很新鲜,街上的行人少。山秀记起有很多时日没有去看老太了。山秀娘家的两个大人两年前都死了,都不到六十岁。山秀看着文化广场上的老人们一个个七八十岁还健健旺旺的,早上起来男老头打太极拳,女老太练扇子舞,音乐一阵阵的,腿和胳膊一阵阵的。山秀心里就一阵阵地感动,也一阵阵地酸,心想,我那山里头的娘和老子为什么就没得寿呢?山秀的两个大人死了后,山里的姐姐们都成家立户了,各人忙各人的日子,一年难得到县城里来一趟。山秀就把云仙当自己的亲娘了,三天五天就要到剧团去看一下云仙老太,帮她做点事,娘俩说说话,娘俩的感情就如丝如绸地发亮。山秀从十二岁那年进城,世事不省,举目无亲,是云仙一手一脚把她教育成人,到如今这个样子真是不容易。山秀一想起这些来,就觉得云仙对她这辈子的恩,她是还不清的了。

　　山秀想有许多时日没去看老太了,心里就不好受。毛巾厂效益一天比一天差,一年前就发不出工资。一年前厂长就给工人发毛巾,两个月发一次,按出厂价给工人。山秀和功夫夫妻两个都在毛巾厂,两个月就要发两箱子毛巾回来。这倒不怕,毛巾也是钱。山秀剧团的姐妹有好几个分到了商场,大小当了个头拿了点权。山秀也不怕丑,每月厂里发了毛巾,她就叫功夫用自行车拖着,功夫在前掌龙头,她在后面推,拖到商场按低于出厂价让姐妹们帮她销。在商场掌权的姐妹们财大气粗不在乎赚山秀夫妻这几个小钱,要按出厂价收,山秀在姐妹面前气硬,认真了说要是按出厂价收,她就不卖了拖回去自己用。姐妹们就笑,说:"那么样用得完?"山秀说:"那怕么事?毛主席说子子孙孙没有穷尽,我就子子孙孙地用。"姐妹们与山秀同在剧团合伙吃了许多年的茶饭,晓得山秀的性格,笑着说:"算了,那就让你送钱我们赚。"数了毛巾,照低于出厂价付钱给山秀。山秀卖了毛巾,有了钱,山秀就到剧团去看老太。山秀到剧团看老太的时候,每次都不会空手去,每次都要买点街面上的新鲜东西提了去。什么新鲜果子出世了,她就买什么。她买了鲜,让小贩们给她精精致致地用尼龙袋儿装好,提着来到老太住的地方看老太。山秀想着去看老太,走着走着,真的就到了老太住的地方。老太住在古色古香的儒学巷里,还是青石板白石板的路,两边是木格子的窗户,高大的青砖贯斗老房子,屋面长满了瓦松,是春天了,屋面上的瓦松们有着呢。山秀仰头望着那些瓦松,心里又涌上了感动,心想这些瓦松们好狠呀!吸些尘土喝点露水,竟活了几千几百年,不死,春天了就活过来就绿叶儿哩!县城里就剩下这一片老房子了。要是没有个儒学巷,要是国家不保护文物,这一片老房子怕早就被拆了盖了高楼,那人就不晓得有历史了。老太就住在这条巷子里。巷子走尽了,就有一个老戏台。戏台上立着斗拱飞檐的老屋,一进两重,像庙。老太就住在里头的一间屋子里。隔壁就是儒学巷,从巷子朝外头看,可以看得到儒学巷高耸的红墙。山秀看着窗子开着,她就要看见她思念的老太了。山秀想到这里,就有想哭的感觉。路边有条狗在啃人丢的骨头,吭吭哧哧地响,把山秀啃醒了。山秀见自己空着两只手,摇头傻笑了。山秀哇山秀,你这是到哪里去?你空着两只手到这里来干什么呢?你这不是惹老太伤心吗?山秀鼻子一酸,转身朝回走。

  山秀酸酸地想,现在毛巾厂算是折腾垮了,开始还有毛巾发,现在连毛巾也没得发的了。山秀想她一生倒霉的事怕是全让她撞上了。十二岁从大山里头出来,跟老太学演小旦,吃了不少的苦,刚演熟了,也演红了,心想总算有了出头之日,结了婚有了家和孩子,这辈子算安稳了吧!剧团却忽然要改革了,老戏没有人看。剧团的领导就把楚剧团改成了文工团,把一个团分做两个演出队,下乡演出,演什么呢?让女孩子们脱光穿三角裤衩儿,让男孩子们头上扎上红布条儿穿紧身裤,上台演现代歌舞。她们三十多岁在台上正儿八经地演了二十多年楚剧的人,适应不了那一套。剧团领导就请示县领导动员她们改行。县领导来剧团做她们的工作,那时候县里的企业还红火,县领导说:"你们年纪大了改行是迟早的事,只要你们愿意改行县里的企业随你们选你们愿到哪个厂去都行。"那时候县毛巾厂最红火,产品都打到国际市场上去了,许多县领导的家属都往里钻。山秀就报名要到县毛巾厂去。县领导答应了她的要求。县领导就替她办了手续。她就到了县毛巾厂当了一个工人。她练了功的,手巧心灵,织毛巾的活很快就学会了,成了熟练工。厂领导要让她当一个车间的主任。那时候产品俏,经常有班加,奖金又高,有的时候一个月工资加奖金她一人就拿一千多块,乐得她合不拢嘴,索性把在剧团当电工的男人功夫也办到了毛巾厂。毛巾厂里不缺电工,厂领导就安排功夫当保卫股长。当保卫股长那时也是肥缺儿,发全套的服装还带三个人,是个官。那时候山秀就想她的祖坟冒青烟了,以后的日子还用人去愁吗?哪知好景又不长,厂里由于管理不善,厂领导一味冒进盲目扩大项目,被人一下子骗去了五百万元。厂里经济状况一蹶不振,就换厂长。新厂长当了两年,厂里一天比一天垮,而他家却竖起了三层五联的小洋楼。厂长又换了。新任厂长倒是个好人,却焦头烂额无力回天。开始能给工人发毛巾当工资,后来毛巾发完没得发的了。留一个厂的机构在厂里,给工人放长假,让工人在家里耐心地等复工的通知。山秀攥着手心的两块钱,踏着儒学巷的青石板白石板朝转走。太阳从东边升了起来,洒在她的影子上,山秀低头看着想着心里就格外地不好受。学演戏的时候,老太教她唱喜剧想高兴的事,唱悲剧想伤心的事。山秀想今日里要是唱悲戏最好。要是唱悲戏,她就可以痛痛快快地哭它一场。不演戏她就不能哭。青天白日的,又没死个人,哭什么?山秀擦了一把眼睛,想着笑了起来,人家县城里现在死了人，也是不大哭的，不像你大山里头的乡风。山秀在县城里住了二十多年，家里经济好的时候，她觉得她好像是个城里人，家里经济不好的时候，她总觉得她只个影子住在城里，她是客样的，她的魂还在大山里头生她养她的山沟沟里。什么时候我才活出一个城里人来呢？山秀又叹了一口气。

山秀往南门走的时候，街旁边有一个拖板车的后生叫喊："买荔枝，买荔枝！"山秀看那筐子里，青枝绿叶连着一个个红球儿，水灵灵的样子，心就一动，山秀只听说过荔枝，往年县城里没人卖过这东西。现在可好，天南海北的东西都有卖的，只怕你没得钱。看见了荔枝，山秀又想起了住在戏台上的老太。老太出门不多，一定不晓得县城里有这东西卖。她要是买了这东西去看老太，老太那不高兴死了才怪。老太一生就爱雅东西。

山秀攥着手心里的两块钱，问那后生好多钱一斤。后生说："一张钱一斤。"山秀说："一块一斤是吧？"后生一笑，说："大姐，大一张是一百块呀！"山秀说："一百块钱一斤，鬼要你的！"后生说："所以就小一张十块一斤唦！"山秀手心里就捏出了汗。后生说："大姐想买，便宜一点。"山秀心里乱极了。山秀演戏的出身，心里乱脸上忍得住。山秀对那个后生说："鬼要你便宜！又不是吃这东西当顿。这东西那年我到海南去演出吃得多。"后生说："大姐你不认识我，我认识你。我做细伢穿破裆裤的时候看过你唱的戏。我晓得你是红角儿见过大世面见过雅东西不在乎这东西。"山秀鼻子一酸，眼泪差点儿就要掉下来，心想，我一个山里的姑娘就是在县城演了几年的戏过了几年的日子，哪里见过什么大世面？哪里见过这东西？山秀一只手攥着手心的两块钱，弯下腰去一只手在筐子里捡了一串荔枝，数数连枝带叶一共八颗，放在秤盘里，让后生称。后生称了，对山秀说："刚好三两，三八两块四角。"山秀说："我只有两块钱的散钱。"后生说："总共只有两块四角钱的生意，一下子让四角，我蚀了本。"山秀说："要不你拧一颗下去。"后生望着山秀笑，说："大姐，我看你数了的，刚好八颗，八颗发财的数儿。我要是拧一颗下来了，那不就七颗，多不好。算了，我愿意在你面前蚀一回本。你拿去。"山秀把攥在手心里的两块钱拿出来扯平整了，递给后生。后生接了钱，把钱拿在手中看，对山秀说："大姐，你这两块钱是在哪里捡的？尽是水。"山秀气了，问后生："是钱唦？"后生说："我又没说不是钱。"山秀说："你要不要？"后生说："我又没说不要。大姐你心情不好，肯定与你老板吵了架的。"山秀说："你做你的生意，哪来的这些话？你用个尼龙袋子把我买的装好。"后生说："八颗荔枝还要装唦？"山秀说："当然要装。"后生笑着说："那就装。做你的生意划不来，又去了一角。"后生扯个尼龙袋子把山秀买的八颗荔枝装了。尼龙袋儿是绿的，透明，那串荔枝青枝绿叶就像是活的。山秀看了心情好了一点儿。山秀接了，提着，扭头就走。那后生对山秀说："大姐，走好。什么时候再看你演的戏？"山秀听了这话泪就下来了，心想今天原本就不该买这荔枝。她觉得她的五脏六腑被这个后生看干净了。无钱的味儿真不好受。要是山秀有钱，这后生敢把你山秀不当人吗？有钱我山秀晓得大方的。买它十斤八斤的，他保险不敢说这些三七听二八听的风凉话。山秀又一想，也真是奇怪了，他怎么晓得我就无钱呢？太阳从东边升起来，照在商场的蓝色玻璃上，映人的影子、山秀看到玻璃里映出的她来，不施脂粉，穿着一双浅口布鞋儿，急急地走。你还看不出？山秀哇，你像个有钱人吗？不像个有钱人你怨谁？你怨人家有用吗？怨你自己呀！山秀。

　　山秀提着荔枝朝儒学巷里走，去看老太。这时候几个买菜的妇女从她身边过。山秀突然想起自己又犯傻，两块钱买了这八颗荔枝，那今天吃什么菜？自己和丈夫好说，女儿上初中正是长身体的时候。女儿本身又瘦，像个豆芽菜儿，人家十五六岁的女儿，团头大脸的，胸脯挺老高了，自己女儿的胸脯像块搓衣板。就怪那个卖荔枝的后生鬼叫鬼叫的。山秀想急了。想急了山秀就对自己说，你这女人就爱悔，有什么可悔的？不就是一天的菜吗？一天吃了山珍海味你那女儿也壮不起来的。咸菜咽一天，日子不就过去了？今天晚上功夫的生意不兴好些？明天再买点荤补你那宝贝女儿。多时没有去看老太了，今天碰上鲜荔枝，买了八颗送给老太，老太肯定高兴。山秀想到这里，心情就舒畅了，觉得今天的荔枝买得到底不冤。

　　山秀提着鲜荔枝上了古戏台长满青苔的石阶，青苔好绿，绿得人想蹲下去摸一把。山秀在县城里住久了，就爱青苔，青苔的菌丝儿死不了，春天随雨设在水泥路上，过不了几天，你就看到像没了绿颜色，人的脚不踏它就长绿了，绿成了一地。山秀敲门，门打开了。老太站在门里笑，说："我听见脚步声就晓得是你来了。"山秀扬着手里的荔枝对老太说："你看我给带什么来了？"山秀与云仙老太感情浓得两人见面了，女儿不叫娘叫娘，娘不叫女儿叫女儿。老太眼睛一亮，说："我的个天，这不是荔枝吗？你是哪里弄来的？"山秀说："我在街上看到有卖的，就给你买来了。"老太非常感动，说："我快五十年没吃这东西了。"山秀就把荔枝从尼龙袋子里提出来。老太双手捧着，放在瓷盘子里，剥一颗放进嘴里，品得满脸都是慈祥的笑容。老太问山秀："这多时日你怎么没来？"山秀说："厂里忙。"老太说："怕不是忙吧？"山秀说："是忙。"老太对山秀说："抬头看我，我看看你的眼睛。"在剧团的时候山秀要是撒谎了，云仙老太就叫山秀抬头来让她看她的眼睛，一看就全知道。山秀的眼睛藏不住一丝儿假。山秀知道她的眼睛瞒不住老太，不敢抬头，低头说："不是忙，厂里停了工。"说着眼里就溢满了泪水。老太说:"你挺不住,你挺什么?我给你把门关上,你放声哭一场。硬挺会伤身体的。哭怕什么?哪个托人生不哭几场的。人生没光哭的,也没光笑的。哭得响笑得响才是个角儿。"山秀坐在老太的床上,眼泪就一个劲地放。

老太见山秀哭得气顺了,就撩起桌上的一盘子枯蚕豆,对山秀说:"吃几粒儿。"山秀抬头望着老太,说:"你怎么吃这?你咬得动?"老太一笑,说:"我现在练这功啦。怎么咬不动?我咬给你看。"老太丢一颗枯蚕豆到嘴里,一个脆响,嚼了。老太又丢一颗到嘴里,又是一个脆响,嚼了。老太对山秀笑着说:"我七十五岁了。吃得了枯蚕豆,还有什么日子我过不去的?"山秀望着老太笑了。老太说:"这就对了,做我的女儿,眼泪水不能太便宜,太便宜了长不了寿。眼泪比血还金贵。你在我面前做女儿几十年了,听说过也看过,这县城的人斗过我,也捧过我,我流过不少次的血,你看我流过泪吗?我对你说,二回到我这里来不许哭,要哭你就甭到我这里来。"山秀说:"你刚才不是叫我哭?"老太说:"刚才是刚才。"山秀说:"你的话我记住了。我要回去了。"老太从身上摸出她的手包儿,拿出十块钱,对山秀说:"我没买什么给孙女儿,这十块钱你拿着。"山秀说:"剧团半年没发你退休金了,我怎么能要你的钱?"老太对山秀说:"我的急你着什么?我一人吃饱了全家不饿。你拿不拿着?你不拿着我就跟你急!"山秀的眼泪又下来了。老太说:"又哭是不是?"山秀不敢哭,捏了钱眼睛红红地走出门。

山秀捏着老太给的十块钱,到南门菜场割了半斤瘦肉,猪肉六块钱一斤,用了三块,买了四个鸡蛋,鸡蛋三角六分钱一个,用了一块四角四,买了两把青菜,两把青菜两斤,三角钱一斤,本来要六角,山秀只有五角六分散钱,卖菜的老大爷就收了她的散钱。山秀一共用了五块钱,再没有买其他的菜。山秀心想,功夫就是今天晚上生意再不好,明天一天的菜钱也没问题。算起来一个多月没吃肉了,青菜吃得女儿脸黄,功夫的眼睛也落个坑下去了,只是她经瘦,瘦也不显瘦。今天给女儿和丈夫补一补。自己少吃点,让功夫也少吃点,让女儿多吃点,滋润滋润她那张瘦脸儿。山秀想到这里觉得很愉快,雨后初晴,天和地也辽阔得多,城里竖起的高楼一幢幢的醒眼睛。

山秀回家后,捅开煤炉子,开始烧肉煎蛋。山秀先烧肉,把肉烧出油来后,就把肉用锅铲放在锅的四周,在锅底儿就油煎蛋。不大一会儿就满屋的香味儿。功夫迟不打早不打就是这时候从厂里打电话给她的。山秀家没安电话。功夫是打到四楼一个个体老板家。四楼的老板不在家做长途生意去了。他的小娘儿在四楼窗户朝下喊:"山秀,电话!"山秀以为是长途,丢下锅铲就上楼去接。关系好是好,毕竟是人家的电话,去迟了不好。电话那头的功夫对山秀说:"今天厂里开会你不晓得吵?"山秀说:"又没下通知,我么样晓得?"功夫说:"哪个说没下通知?厂长在县电视台新闻节目之前接连通知了三天,县电视台接广告收的资,一个字五块,一百零五个字,光通知费就花了五百二十五块。你未必冇看电视?"心情不好,女儿回家天天晚上又要做作业。山秀是没有看电视。功夫见山秀不作声,说:"你晚上又没做什么,么样不看电视?"功夫这句话里带刺儿,山秀呛得吸了口凉气。山秀说:"看电视发不发钱?"功夫在电话那头嘿嘿地笑:"没工夫跟你说气话儿,快到厂里来开会,不来要罚钱的。厂长说今天不来开会的每人罚五十块。没工资发,还要罚钱。"山秀搁下话筒,就朝楼下跑。跑到楼下时,满屋子的青烟。炉子上锅里的肉和蛋烧成了煳炭。山秀急忙抢,但一切都迟了。山秀把那烧煳了的肉和蛋,用锅铲铲了。一个多月没吃肉,今天好不容易说跟女儿加个餐,肉和蛋都烧煳了。山秀怨自己糊涂,怎么不把肉和蛋铲起来再去接电话呢?肉和蛋烧煳了不说,连锅也烧破了。真是穷人的命薄。山秀坐下来,把镜子放在桌子上,呆呆地望着镜子里的她。镜子里的她泪流满面了。她擦一把,说:"娘叫你不哭你为什么又哭?"山秀说:"我不哭。"说不哭眼泪又出来了。

　　山秀把屋里的烟驱净了,换了个锅把青菜炒了。山秀什么胃口都没有,不想吃,就留个条给女儿:"小秀,放学后你自个儿吃。妈到厂里开会去了。"

　　山秀戴着山鹰飞的厂徽来到坐落在河边的毛巾厂的时候,毛巾厂的姐妹们陆续来了陆续走。来了的姐妹和走了的姐妹们都不戴厂徽。只有山秀像往常样把厂徽端正地戴在奶子上。山秀想厂里既然开会,怕是要复工的。复工了就有工资发,有工上有工资发比什么都好。山秀循规蹈矩惯了,到厂里就戴厂徽。

　　功夫黑着脸带着一大帮子人站在厂的大门口。都穿着内保服,崭新的一套套,肩上的经警两个字在太阳底下好显眼。厂里未停工时,保卫股只有四个人。现在停工了,为了保卫国家财产,加强了保卫力量增加到了八个,八个人都配备了全副武装,分两班日夜把守。山秀走到厂门口的时候,功夫拦住了她,说:"不准进!"山秀以为功夫同她开玩笑,因为刚才功夫在电话里发了她的脾气,往常功夫发了她的脾气,觉得理亏了就找机会同她开个玩笑,山秀也就同他开一开,夫妻俩一笑百了。山秀露出雪白的牙齿问功夫:"为什么不准进?"功夫仍黑着脸说:"戴了厂徽的不准进。"山秀看出功夫不像是开玩笑,气来了,质问功夫:"往常不是不戴厂徽的不让进吗?"功夫对山秀说:"你出什么洋相?别人都不戴你戴什么?"山秀愣在那里,她没有想到她戴厂徽反而错了。功夫伸手就要摘山秀胸前的厂徽。山秀气不打一处来,指着功夫说:"你敢?功夫你现在像人了是不是?你像人了不把我山秀放在眼里是不是?你穿了一套老虎皮了是不是?我跟你说我生是厂里的人死是厂里的鬼,别个戴不戴厂徽我不管,我是要戴的!

我戴厂徽有什么错？我找厂长评评理！"功夫见山秀要找厂长评理，慌了手脚低了声音哀求山秀："秀，秀，别乱来别乱来，厂长心情不好。"门口站的内保上来了几个帮功夫劝山秀，说："大姐，你不知道，厂里欠湖南一个厂的钱，今天早晨天未亮，管生产的副厂长被湖南法院来的专车偷偷地从被窝里扯出来捉去了。厂长把自己的办公桌子擂穿了。"山秀就指着功夫的鼻子说，功夫："这时候我懒得跟你说，回去后我俩再把账算清楚。"

功夫手里捏着一摞纸，那是厂里工人的花名册。功夫带着山秀和后面来的一群姐妹朝厂食堂走。食堂门口，财务股长提着个蛇皮袋子站在那发午餐。功夫在花名册上用笔勾一个，财务股长就发两个面包一根火腿肠儿给勾的那个人。财务股长微笑着对山秀她们说："各位辛苦了，厂里的食堂早就停伙了，大家老远来开会，厂长叫我给大家每人发点东西当中饭。东西不多拿不出手，是厂长的一份心意。"财务股长的话说得山秀姐妹们心里暖烘烘的，很感动。会在食堂里开。食堂很大，厂里停工停长了，很长时间没有开伙，显得有些阴气。工人们住得散各谋各的生计，尽管是电视通知，一下子也到不齐，前前后后三个五个的一来。这一点厂长早预计到了，所以就把他的话用个录音机录好了。叫功夫守着，工人来了后随来随放。录音机放在食堂的桌子上。功夫带着山秀她们三五个姐妹到食堂里，在饭桌四周的条凳上坐着听厂长讲话。厂长在机子里心情不好，沉痛地说："各位姐妹各位兄弟，我首先向大家检讨！我对不住大家。现在厂里快要破产了。这几年折腾来折腾去谁也没责任，临到我挑这个责任。我想我的难处大家都晓得不需我多说。现在我受县委的委托，向大家宣布，凡在我厂上班的正式职工，从通知之日起两个月的时间内每人必须交一千五百元的集资款，拯救工厂危亡。厂是大家的，大家是厂的，希望大家在规定的时间内交齐集资款到厂里上班。不交集资款的，我只有转达县领导意见，暂时自谋生路。"录音机里一片噪音后，没有声音。过了会儿，机子里突然传出了歌声，没有前奏，唱："你究竟有几个好妹妹？"功夫蹦起来一下子把机子关了。厂长的会开完了，食堂里一片死静。有个女工哇的一声哭了起来，说："不发工资还要我们集资，我们哪里来的钱？"山秀眼睛红红的，不敢在食堂里多待，赶紧低头跑了出来。功夫跟着山秀出来了。山秀抬头看了看天，天上的太阳很白，无风，河里一片银色。功夫指着山秀胸前戴的厂徽说："你还戴不戴？"山秀气愤地对功夫说："不戴么样？你能养活我吗？"功夫的脸气白了，盯着山秀说："我养不活你，世上有钱的男人多的是，你找别人去！"山秀没想到功夫说出这话来。山秀愣了一会儿，愣明白了，说："好哇，功夫，我总算看清了你！"功夫就知道这句话说坏了事。

天黑了的时候，功夫穿着警服骑着车子从厂里下班回来，从衣兜里掏出钥匙打开门,屋子里空荡荡的,女儿上晚自习去了,不见山秀。功夫揭开锅,锅里冰冷,什么东西都没有。功夫同山秀结婚多年,晓得山秀的厉害。山秀平日是不轻易发脾气的,若是他做过了分,她的犟劲上来了,她是不会轻饶他的。功夫从厨房里转出来,转到卧室里,发现中午厂里发的两个面包,山秀没吃,放在写字台上,只是火腿肠不见了。功夫转到女儿的房里,发现火腿肠的红皮剥在桌上。功夫知道山秀把火腿肠给女儿吃了。山秀生了他的气,没有做饭,但山秀把两个面包留给了他。功夫回到卧室里,拿起写字台上的那两个面包,眼睛湿了。山秀还是想着你呀功夫,疼爱着你呀功夫。恩爱夫妻间那种说不清道不明的情感,真是剪不断理还乱。功夫知道山秀到哪里去了。

功夫把两个面包啃了,喝了碗开水,灌饱了肚子。功夫脱了警服,换上晚上出去的破衣服。功夫对着镜子摸着自己的脸苦笑了说:"功夫,白天过去了黑夜来临了,你去做鬼吧!"功夫一身破衣服来到楼下,把停在楼下的麻木发动了。功夫哪里都不去,把麻木径直朝儒学巷里开。一阵阵的黑烟子,青石板白石板上颤着麻木的轮迹儿,窄窄的儒学巷子里都是颤抖的声音。听见麻木的声音,山秀对老太说:"那东西来了。"老太说:"他来接你回家了。"麻木的声音越来越近。山秀站起来,背抵着门,说:"我恨他,我不要他进来。"老太说:"恨有什么用?恨能当饭吃吗?你让他进来,有话当面说。"

老太把门打开敞着。功夫熄了麻木,踏着青苔上了古色古香的戏台,来到老太住的屋子里。屋子里没亮灯,暮色衰微。功夫进屋子后,屋子里光线暗,半天没看清屋子里的人。老太坐在黑暗里,问:"哪个进来了?"功夫说:"娘,是我。"功夫随山秀叫老太叫娘。老太问山秀:"他是谁?"山秀冷笑一声说:"娘,他,你不认识吗?他就是你的学生,往日剧团会翻几个跟头的功夫呀!他嗓子像个鸭公,饰什么都不行,就会翻几个跟头。唱武戏跑龙套,他一个掉猫几个小翻出山门很像回事儿。那时候他做梦想剧本要是不要唱词儿光翻跟头该多好,那就全是他的戏。"老太说:"啊,我记起来了,有这个人。"功夫一见那阵势,就知道今天有戏唱。娘俩告好了曲儿,不会轻饶他的。

老太对功夫说:"你来做什么?"功夫马上一个单膝朝老太跪下去,双手抱拳,脸扭向一边,说:"儿臣特来负荆请罪!"老太坐在椅子上问功夫:"你向谁负荆请罪?"功夫说:"我向您!"老太淡淡一笑,说:"你向我负什么荆请什么罪?"功夫说:"当年我在剧团里就只会翻几个跟头,姑娘们都瞧不起我,要不是您作主,女儿她娘就不会嫁给我的。"老太一笑说:"啊,有这件事吗?"功夫说:"老太的大恩大德,功夫终生不忘!"老太对山秀说:"扶他起来。"山秀鼻子哼一声:"我才不扶他!"老太对山秀说:"男儿膝下有黄金。不能让男人久跪。久跪的男人会伤元气的。你以为他这是向我跪吗？冤家！你还要他怎样？"老太的话说得山秀动了感情。山秀对功夫说："还不起来吗？你舍得做，做到了堂哇！"

老太拈起桌上碟子里的一颗枯蚕豆，去了皮，放在嘴里嚼。老太闭着眼睛说："你们都成家立户了，为什么还来烦我这个老太婆？手心手背都是肉，我说谁好？我为什么要像演戏一样地劝你们！我老太一生的戏演少了吗！你们日子过不下去就来找我。你们不知道我现在需要欢乐啊？你们怎么不把欢乐带给我呢？"山秀红着眼睛不作声。功夫说："娘，我们以后一定把欢乐带给您。"老太正色了，对功夫说："你以为我不说你是吗？你听好，老太今天要说你几句。夫妻之间不是所有的话都能说，有些话能说，有些话不能说。恩爱夫妻什么话都能说，一句话不能说。不就是苦吗？不就是穷吗？不就是要你们穷苦的日子奔成幸福的日子吗？你们扶着搀着朝前奔就是，为什么要说昧良心的话！山秀爱不爱你！你心里清楚。山秀要是不爱你，当初嫁你吗？你是不是以为你现在比山秀强些？"功夫眼红了，说："娘，我哪敢那样想？我是怪自己无用啦！我白天穿警服是人，黑夜里我穿这身破衣服开麻木儿，做鬼，还不是为了赚点钱养家糊口。厂里要集资我们拿不出钱来，我心里不好受一时糊涂才说出那句气话来的。"老太说："你们才活几天，享得起捐受不住罪。我告诉你们，不要以为人生的日子是太阳，总是圆的。人生的日子就像那月亮，有缺的时候有圆的时候，缺是为了更好的圆。你们去了，我要嚼几颗蚕豆休息了。"

山秀和功夫下了古戏台，走到儒学巷里。山秀坐到麻木里面，功夫在前面开。山秀望着前面开麻木的丈夫，穿着身油渍渍的破衣服，心里很不好受。麻木开到儒学巷的巷口儿，山秀颤声对丈夫说："你把麻木停下来。"功夫说；"我把你送回家。"山秀说："我要你送什么？我自己走回去。你趁早去拉几趟客，明天全家还等着你今夜的钱买菜呢！"功夫把麻木停下来了。山秀下了车。山秀把她身上套的线领褂脱下来，递给功夫，说："夜长，春寒如柞刺咧，你要多带件衣裳。"

山秀夫妻两个在毛巾厂里，两个人要集资三千块钱，不是个小数目。山秀想无论如何要出去找点事做，赚点钱，不能全靠功夫一个人了。第二天吃了早饭，功夫换警服到厂里上班去了。天阴沉沉的，一副要雨未雨的样子。山秀来到了南城开发区的梦也舞厅。梦也舞厅是山秀剧团的一个小兄弟下海开的。梦也开始不叫梦也，叫野鸳鸯。因为这个名字生意很火。那小兄弟说，现在就是要明目张胆，把事说穿，才过瘾。又想当婊子又想立牌坊，那生意怎么样做？后来县扫黄办准备罚野鸳鸯三千块钱，县扫黄办里，那个小兄弟有人，那人给小兄弟透了风。那小兄弟连夜找了县政府办县委办的几个笔杆子，给他改舞厅的名字。两办的笔杆子们见多识广，没费多少工夫就把"野鸳鸯"改成了"梦也"。梦也比野鸳鸯好多了，雅俗共赏老少皆宜。人生难无梦？人生真如梦也。

梦也舞厅设在开发区办公大楼的三楼。山秀上去时，剧团的那个下海的小兄弟正在同舞厅的几个外地妹说笑。那几个妹子是从湖南四川来的，一个个十八九岁，正在化妆，把颜色往脸上抹，遮住眼泡和脸上隔夜的浮青。她们对着镜子张着嘴唇，成O形，往嘴唇上涂唇膏，直涂得鲜艳夺目为止。那个小兄弟见山秀来了，连忙起身，迎到门外，说："秀姐，你怎么来了？"山秀说："我来找碗饭吃。"那个小兄弟说："秀姐，你怎么这样说话？"山秀说："没外人，我在你小兄弟面前也不爱那个脸。我是来找碗饭吃的。"山秀就把厂里集资的事和自己的难处对那个小兄弟说了。那个小兄弟说："秀姐，你是我的大姐。你来舞厅我欢迎。只怕是赚不了几个钱。"山秀就知道那个小兄弟说话的意思。舞厅是卖青春的地方，她人老珠黄了。山秀说："我不想赚大钱。我只想在舞厅送茶水饮料，外带打扫卫生，做两个月，凑点集资钱。"那个小兄弟说："秀姐，既然如此，你来做两个月吧。我一个月给你五百块钱的固定工资，帮你凑一下厂里的集资钱。但是，秀姐，兄弟我有句话要说在前头。"山秀说："你说。"那个小兄弟说："秀姐，我现在是江湖上混的人，吃的是江湖饭。你到舞厅里来，一要看见了像没看见，要看惯，二不能跟人比，舞厅里说无钱也无钱，说有钱，钱多得像海湖。"山秀讷讷地对那个小兄弟说："这事我晓得。我连这点事也不晓得，我是你的大姐吗？"那个小兄弟高兴地说："那就好，算我多说了。"

山秀就到梦也来上班。山秀戴着草帽和大口罩儿，先用扫帚把舞池扫一遍，再用拖把把舞池拖一遍。黑大理石的舞池就像镜面一样地发亮。这时候天就彻底地黑了，舞厅里彩灯一开，五光十色地转，人就晕晕的，脚底下像踩了棉花，整个儿像做梦。那些浓妆的外地妹子们，当山秀打扫舞池的时候，聚在包厢里补妆。山秀把舞池打扫干净了，剧团的那个小兄弟把彩灯打开了，站在舞池当中，拍两个巴掌，她们就从包厢里有红有绿地出来了。这时候舞客们陆续来了，她们就开始拉客陪，开始了她们新一夜的生意。她们一个个从山秀身边走过去，都不拿正眼瞧一下山秀，像是山秀本就不该到这里来。没化妆，一身朴素衣裳的山秀在五光十色的舞厅里不知站在哪里是好。山秀就端盘子送茶送饮料，那些来潇洒的男人们，看见她送，爱理不理的，像是山秀败了他们的兴。山秀心里好笑。山秀在剧团混了多年见过这些做戏的场合。山秀笑过之后，心里不是个滋味儿。那些外来妹，专门盯着来潇洒的男人跳，台上的男女歌手换班吼歌，吼了一曲又一曲。慢四慢三，快四快三，接下来就是叫"熄斯"的。"熄斯"要熄三分钟的灯,只有脚灯像鬼火儿在一眨一眨的。这黑暗里就有很多的男女动作。通常"熄斯"跳完了,潇洒的男人们就开始付那些外地妹们的小费。通常是一张崭新的百元票子,伸展了,直接地递过去。他们与她们做这些事的时候,山秀目瞪口呆地站在旁边看。那些外地妹看见山秀站在旁边看她们收小费,就把钱收好了后,用冷眼蔑视山秀一会儿。山秀心里就更不是个滋味儿。山秀心想,这些女孩凭张脸,一夜的小费就是一百块,一个月下来就是三千块,钱真来得容易。山秀想她和工厂的姐妹们累死累活,一个月下来才百把两百块钱,还不如她们三个晚上。山秀想到这里心里就痛。那些外来妹子陪着潇洒的男人们在舞厅里,神气活现的,根本瞧不起山秀。

　　那天晚上山秀送饮料,不小心踩了一个外来妹的脚,把她的红鞋踩脏了。那个外来妹是梦也舞厅的台柱子,剧团的那个小兄弟都哄着她,靠她拉生意。那个外来妹对山秀说:"你没长眼吗?"山秀气极了,说:"眼睛长了,长得没你的好。"那个外来妹说:"你吃什么醋?眼红了是不是?你年轻的时候做什么去了?"山秀笑,对那个外来妹说:"你问我年轻的时候做什么去了,我告诉你,我年轻的时候也在台上啦!"那个外来妹说:"哟,那你还到舞厅来干什么?"山秀就被那个外来妹气糊涂了,说:"来同你争风呀!"那个外来妹嘴撇得像把瓢,说:"那你就争呀!踩我的脚干什么?"山秀就高声冷笑了,指着那个外来妹说:"不就是化妆?你晓得老娘是做什么的?老娘化给你看一看。"

　　山秀就在后台找到了剧团的那个小兄弟。山秀说:"小兄弟,明天我不干扫地掇盘子的事。明天我也化妆。"剧团那个小兄弟对山秀说:"秀姐,我同你说了,我是吃江湖饭的,你不要与她一般见识。"山秀咬了咬牙,说:"不就是赚钱吗?她赚得我也赚得。"剧团那个小兄弟说:"秀姐,怕不合适?"山秀说:"我急需钱啦!我不急需钱,到舞厅来干什么?"剧团的那个小兄弟沉默了半天,说:"这是你的事,你想好。"山秀笑出了眼泪,说:"小兄弟,事情到了这个田地,秀姐想好了。"

　　山秀决定在梦也舞厅里去伴舞。山秀想这事不能与功夫说;山秀又想,这是件大事儿应该找老太商量一下为好,征求一下老太的意见。山秀到古戏台上找老太的时候,不知道为什么两条腿发软。她想,她要是把这事同老太说了后,老太不同意,骂她一餐怎么办?山秀想老太要是骂得有道理,那就算了。山秀这回提到老太那里去的是一袋油炸的蚕豆儿。山秀到门边的时候,老太早把门打开了。老太见了山秀手里提的油炸的蚕豆,就笑,说:"来得好不如来得巧,我的蚕豆儿正好嚼完了,我正愁没东西练功,你就送一袋子来了。"山秀说:"娘,不瞒您说,女儿只买得起蚕豆儿。"老太说:"我要你买什么蚕豆儿?你以为我连练功的蚕豆儿也买不起吗？你一定有什么难事找我嚼。"山秀一下子抱住了老太的脖子，说："娘，我是遇到了一件难事儿，要你给我拿主意。"老太说："你三十多岁的人了，不要动不动就动感情。你坐好同我说。"山秀就把她在梦也舞厅遇到的事同老太说了。老太听山秀说完了，半天不作声，往嘴里丢了几颗蚕豆儿，嚼。老太嚼着嚼着，忽然嚼笑了，说："我晓得你进门搂我的脖子动感情是怕我不同意。我为什么不同意？我同意的。去吧！为什么不去，为了生活要去的地方，你得去。娘年轻的时候，为了活命，不该去的地方娘也去了。娘现在不还是一清二白的娘吗？笑话，脏的是娘吗？"山秀说："娘，别说这些话。"老太说："去吧，不去又怎么样？厂里三千块的集资，你哪里去找？不就是化妆吗？那真是说笑话儿。当年娘把娘的一个麻脸小妹，打扮得像花儿一般，一晚上赚了一个黄金客的五百大洋。第二天娘把那麻脸小妹洗了妆，让那个黄金客看见，气得那个黄金客差一点跳了长江。"山秀说："娘，你别说笑话儿！"老太说："女儿，你看我是在说笑话吗？"山秀的眼泪一下子下来了。老太说："叫你在我这里不要哭，你又哭。不要哭了。娘来教你化妆。"山秀坐下来，对着镜子，让老太教她化妆。老太打开梳妆台，那里面人间什么美丽的颜色应有尽有。老太回天的妙手，一会儿就把三十多岁的山秀化妆成十八岁的少女一般。老太对着镜子问山秀："女儿，我的手艺如何？"山秀流着眼泪说："娘，你比观音娘娘的手还巧。"老太说："女儿，我要是没这本领是你的娘吗？你就按娘教给你的去做，保管你夜夜年轻。不要怕，人家真的要你的时候，你就洗妆。有钱的东西爱的是妆。你洗了妆，他就不会要一个人老珠黄的女人了。"老太对山秀说："去吧，我要说的说了，要教你的教给你了。你赚了钱，再来的时候，别的不要，你还是给娘提袋枯蚕豆来。"山秀走下戏台的时候，禁不住哭出了声。

　　山秀化了妆，从化妆的包厢出来的时候，整个舞厅的人眼睛一亮，谁都不相信，她就是平常那个扫地端盘子送饮料、人老珠黄的山秀，像是脱胎换骨了。山秀穿着粉红色的裙子，婀婀娜娜，像个顺着音乐从天上走下来情窦初开的仙女。山秀云鬓高耸，唇红齿白，脸蛋儿光彩照人，惊得那些外来妹黯然失色了。那些外来妹哪里是她专业演员的对手？舞厅的音箱里，轻音乐像大山里的泉水流淌，松涛阵阵，五彩的灯在头顶上旋转。山秀心里一热，我这不是又回到台上了吗？山秀一下子找到了感觉。对于吃开口饭的人来说，感觉就是戏，就是精气神。只要感觉到了位，就会左右逢源，如鱼得水，还愁无人为之倾倒。

　　博物馆的器重就是那几天开始到梦也舞厅去的。他戴一副高度数的近视眼镜，镜片儿尽是圈圈。他小小的年纪，仙风道骨般的清瘦。初夏了，器重又爱穿黑色的短袖衫儿，一条玄色的长裤子，短袖黑杉子用一条棕色的皮带扎在瘦腰间,更显得高深莫测。

器重是个孤儿。器重的父亲是中华人民共和国成立之后S县博物馆的第一任馆长。器重的父亲是北京大学历史系毕业的,本来在中央考古研究所工作,由于家庭出身的原因,"文化大革命"期间遣返原籍当了文化馆的文物保管员。"文化大革命"后,文物从文化馆分开建立博物馆,器重的父亲平反后,当了博物馆的馆长。器重的父亲几十年埋头著述的四十万字的《鄂东方言考》没在中国出版,却在日本出版了。由此可见器重的父亲深厚的学问功底和国内国际的影响。器重的父亲五十五岁才结婚,找的是城关小学一个命运多舛弱不禁风的小学教师。器重小学毕业那年,饱经风霜的父亲母亲相继去世了。器重初中高中直到考上大学,都是博物馆负担的。博物馆的人开玩笑说,器重是博物馆的馆藏文物,器重不反对还深以为然。所以器重武大历史系毕业后,哪里都没去,回到了家乡博物馆,继承了他父亲的事业。S县博物馆馆藏丰富,尤其是古籍多,为全国县级之最。各个朝代各籍经、史、子、集,线装书三万多册。这些线装书需要人专门分类研究校误整理。器重就在博物馆里埋头做这个工作。

器重只身住在博物馆的藏经楼里。S县博物馆是一座宋代的儒学馆,保存完好也是全国之最。高耸的龙脊围墙里,围着一方净土。木结构一进两重的文庙雄踞在院子中央,两边是东虎和西龙。器重住的藏经楼在文庙的右侧,是一座两层木楼,斗拱飞檐,古色古香的木格子窗根,红墙直上,因其小而显得高。器重住在藏经楼的楼上。藏经楼的小窗正对着院子外古戏台上老太住的古屋。小县城日益多的是人,人多了就互不相关,谁也不去打听谁,咫尺天涯地住在日子里。器重和老太把窗子闭着的时候,就只有灯光从窗户缝儿漏些出来,亮着静夜。清晨这边的窗户和那边的窗户都打开了的时候,才有些眼会。也只有些眼会,一个老的和一个少的,只知道对方是人,在过日子,双方仍不知道对方的根底。

器重是刚过完他二十八岁的生日,到梦也舞厅去的。那天,是博物馆的老馆长带领全馆的人给器重做的生日。老馆长到街上买了个生日蛋糕,全馆的人聚在文庙里,在生日蛋糕上插了二十八支蜡烛,点亮了,一齐为器重唱起了《祝你生日快乐》。大家反复地唱,唱到后来,老馆长他们年纪大了,嘴关不住风,扯不起气来。只有老馆长孙儿和外孙女拍着两双小手儿,仍在起劲地唱:"祝你生日快乐,祝你生日快乐!"器重一手一个抱起老馆长的孙儿外孙女,感动得热泪盈眶。老馆长就是那时候为器重的婚姻大事发愁的。老馆长对器重说:"器重,我和你父亲是老同事了,你在我身边长大,也算是我的儿子。你再也不能把自己关在藏经楼上了,你年纪不小了,你要到外边去走走,找个合适的姑娘。"器重流着眼泪点了点头,说:"我听你的话。"大学毕业的器重,整天待在藏经楼上,研究整理古籍，深居简出，尽管在国家级的权威杂志《文物与考古》上发了好几篇论文，但除了博物馆的人外，很少人认得他。眼看器重的年纪一年比一年大了，老馆长动用关系，为器重介绍了好几个姑娘，器重孤儿一个，参加工作时间不长，工资不高，几乎没有积蓄，由于这些原因，不是姑娘没有看中器重，就是器重看不上姑娘，不了了之。器重长期同那些古籍打交道，一日他与老馆长走在街上，有人对他嗅嗅，说："老馆长，器重成了仙的。他身上有一股仙味儿。"老馆长对那人骂："你娘的瘟！现在哪来的仙味儿？那是霉味儿。"那人对器重说："你这好的大学本科毕业生找不到老婆，你么不急？"器重浅浅一笑，对那人说："急有什么用？"博物馆的藏经楼里，传说住着只火红的狐狸，成了精，可以迷人。人说器重不急是被那个狐狸精迷住了。可器重从来没有看见那只美丽的狐狸。寂寞的器重有时候想，若是真有只火红的狐狸变成了个美丽的姑娘与他终身相伴，那也是可以的。器重二十八岁生日那天晚上喝了点酒，晕乎乎的。那天晚上，风好，摇着藏经楼上的爬山虎的叶子，哗哗地响，乱了时光。那时候器重看见楼角里红光一闪，越过墙头不见了，在他心里留下一道欲念的霞光，久久不肯逝去。器重心里默念，变吧，变成一个美丽的姑娘吧。但那道红光再也没有出现。那时候器重痛苦得灵魂出窍。他知道他青春的大限已经到了，他太焦渴了，他不能再等了，他需要人生必不可少的爱情滋润，不然，他就会渴死。器重那天晚上就到梦也舞厅去了。

刚下一场阵雨，初夏晚上的天气很好，空气很新鲜透过城市迷离的灯光，仰望久了可以看到夜空里头许多的亮星星，这给器重许多希望和诱惑。穿戴整齐了的器重朝口袋里装了钱包，穿过儒学巷，朝大街灯火辉煌处走，辉煌在他五百度的近视眼镜后的眼睛里燃烧。刚发了工资，钱包里有他一个月的工资二百八十多块钱。器重一个月的工资本来有接近四百块钱，县里财政紧拿不出钱来，每月只发百分之七十，所以器重每月只领这些。器重走到大街灯火最辉煌的地方，那便是山秀剧团的那个小兄弟开的梦也。山秀剧团的那个小兄弟之所以能领导小县城舞厅的新潮流，生意特别好，是因为他经常能出常人想都想不出的绝招儿。那一阵子，山秀剧团的那个小兄弟在梦也舞厅里推行他策划的九十九朵玫瑰活动。九十九朵玫瑰活动专门是为单独来梦也潇洒的男人设计的。梦也舞厅的门票十五元，单独来潇洒的男人买一张门票，就给他送一朵鲜艳的玫瑰花。这些鲜艳的玫瑰花是山秀剧团的那个小兄弟每天从花卉公司专门买的。每朵玫瑰花王元。器重走到梦也舞厅卖票的窗口，掏出十五块来，买了一张门票，转身就走。卖票的小姐叫住了他。器重站住了，问："小姐，还有什么事？"卖票的小姐取出一朵火红的玫瑰递给他，唇红齿白地对他说："先生，送给您一朵玫瑰花。"器重愣了半天，说："小姐，是送给我的吗？"卖票的小姐柔情似水地对器重说："是的，先生。是送给您的。祝您在梦也舞厅里度过一个幸福的夜晚！难忘今宵！"器重听了卖票小姐的话，心里顿时涌起一阵阵感动来。

其实山秀剧团那个小兄弟推行的九十九朵玫瑰活动是全方位一条龙的，是经过精心策划了的。这些把没有到过梦也的器重蒙在鼓里了。器重手里拿着那朵鲜艳的玫瑰走进梦也舞厅的时候，舞会还未开始。舞厅的立体声的音箱里，正在放古筝曲《高山流水》，那大珠小珠落玉盘的声音，使搞文物研究的器重，一听就产生了一种说不清道不白的思古幽情。器重听了那乐曲，鼻子里就有股酸酸的感觉。随即，就进入了一种高山仰止美轮美奂的意境。彩灯旋转着，迷乱着时空。器重手里拿的那朵玫瑰散发着清幽的香。器重择了个包厢坐下了。包厢是按半关半掩的形式设计的，五彩的流苏三面挂着。包厢里仿真皮的沙发围着一个茶色的茶几，茶几上放一个洁白的小盘子，点一支白蜡烛，一掬光，袅袅的亮。器重坐下来，山秀剧团的那个小兄弟就开始放香雾，那香雾一阵阵的像潮水层层地涌，迷离人的眼睛。器重就为那美的意境深深地感动。他想，往常为什么就没有发现这么一个值得一来的地方呢？

器重进舞厅的时候，就被化了妆的山秀看在眼里。对于进舞厅的单身男人，伴舞小姐一般要观察一段时间。不观察一段时间怕发生误会，要是那男人是在等他的情人或是女友，你去冒昧了，那就是一件很不好意思的事情。山秀一旦入了戏，很快就知道了舞厅的行情。等了一会儿，来跳舞的男男女女多了起来，器重还是一个人坐在那里，山秀就看出他不是在等人。山秀就走过去，小鸟依人地站在器重面前，嫣然一笑，说："先生，能把你手中的玫瑰献给我吗？"器重抬头看山秀一下子惊呆了。器重大学毕业回来这多年在县城里还没有发现这么漂亮的姑娘。化了妆的山秀真是漂亮极了，她的眼睛是经过专门训练了的，她举手投足都是经过专门训练了的，在剧团的二十年里，老太全是按美的标准训练山秀的。为了训练一个山秀，老太不知花费了多少心血。这么个山秀一旦化了妆，入了戏，那就是一轮皎洁的明月。器重就站起身来，把手中的那朵玫瑰递过去，激动得语无伦次。山秀接了器重的花，就挨着器重坐下来。器重问："小姐贵姓？"山秀掩嘴笑了，说："我姓无。"器重问："是吴吗？"山秀说："你猜错了。是无有的无。"器重一惊，说："我们县没有这个姓呀？"山秀说："所以我就姓无。"器重对山秀说："你真幽默。"山秀叹口气说："我幽默什么？古人不是说过，假作真时真亦假，无为有处有还无吗？"器重说："对，对。"两人默默地坐了会儿。器重说："小姐是不是遇到了什么不顺心的事？"山秀说："先生，是不是遇到了什么不顺心的事？"器重支吾着说："没有，没有。"山秀淡淡一笑："一定是遇到了。"器重说:"你怎么知道我遇到了不顺心的事?"山秀说:"是因为你问了我遇到了什么不顺心的事。"两人相视一笑,眼里便有了活的风。器重心想这姑娘不同凡响呢。器重问山秀:"小姐什么学校毕业的?"山秀说:"你猜呢?"器重说:"你是表演系毕业的吧?"山秀心里一惊,问:"什么表演系?"器重说:"戏曲表演系。"山秀银铃般地笑了,喘不过气来,眼睛里有了盈盈的泪光,说:"你说对了。"器重说:"是真的吗?"山秀说:"你看我是不是真的?"器重说:"我相信是真的。你举手投足都是美的,没有经过正规训练的人是达不到的。"山秀说:"先生真有眼力。"器重问:"小姐芳龄多少?"山秀拿脸对着器重,说:"你猜猜。""十八?"山秀摇摇头。器重说:"二十?"山秀说:"我真的那么年轻吗?"器重说:"二十二?"山秀拿着器重送给她的那朵玫瑰说:"不要猜了。我的年龄在您的眼里,您愿意我多少岁我就多少岁。"器重这时候叹了一口气。山秀笑了说:"先生为什么要叹气?"器重说:"准你叹就不准我叹吗?"山秀说:"那你就叹吧。"器重说:"我今天叹气是因为我终于在这个小县城里遇到了一个浑身仙气的姑娘。"山秀说:"你说我身上有仙气吗?"器重说:"是呀!"山秀大笑了,说:"先生,你真会说笑话。"器重说:"我说的是真的。"山秀说:"先生,不说这些累人的话好吗?在梦也我们相逢了,说点高兴的事。"器重问山秀:"什么是高兴的事?"山秀说:"那我就陪你静静地坐会儿。"两人便默默地坐着。器重心里想这姑娘一定像他一样失恋了。

音乐响起,舞会开始了。山秀把手里的玫瑰插在茶几上的花瓶里,这表示这个包厢已经有主了。山秀站起来对器重说:"先生,我请你跳舞好吗?"器重慌忙站起身来,说:"小姐,我不会跳。"山秀望着器重说:"不会吧,先生,不会跳你花钱到舞厅里来干什么?"器重说:"我真的不会跳。我今天是第一次到舞厅来的。"山秀说:"你会走路吗?"器重脸红了,说:"走路我当然会。"山秀说:"会走路就能跳舞呀。跳舞好呀,跳舞能让人忘记人生的烦恼。来,我来教你。"台上乐队奏起了《像雾像雨又像风》。山秀拉着器重的手,下到舞池跳了起来。萨克斯和小号反复咏叹着,山秀纤纤的手握着器重,器重小心翼翼地搂着山秀的柔软的腰肢。几圈下来,器重就学会了。山秀小声对器重说:"你的悟性真好。"器重高兴地说:"因为有你这个好老师。"两人都愉快地笑了。器重说:"和你跳舞我感到很幸福。"山秀说:"先生,我愿意为你服务。"器重笑出了声,说:"小姐,你怎么这样说呢?"山秀说:"是真的,先生。我今夜就属于你。"器重听了山秀的话,搂山秀的腰的手就幸福地颤抖起来。器重说:"小姐,你说的是真心话吗?"山秀说:"我从来没有说过假话。"器重就连声说:"谢谢谢谢,谢谢!"器重搂山秀腰的手就情不自禁地紧了些。器重从来没有同姑娘挨得这样的近，他闻着一阵女人肉体的清香，他就醉了。几曲下来，器重就觉得他再也离不开山秀了。舞厅熄灯跳"熄斯"的时候，周围一片男女的声音，器重青春有力的手就把山秀朝他怀里按。山秀就在器重的怀里浑身颤抖起来。山秀想起了功夫。山秀尽管是演戏的出身，台上演戏不知与人做过多少回夫妻，但那是演戏，大山里出来的山秀除了功夫之外，她还没有被别的男人这样地搂过。器重问山秀："你怎么了？"那时候山秀眼睛里的泪水就一片模糊，好在没有灯光，器重没有看见。山秀对器重说："先生，不要管我。"灯亮了之后，器重发现山秀哭了。器重说："你哭了？"山秀点了点头。器重说："你为什么哭？"山秀说："你为什么要问？"

夜深了，还有两个曲子，只要山秀剧团的那个小兄弟用小号吹起了《难忘今宵》，舞会就要结束。舞池里跳的人少了，包厢里一片银光，人影绰绰。山秀知道那些外来妹开始收账了。山秀对器重说："跳累了，我们歇会儿吧。"山秀说这话的时候，眼睛就游离了，对着别的包厢里看。包厢虽然半关半掩的，但还是互相看得到的。这举动引起了器重的注意。器重就朝别的包厢里看。器重不看则已，一看吃了一惊。器重看见那些单身来梦也潇洒的男人们正在付小费给为他们伴舞的外来妹，一张四人头的票子，伸展了，放在茶色的茶几儿上。器重看着游离的山秀，说："小姐，你收钱吗？"山秀的脸霎地红了。器重知道山秀是收钱的。器重伸手进口袋里拿出钱包。山秀看见器重拿钱包的手颤抖着。器重拿出钱包，对山秀说："小姐，你收多少？"山秀咬紧嘴唇扭过头去不看器重。器重从钱包里拿出一张五十的票子，放在茶几上，对山秀说："小姐，这些少不少？"山秀的眼泪一下子下来了。山秀说："先生，你要是困难，你把钱收起来。"器重说："那怎么行？"山秀说："那我就对你说实话，舞厅的伴舞小姐从来是不收五十的，她们都收一百。我长得不比她们差，我不能让她们笑话我。你要么不给，要么就按她们的规矩办。"器重哆嗦了一下，从钱包里拿出四人头的一张来，放在茶几上。山秀对器重说："先生，实在对不起，本来不应该收你的钱，我知道你的钱来得不容易。但是我最近遇到了一件麻烦事急需钱用，所以就让你破费了。"器重说："你遇到了什么麻烦事，能说出来我听听吗？是不是失恋了，男朋友逼你还钱？"山秀心里苦笑了，你这个雏儿呀？你为什么看不破？山秀咬了咬牙说："就算是吧。"山秀一副心有五味楚楚动人的样子，叫器重更加疼爱。器重问山秀："小姐，你常在梦也吗？"山秀摇摇头说："我不是常在梦也的人啊，我怎么可能常在梦也呢？"器重说："那你为什么到梦也来了？"山秀对器重说："我不是跟你说了吗？我最近遇到了麻烦，急需钱用，没有其他的办法才到梦也来的。"器重满怀深情地对山秀说："小姐，明天晚上我还能看到你吗？"山秀说："这一段时间我在梦也里。"器重说:"明天我还能同你跳舞吗?"山秀说:"先生,那是很花钱的。"器重一拳擂在茶几上,痛苦地大叫一声:"不就是钱吗?有几个人值得我爱呢?"山秀说:"先生,你年轻,你不能这样做。你不像那些有钱的男人。"器重痛苦地说:"你难道还不知道我的心吗?"山秀说:"我怎么不知道你的心呢?我正因为知道你的心,才劝你不要这样做。"器重说:"我怎么不能这样做?你笑我无钱吗?不就是钱吗?不就是钱吗?你知道不知道凡高为了爱情割了自己的耳朵?"山秀说:"我不知道。"器重说:"你等着我。"器重说完头也不回地走了。山秀心绞痛了。舞厅散场了。山秀从梦也没卸妆就无精打采地朝回走。大街两边的夜排还没有收摊,作彻夜歌唱。有男人和女人捏着话筒在捉对地吼电视剧《渴望》里的插曲:"有谁告诉我,是对还是错?问询南来北往的客?"

山秀摸黑上楼梯掏钥匙打开门,屋里一片黑。女儿下了晚自习,小房子里传出了女儿睡熟的鼾声,山秀听着女儿的鼾声,心里涌起一阵温暖来。卧室的门敞着,功夫早收麻木回来了。房门敞着说明功夫在等她回来。山秀进房拉亮电灯,功夫头向里地睡着没动静。山秀知道功夫没有睡着。功夫睡着了就像女儿样打着小酣。山秀同功夫做夫妻十七八年了,丈夫睡没睡着,别人不知道,她是知道的。但功夫不动装作睡着了。往常只要她比他迟睡,她一到屋,他就睁开眼睛问她关心她,今天他装作睡着了。山秀看到功夫这样,心里就涌起一种说不出来的滋味儿。写字台上放着两张一块钱的票子,看来功夫今晚的生意非常不好。功夫每天夜里回来,总是把开麻木的钱放在写字台上,山秀打水他洗,往往他还没洗完就睡着了。

山秀把肩上的坤包儿摘下来放在写字台上,山秀看着功夫放在桌上的那两块钱,就禁不住把坤包里的那张百元票扯出来看了看。这时候功夫就装醒了。功夫双手一伸,打了一个呵欠,说:"呵,小姐回来了!"山秀说:"功夫,你在说什么话?"功夫说:"你今天晚上真漂亮呀!比当年结婚时还漂亮些。你几好的妆。"山秀叫:"功夫,你说什么气话?"功夫说:"我哪里说什么气话,我说的是真心话。小姐,今天晚上收入如何?"功夫把手伸向山秀的要坤包看。山秀心想,男人说点气话是有的,气话是气话,有钱过日子总是个事。山秀就把坤包递给了功夫。功夫翻身从床上坐起来,用两个指头将山秀的坤包使劲地挣开,掏出那张老人头,展开,哗地抖得一响,笑,说:"哟,是那个事。"山秀说:"当然比你开麻木赚钱些。"功夫把那老人头,拿到鼻子上闻,说:"这钱怎么这样个味?"一句话把山秀气出了眼泪,山秀说:"功夫,你说什么气话?你认为我愿意去梦也吗?你有本领拿出来养活我们娘俩儿。不说远,说远了没用。就说天亮后的事。天亮后,你把这两块钱拿到菜场上去,买我们全家一天的生活看看。我的个功夫呀,这不比你当年翻跟头,你唱不倒戏,在马门前翻两个跟头,别人一月几多工资你也几多。"功夫说:"我当然是不行的。我要是行,我为什么当年要死皮赖脸地找你,我就看出你现在行。"山秀气极了,说:"谁说你不行?你当年就有本领的。你几会掏我的内裤洗。"功夫说:"那当然,我就是看到今天你会赚钱。"山秀气得眼睛在眶里转,扑上去咬住功夫的肩头。功夫也不动,任山秀咬。但是就在功夫准备痛时,山秀的嘴松了。功夫感动了一下子把山秀紧紧地搂在怀说:"你咬呀,你为什么不狠狠地咬我一口?"功夫把山秀的头用手抬起来,山秀泪流满面。功夫说:"山秀,我不是人,你咬一回吧,你咬我一口我心里好受些。"山秀扭过头咬紧嘴唇不看功夫。功夫用手一点点擦山秀的泪。功夫说:"山秀,我心里堵得慌啊,我和你都是唱戏的出身,梦也舞厅是怎么回事,哄得了别人哄得了我吗?"

　　山秀用手把功夫接她的手掰开,拿起写字台上的那张票子,对功夫说:"你拿去再闻闻,闻它变没变味?"功夫摇头对山秀说:"我不闻,我怕闻那东西。我是个男人,我晓得男人是什么东西。我当年也算得是县城的风流角色,我知道男女之间与钱连在一起是怎么回事。你自己也是台上多年的角色,我问你它干净得了吗?干净了有这东西吗?它干净了今天,干净得了明天后天吗?要它,迟早是干净不了的。"山秀说:"那你说怎么办?厂里要交集资,我俩就要三千块。我们全家每天要生活,要活下去就要钱,你给我说说,县里什么东西不要钱?女儿要读书要长身体。难道就这样活活等死吗?"功夫说:"我们就不能做点别的吗?"山秀说:"做什么啊,你说县城里做什么能赚钱?你开麻木赚了多少钱?我们工人连人带命都交在厂里了,我们什么都没有,无经营场地,无钱做本。你说个法子,我按你的去做。"功夫叹了口气,说:"别逼我,山秀,我也没有办法。"山秀用手理功夫头上的乱发,说:"是的呀,那我这样做,为什么错了?不就是在梦也里暂时赚点钱,又没打算卖东西过日子。那东西还不是你的。"功夫苦笑了,对山秀说:"是的呀,你说的对,你这个骗人的东西。"功夫的手就不安分起来,在山秀身上乱摸起来。山秀叹了一口气戳了功夫一指头,说:"你生怕人占了你的东西。我人老了,除了你还把我当个宝贝谁稀罕我?"功夫说:"那也不见得,你把妆一画,是个狐狸精,迷得死人。"

　　功夫就要做那事。山秀说:"我去洗妆再做。"功夫按住山秀,说:"不要洗妆。"功夫剥光了山秀的衣服。山秀要拉灯,功夫把山秀的手按住了。痛苦的山秀,两只眼睛又涌上了泪水。山秀痛苦地闭上了眼睛。

　　器重是在回家的路上遇到他的表哥的。夜深了,大街上的灯特别的亮。器重的表哥在路灯柱下卖水果。器重的表哥这几天卖的不是荔枝,他从岭南进的荔枝卖完了。器重的表哥这几天卖的是菠萝。器重的表哥见有人来就喊："菠萝，菠萝，新鲜菠萝便宜卖了！"待器重走拢来，表哥一看是他，就笑："啊，是你呀，表弟！"器重的表哥朝器重看，说："哎呀，表弟，你么出来了？你出来得了？你出来得了，藏经楼的那个狐狸精晚上找哪个？"器重憨厚一笑。器重的表哥问器重："你到哪里去了下？"器重说："梦也。"器重的表哥诧异了，说："你到梦也去干什么？那是有钱的牲畜去的地方。"器重说："去散散心。"器重的表哥惊讶地点点头，说："啊，散散心。"器重的表哥说着就往器重的脸上瞄，见器重容光焕发，就说："哎呀，我的个兄弟，你是不是恋爱了？"器重兴奋地点点头。器重的表哥为器重的婚姻也很着急，见器重的样子，高兴了，说："哎呀，总算有鱼儿上了你的钩！哪里的姑娘？"器重还不知道山秀是哪里的，对他表哥说不出来。他表哥以为器重在保密，就说："我晓得你不肯说。不说算了，说出来了免得你表哥羡。我的个兄弟是个角儿，在梦也里恋爱。那可是生命诚可贵爱情价更高的地方。兄弟，你荷包里有账吗？"器重说："表哥，我正要找你。"器重的表哥把手拍在器重的肩上，说："这就对了，看得起我表哥。表哥别的没有，就有几个钱。表弟别的忙我帮不了，这个忙我爱帮。说，要几多？"器重说："借我一千。"器重的表哥笑了，说："哎呀，我的个兄弟，一千块恋到个么事爱？一千块嫖个鸡还差不多。你真是书呆子。你跟我来。"器重就跟着到了他表哥的家。他表哥打开保险箱子，拿出两叠百元的大票子，丢给器重，说："这两千你拿着去恋，成了算表哥送你的礼。你看准，大胆去钓，不要怕用了钱。要是鱼吃了你的食，那就好说。还会游的鱼，有表哥我帮你的忙跑不了的。"器重的表哥把手又拍在器重的肩上，说："我的个兄弟不瞒你说，哥做生意有些年头了，红道黑道都还熟。"

　　器重的口袋里装着他表哥的两千块钱，沿着青石板白石板路朝博物馆里走，自信就上来了，感觉就是与往日不同，河水在灯光的映照下非常非常的美丽。器重回到藏经楼时，就见灯光下一个火红的影子一闪，那只传说中美丽的狐狸又出现了。器重幸福极了。

　　器重第二天晚上到梦也之前喝了一点酒。器重是从不喝酒的，他知道他的胆子小，喝酒可以壮胆。器重喝了几口酒以后，那感觉果然不同，觉得自己高大了。又是十五块钱，一朵玫瑰花，器重进了梦也之后，发现山秀正在同一个高大的男人跳。器重手里拿着玫瑰花，站在舞池边上，朝山秀示意。山秀看见了他像没有看见一样，不理他。器重就站在舞池边上等。等山秀和那个高大的男人一个曲子跳完了器重就拿着玫瑰花迎上前，要送给山秀。山秀咬着牙，对器重说："你是谁？"器重愣在那里，说："你不认识我吗？"山秀说："我不认识你。"器重说:"我就是昨天同你跳舞的呀!"山秀说:"先生,你记错了吧,昨天我没有同你跳舞呀。"器重痛苦地问山秀:"你真的不认识我了吗?"山秀说:"我真的不认识你。"器重说:"你再看看我。"山秀说:"先生,不认识就不认识,还看有什么用?"这时候那个高大的男人走上前来,一只手拍上器重的肩对器重说:"人家不认识你,你搞什么?"器重有酒壮胆,对那个高大的男人说:"我与她说话,关你什么事?"那个高大的男人就冷笑了一声,抬手给了器重一耳光,说:"不关我的事,我同她跳什么舞?我看你是没吃得亏。"耳光很响很重。器重顿时嘴角就流出了血。五彩的灯光下,器重的嘴角流出的血,就像他手里拿的那朵玫瑰花。器重冲上前,对那个高大的男人说:"你怎么打人?"那个高大的男人又抬手给了器重一耳光。瘦弱的器重手里的那朵玫瑰就打落在地上了。那个高大的男人还要打器重。山秀走上前拦住了那个高大的男人,说:"先生,别打了。"那个高大的男人问山秀:"你认识他?"山秀说:"认识。"那个高大的男人说:"他是你的什么人?"山秀说:"他是我的朋友。"那个高大的男人说:"是真的吗?"山秀点了点头说:"是真的。"那个高大的男人对山秀冷笑了,说:"小姐,你可真会开玩笑。"说完从口袋里掏出张百元的票子来,从中对半地撕了,飘给山秀,说:"小姐,算我倒霉。"转身就走。

  灯影恍惚。山秀流着眼泪对待在舞池边上的器重说:"冤家啦!"器重说:"昨天不是说好了吗,我今天还来。"山秀说:"你还来干什么?"器重浑身颤抖地说:"我爱你。"山秀喃喃地说:"还不快把地上的玫瑰捡起来。"器重就弯腰把掉在舞池里的玫瑰捡了起来,山秀接了过去。两人来到包厢里,山秀用化妆的纸揩器重嘴角上流出来的血。器重流出泪来了。山秀把器重嘴角上的血揩净了,对器重说:"你去给我把舞池里的钱捡回来。"器重说:"我不捡。"山秀对器重说:"好兄弟,我叫你去捡回来你就去给我捡回来。"山秀说这话的时候,那泪忍不住又流了出来,流得满脸都是。器重就出去把那男人撕成对半的钱捡了回来。器重说:"好妹妹,这钱没有用。"山秀说:"好兄弟,这钱用透明胶贴了还是钱。"山秀把那撕成对半的钱折了,打开坤包放在里面。器重对山秀说:"好妹妹,我有钱,你陪我跳舞,我给你钱。"山秀摇摇头说:"我不能要你的钱。"器重说:"我愿意给你。"山秀说:"好兄弟,你到时候会后悔的。"器重说:"我不后悔,我一辈子不后悔的。"山秀说:"我不是你想象的人。"器重说:"我知道。"山秀说:"我这样的人,你要逼我说真话吗?"器重说:"不要,不要,我不要知道你是什么人,只要我爱你,我不管你的从前。"山秀说:"你错了。"器重说:"我没错,没错。"山秀说:"我还要过日子,我不能同你多说,今天晚上我陪你跳舞吧,明天你就不要再来。"器重说:"不,明天晚上我还要来,我每天晚上都要来,你急需钱用,别人给你多少钱,我就给你多少。"山秀愤然作色了,说:"我对你说了这半天,把能对你说的都对你说了,不能对你说的我不会对你说,你要再坚持,我就这样对你说,我不是你想的那种人,我到梦也来是急需一笔钱用,我没工夫也没心思搞到玩,我要挣钱,你要是每天晚上来要我陪你跳舞,那就必须按规矩付我的钱,到时候你莫后悔就是。"器重说:"我不后悔。我后悔什么?"山秀说:"那好,我俩口说无凭立字为据。"器重说:"我立字为据。"器重就要立字为据。山秀按住器重的手,说:"慢,你想好,我跟你说,到时候你要后悔的。"器重感情上来了,两眼里涌出泪来,颤颤的一双手,就写了字据。山秀苦笑了,说:"那好,你一定要这样做,那就莫怪我无情,我只好把这字据收了。我希望你从明天晚上起不要来。你不来这字据就无用。你要是再来找我,我就要按字据上写的行事。我相信你是个聪明人,会想得到的。"

山秀流着眼泪对器重把话说死了。山秀把心里要说的话说出来以后,人就轻松了些。山秀想她同器重把话说死了,器重一定不会再来找她的。可是爱情焦渴了的器重对化了妆的山秀一见钟情,迷住了她,口袋里又有他表哥给他的钱给他壮胆,从那以后每天都到梦也来找山秀。舞会结束,跳与不跳,只要山秀陪他,他每夜就给山秀一百块钱的小费。半个月下来,器重表哥给器重的两千块钱,已经有一千五到了山秀手里。器重愿给,山秀想收。器重心情愉快,想着山秀收了他的钱,等她那一笔急需的钱齐了,他就与她正式谈,他心上的人就属于他的了。

山秀是半个月之后,器重把他表哥给他的两千块钱中的一千五百块给了她,就突然离开梦也的。毛巾厂每人一千五百元的集资,她终于凑齐了。梦也里再也见不到山秀的影子。痴情的器重还是每天到舞厅里来,梦也里再也没有那美丽的人儿。那个美丽的人儿到哪里去了呢?五彩的灯仍在头顶上旋转,开场的古筝曲《高山流水》仍在,那个美丽的人儿不在了。器重学会了吸烟,器重吞着云吐着雾,心里一遍遍吟诵着那首地老天荒的绝句,人面不知何处去,桃花依旧笑春风。他想他来到这个世界上二十八个春秋了,一次次爱的失败,心中就如刀绞。默默的孤儿在包厢里尝尽了失恋的孤独与痛苦,仰对迷离的灯光满脸的泪。

功夫又没生意,开着麻木回来了。工夫回来时,看见山秀睡在床上。功夫问山秀:"今天晚上为什么没有出去做生意?"山秀没好气地说:"我做什么生意呀?"功夫说:"无本生意呀。"山秀气了,说:"功夫,我是要比你强些。"功夫说:"那当然的。我来生脱生在阎王那里申请做女人,我也做无本生意。"山秀对功夫说:"不管你怎样说,我厂里的集资一千五百块钱到了手。你的呢?"功夫说:"我的要你担什么心?未必不是女人,做不到无本生意就挣不到钱活活饿死吧？我啦，厂长不要我的钱。"山秀问："为什么？"功夫说："我一直在守厂呀。"山秀说："那哪是不要你的钱，那是用你的守厂的工资折的。"功夫说："那当然。我凭我的诚实劳动。"山秀说："那是你会翻几个跟头，吓倒几个毛贼。毛巾厂一千五百多工人总不会都去守门？"功夫不作声。山秀见她和男人的集资都有了着落，心里快活了些。山秀说："明天我们到厂里去把集资钱交了它。你到卫生间去洗一下，我们今天晚上早点睡。"功夫就到卫生间洗去了，功夫到房间里时，山秀就准备好了。功夫一上床，山秀就搂着功夫。夫妻间心情不好，好多时日没做那事了。功夫没得反应。功夫对山秀说："莫摸，摸也无用。我现在吃斋。"山秀说："功夫，你存心气我是不是？"功夫说："我敢气你？是它气我。"山秀喘息了，说："是不是真的功夫？"功夫叹口气，说："没办法。这做不倒假。"任凭山秀怎样的努力，功夫就是不行。山秀咬了功夫一口，说："功夫你要死是不是？"功夫流着泪，痛苦地对山秀说："你不要折磨我。我也不知道我怎么了？"

第二天早上起来，山秀就到厂里去交了集资。厂长表扬了山秀，把山秀的名字和集资的钱数写在了红榜的第一名，做了为厂分忧的典型。山秀是在交了集资回来后到老太那里去的。山秀提了袋枯蚕豆，来到古戏台上的古屋子时，老太的门关着。山秀敲门，老太把门打开了。老太一看山秀提袋枯蚕豆来看她，一下子就笑出了眼泪。老太说："我的个儿，我的枯蚕豆刚吃完你就送来了。"老太接了山秀手里的装枯蚕豆的袋子，拈了一颗出来，丢进嘴里，一咬，嘣的一响。老太对山秀说："我的儿，你看我的功练得如何？"山秀笑出了眼泪，说："娘，你的功练得好，你可以万寿无疆。"老太说："你是在咒我啊。这么好的牙，我是舍不得死。"山秀笑，说："有这好的牙，死得了吗？"老太说："那也是真的。"

坐下来后，老太问山秀："厂里的集资交了吗？"山秀说："娘，我今天到厂里交了。"老太嚼着枯蚕豆说："这么说娘的功夫还值钱？"山秀说："娘，你的功夫炉火纯青。"老太听了山秀的话，拈枯蚕豆的手，就颤抖起来，说："小畜生，这是你对娘说的话吗？"山秀说："娘，我错了。"老太说："几十年了没人敢对娘说这话。"山秀慌了："女儿说错了，女儿给你跪下赔个不是。"老太正襟坐了，又拈起枯蚕豆朝嘴里扔，嚼得响，摇摇头，说："你恼个什么呀，老妖婆？女儿说的错了吗？没错。女儿说得对呀。"老太闭了眼睛对山秀说："你走吧。我把我最后的功夫教给你了。你不要再来看我了。你要再来看我，来一次我就要折一年阳寿的。我要多活几年的。"山秀说："娘，你怎么这样说？"老太闭着眼睛说："你走吧，我累了，我要歇会儿，歇一口真气出来养我的命。"古戏台的后窗开着，正对着博物馆藏经楼二楼的窗子，风带着青苔的颜色，幽幽地吹过来。老太同山秀说话的声音，惊动了器重。器重听见山秀说话的声音，抬起头来，瞪大眼睛看见了山秀。尽管山秀没有化妆，但是山秀说话的声音器重太熟悉了，那正是器重朝思暮想的声音。器重那时候一下子认出了山秀。山秀看见了器重，看见器重认出了她，从椅子上站起来，叫了一声："娘。"摇晃了几下，昏了过去。

　　天下了场小雨，山秀找块洁净的尼龙布出来，那块尼龙布是翠绿的，上面有点点的花儿。山秀把那块尼龙布叠好，在成四方的小块儿放在口袋里装好。山秀把器重约到马鞭草铺得很好的河堤上，雨后，马鞭草上尽是泪似的水珠儿。柳绿堤深，夜静，四周无人。山秀对器重说："我对不起你。事到如今，我没有别的办法。你给我的钱我交了厂里的集资。"山秀就在河堤的马鞭草上铺开了那块翠绿的尼龙布。器重说："不，我器重难道要的就是这吗？"山秀说："你要什么？"器重对山秀说："我要什么？你难道不知道吗？我要的是化了妆的你啊。"山秀说："那不是我。"器重说："那是你。"山秀的泪一下子就涌了上来，说："那不是我。"器重咬紧牙说："那才是你。"山秀说："那个我，我现在没有了。"器重哈哈一笑："那你为何还要这样做？"器重仰天长叹一声，说："天啦，我器重断得出古书的真伪，识得古陶片，不管什么的古书和陶片到了我的眼睛前，我看得出是哪个年代的，为何独独看不透一张脸？"器重离开山秀，一路哈哈在笑。

　　接下来山秀暗地里为器重介绍对象。山秀把剧团里漂亮的女孩子介绍给器重。器重一见那些浓妆艳抹的脸，就神经质了，嚷："出去，出去，给我出去！"弄得山秀心都碎了。山秀对器重说："好兄弟，你要什么样的？"器重说："你能不能给我找一个不化妆的来？"山秀说："现在不化妆的女孩子哪还有？"器重哭了，说："那我就终身不娶了。"器重从那以后，就得了精神病。

　　器重的表哥咽不下这口气，说："我怕她？笑话。"器重的表哥找到弘正律师事务所的弘正律师打官司。弘正律师见有人来打官司，就做笔录。弘正律师问器重的表哥："她收了你表弟的钱？"器重的表哥说："收了。"弘正律师问："收了多少？"器重的表哥说："我借了他两千块，只剩五百。她骗了我表弟一千五。"弘正律师问："你表弟同她发生关系没有？"器重的表哥说："那个鸟苕东西，人家把他操，他不。"弘正律师说："问题就出在这里，如果你表弟同她发生了关系，就可以定她卖淫罪。他没操她？这就不好办。"器重的表哥说："那你想个办法。"弘正律师说："这能想到个什么办法，关键是定不到她的罪。一个去跳舞，一个陪了跳；一个愿给钱，一个愿收；这可视为合法的劳动报酬。"器重的表哥见红道走不通，就走黑道。器重的表哥带着剖西瓜的刀，来到山秀的家，敲开门，把手里的刀一横，对山秀说："你认得我不？"山秀说："我不认识你。"器重的表哥说："你不认识我，我认识你。你不就是那八个荔枝吗？你借了我表弟的一千五百块钱，那是我借给他的，你拿出还给我！"山秀吓得直哆嗦。功夫见器重的表哥手里拿着刀，就笑，说："兄弟，是不是想练练？你把我看清楚。你看我是谁？不就是刀吗？假的我在台上练的不少，早就想练下真的。今天就麻烦你陪我练下真把式。"功夫就怒目圆睁地把坐的椅子抄起来了。这时候老太拄着棍子来了。老太在门外轻声说："你们干什么啊？不就是一千五百块钱吗？都放下！我给你准备好了。"山秀叫了一声："娘！"

几天后，器重收到了一张一千五百元的汇单。老太在古戏台上古屋的床上平静地去了。桌上放着她给山秀的遗言："我原想不错，但还是想错了。我把我年轻时赚来的最后的一枚金戒指卖了。我原靠它打发我剩下的日子。现在我把日子让给你们。"桌上洁白的盘子里放着老太没嚼完的几颗枯蚕豆。

深夜的时候，得了精神病的器重手里舞着老太给他的那张汇单，在开发区山秀住的楼下，唱叫作《飞天》的那首歌："如果沧海枯了，还有一滴泪，那也是为你空等的一千个轮回。蓦然回首中，斩不断的牵牵绊绊，你所有的骄傲，只能在画里飞。嘿。大漠的落日下，那吹箫的是谁？任岁月剥去红妆，无奈伤痕累累。荒凉的古堡中，谁在反弹着琵琶？只等我来去匆匆，今生的相会。烟花烟花满天飞，你为谁妩媚？不过是醉眼看花花也醉。流沙流沙满天飞，谁为你憔悴？不过是缘来缘去缘如水。"功夫叫了起来："把那个疯子赶走！"山秀拿了把剪子捏在手里，对功夫说："你敢？你去赶他试试？"功夫流着泪对山秀说："秀，你晓得我不敢。"

就是在那天夜里，毛巾厂试产的汽笛在深夜里响了。听到汽笛响，山秀赤着脚一口气跑到了七楼楼顶上。功夫跟着山秀后面追，追到楼顶上，功夫一把抱住了山秀。山秀在功夫的怀里颤抖着，满脸的泪一个劲地淌。山秀说："好了，好了，天亮了！天亮了我就到厂里去上班啊！"

器重的《飞天》仍在楼下不歇地唱。早醒的县城，躁动起来了。去汉口汉正街进货的生意人，掮着空包纷纷地赶带空调的巴士。

巨 骨

一

架子叔说:"我们的家族哇,从前是个巨人的家族。我们的祖先都是身长丈二,膀阔腰圆的。你们这些小的们,一个个蚕蛹似的,细皮白肉,一个个光长心眼不长身子,跳起来没有祖先的胯子高。你们长大了,最好是挑灯草卖。挑灯草卖也要择个爽朗晴天,不能刮风,一刮风你们就会连灯草带人鹅毛般地飘上天。"

架子叔说:"祖先的预言怕要应验了,总有一天要变成尺人兔马的。刘伯温的《烧饼歌》里就说了。"

我是在架子叔悲哀的眼睛里长大的。那时在我们王家墩一眼望不到边的河畈上,那麦子经过一阵又一阵燥热的南风连天扯地地黄了,黄成了一片金碧辉煌。于是麦香在广袤的地里酝酿着,忽地浓烈得像垸头酒坊出锅的高粱头子酒。我们同祖辈父辈们流着黑汗,饮着那弥漫的浓烈,我们瘦骨棱棱的胸脯一鼓一个老高,一个个露出了勇敢的头。我们在河畈上割麦割得累了,直起腰来,竟也潇洒地毫无顾忌地扯开裤子对着亮闪闪的日头挑战;我们鼓足勇气,使我们的生命之根竖起犹如巴水河里鼓满风的帆,我们大胆地尿,张扬地尿,试图打破架子叔反复告诉我们的记录。如果尿得三尺高,那么我们这些软骨虫就可以成为王家墩的男子汉,无愧于巨人家族的后裔。

就在那个月光很好的五月之夜,那时候河畈里白天的燥热褪去了,从巴水河里漾起的凉风连同那乳白的夜霭弥漫了茫茫的一片。架子叔带领我们众小的们捆麦子。他捆,我们抱。我们抱得飞快,他捆得飞快,我们越抱越快,妄图把他堆进我们抱来的麦秸中。可我们的阴谋怎么也不能得逞,他那两只大手像两道揽月拢云的山梁,犹如闪电般地揽拢,如果不是怜惜我们这些小生命,每每关键时刻手下留情,让我们窜出麦秸,他会风卷残云般连同金黄的麦秸把我们这些汗得精湿的小跳蚤们利利索索地捆进麦子捆。

后来我们的愤怒升级了，变换了攻击手段，蜂拥而至，先是七八个不怕死的伏在地上去抱住他的腿，然后抱腰的抱腰，跳起来吊他的手臂摇他的肩膀。他又开双腿，让我们抱，让我们摇，让我们吊，他立在那银色的月光下屹然不动（我清清楚楚地记得，那年我小学毕业，那年我十三岁满，那个月光很好的河畈麦地决斗场上，我们小的们一共十八个）。

当时我的小伙伴们整个儿崩溃了，或躺在地上起不来，或坐在地上喘不赢气，只有我仍然抱着架子叔的腿，作垂死的努力。我弓着腰，拼命地拱动，拼命地呐喊。就在这时候，架子叔腾出一只手，抓着我的裤腰，把我单手举到了空中。于是我就在他的头顶上飞快地盘旋，架子叔在我的身下哈哈大笑，鉴定出我是王家墩的种。

于是，在那三年之后，在我们祖庙鲫鱼山腰开梯田的那个冬天，架子叔就把那根从坟里挖出的小腿骨竖在我的面前，用那根小腿骨量我。那时候那腿骨齐我的大腿根，我在那根粗壮颀长的小腿骨面前汗颜了，我整整短了一个关节……

他说，这就是我们的祖先。

我说，我懂。

二

自那以后又过了三年。我知道我已初具种的规模了，我想我总有一天可以与我们的架子叔并驾齐驱，在我们王家墩平分他眼里的悲哀，我和他同时悲哀的时候，世界便是我和他的了。

命运仿佛注定要安排我去那个改天换地的战场，去经历那排山倒海硝烟弥漫的洗礼。本来高中毕业应在第二年夏季，而我们这批"文化大革命"后第一批高中生在当年冬季就被"速成"了，不考什么大学也不考什么中专，原汤原汁地回乡，回到大有作为的广阔天地里，为我们这些知识不足但豪情壮志有余的小子们提供海阔凭鱼跃、天高任鸟飞的天地。

准确地说，我从学校捆回的被窝放在父亲的床上还未放热，我就拈中了阄，我这个初具规模的种，于是就赶上了那场裁弯改河建电站的战斗。那时候正是"一万年太久，只争朝夕"的时候。

在那个美丽的初春之晨，巴水河畔的岸柳晕出了一团又一团嫩绿，莺儿们在那嫩绿里一遍又一遍热情不已地啼叫，那早风自东而来，微微的，融融的，不寒人面，这些使人忽地跃过了记忆里冬天的门槛，踏入了春天的栏栅，就在那样氛围里，父亲把我交给架子叔，父亲完完全全地把我当作一个物件托付给架子叔，就像到邮局寄邮包那样慎重，那样地煞有介事。

那时候，东方就忽然有了朝霞，鲜红鲜红的朝霞就那样燃烧起来，把我们巴水河畔的王家墩垸子连同那广袤葱茏的河畔染红了，染出了许多绚丽的层次。在那鲜红的霞光里，架子叔站在岗头上，用大手惬意地搓着他的脖子，他的脚下放着他的满满一担东西——稻草、被窝、锹镐之类。那时在我的印象里，那是一尊陡峭的主峰和两个浑圆的次峰错杂丽生的剪影。那尊主峰在朝霞下的那双眼睛迎着我。当我的眼睛与它相碰时，自尊便加固了我稚嫩的脊梁，我便沉重起来有分量起来，这当然以我那时觉得形象萎靡的父亲的反衬作为代价。原谅我，我那时还没嚼出我萎靡的父亲的全部含义。

父亲挑着给我预备的满满的一担。那一担内容与架子叔的一担小异而大同。他老人家走在后面，让我这个初生之犊空手走在前面。他就那样托寄邮包似地把我领到架子叔面前，放了担子，从口袋里摸索出一支劣质烟（那烟名叫"大公鸡"，现在已为陈迹），高高地递给架子叔。他就凭敬上那支"大公鸡"，就把我托寄给了架子叔。

父亲仰望着架子叔，对架子叔说："架子兄弟，我把儿子交给你了，交给你带去。他还有硬翅儿，世事不懂，要你多照应，我们兄弟一场，我的儿就是你的儿……你晓得你九嫂死早了，我只有这一根独苗……"

父亲说这话时，一脸灰色情调。

架子叔看着我的父亲，微微颔首。

那时候，对于这些我是不屑一顾的。我已经初具种的规模了，对于父亲那脸灰色情调是有理由不屑一顾的。我正被作为成人第一次出征的情绪亢奋着，这种情绪正与东方的朝霞同步燃烧。我扭过头，不看父亲那一脸灰色。那时候在燃烧的朝霞下，我满怀信心用两眼的余光丈量着我渐宽的双肩，因为我的双肩正轰响着负重的力量。

架子叔看出了我的自尊，居高临下用手碰了我父亲一下，在我自信的两眼的余光里，我读懂了那一碰。

那时候父亲全不把我的自尊放在眼里，他继续舐他的犊儿。那时候，我正"诗"得起劲。

父亲整理完担子，就要删去担子上我那沉重的书包，要从我的身上删去我的文化我的诗。

"这就不带了！"父亲提出书包的手很坚定。

"不，要带！"我伸出的手也很坚定。

"重，路远你挑不动的。"

"挑得动！"

"你就是挑去了，也挑不回……"

"死也要挑回……"

"你这个不听话的种！"父亲愤怒了，"你听着，龙生龙凤生凤老鼠生儿打地洞，你跟我做儿，你就是拖大板车的命，不是诗的命，你诗什么呀？到时候你就晓得诗对你狗屁用冇得，诗会害你误你的……你老老实实跟你架子叔去学，去学拖你的大板车。老子读了十几年私塾，不比你诗强，不比你诗多？你爹（祖父）传顶黑帽子给我，我就一辈子抬不起头，落得如此下场……你诗什么呀你诗？"

"我要诗…"我说这话时，喉头有些发哽。

"你……"父亲说不下去了。

"带不带？"这时候架子叔的大手搭上了我的肩头。

我没有眼泪没有悲伤，我不信诗与大板车就水火不相容，诗与我就水火不相容，我对我肩头的那只大手说："带！"

"这才像种！"架子叔笑了，对我父亲说，"九哥！我们共一个祖宗，兄弟一场，我不管你黑帽子红帽子什么的，我得说你几句，这次就是你的不对！刚才是做父亲说的话吗？么事有用？么事无用？人生一场得要口真气。带上！带上！去归我挑去，回归我挑回！"

于是那时候我的那个书包，我的那些稿纸和我的那些诗，就那样被架子叔挂在了他的扁担上。所以我这个王家墩巨人家族的傻小子，自那以后，就不管山遥路远，风高水寒，就没离开稿纸格子过。当我铺开稿纸，铺开这些方方正正的格子，就有一个方方正正的灵魂在呼唤我激励我……

他说，小子跟着我走。

我说，是。

三

我该用怎样的笔墨来描绘那气势磅礴的场面呢？

当晨雾被东方冉冉升起来的红日撕开撕散，散得不剩一丝一缕干干净净时，我正拖着板车立在临河的山头上，头顶上是百十面红旗迎风猎猎，百十只喇叭正在同时敞开它们粗犷的嗓门，播送着火辣辣滚烫烫的歌与诗，抑或是表扬稿批判稿挑战书应战书。我那个时候胸中鼓荡着从未有过的豪情壮志，我灵魂欲离窍高飞，诗魂便高耸云霄，我忘记了我的生命我的肉体以及含于肉体内的七情六欲。我站在那高高的山头上，极目鸟瞰，我看到自大别山余脉逶迤而来的三十三座山头从中剖开了宽阔的河道，刀削斧砍般地整齐笔直。河道里除了不动的石头就是活动的人头。整个工地在红日红旗红语录牌下，颤动着力的曲线。这些粗重的曲线，时而张扬，时而震颤，时而聚合，时而共鸣，把整个工地统领在雄浑与激越之中。

我那时就那样地鸟瞰着，我看到满河道全是密密麻麻有如蚂蚁般的人，我全身战栗起来，感到一个单个的人一个单个的生命是何等渺小，而一个个单个的人一个个单个的生命扭结起来，这群体又是何等辉煌而又炫目呵！河道两边斜着开出的板车路如蛛网，在每一条板车路上，牵引机轰鸣着冒着一树又一树黑烟，那粗大的钢丝纤闪着光芒，周而复始地运转着，将一个又一个满载沙石的蚂蚁牵引上来。于是在我的思维里，大山被蚂蚁们啃掉了，大河被蚂蚁们啃开了……

我那时突然觉得我化作了一只蚂蚁，一只渺小的蚂蚁，一只幼儿时就死了娘没有吸够奶水的蚂蚁，这只蚂蚁只有一个亲人，那就是它的父亲。它的父亲整天冰冰冷冷悲悲戚戚的，没有给它一丝母亲般春天的温暖，致使这只小蚂蚁孤独得力量全无，又时时自欺欺人地强装有力量以打发时光。这时候这只渺小的蚂蚁在众多的蚂蚁成群的蚂蚁的氛围里，才觉得幸福极了。这幸福的感觉一涌上心头，它就特别想死，死在这辉煌的工地这蚂蚁成堆的地方。于是乎这时候，它的脑海里又闪出许多课堂上书本里学过的英雄形象——董存瑞、黄继光、邱少云，那轰轰烈烈光辉灿烂的燃着鲜血的死。想到这里，它就决定选择一个良机，去付诸实践，实践这些想法。这是那只蚂蚁当时的真实的全部的念头。

就在那个时候，就在那只"蚂蚁"忘乎所以灵魂出窍想死死得光彩而又光荣的时候，突然觉得耳朵生痛，被人揪住了，朝上用劲，几乎将他整个儿扯起来，痛得他热泪盈眶，痛得他一腔豪情壮志全部烟消云散了，痛得他乐极生悲动了真格。仰头一看，是架子叔。

他满眼惶惑满腹委屈满腔心酸地望着，他不知道他什么地方出了破绽，被牢牢地揪住了。

"想死吗？"

"嗯。"那时的他还没有跳脱他的蚂蚁魔幻之域，竟闪动泪花点着头。

"想死很容易，这不比打仗差多少，卖一下眼睛就会丢一条性命！"

"我很想念我的母亲，我想死得光彩些，最好死成一个英雄，这样洗刷一些我父亲的罪恶,让我父亲活得轻松些。"那时候那只"蚂蚁"挺动情,挺诗的。

说这些话时,架子叔吃惊地望着我,犹如面前是一只陌生的野兽。

"啪"的一巴掌,脆响的,朝那只多愁善感的"蚂蚁"打去,着着实实打在我的嘴巴上。

"混账东西!还有活出根叶来就想死,还想死出个样儿来,哼,你不够资格,你嫩着哩!再跟老子卖弄装傻,再跟老子胡思乱想,老子提着耳朵把你拎回去!你这种!"

他打得理直气壮,不容分辩,我纵有天大的理由,也不能与他抗衡,他的胳膊就足有我的腿粗。关于这一点,我不止一次打量过,也不止一次懊丧过。

于是我只得让我心底的诗歌之叶暂时蔫下来,让架子叔言传身教,教我怎样拖大板车。笨重的板车在我的手里重如泰山,寸步难移。在他面前,十八岁的我不能有自尊心,我只有他的肩头高,我只有听从他摆弄。所以巨人摆弄的是我的骄傲,我的骄傲自他而来。

架子叔告诉我,拖板车最危险的是上牵引机和下牵引机,他要我牢记着四个字:瞻前顾后。

那是每一个瞬间都存在着生命危险的场面。牵引机的钢丝纤在呈60度的陡路上周而复始地运转,粗大的钢丝纤上密密麻麻缀满满载沙石的板车,运转着的长长的钢丝纤拉张得像艘大肚子轮船,粗大的钢丝纤时时发出嘎嘎的响声,像时时将要崩断似的。从土塘出来,每部板车帮子上都用麻纤系着一个牵引机钩,呈n形状,陡坡上下各有一个挂钩和脱钩的人。只有老练遇事不慌且眼明手快的角色才能担当此任。板车一来,他须一下子拿钩在手瞄准角度,伸手就准确无误地将钩咬在钢丝纤上,拖板车的人须得顺势将车把朝外一张带住劲,让板车在钢纤的转动下缓缓上升,拖车的与挂钩的要配合默契。此时要注意瞻前,如若遇情况,得赶快发一声危险信号给后面,与此同时你得像猴子一般敏捷地赶紧横车把跳出路,不然前面板车滑下来会戳断你的脚。钢丝纤将板车牵上去,牵到陡路尽头,脱钩的人亦是如此,在拖车的人把车把往里一打的同时迅速伸手摘脱,一气呵成。否则,前面的没走,后面的停不住,悲剧又要发生……

他教我这些,他拖着板车在前为我开路,我拖着板车尾随,他是我的动力,我是他的尾巴。他时时回头一瞥,用太阳般雍容大度的目光,把他身后小小的我纳入他的力量和精神范畴,他是巨大的恒星,我是小小的恒星,在那浩渺若银河的工地上运行……

四

那时候在我红色的印象里，天空、太阳月亮以及星辰都是固定不动的，动的是架子叔，我，还有工地上那蚂蚁般的芸芸众生，动的是我们拱动的双腿和板车上的两个轮子。

当驻地垸子里的雄鸡拍打着翅膀啼叫时，那些遍立山头的喇叭，便响起了慷慨激昂的进军号。那是从战场上录下来的进军号，那节奏之快，旋律之雄浑，声音之激越和那山与山壑与壑之共鸣，使我形成了很好的条件反射。

那时候，我说过我知识不足但却豪情满怀，只要一看见红色只要一听见号角，我的热血就沸腾起来。睡在架子叔脚头的我，在号角声中，便心如战鼓擂，浑身发热，躁动不安。这时候架子叔便用脚缓缓地揣我的背心："困，困，还冇到时候，还冇到时候。"这时候他那鼾声便又响起来，抒情极了。不一会尖厉的哨声响了起来，撞门声伴着粗野叫骂声，狗汪汪的叫成一片，那氤氲在浠水河畔的静谧便被撕破了。

过了半个时辰，架子叔把我的脚板一拍，这是他发出的起床信号，我和他便翻身起床。在熹微中，他只三下动作就穿好了：一下筒棉袄，一下筒棉裤，再一下穿草鞋。那时候他带三样鞋。一双浅口胶鞋，那是雨雪天穿的，平常不穿，洗得异常干净，挂在墙边的木桩上，一双漂亮的白底布鞋，那是架子婶的好手艺，亦是架子叔的宝贝疙瘩，收工洗脚才穿，清晨出工，他必定两手一双地拍去上面的灰尘，掖进铺下稻草中匿之，他最多的是布片草鞋，那不是一双两双，而是长长的一串，出工时他就赤脚穿那，他很惬意地把他那双大脚一只又一只地伸进去，边系着绊儿边用劲踩踩，欣赏着那刚中带柔的韧性。

这时候我亦穿戴好了。于是用冷水三下两下刷完牙，三把两把洗完脸。做完这些，他便带我拿着工具出门去。决不走在人前，亦不落在人后。他带着我融进逐渐汇成溪汇成河的人流中。那时候他似乎在睡回笼觉，微闭上他的眼睛，世事不问亦不看，鼻子里似乎有鼾声逸出……

那时候捞表扬很容易，挨批判亦容易，那些大喇叭专作表扬和批判用，师团营连排一层层不乏专司此功能之机构。出工迟的或出工早的，是大有文章可做的，而且做起来便无人不晓。在出工迟早这个问题上，架子叔领着我没有捞过表扬亦没有挨过批判，因而很平庸亦很平静。他那双地老天荒的眼睛对此毫无甘味。我时时读他的那双眼睛，这一点我有独到的领会。

到了工地，两只膀子朝板车上一架，他的眼睛便睁开了，那里面便有光亮和神韵。我看见他双臂上的肌肉便蛇一样地蠕动着复苏了，"上满些！"随着他的声音，那石头和沙随锨翻飞，他身后的板车便堆成一座高耸的山。他的双手握紧车把，那力量之灵蛇便舒张有度地作起功来，那两个轮子便有风生便有惬意的歌儿溢出。于是那晨风，那朝霞，那许许多多敬佩的目光，朝他聚集……这时候他扭过头对上我的板车的人说："上少点！"于是那些人唯命是从，把我的板车上得少了，上成一片凹地。我就拖着那块可怜的凹地，跟着他，跟在高山之后，分享山的雄风、山的骄傲……

那是太阳悬顶的中午，我的自尊心我的人格，受到了空前未有的侮辱（你知道那时候我顶讲究这玩意的，到现在亦是如此）。上牵引机路溜坡时，他把他的那座山停在路边，他说："小子，你前去，我去方便一下。"我便拖着我的凹地去了，去倒土。倒土场坐着一个人，一个分头梳得很漂亮的小子。他坐在马扎上，手里拿着一支笔和一个大夹子，那夹子夹着很厚的纸，记每一板车所拖石沙的担数。一般是八担。

那小子要说跟我同年，跟我同一届高中毕业，只不过不同一个学校。沾架子叔的光，他认得我，我也认得他。他沾营长的光，他娘跟营长是干兄妹。所以命运就决定他坐着记我的码儿，我拖来石沙让他记。平常情况下，架子叔领着我，一前一后地来，架子叔一座山，我一块凹地，架子叔对他说："合。"那小子便很知趣地在架子叔和我的名下，用他手中的圆珠笔很潇洒很俏皮地各写个8字。

这时，那小子见我一个人来，见我一块凹地来，他便有些兴奋，他大概打听到了我是个"狗崽子"，有意与我过不去。

"三担。"他瞅了我的板车一眼，并不瞅我。

"三担就三担。"我那时鼻子里气出得很浓。

"你还不服气？"他笑得很玩味。

"你拖不上来三担。"

"我拖不上来三担，我不拖。"

"我的字比你写得漂亮。"

"你……你这个'子弟'（这是那时政治色彩极强的专用名词了），我要你中午半钵饭！"那小子气急败坏了，拿出了他的杀手锏，那时候他手中的笔记生记死，未完成一个标工，中午只有半钵饭。

那时候我盛怒了，但我绝不敢用拳头，历史没有赋予我动用拳头的权利，并非我没有勇气。我的两只眼睛死死地盯着那小子。我知道我那眼睛燃烧着可以烧透那小子骨头的怒火。

就在这时候,架子叔来了。他一下子拎住了那小子的耳朵,把那小子拎了过来,喝令那小子把那座山的山尖铲下来,填进我的凹地,我可怜的凹地崛起来了。

"几担?"架子叔厉声问。

"八担……"

"改过来!"那小子乖乖地把我名下的"3"改成了"8"。

"回去跟你干爸说,我揍了你。"

"我不说就是了……"那小子揉着耳朵。

"你说,你就说我揍了你。我不怕,你怕么事?"

自那以后,那小子见了我,变得温顺多了……

五

那轮朝阳,被我们从东边层层叠叠的山峦间慢慢拖出来了。开始亦如临盆的婴儿,它是那样地软弱,那样地柔嫩,那样地不阳刚,那样地没有亮度。可是山峦层层叠叠为它躁动,为它渲染,为了它新生流红了半边天的鲜血……

我拥着它,一步又一步,一趟又一趟,艰难地运行。我敞开浑身所有的毛孔,发一身又一身的热,出一身又一身的汗。我把汗一滴滴、一串串滴在步步前进的路上,湿润着我的感觉。我把浑身的热挥发出去,逸向蓝天之垠。我就那样地洒着热汗逸着热,同工地之上那些蚂蚁样的芸芸众生挥发出来的千丝万缕的热,在空中聚集着,聚集成团,聚集成很耀眼的一团,成熟了那轮骄傲的太阳……

这时候,我出尽了热出尽了汗,我的手臂拉长了,我浑身拉散了架,再也不能动弹了。这时候架子叔便把我的车胎放掉气,拧松那气门芯儿,让狼狈不堪气喘如牛的我,有理由地弃板车于路边,一团稀泥般地坐在车把上。这时候架子叔便迈开他的腿加快他的步伐,他身后的板车便越发装得满,他每拖一车上来,他总是用他的微笑抚摸我,他就那样捐一座高山携一路春风挟一路蒙蒙细雨,迎着我,用他无声的细腻抚摸我,我便像橘黄的草芽在那微微的春风中在那蒙蒙的细雨中没有道理不缓过生机来……

我诅咒那时的太阳,它倚仗我们聚集起来的热,反过来使出浑身的解数晒我们,晒我,欺负我。那时候,我朝着驻地垸子的方向,望眼欲穿。那时候那个方向有很美丽的绿色,树竹掩翳间那清凉的水气焕发着蒸腾起蔚蓝色的雾。于是那个方向就被被我幻想成一幅天堂的图画。就在那时候脑子里那些分管其他工作的部门都昏昏欲睡了,唯有主管火辣辣难忍难受的部门,空前活跃。

这时候吃饭的号角响了,"天堂使者"送饭来了。依然是百十只冲锋号一齐响起,地道的冲锋号。这时候河道里只有炮工们在紧张,作分秒之蚂蚁样的芸芸众生则像疲惫的鹰群飞上了河岸开阔地。这里有许多许多的工棚,这些工棚一律是油毛毡盖顶,粗糙的一片又很有质感。那些辛勤的大雁就那样黑压压一群又一群,带着疲惫带着饥饿,栖息在工棚里,接受那天堂使者的馈赠。那些钵儿,那些陶制的钵儿一律很小巧,只有架子叔的拳头大。那拳头大的钵里,白白的,并不满,寸半厚或两寸厚。至于你是寸半厚还是两寸厚,那就全凭你的地位你的运气还有你与天堂使者的关系。白白的上面是黑黑的一撮,一撮盐绝对有、油绝对无的咸菜。那咸菜,很干,很硬,很咸,很有口劲,很耐嚼。

在天堂的使者分发馈赠的时候,河道里万炮齐鸣了,那是分不出点数的炮声,响得很密集很热烈,接连不断地响上三十分钟之久。这时候河道上空便有石块群起纷飞,或在空中相撞互为粉碎,或交叉运行失之交臂溅落成美丽的抛物线。如果带上色彩,肯定不会比国庆大典天安门前的礼花逊色……

那时候,我把属于我的那钵饭拿到手,我掇着那钵饭,但是那时累得我两个膀子懒得动筷子,累得我的口与胃脱了节,我怎么也不想吃。

我怎样从美学角度去描写架子叔领那钵饭,属于他继续生命的那钵饭的情景呢?那时候他见众人水泄不通围着那两只飘香诱魂的箩筐打转,他就显出了他的君子之风,他倚着面墙躺了,上身与他的双腿成钝角之状地躺了,同时闭上了他那双地老天荒的眼睛。他老人家不屑与那些饥民们争先到口之快活,先到口先饿,后到口后饿,他深谙此道。待到箩筐前人群散了,分饭的喊他,他才睁开他的眼睛,并不起身,只伸出他的手。这时候,分饭的甚是乖巧了,递一钵他。他接钵在手,取出短筷在掌心将那钵托了,于是短筷就在钵里运动,他将属于他的那钵饭划出个漂亮的"十"字,将那寸半厚抑或是两寸厚的那白的饭均匀成绝对平均的四等份,然后连咸菜撬起,一块一口,四块四口,干干净净漂漂亮亮地咽到肚子去。然后是喝水,喝两钵盐水一钵淡水,盐是他自带的。他喝得那样悠闲那样专注,慢慢地洗刷,连同钵里的饭粒都汇进他纳百物的胃里。他干完这些,他就大手抓住了那个"空虚",把那个"空虚"弃于胯边,让送饭的来收拾。他便点着自卷的烟,复闭上了他那双眼睛。

那个时候,我掇着我怎么也无法再咽下去的那半钵饭,就那样蹲到他的长胯边,我用手碰他,碰得很轻,我喊他:"架子叔。"

他睁开眼睛,用眼睛问我。

我说:"你吃。"

他突然愤怒了:"你为么事不吃?"

我说:"我吃不下!"

"你敢不吃!吃不下你也得跟我吃下去!"他没好气地命令我。

那时候我不敢违抗他命令,我撬起一口,咽出满眶泪水还是咽不下,我才知道吃原来有那许多含义,许多的艰难,许多的辛辣……

于是,架子叔叹了一口气,把我剩的那半钵饭吃了。吃完,他伸出大手抚摸着我的头,他说:"莫急,过两天你就会吃得下去的……"

六

后来从巴水河畔王家墩走出来的那种,那个初具规模的种,亦步亦趋跟着他架子叔的身后拖那大板车,拖石拖沙拖日拖月,拖得浑身不知散了多少回架又置死地而后生地生长出他浑身的骨架肌肉和精力。在热辣辣的太阳底下,在湿如雨浇的热汗里,他身后拖着的那片可怜的凹地终于勃发了生机,开始了生长,生长出一簇欣慰的高原……

于是那种就逐渐昂起了他那初露青春光芒的头颅,潇洒地架起他长劲的双臂,蹬动他长劲的双腿,跟在他的架子叔身后——跟着那架亘古苍劲的大山后,那簇欣慰的高原便与那架亘古苍劲的大山互为映衬。

于是那种的胃口就变得粗糙起来,于是那种的眼光就变得深沉起来,于是那种的声音就变得浑厚起来。

清晨,新开河道里,早雾弥漫,笼罩着那蚂蚁样的芸芸众生。在那样的空气里,他就那样跟着他的架子叔。他跟着他的架子叔学会了大口大口把那湿漉漉的空气吸进腔子里,然后缓缓地慢慢地吐出来——那是在摄取,摄取空气里的湿润和甘甜。这时候有悠悠诗情袭上心来,他就读沙石如诗,读红旗如诗,读头颅如诗。

当太阳逐渐燃烧起汤汤大火,那火无遗无盖当头泼洒下来时,那种的诗情便化了,他心中那条清亮的诗之溪便干涸了,化作了他身上的津津之汗。

这时候他的进化就在于他身上只有此津津之液,大雨滂沱之冒汗状已成历史了。当那津津之液开源节能地渗出一次又一次之后,他就只剩下一腔火烫的情绪、一双焦渴的枯眼和一条涩哽的声带,于是企望就变得愈来愈具体愈来愈明确了。他那双焦渴的眼睛,就把石头幻想成馒头,把沙子幻觉成米饭。他是那么地需要热量，恨不得一口咬下半边太阳像咬下半边流糖的烙饼……

于是，当日到中天，那激越飞扬的收工号响起，天堂的使者在行使他的权利，给每个疲惫之人分发馈赠时，那种也同他的架子叔一样不屑与饥民争先到口为快，也那样君子之风地使自己的双腿与自己的上身成钝角状靠在后墙上，闭上他的双眼……

那一天，他正那样微闭着他的双眼，意守着他滚烫难熬的胃，咀嚼着架子叔"先到口先饿，后到口后饿"的十字真诀。就在这个时候，奇迹发生了。他看到他的架子叔一反常态趁众人乱哄哄围着箩筐打转之际，悄悄地蹲走过去，就在众人密匝匝乱动的腿之间隙里，把他的两只大手敏捷地插进箩筐里去，敏捷地缩回来，那种看见他的架子叔大手里各握出一钵饭。不知是他架子叔的手大，还是那饭钵太小，以至于那手与那钵合似一双拳头。他看见他的架子叔很快地用他的破草帽将那两个精致的小东西掩盖了。

那个时候，那种眼前的偶像几乎在一瞬之间倒塌了……那种怎么也不忍相信这事是他架子叔干的。那种沮丧极了，那感觉就像稚气未脱的儿时，在睡梦中惊醒，听见床在摇晃，床板在乱响，他不知发生了什么事，他睡眼惺忪地看到，白天道貌岸然的父亲在同母亲干那见不得人的事，于是他就很有一段时间瞧不起他的父亲——此时这种感觉弥漫开来，他也很瞧不起他的架子叔。

架子叔那事似乎干得天衣无缝。当那种很不是滋味扒完属于他生命的那钵饭，完全闭了眼睛陷入悲哀之渊时，他的架子叔碰了他一下，他的架子叔用眼睛叫他，叫他跟他出去。他于是就鬼使神差地去了。

就在那块背风向阳的洼地里，架子叔从破草帽里摆弄出了那两钵饭。那神情像是他打来了两只猎物。他那地老天荒的眼睛里闪动着泽亮的光芒。他眼睛里的光芒与天上的太阳光芒一样，那时候。

"你吃吧。"架子叔对他说。

"你吃……"那时候那种喉头发涩呢。

"我吃？咳，你再去搞两钵米。"

"我……"

"哈哈，么样？搞不来？"

"我不饿。你吃。"

"吃，我这宰相肚子——太大了。吃下去怕只塞一个角落儿。没吃饱，反把瘾惹发了，更不好受。你说是不是？"架子叔拍拍他的肚子苦笑。

"我不吃。"那种挺高贵的样子。

"算我看花了眼，看走了眼，原来你是个假种，是个虚伪的种，是个狗肚鸡肠的种！你觉得老子这饭不干净是不是？"

那时候那种的血全涨到脸上去了："不……不是……"

"不是！不是你就吃进去，少跟老子装样！你跟我吃，吃饱，你听见没有？像种的，你跟老子拖满拖出个人样给人看看……"

于是那种在那块春草茂盛的洼地里，鼻子发酸地扒着那两钵饭……

七

就在那时候，我在架子叔的眼睛底下，狼吞虎咽着那两钵饭。我不停地咀嚼不停呜咽。准备早点完事，我相信我只要做完这些，跳出那险象环生的陷阱，我就会慢慢恢复人样。我将张开我的膀子架起我的大板车，跟在架子叔身后继续领会雄风，我将有恃无恐打发三月长天野日下那漫漫无涯的下午，我也许将有一首诗自肚皮而发，我将会赞美那焕发青春焕发力量的大米饭，还有我将会赞美那两个盛大米饭的外在形式——那两个小巧而玲珑的饭钵儿……

可就是那个时候，那个罪恶的饭钵仍托在我的手上，就出事了。因为那时候的我被居高临下的架子叔他那两只眼睛陶醉了。那时候那两只地老天荒的眼睛里弥漫着一片舐犊的微笑。那微笑我在若干年后，在那春草漫堤的巴水河岸上温习过：那条母黄牛看着它胯下的牛犊撞奶，那母黄牛的两只奶袋子被撞得瘪了，瘪得像两块打皱的疤痕，而那犊儿胀得肚皮滚圆，滚圆得像长满茸毛的冬瓜，那母牛看着它胯下的犊儿的眼里就露着这样的微笑——我那时就被架子叔这样的微笑熏醉了。

这时候就有一只乌鸦拍翅而起，同时"哇"的一声，很惨，坡上有一个人影突然降临了。

"好哇！原来是你个子弟偷饭吃！"那人眼睛对着我笑。那笑很古怪、吃吃的，一连串儿从喉管深处发出，象一口古井里翻出的水泡声。我听见那声音当即就窒息了……

那人丢下这句话扬长而去。他就是那时的那个营长，他的拿手好戏就是发现阶级斗争新动向，他是以大批判开路的好手。那时候，我便整个儿萎缩了，我的青春我的灵魂我的自尊我的生命统统萎缩了，冒着绝望的黑烟。因为那个时候我这个种之所以活得津津有味，之所以活得像一只红冠绿耳的小公鸡，是因为我自信我虽然出身不好，生在黑漆漆的湖里，而我的身子是洁白的——出淤泥而不染如藕。我通身都洁白，我的行为都规范，就连拉尿都是规规矩矩对着粪坑从不旁污的。可那时候一切都垮了，一切都不复存在了。我知道下一步该有什么场面迎接着我……

那时候，我打了一个哆嗦。我一个哆嗦打下来之后，天和地便不再哆嗦了。我感到春风很温暖，太阳很温暖，草很绿，花很红，天很蓝。我微笑了，我迈动我青春的脚步，义无反顾地向新开的河道那陡峭的边缘走去。我准备睁开眼睛，把我青春的双眼睁得大大的，我以漂亮潇洒的姿势走下去，我要亲眼看见山为我倾斜河为我颠覆，我将演出青春最悲壮最辉煌的一幕，把我的热血染就一块山崖之石，将用一块不肯褪去的褐黑，作为我的墓碑，作为我灵魂永恒的记忆。

那时候架子叔面肌抽动着，剧烈地抽动着，他一把拦腰抱住我，嘴唇是无言的颤抖，两行泪像伏天的骤雨滚下来，滚落到我的脸上。那时候我惊呆了。我骤然发现他会哭呵，伏天骤雨般地哭。

天沉吟了很久，地沉吟了很久。架子叔一把抹干了那场骤雨，对我说："你能站起来吗？"

我说："能"。

"那你就站起来。"他说。

于是我就用我的双腿站了起来，太阳对我笑了，很涩，很苦，很重。

他说："好不经想呵！没意思、没意思！"

我说，我说什么呢？

他说："没事，怕他狗日的？跟我走，天塌下来我的事……"

架子叔领着我出现在工棚时，那气氛早已酝酿成熟，一瞧人群的眼睛就知道。架子叔按着我的肩头坐下了。

那营长一脸威风，吼一声："批判会现在开始！中午的偷饭贼自觉地站出来，亮相！"

架子叔接着我的肩头站了起来，说："那就亮吧。"

"你开什么玩笑，架子？"营长满脸疑惑地望着架子叔。

"是我。我架子明人不做暗事。"

"这不是开玩笑的！"

"我跟你开什么玩笑？"

"你不要包庇！"

"包庇什么呀？饭是我拿的。"

"你为什么拿？"

"饿。"

"你怎样拿的？"

"营长呀！你要我再演一遍你看看吗？要我演一遍我就演一遍。"架子叔边说边拿两个空钵演开了，"你这钵儿太小，我这巴掌太大，我这一手遮天，这一手遮地，事不就成了。"

众人一阵哄堂大笑。

"架子，你严肃点好不好！你不要认为你石板栽花底子硬！"

"营长，你不要螺蛳壳里做道场——小题大做。不就是两钵饭？我明白地跟你说，饭是我拿的……"

"谁吃的？"营长打断他的话。

"我。我机子大马力大耗油多，我饿。"

"你……"

"莫啰嗦，来干脆点。我是个拖大土的，冇得你那些文章做。我只晓得人要吃饭，饭要人吃。石头土巴沙要人拖：你的两钵饭我吃了。我晓得你的两钵饭，就是我的标工，就是我的土巴沙，我下午跟你多拖个标工就是了。这猴把戏就莫开演了，凭下天理良心，你有气力你就到河里拖车土，无甘味的事就你舍得做？"

"你……"那营长气急败坏了。

"你要么样？"架子叔双目喷火咄咄逼人了。

"收工，我要亲自查你的码！你亲口说的，我不怕你不算数！到时候我不怕你石板栽花底子硬……"那时候那营长说这些话是在咬牙切齿间完成的……

八

就在那天下午，那种感觉到他的精神和他的肉体——他整个的十八岁内在的和外在的——都进入了一个陌生而又辉煌的境界。他开始感觉到有一股力量自地心而起，通过他那日见宽厚肉实的脚板心，浸入了他的肌肤他的心脏他的血液直至他的头颅——那灵魂所在的处所他感觉到他的灵魂，他十八岁稚嫩的灵魂但却经风见雨的灵魂，像一只羽翼渐丰的鹰，风催它拍击双翅，雨逼它拍击双翅，它没有被风雨折断它稚嫩的翅膀，它到底奋力冲破乌云之被，飞到了阳光融融的高度，达到了那个可以俯视人生的高度——他人生第一次到达的辉煌之境。

就在那天下午，那个四周沸腾依旧的下午，沸腾的四周似乎都离他远了，而内心的沸腾倒真切地贴近了他。他感觉到他不再是一个随河水涨退的浪花和泡沫。他是实实在在的、有着自己力量的一个，一个人。他有信心和力量迎风接浪主导他的微笑。他终于学会了那地老天荒般的微笑。

就在那天下午，那个轰轰烈烈造山运动的下午，他青春的高原之上，他十八岁的青春高原之上，终于耸起骄傲的山峰——那新生之巅。走动着，走在前面的那座山峰苍劲古朴；走动着，走在后面的这座山峰新鲜活泼。新鲜活泼的这座山峰终于可以与苍劲古朴的那座山峰比美了，同样有那无限风光。那时候肌肉的力量犹如岩层拱动，山峰与山峰的沟沟壑壑发出镇人心魂之闷响……

坐在马扎上那个营长的干儿子．那分头梳得很精致的小子，似乎被山峰运动的力量感应了。每当两座山峰走近他，他就张皇失措地站起来，手中那支削得尖巧的铅笔，怎么也在记码簿上写不显数字，手在颤抖，以至于铅笔折断了那尖巧，断出粗糙，他才能写显那粗糙的数字。

那天下午，到如今在那种的印象里，是那样漫长而又辉煌，漫长辉煌得像气吞六国而鼎盛登基修筑万里长城之秦代。肌肉与巨石无时不在凸起，汗水和鲜血无时不在浇筑。那些脊梁骨在那轮太阳下，一节与一节，凸出，叠加，耸起……

后来那轮太阳开始流血，流很稠很酽的血，那血就慢慢变作了西天美丽的晚霞。那种与他的架子叔在那样的意境里，拖着他们的山峰上牵引机的路。那粗大的钢丝纤船形地张开，发出了疲惫的呻吟。

那根满负荷运转疲惫而又粗大的钢丝纤，是在突然间崩断的。那种感觉一麻，手臂就失去了知觉。挂在那根钢丝纤的生命，几乎在同一时间里惊呆了——被那巨大的惯性惊呆了，惊呆成了一尊尊形态各异的陶俑。

就在那天柱折的那一刹那间，板车滚滚而下，路上面的人弃了板车夺路而逃，那板车群像自九天倾斜而下的泥石流，发出了世纪末绝望的轰响……

这时候，那种听见了那个石破天惊的声音响起："路下的撒手——快跑！"

那种被那惊蛰般的雷声震醒了，和人们纷纷撒了车把，逃。

这时候，夕阳正在西天的晚霞里，将那血红酿得愈稠愈酽。那种看见了人间真正的辉煌。那个巨人拖着他的山峰，横在那陡路上，用他伟岸的身躯和他的双手握住的山峰，挡住了那自九天倾泻下来的泥石流。在那个辉煌里，那种看见那个巨人并没有倒下，他双手握住的那座山峰亦没有倾覆。板车纷沓而至，叠加而起，他双目圆睁，呼天吸地，傲然屹立……等路下面的生灵逃到生的境地，那种看见那叠叠而起的山峦，滚下去了，腾起了云蒸雾蔚般的虹……

九

那个巨人是在那晚霞淹没夕阳血红透顶的时候，滚下那道人工河底的。那种,那个巴水河畔王家墩的种,赶到巨人身边时,那个巨人已经闭上了眼睛,永远闭上了他那双地老天荒的眼睛。那个时候那种怎么也不肯相信那个生命,那个在那种印象里如松如柏如磐如岸般的生命,就在须臾之间结束了。那种那时候感到了无边的恐惧,脑子里一阵绝响,一阵昏眩过后,一片沙漠,一片空白。他拼命咬住自己的嘴唇,不让感觉死去。他的感觉终于被他坚硬的牙齿咬住了,咬住了那痛,那切肤之痛。那切肤之痛就慢慢浇活了他的视觉他的思维他的情感……

这时候西天的血红枯萎了,剩下了漫卷的青灰。青灰的浪大起大落作无声的喧哗,冲决着遥远遥远的那地平线之岸。这时候就有凉风从那青灰的记忆里苏醒,给那种以创世纪之冷峻……

他看到那个巨人全身是血,全身是灿烂的鲜血——在那天与地无言的青灰之间,唯独奇特的是,巨人那小腿,那小腿被纷沓而至的命运之车撕开了尺多长两寸宽的口子……那尺多长两寸宽的口子,那地方所有软的都撕去了,都不可避免地撕去了,剩下的都是硬的,全是硬的。那都是硬的,全是硬的地方,没有红,血不染,很白很白,白得耀那种的眼睛。惊得那种一如永昼之感……

那种喉结作苦涩的运动。这时候,那种全明白了,那就是那根巨骨那根巨骨那根巨骨……

那诗的狂澜却怎么也冲不开那种的喉结,却使那种握紧车把,全身似铁……

马　鞭　草

　　在我不褪色的记忆里，那是一片永远的绿色——我的家乡巴水河畔王家墩的河滩上生长着它们：匍匐在贫瘠的白沙之上，状如马鞭，节节生根。

　　河滩上再也没有比它们更顽强的生命了，不怕旱不怕淹，不怕连根拔起来晒干弄断弄碎，只要没有完全把它们扎成柴把塞进灶膛化成灰烬，哪怕只遗下寸长的一节，那一节一沾地气，便活，便生根，便呈放射状地繁衍……各自竞赛着它们顽强的生命……

一

　　那时候整个巴水河便疯狂了，拼命地涨水，涨，涨；浊浪翻滚，撕堤裂岸，泥沙俱下，厚厚的泡沫上伏着眼睛里红得冒火的蛇……

　　那时候整个王家墩，被洪水包围的王家墩，却死了样的寂静，墩子，高出水面的墩子在风浪中摇晃着，墩子上的人以及墩子上的活物，理智都扭成麻花，在油锅里滚滚地炸……那时候疯狂的巴水河就像一面哈哈镜，映出了许多的荒谬也映出了许多的真诚……

　　那时候是瞬息万变大浪淘沙的时候……雨烂天烂地地落，朝外一瞄，只有疯狂的雨没有世界。

　　"×你的娘！"喊春眼睛喷火咒了老天一句，便穿蓑衣戴斗笠，便卷裤腿卷到大胯而不能再卷为止，拦腰提挖锄，提起来便朝外奔。

　　奔出大门，屋檐的雨就像钢子儿溅斗笠，那斗笠戴得日久了，彼时就溅破了几个窟窿，就有冰凉的水流进了脖子，像打铁淬火，他闻到了自己浓浓的肉腥味。

　　那些出坍的鸡，耷拉着翅膀，睁一只眼闭一只眼，断了脊梁似地缩在潺潺溅雨的屋檐下。

　　这时候巴水河起一阵血腥的狂风，整个墩子一片树响，喊春的斗笠翻了面，离头而去，像一张荷叶朝门前暴涨的藕湖飞去，打着旋子。喊春剥下蓑衣，抛到屋檐，喊他父来挂。

风掀翻斗笠这响动本来不算小，剥蓑衣丢蓑衣已是大响动了，但他家那些鸡并不因此而惊慌，仍是要死差一口气的模样。

喊春气不打一处来，他横起挖锄柄便扫，那些鸡这才大惊大诧，有几只横空出世，在滂沱大雨中飞翔了很远很远……

二

其实喊春早就听见了之雄喊垸人上堤的声音。之雄是组长，组长大人因雨被陷在家里有些日子了，许多天他没有心思出门跑粮食生意了，雨落得人抬不起头，巴水河的水陡涨，使之雄像被铁锅顶了头。

喊春家的责任田挨着河堤。田是好田，水成好收成也好，可地势低，堤内座挡水涨起来，已淹齐了谷穗的脖子，喊春心里就像滚油在煎。四亩责任田，早杂交水稻齐刷刷已经透黄艳了，只要几场日头晒下来，盼望的好收成就要到手，捏在手心的就是票子。三口之家一切润用全在田里呀，这狗日的天！喊春早就想上河堤去看水，打湿一套衣裳换上一套干的就又想出去，热锅上的蚂蚁哪里坐得住。

但喊春见不得之雄，一听见之雄那沙哑了的鸭公喉咙，喊春心里就气鼓鼓的。

他就气鼓鼓地坐在堂屋里，任之雄在风中雨中垸前垸后号丧一样地吼人。倘若是之雄一吼，他喊春就朝外奔，那他喊春就不是人了。

等全垸的男人，嘈杂地提锄扛锨奔出门，逐渐在风雨飘摇中走没了声音，喊春这才起身，穿蓑衣戴斗笠，恰遇到了出门的不顺，轰鸡出了他胸中的一口恶气。

喊春的父，佝偻着，背站在屋檐下，叫爷叫爹才让喊春重新披挂了，不然这头犟牛会裸头上堤的。

喊春那双裸裸的赤脚，在垸中没踝的淤泥中践动，每一脚下去那泥浆溅得好远好远，就像子弹四射着。

雨雾迷茫，王家墩里水分两色，他家以及与他家同样低矮的土砖屋，早被雨落得没有活气一片死色。每一阵狂风挟雨而来，喊春的心就与它们一起颤抖。那些土砖屋大门里的老人们和女人们怀里护着他们后代他们的孩子，就像雨中竹林里那只老母鸡，佫着翅膀，提心吊胆护着它的仔儿。相比之下，一道明亮的闪电鞭下来，把那些高耸的楼房整个儿照亮了，照出了很精神的颜色，神气洋洋。那些楼房里的女人，很悠闲地打着毛线儿，说着闲话，很响地笑。尤其是之雄家四连两层的楼房，在喊春的眼里，耸在他家后面的墩子中央像一条昂着脖子向天望月的公狗。喊春真恨不得来场地震，把王家墩来个底朝天，让王家墩都哭，唯独他不哭。

堤内的水又涨了许多，河堤边的排灌站早已拆成了四壁透风的空庙，不排也不灌了。早听上面的人说要修要修，听说总是听说快了快了，但总听楼上响不见下楼来。河畈里上河堤的机耕路已经淹了，路两旁灌浆的稻穗在洪水中被雨点打得摇晃不赢，有这些摇晃的东西做标记，宽宽的洪水才是路，那是血的颜色。

喊春上河堤时，垸子里的男人们，已经上堤了，站成了散兵线，一眼望着河水，一眼望着挡水，一副听天由命的模样。雨开始下水开始涨时，众人信心百倍日不歇夜不眠地守河堤，现在看看雨不停水不退都散了神。

巴水河里，浊浪翻滚，翻出很大很大的漩涡，发出很大很大的响声。水已经扫青岸了，河堤上那些平日里倔强的芭茅已经被河水驯服了，像油草，随水婆娑。

外河的水翻涌着比堤内的高出许多，河堤拐弯处，已经朝内翻泡像是煮粥，那是凶兆，那是破堤的前奏。

之雄吓慌了，苍白的脸彼时像泼了血，大喊垸人装沙包下水堵漏。之雄的嗓子早沙哑了，喊不成调，一个劲地咳嗽，喘作一团。

那时候喊春的嘴角就有惬意的笑浮起来，不经意，就像河里一条倏地而起倏地而落的暗浪。

之雄比喊春大十岁，之雄开始也是条健汉子，这些年当组长兼做粮食贩子，吃了不少苦头，家发了，身体也就不如先前了。连日暴雨，他这个组长，预备党员——举了拳头差一年就正式的，几乎就日夜泡在水里了，感冒得一塌糊涂，身上发烧怯冷怯寒的。

堤上手忙脚乱都是装沙包的，就是没人下水。之雄喊："下水，下水！"

堤上的男人们仍是积极地装包，之雄拿出急来了瞪着血红的眼睛又喊："下水，下水！下水的每人二十块，上岸后我打条子！"

于是就有几个后生兴奋地剥衣裳。

这时候喊春挤到之雄面前，嘻嘻地笑，不管他之雄姓甚名谁，敞敞地喊一声："喂！"

之雄拿眼睛瞧喊春。

喊春冷冷地问:"二十块哪个出?"

之雄呛了一口:"么?"

喊春一字一顿地说:"我问你下水每人二十块是你出还是组里出?"

之雄又呛了一口:"么?"

喊春又是嘻嘻一笑:"么个屌!是组里出,大家猴儿啃鸡巴,自己啃自己的,用不着你大方!"

之雄吼:"我出!下水,每人四十块!"

"哼!"喊春鼻子里出一声冷气,仍是一字一顿地说,"你有钱就可以买命吗?"

"你说么样?"

"你就会做生意买过来卖过去,你屁股上吊钥匙管哪门?要下你先下,这个时候说钱有屌用?"

之雄被激怒了,三把两把剥光衣裳,拖个沙包就下水,下水后就头影不见余到浊浪里摸漏。

喊春一下子涨红了脸:"这狗日的有屌哩!会赚钱也会玩命哩!"

喊春血红着脸剥了衣裳扯个沙包就下水,对岸上的男人吼:"愣个屌!眼睛都夹在胯裆里吗?不是哪一个的河畈,要死一块儿死,要活一块儿活!哪个再不下水,莫怪我不论大辈儿小辈儿了!"

喊春想心里痛快一下,反弄得酸兮兮地不好过。

正当暗漏堵住后,喊春像条快要咽气的黄鳝在大雨如注的河堤上双手撑地仰面朝天喘粗气时,喊春的哥摸秋站在墩子上杀猪般地喊:"喊春——!喊春——!你积极个屌!屋进水了,娘在哭!"

三

摸秋用喊春的话说,就是脱生时在阎王爷那里抢个人头开跑,于他之前先托了生。两个大人看他是长子,一手包办让他摸秋接了媳妇生了儿,两个大人然后说树大分杈儿大分家,让他摸秋单门独户单柴独水单另过。他摸秋哈里叽叽,每年粮食下场,称几粒硬粮,拖几捆柴火给喊春,就把两个大人交给他喊春了。两个大人冷也好热也好,他不管,他摸秋是米汤里洗澡——糊里糊涂,连他的小日子都过不清楚。

那时候喊春听他哥摸秋一吼,一个激灵便硬了起来,提起挖锄就朝墩子里奔，回头恨恨挖了之雄一眼，之雄听到了喊春咬牙切齿的声音。那时候之雄浑身水淋淋肚子正痛得厉害，他双手抱着肚子像一只出水的虾。

喊春到家时，三连土砖瓦屋里到处都是水，水从屋后墙脚砖缝里直朝里灌。床底下的破鞋和空坛空罐以及他娘平素积攒起来的杂物都漂了起来，团团打转。喊春就像一截树桩站在积水里，任头上的雨水朝下淌。

他看见他的娘披头散发，双膝跪在矮木凳上朝水桶里舀那如血的水。他的娘太老了太老了，弯不下腰，只有双膝跪下才能做弯腰的事。喊春看见他满头白发如葱根的父，用那双青筋凸突的手，颤怆怆地提着水桶朝外倒。喊春的鼻子里就酸兮兮的不是味道，眼睛眶里就有热热的东西涌出来，那时候头发上流下来的冷东西和眼里涌出来的热东西就在眶外汇合了，温温的痒痒的……

那时候娘听见身后有响动，撩起衣襟揩了一下脸，艰难地扭过身子，仰起皱纹叠皱纹的脸。她听见她身后的响动就知道她的幺儿回来了，所以就将她的眼她的脸揩干净了，那些无声的泪便被无声的衣襟吸去了。

喊春发烫的手捏着她娘冰凉的手："娘！"

娘说："儿呀！你回来了？"

"娘！天为么事总欺穷人？"

娘用手拢着儿的湿头发："儿哇！莫哭，男人的眼泪贵如金。"

儿便止不住泪流满面："娘！是儿无能……让你受罪……"

"儿，别人一双脚一双手，你也一双脚一双手，不比别人缺半点……"

儿便一把抹去了脸上的泪。

那时候父独自舀水，忍气吞声地骂："发财发横了心，只管自家活不管人家死……"

"娘的块臭瘟！老子出双眼睛瞄着，看狗日么样个了法！"

娘哀求老伴："老壳子，莫骂，屋后人家听到了……"

喊春的父便翻着白眼没了声音。

喊春便像火山一样爆发了："骂，骂，骂大些声气，你怕么事！就让他家听到听到！"

"儿嘞！你么总是气，总是气忿忿的，气么事用？你莫一时气昏了头，人家之兰对你好……"

"娘！桥归桥，路归路，三十年河东四十年河西！人家高门大户的千金做不了你低门矮户的媳妇！窝都保不住命都活不了，还做么事白日梦？"

"儿，你么靠气过日子？光气过得日子吗？"

"娘，气劲气劲，我不气，我去死吗？娘？"

喊春从牙缝里迸出这些话后,从大门旮旯里抄起十字镐就朝屋后奔。

"喊春——!"娘的喊变作了长长的叹息,被疯狂的风撕散了。

那时候老天爷就完完全全落雨落疯了,之雄家楼房屋面的水就像瀑布白花花地居高临下朝喊春家屋后阴沟淋下来,喊春家屋后的阴沟一头被楼房抵死了,只有一头出水,那雨水流不赢就像涨水的巴河一样。喊春挥着十字镐就挖之雄家那水泥造的铜墙铁壁一样的前墙,一镐下去,那炽热的火星就在瀑布里飞迸。

欺人霸势的楼房!

狗日的东西!

喊春心里雷霆震怒……

四

叫喊春心里怎不有气?

喊春挖楼房时气变了形,根本没有看到他家后檐墙撑了树,根本不知道他家屋后阴沟被人在半夜三更大雨倾盆时清过挖过,那人裸着头只穿裤衩挖呀挖,冻得直打哆嗦。那人没有挖出声音来,伏在水面用手抠,十个手指全抠破了皮抠出了血。那人是在堤上回来干的,没人知道这些,只有风雨知道,只有电闪雷鸣知道……

干完这些,他便又上河堤去了……

喊春家姓姚,之雄家姓贺,两家不同姓更不同宗,但老天爷偏偏安排两家住在一起,并导演着沧海桑田的故事。

早在之雄的祖父在世时,那时候之雄家在巴水河畔算得上比上不足比下有余的富户。

那时候王家墩里贺姓一脉流传的几家主宰着河畈,新谷下场,河堤上就有交课的独轮车牵线不断地推进墩子来,沿着红沙石铺成的甬道,推进贺家一进三重的大门里。那时候贺姓的几家肚子里鱼肉塞得饱,身上冬皮毛夏绸缎穿得暖爽,就竞赛着让他们的儿孙读书识字,于是走出来的一个个就显得风雅与众不同,端着家底殷实的架子。

喊春的祖父和他的祖母是挑着一副窑货担子来到王家墩的。那是个冬天的早晨,那时候巴水河畔比现在冷多了,枯瘦的河水被冻死了不见流动。有很厚很厚的冰凌在喊春祖父的草鞋脚下,枯枯闷闷地响。喊春的祖母身上虽然穿得破但却补得光,头发梳得光溜。她走在后面随着男人走,胳膊弯里挽个蓝棉布扎花包袄——那里面就是她家全部的换洗家当。喊春的祖父在前，挑着那副窑货担子。担子的一头是一口大缸，上了釉，上了釉的大缸在晨曦中显出冷冷的光泽，缸里搁床破絮，偎着一缸他们的儿女——那时候喊春的父便露出一头杂乱的黄发混杂其间；担子的另一头便是沿途卖窑货换来的粮食抑或讨来的米饭咸菜之类的食物。

喊春的祖父祖母就是在那个苍黄的冬日的早晨，从黄冈涉过结冰的巴河来到王家墩的。

进了王家墩后，大概用了一餐早饭的时间的思考，之雄的祖父就决定收留喊春的祖父祖母以及偎在缸里破絮里的一窝。那时候之雄的祖父左盘算右盘算觉得这不是个蚀本生意，因为他看见喊春的祖父肩膀好宽好宽，拿眼打量一尺五寸有余，因为他看见喊春的祖母的眉眼好端庄，怎么看也看不出是个好抓枚拈草的小心眼女人，于是之雄的祖父就吩咐下人收拾舂米房，让喊春的祖父一家住下来。

当时喊春的祖父祖母就从缸里抱出那一窝儿女给之雄的祖父磕头，殷殷地流出许多的眼泪，说之雄的祖父是大慈大悲的贺善人活菩萨。

于是喊春的祖父祖母就给之雄的祖父种佃田，另带看守门户，天阴下雨时帮之雄家舂米挑水干杂事。两家主是主，仆是仆，日子过得平淡。

到了之雄的祖父祖母和喊春的祖父祖母相继入土后，之雄的父亲顺理成章成了少东家，而喊春的父亲也成家立户成了之雄家新一代顶事的长工。那时候中华人民共和国成立了，土改工作队进驻了王家墩，一夜之间之雄家大门后门所有的门都贴了白纸封条，之雄的父亲领着家小扫地出门，一切财产全部充公。这之后工作组长带领喊春的父亲分胜利果实。工作组长把之雄家的大门打开，叫喊春的父领着全家住进去。喊春的父领着家小住进东家的青砖脚木楼后，接连几夜做噩梦，于是就找工作组长要求搬出去住，他说他承不起那个福。

工作组长很气愤，骂喊春的父狗屎糊不上墙，看见喊春的父一副大祸临头的样子，便叫喊春的父找算盘来。

听说那个工作组长也是个富家子弟，读一肚子书只因痛恨祖上剥削贫农只身投入革命，所以他的算盘打得傲。他将算盘顶在膝头上，让喊春的父报他家在之雄家打了多少年的长工。喊春的父掰着指头，算了好半天，就说从他父起身到如今三十七年半。工作组长说："好了，三十七年半算成天。"那手指就在算盘上炒豆儿似的响。工作组长说："一万三千六百八十七天，课谷，粗工，细工加零工，一天多不算就算一块工钱，这是个直算盘，他家剥削了你家一万三千六百八十七块钱。"工作组长对于剥削账，他是行家里手，他很会算。

工作组长将账算出来后，对喊春的父说："你看，你看，他家的房子是你家的了,早就是你家的了!你心安理得地住进去打大鼾,你做什么噩梦呀?你!"

喊春的父开始还是愣愣的,后来看着算盘上的珠子仔细一想:这账算得不错,嘿,不算不明白,一算吓一跳,这屋倒真是我家的。因而喊春的父也就安心住下了,不再做噩梦。

在工作组长的耐心教育下,喊春的父觉悟提高很快,终于敢上台斗之雄的父亲,控诉之雄祖父剥削压迫的罪行。在工作组长的培养下,喊春的父先当基干民兵队长,后当贫雇代表。要不是因为喊春的父不识字脑子又死不开窍磨子一样推一下动一下,工作组长就让他当上了农会主席。

工作组长分派了喊春的父一项重要任务,那就是管制之雄的父亲,只准老老实实,不准乱说乱动。

喊春父的这项神圣的使命延续了三十年。在那神圣的三十年里,之雄父领着一家子连大气儿都不敢出,哪还敢有心思做梦建什么楼房。

五

世道说变就变。那一年喊春家第一次由超支户变成进钱户,就买了一部收音机过年。腊月二十八半夜爬起来供祖人还福吃年饭,喊春就把收音机打开来唱,把那音量钮儿打得不能再大。他家的屋里就都是歌声。

喊春那时候读中学刚脱了破档裤儿学会了把鼻涕揩干净做大人,又脱不了稚气,就抱着收音机不离手。

后来他父就供祖人还福,朝堂屋桌子上摆菜碗,满桌子地摆,喊春、摸秋以及他娘站在旁边看。喊春父在桌子上方摆了十双筷子和十个酒盅,并不摆凳子,接着就斟酒。斟完酒,他父就喊他和他哥摸秋来给祖人烧钱磕头。他父说:"你俩听着,有些事要学熟,将来成房立户有个前传后教。"他父说:"我们姓姚的与他们姓贺的供祖人的式儿不同,他们姓贺的供祖人四方摆酒盅摆筷子四方摆椅子,他们的祖人是读书的人享福的人慢条斯理坐下来吃喝慢慢品慢慢泹的人;我们姓姚的祖人是苦命人辛苦做,给人家打长工,哪来的工夫讲文,站着喝杯酒就要到东家去听差。"

他父说:"现在好了,我们如今用不着站着还福可以坐下来吃个安生饭。可你们要记住,莫忘了根本。"

他父说完,喊春和摸秋就在他父的率领下向辛苦的祖人磕头。

那是喊春生下来后第一次看见供祖人,很觉新鲜,所以他父关于祖人的话,他记得很深很深。

后来就热气腾腾围着桌子还年福。那部新买的收音机就搁在香烟缭绕的条台上播送新闻。那新闻是关于改正成分的,说了一大堆道理后,就宣布"摘帽子"。

他父张大嘴巴掇着酒盅,忘记了朝嘴里倒酒,愣愣地没有回过味来。他娘就欢天喜地喜笑颜开说:"好了,好了,现在成一家人了,用不上人瞄着人,大眼瞪小眼,吃人一样地生相难看。"

娘的话,那时候喊春觉得很新鲜,夹杂着许多的快意,因为那时候喊春与屋后的之兰正在上中学。

喊春比之兰大一岁。当之兰还小的时候,之兰的父母正接受着喊春父的监督改造。那时候之兰的父母就经常让之兰到前家来送些吃的东西献殷勤联络感情。之兰掇碗在暮色苍茫中闪进门的时候,昏黄的油灯下喊春的父一脸正气装着没看见,而喊春的娘见了之兰来就痛爱了,一把揽进怀里,又是亲又是热,把个稚气未脱的之兰抚顺得像只到家的猫仔。之兰那时候虽说是个黄毛丫头,可她那眉那眼那脸蛋儿就像是鲫鱼山上的桃花苞儿,哎呀呀只要一场春雨下下来一场太阳晒出来,就会放霞光。

那时候之兰的娘在人背后就经常到喊春家来,与喊春的娘一起坐。虽然她们在河畈里干活互不搭腔陌路人一般,但人前是人前,人后是人后。之雄娘来,来的时候必定带着聪明伶俐妖儿一个的之兰。她母女来了,喊春就必定在他娘的膝前赖事。于是之兰的娘就先夸喊春浓眉大眼脚大手大好坯子,就有意之间突出两个雏儿,说些他们长大后两家若是怎样怎样才好的话。那时候喊春心里就痒痒的,觉得很新鲜很舒服很快活。喊春的娘更好像喝多了糯米酒眼角儿红红的晕巴巴的。

喊春与之兰那时候读小学,喊春就与之兰同上学同放学,影儿不离形儿,形儿不离影儿。喊春俨然就是之兰的保护神,保护着之兰,不让墩子里外的野孩子欺负之兰。那时候喊春世事不知羞也不懂,之兰更是混沌一团。

转眼他们就长大了,初中毕业时他们就在人前各走各的路,而在无人的地方又走在一起了……

这就是那些刚长根芽的故事。

六

之雄水淋透湿浑身寒气从堤上回来时,腰就更加弯了,脸色寡白嘴唇打不赢哆嗦。

那时候喊春正在挥镐挖他家楼房的前墙，那咚咚的声音就像在挖他的心肝五脏，他心如油煎五味俱全……

雨呀雨，你就不能停一停，停一停吗……

不知为什么，当年喊春的父监督他的父母劳动改造时，之雄一点也不把威风凛凛的喊春父以及自然而然优人一等的喊春的全家放在眼里。那时候之雄老觉得喊春的父带领喊春的全家在他的一家面前像演戏，喊春的父给点好颜色，于他的父母，喊春的全家尤其是喊春的父像是恩赐似的，像是蚀了他的精神他的血本似的；好像他之雄的全家不是因为他们的施舍，日子就一天也过不下去，太阳从西边落下去就不会从东山上升起来似的。那时候之雄高中毕业了，回乡劳动，整天在河畈拼命流汗滚一身泥巴炼一颗红心。他成天不说一句话，磨子压不出一个屁来。

回想起那时候的情景，之雄就觉得他那时候成天浑身充满力量，就像一个打足了气的篮球。

那时候他娘带着妹子之兰到前家联络感情时，他的父默默无言地吸着烟视而不见。两个大人像是在枕头边合计好了似的，残害着他妹子天真烂漫的情感，那是不折不扣欺骗天良的行动。那时候他就恨得牙根发痒。什么都不说什么都值不得说。难道，难道就凭这些过日子就这样地过日子吗？他只瞅一眼，冷冷的，便闭上了发烫的眼睛。于是他就进了属于他一个人黑暗的小房子，在那自认为圣洁自成一体的空间，读他的书。

那时候他悲怆他孤独，但他充满顽强的力量，他仿佛有一双洞穿世事的火眼金睛。

之雄脱掉湿漉漉的衣裳，他的妻就给他穿上温馨的干衣裳。这时候窗外一道明亮的闪电鞭下来，接着一声炸雷劈下来，劈下来的全是倾盆般的雨。那雨邪乎了，分不清点数，一律在阳台外的空间泻下来，溅起三尺多高。

就在这时候，喊春手中的十字镐就愈是有劲了，挖前墙的声音就像擂天鼓，一声又一声，把他家整座楼房震得像磬嗡，震得摇摇晃晃……

之雄心里一阵阵发虚发寒，刚才河堤上被喊春激怒了，他顾不得性命跳下水去，他并不怕死，死只是一瞬间的事。但是死并不是容易的事，他终究没有死，他终于爬上了岸，并在垸人的努力下制止了堤漏。他还得感谢喊春这狗日的，歪打正着。

之雄坐在床沿上，双手抱着头，痛苦地思索着屋外擂天鼓的声音。他的父母他的妻子以及他的妹子之兰，都眼巴巴望着他……

要说之雄家的楼房在王家墩是首屈一指的，位于墩子中央他家的老屋坪上，富丽堂皇，非常打人的眼睛。这幢楼房是之雄挣钱一手建起来的。楼房里很温暖，雨落烂天落烂地，但落不烂之雄家的楼房。疯狂的雨只能溅湿大门前的台阶，屋子里仍然很干燥很怡人，真正是住人的地方。

在喊春没有擂天鼓之前，之雄以及之雄的全家很有安全感。雨不管怎样地落，他家的楼房不漏雨，寒风也吹不进，玻璃窗子关得严严实实，全家老小不像往些年在那破烂不堪的土砖屋里担惊受怕。于是在温暖的安全感里一家就分外和睦，娘和老子以及之雄的妻之雄的妹子之兰就分外看重之雄，对他分外的亲热。他们在这风雨中通过对比，就对比出这些都是之雄的心血……

喊春的十字镐更加愤怒了。

之雄想抽支烟转口气儿，但手颤抖着，老点不着火，他多么想冲出去冲出去与喊春决一雌雄呵，但他在那时候没有力量……不知为什么，他不明白，现在的他之雄怯喊春，一见喊春那双眼睛，无形之下他就矮了三尺气势。之雄心里很痛苦很痛苦，他发现喊春很像十年前的他，他与喊春仿佛换了个……

在那惊天动地的时候，屋子都是沉默，静静地沉默，静静的沉默……

之兰忍不住了："哥！"

"哥！哥！你死过去吗？你聋了吗？"

"我没死也没聋。"

"哥！你出门带着防身的匕首呢？"

"你要么？"

"你装死你装聋你装哑？你把匕首给我，我，我去杀了他！我和他一块死！"

之雄抬起头吃惊地看着妹，突然一笑说："之兰你迟早会嫁给他的。"

"你在胡说！"

"我看出来了。"

"哥，你就等着楼房挖垮吧！"

"等他挖，垮不了，让他出出气。父娘我们把底层的东西搬到楼上来，把底层腾出来……"

"父娘，你们不是常说忍得一时之气，免去百日之忧吗？气不是个好东西……"

之雄苍老的父母此时点点头，望着儿子，眼睛里就有晶晶的泪……

七

暴雨扯天盖地，随着怒吼的雷，王家墩每一个角落都是泡涨的泪水。那时候之兰就裸头出去了。之兰出去了，一出屋檐，那铺天盖地的雨，一下子就湿透她身上所有饰物，勾勒出她最本质的轮廓。王家墩那野性的雨，以几千年来最原始的粗犷，勒出了她女儿的青春，她把她女儿的青春献给了王家墩几千年来那野性的雨……

本来她不须这样做，她不须裸头出去的，她有王家墩的姑娘们中最漂亮的雨具，但她不得不这样做……

之兰有湖蓝色的雨伞，那伞就跟春天的藕湖一般的颜色，那伞上面有银牙般的月亮和满天溅亮的星星——那伞撑开去，撑开去，撑在葱茏绿染的河畈上，婀婀娜娜失去了一河的春色，而亮了一河两旁后生们的眼睛——那时候她没有撑。

之兰有粉红色犹如一团朝霞似的雨衣，那雨衣款式新颖，配上那乳白色的高腰雨靴，她行走在墩子里，于是古老的王家墩像是种惯了山桃野菊并看惯了它们，陡然之间就有了这般打扮的之兰，就像是这块古老圃儿，植进了高贵令人快意得窒息又令人莫名其妙兴奋的名花异种——那时候之兰没有穿。

当然这些都是之雄的作品，妹妹之兰就是哥哥之雄的作品——这些都是之雄给她的，以雄厚的经济后盾，结合她天生丽质和高雅气质所致——这些都是之雄引以为傲的资本。

至于之雄，他本人不屑这样做。他还是以朴素的农民打扮——那些给人以老实本分善良好欺的王家墩几千年的传统面貌，出现在生意场——平衡着王家墩人的眼睛，而又在那逐利场上占着那些包装得很现代的哥儿们想占占不到的便宜。

那时候之兰没有撑没有穿那些她哥平常看见她撑着穿着嘴角就浮出惬意的笑的东西……

之兰就那样站在居高临下的楼房的前檐下，嘴唇抽搐着，看着下面愤怒的喊春挥镐在挖。

她知道她要是穿一团朝霞似的雨衣或撑那湖蓝色有银牙般的月亮星星的伞，喊春就会更有气，这个时候她要完全没有优越感才能与喊春对等……

她喊："喊春哥……"

"喊春哥！"

那喊声也许太复杂了太复杂了，竟与雨水的声音溶在一起了，全化作冲天冲地的声音……

"喊春哥!"

"喊春哥……"

她分明看见她的喊春哥根本就没有看见她似的，她的喊春哥仍然挥动手中的十字镐挖她家楼房的前墙……她不明白，不明白这是为什么，为什么她的喊春哥这时候竟变成了另外的一个人……这时候她的喊春哥完完全全丧失了理智，对她的呼唤充耳不闻……而在她家楼房未做起来之前，在那风和日丽的时候，在那春日地气上升河畈里万物葱茏竞长的时候，她和他都被那恼人的春色折磨得夜不能寐的时候，她只要启唇一呼喊春哥，哪怕只是两唇一碰地轻轻一呼，屋前屋后那些老屋虽然隔着墙壁，就有了灵性，也就有了轻轻的一应，就有了心房过电一样山洪走水一样的感应……

喊春哥……

喊春哥呀……

那时候是多么和谐多么温暖的那时候……这时候是多么冰凉多么坚硬的这时候……

之兰的泪水就刷地一下子流了出来，那么的多，就像老天爷失控的雨，顺着她的脸颊流下来，一直流到她洁白的脖窝。

"喊春哥……"之兰失声痛哭起来，呜咽着哽噎着，大起大落……

那时候风就一下子停住了，唯有那倾盆的雨，仍是不止。

喊春就仰起脸看她看她。喊春就一把抛了手中的十字镐，扭脸踉跄而去，没有回头……

八

之雄是那时候活起来的，在喊春的印象里，是收音机里播出摘帽后的第二年。那时候蔫不拉叽磨子压不屁来的之雄陡然活了。在这之前王家墩好像有他不多无他不少，他埋头干他的活，活干完就一头扎进屋里不出来，人们就忘记了墩子里有他。

之雄不活则已，一活起来，好生了得，就在墩子里活出了颜色活出了滋味，就活出了与众不同。

那时候——也就是收音机里播出摘帽之后的第二年，喊春初中毕业了。毕业了就因为差那么一点点分没有考上中专，就索性回了王家墩的河畈，与他父一起种分给他家的四亩责任田。

他父对他说："春，一滴露水养棵草儿，何处黄土不养人？"

那时候的喊春也就没有异议。

那年头风调雨顺，风随人意转，雨随季节落，年成好得王家墩人直打喷喷。一眼望不到边的河畈，分到了各家各户，各家各户就以崭新的精神面貌耕种。就像是松了多年的绑绳，王家墩人周身的血液畅快地流动了，河畈里就有愉快的山歌唱出了口。王家墩所有的人脸上都上了红光，连同朝霞，染就了河畈里奇诡的景象，迷惑了燕儿们，醉也似地飞得不肯歇。那秧把散开根儿插下去，插在酥软舒心的泥土上，出手沾泥就透出新根疯长起来；眨眨眼睛满河畈里绿了，绿得不见了田里的水。

于是好收成就在人们眉眼间互相成熟了，一丘丘的田里，谷穗儿叠谷穗儿匍匐着像一床床黄金被。早稻收割，捆的时候，稻子捆得田畔短了，草头密密麻麻就像天上的银河。

于是往日宽阔的稻场小了，许多许多的稻垛往蓝天白云下堆，那些圆圆的稻垛就像春时三月炸园的楠竹笋。

于是那稻场就昼夜受罪了，一场复一场地打，白天撑着黑夜，石磙在黄牛水牛甩动的尾巴下呷呀着。

那年头日怪，稻穗上的谷子一粒就是一粒，没有瘪的；黄灿灿金漫漫的一堆扬出来，就全是斤两。

就在那时候之雄活了。之雄就开始了行动。他开始活动的时候，兀头驮着黄帆布包（后来阔了提黑色手提包），肩上拢着一管抬秤，像条出猎的枪。他把袖子挽得高高的，并不把裤腿挽高，袖子挽高好做事，裤腿不扎显得斯文。他包下了邻垸十几部手扶拖拉机，他指挥着那些被鄂东俗叫成"狗婆"的东西像猎狗似地窜，翘起尾巴颠，颠在凸凹不平的机耕路上，颠得王家墩和王家墩周围垸子的草狗们追都追不上。那些"狗婆"冒一树又一树的浓烟，之雄就坐在领头"狗婆"上，颠乎颠乎的，晃得王家墩看不清他满是油烟的脸，只见他间许露露白牙，王家墩才知道那是他心里的笑。

他把一拖拉机又一拖拉机装在麻袋里的粮食，朝镇子上拖，然后在镇子上那镜面般的柏油路边上汽车，朝镇子以外更远的地方拖。

于是喊春父就咬牙切齿地骂："这狗日的身上的血胀起来了，这狗日的活了！"

那时候喊春父正为粮食多了卖不出发愁。

那是个伏天的黄昏。

手扶拖拉机从稻场边隆隆地开过，之雄从机子上跳了下来。

　　之雄跳下拖拉机在稻场边与喊春父对坐的时候，正是夕阳西下的时候，没有风，几只硕大的牛虻绕着浑身汗臭的喊春和喊春父转。那时候喊春扬完了最后一掀棚，喊春父正对着风干扬净无处放的谷堆吸烟闷闷不乐。

　　之雄走拢来，喊春父看见了像没看见似的，贫雇代表酱泼了架子在。之雄并不计较这些，之雄很亲热地共着喊春父的扫把坐了。

　　之雄递根带把的"红双喜"给喊春父，喊春父半天才接，让之雄的手伸了半天。喊春父接烟后，之雄就用火机点火，喊春父当之雄的面掐掉把儿，才吸。

　　喊春那时候就站在旁边乜斜眼看。

　　之雄开口了："大伯！"

　　"么事？"喊春父这才拿眼睛看之雄。

　　之雄说："想您帮个忙？"

　　"你的忙我怕帮不到！"

　　"大伯，求求您！"

　　喊春的父就不作声，让之雄一个人说。之雄舔舔嘴唇上的燎泡说："我忙，想请个人帮我家搞几天双抢。"

　　"我家忙！"

　　"本来不想开口，我自己搞，只是生意套住了头脱不开身，季节不等人。"

　　喊春父听着听着，嘴唇就哆嗦起来……

　　这时候旁边的喊春就搭腔了："老板！请长工呵，你父怕掉价我不怕掉价，一天多少工钱？"

　　"你娘的臭×瘟！"喊春父骂喊春一句，就抵不住下场回屋去。

　　之雄仍是不计较，之雄说："只要肯帮忙，二十块一天兑现，外带一天两包'大重九'烟两餐酒。"

　　"哼！"

　　"莫先哼！听我把话说完，我还有个前提条件，谁帮我几天，谁家的早稻我包卖。"

　　"价钱？"

　　"每百斤比别人高五块！"

　　"说话可要算数！"

　　"鬼话！说出去的话泼出去的水，好的不是外人。"

　　"好，我父不干我干，卖长工就卖长工，什么年代了管它那多怕尿？有奶便是娘。"

"话不能这样说,皇帝也有向人借兵马的时候,我这可是蚀血本的买卖。"

之雄说这话的时候,不知怎的喊春心里快活。

喊春就给之雄家搞了五天双抢。之雄果然说话算数,将喊春家三千斤早稻谷按高出别人家五块的价钱收了,付了新崭崭的票子。

喊春给之雄家插了五天秧。插秧是双抢时最脏最累的活儿。

之雄出门跑生意,让他如花似玉的妹子之兰陪着喊春插。从上田插到下田,两个人并排儿地插。所以喊春那几天精神特别好,那秧插得带劲,秧棵插得又直又竖,行儿插得像划行的。那几天喊春每天两餐酒,外带两包"大重九"。

五天秧插下地,之雄回来了,在桌子拍出一张百元大钞,弄得喊春当着之兰的面,面红耳赤不好意思接。是之兰对喊春哼一声:"老贱",喊春才理直气壮地将钱拿了,掖进了荷包。

后来是之兰走漏了消息,她对喊春说:"你以为我哥当真蚀了血本吗?看你美的,像个苕样!就是你家的三千斤早稻谷,他就赚了三百块啦!"

喊春彼时就气昏了。当喊春对之雄扭头翻眼时,之雄就知道出了内奸。之雄对喊春说:"兄弟,忘记了一件事,你家那三千斤谷多卖三百块,你拿去。"说完就扯票子。

喊春将那三张百元大钞拿过来,唾了三口唾沫,丢到地上踩三脚,扬长而去。

之雄在地上捡起钱来,对喊春说:"兄弟跟谁憋气,可莫跟钱憋气……"

喊春扭过头来,对之雄冷笑地说:"我是叫花子吗?我家靠你家施舍过日子吗?你要晓得将相本无种纱帽满天飞,我胯里也夹了条屌!"

那时候之雄就对喊春阳光灿烂地笑了。

那时候喊春也对之雄阳光灿烂地笑。

于那之后,喊春也当起了粮食贩子。喊春的道理是,都是娘生的,他之雄能干,我喊春也能干。结果几趟下来,喊春惨败而归,不但没有赚钱,反而蚀了本。

喊春心底就恨透了之雄。

九

之雄家的楼房说做就做。

之雄做了两年粮食生意之后,就开始做楼房。之雄将老屋三下五去二扒了,叫人平了地基，平了地基就放线。白白粗粗的石灰线就在喊春家的屋后头。

喊春就从后门出来，站在之雄平出的地基上，说："做吧，我看着你做。看你做得赢些，还是我拆得赢些。"

之雄蹩到喊春面前，说："兄弟，你这是什么话？"

"你看你的线放到哪里了？"

"我拆老屋做新屋，在老屋脚上挖新屋脚，没出半寸。"

"老屋脚是在这里吗？"

"是在这里。"

"这么挨皮贴肉的吗？你起码出了五寸！"

"兄弟，这老屋脚还冇全挖，我还留了一截呢！"

喊春一看那留着的一截老屋脚，仍是不相信，像是之雄做了手脚。

"老屋有这么挨皮贴肉吗？"

"为什么这么贴肉挨皮的？"

之雄笑了："这你问你父去吧。"

喊春听出了之雄的话外音，顿时气冲牛斗，说："你退后三尺做！"

之雄说："我拆屋做屋，王家墩寸地贵如金，你又不是不晓得。我没有退后三尺的道理。"

"要做你拆远些做，你拆到天堂云朵里去做十层八层，我没屁放。"

"兄弟，你这不是人话！"之雄气来了，"我拆屋做屋，用我的钱做我的屋，碍你么事？"

"不碍？你就做吧！"

"碍你么事？"

"你家搭鸡埘是吧？"

"当然不是，想做就做好点像样点。"

"啊，是的呀？"

"是的。"

"王家墩的规矩你懂是不懂？左青龙右白虎，前朱雀后玄武，只准左比右高，不准右比左高。"

之雄笑了说："你从哪里学来的？"

喊春说："这你管不着。"

"这是怎讲？"

"压势压势！你懂不懂？"

"这是道理？"

544

"这是道理。"

"这叫道理？"之雄又笑了，"能摆上桌面上讲吗？兄弟。"

之雄就不与喊春理论。之雄接来了村干部，就做屋的酒菜办了一桌。

之雄用镐挖给喊春看，说："是这么挨皮贴肉的。"

那时候之雄正是村里出席县先富起来的典型，在县里开了会，得回了红彤彤的匾。镇里管组织的副书记培养他，说组织的大门敞开着，之雄就激动万分向组织递了申请书。过了不久，批准下来，村里管组织的副书记告诉他，说是预备了，过一年正式。又说："你当王家墩的组长吧，先富个样子起来，让大家都富。"

村干部一桌吃了喝了也说了。村干部在组长家吃餐饭，是工作上的常事。吃了喝了过后，村干部就到前屋来劝喊春父子。民兵连长兼村调改主任唱黑花脸，扯出法律本本对照有关条款，说："毒人的药莫吃，犯法的事莫做，苕了扒人家的房屋是犯法的事。"说得喊春的脸气黑了。

村长见事不好，唱白花脸，对喊春说："莫苕，人家做屋是百年大事，想图个顺遂。你们屋前屋后挨着住，住着住着不就住成了一家吗？再说现在政策这么好，等你发财了，他家做两层，还不兴你家做三层？不存在谁压谁的势。"村长拍了一下喊春的肩说："后生家要学大度君子，莫学小人气派。"

说来说去，反打顺敲，果然都是喊春父子的错。

十

那雨落得好邪乎好邪乎，一连落了十五天十五夜。王家墩人从来没有遇到这么邪乎的雨，落得满墩子所有的东西都改变了模样。百年未遇的特大灾难蹂躏着王家墩老少的心……

天暮黑的时候，那雨就像瓢泼就像桶倒，落疯了……

那时候喊春家的百年老屋就像纸扎的就像篾糊的，在风雨中痛苦地呻吟。屋脚全湿烂了，那湿线直往上爬，直往下掉土渣。

屋面的瓦，那些鱼鳞般的百年老布瓦，经雪经霜，经雨经露，那时候全都溶成豆渣粑，碎了破了。那瓢泼桶倒的雨劈头盖脸地淋下来，满屋都是水，天上漏地下渗，整个的百年老屋子也找不出一块干的地方。

喊春的喉咙里冒火，在屋里奔来奔去，像一头困兽，顾了他年迈的娘，顾不了他年迈的父。

后来堂屋桌上的那盏油灯，被一阵疾漏淋熄了，大门被一阵狂风吹开了，百年老屋就变成黑窟窿冰窟窿。

喊春牙齿咬得像锉锯响，他父已经发出绝望的呻吟，他娘在低声饮泣……

就在这时候，一道雪亮的光柱在大门外晃动，喊春听到了泥水里拨动脚步杂乱的哑哑声。

那道雪亮的光柱从密密麻麻的雨幕里，走进门来，之雄领着之兰还在墩子里的一群人闯进了屋子。

之雄进屋就喊："之兰快扶大伯大妈走！其他人抢东西！"

喊春朝之雄一笑："抢东西？朝哪里搬？"

"把后门打开朝我家里搬。"

"东西朝哪里搬由我做主，用不着猫哭老鼠假慈悲！"

"你朝哪里搬？"

"出门就是天地，哪里放不下几件？"

"都什么时候了，你……"

"不管什么时候，你跟我滚出去！你滚——！"

"这个时候由不得你的脾气，你得听我的！"

"我不要你管！"

"我是组长，我是党员，王家墩这时候我作主，我说了算！"

"你，你屌！"

之雄怒不可遏，啪！一记很响亮的耳光就搧在喊春的脸上："你是人不是人？"

两个人在湿淋淋的屋里扭成一团。

"喊春！喊春！你放手！你放不放手？"喊春父奔上前来，见儿子不松手，就亡命地一头朝喊春撞去。

喊春被撞倒在泥地上。那一头正好撞在他的嘴上，撞落了一颗门牙，漫了他一嘴的鲜血……

喊春父佝偻着背气喘吁吁爬起来，就打开后门搬东西，敏捷得像只猴子。

那时候喊春看见他年迈的娘，挣脱了之兰搀扶的手，跪下双膝理床脚下辛苦积攒起来的家当。他的娘浑身泥浆，衣衫破烂，作着求生的挣扎。

喊春就把那口带着门牙的血吐了出来，鼻子酸兮兮地痛。

之雄家大门敞开着，风雨交加，灯光摇曳，那些搬东西的人，在摇曳的灯光下忙进忙出。之雄指挥着人们把搬进的东西，安置在楼房底层。

雨仍是疯狂，喊春就像做梦一般，浑身麻木，只有脑子里还有一丝意念未死……

喊春站在百年老屋风雨交加之中，百年老屋里的东西搬空了，两个老人进了之雄家，剩下空空荡荡，丑陋不堪。墙角那些陈年蛛网正随着雨水冲下来，一串又一串地淌，一串又一串地流。喊春心里空荡荡的，全身像是化了雾，唯有一颗心在跳，他感到了有生以来没有过的不可言状的孤独……

之雄之兰把搬进的东西，安当好了。之兰拿出她父她娘的干衣裳让喊春父喊春娘换了。之雄掇出他娘做好的姜汤给喊春父母驱寒。喊春娘就捏着之雄的手哭出了声，喊春父那无言的泪就在脸上纵横开了……

深深的孤独，巨大的悲哀带着无穷的寒意，就从无垠的黑暗里袭上了喊春的心，他浑身一阵又一阵地战栗，战栗不止……

喊春立在百年老屋那无垠的黑暗里，老屋里真静，他不愿有一丝光亮照见他。他分明听见百年老屋在风雨飘摇中，如虫如蚁，在诉说在絮絮诉说那沧海桑田的故事，诉说着他鼻子里的辛酸……

"春儿——！春儿——！你出来呵！春儿！"喊春娘在呼唤。

"牛喂，人到弯腰树自然要弯腰，你进这屋来！"喊春父在哭诉。

喊春咬紧牙关，握紧双拳，像柱子样不动。

这时候那人就进来了，把手中的手电筒一直亮着。那人就默默地站到了他的身边，那片光明就照亮着他们两个人。

"兄弟！我知道你恨我，我不该做楼房，我没有估计到老天爷会有这百年未有的大雨，屋面水放不赢，湿了你家屋脚，这是我的过错……

"兄弟！不要恨我，自从一下雨，我的心就一直放在你家的屋上，我是组长是党员，王家墩这时候是我的事呵！兄弟，你知道不知道，那天半夜我从堤上赶回来给你家屋后加了撑，我清你家阴沟，我不敢用锄出力挖，我怕惊动你，我怕惊动你愈有气，我用双手抠，十个指头都抠破了皮出了血……"

那人咳成一团，咳弯了腰，咳得呕吐，喘不赢气。

"兄弟，我们两家屋前屋后住着，就像河滩上的马鞭草，你的根伸在我身上，我的根伸在你身上，这是免不了的事……兄弟，不要恨我呵，你难道不想把日子过好点吗，过舒服一点吗？你说……你跟我说真话，我有什么错……

"兄弟，我打了你，这是我的错……楼房我腾出了一层，你家住一层，我家住一层，再莫让大伯大妈担惊受怕……我们做小人的……"

那时候喊春泪流满面……

那时候那人泪流满面……

"兄弟，跟我走，进我家，这里危险，这里危险呵……"

那时候喊春泪流满面哈哈一笑:"你以为我在这里等死吗?哈哈哈……我不会等死的,我死不了。感谢你了,你走吧!让我再多尝一尝贫穷和痛苦的味道!你懂吗你!"

"这里危险!快到我家去!"

"你说完了我听完了,你走!再要强迫我,我就要揍死你!你走,你走你的,你走——!你狗日为么事折磨我?你狗日为么事要折磨我呵……"

喊春抱头痛哭,歇斯底里了……

十一

那时候河堤上驮五爷报警的铜锣就镗镗地敲响了,那面古老的大筛锣瘆人的声音,盖过了风雨,浪向墩子,使人毛骨悚然,王家墩人们的心就被揪走了。

那时候那个漆黑的夜晚,巴水河上游的大别山连日暴雨泡胀了,山与山,岭与岭滑坡走水,山洪暴发了。天堂水库开尽所有的溢洪孔溢洪了,浑黄浑黄的水头,卷起丈多高的浪头,咆哮怒吼在巴水河里。那时候这条古老的河,正常时几乎干涸温文尔雅的河就完全疯狂了,满河肆意着它快意的怒吼,浊浪卷动日益高出河畈的黄沙,吞噬着撕裂着两岸辛勤的河堤。

那时候之雄正在换跟喊春家搬家的湿衣裳,刚脱下湿漉漉的长裤和热裤,那要命的筛锣声就响了。

那时候王家墩所有的大门敞开了,人们就像听到了冲锋号,准备着上堤抢险,连女人和老人都拿工具。

之雄没有来得及穿衣裳,冲出门,站在雨地发一声响,就抄起铁锹夹着蛇皮袋子,带领人们冲。他穿着一条裤衩,赤裸着上身……

他手里捏着那个用尼龙纸包好了的三节手电筒,奔在最前面。那个三节手电筒焦距调得非常好,能射好远好远,那个光束就像一柄苍天雪亮的利剑……少许散落的余光反照里,可见那个握剑人瘦弱修长的身子,那肋骨在奔动的身体内凸着现着,就犹如河堤长出的青皮竹根。

他奔在河堤上,河堤已被河水泡胀了,一脚下去,陷没了脚踝,但那时候他仿佛着魔一般集中了全身的精气神,刮风一样朝锣声响处奔,没有人跑得他赢……

他的身后,无数支用柴油浸透的火把燃着,响着水与油的爆炸声,人们奔动着。终于那些熊熊燃烧的火把被泼天大雨淋湿了,那长长的河堤上,只有那支奔动着熄灭不了的那根光柱,那雪亮如剑的光柱……

这一次洪峰来得太陡太急,之雄奔到锣响处时,守堤的后生已乱成了一锅粥,河堤拐弯处,撕开了一条口子上,洪水涌进了河畈,卷起了冷冽的旋风……驮五爷的筛锣敲破了仍在镗镗地敲,守堤的后生正在手忙脚乱朝决口里掷沙包。

之雄赶到后,一手拿着手电筒,一手揪起一个沙包,就朝决口里奔,他喊了一声:"跟我来呵!保住王家墩田地!"

那时候,就在他奔到决口里的那时候,巨大的沙堤便开始颤抖摇晃,眨眼之间,山摇地动,整个的一段河堤被倒塌了崩溃了,就像洪炉炸了,溅起了几丈高的血浪……

之雄便头影不见了……人们看见那只手,那只捏电筒的手,在水面上挣扎了几下,人们看见那个光柱仍是雪亮雪亮,划破了滔滔洪水上漆黑的夜空,然后像一颗流星永远留在王家墩人的记忆里……

十二

喊春家的百年老屋,是挣扎到黎明前倒塌的。

那时候落了十五天的暴雨突然停了。

东方露出了美丽的朝霞,好瓦蓝瓦蓝的天,被洗得干净极了。

那时候彻夜未眠的喊春在陡然之间,听到了一个暗哑的声音,很沉闷。他一个激灵,他听出了那是百年老屋在向他做最后的告别。

于是喊春就步出大门外,站在大门坪的朝霞里,目睹了百年老屋最后的辉煌。

那时候整个整个三连土砖瓦屋,连脚倒塌了。倒得干净利索,腾起了许多的烟尘,接着陈年老砖那刺鼻的土辛味便弥漫开了。

等那浓浓的烟尘腾起之后,等那陈年老砖刺鼻的土辛味弥漫开去之后,喊春听到了从之雄家赶出来的父母,那悲怆和绝望的哭声……

在那此起彼伏的哭喊声中,喊春慢慢走进了那一片废墟。

他弯下腰去,进行着收获。他先将那些折断和未折断的椽条,一根根一截截地掰起来,理好,放在门前竹园里。然后,他再理那些折断的瓦条,一条条收集起来,用草绳捆成捆。最后,就是那些残片,一片片,只要有三个角儿,他就捡起码好。

那时候浑身湿漉漉的之兰,就从河堤上回来了,眼窝里乌青乌青的,疲惫不堪。

之兰见到喊春,哇的一声哭了:"喊春哥,堤垮了……

"我哥……我哥……出事了……"

喊春眼睛赤红地说:"你哥么样?"

"我哥出事了……"

"他能出什么事?"

"他,他被大水冲走了……"

"啊!"

"垸里人分班找,找遍了河两岸,找到巴河口,没找到……"

"放心,他是水蛇托生。他死不了。"

"我怕……"

"他是水老鼠托生。他死不了。放心。"

"你……"

"说不定他爬上岸后,就便到哪个粮店联系生意去了哩!"

"你?!"

"你信不信?你不信我信。"

十三

太阳裸裸地出来了。

暴晒着王家墩河畈百年大劫后的荒凉,空气发烫了,无风,人走动起来,就在两胯之间燥热,像流动的火。

水退尽了。

满河畈散发着劫后的恶臭。

毒毒的日头下,喊春裸着头看。

老天爷很公道,不论你有钱无钱,不论你有板眼还是无板眼,不论你是平头百姓还是捞半顶乌纱,只要靠这块河畈生根,它都一视同仁,淹个公平,统统无收。

喊春烧起水泡的嘴唇浮起了笑。

河堤拐弯破堤处,正是他家责任田,一片白茫茫变成了沙滩;从河里翻进来的沙,拱成了一片鱼鳞状两三尺厚的沙丘。

那时候喊春脑子里就跃出了一幅辉煌的图画。

喊春回到墩子，在竹园里用那断椽条断瓦条，搭了个窝棚。

他把他家的全部家当以及他娘他父，安当在窝棚里，让他娘他父有属于自家的一席阴凉，有属于自家的炊烟。

喊春做完这些，他吩咐他父一日送三餐饭给他。他就拢着他的那担特大筻箕下河畈了。

那时候王家墩人们还沉浸在百年大劫满畈良田变成沙丘的悲哀中，那时候王家墩人们还未从剧痛中醒来，喊春就在自家责任田那片沙丘上，开始了辉煌的行动。

他自盛自挑，一担上成两座山，用那坚硬的植树扁担，将沙挑到河堤缺口里倒。他相信洪水能冲下来的，他就能挑上去。他只要不死，不倒下，有力气，他就能。他有宽厚的双肩和有力的大手。他感觉到什么时候用力也没有这个时候有劲。这块沙丘下，有他家的四亩责任田，只要挑走上面的积沙，下面便是良田，就是沃土。他要不违农时将二季稻按季节插下去，浇些汗浇些血，就会长出粮食，就会丰收，就会将日子过下去。

太阳，太阳，日复一日都是太阳，一出来就无遮无盖。河畈被洪水抹去了绿树，裸裸地，一片晕目的白雾。喊春只穿裤衩挑，挑。赤膊上的汗，干了又湿，湿了又干，结出了一片盐花。当他觉得盐花绑人时，他就跳到河潭里浴上一阵子，等喘顺了气，他又跃上岸来，挑，挑。

苍茫的暮霭漫上河畈的时候，夜就清凉了。洪水过后的河畈里，真静，没有一丝声音；那些往常在夏里彻夜吟唱不息的虫子们，统统销声匿迹了；还有那些依附着青草溪流，飞来飞去求偶的萤火虫，也不见了踪影，就连那些无声无息，上食尘土，下饮黄泉的蚯蚓们，也没有了没有了。

河畈里的夜真静，唯有一个生命，唯有一个火烫的人，在盛，在挑；檀树扁担咿呀着，咏叹着一首巴水古谣。

星光闪烁的天上，时有振翅而过的雁阵。

喊春累了，乏了，夜正往深处沉。他觉得他要歇会儿，需要躺会儿。于是他就被裤衩脱下来，下到河潭里搓洗几把，浑身赤裸裸水淋淋地上来，就在沙滩上扒个人形坑。

他把浑身的水擦干，就躺在人形坑里，他先用双脚将沙子壅好，再把他的身子壅好，用擦汗的手巾把脸一搭，双手再壅进沙子里……

他就那样躺在凉丝丝湿漉漉的沙子里，让古老的河畈恢复他的力量……

十四

那时候银白的月亮升起来了，消退了黑暗，使个河畈变成了奶色的童话世界。

奶色的童话世界里，飘来了那个洁白的人儿。

那个洁白的人儿，在期期艾艾地呼唤："喊春哥——！喊春哥……"

"不要靠拢我。"

"喊春哥……"

"你走开，不要靠拢我！不要靠拢我！"

但那时候那个洁白的人儿，还是靠拢来了。

"你来做什么？"

"我哥还没找到……"

"我说了，他是水蛇托生，他是水老鼠托生，他死不了！"

"我怕……"

"你怕什么？你家有那好的楼房，还怕？"

"我心里冷……"

"你心里冷什么？你家有好吃的有好穿的，还冷？"

"喊春哥……"

"你跟我走开些！"

"喊春哥……捏捏我的手，给我力量……"

"好，我给，我给！"

那双洁白的伸过来，喊春就一把抓住了，两双手纠缠在一起……

那时候喊春就像一头狼，就像一条狗，一个鱼跃而起，抱住了那个洁白的人儿，野性就犹如泛滥的洪水……身下那个洁白的人儿软得像个面团虚得像团棉花……

那时候那头狼那条狗脑子里跳荡着一团火焰，通身充满了快感……使他的牙齿快活得打战……

"你哥回来后，你就说我强奸了你！"

"不，是我自愿的……"

"你就这么说！"

"不，喊春哥我爱你……"

十五

之雄的遗体是喊春将四亩责任田的沙快挑完时,挖出来的。

喊春怎么也没有想到之雄会是这个结局,喊春怎么也没想到之雄会死。

喊春将之雄挖出来时,之雄身上一丝不挂,洪水和流沙把之雄入水前穿的裤衩全撕烂了。之雄的一只手里仍紧紧捏着那个手电筒那个手电筒,掰也掰不开……

那时候喊春几乎不相信自己的眼睛。

天啦!这就是我几年来恨之入骨的他吗?这细赤膊来大赤膊去的人,是他吗?是他吗?

是他,是他。

喊春双膝朝那人面前一跪:"之雄哥……之雄哥啦……我不是人,我不是人,我是畜生,我畜生不如呵!之雄哥……"

喊春捶胸顿足,仰面号啕……

那时候阳光明媚,王家墩河畈里的绿色正在苏醒,正在苏醒……

你知道我为什么时时仰望苍穹

一

公元一千九百七十年早春的早晨，家乡燕儿山上的草已经像往年一样的绿了，一条小路从坳口上蜿蜒下去，飘在如雾的绿色里，很静。路上没有行人，路两边刚从土里拱出来的山草们，黄着叶在风中一阵阵地颤动。十五岁的我，站在坳口上，看路。那条唯一通往山背后大队部的小路上，那时候什么都没有，只有我渴望的目光。父亲出外做泥工去了，只有我一个在家，家里还有两只活物，是两只鸡，极温顺，我将它俩放出埘，它俩便随我上了山，我望路，它俩便也站在我的脚边伸着脖子张望。清早起床，我升起些怅然的情绪。我无心煮早粥吃，觉得看路对于我来说比吃早粥更重要。天好早，一春天的露水，湿天湿地，同时湿着我那颗少年的心思。

隔日我去了学校一趟，知道今天陈老师要到我们大队来搞推荐。我们大队那时候有十二个初中毕业生，就在这一天决定能不能上高中。那时候升学不兴考试，能不能上高中的决定权不在于学校，决定权在于当时贫下中农，说是贫下中农并不准确，应该说是大队的支部书记，支部书记说你能上高中，你就能上高中；支部书记说你不能上高中，你此生的书算是读完了。这不是天方夜谭，那时候的确是这回事。那时候我不知道我们大队其他十一个同学的心情，我不知道他们把读书当不当回事，反正我是把读书当回事的，因为我太想读书了。我非常害怕推荐。你不知道公元一千九百六十六年我小学毕业时就被推荐了一回的，尽管语文算术我考得非常好，几乎都是满分，但是"文化大革命"了，时兴贫下中农推荐，支部书记说我家出身地主，地主子弟不能再读，我就没有收到上初中的录取通知书，学校给我寄了一张学习那燕子扎根农村天高任鸟飞海阔凭鱼跃广阔天地炼红心的传单，十二岁的我便在家乡开始滚一身泥巴炼一颗红心，炼得小小的我做梦也想读书，夜里想读书想得哭醒了。我以为此生算是完了，但是偏偏没有完，两年后来了个复课闹革命，提倡大量办初中，没有学生怎么办，老师就下乡来，下畈将我们毕业了两年的学生们，不论青红皂白，一股脑儿地找回去读初中，这又是人间奇迹。父亲不管我，我愿去读就去读，于是我又幸福了两年，初中毕业了。初中毕业，能不能上高中又要贫下中农推荐了。你说我能不敏感？能不沉重？能掉以轻心吗？我太想读书了，所以我就不煮早粥吃，站在早春的路边，等下乡搞推荐的陈老师来。

　　为了迎接下乡搞推荐的陈老师来，我找出父亲过年才穿的唯一出人情的青褂子，穿在身上，裤子是破的，屁股后和膝盖前是对开的四个洞，像是两双对望的眼睛，这是极难为情的事，但是又毫无办法，我没有未破的裤子换。好在父亲过年出人情的褂子长，十五岁的我由于先天不足后天营养不良，光长心眼不太长个子，穿着父亲的褂子像袍子，长过了膝盖，正好遮住了膝盖前和屁股后的破洞，我觉得这样做才能够体面地见陈老师。

　　我从小死了娘，和父亲两人相依为命地过日子。我的命就是父亲的命，父亲的命就是我的命。父亲为了我的命三十多岁从师学泥工手艺，是想他的儿尽管穿得破，不至于没有饭吃，因为他在主家做活，嘴插在主家的锅里，节约下来的粮食就可以填他儿的嘴。那时候我没娘，没娘给我浆洗缝补，穿得的确破，但是我已长大了，有刘胡兰当英雄的年纪了。在读初中的时候，我记不起从哪里搞了一本《性的知识》看，尽管被班主任发觉收缴了，严厉地批评我，说我灰色人生观，但是从那以后使我明白了人活的世界原来有许多美好的东西，美好的姑娘就是其中一项，要想得到那些美好，首先你自己必须美好。明白了这道理后，我的心里就经常充满些莫名其妙的感动，同时做出些莫名其妙的举动来。

　　我穿着父亲过年出人情的那件青褂子，站在路边等陈老师，我觉得这个春天的早晨我很美好。家乡燕儿山上的风，那些春天的风，在我眼睛里像燕子漫天遍野轻盈地飞过去，漫山青得冒雾的马尾松，在风里愉快地唱着歌儿，太阳在那边还未出来，漫山遍野的青气白雾，弥在山谷，凝在山头，任我的想象飞翔歌唱，使我觉得这个世界是我的，我一个人的了。我从小就孤独，孤独是敏感的，同时是美好的，能够使我觉出一个人美好就是天地间的美好。

　　我等待着，等待着陈老师的到来。

　　那时候巴水河边的太阳从山那边出来了。我知道那不是新的。它是从那个世界走过来的。它照完了那个世界再照这个世界。太阳是永远的，挂在天上，永远不落的。父亲做活做得苦了，回来照料我，就心情愉快地跟我说些充满想象的话。父亲对我说，你知道不？人分三层，天上住一层，地上住一层，地底下住一层，三层人共一个太阳。天上的太阳不能太多，太多了人就要死绝。天上原来有十颗太阳，晒得人快要死绝了，是地上的一个神人用箭射下了九个，留下一个，三层人才安身立命。父亲对我说，人生不能要太多的太阳，认准一个足矣。我抬头仰望，天上的太阳出来了。我想它就是父亲说到的那颗。它是天上地上地下三层人的，也是我的。

我穿着父亲的褂子等待着我的太阳。

那时候我渴望的太阳在我的眼睛里慢慢从山谷下走上来，霞光万道，许多春天的彩蝶儿，绕着它的身子飞。那些彩蝶只有指甲壳儿大，许多的彩蝶儿绕着飞，就像云像雾又像风。那时候那颗少年的心像潮水一样涌动起来，潮湿布满了我的眼睛。他走到了我的面前站住了。我喊了一声陈老师。他望着我慈祥地笑。我看见他慈祥的目光，从我的脸上朝下看，看到膝下父亲的青褂子处，便止了，不再往下，往上停在我的脸上。他颤抖着手，给我牵了牵衣领，在胸前第二颗纽扣上，他摸着纽扣。我感觉到他的手细腻而温暖。

他问："你父亲不在家？"

我点点头。

他说："我小时候也经常穿父亲的衣裳，渴望长大。"

我说："陈老师，我做梦也想读书。"

他笑了，说："我小时候与你一样。而且梦里读书，总是比醒来时聪明。"

我说："陈老师，我能再读书吗？"

他说："我争取。"

我问："陈老师，你什么时候转来？"

他说："我办完就转来。"

我说："陈老师，我等你转来。"

他摸着我胸前的纽扣说："行，你等我转来。"

他顺着山路朝前走，我的眼睛望着他走，直至望不到他了，只看见太阳洒在路上遍地炫目的光芒。

那天我中饭也没有吃，一直站在坳口上等他转来。他说好了他转来，但是一直等到太阳偏西了，没有看见他转来。从镇上到我们大队只有那条唯一的路，我没有看见他从那条路上转来。

二

其实那时候他并不是我的任课老师。

我与他的联系全在于偶然。

复课闹革命时我在镇上读初中，他在那所学校里教小学五年级的语文。小学与初中办在一个学校里。教小学的老师与教初中的老师集中在一个办公室里备课和改本子。小学的教室在初中教室的后面。一个以初中为主的学校，小学是很不起眼的。我们不关心那些鼻涕还未揩干净的小学生，同样不关心教他们的老师。但是我们那时候同现在的学生一样爱打听我们学校的老师有没有水平，这关系到我们吹牛的资本和骄傲的程度。我们学校与卫生院对门，东风浩荡的时候，每天我们就可以闻到美妙的来苏水味，可以看到穿着白大褂年轻的护士们，如云地飘出来，飘到街上莺歌燕舞地说话办事儿。学校的操场上，有好几棵高大的夏天就开粉红花的树，那树的花不香只是好看。我们不知道那是什么花，于是就仰望着，拼命地猜测。那时候我们脑子里的花太少了，有的说是棉花，有的说是木槿花，都是大胆的胡说。我们在树下大胆胡说的时候，他夹着课本来到我们身边，看着我们微笑。在一片美妙的来苏水味里，他对我们说："这是木芙蓉。"我们不看树了，看他。我们问："什么木芙蓉？"他说："毛主席诗里不是有一句'芙蓉国里尽朝晖'吗？芙蓉有水芙蓉和木芙蓉。水芙蓉指荷花，木芙蓉就是这。"他这样一说，我们就全懂了。我们一下全懂了美丽高大的木芙蓉。当我们懂得了美丽，转身找他时，他早走了。

少年的心永远是好奇的。他给了我们美丽，我们却不知道他是谁。我问敲钟的老头，他是谁？敲钟的老头说："他是谁你不知道？他就是原来县报的主编。他家地主出身，五七年打成'右派'。"

怪不得他懂得这么多！怪不得他懂得那么多偏让他教五年级！那时候少年的我对他肃然起敬了。你不知道那时候文学的种子已经在我的心中悄然生根了。那时候父亲不在家，夜里屋前的白话二哥与我做伴。白话二哥初中读了一年，钢笔字儿写得流畅。白话二哥的姑父是个医生，家里有不少的书，除了医书以外，还有小说。有《红楼梦》《三侠五义》，有鲁迅的《集外集拾遗》，居然还有合订本的《长江文艺》。白话二哥到姑父那里去，就把姑父的书拿回来看。白话二哥夜里与我做伴，就把那些书带到我家来了。那时候最使我痴迷的是合订本的《长江文艺》。《长江文艺》是哪一年的，我现在忘记了。四五本连在一起，用铁别针订在一起，纸发黄了，显出很古老的颜色。傍晚放学后，我煮熟粥，一边吃粥，一边在昏黄的油灯下看，看着，看着，我痴迷了，忘记了吃粥。是那合订本的《长江文艺》使我发现除了人活的世界以外，居然还有存在着另外一个世界。这个世界就美妙地存在于黄纸黑字里。最使我感动的是一篇叫作《雄鸡寨》的小说，作者我没记住，但小说里美妙的故事使我终生难忘。从那以后我就特别喜爱作文，特别喜欢把新鲜的东西写进去。作文里写了一个新鲜词儿，比在河里抓着一条红鲤鱼，还叫我激动。我扬着手中的《长江文艺》对白话二哥说，长大了我也写小说发在这上面。白话二哥笑了，笑我不知天高地厚。此生我空有许多抱负，但有一点我是实现了，那就是我的第一篇小说是在《长江文艺》上发的，而后还发过许多篇，看来抱负只要是有，还是能够实现的。

少年的我做着文学梦。陡然发现我们学校里就有一个主编。主编安静地夹着书本每天行走在我们学校太阳底下，怎不叫我激动呢？从那以后，我只要一看见他，就发现他与众不同。清晨他走出来到后院去上课，走在路上，朝霞就格外地灿烂，我发现他格外地慈祥，从不高声说话，见人总是微笑，他微笑，落发的头顶就像明亮的天空，眼角的密密的皱纹就是天上淡淡的云彩。

我受到他青睐是隔年初中毕业的时候。初中毕业了，我们班上的男女同学被革命友谊烧得疯狂了，觉得不互相送点什么，不足以表达出来。于是男女同学互相地送毛主席像。那时候毛主席像比较丰富，各种各样的都有，比较便宜，五分钱一张。我们就一人买了许多张，在毛主席像的两边写上聪明的话儿，互相地送。你送我一张，我送你一张。这样一来，整个教室就成了抒情的好地方。我的同桌是一个扎马尾辫的女同学，她与我同桌坐了两年。两年下来，使我觉得要是离开她，心里真不好受。她头上的马尾辫真是好看，像一对一天到晚活泼的喜鹊儿。我时时想伸手捏住它，又不敢伸出手来。马尾辫倒大方，毕业时，我买了像想送她又不敢时，她却将写了话的送了我。这样一来，搞得我激动得不能自已，马上从抽屉里拿出一张买的毛主席像来，提笔豪情万丈地写了四句。一边两句，左边是："昔日同舟老战友，今为革命要分手"；右边是："依依不舍洒泪别，日后见面再倾吐"。折好了送给她。她收到后放到抽屉里慢慢地展开看。

班主任及时发现了这些苗头。上课后从前到后将写了激情话的毛主席像都没收了。班主任不说教导的话，只收那些写了激情话的毛主席像。收起后，卷了一大卷，掖着朝办公室走。班主任到了办公室后，将那些写了激情话的毛主席像，一张张地展开，展在老师们备课改本子的桌子上，一张张地欣赏。不是欣赏像，而是欣赏写在像两边的那些青春美丽的话。办公室里教初中和教小学的老师们，随着班主任围着桌子一张张地欣赏起来，他也夹在老师间欣赏。我和同学们站在窗外不知所措。欣赏到我的作品时，他微笑着念出了声："昔日同舟老战友，今为革命要分手；依依不舍洒泪别，日后见面再倾吐。"那时候我们的语文课学的全是两报一刊社论和毛主席语录，"依依不舍洒泪别，日后见面再倾吐"，这些激情话全是我看野书得来的。

他念完了，仍是微笑，对我们班主任说："这学生将来是个人物。"

我是在窗外听到他这句话的,听到后我浑身一颤。冥冥之中,就是这句话使他在那一瞬间变成了照耀我人生的我心中的太阳。

三

第二天我去了学校,仍是穿着父亲的长褂子,我看见陈老师在办公室里,我站在办公室门口,不进去。陈老师见我来了,忙站起来,极难为情,忙叫我进去。我不进去,站在办公室外的太阳底下。我含着眼泪说:"陈老师,我昨天等了你一整天,怎么没见你转来?"他更难为情了,说:"我昨天转来了。"我问:"你是从哪里转来的?"他说:"我从山上没路的地方转来的。"我就知道我没推荐上。他不好从正路转来面对我。我望着天上的太阳,眼泪一下子流了出来,我咽了一声,说:"陈老师,我要读书……"

他望着哭泣的我,痛苦起来,掇起桌上的瓷碗,走了出来,对我说:"你不要哭,你喝水,喝水。"我哭着说:"我不喝水,我要读书。"我哭出了一身汗。他掇瓷碗的手颤抖起来,瓷碗里的水,泼泼洒洒的。他用没掇瓷碗的那只手抚摸着我的头,说:"不哭,不哭。我给你想办法。"

他就带着我去找校长。

校长在家里正在吃早饭。我站在校长家里仍是哭。

他对校长说:"你看成绩这样好的学生,要读书没书读……"

校长看着我,见我那副痛心的样子,无心吃粥,放下碗,静静地吸着烟。

他对校长说:"我教了一辈子的书,这样的学生很少见……"

校长把没吸完的烟蒂,在烟灰缸里狠狠地摁灭了,叹了一口气。

他说:"校长,周总理说,出身不由人,道路可选择。"

校长说:"老陈,这不是你我的事。"

他说:"校长,我们是他的老师。"

校长说:"老陈,我俩共事这多年,这不是我说了算。"

他对校长说:"你能不能写个条子给宝龙高中的杜校长,到时候我再说说。"

校长望了他一眼,说:"老陈,这个条子能写吗?"

他说:"你写了试试。上级要是追究,你就说我要你写的。"

他把笔和纸拿出来放在校长的面前。校长还在犹豫。我流着眼泪望着校长。

他对我说:"不要哭。校长写个条子给你,你到宝龙五七中学去读。宝龙五七中学的杜校长是他的朋友。"

校长没有办法，就伏在桌子上写条子，写好了，递给陈老师，说："我只能这样写，你看行不行。"陈老师接过来看了，点了点头，说："行。我代他谢谢你！"

　　校长说："老陈，你不要代他谢我。我也是他的老师。条子一写就不是你的事，而是我的事。大不了不当校长而已。"

　　陈老师把条子收了，对我说："你随我到办公室去一趟。"我随他到了办公室，他从抽屉里拿出一张纸，铺在桌上，问我："你们的队长叫什么名字？我说了队长的名字。"他就捏笔在那张纸上写。工工整整地写了一张。他先把校长写的那张条子递给我，说："你带着这一张去上学。"再把他写的那张递给我，对我说："这一张回去给你们队长，叫他在上学的条子上签个字。有志者事竟成。我相信你会让他在上面签字的。"

　　我拿着两张条子。他送我出门。

　　他站在学校的门口目送我，对我说："你学了英语的，对我说一声英语的再见行吗？"那时候太阳在天上，我对他说了一声："GoodBye! Teacher Chen!"他笑了，说："Good!"他对我扬起一只手。我看见他扬起的那只手闪耀着光芒。

　　我捏着手中的条子，感觉到春天活了。一路的春风，一路的鸟叫，麦苗青青菜花黄。头顶上的太阳，无言地照着天，照着地，慈祥极了，温暖极了。

　　天黑了，燕儿山的天和地在夜霭下安静极了，许多春天的虫子在欢叫。我拿着条子去找队长懒龙叔。山垸里的懒龙叔正在吃晚粥，一家人围着桌喝。堂屋里，豆大的油灯昏黄地亮着。我把两张条子拿出来，先把陈老师写的那张递给他。他问我："今天你到哪里去了？"我说："我到学校去了。"他问我："你怎么不请假？"我哭着说："我要读书。懒龙叔，你帮帮我，我一辈子记得你。"懒龙叔看着我，心软了，见我小，没有大人在家，就叹了一口气，原谅了我。懒龙叔不识字，问我："这是什么东西？"我说："是陈老师给你写的条子，他叫我送给你。"懒龙叔笑了，说："什么条子，我又不认识字，你念我听。"我就念陈老师写的条子："李队长，感谢你们队里出了个好学生。他父亲不在家，你是他的父辈，他哭着要读书，我恳求你就作主让他读。"懒龙叔笑了，说："这个先生懂礼。"我连忙把校长写的条子递给懒龙叔，说："陈老师叫你在上面签个字。"懒龙叔问："这张条子写的什么？"我就接着念："杜校长，兹介绍我校应届初中毕业生何存中，到你校读高中，请以革命友谊为重，收下。"我念完，懒龙叔说："对头，我要是不在这条上签字，你是读不成的。"我又哭了起来，说："懒龙叔，我要读书。"懒龙叔说："你这个细东西，莫哭算了。你一哭，我心就软了。你说么样签。"我说："陈老师说你在上面写同意就要得。"懒龙叔说："我又不会写字。"我流着眼泪说:"懒龙叔,你帮我一个忙,我一生记得你的恩情。"懒龙叔说:"你这个细东西,怕是个读书的料,老师出面给你求情。我给你画个圆圈,盖个私章行不?"我说:"行,行。"懒龙叔就在条子上方画了个圆圈,盖了他的私章,懒龙叔对我说:"你去读,我盖了私章算得的,我放你去读。大队书记要是找事,我担着。"

懒龙叔拿出手电送我出门,照着漆黑的夜,说:"哭得这么起劲要读书,他娘的瘟,我们燕儿山恐怕能读出个人物来。"

四

我到巴水河边宝龙五七中学读书是打着背包去的。背包打得两竖三横,是真正的解放军的背包。读初中的时候我们什么都学了,学工学农又学军。我这个出身地主的子弟,本来与军毫无关系,但是那时候越是与我毫无关系的事,我越是学得好。我雄赳赳地背着背包,像一只春天的小公鸡行进在通往宝龙五七中学的路上。我感觉到天上的太阳真正是属于我的了。天是蓝的,云是白的;路边的池塘,路边的树,都为我而长,为我而绿。我的心情像一只春天的小燕子,新奇而美妙地踏上了迁徙之路。

学校的确崭新,建在一座河边的漆黑的小山头上,不见了庙的痕迹,校内校外全是红色的:红色的标语、红色的旗帜,在红色的太阳底下,闪耀着一校青春焕发的脸。我背着背包找杜校长,杜校长在办公室里。杜校长清瘦,一双眼睛分外的亮。我背着背包进去,他就注意到了我。杜校长对我笑了,露出雪白的牙齿。我准备把捏在裤子口袋里的条子拿出来,他就问我:"你是不是叫何存中?"我不知道他为什么知道我的名字,吃了一惊,连忙说:"我是何存中。"杜校长收拾了白牙齿,不笑了:"老师说你会写诗?"背着背包的我一头的雾水,脸红了不知怎么才好。杜校长找出笔和纸放在我面前,说:"你现写几句给我看看。写得好我就收下你。写得不好,你就把背包背转去。"

那时候我真的逼急了,拿着笔想了想,写了一首"七律"。后四句现在忘记了,只记得前四句:"一校屹立大山边,怀着乐意到校园。会龙山上红旗舞,五七校内喜讯传。"我把写好的诗拿给杜校长看。可能是我的歌颂到点子上去了,杜校长看后笑了。杜校长对后面喊:"陈老师,你出来一下。"后面传来陈老师的声音:"来了。"我喜出望外了。我看见陈老师从后面屋子到办公室来了。杜校长扬着手里我写的诗对陈老师说:"你说的会写诗的何存中来了。"陈老师对我微笑了。我问:"陈老师,你怎么到这里来了?"校长说:"陈老师调到我这里来了。"

我一下子明白了陈老师的良苦用心。

杜校长对陈老师说:"老陈,看在你的面子上,我收下你这个会写诗的学生。我们学校是地区教育改革的点,学生是清一色的贫下中农子弟。我信你的,就把他当一个可教育好的典型教育。我这个人就爱做化腐朽为神奇的事。"陈老师笑了,对杜校长说:"教育好了,可以写篇经验文章。"杜校长笑了,说:"调你来,你就要带一个来。"我听明白了校长的话,杜校长话里的意思是说,陈老师家里出身地主,带一个出身地主的学生来。我看见陈老师嘴唇哆嗦着,脸紫了,说:"杜校长,他是学生。"杜校长不高兴了,对陈老师说:"老陈,这就是你的不对,他会写诗不错,要不是你,我能收他吗?"

我屈辱得想流眼泪。陈老师送我出门,笑笑,拍我的背包,说:"人生谁无烦恼?风来浪也白头。你有书读,我有书教,其余的算得上什么呢?"

我又有书读了。有什么比有书读更幸福更愉快呢?我朝霞一片的读书声就在古老的会龙山上。那时候作为地区教育局的点,古老的会龙山上,几乎集中了全县顶尖级的老师教我们。陈老师教我们的语文。教我们数学、英语、工业基础知识、农业基础知识的老师全是原县一中教高三毕业班的权威。那时候提倡以学为主,兼学别样,作为地区教育局教育革命的点,我们以学为主要好,兼学别样也要好,样样都要好,样样都好才是点。说来也许无人相信,那时候宝龙五七中学高中只有两个班,其余是初中,还有小学五年级一个班。学校还有一个农科所,农科所有田有地有二十多个职工。如此多的顶尖级的老师集中起来教我们两个班,构成了会龙山上风云际会的景象。

五

出事的那天是国庆节的前三天。那时候学校庆祝国庆节是沸腾的、全方位的。学校宣传队正在赶排节目,男同学女同学在文艺老师的带领下,起劲地走十字步,排《阿佤人民唱新歌》。那时候学校是军事编制,现在的一个班是一个排。各排以排为单位办墙报,押韵的政治抒情诗,东风浩荡,红旗壮丽,大江南北歌惊天,长城内外诗动地,贴到墙上叫人兴奋得直喘气。

就是这样的气氛里出事的。那时候这样的气氛里,学校同全社会一样,人们的革命觉悟格外地高,最容易出事。

其实出的事根本不叫事。那时候虽说十六岁了,但我还是个孩子,特别是庆祝国庆节，庆祝得我腾云驾雾走路像踩在棉花上，我同所有的同学一样，有强烈的表现欲，搞得我忘记了我是一个地主的儿子，手痒得很，老是想搞点花样出来，不然心里难受。还没上课，讲台上粉笔盒子里整齐地放着洁白的粉笔儿，引诱着同学们和我。我便和一群同学忍不住，胡乱地站在讲台上，各人占着一块黑板，拿粉笔在上面随心所欲地画。这时候上课钟敲响了，我们便乱了，有的擦赢了，有的擦不赢，狼奔豕突地回到各自的位子坐下。黑板上就留下许多字。

那天要是陈老师的语文课，这恐怕不算大事。要是陈老师夹着备课本来上课，排长站起来喊一声："最高指示！"我们便高声齐诵："以学为主，兼学别样！"陈老师会微笑地朝我们点一下头，让我们坐下。陈老师转身写题时若发现黑板上的字，会对我们起一脸慈祥的皱纹，拿起黑板擦子，指着上面的字，说："这能不能擦？"我们便会一齐地不好意思。他会说："要是能擦我就擦了它。"于是他就用黑板擦将黑板上的字擦干净，然后说："同学们，世界是我们的，也是你们的，但归根结底是你们的。不要急，将来有你们写的。"然后就上课，心情很好地给我们讲。坐在下面的我们看着他那张心情很好的脸，便认真地听他的课，觉得很幸福。

可惜的是那天不是陈老师的课。那天是数学周老师的课。在能师如云、风云际会的会龙山上，数学周老师心情总是不好，很难见到他的笑容。成天脸板板的，看见他我们心里就沉重，觉得世上肯定存在着许多不如意的事。知情的学生说，周老师家地主出身，他是清华大学数学系毕业的，原来在武汉一所重点学校教数学，被送回原籍教书，老想追求进步，校长就是不相信他。这便他痛苦不堪。凭良心说，周老师的数学教得非常好，最有风格，也最有个性。周老师教数学，从来不带课本和备课本。高中的数学，全在他肚子里化了。他教数学，上课时只有一只手拿三支粉笔掂着三支粉笔的大头儿，让三支粉笔整齐地露在他的手指外，那三支粉笔就格外的白，格外的整齐。一堂课三支粉笔，三支粉笔写完了，黑板满了，课也上完了。一个字不擦，这时候下课的钟响了，他拍手上的粉笔灰，径直地走出去，下课。

数学周老师掂着三支粉笔来上课了。他上课最准时，总是踏着上课的钟声来到教室门口，钟声一停，他必站在讲台上了，不早一分秒，也不迟一分秒。周老师把三支粉笔，放在讲台上，粉笔发出清脆的声音。这声音极具震慑力，眼睛平视，脸上绝没有一丝笑。这是我们极怕他的原因。

排长站起来喊："最高指示！"我们站起来琅琅有声地喊："以学为主，兼学别样！"我们等他在讲台上敲一下手指，好坐下。但是周老师不敲手指头，他平视的眼睛不看我们，却看黑板的字，阴着脸瞪着眼睛朝讲台下看。周老师之所以叫我们怕，除了不笑以外，还有一个原因，那就是周老师是瞳仁不正，白多黑少的眼睛，看你像没看你，没看你，却看你了。

周老师不敲指头，我们一律不敢坐下。周老师白多黑少的眼睛，黑多白少了。周老师在讲台上敲着手指，问："哪几个在黑板上乱画？把手举起来！"那时候我是诚实的学生，我在黑板上乱划了，我就把手举了起来。与我同时举手的还有五六个。我看见周老师的眼睛没有注视我，我知道他注视的正是我。那时候教室外春光像水一样的明亮，春风在屋顶上大声喧哗。我看见周老师的眼睛突然明亮起来，那明亮的眼睛使他整个人明亮了。平日不笑的周老师，那时候突然笑了，原来他也会笑。他那一笑把他整个的形象破坏了。我此生最不堪忍受的就是他那时候的那一笑。他要是那时候不笑，世界该是多么美好。

不知为什么，周老师那时候对别的举手的同学不感兴趣，偏偏对我这个举手的学生感兴趣。他站在讲台上，不叫我的名字，只是一手敲着手指，一手指着黑板一角歪歪扭扭的四个字，问我："这是不是你写的？"我一看那四个歪歪扭扭的字是中华民国。那时候我没有想到那四个字有什么厉害，只是诚实，因为我乱划是乱划了，但我乱划的不是那个地方，也绝不是那四个字。我说："那不是我写的。"周老师又一笑，说："不是你写的？你上来对对笔迹。"他是老师，他叫我上讲台，我怎敢不上讲台。我上讲台，他指着黑板一角的那四个字，说："写，写原字。"我拿起他放在讲台上三支粉笔中的一支，准备写。他说："不要动我的！"我只好放下他的，拿起讲台上的半截粉笔。他说："写！"我只有听话的份，按他的要求，捏着半截粉笔在那四个字这边写那四个原字。

我拿着半截粉笔，写。我脑子里天边的乌云涌起来了，电闪雷鸣。我脑子里响起陈老师教我的高尔基的《海燕》的吟诵声，暴风雨就要来临了！我的眼睛里就涌满了眼泪。我心里呼唤着，周老师，你为什么偏偏要我写？我不要你笑，我不要你笑！

那个时代没有开书法课。全班同学的字，都不成体统，都是差不多歪斜的样子。我按他的要求写出那四个字后，他仍是一只的手指，敲着讲台，一只的手指，指着我写的四个字，与那四个字一笔一画地加以比较，居然以无可辩驳的理由，断定那四个字就是我写的。我的心就开始流血了。同学们还未来得及回过神来，他就进一步用启发式，加以发挥，说："同学们，你们知道他写四个字是什么意思吗？国庆节快要到了，他在黑板上写中华民国，中华民国在台湾。他在黑板上写中华民国是梦想恢复失去的天堂。这是反动标语。"那时候周老师竟然忘记了他家的地主出身，竟然记得全校只我一个地主出身的学生，竟然不失时机地将反标与我紧紧地联系在一起。

我敬爱的周老师还健在，他一生教书，书教得好，桃李满天下，据说他退休了，仍以数学权威在一家非常出名的私立学校里教书。他要是把这事忘记了，我将为他高兴，因为他肯定比学生我会过日子；要是他还没有忘记，我就说一声，对不起，老师！你没有忘记，我同样没有忘记。此事要是能忘记，你是什么老师，我是什么学生？老师，我相信你不会上法庭告我侵犯你的名誉权。因为你永远是我的老师。你的书肯定比我读得好，读得多，老师与学生之间，没有血缘关系，没有金钱关系，您我之间的关系，全在于您是我此生的老师，我是您此生的学生。就是这个关系，这点关系啊。唉，你什么不能写，为什么偏要写这？唉，学生我不写这，还有什么可写呢？

周老师出去了。片刻之后，杜校长就来了，把我叫出了教室。接下来，周老师叫一个学生上去，擦干净了黑板，用他的三支粉笔，继续上他的数学课。那天他应该讲解析几何的双曲线。我这个数学成绩在班上数一的学生，那天没有能够听他给我的知识。我流着眼泪望着他时，他的眼睛正对着我，我知道他并没有看我。

校长把我叫出教室的一刹那间，我这个地主出身的子弟，才明白世界原来还可以这样的。

我彻心绞痛，流着眼泪说："周老师让我听完这节课！"

他不理我，在干净黑板的天头上，写下三个美丽的字：双曲线。

六

学校没有隔离室。我的隔离审查是在杜校长的寝室里。

杜校长的寝室在老师寝室的进门处，所有的老师进出必须经过他的寝室门口。杜校长若把门敞开，所有进出的老师都在他的视线内。杜校长若把门关着，所有的老师都不知道杜校长在干什么。杜校长是当时公社委员，既在教，也在政。杜校长是当时的红人，对男女老师皆操生杀大权，对学生那就更不消说了。杜校长非常喜欢找女老师和女学生不分白天黑夜地谈心，帮助她们进步。他曾经帮助的一个从县剧团调来教我们唱样板戏的漂亮女老师，不分场合地唱《白毛女》中的《我要活》。他曾经帮助的我们班上的一个女同学，三九天穿着单裤子，坐在班上，当着我们的面凄凄惨惨地唱《洪湖赤卫队》中的："娘啊——！儿死后，你要把儿埋在大路旁，将儿的坟墓向东方，儿要看白匪消灭光！儿要看全世界人民得解放！"我们那时候不敢怀疑，都认为这些女老师和女学生不正常，后来我们毕业了,事实证明是杜校长不正常。久做必有犯,最终杜校长与女学生的事发作了,被判了十几年的刑,把校长的职位和饭碗同时丢掉了,此是后话。

我停课在杜校长寝室里审查了三天。那三天对于我来说,是悲怆漫长的三天。三天杜校长什么也没问出来。杜校长要我坦白,并反复地交代党的政策,坦白从宽,抗拒从严。杜校长用尽了手法,对我毫无作用。实事求是地说,杜校长自始至终没有打我,也就是说没有用刑。但是就是对我用刑,也丝毫没有作用的。因为什么?什么也不因为,因为我没有写。

我从始至终坚强得像个共产主义战士,充满视死如归的味道。

杜校长问:"你为什么写反标?"

我说:"那不是我写的。"杜校长说:"你要对党说真话。"

我悲怆地说:"你要是要我对党说真话,那就不是我写的。"

杜校长说:"你不要顽固,承认算了。你要是不承认我就打电话叫公安局的带警犬和镜子来,警犬会闻出你,镜子会照出你。那时候你就完了。"

我说:"你去把公安局叫来。不是我写的,我不怕。"

杜校长说:"到时候警犬咬住了你,镜子照出是你怎么办?"

我说:"警犬不会咬住我,镜子也不会照出我。"

杜校长说:"那为什么?"

我说:"因为不是我写的。"

杜校长对我毫无办法。

杜校长恼羞成怒了。杜校长就惩罚我,叫我扫学校的厕所。只给我一把扫帚,不给撮箕,要我将学校的男女厕所扫干净。我无心吃饭,同学们上课去了,我拿着扫帚去扫厕所。厕所在围墙外的山坡上,很大,男的一边,女的一边。那时候太阳很嫩很红地挂在天上,琅琅的书声一阵一阵响在校园一间间教室里,那个十七岁孤独还未长大的孩子,衣衫褴褛,头发黄而杂乱,精心地扫围墙外山坡上的男女厕所,一点纸屑一点脏物都没有放过,细心地扫成一堆,然后伏下去,用手,一捧捧地捧到坑里去,那个没娘的还未长大的孩子,那时候泪流满面,感觉到世上只有厕所里最干净,最安静,最温馨。

那三天毒火攻心,我额头上长出一个大疱来。

杜校长是在那天放学时,在土做的台上,宣布我的罪行的。那时候夕阳西下,我孤独地伏在教室的课桌上。我听见山顶操场上杜校长的声音。

杜校长说:"同学们,你们知道何存中家里是什么出身吗?我告诉你们,何存中家里是地主出身。他写反标。我要把他打回车马场!"打回车马场是巴河土话,是开除的意思。那时候杜校长的声音,使我撕肝裂肺。我伏在课桌上,放声大哭。我想完了,完了,一切都完了。我就要离开心爱的学校,此生再也没有读书的机会。我的梦破灭了,完全破灭了。我放声痛哭,放声痛哭。哭出埋葬在心底的绝望和悲伤。

我哭得正痛心的时候,被人用手从课桌上拉了起来。

我的泪眼里,看见了亲爱的陈老师。陈老师手里拿着一瓶紫药水和药棉球儿。陈老师用手扶着我的头,问:"不要哭,我给你搽药。"我摇摇头,哭得鼻涕眼泪一脸。我说:"陈老师,你为什么要我读书?你为什么要让我读书啊?"我一口咬住了我的手,哽咽得流出鲜红的血来。

七

通明的灯火不属于我,愉快的歌声和欢乐的舞蹈不属于我,我孤独地在学校高岸上的树影里面对渐冷的秋风,听见空中有孤雁飞过。我冷冷地瞅着四周的黑暗,用我初长成的膀子抱着初长成的心,我尝到了生命面临绝境的滋味。

他就在这时候走近我,带着树外的明亮的灯光。他走近我,轻轻拍了一下我稚嫩的肩。他轻轻地对我说:"跟我来。"

他在前面走,我在后面走。

会龙山的灯光照着路,他带着我朝校外走,校内的灯光远了,淡了,两排黑树之中,便是通往他寝室的路。对于一个右派分子,他不住在学校内。他和农工住在学校外的农科所的宿舍里。农科所的宿舍是一幢土砖房子,很大,中间一个走廊进去,两边黑黑的是门,一间间是农工们的宿舍。农工们到学校里去看演出去了,所有的门都关着。他带着我朝里走,走到里边他的寝室。他寝室的门敞开着,室内一床一桌一椅,一盏捻小了亮的罩子灯放在桌子上。我进去后,他将桌上的罩子灯慢慢捻亮了,我看见明亮的光渐渐地大了起来,屋子里光明起来。一椅放在桌子后边,罩子灯的旁边,整齐地摆着一摞作文练习本。摊开的一本,改了,写了批语的是我的。我看见我亲爱的作文。鼻子一酸,眼里就涌出了泪。我知道他是改了我的作文后出去找我的。

他把罩子灯捻亮后,就在桌子后的那张椅子上坐了下来。

他对我说:"那是不是你写的。"

我望着他,眼泪流了出来。我说:"陈老师,那不是我写的。"

他说:"你对我说实话。"

我泪流满面说:"陈老师,你也不相信我吗?"

他站了起来，慢慢地走到我面前，伸出手，替我擦流出的泪。

他对我说："眼泪是心气之本，不能再流了。流多了会伤心气的。"

我说："陈老师，我就要离开你，你把我的作文本给我好吗？"

他说："天地有正气，杂然赋流形。我叫你来，不是让你带走作文的。"

我说："陈老师……"

他说："去吧，不要站在黑暗里。站在光明里，光明就属于你。"

他没有再对我说什么，也不送我。

我出门时，看见他坐回了椅子，燃一支烟，吸一口，吐出来，淡淡的烟雾罩着他，对着灯，如一尊凝视的雕塑。

旷野的秋虫在黑暗里叫成一片。

八

关于处理我的反标事件，是在国庆节后的一天进行的。

天阴着，是那种秋天的阴。会龙山上的天和地灰蒙蒙的，天空中时有亮裹的光，那是太阳的挣扎。

我仍在杜校长的寝室里隔离着，关于处理我的全校教职员工会在办公室里开。办公室与杜校长的寝室，是古庙改造的，木架之上的墙，都没封满，开会的声音也就封不住，我在杜校长的寝室里，所有的声音我都听见了。我知道杜校长不在乎我听见，我听见了他要开除我，我听不见他同样要开除我。

开会了，杜校长说："大家晓得，前几天我们学校发生了一件事，就是何存中写反标。"杜校长这样说，使我想起了课本上闻一多的《最后的演讲》。杜校长说："这是周老师发现的，这里我要表扬周老师，周老师虽然出身不好，但是阶级斗争悟性提高了，希望出身不好的老师们向他学习。现在让周老师将事情的经过说一下。"

周老师说："大家都知道，我就不说了。"

沉默。

杜校长说："我们是地区教育局的点，出了这样的事情，不是闹着玩的。老周，你给大家说一下。"

周老师开口了，先是慢，后来激动起来，声音大了。周老师用激动的声音将他如何发现我写反标的事，从头到尾说了一遍。

周老师说完，又一屋子的沉默。

杜校长说，事情发生后，我及时对何存中进行了隔离审查，但是何存中始终不承认是他写的。杜校长的声音大了，杜校长说："事情明摆着，不是他承认不承认的事。现在我决定开除他，大家举手表决。"

就在这时候，陈老师开口了。陈老师说："杜校长，我有话，不知当讲不当讲？"杜校长说："老陈，你不要感情用事！何存中是你推荐来的。何存中是地主子弟，当时你说他的诗写得好，劝我当一个典型教育。好了，现在他果真成一个反面典型，这你是有责任的。你最好不要说了。"

陈老师说："杜校长，何存中是我推荐来的，出了这样的事，我该负什么样的责任，我决不推脱。但是你既然把我调到宝龙五七中学来教书，我就是这个学校的老师。何存中在未开除之前还是我的学生。作为老师在必要的时候我不能不说，等我说完了，你再处分我。"

杜校长冷笑一声说："你说吧。"

陈老师说："杜校长，我能不能问周老师一下。"

杜校长说："你问。"

陈老师说："好，那我就问。请问周老师，那天黑板上写的是什么字？"

周老师说："中华民国。"

陈老师问："周老师，你怎么断定中华民国是反标？"

周老师说："中华民国不是反标是什么？"

陈老师说："周老师，你我都是大学毕业的，虽然你学的是数学，我学的是中文，但是你不至于对中文一无所知。中华民国这四个字能是反标吗？中华民国是专用名词。我们的语文课本上鲁迅先生《记念刘和珍君》中就有。"陈老师哗的一声翻开了课本："在这里，我念你听，鲁迅先生文章一开头就是，中华民国十五年三月二十五日。心同此心，理同此理，大家说，印在课本上的专用名词会是反标吗？因为这开除一个学生，岂不是笑话！"

那时候我心里陡然一亮，我看见了照耀我的太阳升起来了。它云蒸霞蔚，它光芒万丈，它气吞万里，它永远在天！

周老师语塞了。

周老师支吾地说："我有洁癖，我不喜欢乱画黑板的学生。"

陈老师说："周老师，有洁癖吗？"

一屋子的沉默。

陈老师说："杜校长，扪心自问，这仅是我作为一个语文老师要说的，我要说的说完了。"

杜校长在桌子上拍了一巴掌，站起来说："散会。此事谁也不要再提！"

那样一个惊天动地的反标事件，就这样被陈老师化解了。那天下午，我解除了隔离审查，到课堂上课了。

我走进三天没有能进的教室，坐在属于我的座位上，摸着亲着散发着油墨香的课本，我眼泪禁不住流了出来。我的热泪一滴滴，滴在亲爱的语文课本上。给我上课的陈老师走过来，对我说："抬起头，文字不能让眼泪浸染！"

我擦干眼泪，挺起胸膛听陈老师的课。陈老师那天给我们上的是叶挺将军的狱中诗。陈老师带我们朗诵："为人进出的门，紧锁着！为狗爬出的洞，敞开着！一个声音高叫着：爬出来吧，给你自由。我渴望着自由，但我深深地知道，人的身躯怎能从狗洞子里爬出！"

九

我是在那个秋天的夜晚成人的。

那个秋天的夜晚格外的温暖，使我觉得天是新的，地是新的。我抬头仰望，蓝蓝的秋空上，飘着雪白的云彩，深邃的苍穹闪烁着无数亮亮的星星。就在那温暖的梦乡里，我的青春喷发了。醒来我格外的兴奋，格外的新鲜。我知道父亲的儿子成熟了，他将作为生命长河的一环可以延续了。我闻到我喷发的青春格外的芬芳，弥漫在天地之间，使天地之间充满着青草的味道。

我惊喜我的喷发。我惊喜我的成人。

那以后，我更加勤奋，更加美好。我觉得人与人之间充满着往常觉察不出的温馨。会龙山上风云际会的老师们是我摄取智慧的海洋。我在智慧的海洋里，如鱼得水，每有所得，便欣喜若狂。

我学好了那时候学校所开的一切课程。在陈老师的指导下，我每天沉浸在诗情画意中。我的诗歌像离离的春草，在风中疯长出来，其生机，其稚嫩，使陈老师爱不释手。陈老师对我说，任何时代都是需要才气的。才华使江山代有人才出。我那时候的诗稚嫩可笑得像清晨草尖上的露滴。我能在《除虫》的诗中写出这样的句子——"伸手揽住当头月，摘下星星布满畈"；我能在大批判的诗中写出这样的句子——"用完巴水层层浪，书尽校园重重壁"。我在会龙山两年的高中期间，写了八十多首厚厚一本"诗"来。每一首"诗"都得到了陈老师的鼓励，每一首"诗"陈老师都经过了精心的批改，留下了他的笔迹。

周老师依然上我们的数学课，依然每堂课不带备课本，只带三支粉笔，依然像什么也没发生一样，看我像没看一样地给我讲数列极限。我格外用心听他的课,因为我知道听他的课是我此生幸运。毕业考试,全班四十多个同学,两个人及格,我得了九十七分。全班的卷子是排长发的,唯独我的卷子是他亲手发给我的。他给我发卷子时,我看见他的眼睛望着窗外,我知道他望的正是我。

我说:"谢谢周老师!"

他的手颤抖了,说:"不要谢我。"

临近毕业的那几天,我情绪非常低落。因为对于我这个出身地主家庭的子弟,我陷入茫然,我不知道毕业后的路该怎么走。推荐上大学是无望的了,我只有回到家乡燕儿山,像我的父亲那样日出而作,日落而息。

临走的那天,我来到了陈老师的寝室。

我问:"陈老师,我毕业后该怎么走?"

他对我说:"你从事业余创作吧!"

我问:"能走通吗?"

他说:"天生我材必有用。只要坚持就会走通的。"

他送了我一本书,是鲁迅先生的散文诗集《野草》。那是那时候人民文学出版社出版的印着鲁迅先生头像的单行本。

他在扉面上写着鲁迅先生《秋夜》里的头一句:"在我后园,可以看见墙外有两株树,一株是枣树,还有一株也是枣树。"

十

我是15年后的1987年调到文化馆当副馆长时去看陈老师的。

那天夜里,同我去的还有我的父亲。

那时候陈老师因为脑子开刀,右手瘫痪了。双眼因为脑子开刀失明了,眼睛仍在,只是什么都看不见。在新华正街一个胡同口的树影里,一张矮椅里坐着他,面对大街辉煌的灯光。他的家在深黑的胡同深处。

我走到他面前,看见他摇着一只大蒲扇,一双大眼睛,"望"着街上。我叫了一声:"陈老师!"

他微笑了,眼角笑起密密的皱纹。他说:"你是谁?"

我说:"我是您的学生。"

他说:"你叫什么名字?"

我说:"我叫何存中。七五年宝龙高中毕业的。"

他陷入了深深的回忆,然后笑了,说:"记起来了。我是有个学生叫何存中。"

我想跟他说,我写出来了,我写了多少多少作品,得过什么什么奖,但是我没有开口,我手中拿着我的小说集,却怎么也拿不出手,我的眼泪怎么也止不住,流到脸上。

　　他说:"进屋坐坐吧?"

　　我说:"不,让我看看你,看看你……"

　　我的陈老师到那个世界去了,留下题为《崖松》的一首诗,我装裱好后,送到了县博物馆。诗是七绝:

　　　　　　平生风采雨和云,
　　　　　　统领层崖任纵横。
　　　　　　眼底江山千万顷,
　　　　　　望中尽处是精神。

水底的月亮升起来

一

1962年夏天，巴水河边，沙街大熟。

1962年老天不再与人做对了，该下雨的时候下雨，该出太阳的时候出太阳，河畈挤满了麦苗儿。南风起了的时候，一望无际的麦子吸足了阳光，河风里，涌得像金光灿烂的海，烧得沙街人浑身发滚发烫。沙街是巴水河边很大的垸子，垸子错落有致，沿河岸有三华里路长，中间一条街。不知从什么朝代起流浪的人们看中这块河边的二级台地，纷纷拖儿带女迁徙到这里落地生根。沙街是个杂姓居住之地，全垸五百多人，有王、赵、倪、周、徐、马六个大姓。每个姓堆沙为墩，住在一起，墩子以姓为名，姓王的就叫王家墩，姓倪的就叫倪家墩；每个墩子周围用石头垒起，一人多高，墩子与墩子以沟相连，天干的时候是路，发水的时候是水，很像西安原始社会的半坡遗址，构成鸡犬相闻，老死却相往来的景象。五百多人的沙街分三个小队，从前面开始依次是五队、六队、七队。三个小队的人，共一个辽阔的河畈种粮食，共着天上的太阳和月亮生儿育女过日子，切肉连皮，要丰收都丰收，要歉收都歉收，要痛苦都痛苦，要欢乐都欢乐。熬过了四年三灾，别地方的土地还没缓过气儿来，沙街肥沃的河畈先醒了，麦子连天扯地地熟。三个小队的麦场都建在垸对面的鲤鱼山上，鲤鱼山高，再大的水淹不了。丰收了，三个队的男女老少流着汗比赛似地在河畈里割麦子，比赛似地挑麦捆，在鲤鱼山上比赛似地堆麦垛，将麦垛堆得入了云。

黄昏的时候，外婆所在五小队的队长包老大，看着麦场上风干扬尽堆得像山样的麦子，当着众人的面忍不住伸手在胯裆里扯了一把，说："哎呀，老二，这回我活了，你也活了。"包老大姓王，与惊鸷同辈，叫外婆叫祖，他家成分好，敢说敢做，王家墩人爱他那个包劲，选他当队长。包老大扯了一把裆，然后绕着麦堆呵呵笑，朝掌心唾了一口，搓着双手，说："他娘的，这么多麦子，老子坐牢也要当一回家，每人分五十斤再说。"于是就叫小会计惊鹜的二舅过来，说："二叔，我掌秤，你照户算人。"王家墩读过书的男人少，只有二舅读的书多，尽管二舅成分不好，但小会计总要人当，包队长就力荐二舅当，上级也不能不批准。二舅一脸公事公办，问："包队长，王陈氏家算几个人？"王陈氏是外婆的名字。外婆未出嫁时叫婵娟，嫁到沙街后没有多少人知道她的名字，土改时工作队长问她叫什么，她说："我的名字早忘记了，叫王陈氏吧。"细舅到黄石铁山当工人去了，细舅娘刚嫁过来，一嫁过来就当家觉得不好，于是外婆家还是外婆当家。包队长见二舅这样问，稀奇了半天，问："你老娘家几个人你不晓得吗？"二舅对着包队长只是望。包队长稀奇了半天后，忽然明白了，说："王陈氏家几个人，我算给你听，王陈氏一个，田栀子一个，大辫子一个，木鱼一个。四个。"包队长算得惊鹜一阵温暖。田栀子是细舅娘，大辫子是表姐，木鱼是他。包队长算完对王姓人说："先说清楚，河畈出的粮食长嘴的有份，若有人背后说闲话，到时候莫怪我六亲不认。"三个小队在鲤鱼麦场比赛分麦子的时候，马家墩的马子一从公社开会回来，在路上走，挑麦子的人们慌了，说："马书记回来了哩！"书记马子一目不斜视径直走，举一只手在空中摇，对众人说："我什么都不知道，什么都没看见。"晚霞真美丽，烧红了半边天。巴河在红里静静地流。

惊鹜听见包队长在鲤鱼山上对着众人大声说："大家听清楚，各家各户做粑吃，饱一餐，谁家也不许节约，晚上我要挨家问，若是一个人说没吃饱，我要找当家的是问。"惊鹜听见小会计的二舅对包队长说："我给你补一个声明，千万不能号召做粑吃，人都饿瘦了肠，做粑吃，胀死了人怎么办？"包队长恍然大悟，马上纠正，大声说："大家听好，统统吃面。胀死了人，我真的要坐牢，划不来。"

麦子分回来了，于是就磨面。磨子各家都有，磨出来的都是新鲜麦子的香味儿。面磨出来后，就兑水和面，家家的陶钵子里都是幸福的声音。外婆和，细舅娘擀，表姐坐在灶下烧火，惊鹜望着面，口水早就哗哗作响了。这时候坐在灶门口烧火的表姐忽然哭了起来，是不出声地哭，两条大辫子一耸一耸的。惊鹜俯在表姐耸耸的肩上，小声地问："姐，你哭什么？"表姐说："我没哭。"惊鹜笑了，说："我看你哭了。"灶火的光里，惊鹜看见外婆用和面的手撩起衣襟擦了一把眼，知道外婆也哭了。细舅娘瞪了惊鹜一眼。惊鹜知道他不该问。新麦面煮熟了，用陶钵子装着，拾掇上桌子，用大碗盛。惊鹜埋头吃了三碗，表姐只吃一碗就放了筷子。外婆对表姐说："你多吃点。"表姐端坐着对外婆说："我饱了。"外婆便也不再吃，望着灯下的表姐。细舅娘不望表姐，挑着碗里的面，红嘴白牙细细地吃。惊鹜还要吃，外婆怕了，问惊鹜："我的乖，你吃饱了吗？"又怕惊鹜没吃饱,问:"我的乖,你还吃不吃?"惊鸳不知是点头的好,还是摇头的好。细舅娘望着灯下两难的外婆笑。细舅娘对惊鸳说:"吃饱,吃饱,人羡饭一生,饭羡人一口,一口不到,浑身不饱。"外婆对细舅娘说:"你少说一句。"细舅娘笑了,说:"我说错了吗?"外婆双手放在面前,默默地坐着不作声,望着媳妇,知道她该怎样做了。媳妇太漂亮了,儿子又长年不在家,外婆只有依着细舅娘。日子俗了,由不得人不俗。

二

姐是吃完面后,洗了手脸,提篮子从后门出去的。都是死了娘的儿,共一外婆养着,日子里的外婆不要惊鸳叫表姐,要惊鸳叫姐。

那时候外婆正在厨房洗碗,细舅娘正闩门在房里用水。细舅娘每天晚上用水,一是水很多,满荡荡的一铜盆,而且洗脸的决不洗脚;二是要用很长时间,从点灯起一直洗到星星在窗外亮。姐提篮子从后门悄悄地朝外走。惊鸳觉得不正常,问:"姐,你到哪里去?"姐说:"我到河里去采桑。"晒摊上的蚕沙沙地吃叶,屋角堆满了桑叶。惊鸳说:"有那么多的桑叶,还采什么?"姐说:"小孩子家,多问什么事?"惊鸳说:"要是外婆问你到哪里去了,我怎么办?"姐说:"你就说我采桑叶去了。"惊鸳说:"我跟你一路去。"姐举起手作栗包状,说:"你敢?"惊鸳就不敢了。姐叹了一口气,给惊鸳牵了一下衣领。姐给惊鸳一牵衣领,惊鸳就乖得像一只猫。

惊鸳坐在墩子上古柳树下的月亮荫里,嚼新麦面气儿,地下好绿,天上的月亮好亮,风从池塘里漾起来好新鲜。外婆移着一双解放脚从屋里搬竹床出来,外婆的脚是扎了后放开的,扎又没扎好,放又没放开。外婆问惊鸳:"姐到哪里去了?"惊鸳嚼着新麦面的气儿说:"姐提篮子到河滩采桑叶去了。"外婆望着月亮下墩子外无边的黑绿,说:"这妖,夜里采什么桑?"外婆恼了的时候把未出嫁的姐叫妖。外婆问惊鸳:"你为什么不跟她一路去?"惊鸳说:"我要去,她不要我跟她。"外婆叹了一口气,望着夜,说:"真是冤裂。"外婆同惊鸳说话用词儿,叫冤孽不叫孽,叫冤裂。裂是分裂的裂。意思是从她身上分裂出去的。

夜色下,巴水河边树竹绿里的沙街,家家的屋顶上冒出的滚滚炊烟淡了,一派天地和谐吃饱饭过后的景象。这时候细舅娘洗完了,满身香气地出来乘凉。细舅娘乘凉从不跟外婆、姐和惊鸳共竹床。细舅娘总是一个人掇一张矮脚竹椅儿,坐在离外婆、表姐和惊鸳的竹床不远处的月光里,轻轻地摇着手中的扇子,静得像一朵栀子花儿开。

外婆一生很不幸，二十二岁嫁给比她大十五岁的外公，是填房。外公的原配夫人病死了，死的时候跟外公生的两个儿子和一个姑娘都成人了。媒婆将富家的女儿，能诵李清照"帘卷西风，人比黄花瘦"的外婆说过来填房，帮外公撑家。外婆嫁过来后，又生了一儿一女，外公就死了。二十年间外婆的两个女儿，一个是原配夫人生的，一个是她生的，都不幸，先后丢下一个外孙女和一个外孙，长住沙街让她养。外婆没得人家那样的福气，人家的外孙像条狗，吃了就走，她的外孙，吃了也不走。走到哪里去？没娘的孩子。1949年前，外婆家是巴水河边沙街王家墩的富户，两个女儿，亲生的一个，原配生的一个，门当户对找的婆家都是富人家，土改一来，两家都划了地主扫地出门，两个千金，都经不起折磨，撒手去了。两个女婿，一个跟着女儿走了，将外孙女丢在人间，丢下的外孙女尽管不是她的血脉，但是外公的血脉，她不能不管，只得去捡回来；一个倒没有跟着女儿走，却带着外孙到她家来了，女儿是她身上落下来的肉，外孙更是她身上的肉。外孙女大了，要她操心，外孙小了，更要她操心。巴水河边的沙街，外婆的王姓是个大家族，亲房叔伯几十户，共一个墩子住着；外婆的王家是个大家庭，原配夫人生的两个儿比外婆小不了几岁，之前经外婆的操持，都成房立户儿女成群，土改时老大识字不多划的是富农，老二读的书多划的是地主，土改工作队念外婆嫁到王家没享几天福，又是孤儿寡母的，划了个小土地出租，外婆跟老三过，尽管三家分开住，但名分还是外婆的。外婆一辈子操够了儿女的心，没想到头来还要操外孙和外孙女的心。

外婆在大门坪上放稳了竹床。惊鸶就从古柳树的荫里亮出来，坐到竹床上。

外婆用麦草扇子拍惊鸶的屁股，说："冤孽，你吃这样饱，还坐？快陪我去找姐。"惊鸶说："到哪里去找？"外婆说："不是采桑叶去了？到河滩去找。"这时候洗完澡的细舅娘坐定了，细舅娘好白，坐定了月亮就暗了。细舅娘笑了，一笑，白净的脸像一朵栀子花儿。细舅娘说："到哪里去找？这么大的姑娘，遍河滩的桑树，怕是只见桑树不见人。"细舅娘对外婆一个两个地养外甥早就有想法。外婆说："未必不找？"细舅娘怄外婆，说："你提锣去找，敲锣喊。"外婆听出细舅娘话里有话，更加惶惶不安。外婆说："这冤裂……"细舅娘说："女大不可留，留来留去结冤仇。"外婆听了细舅娘的话，说："你这话合礼吗？她有娘吗？她有老子吗？她有娘老子，要我和你操心吗？"细舅娘说："不是摘桑叶去了吗？河滩上桑叶长得多好，正是采桑的时候。摘满了篮子不就回来了。这大的姑娘死不了，晓得自己回来的。"细舅娘初中毕业的，话中的"桑"充满味道。

外婆不放心，拉着惊鸶到河滩去找。月亮下河滩里的桑树一片乌黑，桑叶正肥，月亮底下一片叶子像一面镜子，照得人心慌。雾晕下的河滩静静的，只有河风吹得桑叶沙沙响，不见人的影子，果真像细舅娘说的那样只见桑树没见人。外婆拉惊鸶的手紧了，惊鸶感觉到外婆的手在颤抖。外婆不敢喊。一个姑娘家，夜里大人在外面喊，意味着什么？外婆拉着惊鸶，问："我的乖，你说姐会不会出事？"惊鸶太小了，惊鸶只有七岁，七岁的惊鸶只知道吃饱面，哪里晓得外婆问的事是什么事？惊鸶说："外婆，姐只吃一碗面。"外婆听惊鸶这样说，拉着惊鸶的小手颤。外婆的手颤，惊鸶的小手也在外婆的手里颤。惊鸶知道外婆的手颤必定要出事。惊鸶的心蹦蹦地跳。惊鸶对外婆说："外婆你莫怕。"外婆抹了一把脸，惊鸶知道外婆流泪了。惊鸶是两岁半在外婆怀里长大的。惊鸶知道外婆哭的时候从来不出声，只是流泪，流得他心痛。外婆抹一把脸，惊鸶知道外婆的泪止住了，外婆流泪只流一把。外婆说："乖，外婆一生吓怕了。"外婆拉着惊鸶的手，从河滩朝回走。墩子间的树太高了，太密了，月亮下外婆和惊鸶白一阵子，黑一阵子。

　　惊鸶和外婆从河滩上回来，同外婆坐在竹床上。一脸忧愁的外婆，一面望着月亮下河里升起来的雾，一面不要惊鸶困，怕惊鸶害食，要惊鸶坐。吃饱了新麦面的惊鸶，坐在月亮下王家墩外婆大门口的古柳树下的竹床上，摸着肚皮，嗝饱气，从嘴里嗝出来的饱气，一口口，满是新麦的味儿。外婆的王家墩屋前面是两口连在一起的池塘，池塘中间一条到河畈的路，水枯的季节，路显了出来，到河畈就从上面走，水满的季节，路就淹了，两口池塘就合成了一口，清波荡漾，双双的圆。正是水涨两口池塘双双圆的季节，墩子高，古柳树更高，古柳树的影子映在墩子下的池塘里，有鸟，很大的一只，从暗绿里忽地飞来，飞到古柳树的梢头上，做窝。静静的夜被天地间的声音挤满了。一轮圆圆的月亮在古柳树的梢头升起来了，带着河风和云彩在天上悠悠地走，四周全是蓝得发亮、眨着眼睛说话的星星们，它们互相地眨呀，说呀。外婆待了半天，进屋拿火种出来点驱蚊的艾把，外婆弯腰吹火，火光一闪闪的，照着外婆脸上的皱纹。惊鸶指着天上问："外婆，星星在说什么呀？"吹火的外婆说："乖，它们在说牛郎织女鹊桥相会。"惊鸶问："外婆，萤火虫在做什么呢？"吹火的外婆说："它们在递信儿。"惊鸶问："什么叫递信儿？"吹火的外婆笑了，说："递信儿就是递信儿。"蛙叫挤成了风，湖里，河里，畈里，明里和暗里，都是叫。惊鸶问："外婆，青蛙叫什么呀？"外婆说："乖，那是它们在做事。"惊鸶问，"做什么事？"外婆说："做它们该做的事。乖，这样的季节，就连风都分公母，白天的风是公的，夜晚的风是母的，公风造天地，母风传世界。"

　　惊鸶嗝着新麦面的气，忽然打了一个寒战。外婆问："乖，你怎么了？"惊鸶说:"姐!"外婆问:"姐怎么?"惊鹜不知道怎么说。这时候突然包队长跑来,对外婆喊:"祖,不好了,大辫子出事了!"

天上的月亮忽然明亮起来,亮得吓人。

三

姐是在河滩的桑树林与倪家墩的倪架子野合,被马家墩的马秀才撞见的。

倪家墩世代在巴河里驾船为生,每代都出几个弄潮儿,能把装满棉花和土特产的船,风里浪里驾出巴河沿长江而上,到汉口,能把装满煤油、棉布和肥皂等日用品的船从汉口驾回来。倪家墩祖辈吃的是力气饭,生的人特长特壮特别有力气。倪架子虽说只有十八岁,但比沙街别个墩子和他同年的后生高出一个头。十八岁的倪架子意气风发,膀阔腰圆,热季驾船回来,扎齐大胯的腿肚子就有水桶粗,弄得沙街年轻的女人们,眼睛火辣辣的,不看他的人,却看他的腿。十八岁的倪架子太迷人了,像河边一棵蹿长起来的白杨树,挺拔在河风里。

姐与倪架子同年。姐是从什么时候与倪架子好上的,就连外婆和细舅娘都说不清楚,但惊鹜心里却清楚。自从姐的辫子长粗了,长长了,粗得一把握不住,长得齐了腰。每次回船了,船浮着泡沫,云一样地停在码头上,姐就对着镜子细心地梳理好她的大辫子,拉着惊鹜到码头上去看船。沙街里许多女人和孩子都去看船,停在码头上的船拖回了外面的世界,都是新东西。姐将自己的大辫子用手握着,样子好像在看船,其实是在看倪架子。倪架子飘一个眼风过来,姐的脸就红了,呼吸就急了,呼出来的气儿很好闻,像是河滩上青草连天的风。惊鹜心里知道姐与驾船的倪架子好上了。

姐与倪架子在河滩的桑树林里野合,如果是静悄悄的,决然无事。但是他们太热烈了,声音太大了,引起了到河滩里找牛的马秀才的注意。

马秀才七十多岁了,什么农活都做不了,队里派两头牛给他放。马秀才是书记马子一的叔爷。马秀才与书记马子一的老子是同胞兄弟。马秀才没有后,孤人一个。要说马秀才知书识礼应该是找到媳妇的,但他一生却没有结婚,沙街人说马秀才有洁癖,太爱干净了,一生难找一个女人同他过那样干净的日子。马秀才人极瘦,沙街人说那是他读书太多的缘故,身上汁水被书吸去了。马秀才一年四季穿长衫,死也不改,脑后留一条小辫子,死也不剃。马秀才人瘦,但脑后留的那条小辫子却梳得乌青发亮,据说那是每日搽了菜油的。菜油滋润着马秀才脑后的小辫子。马秀才在马家墩里放牛过日子,日子里很少有他的事,牛经常下畈,他便经常拿着《诗经》或《论语》兀自一人在屋后的风里,哦哦有声,摇头晃脑地读。沙街的日子也经常有马秀才的事。比方说男婚,比方说女嫁,比方说老人,一切弄礼的事都要马秀才到场主礼。几千年来的日子将沙街人的这些大事弄得款款有礼。虽然解放了,但还得讲究,哪一款不到堂,就不能进行下去。马秀才知礼,婚丧嫁娶一款款的礼,他都懂,那礼写在一本书上,记在他的肚子里,绝对错不了。牛下畈耕地去了,马秀才在屋后读《论语》的时候,外婆牵着惊鸳路过看见了就笑他,说:"马秀才,又在念经呀?"他不恼,说:"是在念经。古人云,半部《论语》治天下,我读的是一部。"外婆就又笑,问:"马秀才,辫子又搽菜油了?"他说:"又搽油了。不搽油,它不枯死了也哉?子曰:温故而知新。别人不懂你难道也不懂?"外婆笑了,说:"夕阳返照桃花渡,柳絮飞来片片红。"马秀才也笑,说:"但愿人长久,千里共婵娟。"外婆说:"你这死鬼。"马秀才不笑,说:"错了,是活鬼。"惊鸳看着外婆和马秀才,觉得外婆和马秀才很生动。

那天夜里马秀才放的牛不见了,到河滩去找。找着找着就听见了声音。马秀才以为山上的狼顺河下来了,在吃他的牛,发一声吼:"大胆的畜生,好生无礼!"没想到吼出来却是人。月亮地里倪架子慌忙地站起来,姐披头散发地跑了。马秀才马上明白了是怎么回事,闭上了眼睛,说:"非礼勿听,非礼勿视。"闭了一会儿,觉得不妥,知道坏事了,睁开了眼睛。那时候沙街古风浩荡,男女之事讲究明媒正娶,野合是见不得人的,往往闹出人命来,知礼的马秀才怎不知道?月亮地里,马秀才抛下倪架子,老脚跟跄地去追姐。姐跑得一阵风,一会儿就不见影子。马秀才顾不得牛了,跑到王家墩子来报信。

外婆一哭,月亮下的王家墩子就沸腾了。王家墩所有的人都出动了,点着熊熊的火把分班找姐。月亮下巴水河边的沙街树竹太深了,火把燃烧着,湖边池塘边都是熊熊的火光。细舅娘扶着外婆,惊鸳捏着外婆的手。外婆的嗓子喊哑了:"大辫子,我的乖,你在哪里?你答应我,回来啊!"苍老的声音喊得天上月亮变色了。五月河畈水气一片,朦胧着,喊出去的声音不见回来。细舅娘也哭出了声。外婆再也走不动了。外婆挣脱惊鸳的手,哭着对惊鸳说:"苕哇,你快去找你姐。我的乖,你去喊,喊你姐!"惊鸳跟着大舅、二舅和包队长一群人找姐。惊鸳喊:"姐——!你在哪里?你回来呀!你回来——!"众人举着火把找到墩子门前双塘的下塘口子。火光里,突然大舅发现了沙地上整齐地摆着一双绣花鞋。大舅叫了一声:"大辫子!"惊鸳的心就提了起来,知道姐投水了。

惊鸳不知道那时候天上地下的景色为什么那样的美丽。惊鸳看见天上一轮圆圆的月亮映在水里,塘是沙底的,月亮光里可见粒粒的沙发着亮儿,水太清了,清得发蓝，姐躺在清波荡漾的月亮下，一把大辫子散了，像水草婆娑着姐，姐的脸像天上的那轮明月沉在水底。大舅弃了火把，衣服也顾不得脱，牛吼一样冲到塘里。一阵阴风吹来，天上的月亮暗了。大舅将姐抱起来，不顾一切地朝墩子里跑。众人跟着抱姐的大舅朝墩子里跑。姐的大辫子像青草一样滴着水，拖着沙。王家墩愤怒了，吼声起来了，骂声起来了。

二舅牵一匹水牛来了，大舅将湿漉漉的姐放到水牛背上，沥水。姐紧闭着眼睛，散开的大辫子像一张乱网铺在水牛背上，水牛不安地乱着蹄，大舅扶着姐的身子对二舅吼："斯文了，你还斯文什么呀？快牵水牛走！"二舅牵着水牛在外婆的大门坪上磨面样的转圈子，姐身上的水流下来湿了水牛的大蹄子，一声声走得汲汲地响，那声音响得人头皮发麻。细舅娘携着外婆，外婆哭喊着披头散发了。外婆张着手要扑过去，细舅娘将外婆紧紧地抱着。

包队长愤怒了，浑身青筋乱跳，对王家墩的男人吼："还愣着干什么？抄家伙！打冤家！"大筛锣响了起来，这是世代王家墩家族械斗的号令，筛锣一响，全体男人上阵。一时间王家墩的男人们冲进各家的屋，拿出了武器。武器都是河边日常谋生的工具，鱼叉是现成的，沙街见男人就有一柄；鸟铳现成的，每家最少有一管，火药是常年装着的，不然要锈管子，装上引火，一扣就响；还有推排铳，打野鸭和雁的，每个墩子都有，荒年推出去，点着捻子，一响，火光一闪，一死一地。几千年来，巴水河边沙街每个墩子的每个男人靠这些东西在河边猎取、进攻和保卫。不然他们还叫巴河人吗？他们还能在这里生根落脚生儿育女过日子吗？

人声吼吼，火把熊熊，闪着鱼叉刺上的寒光，闪着铳管上青光，惊鹭一阵阵的颤抖，惊鹭闻着了一阵又一阵的铁腥味和血腥味。阴风一阵阵地吹，河边的乌云漫起来了巴住了天，月亮不见了。

包队长就要抬水牛背上的姐向倪家墩进攻了。披头散发的外婆挣脱细舅娘的手，站起来，咬牙对包队长喊："大孙子！"包队长说："祖，大孙子在！"外婆问："大辫子在哪里？"包队长说："祖，大辫子在水牛背上。"外婆浑身乱颤，牙齿磕得一片响，说："畜生通人性，它不是还在走吗？它还在走，说明大辫子还有救。"包队长双膝跪在地上，家族出了这样的大事，包队长是要按族规跪着领令的。包队长说："祖，我听您的。"外婆说："大孙子，起来。还不到你跪的时候。"外婆走到二舅面前，对二舅说："老二，把牛绳给我。"二舅将牛绳给了外婆。披头散发的外婆迈着一双解放脚，牵头水牛绕圈子。外婆的泪流了一脸，一只手牵着牛鼻绳，一只手颤颤地揉着牛背上的姐，说："天无绝人之路，我就不信我这没娘的儿活不过来。"外婆噎了一口，扯得众人一阵心痛。

四

前街王家墩火把连天，人声沸腾，准备打冤家的时候，后街的倪家墩也做好了迎战的准备。倪家墩的准备是悄悄进行的。对于进攻和防御，几千年的日子里沙街人训练有素。几千年来巴水河的沙街人既是亲戚也是仇人。弄得好互相通婚，弄得不好互相打冤家。说到通婚，沙街的六大姓，六个墩子，每个墩子每代都有彼此的女儿和女婿；说到打冤家，每个墩子上每代都有彼此的仇人。

占着理的进攻和悖着理的防御，对于沙街人来说是有讲究的。占着理的一族，进攻，可以明目张胆，点着火把，筛锣集合，抬着尸体呐喊；悖着理的一族，防御，只能悄悄地自卫，不能先动手，等着对方动手了，再以血还血，以牙还牙。五十年前倪家墩为王家墩卖寡妇的事，血洗了王家墩一次。那寡妇是倪家墩的女儿。双方一死一伤。死的是王家，伤的是倪家。王家死了一个，倪家伤了一个，死的不能再活，伤的后来活过来了，悖理的是王家，倪家赢了，才罢手。两个墩子和悦了，提起亲戚来有说有笑；两个墩子生伤了，提起冤家来，咬牙切齿。

倪族长领着倪家墩的男人们就那样捏着武器迎战，以为前街的王家墩男人们会马上抬着尸体冲来。但是只见前街的王家墩火把熊熊，人声沸腾，就是不见王家墩的男人冲来，后街的夜静得怕人，倪家墩的男人们等得耳朵洞里一片乱响，那滋味儿真不好受。倪家墩的男人们手里的武器捏出了汗，就是不见王家墩的男人们呐喊着冲来。

惊鸶像尾巴一样扯着外婆的衣襟，跟着外婆。外婆一只手牵着水牛绕着圈子，一只手按着水牛背上的大辫子。姐的大辫子散落着，像水里捞上来的一捆草，湿漉漉的。惊鸶又是急又是怕，两个眼泡里含着泪水，不敢流出来。惊鸶心里藏着一个恐惧，怕他的泪一流出来，他的姐就死了。惊鸶含着泪看着，看着水牛背上的姐，心想这样姐就在月亮下夜风里外婆的手里死不了。惊鸶咬着嘴唇，拼命地含着泪，不让它流出来。

突然水牛背上的姐哇的一声吐水了，那水清亮亮的全是月亮的颜色。姐一吐起水来，水牛的背就像春时泛滥的巴河，波浪翻滚。水牛大出了一口气，那气悠长了好半天。姐吐完了肚子里的水，喘了几口气，胸脯起伏了几下，接着咬紧牙关，不出气了。惊鸶知道姐想憋死自己，惊鸶病了想娘想苦了时，也常常这样做。惊鸶急了，一个劲地用手按姐，说："你想干什么？出气儿，出气儿！"姐憋不住了,哇地哭了一声:"娘——!"细舅娘扑上前,一把将姐抱在怀中,说:"儿,我在这里。"细舅娘那时候还没生育,一声"儿",将外婆和王家墩的人都感动了。惊鸳含在眼泡里的泪再也忍不住流了出来。娘死后父亲带着惊鸳到外婆家来养,细舅娘对姐和他从来没有像这样叫一声儿。惊鸳鼻子酸酸的,特别想哭,因为细舅娘叫姐叫了儿,也是叫他叫了儿。外婆颤颤地捏着姐的一只手,惊鸳捏着姐的另一只手,细舅娘抱着姐进了屋。细舅娘将湿漉漉的姐放在她干净的床上。房里的灯点亮了,幽幽地亮。外婆坐在床面前踏板上的椅子上,捏着姐的一只手不放松,惊鸳捏着姐的另一只手不放松。姐在床上双眼紧闭着,湿漉漉地喘着气。细舅娘抱着姐说:"儿啊,你为什么要做这样的苦事?"姐睁开眼睛望着外婆、细舅娘眼泪双流,噎一口气,说:"外婆,细舅娘,我,我不想离开沙街啊……"外婆一把将姐抱在怀中,流着眼泪说:"我的乖乖……外婆懂你的心。"姐喘着气说:"河畈长粮食……"外婆说:"我的乖,河畈是别的地方长粮食,你没有看错。"姐使劲挣脱细舅娘的怀和外婆、惊鸳捏的手,说:"外婆,我对不起你和细舅娘,我没脸见人了,让我去死!"外婆说:"娃哇,你叫我怎么说你好……"姐咬着被子大哭,哭得透不过气来,一口气透不来,噎住了,透过气后,就大声呕吐起来,将苦胆的汁都吐完了,绝望得一点力气都没有,双眼紧闭着,说:"娘啊,我没脸活,我没脸活了。"外婆对姐说:"我的乖,你既然活了,有外婆在,外婆会让你活出样子来。"

姐活了过来,包队长、大舅、二舅和王家墩的男人们捏着鱼叉和鸟铳集在大门坪上,不知如何是好。火把熊熊烧着风。包队长吼:"他娘的,姓倪的欺人太甚,不出这口气不行!大叔,二叔,你说这口气出不出?"大舅和二舅因为成分高,没有答声。王姓的男人们说:"对!这口气吞不下。"包队长手一挥对众人说:"走,闹它一回!"

这时候外婆整理了衣襟,牵着惊鸳走出大门。惊鸳抬头看外婆,发现外婆像换了一个人似的,眼睛里闪着亮,那亮像天上的星星。天上的月亮明亮起来,地上一片光明。外婆问:"谁还在那里说混账话?"包队长说:"祖,是我。"外婆说:"大孙子,你这话是王姓子孙说的话吗?记住,天地生人,出气容易求活难。"外婆对王姓的男人说:"有劳各位,我年纪大了,辈分长了,不能跪。我跪了大家受不住。我让惊鸳代大辫子给各位磕个头。"外婆对惊鸳说:"惊鸳,代姐跟大家磕一个。"外婆手一松,惊鸳就对着月亮双膝跪在地下。外婆指着地上的惊鸳对大家说:"王姓子孙听着,惊鸳虽小长大了也是男儿,古人说男儿膝下有黄金。这一跪下去了,这事祖当家,谁也不许再闹。"

包队长问:"祖,就这样算了吗?"外婆噎一口,说:"大孙子,你说怎么办?大辫子没死呀!大辫子活过来了。"包队长说:"她是王姓的外甥,活是活过来了,小小的年纪,无娘无老子,一生长得很,出了这样的事,你叫她将来怎么做人?怎样过日子?"外婆说:"大孙子,天地间正因为不合礼,古人才制礼。天地间若是事事合礼古人制礼做什么?"包队长说:"祖,我丑话说在前头,驾船的倪家怕是不跟你讲礼,要是讲礼会出这样的事吗?"外婆叹了一口气,说:"大孙子,倪家若是不讲礼,你再跟大辫子作主不迟。"包队长说:"没办法,谁叫你是祖。"包队长对王姓男人说:"听见没有,这事祖作主。我们就算了。睡觉,睡觉,都回去睡觉。有祖哩。祖是什么人?祖是读书人。我们不知礼,祖知礼。我们就当一回猴子吧,月亮不小心掉到水里去了,我们总算把月亮从水里捞了起来,还活着哩。"外婆站定了,说:"大孙子,你跟我说笑话吗?"包队长说:"哪能呢?"外婆说:"是不是要我给你磕个头?"包队长忙作俯首状,冷笑着说:"那哪能呢?你还要不要我过日子?传出去人家不说我不懂礼吗?上有天,下有地,我不能不懂?这个队长我还想当的。"

王家墩的男人们用脚踩熄了火把,偃了鱼叉和鸟铳,踏着月亮散了。外婆对二舅说:"老二,你留下。娘找你有事。"大舅问:"娘,我留不留?"外婆说:"留老二一个人就行,你回家睡觉。"

留二舅不留大舅,大舅忿忿不平。

外婆对大舅说:"老大,莫怪娘了,娘不是不想事,你是个粗人,种田种地你行。"尽管是后娘,尽管大不了几岁,对于外婆,大舅还不敢不服,大舅走了,留下一阵风。

月亮下,墩子里一片清脆的关门声。

巴水河静了,四野的蛙声在惊鸷眼睛里明亮起来。

五

堂屋的桌子上,梓油灯汲着捻子嗞嗞地亮着。外婆双脚含怀,静在太师椅子里喘气。二舅双手放在膝头上,坐在旁边的凳子上。外婆对二舅说:"老二,出了这样的事,你说怎么办?"二舅说:"我听娘的。娘说怎么办就怎么办?"外婆对二舅说:"马秀才不知道睡了没有?"二舅说:"马秀才肯定没睡。沙街出了这样的事,他怎么睡得着。"

外婆说:"老二,你代娘到马秀才家去一趟。"二舅说:"娘,你写个字纸儿,我去。"外婆叹了一口气,苦笑了,说:"出了这样的事上得了纸吗?"二舅说:"娘,我去了怎么说得出口?"外婆说:"也是的。王家出了这样的事,斯文扫地,怎么说得出口。"二舅说:"娘。那你说怎么办?"外婆苦想了一阵子,看见了油灯下惊鹜含着泪水亮亮的眼睛。外婆说:"那就让惊鹜画张画儿吧。童趣天成,不辱斯文,无伤大雅。"二舅说:"事情到了这种田地,此举最好。"

外婆拿出砚台,倒上水。二舅拿出一条墨,在砚台里细细地转着圈儿磨。窗外的夜,静静的,桌上的砚台轰轰地响,像日月行天的声音。外婆从房里拿出一支毛笔和一张黄纸。外婆掇张椅子教惊鹜跪上椅子伏在桌面上。外婆将黄纸铺在桌面上,教惊鹜拿毛笔蘸墨。外婆对惊鹜说:"乖,你画个水底的月亮。"那时候含着泪水的惊鹜,泪水就流了下来,他知道外婆教他画的是姐。姐掉到水底去了。

惊鹜拿着笔在那张黄纸上画了个月亮,那月亮圆圆的,黄纸泅浸,泅出来的晕,是月亮美丽的光。外婆和二舅看着惊鹜画出来的月亮,颤颤的。外婆和二舅没有想到刚发蒙的小惊鹜能画这样圆的月亮来。惊鹜画了几道波浪纹,代表水。

二舅掀起桌上的画,用气吹干了,叠起来,放在口袋里,就要出门。外婆对二舅说:"老二,马秀才是懂礼的人,你要穿件长衫去。"外婆从柜子里找出一件外公生前穿的蓝竹布长衫,给二舅穿上。二舅说:"娘,我去了。"外婆说:"不能空手去,要带点礼物。"二舅说:"娘,什么都没有,带什么东西?"外婆说:"不管怎么说不能空手去的。"外婆走出大门,走到月亮地里的篱笆下,摘了一个嫩南瓜。那南瓜青青的,嫩嫩的,泛着月亮的光。外婆用青包袱将那个嫩南瓜系了,让二舅提着。

二舅提着南瓜不敢走沟路,怕遇见了人。二舅提着南瓜到马家墩子,二舅穿过篱笆,浑身被露水湿透了。二舅翻篱笆进了马秀才的后园。马秀才果真没睡,窗子关着,窗纸映着灯。二舅敲窗。屋里的马秀才低声问:"是二相公吗?"二舅答:"是我。"马秀才开了后门,说:"知道你要来。我等着哩。"二舅进屋,将南瓜放在桌子上,说:"是我娘叫我带给你的。"马秀才一笑,说:"你娘多情多礼了。南瓜我满园都是。"二舅说:"马叔,我穿了长衫的。"马秀才问:"是你娘叫你穿的吗?"二舅说:"这可是我父生前穿的长衫。"马秀才脑后的小辫子激动起来,不安地踱着步,说:"我能认不出来吗?你父生前多少次穿这长衫同我论礼呀!二相公你坐。"二舅说:"马叔,不是我坐的时候……"马秀才打断二舅的话,说:"不说了,女儿长大,谁家能保证不出点事?"二舅说:"马叔,我娘叫我给你看一样东西。"二舅就把惊鹜画的那张画儿打开,放在马秀才的书桌上。马秀才双手抄后俯下身子看惊鹜画的那张画儿,圆的是月亮,几道波浪儿是水。马秀才问:"谁画的?"二舅说:"我外甥木鱼画的。"马秀才唏嘘不已,对二舅说:"二相公呀,你娘不容易呀。回去跟你娘说,南瓜我收下,画儿我收下。天地间既然生马某,说明还有马某要做的事。"

二舅说:"马叔我代外甥女大辫子给你行个跪礼。"二舅要跪,马秀才一把拦住二舅说:"二相公,千万使不得,过了,过了。二相公,你也是读过几本老书的,应该知道凡事过了要不得。"

后街倪架子的父亲领着族人等着前街王家墩的人来进攻,左等右等不见动静,心里惶惑,不知是什么原因,就叫族人守着,他到马家墩子找马秀才问见识。倪族长换了衣服,到马秀才家去不能卷腰扎裤的,出了这样的事去问见识,礼物也是要带的,带什么呢?称了一斤盐,用黄草纸卷一个包儿。倪家在河里驾船走水路运货,盐是有的。盐在那时候还是紧俏货。

倪族长走沟路到了马家墩子马秀才的大门,树高荫深。马秀才家的大门紧闭着。倪族长拍门,叫:"马大哥。"马秀才听见叫声,赶紧从后房掌灯出来,将灯放在堂屋桌子上,开了大门。倪族长进了门,将盐包放在堂屋桌子上,说:"马大哥还没睡?"马秀才说:"本来睡了,但是睡不着起来了。"倪族长说:"马大哥,我给你带了一斤盐。"马秀才脸色一沉,说:"倪族长,我比你长十岁,你怕我盐没吃够吗?"倪族长说:"马大哥,我不是那个意思,倪家只有盐拿得出手。"

马秀才叹了一口气,说:"是我的不对,俗话说伸手不打笑脸人。倪族长深夜找我不是怕我没盐吃吧?"倪族长说:"马大哥,不要再打我的脸了,我是诚心来问你见识的。"马秀才问:"问什么?"倪族长说:"马大哥,我问你王家墩为什么还不来打?"马秀才诧异了,问:"怎么还没去打?"倪族长说:"还没去打。"马秀才沉吟起来,背着手在堂屋里踱着步。倪族长急得直搓手。马秀才停了踱步,对倪族长说:"这就怪了。"倪族长额头上的汗出来了,更加不安。马秀才说:"莫急。我给你算一卦。"于是马秀才踱到后房,从书柜子拿一个缎子面的荚子,缎子面上写着一个很大的篆书"儒"。马秀才用瘦长的手指打开荚子,里面装的一套线装的书。马秀才从中择出《易经》,放到堂屋桌子上翻开,开后门,到后园掐了一把长短不一的蓍草,回到桌子照着书,天地阴阳地排了一卦。发亮的蓍草组成的卦排在灯亮里。

倪族长眼睛直直地望着,问:"马大哥,怎么样?"马秀才捻着胡子说:"倪族长,你知道王家墩人为什么没到你们倪家墩打冤家吗?"倪族长说:"马大哥,你就直说。"马秀才说:"该你倪家墩子走运。"倪族长问:"此话怎讲?"马秀才说:"你没看见吗?活卦呀!大辫子没死。"倪族长问:"真的没死?"马秀才指着桌上的卦说:"这还有假?要是死了,你们倪家墩子恐怕早倒了几个的。"

倪族长松了一口气，擦着额上的汗，说："怪不得开始火把熊熊，后来没了动静。原来女儿没死。"马秀才说："不过你不要高兴太早了，此卦虽然是活卦，但透着死象。卦为天地阴阳之交组成，其中活中有死，死中有活。智者之于死，动一爻则活；愚者之于活，动一爻则死。"倪族长额上的汗又下来了，说："马大哥，倪某是个粗人，请教了。"马秀才说："你既然求教于我，我就直说了。你倪家的儿与他王家的外甥女夜里在河滩桑间野合，是被找牛的我撞着的。马某虽然貌似不食人间烟火，但也知饮食男女。那声音不是一般的声音，做那事恐怕不是一回两回。天地生男女，女长成，儿长大，其情也切，其爱也深，恐怕早就珠胎暗结。"倪族长急了，问："那怎么办？"马秀才说："你急什么？我不是在说吗？王家的外甥女跳水没死，是你倪家的福气，但不是你倪家功劳。王家的外甥没死，是王家救得及时，你得感谢王家。但是王家外甥女既然跳水说明她有死意，活过来不等于不死。王家外甥女无娘无父，寄居篱下，清清白白的姑娘被你们倪家的儿玷污了，她怎么有脸做人，这不是死路一条吗？"倪族长急了，说："马大哥，这是两相情愿的事。"

马秀才的脸霎然变色，说："谁与你两相情愿？事情到了这种地步，你还强词夺理！既然这样你还来问我干什么？你以为王家不敢打你们倪家吗？人家王家墩没男人吗？人家王家墩没脸面吗？人家王陈氏是什么人？知书识礼的大家之后呀。遇上别的墩子出了这样的事，人家才不管是不是两相情愿，打了再说！再就是人家现在不打是以屈求伸，若是人家的外甥女想不开死了，你们倪家才真正是大祸临头了，那时候悔之晚矣。"

倪族长问："马大哥，那该怎么办？"马秀才呵呵一笑，说："倪族长，你是真糊涂还是装糊涂？还要我翻书吗？"马秀才击胯一拍，说："这时候应该以无理取有礼。诗云：'琴瑟友之，钟鼓闹之'。"

倪族长赶紧作揖。

倪族长走后，马秀才一身的露水趁夜色来到王家墩报了信儿。

梓油灯结出很大一朵灯花，外婆拿根香棍挑了灯花，一屋子的灯亮。外婆扶姐坐起来，拿桃木梳，一梳子一梳子，梳姐的大辫子。姐的大辫子在外婆的桃木梳下梳顺了，活动着像一条河畈里青光灿烂的乌梢蛇。细舅娘拿来干衣裳。外婆眼泪流了出来，说："我苦命的乖，让娘给你换干净的衣裳，睡。"

夜里惊鹜拉着姐的手睡，姐把惊鹜手放在她的胸上，姐呼出的气儿好香好香，姐的胸好柔好软。惊鹜做了一个梦，梦见河畈里桃花红李花白，无数的小燕子和彩蝶儿随风飞舞，姐在河畈阳光里唱着欢乐的歌儿，腰间的大辫子像青青的云朵，在红的桃花白的李花间，青蛇一样的活动着，绿了一河两岸。

六

倪族长连夜回墩子报了女儿没死的讯，众人松了一口气，撤了防，弃了兵器，喊草屋里的女人、孩子和老人们出来。女人、孩子和老人们从草堆里出来了，一个个一头的草，杂在人堆里。

众人拍着出汗的手，笑就上了脸，纷纷地说："大辫子不错，倪家又多了个好媳妇呢。"倪族长仍是一脸的为难，说："媳妇是好媳妇，但王家的话不好说，出了这样的事，谁敢上门说话？"倪家墩的人笑了，说："你这是没急找急着。这有什么为难的？只要是不打冤家，不就是说话吗？说话现成的不是有吗？叫二娘去呀！天上无云不下雨，地下无媒不成亲。二娘是什么角色？叫她回娘屋去一趟多说些好话，这事不就成了吗？"

众人哈哈大笑，风活了。倪族长手抓头，笑了，说："看来只有请'在窍'出面了。"倪族长说的"在窍"是王家墩嫁到倪家墩的二姑婆的绰号。二姑婆因为之前做媒为生，精于男女撮合之事，成功率高，人送绰号"在窍"。人催人老，王家墩的孙辈出世了，王家的姑娘成了姑婆。

倪族长找到二姑婆，二姑婆坐在房里的纺车前，借窗子的月光纺线子，双脚齐比着，一摇纺车，一牵一根线。倪族长开口一声笑，说："兄弟媳妇好胆量，出了这大的事别的女人都躲了，你不躲？"二姑婆两手不停，说："我躲什么？王家墩的人来别的人都打，我，他们不得打的。不看僧面看佛面。"倪族长问："知道不？你们娘家人为什么不来打？"二姑婆说："知道了。王家的姑娘一个二个都是苦命。"倪族长干笑了一阵子，说："兄弟媳妇好手艺。"二姑婆说："有什么办法？嫁到倪家墩只有这个命。"倪族长说："兄弟媳妇赏我一张椅子，我有话跟你说。"二姑婆说："椅子没长眼睛，人没长眼睛吗？自己找。"倪族长找了一张椅子坐在二姑婆的对面。二姑婆仍是不停纺。倪族长说："兄弟媳妇，你味要足了。"二姑婆问："要足了吗？那我要不停下来听族长的？"二姑婆就停了纺车，将椅子端正坐了，说："有什么事情你就吩咐，我听着。"倪族长说："兄弟媳妇，人不求人一般大，我求你呢。求你回娘家辛苦一趟。"二姑婆噗地一笑，说："求我做什么？你养的儿不是有能耐吗？"倪族长说："兄弟媳妇，做哥的求你。"

二姑婆叹了一口气说："现在时兴自由恋爱，我多年没做这事了，荒疏了。"倪族长说："事情到了这种田地，还得姑婆出马。这事你'在窍'。"二姑婆移了椅子，将脸对着窗外的月光，说："你看我这张老脸还拿得出去见人吗？没粉搽呀。你看我这身叶儿，还走得出人吗？"倪族长说："有什么要求你说。"二姑婆笑了："要我说呀，那我就不客气了。做这事好比唱戏，一身行头是要的，一盒粉是要的，还要一面新手帕子和一支自来水的钢笔，我们王家是知书识礼的，大襟上不挂支钢笔不像。不是人争相，是事急相。"倪族长说："行了，行了，只要你把事说成，要什么都给你办齐。"二姑婆说："你不要急，这是身上的，还有手上提的哩。"倪族长说："知道，是聘礼。你说聘礼要什么？"二姑婆说："本来你儿有本领什么都不屑要得，但是既然要媒人出面，就得依古礼。"倪族长急了，说："我的姑婆你就直说要什么？"二姑婆说："其实王家也不要什么，姑娘都给你们倪家了，还能要什么？但依古礼活雁是要一只的。不信你去问马秀才，看他说这能不能少？"倪族长急了，说："我的姑婆，活雁哪里去谋？"二姑婆忿然作色，说："这是你问我的吗？哪里去找？你去问马秀才看是不是？古时提亲之礼，活雁一只，鹿皮两张是必备的。天上飞得最高的是雁，地上跑得最快的是鹿，能捉天上飞的活雁，能猎地上跑的鹿，才说明有本领养得活人，不然找什么媳妇？那不是害人家的女儿一生吗？河边鹿绝种了，鹿皮我代当家，就算了。活雁是必要的，河滩上雁还是有的，你的儿不是有本领吗？人又高手又长，捉只活雁不是手到擒来的事？"倪族长笑了，说："行，兄弟媳妇，谁叫你是姑婆呢？我答应你。只要不要天上太阳，我都给你办齐。"二姑婆笑了，仰脸看着倪族长，说："由得你不齐吗？"倪架子和倪家墩的人在门外偷听，倪族长知道他的儿也在门外，吼一声："还听什么？还不快去备雁，不是有本领吗？变命也给老子捉一只活的给姑婆。"月色下，倪架子浑身湿漉漉地奔河滩捉雁去了。事儿好新鲜，众人看着急急的湿湿的倪架子乖儿的样子，起一阵笑，笑在月光里，河边的墩子蛙声好旺好响。

　　第二天吃过早饭，惊鸷没有上学，外婆和细舅娘都没下畈，姐躺在床上，马秀才昨夜传讯过来，倪家今天派二姑婆上门提亲，一家人在家等着。惊鸷耐不住，趁外婆和细舅娘不注意从后门溜出去，隐在墩子的竹林里等二姑婆来。竹林中的惊鸷看见二姑婆手上提着一只雁，在墩子间的沙路上朝王家墩走来。那只雁很壮很肥，一点没伤，毛色鲜亮，翅膀用红索儿系着。倪架子的确是个捉雁的高手。初升的太阳带着露水照着二姑婆。二姑婆的头梳得很光很亮，用红头绳系着，那头绳像一只红蝴蝶；二姑婆脸上搽了粉，施了胭脂，身上洒了花露水，一走一阵风香；二姑婆穿着鲜亮的蓝竹布大襟褂儿，大襟上系着一方干净的大手帕子，像一朵簇开的栀子花，与花相配的是那支闪亮的自来水笔。二姑婆手中的大雁快活起来，嘎嘎地叫唤。沟间沙路之上的墩子都是看热闹的人，人们笑着，指点着。

惊鸳从竹林中飞快地跑回家，气喘吁吁地说："来了，来了。"坐在堂屋里的细舅娘白了惊鸳一眼。坐在房里的外婆对惊鸳说："乖，到我怀里来。"惊鸳感觉气氛不对，赶紧跑房里的外婆怀里，外婆用手将惊鸳揽在怀里。这时候只听见雁叫，二姑婆来到了大门口。细舅娘在堂屋里端坐着。二姑婆站在大门口朝屋里喊："有人吗?"堂屋的细舅娘坐着，不作声。二姑婆见没有答应，笑，自问自答地说："唉，问什么? 大门敞着，人肯定在"。就径直进屋来了。细舅娘没好气地问："没请你进来，你怎么进来了?"二姑婆说："讨口水喝。"细舅娘问："你是谁?"二姑婆说："哎呀，你不认得我吗? 我是二姑娘呀。"细舅娘问："哪个二姑娘?"二姑婆说："你家的二姑娘呀。姐在不在?"二姑婆高声叫了起来："姐哇，怎么了? 你家媳妇不认得我了!"外婆赶紧起身出房，走到堂，说："是二姑娘回来了! 倒茶喝，倒茶喝。"细舅娘扑哧一笑，说："我记起来了，你是二姑婆。二姑婆是什么风把你吹回来了?"惊鸳用碗倒了一碗茶，举着，对二姑婆说："二姑婆，你喝茶。"二姑婆把雁放在堂屋的桌子上，接了惊鸳的茶，找了张椅子坐下，啜着茶，说："总是忙，脱不开身，今日抽空儿回娘家看下老姐。"细舅娘说："二姑婆，你搞错了，老姐老了，早就不当家了。"二姑婆马上转口，说："哎呀，我搞忘记了，老菩萨放下来，新菩萨抬上去。回来看下细舅娘。"

细舅娘问："二姑婆，黄金日寸金时，今日怎么有时间看我?"二姑婆说："我听说外甥女大了。"细舅娘说："难得二姑婆惦记，外甥女是大了。"二姑婆说："十八了吧。"细舅娘说："她娘早去了，亏你记得她的年龄哩。她吃十八岁的饭了。"二姑婆："女儿大了，迟早是人家的人。我想跟她说个婆家。"细舅娘说："哪户人家? 二姑婆说说。"二姑婆说："是个好人家呀，伢儿长得没话说，稍长个大的，河里驾船，与外甥女同年。"细舅娘笑了，说："你说的人家我晓得。是不是驾船的倪架子?"二姑婆赶忙点头说："是，是。"细舅娘说："人家不错，伢儿也没得话说。但是这样的人家不能嫁。"二姑婆说："细舅娘，为什么不嫁?"细舅娘说："倪家什么都好，就是不懂礼。"二姑婆说："倪家礼是差点。我也是倪家的媳妇，倪家在河里搞惯了，见风使舵，顺水行船，你说怎么办? 谁叫我们王家养的是女儿? 要是养的是儿就好，养的是儿，也可以像他们倪家见风使舵，顺水行船。再就是我们王家的女儿也不争气，怎么长着长着就到了十八岁，长得又这样招人爱? 长丑点也好说，长得像猪八戒样的，看有没有人惹? 那该多好? 一辈子没人惹，一辈子没人要。那就天下太平，滔滔无事。"细舅娘笑了，问："二姑婆，你得了倪家多少银子?"二姑婆一脸的无辜，说："细舅娘，你这话可就说差了，二姑婆可是派的义务工，我再爱银子，也不赚娘家的银子呀。"细舅娘说："二姑婆，我把话说在前头，俗话说做媒作保，自找烦恼，大辫子可是无娘无老子的女儿，你能保证倪家一辈子不作贱她，把她当人吗？一辈子长得很，要是有半点对不起她，我可要拿你媒人是问。"二姑婆说："哎呀，细舅娘，别的我可不能保证，这一句你可问得好。他倪家叫我来不是明媒正娶吗？明媒正娶，凭菩萨敲磬。一切按规矩来，看他倪家敢作践我们王家的女儿。姑婆还要活几十年的，我出双眼睛看着。"

  细舅娘说："这事我不能最后当家。我得问问大辫子，她答应，我答应。"细舅娘来到房里，二姑婆也来到房里。细舅娘对躺在床上的姐问："大辫子，我和二姑婆的话你听见了吗？"躺在床上的姐流着眼泪。细舅娘说："大辫子，你也大了，今天当着二姑婆和我的面，表个态。简单，你要是同意这门亲事，就点头，不同意就摇头，点头算事摇头不来。俗话说男怕钻错了行，女怕嫁错了郎，你仔细想想。"惊鸶看见姐咬着被角哭了起来，点了点头。

  二姑婆见姐点了头，松了一口气。外婆流着眼泪说："她二姑婆，难为你了。把雁抱回去吧，让倪家上门认亲。"

  二姑婆抱着雁回到倪家墩子，众人很高兴。二姑婆伸手对倪族长说："这累人的事让我做，拿十块钱来。"那时候十元钱是大事。倪族长说："兄弟媳妇，是不是太贵了。"二姑婆说："你以为我要你的钱？我们王家那好的姑娘，出嫁时我这个做姑婆的十块钱的礼不给？我不要千金算便宜了你。"倪族长说："二姑婆，饶了我吧。我浑身的骨头都卖了也值不了千金。"二姑婆说："谁叫你养这好的儿？我跟你说，这只是第一关。认亲的时候，还要看你这个老猴儿带着小猴儿怎么翻跟头。"倪族长笑着说："二姑婆，晓得，晓得，按礼翻，翻合礼。"

  二姑婆说："谅你不敢不翻好！知道厉害不？儿好养，媳妇不好娶。"

七

  湖里的荷叶茂盛了，亭亭玉立，密得不透风，洁白的荷苞杂在其间张开金黄的蕊，风一阵，香一阵；秧鸡在湖边碧绿的稻田里，"谷啊，谷啊"地喊，蹲鸡在湿地里叫着风"等、等、等"；布谷鸟从树林的天空飞过来，悠长地叫"快快播谷，快快播谷"。这样的青天白日里，倪族长带着他的儿倪架子，架着鱼鹰挑着聘礼到王家墩来认亲。本来是要提雁的，但是倪家把上次二姑婆提来的雁弄飞了，用一只鱼鹰代替。雁是野的，鱼鹰是家的。雁要扎翅儿，鱼鹰不用扎，鱼鹰站在倪架子的左肩头上。倪架子右肩上挑着一担礼盒。礼盒上贴着大红的喜字和福字，里面放着姐和倪架子的生辰八字帖儿，八字帖儿用柏叶和葱根系着，一青二白。倪家的聘礼是洁白的栀子花、馓子和四十八把蒲扇。按照规矩王家墩有多少人家，聘礼就应备多少份。

倪族长领着独生子首先来到外婆的家门口。大门敞着。倪架子放下礼担双膝跪在大门的石阶上。鱼鹰闪了闪，在倪架子的肩头上站稳了，小眼睛骨碌碌地亮。王家墩的女人和孩子就围过来看热闹。细舅娘齐整地从大门出来，倪族长忙弯腰作揖。细舅娘不看倪族长，看跪在地上的倪架子，露着雪白牙齿一笑，问："谁家的后生，怎么跪在我家的门口？"作揖的倪族长忙说："我家的儿。"细舅娘走到跪着的倪架子身边，跪着的倪架子几乎与细舅娘一样长，细舅娘笑着说："倪族长，你这长的儿怎么跪得下去？"倪族长说："他也是你的儿，大人不见小人过。"细舅娘收了笑，说："倪族长，这么说，你的儿也有错？"倪族长说："不知不为错，知了就是错，特地来负荆请罪的。"细舅娘望着倪族长，说："倪族长这是马秀才教的歌儿吧？"倪族长说："哪能呢？教的歌儿唱不熟。"细舅娘说："倪族长，你的儿聪明得很哩。"倪族长说："他娘，儿不是跪下了吗？"细舅娘点头说："说得也对，跪了不为错。"倪族长说："她娘，儿跪了这半天，让他进门吧！"

细舅娘说："倪族长，我家的门槛不高，好进。你的儿尽管长，弯腰不就进去了？大辫子是王家的外甥女，无娘无老子，吃百家饭长大的。这要看头磕得怎么样揖作得怎么样。王家墩的人认为揖作好了头磕好了，爆竹我办着了。"倪族长问："她娘，听你的。你说怎么磕就怎么磕，你说怎么作就怎么作。"细舅娘说："我说的不算，问大家。"围着看热闹的女人笑着闹了起来，说："这还不晓得吗？见人磕个头，见狗作个揖。"倪族长对跪在地上的倪架子说："儿子，起来吧。把礼性尽到。"细舅娘笑了，问："倪族长带蒲团来了吗？"倪族长说："哎呀，亲家，百事都带了，就是忘记带蒲团。"细舅娘说："这就是你不晓事了。你这长的儿，跪下去不容易，你不心痛我心痛。那不把膝头跪破了皮？我扎个草把给他。"细舅娘扯草垛，扎了个草把子，那草把扎得精致。细舅娘将草把递给倪架子，说："倪相公，你看这草把子怎么样？"众人大笑，笑得眼泪水儿流。

惊鸳和外婆在屋里也笑了起来。

倪族长领着他的儿，挑着聘礼，顺着墩子给每家每户散聘礼。一家八朵新鲜的栀子花儿，一家数束馓子和两把蒲扇。走到一家大门口，爆竹一响，做父的见人作揖，做儿的见人垫草把子磕头。鸡惊得咯咯地叫，狗惊得飞起来跑。倪族长当真地见狗作揖。王家墩子烟腾人闹，充满欢乐，比过年还热闹。

倪族长领着他的儿，头磕完了，揖作完了。外婆赶紧叫惊鸳出去放那早备好了的千头爆竹。那爆竹隔夜烘了的，外婆生怕不响。爆竹响了，一个爆起来很响，很响。倪族长和倪架子在红烟紫雾里进了门。外婆坐在堂屋的太师椅子上，倪族长和倪架子赶紧伏地磕头。外婆抹了一把泪，说："起来吧。古人说一诺千金，够了，够了。"

外婆对房里的姐喊："我的乖，客来了，出来倒茶。"姐梳妆齐整，从里房出来给倪族长和倪架子倒了两盅茶。

新亲家和女婿过门，王家墩子每家每户的女人们送汤来喝。一家一家的女人胸前戴着倪家送来的栀子花儿，用红漆托儿托着送汤，送到堂屋桌子，两碗汤用碗盖着，揭开大气汤汤。腊肉用线儿系着，盐放得进不了嘴。众人看着倪家父喝汤，倪家父子出尽洋相。女人们忍着不笑，忍不住又笑了起来，笑得涎儿滴，手儿搭，畅快淋漓，浑身的汗出来了。

惊鸳看见房里的姐在笑声中笑了。姐笑了，腰间的大辫子，像蜕了皮的蛇，青青的，活活的。惊鸳禁不住伸出小手握住了姐的辫子。惊鸳说："姐，你的辫子活了。"姐一把将惊鸳抱在怀中。姐的胸好湿好暖，惊鸳仰头看姐，说："姐，我不让你走。"姐说："木鱼，姐是人家的。"惊鸳说："我不让你走。"姐含着泪，说："木鱼，姐永远是你的姐。"惊鸳大哭起来，两把的泪，湿了姐的大辫子。

太 阳 发 芽

河边的游戏

　　惊鸳拖着书包上学。惊鸳太矮太瘦了，书包的带子太长了，只能是拖。外婆给他缝书包的时候将带子缝得很长，外婆指望惊鸳读书能读到一百岁，所以那带子不能不长。二表哥"金司令"亮着脑门上的一块疤子，带着垸中的孩子，举着一杆高粱秆扎成的领巾旗，嗷的一声冲走了，丢下惊鸳一个人让他爱怎么走就怎么走。"金司令"很烦惊鸳这个小表弟，带了几回再不愿带了。这是什么小表弟，成天不说一句话，跟不上跑不赢，在他头上凿栗包，也凿不出血性来，没劲。

　　惊鸳将书包的带子扯起来，打了一个结绾短了，驮在肩头上。远处雾里的山冈上，传来呐喊声，惊鸳知道"金司令"的队伍与上垸"癫司令"的队伍交火了。长棍短棒一片乱响，一会儿便是石头落到头上痛极了的号啕大哭声。惊鸳打了一个寒战，知道那鲜血一定像花儿开放了。打乱了的时光愈合了静下来，惊鸳知道"金司令"的队伍已经胜利地冲过了封锁线，在护理伤员。

　　巴水河静静地流，流了上百年，流出了两级台地。低的一级是沙街，高的一级是徐家墩。沙街的 孩子上学要从徐家墩过，徐家墩的孩子与沙街的孩子，上学和放学总有摆不完的战场，打不完的仗。一方封锁，一方冲锋，封锁线冲破了，战斗便宣告结束。双方擦干眼泪和鲜血，一方前面走，一方后边跟，驮着书包，无事一样地走进各自的教室，同时听老师们的课。放学了，徐家墩的孩子由"癫司令"带领，抢先一步跑回墩子设卡。沙街的孩子并不惊慌，在"金司令"的带领下驮着书包，从路边捡起石头和土块，捏在手里，准备战斗。一声令下，双方又摆开了决定胜负的战场。巴水河流出的两级台地，徐家墩与沙街日子里结下的世代恩仇，演化成孩子们每天必修的游戏。

　　沙街人丁兴旺，"金司令"带的队伍强大，武装了，呼啸而过，徐家墩"癫司令"带的队伍总是拦截不了。"癫司令"咽不下这口气，就捉沙街掉队的弱兵出气。惊鹜跑不动，往往掉队。惊鹜怕得很。

天上的太阳，白白的挂着。惊鹜盯着它看，一点儿也不刺眼。这样的太阳像是一颗被水浸泡了发芽的黄豆儿。太阳发芽了！惊鹜兴奋地叫了一声。由于叫得太用劲了，瘦肚皮下的破裤子带儿松了，垮到了一双瘦腿下，露出了瘦肚皮下的同样瘦得像一颗痣样的小鸟儿。水田里的白鹭叫了一声，惊鹜赶紧提着裤子朝回跑。

惊鹜跑回屋，喘着小气儿。外婆问："你怎么回来了？"惊鹜指着天，对外婆说："太阳，太阳！"外婆穿一身靛蓝满大襟褂儿，蓝得两只眼睛都是慈祥。外婆不知她的小外孙说的是什么，不管说什么，她都把他揽到怀里，扯满大襟褂儿擦他的湿。

外婆把惊鹜揽在怀里，问他："你的书包哩？"

惊鹜一摸，书包掉了。掉到哪里了？掉到麦地里。外婆只好领着他到麦地里去找。麦地仍在白帐子里，风青青的。惊鹜指着天上的太阳对外婆说："外婆，太阳！"外婆仰望了一会儿天，摸着惊鹜的头，笑着说："对，太阳。"外婆将书包挂在惊鹜的瘦脖子上，说："乖，是不是上垸的孩子打你？"惊鹜摇头说："没有。"外婆问："一回没打？"惊鹜说："一回没打。"外婆叹口气说："乖，上学去。"

书包绾的结散了。惊鹜全然不知。惊鹜拖着书包，到冈头的徐家墩，被迟学的"癞司令"拦住了。"癞司令"露着牙齿问惊鹜："你晓不晓得我要打你？"惊鹜点头说："我晓得你要打我。""癞司令"问："你知道为什么？"惊鹜说："我知道。""癞司令"笑着问："你晓得今天要踢你几脚？"惊鹜说："一脚。""癞司令"笑着说："不对。我今天要踢你五脚。"惊鹜说："你踢吧。""癞司令"就抬起腿来说："好，我开始了，你帮我数着。""癞司令"照惊鹜的屁股踢一脚，问惊鹜："几？几？"惊鹜忍着眼泪说："一。""癞司令"不歇气地又踢了惊鹜四脚，问惊鹜："几？"惊鹜的泪流了下来，说："五。""癞司令"对惊鹜说："你回去跟你大人说我今天踢了你五脚。"惊鹜说："我不跟我大人说。""癞司令"说："我要你跟你大人说，"惊鹜说："我不跟我大人说。""癞司令"说："你不跟你大人说，我就天天踢你。"惊鹜问："你天天踢我也不跟我大人说。""癞司令"笑了，说："我知道了，你是个野种。"惊鹜说："你踢野种算什么'司令'？""癞司令"说："我日你的娘！"惊鹜说："我没娘，我娘死了。""癞司令"问："你到哪里去？"惊鹜说："我上学。""癞司令"说："你给我回去！"惊鹜说："学是你的吗？""癞司令"一点办法也没有。

学校在会龙山的庙里，黑山，黑庙，长黑黑的草。黑黑的教室，黑黑的黑板，老师和同学的眼睛都是黑的，书上的字也是黑的，惊鸶坐在角落里，发现只有一个他孤零零的，因为他太破了，太瘦了，只有书对他亲切，散发着墨香，好香好香，香得惊鸶经常亲它。书上的字逐渐认识他，对他笑，同他说悄悄话。惊鸶用外婆给他洗净的手指儿，一个个按着字，说："你是风。"字说："对，我是风。"惊鸶说："你是太阳，"字说："对，我是太阳。"惊鸶说："我看见了，你会发芽。"太阳说："对，我会发芽。"书上有画儿，青山绿水，高高的塔立在蓝天白云下。画儿下有字，惊鸶按着下面的字对上面的塔说："我认得你，你是延安宝塔。"宝塔笑了，说："对，我是延安宝塔。"惊鸶好聪明，书上的字他认识了就怎么也忘不了。

惊鸶总觉得这个世界太美好了，他太破太烂了太瘦了，总是对不住这个世界。还有别人家总有娘，而他竟然没有娘。太破太烂又没娘的孩子，怎么能同不破不烂有娘的孩子比呢？惊鸶觉得他活着还是有希望的，因为他有外婆，外婆多好，他只要一说话，外婆就会点头，说他说得对；因为他有父亲，父亲长期在外做水利，只要惊鸶觉得父亲该回来了，父亲就真的回来了，只要父亲一回来，尽管父亲不说话，他就觉得他的心与父亲的心贴在一块儿，咚咚地一起跳；因为他有书，书上的字与他亲切，他只要用心就认得它们，它们就同他有说不完的悄悄话。惊鸶觉得他这样活着，很好，尽管流一些泪，但是不流血，他这样瘦，还能流血吗？外婆对他说血是心气，没娘的孩子心气差，流了血心会虚得痛。父亲从水利工地上回来，总是在昏黄的油灯下，捏着他的手，教他在纸上写字儿。在父亲的手下，他写出的字儿格外的精神。

惊鸶就这样静静地活着。星期天，外婆就带着他到河边去割草。河边被洪水带来的泥淤黑了，淤黑的潮泥上，草在风中，风在草里，漫天遍野弥漫着风与草，新哺出来的小燕子，在爸爸妈妈的带领下，斜着风雨飞，练翅膀。外婆割累了的时候，就蹲下去方便，外婆方便的时候一点也不避他。惊鸶就觉着青草丛中那遥远的感动传到心里头，使惊鸶知道了娘是外婆生的，有娘才有了他然后才有这美好的天和地。外婆方便后，就坐在青草丛中休息。休息的外婆就同惊鸶讲娘生他的故事。

外婆说："你的家在大别山里，你们那里有许多的大树把垸子遮在伞里，风绿得跟颜色一样。你娘生你的那天是惊蛰，雷动窝了，在群山里远远地吼，吼得地动人心摇，雨点落大了，砸在瓦上像一群乱蹦乱跳的青蛙。你娘生你很费了些周折，后来天上三声炸雷滚下来，你才落下来，落到腰子形的脚盆里，一个白漂活动的蚕儿，你躺在腰子形的脚盆里哇哇哭。你落地后，你父亲到外面放鞭炮，捡到了一只雏鹰儿，那只雏鹰是从门口的那棵大枫树的鹰窝里掉下来的。那只雏鹰拍着翅膀在地上飞,飞又飞不起来。你父亲就把它捡到屋里,喂了些鸡杂,干了翅膀后,它就从大门飞出去了。"外婆摸着小外孙的头说:"你父亲给你起个名字,叫惊鸷。你父亲说鸷就是鹰。鹰长大后就会飞得很高很远。"

阳光散淡,满满的一河。河水从上游流下来,流出弯弯的河水线。河水线上,沙街和徐家墩的孩子们,伏在上面用沙做各种游戏。堆城堡,开护城河,引河水进来,让蚂蚁进不去;画地图,地图上画一个个圈儿,然后写大字,这是城市。阳光迷离,蒸一河的雾,河水哗哗地流,杨柳把风吹起来,将他们一个个吹得很欢乐。

惊鸷玩堆沙塔。堆沙塔是一种幸福的游戏。惊鸷在河水线上,用手掏一个洞,掏到不深处,水便出来了,很清很亮的。惊鸷左手用沙堆了平台,然后坐下来,用右手掏着洞,抓着一把水和沙,抓出来,松着指缝儿,沙就随着水从指缝儿流出来。惊鸷一把把地淋,水浸下去后,湿沙就像蚯蚓屎儿样堆了起来。惊鸷兴奋极了,沙塔在他手下越堆越高。在他的脑子里,他堆的是语文书课本上的延安宝塔。他想把它堆得高高的。惊鸷兴奋地堆着,打了一个响亮的喷鼻儿,延安宝塔在他的小手里,慢慢地长大了,长高了。惊鸷忘乎所以了,兴奋地拍着小手,大声呼唤,叫小伙伴快来看。快来看他的延安宝塔。两个院子的小伙伴都跑过来,看惊鸷堆的延安宝塔。惊鸷堆的延安宝塔,高极了,两个垸子的小伙伴们从来没有看到有人堆得这么高,惊鸷创造了河边的奇迹。

就在这时候沙塔倒了。惊鸷惊叫了一声:"延安宝塔倒了!"

"癞司令"指着惊鸷的鼻子问:"你说什么?"

惊鸷吓得一双大眼睛瞪在那里,动不了。

忽然就有一个小人儿鸟样地飞出去,忽然就有许多的人跑了来,黑了河滩,写着黑字的大牌子,迅速地挂在那个瘦小的人儿胸前了,一面很大的铜锣晃着锣槌儿咧嘴朝他笑。无数的袖章在太阳光里闪动着红,分作了两边,口号与唾沫你对我,我对你,像吼雷像下雨,刀枪棍棒扬起来交叉着,碰撞杂响,像折骨的声音。河在倾岸在倒。外婆颠着小脚跑来了,哭一声:"我的乖!"一边的人吼:"游不游?"一边的人冷笑了:"不游又怎样?"外婆一把鼻涕,一把眼泪,把那个瘦小的人儿像母鸡护小鸡样地护在怀里。外婆怀里的那个瘦小的人儿浑身颤抖起来,露出一双怯怯的眼睛,哭着说:"别打了,我游,我游……"

永远的夏天

惊鸷做了件错事儿。惊鸷的错事儿是在那个夏天做下的。惊鸷忘不了那个充满诱惑的夏天。

星期天，清早起来惊鸷忽然哭了。父亲问："种，你哭什么？"惊鸷说："我想外婆。"父亲听了惊鸷的话眼睛红了。父亲知道惊鸷想外婆的滋味儿。父亲对惊鸷说："种，今天是星期天，你到外婆家去。你上午去，下午回，不要误了明天上学。"于是父亲给了惊鸷四分钱，说："你要是饿了，在路上买个糖粑吃。"那时候四分钱可以买一个糖粑。父亲问惊鸷："你记不记得路？"惊鸷说："我记得。"父亲说："你要是不记得路，你就问，鼻子底下就是路。"惊鸷点了点头。惊鸷知道父亲那话的意思，人的鼻子下就是嘴巴，不会走，用嘴巴问，就是路。父亲还教惊鸷问路要问老人，莫问小孩子和青年人，小孩子和青年人爱捉弄人，而且问路最好问三个人，问三个才能走正路。

惊鸷拿了钱。钱是一分的镍币，圆圆的四个。惊鸷拿着钱，兴奋得打了一个哆嗦。这是惊鸷出娘肚子后，第一次亲手拿钱，而且这钱可以由他做主，想买什么就买什么。惊鸷将四个银分用手捏在破裤子的口袋里，生怕掉了。

夏天的路要经过镇子。镇子叫作竹瓦镇。竹瓦镇上有许多卖东西的店铺。两边的木板门朝街上开，街上铺着青石板，中间有道车辙轧出的迹。街上贴着许多大标语，打着血红的大叉叉，是炮轰谁火烧灵魂深处闹革命之类的，看得惊鸷心惊肉跳。惊鸷在街上用四分钱买了四粒糖。惊鸷想离开外婆后第一次看外婆，一定要给外婆带礼物。惊鸷插在破裤子口袋里的手心捏的不再是四个银分，而是四粒糖。惊鸷捏着四粒糖，想着外婆，心跳得厉害。惊鸷想外婆，想得心痛。

其实惊鸷离开外婆只有一个星期。一个星期前，惊鸷才随父亲离开外婆回到大别山里的老家的。离开外婆的原因很简单，因为外婆家是地主，惊鸷家也是地主，一天有了儿的舅妈忽然美丽地对惊鸷说："你到水利工地上去把你父叫回。"惊鸷就到水利工地上把父亲叫回来了。美丽的舅妈对惊鸷的父亲说："对不住，何哥，一个家只能一个地主，再不能两个地主了。"惊鸷的父亲说："晓得了。我带儿回家。"这时候外婆哭了起来。父亲对外婆说："哭什么，儿大了迟早要离开的。"东西很简单，两担挑来的，仍是两担挑回去。父亲挑一担，送行的舅舅挑一担。出门时，外婆扯断肠般地大哭起来。对惊鸷说，儿："你么时候来看我？"惊鸷说："外婆，我星期天就来看你。"外婆哭着说："儿，星期天，你就来看我啊。"

一个星期好长好长，长得小小惊鸷想外婆，一想就心痛，像落了魂儿样。惊鸷想外婆，梦里哭醒了，爬起来坐在床上呆。夜很深，全是黑，什么都没有。父亲忽然踢惊鸷一脚说："哭神！你睡不睡？"惊鸷仍坐在黑暗里呆。父亲就起来把灯点亮了，对惊鸷说："呆吧！来，老子陪你呆。我问你，你还要老子过日子不？"惊鸶就不敢再呆了，哭一声，吞住泪。

　　惊鸶一点路也没有走错。惊鸶走到辉煌麦黄的河畈上，辉煌麦黄的河畈中央，绿成一片的，便是他日夜思念的外婆的沙街。惊鸶像燕儿穿过夹路的篱笆，飞进外婆的家。惊鸶叫一声："外婆，我来了！"外婆愣了一下、哭一声："我的乖，你来了。"外婆就把惊鸶揽进怀里，从头摸到脚，看离她六天的小外孙，少了什么没有。外婆看离她六天的小外孙一点没少，住了手，那手颤颤地仍在小外孙的身上。惊鸶从破裤子里拿出手来，拿出四粒糖。惊鸶说："父亲给了我四分钱，叫我路上买个粑吃。我没买粑吃，买了四粒糖，给你们做礼物。"惊鸶剥一粒糖，叫外婆张开嘴，惊鸶将糖儿送到外婆的嘴里，说："外婆这一粒是你的，你吃。"外婆说："我的乖，你吃。"惊鸶说："我带给你的，你一定要吃。"外婆泪上来了，说："我的乖，你晓得疼外婆，我吃，我吃。外婆的嘴动了。"惊鸶问外婆："甜吗，外婆？"外婆说："甜，甜，我的乖，甜。"惊鸶剥一粒送坐在圈椅里的小表弟，小表弟尝到了甜，嘴里的涎流了出来，两只小手拍打着像小鸟儿的翅。惊鸶剥一粒送给舅妈。舅妈美丽地笑了，说："惊鸶懂事了。"惊鸶拿出第四粒糖给舅妈，说："这一粒是给舅舅的。"舅妈说："舅舅下畈去了，你吃。"惊鸶说："我不饿。"舅妈感动了，对外婆说："我说了是不是？惊鸶离开我们就大了。"外婆流着眼泪说："大了，大了。"外婆拿出针来，给惊鸶缝破，一边缝，一边问惊鸶进学没有，有人欺负没有，跟人打架没有。惊鸶一一地回答说没有。外婆这才放了心，说："要学好啊，乖。"惊鸶说："外婆，我学好。"外婆说："乖，听外婆的话。学好。没娘的孩子学好难，学坏是一刻儿的事。"外婆问完了，就煮汤给惊鸶喝。惊鸶到菜园里摘了根丝瓜，年岁荒，没有什么煮汤，煮碗丝瓜也是汤。外婆把汤煮好了，掇到桌子上，将椅子摆正了，让惊鸶坐着喝汤。惊鸶说："外婆，我不喝汤，我吃饭。"外婆说："乖，你是客了。你坐着做客。"惊鸶就端正地坐着，喝汤。惊鸶吃了一半，就搁了筷子，将汤剩在碗里，回碗。舅妈要他全吃了。惊鸶说吃饱了。舅妈说："易长也易大。想不到离开六天就懂事儿。"这话说得惊鸶心里无比幸福。日头中天了，门外树上的知了，在风里一阵阵地叫：懂事儿，懂事儿——

　　吃了中饭，外婆就叫惊鸶早些回去。因为有二十里的路，外婆怕惊鸶回黑了。惊鸶想多留会儿，但外婆叫他走，他只得走。外婆送惊鸶，送过了河畈，送到徐家墩的山冈上站住了。外婆对惊鸶说："乖，我送得再远，路还是要你用脚走。乖，你自己走。"惊鸶朝前走，走了几步，回头看外婆。外婆仍站在山冈上，惊鸶说："外婆，我自己走。"外婆说："乖，你自己走。"惊鸶的泪就下来了，朝前走。惊鸶再回头时，外婆扬一只手对惊鸶说："乖，路上莫玩水，莫打野，有人叫你的名字，你千万莫应声。"惊鸷嗯嗯地答应。惊鸷知道外婆怕他在路上掉了魂。旷午的时候野外无人，突然叫你名字的往往是孤魂野鬼找替身，你答应了，你的魂就掉了。惊鸷再回头时，外婆不见了，像是突然不见了样的。惊鸷的耳朵洞里，一阵空空地响。

旷野无人，日头高高地挂在人头上。冈上的麦子比河畈的麦子早熟，割了的麦地上，一片白晃晃的麦茬儿望不到边儿，遥远的地方才有绿树绿竹，那才是住人的垸子。新割的麦地里，正是赶头遍锄，间作的花生一簇簇绿在白晃晃的麦茬里，开星星点点的黄花儿。旷野的空中绝响着，仿佛有人一遍遍叫他的名字，惊惊鸷鸷——惊惊鸷鸷——惊鸷吓了一跳。静下耳朵，才听出麦鸟儿，扇着翅膀停在空中叫。

惊鸷笑了，心里说，你麦鸟儿摄不去我的魂，我不怕你。就在这时候，惊鸷看见了一个红东西和一个白东西，立在路边的麦茬里。惊鸷吓了一跳，定睛一看，原来红的是一个陶罐，白的是一个搪瓷缸子。陶罐是四耳的，用绳子系了，便可以提。这在巴水河边很多，很常见。河畈里做活，出工时人们便用绳系一个，提上水，到畈里喝。但是那白搪瓷缸子那时候就巴水河边很少见了，人们吃饭喝水用的都是黄泥碗，一烧一窑，破了就破了，谁也不把它当稀罕，白搪瓷缸子就不同，农家很少见，几乎没有，有一个也是宝贝。

惊鸷看着那个搪瓷缸子，就走不动了。惊鸷想是谁把搪瓷缸子丢在麦地里呢？这么白的搪瓷缸子。惊鸷盯眼看那个搪瓷缸子。那搪瓷缸子是个小的，只有大人的拳头那么大，白白的亮亮的，是个新的呢。惊鸷想这肯定是鬼放在这里引他上钩的，人要是伸手去捡，魂就被摄走了。许多的鬼就是这样地引诱人。惊鸷朝搪瓷缸子唾了一口，外婆说鬼最怕人唾的，人一唾它就显了形。但是惊鸷唾一口后，那搪瓷缸子并没有变，还是搪瓷缸子，还是那样的白，还是那样的新，还是那样伴着四耳陶罐立在白白的麦茬里。太阳白在天上，惊鸷的头晕了一阵子。惊鸷忽然明白了，一定是人收工后忘记了，丢在畈上的。那时候惊鸷就大声地呵了起来："呵，呵，呵——！"惊鸷想把人呵出来，人呵出来后，惊鸷就走他的路。惊鸷大声地呵，惊鸷的呵回旋在空旷的畈上。仍是没有人出来。惊鸷的手伸出来了，心跳得咚咚地响，惊鸷拿那个搪瓷缸子，那个搪瓷缸子竟像一只小白兔滚到他的手上。惊鸷仍是大声地呵，四顾，看有人无人。四周仍是无人，转过冈，惊鸷就把那个搪瓷缸子，装进了他的破裤子口袋。

路一点也没错。惊鸷兴奋而激动地回到了家。

父亲问："哪里来的搪瓷缸子？"

惊鸷说："捡的。"

父亲问："哪里捡的？"

惊鸷说："路上捡的。"

父亲太相信自己的儿了，竟然也高兴起来。

有了个白搪瓷缸子，惊鸷的日子很幸福很愉快。惊鸷和父亲的日子里没有一样东西是白的。黑的屋子、黑的桌子、黑的锅台和黑的碗，碗里装的菜也是黑的。惊鸷和父亲的日子只有一点是白的，那就是那只搪瓷缸子。那只白搪瓷缸子放在惊鸷和父亲的日子里，是早晨出来的一轮太阳，使日子每天都是新的。

惊鸷开始刷牙了。惊鸷要父亲给他买了支牙刷。父亲给儿子买了一支，也给自己买了一支。清早起来，惊鸷就用那个搪瓷缸子在水缸里舀了水，水装在搪瓷缸子里特别的清特别的亮，惊鸷掇着雪白的搪瓷缸子，到大门口的树下，蹲着喝水，细细地刷牙，满嘴的白沫儿，一垸人的眼睛就看着他亮。这时候他父亲掇着个黄泥巴碗，蹲在惊鸷的身边，也刷牙，欢喜地做儿的陪衬。儿子幸福了，他也同样地幸福。

有了那个小小的白搪瓷缸子，惊鸷变得爱干净爱整洁了，把黑黑的屋子整理得井井有条，把床上的破被子叠得四方四正，把屋子里的地一日三朝扫得沙儿亮，把吃饭的破桌抹得镜儿样的。惊鸷上学把破衣服整理得很整齐，把头上的黄毛梳得很顺，弄得身子是身子，脸是脸。有了那个搪瓷缸子，惊鸷说话雅了，晓得用书上的词儿，对人很懂礼貌，大是大，小是小。惊鸷走路也变了样，不再踢石子儿，文质彬彬地走，近看远看都是个书生，弄得一垸的人，很惊奇，这没娘的孩子怎么陡然比有娘的孩子还出息呢？垸人说，他娘的，老何的种怕是被观音点化了，几天成了人。惊鸷整天沉浸在幸福的海洋里。

日子里的惊鸷很小心地用着那个搪瓷缸子。不使它碰一点瓷，使它总是新的。因为有了它，惊鸷变得清秀内向起来。连父亲同他说话声音也变小，不再遇着不顺心的事就吼他，拿他出气。早年丧妻的父亲，又当娘又当老子，日子里没有一天的好心情。父亲有事，就同他商量，说："惊鸷，这事儿这样可以吗？"听得惊鸷很感动，眼泪就禁不住流出来。

日子里的惊鸷细心地用着那个雪白的搪瓷缸子。垸里男人女人都喜欢他这个爱干净，在垸中有大有小就是没娘的孩子。垸里女人男人们见了他，一眼的怜爱。垸里的孩子野出了格，让娘老子恨得哭，就扯着孩子的耳朵，让他们来舔他的屁股。惊鸷成了垸中孩子们学习的榜样。

这时候的惊鸷浑身就幸福得直打哆嗦，哆嗦过后心里隐隐的不安。

惊鸷还那个搪瓷缸子仍是星期天。惊鸷去看外婆。这回惊鸷没有弯路，径直走到徐家墩那个畈。惊鸷将那个搪瓷缸子，装在裤子口袋里。走到徐家墩畈里时，惊鸳惊得瞪大了眼睛，发现太阳下的夏天一点儿也没变。还是冈地上早熟的麦割了，遍地的麦茬儿仍在太阳下白晃晃的，间作的花生一簇簇开着黄花儿。人们吃中饭去了，天和地静静的，云在天上飞，风在地上吹，惊鸳看见那只四耳陶罐儿静静地立在路边麦茬里，等着他。

小惊鸳感动了，咽一声，满脸的泪，从裤子口袋里拿出那个搪瓷缸子，轻轻放在陶罐边。

走路的黑凉鞋

父亲不在家。父亲跟朗青师傅学泥工去了。父亲只比朗青师傅小两岁，朗青师傅本来一百个不愿意带父亲，一个比师傅小两岁的小徒弟怎么带？但父亲跪在地上给朗青师傅磕头，朗青师傅不答应他就不起来，朗青师傅心软了，说："起来吧。"起来的父亲就成了朗青的徒弟。十爷对父亲三十岁从师学艺很不以为然，说："九哥，学熟道士老了鬼。"父亲说："兄弟，是艺好藏身。我是为了养儿啊。鬼老了儿不就大了。"

父亲学艺去了，把惊鸳一个人丢在家里。父亲出门前跟惊鸳扎好了柴把子，轧好了米，给两块钱，让他的儿晓得把生的煮熟。父亲出门时，惊鸳很懂事，父亲吩咐什么，他点头什么，像个大人。父亲出门有两点对儿不放心，一是病，二是怕。病了怎么办？儿离娘太早了，奶水没吸够，瘦得像一把柴，要有三病两痛怎么办？父亲把儿托付给隔壁的姨婆。父亲对惊鸳说："种，你要是病了，你就大声哭。姨婆就晓得。"惊鸳只有十一岁，父亲最担心的还是惊鸳怕。白天好说，白天满垸的人，有人混，儿就不怕；夜里怎么办，天一黑，鸟儿归林鸡进窝，一盏灯亮，一屋子的黑，儿想他，就更怕。父亲对惊鸳说："儿，我跟碧生叔说了，叫他给你做伴。你夜饭吃早些，到林场去邀他。"父亲仍是不放心，说："儿，做伴是求人的事。做伴做伴，一碗油饭。你要跟碧生叔放亲热些。"惊鸳一一地点头。父亲挑着朗青师傅和他的行李出门了，到巴河对面的齐长蓼做工。

父亲出门时，惊鸳一点没哭，只是头炸起来痛。

父亲走了，惊鸳觉得父亲让碧生叔给他做伴，想到他心里了。惊鸳心里亲碧生叔很长时间了。惊鸳发现整个垸子里的女人都喜欢碧生叔。碧生叔是个单身汉，在一垸何姓的垸子里，独他不姓何。碧生叔姓卢，据说是1949年前他带着娘讨米讨到何家垸里来的。娘死后，碧生叔就在何家垸落脚了，垸里谁也没有把他当外人。垸子里的人将他碧生碧生地叫熟了，叫到惊鸳这一辈，小的们也碧生碧生地叫，大人们听着觉得不合适，就对小的们说，碧生是你们叫的吗？他是你们的叔。于是惊鹜这一辈就叫他碧生叔。惊鹜开始搞不清碧生是哪两个字，以为是必生或者壁生。一天惊鹜问父亲："碧生叔的名字是哪两个字？"父亲高兴了，说："你说是哪两个字？"小惊鹜用铅笔自作聪明地写下了"必生"。父亲摇头说："错了。"小惊鹜擦了"必生"写出"壁生"。父亲仍是摇头说："不是。莫看他其貌不扬，他的名字可大有讲究。他的名字出自古诗。"于是父亲拿了惊鹜的笔，在纸上写下了"碧生"，说："他的名字出自南北朝谢灵运的诗句，'池塘生春草，园柳变鸣禽'。池塘生春草不是碧生吗？"惊鹜恍然大悟。

　　碧生叔的确与垸里的男人不同。那时候夏天垸里的男人能讲究什么？赤着上身，穿条褶腰的长裤衩，裆里打个褶，上面用布带子胡乱一扎，就算是男人。这样的男人满垸子都是，女人们看一个就够了。而碧生叔不同。夏天是碧生叔最显眼的季节。夏天的碧生叔穿着圆领汗衫，晓得把汗衫扎进长裤子里，用根皮带子拦腰系着，他生得胖矮，系得肚子圆圆的像个葫芦，女人们就爱那个葫芦。夏天的碧生叔头戴雪白的草帽出门，那草帽是盐草墩，全是盐浸白了的箬草芯密密掐起来的，太阳下草帽闪着雪白的光芒；草帽下的碧生叔脖子上朝胸前挂一条雪白的毛巾，走在大路上，不时扯毛巾擦一下脸，一擦一道光；走在路上的碧生叔绝不打赤脚，穿凉鞋儿，那凉鞋是刚出世的，稀奇，黑塑料的，软软亮亮的，像公社书记穿的皮鞋。全大队就连支部书记也没有穿那样的凉鞋。那凉鞋好贵，一双就要好几块，整劳力做一天十个工分只值五角钱，买那样的一双凉鞋不吃不喝要做半个月，垸子里养儿养女的男人哪一个买得起？只有碧生叔买得起，碧生叔两个肩膀扛张嘴，嘴吃什么别人看不见，头上戴什么、脚上穿什么别人看得见。碧生叔穿一双黑凉鞋走路就使全大队的女人见了他眼睛亮。

　　夏天的中午，垸子憩在绿树里，劳累的男人们仰在树荫下蓄精神，女人们顾不得劳累，利用这时候出门到畈里打猪草。碧生叔就在这时候出门到大队部代销店里买东西。碧生叔一身清爽，头是头脚是脚脖子是脖子走在晌午的大路上，风一阵阵，吹得路两边的禾苗青，天上云淡淡，一畈的晕雾儿。打猪草的女人们见了碧生叔，活了，低头从田里抓一把泥，远远的丢出去，不敢太准，泥溅到碧生叔的脚边。碧生叔吓了一跳，停住脚，说："哪个？"于是田里咯咯地笑出声来，浑圆的腰伸起来，露出生动的脸，说："碧生叔，去买东西呀？"他目不斜视，答："去买东西。"女人问："去买什么？"他答："去买香肥皂。"女人小声说："给我买一块行不？"碧生叔耳聋，说："你说什么？"女人大声地说："给我买一块行不？"碧生叔听见了，说："莫打邪。"碧生叔并不停步，一路明亮地朝前走。女人大声说："碧生，你要死！"碧生叔回头说："我要死不早死了。"田里飞起一把泥,这回很准,砸在碧生叔的裤腿上,害得碧生叔撮着裤腿儿,来到湖边仔细地洗。

学校半耕半读。上半天读,下半天耕。下半天耕完了,收工后的惊鹜就急急地煮了吃,到后山的林场去邀碧生叔做伴。父亲走时对他说:"碧生叔事多,你要早些吃夜饭去邀。"天黑了,惊鹜不敢在屋里久待,一屋子的黑,只有他一口小气儿,就怕。惊鹜就听父亲的话,早早地煮了吃,到后山林场去邀碧生叔做伴。碧生叔一个人住在后山林场的小木屋里。天黑下来满山的树和竹子愈黑愈深,愈深愈黑。山腰的木屋里,碧生叔的灯像天上的一颗星。惊鹜进屋,风也进了去。碧生叔就着矮桌矮椅,坐在灯下吃夜饭。碧生叔问:"吃了没有。"惊鹜说:"吃了。"矮桌上摆着饭和菜,碗里煮得一团糊,粥不是粥,饭不是饭,那菜粗枝大叶水煮盐拌。碧生叔大口地吃,响响地吞。惊鹜吃惊了,心想,碧生叔怎么是这样的?惊鹜原来想碧生叔吃的一定很精致,吃相一定很斯文,惊鹜没有想到碧生叔原来比坑中的男人更没得吃相。惊鹜很失望。失望的惊鹜愣愣地望着狼吞虎咽的碧生叔。碧生叔停住筷子,问:"你为什么这样看我?"惊鹜说:"你怎么能这样吃?"碧生叔说:"这是男人饭,男人饭只有这样吃。饱肚子就行。"惊鹜明白碧生叔不会做饭。

惊鹜心里就生起悲凉,如山腰的雾霭水一样地漫。

睡觉时,碧生叔先脱褂子,把褂子折得整整齐齐放在床头边的椅子上,再脱裤子,把裤子折得整整齐齐放在床头边的椅子上,一行一款,不含糊,看得惊鹜很感动。但是碧生叔睡相一点也不斯文,睡下去就睡死了,碧生叔打呼噜,打起来就惊天动地。碧生叔耳朵聋,睡死了,打雷也不醒。惊鹜半夜惊醒了,怎么叫他也是枉然。惊鹜只好双手堵住耳朵洞,闭着眼睛睡。惊鹜心里怨父亲:你又没跟碧生叔睡过觉,你怎么让他跟我做伴呢?

惊鹜夜里睡觉前就把家藏的《千家诗》拿出来读。碧生叔吃了一惊,脸上变了相,问:"你怎么把这拿出来了?"惊鹜说:"夜里拿出来怕什么?"惊鹜打开书读开篇的第一首。惊鹜读:"云淡风轻近午天,傍花随柳过前川。"惊鹜心想碧生叔肯定要跟他讲。但是惊鹜发现碧生叔睡在床上闭上眼睛。惊鹜摇着床上的碧生叔,指诗上的字问:"碧生叔,这个字怎么读?"碧生叔闭着眼睛摇摇头说:"一个字两个叉,它认得我,我不认得它。"惊鹜心想,碧生叔原来是个睁眼瞎。

那一夜没有月亮,只有星星在窗子外亮。碧生叔响起了鼾,惊鹜怎么也睡不着。惊鹜趁夜深的时候想父亲,窗外流萤点点,蛙声一片。惊鹜想父亲想朦胧了,就在这时候听见大门被擂响了,有人吼:"碧生,碧生!"床上的碧生叔擂不醒,惊鹜只好起来,把门打开了,进来的是民兵连长。民兵连长进来后就伸手扯碧生叔的耳朵,说:"聋子,快起来!有事。"碧生叔正在梦里,惊醒了,见是民兵连长,挺身坐了起来。民兵连长说:"起来,守夜。"碧生叔问:"守什么夜?"民兵连长说:"守四队的军生。"碧生叔问:"军生怎么了?"民兵连长说:"军生偷了队里的芝麻。"碧生叔问:"他偷芝麻与我何干?"民兵连长说:"他娘的审了半夜,他硬是不承认。关在大队部里了,支书要我来叫你去守他。"碧生叔说:"我耳聋,怕守不好。"民兵连长说:"我们审累了。养兵千日用兵一时,你是林场守林员,你不守谁守?"碧生没有办法,只好穿衣。碧生叔望着惊鹜说:"我去守军生他怎么办?"民兵连长说:"你破船多揽载。把他带去。"碧生叔对惊鹜说:"穿衣,跟我一路去。"碧生叔对连长说:"他要是跑了怎么办?"民兵连长说:"出了问题拿你是问!"碧生叔说:"那我可不敢去守。"民兵连长大声说:"啰嗦个狗子卵,支书叫你去守,你敢不去?"

惊鹜随碧生叔跟着民兵连长到了大队部。大队部里灯火通明,穿着破军衣的军生绑在石头柱子上,那件破军褂子破得到处都是血肉。看来打得不轻,眼睛都肿了。支书打着呵欠对军生说:"你娘的瘟,你嘴铁钻子一样硬。今天饶了你,你好好地想想,坦白从宽,抗拒从严。明天再说,我不怕你不承认!"支书说完,就叫民兵连长松绑。支书对碧生说:"聋子,你今天夜跟他睡。"支书说完就叫民兵连长送他回家去,支书胆小,一个人不敢走夜路。民兵连长荷着枪打着火把送支书回去睡觉。枪长长的,火熊熊的,一路的风呼呼响。

支书和民兵连长走了后,碧生叔对穿破军衣的军生说:"你什么不好做,为什么要偷?多吃几多亏。"穿破军衣的军生双手掩面大哭起来。碧生叔说:"你哭什么?"军生说:"我没有偷。"碧生叔说:"那他们为什么捉你?"军生说:"碧生我跟你说实话,你要给我作证。你晓得我弟兄五个穷得屁股打板子,我当兵回来找不着老婆,隔壁大婶见我可怜,到罗田跟我找了个苕婆娘,苕婆娘别的没用,生儿像鸡生蛋,一年一个,五年下来五个,五个五张嘴要吃要喝要穿,我没有办法在河边开了一块地种了芝麻,指望割了芝麻给婆娘扯件褂儿,婆娘嫁我五年没穿一件像样的衣裳。一阵风来要割资本主义尾巴,我吓不过芝麻没熟我就趁夜割了,架在河边的树林里,红芝麻,黑芝麻,没熟的芝麻血芝麻,抓在手里空轻。就在这时候队里地里的芝麻被人偷了,挨门挨户地搜,从我家搜出芝麻来了,我黄泥巴落到裤裆里不是屎也是屎,跳进黄河也洗不清。我冤枉啊!碧生,你要跟我作证!"

碧生叔说:"睡吧。"

军生流着泪说:"我怎么睡得着?"

碧生叔说:"睡吧,我陪你睡。"

碧生叔掌着灯,三个人就来到大队部后面的小屋。小屋有张床,是支书累后养神的。床上有铺帐子。碧生叔对军生说:"睡吧。一觉乾坤大。"军生说:"我睡什么?你睡。"碧生叔说:"你不睡,我就不睡。"碧生叔对惊鹜说:"你先睡,你明天要上学的。"惊鹜就躺下了。碧生叔同军生在床沿上坐着。灯忽闪地亮。军生对碧生叔说:"你睡,我不跑,我坐会儿。"碧生叔说:"我陪你丛。"军生泪流满面说:"我顾不了婆娘儿女了。你看我穿的是什么?身上连肉都遮不住,脚上一年四季连鞋都没一双。"碧生叔说:"睡吧,睡着后什么都不想。"军生说:"那我睡。"碧生叔说:"这就对了。你睡下。"军生脱了脚上趿的烂布鞋,那双布鞋烂得一团糟,脚趾头全破了后面半截没有,看得人心酸。军生大滴的眼泪朝下滚,说:"碧生,你说这是人穿的鞋吗?我要是能穿双你这样的鞋死了也甘心。"碧生叔唉了一声,说:"睡吧。"军生和衣在靠墙的那头躺下了,闭死了眼睛。碧生叔看着军生坐了一会儿,忽然念,百年世事三更梦,万里江山一局棋,要吹灯。军生睁开眼睛说:"别吹,亮灯睡。"碧生说:"你这个人真是的,睡着了要什么灯?"碧生叔没办法,只好不吹灯,让灯亮着。军生盯着眼睛看碧生叔脱鞋。碧生叔脱着脚上的黑凉鞋,像往常一样,一只一只在床面前摆整齐了,然后脱衣与惊鹜一头躺下。碧生叔对军生说:"睡吧。"军生闭上眼睛说:"睡。"惊鹜看见军生的泪从紧闭的眼睛缝儿里流了出来。惊鹜听见碧生叔的鼾声响起来了。夜静静的,惊鹜慢慢睡着了。

夜漫漫的,像河里的水流。惊鹜做了一个梦,梦见满天满地都是花儿开,白色的蝴蝶儿在花几间像云像雾样地飞。突然听见碧生叔喊:"睡吧,你这个人真是的,有什么想不通?天总要亮的。"惊鹜睁开眼睛,发现天已经亮了,军生脚离床只有两寸,像是站在床头上。碧生叔摇军生的脚,那脚僵硬地连人一起晃荡着。军生赤着一双脚,脚上一脚的沙,在床头系帐子棍的梁头上吊死了。

碧生叔慌忙找鞋下床。惊鹜发现睡前碧生摆在床面前的那双凉鞋搞乱了,军生的那双破鞋,一只朝里,一只朝外,杂在其中。

碧生叔看见那情景,泪流满面,泣不成声,说:"人啦,什么路不好走?为什么偏要走这条路?"

碧生叔将军生解下后,放在床上,捡起地上的黑色凉鞋,说:"我也只有一双呀!"碧生叔将凉鞋上的灰用手一点点擦干净,抱起军生的脚,拂去脚上的沙,一只只替他穿上,说:"穿去吧,人——!"

一屋的天光,一盏灯在天光里亮。

碧生叔把那盏灯放在军生的顶头,做了长明灯。

军生葬了。惊鹜像在梦里。惊鹜只要闭上眼睛,就看见军生穿着碧生叔的那双黑色凉鞋，在铺满云朵的天上，一步步朝外婆说的金光闪耀的天堂走。

壁缝里的眼睛

　　壁是土砖壁。土砖壁没有搭泥，惊鹜家与隔壁八伯家，有一个缝儿相通。那个壁缝儿，不高不矮正好惊鹜一人高。夜黑了，惊鹜这边没点灯，八伯那边点灯了，八伯的灯放在灶台上，晕一屋的亮。

　　惊鹜盯着壁缝儿看。

　　姨婆小声对惊鹜说："乖，你要当心点，不要冲渴困。八伯要是寻短见，你就大声喊。"惊鹜瞪着一双大眼睛，对姨婆点点头。

　　姨婆颠着一双细脚走了，走时叹了一口长气。叹得惊鹜心里颤颤的。

　　夜朝深里黑。惊鹜高度警惕，扒在壁缝儿上看，壁缝儿里瞪着一双大眼睛。

　　军生死后，惊鹜大病了一场。高烧的惊鹜躺在床上，失声地痛哭，姨婆惊动了，慌忙颠着一双细脚儿，来看惊鹜。姨婆伸一只手摸惊鹜的头，吓得手颤，慌忙把隔壁的八伯喊了来。八伯来了后，也被惊鹜的样子吓住了。姨婆和八伯两个又是摸头，又是喂水，孤独的惊鹜的病顿时轻了三分。没娘的孩子父亲不在身边，有人亲就是药。姨婆知道惊鹜是吓病的。姨婆埋怨八伯说："你白做了长辈，连外人都不如。"惊鹜知道父亲出门时曾对八伯说，要八伯给惊鹜做伴。八伯不同意。八伯说他不爱跟小孩子睡。父亲就不好再说了。惊鹜知道八伯太爱干净了。八伯是个老单身汉，一生没找老婆，单菜独饭，单被独枕睡惯了。现在姨婆埋怨他连外人不如，他默着不作声。本来也是的，惊鹜与八伯仅一壁之隔，惊鹜又是他没出五服的侄儿，按情理应该是他跟惊鹜做伴，用得上舍近求远到林场叫碧生叔做伴吗？姨婆埋怨了八伯，八伯觉得于理不合，就答应给惊鹜做伴。惊鹜心里很温暖。姨婆和八伯给惊鹜喂了水药，各忙各的去了。惊鹜的烧退了，身子虚得很。惊鹜躺在床上，太阳升起来，从窗子外照进来，许多的亮斑儿斜照着映在壁上。壁上土砖壁，没搭泥，一口砖连着一口砖，像人的头，越看越像，面还有眉毛和眼睛，光斑闪着，上面许多的嘴巴一张一合地在说话。许多的人头叠在惊鹜的眼睛里，就是许多的人，许多的人与惊鹜在一起，惊鹜心里就有说不出的温暖。黄昏了，窗子外的霞光像火一样亮。姨婆给惊鹜端来粥，惊鹜热热地喝了，感动得惊鹜不想病好。八伯吃夜饭后就抱着被子和枕头过来了。八伯给惊鹜做伴，绝不与惊鹜共被子。姨婆对惊鹜说："乖，你不要计较八伯。你八伯孤惯了。"惊鹜能计较八伯什么。八伯能给他做伴，就是他的幸福。八伯人高马大，走起路来，肚子挺着，甩脚甩手的；八伯天天在田畈里滚，别人一身泥，像个浴泥狗，而他身上一点也没有，有一点泥，他也要用长指甲刮干净。一身泥的队长见了他恨得眼睛出血，问："挺肚，你为什么身上一点泥也没有？"八佢说："我田比你少耕吗？"队长骂："你娘的四类分子，你一年四季硬是像个客。"八伯说："谁叫娘生你腿那样短？"队长说："你跟我糊泥！"八伯说："我一下田就滚一身泥，你是不是不要我做？"矮脚队长跳起来骂："挺肚，我不怕你个四类分子狠？你是根针，老子也要变成钓鱼钩！"惊鸯怎么也弄不清楚，队长为什么非要八伯与他一样的糊泥巴。

夏天来了，树上的知了叫成了阵。知了叫成阵的时候，一年一度的"双抢"就来了。"双抢"来时，矮脚队长遵照上级指示，开鼓劲会。鼓劲会说抓革命促生产，其实就是斗人会，就是在垸子里的四类分子中找一个人斗，斗得个个人心里怕，不敢不舍生忘死地做。八伯是老运动员，季节一来，矮脚队长就把他拉到台上去斗。

季节又来了，喝了夜粥，矮脚队长就炸着喉咙在垸子里喊人到队屋里开会。惊鸯听见矮脚队长有劲的声音，就知道又要斗八伯。八伯早早地吃了饭，穿着浆得干净的衣裳，提着小凳子到会场去了。惊鸯去时垸人没到几个，就看见八伯坐着小凳子，挺在会场的第一排。矮脚队长看着八伯，眉毛一动一动的。惊鸯知道那是矮脚队长心里在冷笑。八伯并不朝矮脚队长望，八伯望挂在梁上的土壶灯。开会的人陆续地到齐了。来的人一个个不向前，找黑坐。矮脚队长叫小会计照册子点名，点一个，答一个，在册子上勾一个。开会的人都到齐了。矮脚队长拍一把桌子，说："现在开会！都朝前坐。"开会的人，朝前移，一片移凳子的声音。

八伯仍挺坐在最前面。矮脚队长没好气地指着八伯的鼻子问："挺肚，你挺在这里干什么？"八伯昂着头说："你不是叫我来开会吗？"矮脚队长说："坐后面去！"八伯说："我先来，为什么要坐后面？"矮脚队长说："你有什么资格坐前面？"八伯提起凳子说："这是你说的？哪个如果叫我前面来，我是不得来的！"

矮脚队长叫民兵排长宣布开会。民兵排长宣布了。矮脚队长就掏出红宝书，念最高指示："革命不是请客吃饭，不是做文章，不是绘画绣花……"最高指示有点拗口，矮脚队长含混了半天，底下的人都知道是什么，含混些不要紧。矮脚队长念完了最高指示，就吼："把四类分子挺肚带上来！"民兵排长就后去带八伯。八伯站起来，把矮凳子的脚用手捏了，说："看哪个敢上来？"民兵排长吓住了。矮脚队长吼："挺肚，你搞邪了！"八伯说："我坐在前头了，你要我坐后面。"矮脚队长吼："我现在要你上前去！"八伯说："我不上！"矮脚队长就吼基干民兵,基干民兵随矮脚队长上去了七八个将八伯抱住了。矮脚队长和其他三个基干民兵,两个人一只手,将八伯的手,死命地朝后扭。八伯的手不能动弹了。矮脚队长扬手给了八伯一耳光。鲜血顿时从八伯的嘴里流了出来。八伯怒目圆睁,将嘴里的血朝矮脚队长的脸喷了一口。

惊鸶心惊胆战,土壶灯变色了。接下的批斗会成了打人会。矮脚队长用麻绳将八伯五花大绑了,吊在屋梁上。矮脚队长抄起扁担,一气乱打,打得八伯如牛吼。矮脚队长打累了,喘着气问:"挺肚,你还嘴硬不?"八伯闭着眼睛说:"矮脚,你要不把老子打死你,就不是人鸟日的!"矮脚队长又抄起扁担一气乱打。吊在梁上的八伯晕了过去。矮脚队长叫民兵排长把八伯从梁上放下来,叫人端碗冷水来,喝一口,朝八伯脸上喷。八伯醒了过来,脚讨不住地。矮脚队长冷笑地问:"挺肚,你还硬不硬?"八伯睁开眼说:"老子还没死?"坮人看不过眼,对矮脚队长说:"太过分了。哪个坮子不斗人?有你这样的斗法吗?把他打死了,看你二回用什么斗?"松绑的八伯失声痛哭了,哭他的娘。八伯头朝地下撞,哭:"我的娘呀!你为什么生我?你为什么生我呀?"苍老的哭声把矮脚队长的肠都扯乱了。矮脚队长吼:"四类分子滚下去!"姨婆巍巍地颤,叫矮脚队长同她扶八伯回家。

八伯回家,姨婆点亮灯。八伯呆坐在灯亮里。姨婆说:"老八,你要想开些?"八伯对着灯坐着不动。姨婆说;"老八,我替你把血洗下子。"八伯泪流满面,说:"婶娘,你看这是人过的日子吗?"姨婆说:"老八,我说了,叫你莫犟。"八伯说:"都出去,我要睡觉。"姨婆和矮脚队长颤颤地出了门。姨婆跟着惊鸶来到惊鸶家。姨婆望着惊鸶叹气儿。这时候八伯来了。八伯进门,把床上的被子和枕头抱起来走了。一阵的风,风里充满血腥。八伯到了隔壁,惊鸶和姨婆听到关大门插门闩的声音。

惊鸶看壁缝儿,壁缝里八伯进里屋了。

姨婆说;"乖,你夜里放灵醒些。看着八伯。八伯要是寻短见,你就喊。"

惊鸶点点头。

姨婆走了。惊鸶盯着壁缝儿看。夜往深里走,惊鸶吹熄了灯,这边的屋子就更黑,那边的屋里就更亮。那边的屋子里,八伯一盏昏黄的油灯点着,放在灶台上。八伯的里屋子很小,小得床挨着灶台。八伯很小的里屋,很干净,灶台是灶台,床是床。锅上盖着锅盖,吃饭的碗扣在锅盖上,锅盖用桐油油过黄松松的,碗用清水洗过白净净的;一碗盐菜用沥饭的饭筲罩着,筲箕小,只可沥碗,罩只菜碗,再好不过;八伯的床很干净,挂着夏布帐子,夏布帐子是麦黄色的,挂在楼梁下,油灯下闪着昏黄的光。八伯没有脱衣,也不盖被子,被子叠得整齐，放在床里边。八伯闭着眼睛，仰面躺在床上。灯亮晃晃的，照着床上仰躺着八伯的鼻子。八伯的鼻子在灯光里很高很亮，耸着像一座塔。八伯闭着眼睛一动不动，那鼻子耸在灯亮里一动不动。

夏虫在屋外无风的夜里起劲地叫。夜就像无风的湖水，一动也不动，静得惊鸯听见自己的呼吸，那边八伯的怎么也听不见。夜好长好长，八伯仰鼻子睡得好长好长。惊鸯心慌，夜原来是这长这长。惊鸯怕极了，八伯怎么这长时间一动也不动呢？惊鸯情愿八伯动一动，哪怕叹口气也好。但是八伯就那样地仰躺着一动也不动。壁缝里，灶台上的油灯，嗞嗞地响，吸着夜烧。惊鸯盯着壁缝儿看。

屋外起风了。夜风吹着响，翻着屋脊。竹林树林里，有声音淅淅沥沥地响，惊鸯知道那是夜雾下露水的声音。惊鸯看见仰躺的八伯忽然翻起身来了。油灯闪了闪，帐子动了动。八伯下床跋鞋，将楼上的一只箩筐用冲担顶下来了。八伯将箩筐顶下来后，解开了箩筐系，抽得刺刺响。八伯抽下箩筐系，双手用力，扯那绳子看结实不结实。箩筐很结实。八伯用手理着箩筐系，将那麻绳子甩到了挂帐子的梁上系好了。八伯将晃动的麻绳子打了一个套。惊鸯心跳到嘴里来了。惊鸯心想，只要八伯将脖子伸到套子里，他就喊。

但是系好绳子的八伯，并不急于伸脖子。八伯系好绳后，又回身仰躺在床上。仍是一动也不动，仍是鼻子朝天，让灯光闪。夜好静，好长，惊鸯听见远处的巴河里的水在夜风里流，哗哗地响。壁缝儿里惊鸯的眼睛一刻儿也不离，盯着床上仰躺的八伯。床上的八伯仰躺了好久好久，忽然又起来。惊鸯刚要喊。发现八伯并没有朝绳套里伸脖子。起来的八伯走到床的米缸前，将米缸掇了起来，把缸里的剩米，全倒出来，用升子装了。剩米浅浅的半升。八伯一个人过日子，多的是日子，缺的是粮，八伯在一个月的日子里，有十天没粮吃。离月底发粮的日子还有十几天，八伯的米缸里只有半升米。八伯把那半升米倒出来，掇到灶台上，用盆装了，用瓢从水缸里舀水洗米。灯亮里八伯细细地洗，细细地淘。水清清的，米白白的，葫芦瓢里，水流米响，像春天的雨。八伯淘干净了米，下了锅，舀了两大瓢水，盖上了锅盖。八伯坐在灶门口。拿起柴把子，扯松了，擦亮一根火柴，点着，送到灶膛里，熊熊地烧。风呼呼，灶膛里的火，照亮了坐在灶门口的八伯，八伯的脸映在火光里，古铜一样的颜色。

锅里沸起来了，八伯起身，揭开锅盖，大气汤汤地冲起来，一屋的粥香，粥香从壁缝儿漫过来，惊鸯闻到粥香。深夜里的粥，格外的香，使人闻着了格外的感动。粥煮熟了，惊鸯看见八伯端碗盛粥，粥很酽，很糙，盛在碗里彭堆尖。八伯揭开盐菜，掇起碗，把筷子抽一双，戳齐了，顺着碗边抢一圈，大口扒起来。大箸地押菜，响响地吞粥。油灯一亮一亮的。八伯吃得满头满脸的汗，把脸上的汗用手大把地揩下来，甩在地下。八伯吃了三大碗，将锅里煮的粥全吃完了。八伯吃完了粥后，用手摸了摸肚子，在肚子上面敲了敲。八伯舀水将粥碗洗干净了，用抹布将灶台和锅盖抹干净了，端过脸盆，从缸里舀水，绞毛巾，一把一把将脸洗净了，洗了脸洗脚，八伯把两只脚插在盆里搓，搓得一片响。八伯倒了水，绞干了毛巾，坐在床沿上，朝梁上吊下来的绳子瞄了瞄。

惊鸶吓出了一身冷汗。

八伯瞄了绳子后，又仰面在床上躺下了。油灯一闪一闪的，闪得惊鸶眼睛放花。惊鸶看见，仍是八伯高耸的鼻子，躺在床上一动也不动。夜黑黑的，深深的，窗外不知什么鸟哇的一声飞过，惊鸶的头皮一阵阵发麻，肛门一阵阵发紧。惊鸶快要哭出声来。夜漆黑漆黑的，惊鸶受不住了。他真想哭一声。惊鸶咬着嘴唇，不敢哭出声。

远处垸子里的鸡开口了，远远地叫近了，垸里的鸡拍着翅膀跟着叫了起来，一声跟着一声，把夜打动了，惊鸶看见窗外的一颗星分外地亮。惊鸶记得父亲对他说过，那颗星叫启明星。启明星升起来，天很快就要亮了。

这时候仰躺在床上的八伯动了，爬起来，将梁上悬的麻绳子，一把扯了下来，朝床脚一丢，然后一口气吹熄了灯。壁缝里的惊鸶的眼睛仍是亮，亮在脑子里，怎么也熄不了。不一会儿，惊鸶听见床上的八伯，响起了鼾，一阵又一阵，像屋后竹林里的夜风吹，像河里的流水响。

惊鸶悬在膛子里的心落了地。惊鸶困极了，倒在床上迷迷糊糊睡着了。迷迷糊糊中，惊鸶听见屋后竹林子里的鸟叫了，露水纷纷地落下来，像下雨。迷迷糊糊中，惊鸶听见矮脚队长派人出工的声音，从垸那头走垸这头。惊鸶听见矮脚队长的声音叫近了。

这时候惊鸶听见隔壁八伯在晨风中把大门响响地打开了，开的是两扇，那声音悠长极了，好听极了。惊鸶听见八伯大声咳了一声，朝外吐了一口痰，问走近的矮脚队长："甲长，今天我做什么？"

太 阳 说 话

一

那时候河边的孩子爱做梦，那就是梦太阳。梦里的太阳能说话。孩子问："你在哪里？"太阳说："我在天上。"太阳问："你在哪里？"孩子说："我在地上。很温暖，很明亮。"

懒龙叔是队长。垸人当面叫队长，背后叫甲长。当面叫队长，他也清楚；背后叫甲长，他也明白，因为垸人有时候喜他，有时候恼他。喜他的时候，当然是队长；恼他的时候，当然是甲长。尽管中华人民共和国成立十几年，他是过来人，怎么不明白其中的意思？队长驮锄头。那张锄比垸中所有的男人的锄头都重，栗子树做的柄，粗，炸虎口的一满把。那张锄头是权力的象征，就像书上所说的酋长手中的权柄。一年四季，懒龙叔锄头不离肩，上管天，下管地，中间管空气。空气是我们从书上学来的，书上说清清的河水蓝蓝的天，空气好新鲜，垸人不叫空气叫风，我们不管它。我们叫空气，空气多好，空气多新鲜。街上贴的大字报上说区委书记是走资派，上管天，下管地，中间管空气。我们就喜欢大字报上的，押韵儿，唱起来朗朗上口。我们看见了懒龙叔就跑，跑远了，然后扭过头一起唱："上管天，下管地，中间管空气。"不过瘾，再唱："甲长，甲长，头壳羡痒！"头壳羡痒就是羡凿栗包。懒龙队长不追，站着吼："你们这些细鸟儿，读了几句望天经，就歪嘴和尚吹喇叭——邪叫！"

春天的垸子在雾里，我们的春天在梦里。

我们梦想的时候，床上的懒龙叔早醒了，在黑暗里闭着眼睛听。听什么？听天风。懒龙叔听到一阵风，从遥远的天边贴着地，呜呜地吹来，大门旮旯里的公鸡惊醒了，翅膀一拍，伸着脖子叫声音。公鸡叫是叫，但真正地唤醒垸子的，还得他。细垸没有读书的伢。懒龙叔出了燕山脚下的细垸，顺着柳沙塘的岸，朝下面的大垸走，不怕响声大，连人带物都弄出响声来，响声越大越好。驮锄上肩，开口唱诗,诗是《千家诗》上的。懒龙队长边走边唱:"兔走乌飞东复西,为人切莫用心机,百年世事三更梦,万里江山一局棋。"懒龙叔唱不全,只能这四句。懒龙叔没上过学,能认几个字,是土改那年扫盲,从大垸清末秀才何六爹那里得来的;能唱贤文和诗,是上下垸祖辈们肉口传下来的。唱完诗,懒龙叔便说谚语:"冬鸡叫三十里,春鸡叫早早起!"便到了大垸,便从垸头到垸尾挨门挨户叫"蝌蚪们"上学。不叫小名,叫学名。大垸中读书的渠头们,按辈分都有学名的。"汉明,鸡叫了!""存志,鸡叫了!""惊鸳,鸡叫了!"声叫声应,谁应的?我们还在梦中,是各自大人应的。大人拍着小人,说:"听见没有?快起来上学!"

于是大垸中,遍地的门响门开,黑地里蹿出遍地的渠头来。渠头们脖子上不系着领巾了,袖子上别着块红布牌儿,是学校统一发的,上面印着白字儿,写着红小兵,肩上驮着书包,书包里没有多少书,完全是个样子。渠头们聚成参差的一队,手里提着中餐的饭钵子,站在稻场的星光下。懒龙叔拄着锄柄在队外督着。懒龙叔喊:"点数。"这时候宝爷来了。宝爷袖子上戴着红袖章儿,上面写着黄油漆的字——红卫兵,是伟人的手迹。宝爷上初中,住读,回家拿米。宝爷提着米袋子说:"点什么数?又不是鸡出埘?"我们哈哈笑,真是的,只有鸡出埘我们的母亲才一双两双地点数。懒龙叔没好气地对宝爷说:"宝器子,你怎么回了?"宝爷说:"革命需要。"懒龙叔说:"拿米就拿米,跟我咬什么经?"宝爷在垸中与懒龙叔同辈,宝爷正在抽条儿,比懒龙队长矮不了多少。宝爷就将手中米袋子递给队中的我提着,我是宝爷的勤务兵,宝爷叫我提米是我的荣誉。宝爷对着队伍喊:"立正,向右看齐,报数!"我们就报数,从一报到十五。懒龙叔问:"是十五吗?"宝爷说语录:"要相信群众。"懒龙叔说:"你这个细鸟儿,毛长粗了是不是?"懒龙叔不放心,一个个地数,是十五个。懒龙叔对宝爷笑,说:"个东西,又拿了多少米?"宝爷说:"三升。"懒龙叔说:"又拿这么多?莫好玩,你要跟我正经读。"宝爷不理懒龙队长,对着队伍喊:"向左转,齐步走!革命不是,一,二,唱!"我们就敞开喉咙,唱那刚学来的拗口的语录歌:"革命不是请客吃饭,不是做文章,不是绘画绣花,不能那样雅致,那样从容不迫,文质彬彬,那样温良恭俭让……"

我们跟着宝爷唱着语录歌儿上学去。学校在五里外的镇子上,有中学,有小学,大垸中的孩子,宝爷大,读的是中学,我们小,读的是高小。大的住读,回家拿米,小的走读,中餐带饭。

二

　　早稻透黄艳的时候，懒龙叔到镇上开了个万人大会。这个万人大会是斗走资派的，学校停课闹革命，镇上初中和高小的学生都参加了。红旗如海，口号震天，斗的是区委书记陈文谦，先是在高台上斗，然后戴高帽子从街头到街尾游行。懒龙叔看见宝爷驮着一管长枪走在队伍最前头，两个人架着区委书记陈文谦的膀子，一个按着头，架飞机。开始队伍还整齐，后来队伍就乱了，不知是谁朝天放了一枪，队伍就更乱了，游行的人纷纷退到了街两边，架飞机的人没乱，一直将区委书记架到街尾鸡公山，区委书记陈文谦就口吐白沫要死。

　　从镇上开会回来吃了中饭，懒龙叔就驮挖锄，从细垸来到了大垸的宝爷家。宝爷家在河滨垸老屋的最前重，尽管一进三重的老屋不复存在，但规模仍在。宝爷的家正好七星照日。大门临着殿池，为第一星，殿池整齐的岸，是青石砌的，古时候的雨天，河滨垸所有的水都从天井流到殿池里。再就是与殿池相邻的长塘，接着是吃水塘，吃水塘下面是大古塘。再远处是柳杉塘、何祠塘、铺儿塘。这么多的塘，满水的季节与河相接，流的是活水，掀的是活浪，水汽氤氲，所以宝爷家门口的风，就特别好，特别养人。宝爷的家，红石的阶，白石的门框，门两边立着两个米筛大的莲花墩。这些都是清末秀才六爹家的，1949年后分到了宝爷家。懒龙叔来到宝爷家的大门口，两扇门大敞着，一张被汗漆得通红的竹床儿兜门放着，菩萨爹正仰鼻朝天枕着祖传的铜盆睡觉，一阵风来，一阵鼾。菩萨爹，谱名叫诚宜，垸人叫他菩萨。菩萨爹老伴死早了，留下三个儿。菩萨爹把三个儿放在风里长，丝毫不费力。大儿成人了，国家要人支边，队里就把他的大儿送到新疆建设兵团；二儿长大了，国家要兵，队里就把他的二儿送到部队；三儿就是宝爷，宝爷聪明，考上了初中，队里就让他的三儿继续读书。菩萨爹做老子很轻松，垸人叫他叫菩萨。因为菩萨不管人间的烟火，养儿当然是众人的事。菩萨爹一个人在垸中过活，脚上的那双老布鞋只有半截儿，被他趿得发亮。菩萨爹一年四季每天必喝一餐酒，从早上起来开始喝，喝到日当顶。也不要很多菜，一个寸长的鲫鱼儿，他喝；没有鱼，菜水也可以，但必须碟儿装；酒不讲究，从代销店打回来的，五分钱一两，把着壶儿，掌着盅儿，细细地酌，喝得日头差不多，他就兜门放竹床，迎着门风睡，枕着祖传的铜盆。有讲究的，竹床爽汗，铜盆清火。

　　菩萨爹鼾进鼾出睡得很舒服。懒龙队长气不过，将肩上的锄头放下来，提在手上,在莲花墩上一顿,火星一溅。菩萨爹惊醒了,问:"哪个?"懒龙说:"你说哪个?我。"菩萨爹说:"你这个好鸟人,把我的梦赶跑了。"懒龙叔问:"你也做梦?"菩萨爹不作声。懒龙叔说:"是不是梦见了你家宝器子,中了头名状元,穿红袍着紫衣打马游街?"菩萨爹说:"那与我什么相干?我梦见我老伴回来了,正挨着我说话。"懒龙叔问:"说什么?"菩萨爹说:"老伴说,菩萨我回来挨下你。"懒龙叔声软了,说:"你起来!"菩萨爹说:"起来做什么?睡倒好过些。"懒龙队长挨床边坐下来,说:"你去把你家的宝器子叫回来。"菩萨爹说:"叫回来做什么?他读书。"懒龙队长说:"他读书?他读无字天书。他驮枪斗人哩。"菩萨爹惊了一下:"你说什么?"懒龙叔就把开会看到的说了,然后说:"你去把他叫回来。"菩萨爹说:"儿大爷难做。我怕叫不回。"懒龙叔离了竹床,找张矮椅对面坐了,说:"你不叫回也可以,我把丑话说在前头,你不把他叫回来,从下个月起他的基本口粮不称,你家下年的照顾评不成,腊月上面发的寒衣今年没得你家的份。"菩萨爹听说基本口粮没得,下年照顾评不成,腊月寒衣没得,就急了,说:"你不能一手遮天。"懒龙叔说:"这不是遮天的事,得服众。坑人给他基本口粮,每年下年评你家的照顾,上面发的寒衣年年少不了你家的,是因为你家宝器子初中是考上的,垸里历来的规矩,考上学的,众人供着,没得意见。不读书,斗人,那就说不通,这事你是晓得的。"菩萨爹翻身坐起来,慌忙找竹床底下的半截鞋,说:"这个狗日的,我去把他叫回来。"门外的池塘放亮,日头裸裸的,晒得地烫。懒龙队长将脚上穿的解放鞋脱给菩萨爹,说:"不找算了,穿我的,你那半截鞋儿上得了街吗?"菩萨爹穿上懒龙叔的鞋,急忙朝门外走。懒龙叔问:"门锁不锁?"菩萨爹嗝了一口酒气,说:"锁什么?百事没得,只有梦,梦也打断了,剩半截儿。"

  菩萨爹踩着日头来到了镇上的中学。宝爷和学校的造反派正在学校门前的双塘里搞武装泅渡。太阳下,波浪翻天,一塘的红旗,一塘的人头。双塘是两口塘连成的,很大很阔,像一条江,由于武装泅渡,所以热闹。压岸的人。宝爷全副武装,背着背包,驮着枪,举着红旗在队伍的前面踩水,一塘晕眼的光。菩萨爹对岸上一个拿喇叭指挥的说:"同志,把你的东西用一下。"那人朝菩萨爹望一眼,问:"做什么?"菩萨爹说:"有几句劲要鼓。"那人就把喇叭给了菩萨爹。菩萨爹拿着喇叭对了嘴,朝塘里喊:"天大地大!何克宝,快起来!"塘里的宝爷正踩得有劲。旁边的说:"何克宝,岸上有人喊你。"宝爷喷一口水,问:"什么事?"旁边的说:"天大地大。"宝爷就离了队伍,全副武装游到岸边上了岸。宝爷问:"谁喊我?"菩萨爹从人群中挤出来,说:"我。你父死了,等你回去收尸!"宝爷没好气地说:"我不认识你。"菩萨爹一下子伏下去,双手抱住了宝爷的脚,说:"你不认得老子,老子认得你。今天老子跟你牛死虱死。"宝爷挣扎着说:"放手!放手!这么多人看着哩。"菩萨爹仰起脸,说:"你这个种,还晓得丑哇?"宝爷一点办法也没有。拿喇叭的人问:"他是谁?"宝爷说:"他是我父。"看的人一起笑了起来。宝爷急了,带着哭腔说:"就算你是我的老子,我跟你回去还不行吗?"菩萨爹松了手,从地上爬起来,拍着膝盖上的灰,望着宝爷咧嘴笑了,说:"我说呀,娘死早了,儿是我一手摸大的,未必连父都不认?我就不信。"菩萨爹两手忙了起来,放宝爷肩上的枪,解宝爷的武装带子,脱宝爷的军帽和军装,将宝爷剥得只剩一条裤衩儿。菩萨爹说:"儿,听老子的话,我们什么都不要,跟我回去吧。"太阳地里,宝爷木头一样站着,任菩萨爹剥,剥得像个脱皮的兔儿。

宝爷穿着一条裤衩儿回来,坐在大门前的莲花墩子上。懒龙叔驮着锄头来了。宝爷把一肚子气出在懒龙叔身上。宝爷站起来,指着懒龙叔说:"我要与你大辩论,你凭什么要我回来?"赤身的宝爷浑身很白,身上小时候出天花的疤子很红。懒龙叔放下锄头说:"我不跟你辩,你练出来了,我说你不赢。"懒龙叔用手朝上一指,朝下一指,说:"你跟天辩跟地辩。"宝爷说:"天是我们的天,地是我们的地。"懒龙叔说:"回来了,天就不是你的天,地就不是你的地。"宝爷问:"谁的?"懒龙叔说:"你不晓得吧?我的。我上管天下管地中间管空气。"宝爷喊:"革命无罪,造反有理!"懒龙叔笑得涎滴,将地上的锄头拿起来,说:"这样好不好,我俩抵三棍,我用手,你用肚子,你赢了我,我让你走。"

宝爷不服,就与懒龙叔抵棍。一张锄头横着,懒龙叔拿锄头板,宝爷双手拿锄头柄抵着肚子。这是巴河边斗力的方式,手棍与肚棍有很大的区别,就像原子弹与氢弹,当量完全不同。三棍下来,宝爷尽管气冲牛斗,但是棍棍皆输。宝爷不服,说:"我俩下水比武装泅渡怎么样?"菩萨爹上去给了宝爷一耳光:"还比,比你娘的快。"

懒龙叔收了锄头,朝地唾一口,说:"他娘的,我不说多话,一蛮三分理,大家听好,从现在起,各家把各家的渠头跟我叫回来。我不跟你们细伢日肚脐,搞得好玩。"

三

古历六月,树竹的叶子阔了稠了,河边的垸子就在绿里,月亮的光从天上照下来,从树竹的叶子间漏下来,远处的池塘和蛙声明亮了,风把稻香辽阔地吹进垸子。

宝爷把从学校叫回来的我们集在我家里。

做泥工的父亲把我从学校叫回来，懒龙叔叫父亲仍旧出去搞副业，为队里挣点钱。父亲成分高，怕斗。懒龙叔叫父亲不要怕，出了事有他。父亲不在家，宝爷夜里就给我做伴。宝爷把我们集中在我家里写懒龙叔的大字报。毛笔墨白纸是宝爷派我连夜到大队代销店里买回来的。宝爷将白纸铺在我家吃饭的桌子上，给我们讲革命的道理，宝爷的架势很像伟人，对着豆大的油灯讲，那好看的影子就映在我家漆黑的墙壁上。宝爷滔滔不绝。宝爷说："天下者，我们的天下；国家者，我们的国家。我们不革命谁革命？我们不造反谁造反？"讲得我们热血沸腾，眼珠子放出豪光来。

于是就同仇敌忾，于是就写大字报。宝爷提笔，我们牵纸。畅快淋漓地写了一条大字报："炮打李勤德！火烧李勤德！"在李勤德的名字上用红叉叉了。写好后宝爷就带领我们出去贴。月亮静在垸子里，我们拿着大字报，潜着树影儿，无比兴奋。宝爷带领我们将大字报贴在大路边烤烟房的墙壁上。宝爷一挥手，我们怀着无比激动的心情各自散了，回去睡觉。我们坚信等到明天红日东升的时候，河滨垸将会有一场前所未有的新气象。

第二天是河滨垸早稻开镰的日子。清早起来听见懒龙叔喊出工，从上垸喊到下垸，从山前喊到山后，喊着喊着就听见声音变了，在骂娘，肯定是看到了贴在大路边烤烟房墙壁上的大字报。懒龙叔站在后山头上破着喉咙骂："吃河滨垸粮的都听着，统统跟我到烤烟房来集中！"听见吼声，大人们都拿着镰去了。宝爷和我们迟在大人后。我们去了，看见大人们都呆着看烤烟房上的大字报。我们和宝爷混到人堆里。懒龙叔看着宝爷，指着烤烟房上的大字报问："这是谁写的？"宝爷昂头望天说："你认为是谁写的，就是谁写的。"我们的心紧紧的。菩萨爹对宝爷举起了手中的沙镰问："是不是你写的？"宝爷软了，说："不是我写的。"懒龙叔望着字，吸了一口烟，说："他娘的！字写得不错，是那回事儿。宝器子，说出谁写的，我奖你十个工分。"菩萨爹对宝爷说："种，这十个工分不能要！"懒龙叔笑了，说："菩萨叔，谁要你得这十个工分？"懒龙叔依次点着我们问："是不是你写的？是不是你写的？"我们依次地摇头。懒龙叔说："不是你写的，也不是你写的，是哪个写的呢？啊，我晓得，肯定是阎王派无头饿鬼写的。"懒龙叔上前撕了大字报，一把捏了，捏得黑水直滴，说："真叫得笑人。炮打李勤德！火烧李勤德！李勤德算什么？李勤德不是天上的玉皇，也不是地上的龙王，李勤德不过是燕山社庙里的土地，自古到今，打到天上落到地上，还没听说谁夺土地菩萨的权。"

懒龙叔弃了纸，举起了镰，用镰在头顶上转了一圈，说："大家听好，一年四十二天忙，一天要办九天的粮，今天开镰，是夹卵子鼓劲的时候。今天从祠堂岗割到神仙冲，没割完莫想收工。分了组的，大人去割，小的留下。"大人们分组下田去了。我们留在烤烟房前。

宝爷和我们心惶惶的。懒龙叔说；"站着做什么？都给我坐下来。"我们和宝爷就在烤烟房的草地坐下来。懒龙叔吸着烟，吐着烟。懒龙叔用报纸卷一支烟出来，递给宝爷，说："宝器子，你吸一根。"宝爷说："我不会吸。"懒龙叔说："宝器子，你大了，吸一根。"宝爷就站起来接烟，手颤颤的。懒龙叔把烟屁股丢过去，说："宝器子，你自己点。"宝爷颤颤地点着烟，吸一口，呛出了眼泪。懒龙叔说："我给你们成立一个组织。有组织好做事。过去叫儿童团，现在叫红小兵，那是岸上的组织不是田里的组织。入乡随俗，就叫抱谷捡谷组。宝器子当组长。生产队没有红头文件，我口头任命算数。毛主席教导我们说颗粒归仓。你们的任务就是抱谷捡谷。抱谷按田亩计分，捡谷过称按斤两计分。现在我宣布政策，颗粒归仓，有事请假，不准缺勤。加强纪律性，革命无不胜！"

懒龙叔问宝爷："宝器子，你的烟抽完没有？"

宝爷丢掉手中的烟，说："抽完了。"

懒龙叔说："你会宣誓。你带大家誓一个。"

宝爷问："对谁誓？对你？"

懒龙叔说："我算什么？对天上的太阳。"

宝爷哭笑不得，一点办法也没有，只好带领我们在烤烟房前的青草地上站成一排，对着天上的太阳誓："颗粒归仓，有事请假，不准缺勤！加强纪律性，革命无不胜！"

懒龙叔弃了我们，披着镰迈步朝畈里走，唱起了诸葛亮："我正在城楼观风景，忽听得城下乱纷纷——！"扎裤腿下田，朝掌上唾一口，双手一搓，两脚叉开，吼一声，劲来，一阵镰响，一浪稻铺。

四

懒龙叔把我们拢在长天野日下，让宝爷当我们的头。

我们的任务就是抱谷和捡谷。抱谷和捡谷在下午。上午我们只做轻活儿，刮田岸上的豆儿草。宝爷在懒龙叔那里领来任务，给我们一人分一埂田岸，我们站在收割过后的嫩岸下，弯腰用细锄儿倒退着朝田里刮。田里犁耙水响，懒龙叔领着父亲们驾着牛，糊得像菩萨。河边的六月是南风的世界，南风从巴河里白白地吹上来，鼓荡着我们的衣服，像鸟儿的翅。我们出一身细汗，任务就完成了。

我们散落在河畈的南风里，挂着锄柄儿，东张西望。这时候就听见宝爷在远处的田岸上，唱"大海航行靠舵手"。这是我们秘密行动的信号。我们听见歌声，便拖着锄像秧鸡儿一个个地溜，溜到垸后山的松林中。垸后山是一座肉山儿，密密地栽着马尾松，原来山上的老松树炼了钢铁，这些松树是炼钢铁过后栽的，正是舒枝长叶的时候，我们钻进去，就不见了。

我们进去后，松涛便在我们的耳朵外，松香一鼻子。我们弃了锄，双手叉地，坐在松荫里。宝爷就派我去偷稻草。我起身像猴儿一样潜着松林，到稻场从草垛上扯下一捆。我将稻草拖到松林里，稻草的香味和松香混在一起，香得我们鼻子痒，直想打喷儿。宝爷就分工，三个人一组，两个年纪小的，理草；一个年纪大的，搓绳。新谷的草是牛拖石滚碾的，软软的，还是青青的颜色。搓的，坐中间；理的，坐两边。理的，左递一撮，右递一撮；搓的，用屁股坐着绳头，两掌飞快，进去的是草，出来的是绳子。只有理不赢的，没有搓不赢的。河边的日子，一年四季离不开草绳子，牵牛要用，系猪要用，豆棚要用，瓜架也要用；水热了，把伢儿从船头丢到河里浮，要用；风冷了，破袄子空荡，拦腰系一根，也要用。稻草是河边的命，绳子是河边的魂。河边的孩子从小跟大人学，都是搓绳的好手。没用多少时间，绳子就从各组的屁股下吐出一堆来。宝爷说一声："GOOD！"我们知道那是英语的"好"。我们就停手。宝爷起身将绳子一根根接起来。粗粗的稻草绳子，便像长蛇一样地制作成功了。宝爷张开膀子，量绳子，一膀五尺，两膀一丈，我们的绳子有一百丈长，能将河滨垸所有的池塘绰绰有余地横牵过去。这是一根巴水河边关于少年与鱼的童话。

我们的童话，光有绳子不行。我们的绳子还得缀缸瓦片。宝爷就叫我们去捡缸瓦片。缸瓦片就是上了釉的瓦片，这些瓦片是我们河边千百年日常生活中的器物打碎了的，比方说储水的缸，比方说存粮的罐，散落在房前屋后。我们分头去把缸瓦片找来，堆在一起，然后用石头加工。放一个大石头作砧子，捏一个小石头作工具，砸，将那些缸瓦片，打制成长方形，每片的中间打一个对应的槽；然后一个人把绳子拿起来，分三尺远拧松，另一个人将缸瓦片塞进去，塞瓦片的松手，拿绳子的就势拧紧。我们搞鱼的绳子就成功了。这是巴水河边一种原始搞鱼的绳子，从什么时候开始有，我们不知道，传到我们手里，我们都得其奥妙。这样的绳子不能上陶片，陶片没釉，水里不能发光，不发光效果就不好。绳子上的缸瓦片全部上好了，宝爷将绳子盘成圈，然后由他和两个年岁大的，将绳子悄悄地抬到屋后阴地里藏着。不能晒，晒就晒松了，会掉瓦片的。

做完这些，我们就分头溜出松林，装出若无其事的样子，同收工回来的父母吃中饭。我们会埋头把粥或菜饭吃得饱饱的，因为中饭过后，要用力气。中饭过后，南风阵阵吹，家家朝南开的大门，都灌满了。河边耕种制度改革了，为了多打粮食填肚子，一年种两季。古历六月是抢割抢插的季节，叫作双抢。巴水河地处长江中下游平原，属季风性气候，南风彻日地吹，把太平洋的热气吹来，除了偶尔落一阵雨，根本就是一天的太阳。我们放了抢食的碗，河边垸子静在树荫里，只有树上的蝉儿对着南风叫，太阳一阵比一阵亮，蝉一阵比一阵响。垸子外的河畈，阔野，夹着许多明亮的湖，一眼望不到边，割了的田，稻铺一浪接一浪，放在太阳底下晒。大人们这时候都在堂屋的竹床上睡死了，死三个钟头，再活过来，下畈往死里做。

大人的心思在梦里，我们的心思在水里。我们竖起耳朵，听。这时候我们听见宝爷的歌声唱起来了。宝爷不唱"大海航行靠舵手"，宝爷唱"抬头望见北斗星"。我们便一个个穿裤衩儿溜出来，溜到放绳子的地方，用根竹篙子抬着绳子。来到池塘边，我们把裤衩儿脱了，对着天上的太阳，脱成一群光屁股。我们将裤衩儿挂在塘边的柳树上的枝儿上。宝爷也脱，不脱光，宝爷穿两条裤衩儿，脱掉外头穿的裤衩儿，里面还有一条三角裤。宝爷的三角裤火红火红的，包着宝爷的裆，鼓鼓的。宝爷身上除了疤子外很白，火红的三角裤衬着白，使我们很新鲜，很兴奋。宝爷到底是参加过大串连，在天安门广场接受过检阅的，经过风雨，见过世面，一脱便与我们小的们不同。我们围着宝爷欣赏，发现宝爷的三角裤是两条红领巾缝在一起做成的。那时候我们从来没有见过三角裤，宝爷微笑着在塘边转了一圈，说他们鲲鹏造反兵团五个人，每人都有这样的一条三角裤。我们就想什么时候也把红领巾做成宝爷这样的三角裤。宝爷看出我们的心思，笑着说："你们又没长毛，不消做得。"这样一说，我们就知道宝爷长毛了。事后证明宝爷不脱光，宝爷穿红领巾做的三角裤下水，真是太英明太伟大了。

宝爷就分工，开始了史无前例的用草绳子在水里赤手空拳捉鱼的创举。

宝爷理出草绳的头，派我和牛儿系着脚脖子，我和牛儿最小。我和牛儿脚踝上系着绳子，在塘边浅水处拖着朝前走，宝爷吩咐我和牛儿的绳子一定要踩在脚窝里，这样水里成弧形的绳子才能贴泥。塘中依水性高下来布阵，是宝爷他们五个大的。宝爷水性最好，在池塘的最中间，最中间是塘的深处。绳子下水后，岸上不见任何捉鱼的工具，只见一群嬉水的娃，跟洗澡没有两样儿。这就是宝爷的创造。用草绳子捉鱼是我们从大人那里学来的。水热了，河边的大人们高兴了有时候也这样下塘捉捉鱼，但是大人们这样捉鱼的时候，由于河边的池塘太深了，他们就要带辅助工具，比方一根竹篙是要的，竹篙插着沿泥竖在水里，人就可以省好些力气；比方说一个竹罩是要的，鱼太大了，顺着竹篙潜下去，用竹罩罩着鱼，用脚踩着，然后再在罩里捉，那就十拿九稳。那样水里就张扬，岸上就热闹。宝爷领导我们不要那些张扬、那些热闹。

我和牛儿拖着绳子在塘边浅水里走，一边走一边看着塘心的宝爷他们。宝爷他们在塘心踩水，宝爷的水性最好，踩水走塘心，双手举起来，一高兴就能露出肚脐眼，不然他就不能武装泅渡时在队伍前面举红旗。我们也能踩水将双手举起来，但我们由于没长毛，力小气短，不能像宝爷那样露肚脐眼。

那时候故乡的活水的池塘是我们驰骋的世界。大队渔业组在我们垸子长塘边开了几方鱼池子孵鱼，桃花汛时从长江边买几碗"水"，用桐油糊的竹篓子，长长的竹扁担，颤颤地挑回来，放到池子里化。"水"是长江汇到岸边的鱼仔，一碗"水"里，各色鱼生的都有。"家鱼"有，"野鱼"也有。"家鱼"是胖头鱼、鲢鱼、青鱼和草鱼；"野鱼"是鲤鱼、鲫鱼、鳜鱼，还有比目鱼、棕鱼等我们见所未见闻所未闻的鱼。渔业组的人在孵化过程中，总想用竹签子或网兜杀死那些野鱼，但我们的池塘里那些野鱼，总是留了下来，并且长大。故乡的池塘里总是鱼龙混杂，良莠不齐。故乡的池塘就是这样的世界。

我们的绳子在水里行进，池塘里所有的鱼都会在绳子下现出形来。绳子来了，水面上的"家鱼"们，会起浪，会跳，一浪就是一群，一跳就是一群；看见绳子，水底的"野鱼"们吓不过，会钻到塘底的淤泥里起"沸"。开始的时候我们不捉水面上的"家鱼"，只捉水底的"野鱼"。水里的世界，"沸"是"野鱼"的影子，一个"沸"就是一条鱼。就好比太阳下人的影子。是什么鱼，通过"沸"，有多大，头朝哪里，尾在哪里，一目了然。绳子在塘里进行，塘面就开出许多的花儿来。大鱼力大扎得深，开的就是大花。小鱼力小扎得浅，开的就是小花。在池塘里拉纤捉鱼是一门艺术，塘中的"沸"起来了，宝爷就喊拉纤的停止，抢水游到起"沸"处，然后潜到水里捉。鱼小好说，潜到塘底，伸手在泥里一摸，就能捉住。鱼大就要讲究，要从鱼头的方向朝下潜。从鱼头的方向潜下去，双脚踩着泥，伏下去，双手卡住鱼头，泥里的大鱼会拼命地朝前奔，越奔越在人的怀里，一手卡着鱼头，一手抠着鱼鳃子，大鱼就失去了反抗，任你朝起拿。若是搞错了方向，朝鱼尾潜下去，泥里的鱼一奔，就会脱手，前功尽弃。我们这些"鱼鹰"们，个个都是捉鱼的好手，大"沸"归宝爷捉，小"沸"个个捉，呼一口气，潜下去，水面上只见泡起，一会露出头来，手里便是一条鱼，有时候还是两条。我们抓到了鱼，便张扬，大呼小叫地丢到岸上，由捡鱼的捡。捡鱼的手里拿着一条带钩的柳枝儿，顺着鱼鳃穿进去，提在手里便是一串。宝爷不张扬，宝爷下水时便带着柳枝儿，捉到了鱼，他就在水里穿着了，你根本不知道他捉到没有。有时候宝爷不带柳枝儿下水,而是拦腰扎一条棉布浴巾,这浴巾是河边男人捉鱼专用的。宽长而阔,一叠扎在腰里,就是一个荷包,捉到了鱼,就在水里装到里面了。所以我们捉到了鱼,大家晓得,而宝爷捉到了鱼,你就根本不知道。只有捉到两斤以上的大鱼,那是例外。捉到了两斤以上的大鱼,由于鱼大了,不好装,也不好穿,宝爷就游到岸边,丢到岸上,由捡鱼的小的们处理。岸上捡鱼的小的们用拳头擂鱼的脑袋,鱼就昏了,不再蹦跳。我们对付鱼有的是经验和办法。

那时候宝爷带领我们一个晌午一般捉两口塘或三口塘。两口塘或三口塘捉完后,懒龙叔就醒了。宝爷会在懒龙叔醒之前,领我们上岸,在柳岸上分鱼。每天我们在宝爷的带领下总能捉到许多的鱼,分鱼的时候是我们意犹未尽的时候,因为我们捉鱼并不在乎鱼,特别是宝爷。分鱼的时候,小的们把鱼集拢来,放在一堆,赤条条地问宝爷怎么分。宝爷根本就不看,洗身上的泥垢,擦他的水,在红三角裤头外面穿他的长裤头儿。宝爷答,还不是那样。于是就由汉明承手,将鱼拨成堆儿,几个人参加就几堆。并不计较,大小配着,差不多就行。于是汉明就掐茅草,将茅草掐成长短不一的筹,捏在手心里,说个顺序。于是大家就抽筹,按顺序拿鱼。很多的时候宝爷不要鱼,把他的鱼给了我,或是给了别人。宝爷最看不惯他父喝酒,有鱼他父喝得更来劲。宝爷看他父喝酒,很痛苦,但他父就那样子,教育不了,他没有办法。有时候宝爷也拿两条鲫鱼回去,让他父就着鱼喝。宝爷说他父是只老猫,老得无法可治,不能断了腥。

我们回到垸子,这时候懒龙叔就驮着锄头从上垸下来了,吼人下畈捆谷。我们及时地参加了。我们在宝爷的带领下,抱谷,抱一丘丘田的谷。我们抱,抱到田岸上,由懒龙叔捆。整个漫长的下午,在田里涉泥抱谷的宝爷抑郁着。我看见他放抱后,不时抬头望天。头上的天,蓝蓝的,有白云飘到大山那边去了,悠悠地飘得很远很远。我听见宝爷在唱,是喉咙管里发出来的:"蓝蓝的天上白云飘,白云下面马儿跑。"我看见宝爷的眼睛里闪着泪花。

捆谷的懒龙叔问:"宝器子,你唱什么?"

宝爷说:"你管得着吗?"

懒龙叔说:"你有气力就大声唱,鬼捏着你的喉咙了?"

宝爷就真的大声唱:"蓝蓝的天上白云飘……""飘"了一句,唱不出来了。

懒龙叔说:"宝器子,你唱不出来,我唱给你听。"懒龙叔就唱:"蓝蓝的天上白云飘,白云下面马儿跑,挥动鞭儿响四方,百鸟齐飞翔。"懒龙叔嗓子好,土改时在乡剧团演过小二黑。懒龙叔说:"宝器子,你在学校肯定恋了爱。"宝爷脸红了,说:"瞎说。"懒龙叔笑了:"你瞒我,没恋爱,唱得倒这真的情?"懒龙叔猜得真准，宝爷在学校真的恋了爱。宝爷夜里给我做伴，跟我讲了他与那个女同学的故事。他们在去韶山串联的路上，露营在林子里，盖着一床被子，他一头，她一头，两个人一夜睡不着，谈理想，肌肤相亲，却谁也没动谁。说得我很激动很向往，什么叫神圣？那才叫神圣。

宝爷的秘密我知道。

五

我们在宝爷的带领下，像一群鱼鹰浮在故乡的池塘里，兴风作浪。

我们用绳子捉尽了池塘里能捉的"野鱼"。我们泡在水里，由于泡的时间太长了，脱了水，全身寡白寡白，手指头全部起了皱。我们渴了，张口喝塘里的水，开始喝得进去，是甜的，滋着我们的肠肚，后来喝不进去，是腥的，腥得我们呕，呕得我们眼睛放绿花。剩下的"野鱼"被我们搞惊了，成了精。绳子下去，它们也起"沸"，但那"沸"从泥底一掠，就像导弹发射的轨道，分明看见它起了，不再待在泥里，让你潜下去捉。我们收获甚微。

响午过后，地上仍是南风，天上仍是裸裸的太阳。我们仍然抬着绳子来到柳树成荫的塘岸上。宝爷叫我们站在塘岸上，他先下水听一听。宝爷脱了外面的大裤衩，穿着红三角裤下水。宝爷潜到水底，我们在岸上等着。水面很平静，蓝蓝地映着天。一会儿宝爷从水里露出头来。我们问："形势怎么样？"宝爷说："鱼们在开会。"我们问："什么内容？"宝爷说："传达最新指示。"我们都笑。我们都知道宝爷故作神秘。我们都像宝爷那样潜到水里听过鱼的声音，各色的鱼都有声音，但我们不相信宝爷听得懂鱼的话。宝爷这样做，主要是太想开会听指示了。我们请示："203，那怎么办？"懒龙叔任命宝爷为组长，我们叫他203，宝爷欣然接受。宝爷说："魔高一尺，道高一丈。兵分三路，如此如此。"魔高一尺道高一丈和兵分三路如此如此都是《林海雪原》中203少剑波说的。宝爷就是我们的少剑波。

于是就不用绳子。宝爷叫我们到队屋门前，把养蚕的竹折子偷几个来。伏蚕上了架，养蚕的竹折子用石灰水消了毒，晒在太阳下。我们偷来几张，浮在塘里。

我们脱成光屁股下水，排成一排，推着竹折子，手脚并用，划鼓泅。划鼓泅就是狗扒。于是平静的池塘打破了，惊天动地，水花四溅，浪动青岸。"家鱼"惊动了，一群群从水里跳起来，太阳下，银光一闪一闪，落到浮在水面的竹折子上，成了我们手中的猎物。这比拉纤潜水捉鱼还过瘾。我们欢呼，我们歌唱。

正当我们忘乎所以的时候，懒龙叔驮着锄头来了。我们的动静太大了，肯定有人报了信。懒龙叔在岸上用锄头挖土朝塘里撒，打我们。锄头挖的土，撒不远。我们像鱼鹰，见土撒来，便潜到水里，从远处钻出来，根本碰不到我们的毛。懒龙叔气不过，弃了锄，捡土块砸我们，一个土块下去，塘里一个泡。我们见土块来了，踩着水，躲，让他砸不着。岸上的懒龙叔气得笑了，对塘里吼："我日你的娘，你们跟我玩是吧。"放排鸭的喻老四，领着排鸭在港里嬉水。于是懒龙叔就跑过去，把喻老四的竹竿子驮来了。放鸭的竹竿子，很长，是用一根竹子做的，竿子的根部装了一个小铁铲。河边放排鸭的人，离不了这个铲。河边的湖大塘大，鸭游在湖里塘里，要拢鸭，就用这个铲铲土抛。懒龙叔放过排鸭，练过拢鸭的绝活。懒龙叔站在塘岸上，用铲子铲土，抛；竹竿子有弹性，又顺手，铲得又快，点到哪里打到哪里。我们从水面钻出来时，懒龙叔抛的土，就到了，打在我们的头上，啪的一声，开了花。我们避不开，躲不过。岸上的懒龙叔笑了，说："怎么样，细鸟儿，是你狠些，还是我狠些？"当然是他狠些。

大人们赶来了，恨得咬牙切齿。因为塘里的鱼是过年过节的。没有鱼，年怎么过？节怎么过？大人们在岸上各家骂各家的娃。懒龙叔缴了鱼，用手提着，对大人们说，莫理这些细鸟儿，回垸出工。

我们如排鸭拢阵，游到下水处，发现古柳树的裤衩儿不见了。原来"座山雕"很狡猾，动"土"之前，把我们的裤衩儿统统地收走了。明晃晃的太阳下，我们一个个光着屁股，傻了眼。我们尽管小，但都到了不敢在人前光屁股走路的年纪。汉明不敢上岸，在水里急得哭。我们知道汉明为什么哭，因为汉明与我们不同了。懒龙叔不理我们，装着排工，带着大人在垸中远远地看，看我们这群光屁股猴，怎么回垸。我们回到水里，与懒龙叔和垸人对峙着。

懒龙叔在垸中叫："细鸟儿，你们怎么不起来？"

我们在水里就是不起来。

听见叫声，宝爷起来了。宝爷双手攀着垂到塘里的古柳树枝，一个上杠的动作，就出了水。那动作潇洒，有力。太阳下，修长的身子，穿着红色的三角裤。宝爷穿着红色的三角裤，上了青草如风的塘岸，迈着长腿，目不斜视，在众目睽睽之下，如入无人之地，踩着阳光朝垸中走。垸人都呆了，看着红白相映的宝爷。那时候垸人从来没有见过三角裤，不知道世界上还有这样的好东西。姑娘们羞红了脸，避过眼睛不敢看。女人们却不怕，笑成一朵花儿，看稀奇。懒龙叔吼："宝器子，你个好东西！"宝爷说："你不是叫我起来吗？"懒龙叔笑了，说："他娘的，周瑜一步一计，孔明一步三计，我打一生的雁，被雁啄了眼，原来这个狗东西早防着了。你说我还搞么事？宝器子，你好生搞，我把队长让给你。"

我们在水里一起唱；"蓝蓝的天上白云飘，白云下面马儿跑！"风把歌声传过去。懒龙叔听到了，朝塘里指，对大人们说："看见没有，一个个都是好东西！好东西们，你们也跟我起来吵！"宝爷起去了，我们也得起来。我们就跑到池塘那边的荷田里摘荷叶，一个人摘两柄，踩着水上岸，两柄荷叶两只手拿着，前面遮一柄，后面盖一柄，排着队青枝绿叶地朝垸中走。懒龙叔和垸人都笑痛了肚子，笑得眼泪水儿滴。我们的队伍来到垸子，懒龙叔一张手臂拢着缴去的裤衩儿，给我们发。我们走一个拢去，懒龙叔递一条，说："拿着，拿着。"他想让我们用手拿，出我们的丑。我们不用手拿。我们若是用手拿，不是露了前头，就是露了后头，那他的阴谋就得逞了。懒龙叔问我们："细鸟儿，晓得丑了啊？"我们不作声。懒龙叔将裤衩儿筒在我们的头上，蒙着我们的眼睛，让我们看不见路。我们被裤衩儿蒙着头，两只手前后不空，盖着荷叶朝家里走。这就是我们。

垸子里笑成一团。鸡飞上了树，狗跳上了墙。

绿树之上的天，没有一丝云，太阳亮得眼晕。

六

太阳在天。六月的麻田，青光泛滥，密不透风。六月的麻田是我们的世界。

历史的经验值得注意。我们再也不能光屁股下水了。我们躲在麻田里制造宝爷那样的三角裤。宝爷的三角裤是由两条红领巾组成的，可我们那时候每人只有一条红领巾，有前面，就没有后面。这难不倒我们。我们翻箱倒柜找娘或父的破衣裳，用红领巾铺在上面做样子，剪一块下来，从娘的针线盒里偷来要用的针线。宝爷现场指导我们制造。我们将红领巾放在前面，布放在后面，裆里缝几针，左边缝死，右边不缝，缀两根布条儿，我们的三角裤就成功了。

我们在麻田里脱掉衣服穿上三角裤。我们把衣服埋在麻田里。我们穿着三角裤，从风盈盈绿盈盈的麻田里走出来。太阳下，我们的前面一律是红的，我们的后面是蓝的或黑的。我们只管前面，后面的颜色我们就不去管它。我们走出来，探鱼的鹭鸶，就惊飞了；并了长腿，张着翅膀，去了远方。河边的风景，焕然一新。水急急，水激激，我们一起意气风发走下长塘。长塘是大队渔业组养鱼苗的塘。塘边就是化鱼的池子。鱼化成了，就近放到长塘里养。伏天雨水少，河畈野阔，需水量大，长塘瘦了，一圈圈朝下瘦，瘦到了塘心。我们像排鸭一样奔下塘，塘里的鱼就跳了起来，都是五寸长的"家鱼"们，左边跳，右边跳，前面跳，后面跳，头上跳，背上跳，跳得天上的太阳纷纷乱。主要是鱼太多了，主要是太刺激了。我们双手拍水，双脚打水，让鱼们跳上天，落下水。我们将跳出水的鱼，用手接住，让鱼在手里挣扎，然后放到水里。我们忘记了鱼，忘记了水，只有欢乐，只有疯狂。水浑了，鱼不再跳了，我们玩累了，于是就安静下来。我们将塘里的水草扯成一堆，像船一样浮在水面上。我们摊开脚手，仰面躺在上面，看天，看天上风吹云过太阳亮。

等我们过足了瘾，醒过来时，宝爷不见了。

我们得意忘形将长塘里的鱼苗搞死了。长塘在我们生产队境内。第二天渔业组组长张天师来找懒龙叔兴师问罪。张天师当渔业组组长，管着塘里的鱼，红白喜事有人求，成天老着一张脸，像全大队的人都欠他的账。张天师来找懒龙叔，懒龙叔正在河畈里用牛。我们吓得要死。张天师对懒龙叔说："我给你一包烟，你上来一下。"懒龙叔说："别人花钱的烟，我不吸。"张天师说："你搞错了。这些时太忙了，没人接媳妇嫁女儿，也没死人。烟是我的钱。"懒龙叔说："我没钱。我抽烟叶子。你不能惯了我。"张天师冷笑了，说："恭喜你呀，懒龙，你们队一下子赚了好几百！长塘的鱼等你去卖。"懒龙叔诧异了，问："长塘的鱼？长塘的鱼怎么了？昨天不是好好的。"张天师说："都仰了肚皮儿。"懒龙叔说："死了？"张天师说："你不晓得啦"？懒龙叔停牛上岸，对张天师说："那正常，水浅了鱼多了不死朝哪里跑？"张天师说："是人搞死的吧？"懒龙叔说："不会吧。鱼在不在？"张天师说"鱼都在，都在塘里。"懒龙叔说："鱼都在塘里，你怎么说是人搞死的？人搞鱼为什么？要是鱼不在塘里，我就帮你查一下。"张天师气得半死，说："那是鱼秧。"懒龙叔说："鱼秧么样？鱼秧不是鱼吗？你说鬼话，一年见不到几回腥，鱼秧用盐腌了煎着吃，还不是好东西。像你们整年不断鱼，一张嘴右边鱼进去左边刺出来，一点工夫不误。"张天师说："我不管，塘在你们队境内，鱼死了，我就找你是问。"懒龙叔说："你莫搞错了，放鱼归你，放水归我。放鱼的管不了放水的。我跟你说，鱼是水放浅了才死的。你去反映。"张天师跳脚骂："懒龙，我日你的娘！"懒龙叔说："日娘也没得办法。谁叫老天爷不下雨，畈里要插秧。"

懒龙叔下田驾牛。张天师气得乱跳地走了。

太阳当空，收工的时候，宝爷和我们躲在麻田里。懒龙叔歇了牛，放水牛下塘浴水，然后下塘洗身上的泥，然后上岸，一身的湿，来了。一路的声音。懒龙叔朝麻田走，大声说："看哪个在麻田里？损了老子的麻，一根罚十分。"我们吓得不敢出声，伏在麻田的田沟里。懒龙叔朝麻田深处走，边走边检查麻，发现麻一根也没损，说："不错，还晓得金贵。"说："出来吧！细鸟们。"麻田里的我们，便像秧鸡儿一个个儿地露出头来。懒龙叔对宝爷说："宝器子，你算什么人物？好汉做事好汉当，你带头搞死了鱼，不敢承认。要我帮你承。"宝爷脸红了，说："是他们搞死的。"懒龙叔说："你在不在塘里？"宝爷说："我在塘里，但我没瘾。"懒龙叔说："你穿这红的裤衩儿还没瘾？"懒龙叔说："我跟你们说，你们顾着了屁股，就是不顾脸。搞鱼秧塘算什么好汉？有本领到龙潭湖去搞。龙潭湖有一条吃鱼的精，你们去把它捉起来哟？"懒龙叔朝地吐了一口唾沫，说："些B东西，大不大，细不细，书读到牛屁眼里去了？长期要人出双眼瞄着，托什么人生？臭没得味！"

懒龙叔说完，丢下我们，兀自走了。

天上的太阳火辣辣的，照得宝爷和我们心里不是个滋味儿。

早稻下场，古历七月半就到了。

巴水河边七月半是吃新节。新谷统一由队里碾成米，保管给每家每户按人头称十斤。吃新要擀油饼，用菜油和面，一层层地擀，然后再盘起来用菜煎，用麻油淋，松脆焦黄，先供了土地菩萨，然后才是人吃；人吃油饼的时候，要煮新米饭和煮新米粥，新米饭叫硬米砣子饭，有口劲；新米粥糙糙的酽酽的，能用筷子撬起来；吃新节是巴水河边幸福的日子，蝉在树上吱吱地叫，人在桌上美美地吃，风中充满欢乐。太阳漫天地照，照天照地照日子，吃新节就这样地来到了。吃新节按照古礼，要打鱼。因为供土地菩萨，需得鱼。鱼是渔业组组长张天师带人驮网撑竹排来打。张天师对懒龙叔有意见，但由不得他不来。张天师带渔业组的人来了，撑着竹排在分给我们队的池塘里撒网。分到我们队里的鱼塘是七口，七口池塘，口口都撑到了，网都撒到了，就是不见鱼跳，也不见网里提起鱼来。懒龙叔蹲在塘岸上，递烟给张天师和渔业组的人抽，为的是多打点鱼起来，吃新。懒龙叔递烟给渔业组打鱼的人，渔业组的人接；懒龙叔递烟给张天师，张天师不接。张天师抽自己的。张天师说："懒龙，你不是抽烟叶吗？什么时候发财了？"懒龙叔说："张天师，我日你的娘！"张天师说："日娘也没得用。"张天师提着空网，说："懒龙，你们队里的塘只有水，没看到鱼。你的烟白散了。"

懒龙叔气不过，离身走了。

张天师带着渔业组的人，打了一天，总共才打起五条"家鱼"，过秤一称，五条鱼十斤多了一点。全队三十多户人家，每家每户只能分三两。这时候垸人才知道塘里根本就没有多少鱼。鱼被我们几乎搞绝了。张天师带着渔业组的人收网抬竹排走了，把鱼丢在塘岸边的青草里。懒龙叔踱来了，望着草里的鱼，哭笑不得。鱼还是要分的。于是就分。懒龙叔操刀，切鱼，切成块，也不用秤称，一家丢一块；除了血和肠，不够恶婆娘一口；根本不算鱼，只能算是腥气儿。

垸子里的人默默的，眼睛不朝我们看，我们也不敢看他们的眼睛。

懒龙叔带着垸人到湖里去捞虾子。湖里虾子尽管小但还是有。每家捞一碗小虾，煎熟了，配着分的那块鱼，盛一碗新米饭，用托儿拨到社山的社庙前，集中起来供土地菩萨。社山的社庙早拆了，剩下许多树，树是朴树和槐树，很高很大，枝叶茂盛。每家每户将托儿放到社树下的草坪上，懒龙叔伏在地上磕了个头，然后起身，朝天一揖，唱了起来。懒龙叔大声唱句子："献的珍珠饭，供的驮背鲤。穷齐今日断，富从明日起！"

懒龙叔的歌声在青枝绿的社树上缠绕。

巴水河边将煎烧的虾子叫作"驮背鲤"。

这样的日子里，我们听到垸对面姚家社屋的山岗上，响起了呜呜的唢呐声，还有敲打的锣鼓，还有爆竹在太阳下放，开出淡淡的花。有消息传来，说是姚家社屋与宝爷一起读初中的姚四儿，在学校当造反司令，与巴河一师打派仗，先是他打死了巴河一师的人，然后被巴河一师的神枪手，一枪打死了。姚四儿的尸体抬回来了，姚家社屋的人，忙着伐活树现做棺材在岗头挖坑埋。

我们和垸人到姚家社屋去看。姚四儿穿着军装，躺在门板上，脸用一张黄纸盖着。姚四儿的娘，伏上去抱着儿号啕大哭，哭着哭着呕吐起来，吐得昏天黑地。天太热了，姚四儿的尸体臭了。洒花露水也盖不住味。姚家社屋的人，架着姚四儿的娘，不让她拢儿。姚四儿的娘呼天抢地，哭得死去活来。姚四儿的娘哽一声："儿是我的儿，肉是我的肉！"死过去了。一会儿活过来，哇的一声，吐："天啦！儿不是我的儿，肉不是我的肉了！"全大队看热闹的人都哭了，都吐了。天地惨然，天上的风在过太阳，阴一阵子，明一阵子。炎炎的天，人们都冷，一阵阵地打寒战，牙齿磕得一遍响。

我们知道姚四儿。姚四儿太出名了。姚四儿比我们垸的宝爷成绩还好。考初中的时候，全区统考，我们垸的宝爷考的是第三，姚社屋的姚四儿考的是第一。我们垸的宝爷与姚四儿在一个班，刚造反的时候，他们班上五个人成立了一个鲲鹏造反兵团，姚四儿当的是司令，宝爷当的是副司令。

宝爷那天当时没有去看姚四儿。宝爷躺在麻田里，双手枕着头，看麻田上密密的天。我们随懒龙叔回垸的时候，懒龙叔问我们："宝器子哪里去了？"我们说："不知道。"懒龙叔叹口气说："他不来，也好，太惨了。"懒龙叔对垸中的人说："三两鱼就三两鱼吧。比起人来，鱼算什么？鱼再多，吃进去，屙出来，还不是臭屎一泡。"

那天天黑的时候，我看见宝爷到姚家社屋的岗头上去了，在姚四儿的新坟头站着看。直到畈里萤火虫儿一阵阵地亮，雾散了月亮升起来。

河边的吃新节，仍是吃新节。

夜来了，灯亮了，月一河，雾一畈，绿里是垸子，垸子里是吃新的人。

七

捉龙潭湖的"鱼精"，从前到后，花费了我们半个月的时间。

"长塘事件"过后，宝爷带着我们做了一件事。那就是在一个有下弦月的夜里，我们神不知鬼不觉地起来了，偷大队鱼池里的"家鱼"秧。那时候下弦月高高地挂在天上，鱼池里的"家鱼"秧，浮在水面上看月亮和星光，我们用丝网儿将它们小心地捞起来，在微微的夜风里，放到我们队里的池塘里。每口池塘不多不少放了一百五十条。我们干得很漂亮，没有留下任何痕迹。

第二天张天师来鱼池子喂鱼，撒食的时候发现鱼少了，就又到河畈里去找懒龙叔。张天师说："懒龙，昨天夜里池子里的鱼秧长翅膀飞了。"懒龙叔问："真的？"张天师说："真的。"懒龙叔问："飞到哪里去了？"张天师说："飞到你们塘里去了。"懒龙叔说："不会的吧？你说神了！"张天师说："负责飞到你们塘里去了。不信，我去找书记来，当面用网捞。"懒龙叔马上掏报纸出来卷烟给张天师抽，说："我信。你说的有道理，鱼也长了翅的。"张天师不接懒龙卷的烟，说："你说这事怎么办？"懒龙叔说："我可没叫它飞。"张天师说："我也不细究，飞了就飞了。一尾收一角钱。"懒龙叔说："哪来的钱？"张天师说："没得钱就记账。"懒龙叔说："我俩打个商量怎样？"张天师问："打个什么商量？"懒龙叔说："我把龙潭湖的'鱼精'捉起来，我们二抵。"张天师笑了，说："行。要是捉不起来怎么办？要是捉不起来，过年的时候你们塘里所有的鱼都归渔业组。"懒龙叔说："你是说飞到塘里也没用？"张天师说："对。你还有点自知之明。"懒龙叔说："再莫多说。"张天师说："我也不想多说。"

天上挂着太阳，张天师与懒龙叔对话的时候，我们都在太阳下。

伏天的太阳高高地照，河边的龙潭湖，笼在湖岸木梓树团团的绿荫里，亮亮的，像面镜子照着天。

龙潭原来不是湖。龙潭原来是巴河的一个回水湾子。涨水的时候，水顺着山流进去，再汇出来，在岸边形成深深的潭。传说潭底有一个洞，与东海相连。传说很久的时候一个鱼师，追鲤鱼摸进了洞，看见两个白胡子老头下棋，旁边一个黄鸟儿跳过来跳过去，鱼师看入了迷，出来的时候，改朝换代了，垸子里的人都不认识他。原来那小鸟儿跳过来是一年跳过去又是一年。后来大队组织人将潭围了堤,与河隔断,成了湖,让渔业组放鱼养。心想那大的水面,一年该要出几多的鱼。哪晓得张天师年年带人放鱼秧进去,就是捞不起几条鱼来。于是又有了传说,说是龙潭湖的鱼会飞。于是张天师就年年撑排镇铁,将破犁铧和锅铁丢下去,说是能镇住,但还是没得几多鱼。于是又传说,说是龙潭湖里住着一个千年鱼精,专门吃鱼,吃不了就咬死,所以经常就看见死鱼朝上浮,搞得张天师很伤脑筋。张天师很会撑排,很会撒网,就是下水的功夫差。水太深了,他一点办法也没有。

日子闲了些。河畈里该割的割起来了,该插的插下去了,秧棵绿了放在畈里让它长,是该人歇口气的时候。吃了中饭,我们和宝爷聚在麻田里,睡是睡不着,我们闭着眼睛,躺在麻丛中。懒龙叔裸着上身,披一条棉布手巾在肩上,从上垸走下来,径直走进了麻田。风密密的,光哗哗的。我们躺在麻丛中不动。懒龙叔将肩上棉布手巾取下来,抖得一响。我们睁开了眼睛。懒龙叔笑了,说:"细鸟儿,这好的工夫躺着做什么?"宝爷不睁眼睛。懒龙叔走拢去,用脚拨宝爷,说:"宝器子,装什么死?起来!"宝爷闭着眼睛说:"没到出工的时候吧?"懒龙叔说:"是出工。把你的兵都叫起来!"宝爷问:"做什么?"懒龙叔说:"我带你们到龙潭湖去出工!细水细塘没得味。我们换个大场子,搞它个'虎踞龙盘今胜昔,天翻地覆慨而慷'!"我们都被煽动起来了。懒龙叔说:"各人回去把行头拿来,统一着装,大明大白唱它一曲。"我们兴奋起来,回去将三角裤拿来了,一律地换上。懒龙叔没得三角裤。懒龙叔穿的是齐膝头折腰的大裤衩。这种裤衩很古老。

我们用竹篙子抬着草绳子,来到了龙潭湖,阳光很好,水绿山青。这时候张天师高高地坐在湖岸上王麻子瓜田的瓜棚里了。王麻子瓜田里的瓜正旺,有菜瓜,有香瓜,菜瓜二尺多长,香瓜比饭钵大,王麻子是我们队的王麻子,菜瓜和香瓜是我们队的瓜。王麻子的瓜是我们队救命的粮。做累了做饿了的时候,懒龙队长就叫王麻称瓜给我们队的人吃。张天师吃我们队的瓜。张天师对王麻子说:"你记着,我吃一个瓜,下年给你一条鱼。"王麻子问:"你说话要算数。"张天师啃着瓜说:"放心,鱼放在你们队的塘里了。"张天师边啃瓜边说那大的声音,是为了懒龙叔和我们听。

懒龙叔带着我们下水,放绳子。龙潭湖打破了,有波有浪。张天师喊:"懒龙,要不要我抬张排来?"懒龙叔对我们说:"莫理那个狗日的。"懒龙叔说:"宝器子,我们先用绳子探三回,看到底是个什么精?"宝爷说:"照你的指示办。"于是就用绳子来回地探了三遍。湖面上也起"沸",但都不是鱼起的。是水底的树枝牵动了,起的;是水底的石头扯动了,起的。张天师喊:"是不是捉着了？要是捉着了，我送瓜来给你们吃。"

宝爷说："绳子没有用。"懒龙叔说："莫慌，让我打几个水进。"懒龙叔就打水进。懒龙叔在水里站定了，气沉到肚子里，然后两手交叉，打水，那水鼓着气，打雷一般。这是巴水河边脚鱼佬的绝活。脚鱼就是甲鱼。巴水河边脚鱼佬捉脚鱼，下水三个水进，水里的脚鱼就会吓得钻泥。三个水进打了，懒龙叔说："宝器子，让我听听动静。"懒龙叔一翻花，就潜到了水里。湖面上静了下来。我们和宝爷等消息。一会儿懒龙叔从水里钻出来，大惊失色地说："起去，起去，都跟我起去！"我们吓不过，随懒龙叔爬到岸上。宝爷还在水里。懒龙叔说："宝器子，快上来！"宝爷问："听到什么了？"懒龙叔说："龙宫里在发电。没鱼吃算了。"张天师喊："肯定在放电影。不是《地雷战》，就是《平原作战》。"宝爷笑了，说："水里哪来的发电机？"懒龙叔说："你不信？"宝爷说："我不信。"懒龙叔说："你不信。你再打三水进试试？"于是宝爷就打三个水进，震天动地。宝爷潜到了水里。一会儿宝爷钻出了水。懒龙叔问："听见没有？"宝爷说："听到了。"懒龙叔问："什么声音？"宝爷说："是发电的声音。"懒龙叔说："我听的还会错？龙宫肯定楼上楼下电灯电话了。"张天师喊："懒龙，你起来做什么？你钻进去住算了。"

懒龙叔把宝爷从水里扯起来，说："算了，搞死了人，不好玩。"我们失败了，抬着绳子朝回走。宝爷说："太神秘了。哪来的发电声？"张天师喊："还赌不赌？"懒龙叔喊："张天师，河滨垸的人过年不吃鱼，你把我的卵咬去！"

宝爷就回去查书。书是宝爷叔伯的哥留下的。宝爷叔伯的哥，前几年毕业于北京师范大学，所有的课本就给了宝爷。宝爷把课本搬到麻田里，翻《生物学》。翻着翻着就翻到了。原来世界上有发电的鱼。比方说电鳗，它就用放电的方式摄食和自卫。这使我们大开眼界。

宝爷由此得出结论，龙潭湖里的鱼精肯定是一条放电的鱼。

八

懒龙叔问宝爷："是鱼？"

宝爷说："是鱼。"

懒龙叔朝地唾了一口，说："是鱼怕什么？怕人怕鬼，未必怕鱼不成？走，去把它搞起来。"

我们又抬着绳子去了龙潭湖。

张天师又来了，仍坐在王麻子的瓜棚里吃瓜。张天师喊："懒龙，接着搞是不是？"懒龙叔答："接着搞。"王麻子说："队长，张天师吃了十五个瓜。"懒龙叔说："你让他吃。"张天师对王麻子说："你吼什么？说了的，一个瓜下年给一条鱼。"王麻子说："要是捉不起鱼精怎么办？"张天师说："还不是一个瓜一条鱼。"懒龙叔问："要是提起了鱼精怎么办？"张天师说："也是一个瓜一条鱼。"懒龙叔说："张天师，我跟你说清楚，捉起了鱼精，一个瓜一条鱼，老子要你私人出！你混不过去的！"张天师站了起来，说："懒龙，我没工夫陪你，你捉起了鱼精，跟我带个信，我来给你兑现。"张天师打着饱嗝说："王麻子，今年的雨水少，你的瓜真甜。"张天师说完就走了。

懒龙叔问宝爷："宝器子，用不用绳子？"宝爷说："用绳没用。"懒龙叔说："打不打水进？"宝爷说："不能打水进。"懒龙叔说："宝器子，你说怎样就怎样。"宝爷说："你们在潭边等着，让我潜到潭底摸清楚。"懒龙叔说："宝器子，这龙潭湖深得很，神气不少从没干过，要不要在腰间系根绳子，有危险，你就摇绳子，我就拉。"宝爷说："用不着。"懒龙叔说："宝器子，还是系根绳子。"宝爷说："你这样不相信我，你叫我回来干什么？"懒龙叔说："若是有个三长两短，我怎么向你父交代？"宝爷说："你怎么像个婆婆？"懒龙叔说："好，我相信你。"

宝爷就吸一口气潜到水里。只见水面上一串串的水泡起，那是宝爷排气快速下沉。一会水面上升起了"沸"，那是宝爷沉到了水底，脚抵了泥。我们和懒龙叔盯着"沸"，那"沸"越来越大，那是宝爷在摸在探。我们和懒龙叔心提到嗓子眼里了。要知道龙潭湖除了传说中那鱼师下过潭底，再没人下过。太阳在天上照着，时间真长真长，紧张得我们快要窒息了。懒龙叔的脸都白了。水花一翻，宝爷的头露出了水面。懒龙叔问："宝器子，潜到底没有？"宝爷喘着气说："潜到了底。"懒龙叔问："探着了没有？"宝爷说："探着了。没有洞，只有一个深坎子。"懒龙叔问："坎子里有什么东西？"宝爷说："坎子里有一条大鱼。"懒龙叔问："什么鱼？"宝爷说："时间太短了。等我下去再探。"懒龙叔说："宝器子，再下去要换气。"宝爷说："这要你教？"懒龙叔嘿嘿笑，说："我是懒龙，你才是真正的龙。"宝爷就再吸一口气潜下去，又是一串串的水泡起来了，一会不起了，我们知道宝爷吐尽了腹中气，吞一口水含在嘴里了。这是巴水河边鱼师们水里换气的方法。宝爷带着我们在水里练过许多回。待气用尽的时候。再将嘴里含的水慢慢地吐出来，可以延长潜水的时间。

宝爷再一次从水里露出头来。懒龙叔问："宝器子，是什么鱼？"宝爷喘着气说："是条细鳞的大嘴怪。"懒龙叔问："有多大？"宝爷说："有扁担多长。"懒龙叔说："怪不得湖里总没得鱼！"懒龙叔和我们都知道细鳞的大嘴怪是什么鱼。我们害怕了，因为我们知道细鳞的大嘴怪的厉害。因为巴水河与长江相通，我们的池塘里都有它，这个吃鱼为生的东西，若是碰毛了它，五寸长的东西，足能让我们痛得叫爷叫娘。龙潭湖里竟然有扁担多长的细鳞大嘴怪，若是碰毛了它，是可以死人的。

宝爷说："书上说它也是放电鱼的一种。它伤人不是刺，而是通过刺放电。"懒龙叔问："宝器子，那怎么办？"宝爷说："只能智取，不能强攻。"懒龙叔问："怎样智取？"宝爷将智取的办法说了。懒龙叔大喜，说："宝器子，你到底是读书的。"

于是就上岸。懒龙叔就叫垸中的大铁匠开炉，打造智取的工具。智取的工具是宝爷设计的。是一根粗粗的，三尺多长，带着倒刺的针。针眼用麻纤穿着。接下来的几天，每天吃了中饭，懒龙叔就带着我们到龙潭湖，让宝爷潜到潭底的深坎子里同细鳞大嘴怪套近乎。细鳞大嘴怪有个毛病，吃饱了，就特别懒，躺在深坎子里不动。宝爷潜到深坎子里，用手摸它的肚皮儿，它不毛，觉得很舒服。

我们的猎取行动是在交秋那天实行的。不能再等了，交秋一日，水冷三分。那天天阴了，刮的是北风，吹得龙潭湖一阵阵地起浪。懒龙叔带着硕大的鱼针领着我们下了龙潭湖。宝爷拿着硕大的鱼针，懒龙叔放麻纤，先把系着针的麻纤放到水里浮着。懒龙叔问："宝器子，怎么样？"宝爷说："原子弹都试验成功了。"懒龙叔问："要不要我帮忙？"宝爷说："你们到时候拉绳子就行。"懒龙叔说："宝器子，要刺准，刺着了马上就要浮起来。"宝爷说："知道。"

宝爷就下水，做预备。浇水拍胸，拍手臂。然后拿着针，潜下去。这回不吐气泡儿，为的是不惊动细鳞大嘴怪。我们和懒龙叔在岸上牵着绳子，绳子随宝爷潜到了水底。一会儿感觉到绳一动，只听见发电的声音响了起来。我们感觉到手里的麻纤带直了，沉重了。宝爷缩成一团，翻出了水面，惨叫起来。原来是在宝爷刺中细鳞大嘴怪的同时，细鳞大嘴怪放电了，距离太近，宝爷被电着了。懒龙叔抢水过去，将宝爷抱上了岸。宝爷抱着身子缩成一团，痛得眼泪涌了出来。懒龙叔抱着宝爷朝垸子里跑。我们拉着绳子，任水里的细鳞大嘴怪如何愤怒，我们就是不松手，它奔我们就松麻纤，它不奔，我们就拉麻纤。这样的时候我们对付它有的是经验。

懒龙叔把宝爷抱到家，将宝爷放到渡盆里放着。用我们的尿，兑了水，将宝爷浸在渡盆里。早做了准备的，我们是童子，我们三天的尿都聚在一起了。宝爷浸在我们的尿里。懒龙叔问："宝器子，怎么样？"宝爷说："又麻又痛。"懒龙叔说："你不是说尿是电解质？"宝爷说："是的。"一会儿，懒龙叔问："宝器子，怎么样？"宝爷说："好了一点。"懒龙叔拍着宝爷的头笑了，说："宝器子，不怕，死不了。你休息。我去看一看。"

懒龙叔赶到龙潭湖时，细鳞大嘴怪累死了，浮在水面上，被我们拖了起来。是一条扁担多长的鳜鱼。懒龙叔叫我跑去给张天师报信。张天师赶来了，用脚踢着死了的鳜鱼，说："你这个吃鱼的精怪，只有这狠，到底被收拾了。"懒龙叔说："张天师，你说的话要兑现。"张天师说："我的话算数，另外奖励。"懒龙叔问："奖励什么？"张天师说："这鱼归你们吃。"懒龙叔说："这算个卵子奖励？"张天师说："另外捞五十斤鱼来，让你们全队的人吃一餐怎样？"懒龙叔笑了，说："张天师，你还有点人情味儿。"

张天师果真送五十斤鱼来了。于是懒龙叔就布置女人们架龙席锅做全鱼席。鳜鱼是上色鱼。懒龙叔操刀剖那鳜鱼。剖开鳜鱼的肚子，鳜鱼的肚子里竟有两条鱼，一条三斤重的鲢鱼，一条五斤重的鲤鱼。菩萨爹来了，懒龙叔将鳜鱼肚皮肉割下一块，给了菩萨爹，说："我当家，你拿回去慢慢咽酒。"菩萨爹拿着鱼肉，笑了，说："养儿有点味儿。"

交秋的那天夜里，我们全队的人吃了一餐全鱼席。宝爷一点没吃进去。

懒龙叔用汤匙给宝爷喂了一口鳜鱼的汤，宝爷吐了。宝爷被电得不轻。芦婶抱着宝爷一哭，说："我的个乖！"懒龙叔说："你哭的个么名堂？是你的乖吗？"芦婶说："错了，我的个兄弟。"

乡村的女人就是这个样子，大喜和大悲时，容易把辈分搞混。

九

秋风像一把梳子，梳到了十月，满畈的二季稻又熟了。

金风满畈收割的时候，宝爷的恋人约一个女同学来看宝爷。宝爷领着我们在畈里收黄豆，宝爷的恋人看到了宝爷，呼一声："何克宝！"宝爷抬头就看见了。宝爷忽然热泪盈眶。宝爷说："你来干什么？"恋人说："我来看你。"

垸人兴奋起来，因为那时候垸子里自由恋爱的少。垸人问："宝器子，她是谁？"宝爷说："她是我的亲密战友。"垸人问："亲密战友是什么？"宝爷说："亲密战友就是亲密战友。"垸人伸出两个指头并在一起，说："是不是这？"宝爷恋人的脸就红了。宝爷的恋人长得好看，柳红絮白的。垸人很喜欢。聚在一起议论，说宝爷的媳妇真好看，压全垸。宝爷的脸就红了。懒龙叔笑着说："宝器子，我说你恋了爱你不承认？"宝爷的脸就更红了。垸人不散，聚在一起交头接耳。懒龙叔说:"你们这是做什么?鬼鬼祟祟的,人家伢儿脸皮薄。总没见过事?谁个没得十八岁,哪个没得二十春?该做什么做什么去,大惊小怪的。"垸人散了。懒龙叔把宝爷叫到旁边,说:"宝器子,工分照记,我放你的假,陪你的亲密战友去。"

宝爷说:"我到哪里去?我爷喝了酒,正在大门口的竹床上枕铜盆。我们就在畈里坐。"懒龙叔说:"那像什么事?好客要有好待。"宝爷夜里给我做伴。懒龙叔对我说:"惊鸶,让他们到你家去坐。我领着他们朝回走。"懒龙叔笑了,说:"你回去做什么?"我说:"你不是叫他们到我家去坐吗?"懒龙叔笑着说:"个苕东西,你把钥匙给宝器子。"我明白了,掏出钥匙递给宝爷。懒龙叔说:"这就对了。"宝爷拿了我家钥匙,招呼亲密战友和那个女同学走。那个女同学说畈里的风景好,她就不去了,她在畈里看风景。宝爷的恋人对那个女同学说:"你等我。"那个女同学说:"你去吧。"

宝爷和他的恋人就拿着我家的钥匙回垸去了。

宝爷和他的恋人出来到畈里时,两人的眼睛红红的。宝爷送他的恋人和那个女同学走。宝爷的恋人说:"何克宝,再见!"宝爷说:"再见!"两人就避过脸,谁也不看谁。宝爷的恋人和那个女同学走远了,宝爷就流泪。懒龙叔问:"宝器子,怎么了?"宝爷说:"没怎么。"懒龙叔问:"她是不是叫你同她一路去?"宝爷说:"你问这事干什么?"懒龙叔叹一口气,说:"宝器子,我就算没问。你带你的组接着收黄豆吧。"宝爷说:"我不收豆子。"懒龙叔问:"你不收豆子做什么?"宝爷说:"我跟你一路挑草头。"懒龙叔说:"你不能这样!"宝爷说:"从今天起,你不能把我当小孩子。"

宝爷再也不当我们的组长。宝爷跟男劳力一起驮冲担挑草头。

河边的日子就这样,谁也说不清,道不明。

十

转眼到了1970年春天。1970年春天上面来了精神,复课闹革命。小学改成了初中,一时间学生奇缺,老师们拿着名单到畈里找学生,懒龙叔把我们都赶到了学校,说是我们这些细鸟儿太劳人了,留在家里害死人。我们便驮着书包上了学。

宝爷没有上学,因为懒龙叔将宝爷要回来的时候,宝爷便是初中三年级,按学制算,毕了业。那一年大学也开始招生,群众推荐上大学,叫作工农兵学员。

北京和省里的高校派人下来招学员。高中生也要，初中生也要。主要是两条，一是家里的成分要好，二是表现要好。我们大队分了两个推荐指标，一个是书记的儿，二个是财经主任的女。懒龙叔知道了，跑到大队要指标，说："你们队有毕业的，我们队也有毕业的，你们队的上得，我们队的也上得。"书记说："区里只分两个指标。"懒龙叔说："我到区里去要。"

懒龙叔就到区里去找区委书记要。

区委书记是陈文谦。

陈文谦在我们队住过队，与懒龙叔熟。

懒龙叔说："陈书记，我来推荐一个人。"陈书记问："你推荐谁？"懒龙叔说："就是你住队时的房东菩萨的儿。"陈书记问："叫什么名字？"懒龙叔说："叫何克宝。表现又好，水平又高。"陈书记问："何克宝？"懒龙叔说："对。"陈书记对何克宝这个名字印象很深，因为何克宝斗过他。陈书记说："何克宝不行。"懒龙叔问："为什么不行？"陈书记说："有人反映他斗过人。"懒龙叔一听坏事了，于是就直说："他斗过你是吧？"陈书记说："好像有这回事。"懒龙叔说："陈书记，我也斗过你。就是那回开万人大会。全区一万人斗你，我也参加了。他也是那一回，我也是那一回。不信你查，他仅是那一回，我也仅是那一回。那回过后，他就回了乡，自觉接受再教育。陈书记，我不是说你，你要是拿那一回盯他的疤子不放，那你就错了，要在河边走哪有不湿鞋的？"陈书记说："菩萨倒是苦大仇深。"懒龙叔说："这就对了，和尚不亲帽儿亲，你住队的时候，菩萨对你几好，床让你睡，碗让你吃，不看僧面看佛面。再说菩萨的儿不是简单的儿，表现好，水平高。你没听说吧，我跟你汇报。他为民除害，把龙潭湖的吃鱼的精提起来了，是条比扁担还长的鳜鱼，差一点牺牲了。现在龙潭湖没有吃鱼精，一年要产两千多斤鱼。我们全大队的人交口称赞何克宝呢。"懒龙叔把宝爷捉鳜鱼的事，绘声绘色给陈书记讲了。陈书记高兴了，说："菩萨的儿还真有点水平。"懒龙叔连忙说："要不把他找上来试试？"陈书记说："你通知他上来。北大和清华来招生的，带来上级指示，不光看推荐，还要考一考。这也是对的，北大和清华是什么地方？是培养国家高级人才的地方。"懒龙叔说："他要是考好了，你要让他去。"陈书记说："你这个懒龙，叫我么样说你好？"懒龙叔说："陈书记，你这话说得不对，他又不是我的儿，我主要是为国家推荐人才。"陈书记笑了，说："好像我就不是为国家。"

懒龙叔领了张表，赶回来，叫宝爷填了。宝爷带着表去了区里。陈书记问宝爷："你叫何克宝？"宝爷脸红了，说："我叫何克宝。"陈书记问："你是菩萨的儿？"宝爷说："是。"陈书记说："何克宝，北大招生的在会议室，你进去考吧。"宝爷就进去考。参加考试的人有十五个。都是推荐来的。先是笔试,然后是口试。考的不难,主要是高中知识。这对宝爷来说不难。宝爷把叔伯哥留给他的大学课本都看了,所以都做对了。考完了,陈书记进来了。陈书记问北大主考的人,何克宝考得怎么样?北大主考的人点了点头。陈书记对宝爷说:"何克宝,你回去吧。"

宝爷就回来了。懒龙叔问宝爷:"考得怎么样?"宝爷不作声。回来后的宝爷变了一个人。宝爷练驮水车。湿水车放一口土砖进去,双手放到膝头上,咬着牙,一鼓劲打到肩头上。懒龙叔放心不下,抠着问:"宝器子,我问你考得怎么样?"宝爷说:"我练驮水车。"宝爷练挑草头。拿冲担对准稻子捆煞进去,提起来,再煞另一捆,然后吼一声,打到肩膀上,挑起来走。懒龙叔跟着问宝器子:"我问你考得怎么样?"宝爷说:"我练挑草头。"

通知来了。宝爷根本不相信。宝爷仍在挑草头。懒龙叔喊:"宝器子,你的通知来了。"宝爷说:"我挑草头。"懒龙叔气不过,走拢去,把宝爷的冲担劫下来丢到了塘里。宝爷说:"我有劲,我挑草头。"懒龙叔说:"你有劲?你的劲比我的还大些?有智的吃智,有力的吃力,听见没有?上你的大学去!"宝爷说:"你哄我。"懒龙叔把通知展在宝爷眼前,说:"天地良心,白纸黑字红章子,你还不信?要是我的儿有这一天那不更好!"

宝爷这才相信了。

宝爷录取的是北大高能物理系,专业是粒子加速。

上学的那天,懒龙叔驮着宝爷的破被子,送宝爷到镇里上车。宝爷家太穷了,实在拿不出一床新被子。临上车的时候,懒龙叔从口袋里摸出五角钱,塞给宝爷。懒龙叔说:"宝器子,实在拿不出手,带在路上买茶喝。"宝爷哇的一声哭了。懒龙叔拍着宝爷的手,说:"巴河的男人不兴哭。"宝爷就不哭。

宝爷上车。宝爷坐在车上。

太阳很好,高高地挂在天上。宝爷的耳朵空得响,宝爷听见太阳在说话。宝爷问:"你在哪里?"

太阳说:"我在天上。"太阳问:"你在哪里?"宝爷说:"我在地上……"

车开动了,宝爷晕晕的愣愣的,大梦一场。

正　果

巴水河边自古以来，生儿讲究成阵。巴水河边有句说语，叫作一木不是林，一人不是人。这也难怪，那时候巴水河边虽说古风浩荡，男人女人们的生命力旺盛得很，但还是生得多活得少，一包血泡子屙下来，一般算不得性命，就是长到人长树大，也不见得算人。那时候老天爷三年两头发人瘟收人，收的又是弱的，到头来还是子孙甘贵。所以那时候巴水河边的父亲们母亲们，就一门心思地生儿育女，以数量保质量；所以那时候巴水河边活下来没死的子孙就比现在的质量高，不活下来则可，活下来一个就是一个，是个人样。

瞎子爹现在死了，埋在河边的柳林子里，是一个沙包。一年一年的春来，他就长青青的草，在柳林子里争阳光和雨露，使沙街活着的人们记起他来。春风来了，漾着河漾着岸漾着垸子漾着畈，百物袅袅生声，呜呜，悠悠，扬扬。沙街的长辈便给在河畈里贪玩的孩子头上凿一栗包，说，疯个么鸟！静下心。瞎子爹在吹箫。听瞎子爹吹箫。这才是真东西！沙街人信奉不打不成人。沙街的孩子是在长辈们频频的栗包里长大的。所以作为沙街的孩子没有一个不晓得瞎子爹和他的故事。

瞎子爹的老子一生让他的婆娘跟他生了十一胎。十一胎，九磨十难留下了三个，三个都是做种的儿。瞎子爹的老子一生很挣了些田地。瞎子爹的老子是个读书人。瞎子爹家的大门头上，那时候，用大石板刻了一块匾，柳公权的本，四个大字，用黑漆勾勒着："耕读传家。"这块匾据说是瞎子爹的祖上传下来的，中间毁了几次，重刻了几次，重刻的还是拓下来的老字。有了这块匾光照着，瞎子爹的老子穿长衫坐在书房里读书，穿短褂下畈种田地。他穿长衫坐在书房里读书，时有教益，他穿短褂下畈种田地，总有收成，所以他家的日子就比沙街纯粹种田地的人家的日子多一重滋润。日子滋润了，瞎子爹的老子就要在日子中总结出一些道理来，教导自家的人和沙街的人。沙街人日子过挤轧了，就要生出一些矛盾来，生出了矛盾就来请瞎子爹的老子去摆理性。瞎子爹的老子见有人来请，也不谦逊，穿着长衫，架着金边眼镜去了，慢条斯理地将沙街日子里的那些挤轧，怎长怎短，怎短怎长，一五一十地摆平，沙街人都服他。

沙街人都羡慕瞎子爹他老子的日子。他又会读书又会种田地，他的婆娘又会生儿子。沙街人觉得世上的好事都让他占全了。瞎子爹的老子不是这样想的，他不觉得这样过日子，日子就满足了。瞎子爹的老子有他更高的愿望，他希望他生的儿成大器，出人头地。

瞎子爹他老子的偏差偏偏出在他的儿身上。按照常规，他的种、他婆娘跟他生的儿，应该个数个地像他，并且一个个比他强，才是道理，才合古训：青出于蓝而胜于蓝。但事实不是这样的。他的大儿落下地，哭声响亮，像一支喇叭。他听出是种，晓得死不了。他顾不得斯文，奔进房去看。喜娘把那血泡子洗了，是用他的白汗褂包的。巴河风俗儿落下地若用裤子包，将来必定见不了大场面，没得大出息。他的大儿没有裤子包，是用褂子包的！他看见他的大儿落地后他娘把他抱在怀里，好种什么也不做，一口咬住他娘的奶，一心归命地吸。他的心彼时冰凉了，晓得他的大儿是个吃种。他的大儿长大后，果然读不进书，好吃好喝。他无有办法，就让大儿去学篾匠。巴河俗话说，是艺好藏身，做了轻巧艺，少不了喝和吃。他的大儿果然是个吃种，三年下地，篾匠手艺做得出色，有吃有喝。他看着大儿有滋有味地到人家去做篾活，凭他的手艺有滋有味地吃他的喝他的，也就算了。成不了龙成虫，一个虫蛀个木也是个事。他的大儿篾匠活做得出色了，就时常从主家带些酒肉回来孝敬父母，他也吃也喝也笑。大儿给他用竹用篾做了一乘逍遥椅，让他躺在上面看书，他不爱坐。大儿从主家做工回来，大儿问："爷，我跟你做的逍遥椅，你为么不坐？"他说："坐坐。"他拿本书坐上去，逍遥一会儿。大儿出门去了，他就叹口气起身，不坐那椅子。

他的婆娘接着跟他生二儿。二儿生下来后，没死，长大了，长得身强力壮的，看着是事，可以成林，不用他和他婆娘担惊受怕。但他的二儿同样见书头痛，你叫他读书，他就哈欠连天想睡觉，像个瘟头鸡。他见了气不打一处来，说："不读算了，不磨你，跟老子下畈！"他一听说下畈，他就醒了，浑身来了精神，说："爷，你该早说哟！"他扛犁牵牛下畈，风风火火的，比沙街的男人哪个都做得好做得快。他瞄秧下种，种的田地总要比沙街的人家多打一成的粮食。瞎子爹读书的老子望着太阳地里闷头忙着种粮食收粮食的二儿，柳树荫里的他，兀自地摇摇头，叹口气，心说，无有办法，又是一条虫！

瞎子爹的老子在柳林荫里兀自摇头。河边柳林水月庵里的大师父惠静，披着袈裟，敲着木鱼，化缘回来了。水月庵，坐落在河边蔼绿的柳树林子里，青苔幽幽一进两重，小庙一个。师父惠静带两个青皮徒儿在那里守风景。人不多，事也不多，离尘世不远，与沙街人就近。惠静看见瞎子爹的老子，一个读书的人在那柳树林子的荫里摇头叹气，就把手里的木鱼敲到了他的面前。那木鱼声声地脆，

声声地脆，被绿风滤了，让人心静心动。惠静师父敲到瞎子爹的老子面前把木鱼静了，擎一掌于鼻下，念声"阿弥陀佛！"笑说："施主，叹气摇头何苦？"瞎子爹的老子说："心中有苦。"惠静师父说："那就说出来。"瞎子爹的老子又摇摇头说："说出来了还是苦吗？"惠静师父笑了，说："阿弥陀佛！啊呀，施主，你那还是大悲哀呀！佛说，人生悲哀有三，小为口福，中为衣住，大为无言。施主，你赶快回去，你家里又有声音了。"瞎子爹的老子一惊，问："是不是我的婆娘又生了？"惠静师父说："正是。恭喜贺喜你。"

瞎子爹读书的老子急匆匆地赶回去，堂前陈艾生香，喜娘报喜，他的婆娘果真又跟他生了儿子。他先是一阵喜，接着一阵忧。喜的是生下来了，忧的是怕养不大。这之前，他婆娘跟他连儿带女连生带落屙了八胎，八个都是谎花儿，都没熟蒂。他怕这回又是谎花儿，不敢太喜。陈艾熏香，篆着字。穿堂风起，撩他长衫的襟。他提着长衫的襟站在房门口不敢进去。因为他没有听见往常落地婴儿那嘹亮如笛地哭。他惶惑地望着站在房门口用衣襟揩手的喜娘，问："有不有活气儿？"喜娘笑了，说："老爷，我的话你还不相信？生的真是个儿子呀！满屋都是活气儿。"瞎子爹的老子问："那为么不哭？"喜娘笑着说："老爷，本来伢儿落地是要哭的。人生下地就是苦所以要哭。但你的儿要不哭，你叫我有么办法？"瞎子爹的老子听喜娘这么一说，心里就暗暗诧异，嘴里说："这算是巧事儿！世上还有落地不哭的儿？我倒要看看这个东西为什么不哭？"瞎子爹的老子就进房里去看他这个落地不哭的儿。

瞎子爹的老子进房以后，刚落地的瞎子爹洗好了，包在襁褓里，放在床上，展览着让一屋子的人看。那时候刚落地的瞎子爹，一头乌黑的发，两个乌黑的眼睛滴溜溜地转，哪个说话他就瞄哪个。屋子里说话的人多，他一句话没漏，一个人没漏。一屋子的人都惊奇，这就怪了。沙街人没生儿也生糊涂了，一代一代地朝下生，生得地老了天荒了，谁家的儿落地后眼睛都是看不到事的，以后才一天长一尺的眼力，一天天地活一天天地远。这儿一生下地眼睛就滴溜溜地见人转，一出世全身的精气神就在一双眼睛上。五月燥热的风在屋面上扫。一屋子的女人就一齐恭喜瞎子爹的老子，说："老爷，你这儿一落地就不是简单的儿哇！你看他一双眼睛。"瞎子爹的老子苦笑了，说："怕也难成正果。圣人云：人眼即人心，人眼看的即是人心想的。世事纷纷攘攘皆为欲也。世上这么多的人这么多的事这么多的欲，他看得赢想得尽？"一屋子的沙街女人都笑瞎子爹的老子，笑他迂腐，谁家生儿不想生个灵醒儿？他生了个灵醒儿还几多的忧虑！瞎子爹的娘见男人说傻话就一肚子不高兴，说："就你是正果。"说得瞎子爹的老子默不作声。

巴水河边土地肥沃，只要人不乱搞，撒一把种下去，就会收一担回来。巴水

639

河边，只要不是阴天就会阳光灿烂，灿烂的阳光会把河畈里的一切按时晒熟，让你按时收割。瞎子爹的老子有田有地，不愁吃喝穿戴。瞎子爹的老子有的是书，不愁没读的。瞎子爹这样的灵醒儿放在这样个地方这样个家里养，真是生对了。他天生灵醒，一灵醒起来就没得旁人的份。

瞎子爹三岁的时候，六月的傍晚，全家吃过了新麦面，燃起驱蚊的艾把。这时候在河畈里劳作了一天的瞎子爹的老子兴致很好，记起了他除了种田之外的责任，瞎子爹的老子就在月亮地的竹床上教他的儿瞎子爹数数儿。月影婆娑，月摇竹影。瞎子爹的老子，教："一"。瞎子爹说："一百。"他老子说："一。"他还是说："一百。"他老子说："应该从一数起。"三岁的瞎子爹问他老子："为么要从一数起？"他老子说："应该从一数起。"他说："不从一数起那要不得啵？"他老子说："从一数起才是事，才学得熟。"他说："我不从一数起未必不是事，学不熟？"他老子诧异了。三岁的瞎子爹说："爷，你听到！"他就不打顿地从一百倒数，九十九，九十八，一直数到一。他老子高兴了，说："要得！你再从一百往上数给我听。"三岁的瞎子爹就再也耐不住了，满天乱飞的萤火虫已经把他的心搅乱了，他的眼睛乱睃乱转。他对他老子说："爷，从一百往上数还不是数，有么数头？"他的老子知道再逼无用，放了他，让他满天飞地去追萤火虫儿。

瞎子爹五岁的时候，沙街别的孩子已经能数五百个数；瞎子爹的心不在数数上，他还只能数到一百。沙街的孩子们在河畈里玩耍，玩耍累了，免不了要比赛数数比聪明。人家的孩子一淌水地数到五百。他不服人家，他卖弄聪明，他仍用他三岁时的绝招，从一百倒数。瞎子爹在河畈里卖弄那聪明的时候，恰巧被他老子看见了，气得揪住他掀翻屁股打了几巴掌。瞎子爹见他老子打了他，就争那口气，也就是五天时间，他就能从一千倒数到一。他站在他老子面前，一边望着河畈里的红花绿叶乱飞的蝴蝶和穿云的燕子，一边跟他的老子数数，从一千倒数到一，气得他老子又照他屁股几巴掌。打得他莫名其妙，哇哇大哭。他快捷地眨着眼睛，眼泪兮兮的。

瞎子爹六岁的时候，他的老子就开始发蒙课，教瞎子爹《三字经》。他老子教他："人之初，性本善；性相近，习相远。"他老子教他两遍，他就丢书背得下来。《三字经》有韵，朗朗上口，有味。他背下来之后，就缠着他老子要意思。本来课启蒙的孩儿，先生是只背不教意思的。只要刻在脑子里忘记不了，长大了，就自然明白了是么事意思，过早地讲意思反而搞混了。但瞎子爹缠着他的老子要意思，他老子缠得没办法，就跟他讲意思。他老子跟他讲了人之初，他就晓得性本善；他老子跟他讲了性相近，他就晓得习相远。他抢口快，说得又不错。他老子拿他没办法。

那时候私塾先生教启蒙的孩子，考启蒙的孩子聪明不聪明，最好的办法是对对子，训练几回，才思敏不敏捷就看得出来。瞎子爹对对子的才思敏捷得让他的老子吃惊。他老子出上联："花红"；他马上对下联："酒绿"。这不算，这是熟路子，书上写的有。他老子出上联："清明时节家家雨"；他马上对下联："青草池塘处处蛙"。这也不算，这古人诗上写的有。瞎子爹的老子训练了他几回，瞎子爹便入了进去，聪明处处灵动。他老子只要开口，他便以为他老子考他的对对子。他老子说："下畈耕田"；他便接句："上山种地"。他老子说："抹桌扫地"；他说："吃饭穿衣。"他老子说："我不是出的对子。"他说："我对的是对子"。他老子说："这俗。"他说："哪雅？"他老子又被他弄得没办法。他老子是个读书的人，有时候雅兴发了，比方说清早起来，天晴风好，睹物思情便来了个好句子：堂前风扫扫，念着念着，没有下句，在那里冥思苦想，想他的好下句。这时候他见他老子着急，便站在旁边嘻嘻地笑。他老子问："你笑么事？"他说："这还不容易。"他老子指着他说："你说！"他脱口而出："窗外日移移"。他老子搞他不赢，脸上便有些挂不住，说："算了！"他是何等的角色，看出了他老子脸上的不喜悦，便给他老子对上："可得。"他忽然就对对对子没有了兴趣，说没有了就没有了。他的老子以后追着他对对子，他呵欠连天，无精打采地说："爷，算了吧，世上最没得意思的事就是对对子。"

瞎子爹读书，习字，作诗。读六本四书，一读就是整本的；习字，习颜柳欧苏的体；作诗，作绝句作律诗。这些只怕他不动手，一动手就是那事儿，那真叫聪明绝顶，人见人爱。但不管哪件事，他做着做着，就乏味了，兴趣就转移了。要是就他的聪明，他只要在哪一门上下功夫，就会让巴水河的一河两岸叫绝。他做么事不能？哪碗饭不是他吃的？他吃不好？

日子难得过也易得过。年复一年，日子中，巴水河的一河两岸几多的故事，几多的诱惑。瞎子爹在诱惑中长大了。自古以来，巴水河边出富人，富人家几多的钱财，几大的排场，他爱看富人家红白喜事的大排场，通常看起来忘记了吃喝忘记了日夜。这还是好说的事，富人家的红白喜事总有个完了的时候，没完了的事是自古以来巴河两岸出美女。有句说语，叫作：巴河地脉轻，出的女儿似观音。巴河两岸一家家出几好的女儿，一个比一个柳红絮白，一个比一个杨柳腰肢，一个比一个笑含春风。他爱，他爱人家的好女儿，没有他看够的时候。巴河两岸又几多戏，土地会唱，观音会唱，修谱唱谱戏，敬神唱神戏，一年四季唱戏，有唱不完的戏。唱戏瞎子爹爱看台上的旦角儿，那装扮了，唇红齿白的爱死人的模样儿，总也让他看不够。那一年沙街春上唱社戏，接的是细六儿的班子。巴河两岸名戏班子是以班主起名字的。细六儿因为唱戏，他男人骂她是婊子，早年与她离了婚。细六儿为熬寂寞就蓄班子，在台上台下真真假假地赚巴河男人们的情，过她作为女人的日子。细六儿是演旦角出名的。细六儿虽然徐娘半老，但装扮了在台上演就比姑娘还娇滴。演《梁山伯与祝英台》里的《楼台会》《十八相送》，锣鼓敲得蹦跳，胡琴拉得哇哇子叫。瞎子爹就玩疯了。他就赶场子。细六儿的班演到哪里，他就赶到哪里看。细六儿在台上演，他在台口看。那时候他看细六儿全身的精气神，就全集中到他那双眼睛上了。他的那双眼睛那时候就射出摄人魂魄的光芒。要说细六儿算得是玩人的老手，台上演的戏少了，台下见的人少了？风风雨雨大半生，假的作真的演，真的作假的唱，算得是曾经沧海难为水吧？但她却被台口上看她的瞎子爹那时候的那双摄人魂魄的眼睛摄走了魂魄，两目对光，她便一时间忘了唱的词儿，冷了台。弄得琴师一个劲地拉过门，鼓师一个劲地叫点子。好在她是老手，叹了一口，看到月亮下对面河畈里一丘好油菜薹，顺口唱了句："对面畈里一丘好油菜薹呀"，便记起了要唱的戏词儿。细六儿演了大半生的戏，从未出过丑，这回让台下这个嘴巴上未长毛的后生出了。这也是没有办法的事。

　　戏散了场，看戏的人们渐渐地离去了。瞎子爹还在戏场里转，像找魂样的。星光满天，月亮当然好，月下风情，河边的杨柳袅烟，晕晕的。细六儿不卸戏妆，让戏班里唱丫环的贴身小旦去叫瞎子爹到她的房里来。他随那小旦去了，进了细六儿的房，那小旦便从外面锁了房门。油灯忽闪忽闪的。一阵脂粉香，使瞎子爹喘不过气来。细六儿问他："你爱我不？"他说："爱。"细六儿听他说爱，就一把搂住了他。他也一下搂住了细六儿。细六儿就用那脸戏妆同他恩爱。他情急如火，哪里经得住细六儿那老辣的手段？细六儿教他，一时半刻，他便入了港。经细六儿的手，他便一下子从童子长成了男人。云雨完毕，细六儿卸了戏妆。油灯下现了细六儿那一张皱纹渔网般的脸。细六儿让他看她的那张脸。细六儿问他："你还爱我不？"他痴痴地说："还爱！"细六儿这时候动了戏腔："冤家啦！你还爱我做甚？"细六儿叫戏班的几个武生将他赶了出来。细六儿对戏班的几个武生吼："跟我听着，这小东西再来打断他的腿！"

　　瞎子爹闷闷不乐地踏着残星和露水回去了。回去之后，他又忍不住对他的朋友说了此事。他的朋友听了，吓了一跳，说："我的个娘！你怎么跟她？她可以做你的娘呀！"他说："这哪是碍事的事？"他不理他那个俗得要命的朋友。世上哪来的这些俗人？他真是不明白。他仍是很怀念细六儿，念念不忘的。此后他虽然没有再去赶细六儿的场，但他录了一首杜工部的诗，怀念细六儿，叫作"黄四娘家花满蹊，千朵万朵压枝低。留连戏蝶时时舞，自在娇莺恰恰啼。"贴在书房正面的壁上，读着读着心底就浮上无限的惆怅来，弄得眼泪巴沙的。

瞎子爹的老子读书读不赢儿，写字写不赢儿，对对子作诗都不是儿的对手，家里又有些田地，下狠心让儿下畈流黑汗又无法做得到，做不到就是一句空话。这时候瞎子爹的老子遇到了瞎子爹这样个儿，真是豆腐掉到灰里，吹又吹不得，打又打不得，只好让他去贵，出双眼睛看他将来能贵成么样个相。这样的儿长到这样个时候，做老子的就越做越累人，做儿子就越做越潇洒。

　　一年四季巴水河边几好的景色，几好的景色中生长着几好的姑娘，好姑娘就好比会走的花，有许多的好姑娘在他眼睛里一齐生长着，瞎子爹就觉得人生真是托得，托人生的日子真是太美好了。弄得人心里痒痒的，浑身的血胀胀的，瞎子爹就成天沉浸在美好的梦幻里，海阔天空地想他看到的那些巴水河边的良家女儿们，想他和她们发生种种的故事，他在古典诗词中幻化出许多的意境来，供他和他看中的巴河女儿享用。比方说，关关雎鸠，在河之洲，他就幻想他看中的巴河女儿在巴河的绿树洲头上向他招手，他就去了，乘着风飞，飞去了落地后，那无限的欢愉。比方说，《楚辞》《九歌》中的《湘君》和《湘夫人》，他就把他幻化成湘君，把他平日看中的巴河姑娘幻化成湘夫人，在碧水流淌芳草连天的湘水上，时隐时现，可望而不可即，痛他的心，使他无端地泪下。想着想着，他觉得做个凡人真是没得意思极了，要是做皇帝就好，做皇帝真是人过的快活日子。做个凡人几多的约束，皇帝定许多的规矩来捆你凡人，这做不得，那也做不得，他就是不给你做人的自由。他不给你凡人做人的自由，他就自由了。他黄金遍地，堆着，他要用多少就用多少，他想怎么用就怎么用。他不准你凡人乱来，而他自己却三宫六院，把天下的美女集中起来，他想要哪个就要哪个，一生用不过来，还不准别人染指。瞎子爹许多许多的时候想，他要是皇帝该多好！

　　瞎子爹的眼睛，漂亮。他的那双眼睛，年轻，活泼，含云蓄雨的，看姑娘专注了，就几多的湿润，几多的似水柔情。巴水河边的姑娘不用看他的人，只要看他的那双眼睛，脸就红，心就跳，整个的身子就酥了。我的个天！你还要人过日子不？巴水河边该灿烂的季节必定灿烂，冬过了，便是春来。春来了，风清了天浅了地深了，这时候看不尽的便是花。梨花开过了，桃花接着开，油菜花遍野开时，公狗们便患了"菜花疯"，不吃不喝，不分日夜地掉着闪闪的粉红舌头流着亮涎儿追发情的母狗。这时候什么是过瘾的事，这便是。这样个季节里巴水河边沙街的男男女女，便在田里地里以及床上享着无尽的欢乐。这样个季节里什么是巴河边沙街男女的欢乐？自然的欲望，便是。这时候沙街人心里少了些龌龊，多了些阳光。他们让原欲膨胀在雨里风里，使生活有着无尽的美好，欢乐和歌声随时随地而起。这样的季节，患"菜花疯"的公狗便在河畈遍地铺金的菜花里，肆无忌惮地"打连"。这时候沙街的养在深闺人未识的女儿们，便守不住，便结伴出门踏青，青荡荡的原野上，便有了她们怀春的歌声："三月那个杨柳桃花开呀依哟，细姨那个打扮哎哎哟看外甥嘞；姐在耶房中嘞纺棉纱啦那啦啊，郎在那个外面窗子扒，要奴嫁给他！"这样的歌声，这样的风情，如青浪阵阵拍打着无边无际的春啊。她们穿着雪白的粉底鞋，让青青河畈里的麦苗和河边青青的草染她们；她们鬓上插着畈上采得的野花儿，折那柳条儿，拿在手里，让那青青的活气亲她们。这便是一年一度巴河女儿们的踏青节。让巴河两岸的后生们知道她们，她们青春了呢。

吴家染铺的女儿吴瑕，随着姐妹们踏青在一片金黄的河畈上。那只患"菜花疯"的疯狗，正忘情地与那只发情的母狗在油菜田边交欢。许多的沙街人围着看。吴瑕和她的姐妹们走到了那里，众姐妹一见那场面，一齐用双手捂住自个的眼睛。不看便是不羞，看了就是羞。谁个大姑娘去看那龌龊？瞎子爹那时候站在不远的油菜田岸上看那热闹，觉得那有意思，是意思。瞎子爹看到吴家的瑕，羞红了脸，用双手儿捂着自己的眼睛，却从手指的缝儿里，露出一线眼睛来，偷看。瞎子爹彼时心就一动，觉得吴家的瑕与别的姑娘不同，可爱极了。他痴痴地看着吴家的瑕笑。吴家的瑕，脸飞红云，转身撒手就看见了他，羞得又用双手捂住了脸。瞎子爹那时候的心一下子就贴到吴家的瑕的心上去了。

瞎子爹就有事无事到吴家染房去缠吴家的瑕，有了河畈里的那一层窥破，吴家的瑕见了瞎子爹也就不矜持。瞎子爹每次都穿着崭新的长衫去，衣带飘风的。他是敢爱的角色，进了吴家的门，笑吟吟的。吴家的父母问他："你找谁？"他说："我找瑕。"弄得吴瑕的父母觉得她家女儿许了他什么似的，不好说他什么。女儿百岁是人家的人，一家养女千家求，这是人生正道理。人家家境不错，人也配得上你家的女儿，你做父母的能多说什么？吴家的瑕在她闺房里做女红，他就到瑕房里挨瑕坐。瑕恼他恨他，脸上却不现出相来。

瑕就来个善法儿。他每次去，瑕就偷偷地撩起他的长衫，用剪子剪掉一个角儿。他痴痴地望着瑕，笑，装着不知道。整整的一个春天，瑕就剪了他十五件崭新长衫的角。剪得瑕的手软了，剪得瑕再也不忍心剪下去了。瑕剪不下手的时候，他就对瑕动了手。瑕依了他。他见了瑕的真红。他美滋滋地想，人都是他的了，剩下的不就简单了吗？不就是明个媒！

可是就在他明媒要娶吴家的瑕的时候，吴家的瑕坚决不答应嫁他。他怎么也想不通，瑕为什么变了卦？瑕托媒人带信，叫他不要再来了。他不死心。他要到吴家去问瑕。谁也拦不住他。他就到吴家去了。瑕不愿再见他，闩了闺房的门不打开。他气了。隔着窗子，他对瑕说："我又抢你不去，你闩门干什么？"瑕说："相公，我闩的是我家的门。我闩了你还来干什么？"他说："我要死个明白。"

瑕说:"死都死了,还要明白。"他眼泪就漫出来了,哭着腔说:"瑕,你好狠个心!"瑕说:"你家有多少件新长衫给人剪?人剪了你十五件新长衫,你都装着不知道,那是过日子的人吗?"瑕就哭,说:"人,去吧,我个穷人家的女儿,我配不起你。你要的我不是给你了。"他就彻心绞痛,揪自己头发,揪下带血的一缕,抛在吴家的院子里。他仰天号啕:"天,磨人的天!为什么?为什么不能人与心兼得?"吴家的瑕听了那号啕,绞着手绢,泪如雨下,哭昏在闺房里。

瞎子爹想,我托什么人生?我活得没劲极了,还不如一个和尚呢。

瞎子爹说的是河边水月庵里的住持师父惠静。惠静吹一管洞箫。那管洞箫好长,浑身铜的颜色,一节节用黑漆线缠着,箫尾系着一根三尺长的红丝缨子。巴水河边四季的风是有颜色的。春季是绿的,夏季是黄的。黄的风是南风。南风熟麦,无边无际地熟。在熟麦的季节,河边的水月庵里,便要做法事。这时候沙街人有一段空闲,空闲了,沙街人就要到水月庵里请惠静师父做法事,积些功德。或菩萨许愿生了儿的,或菩萨保佑病好了的,还愿的法事就在这段时间里集中起来做。水月庵庙小,师徒三个做不起全场的法事,惠静师父就到河对岸的龙王庙里去请几个师父来帮忙。这时候水月庵里香烟缭绕,木鱼叮当,磬静了河岸边的杨柳林子。沙街的善男信女们,就都来到了水月庵的大堂里念经做法事积功德,男的少,女的多。沙街健壮的男人一般只管在畈里苫做,把种子种下去,有收成日子就美满,对积不积功德不大感兴趣。对积功德感兴趣的是那些整天神秘兮兮的女人们,她们总在生活中满足不了。隔一段时间不做法事不积功德,她们就没有精神。五月的南风里,水月庵里,法器响起来了,木鱼和磬的声音袅袅的静不了。在那袅袅的尾声中,惠静的洞箫吹起来了。那洞箫声金黄黄的,像天上的太阳四射,像河畈上的麦浪滚滚。那箫声从天上伴着天风而来,吹到地上,在地上婉转着九曲十弯儿,吹到人的心上,让人的心在那金黄中慢慢融化成叫作幸福的东西。这时候沙街的善男们就在蒲团上合掌坐着眯着眼品赏着那似酒的微醺,而沙街的信女们则满面潮红围着吹箫的惠静师父看,如醉如痴的样子。那时候在她们的眼里,童身的惠静师父一身静静的祥光,动着她们心底的纯,她们眼睛里润湿湿的。所以在巴水河边,只要是哪个师父的法事做好了,信女献身的事毫不奇怪。但童身的惠静师父,不为这些所动,他不看围在他身边的那些眼睛,他闭死他的眼睛吹他的箫。沙街男人们从不敢亵渎惠静师父。

沙街的男人只有暗地里骂他们的女人:"么事做法事积功德?是想撩惠静!"沙街的女人清醒了,说:"是又怎么样?他要是真要,我就给。"

气得沙街男人仰了颈,剥光了自家的女人,按在床上,深犁细耙。那巴水河边的日子就愈加浓酽了。

吴家的瑕不嫁给他。瞎子爹要学吹箫了。

学吹箫,瞎子爹首先想到的是要有一支好箫。瞎子爹向他的老子要银子买箫。他的老子那时老了,牙落了,说话关不住风。他老子老眼昏花可怜地望着他不争气的儿,说:"你要吹箫哇?"瞎子爹点点头。他老子喘一口,恨一声,冷笑说:"吹箫好哇!你去吹箫吧!"说完就从柜子里扯出一个褡裢来,朝地上一丢,说:"这是老子留给你的最后的五十两银子,拿去吧,拿去买箫吹!"瞎子爹从地上捡起他老子丢给他的褡裢,要去买箫。这时候他的两个成房立户的哥,看着他手里提的褡裢,眼睛鼓得像两双兔儿卵子,拦住了门。他老子又是一声冷笑,对他的大儿和二儿说:"怎么?你们是我的儿,他不是我的儿吗?听好,老子现在就把家分了,你们兄弟三个把老子的财产做三股分,他做了老子一场的儿,分他五十两银子不多不少。老子还没死呀!退开。让他去!"

巴水河边五月的阳光好金黄。瞎子爹提着他老子给他的五十两银子,径直来到河边的水月庵。银子在他的手里叮当地响。惠静正在闭目打坐,被他的银子弄醒了。惠静问他:"施主,你把银子提到这里来做什么?"瞎子爹说:"我来买你吹的箫。我出五十两银子,你把你吹的箫卖给我。"惠静笑了。惠静说:"你要吹箫?"他说:"正是。"惠静说:"箫是竹子做的,普天之下有人家的地方就有竹子,有竹子就有箫,一两银子就可以买一捆。你何苦独独要买我的箫?"他说:"普天之下那箫是什么箫?一两银子买一捆的那是什么箫?你怕我不晓得?"惠静苦笑了,说:"施主呀,你这是要老衲的命。老衲要靠这支箫了却残生。"瞎子爹笑了,说:"你莫哄我。我晓得你要用这支箫收人心之光芒,修成正果。"惠静一听,脸就惨白了,额头上就渗出冷汗来了。惠静擎一掌于鼻前:"阿弥陀佛!施主,你悟根不浅。你既然知道了,为何来逼老衲?"瞎子爹见惠静吓成那个样子,觉得好笑。心想,我以为道行深不可测,原来不过如此!也就不再吓那老衲惠静了。他仰一眼天上俨然四射的那轮太阳,笑了,提着他老子给他的褡裢,穿林出径,叮当而去。

瞎子爹提着他老子给他的五十两银子来到巴河镇上的乐器行。他掏出五十两银子朝柜台上一丢,对乐器行的老板说:"五十两银子,你给我挑支仙箫。"老板不敢接他的银子。老板说:"我这里没得你要的仙箫。我这里的箫都是竹子做的,一两银子十支,论捆买,随你挑。"瞎子爹说:"我要的是一支仙箫,价钱好说。"老板赔着笑脸,说:"你要的仙箫,我这里没得。"瞎子爹问:"那别的地方有吗?"老板说:"我肉眼凡胎,做了一生的乐器生意,凡箫看到过不少,就是没看到过仙箫。"瞎子爹问:"那依你说世上不是没得仙箫?"老板说:"哪来的仙箫!"瞎子爹拍一把乐器行老板的肩,哈哈一笑,说:"说得对!世上本来就无有仙箫！箫是人吹的。"瞎子爹从箫捆里抽出一支箫来，对乐器行的老板说："凭你的这句话就值二十两银子，你这支箫我二十两银子买了！"乐器行的老板笑了，说："客官，我的一句话值二十两银子，那我的箫不一文钱也不值？"瞎子爹一怔，回过神来，哈哈一笑，说："老板，你卖的这支箫值二十两银子，我买了！"乐器行的老板不笑了，说："客官，你说错了。我卖的这支箫，零买只值一文钱。我是个生意人，生意人有生意人的道，少收一文是为媚，多收一文是为诈。我不多收一文，不少收一文，只收一文。"瞎子爹搓一把手："好！那就一文吧！"瞎子爹从袖筒里摸出一文钱出来，买了乐器行老板的那支箫。瞎子爹拿那支箫在手，敲着巴掌，沿着巴水河青青的河岸走，一路走一路笑："哈哈，哈哈，原来只值一文，只值一文！"

　　瞎子爹回来后就学吹箫。他对着绿绿的河水吹，他对着青青的杨柳吹。他本来就有过人的聪明。巴河有句俗语：千日胡琴百日箫，喇叭笛子当面教。他学吹哪要百日，不到一个月的工夫，他就把水月庵里的大师父惠静吹箫的一切技巧都听着学熟了。他吹着吹着，觉得他比惠静师父吹得还要好些。比方那运气，他就比惠静运得好。他吹《双凤朝阳》，运气学凤凰叫，气流在嘴里运出的声音，就比惠静吹得活多了。他能吹出凤凰边叫边扇翅的声音，惠静就吹不出来。惠静光吹叫，不晓得吹扇翅。月亮升起来了，河水晃着月亮的影子，河风漾着杨柳的梢，打着嗯哨儿。惠静在水月庵里吹，他在沙街垸子里吹。那边的风把惠静的箫声送过来，这边的风把他的箫声送过去。两边的箫声撞了，就在伏天的夜里有了比较。比出了他心中的喜悦：他那边的箫声算什么箫声，像是秋风扫落叶叫人喘不过气来，我这边的箫声才叫是箫声，是初春的风，能撩得出柳芽儿。

　　他就千方百计要和惠静比一比。他就不相信，他惠静能吹得沙街的女人如醉如痴，他就不能！他就不相信，他惠静能吹得动女人的心，他就吹不动！吹了一段时间，水月庵又在做法事。木鱼敲，磬儿响，好不热闹。他就拿着他的箫到了水月庵。惠静见他拿着箫来了，问他："你来做什么？"他笑笑说："我来混餐斋饭吃。"惠静苦笑了，说："施主，斋饭不好吃呀！"他说："有什么不好吃的？世上么事饭不是人吃的？"惠静擎一掌于鼻下，念了一声佛："阿弥陀佛！罪过，罪过——老衲让你，你就吃吧。"

　　惠静就不吹箫了。惠静让他吹。那时候善男们都眯着眼睛，品赏着佛乐在他们心底洒上的光芒。信女们众星拱月般地的在蒲团上坐了，他拿着他的箫来到中间的蒲团上坐下，吹。他眼睛瞧着他身边的那些沙街女人，吹得行云流水。他以为那些沙街女人会被他吹得神魂颠倒。他万万没能想到，他的眼睛一扫过去，沙街的那些女人们就坐不住，一个个地站起身来，朝水月庵门外走。法事进行不下去了。惠静来到他的面前,说:"施主,请受老衲一拜。阿弥陀佛,这里不是你吃饭的地方。"沙街的善男们听佛乐停了,睁开了眼睛,见是他捣的乱,便吼:"你到这里来凑什么热闹?你去吃你的荤饭吧!"沙街的善男们愤怒了就不善了,将他赶出了水月庵。

瞎子爹逃到河岸边,像狗样地呜咽了。他捡起河边的一块石头,把他手里那支箫,用石头细细地砸碎了。一片裂竹的声音。他抓起残篾,一把丢到河水里。河水无声,卷着残篾,漂走了。

这时候瞎子爹的老子活不赢他,死了。他老子死了之后,他才想起日子里好像缺了点什么。他才记起他原来只有他一个人。他的娘比他的老子还走得快些,他娘走的时候,他倒没有觉察出日子里少什么。现在他老子死了,他才猛然觉察出来了。这时候他才觉察出他的两个哥哥,原来都有自己的家,都有自己的儿女,只有他人到三十了,还是除了他就是他身后拖的个影子。这时候心里才不是个滋味儿,才不是人受的。老子死了后,他忽然明白,过日子要一些家产,有一些家产才好过日子。他就要同他的两个哥哥分分他老子留下来的家产。

他就去找他的两个哥哥,说:"大哥,二哥,我们是不是要分下家?"这时候他的两个哥,对他冷笑,说:"兄弟,你是贵人多忘事,父亲健在时不是早就把家分了?你记不记得你那次要买仙箫,父亲给了你五十两银子?父亲那时就把家分了的。父亲说你在他面前做了一场的儿最后值那五十两银子。"他看见他的两个哥哥已经把老家开了两个大门,每个大门里都有他们早已安顿好了的小家,他就知道没他的份了。他就双手抱胸,哈哈一笑,说:"你们以为我稀罕那点鸟东西吗?"他的大哥说:"我晓得你不稀罕这点鸟东西的。你是么样的角色?人家说一晓得五,你说一晓得十。你这样聪明的角色,稍微用一点心思,么事饭吃不饱?么事财不能发?不像我这鸡扒的命,只晓得整天地扒。"他的二哥说:"兄弟,俗话说亲兄弟明算账。我和哥现在分的东西还值不了五十两银子。你是个聪明人,不信你掇着算盘算,你就晓得了。不怪做哥的狠心,你只怪你自己。兄弟呀,我们都是共一个娘肚子生下来的,你要是日子过不下去,来找哥,哥别的没得,饭还是有你吃的。"

他远远地冷冷地笑,说:"大哥二哥,你们都说得对呀!"他转身从地上捡个石头丢到门前的湖里,说:"笑话,我找你们,我饿死了也不找你们。我要找你们除非我丢的这块石头浮起来!"说完他转身就走。

他的两个哥喊:"兄弟,你到哪里去?"他转身一笑,说:"放心,这好的世界,我舍得死吗?"

到哪里去呢？瞎子爹沿着巴水河岸走，杨树柳树发着干枯的响声，没有水分。瞎子爹走离了沙街。回头望沙街只是一团晕晕的绿。毕竟沙街养了他一场的，他禁不住回头望了。回头望了后，瞎子爹的腿就软软地不想走。他就在河堤边上坐下来双手抱着头想，想想，不经想，想想，托人生好没甘味，搞得他眼泪兮兮的。现在他需要认真地想一想，他的老子死后他怎样把日子过下去，他是不是要做点能将日子过下去的事。

巴水河一河两岸，土地多么肥沃，抓一把土，可以捏得出油来。巴河两岸日子里各色人等智慧如风，浩荡着，生生不息。在这块土地上过日子只要你稍微用一下心思，就会有过日子的办法。瞎子爹抱头想了想，那过日子的办法就被他想出来了。

巴水河边把甲鱼叫脚鱼。靠捡滩过日子的熊脚鱼佬的草棚子，就落在巴河的堤岸边上。熊脚鱼佬的草棚子搭得很高，高就干燥，风爽。熊脚鱼佬的草棚子是用清一色山茅草搭的。这种茅草是当年楚王向周王进贡的那种茅草。这种茅草是楚地的珍品。那年楚国强大了，没有向周王进贡这种茅草，没有这种茅草害得周王无法缩酒祭不成祖宗。为这种茅草的事，齐王竟发兵攻打楚国。《左传·僖公四年》记载："尔贡苞茅不入，王祭不共，无以缩酒，寡人是征。"说的就是这件事。巴水河边的山茅草，茎粗近于绿豆，三四尺高，草籽呈锥形，身入其中，打不掉，抖不落。收割时，放火烧掉枯叶，取不易燃烧的茎，盖茅棚。熊脚鱼佬的草棚就是用这种山茅草搭的，开着门，留着窗。他在河岸边上搭着这间高大的茅棚子，守候着他的日子。河肥河瘦，花开花谢，燕来雁去。瓢泼大雨和漫天飞雪摧不垮他的茅棚，只在他的茅棚上留下青苔，青苔该枯的时候枯，该活的时候活。异人熊脚鱼佬，就在河岸边的这间神秘的茅草棚子里过日子。

瞎子爹离开沙街在河堤上抱头想他未来的日子怎样过的时候，就想到了熊脚鱼佬。在他想来，熊脚鱼佬的日子真是比神仙过得还舒服。熊脚鱼佬靠脚鱼过日子。他决不像巴水河边的那些人，一年四季在河里钓，在港里网，在湖里潜水捉，成天晒得浑身上下沾不住一滴水，黑炭头似的。那些人在水里捉脚鱼，跟水较劲，有时候有，有时候无；有的时候眉开眼笑，一脸的欲像；无的时候没有一点笑色，只看到两个眼睛眨，可怜巴巴一脸的空白。熊脚鱼佬，搞脚鱼是捡滩，并且一年只捡一回。每年空中的雁声叫绝了，一天比一天冷了的秋风，扫落了巴河两岸所有的树叶儿，扫出天和地的空旷与苍茫，这时候便是巴水河进入霜降开始冬藏的季节。北风在河滩上，吼吼地扫，他便知道第二天是一年一度初霜要下的日子。这一天的晚上，河岸茅棚里的熊脚鱼佬，便沐浴更衣，跪在蒲团上烧纸钱焚香祷告，说出一年一度心底的愿望，然后丢卦。卦若是一俯一仰阴阳合一了，说明神准了他在这一年捡一回滩；若是卦阴阳不合，那一年他就不捡滩了。他就在他的那间茅草棚子里，默默等待着第二年初霜的到来。卦准了，熊脚鱼佬就从地上爬起来，到河边邻近的垸子里去叫人，通常要叫二八一十六个强壮有力的男人帮他的忙，说好只雇一天，他给他们开很高的工钱。第二天，天刚麻麻亮，北风停了，巴水河边一年一度的初霜果真下了。一望无际的河滩上，一片茫茫的白，踏得人鞋底嚓嚓地响。这时候异人熊脚鱼佬，头裹黑包头，黑衣黑裤，浑身就是一个黑精灵。他燃着一把火香，捏在手里，只见他的两只眼睛的瞳子聚成了两个火亮的点。他拿着那把火香，顺着瘦瘦的河水线，眼睛全神贯注地盯着，他能看到河的沙滩底下哪里有脚鱼哪里没脚鱼。他能看到沙滩底下那脚鱼们吐出的常人怎么也看不到的白气儿。他要赶在太阳还未出来之前的一个时辰内，一路把他手里的那把火香插下去。太阳一出来，只要露出一点红，他就看不到了。他把手里的那把火香插完了之后，他身后的、他叫来的帮忙的那些巴河男人们便挑着箩筐，照他插的火香扒，扒开河沙，一堆堆的脚鱼便显了出来。以半斤为限，半斤以上扒起来，装进箩筐，半斤以下的，仍埋进沙里，留着让它们继续长。那是他来年的希望。捡了滩，一十八担脚鱼。那便是吃的，便是钱。

异人熊脚鱼佬一年只捡一回滩，他就能把他的日子过下去。瞎子爹想，哪里去找这么轻松的事？他要是拜熊脚鱼佬为师，把熊脚鱼佬的手艺学了，还愁人的日子过不下去？瞎子爹想到这里，心里就有了暖暖的希望。

瞎子爹来到河岸边熊脚鱼佬的茅棚子的时候，熊脚鱼佬只穿件卷腰的大裤衩裸着上身喝酒。熊脚鱼佬眯着红线绕边的眼睛，微醺了，他腿上身上粗粗的毛黑黑的。瞎子爹进去了，熊脚鱼佬视而不见的。瞎子爹进了茅棚之后，就拜倒在地上。瞎子爹就感到漫起的腥膻之气向他逼来，呛得他喘不过气来。瞎子爹伏在地上，看到地上，密密麻麻铺成八卦图形的全是吃光了肉的脚鱼背脊骨，给人毛骨悚然的感觉，他摸着地上的脚鱼的背脊骨，一个个的像活的在爬。他抬起头来，看见茅棚正面的壁上，挂着一张很大的脚鱼图。脚鱼图的下面，放一张供桌，香炉里香烟暗暗红红地袅，篆着字的样子。瞎子爹伏在地上，叫了一声："师傅！"熊脚鱼佬把脚盘了坐，问："你是哪个？"瞎子爹仰起头来，又叫了一声："师傅！"熊脚鱼佬擦了擦眼睛，说："你不是黄家三相公吗？你不是生下地不哭吗？你不是很会读书写字对对子作诗很聪明吗？你不是很爱唱戏的细六儿吗？吴家的瑕不是剪了你十五件新长衫你见了她的真红吗？你不是与水月庵的惠静比赛吹仙箫吗？你到我这里来做什么？"瞎子爹伏地上，说："我到这里来拜师傅。"熊脚鱼佬笑了，摇摇头说："你怎么知道我会收你做我的徒弟呢？"瞎子爹说："我知道你会收我为徒的，我来向你讨生活。"瞎子爹说着就伏在地上磕头。熊脚鱼佬呷了一口酒，叹一口气，说："黄家三相公，这里不是你来的地方呀！"瞎子爹说："师傅，你收下我吧！巴河两岸的人都有人的日子，而我现在没有了，我是人，我要过人的日子。"熊脚鱼佬夹了一筷子脚鱼，放在嘴里嚼，嚼着嚼着，苦笑了，说："你以为我这过的是人的日子吗？不错，我跟我的师傅清心寡欲，练了一辈子捡滩的功夫，现在是得了真传。可是在我未得师傅真传之前，我的婆娘受不住清贫，十年前跟贩黄丝的客跑了，如今只剩我一个孤人。我现在活着，是我不晓得我什么时候死。"瞎子爹说："师傅，收下我吧，我还年轻。"

熊脚鱼佬说："黄家三相公，你拜我为师，我晓得你是日子过不下去了才来的。你以为我一年捡一回滩能把日子过下去，世上再没有比这更轻松的事吧？做我这行当的，要以性命做代价，到头来眼睛要瞎的。你受得了这一绑吗？你来看我的这双眼睛，我老了，它就快要瞎了。"瞎子爹说："我还年轻，我不想死。为了过人的日子，瞎就瞎，我不怕。"瞎子爹说到这里，熊脚鱼佬又叹了一口气，说："话说到了这种田地，那你就留下吧。"

熊脚鱼佬站起身来，走到瞎子爹的面前，说："让我看你的眼睛怎么样？"瞎子爹说："师傅，我别的不行，眼睛还好。"熊脚鱼佬说："咬得下蚕豆不？"瞎子爹说："还可得。"熊脚鱼佬说："我来试试就晓得。"熊脚鱼佬就从神案上的香炉里拔下一支火香来，叫瞎子爹莫动，把眼睛睁圆睁大，看他手里的那支火香。他把那支火香往瞎子爹眼睛前凑，那支火香还未凑到瞎子爹的眼睛前，瞎子爹的两只眼睛就散了神。熊脚鱼佬就笑了，说："伢呀，你一生吃亏就吃在你的这双眼睛上了，太活泛了。"熊脚鱼佬望了一眼茅棚外，说："这也不怪你，世上红的花绿的叶，惹人看的东西太多了。伢呀，你现在拜我为师，就是我的徒弟了，我实话对你说，做我这行当的，全靠练眼睛专一的功夫。"瞎子爹说："师傅，世上我么事没看过么事没看透？我从现在起跟你练专一。"熊脚鱼佬笑了，说："说看透了就是还没看透，看透了那还说什么？日子多如牛毛呀，说它做什么？不说了。我以为我的这个行当要失传了。但我细一想，巴河的一河两岸做什么的都有，怎么就没有一个人愿意接我的这个行当呢？不会的，一定有人愿意来接我的行当。"熊脚鱼佬苦笑了对瞎子爹说："伢嘞，别人都不来，为什么独独你来？独独你来接我的行当？咳，巴水河边总算有一个人愿意接我这个行当了。有一个就行了，一个足矣。来，喝酒。放心，有我喝的就有你喝的，怕它日子？"

太阳出来了是白天，太阳落土了是黑夜，巴水河边瞎子爹和他师傅熊脚鱼佬在河岸边的那个茅草棚子里，黑黑白白地过日子。熊脚鱼佬开始教瞎子爹练眼睛专一的功夫。

　　清风丽日，熊脚鱼佬把瞎子爹带到潮泥淤得漆黑的河滩上，由于淤得肥那里开遍了巴水河边所有的花儿，赤橙黄绿青蓝紫各色的都有，看不够的颜色，闻不尽的清香。彩蝶儿如云似雾，河风一吹一阵，采蜜的蜂儿，爬在花蕊上贪婪地吸，河风吹，吹也吹不动。太阳挂在天上，像一个熟透了的桃子，好灿烂好灿烂。在这样个姹紫嫣红的天地里，瞎子爹的师傅熊脚鱼佬顺手扯一根河畈浮游的天丝，趁瞎子爹不注意时，飘在瞎子爹的鼻梁上。熊脚鱼佬说："徒弟，现在师傅开始教手艺了。我问你什么，你就答什么。不要说假话。说假话你就永远得不了我的真传，你就一生莫想吃我这碗饭。"瞎子爹说："是的，师傅。"熊脚鱼佬问瞎子爹："徒弟，你看到了什么？"瞎子爹说："师傅，徒儿看到了红的花绿的叶。"熊脚鱼佬摇摇头说："不对呀，徒弟，我要你看的不是这东西。你再用心看。"瞎子爹就睁大眼睛看。熊脚鱼佬问："你再看到了什么？"瞎子爹说："师傅，徒儿看到了粉蝶如云随风飘起。"熊脚鱼佬摇摇头说："徒儿，我要你看的不是这个。不要眨眼睛，你再用心看。"太阳在天上晃着金光。过了会儿，熊脚鱼佬问瞎子爹："徒儿，你现在看到了什么？"瞎子爹说："师傅，徒儿现在看到天和地在远处化了青烟。"太阳底下，熊脚鱼佬摇头苦笑了，说："徒儿，你一生吃亏就吃在这上面了，现在要你看那么远做什么呀？你往眼前看。"瞎子爹就往眼前看。熊脚鱼佬问他："你看到了什么？"瞎子爹终于看见了，他说："我看到了一线雪亮飘在我的面前。"熊脚鱼佬问他："你还看到别的吗？"他说："师傅，现在别的东西不在我的眼睛里。"熊脚鱼佬说："你再看。"瞎子爹就再看。熊脚鱼佬问："还是那东西吗？"瞎子爹回答："还是那东西。"熊脚鱼佬说："这就对了。那是根天丝。我师傅当年教我时，用的也是这东西。我用它在河滩上练了三个六月九个冬，才得到真传。"瞎子爹说："师傅，我懂。"熊脚鱼佬说："你一点就悟，比我当年强多了。从现在起，你就在河滩上练这功夫吧。"

　　瞎子爹就在河滩上练了三个六月九个冬盯天丝的功夫。三个六月九个冬，漫长的十二年，河还是那河，山还是那山，瞎子爹枯了瘦了。那年过年的时候，瞎子爹伏在河岸边的那间茅棚地上，对苍老的熊脚鱼佬磕了三个响头，说："师傅，我练了三个六月九个冬，一十二年了，我觉得我的功夫到了。"苍老的熊脚鱼佬笑了，说："是吗？那我就到滩上去验验你。"瞎子爹就同他师傅熊脚鱼佬朝滩上走。冬尽春来，河风里抖着瘦瘦的柳，发着黄黄的芽。滩上天丝总有，随风不时飘来一根。瞎子爹顺手拦了一根，飘在自己的鼻梁上。师徒二人朝滩的深处走，滩荒瘠，草还未生，总有响响的沙和响响的卵石。趁瞎子爹不注意的时候，熊脚鱼佬将瞎子爹鼻梁上飘的那根天丝抹去了。冬去春来的太阳照着巴水河一河两岸垸子里人们新年的欢乐，也照着滩上师徒二人寥寥的空寂。瞎子爹站定了。苍老的熊脚鱼佬就问他，说："你看到了什么？"瞎子爹说："我看到了那根天丝。它像一根天柱，竖在我的面前，毫光四射。"苍老的熊脚鱼佬，笑得喘不过气来，说："是真的吗？"瞎子爹说："是真的，师傅。"熊脚鱼佬把掌里抹的那根天丝，给了瞎子爹看，说："徒弟，你的那根天丝在我掌里呢，我趁你不注意的时候抹下来了。你看到的是么东西？你什么都没有看到呀？"瞎子爹说："师傅，你以为我不知道你抹了我的天丝吗？无便是有，有便是无。"苍老的熊脚鱼佬笑得一耸耸地，说："我的个徒弟，你错了。我教你的不是谈玄，是过日子。过日子有就是有，无就是无。哪来无便是有，有便是无？"瞎子爹哭了，说："师傅，徒儿又错了吗？"苍老的熊脚鱼佬抚着瞎子爹说："是的，徒弟，你又错了。"

这时候就有巴河新媳妇，打人的眼，穿红着绿的，坐渡船过河走娘家。艄公用翠翠的青竹篙，撑着清亮的河水，撑出一河欢乐的浪。那新媳妇，唱起了巴水河歌谣《十八女儿十八春》："十八女儿十八春，莫误十八女儿身，一年有十二个月，一天只有十二个时辰，挨了时辰过了身。"苍老的熊脚鱼佬指着河里渡船上的新媳妇对瞎子爹问："徒弟，那是么东西？"瞎子爹说："师傅，那什么东西都不是。"苍老的熊脚鱼佬说："你怎么说那什么东西都不是呢？那是人家的新媳妇呀！"苍老的熊脚鱼佬说着，抽泣了一下，烂得漆黑的眼睛里，流下了两汪淡淡的血水，也不擦，任它从头流到脚。

苍老的熊脚鱼佬流了那次血水后，两只眼睛就完全瞎了。他对瞎子爹说："徒弟，我要教你的东西我全教给你了，其余的全靠你自己悟，我不能再帮你了。这架茅棚就归你，你住得下去就住，你住不下去就让它放在这里，我要走了。你不要问我到哪里去，你晓得巴河边家养的猫吗？它要老的时候就走了，它就走到深山老林里去死，它不愿欢乐的活人看着它死的样子难过，它不愿冲了活人的欢乐。"

在那暮秋的夜里，双目失明的苍老的熊脚鱼佬不见了。那天夜里秋风秋雨，细细密密地吹，细细密密地落。河边的茅棚子里，师徒二人就着火塘里的火光，喝了不少热热的巴河老酒。瞎子爹就醉了，倒头便睡死了。巴水河边苍老的熊脚鱼佬从此后就不见了。他走的时候，给他的徒弟瞎子爹关上了河岸边那架茅棚风雨飘摇的门。

秋风秋雨停了之后，便是晴天。接着来了北风，寡天寡地地刮，瞎子爹知道巴水河畔，一年一度的第一场初霜就要来了。离了师傅的瞎子爹那几天内心里升起了一片辉煌，他感觉到他得到了师傅的真传，他就能在河滩上捡到脚鱼了。那种离成功不远的感觉，像巴水河里春天的潮，涌动着他浑身的血脉。就在那天夜里，他沐浴了，跪在蒲团上祷告了，对着茅棚正壁上师傅留下的那张像，说出了他心里的多年的愿望，化了纸钱，丢了卦，那卦一阴一阳地合了。瞎子爹大喜过望，爬起来，到邻近垸子叫了十六个男人帮忙。做完这些，瞎子爹美美地睡了一觉。

第二天，巴水河畔果然初霜，河滩一片茫茫的白。天刚麻麻亮，瞎子爹黑衣黑裤地穿了，包上了黑包头，燃了火香一把。他的一双眼睛，集了神光。他啸叫了一声，踩着初霜沿着枯了的水线跑，他看见了河滩上那袅袅的白烟在冒。他一路奔跑，一个时辰就把他手里燃的那把火香，插在他看见冒袅袅白烟的地方了。插完之后，他放声大笑了一回，蹲在河堤上，看他叫来帮忙的男人们，在河滩上扒脚鱼。他心想，他得到真传了，得了真传他人的日子从此就可以过下去了。但是，那些他叫来帮忙的男人们，照他插的火香扒开一处，不是脚鱼，而是一堆卵石，扒开二处，不是脚鱼，还是一堆卵石，叫来帮忙的男人们扒遍了他插的所有的地方，都不是脚鱼，都是卵石。那时候他仰天号啕："天啦！这是为什么？这是为什么——啦——"他感觉到他的泪酽酽的稠稠的，伸手摸一把，举到眼前想看一看，但是什么都看不到了。叫来帮忙的男人们惊慌了，他们看到的是他举的两手血。瞎子爹大笑了，把双手举起来，舔。那血是热的，甜得腥，腥得甜。瞎子爹响响地舔着，笑得喘不过气来。

巴水河边的日子如风，风是活的。活的风中，巴水河边的日子，总也褪不了绿。瞎子爹成了瞎子之后，满面祥光，盘脚坐在巴河的岸边上，听着风响，听着水流。心里，一片辉煌洒照着。那时候水月庵的惠静坐化了，惠静的徒儿遵从师傅的遗嘱，给瞎子送来了他吹的箫。瞎子爹满面祥光，盘脚坐在潺潺流水的巴河岸边，抚着那箫，然后捻指，含嘴吹了起来。那箫声袅袅幽幽，动了巴水河一河两岸的春天。瞎子爹心里一热，两个瞎了的眼睛洞里，竟是两洞盈盈的泪水。他被自己吹的声音感动了。这时候他才知道他得到了吹箫的真谛。

瞎子爹盘脚坐在巴水河的岸边，吹着他的箫。他身边集了许多巴水河一河两岸来听他吹箫的人们。他的身子四周，摆满了他们为他送来的吃的东西和穿的衣服。他的箫，吹的是巴河两岸万物滋滋生长的声音，太阳在天，朗朗地照。

听得人群里孙儿牵来的吴家的瑕，满脸的泪，揩也揩不赢。

箫声里，瞎子爹听到了那久违的脚步声。他知道她来到了他面前。

瞎子爹停了吹，仰起两个瞎成黑洞的眼，问："你来做什么？"

那人说："你怎么晓得是我？"

瞎子爹说："我怎不晓得是你？几十年了，你的戏腔台步，在我心里走过了千遍万遍。"

那人说:"我老了,没人看我了,戏班子散了,戏演完了,我来了。你跟我走,我有一双眼睛,你有一双脚,我俩过几天真日子去。"

那人便在众人的眼里,扶起了他。

春太阳很好。两人扶着牵着,沿着巴水河那弯弯曲曲、绿绿的河堤,走。

何存中 著

何存中文集 ❸ 中篇小说卷(下)

武汉大学出版社
WUHAN UNIVERSITY PRESS

图书在版编目(CIP)数据

何存中文集.3,中篇小说卷.下/何存中著.—武汉：武汉大学出版社,2021.3
芳草文库
ISBN 978-7-307-21637-2

Ⅰ.何… Ⅱ.何… Ⅲ.①中国文学—当代文学—作品综合集 ②中篇小说—小说集—中国—当代 Ⅳ.I217.2

中国版本图书馆 CIP 数据核字(2020)第 119804 号

责任编辑：黄　殊

出版发行：武汉大学出版社　（430072　武昌　珞珈山）
（电子邮箱：cbs22@whu.edu.cn　网址：www.wdp.com.cn）
印刷：武汉中远印务有限公司
开本：720×1000　1/16　印张：17.25　字数：319 千字　插页：3
版次：2021 年 3 月第 1 版　　2021 年 3 月第 1 次印刷
ISBN 978-7-307-21637-2　　定价：145.00 元（全 3 册）

版权所有，不得翻印；凡购我社的图书，如有质量问题，请与当地图书销售部门联系调换。

《芳草文库》序

刘醒龙

　　武汉有一批年纪不算太老，但肯定不再年轻的作家，既往作品每出无不风行江汉，后来平淡了些。二〇一五年初，恰逢一场小聚，其间有老朋友提议给这些在文学创作上颇有成就的作家出版文集，且当场做出关键决策。老朋友提及的作家也是我的朋友，他们的处境很有代表性。

　　世事流逝到今天，说一点不残酷是不真实的，说太残酷似乎也不科学。值此宁翔雁前羞跟牛后世风，普天之下莫不借口追求日新月异，其实是乡下俗语说的，人人都想一锄头挖出一口井。宁肯臭名远播，哪管丑态百出。忘却不该忘却的，强化不该强化的，是世情中一大不敬。这几年为一位已故作家出版文集，好不容易才成，一来二往之间，见识了足够多的现世生态。似这等才华出众的作家，若非上苍失察，弃之英年，敢不是当今文坛大旗一帜？同理，那些在喧嚣背后悄然尘封的作品，谁能说不是日后人有所诵的典范？天地同根，不是没有高下之分，而是天有天的高度，地有地的厚重。

　　常住武汉三镇之人，最能体会大江东去、流水落花深意。也是体恤的缘故，又于旷野之间留下高山流水千古知音，以为勉励，兼作念想。朋友提议，饱含诗情，深藏灵性。没有太多商量，三言两语之间，就达成共识，以《芳草》杂志名义，逐年排选，将这批作家的代表性作品编成文集出版。只是由于执业所限，本套书只能以《芳草文库》相称，名头虽小，相信分量不轻。

　　哲学教会人们认知正确与错误，自然科学是要让人懂得成功与失败。然而，短短人生，包罗万象，其善其美，何止兴衰胜败！文学的存世与流传，其意义正是超然前二者，不以成败对错为目的，也不以卑微尊贵定价值。人非草木，却如同草木，这是文学理由之一，生命不能永恒，却绝对永恒，这是文学理由之二。文学根本理由是，协助芸芸众生在庞杂得无可把握的宇宙间，在神与鬼、灵与欲、虚与实等一切冲突与对立之间，寻找适合每一个体的美妙平衡。

二〇一五年十月十五日

何存中文集

中篇小说卷（下）

目 录

风在蛙声里	/ 657
洪荒时代	/ 680
门前一棵槐	/ 726
生前或者死后	/ 745
同志	/ 774
幸福歌儿	/ 808
雁过秋风	/ 837
一句话的歌	/ 862
悠然见南山	/ 887
何存中发表作品年表（省级以上）	/ 913

风在蛙声里

一

　　巴水河古历三月的夜，天上的月亮被河里漫起来的雾，遮得半明半暗。半明半暗里，桐花落了，椿树蓬头了，满垸的刺槐花开得正盛，压弯了枝，一垸子的香。萤火虫趁夜出来了，在窗外的竹林里，亮着屁股寻偶交配，一眨一眨的。远处河畈里的青蛙，对着月亮一片明亮的叫。蚊蚋们出来了，成团成阵地随风飘动，找人和牲畜吸血。这样的夜晚，满河边都是幻想。长根的都在拼命扎根，长嘴的都亮着眼睛四处飞，都幻想把根和嘴扎进一块肥沃里。

　　白天累得臭死的惊鹫，在湖里洗了澡，全副武装，穿着长褂子和长裤子，双脚插在水桶里，伏在盖谷缸的板子上写诗。惊鹫家里穷得只有用九根树枝架的屋子，前后两间。前面的一间靠大门搭着灶，进门坐下来就可以烧火，没有吃饭的桌子，用一口睡柜当，睡柜装着父子俩日子里所有的储存，打开盖子量米，合上盖子吃饭，两条寡汉两条凳，来一个客，必定有一个要站着；后间开一个小窗，放一张床和一口谷缸，父子俩如果一同进去，得互相让着点，不然要打膀子。那口谷缸放在床边小窗下，谷缸里是空的，无谷可装，用块竹篾编的板子盖着。惊鹫用那个谷缸盖子当书桌，盖子露着篾，篾久了黑得不像颜色，惊鹫别出心裁地糊了一层大红纸，于是就平，就有颜色，一红遮百丑，使漆黑的屋子满屋生辉。

　　惊鹫每夜就点亮油灯，伏在红纸糊的缸盖子上，热血沸腾地写诗，朝夜深写。

　　父亲拿这个儿一点办法都没有。

　　父亲闭着眼睛，仰着鼻子躺在床上，拍着手中的蒲扇，没好气地说："魔怔，睡觉。"惊鹫头都不动，说："你睡。"

　　父亲叹了一口气，赶了蚊子，将帐子放下来扎好，仍然仰着鼻子躺在床上。河风上来了，夜一点点地深，深得畈里的蛙声远了，远在人的睡梦中。惊鹫仍没有睡的意思。

父亲拍了一把蒲扇，恨一声，咬牙切齿地说："睡觉，魔怔。"惊鸳正在兴头上，眼睛不抬，说："你睡你的。"父亲说："天亮还要下畈。"惊鸳说："我说我不下畈吗？"父亲翻身坐起来，坐在帐子里，口软了，对惊鸳用文词，说："种，你要听话，适可而止，写诗当不得吃喝。"父亲不用文词则可，父亲一用文词，惊鸳干脆不理父亲，奋笔疾书。父亲的气又上来了，说："魔怔，你到底睡不睡？你不心痛我的儿，我心痛我的儿。你说你写什么诗？你写诗有什么用？"惊鸳停了笔，问帐子里的父亲："你说有什么用？"父亲说："你祖父将我读了一场书，我有什么用？十爹读一生的书，读一肚子的书，到头来还不是废人一个！"惊鸳问："那你说你叫我做什么？"父亲说："不怕生错命，就怕落错根。你做我的儿，恐怕只有种田的命。"惊鸳说："谁叫你生我？生我，我就要写诗。"父亲说："都怪我让你读到了高中，要是那年我不让你去复课闹革命，不让你上初中，让小学毕业就算了，那你就种了吃，吃了睡，什么都不想。"惊鸳笑了，说："你说的不对，不让我读高中，我还要想，想娶媳妇。如果我生下地，你就一把捏死我，就什么事儿没得。那你该多清静。"父亲气得白眼翻。父亲一点办法也没有，眼睁着他的儿不听他的话，仍然埋头写诗。父亲想，儿大爷难做。儿小的时候，多好养，给他吃，给他喝，吃得进去屙得出来，叫他东他就东，叫他西他就西，没这么多恼人事。

父亲掀开帐子，坐到床沿上。说："算你狠。你是爷。我说不你赢。这样好不好，我跟你打扇，你把这首诗写完，就睡。"惊鸳说："我这首诗很长。"父亲说："比屈原的《离骚》还长？老子跟你打扇，你总不要老子陪你去投江。"惊鸳悲壮地笑出了声。父亲说："你笑个卵子。这样好不好，今天晚上老子陪你疯天亮。我说的算是放屁。明天我陪你去找十爹，让他说。他说你写的有用，我不拦你。他说你写的无用，你就老老实实跟老子种田过日子。"惊鸳不作声。父亲说："你听见没有？"惊鸳说："听见了。"父亲问："你同意不同意？"惊鸳说："十爹若是叫我陪你死，你说我该怎么办？"父亲恼了，没好气地说："你跟老子少'若是'些！是不是要老子陪你咬词儿？你那几个鸡扒的字，要不要老子给你写帖，先描一年的红，然后临三年的帖，再看是不是那回事？"惊鸳无言了。读十年私塾的父亲，别的不行，柳体字可是到了家的。

父亲坐在床沿上，用蒲扇给惊鸳扇诗。父亲闭着眼睛，摇着手中的蒲扇，一摇一阵风，父在风儿外，儿在风儿里。儿凉快了，浸在风儿里，那诗就好新鲜。惊鸳写："生在高山爱斗山，搬山巧锁万顷泉，云端有田皆灌水，渠水冲垮银河岸，河在九霄飞瀑布，落地迸开万朵莲，公社一支青荷藕，一节更比一节甜。"

惊鸳好兴奋，一激动就站了起来，父亲闭着眼睛问："怎么样，完了没有？"惊鸳说："完了。我念给你听听怎样？"父亲闭着眼睛说："你念。"惊鸳就大声念了起来。父亲闭着眼睛听。惊鸳念完后，问父亲："好不好？"父亲打开眼睛，说："不是你那样念。你那样念一点味儿也没得。"惊鸳问："怎样念，才有味？"父亲说："要唱。"惊鸳问："怎样唱？"父亲说："要这样，我唱一首你听。"父亲就闭着眼睛摇头晃脑地唱了起来："云淡风轻近午天，傍花随柳过前川。时人不识余心乐，将谓偷闲学少年。"父亲对惊鸳说："不信，你用这法儿一唱，味就出来了！"突然外面狗咬，惊得窗外竹林露水如雨一样地下。父亲用蒲扇一下子将油灯扇熄了，小声对惊鸳说："睡觉。"

那一夜惊鸳和父亲都没有睡着，惊鸳闭上眼睛，一脑子的好意境，一脑子的好句子，天上地下，云里雾里，花儿开，叶儿绿，兴奋得怎么也睡不着，越睡越新鲜。父亲也没睡着。父亲停了手中的蒲扇，睁眼看着闭着眼睛的儿，月亮落到巴河那边去了，满天的星光，透过小窗照进来，照着儿兴奋的脸。一张簟子睡着父和子，父占小半，儿占大半，都睡，都没睡着，都装着睡着了；都不敢翻身，父怕惊动了儿，儿怕惊动了父。

二

吃完中饭，父亲坐在门槛上，支着两腿的泥，歇气。屋外的太阳一阵比一阵亮，那是天上在跑云朵。河风一阵比一阵燥热，燥得掩屋的竹树叶子哗哗响。父亲从河畈带回来的两腿淤泥，干燥了，开裂了，变白了，在腿毛上挂着，一片片像鱼的鳞。祖母四十八岁时生的父亲，是个秋葫芦，浑身的干筋，又矮又瘦，畈里做活时，一吃力，就牛一样地吼气，声音非常响，吼得惊鸳鼻子酸。收工了，回家吃饭，惊鸳到湖边认真地洗脚，将脚上的泥洗干净，然后放下裤腿，好舒服地吃一餐饭。父亲累得一点儿也不想动，懒得洗脚，懒得放裤腿儿。

父亲坐在门槛上，惊鸳忙着收碗洗，好让父亲多歇一会儿。歇静了气的父亲，仰脸看着比他高出头的儿子，拿根手指在胯子上画字。这是父亲歇静了气时的习惯动作。惊鸳比父亲长得高，腿上的毛已经粗了黑了。在父亲的眼里，惊鸳像一棵四月的竹笋，脱了笋衣，开了桠，长成一棵青青的竹子。竹瘦笋肥，新竹总比老竹长，看得父亲心里舒服。往常家里氤氲，阳气儿不旺，随着儿子长大，家里明亮起来了。父亲没有想到娘死早了没吸够奶水的儿，竟也能长成这样，做起农活来，争强好胜，比一般的汉子还出色。

惊鸳洗完了碗。父亲停止了画腿。

父亲对惊鸳说:"出工还得一会儿,我带你到十爹那里去下子。"

惊鸳不作声。父亲说:"去下子。"惊鸳望着父亲,说:"去就去。"

天上的云跑得更厉害了,河畈里,一块暗一块亮。暗的地方,绿莹莹的;亮的地方,光哗哗地响。父亲对惊鸳说:"你穿双鞋。"惊鸳就到后房拿鞋,弯腰,拂了脚板上的沙,穿上了。父亲对惊鸳说:"你帮我把鞋提出来。"惊鸳就把床面前父亲的鞋提出来了。惊鸳知道到十爹那里去,是要穿鞋的。十爹是惊鸳的祖辈,巴河边自古以来,叫祖辈叫爹。

父亲来到湖边,坐在红石上,细心地洗脚,将腿上干了的泥,一点点地洗干净了,站起来将鞋穿上,将卷到胯蒂儿的裤腿放了下来。父子俩就沿着垸子的路,下到菱荡。菱荡是鸭子湖的浅水区,长满了荷叶,荷苞白的白,红的红,在碧叶间晃动。南风浩荡,岸边浅水处,碧绿的青蛙,蹲在水草丛中生籽,那籽像一层油,浮在水面上,早熟的籽儿化了,逗点似的蝌蚪,密密麻麻,黑了水。那年月河畈被人折腾得寡瘦,但菱荡却肥。一场洪水过后,河畈什么不长,湖里什么都长。风里一遍水草的腥味儿。

菱荡里有一个小岛儿,像一弯月。十爹独自一人住在小岛儿上。弯月样的小岛上,有几棵石榴树,还有几棵枫树,间杂在蒿草和木槿中。木槿是篱笆,将弯月的小岛,分作两半,一半是地,只两畦;一半是屋,屋是青砖青瓦的小屋,很小,临湖开着一个小窗子,很小的两扇,通常一扇开着,一扇闭着。据说那里原是一座鲤鱼庙。巴河边的传说里,鲤鱼是可以成龙的,忽视不得,所以河滨垸人在菱荡中的小岛上建一座小庙儿,专供鲤鱼菩萨。菩萨打了后,庙就空了,没人上岛去,离垸隔水,没人理会。十爹就拄着棍子,找懒龙队长,递一支烟说:"队长,我住在垸里碍眼,跟你讨块地。"懒龙队长接了烟,说:"十叔,我晓得你看中了那块地方。算了吧,我当家把岛分给你家做菜园。"十爹很高兴,扬着手中的棍子,说:"有劳你。"懒龙队长对十爹说:"要是有人问,你不要说是你要的,是岛没人要,我分给你家的。"十爹将手中的棍子拄着地,说:"我知道。"十爹就拄着棍子,一个人上岛去住。

日子里的十爹,住在前面的庙里,种后面的两畦菜。那两畦地对于十爹来说,与其说种,不如说看。种菜的时候,十婆和小女儿上岛去将种子种下去,出苗后,栽了,让十爹浇点水,然后十爹就捡成熟的摘。十爹与世隔绝了,大人们不上去,岛却成了垸中孩子们的天堂,夏天水暖了,那些赤膊鬼经常下菱荡,打野食,溜到小岛上,骚扰十爹看的那些菜。十爹拄着棍子出来,吓那些赤膊鬼,那些赤膊鬼溜到水里去了。十爹扬着棍子舞着风,说:"你们这些小东西也留一点老头子啊!"

惊鹜几年前同垸中的赤膊鬼经常上岛骚扰。惊鹜对小岛很熟悉。冬天菱荡的水枯了,小岛有一条小路连着岸,人可以走上去。春天一到,水涨了,路就淹了,上岛就得坐小划子。

十婆送饭上岛的小划子,系在菱荡岸边的柳树下。父亲解了纤,叫惊鹜坐上去。惊鹜坐上去后,父亲划着小划子,在荷叶中穿行,划到了小岛上。父亲把小划子系在枫树上。惊鹜和父亲上了岛。

石榴打着火红的苞,枫树的叶子正青,氤静的风吹着小岛。庙门敞着,幽深的一个洞。洞里,十爹坐在床边的一张破藤椅上,闭着养神。一股陈艾的幽香飘了出来,那根棍子就放在椅子边。

响动惊醒了十爹。十爹的手握着了棍,睁开了眼睛,问:"哪个?"

父亲说:"是我,十叔。"

十爹朗声一笑,说:"啊,是九相。"父亲这一代在族中排行第九。十爹叫父亲叫九相。九相是九相公的省称。十爹问:"九相,你来干什么?"父亲说:"我来看下你。"十爹笑得呵呵响,说:"我有什么看头?百无一用,废物一个。九相,今天出太阳了吗?"父亲连说:"出太阳了,出太阳了。"父亲赶紧对惊鹜说:"种,跟十爹磕个头"。惊鹜伏在地上,给十爹磕了一个头。十爹望着父亲,说:"九相,磕头做什么?"父亲说:"十叔,过年的时候,我和孩子没来看你,跟你补个年。"十爹闭上眼睛笑出了眼泪,说:"九相,你真会说话儿。有什么话就说。"父亲说:"惊鹜想写诗,求你一句话,你说有没有用?"十爹说:"他没来偷我的菜了。"父亲说:"他长大了,高中毕业了。"十爹说:"啊,他长大了?"父亲说:"他十九岁了,哪能再偷你的菜?"十爹说:"这就好。"父亲说:"十叔,你不要王顾左右而言他。你说一句话,他写诗有没有用?"十爹说:"九相,你还记得几句文词?隔世之音啦。我饿了,想吃一根嫩荷管,你到荡里抽一根我吃。"

父亲说:"十叔,你不要打野,你说一句话。虽说没立牌位,这可是拜师啊!天不生仲尼,万古长如夜。"十爹闭着眼睛,说:"九相,你瞎说什么啊?天不生仲尼,万古长如昼,不要灯的。"十爹不再理父亲了。

父亲对惊鹜说:"种,你再跟十爹磕个头。"

惊鹜又磕了一个,伏在地上。

父亲说:"十叔,看在祖宗的面上,你就说一句话吧!"

惊鹜伏在地上等十爹的话。

十爹闭着眼睛,坐在那张破藤椅上,一动也不动。

风在荡里吹,浪在荡里打。

惊鸯的腿跪麻了,爬起来,对父亲说:"十爹睡着了。"

父亲走拢像过年问祖人样地问:"十叔,你睡着了吗?"过年的时候巴河人日子过苦了,怪祖人没有保佑,祭祖的时候就这样问,祖人你睡着了吗?睁开眼睛啊!

十爹不睁开眼睛。十爹闭着眼睛摇着头,对父亲说:"是的,九相,我睡着了。"

这时候队长出工的哨子,满垸响了起来,父亲带着惊鸯仓皇离岛,溜回家,脱了脚上的鞋,卷起裤腿,混着人群,挑着箢箕,下河畈,出工去了。

三

为写诗的事,父亲带惊鸯到十爹那里去讨话,十爹什么都没说,算是白去了。

惊鸯写诗是陈老师指的路。

高中毕业离校的那天夜里,英语老师给惊鸯送了一本英语字典和一本英语诗集;数学老师给惊鸯送了一本数学书,那本数学书是数学老师年轻时的研究成果,是用加法代替乘方的;好像只要惊鸯努力什么都可以成功似的。惊鸯知道这是老师在安慰他,任课的老师们知道惊鸯各门成绩好,同样知道惊鸯家成分不好。事情到了这时候,做老师的对惊鸯能做什么?只有安慰。惊鸯到语文老师那里去的时候,语文老师将罩子灯拧亮了,正等着他,他知道惊鸯家的成分不好,读高中就是不幸中的万幸,他不能像其他的家里成分好的同学推荐上大学,这辈子的书读完了,到此结束。罩子灯的亮里,惊鸯一肚子的悲凉,不知路在何方,仰起脸,问语文老师:"陈老师,你说,我回家做什么?"这是句糊涂话。但陈老师听得懂。陈老师家也是地主出身,他曾经是一家报纸主编,惊鸯语文成绩好,经常拿诗给陈老师看,他与陈老师心近,陈老师懂他,他懂陈老师。陈老师慈祥地看着灯下的惊鸯,说:"你的诗写得不错,你回家搞业余文学创作吧。县文化馆办一个刊物,叫《浠水文化》。你写了后可以投去试试。鲁迅先生说,地上原本没有路。"陈老师没有说下句,惊鸯知道陈老师说的意思,那就是走的人多了就成了路。惊鸯脑子里一亮,就下定了回乡后搞业余创作的决心。

惊鸯写诗写疯了。惊鸯夜里写,白天写。一空下来,父亲就看他的儿在那里写诗。有时候一天一首,有时候一天两首或三首。父亲每天忧心忡忡地望着他的儿，发呆。

惊鹜每天浸在欢乐的海洋里。没有稿纸，惊鹜从大队代销店里买回五分钱一张的白纸，铺在谷缸板子上，用菜刀裁。没油的日子，菜刀生了锈，下刀就是血红。父亲见纸污了，看不过眼，没有办法，只好过去，说："把刀拿走，哪能你那样裁纸？"父亲折着纸，用手裁，只听见纸在父亲的手里嗞嗞地响，要怎么裁就怎么裁，一叠白纸裁得整整齐齐的。父亲裁完纸就走，不再理惊鹜。惊鹜看父亲裁纸，诗就来了，觉得父亲的裁纸声，有天工开物的神奇，像风吹草，像蚕吃叶，风过草绵，叶尽丝出。惊鹜惊奇地看着父亲，父亲并不看惊鹜。父亲不看惊鹜并不影响惊鹜的诗。惊鹜将父亲手裁的白纸，装成本子。本来惊鹜将纸裁得大大的，裁成八开，八开的纸就像河畈里大丘的田，可以横耕直种，恣意腾挪。但父亲将纸裁成了三十二开，巴掌大的一块块。惊鹜知道父亲为什么将纸裁成巴掌大的一块块，家里成分高，太穷了，他这个儿熬灯费亮，还要用纸，油贵，纸也不便宜，一个工分只值三分钱，诗不是河畈里的禾稼，禾稼种下去多少有些收成，而他的儿写的诗，就无法说了。

惊鹜没有办法，就在父亲巴掌大的白纸上写诗。诗多不怕纸儿小。在惊鹜的眼里巴水河边什么都是诗。惊鹜胆大，什么诗都敢写，整齐的，四句的，惊鹜冠之七绝，八句的，惊鹜冠之七律。长短不齐的，惊鹜不写一首，一写就是组诗。惊鹜那时候真是诗魔了。队里组织人到街上挑化肥、农药，惊鹜就要求去。惊鹜到新华书店去买书，买那时候出版的诗集看，《大地飞彩虹》《搭肩一抖春风来》《手捧宝书心向党》，等等，每捧回一本两本，买回来，捧在手里读，读得热血沸腾，不能自已。惊鹜在这些诗集里画好句子，一有好句子，他就用红笔在下面画杠儿，画水波浪儿，圈圈儿。惊鹜心高气傲，能使他画杠儿、画水波浪儿的不多。为了写诗，惊鹜几乎把那时候人民文学出版社出版的印着鲁迅头像的著作《故事新编》《野草》《彷徨》《呐喊》《且介亭杂文》，包括《集外集》《集外集拾遗》二十多本全买回来了，不分昼夜，有空就拿出来读。春天的河畈，油菜花开歇了，腾出精气来结荚儿，紫云英正是精神的时候，花开得河畈成了海，将一条条的田岸开没了，许多的小蜜蜂，像飞动的花，在海里采蜜。惊鹜在畈里散土粪，散累了休息的时候，扁担一放，横在田岸上，坐下来拿出鲁迅来读，读着，读着他觉得鲁迅成了他，他成了鲁迅。

惊鹜得到了一本屈原的《离骚》。那本《离骚》是岗背垸一个疯老头子的。那疯老头子听说原来是教书的，后来不知怎么就疯了，疯得将唐诗抄出来，逢人就递，说："看看，我写的这首诗怎样？"巴水河畔自古以来，有文疯子和武疯子，武疯子见人就打拳，文疯子见人就唱诗。那老头子是文疯子。那一天那老头子见了惊鸷，将一片写字的纸，递上，说："看看我写的这首！"惊鸷接了过来，看见纸上写着整齐的四句："空山不见人，但闻人语响。返景入深林，复照青苔上。"惊鸷看了心里好笑。那老头子问："写得怎么样？"惊鸷说："这不是你写的。是王维写的。"老头子大吃一惊问："啊，你怎么知道？"惊鸷说："我读过。"老头子走拢去，神秘地对惊鸷说："不要告诉别人。我那里有一本好书，天黑了，我给你送来。"

天黑的时候那疯老头子真的把书送来了，也不进屋，在门外神秘地对惊鸷说："这是天书，我特地留给你的。"惊鸷接过来一看，喜出望外，老头子送来的是一本线装的《离骚》。惊鸷连说："谢谢，谢谢。"老头子转身就走，走进茫茫夜雾里。惊鸷拍着手中的《离骚》，说："踏破铁鞋无觅处，得来全不费工夫。"把屋里煮粥的父亲，气了个半死。

惊鸷又有事做了，用本子抄《离骚》。一个本子分两半，一半抄原诗，一半用白话翻译，一句句地抄，一句句地翻译，还押韵。父亲一点办法也没有，看着儿子从畈里一身臭汗回来，还要忙诗，无言以对。书多了无处放，父亲砍竹子，给惊鸷做了一个书架，钉在谷缸上面的墙上，于是惊鸷有了自己的书架儿，可以将书整齐地放在里面。柴油灯的黑烟太重了，一夜写下来，他的儿的鼻孔里，都是黑的，父亲心痛他的儿，咬牙从大队代销店里买回了一盏罩子灯，打回煤油，让他儿的夜，明亮。

惊鸷对父亲说："父亲，儿不能不写。"

父亲流着泪说："种，你写吧，只要不写疯了，父随你。我只有一个儿啊，你娘死早了。你娘死的时候，拉着我的手说，老九，我去了，记住，除了你，世上我只有一个儿啊！"

惊鸷对父亲说："父亲，你哭什么，放心，我不会疯的。"

父亲拿出一根长长的笛子，对惊鸷说："你娘死后，我再没有吹。我教你吹。吹笛子好，吹笛子能散心。"父亲贴好了膜，盘脚坐在帐子里，吹，给惊鸷吹了《苏武牧羊》。父亲说："你写累了，写苦了，就歇会儿，吹笛子。笛子好吹得很，千日胡琴百日箫，喇叭笛子当面教。"

惊鸷学会了吹笛子。惊鸷写累了的时候，就吹笛子。惊鸷从街上买了一本《笛子吹奏法》，照着书，吹熟了《扬鞭催马运粮忙》，吹熟了《山丹丹开花红艳艳》，吹熟了很多当时流行的歌儿。惊鸷痛苦的时候，就对着笛子自由地吹，笛子就是他的心声。

巴水河的夜被惊鸷吹得动情了。风在河里吹，吹到湖岸上，吹到河畈里，吹得满畈的萤火在风里亮，像天上的繁星，吹得满畈的蛙声在风里彻夜不歇。那时候的惊鹭吹着彻夜的竹笛,在灯下写着彻夜的诗。写苦了就吹,吹累了就写。惊鹭写了两句贴在墙上:"长歌夜读五更天,高吟肺腑走风雷。"那时候巴水河河滨垸的夜,被惊鹭弄得沸腾了,垸里竟没有一人出来说吵人。巴水河边的河滨垸容得下惊鹭的笛子,这使惊鹭终生难忘。

四

那时候惊鹭五更天就起来了。惊鹭怕惊动父亲,蹑手蹑脚地下床,小心翼翼地穿衣服。床上的父亲,总是醒了,对惊鹭说,把手电筒带着,拿根薅田棍。父亲把床头边的手电筒递给惊鹭,这手电筒是父亲一年四季不能离的。大队经常夜里开四类分子会,一开就是半夜,河滨垸四类分子多,一去一路,用父亲的话说,都是蚕老叶不尽的,数父亲最年轻。开夜会时,年轻的父亲就拿着手电在后面照路,前照一,后照七。日子里的父亲离不开手电筒,河滨垸的四类分子,离不开父亲的手电筒。

垸子里的鸡拍着翅膀叫,一声比一声响亮。鸡叫声里,惊鹭拿着父亲的手电筒,从门旯旮里找出一根薅棍子。隔夜写的诗用白纸做的信封封好了,信封上面写着浠水县文化馆《浠水文化》编辑部收,那时候寄诗不要邮资,陈老师对他说过,只要在信封的右角上写上稿件两个字,剪个角就行。惊鹭想他真是幸福。生在一个寄诗不要钱的时代,比什么都幸福。惊鹭将诗放在书包里,斜背在肩上。书包是惊鹭读书时的书包,军用的黄挎包,盖儿上绣着一个太阳,旁边绣着向日葵。这是读高中时,外婆给他绣的。外婆是巴水河畔描花绣朵的好手,能将太阳和向日葵绣活,让他的小外孙背着,像成分好的人家的孩子同样的光彩。

鸡叫声里,惊鹭踏着露水,到公社所在地竹瓦镇邮电所去寄诗。惊鹭一手拿着手电筒,不时地按着开关,亮;一手拿着薅田的青竹棍,用棍子在路前面不停地拨弄,防蛇,巴水河边蛇多,蛇喜欢夜里出来,在路上捕青蛙。有根棍子打草惊蛇,就不会被蛇咬着。河畈里静悄悄的,从河滨垸到公社所在地竹瓦镇有三里路,路翻山过坳,随着乳白的雾,蜿蜒在田畈里。启明星挂在东边的天上,很亮;清晨的河风,很清凉;使寄诗的惊鹭一阵阵地新鲜,一阵阵地感动。

惊鹭走到镇头公路边的邮电所,那碧绿色的邮筒漆黑地挂在大门口的墙上,惊鹭一阵感动从心里生出来,拿出肩上挎包里的信,那里面装着他希望的诗。惊鹭小心翼翼地将他的诗放进邮筒里。他知道天亮之后,碧绿的邮筒就会打开,他的诗就会燕子一样,飞出去,飞到他充满希望的地方。惊鹭把他的诗趁着天没亮，投进邮筒。这样好，就这样悄悄的，只有天上的星星知道，只有地上的风儿知道，还有他和父亲知道。他幻想他的诗就像一粒冬天的种子，一缕春风过后，忽然的一天，就发出芽来，就绿了。有什么比悄悄的希望更叫人兴奋，更叫人激动呢？惊鸳放飞了他的诗，然后踏着露水赶回河滨垸，正好队长喊出工，他就随出工的人们下河畈。

那时候惊鸳每天都起早到镇上去寄他的诗，有时候寄一首，有时候寄两首，有一回他一次寄了六十八首。惊鸳写诗先打草稿，在白纸本子上抄一遍，然后再用白纸一笔不苟地誊正，寄出去。日子里的惊鸳有了希望，希望着邮差骑着绿色的自行车，给他送来喜讯。那些日子里，惊鸳白天盼，梦里想，但是总是没有盼来好消息。盼得惊鸳心里慌，心里痛。父亲怕惊鸳的字写得不好，替惊鸳誊了一次，那字儿一个个全是柳体，寄出去还是没有消息。惊鸳捧着饭碗发呆了。父亲对惊鸳说："种，怕是要盖公章子的。不盖公章子，人家不敢用。我跟七伯说说，跟他讨个公章子。"那时候本家的七伯在大队当书记，父亲跟他是叔伯兄弟，一笔写不出两个何字，父亲想找七伯开后门，让七伯在他儿的诗上盖个大队的公章子。惊鸳不同意。惊鸳说："我写的是诗，又不是报道，盖什么公章子？"父亲叹口气说："种，跟我做儿不盖公章子，怕是出不来。"惊鸳不相信。惊鸳说："不是说了，出身不由人，道路可选择吗？"父亲只有不作声，默默地望着惊鸳，说："饭还是要吃的。"惊鸳就听父亲的话，掇起碗，朝嘴里扒粥。

果然就有了消息，一天七伯从大队回来，拿回了一个邮包。七伯走到岗头上，惊鸳和父亲同垸里人正在送插秧粪。七伯走到父亲面前问："老九，惊鸳嘞？"父亲说："在。"七伯说："他娘的瘟，他还有两下子。"父亲一惊，问："出了什么事？"七伯笑着说："老九，你怎么老是想到出事？"惊鸳马上明白了。惊鸳跑到七伯面前，说："七伯！"七伯对惊鸳说："县里给你寄来了材料。"河滨垸何姓老五房，惊鸳父亲这一辈的兄弟一共十四个，五房三家地主，十四个兄弟读了老书，只七伯家穷了，只读了两年私塾放了书。所以中华人民共和国成立后七伯就当大队书记，惊鸳父亲他们就当四类分子。七伯识字不多，把有字的东西一律叫作材料。那时候七伯把县里寄来的东西，当作了正事，将"材料"给了惊鸳。

惊鸳接过来，发现邮包拆了。里面是一本《浠水文化》，还有两本洁白的稿纸，夹着一封信。信是县文化馆的编辑亲笔写的。信上说："惊鸳同志，写的诗我们全部收到了，写得很有激情，其中几首我们决定备用。希望你再接再厉，用手中的笔，讴歌新天地、新事物！致以崇高的革命敬礼！"

惊鸳激动得热泪盈眶。

一垸的人都望着惊鸳。

惊鸳心跳到嘴里了，咚咚地响。太阳在天上笑，河畈里开满了花儿。燕子在风中飞舞着，青蛙在渠水里呱呱叫。

惊鸳高兴得太早了。惊鸳所希望的诗歌，一直没有发出来。

十天过后，县文化馆的那位编辑拿着介绍信到大队来了解惊鸳的情况。接待那位编辑的，同样是当书记的七伯。那位编辑问七伯："惊鸳是你们大队的吗？"七伯笑着说："是我们大队的。"那位编辑说："他写的诗不错，我们准备发几首，组织上要我来了解一下他的情况。"当书记的七伯说："他要是我的儿就好了。他要是我的儿，我肯定推荐他上大学。可惜他不是我的儿。"那位编辑吃了一惊，问："此话怎讲？"七伯说："这还不明白吗？他是地主的儿。"那位编辑拿出惊鸳的诗说："出身不由己，道路可选择。你要同意发，你就代表革命群众签个意见。"七伯说："要是我的儿，我就签。我的儿我签了，贫下中农不会有意见。地主的儿我签了，贫下中农是不会答应的。地主的儿我签了，那贫下中农的儿怎么办？地主的儿选择了，贫下中农的儿到哪里去选择？"

那位编辑无言了。七伯留他吃饭，说："我的儿也会写字，能不能叫他写几行，你带回去。"那位编辑哭笑不得，说："这事我做不了主，我回去同馆长汇报一下。馆长要是同意你的儿写的字能发，我再来。"那位编辑没吃饭就走了。

这事儿惊鸳一点也不知道。

那位编辑回县后，跟馆长汇报了惊鸳的情况。馆长的家庭出身也不好，沉吟半天，然后说："贫下中农不同意，那就算了吧。"惊鸳的诗就没有发出来。惊鸳浑然不知，仍然热血沸腾地写，热血沸腾地寄，打听他的诗什么时候发出来，发出来后，一定给他寄两本刊物来。那位编辑接信后，唏嘘了一阵子，不忍心打消惊鸳的积极性，只得给惊鸳回信，信上说："惊鸳（这回没用同志），你的诗，领导看后，觉得有些句子欠精练，最后决定不宜采用，对不起。希望你能振作起来，坚持写下去，我（这回没用我们）相信你能写出更好的作品来。"信后那位编辑署了名字。馆长说："你署名干什么？"那位编辑说："我署名说明是私信，不代表组织，出了问题我负责，免得找你。"那位编辑将惊鸳所写的诗全部退了回来。

惊鸳大失所望。但是惊鸳认为是他的诗没写好。诗没发，不但没有泼熄惊鸳的诗歌之火，反而更加写得旺了。父亲问："种，信上说什么？"惊鸳说："不够精练。"父亲说："怕不是精练的事。"惊鸳说："不是精练的事是什么？信上说的。"父亲问："信上还说什么？"惊鸳说："他相信我能写出更好的作品来。"父亲望着信，指着振作起来四个字问："这是什么意思？"惊鸳说："这还不明白吗?"父亲摇摇头说:"我明白。我有什么不明白的?种,我还是那句话。我不懂诗,但十爹懂诗。你去请教十爹,他说是精练的事,你就接着精练。他要是说不是精练的事,那你就死了这条心。我就不相信不写诗就过不开日子。记住我的话,写诗也是我的儿,不写诗也是我的儿。我当苕儿养。"父亲说到这里眼睛红了,说:"金枝呀,你生什么样的儿不好,为什么给我生这样一个儿哇!"金枝是惊鸳娘的名字。父亲心里苦得说不出来的时候,就红着眼睛喊金枝。

惊鸳百感交集。惊鸳不喝夜粥。惊鸳一个人来到白马山的山头上,明月在天,山下一片蛙声,万家灯火。惊鸳孤独极了。垸里与他年纪差不多的,姑娘许了人家,准备出嫁了,媒婆上小伙子家的门,忙着定媳妇,而惊鸳家成分高了,好心的媒婆帮忙说了几次,每次说着说着都黄了,姑娘家说小伙子是好小伙子,只是家里成分太高了。父亲忧心儿的诗,更忧心的是儿的媳妇,不知如何是好。惊鸳心高气傲,表面上不在乎媳妇的事,但是心里不是不想,如果一辈子在河滨垸过日子,没有媳妇还是不行的。惊鸳想他又不是比垸里的同辈人差,同样的好脚好手,做起农活来,比他们还出色。他在学校读书时各种成绩在班上总是第一名,成绩不如他的同学纷纷地被推荐上大学当工人去了,只有他空有一腔志向和一腔热血。惊鸳的心思无处诉,娘死早了,父亲很少有脾气好的时候。他心想天生我材必有用,写诗闯出一条路,眼看着要发表了,又没有发表出来。没发出来,父亲又说不是精练的事。不是精练的事,是什么事呢?还不是家里成分的事。惊鸳想得心里痛。娘啊,你为什么生我?夜色沉迷,惊鸳哭了,流下了热泪。惊鸳真想从崖上走下去,化作悠悠河畈里的一首诗,随风飘散。

就在这时候,父亲找来了。惊鸳听到他的背后,传来父亲颤抖的声音。父亲说:"种,你想干什么?老子还没活够,你就想死?老子要是想死,不死百回,死了十回。还不是有你这个挂牵在。金枝,儿找不到媳妇,可儿有诗啊!有诗儿眼睛活得亮。你说我托人生图什么呢?图我的儿眼睛亮。我的儿眼睛亮,我不吃不喝,心里好过些。"

父亲走到惊鸳面前,拍着惊鸳的肩,说:"对不起,我的儿,父亲的确不懂诗,祖父叫我读书时,我只晓得玩,算把几个字写伸展了。父亲不懂诗,但晓得诗的厉害。《诗经》是诗,《离骚》是诗,你写的还是诗。父亲活苦了时候,不也是偷着唱诗'碧云天,黄叶地'吗?父亲答应你接着写。东方不亮,西方亮,黑了南方,有北方。不就是精练吗?我带你再去找十爹磕个头就是。"

惊鸳说:"十爹懂诗吗?你上次带我去,他那样子哪像写诗的人?"父亲笑了,笑出了眼泪,说:"种啊,我念一首诗你听。"夜风里父亲就唱了起来:"一尖一尖复一尖,白云生处老龙眠。一朝惊雷化雨起,浩浩荡荡出青山。"惊鸳听完吃了一惊,问:"父亲,这是谁写的?"父亲说:"谁写的?你十爹。这是他十岁那年写的。十爹十岁那年跟你尊大爹当书童,尊大爹把他带到三角山以诗会友,尊大爹他们老的们酒桌上唱完了,喝完了,老的们见尊大爹带的书童眼睛一直发亮,就要十爹来几句助酒兴。尊大爹捋着白胡子笑了,指着窗外的三角山,对十爹说,文彬,好吧,你也来一首。十爹看着窗外的三角山和老龙洞,脱口就是四句,把那些老的们都惊呆了。"

惊鸷被十爹的诗震撼了。父亲说:"种,你不要把你十爹看扁了。你十爹不是简单的十爹啊。十爹的诗来得快,出口惊人。十爹十八岁抽了壮丁,两句诗就被团长看中了,当了团部的文书。"惊鸷问:"哪两句?"父亲说:"那时候十爹在四川当兵,天落大雨,急行军,十爹突然诗来了,脱口而出'我来正是巴山雨,万壑秋声吊寂魂'。路边骑马的团长听见诗以后。大声问谁在吟诗?十爹从队伍中一步跨出来,啪的一个立正敬礼,说'报告团长,是我,下等兵,何文彬'。团长说'随马走,跟我当文书。'"

十爹的诗像爪子,牢牢抓住了惊鸷的心。

惊鸷跟着父亲下山回了家。

月亮下,河畈里的雾像帐子。

父亲对着天上的月亮,扯开裤子屙尿。遍地的红石条和石础,在月光下散落在垸子里,这些红沙石条和石础是祖上从隔江的燕矶打好后用船拖回来的。红沙石是沉积岩,是红沙经过千万年沉积而成的。父亲快活得打了个哆嗦,说:"他娘的瘟!笋子挨着竹子长,我们何家世代书香,是要出个诗人的,不出个诗人哪对得住祖人?"

五

夜深了,天上的月亮很好,满满的一轮。巴水河边,一片的声音,水响鱼活,虫叫蛙鸣。父亲找出裤衩儿,对惊鸷说:"种,我俩到湖里去洗澡。"惊鸷也找出裤衩儿。父亲说:"把诗带上。"惊鸷问:"带诗做什么?"父亲说:"找十爹呀。我俩装着洗澡,泅水过去。"

惊鸷觉得父亲的办法好。上次找十爹不是跑得快,差点儿被人发觉了。惊鸷将文化馆退的六十八首诗带上了。惊鸷同父亲下了菱荡,月亮很好,风在菱荡里浪。父亲和惊鸷的水性都很好,惊鸷踩水,双手举着诗;父亲踩水,双手举着两人的裤衩儿。父子俩下湖踩着水,双手举着,不出一点响,走在水里,就像两朵走动的荷叶。天上在过云，菱荡里暗了下来。惊鸳和父亲踩水来到了小岛岸边。惊鸳的脚刚踩着泥，一个鲤鱼就钻到了惊鸳的脚底下。惊鸳小声说："父亲，我踩着了一个鱼。"父亲问："什么鱼？"惊鸳说："是鲤鱼。"父亲说："踩着莫动，等我过来。"父亲走拢惊鸳，将惊鸳手举的诗拿过去连同父子俩的裤衩儿一只手举着，腾出另一只手按惊鸳的头。惊鸳就父亲按头的劲，潜到水里。因为父亲按着头，水里踩鱼的脚就没有动。惊鸳在水里双手捉住了脚底下的鱼。拿出水面，果真是鲤鱼，有两斤重。

月光照在菱荡里，出水的鲤鱼，活灵水鲜，红翅红腮的。惊鸳和父亲都很高兴。父亲对惊鸳说："天凑其然啊，种你晓得不？孔圣人的儿叫孔鲤，生他的时候恰巧有人送鲤来，孔圣人叫他的儿叫孔鲤。有这条鲤鱼作见面礼，十爹肯定高兴。"

惊鸳和父亲游到岛岸上，浑身是水，站在月光里。父亲把鱼递给惊鸳，对惊鸳说："你一个进去，我在外面等你。"惊鸳说："你带我进去。"父亲说："这回我不能带进去。上次我带你进去，十爹不说话。这回你自己进去。你进去后，把鱼朝地上一放，然后双膝跪在地上，双手举着你的诗，求他接下。他要是不接，你就莫起来。"惊鸳嗯嗯地答应了，心里升起一股神圣来。

夜风在菱荡里闹，浪在湖心深水处，筛着粼粼的光。弯月形的小岛儿，静在夜色里，遍地虫鸣蛙叫，一片生命的欢唱。惊鸳一手提着鲤鱼，一手拿着诗，钻着木槿的篱笆朝青砖青瓦的小庙走。小庙的门敞着，一屋的幽静，一灯亮在小桌上，古艾的幽香在夜色里飘着，十爹坐在那张破藤椅上，戴着老花眼镜，瞅着灯，看一本发黄的线装书。惊鸳走进去，将鱼放在地上，双膝朝地上一跪，双手将诗举过头顶。

听见响动，十爹大吃一惊，慌忙将书藏在屁股下，慌乱中，惊鸳发现那发黄的线装书，封面写着《论语》。十爹问："哪个？"跪在地上的惊鸳说："十爹，是我。"戴老花镜的十爹，瞅清楚了地上的惊鸳，松了一口气："你怎么又来了啊？"惊鸳那时一下子涌出泪来了，说："十爹，请你看看我的诗，指教指教我。"十爹叹了一口气说："世无净土啊，这么深的夜，我以为人都睡死。想不到还是有人来打搅我。你还要不要我安生？"惊鸳跪在地上，双手举着诗，说："求你看看我的诗，指教指教我。"十爹仰起浮肿的脸，老花眼镜里的眼皮儿浮肿着，看着地上跪着的惊鸳，说："你不要听信你父亲的话，我不懂诗。"惊鸳说："你写那么好的字，你肯定懂诗。"十爹摘了老花眼镜，将老花眼镜放在桌子上，说："惊鸳，我只会字啊。小时候我家里穷，跟尊大爹当书童，尊大爹是我的叔父。他的书读得好，他的字写得好，诗也写得好。他是清末秀才。他一生没有做官，开学馆，教了不少学生。他的学生不少人考中了举人。何氏家族三修族谱是他主的头。他当督修，我跟他当书童，抄谱稿。我那时候才十岁，跟他练了幼功的，所以我的字算是上得桌面。但比起他来，我的字算什么？他的字是真正地好。我跟尊大爷当书童，当到十八岁。十八岁那年抗日战争爆发，我家弟兄三个，三丁抽一是当时政府的规矩，弟兄三个中我最小，父母看我字写得好，就让我去当兵。我就去当兵。当兵十几年，我是靠字吃饭的。我这一生，字养了我，也害了我。人家以为我字写得好，书就读得好。其实我什么都不懂，只会照稿子写几个字。其实我不该对你说这些的，说这些有什么用？既然你来了，夜又这么深，人都睡死了，只有天上的月亮和湖里的风没睡，我才对你说这些。这些你父亲知道。惊鹜，我都对你说了，你起来，趁夜深回去吧。"

惊鹜跪在地上，流着眼泪说："十爹你真的不懂诗吗？"十爹说："我真的不懂。"惊鹜说："我念一首你听听。'一尖一尖复一尖，白云生处老龙眠，一朝惊雷化雨起，浩浩荡荡出青山'。"十爹一惊，问："谁告诉你的。"惊鹜说："我能不知道吗？"十爹挂着棍子站了起来，在小屋里来回走动。十爹痛苦地摇摇头又摇头，长叹一气，说："这都是害人的东西啊！"伏在地上的惊鹜说："我来正是巴山雨，万物秋声吊寂魂。"十爹摇着手，说："不要念了，不要念了。不错，惊鹜，这是十爹写的诗。十爹一生逞才啊。我知道你生在河滨垸，你不能不知道。诗给十爹一生带来过辉煌，但是你知道吗？十爹同样上了诗的当。抗日战争结束，十爹在沈阳，那时候国共两党正在打辽沈战役，十爹也是因为两句诗，差一点招来杀身之祸。万里江山画图里，战云一列百花残。军长绑我上刑场，是团长冒死救了我，我带着妻儿回了巴河边的家乡。你知道前面，知道后面吗？"

这时候地上的鲤鱼蹦跳着。惊鹜举着诗，说："十爹，我给你带了条鱼啊！"十爹望着地上的蹦跳鲤鱼，问；"什么鱼？"惊鹜说："鲤鱼。"十爹吃惊地望着惊鹜，问："哪里来的？"惊鹜说："我上岸时，它钻到我的脚底下。"十爹站起来了，问："是它钻到你的脚底下？"惊鹜说："是的。是它钻到我的脚底下。"十爹仰天一叹，说："鲤鱼呀鲤鱼，什么时候了，你怎么钻到他的脚底呢？这不是送死吗？"地上的鲤鱼蹦跳着。惊鹜双手举着诗，说："你看看我的诗。我写了许多许多，我寄了许多许多出去，开始编辑来信说用，我好高兴，后来编辑又来信说句子不精练，不宜采用。我说是精练的事，父亲说不是精练的事，我心底没底，请你给我看一看。"

十爹沉默了，坐下了，坐在破藤椅上不动。十爹的手颤抖着，想伸手拿放在桌上的老花镜，但是手颤抖着，颤抖着，停住了。夜风一阵阵在菱荡喧哗，月亮在屋外的荷叶莲花间，一阵阵地白。十爹扶着破藤椅子翅儿，站了起来。十爹说："惊鹫，这条鲤鱼十爹还是不能吃。它钻到你的脚底下，我也不能吃。"十爹摇着头说："我给你放了它。它是活的哩。巴水河边，湖这么阔，水这么野，让它野生野长吧。"

十爹弯腰从地上双手捧起那条鲤鱼，走出门，小岛上月光满地，地上满是枫树摇动的影子。十爹站在岛岸上，隔着木槿的篱笆，双手将那条鲤鱼，丢到水里。鲤鱼入水，尾巴一卷，哗的一声浪，游走了。

十爹转身进屋，对跪在地上的惊鹫说："起来吧，带上你的诗，不要让水打湿了。夜深了，我要睡了。"惊鹫没有办法，含着泪，只好从地上爬起来。

十爹送惊鹫到篱笆外。十爹问惊鹫："是你一个人来的吗？"惊鹫说："是我一个人来的。"十爹说："不会吧，你父亲一定来了。"惊鹫说："我父亲没来，是我一个人来的。"十爹问："那你的鲤鱼是怎样抓起来的？又是诗又是鱼，鱼是活的，诗是干的。"惊鹫忙说："是我一个人来的。"

十爹摇摇头，说："你父亲糊涂啊！"

十爹站在篱笆外，对惊鹫说："我不送你了。你自己走。"

十爹将小庙的门关上了。关门声轻轻地响在夜色里。

父亲和惊鹫泗水过来，上岸换了湿裤衩，穿上干裤衩。月亮仍在天上亮，风仍在菱荡里吹，浪仍在菱荡里打。一切都远了，父亲和惊鹫只听见，两颗心咚咚地跳。惊鹫和父亲拿着湿裤衩，走到坑子里，遇着了在坑子里巡夜的七伯。

七伯见了惊鹫和父亲，干咳了一声，惊鹫和父亲就站住了。

七伯问："老九，你带你的儿做什么？"

父亲说："洗澡。"

七伯笑了，说："夜这么深还洗澡？"

父亲说："何书记，上面规定夜深不准洗澡吗？"七伯不笑了，说："老九，老话说得好，热人不能洗冷水澡。"

父亲说："怕什么？都洗死了，免得你操心。"

七伯说："老九，命里只有八合米，走遍天下不满升。"

父亲咬着牙吃吃地笑，说："何书记，记得不？我俩四代前还是共一个祖人。"

那一夜惊鹫和父亲又一夜没睡好。父亲夜里爬起来两次，问惊鹫："种啊，你说我糊涂吗？你说我糊涂不糊涂？"惊鹫像虾米样地屈身向壁，热泪流出来，模糊了双眼。

六

　　春在惊鸳的诗情里，一天天地过。油菜结荚了。枝头残着点点的黄花。畈里的秧田深了，一畦畦的绿。草籽田犁了两遍，满畈的腐臭味。惊鸳和河滨垸的人鼓着满把的劲，准备插早稻。就在这样的季节，发生了大规模的抄家行动。这超出河滨人的预料，惊鸳和父亲以及河滨垸成分不好的人家一点准备也没有。往常这样的季节是促生产的季节，为了促生产充其量找个四类分子斗一斗，让所有的人紧张起来，不敢掉以轻心，往死里做。抓革命一般安排在冬天，那时候闲一点，畈里的活儿少了，得找事儿，让人提心吊胆。

　　那一年反常了，大规模的抓革命，不分季节了，一点儿也不怕影响促生产。

　　惊鸳正伏在谷缸板子上写诗，罩子灯的亮，烧着宁静的夜。突然，垸子里的狗一齐叫了起来，盖过了满畈的蛙声。惊鸳听见河滨垸人声沸腾，看见窗外一片的火把亮。惊鸳不知发生了什么。父亲惊醒了，坐起来，用手中的蒲扇，一把拍熄了罩子灯，对惊鸳说："快躺下，抽鼾。"惊鸳钻进帐子里，和衣躺下，抽鼾。一会儿听见有人拍门，拍门的人吼："起来，起来！"父亲起来开门，一群人涌了进来，贫雇主任红皮头对父亲吼："老九，带上你的儿出去！"父亲问："深更半夜的，出去干什么？"红皮头没有好气地说："干什么？上级有指示，抄家。"

　　惊鸳心脏一下子缩紧了，赶紧将谷缸板子上，他写的诗扎进裤腰里。巴水河边的河滨垸的夜乱了，基干民兵们背着枪，在红皮头的带领下，举着火把，挨门挨户将河滨垸成分高的家里的人，吼起来，集中到队屋里。惊鸳和父亲到了队屋，发现十爹去了，河滨垸成分不好人家的男女老少都去了，大人护着孩子，女人用奶头塞着婴儿的嘴，稻草地上，坐着河滨垸成分不好的人家，三四代的人。河滨垸成分不好的人家多，那家抄得就很有气势。

　　那天夜里七伯没有出面，七伯在家里坐镇指挥。红皮头领着基干民兵，对成分不好的人家，挨家地抄。每家都抄出了一些书和一些"四旧"的东西。唯独十爹家什么东西都没有抄出来。红皮头纳闷了，说："这老家伙的东西藏在哪里了？"这时候红皮头身边的吃狼扑地一声笑了起来。吃狼是七伯嫡亲叔伯兄弟，与惊鸳的父亲同辈儿，在族中排行十四。红皮头问："吃狼，你笑个卵子？"吃狼说："你当个么鸟主任？只晓得往嘴里横扒。连他的东西藏在哪里都不晓得？干脆让我当。"红皮头说："吃狼，你晓得他的东西放在哪？"吃狼笑着说："那当然。"红皮头说："快带我们去。"吃狼笑着说："先说好。我带你去，你给我什么奖励？"红皮头说："奖你十个工分。"吃狼说："奖工分有鸟用？假东西。"红皮头问："吃狼，你要什么？"吃狼说："我要彼时过瘾。"红皮头说："等会儿跟我到大队部去吃白米砣子饭怎样？"吃狼说："这还差不多。"

  吃狼就带着红皮头和基干民兵到小岛上去了。吃狼那时候二十六岁了。二十六岁的吃狼家里的人要死的都死了，剩他一个不死，他在垸子里偷鸡摸狗，经常溜到小岛上生吃十爹的菜。他总幻想十爹的小岛上埋着宝，所以他将小岛角角落落偷偷都摸遍了。吃狼将红皮头和民兵们带到小岛上，直接到石香炉里，翻出了十爹藏的东西。几本发黄的线装书、一本他写的诗和一摞名片。那几册发黄的线装书是《论语》，那一摞名片是白纸手写的，竖排的，没有上款，也没有下款，中间三个正楷字：何文彬。那时候名片少得很，不像现在什么人都可以印，头衔一大排，见人递上去。那时候乡下人没有多少人知道名片是什么东西。红皮头抄出名片后，拿着请示七伯。七伯也不知道是什么东西，叫红皮头连夜拿着名片到公社去请示。公社王秘书知道名片是什么东西，对红皮头说："名片是过去有身份的人才用的。"王秘书的话还没说完，公社书记对红皮头说："回去好好地挖一挖。"红皮头赶回来，将情况跟何书记汇报了。何书记拿着名片笑着对红皮头说："么样的？我说了我们河滨垸了不得的，过去袖子里抖得出官来，你不信，现在相信了吧？还愣着做什么？要我亲自去挖吗？"红皮头说："不要书记亲自动手，我去挖。"何书记说："好生点，他八十多岁了，不要搞死了。搞死了以后没什么玩。"红皮头说："我晓得。"

  红皮头认为这回碰到了大家伙。红皮头就带着基干民兵，到队屋将十爹绑到大队部去审。吃狼很兴奋，牵着十爹说："老家伙，走！"七伯说："十四，你去干什么？"吃狼说："他欠我一餐白米砣子饭。"红皮头将十爹绑到榨房改的大队部，开始审十爹。吃狼牵着绑十爹的绳子不离手。红皮头问："何文彬，你之前在国民党部队里是什么官？"十爹说："团部文书。"红皮头问："文书做什么的？"十爹说："除抄抄写写外，写点诗。"红皮头问："诗呢？"十爹说："诗不是在本子上吗？"红皮头说："这是反动诗。"十爹说："诗都是那时候写的。"红皮头问："为什么留着？"十爹说："不为什么，本来要一火烧掉，但我总是舍不得。"红皮头气急了，喝令基干民兵："烧了它！"十爹说："上面没审查，你敢烧吗？再就是你烧了也没用，我写的我记得，全在肚子里。"红皮头气得白眼翻。

  红皮头晃着手中的名片，问："这是什么东西？"十爹说："名片。"红皮头问："名片做什么用的？"十爹说："名片是诗友们相交应酬之物。"红皮头桌上一巴掌，说："胡说，名片是大官用的！"十爹说："大官不用名片，大官写手谕。"红皮头说："你还狡辩！"说："你是什么官？"十爹说："文书。"红皮头问:"老实交代,文书是做什么的?"十爹说:"不是说了吗?文书除抄抄写写外,写点诗。"红皮头狞笑了,说:"看来不给你颜色你是不认得人。吊起来!"吃狼就将手中的绳子头丢上了屋梁,一用劲,十爹的骨头就响成一片,双脚离了地。红皮头望着梁上的十爹,问:"何文彬,还是文书吗?"梁上的十爹汗下来了,喘着粗气说:"还是文书。"红皮头问:"司令部的?"十爹说:"团部的。"红皮头问:"有多大?"八十多岁的十爹屎尿下来了,闭上了眼睛。红皮头仰着嘴吼:"何文彬,我问你,文书多大的官?"十爹闭着眼睛说:"管写字的。"红皮头吼:"何文彬,你不老实,我要你死。"十爹痛得叫一声:"红皮头,死得了我,字死不了。"十爹昏了过去。吃狼忙将十爹从梁上放下来。吃狼喷一口水,十爹活了过来。吃狼对十爹说:"十叔,跟他来几句诗。"红皮头问吃狼:"我没有叫你放,你怎么把他放下来了?"吃狼说:"我哥说了,不能搞死。"红皮头气歪了鼻子,说:"我审个鸟,又不是我一个人的事。"红皮头说完,就走了。

　　十爹的材料递到了公社,公社书记拿不定,就要王秘书定案。公社书记说:"王秘书,这名片到底是么回事?"王秘书说:"你要真话,还是要假话?"公社书记说:"你不要卖关子,你知道不,你是限制使用的。"王秘书说:"书记信得过我,我就说真话,名片是文人故弄风雅交友时用的东西。"公社书记说:"那好,你把你说的写上,你对你说的负责。"王秘书说:"书记,我限制使用,你要我写,不是害我吗?"公社书记笑了,说:"算了,何文彬,我认得。听我父亲说,1949年前他家很穷,土改时家里划的贫农,个人划的伪方。这个人听说一生逞才,能写几句诗。我就想不通,这个老家伙到现在还把他的诗和一张白纸中间写三个字的纸当宝贝藏着,藏着干什么?"

　　七伯将十爹的《论语》、名片和诗当着垸人的面放火烧了。十爹躺在那张破藤椅上看着七伯烧。都是纸的,又潮,那火一点不大,烧得一点没气势。七伯烧完后,拍着手上的灰,对十爹说:"十叔,都烧了,都干净了。"十爹躺在破藤椅上笑了,说:"七相,你不像何氏的子孙,我还没死,你怎么就说干净了。"

　　七伯问:"何文彬,你说什么?"

　　十爹闭上眼睛说:"七相,我的话你听不懂,你大爹听得懂。"

　　七伯说:"是我要烧的吗?"

　　十爹说:"你要烧就烧了吗?"

　　十爹名片和诗的事就这样平静了。

　　十爹菱荡中的小岛平了,是七伯带人平的。七伯带人将小庙拆了,一地的残砖瓦砾散在枫树和石榴树下。十爹到垸里与十婆和女儿住在一起。七伯说,十爹再也不能像孔老二那样,四腿不勤五谷不分了,要十爹参加劳动,身材高大的十婆，哭着用湖南话对七伯说："何书记，他八十多岁的人了，一生没有干过农活，他能做什么呀？"十婆是湖南人，中华人民共和国成立后随十爹来到河滨垸，十婆比十爹年轻十几岁，一生跟十爹奔波，生了两个儿养两个女，大儿叫梦乡，在湖南生的，二儿叫长春，在长春生的，两个女儿，是回到巴水河河滨垸生的，一个勤芹，一个叫勤兰，十婆一生都改变了，唯独乡音没变。

七伯对十婆说："他什么都不会做？让他照鸡吧。照鸡总该会。"

那次抄家，惊鸳没损失什么。书都是新书，街上新华书店买的。翻乱了，但都没拿去。只损失了父亲藏在床头壁缝里十元钱，不知是哪位高人，找到床头的藏钱的壁缝，顺手牵羊拿了去。惊鸳气得不行。父亲对惊鸳说："诗在，书在，钱算什么？去了财，免了灾。"

七

十爹坐在垸头照鸡。

巴水河边的黄昏，满天霞像火烧。十爹穿着破夹袄，坐在那张破藤椅上，举着手中竿子，在风中摇。十爹浑身浮肿，眼睛肿成了一条缝。十爹的照鸡竿很长，竿头上面系着一条白布条儿，像一杆招魂旗。十爹闭着眼睛，左右招摇着。垸外是成熟的油田，垸子里的鸡一点也不怕十爹，它们摸透了十爹，知道他手里的竿长是长，但只能左右摇晃。那些鸡就从十爹的身边突出去，到田里啄油菜荚儿，吃籽。鸡们突出去后十爹一点儿也没发觉，手中的长竿仍是招魂旗样地左右摇晃。

惊鸳从畈里插秧收工回来，准备到菱荡里去洗装秧的箩箕，箩箕很甘贵，洗干净了，才经用。惊鸳见十爹那样子，心里一阵痛。惊鸳走到十爹身边，想开口叫声十爹，心痛得叫不出声。

十爹听见脚步声，问："是惊鸳吗？"

惊鸳说："十爹，是我。"

十爹说："惊鸳，把你写的诗拿给我看看。"

惊鸳心里一热，说："十爹……"

十爹摇着手中的竿子，说："你听见了吗？"

惊鸳说："十爹我听见了。"

惊鸳回家后，把十爹要他送诗的事对父亲说。父亲听后，叹了一口气，说："种啊，他能看吗？"惊鸳说："他眼睛肿成了一条缝。"父亲说："种，十爹要看，你就给他送去吧。我说了他会看你的诗。"惊鸳是天黑后将他写的六十八首诗送给十爹的。十爹点亮了灯，坐在那张破藤椅上，在后房里等着惊鸳。惊鸳揣着诗，进了后房，说："十爹，我给您把诗送来了。"惊鸳把诗放在桌子上。十爹睁开肿得只剩一条缝的眼睛，艰难地抬起手想展看惊鸳的诗，但是抬不起来，十爹的双手吊肿了。十爹张合嘴唇，艰难地对惊鸳说："惊鸳，我知道你等我多时啊，我也等你多时了。迟吗？不迟，不迟啊。子曰，朝闻道夕死可矣。我知道你离不开诗，天不丧斯文，我丧斯文做什么？古往今来，世上有的人活命，有的人活诗；有的人离开命不能活，有的人离开诗不能活。十爹我一生是活诗的。十爹问你是不是？"惊鸳说："十爹，我活着不能没有诗。"十爹说："十爹开始写诗时是为了活命，写着写着名也那回事，利也是那回事，到头来发现是活诗啊。是的，没有活诗的人哪来的《诗经》？没有活诗的人哪来的《离骚》？但是十爹先要考考你，看你是不是写诗的。"惊鸳说："十爹，你考。"

十爹说："我给你出个上联。"惊鸳说："十爹你出。"十爹指着桌子的灯，说："一盏残灯如豆。"惊鸳激动起来，触景生情，马上说："两个痴人像诗。"十爹用手将胯子一拍，笑了，说："好，怪不得九相三番两次带儿找我，原来九相这个儿有捷才。"十爹说："我再给你出一联，窗夜黑漆漆。"惊鸳忙答："心地亮堂堂。"十爹激动了，激动得手颤，说："看来一切天定，不是诗害人，是人害人。巴水河隔代要出一个写诗的。你的诗我看，我看。放在这里吧。"惊鸳说："十爹。孙儿给你磕个头。"十爹说："不要磕了。你已经磕两次了。"惊鸳说："十爹，我走了。"十爹说："惊鸳，你帮我把眼镜架上。"惊鸳拿起桌上的老花眼镜，架在十爹的鼻梁上。十爹戴上老花眼镜后，艰难地抬起一只手，放在桌子上，沾着口水，颤颤地翻惊鸳的诗。

惊鸳说："十爹，我走了。"

十婆进后房来在破藤椅后塞了个枕头，让十爹坐正了。

十婆对惊鸳说："惊鸳，你走……"

惊鸳出门后，将门带上了。十爹说："君子坦荡荡，关门干什么。"

惊鸳只好将门又推开了。

早秧一天天地插下去了，巴水河边在雨中，上绿连了天，下绿连了地。风中的小燕子已经长大了，乳黄嘴变青了。秧田里的蝌蚪，也长大了，有的长出前面的两条腿，有的已经长出四条腿，成了小青蛙。

惊鸳特别想他的诗，他想知道他的诗怎么样。垸头上不见了照鸡的十爹，十婆对七伯说："十爹已经坐不住了。"七伯说："坐不住就算了。他那哪是照鸡？他招风。"这期间，惊鸳趁天黑到十爹家去了一次，想看看他的诗。十爹在藤椅上不能坐了，靠在床上，十婆用被子垫着他的后背，戴着老花眼镜看惊鸳的诗。

惊鸳进去的时候，十婆对十爹说："惊鸳看你来了。"十爹歇了下来，靠在被子上喘气，十爹对惊鸳说："惊鸳你不要急，你的诗我要慢慢地看。"惊鸳说："我不急，我是来看下你。"十爹说："你的诗我要慢慢地看。"惊鸳说："我不急。"十婆说："惊鸳，十爹日夜在看你的诗。"惊鸳的眼泪就流出来了。

十爹说："惊鸳，等我十天吧。等我十天，我会把你的诗看完了的。"

十天，河畈里的秧绿封了行；十天，菱荡里的荷花一齐开放了。惊鸳等着十爹的诗，看白云在天上飘，看月亮在河里落，十天，惊鸳吹十夜的笛子。十天过后，十婆天黑了到惊鸳家里来，对惊鸳说："十爹叫你去一趟。"惊鸳的心就跳到嘴里了。惊鸳随十婆来到十爹的后房。十爹的两只眼睛完全肿闭了，靠在床上对惊鸳说："惊鸳，你的诗我都看完了。我在上面写了些字。你要好好地保存着。十爹好多年没有写诗了，给你写了一首，十爹写了这首诗，此生再也不能写了。留给你的只有这些字和一首诗……你拿去好好看……"

惊鸳双膝跪在地上，流着泪说："十爹，孙儿给您磕个头。"

十爹说："孙儿，你这个头，十爹受了……"

惊鸳将诗稿拿回了家，点亮罩子灯看。天阴了，一阵狂风吹起，天边涌起的乌云像万马奔腾，闪电劈天一鞭，接着雷炸地一响，暴雨就下来了。父亲关紧了门窗，陪惊鸳在灯下看诗稿。诗稿上写满了十爹红笔的批语。那都是蝇头小楷。惊鸳翻开第一页，第一页是他写的《公社一支青荷藕》："生在高山爱斗山，搬山巧锁万顷泉，云端有田皆灌水，渠水冲垮银河岸，河在九霄飞瀑布，落地迸开万朵莲，公社一支青荷藕，一节更比一节甜。"十爹用蝇头小楷批着，诗是好诗，可惜不合律。十爹将渠水改成了渠花，用红字批着："花比水强，上面有水，一首诗里应尽量不重复用字。"惊鸳看到十爹在他写的《送肥》"月亮天上走，扁担山上走，亮沙酿出蜜，石头捏出油。"诗的旁边，注着："前两句，简洁，意境好，不说人，人在其中，有《诗经》之韵；后两句有大话之嫌，但大话也见才气。"惊鸳翻开看看，惊鸳看到十爹在他写的《除虫》："吃罢饭，放下碗，提着土壶走满畈，伸手揽住当头月，摘下星星布满畈……"诗边批着："前三句土俗，建议删去换句。"后两句用红笔在下面打了红圈圈，用一条红线圈出来，写着："有太白遗风……"惊鸳看到最后，看见十爹用红笔写了八个大字："天生此材，孺子可教！"接着就是十爹写的一首诗："世路干戈劫未央，牛车轧轧复阴阳。三千弟子成精卫，一箭苍茫矢未荒。"惊鸳看见十爹在诗中第二个"未"字下，写好多个字，想不重复用字但最后还是就了原字。批着："注定不能改了。诗为天定，如天上的云在心里飞，像地下的风在心里吹。写出来的是诗，没写出来的也是诗。不能因小失大，切切记住。"

惊鸶看着脑子里一片光明，一阵阵激动像河鸥拍打着翅膀，太阳红，河水清，巴水河两岸青山流不断。惊鸶整个儿擒了起来，眼睛像河鸥一样朝着蓝天白云飞出去。

窗外暴雨泻天泻地，突然一道落地闪电将整个河滨垸照亮了，那光如蛇走，如龙游，久久地不能消去。

惊鸶和父亲被那天象惊呆了。

垸中传来哭声，垸人报讯，十爹死了。

八

清明时节，近天命的惊鸶，从城里带着上大学的儿子，回到家乡巴水河边祭祖。清晨的巴水河边，山青了，水绿了，芜杂得叫惊鸶感动。惊鸶踩着田埂走，露水太大了，河畈湿着雾。天上太阳出来后，河风起了，菱荡里荷叶香了，满畈的蛙声响了起来。惊鸶忽然满眼的泪。惊鸶百感交集，四句诗从脑子里跳了出来："春露湿如雨，放野回家乡。风在蛙声里，蝌蚪满池塘。"惊鸶想改得合韵，但是动一个字也觉心痛。

惊鸶想，不改了，就叫古风吧。

洪荒时代

一

暴雨连天,落得地不抬头,天不开眼。高风一袭长衫,打着伞,穿着长筒雨靴,从戏工室值班后回家。

高风在走廊上撑伞,冷不防背上被人拍了一把。高风回头一看,是严纪委。严纪委兴奋地说:"伙计,知道不?又涨了!"高风知道是什么涨了。高风问:"涨到了多少?"严纪委说:"26.73。"高风问:"还在继续涨吗?"严纪委说:"当然,不然那还叫百年一遇吗?"高风说:"那怎么办?"严纪委手一挥:"说什么怎么办?上呗!"严纪委是市纪委的一个干事,年纪与高风差不多,四十多岁了,还是个干事。所以大院的人都叫他严纪委。将他的称呼与整个纪委连在一起叫,体现着对他的尊重。他听着温暖,也乐意接受。严纪委在纪委因为干事一个,平时当不了家,很少人跟他说话,人们见了他的面挤一下笑,算是打个招呼,弄得他郁郁寡欢的。但大院的人又有些怕他,不敢得罪他,因为严纪委在关键时刻很不好说话,不管是什么人,他拉得下脸,该怎么样他就要怎么样,很多人吃过他的亏。在这样的时候,人见了他就比平时热情好多,笑也不敢马虎。高风微笑着问严纪委:"又上了?"严纪委说:"又上了。"高风问:"又督办?"严纪委说:"督办。"高风问:"当组长了吧?"严纪委脸黑了:"说姓高的,你少来这一套。"严纪委将发的督办组的红袖章拿出来,朝胳膊上套,对高风说:"姓高的,莫以为市委书记跟你铁,就跟我说笑话。现在我没时间跟你说着玩。我跟你先打个招呼,你不上江堤就算了,你上了江堤,你就给我正经些。不然,莫怪我严某到时候不认得人,出你的洋相!"高风一脸真诚地说:"我说的是真话。你应该当组长。"严纪委说:"组长是市委书记,市长才是副组长。"高风说:"你不管怎么说也是个督办员。"严纪委说:"你晓得就要得。你知道我上江堤干什么的?我上江堤是专门撤干部的!"

高风出门就闹了个不痛快，心想，蠢到连话都不晓得怎么说了，不看看是什么时候。这时候天黑漆漆的，雨拼起命来下，平日静静的大院里各办公室灯火通明，电话铃此起彼伏，人声鼎沸。高风的心就格外地沉重起来。S市的长江边上，一河下去，便是江。长江到了S市就变得阔而宽，又有许多的湖泊与江河连在一起，长许多的芦苇和蒿草，飞许多的水鸟，所以不涨洪水则已，一涨洪水，山水下来，江水上去，S市就大半个浸在水里。这时候的日子就非同平常了。

电话铃响了。高风从梦中跳了起来，还未分出是家还是办公室，就抓起了话筒。话筒里传出冷静、吐字分明的声音："高风吧？"高风连说是。话筒里说："高风，你的工资是不是领到头了？"高风听出是宣传部胡副部长打来的。高风连忙说："我刚回家的。"胡副部长说："我问你为什么跑回家？"高风握话筒的手就有些紧，问："胡部长有什么指示？"胡副部长说："我对你能有什么指示？市委的指示。"胡副部长这样说，高风心里就有些吃紧。戏工室与市委宣传部共一个支部过组织生活，胡副部长是支部书记，"七一"前开了一次支部会，开展批评与自我批评。每个人都要说，轮到高风时，高风本来没有什么可说，但不说又觉得不合适，就对支部工作提了一个建议。高风笑着说："下次开支部会的时候，应该通知我参加，我还是个党员嘞。"作为支部书记的胡副部长听了这话，脸上就挂不住。宣传部管着全市的宣传工作，因为忙，支部会就开得比较少。有事非得开的时候就开一次，有时候来不及通知高风，就开了。高风散淡惯了，胡副部长知道高风不爱开会，有时候通知了高风，高风就打电话请假，说戏写到了高潮，不好放下。高风这时候又这样说，好像他胡某剥夺他高某的党员权利似的，所以心里就恨高风，又不好说出口，脸上还是挂住了，做了自我批评，说他这个支部书记的工作没做好，下回一定加以改正。高风知道这回遇上了。高风说："胡部长，我写检讨。"胡副部长说："我要你的检讨干什么？市委书记请你写戏。"高风问："什么时候？"胡副部长说："准时一点整，市纪委会议室。"高风看表，一点只差三分钟。高风就忙得猴子跳圈似地，脑子里高速运转起来。看来市委书记请他写戏是真的，百年一遇的洪水到来，哪能不写戏？穿长衫，套裤子，找笔和本子。整齐了，拿着笔和本子，没忘对着穿衣镜，照照自己的尊容，然后戴一顶太阳帽，急急地朝大院赶。

高风赶到纪委五楼的会议室，看表，一点整。会议室的玻璃门关着，透过玻璃门，发现会已经开了。高风心里一紧。高风进去之后，看见铺着红地毯的会议室里坐满了人。四角的立式空调没开，里边很热，人们一排排地坐着，不擦汗，也不扇风，眼睛盯着主席台。主席台上坐着市委书记、市长、纪委书记、组织部部长。纪委书记主持会议，正在作开场白。电视台的记者扛着摄像机正在录像。

这些人正襟危坐聚精会神地听纪委书记的开场白。坐在主席台上的市委书记见了高风，也不像平常见高风迟了会，用手招呼高风到前面坐。高风看见参加会的同志，脚边放着鼓鼓的包，塞满了东西。高风没地方坐，显得极尴尬。但是高风是见过世面的人，知道怎样扭转尴尬局面。高风找张桌子倚了，拿出本子和笔，开始做笔记，这样一来，高风就变被动为主动了。纪委书记说："大家都准时到会了，说明大家的觉悟都很高。这次从市直机关抽一百名干部上前线抗洪，这次是我市第三批向抗洪前线抽调干部了。现在我再点一次，高风到了没有？"高风马上回答："到！"纪委书记对严纪委说："高风到了，将他的名字勾掉。"高风的汗就下来了，看来刚才是记了名字的。高风知道记了名字意味着什么，那将是通报批评或者是降级处分。纪委书记说："同志们，我省已经进入了紧急防洪期，表明汛情进入关键时期，一级战备状态。今天早晨的成陵矶水 26.73。去年同期水位 26.71，我市付出惨重的代价，取得了伟大的胜利。一九五四年同期水位 26.97。目前江水仍在上涨，百年一遇的洪水到同志们，长江高水位已经四十多天了，江堤受长期的浸泡，人困马乏，提心吊胆，所以派你们上江堤加强力量！部队已经派出一千多名官兵加强我市江堤防线。我市沿江已经有五万人夜以继日战斗在江堤上。同志们，现在我宣布战时纪律，由于时间关系，我就不念了，每人发一份，你们自己看。"纪委书记对严纪委说："严干事你发一下。"严纪委就将纪委的红头文件，每人发一份。纪委书记扬着手中的红头文件对大家说："大家要严格按照上面规定的做！各位记住，洪水时期处分人是平不了反的，不存在冤假错案。"纪委书记说完，请市委书记作指示。市委书记说："没有什么多说的了，要说的纪委书记都说了。"组织部部长对市委书记说："宣誓吧？"市委书记说："宣誓！"外面的太阳正当顶，市领导领着高风他们下到院子里。院子里树不少，阴也不少。市委书记领着干部们走到太阳地里，纪委书记和组织部部长拉开一面党旗，干部们在太阳地里站成两排，市委书记站在前面，举起右手，握成拳头，举在头顶上。烈日当空，干部们身上的汗就像水一样下来了。电视台的记者，举着摄像机。市委书记站得笔直，正要宣誓。电视台的记者对着摄像机镜头说："不行，画面不好。"市委书记一看，后面的干部们由于久未训练，队站得不整齐。于是就排队形，排演了两次。要正式宣誓时，市政策研究室的五十八岁的范主任，一头的白发，浑身的汗，湿贴了肉，热得站不住了。赶紧就有两个人扶住了他。市委大院是铁栅的漏墙，这时候就聚集了许多人，站在漏墙外看热闹。本来很庄严的场面，因为范主任站不住，显得不庄重了。漏墙外的人，笑了起来。

市委书记很恼火，对电视台的记者说："站那么整齐干什么？又不是演戏！"

市委书记就举起了拳头,后面的人纷纷地举起了拳头。市委书记喊:"我们是共产党员!"后面的人喊:"我们是共产党员!"市委书记喊:"我们宣誓!"后面的人喊:"我们宣誓!"市委书记喊:"洪水当前,百年一遇!"后面的人喊:"洪水当前,百年一遇!"市委书记喊:"我们决心,堤在人在!"后面的人喊:"我们决心,堤在人在!"市委书记喊:"誓与大堤共存亡!"后面的人喊:"誓与大堤共存亡!"电视台的记者弃了范主任,将庄严的场面摄了下来,配了文字,急急送到市电视台滚动播出。宣完了誓,干部们又回到纪委五楼的会议室。两个年轻的干部扶着范主任,纪委书记赶紧叫来管会议室的小青年,打开四角的立式空调,将范主任扶到空调前吹。纪委书记说:"老范,你是不是有病?有病就不要去了。"范主任急了,挺身坐起来说:"谁说我有病?我没病。"纪委书记说:"看你这个样子。"范主任说:"刚才我是太激动了。我身体好好的,我能行。让我去吧!"范主任说着流出了眼泪。纪委书记望着市委书记说:"这怎么办?"市委书记黑着脸说:"让他去吧。"范主任抓住市委书记的手连连说:"还是书记了解我。"

高风踱到市委书记面前,心想市委书记可能对他另有交代。市委书记叫他上前线,担负着与众不同的任务,那就是收集素材写戏。高风等了好半天,市委书记并没有什么要对高风特别交代的。高风只好退回来,找个位子坐下。市委书记回到主席台,对大家说:"从现在起谁也不准回家。两点准时出发,七点钟前赶到各自的岗位,七点钟纪委电话点名,证实到岗没有。怎么去,你们各自想办法,七点钟前走也得走到指定的岗位。"说完就乘车上江堤去了。

于是干部们各自打电话与单位联系车,忙得一塌糊涂。高风急了,他一袭长衫出门,其他的干部都做了准备,唯独他没有做任何准备。严纪委望着高风冷笑了,说:"你以为请你来喝酒是吧?"高风哭笑不得,说:"姓严的,你笑什么,幸灾乐祸?"严纪委说:"我不跟你笑,七点钟一到,我第一个点你,你信不信?你在茅山指挥部是吧?谁在哪里,我这里都记着。"高风急得炸,奔到办公室,给儿子打电话,叫儿子给他准备东西,拿点稿纸来。范主任站了起来,背起背包对高风说:"再不走七点前就到不了岗。"政策研究室是个小单位,由于经费问题,一部破吉普车早就停开了。高风想向宣传部要车,但一想起胡副部长,就打消了要车的念头。他宁可走,也不愿意向胡副部长要车。

二

高风扶着范主任,沿着公路朝江边走。天又乌了,云在西边翻滚着,雷电在乌云里织布一般,眼看暴雨又要下来。高风对范主任说:"我真是弄不懂你,你这是何苦?年纪大了,纪委书记叫你不要去,你正好就梯子下楼,在家休息。"范主任警惕地望了望四周,看看身边无人,对高风说:"高主任,你是写戏的,还不懂板吗?洪水出干部,要不是去年那场洪水,向老二能升成市委书记吗?前年向老二还不就是个县长吗?比我高一级。今年怎样?今年人家是堂堂的市委书记啊!全是洪水帮的忙。去年我要是不上永保堤,我还能当政研室的主任吗?我这回要是休息,就永远地休息了。"范主任动了感情,说:"我五十八岁了,从小队长搞起,当一生的干部,搞到现在这个样子,我容易吗?他叫我休息我就休息吗?"

高风扶着范主任,好不容易拦了一部到城里拖蛇皮袋子回去的手扶拖拉机,歪歪斜斜地到了江边。公路上设了卡,不准机动车辆通行,因为公路泡涨了,机动车辆通行震动了江堤,有危险。高风和范主任只得下来步行。江边的散花镇,江水高过了堤里的村庄,内湖的水一片汪洋,所有的地面都被暴雨和积水泡烂了,树在水里,草在泥里,路在泥里,到处都是腐烂的气味,水涨江风吹,刺鼻子的腥味。

江堤上的哨棚每隔二三十米就是一个,都是那种用树架起的人字形窝棚,用尼龙纸和帆布盖的,两头通风。高风扶着范主任沿着江堤走,守堤的人们蹲在堤上正在吃晚饭,旁边站着送饭的孩子或婆娘,守堤人解开系钵子的毛巾,埋头对着江水吃,谁也不理会高风和范主任。走了一会儿,到了一个棚子,范主任对高风说:"感谢高主任!我到了,你继续朝前走。"果然就有一个年纪大的吃饭人抬起头来,同范主任打招呼:"范主任,你又下来了?"范主任说:"张村长,我又下来了。"张村长问:"还是主任不?"范主任说:"还是主任。"张村长问范主任:"你吃晚饭没有?"范主任说:"没吃。"张村长把吃了一半的钵子,递给范主任,说:"范主任,没得酒给你喝,饭还有半钵子。"范主任说:"我喝点水。"范主任接过钵子,真的喝水。张村长旁边的婆娘对男人说:"你要死了?范主任吃你剩的?"张村长说:"有剩的吃就不错了。"高风站在那里望,掇钵子仰天喝水的范主任对高风说:"快走你的。"高风听到背后范主任吐水的声音。高风知道范主任中暑中得不轻。高风急急地走,走了一会儿,就看到了一个大棚子,顶上插着一面鲜艳的红旗,近了,一看字,写的是散花村中心哨棚。高风松了一口气,连人带包地站在棚子门口。抬手看表,七点。看见棚子里只有一个瘦后生,蓄着长头发赤着上身,坐在放电话机的桌旁。其余的人都在棚子外的江堤上看水。这时候一道闪电鞭下来,大雨就惊天动地地下来了。只一下子,高风就全湿了。江堤上看水的人们,全跑进来,找雨衣雨裤穿,只听见一片穿雨衣雨裤的声音。有一个声音高声地喊:"各人到各自负责的地段!你狗日的长头毛,你把电话给老子守好,指挥部的电话记录要一字字写清楚,出了事上面要我的头,我要你的颈!"一道闪电,将那人的脸照白了,高风看见那人,正很高很黑地狞笑着。那人回头看见了高风,问:"你是什么人?赶什么热闹?"高风说:"第三梯队的,来报到。"那人说:"好,又来了一个官。愣着干什么?穿雨衣,跟我上堤!"高风说:"我没带雨衣。"那人望着高风,像见了一个怪物,说:"没带雨衣?没带雨衣你来干什么?"高风没带雨衣,主要是胡副部长捣的鬼。那人将身上穿的雨衣脱下来,丢给高风,说:"我就怕你们这些爷。你们这些爷来做什么?"高风站在雨里说:"我湿了,还穿什么?"那人笑了,说:"也是的,还穿什么?"那人迅速穿好雨衣和雨裤。大风一下子刮来,棚子里全是水。那人将高风背上的包,一把扯下来,丢给桌子前守电话的赤膊年轻人,说:"长头毛,你把他的包抱在怀里,给我看好,打湿了老子拿你是问。"这时候桌上的电话响了,长头毛正要伸手接,高风奔过去,一把抓起了话筒。严纪委问:"散花村吗?"高风说:"是。"严纪委问:"高风到了吗?"高风说:"我就是。"

高风随黑脸奔跑在风雨飘摇的江堤上,这时候只听见沿江堤的各个村子里沸腾起来,全是人呼叫的声音。江堤下树林中条条泥泞路上,人群像蚂蚁样地朝江堤上奔。男人,女人,还有不少的老人和孩子,每人背着一捆稻草,上了江堤,沿着江堤,一字儿排开。黑脸拿着话筒,沿江堤奔跑着喊:一组到齐没有?风雨中有人大声回答:"一组到齐了!"黑脸喊:"二组人到齐没有?"闪电中有人大声回答:"二组人到齐了。"高风随着黑脸跑,从一组喊到十五组,都回答:"到齐了!"黑脸跑回中间地带,拿着话筒高喊:"现在我命令,伏浪!"黑脸将雨衣一把脱了,包住话筒,扔在江堤的草丛中,抱住身边人给他准备的一捆稻草,跳到江水里,所有的人都抱着稻草,随他奔到水里,伏在江堤迎水面的水线上。没有人给高风准备稻草。高风急了,空着手跳到水里,张开两膀。江堤迎水面,人挨人,密密麻麻,伏在草屑和浪沫里,所有的人浮着头,张着嘴,只等风大,只等浪起。伏了好半天,雨小了,风也渐渐地小了。黑脸身边的一个十七八岁的男孩,抬头看天,从水里站了起来,爬到了岸上。黑脸大吼:"开放!你怎么上去了!"那男孩说:"溃不了。"黑脸从水里爬起来,走到那男孩面前,伸手拧住了男孩子的脸吼:"你怎么知道溃不了?"男孩痛得挣脱黑脸的手,说:"我用微积分公式反复计算过大堤的承受力,这点风浪溃不了。"黑脸狞笑了,说:"你这么会算,北大清华恐怕录得起?"男孩说:"这我也仔细算过,没得问题。"黑脸气不过,又伸手拧住了男孩的脸:"就你聪明?去年永保大堤怎么要溃?还不是这宽,这高,这大?"男孩说:"五爷,请你将手拿下去,我告诉你,这是侵犯人权！"黑脸呵呵地笑了，说："老子就要看看你的人权！"男孩说："放开！"黑脸说："你回答老子！"男孩说："我告诉你去年永保堤要溃，不是堤的问题，是白蚁洞。"黑脸气得扬起另一只手，给了男孩一耳光，吼："你能保证这堤下就没有白蚁洞？"男孩捂着脸问："你怎么打人？"黑脸又一耳光过去，说："问得聪明，老子这时候就要打人！我用手打人算什么？市长去年这时候还用棍子打人呢。"男孩问："年年发洪水，你们年年就可以随便打人吗？"黑脸望着男孩呵呵笑，说："对，你告老子去，看有门没有？"这时候从水里爬上来一个老人。老人上前对男孩说："蠢孙嘞，都什么时候了，你怎么能爬起来说溃不了？一九五四年发大水伏水的时候，爷爷退了半步，枪就响了，差一点毙了。现在是法制社会，拧脸肉打耳光算好的。"男孩捂着脸说："那就溃得了！"黑脸转过脸问："你说什么？"男孩说："那就溃得了！"黑脸问："你怎么知道溃得了？"黑脸气不过又要动手。老人赶紧将男孩拖到水里，水里的男孩捂着脸哭了起来。伏在水里的高风一阵心酸，领教了说什么都不对的滋味儿。老人给男孩屁股一脚，吼："明年你就不用伏水了。"水里的黑脸咬着牙哧哧地笑："老大，明年叫你的孙把我们散花村全搬到京城去！做兄弟的也跟你沾点光。"老人喷了一口水，说："老五，打也打了，骂也骂了，再说就无鸟味。"

这时候高风看见电视台的南记者扛着摄像机过来，先是天，后是堤，然后对着伏浪的人扫。扫了一阵子，拿话筒过来，对着水里的黑脸问了一阵，水里的黑脸答了一阵，南记者说了一声好，然后关机走了。高风认识南记者。南记者每年洪水到来的季节都要为 S 市出几手绝活，让 S 市在中央台和省电视台露脸，是 S 市脑子活、点子多、来得快、资深的台柱子。去年 S 市永保堤白蚁洞出险，S 市倾全力死保的专题片在中央台播出，全国引起轰动，就是南记者拍的。黑脸爬起来，对水里的众人说："起来！各人回家换衣裳。"高风这才明白，原来是演习。演习风大浪高，如何伏浪保堤。村民们纷纷从水里爬起来说："在江边过一生的日子，这哪像南风陡起的天，原来是演习。"黑脸说："同志们，不要以为是假的。百年一遇，什么事情不能发生？毛主席教导我们，不打无准备之仗。"

高风一身湿随着黑脸朝中心哨棚走。天快黑了，西边天上的雨，仍在云中下，晚霞下的雨线，像黑帘子一样。黑脸问高风："吃晚饭没有？"高风说："没有。"黑脸说："你去吃。"说完就叫守电话的长头毛带高风到堤脚下的屋子里。路上高风问长头毛："黑脸是散花的什么官？"长头毛说："村支书。"高风问："当了几年？"长头毛说："开始做生意，先富起来后，镇委书记要他当的。"长头毛带着高风来到堤脚下的屋子。堂屋里电灯由于电压不足，昏黄地亮着。长头毛说明情况，女主人从厨房里出来，很不好意思地在围裙上搓着手说："收碗了，我再给煮碗面条行不？"高风刚要说行，长头毛说："冯婶，支书说锅里还有剩的。"高风忙说："对，锅里剩的就行。"女主人说："那怎么行？没得菜咽。"长头毛说："冯婶，支书说还有咸菜。"高风忙说："行，有咸菜就行。"五十多岁的女主人就不再说什么，默默地将锅里剩的锅巴用碗盛出来，将咸菜掇到堂屋桌子上，让高风吃。锅巴冷了，难得咬，咸菜也是剩的。高风一点胃口都没有，吃了一点就放筷子。女主人转身回房去了。高风放了碗筷，胃里一阵响。高风踏着黑暗出了门，女主人出来收拾碗筷，默默地望着出门的高风。

  高风来到江堤上，这时候市计生委的王副主任从分指挥部开会回来了。王副主任比高风年纪小，是搞材料出身的，平常王副主任称高风为老师。王副主任超过警戒水位就上堤了，作为国家干部包散花村堤段。王副主任见了高风，说："高主任，你来了。"高风知道自己是后来的，根据组织原则，应该自觉接受王副主任的领导。高风说："王副主任，高风向你报到。"王副主任笑了，说："向党报到。"高风点头说："是。有什么指示？"王副主任说："市委强调了纪律，国家干部二十四小时不能离岗。省、大市和市三级督办组日夜巡视，随时点名抽查。"高风说："明白。"

  雨后，天上的星星出来了。江风兴起，一阵阵地吹。中心哨棚的人多起来，每人一乘竹床，默默地坐在堤上的哨棚处。高风没有竹床。高风在长头毛的竹床床沿坐了下来。高风知道洪水季节，中心哨棚就是散花村政治经济文化的中心。三个层次的干部这时候都到齐了。第一个层次是国家干部，王副主任和他。第二个层次是镇的干部，任副镇长和镇企管会的三个干部，任副镇长分管镇企业。第三个层次是散花村的村组干部。散花村十五个村民小组，十五个小组长，十三个村干部，散花村大，比别的村干部多，就开会传达分指挥部的命令，会由镇任副镇长主持。任副镇长扫了一眼到会的人，对长头毛说："任副书记呢？"长头毛说："在屋里看书。"任副镇长问："看什么书？"长头毛说："看名著。"任副镇长没好气地问："什么名著？"长头毛说："中国的《三国演义》，外国的《人间喜剧》。"任副镇长说："去把他叫来。"长头毛下去叫任副书记去了。一会儿，任副书记来了，手里拿着红红的一支烟，在堤上找块青草远远地坐下来。任副镇长只开了一个头，就让黑脸说。高风知道洪水季节对于干部的管理，是互相制约的，上面有规定。国家干部下来，归村党支部和村委会管理，村党支部和村委会又归镇干部管理，镇干部又归国家干部管理，国家干部又归督办组管理。会由王副主任传达分指挥部关于市委的命令，主要是对国家干部的。接着任副镇长传达镇关于市委的命令，主要是对镇干部和村干部的。接着是村支书黑脸讲话，总结上段，布置下段，主要是对村干部和组长的。会开完了，任副镇长问任副书记：

"老任，你有什么话？"坐在青草地上的任副书记说："我没什么说的。"高风就想，这任副书记是怎么回事？任副镇长就说；"大家听好，从今天起所有的人都上堤睡，特别是国家干部！"高风看见任副书记猛吸了一口烟，那火红红的。会开得很短。负责各段的村干部领着各组组长到哨位去了。中心哨棚的江堤上，只剩下黑脸、村长、镇的干部、高风以及王副主任。

江风徐徐，青草中的蚊子们成团地开始进攻。黑脸就开始打趣。黑脸对镇企管会的胖副主任说："杨副主任，明天，是不是把爆竹放了？"胖杨的巴掌在胯子一拍说："放就放。"黑脸说："要放我就收份子钱。每人十元。"黑脸说："放了那就不是好玩的事，认干女儿，你几多的礼钱。"胖杨说："两百元怎么样？""那好说。"黑脸说，"那我就通知人家大人，你准备办酒。"胖杨说："这是好事，我两个儿子正缺一个女儿。"黑脸说："你莫搞错了，是干女儿。"胖杨说："你跟我老婆请示一下，她没意见，我就没意见。"高风正在静想，这闹的什么事？

这时候任副镇长对黑脸说："你把班重排一下。"黑脸说好。黑脸就把年轻的村长叫到一边，如此这般地说了一番。年轻的村长赤着上身，光着身子，走到横放的大黑板前，擦了上面的字，用粉笔重新排班。大黑板是从村小学拖来的，村小学放了假。村长高中毕业，字写得好，是市书法协会的会员。村长光着身子，用彩色粉笔写了报头，按照黑脸的盼咐，在横放的大黑板上排班。一笔一画的，写很正规的楷书。高风看见最上面就是他。他排的是第一班，马上就要上。任副镇长对高风说："你初来不熟悉情况，让杨副主任带你查。"胖杨很乐意带高风，穿了长筒雨靴，拿着手电筒和锹，对高风说："走。"高风什么准备都没有，既没带雨靴，也没带手电筒，更没有锹，站在那里不知如何是好。王副主任连忙拿过自己的雨靴和手电筒，给了高风。黑脸就笑，说："还是王副主任是领导。"高风的脸就红了，好在是夜里，没人看得见。胖杨带着高风沿着堤外脚走，查得格外的细。从堤下段查到堤上段，每一个草丛，每一个渗水的沟，都没有放过。一路查，一路要高风注意，不好玩，出了险，干部就当到了头。胖杨带着高风仔细地查了一遍，就休息去了，留下高风一个人继续查。高风沿着江堤走。堤脚下的村民们，拉开人网，提着手电拿着锹，就像工兵探地雷似地查险。他们一心扑在大堤上，夜以继日，二十四小时不断人，保护赖以生存的家园。高风的手电射到哪里，哪里就有手电呼应。江堤脚的村民们在林子里、电光下，像辛勤的蚂蚁，高风心里涌上的感动，像涨堤的江水一样。江对面新兴的工业城市黄石市，灯火辉煌，映在江里，使宽阔的江水很美丽，很平静，就像一座阔大的舞场。被淹的杨树们，露着梢，成为背景，江对面不时传来美妙的音乐。江堤上不时有木棍样的东西横在路上，高风用手电一照，吓出了冷汗，那是蛇。高风用手中的锹，将蛇挑开，心想要是王副主任不给他雨靴穿，那该是一件多危险的事。那个胡副部长害他害得不浅。高风不敢掉以轻心，一刻不停地巡堤，招呼着堤脚的村民。堤上，一个年老的村民拉住了他，高风认出是天黑时拉孙下水的那个。老人对高风说："干部，我对你提个意见怎么样？"高风递老人一支烟，说："老人家，你说。"老人吸着烟说："临江村的人不像话，查险不力，你给说说，他们与我们穿的一条裤子啊！要是江堤垮了，不都在水心里？"高风一阵感动，说："老人家，我一定向上反映。"老人说："有你们我就放心了。"

高风交班是凌晨四点。高风喊起接班的，才发现没地方睡，高风就扯了个草袋子，躺在江堤上。晚饭没吃饱，加上蚊子多，高风怎么也睡不着。这时候，省、大市和市里三级督办组的车，织网般地从上查过来，从下查过去，一来就查当班的，查完当班的就点名查国家干部。于是就要一遍遍地翻身坐起来答"到"。高风刚刚昏了一会儿，被冷醒了。其他人都是有备而来，独他高风什么都没带。高风默默地忍受着。怪谁呢？谁也不怪，怪他自己。这时候高风看着那些裹着被单睡竹床的人，心想什么叫幸福，那才叫幸福。

三

高风散淡惯了，去年永保堤出险的时候，他就吃过比别人更多的苦，他就是不长记性。去年水位比今年还低，突然S市的永保大堤出险了。一声令下，S市各部办委局的全体干部，除了留值班的人外，倾巢出动，从河上游上船，统统拖到出险的永保堤段。那时候不到一华里的永保堤，两头都用武警设了卡，只准进，不准出。S市五万民工，一万干部，加上邻县赶来增援的人，一共十几万人，就集中在不足一华里的江堤上。出险的江堤上，密密麻麻蚂蚁似的全是人。出险是因为大堤发现了蚁洞。水位不高时，蚁窝由于压力不大，没有出现管涌。水位一上升，蚁窝就出现了管涌群。政令如山倒，高风连草帽都没戴，就随宣传部的干部们上船，拖到出险的永保堤。船不能靠岸，高风他们就踏着在江心搭起的长跳板朝岸上奔。高风奔上岸时，一百多米的江堤裂着口子朝下陷。那时候，当时的市委书记和市长都站在下陷的江堤上，市长拿着高音喇叭，对着江面喊："同志们，我和市委书记站在这里了，你们不要怕！听命令，党员干部们上！"情况太危险了，岸上的少数民工和干部朝后退。市委书记愤怒了，愤怒的市委书记嗓子哑了，吼得声音一点也出不来。市委书记就弯腰拾起一根棍子，胡乱地打后退的人。后退的人马上镇住了，纷纷地朝指定的地方跑。高风身上的血一下子沸腾起来，看到市委书记和市长的身子随着江堤朝下陷，若是江堤溃了，首先殉职的就是市委书记和市长。高风整个地擎了起来，义无反顾地朝江堤上跑。脚下的大堤裂着口子，高风在下陷的大堤上飞跑。黑脸说的市委书记用棍子打人，就是指的那一次。

那一次出险，惊动了中央和省领导。中央领导下指示省领导赶到了。后来管涌群被胜利地堵住了。除了十几万干部群众，舍生忘死地保堤堵管涌外，保住大堤有点得益于偶然。正当大堤要溃而无法挽救的危急关头，市委书记记起了江面上被封航的三条驳船。这三条驳船每条装载一千多吨的小麦，由于长江封航，抛锚在江中。经过请示，上级很快同意了抛麦包救险的行动。一乘快艇过去，三声枪响，驳船无条件地过来了。没有什么条件可讲的，先抛再说。货方惨白了脸，无条件地同意了。于是S市的干部们组织敢死队，上驳船抛麦包。三条驳船呈弧形沿江堤在江面上摆开。敢死队上船抛麦包，九十多公斤的麦包，力小的两个人抬一个，力大的一个人掀一个，江面腾起了冲天的浪花。驳船边的麦包很快抛完，驳船中间的麦包，就很难抛。干部们不一会儿汗就流完，天太热，平时又不是做体力活的。换了一批又一批，麦包下抛的速度，怎么也快不起来。江堤在下陷，急得市委书记和市长，用棍子打人也没用了。就在这时候江面上传出了快艇的声音，武警部队开来了。清一色的橄榄绿，清一色的后生，在猎猎的军旗下，登上驳船，换下干部们。江面腾起的浪花迷离着天上的太阳，看得高风眼睛都湿了。不知是谁喊了一声"解放军万岁！"大堤上"解放军万岁"的声音，像雷一样滚动。关键的时候还是靠子弟兵啊！先是盲目朝水中抛，管涌小了一些，但还是不管用。这时候邻市的一个潜水队来了，冒着生命危险下水，探准方位，在水面上用浮标做标记，让战士们朝方位里抛麦包。抛了两驳船的麦包后，管涌明显的小了。大堤保住了。但是干部群众的心，一刻也不能松弛，他们一方面朝堤外扩堤，一方面在堤里制管涌。两夜两天，硬是将大堤朝外扩了五十多米，新做了一道堤。

那次高风两天两夜，就战斗在江堤上。高风那次没戴草帽，只穿一件圆领汗衫和一件西装短裤。两天下来，高风露肉的地方全晒成赤红色，像是红烧肉。高风那一次挺感动，因为高风看见所有上堤的干部不论官职多高，统统与他一样，人太多，供应不上，一天一夜没有喝水没有吃东西。累了，就在江堤上找块草地躺下喘口气儿。夜里，江堤的迎水坡和背水坡上，横七竖八，睡的全是人。各级各种媒体的记者们，躺在堤上，怀里抱着摄像机。那一次高风真正体验到了感动。那一次满头白发的范主任，比年轻干部还干得好，一刻也没有休息。回来后高风特地写了篇《我们的长堤》的散文,登省报和市报的副刊上。文中提到了范主任。那年范主任得到了市里的表彰,五十七岁本来要退到二线的范主任没有退二线。年底的时候范主任感谢高风,高风莫名其妙,问范主任:"你感谢我什么?"范主任没有说,只是笑了笑。高风才记起了那篇文章。高风心里很不是滋味,像是跟范主任搞了什么交易。想想,也就没有说什么。

  那次浑身通红的高风,最后周身像火一样烧得不行,跳到冰冷的江水里泡了一会儿,上岸后,就再也动不了,当了逃兵,回家住院。那一次胜利之后,市委书记升到大市里去了。市长升成了代市委书记。市长代市委书记后,高风浑身死一层皮,病好了。代市委书记的市长找到他,说要花十万元在永保堤上立一个抗洪纪念碑,要高风写碑文。高风摇头说:"碑文我不能写,碑你也不能立。"代市委书记问为什么?高风说:"有贪天功之嫌。"代市委书记说:"我贪什么天功?这是在党和政府的正确领导之下,S市人民共同取得的胜利。"高风说:"据科学家预测,现在到了洪水时代,你能保证S市百里江堤永不出险吗?以后岂不是笑话。有十万元钱,不如写一个抗洪的戏。"代市委书记一愣,马上说:"你到底是个读书人。"后来纪念碑的计划,果然没有实行。高风以为是他的聪明补得好。后来才知道没有立纪念碑,根本的原因不是他反对,是抗洪取得胜利后,省里的一个主要领导开总结会,成绩充分总结了以后,省主要领导问代市委书记:"请问当时你们在堤上有多少人?"代市委书记说:"群众五万多。"省主要领导问:"干部多少?"代市委书记说:"几乎全上了。"省主要领导又问:"你想过没有?当时要是堤万一保不住,群众和干部怎么办?"代市委书记浑身的汗就下来了。是的,当时要是万一堤保不住,不到一华里长的江堤,十万多的干部群众,要死多少,谁也说不准。当时一心死保,根本没有想到安全措施。要是当时江堤溃了,现在他还不知道在哪里,谈什么功啊!

  后来代市委书记接受了高风的建议,叫高风以永保堤为背景,创作了一部大戏,他亲自抓,花了四十多万,正式上演后就在全国得奖打红了。代市委书记不再代了,正式当上了市委书记。

四

  古历六月的天,亮得早。东边露出了鱼肚白。天晴了,空气中散发着很浓的大粪味儿和各种动植物的腐臭味。沿江的散花村,靠种菜为生。种出的菜用机帆船,送到对面的黄石市去卖。种菜需要肥,大粪是村民的宝贝,所以厕所就一户人家一个，低矮，有的有顶，有的无顶，只有半截遮人的墙。这样的厕所，成群地散落在屋前，与鲜亮的楼房构成一道风景。

高风洗漱完，就在门前树下的风里记日记。高风有记日记的习惯。不论到哪里，他都要记日记。其他人都在堤上酣睡，村子里很安静。这是洪水季节村子里最安静的时候。黑脸在堤上醒来，翻身坐起，双手揉着睁开眼睛，见高风在堤脚的树下拿小本子捏在掌里写，很好奇。黑脸下堤，到高风面前，停住了，问："高主任写什么呢？"高风说："记点东西。"黑脸问："记什么？"高风说："随便记记。"黑脸问："有什么可记？"高风说："有很多东西可记。"黑脸想看高风写什么。高风记日记有个毛病，不愿给人看，就用手遮着本子。黑脸想看看不到，不好在高风面前再待下去，就黑着脸朝地上响响地吐了一口痰，装着有事进屋去了。高风记了一会儿，觉得黑脸的行动不对劲，心想，这个黑脸，为什么对他记日记这样关心？

这时候村中的江堤上传来凄惨的号哭声。高风合上本子，慌忙赶到村中的江堤上。黑脸也慌忙地赶到了。村中的江堤上，聚集了不少的村民，男女老少一大群。江堤上的一棵古柳下，并排跪着三个汉子和三个披头散发的女人，还有一大群姑娘和小子。看来是一家人。三个汉子对着江水，头挨着地磕，用手掩着脸，大声号啕："娘啊娘！你为什么要这样？"三个披头散发的女人一个劲地哭："娘啊娘，我的娘！"姑娘和小子们趴在地上哭："婆啊婆！"高风头皮发麻，知道发生了不幸的事。黑脸的脸更黑了。黑脸站在三个汉子的后边，冷冷地说："不要哭了！听见没有？有孝心，把你娘的尸体找回来。大清早的，扰乱人心，不知的人，还以为堤溃了。"三个汉子还在哭。黑脸说："还有脸哭？快别出声。平时待娘好一点，娘能走这条路吗？"高风这时候看见江堤古柳下，整齐地摆着一双鞋。那是一双古老的绣花鞋，鞋头上用丝线绣着莲花。鞋头尖尖的，是一双裹了脚后又放了脚的人穿的。鞋已经变黑了，只有上面绣的莲花还亮着颜色。听了黑脸的训，三个汉子和家人都不哭了。老大拿起古柳树下的那双绣花鞋，蒙在脸上，泪无声地流。老大流着泪说："娘啊娘，水退了，水退了啊！"高风朝江里一看，果然水退了。插在水里一人多高的木桩，上面的水线朝下退了一厘米。这木桩是村民们插的，高风夜里巡堤时就发现了。木桩雕成人面蛇形。高风知道这是久居长江之滨的人们镇水的图腾。长江两岸每个村子的江堤上，洪水季节都立着这样的一根木桩。清早起来，村民们首先要到江堤上看这根木桩，首先看歪了没有，要是歪了，说明大祸要临头，必须做好逃命的准备。若是没有歪，说明没有大的危险，用不着惊慌。木桩没有歪，水退了，天也晴了，村民们忙碌起来，将系在堤上的帆船解开，发动了，送菜到对江的黄石市去卖。江面上许多的杨树和柳树只露着梢儿,在浪里浮。高风知道江外原来有很大的一片滩,水未涨起来前,是很大的一块沃地,杨树柳树的尽头才是江的主航道。因为封航了,许多拖沙的船,停在江湾里。江湾里很平静,木雕的图腾没歪,直直地立在堤上,退了的水线刻在上面。黑脸见那一家收了哭,说:"大婆一辈子不容易,以往的事,你们都是明白人,我就不多说了。现在我就要看你们这些儿孙了!该怎么做就怎么做。记住一条,这回不能再丢我们散花村的脸。再丢我们散花村的脸,莫说我黑脸六亲不认!"三个汉子流着眼泪连连点头。黑脸对高风说:"高主任,我们走吧。"高风说:"你先走。"黑脸冷笑着问高风:"新鲜是吧?"高风掏出打火机,点了一支烟。黑脸见高风那样子,一个人走了。

一个老人解着系在古柳树上机帆船的纤,望着江水,眼里一片空茫。高风认出是昨天拉孙下水的那个老人。高风问老人家:"出江呀?"老人说:"出江。我得去把吴婆找回来。"高风问:"出了什么事?"老人叹了一口气说:"吴婆婆走了。"高风掏出一支烟,递给老人,老人掏出打火机,火苗儿一闪,一阵烟便从老人的鼻子冒出来。老人吸着烟对高风说:"老婆婆姓吴,今年九十岁了,是散花村第一个高寿的人。散花镇地处吴头楚尾,姓吴的多。吴婆婆是吴王的后代。当年吴王领兵大破楚兵,在散花洲击鼓散花犒赏三军,散花由此得名。吴婆婆丈夫死得早,守寡养大三个儿,三个都成家立户了,儿生儿,孙生子,儿孙满堂,按说应享天伦之乐。但是儿孙多了,各顾各,吴婆婆的生活没了着落。吴婆婆年纪大了,长年有病在身,好又好不了,死又死不成,长年病在床上,一口气儿断不了。今年发这大的洪水,久病在床的吴婆婆认为老天要收人,不收人洪水就退不了。她活得太长了,所以她就半夜从床上爬起来,爬到堤上,将绣花鞋摆在古柳下,跳了江。鄂东有祭江的古俗,九十岁的老人,为了退洪水,用她的生命,做了牺牲。"面对滔滔的江水,高风的眼泪流了出来。高风说:"江水果真退下去了。"老人说:"你也信吗?"高风说:"天地间有些事情说不清楚啊。"老人凄然道:"我一辈子在江上打鱼,跟水打了一辈子交道。这不是退水的水啊!退水的水,要被太阳晒老,晒死,晒成铁灰。你看这水,这活,这鲜,这腥,不是退水的水。这样的时候退水不是好事,不是上游溃了口,就是下游打了堤。"老人发动柴油机,驾着船出江寻吴婆婆的尸首去了。机帆船经过水面上的杨柳树梢,划出一条弧浪来。高风心里沉甸甸的。

高风回到中心哨棚,打开电视机,看滚动新闻。果真出事了。上游的簰洲湾堤溃了,下游的九江大堤溃了。朱总理赶到了九江,正在电视里大发脾气,说九江的防护堤竟是用竹竿代替钢筋浇倒的,人命关天,腐败到了何等的地步?要严厉查处!高风的心一阵阵地紧,那样热的天,高风竟冷得打起了哆嗦。高风想补记日记，从包里拿本子，发现包被人动过。问长头毛："谁动了我的包？"长头毛望着高风，半天才支支吾吾地说："没人动过。"高风问："是不是支书看过我的本子？"长头毛慌了，说："你千万不要说是我说的。他看过你的本子。他说我看看这狗东西记的什么。"高风气得不行。高风问长头毛："他看后说了什么？"长头毛说："没说什么，只说这东西得防着点。"高风心里火起，但是忍住了。

　　太阳升高了。太阳光亮得人睁不开眼睛。哨棚里气温升了起来，长头毛的桌子上放着一支温度计。长头毛对什么事都新鲜，除了记每天的水位之外，还要把每天棚子里的温度记下来。长头毛看着温度计，问棚子里的人："你们知道现在的温度是多少？"黑脸没好气地说，一百度！长头毛说："哪来的那么高？"黑脸问多少？长头毛说："一百度的二分之一。"黑脸说："谁叫你狗日的拿这东西进来的？"气愤地将温度计拿起来砸了。水银马上汽化了。长头毛心痛温度计，说："你赔我。"黑脸笑着说："你等着，老子赔你一耳光。"这时外面有车子开来的响声，黑脸忙迎了出去，发现是镇计生办的。一个人跳下车来，同黑脸耳语了几句，黑脸的脸更黑了，喊出市计生办的王副主任。两人说了几句，匆匆地进了屋。

　　高风知道又有大事。高风知道特殊时候不是他的事不能多问，目前最关键的是把自己的事做好，不出差错。白天也是轮班制，当班的人出去巡堤去了。不当班的人，上面规定不能离棚子。村干部们白天不在中心哨棚，一是各人有各人的责任段，二是除了抗洪之外，村里还有面上的工作。镇的任副镇长到镇里开会去了。任副书记没有上堤，在主家的后房看名著。中心哨棚里，剩下高风、胖杨和他带的兵。七八个人坐在火一样的中心哨棚里，胖杨拍胯子，唱革命歌曲《解放区的天是明朗的天》，唱得眼睛放光。胖杨原来是散花村的村长，家在散花村，人熟，地熟，什么时候他都会找乐子。胖杨正唱得带劲，长头毛瞧一眼棚子外，说："来了！"胖杨看一眼棚子外，马上不唱。高风看见一个穿连衣裙的小女孩，戴着一顶太阳帽儿，骑着一辆自行车，车后驮着一个白色的泡沫箱子来了。小女孩十一二岁的样子，像江边的一棵小白杨树，小脸蛋被太阳晒得通红。小女孩来到哨棚，将车子停在门外，叫："冰棒，冰棒！"胖杨带的一个兵，笑着说："进来吧！"小女孩就进来了。那人问冰棒多少钱一根？小女孩说："有五角一根的，有一块一根的。"那人说："这不是昨天的原价？"小女孩说："是昨天的原价。"那人说："今天五角的一块，一块的两块，卖不卖？"小女孩说："不卖。昨天的原价就卖。"那人问："为什么？"小女孩说："我爸说不能赚昧心钱。"那人说："一人一支。"小女孩就打开箱子，一人递一支。高风也是一支。那人递一支给胖杨。胖杨没办法，只好接了。大家吃着冰棒，小女孩静静地看着大家吃。那人对小女孩说："你也吃一支。"小女孩说："我不渴。"那人说："你吃，钱算我们的。"小女孩仍是不肯吃。那人问小女孩："你昨天回去跟你爸你妈说没有？"小女孩点头。那人问："你爸你妈答应没有？"小女孩说："答应了。"那人问："同意给胖主任做干女儿？"小女孩说："同意。"那人对胖杨说："拿钱出来。"同时跟小女孩算账，八个人八支，共十六元钱。胖杨没有办法，只好拿出十六元钱出来。小女孩只收八元钱，其余的不要。那人说："干爸给的，你收下。"小女孩说："我爸我妈说不能多收钱。"那人说："你不是趁暑假卖冰棒，赚学费吗？你爸有病。干爸的钱不要白不要。"那人问胖杨："你说是不是？"胖杨笑着说："那当然。"胖杨吃着冰棒高兴了，对小女孩子说："干女儿不行，要做就做我儿媳妇。"小女孩说："昨天不是说做干女儿吗？"胖杨笑了，昨天我回去跟儿他娘商量，儿他娘说："做干女儿不行，要做就做儿媳妇。"小女孩哭了，说："你骗人。"说完，捏了钱，骑着自行车就走，小影儿在太阳正旺的江堤上急急蹬着。大家望着小女孩远去的身影，再也笑不起来，冰棒在手里滴水。高风心里一阵地不好受。高风明白是怎么回事了，这些人无聊了，拿这个父亲有病、家里孩子多、靠暑假卖冰棒赚下学期学费的小女孩开心，哪晓得小女孩当真了，真的回去要跟父母商量。

　　下午小女孩又骑车沿堤来了。到了高风的哨棚，小女孩没有喊，也没有停，径直骑过去了。望着那远去的小身影儿，高风突然有一种酸酸的感觉。

五

　　太阳几乎直射，哨棚里热得竹床上躺不住人，烫肉，汗像鲇鱼涎。突然听到锣鼓震天响，由远及近地敲来了。分指挥部的一群人，在华市助的带领下，来送流动哨棚的旗。茅山分指挥部组织茅山段评比，散花段评上了红旗哨棚。这红旗是流动的，两天评一次。听到锣鼓响，高风急了，因为黑脸不在，计生委的王副主任也不在，镇里的任副镇长到镇里开会没回，哨棚里只他一个国家干部，理所当然他要出头当家。华市助带着一群人敲锣打鼓地到了中心哨棚，问高风："他们的人嘞？"高风说不知道。长头毛忙说出各自的去向。原来他们各自的去向没同他说，却跟长头毛说了。高风算是在官场泡过的，马上说："要不要把他们找来？"华市助忙说："你在就行。"长头毛说："任副书记在。"华市助问："在哪里？"长头毛说："在堤上主家屋里看名著。"华市助对长头毛说："快去把他叫来。"高风说："那就等会儿。"华市助说："旗，你接下。"高风不想接。华市助说:"洪水时期唯长制,现在棚子里你最大,你接。"高风不好再说什么,只好双手把红旗从华市助的手里接了过来,众人哗哗地鼓掌。这时长头毛回来了。华市助问上来没有?长头毛说:"上来了,在后面。"镇里的任副书记脖子上挂着毛巾进来了。任副书记说:"华市助找我有什么指示?"华市助说:"伙计,你恐怕不能再在屋里看名著了。"任副书记说:"我不看名著干什么?我已经就地停职了。"华市助说:"这几天你没看电视?"任副书记说:"实不相瞒,没看。这几天我看《三国演义》。"华市助问:"你为什么不看电视?"任副书记说:"败军之将不言勇,我还看电视干什么?"华市助说:"伙计,你错了。当干部的怎么不关心国家大事?新闻是国家的生命,也是当干部的生命。当干部的什么都可以不看,但是新闻要看。"任副书记说:"我看了三十多年,现在不想看了。"华市助正色了,说:"昨天,朱总理在九江有个指示你知道不?"任副书记说:"我隔墙听见声音了,说是要严肃查处用竹棍子代替钢筋浇倒江堤的人。"华市助说:"不是那。"任副书记问:"不是那,是什么?"华市助说:"是关于扒江内圩子的。朱总理说,长江里边的圩子从现在起,不管溃没溃,一律要扒开行洪。"任副书记苦笑了:"这样说我有救了?"华市助说:"是的,你有救了,是洪水救了你。要不是洪水猛涨,百年未遇,你就完了。"任副书记感动了,手颤抖起来:"华市助,我从现在起上班。"华市助点头说:"这是我个人意见,我会在适当的时候,给你提出来。伙计,不要看名著了,希望大大的有,列宁同志教导我们,面包会有的,牛奶也会有的。"高风看到任副书记眼泪在眶里转动,背过身子,扯脖子上的毛巾擦。华市助对任副书记说:"同任副镇长和黑脸说一声,明天早上六点,市委书记要在散花村段开贯彻中央省市关于'死保'的现场会,你们要做好准备。"任副书记一听,马上叫长头毛在本子上记下来,并马上把黑脸、王副主任和任镇长找回来。长头毛骑着自行车,光着上身去了。华市助指示完了,敲锣打鼓,又沿着江堤朝前送流动哨棚的旗。任副书记回主家的屋,立马将他的竹床驮到哨棚子里。听说市委书记明天早上六点要到散花村开"死保"的现场会,高风坐不住了。任副书记见高风蠢蠢欲动的样子,说:"高主任,不要动了,我俩在棚子坐着就行。你不用着急,不要五分钟,他们就会全部赶来的。古人云,识时务者为俊杰。这时候我们要是动了,有贪功之嫌。"高风一想,觉得对。古往今来,越位是官场之大忌。高风就同任副书记在棚子里坐着谈天。说起来,尽管任副书记比高风小三岁,但任副书记和高风一样是"文化大革命"后七二届冬季高中毕业的。任副书记原来是一个村的支部书记,那一年招干,他考上了国家干部,几年下来,凭他的努力,当上散花镇的副书记,分管企业。散花镇是S市沿江开放的镇,在任副书记的努力下,没用几年时间红红火火的。尽管这几年散花镇的企业纷纷地不行了，但是以往的功劳摆着，他挪正只是个时间和机会的问题。没想到前不久他栽了，栽得好惨。现在江水平阔的杨树和柳树尽处，是散花村江外的一个圩子，一弯子堤围着上千亩的好地。这地肥沃，种什么熟什么。洪水初涨的时候，任副书记带队保这个圩子。S市抗洪历来是死保，谁负责的堤溃了，谁就地停职。往年洪水不大，这个圩子总是能保住。没想到今年的洪水太大了，硬是保不住，圩子溃了。大雨的二十多天，任副书记泡在风里雨里，身上没有一天干过，堤溃的那天，他仰天号啕，跳进口子里，旁边的人一把拉住了他，将他拖到了江堤上。圩子一处溃了，就像烂了肠，全部溃了，洪水迅速淹没了圩子里上千亩的地。油菜一人多高，过了扬花期，乌云一样；成片拔节的麦子，转眼之间，全部是滔滔的水。市委书记来了，代表市委当即作出了对他的处分决定，就地停职。高风来时，江水已经全部淹没了江外的圩子，不留一丝痕迹，只有杨树和柳树的梢儿在浪中挣扎。于是调来了任副镇长接替任副书记，任副镇长和任副书记是一个垸子的人，两人是未出五服的兄弟，任副书记分管企业，任副镇长也分管企业。在镇里副书记比副镇长位子正，从副镇长到副书记还不是容易的事。任副书记就地停职，对于任副镇长来说意味着什么，就不言而喻了。高风这才知道任副书记为什么看名著。

　　果然没用五分钟，长头毛就将黑脸、王副主任和任副镇长找回来了。一回来就商量如何布置明天市委书记来开现场会的事。长头毛将送来的红旗挂在哨棚正中的位置上。高风一看，觉得上面的字不对劲，看了半天，才发现旗上的字写错了，把红旗哨棚错成红旗哨栅。想想也觉得不是太错，只是这个"栅"字许多人不认识。电视里中央台正在播新闻，两个画面过后，竟是昨天南记者拍的演习伏水的现场新闻，标题为《欲与洪水誓比高万众一心保大堤》。只见画面上，风高浪急，大雨倾盆，水高堤低，散花村的男女老少，一人一捆稻草，伏在江堤上。播音员用激昂的声音配合画面播文字。随着文字，画面上出现了黑脸伏在水里表决心，只是没有出声音。高风一看觉得奇怪，昨天没有那么大的风浪呀。再看那画面觉得眼熟，仔细一想，突然明白了，南记者那家伙剪接了去年永保堤的画面，就笑了，心想写戏到底不如搞电视。这南记者到底不简单，这么快就上了中央台，人家的路子就是熟。不服还真的不行。长头毛在画面上到处找他，就是找不出，急红了脸。众人看他那个急样朝他笑。黑脸笑着说："出名是好事也是坏事，越是有事就越有事，忙得人昏了头。"任副镇长说："你好好地搞，市委书记将散花当了典型的。"黑脸说："这是任副镇长领导有方。"任副镇长望了一眼任副书记，对黑脸说："你莫搞错了，我可没有上电视。"黑脸笑着说："你没上等于上了，我背后的正是你。"任副书记一言不发。高风也一言不发。南记者扛着摄像机,满头大汗地来了。电视里的画面还没完。黑脸叫长头毛到主家的屋里拿听健力宝给南记者喝。高风与南记者是熟人。高风一笑,叫南记者挨他坐。南记者说:"明天的现场会很关键,我不放心先来看看。"高风王顾左右而言他,说:"伙计,不容易,昨天你拍出了那么大的风浪。"南记者听出了高风的话外音,忙把口袋里装的好烟"玉溪"掏出来,拆包,让高风抽。南记者对高风说:"老哥,你高抬贵手,不要挖苦我了。我容易吗?"高风点着火,烟从口鼻里淡淡地冒出来,说:"今年一万元的奖金,看来又没问题了。"洪水到来之前,市委书记就许诺,上中央台新闻奖一万。南记者笑着说:"兄弟莫说哥,都是差不多,你去年写那个戏,不也是奖一万吗?"高风说:"我拿出来做了戏剧奖励基金。"南记者笑着说:"人与人不同,我能同你比吗?你已经功成名就。"高风就不再说什么,笑着对南记者说:"喝水,喝水吧。"高风就拿起杯子喝水,弄得南记者不好意思喝健力宝。高风看看表,对南记者说:"该我的班了。"戴着草帽就要走。任副书记将脖子上挂的毛巾摘给高风,说:"这大的太阳,拿去擦汗。"

  太阳下的大堤,一边是高过村庄的滔滔江水,一旦堤溃了,就会使家园尽失,人沦为鱼鳖;一边是葱绿的原野,与原野相连的是村庄,正午的阳光下,炊烟缕缕朝蓝天升起,那里是欢乐与幸福的发源地。长江浩浩,洗尽千古,关于生命的感动扑面而来。高风眺望蓝天下的万里长江,从上游的白云生处流来,又向下游的白云生处流去。高风想,此时此刻,他要做的就是与千千万万的人一样,保住自己的家园。高风再也不敢走堤了,走马观花般地走堤,对于他来说于心不忍。高风走到堤脚下,一个一个险处地查,一个一个险处地问。堤脚的杨树林子里,村民们手持铁锹,严阵以待,一时也不肯松懈,清沟滤水,蚂蚁一样地辛苦。重要的散浸处,都有几个人把守着。高风走到哪里,哪里的人眼睛就亮了,见了他就像儿见了娘样的亲,好像有他们在,堤就有把握溃不了。高风还能说什么,只是说,要注意休息。越是这样说,他们越是不敢休息,觉得自己没做好。村民对他说,上游和下游的堤都打了啊。高风说,天祸难挡。村民们说,那他们的日子怎么过?弄得高风心里酸酸的,脚步更加地沉重。

六

  高风回到哨棚交班,哨棚子里议事的人散了,剩下长头毛和任副书记。高风问:"他们呢?"任副书记说:"忙事去了。"高风问村里是不是出了什么大事?任副书记说,散花村两千多人,林子大了,什么鸟儿没有?够他们头痛的。高风就不好再问。所有的人都上堤睡。每人都有一乘竹床，高风后来，没有。高风不敢提要求，也不想提要求。高风把隔夜睡的草袋子找到了，铺在堤上一块青草地上，对着星空睡下。躺下不久，市委组织部部长带着两个人来了，也是巡视的。从上游来，到了这里，不想走了，提出要在这里歇一晚。黑脸、任副镇长和胖杨巴不得，忙将竹床腾出来，找草袋子，铺在堤上睡。躺在草地上的高风，懒得与组织部部长打招呼，静心闭眼地躺在那里。堤上睡的人多，组织部部长没有注意到高风。高风觉得这样很好，自在。组织部部长很和气，同围着他的人说了些话，然后就睡着了。黑脸在旁边给组织部部长打扇。彻夜的东南风，月晕当头，结很美丽的一个环儿。江水以每小时0.01米的速度下落。风好，高风睁一只眼，闭一只眼睡。几回惊梦，是市督办组来查。凌晨三点，严纪委来了。车一到就咋呼，把所有的人都炸醒了。严纪委打手电筒，拿着名单查人。点王副主任的名，王副主任从竹床坐起来，回答在这里。严纪委接着点高风的名。高风躺在草地上，回答在这里。严纪委顺着声音走过去，用手电筒照高风的脸，高风用手遮着眼睛。严纪委问："高剧作家，你怎么睡草地上？"高风说："我没带床来。"严纪委就笑，说："委屈你了，高剧作家。"高风懒得与他多说，看表，三点。本来他是四点的班，就起来了，穿上王副主任的长筒雨靴，拿着铁锹和手电筒，巡堤去了。由于江水下落，守堤的村民们松劲了。不少人抱着铁锹，站着睡着了。易惊醒的人，高风的手电光照过去，他们就醒了，行动起来。不易惊醒的人，手电筒照到他们的脸上，他们还是没反应。高风就不忍心惊动他们。五十多天，村民们夜以继日守护着家园，太辛苦了。四华里的江段，高风堤上堤下巡视了两遍。每一个险处他都仔细看过，没有发现什么异常。高风顺着江堤到镇上，只觉头昏沉沉的，瞌睡来急了，闭着眼睛高一脚低一脚顺堤朝镇上走。散花村的堤段，高风路熟，闭着眼睛走，也摔不了跤。高风一边睡，一边走，走出散花村的堤，走到滨江村的堤段，突然摔了一跤。高风摔醒了，爬起来，发现到了滨江村的堤段。这时候高风看见范主任举着吊针的瓶子，在堤上巡视，旁边一个后生扶着他。几天未见，范主任瘦脱了形。高风心里涌起一阵说不清的滋味。高风说："范主任，你好。"范主任抬头见是高风，笑了笑，说："再打两瓶吊针就好了。"

"死保"现场会，在堤脚柳林里召开。市四大家领导、沿江各分指挥部的指挥长、副指挥长和茅山分指挥部各中心哨棚的负责人，六点钟准时到齐了。小车像乌龟一样隐在柳林子里。二百多人，下车聚在柳林子中。太阳很红地从柳林外升了起来。南记者扛着摄像机来了。南记者扬手同高风打了一个招呼，就扛着摄像机，绕着会场，四处试镜头。会场果然很朴素，没写标语口号，也没插牌子，只在柳树上拉了条横幅，写着"S市抗洪死保现场会"。横幅下放了一张桌子，连椅子都没放一张。一会儿，从江堤上开来一辆豪华桑塔纳，停在一棵大柳树下，车号是09998。人群自然分开迎接。门开处，一阵空调的冷气，市委书记从后排出来了，胳膊上一块白胶布连着一根胶管子，跟着出来的是举着吊针瓶子的秘书。几天未见，市委书记眼窝深陷，嘴唇开裂，净是水泡。秘书把市委书记扶到桌子边，市委书记向大家招手，嗓子沙哑得说不出话来。市委书记站在桌子后边，秘书举着吊针瓶子，站在市委书记身后。市委书记示意秘书宣布开会。秘书举着吊针瓶子说：“各位领导，洪峰到来，市委书记已经连续三天三夜没有睡觉。三天三夜，市委书记从上游到下游巡视查险，累倒了，累病了。各位领导，市委决定今天在这里开个特殊的现场会，市委书记叫我带了二百份昨天的《人民日报》。”秘书扬起手中的报纸说：“这上面有江总书记关于死保的重要讲话。从现在开始谁也不要说话，我们同市委书记一道，将江总书记的重要讲话默诵一遍！"众人肃然了。柳林子里只有江风吹动柳梢的声音。《人民日报》发下来，一人一份。市委书记一手拿着报纸，另一只手扬起，向下一劈。众人在市委书记的领导下，就开始默诵。高风站在南记者的身边，拿着报纸，嘴唇动动的，看南记者摄像。只见南记者站在堤身上，屁股一扭，以堤为轴取了个全景，将镜头一分为二，一边是高过柳林的滔滔江水，一边是洪水倒悬下的村庄和柳林会场。接着南记者扫了会标。接着是特写：一只高举的手，手上去是一个正在往下滴水的管子，再往下是管子连接的市委书记，管子里的水一滴滴，滴进市委书记手膀子里。再接着是市委书记手中的《人民日报》，满嘴水泡的市委书记默读的特写。接下来才是柳林子里的人们在市委书记的带领下，默读《人民日报》的场面。南记者在新闻稿纸上用铅笔迅速地写口播文字：“《特殊的现场会》，8月12日，巡堤查险三天三夜累哑了的市委书记，为了贯彻江总书记关于死保的重要指示，S市在散花村段开了个特殊的现场会。与会的全体干部在他的带领下，用特殊的方式表达了S市人民抗洪必胜的决心。"

　　高风和干部们拿着报纸正在全神贯注地默诵，忽然听见有人低声笑了起来。南记者将镜头循着声扫过去，定在那里。高风从南记者的监视器里看见原来是范主任也举着吊针瓶子，他也来参加会了。高风看见市委书记的脸顿时就气歪了。秘书代表市委市政府，宣布了洪水期间查险的奖励政策。不管是谁，发现一个管涌奖励一百元，当场兑现。会很快地开完了。秘书举着吊针瓶子，让市委书记上车。市委书记不走，示意秘书把范主任叫来。市委书记示意其他人先走。范主任举着吊针瓶子来了。市委书记让秘书举着吊针瓶子往柳林深处走，范主任举着吊针瓶子跟着。走到柳林深处，市委书记不走，秘书就停下，范主任也停下。市委书记沙哑着喉咙吼："老范，你给我回去！"范主任说："书记，我不能回去，我要站好最后一班岗！"市委书记吼："老范，你再不回去，我撤你的职！"范主任说："你凭什么撤我的职？"市委书记冷笑了："我不要命是应该的，你凭什么不要命?！"范主任一下子哭了起来，说："市委书记，我不是故意的！"范主任举着吊针瓶子上了市委书记的车。高风在车外目送范主任。范主任流着眼泪对高风说："高主任，老范我革命到头了，再见。洪水退后，麻烦你到滨江村把我的东西带回来。"

太阳如火，高风当班。江水继续回落。江面上机帆船犁着浪，来回穿梭。村子里所有的渔船，都在寻找吴婆的尸体。上级有秘密通知下来，这两天要特别注意江面上的尸体。上游簰洲湾溃堤了，失踪了的抢险的解放军，根据江水的流速，估计今明两天漂到这里。茅山分指挥部内部分工，散花江段，这事归任副书记管。上级对任副书记有了新分工，意味着任副书记复职有望。任副书记不再看名著了，他戴着草帽，脖子上挂着毛巾，在烈日下的江堤上，拿着指挥部配的望远镜，来回奔走，眼睛一刻不离地望着滔滔的江水，不放过一个可疑的漂流物。若发现尸体，及时用手机通知在江边打捞的快艇。高风和任副书记并排走在江堤上。高风心里沉重，对任副书记说："不知有多少解放军牺牲了？"任副书记说："毛主席教导我们，要奋斗就会有牺牲，死人的事经常发生。"高风说："那天外堤圩子溃了时，你要是跳江了，不也光荣了？"任副书记苦笑了，说："那是老天不让我死。"

六个解放军官兵的遗体是晌午捞起来的。任副书记用望远镜，发现了滔滔江水中翻滚着的尸体，没有用手机通知打捞的快艇，而是和高风带着散花村的三艘机帆船赶了去。穿着军装的尸体在滔滔江水中时隐时现。任副书记和高风同村民们用抓竿抓住了。上手，觉得很沉重。村民们忙将三个机帆船用缆绳连在一起，一齐发动，奋力将尸体拖向岸边。到岸后，任副书记、高风和村民们跳到江堤，一道合力将抓竿向堤上拖。拖上一个尸体，又有一个尸体，一共是六个手挽手的解放军。尸体冲了几百里，漂了两天两夜，他们的手没有松，挽在一起，拉在一起，铁链一般。六具尸体捞起后，摆在青草堤上。挽着的手，拉着的手，怎么也分不开。万里长天，巍巍长堤，高风的泪，滚滚落下。任副书记和村民们将身上的衣裳脱下来，盖住他们的脸。大堤上一片哭声。许多粉蝶儿飞来了，绕着地上躺着的小伙子。南记者赶来了，流着眼泪扛着摄像机，将这些感人的场面摄了下来。高风流着泪给南记者做帮手。南记者将手挽手整齐躺在长堤上的烈士们无声地拍了下来，叠进滔滔的洪水，然后将镜头摇上蓝天白云，感动得高风抽泣起来。南记者拍完，高风将手拍到南记者的肩上，南记者捏住高风的手，两只捏在一起的手，久久地没有松开。多好的新闻啊，就是石人看了也会流泪。高风相信这个新闻只要南记者发出去，当天就会播出来，震动全国人民的心。派到S市抗洪的解放军某部，以最快的速度赶来了，列队向烈士遗体脱帽敬礼，然后戴帽向参加打捞的高风、任副镇长和村民们敬了一个军礼，很快地将烈士们的遗体送到江对面黄石市火葬场，拍照，认定部队番号和姓名后，火化了。烈日下，江对面黄石市火葬场高大的烟囱，朝天冒起了淡淡的烟。高风知道那是烈士的灵魂化入了苍穹。那一天高风一天吃不进东西。高风一整天没有进棚子。一整天，高风都在烈日下的江堤上巡逻，从上游走到下游，从下游走到上游。他只有不停地走，心里才好过一些。因打捞有功，上级表扬了任副书记。部队派人送来打捞慰问金，任副书记泪流满面，村民们说什么也不要。高风没有到场。高风在江堤上。高风这时候觉得什么都不需要，他需要真正的冷静和孤独。高风留心看新闻联播，结果没有播出来。高风给南记者打手机，问："那条新闻你送上去没有？"南记者说："怎么没送？我当天就送上去了。"高风问："为什么没播？"南记者说："老兄，你以为什么都能播吗？"

　　吴婆的尸体找不到。滔滔的江水不知把她冲到了哪里。她的子孙们把她的一双绣花鞋用棺材装着，正在出殡。鞭炮放了起来，成团成雾地响，锣鼓和唢呐吹打起来了，孝子贤孙们披麻戴孝，一片地白。鄂东古老的丧乐，一步一个程式，把活人带入沉思和辉煌。高风记了笔记，晚饭没有吃，扯过草袋子，躺在江堤上。黑脸慌了，蹲下去，摸高风的头，问："你怎么了？"高风说："没什么。"黑脸说："你是不是有什么意见？"高风说："我没有什么意见。"王副主任在旁边看着黑脸冷冷地笑。任副镇长对黑脸说："你这个支部书记是怎么当的？"黑脸忙叫长头毛把村长喊来。黑脸对村长说："我说了后勤工作你负责，高主任还睡草地，你没看见？"村长说："我不是抓生产吗？"黑脸说："这大个散花村难道借不到乘把竹床吗？"村长说："你不是说不要惯坏了他，让他去买吗？"黑脸说："从现在起，我俩换。"高风坐起来："谁说我要睡竹床？"黑脸忙说："对不起，高主任，我是心痛群众，你想这热的天，村民都要守堤，竹床不多，你睡了，他们就没睡的。"正在说的时候，村长把他老娘睡的竹床驮来了，弄得高风心里五味俱全。黑脸一把将高风从地上扯起来，按在竹床上，说："高主任，你再不睡，你就真的对我有意见。"

七

　　高风倒头就睡着了。高风梦见了外祖母，外祖母慈祥地坐在他的身边，手里拿着蒲扇,扇着儿时的他。高风从小死了娘,是外祖母将他养大的。梦里高风的心就沉浸在外祖母荷花飘香的湖心里。突然长头毛叫高风,说是他的班到了。黑脸、村长和王副主任坐在哨棚里,高风说:"我六点刚交的班,为什么又是我的班?"黑脸说:"根据工作需要重新调了班。"高风望村长,村长不作声。高风看哨棚外的黑板,只见自己的名字又排在第一了,时间是六点半到十一点半。高风苦笑了,清早六点交班,六点半又是他的班,居然如此。高风坐在竹床上揉眼睛,眼睛困得睁不开了,两手掐着太阳穴,人才清醒。黑脸让长头毛到主家屋里给他拿一听健力宝,不管王主任和高风,拧开瓶盖,兀自喝他的。这健力宝是村里一个老板送来的慰问品。黑脸当着王副主任和高风的面喝,使王副主任和高风很难为情。别的单位都来给本单位守堤的人慰问了,送来钱和东西,唯独王副主任和高风的单位至今未来。单位慰问的迟早,关系到守堤人的地位。王副主任是市计生委第三副主任,又年轻,单位至今没来人。高风光杆司令一个,谈不上有人来。黑脸喝着健力宝说:"他娘的,要停伙了。四十多天,灶里不断火,一天开伙得两百多元,加之来来去去的客,五十多天用了几千元。"王副主任说:"我来时交了二百元的。"高风就无地自容了。高风来得仓促,一分钱也没交。黑脸笑着说:"王主任,高主任,我不是说你们伙食费的事,我是说你们单位太不懂事。去问问别的村,哪个市领导下来兴交伙食费?笑话。哪个单位不是带几千元下来?实话对你们说,村里没有一分钱的积累,欠债一百多万。抗洪期间,我们的伙食费是村民们每人两元按人头收上来的。任副镇长到镇企业想办法去了。我要他不管如何,搞一千元来开伙,不然就吃不成。"王副主任不动声色地稳坐在那里。高风悲哀极了,站起来戴上草帽要去巡堤。黑脸对高风说:"高主任坐一会儿,我派长头毛去替你巡堤去了。"高风知道黑脸有事儿同王副主任和他商量。黑脸对王副主任说:"王主任,你说那事儿怎么办?"王副主任没好气地望着哨棚外的堤不作声。黑脸说:"这期间你在散花村,这期间出了问题,你也有责任。"王副主任冷冷地说:"昨天我不是说了,这次市委派我来的任务是守堤,其他问题不是我的事。"黑脸说:"你是市里管计划生育的领导,又在散花村,怎么说不是你的责任?"王副主任说:"昨天我不是说了,你们成立专门班子派专人去把她抓回来。"黑脸一脸的无奈,说:"这事真叫我没办法。不知她跑到哪里去了?"王副主任说:"那你去找!七个月了,七生八落,要是生下来了,下年一票否决,不仅你散花村完了,散花镇也完了。"黑脸说:"你能不能跟市计生委的领导反映反映,这是特殊事情?"王副主任冷笑了,说:"我提醒你,计划生育没有特殊情况,抗洪结束就要搞检查验收。一、我不会知情不报;二、说不定到时候散花还是我的组长。"黑脸蔫了,把手中没喝完的健力宝朝棚子外一丢,那筒子哗哗啦啦滚到堤上的青草丛里。高风走出棚子,王副主任跟着出来了。高风问他到哪里去,王副主任说:"我陪你巡堤,吐吐气儿。"高风问出了什么事,王副主任说:"不怕这个黑脸狠,有他头痛的。"几天来黑脸搞得神秘兮兮的,原来村里真的出了叫人哭笑不得的事。

散花村对面是新兴的工业城市,近几年修通了长江大桥,一江两岸就连成了一体。改革开放,江对面灯红酒绿,散花村也飞速发展,那边有的,这边也有;那边没有的,这边照样有。黄石沿江,夜里那高耸的建筑群五光十色,江边上诱人的歌声伴着架子鼓的节奏传过来,能不叫散花人心动?散花镇上也办起了歌舞厅,招年轻的姑娘搞开发。散花村有一个姓伍的人家,家里养了两个儿子和一个姑娘,姑娘最小,长得像一朵花儿,据说小学的成绩很好,到初二时就跟不上了。据说因为她的脸蛋儿太好看了,她就没心思读书,初二还没读完,小姑娘就不想再读了。小姑娘对她娘老子说,她要出去赚钱。她娘问她到哪里去赚钱,小姑娘说,到镇上。她娘老子见她实在读不进书,就答应了。她就到了镇上她表哥开的歌舞厅。那是什么地方,她又那么漂亮,不出事那才叫不正常。她被好多人爱了,在爱的同时赚了很多钱。小姑娘被很多人爱过赚了一笔钱之后,想真正爱一个过日子的。她真碰到一个,是个小伙子,做生意的老板。小伙子说真的爱她,她也真的爱小伙子。双方山盟海誓,来真的就不搞假的,小姑娘就在真爱中不采取安全措施,小姑娘怀孕了。她想做姑娘的最终要跟一个人。她就用这样的办法,下了跟小伙子白头到老的决心。姑娘怀着孕,盼望着小伙子来娶她。哪晓得小伙子的家人知道后,坚决不同意。关键是小伙子最后动摇了,不想娶小姑娘了。然而小姑娘不肯打掉肚中的婴儿,坚决要跟他。这件事就搞得黑脸很难堪。姑娘怀孕七个月了,男方不承认,女方坚决要生,这在计划生育政策中算哪项指标?开始黑脸和散花的人都不知道这事,等知道时,快要生了,怎么也找不着小姑娘。小姑娘失踪了。小姑娘是被她娘老子用棍子赶出家门的。那天大雨倾盆,泼天的大雨一下子将小姑娘淋透了,凸出了身孕,她披头散发,泪流满面,沿着江堤奔跑。她娘披头散发跪在大雨里的江堤上,仰面朝天呼号:"老天爷,你发这大的洪水,是不是人间全乱了啊?"王副主任叹口气对高风说:"你看这事我怎么办?"高风望着滔滔的江水无言以对。这时候听见吉普车发动的声音,黑脸带着民兵连长,骂了一声娘,狠命地关了车门。车子蹿出老远,沿着江堤开出去捉人去了。王副主任见黑脸走了,就用手机朝市里打电话。王副主任要通了市计生委办公室,接电话的是办公室主任,对方喂了一声,问是谁?王副主任没好气地说:"王某。"对方问:"王副主任有什么事?"王副主任说:"你知道不?王某死了。"办公室主任听出了话外音,忙说:"王主任,我早想来慰问你,只是实在拿不出钱。好不容易搞了二百元，我想这是比脸的事拿不出手，迟几天，想办法搞五百元再来。"王副主任心里的气一下子消了。他知道市计生委经费太困难了，平常办公都没钱，干部们每月只发百分之六十的工资。主要的原因是 S 市的计生工作搞得太出色，连续几年被评为全国计划生育的先进市。没有超生的，就没有罚款收入，如今没有罚款收入日子就不好过。不像改革开放的头几年，当时稻谷打下场就是一百多元一百斤，风调雨顺，种什么长什么，长出来的价又高，只要做生意就赚钱，S 县一部分农民富起来了，不怕罚款，将票子一万、两万地拍在桌子上要生儿。现在不同，尽管 S 县改作了市，但农产品不值钱了，各种摊派逐年上升，人均年上缴达到二百多元，现在不是按田亩上缴了，田地没人种，大量抛荒，种田赚不到钱，还蚀本，谁还去种？所以就按人头收。再就是教育改革，读书不再是读书，是读票子，农民们不敢再多生。王副主任对办公室主任说："下午你派车让我老婆来一趟，我让我老婆带一千元来慰问我。"办公室主任说："王主任，这不行，哪有慰问要私人出钱的道理？"王副主任说："就这样吧。再不来慰问，我就待不下去了。我怎么能喝村民的血？"王副主任就让办公室叫他老婆接电话。王副主任叫他老婆带一千元下午来。他老婆是市计生委的会计。他老婆说一千元从哪里来？王副主任说，从孩子下学期的学费中拿。他老婆说："那刚好五千元，是准备孩子上重点初中的。"王副主任的孩子分数不够，上市一中，差一分要交一百元，孩子刚好差五十分。王副主任说："先拿一千再说吧。"他老婆说："到时候孩子上不了学，我可不管。"王副主任说："你不要叫穷了，我好歹是个副主任，我们要是过不去日子，S 市的人不要死一半？"他老婆说："你不错嘞，副主任当出颜色来了。"王副主任说："就这样吧。"高风说："王主任，一千元中借我五百元好不好？帮我爱个脸。我不像你，实话对你说，我在家是三把手，老婆一把手，儿子二把手。我写个欠条，回去后，想办法还你钱。我别的没有，稿费还是有一点的。"王副主任说："高老师，您说哪里话？本来一千元，就有您五百元的。"

　　吃过中饭，只听见外面车子响，王副主任的老婆代表计生委来慰问了。计生委的二百元钱买了方便面和饮料，两大箱子，很像样子。黑脸忙叫长头毛出去搬。王副主任和高风赶忙迎出去。王副主任背着人，对老婆做搌票子的动作。王副主任的老婆尽管生了孩子，但还苗条得像个姑娘，身上洒了香水，暗香浮动，叫王副主任心驰神往。高风看见年轻的王副主任眼里闪着亮，就知道王副主任渴急了。王副主任上堤五十多天了，见了暗香浮动的老婆能不激动？王副主任的老婆见男人对她搌手指头，就从裙子里翻出两个红包来，给了男人一个，给了高风一个。她说："宣传部太忙了，没人来，叫我将慰问金带来了。"写戏的高风一下子激动起来，心里直叫，这女人太伟大了！王副主任将红包交给黑脸，说："拿不出手，一点小意思。"黑脸眉开眼笑，说："感谢！感谢！"高风接着将红包交给黑脸，说："我没什么可说的，请你收下。"黑脸当众将两个红包拆开，数了一遍，整整一千。黑脸喊村长过来，说："上账，上账。"将钱交给村长后，上前紧紧抓住王副主任老婆的手说："我代表散花三千村民，感谢党和政府的关怀！"文了几句，粗话出来了："他娘的，正愁揭不开锅嘞！及时雨来了！"黑脸对村长说："加餐！加餐！称几斤肉回来，包饺子吃。这些时王主任和高主任辛苦了。天太热。"王副主任的老婆对王副主任说："我走了。"那意思是要王副主任送送她。王副主任知道老婆的意思，说："你走。"黑脸说："王主任你送送。"王副主任笑着说："老夫老妻的，送什么？"话是这样说，王副主任还是送了一程。那送也很特别，车子开着，老婆和司机坐在车上，王副主任跟着车走。走一会儿，王副主任的老婆受不了，在车里对王副主任说："不送了，回去吧，我见不得你那副优秀共产党员的样子，这回怕升得起来。"王副主任讪笑着挥手，说："去吧，去吧，你是琼瑶的小说看多了。你只顾抒情就不知道我受不受得了？"车子走远了，高风对王副主任说："你送送她又怎么样？"王副主任说："高老师，现在我要守一口真气，动不得邪念，一动邪念，我就受不了。这个女人，叫她搞朴素些，莫洒那么多的香水，她不听。这么一来，真的搞得人很痛苦。"

八

由于分指挥部朝各中心哨棚发了"流动红旗哨棚"的旗，为了将死守的精神贯彻落实下去，上行下效，各村的中心哨棚纷纷自觉行动起来，商议做流动红旗，朝各组哨棚评发。任副镇长和黑脸领着全体同志，在中心哨棚里议。流动红旗是推动高潮行之有效的传统方法，在中国革命和生产的历史中，起到了不可估量的作用，这是有目共睹不争的事实。为了不至于滥，又能起到推动作用，大家议来议去，决定散花村以中心哨棚为界，上七个组，下八个组，分两段制两面流动红旗，每两天流动一次。评上红旗哨棚的，奖两百元钱，由村里出，资金来源由村民按人头集资，人均五角。会议决定旗由村长去做。村长问："旗上做什么字？"黑脸说："按分指挥部发的旗做。"村长指着挂的分指挥部的旗说："是不是做流动红旗哨栅？"黑脸虽然识字不多，但早听说分指挥部发的旗上错了一个字，就对村长说："你莫自作聪明，分指挥部的旗怎样你就怎么样。"村长问："错了也不改？"黑脸说："什么叫错，这叫保持一致。"议完了，当班巡逻的出去了，不当班的坐棚子。新的一天开始了，谁也不愿意多说一句话。热，闷，加上又渴又困，要说的话尽量节省。王副主任问黑脸："抓回来没有？"黑脸说："抓个卵子。"王副主任对任副镇长说："要抓紧找。"任副镇长对黑脸说："听见没有？要抓紧找。"黑脸将烟头丢到脚下，用脚踏死，黑着脸出去了。一会儿棚子外，又响起了破吉普发动的声音。

众人枯坐了一会儿，一个赤身汉子进来了，也不说话，闷头坐在任副镇长的竹床上。任副镇长问："七组长什么事？"赤身汉子说："这个组长我不当了。"任副镇长问："你说得好听，你不当谁当？"赤身汉子说："我当不了，谁爱当谁当！"任副镇长抽一支烟给赤身汉子，问出了什么事？赤身汉子说："他娘的歪嘴吹喇叭——邪叫！杨创新不请假跑回了家。"任副镇长一听跳了起来："是不是没请假？"赤身汉子说："清早起来他跟我说，老三，孩子病了，婆娘叫我回家。我没答应，他站了一会儿转身就走了。"任副镇长说："那他还是请了假的。"赤身汉子说："我批了吗？我没批他就走。都像他这样，这堤还守不守？堤打了你负责？"任副镇长一巴掌拍到竹床上，说："这还了得！"马上写了个条子，叫长头毛到镇派出所去。一会儿警车就开来了，是一个三轮摩托，车上红灯闪闪，警笛声声。姓杨的小伙子抓来了，拖斗里坐着，戴着亮铮铮的手铐。姓杨的小伙子很壮实，黑得像座塔。于是就游堤，从上游到下，又从下游到上。游完了，铐在中心哨堤下的一棵树上。太阳下，姓杨的小伙子一身的油汗，头朝天昂着，一点儿不气馁。高凤知道这叫示众。高凤心里一阵痛，因为这事他太熟悉了。高凤的父亲在"文化大革命"的时候就这样被人干斗过。高凤回到中心哨棚对任副镇长说："算了，这事不能长。"任副镇长说："平常能这样干吗？这是洪水时期的非常手段。"于是就叫干警把姓杨的带进来。姓杨的小伙子手上仍戴着手铐。高凤给他倒了一杯水，小伙子用戴手铐的手，捧着喝了几口。任副镇长问他："你知错吗？"姓杨的小伙子说："我的儿子得了急性黄疸型肝炎高烧四十多度，我老婆急得没法只晓得哭，要我回家送儿子住院，镇长，我只有一个儿子啊！"任副镇长说："你怎么不请假？"小伙子说："我跟那狗日的说了。"任副镇长又是往竹床上一巴掌，说："他批了吗？"小伙子说："我跟他讲了。"任副镇长说："都像你这样没批假就擅离职守，那这堤还守不守？堤要是打了，我毙了你！"小伙子哭着说："我儿子要是死了，守堤有什么用？"任副镇长问："儿子送医院没有？"小伙子说："送去了。"任副镇长问："脱离危险没有？"小伙子说："医生说再迟送两小时就没命了。"任副镇长说："行了，要接受教训，不要风头上试浪。我跟你说，小伙子，你平常是怎么做人的？不要犟。要注意与组长搞好团结。你以为你有几斤毛力老是与组长对着干，平常他管不住你，这时候他管不住你吗？"小伙子连连点头。任副镇长说:"行了。你接受派出所的处罚吧!"

派出所的同志就把小伙子用三轮摩托带走了。傍晚的时候,姓杨的小伙子又上堤了。同垸的人问他怎样处罚的?小伙子当着组长的面说:"对我好得很,还给我吸烟。用电扇扇了我一会儿,叫我写一百张纸交给村里。"垸里人问:"没罚你的款?"小伙子说:"凭什么罚我的款?法律条款我还是懂一些的。"垸里的人就笑,说:"你写纸了吧?"小伙子说:"写就写,他们给了我一本纸,写纸又不要钱。"七组组长又赤着身子到中心哨棚告状,将姓杨的小伙子的话说给任副镇长听。任副镇长抽一支烟丢给他说:"老三,人家的孩子还在医院里,人家一放出来就上了堤,你还要怎么样?"

中午高风巡堤,发现守堤的全是女人和老人,男人们不见了。高风知道内堤的积水退下去,地退出来了。男人们抓紧时间翻地种点菜和荞麦,补下收成,不然一家人吃什么?女人上堤,比男人更细心,堤上堤下飘扬着裙子,水阔树绿,平添了人间的感动。昨晚加餐,吃的是饺子。由于人多,饺子没有煮熟,高风吃了两碗。吃下去后就开始肚子痛,腹泻。白天泻了两次。由于堤上人多,没有厕所,只有到村子里,搞得高风跑都跑不赢。晚上高风当班时,仍是泻。来不得讲究,高风急了,就找丛蒿草方便,扯团草胡乱地擦了,提起裤子系了就走。高风记得在一次省里的创作会上,有一个年轻的评论家说,他所看的战争小说里没有发现战场上大解的,不知何故?那个年轻的评论家是解构主义者,试图将所有神圣的东西都解构。当时与会者都笑了,高风也笑了。此时的高风却不想笑。

夜里,所有的男人都上堤了。由于白天治了杨创新,男人们格外精心,查险就像织布梭样地进行。高风心里一阵感动,散花村的男人们真是辛苦,白天抢种,晚上巡堤。巡堤是每家出一个人,每一天十元,没人上堤的人家出钱。如今什么都不金贵,就是钱金贵。高风想,比起他们来,这点苦算什么?我可是每月都有钱领的,尽管百分之六十,其余的各人创收,只要部门下半年创收到位,还是发了。每个部门都像一条蚂蟥,趴在成员的身上吸,那还用说吗?高风走到一处,白天没有上堤的男人们像是做了什么亏心事,见了高风就说,高主任辛苦了,高主任辛苦了。搞得高风眼潮潮的。交班时,高风极累极困,倒头便睡。夜里各级督办的车子来了六趟,高风居然没有醒。早上起来,发现睡的竹床放歪了,他居然歪着睡了半夜。起来记日记,觉得肚子好了,精神为之一振。高风记完日记,回到主家给他们腾出来落脚的房间,打扫一遍。实在不过意,几十天只有人进,没有人扫。女主人正在后院里给高风他们洗衣服,一大盆衣服像一座山,见高风扫屋子,不好意思地说:"放下,放下,我来嘞。"高风又是一阵感动,这是他来后听到女主人说的第二句话。女主人一天到晚为他们默默地忙,忙得像一棵承风的树，没有直过腰。

九

早饭过后，任副镇长和任副书记两兄弟吵了起来。原因是黑脸领着民兵连长开着破吉普捉那个怀孕的姑娘，提了几天没有捉到。到男家去捉，男家没有，到所有亲戚家去捉，都没有。黑脸回来后就向任副镇长说，他不搞这个劳什子支书了，下年了不起一千多元的补助，一票否决就要扣一半，图什么？任副镇长就急了，因为按照组织分工，他目前是包散花村的，出了这样的事，他要负责任。任副镇长对任副书记说："四哥，我两兄弟打个商量，堤上的事我负责，你配合支书去捉几天人。"任副书记听后就冷笑了："兄弟，你嫌做哥的职还没撤是不是？"任副镇长说："兄弟是离不开，我去捉人也可以，堤上出了问题，谁负责？"任副书记说："你在我面前搞这一套怕嫩了点。做哥的跟你明说，你搞多大我没意见，盯我的位子算什么英雄？"任副镇长说："你不要忘记，我目前是这里的负责人。"任副书记盯着任副镇长的脸说："我停职了是不是？你不要忘记，我停职也受党委领导，不受政府领导。我找书记去。"任副书记说完就到镇里找书记去了。任副镇长的脸气白了。王副主任坐着不说话。高风望着兄弟俩在人前撕破面地吵，觉得很难为情。黑脸和村干部们谁也不说话。一会儿任副书记回来了，把镇党委书记写的条子，朝任副镇长面前一丢，就收拾东西。镇党委书记将任副书记调到别的地方去了，任副书记从口袋里拿出钱来，把伙食账结了，将名著装进包里，驮着包就走，场面很尴尬。黑脸和村干部们要送，高风和王副主任也站了起来，任副镇长黑着脸坐着。任副书记说："谁也不要送！谁送我骂谁的娘。我任某来得清去得白。"任副书记走了半天，黑脸才回过神来。黑脸问任副镇长："你说那小婊子怎么办？"任副镇长照桌子一巴掌，把一肚子气出在黑脸身上："你说怎么办？开始做什么去了？屎到屁股门才急。你是不是看见有两个干部在这里，奶伢样地撒娇？不是金刚钻揽什么造大碗？现在迟了。要是生下来了，你一年算是白干了。还要我教你吗？该怎么办，你怎么办去！"黑脸皱着眉说："算老子倒霉，老革命遇到了新问题！"就带着民兵连长开着破吉普又去捉人。

王副主任当班去了。高风和任副镇长坐在棚子里。任副镇长丢一条红塔山给高风，说："我们兄弟几十年从没红过脸。"高风知道任副镇长的烟是企管会慰问他的。任副镇长说："高主任，这样的事，你不要写到戏里去。"高风说："毛主席教导我们写戏源于生活,高于生活。"任副镇长说:"对,这样的事要是写到戏里去,对不住祖宗。"又对胖杨说:"讲点笑话吧。"胖杨笑着说:"我有什么笑话。"任副镇长说:"你上堤几多天了?"胖杨说:"报告领导,到今天五十六天满。"任副镇长问:"想不想老婆?"胖杨说:"报告领导,我不敢回去。"任副镇长又问:"为什么不敢?"胖杨说:"我怕早上起不来。我今年五十岁了,不像年轻人,回去同老婆做一回,那不朝死里累?早上爬不起来,按时到不了岗,丢了官划不来,不如不回去。"胖杨说得真,棚子里的人笑不起来。几十天没挨老婆,任副镇长就布置,棚里的人一人讲一个笑话,越荤越好。高风见长头毛在那里,对任副镇长说:"儿童不宜。"任副镇长说:"他儿童?早润苞子了。"长头毛红了脸,说:"你瞎说。"任副镇长说:"我瞎说?你昨天是不是到镇上发廊去了一趟?说是剃头,那些鸡专找童子伢玩,不要钱还倒贴。"长头毛说:"任叔你是干部嘞。"任副镇长笑着说:"老子开你的玩笑,你当真?快去提开水。"长头毛不去提。任副镇长对大家说:"细伢没长耳朵,我们讲我们的。"

　　太阳中天的时候,茅山分指挥部的华市助陪市人大常委会主任来视察。人大常委会主任姓占,五十多岁,人高马大,一副的恶相,本地人,从大队书记搞起来的,资历老,到人大,官就当到头了,此人见不得假事,在S市没人不怕他。一进棚子,华市助就将墙上挂的流动哨棚的旗朝上卷,生怕他看见了。因为旗上的"棚"字错了。占人大在棚子里坐了会儿,问任副镇长:"抢种抓得怎么样?"任副镇长说:"在抓。"占人大说:"两手都要硬。"任副镇长点头说:"都硬。都硬。"占人大说:"我跟你说下半年要是散花村人民没收成,我可饶不了你。"任副镇长说:"我听领导的。"占人大说:"白天能见度好,堤上不需要这多人。"旁边的华市助说:"老领导,不能这样说。"占人大说:"我说话我负责。S市的堤我比我手指头还熟,哪里险,哪里不险,我都知道。"华市助说:"那是,那是。"占人大对任副镇长说:"我说的话听见没有?"任副镇长说:"我听见了。"占人大说完就走。华市助跟在屁股后,生怕有什么差池。高风送出棚子,占人大朝高风点了点头。高风对他点了头。土生土长的,占人大认得高风。华市助要走时,记起了一件事,把任副镇长叫了过去,将三个奖状和三百元的奖金交给任副镇长,说是散花村报的三个抗洪抢险模范评下来了,希望散花村利用典型开路,再接再厉,争取更大的胜利。傍晚,黑脸一脸灰地回来,什么都不说。任副镇长知道事情不顺,也不问。任副镇长把三张奖状和三百元钱拿出来,交给黑脸,说开个会吧,把奖状和奖金发下去。十五个组长全来了,堤上的蚊子滚成了堆,十五个组长,一个不落地吸着烟,坐在堤上。黑脸同谁也不商量,擅自做主,照着奖状念名字发了。抗洪模范评的全是组长,一个村民都没有。黑脸把奖状发下去后,将三百元的奖金,分十五份发给了十五个村组长。每个组长二十元。任副镇长问他怎么这样搞?黑脸说:"我错了吗?这长的堤他们三个人守得住吗?要死大家一齐死,要活大家一齐活。有福同享,有祸同当。大家说对不对?"十五个组长异口同声地说:"对!"高风以为三个模范有意见,没想到三个模范比别人答得还响。

十

哨棚子里的气温,估计过了五十度。高风坐在竹床上记日记。身上的汗出一阵子,把身子湿透了,就不出。二十四小时内,各级督办组竟来了十七次。其中省督办组一次,从上到下来的;大市督办组四次,从下到上两次,从上到下两次;小市督办组六次,上下各三次;分指挥部督办组来了六次,每次都带来了命令和通知。半个小时,高风接待了四批不同级别的六个督办组。先是车灯亮亮的,像利剑,顺着江堤或上或下地射来,然后是停车不熄灯,车门还未打开就是呼叫声。防洪防到这个份儿上,就不是防洪了,是防人。去年的堤做得太好了,五十多天没出大险。没出大险,人就没有精神。整天面对江水,昏昏沉沉的。这时候人渴望两种东西:一是水快些退,退下去就好了,二是出点险,出险,人的精神就来了。外面的车响了,严纪委带着督办组来了。严纪委手里拿着根电棍,走进棚子,问为什么坐在棚子里?长头毛说,当班的上堤去了。严纪委指着棚子里的人吼:"我问的是你们!"胖杨说:"这位领导,不是我们的班,我们在棚子里待命。"严纪委用电棍指着胖杨:"上级指示,不管是谁,不准坐在棚子里,要巡逻。出来,你,你,还有你,都给我站到太阳底下去!"胖杨和长头毛他们三个没有办法,只好裸着头站到棚子外的太阳地里。高风捏着本子和笔,坐着不动。严纪委用电棍指着高风:"你卵大些是不是?出来!"高风说:"姓严的,你不要这样好不好?"严纪委说:"这时候我不认识人。出来!听见没有?"高风气得浑身乱颤。严纪委说:"颤也没用,站出来!"高风一点办法也没有,只好裸着头和胖杨他们并排站在堤上的太阳地里。严纪委挥舞着手中的电棍说:"站好,站好!听我的口令,立正!向右看齐!左边的两个,向左转!齐步走,向上巡逻!右边的两个,向右转!齐步走,向下巡堤!"四个人裸着头按着严纪委的命令巡堤去了。长头毛突然站住了,说:"我是守电话的。"严纪委说:"我替你守一个小时。"说完就捏着电棍到棚子里去了。一个小时后高风他们各自巡逻了一遍,晒得一身臭,回到哨棚。当班的王副主任知道这件事后,气得将姓严的骂了一通："什么东西！"高风觉得无形矮了许多，精气神都没有了。还真的不敢大意，没有办法。高风当班的时候再不敢慈悲了，见守堤的村民们睡在竹床上不动，就发脾气，将他们都训醒。搞得平时见他客客气气的村民，看他来像没看见，不理他。

为了对付督办组，村与村之间发明了共同对策。这办法主要用在夜里。近来一段时间，督办组吸取了教训，不开车灯，一开车灯，灯亮扫过来，人们就发现了，会爬起来做准备，督办组就发现不了破绽。所以他们就不开车灯，将车悄悄地开过来，往往将睡着的人捉住。于是村与村就发明了用手电筒报警的联络信号。一下，照过来，省督办组来了！两下，照过来，大市督办组来了！三下，照过来，小市督办组来了！四下，照过来，就是分指挥部督办组来了！各村中心哨棚就及时叫醒所有的人，严阵以待。分指挥部现在与各村一致了，有时候前面省和大市督办组的车一开动，他们就把电话打过来，提醒各村守堤的干部做好准备。

任副镇长开组长会，组长们都没有精神，睁一只眼闭一只眼，居然有几个睁着眼睛打起了呼噜。任副镇长敲着竹床板子叫："醒醒！醒醒！"打呼噜的组长说："你说，我们在听！"任副镇长敲着竹床板子叫："要有精神！要有精神！"组长们说："又出不了险，哪来的精神？"任副镇长叫："不要掉以轻心！要居安思危！现在我宣布，从现在起谁发现一个管涌奖二百！"黑脸问："钱哪里出？"任副镇长说："我出！"众组长笑了起来。任副镇长说："你们回去传达到每个守堤的人，就说是我说的！每个村都不同程度地发现了管涌，我们为什么都是些散浸，一个管涌都没有？"众组长说："谁叫大家把堤做得这么好。"

会散了，中心哨棚外，留下的是村干部和国家干部。任副镇长问黑脸："捉到没有？"黑脸说："她娘说她女儿疯了。这多天没见人，我想是疯死了。再不要浪费汽油。"王副主任问黑脸："你有什么证明她疯死了，这可不能想当然。到时候生下来了，那就是超生。"黑脸仰起脸问："王副主任，你有什么证明她没疯死？要是疯死了，我们散花村不但没超生，而且还减了一个指标。"王副主任问："什么指标？"黑脸说："这是你王副主任问的吗？"任副镇长说："黑脸你莫搞得好玩，王主任说的是好话。"黑脸说："反正我不再去捉了。今年我不打算要工资。明年打死我也不干这劳什子，出去打工把今年蚀的钱赚回来。"话说到这份儿上，任副镇长也没办法，就不再议此事了。黑脸说："任镇长，又要断伙了。你是不是到镇里搞点钱来开伙？"任副镇长没好气地说："你以为我是中国人民银行的行长？票子是我印的？"黑脸说："就算我向你讨。"任副镇长说："我跟你这个书记干算倒霉透顶了。人家村的书记都有本领搞钱，饮料喝不完，方便面吃不完，就你一心盼望天上掉饼子下来，好用口接。"黑脸嘿嘿一笑："骂得好！你以为我这点本领没有吗？你是心痛娘，我是心痛儿呀！"黑脸把村长叫到一边，对村长说："你把村里个体户和私营老板排个队，分别去打个招呼，叫他们识相点，都什么时候了，还不来慰问？"散花村是散花镇皇城脚的村，散花镇所在地就在散花村。散花镇是Ｓ市定的对外开放的镇。水路是长江码头，陆路有高速公路通过，对面的黄石市也发展到散花村来了。改革开放后外地人来散花做生意办厂的人很多，散花村也有很多人在本地开厂做生意。一段时间散花镇的新办企业，比春天抽的笋子还多。现在尽管倒闭了好多，但拼命挣扎的也不少。有了黑脸的指示，村长就抽时间到那些私营老板开的厂或店铺去了。村长去了之后，老板就热情欢迎，递烟倒茶。村长不吸烟，只喝茶。老板说："哎呀，村长，好多天没看见你了，什么风把你吹来了？"村长说："什么风你们不知道吗？洪峰！生意不错吧？"老板们一个个是何等的角色，马上见风使舵，说："哎呀，早想去慰问你们，老是忙。"村长笑着问："今天忙吗？"老板说："今天不忙。"村长说："今天不忙就好。我走了。"村长一路走过去，将老板们在一个星期内安排好了。回到中心哨棚，黑脸问村长："安排得怎么样？"村长说："网撒开了，等着装鱼吧。人情只有一回，只怕下年再收就困难了。"黑脸说："管他娘，吃萝卜吃一截剥一截。"

　　吃过早饭，黑脸叫村长将村里过年过节用的锣鼓和唢呐拿来了，放在中心哨棚里。不一会儿，老板们就来慰问了。都是夫妻两个来，用一个三轮车拖着慰问的东西——饮料和方便面，还有香肠和猪肉。老板们一到中心哨棚外就放鞭，一万响的。黑脸和村长就领着村干部们站在棚子外迎接。黑脸吹唢呐，村长和村干部们打锣鼓，村长敲的是曲牌《双凤朝阳》，黑脸鼓着腮帮子吹的是现代歌曲《在希望的田野上》。鞭炮响完，曲子吹完，黑脸和村长就同老板夫妻握手，一个劲地抖："感谢感谢，欢迎欢迎！"长头毛就把两朵纸扎的红花戴在老板夫妻的胸前，接下来就搬慰问的东西。村长当着老板夫妻的面，在花名册上打钩钩。这意思就很明白，在册难逃，都要来的。黑脸将来的老板介绍给高风。高风就上前同老板们握手。黑脸向老板们介绍高风，说："这是高剧作家，很能写，他准备把你们的模范事迹好好地宣传宣传。"高风没想到黑脸来这一手，愣愣地不知说什么好。老板们说："要高剧作家辛苦。"高风只好把来的老板的名字朝本子上记。早饭过后的两个时辰，来慰问的就有五个。慰问的东西收了不少，有的老板送的红包，里面是现金。任副镇长没上来，他坐在主家的堂屋里，闭着眼睛养精神。黑脸问村长，今天还有没有？村长说，今天安排的都来报到了。黑脸说："行，明天再吹，腮帮痛，今天吹不动了。"黑脸下到主家的堂屋，对任副镇长说："任镇长，你放心大胆地领着干部抗下去吧，到腊月三十也不要紧。"任副镇长睁开眼睛，拿一包红塔山丢过去，说："我代表政府奖励你。"黑脸对高风说："高剧作家，现在你写，写报道送到市电台和市报上发一发。"高风说："你以为电台和报纸是我的菜园，想种什么就种什么？洪水期间慰问的该有多少？"黑脸说："那你莫答应呀？"高风说："我几时答应的？"黑脸说："你刚才朝本子上写的就像。"高风说："是你叫我记的。"村长过来打圆场，直说莫难为高主任。黑脸没好气地对村长说："这是你村长的事。"村长说："这事我来处理。"黑脸问："你怎样处理？"村长就把横放的黑板擦一块出来，用红粉笔写了两个漂亮的正体字"表扬"，现编词儿，将当天五个来慰问的老板予以通报表扬了。黑脸搓着手看黑板说："还是这个来得快些！"

　　吃中饭的时候，忽然有一个后生来中心哨棚，说发现了两个管涌。任副镇长、王副主任和高风他们吃了一惊，坐不住了，忙问在哪里，后生说，在柳树林。王副主任抓起电话，就要向分指挥部报告。这还了得，两个管涌！任副镇长按住王副主任拿电的手说："看看再说。"于是所有的人都跑去了。跑到柳树林，只见几个后生在那里忙碌。太阳在天上朝林子漏阳光，地湿，林子阴，湿气使人舒服。任副镇长问在哪里？后生说，在这里。于是任副镇长和高风他们就看见了那两个管涌。报信的后生将脚插下去，竟齐了大胯根。任副镇长脸上的汗立时就出来了，问为什么不抢？后生说："要等你们来验收。"任副镇长问验收什么？后生说："你不是说发现一个管涌奖两百元？"任副镇长的脸顿时气歪了，吼："等堤溃了，老子奖你一粒花生米！"后生说："任镇长，你说话要算数。"众人忙得一团糟，搬石子的搬石子，搬土的搬土。任副镇长看了一会儿，笑了起来："怎么冒清水？"后生说："我用石子压了才冒清水。"任副镇长吼了起来："你再给我造三个，我奖你一千！"黑脸站在旁边笑。任副镇长气不过，就要把报信的后生抓到镇派出所去。黑脸打圆场说："任镇长，不要挫伤群众的积极性。"后生委屈地说："我们看见冒水，就去报。"任副镇长冷笑了，说："用圆口锹挖出来的吧？我要是连这也看不出，我还当干部？"后生说："你不是说别的村都发现了管涌，我们村为什么一个也没发现？"黑脸对后生说："你是不是想管涌？"后生红着脸说："不是就算了。我们怕是管涌，拿不准才去报。"任副镇长气得乱颤，指着后生的鼻子吼："要是真出了管涌，我拿你的人头堵！什么时候，这大堤挖得窟窿吗？"黑脸指着报信的后生说："跪下，向毛主席请罪！"后生低头，跪下了。黑脸对其他人说："看好，让他跪半个小时。"黑脸对任副镇长说："我们走。"走到柳林外，黑脸说："任镇长，散花村的人邪，年岁荒了，不要乱设奖！"任副镇长哭笑不得。

十一

  风说来就来，雨说下就下。滚滚的乌云，铺天盖地而来，天黑到人的头顶上了。疾风带着雨，将哨棚盖的帆布吹得像鸟的翅膀飞。雨密得像布，直朝棚子里泼，将棚里所有的东西都打湿了。任副镇长、王副主任带领高风他们为了保住棚子，每个人这时候就像是活石头，用身子裹着吹起的帆布，朝两边夺。一时间棚子里竟积了五寸多的水，每个人都湿透了，彼此闻着了身上散发的馊味儿。总算把棚子保住了，于是每个人脱得只剩三角裤衩儿，湿衣服拧下的水哗哗地响。棚子外，狂风裹着雨布，压着江堤，连天扯地地响，把水落得朝上涨。人在水中，树在水中，垸子在水中。冷天冷地，冷风冷雨，落得人身上的血，直朝心脏里紧。指挥部又来紧急命令，上游第六次洪峰下来了，所有的国家干部二十四小时不能离堤，严防死守，违者纪律处分！下退的江水又涨了上来，村子里人心惶惶的。大雨下了一天一夜。半夜的时候，高风围着毛巾被在堤上巡逻，忽然听到了锣响。那锣敲得急急的，在风中格外的凄惨。锣声响过之后，沿江的村子，炸了窝，人们在漆黑的风雨里，扶老携幼，朝江堤上奔。所有的生命都在风雨里哭号。接着高风听见了排枪响了起来，子弹在风雨中呼啸，大喇叭用刺破苍天的声音呼叫："乡亲们！不要听信谣言——江堤牢固得很——溃不了——溃不了——请乡亲们回家去——回家去！"原来是哪家起夜发现蛇钻进屋了，于是就惊叫"堤倒了"。一叫不打紧，沿堤垸子都惊动了。分指挥长叫镇派出所放枪及时弹压，才没有酿成大事。天刚麻麻亮，沿堤所有村不分男女老少都上堤了，备土、备料，紧张得透不过气来。高风上堤以来，看见水退下去三次，又涨起三次。这时候村民们不用动员能上堤的全部上堤了。大堤上所有的旗帜都飘扬起来，庄严肃穆。雨腥，风腥，水腥，所有的东西都散发着腥味。黑脸急红了眼，竟然什么也不顾，将裤子脱了，胯裆里黑乎乎的一片，挺着肚子对着江水骂娘。这是久住江边的人的恶法子，逼得人无法活的时候，就有人脱得精光对江骂一通，往往会起作用，逼退江水。黑脸骂娘的时候，高风看见一个老人走了过去。高风看出是那个老船夫。老船夫抡起巴掌朝黑脸就是几耳光。老人吼："把裤子穿上！"黑脸打愣了，问："你是什么人，敢打我？"老人吼："小子，你好大的胆！你欺人不说，敢欺天么？"黑脸捂着脸说："四哥，我是没办法。"老人吼："龟儿子嘞！还没到没办法的时候，不能用恶招。"老人在堤上双膝跪下，老泪纵横，双手合十，对着苍天喃喃祷告："老天爷，这是一个畜生！老天爷，恕这畜生无礼吧！"

黑脸双手叉腰，大声吼："对，我是畜生！大家给我听好，雨不住谁要是下堤，莫怪我不是人！"风雨交加，江水浑黄，滚滚滔滔。堤上男女老少村民，都在紧张地忙碌着，像蚂蚁一样地滚成堆。高风的心紧得咚咚响。面对江水，高风悲壮地吟出："波高浪吞树，江鸟号天低。秋来水不死，遍地插血旗。"高风顾不得平仄对仗，眼里涌出了泪。

深夜十二点，棚子里的电话突然响了起来，任副镇长从竹床上跳起来去接。是市指挥部打来的，听声音是市委书记。市委书记问："是散花村中心哨棚吗？"任副镇长说："是。"市委书记问："你是什么人？"任副镇长说："我是散花镇副镇长，姓任。"市委书记问："散花村有负责人吗？"任副镇长说："有。"市委书记说："叫他们接电话。"任副镇长将送话器用手蒙住，对黑脸说："快，市委书记的电话。"黑脸不知发生了什么事，拿话筒的手吓得颤了起来。市委书记问："散花村负责人吗？"黑脸说："是。"市委书记问："你是什么职务？"黑脸说："我是支部书记。"市委书记说："好，我找的就是你。"任副镇长和王副主任站在话筒边，面庞紧张得发颤。黑脸问："向书记，有什么事？"市委书记说："你们村出了个观音你知道不知道？"黑脸丈二和尚摸不着头脑，说："我们村没有观音。"市委书记说："不，你们村出了个观音。你马上派人把你们的观音领回去！"黑脸问："在哪里？"市委书记说："在哪里？在指挥部里。我替你守着呢。"市委书记说完就把电话压了。一棚子的寂静。大家大眼瞪小眼地望着，怎么也弄不明白，这是怎么回事？于是任副镇长和王副主任用手机分头问内线，他们在市政府和市委都有几个熟人，如今的年头，免不了有些云里雾里的事。几个电话打出去，各自的内线都不知道是怎么回事。他们就慌了手脚。高风冷冷地说："慌什么？是祸躲不脱，躲脱不是祸，去了不就知道了。"于是黑脸就带人叫醒司机，开着破吉普车连夜朝市里赶。任副镇长叫王副主任将手机拿出来给黑脸，让黑脸开机，随时与他保持联系。

破吉普开着灯，沿着泥路，扫着雨幕去了。风在刮，雨在下。过了一个多小时，任副镇长估计黑脸到了市里，就用手机与黑脸联系。任副镇长问黑脸："出了什么事？"黑脸没好气地说："紧问什么？回来再跟你说。"说完就关机了。一会儿听到了车在深夜里响，大家出了棚子站在江堤上望。车终于开到了棚子前。车门开了，黑脸和民兵连长，一手一个膀子将一个姑娘夹下了车。原来是那个被娘老子赶出家门未婚先孕死也不肯打胎的姑娘。那姑娘下了车后，挣脱黑脸和民兵连长的膀子，眼睛里放着奇光，用手指着问："你们谁是这里的负责人？"黑脸抡起棚子里的锹，举在她的头顶上说："你再疯，你再疯，老子打死你！"姑娘被吓住了，美丽的大眼睛里哗哗滚下了泪。眼泪像棚子外的长江水，滔滔不绝。高风被那美震惊了。写戏的高风台上台下该看过多少美丽的姑娘,但是没有一个如此美丽。姑娘高挑个儿,穿着一身藕色的衣裤,因为怀着身孕使她像熟透了的桃子样鲜艳。写戏的高风不敢多看,因为太美的东西有镇人的魔力,多看一眼使人自惭形秽。民兵连长将姑娘按在竹床坐着。任副镇长问黑脸:"怎么回事?"黑脸没好气地说:"怪不得我们找不到她,原来她被玉皇大帝招去了。"任副镇长说:"这时候你还有心思说笑话?"黑脸说:"真的,她跑到上游查哨去了。她忙哩,一天二十小时不停,日夜查险呢。到了一个挂红旗的哨棚就进去问,你们谁是这里的负责人?你们这样不负责任行吗?棚子里的人就吓着了,以为她是女副市长。人们只听说有一个女副市长很年轻,没见过。搞得上游五十里守堤的人提心吊胆的。今天夜里,她查哨与市委书记碰上了。市委书记不认识她,问她是什么人?她反问市委书记是什么人?市委书记听那口气一惊,以为是省里秘密派来的督办,这种时候什么样的事情不能发生?市委书记笑着说:'我姓向,是Ｓ市市委书记。'她指着市委书记的鼻子问:'你们就是这样防洪吗?坐在车子上走马观花?'市委书记脸吓变了色,说:'这位领导,不知不为罪,请问,你是谁派来的?'她说:'我是谁派来的你不知道吗?'市委书记说的确不知道。她朝天哈哈大笑,说:'我是观音,玉皇大帝派我来的。'这句话说露了馅,市委书记气变了相:'请问观音,你家住在哪里?'她又是哈哈一笑,说:'你不知道吗?本观音家住散花村呀!'市委书记就让督办组的将她抓住了,连夜打电话叫我去领人。"此时被民兵按住的姑娘大怒了,指着棚子里的人问:"你们是哪里来的野男人,竟敢骂本观音?我叫玉皇大帝来收你们!"王副主任说:"这叫踏破铁鞋无觅处,得来全不费工夫。支书同志,你下年的工资有保证了。"黑脸对王副主任说:"你幸灾乐祸什么?"任副镇长说:"打什么嘴巴官司,去把她娘老子叫来!"黑脸对长头毛吼,说:"别的你蔫不拉唧的,说这事你精神来了!还不快去把她娘老子叫来!"长头毛说:"我叫你叔呢!你也该学会尊重别人!"黑脸气不过,拿棍子打长头毛:"老子见菩萨就磕头,你还要老子学会尊重别人?你等着老子学会尊重你这个毛猴儿!"长头毛飞似地跑出去了。

　　姑娘的娘老子来了,一脸的凄苦。黑脸说:"人我找回了,谁屙的屎谁吃,我现在交给你们。"姑娘的老子老泪纵横,姑娘的娘哭出了声,说:"老天爷,你叫我们怎么办?"姑娘又愤怒了,指着她的娘老子问:"你们是什么人,不好好地查险,哭什么?"姑娘的娘止住了哭,说:"儿,我是你娘啊!你连娘也不认得?"姑娘一愣,认出了娘,姑娘说:"娘,你哭什么?玉皇大帝已经把我招到天上去了,你晓得不晓得?"姑娘的娘的泪又出来了,点头说:"儿,娘晓得,娘晓得。"姑娘问:"玉皇大帝打电话通知你了?"娘说:"打电话通知我了。儿,娘再不打你,你跟娘回家!"姑娘问:"玉皇大帝打电话通知你再不打我?"娘哭着牵着女儿的手说:"对,玉皇大帝打电话通知我再不打你。"姑娘笑了,像灿烂的桃花,站起来亲热地挽着娘的手,出了棚子,走进茫茫黑夜的雨幕里。黑脸对走在后面的姑娘老子说:"告诉你,我晓得别的吓不倒你,有一条我不是跟你说着玩,要是不把胎打下来,我带干部拆你家的屋,听见没有?"姑娘的老子哽了一下,哭出了声,那声音在漆黑的夜里像狼嚎。高风心里一阵地酸,一阵地颤。

漆黑的风,漆黑的雨,漆黑的夜。有辉煌的灯和优美的歌在长江对岸那滔滔的波浪上彻夜不熄,不绝于耳。

十二

晓星残月,从三点到五点是高风的班。高风在江堤上,抬头望天,一轮下弦月挂在天上,那月是初生出来的,一线的银光。初生的月亮下边随着一颗明亮的星。这样的景象正像古诗上说的阴阳割昏晓。昏晓正是光明与黑暗挣扎的时候,给人以残忍的美丽。高风点着一支烟,静静地吸着。天亮了。高风看到昨天深夜抓回来的那个姑娘骑着一辆女式自行车沿着江堤过来了。她穿着一袭红裙,像一团火焰。她戴着大号墨镜,一路地骑过来,身后,她的父亲用自行车带着她的母亲紧追着。高风知道这是怕她跑了。可怜她的父亲,喘着粗气,猛蹬着自行车,生怕落下半步。姑娘骑到古柳树下,将自行车停住了。她的父亲也急忙将自行车停住。姑娘跳下车,走到古柳树下,折了一条柳枝儿。那柳枝儿长长的,新鲜得连枝带叶丈多长。姑娘折下来的时候,枝上的叶子盈盈地颤,新鲜的汁儿顺着折口流下来。姑娘拿着长长的柳枝儿,走到江水边,在水面上不住地鞭击,江水乱溅,姑娘喃喃喝道:"退,退!给我退下去!"姑娘的父亲和母亲什么也不顾,上来抓住了姑娘。姑娘跌倒了,爬起来,江水湿了她的裙子,显出了她的身孕。她挥着柳鞭仍在吼:"退!退!给我退下去!"她的父母跌倒了,跌倒了仍是不肯松抓她的手,将她拖到江堤上。众人上前,围住了她,使她不能跑掉。她的父母顾不得车子,赶紧将她朝家里拖。村里的人把两辆自行车推到哨棚里。被拖的姑娘怒号着,挣扎着,红色的连衣裙污了,变成鸡屎的颜色,飘飘的长发凌乱了,像风中的乱草。她的父母将她拖回了村子。空中回荡着她的怒号和痛哭。

第二天早晨,高风起来在古柳下记日记,就发现了放在树下的一双雪白的凉鞋,边上有一堆婴儿穿的细衣细裤细鞋,这些东西都是姑娘给肚中未出生的孩子一针一线准备的。姑娘的父母站在江堤上哀号着,痛不欲生。高风盯着江水,脑子里就看到晓星残月下，一团美丽的火焰，在滔滔的江面上赤脚舞蹈着，用手中长长的柳鞭，鞭着水，且歌且唱，慢慢将她的生命和腹中未出生的胎儿沉入波涛汹涌的水底。高风交班回到中心哨棚，棚子里的人，谁都不说话。黑脸一支又一支地抽烟，抽得呕吐起来，呕吐了他还抽，然后将头埋在胯裆里。任副镇长拍着黑脸的肩说："算了，怪不得你。"黑脸仰起头来骂了一句："你当然算了！"王副主任赶紧到棚子外面去了。黑脸眼泪一下流了出来，说："不是你们的儿女你们当然不心痛。她是我们散花村的一条性命啊！娘老子养一场容易吗？就这样没了，连泡儿都不起一个。"

　　水位涨至高峰后，开始缓缓回落。村民说处暑过了，江水晒死，再无大水。这时候任副镇长从分指挥部开会回来，召集组长以上的人开会，传达了指挥部命令：反麻痹反松劲，各村江段要在江堤立巨幅宣传牌子和伟人像。黑脸就叫村长去制作。村长很快就进城到工艺美术店把宣传牌子和伟人像制回来了，花了二百多元钱。黑脸心痛得直打喷喷，说："这点东西要两百元呀？"村长说："那是我的熟人，你去最少要三百，他给我优惠了百分之三十。你不要以为我得了回扣。"黑脸没好气地说："我又没说你得回扣！你招什么气？"

　　村长在中心哨棚外的江堤上将巨幅标语插起来了。巨幅标语连字带标点十三块，每块一米见方，黑体红字，面上覆了膜："人在堤在，誓与大堤共存亡！"大堤上两边是青草，中间是很宽的车行路，可以并排开三辆汽车。巨幅标语插在靠江水的一边，插得很整齐，带柄一人多高。任副镇长、王副主任和高风就在堤上看字。高风看着看着，就说："这幅标语拟得不好。"任副镇长说："怎么不好，这是指挥部拟定发到各段的。"高风指着"亡"字说："这个字不好，怎么能说亡呢？应该是人在堤在，誓与大堤共存！"王副主任说："对！工作不怕平庸就怕没特色。"高风说："把'亡'字拿掉。"王副主任说："对，把'亡'拿掉。"黑脸走过去将"亡"字拔了起来，说："日他的娘，又浪费了我几块。"伟人像也插了起来，一共是两幅，放大的彩色照片，两边新增插了八面红旗和十几面彩旗，迎风招展。散花村的行动，当天就得了省督办组的表扬。黑脸就对高风刮目相看了，说到底是喝了墨水的。任副镇长对黑脸说："你莫三十斤的鳊鱼侧看了，人家是写戏的出身。"高风知道这是在讽刺他，就双手放在胸前，含笑不答。

　　江堤外的圩子已经露出堤的轮廓。洪水中的杨树柳树，从水里露出了身子，干上长长的根系像胡须。这时候督办组来得稀了，白天一般来一趟或两趟，晚上也不像往日走马观花一样转。这时候夜班形同虚设，任副镇长和黑脸临到他们的班都不动了，躺在大堤的竹床上。高风和王副主任按规矩不分白天黑夜地轮番值班。黑脸白天堤上找不到他的影，只是吃饭的时候来吃饭，吃完了饭碗筷子一丢就走，同村长一起吼人抓抢种。

就在这时候，指挥部掀起了创建文明哨棚活动的高潮，发文件要求所有的哨棚要达标。文明哨棚有五项标准：一要地面平整硬化；二要卫生整洁，无蚊子和苍蝇，竹床要摆整齐，枕头要摆齐，夜里睡觉要朝一头睡，不能朝东的朝东，朝西的朝西；三、每个哨棚里必须挂党旗和国旗，每天党员干部们早晚要面对着党旗和国旗宣誓；四、每个哨棚要有学习心得栏，每个党员干部要有书面的学习心得和体会文章；五、每个村段要将堤脚的滤水沟重开一次，做到横看一条垄，直看一条线，无杂草。文件规定，创建文明哨棚的达标纳入整个抗洪的模范个人和先进集体的评比条件，到时候一项项地打分。文件后附着表，将每项都量化，每一大项多少分，每一小项多少分。任副镇长从分指挥部领回了文件，召开了小组长以上的会，才说了几句，就不说了，把文件丢给王副主任，叫王副主任念。王副主任拿起文件，一字一句地将文件念得有声有色。王副主任念文件的时候，高风开始一句没听进去。王副主任快念完的时候，高风笑了起来，就把念过的文件拿了过去，细细地看了一遍。任副镇长就叫各组留人下来扎彩门。黑脸说："扎个卵子。"任副镇长说："你说什么？你再说一遍？"黑脸说："我晓得你们就这点劲，一来运动你们就来精神，洪水下去了，这东西又当不得吃喝，我不陪你们疯。"任副镇长发起脾气："搞也得搞，不搞也得搞！不然现在就撤你的职！"村长过来打圆场，连说："搞，搞，我带人负责搞。"黑脸吼村长："你狗日的，撤了我，我也不要你当支书，你信不信？"村长笑了，说："你以为我稀罕你那个支书？告诉你，这个破村长我也不想当了，辞职报告我早就写好了，我看洪水没下去，才没有拿出来。"任副镇长拍了桌子才将二人镇压下去。彩门还是要扎，黑脸愤愤不平，叫人到江边砍活树，到山上砍松枝，喊他老婆来，翻口袋找钱，半天找出了十元钱，叫他老婆到镇上去买彩纸扎花儿。秋后的太阳凶，将一个夏的炎热全晒出来了。忙碌了一上午，彩门扎起来了。活树凌空高架，松枝儿翠绿，纸扎的红花儿点缀其中，很壮观，很好看。黑脸搭着梯，上到彩门横梁，用水桶吊水上去，用瓢浇水，一瓢瓢地泼，边泼边咬牙切齿地说："万古长青，蔫不得了！"

要吃中饭的时候，分指挥部的沈工程师来了，检查堤脚重开的滤水沟。散花村没有动，沈工就大发脾气。黑脸不买账，问他："你是不是吃了没事做，拿老百姓开心？洪水都下去了，你还这样搞？别人心里不明白，你心里也不明白？你不是人，是狗。人唤你吃屎你就吃屎。亏你还是个工程师！"沈工气不过，拿起电话朝分指挥部打。分指挥长赶来了，什么都不说，拿起一把锹，光着头，来到堤脚一个劲地挖草改沟。任副镇长就下令，所有的人不准吃饭，挖草改沟，不搞完不准收工。于是就将堤脚原来所有的弯沟重新改直了,所有的草挖得不留一根,堤脚一条直沟过去,所有的纵沟隔三米远一条,沟与沟之间的垄儿像姑娘的脸蛋儿。渴,饿,高风几乎中暑了。胖杨真的中暑了,倒在泥土上翻白眼。众人急急地把他抬到树荫里,解开他的衣服,用草帽当扇子给他扇风,朝他脸上浇沟里的凉水。胖杨这才缓过气儿来,眼里有了活气儿。市人大占主任就是这时候到散花村段来的。占主任下车,见分指挥长带着人那样搞,气得用拳头擂着车头,指着分指挥长的鼻子吼:"谁叫你们这样干的?"占主任指着分指挥长的鼻子骂:"你们一个个大学毕业,不是本科,就是研究生,说起来科学得很!写起论文来动不动就是《中国历史中国现状及其对策》头头是道。都什么年代了,还这样搞?回答我,你们这样搞科学在哪里?民主在哪里?为什么总是离不了那一套?你们明明知道不能这样搞,为什么还要这样搞?不觉得可悲吗?研究生同志,留点劲搞点别的吧!"分指挥长脸红了,因为人大主任说的论文是他的研究生毕业论文,当初分指挥长到 S 市任职时,拿的就是这篇论文报到的,市委常委会上他还读了的。分指挥长说:"这是市委市政府根据上级精神布置的,我有什么办法?都这样搞,我能不这样搞吗?"占主任说:"搞吧!搞亩产三万六!搞一句顶一万句吧!我告诉你,我跟风,搞了一生的假,现在老了想做点真事,我在位一天就要讲一天的真话,不管谁来了,我都敢讲,这样做不行!我命令你马上给我停下来!再这样搞,我在人大常委会上提议撤你职!"分指挥长说:"这事你跟市委书记和市长说。"人大主任说:"我当然要说的。你说洪水都下去了,还搞什么文明哨棚?想在堤上过一生吗?混账东西!"占主任指着沈工程师的鼻子:"还有你,我为你感到脸红!你身为水利工程师,我问你退水时期能将堤脚搞成这样吗?堤要是溃了,我要你坐穿牢底!什么东西,别人这样做是为了跟风媚上好升官,你也想升官吗?只要有人摇旗,你就跟着呐喊,只要有人立竿子,你就不分青红皂白顺竿爬,不怕红屁眼给人看见了!"

　　人大主任带着怒气坐车走了。

　　文明哨棚的活动,不因人大主任的脾气而撤销。散花村的所有哨棚都安了纱窗,挂了党旗和国旗,棚子里的竹床都排整齐了,夜晚,所有的人朝着一头睡,排得整整齐齐的。夜晚,严纪委来督办,高风的班。高风将严纪委迎进棚子,问:"怎么样,排整齐了没有?"严纪委点头说排了。高风问:"喝健力宝不?"严纪委说:"你少来这一套。你当心,洪水还没有下去。"话不投机,严纪委要走,司机提醒他:"严督办,市委书记托你的话,你忘记了?"严纪委这才记起来,亲热地拍着高风的肩说:"哎呀,差一点忘记了,市委书记叫我通知你回去写戏。"高风说:"你莫跟我开玩笑,市委书记这时候怎么记起了我?"严纪委说:"你少牛!不就是个工具吗?"高风说:"没错,特殊工具。"严纪委说:"特殊工具也是工具。"高风笑了,说:"严纪委英明。"严纪委说:"听清楚了,明天一早赶回市里,市委书记六点半在办公室见。"高风说:"是。"司机说:"高主任干脆跟我们一起走。"高风笑了,说:"我不会走的,我要站好最后一班岗。"严纪委上车,司机同高风熟,摇下车窗同高风打手势,说:"城里见!"高风指着排在竹床上整齐地睡入梦乡的人笑着问:"你看我们的同志排得怎么样?"司机说:"离市长的要求差得好远,竹床是排齐了,但睡的人不齐。"高风问:"哪里不齐?"司机说:"伸脚的伸脚,伸手的伸手,鸟竖的不在一条线上。"高风噗地一笑:"这个狗东西,以为在纪委开车,什么邪都敢打。"

十三

开刚麻麻亮,高风跟任副镇长、王副主任和黑脸说明了情况。市委书记发了话,谁还敢不同意。高风收拾东西,装包,背起包朝外走。防洪防到这份儿上,高风跳起脚就想走。任副镇长和王副主任不送高风。黑脸和村长将高风送到门外。黑脸对高风说:"这几时对不住高主任。"高风听了这话,忽然感动了,觉得黑脸亲切有人味。在散花村段住了二十多天,尽管苦尽管累,但是感情还是有的。高风背着包,没有急着离开,将黎明时分的散花村转了一遍。二十多天,高风没有能到村子里转。现在要离开了,高风想仔细地看一下。长江边的散花村,很像巴河边外婆的垸子。高风的娘死得早,是在巴河边外婆的垸子里长大的。高风走在垸子里,一个小姑娘站在树林里喊她爸回来吃饭,一声清脆的呼唤,高风的眼睛就湿了,不由回到了童年的温馨和感动里。

高风背着包回到市委大院。高风的胡子老长,完全脱胎换骨了,许多人认不出他了。高风觉得格外地舒服,有轮太阳金光闪耀地照在心里头。看看表,离市委书记召见的时间还早,高风就背着包来到了市委宣传部。市委宣传部的门敞着,灯亮着。高风进去,是胡副部长的班,他正坐在值班桌前,守着电话。高风进去,胡副部长认出了高风,问:"你怎么回来了?"高风说:"市委书记召我回来写戏。"胡副部长问:"又要写戏?"高风笑了,点头说:"又要写戏。"胡副部长笑着说:"写吧,写出花儿来,把S市写红,写到瑞典皇家学院去,争取得诺贝尔文学奖。"

胡副部长倒了一杯水给高风,说:"坐着喝。"高风不习惯坐了,站着喝。胡副部长问:"怎么不坐?"高风笑着说:"孔乙己,站着喝。"胡副部长笑了,说:

"回去把长衫穿来，市委书记召见你。"高风说："长衫丢了，找不回来。胡副部长，二十天前你可把高风害苦了，叫我上堤就上堤，怎么可以说市委书记叫我写戏呢？"没想到胡副部长一点也不难为情，也不编理由搪塞，说："高戏家，你不爱开会就不爱开会，还要又当婊子又立牌坊。"高风笑了："你说得对，现在我不当婊子也不立牌坊。"胡副部长说："高戏家，宣传部经费紧，抗洪的补助自己想办法创收解决。"高风笑了，说："胡副部长不要误会，我没想到要补助。我回来就特想来看你。"胡副部长拍着高风的肩，笑道："不错，有长进。"高风说："谢谢！"于是高风就把手伸出来，胡副部长见梯下楼，两人就握。

　　高风按时走进市委书记的办公室。市委书记见高风背着包进屋，忙站起来："高剧作家凯旋了？"高风点头说："凯旋了。"市委书记指着椅子说，坐。高风背着包坐了下来。市委书记叫秘书倒水给高风喝，高风将杯子捏在手里。高风问："有什么吩咐？"市委书记说："写个戏吧，像去年一样，争取再得'五个一'工程奖。"高风说："今年我不想写戏。"市委书记问："你想写什么？"高风说："今年我想写篇小说。"市委书记说："行，小说写得好也可以得'五个一'工程奖。"高风说："我只想写出来。"市委书记说："行，抓紧时间，用抗洪的精神来写！我相信你会写出好作品的。"高风问："在哪里写？"市委书记说："在宾馆写，空调房间安排好了，一天一百元的生活费。"高风说："不敢当，我回家去写。"市委书记说："我要你十天拿出初稿来，我亲自审定。这是政治任务。当然我会实行人道主义的，安排的是双人间，晚上组织上安排夫人陪你。怎么样，有信心没有？"高风说："试试吧。"高风没有回家，把包径直背到了市宾馆。也没有同家里打电话，夫人不知道他回来了。市委书记在房间里给他配了电脑。他就用十天十夜，将叫作《洪荒时代》的五万多字的中篇一气呵成写完了。二十多天抗洪的人和事，纷至沓来，不时写得高风热泪盈眶，那感觉空前未有。

　　十天后，市委书记打电话问高风完成得怎么样？高风说，初稿写完了。市委书记就叫高风原地休息，让秘书将稿子拿给他审。高风躺下去就不晓得醒，睡得天昏地暗，睡了两天一夜才醒过来。这时候市委书记拿着稿子来到了房间。高风问："写得怎么样？"市委书记扬着手中的稿子说："还是写戏吧。我给你将提纲列好了。"市委书记就把列的提纲从包里拿出来放在高风面前，分几场，主要人物几个，次要人物几个，主题思想是什么，戏的高潮在哪里，一条条地给高风讲。高风硬着头皮在那里听。去年写那个戏时，高风同他争了好几回，今年高风一声不吭。市委书记发觉了，问："你怎么不说话？"高风说："你说我在听。"市委书记说："这个戏我亲自抓，创作源于生活，高于生活，你怎么不提炼主题？这个戏的主题就是体现抗洪精神。"高风说："我体现的就是抗洪精神。"市委书记说："不行。我给你提炼了，你按我的写。"高风说："我写不出来。"市委书记说："你去年不是写得蛮好的？"高风说："去年是去年。今年我确实写不出。"市委书记说："写吧，这个戏我亲自抓。"高风说："你亲自抓我也写不出。"市委书记不说话了，望着高风。高风说："你亲自望我，我也写不出。"市委书记问："你真的写不出？"高风说："我真的写不出。"市委书记说："好，你先回去吧。"高风背着包回家。儿子不在，会同学去了。妻子开门见是他，手就上去了，摸高风的长胡子。三十多天没近女色，高风哪经得住她摸。高风说："我去刮个胡子。"妻子摸着高风的胡子说："刮什么，这才像个男人。"高风就抱起妻子说："那就尝尝男人的味道吧。"

胡副部长打来电话，叫高风通知戏工室在南方打工的年轻人回来，说是市委书记叫的，必须两天内乘飞机赶回来。高风赶到市委大院找市委书记。市委书记在办公室里接待了他。市委书记对高风说："你把小张叫回来吧。"高风笑着说："他不会写戏。"市委书记说："不会写学着写，人不是一出娘肚子就会写戏的。"高风说："有句话，不知当讲不当讲。"市委书记说："讲吧。"高风说："剧团的华如风老师会写这东西，一九五八年搞诗山戏海，他一天一夜写出三个戏。"市委书记脸气白了，因为华如风老师早就死了。市委书记气笑了，说："老高，不服不行，人都有江郎才尽的时候。"高风说："我准备退二线。"市委书记说："对，要有这个思想准备。"高风说："要不要写个报告？"市委书记笑了，说："这是组织上的事，不写报告也行。"

高风回家后倒头又睡了三天三夜，睡醒后，同前几年南下打工的文友通了一个长途。那朋友在南方搞了一个写作公司兼制片人，当年叫高风过去跟他干，高风舍不得铁饭碗。现在高风主动要去，朋友喜出望外，连说："行，你来当我的专业编剧吧！我保证牛奶和面包都有。"高风从床上坐起来，打开电脑，写了一份报告，要求停薪留职。高风写完后，到邮局用挂号寄给了市委书记。

范主任是在抗洪取得彻底胜利的时候死的。范主任从堤上带着吊针回来，到医院一查就是胃癌晚期。高风穿着长衫到医院太平间去向范主任的遗体告别。很快，范主任的遗体送到郊外火葬场火化了。高大的烟囱里飘出一朵淡淡的云，一直飘到蓝天深处。范主任死后，市里发出了向范主任学习的通知。市报和市电台都用相当长的篇幅和时间，报道了他的先进事迹。市委发出专门文件，在他职务的后面带了一个括号追认为副县级。人们私下说人死了，管他什么级，没用。范主任的八十多岁的老父亲拉着市长的手说："谢谢组织，我的儿是副县级了。人一生，什么有用，什么无用？副县级容易吗？副县级就是我儿的用。"高风就颤抖起来，浑身出冷汗，手冰凉冰凉的。

严纪委也是抗洪取得彻底胜利后死于非命的。抗洪取得彻底胜利后，严纪委就浑身没劲，人走在太阳底下像个影子。结果某一天他到郊外一个村去喝酒，酒后到村鱼池里钓鱼，将线甩到鱼池边的高压线上，当时就被打到水里断了气。据知情人说，他死的时候身边有一个女人陪着他，那个女人很年轻，不是他的老婆。此事市委专门开了会严禁乱传。严纪委死后，他老婆也为他争取个括号，结果没有争取上。人们私下笑，说哪来那么多的括号？括号多了，干部就不值钱了。

高风要走的那天夜里，市委书记在家里设宴为高风饯行。市委书记问："你真的要走吗？"高风说："我想换个环境。"市委书记举起杯子，给高风敬了一杯，说："你是对的。"

要走的高风决定到邻县的五祖寺里去游一趟。高风走进五祖殿，一个胖和尚迎了上来："请问求什么？功名，婚姻，还是钱财？"高风摇头，说："什么都不求。"胖和尚将手揖在鼻下，说："阿弥陀佛，什么不求就是什么都求。抽一支签吧。"高风问："跪不跪？"胖和尚说："阿弥陀佛，跪就是不跪，不跪就是跪。"高风拿出十元钱说："师父，我站着抽一支签吧。"胖和尚说："阿弥陀佛，佛祖说站着的人不收钱。"高风就站着抽了一支签。胖和尚接了签兑签词，竟是那千古一偈："菩提本无树，明镜亦非台。本来无一物，何处惹尘埃。"高风问："都无啊！"胖和尚说："都无就是都有，都有就是都无。阿弥陀佛！客官心向南方，那是六祖的处所啊！阿弥陀佛，六祖曰，佛在心中，我自为佛。"

风清清，云淡淡，青山四合，长江如练，太阳在天，阳光下绿雾连天。

高风的眼睛湿了。

门前一棵槐

将军是同凤儿结婚三天后参加红军的。

凤儿一脸的汗水回来了,腰间的辫子甩着风。凤儿落在椅子上,捏着辫子对娘说:"大,我要剪头发。"大别山里的女儿叫娘叫大,留着母系社会的痕迹。娘说:"你这个婆娘又在外头疯。"凤儿说:"垸中姐妹都剪了。"娘问:"都剪了?"凤儿说:"你去看吵。"娘说:"那就剪。"娘就拿剪子给凤儿剪。一剪子下去铰得一片响,女儿的头发就成了齐耳的短发。那样子是武昌城里女学生的。

凤儿剪了发,就到门外见阳光。阳光是古历六月的,远照青山,近照河水,许多的颜色扑眼而来。山里的女儿自由了,放着眼睛看世界,心情就像黏稻种在山冲里,青禾亮管暖暖长。大门前的槐树绿浓了,是开花的时候,黄黄的瓣,淡淡的香。凤儿闻着了花儿也闻着了自己。山里的人家女儿生下地,就栽一棵槐树,女儿大了槐花就香了。凤儿站在槐树下,扶着槐树唱歌儿。歌是山里古老的情歌儿,从娘嘴里传下来的。凤儿睡摇篮里的时候,就听娘摇她唱,唱到凤儿能懂的时候,娘就不唱了。娘不唱了,凤儿就会唱。槐花金黄金黄的,太阳金黄金黄的,凤儿金黄金黄地唱:"姐儿门前一棵槐,手扒槐树望郎来,娘问女儿望什么?我望槐花几时开,娘嘞,不好说得望郎来!"歌是赶五句,一句比一句意思深,一句比一句感情浓。

娘在屋里切猪菜,听到门外女儿唱,敲得砧板响,说:"你这个婆娘玩落了辫。"山里的女儿出嫁时要开脸,扎髻,娘说女儿玩落了辫,不是好话。

门外的女儿不唱了,半天没得声音。

屋里的娘叹一口,笑了,说:"苕婆娘,唱么事?叫人来提亲。"

女儿是娘心肝肉,娘晓得女儿同山那边程家的儿好。

程家的儿未当将军之前叫牛儿。

牛儿是小名。山里的儿生下地,为了好养,叫得贱。娘生下他,父亲听见大门外,青山顶上的黄牛,昂头叫天,顺口给他取了名。牛儿是程家的独苗,父亲希望他的儿像黄牛一样好养。

凤儿与牛儿是春天的那天夜里,参加农会散会后好上的。

会在乘马会馆里开，从武昌第一师范回来的学生，穿着长衫在油灯下给他们讲革命的道理，散会后牛儿就将凤儿带到了自家的桃树林里。山里的桃树多，每家都有几棵，埋些死猫死狗在树下，三年五载就不用施肥，就能结很大很红很甜的果。牛儿把凤儿放在自家的桃树下。凤儿说："不好。"牛儿问："有什么不好？"凤儿说："草扎人。"牛儿就把身上穿的热褂脱下来，垫在桃树橛下的草上，同凤儿好。凤儿说："你自私。"牛儿说："都是革命的人，我自私什么？"凤儿说："你怎么把我带到你家的桃林里？"牛儿笑，说："你成了我的人，结了桃子还不是你过来吃。"凤儿就不作声。山里的风俗，男女在果林子里野合，果子就结得旺。

那天夜里，牛儿的热褂被凤儿染红了，怎么也洗不去。

第二天牛儿约凤儿出来，偷偷地拿给凤儿看。凤儿说："我对得住你。"牛儿说："试了后才晓得。"凤儿说："要是没得呢？"牛儿说："那我托什么人生？"凤儿说："你把那当宝贝？"牛儿说："记住，你是我的人。"凤儿的泪就下来了。

凤儿叫牛儿来提亲。牛儿不用媒人，自己提着一块肉和两包点心，上了凤儿家的门。凤儿的娘气笑了，问："你是哪个？"牛儿说："凤儿晓得。"凤儿的娘指着牛儿说："敢作敢为，是个角儿，算得，我嫁女儿。"

山里的日子总是那些日子，只不过换人来过。儿大了女大了，就是新一代人，日子就是他们的了。两家门当户对，男家种田，女家也种田。男家的牛儿不识字，女家的凤儿也不识字。只是人好，牛儿力壮，凤儿饱满。于是就成亲。牛儿成亲是六月十八。六月十八好日子，月是双的，日也是双的。牛儿和凤儿入洞房。古历六月山里不冷不热，风和日丽，山坡上，路边上，密密麻麻的槐花开了，山里成了花的世界。招来许多的彩蝶儿绕着飞，像云一样；还有许多的蜜蜂，起落花丛中，像雨一样；彩蝶儿看得见，蜜蜂儿看不见，只听得声音嗡嗡的，像酒醉了的人说梦话。这时候的蜜最好。山里槐花的蜜，淡远清香，醉得了得癔症的人。人若是想魔了，就拿槐花的蜜让人喝，人就被清香唤醒了，忆得起俗日子。

这样的日子，这样的花香，牛儿和凤儿入洞房。结婚三天，牛儿和凤儿恩爱了三天。

第三天太阳从山头升老高，牛儿的父母按照山里老例，接亲家凤儿的老子来喝酒。父亲要打豆腐，母亲要办菜，忙不过来，要人到集上用钱，父亲就想起了牛儿。父亲走到新房门口，新房的门关着。父亲叫："牛儿，牛儿。"牛儿在床上抱着凤儿不放手。凤儿早就想起来，山里的老例，新媳妇不能睡到太阳出，但牛儿的手像两道箍，箍得凤儿不能动。凤儿说："牛，我要起去。"牛儿说："起去做什么？睡会儿，睡会儿。"父亲叫："牛儿，牛儿。"凤儿说："牛，父叫你。"牛儿说："莫怕，房门关着。再睡会儿。"母亲白了老货一眼，说："叫什么？让伢多睡会儿。"父亲说："太阳出来了。"母亲埋怨说："你不是从年轻过来的？"父亲说："太阳出来是白天，这叫过日子吗？"凤儿恨不过，就用嘴含了牛儿箍他的手膀子，问："你松不松？"牛儿说："我不松。"凤儿说："你不松我就咬。"牛儿说："你越咬我越不松。"凤儿说："我真咬。"牛儿说："你咬。"凤儿就真咬了。牛儿痛了，手松了，说："你真咬了。"凤儿说："日子长得很，一口吃得了？"凤儿就起来了。牛儿也起来了。凤儿起来梳头，牛儿起来穿衣服。牛儿边穿衣服边出门，顺手把房门关上了。凤儿对着镜子恨，想，这东西还晓得顾羞丑。

父亲给了牛儿三块银洋，是袁大头，这三块银洋是父亲几天前随农会到徐古打土豪分得的。父亲说："牛儿，今天请岳父来喝酒，你到集上去割肉打酒。"牛儿将三块银洋接了放在手上丢，袁大头，很响，响得很好听。三块银洋对于农家来说不是个小数目，牛儿没当家，从来没见过这么多钱。父亲说："割十斤肉，打十斤酒。早点回来。"牛儿说："我晓得，你还把我当小伢儿？"父亲说："多的钱找回来，还要用。"牛儿拿着钱，说："我晓得。"父亲说："你莫邪，丢了钱我要你命。"牛儿说："我晓得，让我试试是不是真的。"于是就用牙咬一口，拿着眼睛看，袁大头上有牙印子，又用两个指头夹着，用嘴吹一口气，拿在耳朵边听，咝咝地响。牛儿笑了，说："哎呀，不是假的。"娘说："你这个现世宝，百岁不成人。"牛儿笑了，说："娘，你骂我不生气。"凤儿梳好了头，把房门打开，说："父，我跟牛儿一路去。"牛儿笑了，说："你这个婆娘，哪有新媳妇结婚三天出门的，现世宝是不是。我晓得你信不过我？"父说："哪来的这么多话？快去。"

牛儿就出了门。太阳在天上暖暖地照。风里的槐花，一阵接一阵香。天是青的，云是白的，槐花开得旺，一眼望去都是花。牛儿把父亲给的三块银洋捏在手心里，一路走一路唱刚学来的歌："打倒土豪分田地！打倒土豪分田地！"反复就是这一句，朝集上走。

集在大畈中间的一个小山上。小山突出，有几棵古松和几棵古柏，还有石头码的墙，传说是个寨子，有几间青砖房子，叫作得胜寨。原来不叫得胜寨，叫破壁寨，农会在这里同土豪的红枪会打了一仗，胜了，改名得胜寨。牛儿捏着银洋到了得胜寨。寨子上的集很热闹，有卖山货的，也卖酒和肉。酒用坛子装着，敞着坛口，酒随风一阵阵地香。卖酒的将酒用勺子舀起来，吆喝："酒，酒，新酿的酒！"肉在案上摆着，卖肉的举着刀，吆喝："肉，肉，刚杀的肉。"这还不新鲜，居然还有赌博的。赌博的在大树下，围在一起，地上铺一块布，摇骰子，押单双。牛儿见不得这事，手痒了，挤进人堆。这事他不陌生，心想手中有本，赢几个钱回去给凤儿置身衣裳，如若赢得多，再给家里牵条牛回去。凤儿是新媳妇，不能没有一身新衣裳；家里不能没有一条牛，老是借人家的，不好。山里的男人都有赌性，牛儿平常也赌，只是苦于没本钱，赌得小，输赢也少。牛儿挤进去就能上，看一下阵势就押。第一把一块银洋上去，押的是单，赢了。第二把两块银洋上去，押的还是单，结果输了。他的犟劲上来了，后来的几把一直押单，结果第八把的时候把三块银洋全输了，落两个白手。他巴掌一拍，这才恍然大悟，主要是结了婚，摸了女人的手。悔得打头。

牛儿将身上的热褂脱了，热褂的后面有一块红，红是凤儿的，旁人不知道，旁人认为他家老了人，行的孝。山里的老人"过身"了，"过身"就是在人世走一趟，儿孙们认为是喜事，孝上染红。牛儿将热褂卷成一团，押在右上，说："再来一把。"庄家斜了眼，问："你做什么？"牛儿说："我押衣服。"庄家说："谁要你的衣服，拿钱来。"牛儿说："衣服是新的。"庄家狞笑了，说："新的老子也不要。你有新的押，老子没得新的陪。"牛儿就怏怏地被人挤出来了。这才记起岳父上门，父亲叫他打酒买肉的事。坏了，一文钱无有，肉怎么买，酒怎么打？回去怎么交差？忽然就有农会的扛着红缨枪来捉赌，赌徒们轰的一声，作鸟兽散。牛儿对着赌徒们骂："我日你娘！"骂也没有用，钱回不来。

于是牛儿的犟劲上来了，一不做二不休，索性报名参军。

招兵在乘马岗会馆。原来是一家地主的祠堂，革命后成了议事开会的地方。古松古柏的院子里摆着一张桌子，压着一块红布，红布上写着：红军报名处。桌子后面坐着三个人，摆着簿子。很多的年轻人在那里报名。

牛儿走拢去，脱了热褂，光着上身。牛儿将热褂挂在柏树的丫儿上，许多人看他，他对看的人说："莫动我的！"有人问："脱什么衣裳？"牛儿说："你晓得个鸟？"脱衣裳的原因，牛儿不对他们说——主要是穿新衣裳的人，不好收进去，人家要问几多的话。牛儿光着上身挤进去，对报名的人说："我报一个。"报名的人问："你为什么要当红军？"牛儿说："我没衣裳穿。"报名的人指着柏树上挂的热褂问："那不是你的？"牛儿说："那是我借的。"报名的人问："为什么要脱？"牛儿说："不脱，你认为是我的。"报名的人问："姓什么？"牛儿说："姓cheng。"报名的人问："什么cheng？"牛儿说："cheng就是cheng。"报名的人说："九李十三cheng。"牛儿说："我管它！我当兵。"报名的人就写了个"陈"，问："是不是这个？"牛儿不认识字，信口说："是的。"报名的人问："叫什么名字？"牛儿说："牛儿。"报名的人说："这是小名。大名叫什么？"牛儿说："我没大名。"报名的人说："谱名叫什么?"牛儿想了好半天，想不起来，说："犟驴。"犟驴是垸人根据他的小名起的绰号。程家虽然穷了，但谱名还是很讲究，牛儿的谱名叫继德，但牛儿不知道。报名的人根据他说的音写了将儒，问："是不是这两个字。"鄂东方言读驴为儒。牛儿不认得，点头，说："是的，是的。"于是程继德成了陈将儒，三个字全错了。

　　报了名，接着就领衣服。衣服只一件，有褂子，没裤子。根据地经济困难，只能发褂子。褂子是棉布的，染成灰色。接着就发帽子，一人一顶，上面有一个红五角星。还有武装带子，不是皮的，是布的，一人一条。牛儿说："我要一条裤子。"招兵的说："你不是穿了裤子?"牛儿说："裤子是借的。"牛儿说得真，招兵的信了，就把他的裤子脱下来，给了牛儿。牛儿在茅房里，换上，一只手拿着换下的长裤，一只手将柏树上挂的热褂收下来。牛儿把长裤丢给一个他认识的人，说："裤子还给你。"那人说："裤子不是我的。"牛儿笑了，说："你这个人，是你的就是你的，我有裤子穿，还给你。"牛儿把染红的热褂折好，对那个人说："麻烦你把它带回去，跟凤儿说我当兵去了，叫她捡好，我回来还要穿。"那个人怔在那里。牛儿眼红了，说："你莫搞忘记了，就说我说的，叫她千万要记住。"那人点了头。

　　牛儿背过去用巴掌擦脸。

　　这时候铜锣响了。新兵集合，列队点过名，队伍朝深山里面开。

　　将军是七年后回来的。

　　七年不是个短时间。将军一走七年音讯全无，将凤儿丢在大山里。大革命时期作为鄂豫皖苏区根据地的大别山，革命与反革命反复拉锯，你杀过来，我杀过去。双方也不是什么正规部队，革命的叫红军，反革命的叫红枪会。这些人都是穷苦人，是国共两党第一次合作，大革命时候在山里发动起来的打土豪分田地的队伍。后来国共两党破裂了，红军是共产党的队伍，红枪会成了地主的武装。红军为了信仰，红枪会为了财产，互相杀，杀红了眼。这时候的山里人绝对没有中立的，不是红的，就是白的，不然就无法生存。于是就杀人如麻，许多地方成了无人村。七年腥风血雨，把人泡在血海里。

　　将军把一件热褂留给凤儿，走了。将军走后不久，本地姓郑的土豪带着红枪会就回来了，把将军家的房子烧了，把将军的父母杀了。姓郑的土豪没杀凤儿，因为凤儿年轻漂亮。姓郑的土豪对凤儿说："摆在你面前有两条路。"凤儿问："一条是什么?"土豪说："他们杀了我老婆，你给我做妾。"凤儿从怀里拿出那件染红的热褂说："我是牛儿的人了。"土豪说："我不计较，只要当众说一声你愿意。"凤儿说："这不难，只是牛儿没死，他叫我把这件热褂捡好，他说他回来还要穿。"土豪笑了，说："他穿不成。"凤儿问："为什么？"土豪说："他早做了鬼。"凤儿说："什么日子？"土豪说："去年在天台山打死的。头割下来，用桐油炸了，挂在枫树上，后来被老鹰叼走了。"凤儿一哭，说："我不信。"土豪说："信不信由你。"凤儿问："二条路是什么？"土豪说："成全你，让你也做鬼，到阴间与他会面。"

凤儿说："那我走第二条路。"土豪问："你真的不怕死？"凤儿说："那有什么办法？你开一枪，让我死快点。"土豪说："没那么容易，子弹一块大洋才两颗，战场上才能用。不在战场上，哪有用子弹的，只能用刀。"凤儿说："求你用刀一刀把我的头砍下来。"土豪叹口气说："死的人都是这个愿望，只是他们杀我们的人也不利索，说是罪大恶极，总是慢慢来，一刀刀地割，慢得人受不了。"凤儿哭着说："死我不怕，我怕痛。"土豪说："你说错了，不是为死，是为了痛。"凤儿说："我不想痛。"土豪说："那就跟我做妾吧。"凤儿哭得天昏地暗，说："要我做妾，我有条件。"土豪笑了，问："什么条件？"凤儿说："我这年轻又漂亮，未必不卖点钱？"土豪问："你说卖多少？"凤儿说："三具棺材。"土豪问："为什么要三具？"凤儿说："用两副葬两个大人，留一具。"土豪说："孝心难得，我成全你。留一具干什么？"凤儿说："留着给你。"土豪的脸涨红了。凤儿说："你比我大三十岁，你不杀我，肯定要比我先死。"土豪笑了，说："好厉害的女人。今天你落到我手里是你的福气，要是落到别人手里，恐怕落不到全尸。"

土豪手一挥，红枪会的喽啰就拥上来，将凤儿的双手朝后绑了。凤儿骂："你不得好死。"土豪说："骂得对！我知道我不得好死。"凤儿说："放开我，让我去死！"土豪说："没那么容易。"土豪抖一把纺绸长衫，仰天大笑，说："放心，我怎么会娶你为妾呢？我若娶你为妾，天理不容。"土豪从人堆里拉出一个男人来。那男人也姓程，是个憨子。山里叫弱智的人叫憨子。土豪对憨子说："条件我答应，这个女人给你。"憨子牛高马大，满脸的笑。憨子什么派也站不了，见人只会一脸笑。于是姓郑的土豪就叫憨子拉棺材来，装人挖坑，葬人。葬完了，姓郑的土豪对憨子说："她是你的了，你把她牵走。"憨子嘿嘿地笑。

姓郑的土豪对喽啰说："去告诉他。"喽啰笑了，走到憨子身边，对着憨子的耳朵说了一通。凤儿朝姓郑的土豪唾一口，问："他对他说什么？"姓郑的土豪说："到时候你就知道。"凤儿说："不，我要听。是人说的话，有什么不可以对人说？"姓郑的土豪说："说得好！"姓郑的土豪对喽啰说："她要听，你说给她听。"喽啰对憨子说："你说。"憨子说："你说的为什么要我说？"喽啰抽出刀架在憨子的脖子上，说："老子要你说，不说老子杀了你！"

憨子嘿嘿地笑，说："你不说要我说？"喽啰狞笑了，说："对，我不说要你说。"憨子嘿嘿笑，说："那我就说。他叫我把你牵到屋里，做了后才解绳子。"凤儿满脸的泪，号啕大哭，朝姓郑的土豪脸上唾一口，骂："姓郑的，这是你的意思？"姓郑的土豪说："对，不然我的棺材不白出了？"凤儿说："畜生！你们姓郑的书读到牛屁眼里去了吗？"姓郑的土豪说："还哪来的书？全烧了，全毁了！他娘的，人全疯了，全成了畜生。你不是剪发了？你不是自由了？你年轻漂亮，我不要你死，我让你活着。"姓郑的土豪对憨子说："牵走！按我说的去做。她要是不从，或是跑了，你随时报告我。"憨子牵着凤儿走。凤儿回过头来骂："畜生！天诛地灭！"姓郑的土豪狞笑了，说："有什么办法？以德报怨，何以报德？你骂得对，我老婆死时比你惨，我老婆死时赤身露体一丝不挂。"姓郑的土豪对喽啰的头使个眼色，喽啰的头喊："兄弟们，今天不走了，就驻扎在这里，等着看戏。"

憨子将绳绕到凤儿的身前，牵着凤儿，说："跟我走。"凤儿问："把我牵到哪里去。"憨子嘿嘿笑，说："到家里去。"凤儿说："你那也叫家吗？"憨子说："总是家呀。"

憨子是垸中将军的远房的哥。憨子单人一个，烧炭过日子。憨子没有家，在山里炭窑边搭一个窝棚。憨子牵着凤儿来到大山沟里的窝棚时，天就黑了。北风一阵阵呼号着，雪就下来了，天和地就混沌得像一个蛋黄。憨子将凤儿牵进窝棚，把凤儿系在窝棚的柱子上。憨子转身就把用原木做的门用杠子抵上了，无论什么野兽都撞不开。凤儿靠着柱子，问："是不是就这样做？你要是就这样做，我就一头撞死在柱子上。"憨子说："那不能，要等一会儿。"凤儿静下来后，又冷又饿，两眼的泪水，浑身颤抖。

憨子将木炭撮出来，撮进火塘里，打着了火捻子，点燃引火的刨花儿。烟和火起来了。憨子伏下身去，用嘴吹。栗炭吹旺了，红红的旺旺的，窝棚里很温暖。憨子咧着嘴，对凤儿笑，问："你冷不冷？"凤儿噎了一口，说："冷。"憨子说："再不怕，他们进不来。一会儿你就不冷了。"凤儿说："哥，我饿，横直是死。你让我死个饱肚子鬼。"憨子就起身扒红苕。红苕埋在地底下。红苕只有埋在地下才抢不去。憨子将红苕扒出几个来，埋在地下的红苕很新鲜。憨子将红苕放在火塘里烤。一会儿红苕就烤熟了，窝棚里都是香味儿。

憨子将红苕扒出来，拍灰，问："剥皮不？"凤儿望着憨子，火熊熊的。憨子说："要是剥皮我就跟你剥。"凤儿含着眼泪说："你剥，让我死个干净鬼。"憨子咧嘴笑。憨子就剥。憨子仔细地剥，将皮集在火塘的石板上。憨子拿着剥了皮喷香的红苕肉喂凤儿。凤儿张着嘴大口地吃，大口地吞。凤儿说："我来生记得你。"凤儿吃了一个。憨子问:"还吃不吃?"凤儿说:"让我死个饱肚子鬼。"憨子又剥,又喂凤儿。一连喂了三个。憨子问:"还有,你吃不吃?"凤儿说:"我饱了。"憨子望着凤儿说:"你吃了,让我也吃点。"憨子低头将石板上的皮一块块拈起来,放在嘴里吃,吃得一块不剩。凤儿说:"来做吧。"憨子低头说:"我不能让你死。"凤儿流着眼泪说:"我横直是死,我答应你,让你做一回男人。"憨子说:"你不能这样。"憨子就上前解凤儿的绳子。凤儿说:"解什么?他们不是叫你做了以后才解吗?"夜浓了,憨子用力一拉,窝棚后边露出了一扇暗门。憨子对凤儿说:"快走,翻过山就是河南。"凤儿一下子泪流满面,双膝跪在憨子的面前,说:"我不走了。"憨子问:"为什么不走?"凤儿说:"我一个女人能逃到哪里去?你收下我。我什么都没了,只是个女人。我能跟你浆洗缝补,生儿育女。"凤儿躺到铺上,说:"我不冷了,我吃饱了,来做吧。"憨子就哭。凤儿说:"你不能哭。"憨子就不哭。凤儿说:"你给我笑。"憨子就笑,嘿嘿嘿嘿,笑个不停。凤儿对憨子说:"你给唱一曲。"憨子问:"唱什么?"凤儿说:"唱《姐儿门前一棵槐》。"憨子就咧嘴唱:"姐儿门前一棵槐咧,手扒槐树望郎来,娘问女儿望什么嘞,我望槐花几时开,娘嘞,不好说得是望郎来!"凤儿的泪夺眶而出。

后来,凤儿同嘿嘿笑的憨子住在一起,一点也不影响过日子。山里杀的人太多了,死的人争着托生。凤儿同憨子四年生了三个,两儿一女。嘿嘿笑的憨子,会过日子,将窝棚拆了建了三间茅房。凤儿的儿是儿女是女,一点也不比人家的差。

一天,姓郑的土豪带着红枪会的喽啰来看凤儿。姓郑的土豪问凤儿:"过得怎么样?"凤儿不理姓郑的土豪。憨子迎上去一脸笑。姓郑的土豪见了憨子就笑,嘿嘿嘿。憨子回一阵嘿嘿嘿。姓郑的土豪指着凤儿问憨子:"听话不?"憨子就嘿嘿嘿。红枪会的喽啰问憨子:"嘿个卵子,老爷问你的话。"憨子仍是嘿嘿嘿。喽啰踢了憨子一脚,骂:"喝了嘿鸟汤!"憨子还是嘿嘿嘿。姓郑的土豪莞尔一笑,说:"不错,真是个憨子。"姓郑的土豪说完带着红枪会的喽啰走了。

正是太阳下山的时候,凤儿站在山坡上,骂:"谁说我家男人是憨子?笑话!我家男人该收的不晓得朝回收吗?我家男人不该朝回拿的朝回拿了吗?不通天理的东西!"北风伴着松涛将骂传得很远。

红枪会的喽啰头放了一枪。姓郑的土豪问:"放枪干什么?"喽啰头说:"老爷,那个女人在骂你!"姓郑的土豪哈哈一笑,说:"让她骂。"

将军是七年后的那天夜里回来的。将军是随红军的队伍杀回来的。

红军的队伍深夜包围了郑家寨,围得铁桶一般。姓郑的土豪上到寨墙上朝下一看，只见寨子下的队伍黑压压的，姓郑的土豪就知道活到了头。双方一交火，寨子就破了，红枪会的喽啰们死的死伤的伤，没死没伤的作鸟兽散。姓郑的土豪回到楼上，将军就带着队伍破门而入。姓郑的土豪坐在椅子上，将军用枪指着姓郑的土豪说："姓郑的你也有今天。"姓郑的土豪一口咬住了将军的枪管子。将军扣了一下扳机，枪就响了。姓郑的土豪倒在地下。枪口冒着烟，将军说："这个狗日的，死得太快了。"

红军杀回了，大别山又成了革命根据地。红军布了哨，就驻扎在郑家寨。将军那时候还是个营长。将军向团长请假，说想回家看看父母亲。团长批准了，给了他一夜的假，叫他快去快回。将军说回去看看父母是真的，但更重要的是想回去与妻子亲热亲热，新婚三天一别七年枪林弹雨没有沾女人气儿，他想到凤儿就浑身冒火，团长知道他的心思。

将军腰里扎着枪，背上插着一把大刀，趁着星光回到了程家垸。垸子里静悄悄的，居然没有狗叫，狗都死绝了。将军踏着夜色走到垸子里的家，只见断壁残墙，青艾和蒿草一人多深。将军喊："有人没有？"没有人回答。将军喊："我回来了！"还是没人回答。旁边人家的大门紧闭着，将军上前拍门，屋里一点人声没有。将军喊："我是牛儿，我回来了。"屋里还是没有人声。将军悲愤得像一条狗呜咽着，喊："人嘞？人都死绝了吗？"

正当将军准备离开的时候，邻家的大门打开了，走出一个人来。那人问："你是牛儿吗？"将军回过身来，说："我是牛儿。"那人说："牛儿，你回来迟了。"将军问："我家的人嘞？"那人说："都死了。"将军问："怎么死的？"那人说："杀的。"将军问："谁杀的？"那人说："姓郑的，你找他报仇去！"将军一哭，说："报什么仇？姓郑的已经死了。"那人问："什么时候死的？"将军说："刚才。"那人问："谁杀的？"将军说："我。"那人说："你还哭什么？你的仇已经报了。"将军问："凤儿呢？她也死了吗？"那人说："凤儿没死。"将军问："她怎么没死？"那人说："姓郑的把她卖了。"将军问："卖了多少钱？"那人说："卖了三口棺材。一口葬你父亲，一口葬你母亲。"将军问："还有一口是不是葬她？"那人摇头说："不是。"将军问："葬谁？"那人说："葬姓郑的。"将军问："姓郑的把她卖到哪里了？"那人说："没多远，给了本垸的憨子做堂客。"将军问："我的父母葬在哪里？"那人说："葬在祖坟山上。"

将军转身就朝祖坟山走。那人说："我给你带路。"将军说："你转去，我不要你带。"那人说："这几年死的人太多了，山上都埋满了，我不带你不知道哪是你父母。"那人把将军带到程姓的祖坟山上。程姓的祖坟山上密密麻麻地都是新坟。那人把将军带到两个长满草的土包前，说："这就是你的父母。"将军双膝跪下去，说："父亲母亲，牛儿回来了！"那人说："你的父母听不见，起来吧。"将军对那人说："你走吧。"那人说："人死如灯灭，你到我家喝点茶。"将军说："你走，让我多跪会儿。"那人说："我听出是你所以才把门打开。我走了。你就多跪会儿吧。"

那人转眼就不见。将军吓了一跳，从腰间拔出枪来，朝天发一枪，问："是人还是鬼？"枪声划破夜空。枪声过后一点声音都没有。

将军来到山腰的憨子家。憨子的家将军知道。炭窑边憨子的家三间茅棚，窗户用纸糊着，里面点着一盏灯，灯映着窗纸儿亮。凤儿起来点灯给孩子叫尿。传出凤儿叫尿的声音。传出憨子说话的声音。憨子说："凤儿，快把灯吹熄，外面有枪声。"凤儿说："你就口吹熄。"灯就熄了。窗户上那影子让将军怎么也灭不了。将军浑身颤抖着，从背上抽出大刀来，嗖地一下，把草棚门口栽的一棵槐花树拦腰斩断了。草棚里的孩子听见响声吓哭了，凤儿赶紧用奶头塞住孩子的嘴。

将军两眼盈泪踏着夜色回到队伍。团长问："你怎么这么早就回来了？"将军不回答，倒在床上用被子蒙住脸，小孩子一样呜呜地哭。团长知道是怎么回事了，拍着将军想安慰，却什么都说不出。

憨子第二天早上起来，发现门前的槐花树被拦腰斩断了。

凤儿同憨子生了女儿，按照山里的风俗就在大门前栽一棵槐花树。憨子回屋对凤儿说了。凤儿一哭。憨子问："你哭什么？"凤儿说："肯定是牛儿做的事。牛儿没死。"憨子问："你怎么知道是他？"凤儿说："不是他还有谁？我要是死了就好。我要是死了，他就不会斩门前的槐花树。"

凤儿就出门看槐花树。一人多高的槐花树被大刀拦腰斩断了，树梢断在地上。凤儿气得颤。憨子说："算了，他有气让他出。"凤儿说："这不行。我要去找他。"憨子说："你到哪里去找他？"凤儿说："他不回来了吗？回来了我就能找到他。"憨子嘿嘿笑，说："你去吧。你是他的，我还给他。"凤儿说："憨子呀憨子，你见人一脸笑，见狗作三个揖，人家说你是憨子，别人不清楚我清楚，其实你一点也不憨。怎么这时候就憨了呢？你认为我去找他，就跟他吗？你还给他？我是东西吗？我跟你七年生儿育女，不是说还就能还的。你见过河里的水倒流吗？我找他是算账。他凭什么斩我家门口的槐花树？我是欠他的？还是该他的？"憨子拦不住，只有随她。

凤儿从柜子里翻出那件染血的热裤，用包袱裹了一手提着，一手拿着斩断的槐花树的梢，来到了郑家寨。部队在郑家寨休整。凤儿要从寨门进去。哨兵拦着不要凤儿进。哨兵问："你找谁？"凤儿说："我找牛儿。"哨兵说："我们队伍里没有叫牛儿的。"凤儿说："他小名叫牛儿，进了部队肯定改了名字。"哨兵还是不放。凤儿拿出她当妇救会时发的袖章戴在胳膊上,说:"七年前我是妇救会的。牛儿是我的前夫,我找他有事,你放我进去,我认得他。"哨兵就去请示团长。团长说:"让她进来吧。"哨兵就让凤儿进去了。

部队就驻在郑家土豪的木楼里。凤儿进去后就喊:"我找牛儿。牛儿在哪里?"团长出来了,问:"你找谁?"凤儿说:"我找牛儿。"团长笑了,说:"谁是牛儿?"凤儿说:"他肯定在队伍里。我带来了一件东西,你叫你带的兵出来认,是牛儿就会认得。"团长就让所有的人来认。出来的人都说不认得。将军蒙着被子睡在床上,所有的人都出来了,只有他没出来,团长就知道是他。团长上楼掀了将军的被子,说:"三营长,外面有人找你。"将军说:"我不见。"团长问:"为什么不见?"将军说:"我不想见。"团长说:"见见吧,我给你安排一下。"团长就叫人把凤儿带到楼上,叫人都出去了,留下将军和凤儿。

凤儿提着包袱,拿着槐花树的梢,上了楼。楼是木楼,人踩上去,悠悠地颤。凤儿上去后,坐在椅子上。将军蒙着头睡在床上。凤儿说:"怎么样?我对不住你吗?"团长在楼下喊:"三营长,你起来!"将军没有办法翻身起来,坐在床上,说:"你来做什么?"凤儿说:"我来给你还东西。"将军说:"我不要。"凤儿说:"是你的,我给你保存了七年,你收回去。"将军说:"我不收。"凤儿说:"你要我给你保存到死吗?"将军说:"我没死。"凤儿说:"你是没死,但是他死了。"将军问:"谁说他死了?"凤儿说:"人说他死了。"将军问:"你为什么没死?"凤儿说:"因为他死了,所以我才不死。"将军说:"你应该死。"凤儿说:"我死了哪来的棺材葬他的父母?"将军流泪了,说:"我没死呀!我说过我回来还要穿。"凤儿说:"我不是给你保存着吗?你拿去穿。"将军说:"我还要它有什么用?"凤儿说:"我留着还有什么用?"将军说:"你不要折磨我!"凤儿说:"是我折磨你吗?那是谁折磨我?"将军说:"是我折磨你吗?"凤儿流着泪说:"我不知道谁折磨谁。"

两个人都哭。凤儿说:"我不想哭了。你要不要?你不要就用棺材埋了它,尽我最后的孝。"将军问:"埋在哪里?"凤儿说:"埋在哪里?埋在程姓的祖坟山上,与两个大人在一起。"将军说:"不要埋了,你给我吧。"凤儿将热裰丢给将军。将军接住了,抱着流泪。凤儿说:"牛儿,我把我欠你的还给你,我俩两清了,此生谁也不欠谁的了。"将军流着泪说:"凤儿,你饶了我吧!"

凤儿说:"我问你,昨天夜里,你是不是回了程家垸?"将军不作声。凤儿问:"我家门前的槐花树,是不是你斩的?"将军不作声。凤儿说:"你是个好汉你就承认。"将军说:"是我斩的。"凤儿说:"你为什么这样做?你为什么要斩我家门前的槐花树?你知道不知道我家门前的槐花树是为我女儿栽的?我的女儿三岁了,我指望她长大了找一个好婆家。你斩断了,你得给我再栽一棵。"将军痛苦地抱着头。凤儿说:"你栽不栽?你不栽,我找你们的领导。"

凤儿就出门把团长找来了。凤儿对团长说:"你们是不是有纪律,不拿群众一针一线,损坏东西要赔。"团长说:"对。"凤儿说:"他把我家门前的槐花树斩了,我要他再栽一棵,你说应该不应该。"团长问凤儿:"他为什么要斩你家的槐花树?"凤儿指着将军说:"你问他。"团长问:"他是你什么人?"凤儿说:"七年前我清楚,现在我不清楚。"团长问将军:"她是你什么人?"将军抱着头说:"团长,你不要问好不好?"旁边的一个老兵把团长拉出去,将情况说了。团长红着眼睛回了屋。团长说:"三营长,我命令你回去,给她家再栽一棵!"将军说:"团长,我请求你,让战士去给她家栽一棵行不行?"团长对凤儿说:"老乡,就让三营长的战士给你再栽一棵吧。"凤儿说:"不行,谁斩的谁去栽。"团长对将军说:"听见没有?快去!"将军没有办法,只好回到程家垸到凤儿的家门去栽槐花树。憨子办了一棵槐花树,是从山上挖来的,青枝绿叶带着泥土。憨子嘿嘿笑,把坑挖好了。凤儿对将军说:"怎么还不动手?"凤儿说:"没有送吧?"将军只好把槐花树放到坑里,填上土,浇上水,用脚将土踩实。凤儿拿出一挂爆竹,对将军说:"你点火放。"将军拔出枪来,说:"我放两枪行不行?"凤儿说:"不行!山里规矩,赔礼没有放枪的。"将军没有办法,只好点火放爆竹。

爆竹响着,将军脱帽对着槐花树低下了头,问:"我可以走吗?"凤儿说:"你走吧!"将军走了。凤儿抱着女儿哭了一场。

将军第二次回来是参加纪念黄麻起义五十周年活动的。

将军这时候已经早就是将军,七十多岁的将军,穿着将军服,胸前挂着三枚勋章。将军回乡惊动了省地县三级的领导。三级领导陪同将军回乡。将军回乡带了一个警卫排还有保健医生等一行人。公路只通到镇上,将军的车队在公社的院子停了一坪子。将军要回程家垸,只有步行。将军说他正好要走走,看一看家乡变化。于是将军就偕夫人顺着山路朝程家垸走。警卫排沿途布哨,保卫将军的安全。夫人挽着将军的手,走在艳阳高照回乡的山路上。将军回乡,许多的乡亲都站在路边看,看将军,看将军的夫人。将军的夫人是中华人民共和国成立后组织上给将军安排的。将军的夫人比将军小十五岁,很年轻很漂亮。将军的夫人是部队医院的护士,很体贴和爱惜将军。

那一天镇里布置程家垸放了假,程家垸的乡亲们都在垸子里迎接将军。将军此次回乡给全垸的每家每户都带了礼物。礼物很丰富,有衣服,有点心,还有钱。每家每户一份。将军挽着夫人走在垸子里,到了一家的大门前,警卫人员就把礼物先送到门口迎接的乡亲手上。乡亲们接了礼物,喜笑颜开,比过年还高兴。凤儿的家在山坡上，凤儿听说将军到垸了，就进屋，坐在屋里择槐花。八月山里的槐花熟了，凤儿打了槐花晒干了，准备到合作社去卖，换点油盐钱。憨子带着儿和女站大门前迎接将军。上级说将军到垸子，为了将军的安全，各家各户只能站在门口接，不能乱动。

憨子看见将军过来了，来到了自家的大门前。憨子以为警卫人员要送礼物过来，憨子做好了接礼物的准备。憨子嘿嘿笑，正准备拍巴掌欢迎，但是警卫人员过去了，没有像垸中其他人家那样送礼物。憨子扛不住脸，就带着孩子进了屋。憨子进屋，脸寡白的。凤儿抬头见了憨子的脸，就知道她家没有礼物。凤儿说："你出去做什么？"憨子说："镇里布置要出门迎接。"凤儿说："迎接了，你做什么脸色？"憨子嘿嘿笑，说："将军的夫人好年轻。"凤儿问："过去没有？"憨子说："还没过去。"凤儿说："让我看看。"凤儿就拍拍手上的槐花，起身站到大门口看。这时候将军就过来了。凤儿笑眯眯地看。将军看见了凤儿，头昂了起来，眼睛向着天，笑了。凤儿说："牛儿，你回来了？"警卫人员跑过来，问："你是什么人？敢叫将军叫牛儿！"凤儿说："他不是牛儿是谁？"将军说："让她叫。我就是牛儿。"将军夫人问将军："她是谁？"将军笑着对夫人说："她就是我跟你说的，要我栽槐花树的人。"将军夫人亲热地喊："姐姐。"凤儿说："妹妹，你好年轻好漂亮。"将军夫人将手表摘下来，要送给凤儿。凤儿不接。凤儿说："妹妹，你的心我领了。山里做吃讨吃，有太阳和月亮，用不上那东西。"

凤儿说："牛儿，这次回来，在家里你多住几天。"将军说："家里没人，我多住几天有什么意思？"凤儿说："牛儿，你这次回来，要给你两个大人立个碑。"将军说："这事我晓得。"凤儿说："牛儿，有句话我想问问你，不知合适不合适？"将军说："有什么话，你问。"凤儿说："我真问了，你莫发脾气。"将军说："我还发什么脾气？"凤儿说："那我就问。"凤儿就笑。凤儿说："牛儿，刚才你见了我笑，是什么意思？"将军夫人打圆场，说："老陈昨天感冒了。"凤儿说："妹子，你没说真话。"将军夫人说："是真的。"凤儿说："妹妹，牛儿的脾气，我比你清楚。"将军不笑，说："你说说我是什么意思？"凤儿说："你不笑，我也不笑。"将军说："有什么好笑的？"凤儿说："的确没有什么好笑的。你有的，我不缺。你有妻子，我有男人。你有儿女，我也有。"将军哈哈一笑，说："凤儿，你比国军还狡猾。"凤儿说："我狡猾什么？"将军手一挥说："不说这个了。"将军对夫人说："她的民歌唱得好。"

镇里领导跑过来对凤儿说："将军想听家乡的民歌，你给他唱一曲吧。"镇里领导带领大家拍巴掌。巴掌响成一片。凤儿说："牛儿，你真的想听吗？"将军说："许多年没听，我真的想听。"凤儿问："唱什么？"将军说："唱《姐儿门前一棵槐》。"凤儿说："我不能干唱。"将军说："你想要什么？"凤儿说："我要锣鼓响，唢呐吹，胡琴和笛子。"镇里领导说："这容易。"

镇里领导马上召人带着家什来了。锣鼓响了起来，唢呐吹了起来，胡琴和笛子吹了过门。凤儿站在大门前，唱了起来："姐儿门前一棵槐嘞，手扒魂树望郎来，娘问女儿望什么嘞，我望槐花几时开，娘哇，不好说得是望郎来。"凤儿的嗓子亮亮的，唱得水秀山清。将军吼："唱得好。"凤儿说："还想听不想听，想听我再跟你唱。"将军说："你再唱。"将军夫人说："老陈，你不能这样做。"凤儿笑了说："没事，他要听，我再跟他唱。"将军望着凤儿，摇头说："算了，莫再唱。"

镇里领导赶紧说："联欢到此结束。"

凤儿说："牛儿，你有你哭的，到你父母的坟前，你多哭几声。"将军哈哈一笑，说："我还哭什么？"凤儿说："你再不哭？"牛儿说："我再不哭。"凤儿说："你不哭。我哭。"凤儿泪流满面。凤儿的女儿说："娘，你莫哭。"

将军偕夫人下到了垸中，做他应做的事去了。凤儿带着憨子和儿女回到屋里。憨子怔怔的。儿和女也怔怔的。凤儿说："怔着做什么？帮我择槐花。"憨子和儿女坐到桌子前择槐花。女儿说："将军太做得出了，家家送礼物，就是我家不送。"凤儿笑了，说："你这个婆娘，眼角浅，眼热那点东西？那点东西能过生世日子吗？"憨子嘿嘿笑，说："你娘是不要，要是要，手表不比那些东西值钱？"

凤儿说："憨子，你是不是对我刚才的唱有意见？"憨子嘿嘿笑，说："我哪敢有意见。将军回来，联欢哩。"凤儿笑得肚子痛，说："憨子哩，几十岁的人了，你还说这话？你想不想我给你唱？你要是调得动那些响器我就给你唱。"憨子说："我不要你唱。我给你唱。我给唱过一回了。"凤儿问："什么时候？"憨子说："你不记得吗？就是你到我茅棚的那天夜里。"凤儿说："憨子呀憨子，你来生还是个憨子。"

将军偕夫人在县里继续活动——纪念黄麻起义五十周年。

将军夫人拿出一个封好的公文包，对随行一个女记者说："昨天唱民歌的婆婆是将军的前妻，你去采访一下她，把这个公文包带去，就说是将军带给她的。叫她等我们走了后才能打开。"记者是何等人物，马上明白了。记者就专程家垸采访凤儿。记者是个女的。凤儿在堂屋里接待了女记者。凤儿还是择槐花。女记者进门，就闻到了一屋的槐花香。女记者说："我想采访你。"凤儿说："我要择槐花。"女记者说："我帮你择，我们一边择一边聊。"凤儿说："那就好。"女记者就把录音机放在桌子上，摁下了开关。凤儿说："你把我录进去，我不要择好的说?"女记者说:"不要紧,录完后我放给你听,你要是觉得哪些不合适,我就抹掉。"凤儿说:"莫抹,我说的就是我说的。"

女记者问:"这次将军回乡,给家乡每家每户都带了礼物,唯独你家没带,对此你做何感想?"凤儿的女儿抢口快,说:"我娘说那点东西不能过生世日子。"凤儿笑了,对女儿说:"你这个苕婆娘,说苕话,有总比没得好。"女记者又问了一些其他情况。比方说将军是为什么参加红军的,比方说将军如何栽槐花树的,女记者对将军的情况了如指掌,采访只是个过程,避重就轻。凤儿把往事当笑话说了。女记者说:"感谢,感谢,今天的采访到此结束。"凤儿说:"你放一遍我听听。"女记者就放录音给凤儿听。凤儿听着笑,说:"姑娘,你录的好真。"女记者说:"我给你照个相。"凤儿说:"我个老太婆照什么?给我家照张全家福吧。"女记者说:"行。"于是就照。憨子说:"我不照算了。"凤儿说:"你不照是不是?你不照旁边去。"憨子说:"我还是照。"

全家人就站在大门口,让女记者照。凤儿对憨子说:"你坐好。把脚儿比齐。"憨子就坐好,把脚儿比齐。女记者说:"大家一起说茄子。"大家就一齐说茄子。女记者按下了快门,说:"OK!"

凤儿说:"姑娘,到了北京莫忘了寄。"女记者问:"给不给将军一张?"凤儿说:"牛儿要是不嫌弃就给他一张。"女记者说:"是他叫我来照的。"凤儿说:"憨子,听到没有?"

女记者临走时将公文包交给凤儿。女记者说:"将军叫我带给你一样东西。"凤儿问:"什么东西?"女记者说:"我也不知道。公文包封着。"凤儿用手摸着,问:"不是衣裳吧?"女记者笑了,说:"怎么可能哩?是文件。"凤儿说:"我要文件做什么?"女记者说:"将军叫你拿着,等他们走了后才能打开。"凤儿说:"是不是叫我的儿到北京当干部?"

女记者到了县里,参加纪念会。

女记者挨着将军和将军夫人坐在一起。将军很高兴,参加纪念会的有许多将军,数将军的资历最老,年纪最大。将军高兴了,就对女记者说:"我给你讲个狠故事。"将军讲他的故事,不爱讲细枝末节。将军讲他的故事全凭兴趣,讲精彩的。将军叫这叫狠的。女记者说:"你给我讲个狠的。"将军问女记者:"你晓得十八勇士吧?"女记者说:"我知道,小学课本里有。我记得那是红一方面军的。"将军说:"那里面没有写我。"女记者说:"我记得您是红四方面军的。"将军说:"你这个小鬼,他们渡江,我们就不渡江吗?我们渡江时我也是勇士。第一船把我们渡过去,我们也是两样东西,右手一管十响的驳壳枪,左手一把大刀,抢占滩头阵地。我和战友们冲上去,刚上岸,右手就中了一枪,我抡起大刀见人头就砍,开始刀还快,斩的人脖子还齐,后来刀不快了,脖子就斩得不齐,这就是狠。"将军夫人见将军高兴,说:"老陈,我跟你汇报一件事。"将军问:"是家事还是公事?"将军说:"家事用得上汇报吗?你说了算。"将军夫人说:"不,这事我要向你汇报。"将军把耳朵凑过去,说:"小鬼,你回避一下。家事不可外扬。"将军夫人就在将军的耳朵边将事说了。将军说:"小白,你做得对!陈某一世的英名不能毁了。"

纪念会开始,叫将军发言。将军发言一向不要稿子,想怎么讲就怎么讲。将军一下讲起来了读书的重要性。将军对与会的人讲:"要读书呀同志们,不读书不行,不读书把姓都卖了。我跟你们说,我不姓陈,我姓程。当红军的那年报名的时候搞错了,现在想改过来,就是改不了。组织上说你改了谁还晓得你?儿女们只有随我将错就错,子孙们只有随我将错就错,有什么办法?我是将军呀。"与会的人想笑笑不起来。这个问题太沉重了。纪念会散了,接着就是宴会。将军资历老,坐的是首席。偌大的宴会厅,富丽堂皇。与会的人坐定了,准备开席。将军突然站起来,对县长说:"小李,你去接个人来。"县长马上来到将军的身边,说:"将军,接谁?"将军说:"你派车去把程家垸的凤儿接来。她不来,这餐饭不能吃。"

一会儿县长就把凤儿接来了。将军对凤儿招手,说:"这边来挨我坐。"凤儿说:"我不能挨你坐。"将军说:"我七十多岁的人了,你就陪我坐一回。"凤儿就在县长的搀扶下坐到将军的席上。于是就开席庆祝。将军倒了一杯白酒,站起来,说:"今天庆祝黄麻起义五十周年,庆祝五十周年我们都在,庆祝六十周年我们都不在了。大家一齐干了它!"在座的将军都流了泪。将军夫人和保健医生拦将军,不让他喝。将军说:"今天我高兴,喝死算了。"将军夫人说:"老陈,你不能喝。"将军说:"我这一身伤疤一身的病,活不到万万岁!"将军举杯,一口干了。在座的将军说:"老陈,你坐下来。"将军说:"我不能坐,山里有个规矩,三杯能大通。这是第一杯,我敬在座的各位。"将军又倒了一杯,说:"第二杯,我只敬一个人。"将军对凤儿说:"凤儿,你把酒倒上。"凤儿说:"我不会喝。"将军对县长说:"小李,你给她倒上。"县长给凤儿倒满了。将军说:"这一杯我敬你。你坐着,我站着。说一千道一万,还是我对不住你。"将军一口干了。凤儿端着酒杯,说:"我不会喝,打湿个嘴唇。"

将军拿起酒瓶,倒了第三杯。几个将军上前劝,说:"老陈,你不能这样。"将军说:"前两杯我敬人。这一杯我敬鬼。敬我的父母和跟我一齐革命在战场死的。"将军老泪纵横,俯身向下,将酒筛在地上。

凤儿从怀里拿出了那个纸包,对将军说:"牛儿,女记者叫我等你走后才能打开。我家儿等不及,打开了,认为真的是文件。哪晓得是这东西。这东西我不要。还给你。"将军说:"你来,是为了还这?"凤儿说:"对,不然我不会来。"将军说:"不就是两千块钱吗?"凤儿说:"我与你算清楚了。你不欠我的。"将军说:"怎么不欠?我欠。"

凤儿说:"欠多少?"将军说:"算不清楚。"凤儿笑了,说:"不就是两具棺材吗?哪年哪月的事,算了。"将军说:"我总得要还。"凤儿说:"那你就还不起。"将军问:"多少?"凤儿说:"值一个北京。你把北京给我搬来。"将军说:"北京不是我的。"凤儿说:"那你说什么还?"将军说:"我跟你敬了酒的。"凤儿说:"你要是看重我,回垸那天,送个乡亲礼,我就知足了。"将军说:"这就是补呀!"凤儿说:"迟了。"将军说:"你还生我的气?"凤儿说:"这不是气的事。是你把人不当人待。补石磙大个金子,我不得要。"将军夫人说:"姐姐,是我的一点心意。"凤儿笑了,说:"我说呀,牛儿一下子有这懂事?我认为是他的?原来是你的。是你的,我更不得要。"凤儿对县长说:"吃你无钱的饭,耽误我有钱的工夫。我有事,送我回去。"县长问:"有什么事?"凤儿说:"我的槐花没择完,我要回去择槐花。合作社收槐花五块钱一斤,我得赶紧择出来卖,过了这村没这个店。"凤儿坚决要走,县长没办法,望着将军。将军说:"让她走吧。"县长就叫小车把凤儿送走了。

宴会太沉重了,压得人喘不过气来。县长急了,于是就叫剧团开演。音乐响了,化了妆的女演员们一个个花儿一样,上了演戏的台。

开场节目叫作《门口点盏灯》。许多姑娘跳舞,一个姑娘唱:"睡到夜更深,门口在过兵,又不要茶水呀,又不喊百姓。伢们不要怕,那是红四军。姑娘快起来,门口点盏灯,照在大路上,同志们好行军。"

接下是正戏,楚剧,叫作《风雨情缘》。大幕拉开,月亮挂在天幕上,崇山峻岭,几个男女扮作几对夫妻,从幕后像跳拉丁舞样地走到台前。男的背着大刀,女的扎辫子,送郎当红军。台前的一对,女的捏着男人手,男的搂着女的腰,说台词。女的说:"哥,我等你。"男的问:"妹,你等?"女的说:"我等。"男的问:"等我?"女的答:"不死就等。"男的说:"等就不死。"配着音乐,情真意切。将军站起身来,说:"不看了。"县长说:"请将军多提宝贵意见。"将军说:"很好。你们看吧。"将军夫人说:"老陈累了。"警卫人员一阵忙碌,簇拥着将军。将军夫人扶着将军,回宾馆休息。

将军果真没有活到纪念黄麻起义六十周年的时候。

纪念五十周年活动过后七年,将军在北京逝世了,终年八十一岁。

将军逝世时的遗嘱与众不同。将军临死的时候很明白。将军夫人说:"你有什么话，对我说。"将军说："我明白了。"将军夫人说："你明白了什么？"将军笑了，说："什么都不是我的了，只有骨灰是我的。你说是不是？"将军夫人流着眼泪说："老陈，有什么话，你就说。"将军说："我说你记着。"将军夫人说："我记着。"将军说："我死后把我的骨灰拿回家乡，与父母葬在一块儿，不造墓，不设碑。听见没有？"将军夫人说："听见了。"将军说："莫把我的骨灰搞散了。"将军夫人说："争取吧。"

将军逝世后，组织上问将军夫人，将军临死时有什么要求？将军夫人把将军的话对组织上说了。组织上经过研究做出答复，原则上同意将军的请求。但是将军的骨灰不能都送回家乡，要求骨灰一半葬在北京，一半送回家乡安葬。来人说，这是组织的意思，请夫人以大局为重，郑重考虑。将军夫人说，服从组织决定。于是将军的一半骨灰安葬在八宝山。

将军的一半骨灰送回家乡时是八月。八月山里的槐花开放了，一树树地开，一树树地香，迎接将军。将军的骨灰盒由长子捧着，上面盖着党旗。将军夫人和子女们送将军魂归故里。

将军的葬礼很隆重。官方和民间同时进行。官方的，光抬花圈的人就有一里路长。进村的时候，官方的音乐是《我们的队伍向太阳》。管乐齐奏，群山震动，气势非凡。民间的用的锣鼓班子，打的是传统曲牌《江河水》。

程家垸的乡亲们按照山里老人的规矩，家家户户在大门口设供桌，迎接将军。凤儿的儿子对凤儿说："娘，我家不办吧。"凤儿问："为什么不办？"凤儿的儿女说："他那次回来家家户户都带了礼物，就是我家没带。一礼来一礼去。"凤儿说："怎能不办呢？他是程家垸的人。乡亲们都办了，我家没有不办的理。"凤儿的儿女最听娘的话，凤儿家就同程家垸的乡亲一样，在大门口为将军设了供桌。凤儿办了三个碗放在供桌上。一碗鱼，一碗猪肉，一碗羊肉。盛了一碗饭，抽一双筷子摆着；筷子边，摆一个酒盅，酒盅里倒满了酒。桌上放一个香炉，点三支寿香敬着。一挂爆竹拆开准备着，只等将军的骨灰过来就放。这是山里送老人上山的规矩。

将军的长子捧着将军的骨灰盒从垸中过来了，凤儿点响爆竹。

军乐队奏："向前，向前，我们的队伍向太阳！"民乐队唢呐齐吹，大号向天呜呜地吹，传统曲牌没有词，音乐里只有江水河水在山里朝前流。爆竹的烟雾里，将军夫人对大儿说："你给大娘磕个头。"将军的长子捧着将军的骨灰盒对着凤儿，跪下了。长子说："有劳大娘！"将军夫人让将军的长子叫凤儿叫大娘。将军夫人是四川人，四川与鄂东有些乡风相同。将军夫人让长子叫凤儿大娘，这大娘不是普通大娘，意味深长。

一声大娘，凤儿的泪就流了出来。凤儿的喉咙管哽了，对将军的长子说："伢儿，起来，起来……"

将军下葬了。程姓的祖坟山，解放时寸草不生，现在松树都长起来了。一山的绿，一山的风，绿和风化作了阵阵松涛。

送葬的人都走了。天静了，地静了。凤儿一个人来到将军的坟前。山里的太阳照在天上，风把垸中的槐花的香送到了山上。槐花的香与松树的香和柏树的香混在一起。凤儿呆呆地看着将军的坟。将军的坟上的黄土，是新的。崭新的黄土堆成一个包儿。凤儿晕晕的。凤儿说："牛儿，我来看下你……"凤儿泪流满面，扯衣襟擦，还是止不住。凤儿说："牛儿，我陪你一会儿……"

天高地厚，山青河白，太阳静静的，只有风。凤儿流着泪唱了起来。凤儿唱："姐儿门前一棵槐嘞，手扒槐树望郎来，娘问女儿望什么嘞，我望槐花几时开，娘嘞，不好说得是望郎来……"憨子和女儿找来了，站在凤儿的背后。凤儿说："憨子，你来了？"憨子说："我来了。"凤儿说："唉，憨子，人活一生，有些事忘记得了，有些事忘记不了。"

松涛一阵阵，满山的森林里，布谷鸟一声声地叫，谷，谷。

山里的季节迟，林子里的那些布谷鸟仍在叫。春天的时候，叫的是四声：快快布谷。夏天的时候，它们的叫哑了，是两声：布谷。秋天来到了，它们叫不出来，还是叫，叫一声：谷！谷！谷！

风送槐花一阵阵地香。

生前或者死后

上篇：生前

一、释名

如果你到我们巴水河边，如果你看到一个衣衫破烂的儿，在前面跑，一个娘驮着一根竹竿子，在后面赶，跑不赢，追不上，你就会看到后面的娘，把手里的竹竿一丢，呼天抢地地哭："老天爷啦！你活到做么事？"那么可以肯定这个儿活残了。我们巴水河边的人们，对于活得人模狗样的儿，从来没人问他："你活到做么事？"而对于活残了的儿，就追问："你活到做么事？"

"你活到做么事？"这可是一个要命的问题。娘咽一口，后面一句话没有哭出来，那就是你怎么不死？这逻辑有点混乱哩。既然生下来了，难道连活着都不配吗？

算起来，我们何氏家族中的"直风"，在这个世界上，总共活了不到22年，但他生前死后，却折磨了我们整整三代人。

"直风"是人，人的绰号。说绰号也不对，应该是雅号。绰号是贬义，雅号才亦庄亦谐，有文化意味。我们家族的人，好这一口，讲究。

论起辈派来，他与我的祖父是叔伯兄弟。我们巴河何姓明代洪武年间从江西瓦屑坝迁徙而来，几百年间繁衍了一大堆人，像蚂蚁一样遍布巴河两岸。开始是糊涂过，到了光绪年间成了富族，族里有了读书人，忽然记起别名分，尊长幼，于是修家谱，前六代用"万千百大富贵"大概地追忆了，然后选了16个字作了辈派，让子孙顺着梯子往下过。这16个字是"元亨利贞，道本性孙，诚克存养，远振家声"。这16个字很古雅，聚儒释道于一炉，很有文化底蕴，寄托着传承的美好愿望。

既然是有了钱是富族,既然族中有了读书人,那么就玩真的,我们的祖辈就有字有号。比方说我祖父字诚惠,号鑫照。祖父在竹瓦街上开糕点铺。诚惠记在谱上,鑫照叫在嘴上。那生意就好。那么"直风"呢,当然也有字也有号,字诚确,号既望。诚确记在谱上,号却没人叫。垸人叫他"二相"。"二相"是二相公的简称,不是尊称,而是反讽。

为什么呢?因为他家穷了。

我们巴河何姓经过"长毛之乱",垸寨破了,死了不少人,财富也被洗劫一空。于是曾曾祖就把剩下的财产分作五份,让五房的儿带领子孙各自奋斗,再创家业。到了清末民初,五房就有三房富了,重新成了地主;两房穷了,沦为赤贫。沦为赤贫的就有"直风"家。"直风"家弟兄两个,他是弟,还有一个哥,由寡娘带着一起过日子。寡娘的男人是"长毛"征挑夫时被杀的。兄弟俩不赌也不嫖,只是人太诚实了,不晓得怎样发财。"直风"的绰号来自一个笑话。这个笑话代代相传,成为何氏家族口头文学的经典。

那时候何姓大家族虽然分了家,但还住在燕儿山下的老屋垸。"长毛"虽然攻破了垸寨,烧了一进三重老屋垸的门楼,但垸寨的规模仍在,辛勤的何姓人晓得恢复,那殿池仍在,那花园仍在,各家用石头垒成残墙相隔,栽树栽竹,自成单元,仍不失大家风范。

那时候的日子清汤寡水,寡娘还在世,是六月伏天。清早起来,寡娘对床上的他说:"二相,你出门看看,今天刮什么风?"分家之后,酱泼了架子在,作为长房老二,当然叫"二相"。寡娘叫他出门去看刮什么风,是因为那天要扬谷。兵荒马乱,种了两亩薄田,收割了,打下来了,谷不能不扬。如果刮南风那就说明没雨,就好扬出来,摊开晒。俗话说六月南风井也干。如果刮东风,那就说明晴不稳,不能扬场。俗话说东风急,戴斗笠。他遵了母亲的令,从床上爬起来,睡眼惺松地迈出大门。那是好晴天,太阳从东山升起来,霞光遍地。他用手揉着眼睛,青眼看地,白眼看天,看了好半天,见风从天上直刮过来,竹叶摇,树叶动。他搞不清楚到底刮的什么风?回到屋里。娘问他:"二相,今天刮的什么风?"他说:"娘,今天刮的是直风。"

这话恰巧被早起的人们听见了。这个世界上有直风吗?谁说没有?何家二相看见了。传播开了,就叫人笑得肚子痛。这故事就成了经典,就像小品,被人茶余饭后,反复演习取乐。于是"直风"就成了他的雅号。垸人当面管他叫"二相",背后笑他叫"直风"。

他的笑话还不止如此。相传还是那天,午饭过后,娘叫他去收晒在矮墙上的布鞋。那布鞋是拧干水晒的,晒干了就硬邦邦的。他收了鞋拿在手里掰,对娘说:"娘,下凌了。"娘说:"二相,伏天下什么凌?你糊涂了。"他说:"我糊什么涂?本来就是的。"

他就是这样的一个人。谁也没想到,后来他参加革命,居然成了何氏老屋垸唯一的烈士。

二、跟我走吧

"直风"是16岁那年参加革命的。

16的男孩子在巴水河畔,人称半糙子。如果生在穷人家,穷人的孩子早当家,可以做大人,成家立业;如果生在富人家,富人家的儿甘贵,依然可以在父母前撒娇。这并不复杂,取决于口中食,身上衣。"直风"家不富,口中食、身上衣,来得并不容易,但他一来生在了儒风浩荡的老屋垸,有富家子弟做榜样;二来他上有娘下有哥,天塌下来有人顶着。他可以天地不醒,乐而忘忧,做他认为人间快乐的事。

"直风"认为人间快乐的事是什么呢?

"直风"认为人间快乐的事是吹箫和拉胡琴。那时候巴水河边月白风清的日子里就有人吹箫。哪个吹呢?垸东头字写得好号洁如的老大爹。他可是中了文秀才的人。他吹什么呢?他吹岳飞的《满江红》。怎样吹呢?那架势庄严肃穆!他沐浴更衣后,置一漆几,于后花园的紫竹之下,就一盘暗红的檀香和一杯飘香的清茶,吹得月光遍地、泪光遍地。人只能隔着竹林听,不忍打搅他,怕破坏了壮怀激烈的情怀。时局不好,此时日本人占领了长江中下游。晚风之中,除了吹箫,还有人拉胡琴呢。哪个拉呢?垸西头的武秀才,他和他哥一个骑马射箭,一个舞大刀,共同考了个武秀才。他哥让了,功名就归到他的名下。他拉什么呢?他拉《苏武牧羊》。他掇张竹椅坐在桂花树下,叫他的儿们围着他。他的儿多,一共五个。旁人自然不好近身。他闭目点头地拉,儿们张嘴望着他,不能说话,劲儿要用在心头。这叫作箭在弦上,不得不发。他拉一遍找一遍,就着劲头,站起来搓着手,胸腔的气朝外冒,朝天发一声喊:"杀!"房里的女儿就把晚饭送来,然后一家人不说话,闷头吃。

这是老屋垸有志之人的遗风,很叫"直风"向往。

尽管家穷,"直风"喜欢吹箫,也喜欢拉胡琴。箫太难吹了,他认为胡琴好拉些。还有箫和胡琴都要钱买,特别是好箫和好胡琴不是小钱可以买到的。家境不好,见说用钱的事,娘和哥都不会答应。怎么办?只有就地取材,自己动手做,做什么呢?那就做把胡琴吧。巴水河边有音乐天赋的种田人,有无钱买而就地取材做胡琴的传统。"直风"无师自通,知道做胡琴的关键,是要找到蒙琴筒的皮。这皮是蛇皮。蛇越大,蒙的琴筒就越大,音色就好,其余的材料都好说。功夫不负有心人,"直风"终于在竹园里,打到了蛇,剥了皮,一番炮制,锯一节楠竹筒蒙好,其余的材料水到渠成,做成了一把胡琴。只是这蛇不大,皮的张儿小,蒙的琴筒就小,拉出来的声音就高。但这也是一把胡琴。"直风"把胡琴拿去给武秀才看。武秀才拿琴把玩了,调了千斤,试了把位,抖弓一拉,说:"二相,这是把京胡呢。""直风"问:"你的呢?"武秀才说:"人分雅俗,琴也分雅俗。我的是二胡。""直风"问:"二胡做什么用?"武秀才说:"二胡拉雅曲。""直风"问:"那京胡呢?"武秀才笑了,说:"京胡伴俗戏。"这么一说,"直风"就明白了。

"直风"的京胡还真的派上了用场。"直风"虽说没读书,不识字,更不识谱,但有天生的悟性,能够根据人唱的腔儿伴奏。寡妇日子过苦了过累了,就爱唱楚戏《荞麦馍赶寿》,只要娘开口,不管唱什么板式,他就能拉胡琴依腔托调。武秀才听了就笑,对寡娘说:"大嫂,莫小看你家的'二相'。他无师自通,有板有眼,是奇才哩。"寡娘笑出了眼泪,说:"活宝哇。"武秀才说:"这样的人,五百年才出一个哩。"

"直风"是柳树铺楚戏班的柳老板到老屋垸打场子时带走的。

那是秋收过后。粮食收了,是巴河边上的人喜欢唱戏的季节。那时候日本人的大部队攻陷了长江中下游,顺江而上接着攻占去了,留下人将巴河镇高岗上的盐库,改作"红部",统治浠水。但力量有限,只有三个日本人加一个翻译,人称"三个半",三个军曹加一个翻译。那翻译是日本留学回来的,所以只能算半个。其余都是穿黑衣裳的汉奸队伍。这些人除了军事行动之外,大多数时间龟缩在"红部"里不敢出来。所以说是沦陷区,但真正沦陷的地方有限得很,只有巴河镇巴掌大一块。乡下人的日子,除了对抗日本人"清乡扫荡"之外,该怎么过还是怎么过。所以柳老板到了季节,还是依照惯例走乡串户打场子。"打场子"就是订场子,唱多少场,把时间定好,按时带班子来唱。柳老板来到老屋垸时,"直风"正拉胡琴给寡娘伴唱《荞麦馍赶寿》。柳老板站在门外听了好半天,等唱停了,就进了屋。寡娘与柳老板是熟人。寡娘问柳老板:"贵脚为何踏贱地?"柳老板说:"贵人来接你的儿。"这就对得好。寡娘说:"你不要取笑人。"柳老板说:"岂敢,岂敢!我的戏班子正缺琴师。"寡娘说:"见笑了。他不识字,也不识谱,只怪家穷。"柳老板说:"不碍。依腔托调才是高手。""直风"高兴了,问:"有饭吃吗?"柳老板说:"一日三餐,管饱。""直风"问:"有衣穿吗?"柳老板说:"像我一样,长衫大褂,漂亮登场。"寡娘问:"有无工钱?"柳老板说:"我有他有大家有。""直风"叫了一声娘,说:"那就好!"

柳老板从口袋里摸出两块大洋,说:"这是定金。"寡娘喜出望外。"直风"忙收拾他的胡琴。寡娘捡几件换洗的衣裳扎了包袱,让他的儿驮在背上。

于是就依戏班的规矩,柳老板就先出门,叫了一声板:"徒儿,跟我走吧!"

"直风"应一声:"师傅,弟子来了!"跟将上去。

"直风"的哥这时候从畈里回来吃早饭,见那架势,说:"两个活宝。"寡娘说:"大相,再莫说了,他有吃饭的地方。"

一垸的人都没有想到,这一去,"直风"就再没回来。

三、听鼓下铙

"直风"到柳老板的楚戏班吃"开口饭"。那饭吃得并不容易。卖艺之人走江湖,凭开口吃饭。有场子,开口唱了,人们给钱给物,你才有饭吃。

柳老板戏班的班底,主要是家人班子。也就是说班子是他蓄的。他把穷人家有娘老子或没娘老子的孩子从小收来,举行必要的仪式,认他作父,他就分行当教他们的戏。天地大戏台,戏台众生相,生旦净末丑,各种角色都得有。女孩子饰坤角,老旦、青衣、花旦。花旦细分就有正旦、刀马旦和小旦。男孩子饰乾角,老生、花脸、小生。小生细分就有武生和小丑。这些都是吃开口饭,必不可少的,这才演得出忠奸邪恶,畅快淋漓。柳老板将这些孩子护在他的名下,派他们的角色演戏,对外宣称讨口饭吃。演出时,他在演出的台两边挂对巨幅对联,一边是:你看我唱演收场了能不吃饭;一边是:张冠李戴吃罢了还得上台。横批是:概不言他。日本人弄不懂那含意,汉奸想挑刺不好明说,只有懂戏的人才懂那意思。人说他的对联对得不工。他问哪里不工?人笑怎么两个"了"字?他说其实就是一个"了",一了百了。巴水河边"了"与鸟通音,那"鸟"就不言而喻。铜锣打鼓另有音,这个柳老板不是寻常之人。

柳老板的戏班子还请师傅。主要是请琴师。有两种形式,一是长年的,像"直风"这样的,约定了就随班子走,不得随意离开,一般是无家室的年轻人。二是临时请的,到地方演出完了,算账走人,一般是有家室的成年人。"直风"是第一种行式,包吃包住,也发工钱,算得是柳老板的入室弟子。"直风"依照惯例,叫他师傅。

柳老板是做什么的呢?柳老板是鼓师。鼓师在戏班中是绝对的权威。平常有约在先,令行禁止。演出时他不叫板,无人敢动。柳老板读书不多,对戏了如指掌。所演的戏多是水本子。水本子也就是没有剧本,根据主家的喜好,定个戏名，临时编个"提纲戏"就开演。所演的都是连台戏。他的拿手戏是《双揭榜》，《双揭榜》本来是折子戏，他就能连演八场。为了造势而拉长，男扮女装的武小生插旗戴翎上台了，他就规定时间，一句倒板上场，然后转回龙要唱十分钟。词没有，要现编；曲子也没有，要现唱。这就考演员的本领，他叫板了，行腔走板，琴师和演员随师傅的手往下走。演员就把传统戏中所有的壮词临时用上，还得合辙押韵，通常将岳飞《满江红》中的词儿打散了，重新编，好抒情。那才叫气壮山河、酣畅淋漓。《双揭榜》是什么戏呢？是抗金加爱情，双丰收，皆大欢喜的戏。这样的戏，台上演员演得有劲，"直风"依腔托调，拉得有劲，台下观众看得有劲。台上台下听鼓下铙，全是柳老板一个人的天地。

柳老板到底是什么人呢？台下的人心知肚明，只是"直风"搞不明白。演完了，谢幕，就吃饭。柳老板问"直风"："过瘾不过瘾？""直风"答："过瘾。"柳老板问："仅是过瘾吗？""直风"抓着头说："师傅，我只晓得你一叫板，我就拼命往下拉。"柳老板说："这是对的，随师傅的手。""直风"说："师傅，今朝我拉饿了，要吃三碗饭。"柳老板爱怜不过，伸手摸"直风"的头，说："我少吃一碗，你吃饱，吃饱了不想娘。"

"直风"天地不醒，根本不知道，柳老板问他的话里面所含的意思。柳老板不但不恼，反而更加喜欢他，看重他。

四、原来是大佬

柳老板花六年时间认准"直风"，把他培养成贴身跟班的。

六年的时间说短也短，说长也长。"直风"从嘴上无毛的半糙子，长成了英俊挺拔的青年。何姓长房的遗传基因比较好，男孩子只要成人，身材必定一米八以上，腰圆膀阔，并且唇上有胡子。那胡子浓密漆黑，柳老板叫他不要剃，蓄着，蓄着胡须就像地面上出人头地的人物。柳老板让"直风"戴礼帽，穿一水的蓝布长衫和粉底布鞋，只是不拄文明棍，那就衣袂飘风、超凡脱俗。只是眼风差点，细看没有逼人的光，像死鱼眼睛，翻白。这样的人如果落到俗世，被人看破了，那就百无一用，人称"呆头"或者"棉花相公"。但在戏班，有柳老板罩着，那就不碍事，他朝人前青眼向地白眼朝天的一站，那就是范儿。人们不晓得他水有多深，不敢造次。那才是深藏不露、大智若愚的做派，镇得住人。

"直风"演戏时是琴师，依腔托调；不演戏时与柳老板形影相随，是柳老板的贴身保镖。柳老板经常带着"直风"四处活动，说是"打场子"。其实是借"打场子"之名，进行地下活动。柳老板出去活动一般在夜饭过后，柳老板把戏班的事交与排戏的师傅，对唤一声："'直风'随我出去打场子。""直风"爽应一声："好的！"柳老板出去"打场子"，并不事先通知"直风"，往往是临时通知。"直风"穿上蓝布长衫戴上礼帽，到哪里去，什么时候回，一概不问，师傅在前，他在后，踏着夜色走。走了一会儿，师傅就要回头，给他一杆枪，叫他拿着。他以为是戏班的道具。那时候戏班也演文明戏，比方《放下你的鞭子》，需要枪，这枪是木头的，漆得跟真的一样，只是轻，挥出去，响是后台打火炮儿配合的。"直风"把师傅给的枪接在手里，发觉很称手，是铁的。"直风"问："师傅，真的假的？"柳老板笑了，说："怎么是假的？是真的。"柳老板就把枪拿过来，从中间掰开，放一颗子弹进去，说："有人扑上来，发现情况不对，你就扣扳机。""直风"说："那不得打死人？"柳老板说："那当然，是真的呢。""直风"说："打死了人哪个负责？"柳老板说："这不是你问的事。""直风"就不多问，拿着枪跟着柳老板走。其实那枪是土铁匠打的，俗名叫"掰子"。只能放一颗子弹，没有膛线，只有十米的射程，而且打不准，拿在手里，主要是应急。只要夜里出去"打场子"，柳老板就把那枪交给"直风"，回来后就收去。"直风"跟柳老板六年，那枪一回也没响，一颗子弹还是一颗子弹。

柳老板夜里出去做什么呢？"直风"不知道。"直风"跟着柳老板，主要任务是望风。更深夜静，到了深山老林的一个小垸子，或者到了河边树竹茂盛的大垸子，只听几声狗吠，说明他们潜进去了。只听敲门声，一轻两重，那是暗号。于是就有人开门，就有灯亮。柳老板进屋去了，门就闩上了。"直风"就拿着"掰子"隐在黑暗处，瞪大眼睛，像一只夜猫子眼睛放毫光，望风放哨。至于柳老板与屋里的人做什么谈什么，他一概不问，也不知。这就是柳老板招他进戏班，并且看重他的原因。

柳老板到底是什么人呢？柳老板除了戏班班主以外，还是洪帮的舵主，暗中还是中共地下党的负责人，组织上任命他为C县地下党的县委书记兼县长。那时候是非常时期，作为地方组织，C县有三套统治和领导班子。一套是日本人设立的，在巴河镇岗上的"红部"，县长是中国人，当地乡绅，日本人硬派的，属于名誉的，当不了家。一套是国民党党部和县委，退到深山里的阎家河办公，县委书记有人当，县长也有人当。一套是共产党任命的地下组织，书记和县长，柳老板一肩挑，没有固定的办公地点，对外不公开，秘密的，只有上级组织和党内骨干知道。那时候是国共两党联合抗日时期，巴河流域是新四军五师外围组织抗日游击五大队拉锯活动区，人们把这个时期参加革命叫作"拖队"，很形象，意思是慢慢地拖成队伍。柳老板在巴河之上叫九鸡山的地方成立党支部，天降大任于斯人，理所当然也成了一方土地的领导人。

那时候 C 县有三支武装在拉锯。一支是三个半日本人带领的汉奸队伍，他们不时下乡清乡，杀人放火；一支是国民党领导留守的少数正规军和国民自卫队；一支是新四军五师的外围组织，柳老板发动的叫作"拖队"的游击队。国共两党的队伍联手，互通信息，打得日本人带领的汉奸队伍，龟缩在碉楼里，不敢随便出来。后来日本人终于失败了。巴河人把日本人失败的原因，归结到一条，那就是鸡公屙屎头子——硬有什么用？钻头没顾到屁股哩。

那时候柳老板带着"直风"趁夜行动做什么呢？就是做这些事。那时候"直风"没想到，也不可能想到柳老板是什么人。直到逮捕了，关到监狱里，主审的人把柳老板的身份摆出来，对他说明，要他招供，他才忽然明白，叫一声："啊！原来是大佬！"

巴水河边的人把当大官的，一律叫大佬。

五、在网之鱼

"直风"是 1941 年 11 月被捕的。逮捕"直风"与历史上有名的"皖南事变"有直接关系。头年 10 月，国民革命军陆军新编第四军（简称新四军）与国民革命军第八十九军在皖北为争夺地盘发生战斗，新四军把第八十九军全部消灭了，据说缴了不少枪和子弹。这还了得！那时是国共两党第二次合作期间，共产党所领导的军队一律被改编成抗日的队伍，一支叫作八路军，包括原来的红一方面军、红二方面军和红四方面军，这是共产党领导的正规军；一支叫作新四军，是"四次反围剿"红军主力撤退后，留在中南八省坚持打游击的队伍，游击队竟然打败了正规军。这下惹怒了蒋委员长，于是下令顾祝同，调兵合围。新四军退到皖南，几乎全军覆没，只有少数人逃了出去。这事发生在抗日战争期间，属于同室操戈。但是"皖南事变"之后，国民军事委员会趁机单方面取消了新四军的建制，下令追捕新四军的剩余分子，同时取缔遍布中南八省新四军的外围组织（事实证明，不是他说取消就取消得了的，新四军一直活跃在抗日后方，日本人投降时成了中南六省受降的主力军）。柳老板是新四军外围组织五师五大队"拖队"的大队长，又是地下党浠水县县委书记兼县长。"直风"是柳老板的人，属于"在网之鱼"，"直风"就惨了。

柳老板与"直风"被捕，极具喜剧色彩。柳老板与"直风"是在浠水县与罗田县交界的华桂山顶华桂庙里被捕的。那天，国民党浠水县党部书记兼县长徐舍之下帖子叫柳老板到华桂山华桂庙里共商国是。徐舍之比柳老板年纪小，帖子上称柳老板为兄台。柳老板接到帖子后，丝毫没有怀疑徐舍之的诚意。因为那时候徐含之经常下帖子给柳老板共商国是，商量国民党领导的自卫队如何同共产党领导的新四军抗日游击队，联手打击"清乡"的汉奸队伍。柳老板是洪帮的大爷，而徐含之为了安身立命，也加入了洪帮。在洪帮之内，徐含之是柳老板的小兄弟，所以柳老板接了帖子之后，不疑有他就在情理之中。

柳老板带着"直风"就去了华桂山。柳老板头戴礼帽，一身长衫；"直风"也头戴礼帽，一身长衫。二人的区别只在长衫的颜色上，柳老板的长衫是白的，而"直风"的长衫是蓝的。柳老板什么武器都没带，他是洪帮大爷，一身武艺，经常在黑夜游走这些地方，他带什么武器？"直风"腰里扎了把"掰子"，那是以防不测的。华桂山是大别山余脉的一座高山，也不是很高，海拔900多米。华桂山主峰的山顶上有座华桂庙，因为庙门前有一棵千年的桂花树，年年开花，至今不谢。庙门上有块匾，据说是唐太宗封的，叫作"唐敕华桂"，意在天下太平，花开不谢。二人顺着盘旋的山路朝上走，虽然日本人占领了浠水县，但深山之中的华桂山，并不是日本人的地盘。深山中的华桂山，仍然是国民党浠水县党部和县政府的地盘。柳老板领导的新四军五师五大队的"拖队"，经常游刃其间，双方心照不宣，相安无事。这是正确的，不然叫什么合作？

柳老板带着"直风"上山那天，天气真的很好。一轮红日高高挂，秋高气爽，松涛阵阵，满眼黄花。山路上不时遇到打柴的人，打柴的人见到柳老板和"直风"，就让路，退到一边，山里人就是客气。柳老板并不知道那些打柴人是国民自卫队化装的。柳老板兴致很好，指着打柴人就问"直风"："你晓得他们叫什么？""直风"答："捡柴的。"柳老板说："俗。这叫樵夫。你跟我这么多年，台上台下也该学会了。""直风"嘿嘿笑，摸着头说："师傅，我就是说不会。"柳老板说："我就爱你这呆劲儿！人太聪明了不是好事。"柳老板兴致好，就作诗。吟出来，又思索又润色，终于成了八句："沟沟壑壑水流声，攘攘熙熙路上人。云去云来风引路，树高树矮鸟争晨。丹心带得拳拳去，红日岭上缓缓升。崖畔野花红半醉，青山不比人年轻。"柳老板虽说读书不多，略通平仄，作个四言八句，是没有问题的。通过这八句可见那天柳老板几好的心情。

柳老板和"直风"来到山顶华桂庙，但见庙门大敞，进了大殿的偏厢，并无人迹，只是桌椅井然，一尘不染。柳老板走到上位坐下，把头上戴的礼帽摘下来，挂在座位上方壁上的钉子上。这是洪门的礼数，把礼帽一挂，就说明大爷来了。"直风"贴着柳老板的身子站了。这是他的活儿，随时跟着柳老板。柳老板抬起手来，拍了三下巴掌，一轻两重，这是平常接头的暗号。这时候，徐含之一身军装，从大殿后的院子走了出来。徐含之举手合揖，说："柳老板，别来无恙！"柳老板欠身还礼，说："无恙，无恙！"徐含之走到柳老板对面的位子上坐了下来。柳老板很高兴，就对徐含之说他来的路上所作的诗，一句句地念，要徐含之指教。作诗当然是徐含之厉害，要是清朝不倒，科举不取消，他起码能考上举人。徐含之含着笑容，听柳老板念完，然后击掌，说："好诗！上茶！"说时迟那时快，大殿后的伏兵一拥而上，将柳老板架住了。余下兵的枪，一齐指向了柳老板。"直风"眼疾手快，跳出去，将"掰子"掏出来，抵住了徐含之的胸膛，然后扣动了扳机。这是柳老板教给他的一手，那时候他用得很好。哪晓得那颗子弹由于时间长了，哑火了，并没有响。要是响了，徐含之必死无疑。那么"直风"呢，必定彼时死在乱枪之下。那些拥上来的兵夺了"直风"的"掰子"。徐含之脸吓白了，虚惊一场，好半天才回过人样来。徐含之把"掰子"拿过来，将里面的那颗臭子退出来，朝放生池里一丢，水花四溅，惊得那些鲤鱼和乌龟惶惶不安。柳老板就知道事局有变，大事不好。也怪当时乡下信息不畅，柳老板没有思想准备，这才束手就擒。徐含之说："天不灭曹！"柳老板冷笑了，说："无耻之徒！"徐含之说："对不起，柳老板！兄弟明人不做暗事。徐某公务在身，顾不得私情了。新四军被取缔了，上司有令，捉拿各地罪犯，是徐某的职责。"柳老板说："徐含之，记住！你是洪门弟子。既入洪门，就得依洪门的规矩。"徐含之笑了，说："柳老板，这不是唱戏。今天我真不能听你的。"柳老板问："姓徐的，你想怎么样？"徐含之说："其实我已经说清楚了，你是个明白人。我再说有意义吗？你再问有意思吗？"

徐含之就叫书记员把上级的命令拿过来让柳老板过目。柳老板昂首向天。徐含之问："为什么不看？"柳老板说："欲加之罪，何患无辞？"徐含之说："这么说那你就认了。"徐含之叹了一口气说："柳老板，徐某其实很佩服你。在台上，你鼓打得好；在台下，你仗打得好。就是作诗徐某也自叹不如，你听你的那两句：崖畔野花红半醉，青山不比人年轻。多好！多有气势！多么好的愿望，也只有你这样野路子的人，才能写出这样的句子。我记住了，我会把你的诗录下来，署上你的名字，传之后世，你应该含笑九泉的。"柳老板哈哈一笑，说："徐含之，你以为我会放过你吗？就是我放过了你，兄弟们会放过你吗？"徐含之说："那是你的自由。青山不比人年轻，哪能呢？人怎么活得过青山？写诗可以，过日子就不行了。"柳老板朝徐含之唾了一口，那涎喷到徐含之的脸上。徐含之一点也不恼，掏出手绢来慢慢地揩，说："柳老板，你的喷口练得真好！耳听为虚，眼见为实。你好大的气。""喷口"是演员道白的一门功夫。

徐含之作了个手势，于是兵们就把柳老板五花大绑了。吓呆了的"直风"，这时候才回过神来，对徐含之说："大佬，我可以走了吧？"徐含之笑得喘不过气来，说："柳老板，你可真会用人！你看你的人，几会说笑话，演傻子的吧？"

"直风"说："拉琴的。"徐含之说："怪不得出手这样。"徐含之上前给了"直风"一耳光，说："我差点成了你的枪下鬼。""直风"就哭。柳老板吼："哭什么？""直风"说："师傅，他下手好重，是真打。"柳老板说："忍住！""直风"就忍住了。兵们就把"直风"绑了，与柳老板一样的待遇，也是五花大绑。徐含之说："是可以走。你跟他走，他跟我走！"

"直风"问："到哪里去？"徐含之说："到了，你就知道。""直风"咽一声，眼泪就下来了，说："我得回去，跟娘说一声。我出来时跟娘说了，不然娘不晓得我的下落，会挂念我的。"徐含之说："那就不必了。生死有命，富贵在天。到时候阎王会托梦给你娘的。"

柳老板骂一声："徐含之，你原来是个流氓！"徐含之说："骂得对，我是个小流氓，你是个大流氓，汪精卫比你还大。"柳老板说："蒋介石更大，他与上海滩的黄金荣是结拜兄弟。"徐含之说："这是一笔糊涂账，谁是流氓，算了几千年，没人算清楚。柳老板，老老实实跟我走吧，遇上我算你的福气。"

众人押着柳老板和"直风"朝山下走。走出庙门，柳老板记起他挂在壁上的帽子，犟着不走，要徐含之转去拿给他。这时候，庙里掌门和尚出来了，走到柳老板面前，双手合十，念："阿弥陀佛！施主，你还要那东西做什么？放下吧，它在佛门呢。"这才平息风波。

于是柳老板与"直风"就被捕了。柳老板的戏班子，就树倒猢狲散，可怜了那班找不到爷娘的儿女们。

六、唱回戏吧

柳老板和"直风"也没上解，就关在浠水县大牢里。像柳老板这样的人，中南六省各地都有，算不得什么大人物。上级指示：就地关押，就地审结，严惩勿怠。徐含之也不怕串供，将柳老板和"直风"关在一间小号子里，其余抓来的新四军游击队嫌疑犯，统统关在另一间大号里。对于本地新四军游击队，徐含之审与不审心里有数，领导人就是柳老板，其余的都是跟着走的。但是要审，不审没有笔录，不好定罪。审也是走走过场，一是对上好交差，二是好依口供定案，犯人无话可说。

于是徐含之加紧审案。其实那案子很好审，把柳老板审定了，其余的都好说。这好像戏台上唱戏，情节怎么发展，台下看戏的人并不清楚，但唱戏的心里有数。所以说唱戏的是疯子，拼命地表演；看戏的是苕，苕就是傻子，随着剧情激动，并不晓得那是规定好了的。

主审柳老板，当然由徐舍之亲自执行。地上的书记兼县长审地下的书记兼县长，这符合对等的原则。徐舍之也不张扬，在大牢里秘密审理。一间黑屋子，他一个、一个副审、一个书记员，外加一班荷枪实弹的兵。那是威风凛凛、煞有介事架势。徐舍之怕镇不住柳老板，还配了个惊堂木，在手里捏着，好随时发威。柳老板虽说戴了刑具，但仍是气宇轩昂。徐舍之一拍惊堂木，柳老板就笑。徐舍之问："你笑什么？"柳老板说："你搞得像真的。"徐舍之问："难道不是真的吗？"柳老板说："假作真时真亦假，你搞得太真就不像了。"把个徐舍之气得要死。徐舍之就不拍惊堂木了，问："那你就从实招来，你到底是什么人？"柳老板说："我什么人都不是，只是一个唱戏的。"徐舍之笑了，说："柳老板，你也演真了，演真了就不像了。我下不了台，你也下不了台。"徐舍之知道他是新四军五师五大队"拖队"的大队长兼共产党浠水县委书记、县长。徐舍之三番五次找他共商国是，他欣然赴会就是证明。徐舍之就把关在大号里人的供词拿出来，拿给柳老板看。那些关在大号里的人，一审问，还没用刑，都承认柳老板是他们的头儿，都在口供上按了手印。徐舍之将那遍纸鲜红的口供，摆在桌上要柳老板承认，签字画押。柳老板说："我有个毛病，唱戏时从来不要人递词。不像有的人，捡根鸡毛当令箭。"徐舍之说："姓柳的，这就是你的不对。事实明摆着，你若不承认，是要你的兄弟受苦呀！你这是怕死哩。这不是一个洪帮大爷应有的风范。"柳老板说："你既然知道还审个卵子？"徐舍之笑了，就把这句话，在口供纸上录下来，说："我也不为难你，这句话是你亲口说的，只要你在这句话下面，画个押就行了。"柳老板说："姓徐的，你这是诱供！"徐舍之说："你这样说，我也没意见。我不诱你能供吗？事到如今你不下地狱，谁下地狱？亏你在江湖上混这么多年，枉担了大爷的名声。"柳老板就气得发颤，将舌头咬破了，仰天一笑，对徐舍之说："我喷口血在上面行不行？"徐舍之说："行，只要是你的血。"柳老板就叫书记员把笔录拿过来，柳老板往纸上喷了一口血，纸上鲜血淋漓。徐舍之叫书记员将那纸上的鲜血放到火炉烤干，收好。徐舍之说："柳老板，你说得对，审你其实就是演戏。既然开场了，就不能不演。上天堂也好，下地狱也好，你就耐心等着吧！"徐舍之起身宣布："这一幕到此为止，散场！"

接下来徐舍之就把"直风"提出来审。这是规定动作，关在牢里的，一个不能漏，都要审。徐舍之审"直风"就出了问题。徐舍之开始认为审"直风"很容易，无非是把证据往出一摆，"直风"就会招供。只要"直风"招供了，那就是直接的证据。哪晓得审了很多回，每一回都使他失望。每一回审"直风"，徐舍之就问："你是新四军吗？""直风"说："不知道。"徐舍之问："柳老板是什么人？""直风"说："不知道。"徐舍之问："你跟他这么多年，他夜里带着你出去干什么?""直风"说:"不知道。"每一回"直风"都是这三个字,这就使徐含之大惑不解。徐含之以为这回遇上真正的共产党员,保守秘密,宁死不屈,于是就叫人用刑。一用刑,"直风"就哭娘,那是真哭,哭得满脸鼻涕眼泪。徐含之以为他会招供,就停止用刑,继续审问。"直风"停了哭,不论问什么,他还是回答,不知道。搞得徐含之犯了糊涂,以为他是柳老板的上级,柳老板才是他的跟班。徐含之差一点就要向上级汇报,挖出了一条大鱼,继而一想,又不像那回事儿,怕谎报军情,吃罪不起,只好作罢。事实上"直风"不是假的不知道,是真的不知道。他能知道什么呢?他只是个望风的。审了几回,徐含之这才明白,这孩子原来是个呆子呀!就像梁山伯,天地不醒。叫他做什么他就做什么,从来不想为什么,怪不得差一点死在他的手里,那不是他的错。徐含之顿生怜悯之心,不再折磨他了,让他回到牢中,继续料理柳老板。柳老板是刚强之人,案子虽说审理清楚了,但上级还没有明确的处理指示,徐含之不愿意柳老板死在牢里。

本来"直风"命不该死。因为那时候国民党为了收买人心,对于逮捕的新四军游击队队员,采取了怀柔政策。只要你承认参加过新四军游击队,把介绍人以及参加的过程说清楚,同时让家族的头面人物出面作保,出一点赎金,办一桌酒,请县里有关人物来吃喝一顿,写一份脱离声明,就放人,再不追究。那时候,巴水河边参加新四军五师五大队"拖队"的人很多,只要有一点活路的人家,就这样办了。这样办了,就有人回。人回了,就皆大欢喜。但是"直风"家里没有这样办。没有这样办,是因为家里太穷了。那时候"直风"的娘死了,哥找了一个比他大三岁的瞎子姑娘结了婚,生了一个儿子,活得连吐气都憋得慌。他哥记得有他这个兄弟,但他哥恨他不走正路,日子都过不下去,哪有闲钱保他?既然是他自找的,只有让他自己扛。垸中长辈有人想保"直风",但亲生的哥不出面,谁愿意劳那个神?于是"直风"就与柳老板一直关在县大牢里,一关就是六年。

柳老板与"直风"不同。柳老板是"大佬","直风"是跟班;"直风"可以保释出狱,柳老板就是有人保,也不能出狱;"直风"有活的希望,柳老板必死无疑。柳老板什么时候死,就看上级什么时候下命令。谁也没想到,随着事情的发展,柳老板没死,死的却是"直风"。

国民党也没有让柳老板早死。柳老板与"直风"一直关到1948年春天。1948年春天"刘邓大军"挺进大别山,鄂东诸县要解放了。国民党忽然记起关在大牢里的"柳老板",上级就下命令,就地处决。那天夜里,关在牢里的柳老板听到了远处的枪炮声,县衙里一片混乱。大牢高处开着一个小窗,柳老板把

"直风"叫醒了。"直风"问:"师傅,我正在做梦哩。你叫醒我有什么事?"柳老板说:"诚确,你做的什么梦?""直风"说:"我做梦回家了,许多人迎接我,我娘抱着我哭,我哥在大门前放了一挂长炮仗。"柳老板说:"诚确,你的梦做对了,你马上可以出狱了。""直风"说:"师傅,人说梦是反的。"柳老板说:"这回是顺的。"柳老板指着头上的小窗说:"诚确,你看今天刮的什么风?""直风"看了半天说:"还是直的,直上直下。"柳老板说:"诚确,那是春风。春风一刮,春天就到了。春天到了,你就可以出狱,与亲人团圆。你娘和你哥等着你。""直风"说:"听说你会算卦,你给我算算,我娘她还活着吗?"柳老板说:"诚确,我算不到过去,但我可以算今天。""直风"说:"师傅,我可以出去,你也可以出去,戏班的人正等着你哩!"柳老板对"直风"说:"诚确,你的活期就是师傅的死期。师傅的死期到了。""直风"说:"师傅,不要这么说,关了这么多年,不是没死吗?"柳老板说:"这回死定了。""直风"说:"师傅,我陪你一路死。"柳老板说:"你不会死,你会活着出去的。""直风"说:"真的吗?"柳老板说:"真的。我死了,他们肯定会放你出去的。记住!我死不足惜,你出去后一定要替我向组织反映一件事。""直风"说:"师傅,你说吧。"柳老板说:"逮捕之前,我为组织筹集了一笔经费,是金条和银元,埋在华桂庙后的一个山洞里。你出去之后,挖出来献给组织,了结我一个心愿。再转告诉组织,郑昊天是叛徒,出卖了同志。""直风"说:"师傅,我记住了。"柳老板说:"你要向我起誓,保证办到。师傅一世英名,就在你的手里。""直风"说:"我不会起誓。"柳老板叹口气说:"诚确,你叫师傅怎样放心得下?"

柳老板就默默无言的。"直风"想了好半天,说:"师傅,这事好复杂,我不晓得谁是组织,也不晓得埋金银的地方,再就是金条和银元太贵重了,就是找到了,我怕说不清楚。还有郑昊天是谁?我也不晓得。师傅,这事还得您亲自去办。"柳老板说:"我要是能出去,托你做什么?""直风"说:"师傅,那我就替您去死。"柳老板说:"你这是说傻话。人生两件事不能替:一不能替生,二不能替死。""直风"说:"我俩换衣裳,您穿我的,我穿您的。我就是您,您就是我。到时候叫您的名字,我替您答应,不就成了?"柳老板感动了,说:"诚确,不枉跟师傅一场,也就一试吧。师傅并不怕死,只是不能死得不明不白。"

"直风"说:"师傅,我关了这么多年,许多人都出去了,我活着跟死了是一样的。活着有什么意思?就算我报答师傅的恩情。"柳老板说:"是党的恩情。诚确,如果师傅能活着,一定让党和人民记得你。""直风"说:"师傅,别人记不记得我不要紧,只要您记得我就行。"柳老板眼睛就红了。

夜往深里黑。"直风"就与柳老板换了衣裳。师傅把"直风"的头抱在怀里，说："诚确，你现在最想什么人？""直风"说："我最想我娘。我娘是我最亲的人，她最担心我不会过日子。"柳老板说："告诉师傅，你在戏班有相好的吗？""直风"说："师傅，您不准，我不敢。"柳老板流着眼泪说："诚确，你是真童子哩。赤子之心，洁白无瑕。是师傅对不住你。如果你想找媳妇，最想找谁？""直风"说："最想找荷花。"荷花是戏班的花旦，漂亮，打扮了就是一枝花。柳老板说："诚确，你有眼力。""直风"说："师傅，有一回夜里，我摸了她的手，她没动，尽我摸。那手好细腻、好温暖。"柳老板就泣不成声，说："这对了，对了。"

夜深了，柳老板说："诚确，你这时候最想做什么？""直风"说："师傅，我最想唱戏。"柳老板说："那我俩就唱一回吧，我唱你伴奏。""直风"说："没有胡琴，用什么伴奏？"柳老板说："用嘴念曲子。""直风"说："师傅，你晓得我离开胡琴不会念曲子。"柳老板说："那你唱，我念曲子。""直风"说："师傅说得对，我总是给人拉琴，一句戏也没唱成，我好想唱。"柳老板说："今天你就唱一回，师傅依你的腔托你的调。诚确，你最想唱哪曲？""直风"说："我最想唱《黄鸡公尾巴拖》，我小时候经常唱。"《黄鸡公尾巴拖》是浠水童谣，这是一首爷娘盼望儿子自学成才的歌，从远古传到如今。一共六句："黄鸡公儿，尾巴拖嘞。三岁伢儿，会唱歌嘞。不要爷娘教给我嘞，自己聪明咬来的歌嘞。"楚剧艺人们经常将童谣入戏，叫作小调。于是柳老板念了过门，"直风"就开口唱："黄鸡公儿，尾巴拖嘞。三岁伢儿，会唱歌嘞。""直风"唱了四句，由于想娘就唱不下去了。"直风"说："师傅，这辈子唱四句就够了。"柳老板说："师傅带你唱。"柳老板唱："不要爷娘教给我嘞。""直风"唱："不要爷娘教给我嘞！"柳老板唱："自己聪明咬来的歌嘞。""直风"敞开喉咙唱："自己聪明咬来的歌嘞！""直风"激动了，搓着手说："师傅，过瘾！真的好过瘾！原来我也会唱戏嘞！"柳老板就泣不成声。

这时候，黑夜的牢门打开了，只听得有人高声叫："柳长寿！"柳老板大名叫柳长寿。"直风"马上站起来答："到！"那人叫："出来！""直风"走到门边，就被拥上来的人押出去了。一会儿，只听得黑夜里一声枪响，碎了柳老板的心。那帮人一会儿回来了，对柳老板说："何诚确，还愣着干什么？出去！"就打开刑具，把柳老板放了。柳老板趁机潜入夜色。

徐含之用手电筒照脸验尸时，才发现杀错了人。徐含之发现死的不是柳长寿，而是何诚确。徐含之长叹一声，拿出两块银元，叫手下的人买副棺材安葬"直风"。哪晓得手下的人贪财，根本没用那两块银元，趁夜将"直风"的尸体用芦苇席子一卷，抬到山沟里，随便找个坑，丢了进去。后来要立碑时，连尸骨都找不到。枪声大作，徐舍之连夜带着一帮人逃了。

天亮时，解放军就攻进了县城，浠水县全境解放了。县城的人们一齐拥上街头，红旗招展，锣鼓喧天，陕北的秧歌唱到长江边："解放区的天，是明朗的天。解放区的人们好喜欢。人民军队爱人们，共产党的恩情说不完！"

我们家族的"直风"就在那时候那样死了。垸中的人只知道他怎样活过，不知道他怎么死的，他就像季风一样，随着季节消失了。从此之后，垸中很少有人提到他，他几乎被这个活人的世界遗忘了。

直到他死后30年，才被人提起，评为烈士。垸中的何姓子孙们这才为他骄傲，烈士不是简单的人物，并不是任何人可以当的。何姓子孙都是聪明人，晓得如何珍惜和合理利用这个荣誉。

下篇：死后

一、天衣无缝

"直风"是1978年秋天被人提起，经组织调查落实，然后平反的。这个人不是别人，正是30年前"直风"拿命换出来的柳老板。

柳老板自那次逃脱出狱后，尽管全国马上解放了，但他的日子过得并不顺，关键问题是他在国民党的狱中关了六年，当时像他这样的地下党领导人，都被国民党秘密处决了，而他竟然活着出来了，这就是天方夜谭。因为"直风"替他死了，没有人能够证明当时的情况，所以不管他怎么向组织交代，没人相信他说的话。尽管他带着代表组织的人，找到了当年埋金银的地方，把那些金条和银元挖出来，交给了组织，但那只能证明他当时的身份和应该履行的职责，不能证明他在狱中是否叛变。如果没有叛变，为什么别人都死了，他却活着？如果叛变了，挖出的金银只能说明他没有把金条和银元交给敌人。革命成功了，金银只剩下经济价值，没有政治意义了。代表组织的人心里窃笑，谁能证明这些金银，不是留着出狱后自己用的呢？于是他的生命就在煎熬和屈辱中度过。

因为同样没有人证明他在狱中叛变过，组织上也没有为难他，只是把他的问题挂起来，让他当了一个基层供销合作社的主任。这是一个小得不能再小的官，与他同时参加革命的人，不可同日而语。"文化大革命"开始后，他的历史问题被造反派重新翻了出来，为他成立了一个专案组，翻来倒去审他。审的还是那些疑问，任他怎么交代，怎样解释，还是越描越黑。他被打成了"叛徒"，反复批斗，搞得生不如死。但他却顽强地活着，因为他知道若是死了，"直风"就白死了。他白活着，"直风"不能白死。他是熬过"江湖"的，相信"黄河会有澄清日，铁杵也能磨成针"。

1978年，柳老板得胃癌吃不进喝不进，躺在床上等死的时候，上级终于有了批示，给当年中南六省的新四军游击队平反昭雪。牺牲了的人评烈士，活着的人平反落实政策。组织上派人来到病床前，落实他的政策。问他："您对组织上有什么要求？关于级别和待遇，只要您提出来，组织上会根据有关政策相应解决。"柳老板摇摇头，说："我什么都不需要。因为我30年前就死了。"来人说："柳老，您还活着呢！"这时候称呼就变了，是柳老。柳老板说："活着的不是我，是何诚确。"来人问："何诚确是什么人？"柳老板说："他小名叫'直风'，家住竹瓦镇燕山村。他是替我死的，你们一定要去给他平反。我白活了，他不能白死。"说完，柳老板就咽了气，一双眼睛没闭，含着两泡热泪。组织上还是按工龄，落实了他正县级（离休）老干部的待遇，按正县级给他开了追悼会，遗体上盖了党旗。

县专案组根据柳老板的遗言，夹着材料包来到我们老屋垸落实"直风"政策时，正是十月金秋。我们燕儿山脚下的老屋垸，已经不是30年前"直风"离开家乡时的模样，传统的一进三重怀抱子的老宅彻底解体了，老五房东开个门、西开个门，全是土砖房子，只是垸名没改。家家门前的树竹也是新栽的，在绿中矮，在矮中绿，也是鸡鸣犬吠，欣欣向荣的景象。刚刚联产承包，满畈的稻子成熟了，垸人正在垸子旁边，下山大路两边的大畈里秋收秋播，挥汗如雨，热火朝天。专案组在镇民政助理的带领下，翻过燕儿山，沿大路来到垸子旁。专案组组长见路大垸正，风景不错，就问镇民政助理："这是燕儿山脚下何姓老屋垸吗？"镇民政助理说："正是。踏破铁鞋无觅处，得来全不费工夫。"镇民政助理是文学青年，高兴了喜欢弄雅词。专案组组长就笑，说："雅哩。"镇民政助理说："这个垸子自古以来读书人多，不雅不行。"在路边田里割稻的白话大哥，就直起腰来，面带微笑。白话大哥老三届初中毕业，平时爱看《水浒》《三国演义》，还爱看《论语》。专案组长问："你笑什么？"白话说："这个同志会说话。"专案组长问白话大哥："你贵姓？"白话大哥回了一句："添人添口又添丁。"添人添口又添丁当然是何。专案组长就会心一笑，问："你听说你们垸子有个叫何诚确的人吗？"白话大哥愣了半天，说："有所不知。"专案组组长奇怪了，问："没有这个人？"白话大哥说："没听说过。"

那时候平反的事多，只要上级有人来，准有好事情。我们老屋垸畈中做活的人们，看见三个穿得像样的人停在路边问话，就喊白话大哥："做什么的？"白话大哥答："找人的。""找哪个？""找何诚确。你们晓得吗？""哪来的何诚确？"满畈的人竟然没有一个知道何诚确。专案组组长就翻档案，问白话大哥："你们知道你们垸中有个叫'直风'的人吗？"白话大哥笑了，说："有哇！有个叫'直风'的人，他是我垸中的叔祖。"白话大哥就知道好事来了，就朝畈上喊："钵儿叔，有人找'直风'！"垸中的后辈只知道"直风"，不知道何诚确。因为何诚确记在家谱上是死的，不寻根问祖，很少人看；"直风"的故事是活的，一代代朝下传，深入人心。镇民政助理对专案组长说："相信柳老，他的话不会错。"三人就朝大队部走。那时候乡村基层组织还叫生产大队。

畈上做活的钵儿叔听到白话大哥的喊，就把手中的镰刀朝天一丢，镰刀在空中的阳光里闪亮，也不怕落下来砍了自己的头，撒开双腿，像兔子一样朝大队部飞跑。白话大哥见钵儿叔那样子就笑，喊："跑慢点，莫摔了后脑壳！"白话大哥比钵儿大5岁，但依辈派得管钵儿叫叔。俗话说长房出小辈，但我们老屋垸恰恰相反，长房出老辈。长房因为穷，很难找到媳妇。找到媳妇后，生下的儿女，辈分就长。那时候"直风"的娘死了，哥也死了，哥找的瞎子媳妇，生了两个儿。雨循旧路，"直风"家还是以前的格局，一个娘两个儿。大的叫盆儿，小的叫钵儿。瞎子娘希望盆满钵满。由于家里成分好，盆儿虽然读书不多，但被书记安排在大队当主办会计。他特别爱写错别字，算盘却打得格外好。

三人就来到大队部，拿着介绍信，找大队书记。

那时候在大队当书记的，是盆儿的没出三服的叔伯哥，盆儿在公众场合管他叫书记，私下里叫他书记哥。书记哥在中华人民共和国成立后一直当干部，从农会主席当到了大队书记，对本地情况了如指掌，威信特高。除公事公办之外，奉行一只野鸡要护三个山头的理念，书记哥对于本家的事历来用心。书记哥把介绍信看了，专案组长把材料往出一拿，他就知道要给"直风"平反。"直风"是他的叔爷，他小时候看见过他的真人。清清爽爽，白面书生的模样，会拉胡琴，只是落在穷人家，若是读书进学，懂事明理，那也是呼风唤雨的角。在会计算账的盆儿，知道这件事，出来就要朝拢凑。书记哥知道避嫌，就叫盆儿给专案组的倒茶，那意思是鱼在网里，不能性急。性子急了，成事不足，败事有余。水到渠成，平反的事其实很简单，事实明了，就差调查落实，补充材料。专案组长问书记："你们大队曾经有个叫何诚确的人吗？"书记说："有。他是我叔爷。我小时候见过他。"专案组长问："你知道他什么时候参加革命的吗？"书记说："他是那一年被一个唱戏的带走的。"专案组长问："你知道他是怎么死的吗？"书记说："他走后就再没有回来。"专案组长问："他家里还有直系亲属吗？"盆儿就要说话。书记哥用眼色把他制止了。书记说:"还有老婆和两个儿子。"专案组长说:"要实事求是。"书记说:"领导,我向党保证。"专案组长说:"这口说不算,要有证据。"书记说:"当然有。"书记哥就对盆儿使个眼色说:"快去把家谱抱来!"

  盆儿就跑回去抱家谱,路上碰到了跑得气喘吁吁的钵儿。盆儿问钵儿:"你跑这么快干什么?"钵儿反问盆儿:"你跑这么快干什么?"穷人的气多,稻草的烟多。日子里兄弟俩见面就吵,谁也不服谁。吵到后来,哥总是让着弟。盆儿说:"回去抱家谱。"钵儿说:"要抱也是我俩抱。你有份,我也有份。"哥拿弟没办法,二人就回家抱家谱。

  家谱是钵儿抱来的,红红的一大匣子。盆儿跟在后面当摆手。这家谱是我们家族那时候刚修成的,叫作六修家乘。家谱摆在会议桌上,书记哥就帮专案组长翻,翻到瓜藤谱,翻到何诚确。何诚确的名下,记载着:娶张氏,生二子,长克盆,次克钵。白纸黑字,散发着油墨香。专案组长一点不知道,这是做了手脚的。我们家族五修家乘是1948年完成的,"直风"刚好是这一年死的。五修家谱上,何诚确的名下记着:二十二岁因事入狱,不知所终,故将其哥长子克盆寄于名下。那才是真实的,那是依何姓祖传规矩,不让其断后,故立哥哥的一儿继承香火。六修家谱时,书记哥是督修,对于平反之事已有风闻,同情盆儿家的境遇,心生一计,与盆儿商量,将他家的那一套西藤谱的那一页,改成了现在的样子,让他家保存,属于"孤本",闲时备着急时用。发到族中其他人家的,仍然保持五修原来的样子。这样一来,就天衣无缝,不影响传承。族人不知,盆儿和书记哥心照不宣。钵儿不是外人,当然也知道。

  众人翻家谱时,钵儿就插嘴,嘴儿喳喳的。书记哥问:"钵儿,你来做什么?"钵儿说:"我不能来吗?我也有份,正大明份。"书记哥说:"好了,好了。"专案组长看了那一页,就相信了。书记哥说:"我们相信总有这一天,这一天终于盼来了。"书记哥指着兄弟俩对专案组长说:"这就是烈士的大儿子,何克盆。这就是烈士的小儿子,何克钵。"专案组长就同兄弟俩握手,说:"让你们久等了。"于是叫副组长将家谱拍了照;叫书记代表基层组织写了证明材料,盖上公章;叫兄弟俩写了亲子材料,按了手印。于是专案组长就带队,来到老屋垸盆儿和钵儿的家,慰问瞎子娘。进屋书记把情况一说,瞎子娘就拉着专案组长的手不说话流眼泪。专案组长说:"大娘,你吃苦了!"书记就拉着瞎子娘的手,在纸上按手印。瞎子娘说:"这手印不能按。"盆儿和钵儿说:"娘,你不能糊涂。按了手印,每月可以领抚恤费。"瞎子娘叹了一口气,就任小儿拿她的手指,在印泥盒里蘸,往纸上按手印。

于是"直风"的政策就彻底落实了。我们的瞎子婆就成了烈士遗孀，我们的盆儿爷和钵儿爷就成了烈士遗孤，烈士遗孀按政策每月有抚恤费，也不多，开始是几十元钱，后来随着物价上升逐年加。虽然钱少，但对贫苦之家来说，那也是甘露。领了钱，盆儿和钵儿家就欢天喜地，买肉加餐，包饺子吃，包的饺子，用桌子摆，那就很多，不多不行。盆儿结婚后，生了四女一儿。钵儿初中读了一年，无钱再读，24岁了，没找着媳妇，一直与哥哥过日子。家大口阔，平常难得动荤，要吃就要一餐饱。那气派就大。一齐欢喜，炊烟袅袅，大气汤汤。加餐时没忘记给书记哥送去堆尖一碗，也不避人，书记哥也不牵礼。老屋垸的人们看见了并不眼红，人家是拿命换来的，收点利息是应该的，只是烈士的两个遗孤都年满18岁，不符合抚恤对象。不然还不止这些钱，要连本带利。这没法子，政策规定死了。

哪晓得平反昭雪政策落实之后，钵儿并不甘心。他跑到镇里找民政助理，说他是知识青年，既然是烈士后代，就得接班，要组织上给他安排工作。镇民政助理问他："你什么学校毕业的？"钵儿说："我初中读了一年。"民政助理说："初中未毕业，不算知识青年。"钵儿说："我不管。我要接班。"民政助理说："接班活人的事，子顶父职，一个萝卜一个坑。人死多年是不能接班的。主要是没有岗位。"钵儿说："那算巧事？老子用鲜血打下来的天下，居然没有后代的份？我强烈要求接班。"民政助理没办法，就向县有关部门反映，有关部门的领导就出面，把钵儿安排到县驻汉办事处做临时工。钵儿要"农转非"。那时候农村人是农业户口，城镇人是非农业户口。临时工"农转非"，不符合政策。钵儿还要闹，盆儿劝钵儿不能性急，一口不能吃成胖子，凡事慢慢等，慢慢来。钵儿一想，也对，既然上了船，还怕到不了码头？就同意组织的安排。

钵儿就欢天喜地，挑着行李到县驻汉办事处上班了。

这一次垸中有人眼红了，眼红的是白话大哥。白话大哥眼红是有他的道理，他想他初中毕业了，还在农村修地球，而钵儿初中只读一年却进城上班。你叫他怎么能心平气和？白话大哥喷着气说："一人得道，鸡犬升天。"这话儿说得不俗，但雅又如何？人比人气死人。只能说说出口气儿。

钵儿移花接木去接班，同样做得天衣无缝，顺理成章。垸中人谁也没想到，钵儿到汉办上班四年后，竟然出了事。

二、都是机械惹的祸

钵儿以烈士后代自居到汉办上班，开始过得很顺。钵儿在汉办做什么呢？领导安排他烧锅炉。他说:"我不烧锅炉。"领导问:"你想做什么?"钵儿说:"我想坐办公室。"领导知道他初中只读一年,就说:"那好吧,你写篇文章。我给你定个题目《做好红色接班人》。如果写得好写得顺,我就让你坐办公室。办公室正缺一个写材料的。"钵儿以为很容易,就答应了。哪晓得领了材料纸,在屋子里坐着,两眼望青天,双手摸白纸,就知道自己不是那块料。领导也不多说,问:"你烧不烧锅炉?你要是不想烧,就回去,我再安排别人。"钵儿说:"算了,我就烧锅炉吧。"

在汉办烧锅炉其实也不错。待遇不差,每月有固定工资,锅炉工属于特殊工种,还有补助,这比在家里种田就强多了。那时候的汉办其实是县领导的行宫,汉办主任为正科级,是县主要领导的亲信。县主要领导到省里办事就到汉办住,那里的房间是固定的。县里各部门的头儿们到省里开会和办事也到汉办落脚,吃喝方便,还可以娱乐,所以汉办并不缺钱。汉办在汉口沿河大道,离汉正街不远。那河并不是河,而是汉江,沿河大道是汉江与长江相交岸边的一条街。沿河大道自古以来码头林立,水上运输方便,带动着汉口的繁荣和昌盛。那时候改革开放之风吹起,汉口沿河大道灯红酒绿、纸醉金迷,宛如天堂。县里各部门领导到省里办事,都晓得与汉办的人搞好关系,钵儿也在其列。比方说预订房间,比方说送有关领导的礼物,先要找个地方放一放,钵儿就热心快肠地办,当然也少不了他的一份。县各部门的领导都喜欢钵儿,并不晓得他是临时工。日子长了,县主要领导也晓得钵儿,见面也同他打招呼。钵儿就有了"一入侯门,身价十倍"的感觉。钵儿还有一点好,平等待人,家乡的人到了汉口,要住宿,要办事,钵儿也热心帮助。钵儿春节回去过年,家乡人也夸钵儿,这使钵儿很有面子,觉得自己是个人物。

正如垸中白话大哥所说,运退黄金失色,时来铁也光辉。钵儿到汉办上班后,个人问题马上得到了解决。钵儿以前在老屋垸种田时,因为一是家里穷,二是人也长得不怎么样,长是长,像将军的身材,但不是很灵活,到了25岁,也找不到媳妇,没有姑娘看得上。钵儿到汉办第一年,就有人说媒,女方居然是镇上的,商品粮户口,高中毕业。尽管年纪大了点,长相并不比钵儿差,而且比钵儿还小一岁。哥承手给钵儿挨着老屋做了一连新屋,二人结了婚,不久就生了个儿子。女方居然安心住在老屋垸,种田养儿,没有怨言。钵儿家的大门之上挂着烈属的匾,那匾是县民政局发的,烫金的字。老屋垸的人很羡慕,说那是金字招牌。老屋垸的人很单纯,没人觉得不妥。钵儿的瞎子娘做梦也没想到,她的小儿也有今天,成天笑眯眯地坐在家门口,口口声声叫着小孙子的名字,怕他乱跑。

钵儿在汉办烧锅炉,活儿不轻也不重。每天穿着工作服,将煤在煤池里和妥了,打开锅炉的门,用大铲朝炉膛里丢,烧得红红火火,水汽升天,这样住宿的领导和客人就有热水洗澡,食堂里就有热气蒸饭。钵儿吃得好,心情不错,脸就红润。烧锅炉的活儿,虽然比不得坐办公室的,但比种田的强多了。钵儿就觉得他的工作很重要,汉办离不开他。钵儿对他的工作很有感情,非常热爱他的工作,勤勤恳恳,经常受到领导表扬。

钵儿出事全是机械惹的祸。随着形势的发展,汉办的领导给锅炉房配了一台搅拌机。这搅拌机是和煤的,用电动机带着,将煤铲进去,把水龙头打开,就能自动和好,不再用人花力气。这本是事半功倍的好事情,但是钵儿那天就出了事。那天钵儿开机和煤的时候,不小心一只袖子卷进了搅拌机,没扯赢,结果右手随着绞进去了,于是血肉模糊,骨头断了,人就昏了过去。汉办的人把他送到医院,虽然保住了性命,但右手就从胳膊下截了肢,两只手成了一只手。这都是机械造成的,要是不用机械就没有这回事。这虽然是工作岗位上的工伤事故,但责任主体在钵儿。烧锅炉是特殊工种,对安全操作有严格要求,钵儿接受过专业培训,晓得安全条款,但他大意了。钵儿就在医院里住了半年,医疗费汉办全报了。钵儿的伤好了,不能胜任原来的工作,领导就放他的病假,叫他回家休息,休息期间基本工资照发。钵儿回家休息了很长时间,汉办也不叫他回单位,钵儿就觉得有问题,晃荡着一只手,到汉办找领导要求上班。领导说:"你不能胜任原来的岗位了。领导层开了一个会,决定你的问题,根据合同,按你的工作年限一次性算断辞退费,外加工残补助,行不行?"钵儿说:"不行。我丢了一只手,是残疾人。生是汉办的人,死是汉办的鬼。"领导说:"事故调查报告上白纸黑字,责任主体在你。"钵儿说:"说的比唱的还好听!你不买机械我能出事故吗?"领导说:"不是给你工残补助吗?"钵儿说:"我是烈士后代,我不离开汉办。"领导说:"我们只管锅炉工,烈士后代不归我们管。"钵儿说:"我就找你。"领导说:"过两个月,你就找不着我了。"钵儿说:"跑得了和尚跑不了庙。"领导说:"过两个月庙就拆了,和尚也走了。"那时候上级精神,各县驻汉办事处要撤销,领导忙于善后的事情,自己何去何从也不知道,对于钵儿的事只能如此。钵儿好长时间没上班,不知内情。

钵儿只能一次算断,丢了一只手,得了一笔钱。那是小钱,做不了多少事。钵儿挑着行李卷回到了老屋垸。回到老屋垸的钵儿,缺了一只手,而且是右手,好多农活不能做,只能袖手旁观,干着急。农活是靠手吃饭的,日子长了,媳妇就有意见,叫他一把手。媳妇到底高中毕业,有水平,讽刺能力很强,叫人哭笑不得。"一把手"是领导,光说不做,发号召,作指示。这对钵儿来说是个沉重的打击。这时候老屋垸的人就格外同情他,对他丢了一只手回来的事只字不提,提了怕伤他的自尊。但钵儿忍不住，就怨天尤人，骂汉办的领导，骂那家伙不是人，接着骂那机械瞎了眼，不是东西。瞎子娘就眼泪不干。

钵儿在垸中愤愤不平，指天画地，赌咒发誓，说给媳妇和垸人听："笑话！以为我还是土包子吗？那汉办四年的饭不是白吃了？这船不装那船装。不在杨边在柳边！我就不信烈士后代为革命残废了，到头来给点小钱，就一脚踢开？"

媳妇就冷笑，说："一把手，你狠哩。"

垸人不敢笑，老屋垸的人普遍善良。

三、遇上一个较真的

钵儿以伤残烈士后代的名义，要求组织上安排工作，那动静就大。开始的时候，他三天五天朝县里跑一次，向有关单位递交申诉材料，但并不奏效。县有关单位的领导是认识他的，钵儿在汉办上班时，那领导也求钵儿办过事，握过手，拍过肩膀的。然而钵儿落魄了，空着一只膀子，向他递交材料时，钵儿发现那领导并不真的认识他，自我介绍也没用。县有关领导按一般上访的人接待他，说："你的问题很复杂，涉及的政策和单位很多，需要耐心等待。"

如果是一般的人，没见过世面，或者没有底气，慢慢拖下来也就算了。关键是钵儿见过世面，同时有底气，那决心就大，表现出不达目的誓不罢休的劲头。钵儿见县有关单位迟迟没有明确答复，就用上了杀手锏。冬天的时候，钵儿就把80多岁的瞎子娘，用被子围着，用板车拖到县委会的大门口放着，就不露面，让瞎子娘坐在那里熬。这事就闹大了，一个80多岁的老太婆，经不起折腾，门卫的人怕她死了，死在县委会的大门口，那就不是小事，就想把瞎子娘安排到县宾馆里。瞎子娘死活不肯挪脚，因为钵儿有交代，如果领导不出面答应要求，要她死在那里。门卫的人问："婆婆，您是哪里的？"瞎子娘摇头说："不晓得。"80多岁的人，日子过混了，地名换来换去，她不晓得了。门卫的人问："谁把您拖来的？"瞎子娘说："我的细儿。"这她晓得。门卫的人问："他到哪里去了？"瞎子娘说："不晓得。"这是真的不晓得。其实钵儿就在街对面私人开的旅馆里住着，那旅馆有窗子向街开着，可以望着娘那边的动静。门卫的人就向上反映，县主要领导出面了，指示一定要找到其家人。于是县有关单位领导就向镇里主要领导打电话，镇主要领导就向村书记打电话，要村书记带着家属上来领人。这时候书记哥已经退休了，换了外姓的人当书记。村书记年轻，哪见过这事儿？火急火燎跑到县里，给钵儿打电话，他知道钵儿不会离娘远。村书记问："天爷，你在哪里？"村书记管钵儿叫天爷。钵儿说："我在外国。"村书记说："你折腾可以，不能让你老娘折腾。"钵儿说："这叫折腾吗？这是合理诉求。"村书记说："演得差不多了，出来吧？"钵儿就从对面私人开的宾馆里，晃着一只膀子出来了。这回县委书记到场了，三级组织的领导都在场。县委书记一见钵儿就认得，说："我以为哪路高人？原来是你。"钵儿见县委书记记得他，动了感情，说："书记呀！他们都不认识我了。"县委书记问："你想不想解决问题？"钵儿说："想。"钵儿就把申诉材料递了上去。县委书记在材料上批示：请民政局领导调查，根据相关政策落实此人问题。县委书记签完字就同钵儿握手，说："可以了吧。"钵儿说："谢谢书记。"

于是村书记亲自拖板车和钵儿一起把瞎子娘朝回拉。村书记说："你真做得出。"钵儿说："做戏无法，出个菩萨。"村书记说："唯愿你心想事成。"钵儿说："事成了，请你喝酒。"村书记说："酒就算了。我认真拖车，你帮我扶好。摔着了大婆，我可吃罪不起。"

第二天钵儿底气更足，拿着县委书记批示的尚方宝剑，抱着家谱，跑到县民政局找局长。局长找来相关科室的负责人，当面指示务必落实好钵儿的政策。钵儿以为这回十拿九稳，没想到竟出了问题，真是一着不慎，满盘皆输。也该钵儿倒霉，这回他棋逢对手，遇上一个经验丰富，火眼金睛的角儿。该同志50多岁了，属于"老奸巨猾"之辈。原来钵儿多次找过他，他早对钵儿有了印象。那印象不是很好，主要是钵儿每次找他都理直气壮，比他的味儿还足，他不想多问，也不想多说。这回钵儿把县委书记批示的申诉材料和家谱拿出来，朝桌上一摆，该同志翻着材料和家谱，脑子里灵光乍现，就朝钵儿脸上瞄，瞄了一会儿，心里有了底，就开始给钵儿下套，钵儿却浑然不觉。该同志问钵儿："你是哪年生的？"钵儿不知道那是套，也怪平时以烈士后代自居惯了，缺乏深谋远虑，没朝深处想。钵儿说："我是1953年年头生的，一岁顶一岁。"该同志说："我不信。"钵儿就把身份证掏出来，摆在桌上，让他自己看。该同志说："不会造假吧？"钵儿说："哪能呢？娘生我费了不少力，差一点死了。伢儿落地哭几声，娘奔死来儿奔生。这是一个值得纪念的日子。"钵儿在他面前卖弄。该同志笑了，笑得很开心。钵儿问："你笑什么？"该同志说："那就是历史错了。"钵儿问："什么意思？"该同志说："这还要我说破吗？"该同志就把县党史办编的烈士英名录从柜子里拿出来，翻开，翻到何诚确的那一页，说："何诚确1948年就牺牲了，哪来的1953年生的儿？"钵儿就此傻了眼，呆在那里像截木头。也是的，哪有死了五年的人还有儿呢？钵儿没想到，这回遇上一个较真的，一攻就破，水落石出，真相大白。钵儿呆在那里，哑口无言。

于是该同志向上级汇报，本着实事求是的精神，落实相关政策。落实政策的结果，取消了瞎子娘烈士遗孀的抚恤费，烈士遗孤的说法自然不再成立。钵儿还理直气壮，说："我是烈士的侄儿，这不会假。"该同志翻开有关文件说："只有烈士的直系家属才能享受相关政策，不是直系亲属就不能享受。这与继承法一样。"钵儿说："侄儿不是直系亲属吗？"该同志说："隔了一代，不算。"钵儿说："不就隔一代吗？"该同志说："政策规定死了，隔一点都不行。差之毫厘，谬以千里。"钵儿说："啊，烈士用鲜血和生命打下的江山，侄儿就不能享受呀？"该同志说："现在是社会主义，不是封建王朝。烈士的鲜血和生命是神圣的，不是做家族生意，按姓氏入干股，见股分红，见人有份。"钵儿问该同志："你是不是接班的？"该同志笑了，说："我父亲和娘都是农民，我是靠个人奋斗考上大学，然后分配工作的。不信，你可以去查。"钵儿说："怪不得你眼睛这亮！"该同志说："人向利边行，你的心情可以理解。事到如今，我只能对你说声对不起！"该同志按章办事，有理有节，让钵儿无话可说。

上级鉴于钵儿家困难，宽大为怀，领了的钱不予追究，只是再不予发。瞎子娘倒想得通，本来就是嫂子，哪能乱伦哩？只是兄弟死得好苦。盆儿就气得不行。盆儿埋怨钵儿成事不足，败事有余。钵儿埋怨盆儿，做事顾前不顾后，瞒天不能过海，亏他在村里人头狗脸当这多年的干部！兄弟俩相持不下，瞎子娘只有哭声。

吵闹下来，老屋垸的人这才明白是怎么回事。老屋垸的人对钵儿就格外同情，看钵儿的眼光就充满了温暖。这使钵儿受不了，过度同情对于见过世面的钵儿来说，那就是奇耻大辱。

钵儿胸中那口气就吞不下，无论如何，还要讨个说法。

不然他还有脸活在人间？

四、烈士的血不是白流的

钵儿这回别的人都不找，晃荡着一只袖子，守在县委会大门前专找县委书记。那天县委书记上车出外开会，被钵儿拦住了车头。县委书记下车，钵儿就把制作的白纸牌子拿出来，朝胸前一挂。那白纸牌子用红墨水写着九个大字：烈士的血不是白流的。那是钵儿用左手写的，右手丢了，左手写的字就差，但是差有差的效果。

县委书记还是认得他，笑着问："你又搞什么名堂？"钵儿说："我为烈士申冤！"县委书记说："你的问题不是解决了？"钵儿说："我的问题是解决了。"县委书记问:"我知道你不是很满意。"钵儿说:"你手下的人政策水平高,解决得我无话可说。"县委书记问:"我知道你有实际困难。"钵儿说:"那些事不要再提,辱没先人哩!我问你,共产党的天下是不是烈士们打下来的?"县委书记说:"那是当然的。"钵儿说:"那好,你回答我,烈士的血是不是白流了?"县委书记马上明白,这事不是一时半刻说得清楚的,赶紧叫秘书打电话,叫民政局局长赶过来。民政局局长带着相关科室那个负责人,坐车赶了过来。民政局局长把县委书记叫到一边,简单汇报处理意见。县委书记说:"你们认真接待他,看他还有什么诉求。"于是县委书记过来对钵儿说:"你有什么诉求,向他们提出,我会关注此事的。"这回县委书记没有同钵儿握手,拍了拍钵儿的肩膀,这比握手更亲切。于是民政局局长就叫钵儿上车,把钵儿拖到民政局里说话。

　　民政局局长把钵儿请到他的办公室坐好,给钵儿倒茶。民政局局长叫来相关科室的那个负责人,负责解答,同时做记录。钵儿用的是设问和反问句。钵儿问:"我不是烈士的后代?"民政局局长问相关科室的那个负责人:"他是不是烈士后代?"那个人说:"事实证明,不是。"钵儿说:"何诚确是不是烈士?"那个人说:"事实证明,是。"钵儿问:"我不应该享受烈士遗孤的待遇?"那个人说:"是。"钵儿问:"何诚确应不应该享受烈士待遇?"那个人说:"应该。"钵儿说:"那么我问你,何诚确享受了什么待遇?"那个人说:"《烈士英名录》上有他的记载。"钵儿笑了,说:"请问你们的《烈士英名录》有几个看过?我是他的亲侄儿,只看过一回。你拿出来做什么呢?拿出来证明我不是他的亲儿子,这叫我好不寒心。"

　　民政局局长问:"你有什么诉求,就直说。比方申请一次性困难补助。我们可以想办法解决。"钵儿冷笑了,说:"你以为我还要钱吗?不错,我困难。我残废了,丢了一只手,但我不是还有一只手吗?我想钱,但我还要脸。"民政局局长就不明白了,问钵儿:"那你想什么?"钵儿说:"何诚确不能白死,你们要为他立个碑。"民政局局长说:"这样的烈士有许多,如果每人立一个碑,操作起来有难度。"钵儿说:"你说鬼话。难道是嫌烈士多吗?不多能打得下天下吗?天安门广场上不是立了碑,井冈山上不是立了碑,还有鄂豫皖烈士广场上不是也立了碑?"民政局局长说:"那是象征意义的,不是每人都立。"钵儿说:"那我不管。我是何诚确的亲侄儿,既然你们承认他是烈士,就要为他立个碑。我家的人不能白死。"民政局局长说:"这事关重大,我一个人作不了主。"民政局局长就出去给县委书记打请示。县委书记说:"不就是立一个碑吗?烈士后人要求给烈士立个碑,于公于私都不过分。"

那个人见局长下不了台,就问钵儿:"何诚确是你的亲叔爷吧?"钵儿说:"这假不了。"那个人问:"你为他立了碑吗?"钵儿说:"他是我的叔爷不错,但我不知道他什么时候死的,为什么死的,死在哪里。他自从家里出来,生不见人,死不见尸,你叫我怎么立?"民政局局长问:"现在怎么立?"钵儿说:"现在搞清楚了,应该立。"

民政局局长回到办公室,问钵儿:"请示领导,领导说烈士的碑可以立。你说立个碑需要多少钱?"局长的意思是给钱让钵儿自己立。钵儿说:"你以为我还是要钱吗?烈士是公家的,立碑也是公家立,我不承手。用多少钱,我不管,你们立。"

于是就讨论立碑的细节。首先碑立在哪里?民政局局长征求钵儿的意见,说:"立在公园里怎样?"钵儿说:"不行。我们这里烈士少,没有烈士陵园,只有公园。立在公园里,到时候没人祭奠。"民政局局长马上明白了钵儿的意思,说:"那就立在他的家乡。"钵儿说:"不错,立在何家的祖坟山上。"民政局局长说:"那你到时候莫说公私不分。"钵儿说:"他先是我的叔爷,然后才是烈士。"接着讨论造墓的事。局长说:"既然立碑就要造墓,烈士生前什么都没留下,那墓不是个空的?"钵儿说:"不要紧,我们何姓修五修家谱时,给始祖立碑时,造的也是空墓。家谱记载,始祖也是不知所终。清明祭祖时,何姓后人对空墓磕头,个个虔诚得很。祭如在。"

当年清明时节,烈士何诚确的碑,在我们何姓祖坟山上,如期举行。公家出面,领导讲话。老屋垸把此事当作大事,在家的男女老少上山观看,热闹非凡。柳老板的戏班子复活了,当家的是柳老板的孙子,艺名叫作柳如是,搭台赠戏,戏名叫作《救风尘》。

碑上写着七个金字:烈士何诚确之墓。既然是公家立的,碑上就没有后人的名字。造坟时钵儿仔细在家中寻找,找来了烈士的遗物。那遗物只有两样:一样是死者生前穿过的一双破布鞋,一样是死者生前亲手做的一把胡琴。钵儿把上面的灰尘吹干净了,跪在坟前放进去。

老屋垸的人都夸钵儿,说钵儿到底是见过世面的,会办事,为何姓争了光。盆儿就相形见绌,只有打杂的份。

仪式结束后,天在下雨。三级领导离开时,同钵儿一一握手。三级领导下山了,只听见钵儿在祖坟山上放开喉咙唱儿歌:"黄鸡公儿,尾巴拖嘞。三岁伢儿,会唱歌嘞。不要爷娘,教给我嘞。自己聪明,咬来的歌嘞!"瞎子娘听见那歌儿,就流眼泪。

这件事看起来皆大欢喜。

如果此事就这样结束，那钵儿就不是钵儿了。

五、一把手来了

钵儿把叔爷的烈士碑立在何姓祖坟山上，开头的两年，每逢清明节，盆儿和钵儿带着儿女到山上祭祖，兄弟俩在父亲的坟前，敬香、烧纸钱、磕头，在烈士碑前也同样如此，叔爷作古了也是祖人。第三年清明节，盆儿没作分别想，还是那样。钵儿心里却不舒服，愣在碑前。盆儿问钵儿："你愣着做什么？赶紧磕头。"钵儿说："你晓得什么？我在想问题。"盆儿说："你想什么问题？有什么问题需要你想？"钵儿说："你个肉眼凡胎，莫要管我。"钵儿就下山，跑到县民政局找局长。局长问："你还有什么事？"钵儿说："你们给烈士立个碑就一干二净了？"局长问："还有什么事？"钵儿说："未必光立碑，不祭奠？不祭奠，立碑有什么用？你哄我玩呀？"局长说："你祭奠了吗？"钵儿说："我祭奠了。"局长说："既然祭奠了，不是一样的。"钵儿晃荡着一只袖子，一只手拍在桌子上，说："你给我听清楚！你是一把手，我也是一把手。这事你说了算，不如我说了算。那立的是公碑，既然公碑就要公祭。不然我又要去找县里一把手，告你渎职罪。让他那个一把手，要你这个一把手当不成。"民政局局长这才明白，此事非同小可。

于是民政局局长亲自给镇委书记打电话，镇委书记亲自给村书记打电话，布置此事。决定村书记作为第一责任人，村小学校长作为第二责任人，每年清明节，带领村小学的学生，到烈士墓前祭扫，缅怀革命先烈。此事当天就得到了落实。钵儿从县城刚到家时，太阳升到半空中，还是上午。钵儿走到祖坟山下，就看见村小学的学生们戴着鲜艳的红领巾，列队站在烈士墓前祭奠。小学生们采来山上的野花儿，堆放在烈士墓前，阳光下格外耀眼，红旗招展，阳光明媚。小学生们唱着少先队队歌："我们是共产主义接班人，继承革命先辈的光荣传统，爱祖国，爱人民，鲜艳的红领巾飘扬在前胸。不怕困难，不怕敌人，顽强学习，坚决斗争……"

此情此景，叫钵儿感动了，禁不住泪流满面。

以后每年的清明节，就能看到烈士墓前鲜艳的红领巾列队祭奠的动人情景。没想到那一年村小学校长调动了，村书记把这事搞忘记了。到了清明节快到吃中饭的时候，钵儿还没有看到祭奠的队伍上山，就顺着大路朝村委会走，一边走，一边大声骂："这些狗东西！忘记了是吧？忘记了是谁打的天下！忘记了是谁给的一碗饭！是不是搞邪了！"

那时候村书记正带着人吃饭喝小酒，听见钵儿在骂，村书记此时脸就变了色，把筷子一丢，说："完了！一把手来了！快，快到学校去，叫新校长带学生上山！"

一干人从村委会后门竹园溜了出去，朝村小学飞跑。

同　　志

前　　言

　　说起来就像是梦，一个悠长清新而又美好的梦。

　　一百年前我的族祖何益之，骑着那匹白马在那个秋天把一个崭新而又美好的称呼，驮回了家乡。那时候这个称呼对于巴水河边的何姓族人来说，就像听到巴河镇上教堂里的牧师，在风琴的乐声中，把天国的福音，随袅袅的炊烟传到人间。何姓族人在震惊之后发现，这个称呼竟像春雷摧枯拉朽，推翻了中国最后的一个封建王朝；这个称呼竟像春风暖遍大地，吹开了一个历史新纪元。

　　这个称呼就是——同志。

1

　　我的族祖何益之，是一百年前的那个秋天，在蛇山脚下武昌军政府门前的阅马场，受命领马回乡的。

　　那时候首义枪响，清朝推翻了，湖北光复。同盟会决定派他们的盟员分头回乡，依靠当地"洪门"组织，发动革命运动，同时主政地方工作。阅马场上十八星旗迎风飘扬，人山人海。拜将台上，都督依次颁布任命。族祖何益之的职务是湖北省军政府参议员、黄州协台衙署鄂东军政支部专员、浠水县分部执行干事。

　　族祖何益之从都督手里接过任命书，就在阅马场上领马。为了方便革命工作，军政府给回乡革命的人每人分配一匹马，作交通工具。那时候阅马场上马匹涌动，马鼻喷着炽热的气。聚集在广场上的那些马，是训练有素的军马。红色的白色的黑色的各种颜色的都有。这些马原来是清朝洋务派向西方学习，在武昌兴办"新军"骑兵营的。没想到"新军"竟先倒戈，成了推翻清朝的先锋。起义之后马匹归军政府统一调用。这些马聚在广场上，可以根据各人的喜爱选择。

族祖何益之走到一匹白马之前，那马见了他就激动。族祖何益之朝马肩拍了一掌，那马竟抖鬃引项长嘶。族祖从牵马人手里，接过缰绳，翻身上马，那马就扬起前蹄跃空。族祖执紧马嚼，那马就前蹄落地，踏碎步儿。族祖何益之调转马头，踱出马阵，扬手一鞭。那马就箭一样射向长江北岸的家乡，奔驰在山高水长，烟雨苍茫的岁月里。

就是因为这匹英俊的马，巴水河边我的家乡燕儿山，从此多了一个美丽的名字，被人们叫作白马山。这个美丽的地名像遥远的童话，活在人们的心里，不时被翻出来温暖过去的日子。作为巴水河边何姓的后人，这个名字被人提起，我就感动过。

那还是大集体的年代，我们燕山大队养了许多蚕，快到上架结茧的时候，桑叶不够吃。巴水河边的燕山大队有一千多人，百分之八十的人姓何，所以就由何姓的叔爷在大队当书记。叔爷在大队当书记是接他父亲的班。他父亲是大革命时黄龙乡的农会主席。叔爷说是书记，其实就像一个族长。燕山大队的大小事，由叔爷说了算。

在大队当书记的叔爷，就叫我带几个小的们出去采桑叶。我那时候高中刚毕业，写着诗，成天做着梦，回想起来也是族祖何益之当年骑白马回乡的年纪，正是意气风发能说会道的时候。说是采，其实是偷。也带着钱。当书记的叔爷书虽说只读三年私塾，字识得不多，但极有智慧。叔爷教我，无人的时候就摘，摘了就走，遇着了人，就给钱。那天我带着几个小的们正在巴水河边采桑，那桑是胡桑，一柄柄像巴掌，青亮，汁多。我们盈了筐的时候，遇着了守桑的老婆婆。那老婆婆，精致，眼亮。老婆婆问我："你做什么？"我说："采桑。"她说："是偷吧。"我说："给钱行吗？"我拿出钱来给。她收了钱，问我："你是哪里的？"那时候我顺手朝东边飘云扯雾的燕儿山一指。她笑着说："你是白马山的后人？"我那时候不知道我的家乡还叫白马山，一时间竟诗意连连。我点头说："是。"她随风感慨，说："那是何益之的家乡啊。"

回家后说与父亲，父亲就同我讲族祖何益之当年骑白马回乡的故事。父亲说："何益之当年是何等的角色！迷倒了巴水河东一方天的姑娘！"

2

那是何等的风光！那时候我的族祖何益之骑着白马回来了。

族祖何益之没有先到何家大山拜族长何干夫。族祖何益之径直回到燕儿山山腰他的家,会见他的父亲何羲之。

族祖何益之那时只有二十五岁,作为清王朝公派留日医科学校的毕业生,作为跟随孙中山先生多年的同盟会会员,那是一派风流倜傥,意气风发。秋日载阳,云蒸霞蔚,过长江走湖泊,一路风生水响。他头戴大檐帽,一身戎装,背着盒子枪,策马扬鞭,浑身异数,沿着巴水古驿道,移动画儿一般。

古历十月是小阳春呢。下过几场秋雨,又是太阳,气温就像春天一样温暖。兀立在巴水河边的燕儿山,山上飘着云朵,蒸着雾。梨树和桃树,花开两度,白和红杂在葱绿马尾松之间,染那阵阵松涛。那青年骑在那匹白马上,顺着两山之间的路朝上走。巴水河边多少双眼睛望着了,那是关于天国的神话。

族祖骑着白马翻过山,回到山腰茫茫竹海的竹林深。竹林深是我们从江西迁来的何姓始祖发迹的老屋垸。竹林深垸前垸后都是碗口粗的楠竹,被人们叫作竹林深。竹林深有一个凄美的传说,传在何姓子孙的心里。相传背靠大山的竹林深,旺盛的时候有九十九窝燕子,说是到了一百窝燕子的时候,就要出改朝换代的天子。那时候一条母狗终日守在屋脊上望着天,就有一个亲戚来做客,发现了坐在屋脊上的母狗,就与当家的祖上说母狗坐屋是为不雅的话,当家的祖上就叫长工把那条母狗打死了。于是天昏地暗,飞沙走石,垸前垸后的楠竹纷纷炸裂了,血肉横飞,炸出许多未成形的天兵天将,那些天兵天将骑在马上,那些马长着翅膀。于是朝廷就降旨追查,何姓子孙就离散了,带着那些炸裂的竹片,到巴水河畔四处逃生,将那些炸裂的竹片当作了盖屋的瓦。于是"竹瓦"成了巴河之阳的地名。若干年后,何姓的一家搬回了竹林深,守着那山,守着那竹林,守着那个梦。那就是族祖何益之的父亲何羲之。何羲之书读得好,字写得好,结社山中,广交四海朋友,常有怪客出没竹林之中。

族祖骑着白马州到竹林深的时候,他的父亲何羲之早出大门迎接了。大门口有一棵高大的枣树,树上的枣子红了,乘着风映着天上的太阳。父亲看着儿子骑着白马,从燕儿山下来,就像天上的白云落到竹林深。那时候儿子就停了马,下马,把马系在那棵枣树上。父子俩就在古老的竹林深开始那禅机般的对话。

父亲问:"从何处来?"

儿子答:"从南方来。"

父亲问:"到何处去?"

儿子答:"到北方去。"

父亲问:"贵友是谁?"

儿子答:"陆皓东、史坚如。"

于是两人不约而同，呼一声："同志！"两双手就骈指交钩紧紧握在一起。这是孙中山建立同盟会时会员们约定的接头暗语和秘密的握手方法。

3

那时候古老的巴水河边风盈盈，水盈盈。天上的太阳炸亮了，天地为之一新。那时候太阳亮在天上，许多清新的风随彩蝶穿过竹林。

族祖何益之同父亲何羲之握手互称同志的景象，恰巧被到何氏大祠堂上族学的，若干年后大集体时在大队当书记的叔爷看到了。到何氏大祠堂上族学，正好要路过竹林深。大祠堂的族学是巴水河东何姓提祖田出来办的，请族中一个叫作"斯经"的先生，教族中发蒙的娃。先生每年的薪水在提留祖田的"出贝"中供给，发蒙的何姓子孙提一块腊肉去，作为见面礼，就可得了。

叔爷那时候还是个八岁的娃，八岁的娃听不懂那些话，却对骑白马回来的族祖同父亲握手互相叫同志的事，感到无比的新鲜和快乐。这是从未听到过的，比戏台上戴靠捕旗的武将见面开打之前，叫板通报名姓有趣得多。叔爷是武秀才的孙，公子逃难小姐偷人的戏他不爱看，特爱看红花脸黑花脸开打的戏。叔爷拖着书包到族学之后，跨进了祠堂的门，就迟到了，站在学堂的门外。学堂里族中那"斯经"正拿着线装书摇头晃脑，教族中的小儿们念《论语》："学而时习之，不亦说乎？有朋自远方来，不亦乐乎？人不知而不愠，不亦君子乎？"八岁的叔爷那时候特顽皮，上树捉鸟，下河捕鱼，玩忘了形，迟到那是经常的。迟到了就站在门外，先生看见了就像没看见，等他站酸了脚，才让他进去坐。那天"斯经"教"学而"，教得族中小的们都能望天读了，这才转过身来，装着才看见叔爷，打了一诧，对叔爷说："啊，你还没进来呀？"就作了一揖，说："武童生，那就请了！"

"斯经"先生往日恼了，经常用拧脸肉的法子整迟学的叔爷，让他长记性，上前用两个手指头夹着叔爷的脸肉，将叔爷拧进屋，咬牙切齿地说："你这个东西，脸皮真厚！""斯经"先生人瘦，那手指就有劲，掐着提就格外地痛。叔爷痛得哭，双手护着脸说："'斯经'，我脸皮厚吗？你拧的是夹层。"弄得"斯经"哭笑不得，手指掐脸皮当然是夹层，单层得了吗？"斯经"先生还有一个八十的老娘，那老娘是熊家的姑娘。叔爷散学回家碰见了"斯经"先生的老娘就说："熊婆婆，你把你那个儿教育一下哟！他老掐我的脸肉。"老娘就到学堂说儿的不是。老娘说："儿哇，春秋责备贤者。你与一个小儿的脸过不去，这叫什么事？"

777

"斯经"先生就不敢再掐叔爷的脸肉，对叔爷讲客气。

那时候"斯经"先生对迟到的叔爷作了一个揖请进，八岁的叔爷就激动，一激动鼻涕就出来了，于是就用手指夹着鼻子孔武有力地擤了，将手在衣裳上揩干净，上前两只手抓住先生的手就握，大叫一声："同志！"

先生吃了一惊，眼睛瞪圆了，眼镜差点掉在地上，问："你叫我什么？"

叔爷咧着嘴笑，说："同志。"

先生问："谁教给你的？"

叔爷就又揩鼻涕，把在竹林深看到的景象说了。

先生沉吟半天，说："原来是竹林深的西洋景。"

叔爷说："正是。"

先生苦笑了，问："你知道同志是什么意思吗？"

叔爷摇头说："不知道。"

先生说："不知道，你瞎喊什么？"

叔爷说："好玩。"

先生说："二回不准叫。"

叔爷说："别人叫得，我为什么叫不得？"

先生皱眉摇头，随口吟出四句："千年一觉巴河梦，如今世事不同工。多年父子成兄弟，先生学生同志中。"

那个叔爷是个爱新鲜的种，见先生吟诗，以为是夸奖，疯劲来了，一拍课桌说："同志！你的诗大有长进！"气得先生鼻子歪了。先生就把那四句写在纸上，让叔爷带回去交给叔爷的父亲。

先生对叔爷说："算了，你再不要来。"

叔爷的父亲叫人念了那带回的纸，知道不是好事，就到祠堂问缘故。先生说："你这个娃太聪明了。他误不了我的前程，我怕误了他的前程。"于是叔爷就辍学了。叔爷只读三年的书，辍学不久就到竹瓦镇上跟父亲学做赌博的筹码卖度日子。

叔爷在大队当书记是若干年以后的事。那时候那个族中的先生还活着，活成了"四类分子"。"四类分子"是批斗对象。逢是政治运动需要鼓劲的时候，叔爷就要把"四类分子"叫上台来亮下相。那时候尼龙袋子出世了，用它装土四面一码就是戏台。燕山大队的四类分子都是何姓的，用叔爷的话说都是些"麻雀"，"麻雀"气儿小，不能捏紧，捏紧了就捏死了，也不能捏松，捏松了它就飞了。叔爷就把他们不松不紧地盘着玩。"斯经"是叔爷盘着玩的对象之一。

"斯经"是叔爷的长辈。

台上叔爷高兴了就要念锣鼓点子，"鼓儿龙冬抢"，然后举拳头领着族人喊口号："打倒何斯如！"

台上的先生跟着举拳头跟着喊："打倒何斯如！"

叔爷问："'斯经'，你服不服？"

先生说："我服。"

叔爷在路上遇着了先生，先生退到路边，让他的路。

叔爷就迎面走上去，笑着问："喳喳喳，这不是'同志'吗？"

先生就说："不敢。"

叔爷问："是不敢吗？"

先生说："是不配。"

叔爷问："你晓得不配？"

先生说："人贵有自知之明。"

叔爷问："'斯经'啦，事到如今，是你错了，还是我错了？"

先生低眉落眼说："事到如今，我罪该万死。"

时光像巴河的水，逝者如斯。如今族中该死的都死了，该活的还活着，留下的只有故事。族人说这都是当年惹的祸。

4

族祖何益之骑着白马回乡时，何氏族长何干夫正在何家大山的庄园里候着。我们何氏家族的头面人物就是这样些名字，不是夫就是之，给人听就是古色古香。外姓就笑，说这些都是四书五经模子里脱出来的货。

何家大山下就是竹瓦镇。竹瓦镇与燕儿山的老屋垸竹林深相隔三里地。竹瓦镇是何氏发旺的中心。自从燕儿山山腰的竹林深破败之后，何姓子孙就四散于巴水河东岸。其中四房的一支就搬到这里。四房的后人何干夫渐成气候，以竹瓦镇为中心聚集着何氏子孙的财富和声誉，理所当然何干夫就成了族长。于是竹瓦镇从上街到下街，许多铺面是何氏家族各家的产业。镇上还有何氏家庙和何氏节孝祠。何氏家庙和何氏节孝祠在镇子中间。前面是节孝祠，后面是家庙。那节孝祠，据说是清代皇帝敕封的。家庙和节孝祠是唱戏和宣讲圣谕的地方。

何氏族长何干夫的家，就在何家大山腰。何家大山一脉九个山头相连，一直到巴水河边才完。族长何干夫的庄园在何家大山主峰之下，一进几重斗拱飞檐，筑着高高的围墙，居高临下，像狮子一样镇着山下的竹瓦镇。

那时候何氏族长何干夫威震巴水河畔河东一方，人称何四老爷。县老爷三年一换，上任必先坐着轿子到何家大山拜见何四老爷。县老爷鸣锣开道，叫人驮着"回避""肃静"的牌子，八抬大轿抬到何家庄园的下马石前必定下轿，步行走到何家庄园漆红的大门前。漆红的大门厚重，得两个人一扇才能启开。那门户相当讲究，大而有当。大门上悬着一匾，黑底子漆着四个金字"一方水土"。县老爷先递帖子，由管家递进去，然后就开启大门，由何四老爷长袍马褂，在煮酒轩摆场面接见县老爷。何四老爷接见县老爷，也不磕头，只揖手，说："不知县老爷驾到，有失远迎。"县老爷笑脸相对，说："彼此，彼此。"

何四老爷是有功名的人。不是捐的，是考的。考的举人。朝廷命官会见地方有功名的人，平等施礼，县老爷并不计较。为什么呢？一是何四老爷威望高，朝廷的事，落实到地方，就是何四老爷的家事，你得就着他，他说的算。二是何四老爷家富，治内里有什么修桥修路的事，何四老爷乐于捐银子，日后有求于他的事多。何四老爷家富到何种程度？不说别的，单说一项，你就晓得。他家有一副纯金的麻将，条饼万、中发白、东南西北加春夏秋冬、梅兰竹菊，一共一百五十二张，每张就是一两黄金，合起来就是一百五十二两。

这副纯金麻将，他家每年只拿出来玩一次。那就是大年三十关门纳福，吃过年饭之后，他与儿子、女儿，连女婿都不能参加，一家人一桌坐了，就着温暖的火盆搓八圈玩。外人你就看不到。

听说益之回来了，族长何四老爷就精心准备，叫管家开了红漆大门，让风吹进来，树摇叶动。叫仆人在煮酒轩里备了好茶，好烟，那场面与接待县老爷一样的。吩咐管家只要益之的帖子一到，他就出门迎接。族长何四老爷将这些安排妥了，就在后花厅里，同儿子、女儿，把那副金麻将拿出来搓，约定也是搓八圈。何四老爷估计搓到八圈时，益之必定要来拜见他。他在族中比益之长三辈。在何四老爷的眼里，虽说光复了，但还是政府官员，特别是何氏家族的子孙，回本地当差，那拜见是必定的。

没想到搓了八圈就是等不来。何四老爷就兴味索然，推了麻将叫大女儿收摊子。收摊子时就发生了意外，那副纯金麻将少了四张，硬是凑不齐。

大女儿急了，嚷着要搜身。

儿子们也赤着脸说："搜吧，搜吧。"

何四老爷苦笑了，把麻将朝桌上一推，说："算了，不玩了。你们分了吧。"儿女们哪里敢分？就让那副金麻将残着。他的那些儿女在他面前表面上一个个服服帖帖，其实都不是省油的灯，背着他不是赌就是抽，银子花得像水流。

世风日下，何四老爷心情不好。何四老爷是个翘胡子，一怄气胡子就翘上天。

5

就在这时候眼线到了。

眼线是后来在大队当书记的叔爷和他的父亲。叔爷的父亲，驮着八岁的叔爷，到了何家大山族长何干夫的庄园。按说儿子八岁了，有脚可以自己走路，但八岁的叔爷与父亲一起，就不爱自己走路，要父亲驮他，喜欢那个味儿。父亲牛高马大，他也人长树大，他骑在父亲的脖子坐着肩，那就居高临下引人注目。这样的时候爷儿俩一个找锅补一个愿补锅，两厢情愿，配合起来，就默契。就弄文，说戏台上的词儿。肩上的儿说："儿把父作马。"地上的父说："父望子成龙。"

何四老爷安排叔爷的父亲管理镇上的何氏节孝祠和家庙，叫叔爷的父亲隔三岔五开门打扫，给点钱，所以叔爷的父亲就常在何四老爷家落脚。叔爷家贫，靠何四老爷在竹瓦镇上做赌博筹码卖，养家糊口。竹瓦镇上做生意的人多，自然也少不了赌场。那赌场对外叫茶社，有钱人闲了，就进去喝茶，外带赌几把。也不是大赌。大赌，何四老爷不乐意。何四老爷不乐意，那茶社你就办不成。赌得小，没有零钱，不好操作，就需要筹码兑换。何四老爷惜老怜贫，就对开茶社的老板说，让叔爷的父亲卖那筹码。那筹码是竹做的。叔爷的父亲尽管没读书，但他是武秀才的儿，人聪明，将《水浒传》上的绣像画，缩小绘在那筹码上，一百零八将，就是一百零八支，支支精致好看。这是当十的。当百的，叔爷的父亲就绘《红楼梦》里的金陵十二钗，一个个粉面含春，人见人爱。叔爷的父亲晓得阴阳搭配。何四老爷有恩于叔爷的父亲。叔爷的父亲就私下帮何四老爷在场面上探听些消息。

叔爷的父亲从肩上放下八岁的叔爷。何四老爷就说："你把儿惯得没相。"叔爷的父亲说："人抬人鲜，人压人蔫。我就是要把儿宠起来，不然他今后没日子过。"是妖是怪，各人养的各人爱。何四老爷见叔爷的父亲这样说，就无话可说。

何四老爷坐在太师椅子上问叔爷的父亲："那个种，回来没有？"

叔爷的父亲说："回四老爷，那个种回来了。"

何四老爷问："是骑马，还是坐轿？"

叔爷的父亲说："坐轿哪来的味？是骑匹白马回来的。那马好白，一根杂毛没得。"

何四老爷问："先到的是哪里？"

叔爷的父亲说："先到的是竹林深。"

何四老爷问："是你看见的？"

叔爷的父亲说："我没看到。是我的种看见的。那真叫笑死人！"

何四老爷问："有什么好笑的？"

叔爷的父亲是好玩的人，就扯着八岁的耳朵说："种，给四老爷演一遍。"

八岁的叔爷是个见戏就演的角，一点不怯场，就在煮酒轩，现演开了。

叔爷的父亲给他的儿念锣鼓点子。八岁的叔爷就灵光四溢，把煮酒轩当作戏台，拉起山膀绕开了，随着他父亲嘴里的锣鼓点子，以虚当实，全是戏台的那一套，偏腿下马，双手轮空在树上系马，然后叫了一板，把何四老爷当作出门迎接的族祖的父亲何羲之，问："从哪里来？"何四老爷不答话。他变声自答："从北方来。""到哪里去？""到北方去。""贵友是谁？""陆皓东、史坚如。"接着大喊一声："同志！"上前就骈指交钩，抓住何四老爷的手，握着不放。

叔爷的父亲就笑得肚子抽筋。

何四老爷就鼻子里喘气，脸气白了，胡子翘上了天。

6

家族的事就像河边的马鞭草，盘根错节。族祖何益之骑白马回乡不先拜见族长何干夫是有渊源的。

何大山的何干夫虽说是族长，但竹林深的何羲之并不买他的账。虽然在族中何干夫比何羲之长两辈，按理说何羲之应该叫何干夫四祖父，但何羲之见了何干夫从来不叫，只是点头而已。何干夫知道何羲之是巴水河边"洪门"的老大。"洪门"是什么组织？何干夫心知肚明。"洪门"是反清复明的地下组织，当年他们假借一个朱姓的王子流落鄂豫皖，在大别山组织蕲黄四十八寨举旗反清，被清军剿灭了，转入地下活动。竹林深经常有怪客出没，何干夫知道他们在干什么。本来何干夫完全可以借乱党之名告发何羲之，那是易如反掌的事，但何干夫不敢。为什么呢？因为"洪门"组织的人暗中遍布，你把他们的大爷搞死了，他们不会放过你的。何干夫只得睁一只眼闭一只眼。

一山难容二虎。何干夫心里怄死了血。

更怄人的事在后面。何羲之神通广大，他的儿何益之竟然格外聪明，书读得青云直上，而且医术也有一套。那一年何益之还被清政府公派作留日的学生。那一批被清朝公派的留日学生湖北只有那么几个，本县只有何益之一人，这比考中进士还难。家族中有了这样的喜事，应该是合族同庆。族中提了祖田。这祖田是四支分家之时提留起来的，其"出贝"作办族学、资助族中考中功名的子孙、惜老怜贫和家族祭祀之用。这是家族的例规，只要符合条件，不管是谁，只要你姓何就可以享受。但竹林深的何羲之，水波不兴，儿子留了洋不做钟响不做磬敲。

这时候作为族长何干夫就出面了。家族中有了这样的喜事，族长不出面，日后是有人道论的。作为族长，这是锦上添花顺人心得人心的事，何乐而不为？

何干夫坐着轿子带着银子来到了竹林深。雾中的是春天，草也长，花也开，竹林也青。轿子到了大门口，也不见人出来接。何干夫只得下轿进门。进了屏风，大厅里也不见人。何干夫咳一声，问："有人没有？"就听书房里有人答："有人。"何干夫说："有人就出来。"就有人出来，出来爷儿两个。一个西装革履，一个排扣紧衫。何干夫问："在忙什么？"何羲之说："同儿子商量点事！"何干夫问："何以密室？"何羲之说："我肚子经常痛，不知何故？"何干夫一笑，说："那是生冷吃多了。"何羲之问："何以预防？"何干夫说："应食人间烟火。"

两人就笑。

一个说："今天斑鸠叫了。俗话说，斑鸠呼雨亦呼晴。"

一个说："今天太阳恐怕出不来。"

于是言归正传。

何干夫说："羲之，你恐怕要办几桌酒？请族人热闹热闹。"

何羲之说："我有此意。但儿大爷难做。他怕你吃多了像我一样肚子痛。"

何干夫说："是你的意思吧？"

何羲之说："我有什么意思？是儿的意思。"

何干夫掂着手中的褡裢对益之说："你不办酒，叫我手中的东西怎么朝出送？"

这时候西装革履的何益之开口了，指着褡裢问："请问里面装的是什么东西？"

何干夫说："银子呀！"

何益之问："哪里来的？"

何干夫说："族人的一点意思。"

何益之笑了，说："是钓饵吧？钓我父子上你的钩。"

何干夫愤怒了，说："黄口小儿，岂有此理！"

何益之说："你威胁我是吧？我就知道你会来这一套。我用得上你送银子吗？此次留洋是公派，所有费用由国家承担。再说我家又不是缺钱，就是缺，我也会勤工俭学的。银子就用不上，族人的心意我领了。我是国家的人，你就用不着费心思了。"

何益之说得理直气壮，大义凛然。

何干夫的脸就白了，白了就打哈哈，问何羲之："我来之前，你们父子在密室商量的就是此事？"

何羲之笑了，说："正是。怪不得你当族长，什么事都瞒不过你。"

何干夫的心就酸酸的：送钱人家都不要，怕你当族长？这才叫自己打自己的脸。

何干夫就由轿夫抬着走人。

竹林里斑鸠还在隐隐地叫。

7

族祖何益之回乡主政不去拜见族长何干夫，族长何干夫心里怄死血。族长何干夫心想，你不来拜见我，我就不理你。我不信在何姓的地盘，你这个姓何的黄口小儿能翻得起大浪？

族长何干夫没有料到恰是这个何姓的黄口小儿，不出一个月在竹瓦地区掀起惊天的巨浪。

族祖何益之首先是依靠父亲何羲之"洪门"大爷的威望，宣传发动群众。他身着中山装，梳着分头，在巴水河东竹瓦地区二十一保之内，轮流登台演讲。那台是各保唱社戏的台。他口若悬河，滔滔不绝地讲，从来不要讲稿。他登台演讲的时候，他的父亲何羲之就身披红色斗篷，带着他一身短打板带系腰的弟子守着场子，作他的保镖。当地"洪门"组织原来只是秘密活动，那时候就光天化日了。他们把那早就恨之入骨的辫子剪掉了，一律的光头。

这样族祖何益之就可以奇装异服地登台，放心大胆地演讲。讲几千年的帝制推翻了，清朝死了，天变地变，风和日丽，世界崭新了。讲孙中山先生的"三民主义"，"民族、民生、民权"，从此中国是民众自己的。讲共和了，革命了，人人平等，"四海之内皆兄弟，合族之中皆同志"。讲完了，听的人就由"洪门"的人出面，让各保的富户作庄供饭，在戏场上开流水席。这样一来听的人就多。巴水河边的人爱新鲜，只要新鲜，他们就赶场子。

自古以来巴水河边的人们有高度的总结才能。那时候他们用两个字把族祖何益之全部概括了，他们不叫他的名字，叫他叫"同志"。

一时间"同志",家喻户晓,妇孺皆知。

宣传之后,族祖何益之就和父亲写贴布告。他父亲的字写得好,他的字也不差。父子二人夜以继日地写,写它个铺天盖地,然后发动人下乡见垸头和路口就贴,宣告移风易俗,组织人守路口和码头,男人剪辫子,女人放足。

参加移风易俗的人,最大的好处就是免掉历年所欠的皇粮国课。条件是首先把自己头上的辫子剪了,然后报名参加。报名参加的人先造册登记,然后发一个红色的袖章儿戴在胳膊上。红袖章上用黄漆写着三个字:督察队。

这样的好事,叔爷的父亲不能不参加。因为叔爷的家欠皇粮国课不少。一是家穷,所收的粮食要保证家中老小吃,有多的也要留着防饥荒,哪能乖乖交出去?保长说他是痞子,不要脸。他说你说得对,我就是那东西,我连命都不能活还要什么脸?叔爷的父亲是武秀才之后,他的祖父兄弟俩在县里一个跑马射箭,一个玩大刀,合考了一个武秀才,后来家就穷了,穷到叔爷父亲这一代什么都没有,只剩牛高马大一身好力气,保长打他不赢也说他不赢,拿他没办法。

平日里,叔爷的父亲凭着一身好力气和他高于他人的智慧,像湖中的鳡鱼一样,听见水响,闻着腥味就冲,找活食儿吃。这样有利的事,他就带着他的儿剃了光头踊跃参加。一是有好处,二是可以帮四老爷探消息,两得其便,何乐不为?

参加的都是穷苦人,那劲头就格外大。叔爷父子积极性空前高涨,在路口和码头见了男人,不管姓何还是姓什么,八岁的叔爷就上前抓住辫子不放手,叔爷的父亲走上前一剪子就把那辫子齐根剪掉了,拿在手里收工时驮儿在肩回去交数。所以叔爷的成绩就比别人好,就得到了族祖何益之的表扬。叔爷的父亲就争督察队的队长当。族祖何益之说:"当队长你不行。"叔爷的父亲说:"同志,你总要把个官我当。"族祖何益之说:"那你就当分队长吧。"叔爷的父亲说:"同志,只要是官就可得。我不嫌小。"

一时间巴水河东,所剪的辫子和所收的放足的白布就堆成了山。在戏场上堆成山然后放火烧,烧得烈焰腾空,焦臭无比。一时间巴水河边的男女,有的哭,有的笑,各种姿态都有。

入夜叔爷的父亲就驮着儿到何四老爷家中去歇。叔爷的父亲走到何四老爷的庄园漆红的大门前,就把那袖章摘下来装在口袋里藏着。吃过晚饭,何四老爷就装着无事套叔爷的父亲的话。何四老爷问:"这些天你驮儿搞进搞出,跟'同志'搞什么事?"叔爷的父亲说:"也没搞什么?就是头上的事脚下的事。"何老爷问:"头上的事是什么,脚下的事是什么?"叔爷的父亲说:"四老爷,您还不晓得哟？头上的事是剪辫子，脚下的事是放足。"何四老爷问："'同志'封了你什么官？"叔爷的父亲拿出袖章递给何四老爷看，说："就这个队的分队长。"何四老爷用眼睛望定叔爷父亲的脸，说："河水不犯井水，你当他的官还到我家来干什么？"叔爷的父亲愣了一会儿，就笑，说："四老爷，我到您家不是把袖章藏着了吗？"何四老爷说："看来你再也不能到我家来。"叔爷的父亲说："四老爷您这叫什么话？我是忠心保主呢？我要是不来就没人上您家的门了。"

第二天何益之就叫叔爷的父子拿剪辫子和放足的布告，到何家大山何干夫庄园的红漆大门上去贴。叔爷的父亲说："'同志'，这事你最好叫别人去。"何益之说："别人不行。就要你去。"叔爷的父亲问："为什么？"何益之说："你们父子不是在他家落脚吗？你对他家最熟。"叔爷的父亲说："还有人对他家熟。"何益之说："我晓得，别人没得你熟。你要是怕，就不要参加。"叔爷的父亲说："笑话。我怕什么？"叔爷的父亲只好把叔爷架在肩膀上，叫他的儿拿着那张布告去。何益之派几个人跟着。

天上的太阳烈，架在肩上的他的儿，将那张布告顶在头上，当帽子遮太阳。父子俩到了何四老爷的庄园，红漆大门闭着，叔爷的父亲没贴，敲开门，驮儿进去，叫那几个跟着的人在大门外等。叔爷的父亲进庄园后，让他的儿把手上的布告，交给了四老爷，很自然，就好像是探来的消息。

何四老爷问："哪来的？"

叔爷的父亲没回答，肩上他的儿说："捡来的。"

何四老爷接布告傻眼了，布告上限令当日执行，否则以保皇党论处。叔爷的父亲说："四老爷这是没办法的事，'同志'派来验收的人在大门外等着哩。"叔爷的父就驮着儿出了庄园在大门外等着。何干夫没办法，只得执行，叫来家中男女，把辫子剪了把足放了，将家中男人剪的辫子和女人放足的布，乖乖地交出来，放在庄园的大门口的樟树下，让族祖何益之派的人验收。验收的人当着叔爷父子的面，对着名单数辫子和裹脚布。验收的人问叔爷："是不是这些？"叔爷说："是这些。"

验完了。验收的人走了，叔爷的父亲还不走。叔爷的父亲驮着儿进了庄园。何四老爷问："黑老二，该剪的都剪了，该放的都放了，你还回来干什么？"叔爷的父亲说："四老爷，从今天起我们父子就不到您家歇了。"何四老爷问："不到我家歇，到哪里歇？"叔爷的父亲说："四老爷，您放心，是根草儿总有露水养，是个雀儿总找到一个窝儿的。"

这一招让何干夫颜面扫尽。他心痛的并不是辫子和放足布，他心痛的是何益之那小儿对付他的方法。

8

还有更绝的。

几天之后，何益之竟然叫叔爷的父亲驮着儿，送来一张公文。那公文盖着通红的章子，指名道姓叫他何干夫第二天上午八点到镇上何氏节孝祠"共商国是"。这小儿跟他弄文呢！"国是"是什么意思？何干夫懂。"国是"就是"国事"。好大的口气！把个何干夫气得半死。

何干夫拍着桌子上的公文问叔爷的父亲："那个黄口小儿与老夫有什么'国是'共商呢？"

叔爷的父亲正在装相，肩头上的叔爷开口说："回四老爷，'同志'的心事，小的略知一二。"

武秀才的曾孙在族长前面说雅话儿。

何干夫问："什么事？"

叔爷的父亲就把儿放在地上，任他的儿说。

族祖何益之奉命回乡之后，以鄂东军政支部专员、浠水分部执行干事的名义主政竹瓦区的工作。那时候浠水以浠河为界，划作七个区，河东三个区，河西四个区。竹瓦区在浠河之东，属于东二区。上是团陂区，下是巴河区。清朝县下设乡，乡下设保。乡长和保长都是富人兼职的，上传下达，收皇粮国课，派夫派款，一般没有专门的办公地方。共和了，设了区公所，人多事多，轰轰烈烈，热火朝天，就需要专门的地方办公。那场子还不能小。族祖何益之就看中了镇上的何氏节孝祠。何氏节孝祠，一进三重，大院套小院，内面有牌坊，有戏台，苍松翠柏，是开大会、演文明戏和办公的好地方。

何干夫问叔爷的父亲："他说得是吗？"

叔爷的父亲笑了，说："回四老爷，我的儿聪明。他说得对！"

何干夫问："你怎么知道的？"

叔爷的父亲说："回四老爷，这几天何益之到节孝祠转了好几次，连我的儿都看出了他的心思。"

何干夫被激怒了，问叔爷的父亲："黑老二，你是不是何姓子孙？"

叔爷的父亲说："回四老爷，我是何姓子孙。"

何干夫问："节孝祠是不是你照管？"

叔爷的父亲说："是我照管。"

何干夫问:"作为何姓族长,四老爷平日待你薄不薄?"

叔爷的父亲说:"不薄。"

何干夫说:"你要是何家的种,就给我来个文进武出!"

叔爷的父亲说:"就怕扛不住。"

何干夫说:"你不是各种法子都有吗?你先把你的法子拿出来,到时候四老爷再出来煞他的威风!"

何四老爷就把那副残了的麻将拿出四张风,东南西北,交给叔爷的父亲,说:"拿着。横直残了的。照我说的办好了,这东西我还有,再给。"

叔爷的父亲拿着那四张金麻将,笑了说:"四老爷,您说得对。何氏节孝祠是'同志'想进就进的吗?您答应了,我还不答应哩。"

何四老爷问:"你用什么法子?"

叔爷的父亲说:"四老爷,我的法子您应该晓得。"

何四老爷说:"一夫当关,万夫莫开?"

叔爷的父亲说:"对。我死守大门,他就进不去。"

何四老爷说:"先打破自己的头,血光满面?"

叔爷的父亲说:"见了血,他就不好办。"

何四老爷指着金麻将说:"黑老二,东西你收好,莫搞丢了。"

叔爷的父亲说:"四老爷,你笑话我。这好的东西,我做梦也想。保证丢不了。"

9

叔爷的父亲将四个金麻将装在口袋里,就驮儿出了四老爷庄园的门,天色晚了,是鸡进笼鸟归林的时候。

往日在四老爷家里歇,那天就不能再在四老爷家里歇。叔爷的父亲就驮着儿往燕儿山腰的老屋垸走。将儿驮到瓦儿厍的土地庙前,叔爷的父亲就无比的悲愤。他就问驮在肩上的儿:"种,你说四老爷家好不好?"他的儿在肩上说:"父,四老爷家好。"他问儿:"什么好?"他的儿说:"四老爷家有宽床大被。"他说:"儿呀,四老爷家的狗只要摇尾巴,也能住温暖的窝。你说我和你能做狗吗?"他的儿说:"父,我们是人。"叔爷的父亲说:"儿哇,你说对了。是人怎么能一直摇尾巴呢?"

叔爷的父亲驮着儿走到了土地庙。土地庙里点着灯,亮着香。那是虔诚的种田人渴望收成敬的。叔爷的父亲将儿放在庙里,也不跪,同儿站在土地菩萨供桌前,说:"土地老儿,老子一生没求你,今天求你一回。你要睁开眼睛,莫睡着了。四老爷今天给了我四个金麻将,你说我得不得?"他将口袋子里的金麻将拿两块出来合在手里摇得当当响,说:"我就拿这东西当卦,若是可得,你就允,字朝天。若是不能得,你就不允,字朝地。"于是就丢,丢了三次,三次都是字朝天。叔爷的父亲愣了会儿,望着土地菩萨呵呵笑,指着土地菩萨说:"土地老儿,你莫骗我!这东西我不能得。"

就在这时候天光渐收,雾霭弥漫。就见一个人骑着一匹白马顺路追了上来,叔爷的父亲就知道是谁来了。来人在马上喊:"黑老二,你驮儿到哪里?"叔爷的父亲说:"我和儿回老屋垸。"来人说:"黑灯瞎火的路不好走,路上还有狼,跟我回镇上吧。"叔爷的父亲说:"镇上没得我们爷儿俩的歇处啊!"来人说:"同我一起睡。"叔爷的父亲说:"你睡哪里?"来人说:"有我睡的就有你们爷儿睡的。"叔爷的父亲问:"你为什么对我们爷儿这样好?"来人说:"因为我们是同志。"叔爷就感动了,说:"同志,你真好!"

那天夜晚叔爷的父子就和何益之同盆净脸,抵足而眠,睡在镇上的客店里。那被子是缎子的,光滑而温暖。叔爷父子就彻底感动了,彻底感动后,没用多少时间,就把何四老爷出卖了。

第二天那戏就很好看。叔爷的父亲就起了一个大早,同他的儿开了何氏节孝祠的大门,将里面的院子、戏台和殿堂,打扫得很干净。吃过了早饭,何益之就骑着白马带人来到了何氏节孝祠。叔爷父子就当门而立,守着不让人进。一方要进,一方不让进。人越集越多,叔爷的父亲就把事先准备的鸡血淋到头上,双手一抹,来了个血流满面。那公鸡是现杀的,那血就鲜,那效果就好。

双方闹得不可开交,就有何姓族人到何家大山去报信。何四老爷闻信就带着家丁坐着八抬大轿来到镇上。一路家丁开路,就差鸣锣开道。来到何氏节孝祠的大门前,轿子落地,何四老爷就提着架子下轿。家丁簇拥,何四老爷喝一声:"光天化日,谁在这里撒野?"

何益之骑在那匹白马上,并不下马,说:"何四老爷,是我。"何四老爷问:"你是谁?"马上的何益之说:"连我都不认识吗?我就是'同志'。"何四老爷问:"何家小儿,你想干什么?"何益之说:"约你来共商国是。"何四老爷问:"什么国是?"何益之说:"你不知道吗?国是就是国家大事。"何四老爷问:"强占家祠就是你们的国是吗?"何益之说:"不是强占,是征用。根据国是需要,征用祠堂办公。"何四老爷问:"你敢?"何益之说:"国家兴亡,匹夫有责。没有什么不敢的。"何四老爷问:"我答应了吗?"何益之说:"你认为你重要吗?"何四老爷说:"我是族长,代表族人。"

何益之说:"我主政本地革命工作,代表国家。"何四老爷盛怒了,指着何益之说:"混账东西,何氏族人答应了吗?"何益之说:"所以下公文请你来。"何四老爷指着血流满面的黑老二,说:"我说的不算。他是何姓子孙,现在让他说。问他答应不答应?"这时候叔爷的父亲就呵呵笑,说:"何四老爷,你有什么想不通的?皇帝都让位了,清朝都不要了。你这个族长算什么?有个卵子用?我早就同意了。"何四老爷指着叔爷说:"黑老二,你!"叔爷的父亲说:"这叫引蛇出洞。告诉你何干夫,我现在是人不是狗,只要有人把我当人,我就跟他走。"于是叔爷的父亲就洗脸,那盛水的铜盆早就准备好了,毛巾都放在里边了。叔爷的父亲把头伸到铜盆里,那鸡血就化在里边,一盆的红。叔爷的父亲把手巾拧干,叫他儿帮他擦脸,说:"种,你跟老子擦干净,老子要做人。"

何四老爷指着叔爷的父亲,手指颤颤的,问:"是鸡血?"叔爷的父亲说:"对。是鸡血。"何四老爷问:"事先杀鸡准备好的?"叔爷的父亲说:"对。"何四老爷问:"引我受辱?"叔爷的父亲说:"不错。"何四老爷仰天一叹:"武秀才的孙是人了哩!再不干输打赢要的事?"叔爷的父亲说:"对。何家少了一条狗,多了一个人。不,是两个,还有我的儿。"何四老爷问:"黑老二,你什么时候明白的?"叔爷的父亲说:"昨天晚上。"

何四老爷问:"黑老二,还要金麻将吗?我家还有。"叔爷的父亲就把那四张金麻将拿出来,丢在何四老爷的脚下,说:"你以为我稀罕吗?你问我的儿,他晓得老子的志向。你收回去。想收买我,做梦。"何四老爷说:"什么东西?残了的,覆水难收。"叔爷的父亲说:"我晓得你不会要,我交出来作革命活动经费。"马上的何益之对众人说:"欢迎革命同志!"

众人都是明白人,晓得背后何四老爷用了什么招,笑成一团。何四老爷对马上的何益之说:"'同志',今天的戏演得好!出乎意料,却在情理之中。老夫告退了,后会有期!"

何四老爷颜面丢尽,坐上轿子,就涌了一口血。那血他没吐出来,吞回肚子里。

何益之就领着众人骑着白马进驻何氏节孝祠,那景象就像首义成功,革命军开进武昌城。

10

那时候竹瓦镇何氏节孝祠的大门口就挂上了两块牌子,一块是国民党浠水县竹瓦分部，一块是国民革命政府浠水县竹瓦区公所。终日人出人进，热闹非凡。何益之身兼两职，既是书记，又是区公所的负责人。何益之办公的地方就设在节孝祠正殿的戏台上。戏台宽阔，可以开会。开大会人多，领导坐台上，群众站台下。开小会人少，就都在台上坐。戏台两侧有许多厢房，原来是演员化妆和族中头面人物看戏的地方，就成了何益之和工作人员吃住的地方。这样的地方，宽敞、阔绰，能让何益之工作起来心情舒畅，游刃有余。如今家乡的竹瓦镇镇政府仍在何氏节孝祠，只是完全改变了模样。

作为革命办公重地，偌大的节孝祠只有一个人是专职的，那就是何益之。他是上级派回的，职业革命家。其他人都是业余的。职业革命家据说有津贴，但何益之没要，用来作为革命活动经费，他家不穷，不缺这点钱。其余的人根据参加活动情况领补助，这些钱在何羲之的"洪门"组织筹得的款项里列支。

那时候何氏节孝祠里当家人明里一个，那就是何益之，其实是两个，暗里还一个是何益之的父亲何羲之。两人都是国民党党员，一个明里，一个暗里，支撑着竹瓦地区的革命运动。从那时候起竹瓦地区的革命运动就像放火烧山，点着了，就风助火势，火借风威，扑灭不了。农会、妇女放足会、儿童团等群体组织，像雨后春笋般的成立了。叔爷的父亲就当上了农会主席，他的儿就当上了儿童团长。何益之夜以继日地工作，白马进，白马出，何羲之批示叔爷父亲暗中保护，叔爷的父子就成了他的随从。

这期间军阀混战，全国的形势就像台上的皮影戏，你方唱罢我登台，鱼龙混杂，叫族长何四老爷和何姓的有钱人，在摸不清风向的同时，觉得好笑。但那时候火还没有烧到他们的身上，他们还是全须全尾的。

就在这期间何益之的两件事，被何四老爷抓住了把柄，视为大不敬。恨得牙痒的何四老爷，决定拿出族长的威风，召集族中头面人物，开祠堂处罚这个不孝的子孙。

两件事是明的，其实是由一件暗事引起的。明的两件事，何四老爷可以理直气壮地说；暗的一件事，何四老爷只能尿壶泼到被窝里，不能说出口。

先说暗的那件事。

暗的那件事与河边潘家垸姓潘的女子有关。河边潘家垸的潘长根膝下无儿只有三个女儿，潘长根家三代是何四老爷家的佃户，对于何四老爷，潘长根那是言听计从。潘长根的三女儿眉清目秀，是巴水河首屈一指的美人，是天亮生的，父亲给她取个名字叫作亮儿。那一年大旱田地歉收，潘长根就请何四老爷到他家看课，这是巴水河边佃户与主家不成文的规矩，希望何四爷看了受灾情况后减当年的租子。到受灾的田地看了后，潘长根办酒招待何四老爷，这也是不成文的规矩，只要招待得好，主家高兴了，那租就可以减。那天潘长根减租心切，就叫三女儿出来敬酒，讨何四老爷欢心。这是穷人家没有办法的办法。

潘家三女儿没有办法只得遵从父命出来敬酒。酒桌上的何四老爷见到潘亮儿眼睛就直了，忘记了夹菜。何四老爷早听说潘家三女儿漂亮，没想到如此的漂亮。潘长根对三女儿说："亮儿，给何四老爷敬一杯。"潘亮儿就给何四老爷敬酒，说："何四老爷，小女子给您敬一杯。"潘亮儿抿一口，何四老爷掇杯，就一口干了。

潘亮儿敬了酒就进了后房。何四老爷的眼睛就收不住，随着潘亮儿的身影扯不脱。潘长根说："何四老爷，吃菜，吃菜。"何四老爷这才觉得失了态。何四老爷到底是见过场面的人，晓得救场，对潘长根说："长根见笑了。食色，性也，孔圣人说的。"潘长根说："何四老爷，你要是喜欢，就让她到贵府当丫头，赏口饭吃。"何四老爷说："潘家金枝玉叶哪能贱用？多大了？"潘长根说："今年十五，跨过年就是十六。"何四老爷问："许婆家没有？"潘长根说："还没有呢，我家亮儿心气高。"何四老爷说："那就好。不怕你笑话。何门不幸，虽然有儿有女，但不蠢即愚。过了年我就把她接过去，当女儿养。我的老娘早就想收个聪明女儿料理她。"

于是就说定了。潘家从此种何四老爷家的田地，不用交租子。何四老爷还当面下了一百块大洋的定金。约定过了年何四老爷就把潘亮儿接过去当女儿养，料理他的老娘。说是当女儿养，其实是纳妾。那时候清朝没倒，有钱人四十五岁之后是允许纳妾的。何四老爷没说破，潘长根心里清楚，潘亮儿心里也清楚。父命难违，潘亮儿心里有苦无处诉，只觉得天昏昏地沉沉，没有一丝活命的气儿。

没想到这时候何益之就回乡闹革命，骑着那匹白马，驰骋在青山之上，绿水之间。天宽了，地阔了，太阳亮得闪金光。那个骑白马的人儿，成立农会、放足会，发动人们剪辫子放足，移风易俗。放了足的潘亮儿就像鱼儿见到了春天的活水，忘情地赶上游。潘亮儿参加了妇女放足会，上了识字班，人聪明能写许多字，能懂许多革命道理。那时候潘亮儿受了何益之的影响，剪了齐耳的短发，一身学生装，终日追随那个骑白马的人儿，眸子闪烁着青春的光芒。

那一天夜里月亮满了，挂天上分外的明，秋风摇着月影里的树竹，巴水河边就同仙境一般。这时候那个梦里的人儿骑着白马，从巴水驿开会回竹瓦镇。潘亮儿就隐在古驿道边的竹林里等何益之。何羲之怕出意外就派叔爷父子到驿道上来接何益之。

夜深了，石板铺的古驿道，初霜结了，月亮下闪着银色的光。何益之骑马走到潘家垸时，在路边竹林里守候多时的潘亮儿，就出来了，拦住了马头。

何益之勒缰停马，看到了月光下那个一身学生装，剪短发楚楚动人的人儿。这个人儿好生了得，与他在武昌见到的女学生没什么两样。

潘亮儿说："同志，我有事请教你。"

何益之问："你是谁？"

月下那个人儿咬着嘴唇说："你不认识我吗？我是潘家垸的潘亮儿。"

何益之问："啊，是潘亮儿。你找我有什么事？"

潘亮儿说："找你为我拿主意。"

何益之问："你要我为你拿什么主意？"

潘亮儿说："何大山的何干夫要纳我为妾。这事你知道吗？"

何益之说："这事我知道。"

潘亮儿说："你说他一个封建糟老头子，我一个革命青年，我能往火坑跳吗？"

何益之说："不能。"

潘亮儿说："那你就要为我做主。"

何益之说："我给你做主。"

潘亮儿问："真的吗？"

何益之说："真的。我以革命的名义对你保证。"

潘亮儿哭了，说："同志，谢谢你！"

何益之说："不用谢，这是我应该做的。"

潘亮儿破涕为笑，说："还有件事，要请教你。"

何益之问："还有什么事？"

潘亮儿说："你说一个洋学生，会娶一个贫家女儿吗？"

何益之说："那要看是不是真心相爱？"

潘亮儿说："若是真心相爱呢？"

何益之说："那就有可能。你这么漂亮，觉悟又这么高。我想他会愿意的。"

月亮下的潘亮儿眼睛里闪着逼人的光芒，问："这是你说的？"

何益之说："是我说的。"

那时候潘亮儿胸膛起伏着，问："同志，你喜欢我吗？"

何益之说："你说呢？"

潘亮儿说："我知道你喜欢我，你的眼睛瞒不过我。"

何益之说："亮儿，你真聪明。"

潘亮儿说："我问你，何干夫是你们何姓的族长，你怕他吗？"

何益之说："我从来就没有怕过他。"

潘亮儿问:"那么我问你,你敢娶我吗?"

那时候何益之说:"谁说我不敢娶你?告诉你潘亮儿,既然你喜欢我,我也喜欢你,什么都拦不住。执子之手,白头偕老。我娶你娶定了。"

那时候月亮下两个人儿你一声同志,我一声同志,情不自禁就拥到了一起。

那时候路边叔爷父子看见了那景象,就隐在竹林中。不敢打搅那幸福,叔爷的父亲就学斑鸠叫。那是夜间革命约定的接头暗号。何益之就与潘亮儿分开了。

等潘亮儿走了后,叔爷父子就出来了。何益之问叔爷父子:"你们都看见了?"叔爷的父亲说:"我没看见。"叔爷说:"我看见了。"何益之问:"都听见了。"叔爷的父亲说:"我没听见。"叔爷说:"我听到了。"叔爷的父亲说:"你这个苕儿。"何益之笑了,对叔爷的父亲说:"你不如你的儿。你的儿敢作敢当。"

叔爷的父亲笑了,说:"同志,你这是虎口夺食呀!世上哪有曾孙与曾祖争这事的呢?"

何益之爽朗一笑,说:"天地生人,自由恋爱。谁叫她爱我,我爱她呢?人生在世,就要树一代新风,传百世佳话。"

潘亮儿回家就把定银退还了何四老爷家,并且交了应交的租子,了断关系。这些钱当然是何益之家出的。儿子敢爱敢恨,何羲之非常支持儿子的行动。"洪门大爷"有的是气势,争的是义理,又不缺钱。

一时间,这件郎才女貌的盛事,作为佳话,在巴水河两岸闹得杨柳生风,成为青年男女向往的梦。

这是暗事。

吃了哑巴亏的何四老爷,是不会有脸把这事拿到桌面上说的。

11

被何四老爷认为大不敬,要开祠堂兴师问罪的两件明事,第一件是何益之在家中"拿他父亲玩一刀"。"玩一刀"就是开刀。何四老爷不说开刀,说开刀没味,说"玩一刀"就很有意思。何四老爷是弄笔头的出身,一个"玩"字就大有文章可做。

那时候作为"洪门大爷"的何羲之,在很长的一段时间里行动诡秘,经常像云游僧一样出没深山老林之中风餐露宿,直接后果就是肚子经常隐隐作痛,就在他儿子回乡革命闹得轰轰烈烈之际,突然暴发了,得了急性阑尾炎,痛得他在节孝祠戏台厢房的床上打滚，要死要活。人们就慌了，那时候巴水河边没有西医也没有西药，得了这样的急症，郎中们束手无策，只有看着病人痛死。

何益之很镇定。何益之留学东洋学的是外科，当然知道他父亲得的是什么病。这种病在他眼里不算什么，用不着大惊小怪，动个手术，打开腹腔，将阑尾割掉就行。

就在何姓族人亲者痛仇者快等着料理"洪门大爷"后事的时候，何益之让叔爷的父子叫人从节孝祠戏台厢房的床上，将痛倒的父亲用竹床抬着，用白布盖着，拿条毛巾叫父亲咬着，免得痛急了咬掉舌头，他一路扶着竹床将父亲抬回燕儿山腰的竹林深。

那是一个好天气，秋高气爽，太阳照着，就在竹林深老屋的厅堂里，何益之拿出从东洋带回来的器械和药物，用那乘竹床作手术台，镇定自若戴上大口罩，不露嘴鼻只露眼睛，也不用助手，轻车熟路消毒止痛止血，亲自操刀开膛剖肚给他父亲动手术。

那时候在古老的巴水河畔这可是惊天动地的大事，就好比夜里出太阳。人们仿效过二十四孝中割肉还亲，将手臂上的肉割下一块来，煨汤给娘老子吃治病尽孝的，就是没见过儿子给父亲开膛剖肚的。虽然何益之一刀将他父亲的病治好了，虽然"洪门大爷"坚强，几天之后就可以下地行走，但是何四老爷同守旧的族人，"是可忍，孰不可忍"，认为这是"自从盘古开天地，三皇五帝到如今"大不敬的事。

何益之给父亲动手术，叔爷父子在场，目睹了全过程。何四老爷明白要置这个不肖子孙于死地，是需要铁证的，没有铁证你就是天王老子也说不赢那个雄辩的种。于是何四老爷就使法子，让叔爷驮儿去他的庄园一趟。何四老爷使的法子很原始，让人带信给叔爷的父亲，说只要去，他就把那副残了的麻将全部给他。何四老爷为了求铁证舍得花血本。

暮色像水一样朝起漫，北风紧一阵慢一阵地吹。带信的人把叔爷的父亲从节孝祠里叫出来，叫到大门外，对着耳朵把何四老爷的原话对叔爷的父亲说了一遍。叔爷的父亲就怦然心动，浑身的血就涨了起来，那可是一百五十多两黄金呀！有了它，他们父子两代人的日子就不愁过不去。叔爷的父亲想去，若不声张，那一百五十多两黄金就可以暗得。又怕去，他知道何四老爷的金子不是好得的，搞露了底就鸡飞蛋打一场空，落个里外不是人。于是叔爷的父亲想了个两全之策，就去请示何益之，把何四老爷叫他去给金子的事和盘托出，要何益之定他去不去。何益之问："你知道他花这大的血本叫你们父子去做什么吗？"叔爷的父亲说："要我出卖你。"何益之问："你怕吗？"叔爷的父亲说："我不怕，你怕吗?"何益之笑了,说:"我有什么怕的?这样的好事,怎能不去?革命需要经费。"叔爷的父亲眼睛急眨眨地说:"同志,我可是一片忠心呀!"何益之知道他的心思,说:"你若能为革命作贡献,就让你当农会主席。"叔爷的父亲说:"你说话算数?"何益之说:"放心,同志说话从来算数。"

于是叔爷的父亲就驮儿去了何家大山。叔爷的父亲驮儿去何家大山是晚上,夜色正好,北风歇了,有雾有霭,何四老爷的庄园的景物依稀。何四老爷在饭厅接待叔爷父子。与往常不同,何四老爷把叔爷父子当久别重逢的亲人,又是茶又是烟,亲热得让叔爷父子受不住。然后何四老爷叫人给叔爷父子每人上一碗下水汤,让两人热热地捧着喝。下水汤是猪的肠肚做的。何四老爷家的下水汤做得好,在巴河两岸出了名,一般人喝不上,只有县太爷拜访和贵客临门,他才肯上,叔爷父子在他家出入几多年,只能闻个香,这时候就喝上了。叔爷的父亲喝一口心就醉了,他的儿一掇碗就喝得响。何四老爷叫人把那副麻将用袋子装了,放在叔爷父亲的脚边。叔爷的父亲脑子里就金光灿烂,农会主席就是他的了,心里高兴,手脚就放开,也喝响了。

何四老爷问:"黑头,我把今天你当人没有?"

叔爷的父亲说:"何四老爷,你今天把我当人了。"

何四老爷问:"黑头,金子是不是好东西?"

叔爷的父亲说:"何四老爷,金子是好东西。"

何四老爷问:"黑头,你打算拿这好东西做什么?"

叔爷的父亲说:"想做大事。"

何四老爷问:"买田置地?"

叔爷的父亲摇头。

何四老爷问:"给儿定门亲?"

叔爷的父亲又摇头。

何四老爷笑了,说:"黑头,那你就要升官。"

叔爷的父亲也笑了,说:"你怎么晓得?"

何四老爷笑着说:"黑头,你以为何四老爷是茗?自古黄金是有价的。不买田不置地又不跟儿定亲,那就是做本。"

叔爷的父亲说:"你眼睛太毒了,所以不能跟你玩。"

何四老爷说:"人生在世,事不就是那些事,玩不就是那些玩。现在汤也有喝的,本钱也有了。你跟我说个笑话儿。你说,我要记一记,你说完我记完,你再画押按个手印上面,这袋金子就是你的,你就有本钱。"何四老爷就铺纸提笔。

叔爷的父亲说:"哪来的笑话?"

何四老爷说:"你见过剖人吗?"

叔爷的父亲说:"见过。"

何四老爷问:"什么时间什么地方什么人剖什么人?"

叔爷的父亲说:"冬月初八在竹林深何益之剖何羲之。"

何四老爷在纸上记了,问:"你在场?"

叔爷的父亲说:"在场,亲眼所见。"

何四老爷问:"好玩吗?"

叔爷的父亲说:"不好玩。"

这时候叔爷开口了,说:"好玩。"

叔爷的父亲说:"个苕东西,要是剖死了就不好玩。"

何四老爷问:"人的肠子是不是花花绿绿的?"

叔爷说:"是花花绿绿的。"

何四老爷问:"同猪的肠子是不是一样的?"

何四老爷这样一说,叔爷的父亲就盯着碗看,碗里的东西就成了人的,叔爷的父亲就哇地吐了,吐出了眼泪。

叔爷的父亲擦着眼泪说:"人与牲畜不一样。"

何四老爷说:"剖开是一样的。"

叔爷不吐,喝得津津有味。

叔爷的父亲就又吐,说:"何四老爷,你说话好没味。"

何四老爷愤然作色,说:"黑头,世道变了,不是话没味,是人没味了。今天我不该这样说,你也不该这样来。我既然这样说了,你也这样来了,我俩各图所需。现在我念一遍你听,看是不是这样?是这样你在这纸上画个押按个手印就行了,你就把这袋黄金提去。到时候你当面也可,不当面也可。若是当面,别的不要你再说,这纸上写着了,只要你说一句话就可得。"

叔爷的父亲问:"说什么?"

何四老爷说:"说人的肠子与牲畜的肠子一样的。"

叔爷的父亲说:"我要是不画押也不说呢?"

何四老爷说:"这袋黄金你就提不去。"

叔爷的父亲掐着大腿说:"这大的事,那我要想一想。"

何四老爷说:"对,你要想好。"

叔爷的父亲想了好半天。

何四老爷问:"黑头,我问你这本钱你要是不要?"

叔爷的父亲说:"何四老爷,这本钱我还得要。"于是就在纸上画押按了手印。

何四老爷收了那纸,说:"黑头,这就对了。没本做不成生意。你吐得这样厉害,能提吗?"

叔爷的父亲抹一把眼泪,呵呵笑说:"何四老爷,你放心,有人提。你看我的儿不是没吐吗?"

叔爷的父子连夜将那副黄金的残麻将提回节孝祠,交给了灯下办公的何益之,汇报全过程。于是何益之就召集人开会,表扬了叔爷父子的觉悟,宣布叔爷的父亲为竹瓦区的农会主席。

叔爷的父亲对何益之说:"同志,我吐干净了,饿。你给我做点吃的。要素的,不能见荤。"

何益之就叫人给叔爷的父亲做了一碗青菜面,连荤油也不放。

12

第二件被视为大不敬的事,是何益之称他父亲为同志,公然白纸黑字地贴在节孝祠戏台上办公室的门上。

那时候何益之身兼数职,省里府里县的职他都兼的有。兼的职多就经常骑着白马上去开会,上去开会就需要人代理他处理公务,别人他信不过,只有依靠他父亲。他父亲是"洪门大爷",掌得住盘子。于是每逢上去开会之前,他就用宣纸提笔写张告示贴在办公室的门上:接上级通知,本人出外开会数日。数日之内,本地公务委托何羲之同志代理执行。注明日期,然后署名何益之。

于是就有族中好事之徒,趁人不注意将告示揭下来,送到了何四老爷的府上。何四老爷如获至宝。送告示的族人,到如今不知是谁,据说得了何四老爷四块大洋的赏。族中有人说是叔爷的父亲,若干年后在大队当书记的叔爷被打成了"走资派",批斗时族中有人揭发,说当年揭告示出卖何益之的事是叔爷父子所为。那时候沧海桑田,恍若隔世之梦,叔爷的父亲和何四老爷早就老死了,风云一时的"洪门大爷"何羲之也早就入了尘土,他骑白马回乡闹革命风流倜傥的儿子何益之也在"清匪反霸"中身首异处被误杀了。这样的时候族人翻出陈年旧事来批斗,叔爷在阵阵北风中笑了,笑出眼泪。叔爷说:"世事无常,当年我和我的父亲一百五十多两黄金都没要,要那四块大洋吗?"于是族人举拳头喊口号打倒他,说他不老实。他只有低头认罪。好在这时间不长,一阵风吹过,叔爷就复出了,依然当他的大队书记。官复原职的叔爷在继后"割资本主义尾巴"运动中,很快查出揭发他的那个族人是个坏分子,直接证据是那个族人在河滩开了一块自留地种菜,就让那个族人在大队林场住了七天的学习班。此是后话。

那时候有两件铁证在手,恨何益之恨得入骨的何四老爷,决定召集族人开祠堂惩处这个不肖子孙。这个决定得到了族中头面人物的一致赞成。族中的头面人物摩拳擦掌义愤填膺地说:"这个东西是要惩一惩!"

13

作为族长何干夫是有权惩处族中不肖子孙的。他提出,族中头面人物合议了,不必上报官府,就可以按家法论处。轻则褪裤子打板子,重则装篓子沉潭。这些一条条一款款作为家法写在族谱上,并且一直在执行。

惩处在燕儿山竹林深老屋垸左边的何氏大祠堂里进行。竹林深老屋垸的何氏大祠堂一进三重,是南宋时由江西迁到巴水之阳何姓这支人灵魂和肉体的汇总之地。祖宗的牌位是死的,层层密密。子孙是活的,春秋两祭。祠堂坐落在燕儿山之下,古树撑前,竹林杂后,整个祠堂就没在其中,混沌不开。祠堂前面有口池塘,岸低塘深,杂树半掩,那水常年就是酱油的颜色,天风吹来,只在塘心筛一眼天光。家祠是生命禁地,不祭祀不惩处的时候,人畜罕至。由于阴气太重,族学不敢设在正殿,而设在东边高处的阳坡上的偏厢里。那是种祖田守祠堂人家的住处。那时候族中上族学的子孙,从小就在这生命禁区的边缘发蒙。顽皮了,也闯禁区,溜下去探险。那下面地上洞多,天热了地上常有大蛇出没,天冷了林中常有猫头鹰嘶啼。只有夏天烈日当空的时候有些暖意,就有睡莲浮出水面,开出红色的花儿,有好看的鸟儿,成对的戏水,大人说那是鸳鸯。

何氏大祠堂就在燕儿山下老屋垸竹林深的左边。前年我回乡祭祖,沿着竹林深老屋垸转,转到老屋垸前大沽塘岸面对燕儿山遥望,看见扯雾起云的燕儿山下,中间是老屋垸,左边是何氏祠,右边是叫做何氏戏场的荒坡,突然发现一个小小的何氏家族,竟然是按照紫禁城"左祠右社"的规矩建造的。

那时候何四老爷翻万年历把开祠堂的日子定在腊月十七。腊月十七好,腊月十七黑煞星当头,要那个不肖子孙记住这日子的厉害。何四老爷就下帖子。帖子是何四老爷亲笔用毛边纸写的。何羲之父子字写得好,何四老爷能考取功名字也不差。何四老爷自小临的是颜体,一张毛边纸也不裁,就那样捻管腾挪运气整张地写。抬头:"族中竖子何益之。"正文:"经族人合议,定于腊月十七日午时在何氏大祠堂共商'族是',敬请莅临。"结尾:"知名不具。"何四老爷冷笑了:

那回你不是请我到节孝祠共商"国是"吗？这回我请你到何氏大祠堂共商"族是"。这叫请君入瓮，以其人之道还治其人之身。何四老爷在桌上写了，翘着胡子吹干，卷成一筒，就把教族学的"斯经"叫来，让他送到何氏节孝祠。何四老爷问"斯经"："斯如，你晓得怎么说吗？""斯经"说："四老爷，您放心。我晓得怎么说。"

节孝祠戏台上的厢房里，何益之正在办公，"斯经"戴着礼帽拿着请帖就进去了。何益之问："有什么事？""斯经"说："也没大事。快过年了，四老爷让老夫给'同志'送一件礼物。"何益之接过，掂在手里问："是书法作品哩！""斯经"说："对，四老爷说，礼轻人意重。""斯经"就摘了礼帽，拿在手上恭敬地站在何益之的身边。摘了礼帽的"斯经"辫子剪了，梳着女人一样的短发。那时候族中的头面人物都是这个模样，从何四老爷学的。

何益之就知道葫芦里装的什么药，在桌子上展开帖子看，说："四老爷的字写长进了。""斯经"说："那是。率气而作，一气贯底，哪有不好的？"何益之说："可惜气太盛了，枯笔太多。""斯经"问："上面的字，你认识吗？"何益之笑着说："洋文都难不倒我，不就是几个普通的中国字吗？我念一遍你听。""斯经"说："那就不必了。"何益之说："不念，那你回去吧，就说我收下了。"

"斯经"动了脚，拿着礼帽要戴，又站着了。何益之问："还有什么事？""斯经"说："'同志'，你要写个回条。这是规矩，不然我回去怎么交代？"何益之说："对了，我不为难你。"就写回条。也是一张毛边纸，就八个字："请帖收到。知名不具。"也吹干，卷了，交给"斯经"，说："好了吧？""斯经"拿着戴上礼帽，又不走，问："'同志'，到时候你去不去？"何益之笑了，说："这是你问的吗？""斯经"说："我好回话。"何益之说："叫他等着吧。""斯经"说："这是什么意思？"何益之气笑了，说："不明白吗？等着就是等着。""斯经"说："那就是两可之间。可去可不去。这就是你的不对。去就说去，不去就说不去。一个'同志'，这个时候还说这种暧昧的话！"

何益之就觉得"斯经"很有意思，有必要与他探讨一番，就让"斯经"坐下，泡茶他喝。"斯经"摘了礼帽，坐下扶着茶杯喝。何益之问："我要是不去呢？""斯经"说："那就是怯。意料之中。"何益之问："何怯之有？""斯经"说："说明你理亏气馁。"何益之问："他拿我怎么办？""斯经"说："出你的驱条，宣布你大逆不道的行状，不让你姓何，让你在巴水河边立脚不住。"何益之问："我要是去了呢？""斯经"说："那就是莽。正中下怀。他就兴师问罪开堂打你的板子，六根去你一根。六根者，眼、耳、鼻、舌、身、意，人之原欲也。开堂之后，哪有全人？让你一蹶不振，威风扫地。"何益之笑了，说："这么说他为刀俎我为鱼肉?""斯经"说:"所以当年夫子奔齐。"何益之说:"这么说他是如来佛我是孙悟空?""斯经"说:"所以识时务者为俊杰。两难相择取其轻,退一步海阔天空,三十六计走为上。"

何益之微笑了,双臂抱在胸前:"这么一说,我就去定了。""斯经"说:"三思而行。"何益之说:"老子说治大国如烹小鲜。不就是一锅小鱼虾吗?我是怕火候难掌握,他们受不了!"

于是收回条重写,还是八个字:"如期赴约。知名不具。"交给"斯经"说:"回去复命吧。"斯经"拿了回条,戴上礼帽走,回过头来,叹口气说:"'同志',你不听劝。天日可鉴,我可是好心。"

何益之送他出门。天隐落日,北风扫地,节孝祠内,叶落如雨。那个老童生抬头避叶,低头看地。这个老童生儒犟一生,行圆守方,无媳无子,除了他就是他的老娘。他热眼看世,人冷眼看他,世态炎凉,只有娘呼儿的一口热气,落一个"斯经"绰号而已。何益之心里就不是个滋味儿。

14

巴水河边久旱无雨,腊月十七,冬干气清。族祖何益之一身戎装单枪匹马,如期赴约。

何羲之要派"洪门弟子"随行保护,被他拒绝了。何羲之说:"儿呀,生逢乱世,鱼龙混杂,不怕一万,就怕万一。"何益之说:"我倒要看一看当今之世是谁家天下?"何羲之说:"狗急了会跳墙的,他何干夫恨你入骨,要是趁机下你的黑手怎么办?"何益之说:"天理昭然,成竹在胸,正义在握。我要是挟众前往,岂不叫人笑掉大牙?我不白留洋了一回。"何羲之感动了,说:"儿呀!去吧!启一代之新风,开千年之心智,大丈夫当仁不让!我盼的就是今天。你是我的种!"

何益之骑上白马,拍马而行,顺着巴水驿古驿道而下,踏上去燕儿山山腰何氏大祠的路。

就在这时候只见古驿道上涌来何姓族中一干人,揪着叔爷父子,前往区公所,一路叫喊着要何益之断案。原来叔爷父子隔夜潜回老屋坑,五更时在何氏大祠堂放了一把火,叔爷的父亲心想,烧垮祠堂,要何干夫开不成祠堂打不成板子。没想到何干夫早有防范,派族人在祠堂巡夜,叔爷父子的火刚点着,还没烧起来,就被巡夜的族人当场拿住。天一亮,何干夫就叫族人揪着叔爷父子前往区公所,一路大呼小叫,说是小人当道,君子蒙尘,家祠难保,公理何存?出何益之的洋相。这一招让何益之措手不及。

何益之喝住众人，翻身下马，走到叔爷的父亲面前问："是你放的火吗？"叔爷的父亲说："对，是我放的火。"叔爷的父亲说："还不是为了你。"何益之问："成事不足，败事有余。"叔爷的父亲说："我是怕你死了。"何益之气极了，顺手打了叔爷父亲一马鞭，咬牙切齿地说："劣民之顽识，祸国之根苗。狗肉上不了正席。"前面的话叔爷的父亲听不懂，后面一句话叔爷的父亲听懂了。武举人的后人虽说穷了，但有一身蛮力在，从没有受如此之辱。叔爷的父亲的脸色气成猪肝色，问："你说什么？"何益之说："狗肉上不了正席。"叔爷的父亲跳脚说："何益之，你敢骂我？我是农会主席。"何益之说："我撤你的职。"叔爷的父亲问："不要我当？"何益之说："对。"叔爷的父亲说："是你说的？"何益之说："对。"叔爷的父亲说："你好大的权？"何益之说："我以革命的名义。"叔爷的父亲说："何益之，今天你要是死了，没人给你收尸。"何益之问："你咒我？"叔爷的父亲点头说："对！我咒你！"何益之气笑了，说："你认为我今天必死无疑？"叔爷的父亲说："不死也要去层皮。"何益之问："为什么？"叔爷的父亲呵呵笑，说："何益之，事到如今，我也不说假话，今天何干夫开堂打你的板子，所有的证据，都是我提供的。"何益之叹口气，说："我早就知道了。"何益之对族人说："放了他。我不是正朝何氏大祠堂赶吗？"族人就把叔爷父子放了。叔爷的父亲说："这么说我们父子的火不白放了？"何益之说："还有脸说火？回去反省吧！"

叔爷就驮着儿回区公所反省。

从此后叔爷的父子就把何益之那一马鞭和那一句"狗肉上不了正席"的话，记到了心肝里。后来叔爷父亲的职只是停了一段时间，并没有撤，还是当着。二十多年后的土改时，他死了，他的儿仍是黄龙乡的农会主席，就是因为当年的那一马鞭和那句话，在"清匪反霸"运动中，叔爷要了族祖何益之的命。

那时候古驿道就平静了，天上有太阳。那时候浩然之气就回到了族祖何益之的身上。族祖何益之骑着那匹白马，沿着巴水驿的古驿道，来到了燕儿山腰的何氏大祠堂。那时候何氏大祠前人头攒动。

我们巴水河东的何氏家族是个爱热闹的大家族。我们巴水河东何氏大家庭的许多人，都是"人随王法草随风"的角色，生怕天下无事，又生怕事落到自家头上。由于族长何干夫早有通知，定在那日开祠堂，所以看热闹的族人来得格外多。族中的事，族人有份，来的人要吃要喝，这是理所当然的。痛的人哭，不痛的人就笑，这也是理所当然的。族长何干夫格外大方，逢着这样的事，他舍得办酒，逢是族人只要你来，就有吃喝。他就拿银出来，叫族中的女人们到厢屋办酒，大鱼大肉，堆在案上任族中的女人们剁，剁得山摇地动。他就办烟置茶，叫族中的男人们坐着吸烟，等着吃肉喝酒，吃饱喝足后，再到祠堂里看热闹。于是何氏大祠堂前后，竹林里，树林里，以及池塘的岸上，都是族人。那些眼睛都兴奋，都是闪闪的亮。于是平常日子里，毫无生气的何氏大祠堂，就有了生机。于是冬天太阳下，厢屋里鱼肉的香味，就随柴烟袅袅地升起来，叫人吞不赢口水。

我们巴水河东的何氏家族，说是读书的人多，那是爱脸的话。其实还是没读书的人多。读书的人管着是非，不读书的人管它干什么？所以这样道论是非的场面，管是非的人就紧，紧着脸看人。不管是非的人就松，松着脸看事。你看那何干夫，带着族中头面人物来了，一溜轿子，顺着池塘红石砌成的岸路进，由族中一身短打的打手们，簇拥着。那些族中的打手是何四老爷说好工钱的，一天下来两块大洋。他们一来就把轿子停在祠堂大门的坪子上，落轿之后，一个个长袍马褂，头戴瓜皮小帽，端着架子，迈着大四方步儿，进祠堂。他们的辫子剪了，但服装依旧。就像戏台上武场，鱼贯而入，威风凛凛。他们进了祠堂，依辈分，分主次，围在祖宗的牌位下，那张硕大的八仙桌子，翘着胡子，正襟危坐，喝茶吸烟，煞有介事。

那时候从竹瓦镇出来，驿道两边，暗哨已布。那都是何四老爷布置的传讯人。一有消息，举手为号，即该传到。那时候不管是非的族人们就知道，今天两强相斗，有好戏看，热闹。

只听见咳咳之声，由远而近。族人放眼望去，天空云净，那个头戴大檐帽，一身戎装的人儿，骑着白马，踢尘而来。暗哨报讯，讯至祠堂之内，何四老爷含笑点头。族人惊呼："'同志'来了！"何四老爷忍得住戏，不出祠堂，严阵以待。

马到人到，干净利索。来到祠堂大门，何益之翻身下马。就有族中打手，上前牵马，提水饮马，给马喂料。这表面是礼，却暗藏杀机。那水中下了毒，那料里下了砒霜。这马是"同志"的魂，先让马中毒，杀他的威风。

何益之就笑，说："不必徒劳。你们知道这马是什么马吗？这马是训练有素的军马，不是随便吃喝的。"果然那马就不吃也不喝。打手们暗暗吃惊。何益之将马系在祠堂前那棵大柏树上，那马朝天嘶鸣，四蹄刨地不止。何益之用手拍马的脖子，说："有我在，没人敢害你。"那白马喷着响鼻，安静下来。

何益之不进祠堂，进了厢屋。厢屋里族中几个女人忙着在办酒。其中的一个是何益之的平辈。何益之叫她叫三嫂。三嫂长得漂亮。何益之与她熟。何益之同她开玩笑，说："三嫂，你认得我吗？"三嫂笑着说："我认得你，你是'同志'。"何益之故意将盒子枪的红缨露出来，说："三嫂，你认识我，认识它吗？"

三嫂吃了一惊,说:"'同志',你莫吓我。"何益之就把枪拿在手上玩,让三嫂看。三嫂的脸就吓白了。何益之笑了,将盒子枪装在腰间的枪套里,用手拿起一块炸鱼,说:"三嫂,这东西能吃吗?"三嫂说:"能吃。"何益之就在厢屋转,用手拎着吃。三嫂就要出屋。何益之问:"三嫂,你到哪里去?"三嫂说:"我有事。"巴水河边女人说有事,是指上厕所。何益之就望着三嫂笑。

三嫂出了厢屋就从侧门慌忙到了祠堂的正殿。三嫂对何干夫说:"四老爷,莫乱来,益之带了盒子枪。"何干夫和家族中的头面人物就大惊失色。他们根本没想到何益之会来这一手。他们只听说何益之有枪,从来没有看见他带。

三嫂前脚出侧门,何益之就从正门进了祠堂的大门。族中的打手们一拥而上,何益之拔出枪来,喝一声:"站住!你们想干什么?"打手们就吓住脚。就听一声脆响,何干夫手中的茶壶,就落在地上碎了。何益之说:"何四老爷,你也不用怕,我的盒子枪里只有一颗子弹。今天你招我来,我不想用。若是一定要用,那就是你的。你信不信?"何益之用盒子枪指着何干夫。何干夫就面无人色,手就颤抖起来,说:"莫乱来!有话好说。"何益之说:"你是个聪明人,你应该想到我会带什么来!这时候一个革命的'同志'会空手而来,束手就范吗?没有利器在手,清帝会逊位吗?"何干夫说:"那是,那是。"何益之说:"你以为仅是如此吗?你以为一颗子弹就能让几千年强大的族权土崩瓦解吗?如果仅是如此,你就错了。中国封建几千年,积贫积弱,毫无生气,到了非革命不可的时候了!"何干夫说:"言之有理,言之有理。"何益之说:"族长大人,你兴师动众,招我来不是附和我吧?你不是花一百五十两黄金收集我不孝的证据吗?你不是将我的手令叫人揭下来收着了吗?不是想置我于死地吗?都拿出来呀!"何干夫浑身哆嗦,说:"老夫糊涂,老夫糊涂。"

何益之拍案大怒,说:"你所列的罪状之一,是说我在家旦拿父亲玩一刀吧?本人学的是外科,在医生眼里,天下之事,一视同仁,无有父亲,只有病人,只要是人得了急病,本人就不能见死不救!就是你与我不共戴天,我也理应如此!请问何罪之有?"

何干夫两手支案,两腿抖动,说:"对,对,对。"

何益之说:"你所列的罪状之二,是我出外开会,叫何羲之同志代为办理公务吧?共和之日,天下为公。于私他是父亲,于公他是同志。既是公务,我称他同志,泾渭分明,请问何错之有?"

何干夫大汗淋漓,说:"老夫迂腐之极,老夫迂腐之极。"

何益之说:"你一点不迂腐。你今天开祠堂兴师问罪根源不是为这两件事。你今天开祠堂是有不可告人的目的,你以为我不知道吗?请问族长大人,是为了潘亮儿吧?"何干夫说:"那是戏言,那是戏言,不可当真,不可当真。"何益之怒不可遏,朝天开了一枪。祠堂屋顶开了一洞,瓦砾雨下,灰尘腾起。何益之说:"你假家族之公,行私欲之实。你把族长的权利泛化了,随心所欲,为所欲为。今天以我为代表要破一破。我告诉你几千年封建家国制度已经死了。请你收起你的那一套!上帝造人,人人平等,都有自由的权利,包括潘亮儿,包括我。人民大众觉悟之日,就是封建制度灭亡之时!今天所作所为,谁是谁非,请各位族人评判!"

何益之侃侃而谈:"各位族人,今天我可以开诚布公。潘亮儿爱我,我也爱她。她不愿嫁给一个封建糟老头子,她愿嫁给我一个革命同志。我亲口答应过她,我娶她娶定了。他认为我夺他之爱。他那叫爱吗?他那叫践踏人性,丧尽天良!这才是他认为挖了祖坟大逆不道的事,对不对?谁说一个大学生不能娶一个农家女儿?天地生人,若是两情相悦,志趣相投,那就是理想,那就是幸福!各位族人,益之愿启一代新风,开万代光芒!"

何干夫气得白眼直翻,倒在椅子上嘴冒白沫,说:"荒唐至极!"何干夫的裤子湿了。

族人兴奋了,哄堂大笑,说:"不晓得哪个荒唐至极?这个'同志'不简单,到底是喝洋墨水的,四老爷不是他的对手。"

这时候族中一个头面人物忽然笑了,问:"'同志'你枪里真的只装一粒子弹?"何益之说:"只装一粒。"族中打手们一拥而上。何四老爷两手举天,声嘶力竭地叫:"别听他的!让他走!让他走!"何益之笑了,说:"他说得对,怎么可能只装一粒呢?"举枪朝天又是一响。族人四散。

一场精心准备、煞有介事的板子打不下去了,就那样收场。

族祖何益之大踏步出了祠堂的门,解缰上马,拍马上路,行进在燕儿山青山绿水之间,看得众人如醉如痴。三嫂忘情了,唱起了《放足歌》:"过路的客人歇歇脚,听我唱支放足歌。"不过瘾,就又唱巴水河边的情歌儿《十想客人》:"一想客人一杯茶,客人想我我想他。"《放足歌》和《十想客人》一个韵,三嫂会扯。族中的几个男人和"斯经"也跟着唱:"客人想我面貌好,我想客人好才华。"三嫂对"斯经"说:"你要死哟!"几个男人说:"你才要死!""斯经"的眼泪就涌上来了,就抬何四老爷回家。就喝酒就吃肉。

吃完喝完,就闹,就笑。

河边太阳好,云朵就像花儿在天上开。

河边风儿好,就像春天一样暖。

15

第二天是古历腊月十八,族祖何益之就张灯结彩娶潘亮儿。

何益之娶潘亮儿用的是西洋方式。巴河两岸去看的人,人山人海。那时候长空如洗,一碧万顷。那时候天风徐来,沙白浪清。何益之西装革履,打着红色的领结儿。潘亮儿一顶白色的纱帽在头,一身白色婚纱曳地。两人手挽着手,沿巴水河的河岸一路走,走进巴河镇上的教堂。那时候就有教堂,教堂设在巴河岸边。地上的楼阁映在天上,天上的白云映在水中。祖族何益之,让教堂的牧师为他和潘亮儿举行婚礼。那时候万人空巷,挤进教堂争看那人间的幸福。

教堂里烛光摇曳,风琴响了,奏的是贝多芬的《欢乐颂》。唱诗班的少女们手捧《圣经》,唱起了欢乐的歌儿。牧师为他们主婚,为他俩祝福。牧师让族祖何益之和潘亮儿,把手放在一本《圣经》之上。

牧师问族祖何益之:"你愿意娶她吗?"

族祖何益之说:"我愿意!"

牧师问潘亮儿:"你愿意嫁他吗?"

潘亮儿说:"我愿意!"

牧师问族祖何益之:"你能给她一生幸福吗?"

族祖何益之说:"我能!"

牧师问潘亮儿:"你能给他一生美满吗?"

潘亮儿说:"我能!"

牧师说:"阿门!上帝与你们同在!"

《欢乐颂》的乐曲中,二人拥在一起。

何益之说:"你是我的亮儿!"

潘亮儿喜极而泣,说:"你是我的同志!"

族祖说:"今生今世,你是我的亮儿!"

潘亮儿说:"今世今生,你是我的同志!"

那时候巴水河边的男男女女就像浸在幸福的梦儿里。那梦儿只在天堂有,人间难得见一回。

新婚三天之后,族祖就接上级命令,带着潘亮儿离开了家乡。共和之初,军阀混战,临时政府正是用人之际。族祖何益之奉命赶到省城,另有重任。还是那匹白马驮着那对新人,踏着青山绿水,梦儿一样离开了家乡。

家乡记得族祖何益之在家乡闹革命的时间，是三年零六个月。岁月如烟，掩不住他当年风流倜傥的光芒。

后　　记

族祖何益之死在三十四年之后。离开家乡三十四年的时间里，他所作所为，家乡人一无所知。三十四年之后，家乡解放了，开始进行土改"清匪反霸"运动。那时候"洪门大爷"何羲之老死了，族长何干夫也被镇压了，当农会主席的叔爷记起了何益之，认为他也是一霸，但音信全无，不知死活，甚是可惜。

就在这时候族中有人举报，拿出书信，说何益之还活着。原来何益之隐姓埋名在鄂西大山里头教书，耐不住思乡之苦，与友人修书，暴露行踪。于是叔爷向上级汇报，派民兵到鄂西大山里将族祖何益之提了回来。族祖何益之被五花大绑捉回乡之时，残了一条腿，那是枪林弹雨战火硝烟后留下来的。于是不容分说，立即行刑，将族祖何益之砍了头。就在何氏大祠堂的那口池塘边，族祖何益之，尸首分离，惨不忍睹。潘亮儿向省里反映，省里的领导一查，发现族祖何益之是自己人，当年以共产党的身份加入国民党，从事地下活动多年。于是省里的领导写出证明，立即派人由潘亮儿带着，来救族祖。可惜赶迟了，没来得及刀下留人。

当然是误杀。

潘亮儿将族祖何益之的头用线缝好了，边叫"同志"边哭得天昏地暗，死去活来。家乡人根据上级批示，当烈士厚葬了族祖何益之。

族祖何益之就葬在何氏大祠堂的山坡上。如今立了一块大理石的墓碑，正面七个红色大字：何益之同志之墓。墓碑后面十二个黑色大字：革命尚未成功，同志仍须努力。

墓前的字是一位要人题的。

墓后的字是族祖临终遗言。

我的家乡如今有一所以族祖命名的小学，叫作"益之小学"。"益之小学"是爱国主义教育基地。每年清明节，家乡的小学生们就由老师带领着，来到墓地前，用鲜花和誓词祭奠他。

（选自《长江文艺》2011年第6期）

幸 福 歌 儿

我有迷魂招不得,雄鸡一声天下白。

——(唐)李贺

一、哪能不跳呢?

你有家乡吗?你肯定有。何山歌也有。你们家乡的女人们跳广场舞吗?你们家乡的女人肯定跳。何山歌家乡的女人们也跳。但是何山歌家乡的女人们,能将广场舞跳到如醉如痴世事皆忘的程度,你们家乡的女人们就做不到。

因为将老家的房子翻新了,何山歌经常同老婆回去住,开门通风,打扫卫生。父亲生前说:"人要饭撑,屋要人撑。就是紫禁城又怎么样?没有人住照样荒废。"回到家乡,空气当然好,如果垸中的女人不跳广场舞,准能一觉睡到大天亮。但是老家的女人们跳广场舞呀!吃过晚饭就在王婆婆家院子里跳,跳到深夜零点,才在李谷一《难忘今宵》的歌声中收场。清晨东方刚刚吐白,菜园子里的雀儿还没噪林,音箱就在后排细香儿大门前开响了,她们开始晨练。从停止到开始,也就那长时间。她们睡不着,恨不得一刻不停。曲目是《阿佤人民唱新歌》。何山歌家乡的女人们对传统有感情,选择的大多是老歌曲。盛装的女人们柳绿花红就音乐和歌声跳将起来。"打起鼓,敲起锣,阿佤人民唱新歌!"她们一点不担心扰民,将音量开到最大。那舞步,就随着鼓点和歌声震耳欲聋,热烈欢快,随风荡漾,充盈在垸子里,满满实实的。你看那勤快的狗和放早的鸡,在音乐里如醉如痴,走的都是舞步儿。那就叫幸福。

何山歌和老婆被感染了,躺在床上掰着指头数女人,从后排数到前排,偌大的何家垸,留在家里的,腿脚灵活的,能蹦会跳的,只有组织起来的这七个。她们将组织起来的队伍,取了个好听的名字,叫作何家垸姊妹花舞蹈队。这姊妹花论年纪和辈分在垸中是两代人。小的管老的叫王婆婆。王婆婆就是祖母。老的管小的叫细东西。细东西就是儿媳妇。你说两代同队,能叫姊妹花吗?队长玉香儿坚持要这样叫，说是为了包装，吸人眼球。王婆婆就没有办法。王婆婆心想：此生注定修来生。姊妹花就姊妹花吧。不都是女人吗？不都是生儿育女的人吗？能够快乐就可以。

王婆婆在舞蹈队里，与王婆婆同辈的陈婆婆就不在舞蹈队里。陈婆婆的三儿媳中明，是宏门联合小学的音乐教师，居然也在舞蹈队里。队长玉香儿不收陈婆婆，不是陈婆婆不会唱不会跳，而是年纪确实太大了，快九十岁，瘦得像一把干柴，拄着拐棍走路颤巍巍的，一个人住在老屋料理自己，还经常认错人。医生说她什么病都没有，只是老年痴呆。要是不老年痴呆，玉香儿还打算收。想陈婆婆年轻的时候，一口山歌唱得多么好。六月乘凉时池塘边的竹床上，就着驱蚊的艾把，拍着新打的麦草扇子，与陶婆婆比赛唱《十想客人》的时候多么美好！一个唱："一想客人一杯茶"，一个唱："客人想我我想他"，一个唱："客人想我年纪小"，一个唱"我想客人会当家"，听醉了多少男人？那时候姊妹花舞蹈队的大多数才刚刚来到这个世界上，就连同辈的王婆婆也只有听的份。一个书记娘子，一个地主婆娘，同夜竞艺，居然没人上纲上线。那样的夜晚你就无可挑剔。

可惜陶婆婆不经活，比陈婆婆小两岁，却在七年前走了。陈婆婆经死，拄着拐棍，腰弯得像犁弯，太阳底下，如梦似幻地走在垸中。陈婆婆最明白的是她的儿女。前年他的大儿六十三岁得癌症死了。大儿死了后，大媳妇尽心尽力料理完后事，就到东北松花江边的哈尔滨，同儿住去了，门上一把锁，将大门钥匙留给陈婆婆。那一天陈婆婆用那把钥匙把大儿家的大门打开，见挂在堂屋之上大儿的遗像，放声大哭起来，烧着纸钱，跪着说："儿哇，你在阴间要保佑你的娘！"你说你是快九十岁的人了，还要儿保佑？几千年来只有小人求大人在阴间保佑，哪有大人求小人如此保佑的？她就那样放声大哭。哭得垸中的女人更加心酸。你说玉香儿能收她到舞蹈队吗？姊妹花舞蹈队的人，对于幸福观是有原则的。日子过糊涂了的女人不能收。这标准别个垸子的人就不知道。

何山歌的家乡燕山村大集体时叫燕山生产大队，地处燕儿山南北，有十一个生产小队。现在改成了村，下面还是十一个村民小组。这叫万变不离其宗。那时候因为在一块土地上种粮食过日子，相濡以沫，发生什么事，一阵风吹出去，全大队的人都知道，议论纷纷。现在尽管信息高度发达，有了电视和互联网，每天国际和国内发生的大事情，留守在村里的人们，只要关心，不可能不知道。但是村里甚至隔壁每天发生的事，他们就不可能知道。为什么呢？因为现在的家乡只是个符号，村里的子孙，分散到全国各地，甚至出国的都有。你不可能知道他们日子里的悲欢离合，喜怒哀乐，想关心也关心不了。再说那是各家的隐私，有相对的，有绝对的。相对的隐私，你可能听到一些风声，捕风捉影。绝对的隐私，你就迷茫不知。他们不会对你说。你就是知道了，也要藏在心中，装着不知道。所以说现在的家乡是个闷葫芦，不锯开，你就不知道里面到底多少籽？

留守在燕山村的老人们，听到燕儿山山脚下何家垸终日歌舞升平，非常羡慕，说一个组能找出七个能歌善舞的女人，冰冻三尺，非一日之寒。他们认为燕儿山山脚下何家垸的女人们日子向来过得很幸福。一是垸中读书人多，通情达理。二是垸风好，女人的素质高。她们哭也哭得好，唱也唱得好。他们以为这与传统有关。何山歌也是这样认为的。就说大集体的时候吧。那时候因为做得苦，别个垸子的女人和姑娘们想不开，就自杀，不是上吊就是投塘。何家垸的女人和姑娘们并不做那样的事，而是集体发癔症，不骂娘不说野话，而是哭过了，笑过了，一起拍着手儿唱歌儿，跳忠字舞。这就是行为艺术。公社派医生下来，让她们休息，放了几场电影给她们看，进行必要的心理辅导，当然还得吃几片镇定药，她们很快就恢复了正常生活。一个人死不了。公社就号召向何家垸女人们学习，说何家垸的女人们觉悟就是高。

何家垸的女人们的幸福观与别个垸子女人不同。比方何山歌的十爷死的那年，陶婆婆哭的方式就很通透。陶婆婆何山歌叫十娘，十娘是现在姊妹花队长玉香儿的婆婆。十娘给十爷生了三儿两女，玉香儿是十娘的三儿媳妇。十爷家成分不好，十娘同十爷养大五个儿女何其艰难！十爷也是得癌症死的。你就不知道垸中哪来的那么多癌症？十爷下榻后，十娘就坐在十爷旁边哭。十娘开始放声大哭，一口一声："姊妹嘞——！你为什么舍得离开我呀？"巴水河边的男人死了，妻子哭的时候就以姊妹相称。消除性别，表达情感。这相当于舞台上的叫板行腔。然后唱数板，历数与她与十爷的恩情和日子的艰辛，那哭声就像唱歌儿，那词儿还押韵。眼泪流干时，十娘将她和十爷的一生数完了，就不哭了，给十爷唱一首情歌《十月想郎》："正月想郎正月正，我送我郎上征程。奈何桥上你莫回望呀，儿婚女嫁幸福人。"十娘就起身指挥儿女料理十爷的后事。

十娘的幸福观是十爷感染的。那时候"双抢"时，夜以继日地收割粮食。十爷是打场的好手，稻场上他一个人能赶两头牛，拖着石碾碾稻子。牛拖着石碾走前面，他抖着绳子走后面，边走边唱黄梅戏《天仙配》。女声起调："树上鸟儿成双对"，男声应答："绿水青山展笑颜"，女声："从此再不奴役苦"，男声："夫妻恩爱苦也甜。"一场稻子碾下来，能将一本《天仙配》唱完。也有停顿的时候，那是他睡着了，牛没听到声音，也停住了。十娘就喊："老的呀！莫睡着了！"他惊醒了，接着唱《夫妻观灯》："我家住在大桥头，取名叫作王小六。"牛也继续走。第二天对面破楼垸的人就打惊诧，以为隔夜何家垸请了戏班子。

十爷的三儿叫毛儿。毛儿找玉香儿那年是十娘操持的。十娘问媒人："那姑娘会唱曲儿吗？"媒人说："会唱。"过门那天十娘就要玉香儿唱一曲。细巧巧的玉香儿，蛮大方，开口就唱："千朵红花呀万朵红花，比不过社会主义幸福花，千年呀万年呀开不败，日日开来夜夜发！"还没翻到高腔，十娘就满心欢喜，捏着玉香儿的手不放。这就是缘分。

所以何山歌认为姊妹花舞蹈队选玉香儿当队长，算得上承传有序，实至名归。这玉香儿尽管女儿上大学，儿子在上高中，因为终日跳舞，舞服不离身，化淡妆，描眉毛，你看那身材就同少女一个样。上午跳过了，吃过中饭，阳光普照，玉香儿手里捏着彩扇子，从大路边的家，婀娜多姿地走下来，杨柳生风。玉香儿走到垸中王婆婆家的后门，并不进屋，站在门外喊一声："王姨！下午跳不跳？"王婆婆赶紧出门说："跳呀！跳！哪能不跳呢？"何山歌听她家里的袖珍录音机，放在堂屋桌子上正在响。原来王婆婆放下饭碗，同外孙女就着《大王叫我来巡山》的曲子，正在家中跳。何山歌心里就不是滋味。可怜的王婆婆像上满发条的钟，一刻也停不住。

姊妹花舞蹈队的女人们就着盛装出来，打开音箱接着跳。

二、就不能想个办法吗？

何山歌以为那跳舞的音箱是镇里统一配发的，其实不是。何山歌以为姊妹花舞蹈队，是响应上级号召组织起来的，其实也错了。

那一天黄昏，何山歌站在冈头上，与垸中的嫂子"周呱板"聊天，才知道姊妹花舞蹈队是如何组织起来的。

"周呱板"是组长的妻子。她不爱跳也不爱唱，只是爱说话，说起来就不停，眼睛格外亮，语速格外快，夹着笑声，像打竹板那样脆响。人送外号"周呱板"。作为组长的夫人，这个"周呱板"在垸中做女人有两大长处。一是会管男人，管起男人来，让男人一愣一愣的，心悦诚服。

他的男人比何山歌大一岁，是垸中的哥，人送外号"钱眼"。他当组长连选连任。为什么呢？因为只要是钱，不管是组里的，还是家里的，他就格外认真，收入与开支都记账，按时公布，一笔笔进出分明，从来不乱。这些在"周呱板"监督下执行。"周呱板"公开声明，涉及钱，无论公私，不得马虎，针眼大的窟窿能漏斗大的风。"钱眼"点头称是。"周呱板"不要男人带彩打牌，哪怕是打小的，也不允许。"钱眼"若是带彩打牌，不论官场还是民场，"周呱板"知道了，就会六亲不认，赶去掀桌子，才不管你是干部还是群众。村里开组长会吃饭喝酒之后，就爱打打小牌进行娱乐。她赶去掀桌子，闹得村主任下不了台。"钱眼"在垸里有地位，但在家里没有地位。组长们笑"钱眼"见了"周呱板"就像老鼠见了猫。"钱眼"叹口气说："我是组长，她是纪检组长。纪检组长见官大三级。"她家有钱吗？她家不是没有钱，住的是楼房，两个儿在外各自成家了，不缺打牌那点钱。但是有谁知道，她的大儿子几年前，就是在县城被牌场害惨的？那东西在赌场上借码好几十万，被人起诉了，判了一年零六个月，直到刑满释放，码债自然勾销了，刚刚缓过气儿来，但借人的现钱还得还。这是打落牙齿往肚里吞的事，别人捕风捉影，不明就里，她做娘的不清楚吗？她还能让她的男人沾牌吗？当组长不能，不当组长更不能。村主任问："当国务院总理能不能？"她笑了，望着村主任的脸说："当国务院总理，哪来的工夫打牌？你以为我傻呀！"

"周呱板"在垸中做女人，第二个长处是喜帮人家喜，忧帮人家忧。比她家日子过得好的人家，有了喜事，她会去祝贺，随礼，说恭祝的话，一点不显嫉妒的相。所以垸人都喜欢她，若是她没到场，就会觉得少了点什么。"周呱板"见不得垸中比她过得苦的，尤其是女人。见了日子过得比她还苦的女人，她就掏心掏肺地出面帮助，比姊妹还亲。

岗头上清风送爽，晚霞红火。"周呱板"对何山歌说："姊妹花舞蹈队是我鼓动组织起来的。"站在旁边拿着彩扇子的玉香儿，连忙点头说："是的。是的。"她们两个是巡畈回来的，晚饭后绕组里的田地走一圈，相当于城里人散步。一个着妆，一个不着妆。不着妆的前面走，着妆的后面跟。因为热，着妆的不时给不着妆的扇一下。这就是对"功臣"尊敬和感激的具体表现，让人感动。日子里何家垸的女人最懂感情。

"周呱板"鼓动玉香儿组织姊妹花舞蹈队的起因，是为了王婆婆。"周呱板"与王婆婆娘家是一个垸的，虽然不同姓，但年纪相当，做姑娘时以姊妹相称。两个嫁到何家垸做媳妇后，辈派发生了变化，王婆婆嫁的是宝爷，"周呱板"嫁的是"钱眼"。宝爷比"钱眼"长一辈，王婆婆就是婆婆，"周呱板"就是侄儿媳妇。二人再也不能以姊妹相称，但相濡以沫，知根知底，日子里还是姊妹心肠。

巴水河边的人说，女儿是菜籽命，穷的富得了，富的穷得了。这要看运气。王婆婆是三十年前"上嫁"宝爷的。怎么这样说呢？因为巴水河边的婚姻讲究门当户对。虽然门户取消了，再也不能比，那就比人吧。宝爷是老三届初中毕业的，王婆婆只读三年书。宝爷读书时是学校篮球队的主力，又是游泳健将，由于锻炼得好，那肌肉，那块头，朝风头上一站，就叫一表人才。王婆婆由于家里兄弟姐妹多，营养不良，人长得矮，出嫁时尽管穿红着绿走在路上，也不见特色，比伴娘还差。这样的姑娘嫁这样的男人,在垸人心中就叫"上嫁"。

宝爷为什么找王婆婆为妻呢?这其中有原因。说起来很复杂,其实很简单,是宝爷读书时走错了一步。那时候搞"文化大革命",他见样学样组织了一个战斗队,并且当了二号头头。这也不要紧,那时候战斗队多如牛毛,只要是学生就可以组织,关键是他领头架着当时的区长游了街。那是伏天,很热,让区长吃了不是人的苦。后来那个区长重新掌权后,就牢牢地记住了他。他就没有出头之日。回乡后招工没他的份,当兵没他的份,就连找媳妇也成了问题。最后在媒人的撮合下,娶了王婆婆。

大队书记念他有文化,让他在大队当出纳会计。他低下头来过日子,王婆婆勤扒苦做,也过出了滋味。生的儿是大的,取名叫龙儿。生的女是小的,取名叫凤儿。龙凤呈祥,就诗意盎然。因为他有文化,会吹笛子,会唱歌,会下象棋,经常会有昔日的同学,特别是漂亮的女同学来拜访,那都是有出息的人,唱歌叙旧,风雅犹存,叫垸人羡慕。那一方垸中的小院,树绿花红。树是四季青,花是月月红。王婆婆人好,辈分又高,妻以夫贵,在垸中渐渐活出了颜色。

"周呱板"嫁"钱眼"就是"下嫁"。"周呱板"的父亲在大队当干部。"钱眼"的父亲是社员。这就不能比。"周呱板"人长得好,比"钱眼"还高半个头。这又不能比。"周呱板"出嫁时,穿红着绿走在路上,根本不要人搭盖头,矜持着,一双丹凤眼顾盼着,让垸中的男人着实吃了惊。婚后三天回娘家,"周呱板"不要"钱眼"跟着他,说他一副死相,脸上一点活气也没有,像欠他三升大麦没还。"周呱板"一生怨"钱眼"。人矮算了,家穷算了,怎么连笑话也不会说?成天除了床上的儿女,就是地上的金钱。人说穷快活,嫁这样的男人除了穷,一点快活也没有。你看人家的男人说得多好,笑得多好,把老婆呵成了一朵花。"周呱板"不好明说,心里比较的,当然是宝爷。"周呱板"羡慕王婆婆的日子,农闲了,就从大路上的家走下来,同垸中的王婆婆聊天儿,找笑话说。一个说:"你晓得吧?昨天夜里'钱眼'做梦笑醒了。"一个说:"那肯定是捡到了钱。"一个说:"哪里呢?手摸到肚脐眼,他以为是五分钱。"一个说:"你这个要死的!叫他分一半你。"二人就笑得眼泪滴。

二十多年前王婆婆的儿小龙,忽然就成了气候,叫垸中的人刮目相看。小龙书读的不多,初中毕业成绩不理想,再也不想读了。他认为书读得再多,不如赚的钱多,就在镇上物色媳妇。那媳妇是他的同学,成绩也不好,最爱与小龙一道在网吧里玩游戏。二人都爱玩,会玩。一个投怀,一个送抱。二人情投意合,珠胎暗结了,就由不得父母同意不同意。单凭这一点,何家垸的人们就看出小龙比他老爸强多了。他老爸当年就没有这手段,要是有这手段,"串联"路上机会多的是，爱人就不是王婆婆。

镇上做生意的亲家，不是等闲之辈，同意二人结婚，但条件很苛刻，对宝爷说："你家的儿不是爱我家的女吗？那就让他到我家做儿吧。"你说这叫什么话？他家又不是没儿？宝爷家又不是儿多？只有一个呀！宝爷要说话。亲家不要宝爷说，说："你舍不得你的儿，我还舍不得我的女。"宝爷说："是不是征求一下儿的意见？"小龙从门外走进来，说："爸，还征求什么呢？这就是我的意见。"宝爷气得颤，说："儿不怨母丑，狗不怨家贫。老子哪点对不住你？"小龙说："树挪死，人挪活。好男儿志在四方。我到哪里不是你的儿？"暗中勾结，家门失陷，宝爷就无话可说，眼睁睁地让儿到镇上给人做了上门女婿。

如果说宝爷是个隐世的宝，那么他的儿就是一条出水的龙。小龙在镇上结婚后，时机来了，改革开放。他在镇上站稳了脚，广结广交，红黑两道都走，三年后风生水起，镇上的人没有不知道他的。他什么生意都敢做，而且铺得很开，做得很大。下河捞铁沙有他，包工程架桥修路有他，包荒山搞开发有他。你就不知道他哪里来的那么多的钱？那时候他风光无限，宾馆进酒店出，开的是高档小车，抽的是软包烟大中华，喝的是五粮液，前呼后拥，恣意得很。他听人说栽意杨赚钱，就回乡把整个燕儿山承包下来，一包三十年。带着手下的人，将勾机开到燕儿山上，像挖战壕一样开沟、填肥，栽意杨苗儿，栽得满山皆是。燕儿山是麻骨山，栽松树可以，栽意杨根本不合适。他以为三年五年意杨可以成材，锯下来卖给板材厂就可以发财。但是那栽在山头上的意杨，一点不听他的话，由于缺水，栽下后半死不活，只有茅草疯起来长，留下一个笑话。二十多年过去了，人们指着山上那半死不活的意杨林说："那是小龙栽的！"因为承包期是三十年，未到期没人敢动，名分还是他的。这样的半拉子工程，还不止这一项。人们估计当年栽那意杨就花了十几万。人们心疼钱，更心疼何家垸的儿。

发了财的小龙，不忘衣锦还乡。那一年宝爷六十大寿，亲祝寿的小车来了三十多辆，停满了何家垸。酒席开了四十八桌，据说礼钱收了好几万，给足了宝爷面子。那红包一个个很大很厚，宝爷根本不拆，也不要王婆婆拆，宝爷叫王婆婆用一个塑料袋子装着，等酒席散了，趁儿不注意时，丢到车的后备厢里。儿的车开走后，留下的清烟，在院子的风中缠绕。宝爷叹了一口气。王婆婆问："老的，你叹什么气？"宝爷念一句诗："日暮汉宫停蜡烛，青烟散入五侯家。"王婆婆觉得不是好兆头，眼泪就流出来了。

后来小龙就出了事。具体过程何家垸人不可能知道，只听说小龙带着他的妻子和儿子逃跑了。后来又听说镇信用社的负责人被抓了，罚款后削职为民。据说此事与小龙借贷有关。小龙的资金链条断了，生意崩盘了。放出去贷款好百多万，连利息也收不回。小龙带着妻儿逃跑了，逃到哪里？没人知道。从此杳无音信。宝爷是得鼻癌死的。医生说那是郁气伤肝所致。王婆婆怎么也想不通，那么一个快活人怎么能郁气伤肝？宝爷咽气时，想见儿子和孙子，没有见到，眼睛怎么也闭不上。宝爷的丧事是垸人主持的，小龙往日的酒肉朋友一个没来。下葬时王婆婆喉咙哭哑了，眼泪流干了，还不敢哭儿。从此王婆婆一个人，像冬天落光叶子的树，孤零零守着院子，望着天空。盼清明燕来，望白露大雁南迁。

　　女人最知女人心。"周呱板"心痛王婆婆，经常下来陪昔日的姊妹说笑话。说笑话，王婆婆也笑不起来，默默无言的。"周呱板"总想套王婆婆的话，问小龙逃到哪里去了？"周呱板"以为小龙逃到哪里瞒别人一定不瞒娘。王婆婆就哭，说："姊妹呀！我真的不知道。我要是知道儿的死活，死也值得。""周呱板"这才明白王婆婆真的不知道。现在是信息社会，娘若是知道，别人也会知道，追逃起来不是顺藤摸瓜吗？"周呱板"心里骂自己真的很傻。

　　也没有病，只见王婆婆日渐消瘦，像一朵冬天的菊花渐渐地风干了。王婆婆在垸中深居简出，避免与人交往，成天默默无言的，没有往日的笑容。白天想不开，夜里睡不着，只要闭上眼睛全是儿子孙子的影子晃动。王婆婆拉着"周呱板"的手不放，说："姊妹呀！我只想好好睡一觉。一觉睡过去醒不来。我眼睛睁累了。我想去死，去会你的宝爷。"真心对真心，都是泪中人。

　　"周呱板"急了，那天摘了院子架上的葡萄，用青花盘子装着，召集垸中留守的女人，在葡萄架下开会，专门研究此事。"周呱板"说："我对你们说，都是生儿育女的人，不能见死不救！救人一命，胜造七级浮屠。你们就不能想个法子吗？"

　　组长"钱眼"列席参加，出面给留守的女人们端茶倒水。"钱眼"发现他的堂客像个领导人，讲起话来比村主任强多了，一点不拖泥带水，很像那么回事。更可笑的是，这个婆娘！布置完了就散了会，根本不要他做总结。

三、不就是跳舞吗？

　　办法是玉香儿第二天想出来的。玉香儿到底是个聪明人，垸中没有几个女人比得了。玉香儿小巧，灵活，做事快，脑子也转得快。

　　第二天一大早，玉香儿就笑吟吟地来到"周呱板"的家，也不进屋，站在大门口。"周呱板"正在堂屋桌子上剁猪菜。她家养了好几头猪，母猪带奶猪一大圈子。玉香儿说："周姐，你出来一下。"玉香儿做事稳当，怕说早了实现不了让人笑话,所以很慎重。"周呱板"说:"细东西,你进来说。"玉香儿说:"我怕吵醒了'钱眼'哥。""周呱板"说:"他正在做梦捡钱。""钱眼"说:"哪个说我捡钱?我在打扫卫生。我们村正在创建卫生村,后天镇领导要来验收。"

"周呱板"就笑,说:"醒了更好,我就怕你睡着了。玉香儿你说。"玉香儿说:"周姐,你昨天布置的任务,我想了一夜,想出了一个办法。不知合适不合适?""周呱板"说:"细东西,你要死呀?什么办法你说呀!"玉香儿说:"上级不是提倡跳广场舞吗?""周呱板"说:"对呀!"玉香儿说:"我想在垸中成立一个舞蹈队。""周呱板"说:"对呀!"就在抹衣上揩净了手,把玉香儿拉到屋里,按到椅子上,让玉香儿坐着说。

玉香儿说:"跳广场舞最好,有人,场地到处都是,只要一个音箱就可以。""周呱板"问:"一个音箱多少钱?"玉香儿说:"我上网查过只要一千多元钱。""周呱板"说:"这样好不好?音箱的钱我出双份。""钱眼"问:"你哪来的钱?""周呱板"说:"你以为老娘没钱?我过生日时儿和女给的老娘没用,属于私房钱。说好了由老娘支配。""钱眼"说:"你又不会跳舞?出个什么钱?""周呱板"说:"老娘愿意。""钱眼"问:"其余的钱哩?""周呱板"说:"细东西,你出面组织一下,愿意参加的人按份子出。组里没有积累。我们不用组里的钱。"玉香儿说:"那要成立个组织机构。""周呱板"指着玉香儿说:"你当队长,我当顾问。"玉香儿问:"组长当什么呢?""周呱板"说:"不与他相干。男人不搞女人行,鲤鱼不跳鲫鱼塘。他当他的甩手掌柜。"玉香儿问:"是不是下个文件?""钱眼"笑了,说:"细东西,组里没有公章子。你打个报告让村主任批。""周呱板"说:"批你娘个巴子?自娱自乐不行吗?昨天夜里你润起来了要挨老娘,要村主任批了吗?"玉香儿的脸就红了。她男人毛儿过年才回来一回哩。"钱眼"笑得涎儿滴,说:"你老不要脸。""周呱板"说:"哎哟,你看这个老东西,还晓得要脸嘞!"

于是"周呱板"带着玉香儿,本着自愿参加的原则,进入垸中留守女人的家,挨家挨户发动。留守的女人都觉得是件快乐幸福的事儿,有五个报名参加,出了音箱的份子钱。"周呱板"和玉香儿最后才到王婆婆家的。王婆婆起早做饭送外孙上学,转来再吃。吃的是粥,就咸菜咽。吃粥咽咸菜,王婆婆也吞不进去,哽得眼泪流。"周呱板"进去后,坐着。玉香儿就站在旁边。"周呱板"说:"姊妹呀!你是垸中当家的婆婆,我遇到难题,别人不帮,你要帮我一把!"王婆婆问:"遇到什么难题?""周呱板"指着玉香儿说:"细东西想在垸中成立广场舞蹈队,要我当顾问。你是晓得的,我不会唱又不会跳,你说叫我怎么办?"王婆婆说:"那是热闹事,要你当顾问你就当。""周呱板"说:"你不参加,我这个顾问有什么当头?"玉香儿就央求,说:"王姨,您就参加吧!支持侄儿媳妇一下。"王婆婆说:"我老大其年,身体又不好。"玉香儿说:"王姨,您的歌唱得多好!"王婆婆问:"你什么时候听见的?"玉香儿说:"那天夜里我家的猪跑了,我夜深出来找。听见您细声音唱《映山红》。"玉香儿就学王婆婆的声音唱:"夜半三更哟盼天明,寒冬腊月哟盼春风,若要盼得红军来,岭上开遍哟映山红。"王婆婆问:"你真的听到了?"玉香儿说:"我真的听到了。"王婆婆眼泪就流出来了,说:"那就试试吧!"王婆婆就拿出一百元的份子钱。玉香儿说:"王姨,只要您参加。不收您的份子钱。""周呱板"说:"收下。苕东西,这是王姨的一份心意。"

于是音箱就从网上买到了,物流的送货上门。那音箱真的很科学,可以用交流电,插上电源就行;可以用直流电,装几节高能电池就行。那内存卡是海量的,能下载众多广场舞舞曲,自动检测你需要的,还配小屏幕可以看。音箱放在二香儿家的大门口的水泥坪上,玉香儿将音量开到最大,那舞曲就在垸中轰烈起来。垸中留守的人们就聚在那里看热闹,看报名的女人怎样跳。曲子大家都熟,歌儿大家都会唱,但是如何跳她们都迈不步子,你看着我,我看着你,不知如何是好。"周呱板"对玉香儿说:"你个细东西,快去把佘太君请来!"玉香儿这才明白过来,赶紧把王婆婆请了出来。

王婆婆出来了,听那曲儿,脸上就有笑容。玉香儿把视频打开,让王婆婆看。王婆婆看那视频,精气神就来了,笑着说:"不就是跳舞吗?这不是难事呀!不管什么舞离不开十字步。十字步就是扭秧歌,当年忠字舞就是这样的,两只脚前后左右,压着鼓点跳,手配合做动作,万变不离其宗。"王婆婆就着鼓点示范跳起来,就歌声,跳《山路十八弯》,手眼身步法,还是那回事儿,看得众人欢欣鼓舞,鼓起掌来。"周呱板"对玉香儿说:"怎么样?我说了她会跳!"

原来王婆婆的父亲是乡剧团打鼓的师傅,会拉胡琴,会吹唢呐。王婆婆从小耳濡目染,得了真传。王婆婆在娘家年轻时参加宣传队,公社组织文艺会演,上过台的,跳《社员都是向阳花》,她是主角,得过奖。

王婆婆跳起舞来,就止不住,将整个曲子跳完,脸上的笑容回来了,整个人沉浸在幸福之中。看得垸中的围观的人心花怒放。一曲跳完,"周呱板"上前拉着王婆婆的手不放,说:"姊妹呀!还是当年的向阳花!"玉香儿她们围着王婆婆一口一声叫师傅。

"钱眼"问:"你叫她叫什么?她可是你的长辈。""周呱板"说:"一边站去。你这个东西,前事不知,后事不晓。你说你懂什么?饭好吃粥好烫。""钱眼"说:"你这个婆娘!搞邪了。舞蹈队开张,领导来了也不安排剪个彩?""周呱板"说:"剪你娘个巴子!"垸人笑作一团。

四、我能参加吗?

  姊妹花舞蹈队有六个女人。这六个女人除了王婆婆之外,日子过得比较幸福。但每家都有烦心事,这是公开的秘密。

  说玉香儿吧。两个女儿都嫁了,生了外孙,但一个儿的婚姻就叫二香儿苦恼。她的儿叫阳,太阳出山时生的。也考上了大学,虽然不是重点学院,但也算大学,学的美术专业,搞服装设计。在深圳一家企业打工,待遇也不低,工作五年,三十二岁的人了,女朋友老是谈不定。每年二香儿叫他带个女朋友回家过年,他答应得非常好,但是还是一个人回来的。二香儿问:"人嘞?"他说:"不是回来了?"二香儿说:"我问的不是你?"他说:"不是我,你问什么?"二香儿就骂:"你娘的瘟!我要一把捏死你!"他说:"老娘哩!那是犯法的事,千万做不得。"二香儿说:"明年过年要还是一个人,你就莫回来!"他说:"娘嘞,我不急,你急什么?"二香儿就气得哭。路隔千里,你就不知道他谈没谈?要是谈了为什么老是定不下来?日子里二香儿再打电话,好了,就是打不通,电话里倒是有个姑娘声音甜,说:"对不起!您拨打的电话正在通话中。"

  说奇志吧。她原来在外打工,大儿生了二胎,都是女儿。她当然希望二胎是个儿,一样一个,一儿一女一枝花。但生下来了,有什么办法?儿和媳妇都在外打工,她只有回来带两个孙女。两个孙女都淘气。这都好说,不是大事,耐心就是。奇志最放不下是女儿,女儿三十岁了,第一个男朋友分手后,就公开申明不再找,说天下男人没有一个好东西。她学写诗。那诗云里雾里,奇志左看右看,就是看不懂意思。她在外打工,有了钱就旅游,时不时发照片给老娘看,叫老娘分享幸福。老娘问:"你是不是想死?"她回说:"死我倒不想,我想到五台山出家。老娘哩,那地方风景真叫美好!"奇志说:"你死了,老娘才放心。"她回:"老娘嘞!你还活着哩。"奇志望着眼前两个调皮的孙女,气就不打一处出。

  说水仙吧。她儿也有,女也有,都还成器,晓得赚钱,晓得该婚的婚,该嫁的嫁,不用老娘操心。但那老东西不让人放心,他随包工头在外做窑炉,青海、宁夏、哈尔滨,还有青藏高原都跑到了。过年回家说到各地风俗,一手烟一手酒,那是津津乐道,见多识广。但他是当兵出身,性格豪爽,爱喝酒,喝了酒就爱打牌。上酒桌醉得多,醒得少。上牌桌输得多,赢得少。年纪大了,不比当年,输了钱心痛,伤了身体,胃出血,就得回家休养。休养好了又出外打工,依然故我，老猫不死旧性还有。打牌输了总不作声，酒喝醉了，就打电话纠缠着她说想家了，一打半个钟头，一点不心痛钱。

还有细妹儿。舞蹈队中她最年轻。刚生，女儿两岁，也不断奶，出奇地旺，胸前总是湿的，正是水嫩花开的年纪。她的娘家在巴河米畈子垸。米畈子垸的人历来好赌。男人常年不在家，她守的是活人寡。为了打发寂寞，她在垸中打牌，打得又大，打小了过不了她的瘾。垸中的女人陪不起她，她就到镇上去打。坐摩托去，叫摩托回。跑摩托的是"参鱼花"。"参鱼花"是"钱眼"的兄弟。人灵活，喜欢开玩笑。细妹儿上车后，"参鱼花"说："前面路不平，你抱紧点。"细妹儿听信了，就双手抱住了"参鱼花"的腰。那腰就是男人的，那气息就是男人的，哎呀嘞！细妹儿就像触了电一样笑，整个人笑得像棉条一样酥软了，喘不过气来，从车座掉了下去。好在"参鱼花"有思想准备，没伤着什么。

这些都是小事儿，不算什么，跳起舞来，就忘记了，沉浸在幸福之中。总之何家垸姊妹花舞蹈队，在玉香儿领导下，在王婆婆的教导下，对着视频能跳很多广场舞，动作渐渐成熟，节奏渐渐分明，中规中矩，像模像样，一点也不比城市公园那些大娘跳的差。

陈婆婆的细儿媳中明是最后参加姊妹花舞蹈队的。她参加后舞蹈队就定型了，凑齐了七个，人称七仙女。垸人说她们都是天上王母娘娘的女儿，下凡来到人间的。中明是公办老师，在宏门联小教音乐。宏门联小全称叫宏门联合小学，是三个村联办的六年全日制小学。前些年由于计划生育农村的上学的孩子渐渐少了，一个村办一所小学浪费资源，于是三个村合办一所。中明当上公办老师，每月拿国家工资，颇不容易，磨去身上一层皮。她嫁到何家垸时，在村小学当的是民师，眼看着到了辞退的年纪，她不甘心，通过三年努力，终于考试通过了，转了正，长出了一口气。

二十年前她家在垸中的日子过很幸福。她家首先在垸中做起了两层楼房，门脸上嵌彩色瓷砖，有花鸟，也有虫鱼，初升的太阳照在上面，叫人羡慕，眼睛发亮。那时候中明的男人，陈婆婆的细儿存建在镇经管站当会计，虽说是临时工，因为是金融机构的人，手里管着钱，镇里还把他当干部。他在镇大院有住房，套间，前面是厅，后面是房。星期天中明就到镇上去同男人团聚，像干部的家属，进出镇政府大院。她的儿晓明，同镇干部子弟一样，晚上住在镇政府大院老爸的套间里，白天到镇中学读书，因为年纪太小，幼稚地认为他老爸也是干部。中明的儿晓明，就是那时候染上不好好读书，上网玩游戏的毛病。不管怎么教育，也改不了，初中毕业没能考上高中，叫人可惜。那儿也是聪明儿，学什么像什么。

后来经管站撤销了，存建失业了，组织上给了一点辞退费，让他搬回家住，同时回家的还有他的儿晓明。这时候晓明才真正明白，他的老爸不是干部。那时候存建因为脑子灵活，人脉关系还在，不甘人下，创业意图很强，租了组里的一块荒地办养鸡场，虽说租金不多，也上了万。那养鸡场规模很大，占地面积五亩，水泥砖砌体，钢架钢瓦盖顶，气势宏伟，据说花了二十多万。他们夫妻不在老屋住了，搬到冲子对面养鸡场住。他们在养鸡场旁边盖了一幢平房，像模像样地住着。不知为什么，养了几茬鸡后就不养了，他说是因为禽流感，垸人说是因为缺人手。夫妻俩认为儿长大了，办养鸡场也是赚钱的事，儿没事做，做这事不是两全其美吗？但他的儿不干。那家伙打不下身子，不愿意就父母的范，他说他愿意出去打工，做自己愿意做的事。

那大规模的养鸡场不能空着。夫妻俩就招租，将鸡场租出去，拿租金。也租了两年，但忽然遇到了治理环境污染，上级检测设施不达标，不能再办。设施达标就不是小钱。他再也拿不出钱来改造。养鸡场就空着。人还得住在那里。场要人守呀！

他的儿呢？那儿在外打工，也有本领，找了媳妇，结了婚。生了儿，那就是孙子。垸中的人长年不见存建在家，据说在内蒙古打工。垸中的人长年同样不见晓明和妻子回家，据说也在外面打工，究竟在什么地方，没有人说得清楚。据说玩的是"飞闪"，打一枪换一个地方，活的就是心跳。父子只是过年时回来住几天。那偌大的鸡场由中明和孙子守着，荒得野鸡飞，野兔出。那孙子就归中明抚养，上幼儿园中班。放学后那小东西一刻离不开奶奶。好在宏门小学离家不远，中明早出晚归，早晨抱着孙子去，傍晚牵着孙子归。你就搞不清楚那么大的家业，为什么放着不动？他家的家底到底怎样？没人知道。

前年过年的时候，何山歌照例到冲子对面兄弟家拜年，同回家过年的兄弟聊天。何山歌试图了解他家的真正状况。小心翼翼从外围说起，慢慢切入正题。说到动情处，兄弟眼睛红了，流下了眼泪："哥呀！我对你说实话。我要不是那个败家子，我家的日子该多幸福！鸡场改造算什么？投资算什么？他是个无底洞呀！有多少钱败多少钱。"何山歌的心被刺痛了，哪敢再朝深处问？眼前的兄弟是前大队书记的细儿，读书数学成绩好，精于计算，年轻也是一表人才，心高气傲之人。男儿有泪不轻弹，人不伤心不流泪。想来他的心中必有大隐痛。不然新年上岁的，何至如此？

中明是那年秋天的吃过早饭后，牵着孙子，从冲子对面的鸡场，来到垸中参加姊妹花舞蹈队的。那是一个星期天，冲子对面的垸中音乐响了起来，轰轰烈烈的，震得天地响，姊妹花舞蹈队的女人们，正在二香家大门水泥坪子上跳舞。放的曲子是《走进新时代》。那歌儿是张也唱的，瓷实敦厚，声情并茂："总想对你表白，我的心情是多么豪迈！总想对你诉说，我对生活是多么热爱！勤苦勇敢的中国人，意气风发走进新时代！"那孙子听见歌声，就要到垸中去，说："奶奶，我们去跳舞！我们去跳舞！"

这熊孩子只要听到对面音乐和歌声响起来，就嚷着要去。嚷了多少次，中明就是迈不出那一步。因为她是公办教师，与家庭妇女混在一起有失身份。但是放学回到养鸡场就是孤岛，除了婆孙之外，找不出一个说话的人。望着孙子，悲苦只能装在心里，不能写在脸上，不让他的心灵受到伤害。别人有妈妈接送，他盼盼妈妈也来，妈妈就是盼不到。他对小朋友说："我也有妈妈。我妈妈在外赚钱，赚好多好多的钱，给我买汉堡，过年回来给我买，买好大一大堆。"中明的眼泪就朝肚子落。孙子老是问她："妈妈什么时候回来？你发微信问一问？"她说："不要想，她的微信死机了。我就是妈妈。"孙子说："不对。你是奶奶。"她问："谁说的？"孙子说："爸爸的爸爸叫爷爷，爸爸的妈妈叫奶奶。"这是早教机上的儿歌。孙子有空开着听，早听熟了。这熊孩子精得很。中明说："要去你去。我送你去行吗？"孙子说："不行。我要你陪我跳。我跳你也跳。你跳舞就不想爸爸和爷爷。"中明避过脸，鼻子就酸了。中明就抱起孙子说："对。我们去跳舞！跳舞去！"孙子不要中明抱，说："奶奶，我长脚了，我会走。"

中明牵着孙子沿着田埂，走在秋天的冲子里。秋天的田畈作物不茂盛，植物茂盛。许多田块因为长年没人耕种，长起了树秧子，这里一丛，哪里一棵。冲子里飘着鸡粪臭，沟渠里流着黑水。垸人不要鸡粪作肥料，不让黑水流进田。因为那里面有激素。那是鸡场遗留下的。据说要消除臭味和污染，最少也得五年。这都是她家作的孽。想起来挺对不住乡亲。

中明牵着孙子来到二香儿家大门前的舞场。正是一曲跳完，姊妹花休息的时候。中明对玉香儿说："队长，我能参加吗？"玉香儿说："啊，阳春白雪来了！这里是下里巴人嘞！"这话有点生分。旁观的"周呱板"说："怎么说话呢？快乐广场舞，自愿参加，添客不添菜，连筷子都不需要加。"这话就温暖。中明说："份子钱带来了。我交双份。""周呱板"说："一份就行。"中明说："我的孙子也要参加。""周呱板"说："孙子参加不要钱。"中明说："我培养接班人。""周呱板"说："我作主。培养接班人免费。"玉香儿说："明姐，你这是打我的脸呀！我说错了，你莫见怪，给你赔个不是。念我年幼无知，放小妹一马行吗？"就抱拳举礼。"周呱板"说："这还像人做的事。"

大家就热烈鼓掌，欢迎祖孙加入舞蹈队。中明笑了，对孙子说："熊孩子，给奶奶们亮一把！"于是就从音箱里检索到儿歌《我们的祖国是花园》，让孙子跳。奶奶们鼓掌。音乐在风中响起来，那孙子也不怯场，朝场子中间一站，就着音乐，边唱边跳做动作："我们的祖国是花园，花园里花朵真鲜艳。和暖的阳光照耀我们，每个人脸上都笑开颜。娃哈哈娃哈哈，每个人脸上都笑开颜！娃哈哈娃哈哈，每个人脸上都笑开颜！"

童声童气，天真灿烂。奶奶们一齐叫好。

中明的眼里涌出了幸福的泪水。

五、就不能帮个忙吗？

姊妹花舞蹈队自从有了中明祖孙参加，跳广场舞的艺术明显上了档次。过路的人驻足看了就夸奖。这让组长"钱眼"脸上有光彩。

村里开关于乡村文明建设的组长会，村主任叫"钱眼"作典型发言，交流经验。"钱眼"不会总结，只会说实话，说："村长，你叫我作典型发言，这就对了。不怕不识货，就怕货比货。别垸的女人不管怎么跳，赶得上我们垸的七个白雪公主和一个小矮人吗？"七个白雪公主就是姊妹花，一个小矮人就是中明的孙。这话是"钱眼"看中央电视春节联欢晚会小品后记住的。

一个组长就笑，问："你的婆娘白不白？""钱眼"说："我的婆娘不跳，她当顾问。"一个组长说："你和你婆娘要是参加了，那就是八个白雪公主和两个小矮人。"村主任喝口茶说："莫说外国童话，要搞中国特色。"一个组长说："是八个狼外婆和两个孙子。"众人大笑。组长们难得开一次会，年龄结构悬殊，文化层次不同，荤的素的都来，一个比一个不正经，开会就是打嘴巴官司，搞精神会餐。村主任的茶就喷出来了，敲着桌子说："你们这些邪货，这可是正经事！"组长们说："村长，不就是领着女人玩吗？"村主任说："你们能玩吗？会玩吗？'钱眼'你给他们跳一段《山下的女人是老虎》。"组长们就起哄，喊："跳呀！'钱眼'。""钱眼"急了，指着组长们对村主任说："村长嘞，这是典型的嫉妒哩！"村主任就做总结，说："各位听好！上面要检查的，纳入年终考评。这事要抓一抓。"组长就坐好了听。村主任问"钱眼"："你跟各位说一说，怎样抓起来的？""钱眼"呵呵一笑，说："革命靠自觉。""钱眼"说的又是实话，姊妹花舞蹈队还真不是抓起来的。

每天姊妹花们抓住时间料理家务，也到田地收割，也到菜园摘菜，到了约定时间，她们就自觉集中到一起，开着音箱，跳完一曲接一曲。到了双休日，中明就牵着孙子来到垸中，全天候同姊妹花一起跳。中明到底是小学音乐舞蹈教师，到县里受过专业培训的。姊妹花相信权威的话，点说听提。中明说要添置服装，她们就添置，每人红一套，绿一套。都是剧团的练功服，喇叭裤，蝙蝠衫，轻盈，柔软，镶着花边儿。两套配起来穿，或者上红下绿，或者上绿下红。中间还得配一件黑色的抹衣。因为红配绿丑到底。中明一说，她们都懂。中昑说要添置道具，她们就添置。彩扇子每人两把，粉红一把，翠绿一把，两把拿在手里张开，就像彩蝶扇翅儿。还有练功的鞋，软底的，红一双、白一双，轮挨着穿，有弹性，跳起舞来，就有腾云驾雾的感觉。中明说，穿了服装，有了道具，跳舞就要上妆，不化妆那就看不得。她们就买来胭脂和水粉，坐在镜子前，让中明一个个地化。用眉笔描眉毛，那是柳叶眉，还打蓝眼影。在脸上用水粉打底，搽胭脂，点脸蛋，那就柳红絮白。用唇膏抹嘴唇，那撮起的嘴唇，就像熟了的樱桃。于是她们一个个像变了一个人，回到年轻的时候，容光焕发。化了妆的王婆婆，身个好就像十八岁的姑娘，由于不习惯，有点难为情，那样子就像情窦初开。"周呱板"拉着王婆婆在镜子前看，说："姊妹呀！你比出嫁那天还漂亮。"那是当然的。王婆婆出嫁时无妆可化。王婆婆说："怪不得李谷一八十岁了，还那么年轻？"中明说："王姨，你才晓得化妆的厉害吧？"王婆婆把"周呱板"拉到中明面前说："姊妹嘞，你也化一个。""周呱板"一下子跳开了，说："我不化。我怕'钱眼'认错人。我不能惯就他。"大家互相看着笑，闹作一团。中明给孙子也化了妆，孙子身穿彩衣，头上扎花，打扮成小姑娘。她把自己化成了一个风流倜傥的小生，上身穿着白绸褂，下身穿着蓝裤子，头上用帕子扎着，一个眼风使出去，勾得住人的魂。

八月的垸中，阳光明媚。满垸的紫薇花，红的，紫的，还有白的，随着风儿摇。紫薇花的花期最长，从春天开到初冬。那就是盛装广场舞。中明喊："姊妹们跳起来吧！"于是风摇树动，花儿朵朵开。随音乐跳的是《新浏阳河》。不仅跳，还安排了唱，是男女对唱。玉香儿唱女，中明唱男。这就有了特色。中明唱："浏阳河弯弯荡起浪波，浏阳河在多少梦中绕过。"玉香儿唱："浏阳河流不尽那红色的深情，浏阳河涛声如诉拍打心窝。"中明唱："纵使岁月如梭！多少花开花落？"二人合唱："你依然是我们自豪的寄托！"二人嗓子都好，不黄腔，不掉板，唱得真情，跳得投入，看得痴迷。燕子呢喃风剪尾，云卷云舒起歌声。全垸沉浸在一派幸福祥和之中。何山歌看在眼里，听在心里，真的被她们感动了。

跳到太阳当顶，她们就集中在一起吃饭。一家一餐，轮流做东，大桌摆开，也不卸妆，每方两人坐好，上菜，开饭，那气氛就热烈，有集体主义的感觉。有时候她们也喝点什么，果汁儿，或者百事可乐，也碰杯，你敬我，我敬你，喝完吃饭。何山歌心里羡慕她们会过日子，能将平常的日子过得有滋有味。何山歌写了四句诗，把她们坐席的照片发到朋友圈。诗云："谁说人生如梦？且看姊妹如花。你若动了氤氲，必然情到老家。"朋友纷纷点赞。哪晓得她们跳着跳着，就起了"野心"。

  国庆节前夕，回城住的何山歌，接到从家乡打来的三个电话。一个是玉香儿打来的。这细东西说话委婉，你要用心听才明白话里的意思。她说："山哥，县文化馆组织全县乡村广场舞大赛，我们姊妹花向镇里报了名，初选上了，准备参赛，要你关心。"关心是什么意思？你懂的。她晓得何山歌在县文化馆待过九年，肯定有关系。何山歌不敢表态，只说："这是好事。"因为离开文化馆多年，人家买不买账难说。再说跳个广场舞，用得着找关系吗？一会儿第二电话打来了。打电话的是中明。她不委婉，开门见山。中明说："山哥，组织大赛是县文化馆的副馆长周郎，你与他熟不熟？"周郎他当然熟。那兄弟是搞音乐舞蹈辅导的专业人才。何山歌愣了一会，说："你们不是初选上了吗？"中明说："姊妹们想得个奖。"何山歌说："让他们评就是。"这叫什么话？让他们评还浪费电话费吗？一会儿第三个电话追来了。打电话的是村主任。他在电话里问："你听听我是谁？"何山歌说："听不出来。"他笑着说："我是燕山风。网名。"何山歌说："啊。燕山风原来是你。"他说："家乡人民没有忘记你呀！通村公路可是修到你老家门口嘞。"何山歌说："感谢兄弟！"他说："你晓得吧？姊妹花想参加比赛！"何山歌说："我晓得。"他说："我出个对子，看你对得上不？"他经常在网上写古体诗。何山歌："你出。"他说："紫薇有花姊妹乐。"这村干部还真的用了心思。何山歌答："乡风无忧子孙同。"他说："哥哩，原来你懂的！就不能帮个忙吗？保证她们得个奖？"何山歌笑着说："我不是评委。"他说："她们说你是评委的领导。"何山歌问："想得什么奖？一等奖恐怕不好说。"他说："不管什么奖，有奖就行。不然你的车子再回来，她们要收过境费。哥哩，家乡人民怀念你，把你记在心里头。"

  何山歌接完电话，不敢马虎了，拨通了周郎的电话。周郎是个热心人，将姊妹花舞蹈队的名字记住了。于是复赛下来，姊妹花舞蹈队真的得了个三等奖。玉香儿将得奖的消息发朋友圈，村主任写诗点赞。诗云："昨日入城市，归来奖在身。遍身罗绮女，都是跳舞人。"何山歌从微信上看到了喜讯。据说参赛的舞蹈队有一百多个，家乡镇只有姊妹花得了个三等奖，而且是三等奖第一名。其余都是参赛奖。这就不是小事，惊动了镇委书记，通报表扬了燕山村，说燕山村将精神文明建设落到实处了，号召全镇向燕山村学习。于是燕山村何家坑姊妹花广场舞蹈队，就高山打鼓，名声远扬了。

  何山歌再回家住时，姊妹花舞蹈队见了何山歌就喜笑颜开，开着音箱围着何山歌跳舞。跳什么呢？跳《幸福在哪里》。"幸福在哪里？朋友我告诉你。它不在柳荫下，它不在温室里，它在辛勤的工作中，它在艰苦的劳动里。啊！幸福就在你晶莹的汗水里！"

笑脸张张，载歌载舞。

何山歌唏嘘不已，半天才适应。

六、说的都是真话吗？

何家坽姊妹花广场舞蹈队是在春雨如酥的清明节，接受市电视台乡村新视窗直播节目的记者现场采访的。那原本民间发起的活动，经过发酵，后来收不住，演变成了官方的。

市电视台乡村新视窗栏目的负责人其实是何山歌的儿子。这个儿一直追踪社会热点，办大众参与节目，增加点击量，提高栏目知名度，寻求社会支持，拉点赞助，发人员工资。电视台各栏目自负盈亏，作为负责人，两个效益在肩，他的压力自然不小。

他经常送老爸老妈回老家，见坽中姊妹花舞蹈队跳得不错，又在全县乡村广场大赛中得了三等奖，就把眼睛瞄准了老家，想办个节目。在老家办节目多好，天时地利人和都具备。对外是市电视来的，有权威性。对内是游子回到家乡，血脉相连，话好说，事好办。这个儿头脑活泛，信息量大，在职场锻炼多年，知道单纯办广场舞影响肯定有限。如今讲究文化搭台，推动旅游，搞活经济。他看中了老家清明节吃软芡粑这个传统习俗，想将家乡的软芡粑，借广场舞方式推出去，来个一箭双雕。这创意不错。如今乡村节会名目繁多，出产什么就办什么节会。桃花多的就办桃花节，荷花多的就办荷花节，桂花多的就办桂花节。至于山药、板栗、莲藕，办个节会就更受欢迎。什么都没有的怎么办？油菜花总该有吧？那就办油菜花节。办多了，办滥了，就不新鲜了。那么挖掘家乡传统的软芡，办软芡粑节，那就是首创，独树一帜，别的地方无法可比。因为何山歌家乡的那块土地盛产软芡。

软芡是俗名。软芡学名很多，其中一个叫鼠耳草。样子像艾，但不是艾，与艾同属。古往今来，它们生长在荒芜的山地上，春华秋实，籽像苋菜的，从来绝不了种。初春雨露滋润，它们从沙土里冒出来，样子像菜苗儿。因为是野生的，从来不要人呵护，长在乡亲的眼睛里，亲切可爱。萌嫩嫩的茎，长细细的叶。那叶子一片片张开着，就像老鼠耳朵，毛茸茸的。清明时节，它们绽金黄色的花蕾，串串的，密密的，遍地皆是，灿若繁星，就到了采着做粑的时候。连叶带叶采回去，择去杂物，用清水洗净，用米粉混合，舂着做粑。舂得用土碓，机子轧就失去了原味儿。艾青的粑用松柴炕熟了，两面金黄，趁热吃，就是人间美味。糯米黏米不限。糯米的糍，黏米的爽。包糖也行，糖是芝麻糖。包菜也行，菜是老咸菜。甜得巧妙，咸得真诚，尽在清香之中，让人回味。如今城里的人们大鱼大肉不敢吃，醉心于乡村这样的野味，津津乐道。殊不知这传统野味原本是一味中药，治瘟疫的。古时候巴水河边三月瘟疫流行，多少代死去多少人？后来才发现了这救命的粑。救了多少代，救了多少命？这些别人不知道，何山歌知道。将中药作美食当然保健。

何山歌的儿回老家筹备，不找村主任，也不找组长。他不想惊动官方，就想搞个纯民间的文化活动。他组团来，收费采取 AA 制，现场直播，看了节目，然后吃软荠粑，收的钱除去必要费用，其余留给舞蹈队。回家乡搞活动，他真的不想赚钱，这叫让利于民，好的不是外人，为的是扩大影响。他趁姊妹花一曲跳歇了，将构想同她们一说，她们就欢欣鼓舞。她们说："什么钱不钱？有几个钱？总没看见钱吗？上电视就可得呀！"上电视是她们的梦想，除了当官的，有多少人上过电视呢？

于是她们就做准备，戴着雨具，在绵绵的春雨里，下地扯软荠，扯好多好多，架起土碓，舂了做粑，做成半成品，好在那一天炕熟了，让城里旅游的客人来尝。同时日夜相传，加紧排练节目。这不能随便，要上电视的，现场直播，到时候该有多少人在看？何山歌的儿被她们的精神感动了。回到家乡，这些人叫他的乳名，都是他的长辈，血浓于水。

如今的信息真的发达。公媒体加自媒体，朋友圈套朋友圈。何山歌的儿将信息在网上发布后，经过几天发酵，本地的乡亲，外地的游子，城里的游客，都知道燕山村要办软荠粑节。令人神往。巴水河边平时与姊妹花有过交往的，十八个垸的广场舞蹈队，在网上报名，到时要参加活动。说好不评比，不要报酬，自发自愿。这就神圣。垸中有人住的人家，都打电话接亲戚到时来看戏。这就有河边过传统节日的气氛。

那天春雨绵绵，到何家垸来看热闹的人山人海。参加演出的十八支广场舞蹈队，着盛装按时来了，都是女人，柳绿花红，莺歌燕舞。来看热闹的人，近的用脚走，远的骑摩托。大路上走的尽是人，路边放的尽是摩托。那是熙熙攘攘，车水马龙。台搭在垸前荒地上。那荒地用墙围着，是垸中的哥租下的，原来想办纸箱厂，后来没办成，所以就荒着，长着半人高的茅草，正好是理想的演出场所。台是租来的，一个个半人高的塑料箱子，排起来连紧就行。雨篷现成的，架起来就行。舞台上方拉会标，叫做"何家垸姊妹花广场舞友谊赛暨软荠粑节"。长是长了点,但舞台那么阔,这么长的会标正合适。

于是就开幕。直截了当,没有安排人讲话。放完《今天是个好日子》就开始。何山歌的儿指挥人取位架机。由于参加的广场舞蹈的队多,时间有限,每一个队只能上台跳一曲,上镜,直播。她们不在乎跳多少曲,而在乎上电视露面。台上的跳,台下的将手机上网现场观看,现场的与画面的效果就不同,她们的嘴就乐开了花。

何家垸姊妹花广场舞蹈队压轴,跳的是《阿里山的姑娘》。别的队只跳不唱。姊妹花队有跳有唱。中明扮男唱男:"高山青,涧水蓝。阿里山的姑娘美如水呀!阿里山的少年壮如山。"中明的孙扮女唱女:"高山长青,涧水长蓝。姑娘和少年永不分呀!碧水长绕着青山转!"奶孙二人情深意切,唱得台下观众涌出了幸福的泪水。掌声雷动。

演完散场。何山歌的儿带着游客到垸中坐席吃软芡粑。众游客吃了,带了,非常满意,觉得不虚此行。就在何山歌的儿带着游客们乘车准备打道回府时,镇宣传委员赶来了,说是奉命要录制一个现场访谈节目,叫作《姊妹花开四季香》,省电视台农村频道文明乡村行需要。何山歌儿的班子就不能走,接着做现场随机采访节目。

于是何山歌的儿就带着队伍,现场采访盛装的姊妹花。镇宣传委员指挥,村主任燕山风和组长"钱眼"现场坐镇,安排姊妹花接受采访。节目随机采访,现场录制。跳舞还好说,人多场面大,混得住脸。面对话筒和摄像机单个采访,她们不由得紧张起来。哪里见过这场面?

燕山风对"钱眼"说:"组长,你先说几句。""钱眼"说:"我不能抢戏。这事有人分管。"村主任问:"谁分管?""钱眼"说:"设了顾问的。"何山歌的儿是主持人,将着话筒对准"周呱板"问:"大妈,您是顾问。你说说何家垸的姊妹花为什么爱跳广场舞?""周呱板"不说,扭捏着不好意思。"钱眼"说:"狗肉上不了正席。""周呱板"说:"你娘个头。你才是狗肉。你以为我怯场?我生大儿难产时,围一屋子的人,我怯过场吗?"笑声四起。"周呱板"说:"不为什么?只是爱。你老娘晓得的,何家垸的姊妹花,天生就爱两样。一是爱生儿。二是爱跳舞。""钱眼"说:"这是正经曲子。你莫开玩笑。""周呱板"说:"你没生过儿,不晓得痛。"何山歌的儿也是结婚生子之人,笑了,说:"说得对。人之初,性本善。两爱都是人之本性。"这东西读了还多书,晓得好多事。

"周呱板"就把玉香儿推到前面,对何山歌的儿说:"她是队长。让她说。"何山歌的儿把话筒对着玉香儿问:"细妈,你说说为什么?"玉香儿说:"跳舞就不爱打牌。原来我们都爱打牌,熟人打生了,生人打仇了,不利于安定固结。"

燕山风就竖起大拇指，给玉香儿点赞，对宣传委员说："你看看这觉悟！"玉香儿说："村长，这是你开会教导的。"村主任就美滋滋的。于是采访其他几个，说的都好。水仙说："跳广场舞就不想那个剁头的。"剁头的当然是他的男人。二香儿说："跳广场舞就把儿的婚事，女的婚姻放到一边，省了许多烦心事。"

那采访是有重点的。前面是铺垫。后面才是重点。重点采访两个。一个是年纪最大的王婆婆。王婆不由得紧起来。燕山风就做工作，说："不要紧张。有什么说什么？"何山歌的儿把话筒话放在桌子上，消除王婆婆的紧张情绪。何山歌的儿问："奶奶，您今年高寿？"王婆婆说："我今年七十二岁。"何山歌的儿问："奶奶，你这么大年纪，为什么迷上了广场舞？"王婆婆说："我跳广场舞是为了治病。我原来得了个怪病，医生查不出症来。吃不下饭，睡不着觉，老是做噩梦。人瘦脱了形，吃药不见效，打针不见效，我万念俱灰，十根黄丝断了九根，眼看就要见阎王。自从迷上广场舞，一刻离不得，世事都不想，只想跳，越跳越想跳，越跳越上瘾。如今我吃得下，睡得香，精神越来越好，身体越来越好，心也宽了，人也胖了，是广场舞救了我的命！"何山歌的儿说："奶奶，你多保重。"王婆婆说："村长，我说完了。再说我就说不好。"燕山风说："你的任务完成了，再不说。"

于是何山歌的儿就采访中明。中明不仅是何山歌的儿的垸中长辈，还是他在老家时小学三年级的老师。这时候就不能论私情。何山歌的儿拿起话筒问："准备好了吗？"中明说："准备好了。"何山歌的儿问："您是公办老师，请问您为什么参加姊妹花广场舞蹈队？"中明说："我参加姊妹花广场舞蹈队，是想将幸福的种子播撒在乡村的土壤上，生根开花结果，建设美丽乡村，打造和谐社会。"何山歌的儿接着问："您觉得效果如何？"中明动了感情，说："我觉得效果很好。先天下之忧而忧，后天下之乐而乐。姊妹快乐了，我也快乐，快乐就在其中。姊妹幸福了，我也幸福，幸福就在其中。赠人玫瑰，手有余香。"这话就很有水平，叫人感动。这回是宣传委员竖起大拇指点赞。

何山歌的儿就叫老师把姊妹花广场舞蹈队召集起来，像幼儿节目那样来个集锦。她们训练有素，结队站好。何山歌的儿站在队伍前问："刚才你们说的都是真话吗？"她们齐声说："都是真话！"何山歌的儿问："你们感到幸福吗？"盛装的她们，晓得配合，一齐将手指张起来，像兔子的耳朵竖在头顶上，做造型，齐声回答："幸福！我们都是幸福人！欧也！"中明的孙站在最前面。那孙子表情丰富，天真可爱。那画面经过回放，就时尚，活泼，寓教于乐，一点不枯燥。这个儿到底是新闻老手，回到家乡如同静水深潜，波澜不惊，将访谈做得无懈可击。

这节目有声音有画面就做圆满了。宣传委员很满意，将邮箱告诉了何山歌的儿，叫何山歌的儿回去剪辑后发给他上传。几天之后访谈节目，就在省电视台农村频道，乡村文明行栏目播出了，进一步扩大了影响，提高了知名度，姊妹花们又是欢天喜地。

七、就不能创点收吗？

利用跳广场舞创收，并不是姊妹花的意图。她们忘情在广场舞中，在垸中跳过了冬夏，跳过了春秋，跳得花落，跳得花开，燕去雁来，已经八个年头了。她们要的只是快乐，哪里来的其他心思？想都没去想。

这想法是去年腊月的早晨，忽然从"周呱板"嘴里，冒出来的，完全是下意识，就像灵光一闪，稍纵即逝。"周呱板"是个热心心快肠的人，八年来姊妹花们跳起了瘾，她看起了瘾。只有工夫，她就下到垸中，站在旁边看热闹。只要姊妹花们跳得好，称了她的心，就鼓掌，咧着嘴儿笑。用他男人的话说，"像个苕样。"

那天早晨姊妹花跳的是《在希望的田野上》。又是有唱有跳。跳的人着盛装。自从得了奖上了电视，她们只要开跳，必须化妆换装，一丝不苟。唱的人也着盛装，必须配套，不得马虎。这天早晨中明领跳，中明的孙唱男，玉香儿唱女。这都是本色。中明的孙童声明亮："我们的家乡，在希望的田野上。"玉香儿女声高亢："炊烟在新建的住房上飘荡，小河在美丽的村庄旁流淌。"中明的孙唱："一片冬麦，一片高粱。"玉香儿唱："十里荷塘，十里果香。"祖孙二人合唱："我们世世代代在这田野上生活，为她富裕，为她兴旺！"姊妹花就着歌声和旋律跳得优美极了。"周呱板"看得入迷了，张着嘴巴合不拢，举着巴掌忘记了拍，忽然冒一句："这好的东西，就不能创点收吗？"这才记起鼓掌，拍得哗哗响。

玉香儿愣住，半天才回过神来，问："周姐，你刚才说什么？""周呱板"眨着眼睛问："我没说什么呀？"玉香儿说："你肯定说了。""周呱板"忘记了，问："我说了什么？"玉香儿说："你说这好的东西，就不能创点收吗？""周呱板"问："是我说的吗？"玉香儿说："是你说的。""周呱板"不好意思了，说："这不怪我，要怪就怪'钱眼'。那东西眼睛老是瞄着钱，我受了影响。"

一语点破梦中人。姊妹花们沉默半天，纷纷回过神来，七嘴八舌，议论起来。水仙说："是的，顾问说的对！这好的东西，就不能创点收吗？"中明说："快过年了，幸福自己，快乐他人，同时来点收入，岂不两全其美？"王婆婆说："是的呀！是的呀！""周呱板"说："我是高兴糊涂说的。你们别当真。"玉香儿说:"你是顾问哩。若有了收入,少不了你一份。""周呱板"连忙摇手,说:"你这些婆娘!说话要凭良心。我当顾问是为了钱吗?"玉香儿说:"有了钱你也不要?""周呱板"恼了脸,说:"你这个细东西,我跳不倒,唱不倒,得你的干股吗?你以为我是干部?老娘是见钱眼开的人吗?笑话!创收的事,不与我相干。""周呱板"是个猫儿脸,若是恼了,说走就要走。三婆婆出面了,拉着"周呱板"的手不放,说:"看在姊妹一场的份上,你不能丢下我们不管。"

这时候组长"钱眼"路边下来了,说:"吵什么吵?""周呱板"指着玉香儿说:"她们要创收。"玉香儿说:"不是你叫的吗?"大家就笑。组长"钱眼"说:"创收好呀!那是钱。""周呱板"指着男人对姊妹花笑,说:"我就晓得这东西会同意。"玉香儿说:"组长,你说行不行?你说行我们就搞,你说不行就算了。""钱眼"说:"这就对了,凡是大事要晓得向领导汇报。""周呱板"说:"'钱眼'喂,你好大个官?""钱眼"说:"怎么不行?这是继承传统美德呀!这事不需要请求村长,对我说就行。其实不对我说也行。"

"钱眼"说的是实话。自古以来,燕儿山山脚下何家垸过春节群众自发搞文娱活动走村串户有传统。中华人民共和国成立之前就不说了。当时前燕儿山山脚下何家垸读书人多,死要面子,据说不准搞这些下里巴人的活动,但要排练丝弦锣鼓。这是为了春秋祭祀。清明和重阳大祭,在祠堂里动大乐镇堂,行小乐走礼。虽说不出祠堂,但在巴河两岸何家垸的丝弦乐队是出了名的,有一支训练有素的班子。何山歌的父亲的马锣就打得好,演奏时,能将一面马锣"铛"的一声,丢到半空之中,余音袅袅,然后接住继续打。据说那时候能演奏《江河水》《雁落平沙》和《汉宫秋月》等等的。之后文化普及了,下里巴人与阳春白雪混在一起,过春节时懒龙队长就组织何家垸玩采莲船,走村串户。采莲船是自己扎的。那是春风浩荡,荷叶田田,别的垸子就比不了。中间坐一个小子扮的姑娘,粉面含春,人见人爱。这就叫含蓄、高雅。舵公由队长"懒龙"贴着胡须扮,那划船的动作就滑稽、夸张。何家垸的采莲船有名,划到哪里都受欢迎。那时候垸中的读书人入俗了,随队长"懒龙"出船挂签,那是文采出众,有口皆碑。十爷、八爷都出过场。穿着对襟长衫,朝人家大门一站,锣鼓敲定了,他们就唱:"云淡风轻近午天,傍花随柳过前川。时人不知余心乐,将谓偷闲学少年。"这就是古意。"过了一庄又一庄,一庄更比一庄强。红灯高挂家家亮,人人脸上放红光。"这就是新词。"文化大革命"后何家垸的采莲船又继承传统出船了。那时候换了一茬新人,回乡的何山歌就在其中。那时候何山歌吹笛子,吹《扬鞭跃马运粮忙》,虽说功夫不全,但也激情奔放,很像那回事。美枝和金莲姑娘们簇拥着唱《桂花生在桂石岩》:"桂花生在桂石岩,桂花要等贵人来。桂花要等贵客到，贵客到了花才开。"唱得多少后生夜不能寐，想入非非。那时候何家垸的采莲船，游走在深夜巴河两岸的乡村之中，给人们送去了多少欢乐和幸福？爆竹接送，锣鼓喧天，歌声动地。接船的人家，不会空手，或者给烟，或者给钱，随多以少。由一个人记账，另一个人用袋子装着。玩过正月十五，"懒龙"队长就主持分账，参加的见人有份。或是几包烟，或是几元钱，大家欢喜无比。这就是传统，也是物质匮乏时代的精神慰藉。

人间的春节又要来临了，姊妹花听信了"周呱板"有口无心的点拨，决定利用跳广场舞，走村串户创点收，也就顺理成章。既然创收就需要排点大众喜闻乐见的节目，这叫与时俱进。《恭喜发财》肯定要。作为开场，必不可少。这也不难，网上有。搜索到了，反复放，反复跳就可以。至于其他节目就好说，平常跳熟的就行。还得一个主持人，这相当于原来挂签的。这也不难。中明胜任。为了吸引人的眼球，中明还排了一个少儿节目，作了压轴节目。让姊妹花蒙上面具，面具上用暖色绘着夸张的笑脸，学少儿跳《小燕子》。这也不难，旧瓶装新酒，相当于传统打柳戏时戴的"大头包"。

这时候北风有一阵无一阵地吹，燕儿山山脚下何家垸年味渐浓了。天在下小雪，雪花纷纷扬扬的，这就喜庆不少。姊妹花广场舞蹈队在雪花飘落中，废寝忘食，加紧排练，为春节期间走村串户创收做准备。

八、连老子都不认识吗？

雪花纷落中，燕儿山山脚下何家垸热闹起来。在外打工的亲人们，就像候鸟陆续飞回来了。中明的儿和媳妇也回来了。这个儿和媳妇难得回来，一年春节时才在垸中露一次脸。垸人看见中明这个儿没变多少样，只是一年比一年瘦，但精神却格外地好，两只眼睛放光芒，与别人的不同。那媳妇脸上的颜色也不见好，眉眼间含着淡淡的忧伤。垸人对中明说："怕是又怀孕了？"中明说："怀她娘的头。"这个儿回来就从对面畈过来玩，在垸中走动，也和同辈人打牌，打小的不过瘾，总想赢钱。也说外面的形势，见多识广的样子，大多是些小道消息，说得人一愣一愣的。他同别人口若悬河说外面的形势时，中明就别过脸，装着没听见，并不理他。在垸人眼里，娘对一年才回来一回的儿，不咸不淡的样子，这就有点不正常。这可是她的亲儿哩。

垸中的人多了，声音就多。那叫人声鼎沸。回家的亲人要吃饭，炊烟就多。风起了，这家的与那家的连在一起了，就亲密和谐。那叫炊烟袅袅。也有没人回来的人家，毕竟是少数。少数没回来的人家，大门上也贴了春联。那是垸中的亲人们代贴的。表示日子又是一年，桃符万户更新。这样的家乡就人气满满，亲切熟悉。父母呼唤，儿女应答，孙辈奔跳，像个家乡。多少幸福氤氲其中。

雪白盖地，对联红门。这时候姊妹花广场舞蹈队的歌儿就准备好了，准备上门给乡亲们拜年，送去祝福。祝愿乡亲们在新的一年里万事如意，行时发财，幸福吉祥。

姊妹花广场舞蹈队送祝福，是从何山歌家开始的。这是事先预约的。她们晓得万事开头难，选择哪户人家开张，有讲究。有个好的开张，一顺百顺。腊月二十八吃过年饭，玉香儿就到书室来，装作参观，对何山歌说："山哥，你家新屋做得真好，装这么多的书。琳琅满目呀！"这细东西晓得说雅词取悦人。何山歌就知道她有事要说。何山歌问："你们什么时候开张？"玉香儿说："初步意见，大年初一晚上。"何山歌说："那好。一夜连两岁，天增岁月人增寿。"玉香儿说："山哥，姊妹们说你是写书人，通情达理，要从你家开张。我说得征求你的意见。"何山歌就喜笑颜开，说："要得。要得。"玉香儿说："还是山哥对我们好。"何山歌说："这是看得起我。"玉香儿说："我说了你会答应的。"这细东西是人精。何山歌能不答应吗？

大年初一的晚上，垸中家家大门头上的灯都亮了，与城里的景色一样。那叫华灯初上。她们就着盛装提着音箱来了。何山歌的老婆就出门点燃准备的长爆竹，缠在竹竿子上放，迎接她们。如今城里禁了鞭，乡村没禁，要是都禁了，城市乡村的幸福就一个样子。红烟紫雾散去，姊妹花们就开始在大门前水泥坪上跳。先跳《恭喜发财》，跳一遍找一遍，跳个不停。这歌有点俗，与她们平时跳的雅曲儿大相径庭，何山歌觉得有点刺耳。何山歌就笑着说："差不多了。"她们就跳雅曲儿，就音乐跳《八月桂花遍地开》。这回是中明与王婆婆对唱。玉香儿唱男声。王婆婆唱女声。这就是创新，别的广场舞蹈队光跳不唱，姊妹花广场舞蹈队有唱有跳。这让何山歌开了眼界。中明唱："八月桂花遍开，鲜红的旗帜竖起来。"王婆婆接着唱："张呀张灯又结彩，张呀张灯又结彩。"二人合唱："工农齐心建设新世界！"这歌儿是大革命时期大别山苏区创作的，歌词写得真好，热烈欢快。二人唱着唱着热泪盈眶了。平时何山歌对广场舞并不上心。那时候何山歌就被二人唱得感动了。是的，革命是一种情怀，胜利也是一种情怀，若被情怀浸染就幸福。哪有不被感动的？何山歌睹唱思人，睹人思唱，鼻子一酸，不觉涌出了眼花。舞跳到三曲，她们还要跳。何山歌说："够了。谢谢大家。"于是就将事先封好的红包递给玉香儿。那里面装的是三百元钱。一点心意。她们连声感谢，到别人家的门口跳去了。那舞蹈，那歌声，沉浸在春节的幸福吉祥之中。

春节是幸福和快乐的日子。不断有好消息传来，姊妹花广场舞蹈队唱出了垸，唱出了村，每到一处大受欢迎。接跳的人家都给了钱，如今的人们不会给烟的。跳到正月十五的晚上，她们一计算，竟然挣了近两万。这就不是小数目。垸中的人一点不眼红，都夸奖姊妹花跳得好，跳出了骄傲，跳出了效益。

于是队长玉香儿就主持分账。一人分一千五百元，其余的留着。留着做什么呢？做发展基金。服装要添，道具要添，有了钱好办事。一千五百元钱，对于城里人不算什么，对于她们来说不算少。众姊妹都欢喜。她们要提点给顾问。"周呱板"哪里肯要？"周呱板"说："你们要是有'孝心'，就在垸中擂场慰问演出。亲人们都回来了，让他们开开眼界，共度元宵。"组长"钱眼"说："这个婆婆比我强，领导没想到她想到了。再选举，我提议让她当。""周呱板"说："一个组长有什么当头？要当就当管组长的。""钱眼"说："那不要选，你不是当着了？"众姊妹笑开了花。于是姊妹花广场舞蹈队就响应顾问的号召，正月那天晚上在垸中搞慰问演出。那风还在垸中吹，那雪还在垸中下。

叫人意想不到的事情，就发生在那天晚上。就在中明与姊妹花们就着曲子跳《过年啦》的时候，忽然听到了前排中明家的老屋门口传来救命声。中明的儿在痛打媳妇。那不是一般的打，而是朝死里打。垸人就大吃一惊，不知是什么原因。过年过得好生生的，把老婆朝死里打，这就不正常。垸人不明就里，完全被搞蒙了。

这个事件经过事后还原，垸人才知道来龙去脉。原来是中明的儿带回来的钱，在垸中打牌输光了，"烟瘾"犯了，就四处找老婆要钱，发现老婆不见了。原来何山歌的堂弟存建怕出意外，把媳妇和孙藏在垸中的老屋里，将大门锁着。哪晓得那孙趁她娘上厕所之机，从门缝儿钻了出来，被那儿发现了，于是就撞开门锁，抓住老婆要钱。老婆说："没有钱了。畜生！我跟你离婚。"那个儿说："离不了！离了也没用。离了，我杀你全家！"他就下手痛打。媳妇打不过，哭着喊救命，惊动了垸中人。存建就跑去管儿子，想将儿子按倒。哪晓得那儿子疯狂了，老子根本不是他的对手，翻身起来，将老子放倒在地，扯起来打几个耳光，揪着老子的领口不放。老子被打蒙了，怄得哭，说："儿哇！我是你老子呀！"那儿子说："我不认识你。"存建哭着说："儿哇！你连老子都不认识吗？"那儿说："我不管你是谁？我'烟瘾'犯了，要钱买烟吸！"那是什么烟？那什么瘾？垸中人一听就明白。这个儿什么时候吸上瘾的呢？这事垸中人原来并不知道。

垸中的男人们好不容易将父子扯开，把那儿控制住。存建颜面无存，毫无办法，就得掏出手机报警。一会儿110警车就开来了，将那儿戴上手铐，推上警车带走了。如今镇上也有110，为了春节的安宁，他们出警迅速得很。

那个和谐的夜晚就被突如其来的灾难打破了。垸中人五味俱全，唏嘘不已。中明是坚强的，事件从发生到结束，她将孙子护在怀中，见怪不惊，冷眼相观。警车开走后，垸人以为慰问演出到此结束，哪有心思再看节目？纷纷散去。

那时候中明抱着孙子走到场子中间，说："姊妹们！我们接着跳！"于是开着音响，跳《再唱山歌给党听》。这是县里参赛的得奖节目。姊妹花只得依她。中明说："姊妹们我和孙子同唱，你们跳起来吧！"中明还原本色唱女声："再唱山歌给党听，我把歌儿献给你。"怀中的孙子唱："五十六个民族再唱山歌，幸福的歌儿献给你。"祖孙二人同唱："民族兄弟姐妹心连心，我们携手和谐家园！"

翻到高声后，这婆娘到底没忍住，抱着孙子蹲到地上，像母狼一样呜咽起来。众姊妹们上前拍着她的后背，说："哭吧！哭出声来，心里好受些！"

那时候垸中红灯高挂，雪落无声。只有那风阵阵地吹，吹得树竹沙沙响。

九、要问燕子为啥来？

王婆婆是那天更深人静时，家家放爆竹收灯后，与儿子小龙视频的。视频要用智能手机，她没有。她用的是老人机，这手机就一点好，充一次电能用半个月。她的手机基本不用，女儿凤儿离婚后再找的一个男人是邻村的。外孙女跟她住，她料理外孙女起居读书。过春节凤儿就在娘家随她住。凤儿打工回来过年，一点也不喜欢再找的男人家。那里的人过年喜欢打大牌，而且不怕输。王婆婆的老人机除了女儿不时给她通一次话，其余时间都装哑巴，好在可以看时间。手机上的时间就是准。平时在外打工的女儿，给她打电话，先问的是她的女儿，听不听话，生没生病，成绩好不好？顺带问她的身体怎么样？她说都好。女儿就挂了，生怕浪费电话费。王婆婆充分理解。女儿如果不把女儿放在第一位，那就不正常。

正月十五是万家团圆的日子，舞跳散了场，凤儿就拿出手机对娘说："娘，我们同哥视频吧！"这是一年盼到头，望眼欲穿的事。王婆婆就比跳舞还高兴。小龙带家出走十几年了，随着案件淡出人们的视野，小龙与妹妹有了联系。只是女儿不告诉娘，怕娘说漏了嘴。王婆婆总想知道儿子一家在哪里？女儿就埋怨娘，你知道在哪些做什么？女儿守口如瓶。娘就无话可说。

视频接通了，视频里出现了儿子。王婆婆见到儿，儿老了，黑了，瘦了。王婆婆的眼泪就流出来了，含着眼泪，问："儿呀！你好吗？"儿说："娘，我好。"王婆婆问："儿哇！孙子好不好？"儿子说："孙子好。"王婆婆问："媳妇好不好?"儿说:"好。"王婆婆说:"孙子和媳妇呢?我跟他们说几句。"儿子说:"他们不跟我住一起。"王婆婆这才记起儿子与媳妇分居了,由媳妇带着孙子。那个儿经过那次打击心灰意冷了,打工的钱只够喝酒打牌,孙子的生活费和学费说是归他出,但总是不能及时支付。

王婆婆流着眼泪对儿说:"儿哇,你要听话。"儿说:"娘,我听您的话。"王婆婆说:"你要振作起来,不要自暴自弃。你不是不为我,也不是为你,是为你的儿。你的儿要读书进学,成人成才。我们一家的希望就寄托在他的身上。如果他有个三长两短,我们家就断了根,我怎么对得住祖人?你怎么对得住我和你死去的爸?"娘语重心长,苦口婆心。那边的儿眼睛红了,说:"娘,我一定听您的话,痛改前非,重新做人。"王婆婆说:"儿哇,我正月间跳舞赚了一千五百块钱,我叫妹妹打给你,开学了,你一定要交给媳妇,让她交孙子的书本费,让他好好读书。"儿子流着眼泪说:"娘哇,您留着自己用,有个三病两痛要花钱。儿子不在您身边,不能尽孝,您自己多保重。"王婆婆说:"儿哇,我要钱做什么?我自种自吃,自食其力有余。我的心始终放不下,系在你们和孙子的身上啊!"春节网络忙,一会儿就卡屏,想继续看,看不到。于是就收线。凤儿将一千五百元钱,打到哥的卡上去。王婆婆这才松了一口气。凤儿叫她的女儿唱首歌儿给外婆听。唱什么呢?唱电视剧《红高粱》的插曲《九儿》。王婆婆格外爱听这首歌,尤其爱听外孙女唱的。过年了,那外孙女穿着红衣裳,声音接了她的好,那就是角儿。角儿是什么呢?未来舞台上的顶梁柱。

中明的儿是存建正月二十从看守所里保回来的。时间到了,不能长关。解铃还得系铃人,儿子是亲生的,没有办法还得自己出面去保。

正月二十是家乡人出外打工的最后日子。有讲究,最迟不过这一天。中明是那天天亮之前送儿和媳妇上路的。中明是在畈对面的鸡场的家,送儿和媳妇上路的。存建没起床,他伤透了心,没有心思送。中明抱着孙子送儿和媳妇上路,路边停着叫来送人的摩托,不是外人,是垸中"参鱼花"的。天有点冷,地上有霜,人都是哆哆嗦嗦的。中明也不放爆竹,对儿和媳妇说:"家乡不留你们,也留不住。你们像浮萍一样,随风而去,浪迹天涯吧!你们的儿,我和你爸尽心尽力养着。若是我们死了,你们还活着就回来领去。若是你们死了,我们也死了,那就听天由命!"

中明就拿出二千五百元钱来,那是跳舞得了一千五百元,加上一千元。媳妇不接,那儿一把接了过来,塞到口袋里,双膝朝中明面前一跪,说:"娘啊!儿对不住您!若有来生,做牛做马报答你的养育之恩!"

就要上摩托,孙子哭着要妈妈。儿媳妇就哭出了声。中明把孙子放到路上,说:"我的孙啊!你是未来的男子汉。妈妈要出门赚钱了。你给妈妈跳一曲。"孙子就拍着小手儿,给妈妈又唱又跳:"小燕子穿花衣,年年岁岁到这里。要问燕子为啥来?燕子说,这里的春天最美丽。"那媳妇泪流满面,抱着儿子吻了又吻,舍不得放手。那叫肝肠寸断。

  摩托的前灯亮了,照着大路,光柱所到之处,一片光明。二人在后面坐稳了,摩托轰响而去。这时候时早风吹来,东方的天空破开,现出了鱼肚白。一年之计在于春,一天之计在于晨。对面坑中的音箱开响了,放的是最新编排的广场舞曲《春暖花开》。

  那歌声召集姊妹花到坑中去跳舞。

2017 年 9 月 9 日于工作室

雁 过 秋 风

轮回的季节里,秋风起了。大雁向南迁徙。苍茫的暮色中,它们带着儿女,一会儿排成一字,一会儿排成人字。风中都是奋力的振翅声和悲壮的鸣叫声。这样的时候我就忆起了秋娘。

我知道人类到了信息爆炸的时代,人们只有靠遗忘才能将日子过新,否则就会旧死。事实上秋娘和她的故事,已经放到了历史的回收站,等待着彻底删除。我现在的任务就是进入被人遗忘的空间,找到她,在未彻底删除之前,将她复活到桌面上,并保存她。

一、为什么都是男性器官

我是"四年三灾"过后回到家乡开始接触秋娘一家的。

1964年麦熟时节,父亲决定把我从巴水河边外婆的沙街,带回家乡燕儿山。因为麦熟时节青黄接了,再也不会挨饿。那年我十一岁,读完了小学三年级,因为从小没娘,世事就比别的孩子懂得早。父亲决定把我带回家乡,是为了同舅娘争气。那时候舅娘已经生了自己的儿,觉得我娘死后,我在她家养了八年,没有将我一直养下去的道理。舅娘把这话透出来,外婆就哭,哭得眼泪汪汪。外婆的确舍不得我这个从小没娘的儿。父亲听说后就认了真,决定结束搬壁躲雨的光阴,把儿带回去自力更生。父亲做了决定后,舅娘又觉得过意不去,说:"细姑爷,我是说着玩的哩!"父亲说:"细舅娘你说得对。树大要开桠,儿大要成家。确实没有一直养外甥的道理。"

父亲就先回家"打路儿"。"打路儿"是巴水河边的土话,意思是寻找活下去的路。那时候父亲三十岁了,就回家乡拜燕儿山北坳口下熊家垸的陈师傅学泥工。陈师傅比父亲只大两岁,说好学三年。三年内不讲报酬,随师傅的手给。父亲能在熊家垸找到活路,是有原因的。土改合作化后,熊家垸由于没有读书人,尽管父亲出身不好,由于是读书人,还是被大队派到熊家垸当了两年的小队会计。熊家坑的人喜欢父亲，落难之人需要帮一把，那感情还在。燕儿山北坳口之下的熊家坑，是一个不足五十人的小队，十几户人家都是土砖瓦屋，破烂不堪，成丁字形地错落在一大一小两口山塘边。两口山塘积的都是从山上流下来的雨水。坑人热心快肠，合计着让出一间屋让我和父亲落脚，并不要租钱。但有一个条件，让我带一个熊家坑的儿共同上学。那时候楚之国姓的熊家坑竟然没有一个读书的儿。大山之北的熊家坑，上学要绕十几里山路。那山路荒野，我自然成了熊家坑读书儿的领路人。这是坑人的共同文明进步的事业。他们温暖，我也自豪。

我家借的屋是"横纤"家的。"横纤"是诨名。大名叫熊浑。他说不赢人时，就爱斜着眼睛横扯，使你有理用不上，只有讪笑。他家正门对着山塘，借我家住的一间在堂屋后边，中间隔着半壁。为什么是半壁呢？是为了节约土砖。印土砖是力气活，省砖就是省粮食。为了各图方便，父亲就在后阴沟开了个门。坑子几家的屋是连着的，这阴沟就长。屋后是山坡，是竹园，山竹和杂树乱长，长年有山水浸着，阳光斑驳，细水长流，这样的阴沟居然朝后开门住了三户人家。我和父亲住东边。中间住着做篾匠的驼爹。他篾货做得好，却没看到有婆娘。西边住着贫雇代表和他的两个儿。贫雇代表混名叫"广东雀儿"。他说话语速极快，含混不清，像鸟语，要想听懂就很难。他的两个儿，一个叫"大花驼"，一个叫"二花驼"。巴水河流域的"花驼"就是讨米的叫花子。三家的人每天顺着阴沟进出，出了阴沟，就阳光灿烂，踩着阴沟回屋，就阴冷潮湿。那日子朝阴沟开门的三家，除了喝粥声，就是吵嘴声，再就是没声音。那时候能说什么呢？笑也要看大人的脸色。不然痴人多笑，傻子乱笑，会挨栗壳的。

得学会沉默。沉默是金。

当然也有快乐。没有快乐那还叫人间吗？

三家最快乐的日子，莫过于腊月二十八还年福。还年福就是吃年饭。这是约定俗成的。再苦，队里还是要分一点鱼；还穷，肉还要到街上称一点。除了供祖人，还福于祖，就是人吃。还福于祖是形式，人吃才是内容。这是四季渴望的人间美食。这天三家的人都起得很早，还福于祖，祖人是阴间的，活人是阳间的，阴阳两隔，接祖人回来还福必须要赶在天亮前。这也是规矩。三家人起早生火做菜，那是幸福的事。都是土砖屋，砖缝的泥没糊好，或者本来糊好了，经不住年长日久，脱落了。透过砖缝儿，三家的灯就亮，三家的火就旺，三家人说话的声音就兴奋，三家做菜的香味和兴奋就串通了。三家的当家人就有心思互相打趣儿。只听见中间屋锅里一响，父亲问："什么落到锅里去了？"驼爹不作声。西边的"广东雀儿"就笑，说："鸟，鸟落到锅里去了。"我家锅里一响。"广东雀儿"就问："什么，什么落到锅里了？"父亲不作声。驼爹就笑，说："卵子落到锅里去了。"西边锅里一响，父亲问："什么落在锅里了？""广东雀儿"不作声。驼爹就笑，说："三件落到锅里去了。"三家串通一气，笑声骂声，很是欢乐。

那笑声都是公的，野的。"鸟""卵子""三件"都是巴河流域对男性器官的俗称，分别代表着三家人。日子里垸人对于三家都是这样叫，极具符号意义。"鸟"，驼爹。"卵子"，父亲和我。"三件"，"广东雀儿"和两个"花驼"。还年福的时候三家的人快乐了，就把垸人平常的共识变成了节日的谐谑。圣人说，食色，性也，这是雅俗共赏的真理。但是我觉得把三家的人数和男性器官与吃食连在一起，形象倒形象，通俗倒通俗，幸福之中就透着悲凉。

女人都到哪里去了呢？我的娘死了，这我知道。驼爹没有妻子，这我明白。那么"广东雀儿"的妻子呢？两个"花驼"没娘吗？这我就不清楚。这就像一个难猜的谜儿，隐在地老天荒的日子里。

那时候我小，活在让人心痛的日子里。

二、广东雀儿

那日子"广东雀儿"在队里当贫雇代表。那日子大队设书记，小队不设书记但设贫雇代表。贫雇代表归大队书记领导，管一个小队的意识形态。

大山坳口下的熊家垸，尽管只有五十人，但作为一个小队，麻雀虽小肝胆俱全，队长、二队长、小会计都有，还有一个人当贫雇代表。在熊家垸，贫雇代表就非"广东雀儿"莫属。"广东雀儿"姓何，大名叫何运华。他与我们同姓不同宗。父亲说他本姓郭，是立给舅爷做儿后改姓何的。五十人的大山坳口的熊家垸，以熊姓为主，外姓只有三家，"广东雀儿"是其中的一家。"广东雀儿"是土改后组织上指定他当熊家垸贫雇代表的。队长是姓熊的，二队长也是熊姓的，这些职务熊姓可以换人当，但贫雇代表只能是"广东雀儿"，因为只有他最有资格。为什么呢？因为他家穷，整个熊家垸没有比他家更穷的。他是1949年前流浪到熊家垸当帮工落根的。

"广东雀儿"家里以前如何穷，我不知道。但我家搬到熊家垸后，他家的穷样子，我是亲眼所见。他家只有两间土砖屋，是土改时分给他家的。两间屋朝阴沟开门，里一间睡觉，外一间做饭，屋子里找不到一件像样的家具，床上热天没有帐子，冷天的破絮像渔网，父子三人找不出一双像样的鞋。更叫人吃惊的是，他家的儿，夜里上床睡觉从不洗脚。那床上与地上就是一样的，都是沙子儿。为什么我知道呢？因为父亲不在家时，夜里我害怕，在他家同两个"花驼"睡过。那时候田里的庄稼成熟时，"广东雀儿"就不在家睡。他是贫雇代表要在田边的窝棚里守夜，防人偷粮食。特别是怕熊姓的人偷。家贼难防，偷了屋梁。粮食像金子一样贵重，熊姓的人偷田里的粮食，熊姓人当队长，自然睁一只眼闭一只眼，必须由贫雇代表"广东雀儿"防着。"广东雀儿"家父子三个，冷季下身一条单裤，上身一件空心袄，脱了袄子就是赤膊。那袄子是民政局发的"照顾"。也不是每年都有，每年保证他家有一件。也就是说三年他家有一件新的。所以他家父子有两个的袄子是破的，破的地方露着絮，拦腰用一根麻绳系着。这是巴水流域历史上典型的"叫花子"装束。

熊家垸的男人由于做苦了，都不长，没有超过一米六的。"广东雀儿"更矮，只有一米四。他是组织指定的贫雇代表，在熊姓天下的熊家垸，他是公平正义的象征。每天下午计工分时，计分员在场，队长在场，他必须在场。队长混名叫"八个半"，他的左手五个手指小时候割稻割断了一个半，一点也不影响出力做活，但垸人恨他，背后总叫他"八个半"。队长说某人计多少工分，要"广东雀儿"点头，否则计分员就不能朝本子上记。那时候工分就是社员的命，需要监督，不容熊姓人徇私。分粮分柴草时，更要"广东雀儿"到场，成色如何，秤杆高低，要他评判，不准队长看人打发。熊家垸说是队长当家，但队长要看他的脸色。

队长有时爱他，有时恨他。爱他时是因为他公平，为队长解了难。队长恨他时是因为队长想徇私，被他看出了。队长不管爱他恨他，都用一种办法对付他，那就是对他公平，绝不手软。他虽然每天按时出工，但他力气不如人，一天就得不了一个男劳力所得的工分，他家的儿又小，得的工分更少，那时候队里分东西很大部分是按工分计算，叫作"跑分"，算几多就是几多，所以他家所分的粮食和柴草就少。分他家粮草时，队长掌着秤，让他看秤上的星，对他笑，问："没错吧？"那秤上斤两分明，他不敢说错。你就知道他家解放了为什么还那么穷。

那时候分粮草都在垸前的山坡上。山坡上有稻场，还有装粮食的保管屋，是垸人物质所在地，也是精神会餐的地方。称完粮食和柴草，趁大家高兴，队长就开始称人。称人先称当家的男人。秤是抬秤，由两个人用扁担抬着系称的，称人还是由队长掌秤。熊姓的男人，依次走拢去，双手抓住秤钩，双脚离地像虾子一样吊上去，队长迅速地推砣，一个个就是熊姓当家男人的分量。熊姓当家的男人尽管还矮还瘦，都过了一百斤。一百斤是那时候当家男人约定俗成的基本重量。"广东雀儿"不管怎样称都过了这个数。过不了一百斤还是当家的男人吗？辱没先人哩！这是队长和熊姓男人高兴了，集体羞辱"广东雀儿"的方法。"广东雀儿"愤怒了，就把秤砣褪下来，挂在秤钩上，朝队长说："你称秤它几重？"队长就傻眼了，说："没有秤砣怎么称？""广东雀儿"就冷笑，指着秤砣对队长说："晓得不？我就是它。黄雀虽小打黄鹰，秤砣虽小压千斤。""广东雀儿"就把秤砣拿走了，要一把丢到山塘里去，队长只好跟在后面叫饶。熊家垸的人不敢轻易惹"广东雀儿"，惹毛了他不是好玩的事。

熊家垸的人不敢轻易惹"广东雀儿"，是因为他除了公平正义之外，还有两个杀手锏。第一手他会打架。熊家垸的男人日子过痛了，就爱打架，力气大的欺负力气小的，身高的欺负身矮的。这是难免的。打起架来，熊家垸的男人都不是"广东雀儿"的对手。"广东雀儿"与熊家垸的男人交手，尽管熊家垸的男人比他有劲，尽管熊家垸的男人比他身高，但"广东雀儿"有他的办法，他一上去就撕人家的衣裳，拣好的撕，他身上破反正不在乎。对方一护衣裳，他就双手抓住对方的卵子，那是男人的命筋，来个黑狗钻裆，把对方掀翻在地。对方痛得就地打滚。他却拍着双手，扬长而去。第二手他是个夜猫子，像一条不叫的狗，日夜在垸中游，黑暗中许多别人不知道的事，他知道。比方说队长与弟媳有染。队长把弟弟派到外地做水利工程。第二天他就问队长："昨天夜里，你做么事？"队长说："开会。"他说："是地上会，还是床上会？"队长说："这是队长的事。"他说："你那会开得还不短哩。研究了两回。"队长脸上就挂不住，说："我开自己人的会，与你何相干？你有本领你也开。你个见花谢！把个女人你，你也研究不了。磨瓢。""见花谢"要男人命，"磨瓢"要男人的魂。"广东雀儿"就跳脚骂队长："我日你老娘！"队长就冷笑说："你日鸡吧。"垸中早有传言，说"广东雀儿"是个"见花谢"，所以堂客跑了。有一天黄昏有人看见他抱着一只生蛋的鸡，说他鸡奸。众口铄金，这些传言深深伤害着"广东雀儿"。

从众人的口里，有一点得到了证实，两个"花驼"是有娘的。"广东雀儿"是有堂客的。巴水河边的堂客就是妻子。解放了，还可以叫爱人。这名词多美好。

三、传说的秋娘

垸中的传说像水里看花，使人怅惘，也令人向往。原来"广东雀儿"的爱人还活着哩！只是不再在熊家垸过日子。我发现熊家垸的人们有一点非常可爱，只要你不与他们一起过日子，只要你不与他们争利益斗死活，他们就争相传说你的好。他们说秋娘好的背后有一个用心，那就是打击她的男人"广东雀儿"。

"广东雀儿"的爱人叫秋娘，姓张，是河边张家楼的姑娘。因为是秋天生的，读老书的父亲给她取名叫秋娘。秋娘家成分不好，当时嫁不出去，经土改工作队长的撮合，嫁给了熊家垸的贫雇代表"广东雀儿"。那时候"广东雀儿"翻身得解放，生命力特别旺盛，结婚后秋娘脚挨脚给"广东雀儿"生了三个儿。"广东雀儿"翻身不忘本，依次给儿起名，"大花驼""二花驼""三花驼"。"广东雀儿"也许是用功过了头底气不足，也许是虽说解放了，但家里依然穷得叮当响，使他直不起腰来。秋娘生下三个儿后，"广东雀儿"就迅速去了势，垸人说他得了"见花谢"的病。

　　传说中的秋娘比"广东雀儿"高很多。垸人说，秋娘高大饱满，像一棵开花的泡桐树，而"广东雀儿"矮小猥琐，就是一堆牛屎巴。垸人说"广东雀儿"踮起脚来，刚好吸秋娘的奶。熊家垸的人嘴太损了，把好的朝活里夸，把丑的往死里贬。

　　传说中的秋娘也有诨名。这是必需的。日子过穷了过苦了，如果不给人取诨名，那日子里哪来的乐趣？秋娘的诨名叫"搭毛壳儿"。"搭毛壳儿"在熊家垸人的口气里全无贬义，令人向往。"搭毛壳儿"是什么意思呢？"搭毛壳儿"是指秋娘的发型。那时候秋娘虽说生了三个儿，但还剪齐耳短发，将刘海剪得齐齐的，齐在额头明亮的眼睛上。"搭毛壳儿"用现在的话来说，就是"时髦"。秋娘的发型与垸里女人的截然不同，与现在电影里"五四"时期的女学生一个样。秋娘是受过新潮影响的人，人说落毛的凤凰不如鸡，但她并不落毛，仍是凤凰哩。这样的女人在熊家垸就新鲜，出类拔萃，使熊家垸的男人们想入非非，又奈何不得。秋娘看不上"广东雀儿"，同样看不上熊家垸所有的男人。既然"鲜花插在牛屎巴上"了，不都是"牛屎巴"吗？她哪还有眼睛瞄？因为秋娘不再在熊家垸过日子，所以传说中的她，就像七仙女下到凡尘。

　　我发现垸中只有吕婶对我说这个故事时最动情。因为我带她的儿桶儿去读书，所以吕婶对我格外亲。我邀桶儿去上学，她必定送我和桶儿一程，也不送远，到了荒塘就止步，因为过了荒塘就上大路。我是她儿的哥，她自然就是娘。她在山路上给我说秋娘的故事，使我有了娘的温暖。她对我说垸中的女人，只有她与秋娘有得一比。她说秋娘和她一样修长，一样好看。她说秋娘和她一样命不好，嫁了一个"武大郎"。吕婶嘴唇薄，会说。日子里她抽空穿着满大襟蓝褂儿，给人做媒，赚点外快，补贴家用。做媒的时候，她择双方好处夸，入情入理，又恰到好处，说得人满心欢喜，经她撮合，没有不成的。

　　秋娘是两年前那个秋天，带着她的小儿子"三花驼"，站在山背后的山岗上，对着垸子发完毒誓后，离开熊家垸的。秋娘带她的"三花驼"，离开熊家垸那天，秋风阵阵，天地惨然，空中的大雁排成行，拖儿带女向南飞，风中都是凄凉的叫。秋娘一手牵着儿，一手挽着一个包袱，包袱里是儿和她几件换洗的破衣裳，站在垸背后山坡上。山坡上野草枯黄了，打着寒战儿，堑埂上巴茅的白穗儿摇得像灵幡。秋娘是怄气后赌气走的。垸中的男人总是借事欺负"广东雀儿"和她，压得她喘不过气儿来。垸中的男人睁着白眼睛，谅就秋娘跟"广东雀儿"这么过日子，一生也莫想翻身。"广东雀儿"是一根老鼠尾巴，怎么捶也捶不肿，怎么捶也捶不出四两清油来。她儿生得再多，也是白生的，长大了莫想找到媳妇。秋风一阵赶一阵，山坡上秋娘两眼的泪，咽一口，对着垸子发毒誓："熊家垸的男人听着！我和我的儿，一定要活出人样来！若是没活出人样来，我就不回熊家垸！"

那时候熊家垸的人都听见了秋娘的声音，吕婶也听到了。吕婶想赶上去劝秋娘，被"广东雀儿"拦住了。"广东雀儿"一把捏着"大花驼"的手，一把捏着"二花驼"的手，不让两个儿上去。"广东雀儿"说："吕大娘，你想做什么？"吕婶说："我去劝劝她。""广东雀儿"说："劝什么？让她走。"吕婶说："你还是人吗？""广东雀儿"说："这是我管的事。不与你相干。"两个"花驼"就哭着要娘。"广东雀儿"说："哭什么？她死不了！"吕婶说："你怎么不死？""广东雀儿"说："我也死不了！"吕婶说："你就这样眼睁睁地让她走？""广东雀儿"说："要走客儿莫强留，留来留去结冤仇。"吕婶说："只怕她再不回来。""广东雀儿"说："你不是年年回来了？"吕婶说："我那是出去散心儿，不是真走。""广东雀儿"说："你操什么心？你看我左手牵的是她的儿，右手牵的还是她的儿。放心，她飞不上天。""广东雀儿"说快了就像打机关枪，吕婶没听懂。吕婶说："你说人话呀！""广东雀儿"说："我不是人了，说什么人话？我是如来佛。孙猴子一跟头十万八千里也没用，逃不出如来佛的手掌心。"秋娘就哭出了声，对山下的两个儿喊："儿呀，娘走了！""广东雀儿"捏着两个儿不放手，对山上喊："你走吧！走快些！眼不见为净。"于是秋娘擦干脸上的泪水儿，牵着她的"三花驼"，踩着地上的秋风，追着天上南飞的大雁走了。

吕婶对我和桶儿说："那时候天上雁叫，地下儿哭。儿是娘的心头肉，最痛莫过为娘心。"过了荒塘就是大路，吕婶就留着二回再说，让我带她家桶儿上学堂。

四、两个"花驼"的思念

秋娘就像一个让人猜不透的谜，在垸人的嘴里，闪烁其词，如神龙游在云朵之上,见首不见尾。父亲带我回家乡之后,就不见秋娘回来。各种传说像花儿随着季节,开了谢,谢了开。

  苦的是日子里的两个"花驼"。春天风暖了,燕子归来,他们每天鸡进笼时,就站在暮色苍茫的山岗上,朝大路上望,望穿了眼睛,也不见娘的身影。秋天稻子收割了,天上雁过,秋风中都是叫声,他们把远处路上的女人想成娘,但走近了,并不真是。过年的时候两个"花驼"心想娘要回来,欢天喜地盼着娘,但是年过了,燕儿山上的草儿绿了,桐树上的花开了,也不见娘回来。娘哇娘,你在哪里?

  两个"花驼"想娘,想得心慌,想得心痛。想得心慌也不能叫,想得心痛也不能哭。两个"花驼"想娘想木了。吕婶叫他们叫儿,他们不晓得应声。垸人就格外同情两个"花驼"。吕婶就叹一口气,说:"那个婆娘太狠心了。往年不是这样的。"

  往年秋娘也出门"讨生活",出门讨一些时日必定往回赶。往年秋风起了,田畈里的庄稼收了,大雁在天上飞,秋娘和吕婶就与垸中的女人们约好出去捡谷。队长睁一只眼闭一只眼,放她们的假,上级若是追查下来,他就说她们走亲戚去了。熊家垸山高土薄,收成不好,需要走出去补充粮食。这不为丑,这不是偷,是光明正大地捡。秋娘和女人们换上适当的衣裳,不能太破,也不能太新;穿得太破了,若是碰上赶捡的人会厌恶,失去耐心,你朝他妩媚也没有用,赶你没商量。穿得太新也危险,你穿这么好的衣裳捡什么谷,赶你有脾气。女人们细心地打扮了,背着袋子,拉上一两个伶俐的孩子,朝长江边新洲平畈大丘的地方走。那里是稻子的主产区,稻子收割后,稻茬白在一望无涯的秋阳下,田里总有收落的稻穗儿,只要细心总能捡到一些。十天半月下来,就能捡到几十斤稻谷,装在袋子里欢天喜地背回来。那时候秋娘带出去的是"三花驼",背回来的是粮食。秋娘会捡,"三花驼"也会捡,背回的粮食总是比人多。女人回垸后就要"比脸"。吕婶和垸中的女人就特羡慕秋娘,说秋娘是个"角儿。""角儿"是什么?"角儿"是戏班会唱戏的台柱子。

  往年春节正月十五内,秋娘和吕婶与垸中的女人们约好,换上新衣裳,带着小的,喜气洋洋地出去"讨米"。这也不是丑事,就好比出去"打短工",兼带旅游呢。吕婶说:"出去玩呀!"秋娘说:"要得,出去玩!"于是就出去玩。到的地方都是往年去的老地方,往下江走。下江也是平畈大丘出粮食的地方,这些地方的人过年时极富同情心。她们年年讨的是老主户,只要门开着,她们就拉着小的说恭喜话。屋里的人见了她们就眉开眼笑,说:"客又来了哇!"她们说:"托你家的福!"主家就不会让她们空手,或是一瓢米,或是几个粑,或是一张角票儿或是几张分票儿，几天下来，荷包里也有票子，袋子里也有粮食。秋娘漂亮，"三花驼"取巧，讨的总比别人多。秋娘带着三儿千辛万苦朝回赶。回到家中，秋娘把米倒进米缸里，把粑浸在粑缸里，"大花驼"用红糖化碗水递到娘手上，然后望娘喝。那红糖要供应，过年凭票儿，一家半斤。秋娘把碗口对着三儿说："儿你先喝。"三儿说："娘你先喝。"秋娘说："我的三儿懂事。"然后儿喝一口，娘喝一口。那时候有粮钱回来，儿孝母贤，破陋的屋子里喜气洋洋。

那时候正是母子抒情的时候，秋娘屁股还没坐热，端坐在破椅子上"广东雀儿"就用指头敲破桌子。秋娘问："你敲什么？""广东雀儿"说："你清楚。"秋娘说："我不清楚。""广东雀儿"就用敲桌子的那只手翻过来，巴掌朝上，说："上交。"秋娘就恼，说："你还有脸向我伸手？""广东雀儿"说："你把我的脸丢尽了。"秋娘说："你真不要脸。""广东雀儿"说："只有不要脸的人，才做不要脸的事。你交是不交？"秋娘就叹口气，把荷包里的钱，拿出来捏在手里，分几张给大儿，分几张给二儿，分几张给三儿，然后一把交给伸手的男人。"广东雀儿"说："你不留点？"秋娘说："我留着做什么？""广东雀儿"说："你不留点钱买粉搽脸？"秋娘说："我还要脸做什么？""广东雀儿"就不再说话，认真地数钱，叫他的儿们也数。"广东雀儿"说："数清楚哇，我的儿。这是卖脸的钱。"那时候"广东雀儿"就用这种方法折磨秋娘。

有了钱，"广东雀儿"必定到毛铺去打二两酒买两包烟回来，先用筷子蘸着酒，让他的儿每人尝一下，不尝还不行，然后独自吸着烟，喝得脸色酡红，出门晃在秋风里，见了吕婶，站在路边，转过背，扯开裤子就撒尿。吕婶说："这条狗醉了哩。"他说："吕大娘，你看过醉狗这样撒尿吗？离醉差十万八千里哩。"那是"广东雀儿"最惬意的时候。遇上这样的男人，秋娘欲哭无泪，想死的心都有。

秋娘走了。秋娘没回来。秋娘到哪里去了？日子里两个"花驼"日夜思念娘。吕婶在垸中说，秋娘恐怕带着"三花驼"到下江龙感湖落户去了，那里湖泊好大，一眼望不到边。那里土地好肥，粮食多得吃不完，狗子都不吃剩饭呢。那里的鱼比扁担还长，一条鱼一家人能吃一餐饱。两个"花驼"听了吕婶的话，想娘想哭了。

日子里的"广东雀儿"不动声色，不急也不找，任凭风浪起，他稳坐钓鱼台。只是山路上的邮递员，不时在岗头下了自行车，摇着车铃儿。垸人看见"广东雀儿"只要听见铃儿响，就丢下手中的活，朝岗头上赶。邮递员从邮袋里拿出一张绿纸儿，他扯出裤带上的章子，呵气儿朝上盖。邮递员说："你晓得哪里取吗？"他点头说："晓得。"然后起大早朝镇上的邮电所奔，然后垸人看见他又有酒喝，又有纸烟抽。喝着酒，抽着纸烟，醉了，他就唱巴河民歌《姐在房中脱小衣》。那歌儿原生态，野得只有醉鬼和疯子才不改，就原词唱。那原词听不过耳，恨得垸人咬牙切齿地骂："这个'见花谢'疯了哩！"

五、秋娘回来了

　　燕去雁来，风来风去，日子像燕儿山下小溪里的水，时涨时退，时浊时清。秋娘是第三年腊月二十八吃中饭的时候，带着"三花驼"回来过年的。

　　秋娘回来是站在山岗上的两个"花驼"发现的。"大花驼"眼尖，看见蒸雾的太阳下，一个妇人牵着一个孩子，挽着一个大包袱，从畈中的白石桥朝小港这边走。"大花驼"一把拉着"二花驼"的手，指着说："那不是娘吗？""二花驼"说："哥，是娘！娘回来了！"于是"二花驼"跑去接娘。"大花驼"奔下山岗回去报信。

　　秋娘回来了！熊家垸里很新鲜。

　　秋娘果然很高大，很漂亮，穿着一套蓝色的工作服，蓄着"搭毛壳儿"，就像女工作组，牵着她的三儿走在进垸的沙路上，那时候腊月的太阳正好，暖暖地照在天上，照在人间。

　　"广东雀儿"正在阴沟门外的石头上搓草绳。他系腰的草绳断了，过年需要换一根新的。"广东雀儿"理着稻草，埋头朝巴掌上唾一口唾沫搓一把，见他的大儿疯一样地跑，抬头说："看到鬼了？""大花驼"喘着气说："父，娘回来了！""广东雀儿"说："啊，回来了？"于是又搓草绳子，说："回来了就回来了，有什么好奇怪的？""大花驼"就怂恿，说："父哇，娘手里挽了一个大包袱哩！那里面肯定装了许多好东西！""广东雀儿"眼睛亮了，说："是吗？那就放挂鞭吧。"腊时腊月亲人回家，放一挂鞭是巴水流域的习俗。"广东雀儿"就把搓好的新草绳拦腰系了，起身进屋拿鞭炮。

　　"二花驼"欢天喜地接娘和兄弟到了阴沟的门口。"广东雀儿"就点火放那挂鞭。那鞭只有五十头三寸长，"广东雀儿"点着了捻子，朝天一丢，除了受潮的炸断的，落到地上只有十几响。那烟就像人呵出的水汽儿，一会儿就散。"广东雀儿"见响不够，就用巴掌凑，拍着巴掌说："欢迎，欢迎！"垸人就想围拢去看热闹。"广东雀儿"挥着手，黑着脸说："有什么好看的？又不是玩猴把戏？"垸人就不敢拢去，站在远处看。儿们拥着秋娘，秋娘挽着包袱，牵着"三花驼"进屋。秋娘进了屋，"广东雀儿"就不进去，袖着手在垸子里游。

吕婶嘴喳喳地赶来了,问"广东雀儿":"是不是客回来了?""广东雀儿"没好气地说:"疯子见不得锣响。"吕婶问:"在哪儿?""广东雀儿"说:"自己去看。"吕婶问:"你么不陪?""广东雀儿"说:"屋太窄了。容得下她,容不下我。我怕闭死了,出来透口气儿。"吕婶说:"你这个畜生!就晓得吃喝。""广东雀儿"说:"吕大娘,你是不是痒极了?"吕婶懒得理他。

吕婶一路赶过去,在门外喊一声:"秋妹!你回来了啊!"秋娘就出来了。吕婶像久别的亲人拉着秋娘的手不松。吕婶说:"三年没见,想死我了。你未必不想姐?"秋娘说:"我也想姐。"吕婶说:"你想个鬼!你有好日子过就把姐丢一边。"秋娘说:"吕姐啊!我想我的儿。"二人的眼睛就红了。吕婶说:"这里不是说话的地方,快到我屋去坐。"吕婶就把秋娘朝她家拉。吕婶把秋娘拉到她家的房里,闩上房门,两个人流着眼泪说话儿。"广东雀儿"白着眼睛,朝地吐唾沫说:"两块骚×!"就折身回家,坐着吸烟,望他的三儿。

"三花驼"随娘回来,口音变了,穿的也新,与两个哥竟有些生分。两个哥让他叫"广东雀儿"叫父,他眼睛望着"广东雀儿"怯怯的,好半天叫不出来。"广东雀儿"说:"三儿,你莫搞错了。我可是你的亲父。""三花驼"叫了一声:"父。""广东雀儿"眼睛就红了,说:"还是我的儿。"屋子里就静。"广东雀儿"对两个"花驼"说:"带兄弟出去散散心。昨天大队书记通知我去开了会,要我注意春节期间阶级斗争新动向。"

两个哥就带着他与我们到山上玩。听松涛,扯没枯透的狗尾巴草结不儿,追鸟儿。大哥问他:"你那里有松树吗?"他答:"没有。"二哥问他:"你那里有狗尾巴草吗?"他答:"有。好多,大湖边一眼望不到边。"大哥问他:"你那里有鸟儿吗?"他答:"有。大湖的岸边很多。"二哥问:"是些什么鸟?"他答:"春天是野鸭,秋天是大雁。"两个哥哥问一句,他答一句。玩他也放不开,低眉顺眼的。我问他:"你读书吗?"他说:"读了。"我问他:"读几年级?"他说:"三年级。"我问他:"你姓什么?"他说:"姓霍。"我听不懂他的话。我问:"什么霍?"他就用手指在沙地上写个"霍"。我用手指在地上写个"何",问他:"不是这吗?"他摇头说:"不是。"我就奇怪了。

这时候秋娘和吕婶说完了话,秋娘回到家门口。秋娘不见儿们,站在阴沟的门口朝山上喊:"儿呀!快回来!"山上的儿们听见娘喊,就跑回垸子,进屋同娘团聚,依偎在娘的膝头下,让娘温暖。

腊月二十八就是年哩。年在安静中过。熊家垸的规矩,日子还穷还苦,过年是不兴吵嘴的。一年吵到头,过年还吵,那哪来的幸福?"广东雀儿"让秋娘和她的儿们安静在屋里,他像一只座山雕坐在阴沟门外的石头上,闷头吸烟,一只

847

眼斜着看山坡上的竹树，一只眼斜着看屋里的秋娘温暖她的儿。

屋里的秋娘烧热水，用带回的肥皂给两个儿洗澡，洗头。那时候肥皂是奢侈品，熊家垸的女人洗头用草木灰滤的水，洗衣裳用皂角，从没看见男人用肥皂洗澡洗头。闻那香味就像到了天堂。两个儿大了，到了在娘面前脱衣裳害羞的年龄。秋娘说："儿哇，你们是娘一手摸大的，一百岁还不是娘的儿？"两个儿还是害羞，穿着裤衩让娘洗。秋娘用肥皂把站在脚盆里的儿，从头到尾涂白了，细心地搓揉，先洗儿杂乱的头发，用瓢舀水冲，用带回的梳子梳顺。两个儿站在脚盆就幸福得直打哆嗦，直叫唤："娘嘞，娘嘞，我的娘！"三年了，她的儿没有像这样洗过。秋娘把她的两个儿像洗藕一样，一支支洗白了，扶儿从脚盆里站出来，揩干身上的水，换上她带回的新衣裳。衣裳都是她做的。秋娘晓得她的儿长大了，衣裳做的都长，她的儿只要穿上新衣裳，就像大人哩。还有帽子和鞋袜，都是新做的，新买的。把儿的脚抱在怀里，用剪子给儿剪了脚趾甲，穿上新鞋袜，给儿子揩干头上的水，戴上新帽子，用带回的镜子让儿照，她的儿一个个就是新鲜儿哩。那时候两个"花驼"依偎在娘的怀里，守着娘带回来的幸福。门外的阴沟里洒满了阳光。山坡上的麻雀在竹林里拍着翅儿跳过来，跳过去，喳喳地叫。

一家人吃过晚饭，秋娘让儿们早点去睡觉。三个儿听娘的话就到里屋去睡觉。"广东雀"见三个进了里屋，搁下碗筷就要出门。秋娘对"广东雀儿"说："你到哪里去？""广东雀儿"说："我去守保管屋儿。那里有全队人的粮食。你和儿们温暖吧。"秋娘说："你去跟队长请个假，说我回来了，有事商量。叫他换个人替你。""广东雀儿"说："你说鬼话。我跟他请假？我是贫雇代表，昨天开会书记说了，春节期间他有事必须向我请假。换别人守夜偷了粮食，还不是我的责任。再说屋这么小，床这么窄，未必要你出去借歇？"其实队长见秋娘回来，早到保管屋替"广东雀儿"守夜去了。秋娘说："你还分得蛮清楚哩。""广东雀儿"说："那当然。河水不犯井水。"秋娘就冷笑，说："你那河里有水吗？""广东雀儿"说："你莫搞错了，三个儿个个都是我的。是不是要铜盆装水滴血验证？"这是戏台上亲子鉴定的方法。秋娘说："何代表，你莫搞错了。张某再贱不至于犯贱。""广东雀儿"说："啊，原来不是睡觉的事。你晓得我现在百事都不怕，就怕睡觉。"秋娘说："我问你，你是做父亲的人吗？""广东雀儿"说："我丢了堂客，专门做父亲。"秋娘说："那好，你坐好。三年我给家里寄了多少钱？你要跟我对个账。""广东雀儿"就跷脚架手地坐下，两只眼睛望屋瓦。秋娘就拿出小本子，那小本子上详细地记着什么时候给家里汇了多少钱。秋娘就喊三儿照着本子念。三儿读了小学三年级，本子上的字他都认识。三儿念一笔，秋娘就问"广东雀儿"："这钱收到没有？""广东雀儿"说："好像收到了。"秋娘说：

"什么好像？我问你收到没有？""广东雀儿"说："收到了。"三儿一笔笔地报，秋娘一笔笔地问，"广东雀儿"头上的汗就下来了。三儿念完，秋娘让三儿把三年所汇的钱加在一起，那就不是小数字。"广东雀儿"听了一惊，说："啊！你莫吓我，有这么多哇？"秋娘对三儿说："儿哇，没你的事了。你去睡觉吧。"三儿就听娘的话，进里屋去了。

油灯一闪闪地照着秋娘和"广东雀儿"。秋娘说："我省吃俭用，三年寄回这么多的钱，家里还是这么穷，孩子穿得这么破，你当面给我说清楚，钱都哪里去了？""广东雀儿"见三儿回里屋去了，就理直气壮，说："到哪里去了？吃了，喝了，用了。"秋娘说："吃多少，喝多少，用多少？你给我报个账。""广东雀儿"就傻了，钱好用，酒好喝，烟好抽，他哪里报得上？

"广东雀儿"气急败坏了，就冷笑，说："报个卵子。河的打水河的用。不都是卖×的钱。"秋娘愤怒了，指着"广东雀儿"说："你说什么？你这个扶不起的大猪肠！你再说一遍，我就撕烂你的嘴。""广东雀儿"一跳三尺高，拿出了杀手锏，说："你个'搭毛壳'，我不问你的人到哪里去了？你倒问我的钱到哪里去了？反攻倒算呀！搞邪了！我告诉你，明天我就去公社告你！"秋娘问："我有什么你告的？""广东雀儿"振振有词地说："孙猴子一跟头十万八千里，逃不脱如来佛的巴掌心。我要告你重婚罪！"秋娘就呆了，气得浑身颤。

"广东雀儿"说完就出门到保管屋去守夜。队长和横纤睡在保管屋的床上了。队长问："安排了的。你怎么不挨？""广东雀儿"把队长床上的被子扯起来朝地上一丢，说："走你的。回去挨你兄弟媳妇。"横纤说："何代表，你系腰的草绳真漂亮，新搓的吧？"

"广东雀儿"就要跟"横纤"打架，来黑狗钻裆。"横纤"就双手护裆，叫饶，说："好人，你莫扯我的卵子。我就靠这点东西过日子。""广东雀儿"说："你是我的儿！""横纤"摸出一支卷烟递上去，眉开眼笑点头哈腰说："对，你是我的爷。"

六、秋娘的眼泪

秋娘是第二天早晨来到我家大门外，找我父亲求助的。

那年腊月没有三十，二十九就是一年的尽头日子。清早垸子里炊烟四结，年味浓了。站在门外的秋娘哭了一夜，眼睛红得像桃子。她万万没想到"广东雀儿"择她的痛脚捏。秋娘找我父亲求助，一来她认为我父亲是读书人明事理，二来她父亲是我父亲的蒙师，从小她与我父亲一起长大，她把父亲当兄弟，信得过我父亲。

秋娘红着眼睛站在我家阴沟的大门外，低眉顺眼的。父亲对她说："进屋坐。"秋娘不进屋。巴水河边的规矩，腊时腊月进人家的屋流眼泪不好，看儿养女的人，要图发旺的。秋娘说："九兄弟，我不进屋，在门外同你说说话。"父亲在家族中排行第九，人称老九。父亲说："秋娘，你吃苦了。"秋娘的眼泪就流出来了，说："九兄弟，你说他叫不叫人？我清他的钱，他要告我重婚罪。"父亲说："这是他处心积虑的。"秋娘说："九兄弟，怪当初我走错了一步棋，如今跳进黄河也洗不清。三年前我应该与这畜生离了婚再走就好了。"父亲说："秋娘，你又错了。他叫你走的时候为什么不离婚？这叫欲擒故纵。"秋娘哭着说："九兄弟，我这一生落到这畜生套里去了啊！"父亲说："你莫哭。你是菩萨。菩萨不能哭。菩萨一哭，小鬼就笑。"秋娘说："姐遇到难处了。你要帮姐。"父亲说："魔高一尺，道高一丈。只要老九出面，保管没事。"秋娘说："谢谢九兄弟！"

父亲就到畈中甘蔗田的窖边，找到了"广东雀儿"。田里的甘蔗收尽了，队里用牛拖着榨车榨汁儿，熬成红糖，每人分几两过年，还要窖一些甘蔗做种，田边堆着甘蔗杪子。清早从保管屋起来，"广东雀儿"就来查甘蔗窖，怕人偷。父亲找到"广东雀儿"时，"广东雀儿"正在掰田边堆的甘蔗杪子吸甜水。父亲问："何代表，甘蔗杪子好吃吗？""广东雀儿"说："还是有点甜味儿。你试试？"父亲说："我哪能吃呢？""广东雀儿"说："你不吃来做什么？"父亲问："何代表，听说有人要告秋娘重婚罪？""广东雀儿"说："对呀！你知道那个人是谁吗？"父亲说："不知道。""广东雀儿"用甘蔗杪子指着自个儿的鼻子说："那个人就是我。哪个叫她反攻倒算？"父亲说："何代表，你知道她重婚了？""广东雀儿"说："那是当然的。"父亲说："你是怎么知道的？""广东雀儿"说："逃不出我的法眼。要想人不知，除非己莫为。"父亲说："你是什么时候知道的？""广东雀儿"说："两年前我就知道了。她不出去卖，哪来的那些钱？"父亲说："两年前你就知道了，那时候你怎么不去告？""广东雀儿"说："她汇钱回来了呀。"父亲说："汇钱回来，你就不告？""广东雀儿"说："我睁只眼闭只眼。"父亲说："清你的账，你就要告她？""广东雀儿"说："对。人不犯我，我不犯人。"父亲说："何代表，你要告她，她还要告你呢？""广东雀儿"说："她告我什么？"父亲说："她告你有意设套，纵容犯罪。这坨人可以作证。你和她都去坐牢吧。""广东雀儿"就咬一口甘蔗杪子，吸得嗞嗞响，说："那是好事，我同她坐一间牢房。"父亲说："那你就连甘蔗杪子也吃不成。"

"广东雀儿"拿着甘蔗杪子，望着父亲说："老九，那就算了。本来我吃了这根甘蔗杪子,就要到公社去的。"父亲说:"她准备同你一路去。""广东雀儿"说:"谅她不敢。"父亲说:"你敢吗?""广东雀儿"说:"我有什么不敢的?我横直把脸不要。老九哩,甘蔗杪子还是有甜味的,嚼得。你掰一根试试。"父亲说:"这是畜生吃的。""广东雀儿"说:"老九,你这是骂我哩!"父亲说:"岂敢!我是说良心话。"在巴水流域,甘蔗杪子是留作牛过冬吃的。人不能跟畜生争食。

父亲回去把话说到了,秋娘叹了一口气,说:"这个畜生!"

大年初一,秋娘就带着他的三儿离开熊家垸悄悄地走了。两个"花驼"把娘和兄弟送到街上搭车。两个"花驼"要跟娘一路去。秋娘不让。秋娘抱着两个儿哭,说:"儿哇,不是娘的心肠狠。娘实在有娘的难处。俗话说,宁死做官的老子,莫死讨米的娘。只要娘不死,娘的心日夜就系在儿的身上啊!儿哇!听娘的话。留着青山在,不怕没柴烧。"两个"花驼"就含着眼泪,从街上回来了。熊家垸人忙着过年,连吕婶都不知道。

垸子里清静得很。

七、雁叫声声里

秋娘这一走生前就再没回来。

春去秋来,燕儿山上的草黄了又绿,绿了又黄。山下白石桥下的溪水,清了又浊,浊了又清。一年一度大雁从头顶的秋风中,飞过来飞过去,头雁叫一声"项",子雁们回一声"鹅",声叫声应。巴水河边的人,把大雁这种候鸟叫作项鹅。项为大,就是会飞的大鹅哩。

还是吕婶的信息灵。垸人从吕婶口中得知,秋娘与小池口一个船老大做了人家。小池口是龙感湖的出江口。龙感湖就是古雷池。"不越雷池一步"的成语就出自那里。那个船老大单身一个,驾船闯江湖,走上水,也走下水,唤得起风,呼得来雨,吃的是大鱼,赚的是活钱。那胸膛就像铜打的,裸露着胸毛比"广东雀儿"头上的毛,还要多还要密。那腿肚子比"广东雀儿"的腰围还要粗。若是论力气,他一只手可以把"广东雀儿"抡起来丢上天去。身为女人,与这样的男人做人家,不枉托场人生。

吕婶把这些话说给垸人听,"广东雀儿"当然也在其中。"广东雀儿"眼睛不眨,问:"吕大娘,你看见了?"吕婶说:"想想也是这样的。""广东雀儿"说:"吕大娘,我劝你改行,不说媒了,打鼓说书。"吕婶说:"何代表,你就算了。此生再莫想有堂客。断线的风筝拉不回。""广东雀儿"说:"吕大娘,我渴得很,你行行好事。"吕婶就眉开眼笑,问:"你有钱吗?""广东雀儿"说:"你一回要几多钱?"吕婶说:"不要多,十块。你现把我现给。"那时候十块不是小数字。"广东雀儿"说:"我节约。"吕婶说:"秋娘如今不寄钱回来,你做梦吧。"

  这恶玩笑是在大庭广众下开的,熊家垸的男人听了就格外开心。日子里"横纤"就格外关心"广东雀儿",见面就问:"何代表,你节约得怎么样?""广东雀儿"脸变色了,说:"你昨天偷了队里园里的一根黄瓜,你以为老子没看见?老子要开你的批斗会。""横纤"笑哈哈地说:"老子没偷黄瓜。老子偷了一根鸡巴。那玩意不够恶婆娘一口。"

  这就是熊家垸日子里的恶玩笑。

  日月昏黄,地老天荒。

  岁月悠悠,雁叫声声。"广东雀儿"丝毫不着急,把他的两个"花驼"放在风里长。"广东雀儿"的两个"花驼"不是平常的儿。两个"花驼"从小做起农活来,特别能吃苦。他俩知道工分就是他们的命。燕儿山下的熊家垸荒田荒地多,就是做活的人少,农忙时队长"八个半"的拿手戏就是包工计分。清早下畈派活,他就包工,或割谷或插秧,一亩多少分,凭力气和手脚,多做多得。工分做得多,当月就能多分粮草,下年论分值就能多进钱。"广东雀儿"做活不行,他的两个儿行,比他还挣得多。熊家垸的人就羡慕,说:"没想到破窑出好瓦哩。"

  两个"花驼"挣工分的拼命劲,熊家垸一般的人赶不上。下畈做活,"大花驼"下劲了,就爱反胃,吃的食物从食道里朝外涌,涌到嘴里了。涌到嘴里,他也不吐,包着嘴嚼了,还是咕咚一声,咽到肚里去。这就像牛反刍。牛是不做活时躺着反刍的,他比牛还辛苦,边做活边反刍。这情景感动了多少熊家垸的人。"二花驼"比熊家垸同辈的儿身材矮,这本来是他的短处,但下田做活,这短处却变成了他的长项。割谷插秧,他的双脚插在泥里,腰却是直的,双手与泥贴近了,什么都不顾,就像一条浴泥拼命的狼,那出手的速度就叫人看呆了。

  日子里两个"花驼"慢慢长大了。哥俩通过劳动得到了垸人的尊重。于是哥俩在垸人的嘴里就有了大名。"大花驼"叫何幼华,"二花驼"叫何幼富。日子里队长和垸人就幼华幼富地叫,叫得哥俩挺感动,那腰就挺直了。日子里垸人的嘴里"广东雀儿"仍是"广东雀儿"。俗话说:有志能长百岁,无志百岁不成人。两个"花驼"比他老子有志气。

  这期间全国有一个"行动",叫作"建设社会主义新农村"。落实到燕山大队,就是把山这边的熊家垸,整体搬迁到山那边何家垸,合成一个大垸,就成功了。山这边何家垸是我的出生地,是我的家乡。我和父亲随合大垸搬了回去。俗话说:树挪死人挪活。这对于两个"花驼"来说,是改变命运的契机。因为山这边的屋要拆,山那边的地基落实了,要做新屋。做新屋当然不是原来的样子,可以做宽些。屋做宽了,兄弟俩就可以娶媳妇,实现传宗接代的梦想。上面一号召,下面马上行动。万事俱备,只欠东风。"广东雀儿"家做新屋什么都不缺,就是缺一宗,那就是钱。这东西不是发号召就能有。

那时候何幼华已经当上了队里的民兵排长。由于劳动出色,他年年被评为大队的劳动模范,得的奖状儿,用他的话说,一个小孩子就挑不动。奖品除了奖状,还有印着红色"奖"字的草帽和背心。日子里他头上戴的有"奖",身上穿的有"奖",在垸中就是人物,在队长统一领导下,他发号施令就有人听。大队书记考虑到他根正苗红,让他接"广东雀儿"的班。这也是一种待遇,革命成功了,不能把老革命一脚踢开。"广东雀儿"对于组织上安排他的大儿当民兵排长没意见,对他不当贫雇代表却有意见。"广东雀儿"说:"我不当实职,挂个名誉总行吧?"大队书记拿他没办法,就说:"那就名誉吧。""广东雀儿"问:"名誉多长?"大队书记说:"到死吧。"其实那时候贫雇代表这个职务,已经完成了历史使命,取消了。

空中雁叫的季节,就是并大垸的季节。时间紧任务重,什么都不缺,就是缺钱怎么办?作为家中长子,幼华就愁得不行,找"广东雀儿"商量。那正是权力交替的关头,他想当家,还没真正当上的时候。"广东雀儿"说:"你还晓得找我啦?"幼华说:"我不找你?找谁?谁叫你是我的老子?""广东雀儿"说:"雨落五更头,行人不用愁。这时候什么人都不消找得,去找一个人。"幼华问:"找谁?""广东雀儿"说:"你这聪明的我儿,还要我明说吗?"幼华知道"广东雀儿"要他去找娘,说:"我不去。""广东雀儿"说:"这时候你去找她,肯定有效。"幼华说:"我到哪里去找?""广东雀儿"说:"鼻子下面就是路。她肯定活在这个世界上。"幼华说:"我有什么脸面去找她?""广东雀儿"说:"谁叫她生下你?你去不去?你不去我去。老虎要吃肉亲自下山。""广东雀儿"昊真要去。幼华说:"还是我去吧。""广东雀儿"就摸出十块钱,说:"就这十块钱,死也是这些,活也是这些。要没找到,你就莫回来。我到大队给你开个介绍信。"幼华说:"要什么介绍信?娘不会不认得我。""广东雀儿"说:"这就对了。"

幼华就向队长请假,走了。七天之后,幼华回来了。具体情况垸人不得而知。总之"广东雀儿"家的新屋按时开工做。"广东雀儿"像座山雕一样蹲在屋下监工。吕婶和垸人问"广东雀儿":"何代表,有钱了?""广东雀儿"说:"托党的福,不缺钱。"吕婶问:"你就会说积极话。是党的福吗?""广东雀儿"说:"我能说什么?你块骚×!"

"广东雀儿"家新屋做起来了,明亮宽敞两连。有堂屋,有厨房,还有前后两间房,"广东雀儿"父子各得安然。这时候吕婶就给幼华说亲,媳妇是破楼垸的,姓陈,名字也好听,叫裕平。都是勤扒苦做的人。起媒过门,皆大欢喜。头年八月定亲,第二年开春就定日子结婚。结婚前十天,幼华和幼富兄弟俩到镇上去了一趟,回来时肩挑的手提的,都是结婚床上用的东西。蚊帐被窝,成双成套。贴着喜字儿和鸳鸯,大红大绿,喜气洋洋。垸中的男人看在眼里,不禁唏嘘。垸中的女人采情作理,眼睛红了。

吕婶多话,问"广东雀儿":"何代表,还缺什么?""广东雀儿"本来要骂,一想不行,吕婶是他大儿的媒人哩。做人不说报恩,还是要知恩的。那时候"广东雀儿"把玩着他的手,把他的手翻过来倒过去,风生风动,说:"你说我能缺什么呢?我跟你说个事,你莫跟别个说。托你的福,媳妇怀上了何家的种!不然陈家这么快答应嫁女?我准备做爷爷哩。"

一句话说得吕婶恼也不是,笑也不是,还是笑了。

这个"广东雀儿"!人拿他没办法。

八、慈母手中线

巴水河边许多俗话道出了人间真理。比方说:天收人逃不脱,人量人量不就。幼华结婚生子后第三年,幼富也结婚了。幼富能够结婚,同样应了巴水河边一句俗话:天帮忙,人努力。

幼华结婚生子后第三年,全国又有一个好形势,叫作"分田到户"。这时候熊家垸的人又闹着搬回老垸去,恢复建制,上级顺应民意,同意了他们的请求。于是燕儿山之北,树竹杂长,荒芜多年的熊家垸遗址,又热闹起来,熊家垸人自力更生,把山那边的土砖、椽子和瓦拆下来,挑到山这边再做房子。熊家垸的人在上级指定的时间内,为了实现自己的梦想,夜以继日,重建幸福家园。虽然还是熊家垸,但此时的熊家垸就不是过去的熊家垸了。子孙多了,聪明的熊家垸人根据各家子孙情况,制订出未来的发展规划,那房子就建得又多,又宽,又好。历史上熊家垸人的奋斗精神总叫人感动。

幼华和幼富虽然没有分家,但兄弟的屋,就单门独户不失时机地分开做。两家做的都是巴水河边农人日夜向往的明三暗六的格局。兄弟俩同熊家垸人一样勤劳勇敢，晓得利用土地，房前栽树，屋后种竹，树成林，竹成园，自成一体。门前造塘，院后打井，塘水清清，井水幽幽，各具特色。那家园就在风景里。兄弟俩与熊家垸人一样，晓得过日子，很会过日子。

叫垸人吃惊的是合大垸的时候，其貌不扬的幼富，居然晓得与燕儿垸的细女暗地里恋爱，并且"荦了手儿。""荦了手儿"就是不光嘴上说，而是进入了实质阶段。这事儿细女的父母蒙在鼓里，还把女儿许人家。那男家是街上的，那后生体面，要来认亲。幼富就像热锅上的蚂蚁，急得不行。眼看到手的婚姻，要鸡飞蛋打，叫他怎么不急？幼富就勇敢地站出来，来到燕儿垸，对来认亲的那个后生说："你来干什么？细女早就是我的人。"那后生说："细女没说。"幼富说："你去问她。"那后生问细女："是不是？"细女不说话，只是点头。那后生就笑，对幼富说："你是个人物。"然后就要同幼富握手。幼富不握。那后生调头走了。燕儿垸的狗追着那后生咬，被细女吼住了。狗就摇尾巴。畈中做活的人笑得涎儿滴。

细女的父母顺梯下楼，留幼富吃了一餐饭。幼富扬眉吐气，从燕儿垸回了熊家垸。对于他来说，屋有了，人也有了，剩下的事情，就是结婚哩。

那日子"广东雀儿"喜得不行，喝过二两酒，酡红着脸，背着双手，趾高气扬，在新做的垸子里走风，身后跟着从山那边搬回的狗，狗也欢天喜地。吕婶问："何代表，你捡到狗头金了？""广东雀儿"说："哪里有什么狗头金？捡到了一个儿媳妇。"吕婶说："与你何相干？是你的能力吗？""广东雀儿"说："我的儿得了我的真传。"吕婶说："你真不要脸。""广东雀儿"说："他吕婶，我晓得你有气。我的二儿没要你说媒，断了你财路。未必除了吕屠夫，我的儿就不吃肉？"

幼富忙着年底结婚。早就"荦了手的"，女方要求不高，反正有屋住，随船就岸。兄弟俩自己动手，在新屋里，日夜用红沙饰壁，布置新房。认为打几件简陋的家具，用红漆红了，就可得。就把看好的日子送过去，把新娘接过来，就行了。

这时候偏"广东雀儿"说不行，把兄弟俩搞糊涂了。幼富问："怎么不行？""广东雀儿"说："鼓不打神不知，礼不到人不知。这事是大事，事先要通知一个人。"兄弟俩这才知道他说的意思。幼富说："父，哥结婚娘费了心的。我的事就算了。""广东雀儿"说："你说算了就算了？哥是她的儿，你不是她的儿？"幼富说："哥那年去了，是你逼的。你现在逼我，我也不会再去。""广东雀儿"说："要你脚走？到邮电所发封电报。"幼富说："我不发。""广东雀儿"对幼华说："他不发，你去发。你和他都是她的儿。"幼华说："发什么内容？""广东雀儿"说:"这要老子教吗?六个字:二花驼要结婚。"幼华说:"我不会写字。""广东雀儿"说:"叫发电报的姑娘写。发电报的钱你出。"幼华没办法,就到镇上邮电所发电报。幼华感情来了,就舍得花钱,那电报连标点符号,就有二十二个字:"苦命的娘,告诉您一个好消息,二花驼要结婚了。"本来发电报为了省钱,是不要标点符号的。幼华怕娘读不清,叫发电报的姑娘,连标点符号都用上了。

两个月后,幼华和幼富兄弟俩又到了镇上去了。回来时肩挑的,手提的,又是结婚床上用的东西。大红大绿,成双成套,贴着喜字和鸳鸯,同时拿回来的还有小孩穿的冷热衣裳和小鞋小袜。兄弟俩这时候拿出娘发回的电报,叫垸中读书的儿念。这时候熊家垸读书的儿就多。幼华就选在大队小学教书的桶儿念。这时候桶儿高中毕业了,早就不叫桶儿,叫熊致君,人们称他熊老师。穿着整齐的熊老师,就拿着电报念。电报上说:"娘喜,娘贺。儿哇,娘老了,眼花了,看不清针脚了。"

吕婶和垸中的女人,陪着兄弟俩在旁边听熊老师念。地上秋风阵阵,风来草低,风去树长。天上雁影行行,雁叫声声,声叫声应。熊老师把电报念完了,女人的眼泪流不完。

"广东雀儿"也站在旁边听。他这回不翻手掌了。吕婶问他:"何代表,你怎么不翻巴掌玩?""广东雀儿"叹口气说:"娘卖×的,那个婆娘,这回唱得好下情。我成了配角。"

众人帮他喜,他还闷闷不乐。

九、顺治古钱

秋娘的秘密是十五年后,"广东雀儿"的大媳妇,在"三花驼"婚礼的酒席上,拿出那枚顺治古钱后揭破的。世间有许多秘密隐藏在日子里,人不说就是幸福,一旦真相大白,痛苦随之而来。

世事如梦,不过是燕去雁来。秋娘与船老大的婚姻想起来复杂,说起来很简单。当年秋娘带着三儿发完毒誓之后,离开熊家垸,一路忍饥挨饿,流浪到黄梅境里的小池口。小池口原来是国有农场,湖野地阔,风景如画,是长粮食,能够让人吃饱饭的地方。人向高处走,水向低处流。这样的地方,经常有落难的女人向往,带着孩子逃到这里寻活路。当时农场的职工除少数本地人之外,大多是从本省和外省招来的男性青年,单身汉居多。有落难的女人像大雁带着孩子来到这里,农场的女人们就格外兴奋,因为按套路问明情况后,好从中撮合。农场的人见秋娘披头散发,颠沛流离,就问:"从哪里来?"秋娘说:"从山里来。"农场女人问:"有男人吗?"秋娘说:"男人死了。"秋娘隐瞒了事实真相。农场的女人问:"来这里做什么?"秋娘说:"孤儿寡母,找口饭吃。"正好船老大没有妻子,好心的女人就把秋娘介绍给船老大。船老大见秋娘人长得漂亮,就答应收留。船老大问秋娘:"家里还有什么人?"秋娘说:"还有两个儿子。"船老大问:"为什么没跟着来?"秋娘说:"都来了负担就重。他们都晓得料理自己了,放在老家养。"船老大问:"除了儿子,家里还有其他人吗?"秋娘说:"没有。"介绍人问船老大:"老大,你嫌不嫌儿多?"船老大就笑,说:"我一生两样不嫌,一是不嫌钱多,二是不嫌儿多。"介绍人说:"既然一个找锅补,一个愿补锅,那就成事吧!"秋娘与船老大就住在一起了。那时候双方愿意,有媒人作证,住在一起就是事实婚姻。住在一起后,秋娘主内,船老大主外。秋娘贤惠,船老大勤劳,家里炊烟不断,外面活钱常来。船老大不理俗事,把赚的钱交到秋娘的手里,让秋娘当家作主,遇事听秋娘安排。船老大信得过秋娘,以秋娘的话为实。既然秋娘说还有两个儿放在老家养,那么儿做屋,儿结婚,需要帮衬,给钱给物,觉得这是人之常情,船老大毫无意见。日子里二人情投意合,恩恩爱爱,家和万事兴,船老大心宽体胖。

没想到问题出在"三花驼"婚礼的酒席上。日子里"三花驼"长大了,高中毕业后,接了船老大的班,也驾船跑长水。"三花驼"继承了秋娘的基因,人长得高大英俊,就有黄梅戏剧团的花旦看上了他。二人谈了不长时间的恋爱,就到了非结婚不可的时候。结婚不是难事,房也有,钱也不缺。秋娘高兴,船老大比秋娘更高兴。也是秋天,天高气爽,大雁飞来,飞到大湖滩上落脚,寻食育雏,一派兴旺象。

秋娘把喜讯传到了熊家垸,熊家垸人都替秋娘高兴。没想秋娘的三个儿,个个都修成正果了。"三花驼"结婚,全家三代,两代都赶去参加婚礼。儿子也去,媳妇也去,孙儿也去,孙女也去,狗也去,只有"广东雀儿"和鸡不能去。"广东雀儿"默默无言。大媳妇说:"父,我们不在家,哪个做饭你吃?""广东雀儿"就没好话,说:"我饿不死,要饿不早就饿死了!"二媳妇说:"我们不在家,哪个烧茶你喝?""广东雀儿"说:"我渴不死,要渴不早就渴死了!"兄弟俩就同媳妇商量,送多少钱的礼。幼华说:"给娘爱个脸,赶八百吧。"幼富说:"要这个数,不然对不住娘!"两个媳妇都说:"行啊。全家大老远地赶去,不然拿不出手。"八百元那时候不是小数字,可以买一条耕田的牛。达成一致后,全家人欢呼雀跃。

那时候"广东雀儿"坐在堂屋的椅上，闷闷不乐，翻着巴掌玩。大媳妇问："父，你在做什么？""广东雀儿"说："多年没练，手腕僵了。""广东雀儿"站起来，走到房里翻箱子，翻了半天，翻出了一枚铜钱，拈在手里走出来，对大媳妇说："三儿结婚，我不能空手白巴掌，也要送份礼。你给我带去。"二媳妇笑了，说："父，你那也叫礼？""广东雀儿"说："这你们不懂。这是顺治钱，是我土改时抄地主家时，偷藏下来的。顺治的钱用红线穿了，挂在小伢的脖子上，能避邪，长命百岁。"幼华对媳妇说："莫听他的话，他的礼不能送。""广东雀儿"对大儿说："你搞邪了！这礼一定要送出去，而且要送到她手上，不然我跟你牛死虱死。"牛死虱死是巴水河边斗狠的一句话，你是牛他是虱，你死了，他才死，奋斗终生。

"三花驼"的婚礼办得很隆重。船老大坐在主席上，秋娘坐在他的旁边，围着他的是儿子媳妇和孙儿孙女。后辈们懂事，纷纷给船老大和秋娘敬酒，感谢他们的养育之恩。秋娘很幸福。船老大很受用。敬完酒后，哥俩就拿出红包给兄弟和兄弟媳妇，说："本来要凑个整数，今年粮食歉收了。不好意思。"秋娘眼红了，对两个新人说："儿哇，两个哥哥不容易！"就在这时候大媳妇拿出那枚铜钱，对秋娘说："娘，有个人给三儿他们送了份礼，要你收下。"秋娘准备收的时候，船老大警觉了，接过那枚铜钱，问："谁送的？"大媳妇慌了手脚。秋娘说："他的叔爷。"船老大把那枚铜钱拿在手里仔细看，说："这不是寻常之物，是顺治佬儿的钱，避邪的哩！不是叔爷送的吧？"秋娘说："是他叔爷送的。"船老大说："你不是说老家除了儿，没有其他的人吗？"秋娘说："是坑中的叔爷。"

船老大哈哈大笑，说："秋娘，这个时候你还瞒我？你认为我不知道吗？我是闯荡江湖的人。风里明白，浪里明白，你以为我世事就不明白？其实我早就心知肚明啊！今天是三儿大喜的日子，本来天地皆然，突然冒出个送避邪铜钱的人，是谁？你应该跟我说实话！"幼华就带着两个兄弟跪在船老大的面前。秋娘的眼红了，说："老大，是我错了。为了生活，为了儿们，当年我没对你说实话。你是我一生最对不起的人。我想努力给你生个一男半女，但我生多了，生乏了，实在再也生不了！你要原谅我！"船老大笑出了眼泪，说："秋娘，你也太小看我了，人生不过人生人，人养人。你生了人，我养了人啊！三儿不是跟我姓霍了吗？你的儿也是我的儿。我只是要个明白。你跟我说明白，这铜钱是谁送的？"秋娘说："他父亲。"船老大问："是吗？"秋娘说："是的。"船老大问："他没死？你与他没离婚吧？"秋娘说："是的。天下没有后悔的药。人生如棋，一步错，步步错。在我心里，他活着就跟死了一个样。"船老大说："这就对了。你知道吗？我从来不计较什么名分，我在乎人心。"

于是船老大叫儿们都起来，说："喜事哩，接着喝酒。"秋娘倒酒给船老大敬，说："老大。我给你敬一杯！"船老大把那枚顺治钱放到酒杯里晃，晃了半天，然后一饮而尽，说："好酒哇，好酒！这枚顺治铜钱送得太及时了。用它泡酒，着实厉害。没想到霍某一生败在它的手里。但只有我敢喝它泡的酒。这是陈年老酒哇。喝了它，世事我就忘不了，过奈何桥的时候，就不用喝王婆汤了！"

船老大醉眼迷离，提出让三儿媳妇和三儿，给他唱一曲黄梅戏《天仙配》。三儿媳妇问："父，唱那段？"船老大说："就唱《到底人间欢乐多》。"黄梅是黄梅戏的故乡，黄梅人人耳熟能详。三儿媳妇本来是黄梅戏剧团的花旦，三儿是黄梅戏迷。三儿媳妇和三儿就一个唱织女，一个唱牛郎。金童玉女，声情并茂：

"架上累累悬瓜果，风吹稻浪荡金波。夜静犹闻人笑语，到底人间欢乐多。我问天上弯弯月，谁能好过我牛郎哥。我问篱边老枫树，几曾见似我娇儿花两朵。再问欢唱清溪水，谁能和我赛喜歌。闻一闻瓜香心也醉，尝一尝新果甜透心窝，听一听乡邻们嘘寒问暖知心语，看一看画中人影舞婆娑，休要愁眉长锁，莫把时光蹉跎。到人间巧手同绣好山河——！"

儿好媳妇好，曲儿唱得好，船老大醉了，叫了一声："好！"眼角流出了泪。秋娘把他放在怀里，用手绢细细地替他揩。

大门敞着，湖风生浪带着鱼腥，一阵接一阵。

风涌浪动，雁叫声声。

十、结　穴

秋娘是那个秋天得急症生命垂危的。

秋娘病危的消息传到了熊家垸，垸人可怜她，吕婶更是伤心。幼华、幼富放下手中的活，急着要朝黄梅小池赶，赶去看娘。"广东雀儿"说："你们急什么？这回我陪你们一路去。我要准备一下。"幼华问："你去干什么？""广东雀儿"说："你只记得她是你们的娘，忘记了我是她的什么人？"幼富说："你不能去！去了不好。""广东雀儿"说："这回由不得你。我非去不可。"幼华说："我们去看看娘，等娘好了，我们就回来。""广东雀儿"说："昨天晚上我听见天上雁叫。我算定了，这回她好不了。阎王要她的命。阎王要她三更去，她就不能到五更，逃不脱。"兄弟俩就哭："我苦命的娘哇！""广东雀儿"说："哭有什么用？关键时候到了。我们要同心合力。"兄弟俩止住哭，望着父亲想了半天，这才明白。"广东雀儿"说："这就对了。这才像我的儿。"兄弟俩说："我们去就行。"

"广东雀儿"摇头说："你们不行。你们没那本领。""广东雀儿"就像去住家，带了好些东西，驼在背上。

两个儿领着"广东雀儿"到了黄梅小池农场。湖边岗地绿树成荫，岗对面就是船老大的住处。"广东雀儿"问："到了？"两个儿说："前面就是的。""广东雀儿"对两个儿说："你们去。"两个儿说："你不进屋？""广东雀儿"说："我就在这里守。""广东雀儿"就拿出带来的尼龙纸，就地取材，在岗地林子里搭了个窝棚。"广东雀儿"是搭窝棚的老手，那窝棚搭得很牢靠，很醒目。"广东雀儿"将窝棚搭好后，就垒石为灶，生火做饭。农场的人就惊奇。

兄弟俩走到娘住屋的门前，三儿和船老大出来迎接。船老大问："你们赶来了？"兄弟俩说："我父也赶来了。"船老大问："他的人嘞？"兄弟朝对面岗地上的窝棚指，说："我父在那儿。"秋天的太阳下，那窝棚明亮耀眼，炊烟升起来了，船老大就倒吸了一口凉气。

船老大把兄弟俩领进房，生命垂危的秋娘回光返照了，说："我的儿哇，你们到齐了！"三个儿跪在秋娘床面前，流着眼泪说："娘哇，你的儿到齐了。"秋娘说："我的儿哇，你们摸摸娘的脸。"三个儿流着眼泪用手摸娘的脸。秋娘望着三个儿微笑了。秋娘喘着气说："儿哇，娘把心都交给你们了。你们还哭什么？你们太贪心了啊。你们听，秋风起了，天上的雁叫了，娘要走了，娘要走了啊——！娘要看你们笑，你们笑啊，你们应该笑——！"说完，秋娘的头一歪，吐出最后一口气。

农场派车派人，船老大把秋娘送到火葬场火化了，把骨灰用骨灰盒儿装着。那骨灰盒儿是瓷的，用红绸裹着，真漂亮。三个儿披麻戴孝跪在捧骨灰盒儿的船老大面前。幼华要接。船老大不给。船老大把骨灰盒儿递给三儿，说："你把它送给岗地上的那个人吧。"三儿在地上磕了三个头，接了骨灰盒儿。船老大对三儿说："他们都要走了，你是不是跟他们走？"三儿捧着娘的骨灰盒儿，又朝船老大，磕了三个头，说："父，我姓霍。我是你的儿！"船老大仰天一笑，说："秋娘，你听见了吗？三儿是我的儿啊！"

"广东雀儿"把秋娘的骨灰，捧回了熊家垸。本来是长子捧的。他不要长子捧。垸人看不过眼。"广东雀儿"不请人，亲自在燕儿山腰选地方，动手造了一个合葬墓。那墓是起拱的，两个拱连在一起。右边放秋娘的骨灰，左边空着，留着他死后放他的棺材。"广东雀儿"在墓地四周栽上松树、柏树，播下四季花籽。

"广东雀儿"在合葬墓前，用大理石立了一块碑。那墓碑高大雄伟，气派风光。"广东雀儿"到山这边来，请我父亲给他写碑上的字。我父亲是读老书的，临过帖，颜体字写得好。我父亲说："何代表，这碑不能写，最好是无字的。"

"广东雀儿"说:"那哪能呢?"于是就到街上请人用电脑上的字刻。那碑是古制的,竖着,先是一个"故"字,左边是"先考何公运财",右边是"先妣张老孺人",合在一起才是"之墓"。

"广东雀儿"用油漆调金粉,描那碑上的字,描得很仔细,一个个就是金的,金光灿烂,描得手酸了,就停下来甩手腕,喃喃自语:"怎么样?'搭毛壳儿',不错吧?还满意吧?"

于是他乏了,困了,就爬到左边那个空穴里,像一只地蚕,脚朝旦,头朝外,曲蜷着,睡着了。

一句话的歌

年生永远记得娘的话。

年生小时候,娘就对她说:"'南无阿弥陀佛'在人间是万能的药。痛苦时念,可以化解痛苦;向善时念,可以使人幸福。"

一

在回龙山的庙里,张姐是年生的师父。张姐有儿有女,是二十年前得了绝症打死神那里回来,从张榨村上回龙山出家的。年生也有女儿,也是得绝症做手术后从黄州城体育路上山的。

二人穿着黑衣裳,跪在蒲团上做早课。庙里香烟缭绕,放着佛歌儿。那歌儿是录制的,只有一句词儿,在寂寥里反复轮回地唱:"南无阿弥陀佛,南无阿弥陀佛……"

年生精神专一,张组知道年生心情不错。

昨天夜里年生给继槐打手机,继槐居然能接了。那手机是女儿淘汰下来寄给继槐的。开始继槐不晓得怎样接,现在学会了。年生的手机也是女儿淘汰下来的。女儿高职毕业,二十八岁了,在南方一家企业打工,没谈着朋友,手机却一直在升级,换下来的就寄给父母用。家里原来只安了一台座机,人不在家就联系不上。有了手机,年生和继槐就能说话儿,说话儿心就相通了,晓得冷暖。两个都是五十多岁的人了,一个在庙里,一个在凡间,温暖全靠手机。年生对继槐说:"吃了吗?"继槐说:"吃了。"年生问:"吃的什么?"继槐说:"饭。"年生说:"又吃饭?"继槐说:"我煮一次要吃两天。"年生说:"天热了,家里没冰箱,住一楼又有老鼠和蟑螂爬,要现煮现吃。"继槐说:"我改。"年生说:"你要听话。我打电话你就要接。"继槐说:"我听话。我学会了。你一打电话我就接。"年生问:"你还好吗?"继槐说:"我好。你还好吗?"年生说:"我好。"继槐能用手机了,说明他正常,这叫年生很高兴。她的男人也在进步哩。

二人念了波罗蜜经，太阳从东边露出脸儿来，雀儿喳喳叫早晨。张姐对年生说："妹子，你晓得吗？从天堂下来的人，回想世事都是痛苦，从地狱上来的人，回想世事都是幸福。"年生双手合十，眼睛里溢满了泪水。

　　回龙山上，万物醒来，清风如浪，翻涌着青松。

二

　　一句话的歌在庙堂里不分昼夜轮回地唱。

　　世上竟有如此简约的歌，把佛家的精华都浓缩在里边了。隔壁灶房的电视机正在放广告，女人一句，男人一句。女人说："浓缩的都是精华。"男人说："简约而不简单。"

　　年生一身黑衣，迎风站在回龙山顶的庙门口遥望。山下就是人间，炊烟袅袅，鸡犬相闻，那里有她和继槐此生不了的姻缘。

　　年生的家孙家嘴与继槐的家熊家凉亭，同在一条巴水河边，山水相依，隔了二十里路。她和继槐不幸的婚姻，不是她自己找的，而是通过媒人介绍的。

　　年生永远记得她十八岁那年初夏的那个早晨。那天早晨椿树垸的疯婆婆，一起来就跑到孙家嘴的岗头上，披头散发唱歌儿。疯婆婆别的都不唱，就唱鄂东情歌儿："猫儿闹夜不睡醒，为娘莫恼女儿心。世上几个十七八，世上几个二十春？"大人们听见歌儿就笑，姑娘和童子忍着都不笑。那就是纯真。大集体，出早工，下田薅秧。巴水河边，水清沙白，稻禾含露，风盈盈，水也盈盈。秧棵上的露水被脚扫落了，天地间一青二白，青白之间，一行雁翅一行人。那时候娘就赶出来，把她从田里扯回家，打扮了去"看人"。"看人"是鄂东土话，就是相亲。这时候大人们都不笑。是正事哩，有什么可笑的？大人不能见笑。姑娘和童子都笑了，因为新鲜好玩哩。那时候年生单纯，那时候年生倔强，但是单纯没用，倔强也没用，女儿是人家的人，年生不得不入套。那时候年生只得随娘盘。三个妹妹看着娘给姐梳头，穿好看的衣裳，三个妹妹羡慕姐生得好，姐是过年生的，娘给她取名叫年生。女儿什么时候生的，娘就根据季节取名字，三个妹春生、夏生、秋生，都不如年生。过年生得多好，有好吃的，有好穿的。姐大，姐聪明伶俐，娘让她读到初中毕业。姐好身材，柳条个儿，穿上好衣裳，那就是春天里的一枝花。三个妹妹不知道，就是从那时起，娘让她的大女儿，走进了一场大雾里。三个妹妹不知道，婚姻就是一场大雾，让人其中过，看不远，看不真，等到雾渐渐地散，太阳出来，显山露水，看远了也看真了，明白是怎么回事儿，这辈子也就注定了，连转去都不敢想，只有把心拿出来慢慢嚼，嚼出甜味来。

开始的许多事，若干年后，年生才搞清楚。给年生说媒的是镇粮管所开货车拖粮的黄师傅。开货车拖粮的黄师傅路子广，与娘熟也与继槐的婶娘熟。那时候继槐的婶娘在镇粮管所管票证，手里有点小权，换粮票和办粮食指标便利，自然有人求，人缘也好。继槐的爷娘死得早，继槐是婶娘养大的，尽管婶娘家儿女四个，但把继槐视同己出，继槐管婶叫娘。继槐家里穷，一个苕哥，加上一个时疯时醒的他，那就叫天地寒心。继槐一口痰下不去，就卡住了，就疯，狂躁不止，两只眼睛放神光，大雪天把婶娘给他做的新棉袄棉裤脱了，脱得一丝不挂。没有办法，只得把他用铁链子拴在磨盘喂料的眼子里。这也没用，夜里他赤身裸体连同磨盘朝上巴河镇上拖，一路上鲜血淋漓，吼得像狼叫，叫人惨不忍睹。继槐醒来时，眼睛里的光熄灭了，就跟好人一个样，不哭不闹，只是做农活时无精打采。继槐二十八岁了，还未成家。婶娘为了继槐能讨上媳妇，过上正常人的生活，就同当时大队的支部书记商量，把自己的户口偷偷地下到了大队，把继槐户口替代她"农转非"吃了商品粮。后来上面清查，婶娘没有商品粮户口，丢了工作，成了农村人，婶娘就靠做裁缝过日子。婶娘为了继槐能过上正常人日子，费尽了心血，可怜天下父母心。婶娘把继槐的户口转成了商品粮，这时候国家有了接班的政策，婶娘的男人在粮食局工作，到了退休年龄，婶娘就同男人商量，让继槐接了他的班。继槐的二伯是读书人，中华人民共和国成立前给张体学当过通讯员，字写得好，诗也写得不错，用宣纸写了，挂在墙上，镇得住人。那是副对联，上联：筚路蓝缕以启山林；下联：荆花瀚墨可传后世。熊汉章书。这副对联后来就挂在年生家堂屋正中破壁上，内行人见了说，那是遗墨是宝。继槐就到粮食局上班，因为继槐只读那么多书，小学五年级，别的事做不了，只好在粮食局食堂里烧火。烧火不要紧，在农村人眼里那是工人哩。

婶娘就开始托人给继槐做媒，近处的不行，近处的人晓得继槐的底细。婶娘就托开货车拖粮食的黄师傅说一个远处的姑娘。黄师傅与年生的娘熟。黄师傅晓得孙家有四个姑娘，家里穷，盼望着女儿能找个好婆家。黄师傅问年生的娘："你家大女儿相亲了吗？"年生的娘说："没有哇。女儿年纪还轻。"黄师傅说："我给她说一个好吗？"年生的娘问："哪里的？"黄师傅说："吃商品粮，当工人的。"年生的娘说："那当然好。要你费心。"于是就说好了，定了"看人"的日子。

娘给年生说了此事。年生却不同意。娘问："你这个婆娘，把福你不晓得享。"年生说："我不找吃商品粮的。"娘问："为什么？"年生说："要找就找个种田的。"娘气笑了，说："想你挑水来我浇园是不是？"年生说："对。"娘举手要打,举到半空却放了。娘说:"这恐怕由不得你。"年生问娘:"吃商品粮的为什么要找个种田的?"娘恼了,说:"我不晓得为什么。只晓得人家要找媳妇。你去用肉眼看,不就晓得了。"唉,女儿到底拗不过娘。"看人"吧,就去"看人"。

"看人"娘也去,狗也去。娘把狗叱住了,狗摇着尾巴回了家。黄师傅把拖粮的货车开到马路边停着,让年生和娘上车,坐了驾驶室,轰轰地朝城里开,风一阵沙一阵。那情景叫路边薅田的人羡慕。那时候坐车就是惬意事,尤其是姑娘站在公路边摇手,过路的货车司机陡地把车刹住,让姑娘大辫子一甩坐到驾驶室里,就叫男人们眼馋,然后就说荤话儿进行人身攻击。年生没想那天她竟成了那样的人。

黄师傅把车开得快,年生晕乎乎的,马路两边的树纷纷朝后倒。黄师傅把车开到城里边,就有楼房在路两边成排地立着,说明那就是城市。黄师傅把拖粮的货车停在一家粑铺的门前。粑铺不大,却是合作社开的。年生和娘下车。黄师傅把娘儿俩带到粑铺里。粑铺里有桌子有凳子。桌子是圆的,凳子是方的。方凳子围着圆桌子四方连着分不开。粑铺里有一个后生和一个女人坐在那儿等。黄师傅就介绍,先女方后男方,这是谁,那是谁。年生就知道那个后生是继槐,那个女人是继槐的婶娘。婶娘很热情,到柜台上交了钱和粮票儿,买了发粑,继槐慌忙把发粑装在两个盘子里堆成了尖朝桌子上掇。于是众人就坐下吃发粑。那发粑发得好,雪白松软,又是白糖和猪油包的,很好吃。婶娘看了一眼年生,年生的脸就红破了。婶娘说:"伢儿,吃粑。"年生哪敢吃,拿着发粑掰,一点一点的。年生望了继槐一眼就低下头。年生发现继槐看她的那双眼睛,直直的呆呆的,像烧红的钩子,钩到她的身上就扯不脱,一副要吃人的相。年生的心就怦怦地跳:你这个死东西!

其实发粑没有吃多少,主要是"看人"。婶娘的发粑买得多,多的就用袋子装着,让年生的娘提回去做节的。事情到了这时候双方就发表看法作结论。也是先女方,后男方。黄师傅问年生:"怎么样?"年生低着头不说话。黄师傅问年生的娘:"做娘的,说句话。"年生的娘说:"伢儿要得,有看相。"当然有看相,好脚好手,头大脚大眼睛放毫光。黄师傅问继槐:"怎么样?"那个苕东西忘记了说,只是盯着眼睛笑。婶娘说:"黄师傅,好姑娘哩。有劳你了。"

于是双方就商量继续发展的事。什么日子请媒人定亲。女方尽量推远,男方努力扯近。黄师傅就中间。年生的娘心软,就了继槐的婶娘。你这个娘哇,叫我怎么说你好!于是就皆大欢喜。年生的娘提着装发粑的袋子,黄师傅让娘儿俩上车坐驾驶室,沿原路送回家。

回到家,娘把发粑发给妹妹们欢天喜地地吃。娘问年生:"人怎么样?"年生眼睛红了,哭出了声,说:"娘啦!那个人不正常。"娘说:"我看好好的,有什么不正常?"年生说:"你没看见他的眼睛放毫光?"娘说:"那是我的女儿太漂亮了,二十八岁的男人见了漂亮姑娘眼睛不放光,那不是个苕?"年生哭着说:"娘哇,你不晓得!"娘说:"女儿呀,不怕生坏命就怕落错根,人家吃商品粮,当工人,你一个农家女儿有什么条件嫌人家?不就是年纪大点。男人年纪大好,年纪大晓得心疼媳妇。"

年生就哭一声咽一口,说:"娘哇,你糊涂,你不晓得。"娘把发粑拿两个给她吃。她哪里吃得下去?家里的狗见她手里的粑,跟着她摇尾巴,她就给狗一个粑,狗兴奋得直叫唤,像个孩子。畜生也晓得粮食好。

年生站在回龙山上望人间,人间山如浪,水如镜,山水之间,世人在其中匆忙过,地老天不荒。庙里,那一句话的歌轮回地唱:"南无阿弥陀佛,南无阿弥陀佛……"年生的眼泪又流出来了。

其实当年"看人",她就看出继槐不正常,继槐有病。

年生当年十八岁,真是好女儿,她大,她能跟娘顶事。她懂事儿,说话能宽娘的心。娘把她捂在心里头,捧在手心上,做梦也想为她好。

三

年生与继槐是三个月后闪电般结婚的。

这样的婚姻不能不快。男大女小,男家等着人进门烧火。男方吃商品粮当工人,女方是农村户口嫁到城里那是高攀。娘给女儿办了嫁妆,家里穷,没有钱大办事也就是几床被子。又是黄师傅拖粮的车来接新娘。车上继槐带人来拿嫁妆,门口几树爆竹落地开花,年生就如同做梦一样,随车嫁到黄州城里。新房在粮食局院子里的单人宿舍,继槐在食堂烧火,自然有一间属于他的。用石灰水粉白了,置了几样简单家具,门口贴上红对联,就是新房。

结婚的那天晚上,年生就知道继槐真的不正常。结婚的那天晚上闹洞房的人散得早,人一散,继槐的眼睛就放毫光,一整夜抱着年生不松手,做了八回还不解渴。年生问:"畜生,你不想活吗?"继槐不说话,做牛喘,只晓得点头。娘哩,这不是花痴吗?年生这才知道继槐真的是花痴。二十八岁的男人,家里穷找不到媳妇，与他同年的人都结婚了，只有他干熬，日子长了欲火攻心，淤积不散，见不得红衣的女人，见了穿红衣的女人，就发病，脱光衣裳追，所以用铁链子也锁不住。娘嗨，我说了这人不正常吧，你说男人就是这样。年生的心就冰凉。

好在男人爱她，晚上舍不得她，白天离不开她，结婚后不再发病，与她声叫声应地过日子，这就是甜。尽管男人钱拿得不是很多，但每月到时候就有。发了工资，男人就把钱交给她，一分也不留，让她当家。农家的女儿晓得过紧日子，有活钱用比农村还是强。领导见她家日子紧，就让她到食堂帮忙，每月也给点钱。年生长得漂亮，人起俏，做事麻利，食堂有了她就是风景。有上级领导来检查工作，就在食堂吃饭，局长叫一声上菜，年生应一声，掇着盘子甩着辫子就来了，风就活，味也好。上级领导问局长："这是谁？"局长说："春来茶馆的阿庆嫂。"上级领导点头说："不错。"局长脸上就有光。

莫看继槐曾经有病，但生命力却强。结婚不久，年生就发现她怀孕了。娘欢喜，婶娘更欢喜，熊家断不了后呢。尽管落下地是女儿，但也是熊家的人。那时候粮食局是几好的单位，粮食统购统销，能在粮食部门工作是多少人的梦想。继槐在粮食局工作，年生也是粮食局拿钱。年生有家，男人有工作，年生有女儿，别人有的她都不缺。年生知足，年生幸福呢。年生没有想到天有一时风云，人有一时祸福。不久之后，继槐的病忽然复发了。

继槐发病不是为了女人。继槐与年生结婚后去了心火，见了女人就正常，眼睛不放毫光，再漂亮的他也不放。继槐发病不是为了官。继槐自知书读少了，做梦也不想当官，官再多也轮不到他。继槐发病也不是为了钱。他一生不管钱，多少不与他相干，有吃的有喝的就行。他不抽烟，又不喝酒，钱多了他还不晓得怎么用。继槐发病与"政治运动"有关。

那时候黄州城里忽然闹了起来，那阵势有点像"文化大革命"。师范的学生们忽然兴奋了，头上扎着白布，抬着花圈儿在街上游行。队伍游到粮食局所在的沙街，继槐听见吼声出来，正好碰上了。继槐哪里见得那场面，以为是无常鬼来捉他，一口痰卡在喉咙里，就犯了病，狂躁不止，多少人也按不住。这是有原因的。因为继槐当初犯病是在"文革"后期，继槐那天看见一个漂亮女人上厕所，就鬼使神差地跟着，没想到被人发现了，当成了流氓，就有人组织人来捉他，他跑着跑着就疯了。

继槐疯了，粮食局领导叫人把他绑在竹床上，送到精神病医院，住了三个月才好。那三个月，继槐什么人都不认识，只晓得抓住年生的手不放松，咬着才安静，才不狂躁。苦了年生。年生让继槐咬她的手，年生的手被咬烂了。年生心在流血，手在流血。娘嘞，你咬吧，你咬吧。三个月继槐吃了许多龙骨龙齿镇定安神的药，才缓过神来，才认得她。年生问："我是哪个？"继槐说："我晓得，你是我媳妇。"年生的手伤痕累累，哭了，说："我的个男人嘞，你一点也不苕。"

  男人好了，是男人。粮食局的领导怕出事，就不敢让继槐再留在食堂了。食堂里有刀呢，要是继槐再犯病，六亲不认，拿刀杀人怎么办？粮食局的领导就给继槐换工作，把继槐安排到下属的粮食公司守大门。那时候粮食公司正红火，待遇好，还有房子可分。继槐就分到了粮食公司。粮食公司在体育路，当着街。粮食公司遵照局领导的意见，给继槐分了房子。那房子在一楼，两室一厅，有厨房和厕所，尽管光线不足，窗外就是垃圾场，有气味，但比粮食局的单人宿舍强多了。因祸得福，继槐和年生带着女儿就搬到粮食公司。继槐是正式工，守大门，年生不是正式工，领导安排她搞卫生。继槐不犯病，女儿也健康，活泼可爱。一家人又是新日子，又是好日子，由得人过。

  那时候年生把饭做熟了，就叫女儿到门房去喊继槐回来吃饭。门房挨一楼近，其实喊一声继槐就能听到，年生却不喊，叫女儿去喊。女儿听娘的话，拍着小手去了，喊："熊二哥，吃饭。"继槐听了，答："来了！"女儿随娘管继槐叫熊二哥，继槐也不恼。继槐回家，年生把饭盛好，掇到继槐的手上吃。继槐吃完一碗，年生又给他盛一碗。年生让继槐充分享受当家人的味儿。男人守门房，外面的人不把男人继槐当人。年生知道她和女儿是吃男人的，年生在家里把继槐的一碗饭做好。各得其所，那才叫日子，那才叫幸福。

  唉，如果粮食公司不破产，不倒闭，那就永远地好。

  男人不犯病就是好男人。男人不喝酒，不抽烟，不赌博，夜里也不出去瞎混。不就是渴吗？不就是想把损失补回来吗？夜里年生依着男人，男人想要几回，她就答应几回。谁叫我是他的女人呢？这不是过分的事。做女儿时，娘说过，一条耕牛，总要服个人儿牵。

  回龙山庙里那一句话的歌仍在唱。

  庙里没人来做"解"，就清静。

  张姐望着年生，问："你在想什么？"

  年生说："我没想什么。"

  张姐说："你瞒不过我，你在想继槐。"

  年生说："我想他做什么？"

  张姐说："你在想他的日子怎么过？"

  年生说："张姐，能过的都过了，我还想他有什么用？"

张姐说:"你要是心里苦,就唱吧。我陪你唱。"

二人就随着录音,嘴唇儿嚅动,同唱那一句话的歌:"南无阿弥陀佛,南无阿弥陀佛……"

山寂静,日空漾。

四

还是娘说得好,女儿是菜籽命,撒在哪里哪里长,肥的瘦得了,瘦的肥得了。计划经济时代叫人眼馋的粮食公司说不行就不行了,干脆倒闭,干脆让员工按工龄算断集体下岗。年生不是正式工,那就一分钱没有。继槐好在是正式工,按工龄一次算断,得了一万多元钱。一万多元钱现在不算什么,当时还是个不小的数字。夫妻俩就商量这钱怎么用。

别人家都有彩电和冰箱,年生就想买,让继槐有彩电看,有冰箱可以储藏食物。男人好歹是城里人,让他也过上城里人的生活,这样就有自尊。在城里过日子,家里连起码的东西都没有,说出去不好听呢。继槐不同意。继槐说:"那算什么呢?没有那些东西死不了人。我们不图那虚荣。"年生说:"二哥,那你想做什么?我听你的。"继槐说:"大姐,我想给你买养老保险。一直给你买到五十岁,到了退休年龄你就可以享受。我比你大十岁,我要是有个三长两短,你老了生活就有保证。"年生说:"二哥,你可不能这样说。"继槐说:"大姐,你晓得我是个有病的人,受不得刺激,一受刺激就控制不住,说不定就丢下了你。"年生说:"二哥,你身体好得很。"继槐说:"身体好有什么用,我脑子浸了水,经常短路。这些年要不是有了你,我可能就活不到今天。"年生说:"我就怕你瞎说。"年生就用眼睛温暖男人,继槐就在女人的眼光里化了,空灵起雾儿。女儿读书去了不在家,年生就让男人做爱做的事儿。继槐做爱做的事儿,就生猛,眼睛放光。继槐做着事儿,对年生说:"大姐,你要听我一回。"年生就点头说:"二哥,我听你的。你是我的好男人。"二人就耳鬓厮磨,泪眼婆娑的。穷人在城里生活,没有比夫妻生活更能化解忧愁的事。唉,就这一点快乐。

继槐就把那一万元钱拿到社保部门给年生买了退休保险,一直买到了五十岁。买了退休保险后,家里就出现了经济危机。女儿读书要用钱,家里油盐柴米和水电要用钱,那就手儿长袖子短,月月扯不过来。往年虽说经济也紧张,但每月总能盼到发工资的日子,年生是农家姑娘,是受过苦的人,会当家,精打细算,总能把日子过得炊烟不断。继槐陡然下岗了,断了细流,那日子就过得黄连树吊猪胆,苦不堪言。城里下岗之人的日子真是难过,比农村人还难。农村人的日子就是再难,还有田地可种,吃粮不要钱买,吃菜不要钱买,水和电都不要钱买。在城里过日子那就硬过硬点点要钱。娘放心不下,到城里走女儿,看到女儿家的那日子,眼泪就朝心里流,就时常大袋的米、小袋的菜朝女儿家拿,拿来还尽量不碰女婿的面,就放到大门外。娘知道女婿有病,不能伤女婿的自尊心。

日子过苦了,继槐过夫妻生活也提不起激情。继槐望着年生说:"大姐,我对不住你。你这朵鲜花插到牛粪上了。"年生说:"二哥,你又说傻话。"继槐说:"你说这日子怎么过?"年生说:"天无绝人之路,人生在世没有过不去的坎。二哥,工龄买断了,单位不是还在吗?我带你去找单位领导想办法。"年生聪明。年生的话一点没有错。粮食公司的职工是一次性买断了,但组织还在。粮食公司临街有门面可以出租,经理带着两个副手用门面出租的钱发工资,负责处理粮食公司的日常事务。比方说计划生育,比方说社区精神文明建设,还有防火防盗、门前"四包"等等的工作要做。

年生就带着继槐去找公司经理。公司经理姓贾,人年轻,很精明,很有活力,梳着背头,穿得整齐干净,雄风不再,但派头还在。贾经理很负责,很有爱心,每天清早起床,必定在粮食公司的大院子背着手儿转,检查一遍,脸上充满笑容,然后到办公室坐一坐,有事处事,无事退朝。也打点小麻将,也到江里河里活水里钓点小鱼。贾经理的办公室在三楼,三个人共一间,有副手经常打扫,保持干净。

年生懂事,知道找经理不能空手去。年生就把一把红菜薹用红尼龙袋子装着,作为礼物。那把红菜薹是娘送来的,刚出世的,很新鲜。娘同情女儿的处境,总是把新出世的菜先送到城里的女儿家,让女儿家不断过日子的心劲儿。贾经理坐在桌子前喝茶,见年生带着继槐,提着一把红菜薹进门来,就指着红菜薹对年生说:"大姐,你这是做什么?"在大院里,年生人贤惠又漂亮,人见了总是大姐大姐地叫。年生说:"贾经理,这是我娘送来的红菜薹,刚出来的,让您尝尝鲜。"贾经理说:"大姐,有事说事。我能解决的一定解决。"年生说:"我家二哥想跟你谈谈心。"贾经理说:"大姐,二哥的事,我知道。你不找我,我正要找你呢。虽说工龄买断了,单位还在呢。还是要个人当门卫守摊子,负责卫生,还有门前'四包'。"年生说:"贾经理,那真要感谢您。"贾经理说:"只是钱不多,不能按月发,只能按年算。年底收了房租一次性解决。一年三千元。不知二哥愿不愿?"年生说:"愿,愿,哪能不愿呢?三千元也是钱哩。"贾经理说:"那就这样说定了。继槐你要认真负责,拿出气魄来管事,就像单位没破产前一样,当管的理直气壮地管,共建和谐家园。"年生对继槐说:"听见没有?"继槐说:"贾经理,你放心。我听大姐的。"一年三千元,一个月也就二百五十元。有总比没有好,这还是组织的照顾。粮食公司下岗这么多人,不是人人都能这样的。贾经理对年生说:"大姐,你把红菜薹提回去吧。"年生说:"贾经理,这红菜薹是娘种的,纯天然绿色食品,没打农药,不害人。"贾经理说:"大姐呀,你就是纯天然绿色食品,我看着就健康。还要什么呢?"年生说:"经理,你这是看不起人哩。提来了,你就收下。"经理说:"你没看见办公室有三个人喱,你要送就送三把。"年生就对继槐说:"二哥,你下去再装两把上来。娘送的有好多。"贾经理就摇手,说:"算了,算了。"

年生就把那把红菜薹放在贾经理的桌子上。贾经理笑了,说:"大姐,你肯定还有事。"年生说:"没有事。"贾经理说:"大姐,你家最低生活保障的事,我们正在办。办下来每人每月有一百八十元,这是党和政府的温暖。"年生说:"感谢经理。那我们家一个月就有六百一十元。每天有二十元的生活费。"贾经理说:"不多。"年生说:"贾经理,在城过日子,几多为多,几多为少?有钱人一千元过一天,无钱人十元钱也能过一天。"贾经理感动了,说:"少了,少了。十元钱一天日子怎么过?女儿读书还要钱,赶情送礼还要钱。大姐你和二哥还要想办法。"贾经理通情达理,话说到年生和继槐的心坎里了。

年生和继槐要下楼。贾经理叫住了年生。贾经理钓鱼刚回来,有收获。有权有势单位的领导钓鱼是有人请,请到鱼池里钓,鱼池里的鱼都是集中买来放的,蠢,也好钓,一钓就是几十斤或者上百斤。破产单位的领导没有请钓的,只有到江里河里活水里钓,那些鱼都是天放的,尽管小,但由于饿,有耐心总能钓到一些。贾经理钓到几条鲫鱼,放在尼龙袋子用水养着。贾经理把养鱼的尼龙袋子提到桌面上,从里面择了两条大的,丢到年生装红菜薹的袋子里,说:"大姐,提回去尝尝鲜。这鱼也是纯天然的,没有污染,用豆腐煮汤好喝。"

贾经理送得坚决,年生不好不收,只好提着。

说真话自从下岗之后,夫妻二人真是舍不得动荤。贾经理钓的鲫鱼用豆腐煮汤真的好喝,汤白,汤浓,酽得黏嘴唇。夫妻二人,你舀一口我喝,我舀一口你喝,喝了半天还有一盆。

继槐仍然有事做,有事做就有饭吃。继槐守大门,也就是白天把铁门打开,晚上锁。继槐兼带门前"四包",在大门外摆张桌子,桌子放个牌子,上面写着"门前四包岗"。这牌子是上面统一制作发下来的。这都是表面的工作。继槐具体的工作就是清扫生活垃圾,配合环卫工人从垃圾洞里掏出来,定时用车朝出拖。粮食公司大院里住着的都是下岗工人,人多口杂,单位破产后心情不好,不爱听指挥,那垃圾丢得就毫无章法,大袋子小袋子就不在垃圾洞里。说也无用,不是有专人管吗？苦的是继槐。继槐基本是在苍蝇乱飞臭气熏天中奋斗。

"南无阿弥陀佛……南无阿弥陀佛……"二哥一年拿三千元钱真的不容易。苦海无边，哪里是岸？

同人争吵的事经常发生。心里有气不能不说。别人心里也有气，能听你的？发生争吵了，总是年生出面。不能说男人不好，更不能说别人不好。只能赔笑脸，只能赔小心，化干戈为玉帛。

年生生怕继槐的病复发了。男人是天，女人是地。天塌了，地怎么办？所以除了继槐一年得三千元之外，年生得想办法赚点钱。人是英雄钱是胆，有了钱日子就好过，日子好过了人就大度就宽容。年生要让二哥有个好心情。

五

一般人很难想象集体下岗后粮食大院里的那段时光。

要说下岗是痛苦的事，面临着吃饭的问题，不能不叫人揪心。可是粮食大院的人们，那时候却反映出空前未有的欢乐。那时候吃了早饭，吃了中饭，无所事事的人们，不约而同地出家门，聚集在大院里，摆开桌子，斗地主打七儿或者打麻将，男的女的老的少的齐上阵，打得笑语喧哗，打得乐而忘忧。粮食公司的体育路临街，那一桌桌的纸牌和麻将，那一桌桌的欢声笑语，惊动了东门派出所管片的民警。东门派出所管片的民警，闻声到大院里巡逻，看到的就是聚众赌博的场面。遇到这样的场面，按法就要取缔，轻则没收赌具和赌资，重则罚款拘留。管片的民警带着刑具，虎视眈眈地来了，人们并不惊慌，该玟牌的玟牌，该出牌的出牌。民警就站在旁边看，看见他们输的也出钱，赢的也收钱，只是那钱少得可怜，也就五角一块，顶多两块。有人见民警站在旁边看，就把手中的纸牌递给民警，说："你来吧。我让你玩。"民警就笑，说："我没时间。你们来，你们来。"民警看见，提供桌子的人也收台资，归赢的人出。赢的人收钱后按规矩将提成的钱放在纸盒子里，那台资少得可怜，半天一张桌子只收六元钱。收六元钱，提供服务，负责换零钱，提供茶水，兼带卖烟。来的都是客，提供桌子的人问民警："喝茶不？"民警说："不喝。"提供桌子的人抽烟给民警说："吸一根？"民警摇手说："不吸。"民警就再也站不住走了。民警不敢采取行动，下岗工人心里苦，无事可做，自娱自乐，最好不要激化矛盾。若是方法不当，管过了头，不好收场，会破坏安定团结的局面。晚报年轻的记者，就来深入采访，被下岗工人们愉快的心情感染了，写了一篇通讯，题目叫作《快乐大院》，发在晚报的娱乐版上，引起了反响。这篇通讯被文明办主任看到了，亲自批示："《快乐大院》说明了什么？说明开展有益无害的娱乐活动是社区文明建设的重要手段。"

年生想，那叫什么快乐大院呢？那时下岗工人们，就像伏天暴雨过后池塘里缺氧的鱼儿，聚在一起，浮在水面，是为了吸口新鲜空气，怕闷死了。不是快乐，是痛苦。不是水中的鱼，晓得什么是快乐？

快乐大院的快乐时光，很快就过去了。下岗的工人们要吃饭，要生存，哪能一直快乐？就要出去打工找事做。没有什么条件可讲。不论活轻活重，有活干就行。不论钱多钱少，有钱就行。顾不得尊严和体面。那时候下岗工人们做什么的都有，说得出口的做，说不出口的也做，全成了水下的鱼。

年生也想开辟门路做点事。女儿正在读书要用钱，继槐拿的那点钱，根本顾不到伙食费。这就不是节约的事。有钱才能节约，无钱就是再节约，也等于零。年生的家在一楼，窗子对着院子。年生就想开个麻将馆。年生就提了娘送的一个瓜，到三楼把这想法跟贾经理说了。贾经理想了半天，不敢答应。年生说："经理，我和继槐'组织'惯了，想争取你的支持。"贾经理说："那是你们的家，在家里你想做什么，不消跟我说得。"年生说："经理，约不过张飞的手不灵。哪能自作主张？"贾经理同情年生家困难，沉吟了一会儿，说："要开不能叫麻将馆，叫老年活动室。麻将馆是赌博，老年活动室是娱乐。性质不同。"年生喜出望外，说："还是经理英明。"贾经理说："你莫说是我答应的。不要打招牌，自己开就行。"年生说："我晓得的。我不能出卖领导。"年生就把娘送的那个瓜送给经理。年生说："经理，娘送的这个瓜好新鲜。"这回贾经理没推辞，就收了。

年生家的老年活动室就开张了。这叫因地制宜，得天独厚。

年生的家在一楼，阴暗潮湿，一年四季就是大白天，人进去就得开灯。因为继槐到粮食公司迟，好楼层早就分出去了，只有顶层和一楼还有，这叫顶天立地。顶层还有人要，一楼更差。得亏继槐走运，来的时候顶层被人争去了，一楼还在，不然就没得房子住。一楼当时条件最差，现在就看出它的许多好处来。你想想不是一楼能开老年活动室吗？要是在顶层，老房子没装电梯，老年人能爬到七楼来活动吗？再就是粮食公司做职工宿舍时正红火，财大气粗，那楼房就做得气派，七层高，通体瓷砖铺面，金碧辉煌，那时候是体育路标志性的建筑，叫人眼馋。每一层有三米二的空间，一楼的空间更高，有三米八，这就是优势。那时候继槐见有钱人住两层小楼或者复式楼，就有野心，就想把地基向下挖半米，搞个两层。其实继槐的野心好实现，把地基向下挖半米，就有四米三，就有两层的空间，架起来楼梯一做，那就大功告成，只是没有闲钱。要是有闲钱，哪怕有一万元，那就梦想成真，不消羡慕富人。那时候继槐吃了饭，年生就发现继槐一会儿抬头看天，一会儿低头看地，年生就知道二哥在想什么。年生就说："二哥，你那点心思，莫想了。哪能呢？不说没钱，就是有钱，人家让你挖地基吗？"继槐就醒了，笑喷了涎，说："大姐，闲着也闲着，我想着玩不行吗？"这个男人憨得可爱。

开老年活动室的屋是有了，但还需要工具，麻将桌子要有，麻将要有，凳子和椅子也要有，这要钱买。虽然钱要的不多，但哪里拿得出？年生就愁得不行。这时候继槐的婶娘就出面了。继槐的婶娘老了，也进了城，住在沙街粮食局的宿舍里，那是男人生前组织分的，按政策配偶可以终生居住。继槐的婶娘人活络，在城里熟人多，关系多，同一家倒闭的麻将馆的主人联系，说明情况，那主人大方，连买带送，婶娘花很少的钱，就把那全套的东西搬来了。

于是年生就布置，把一楼的两室一厅，包括厨房都开成了活动室。年生家穷得叫人心酸，没有一件像样的家具，除了电灯和一台黑白电视机之外，再没有电器。白天把床掀起来，放麻将桌子，晚上等打麻将的人走了，才放下床睡觉。这样满打满算可以开七桌。客厅里开三桌，两个房间各开一桌，厨房里开一桌，人来多了，再在后面的小院里加一桌。年生和继槐住的一楼，有个很小的院子，这是很温馨、很接地气的地方。小院里年生用石头架成台子，养了一些花草，有杜鹃，也有兰草，这是年生从巴水河边挖来的。兰草春天开花，很香，香得人的鼻子闻不了。杜鹃夏天开花，蓝的，蓝得润人的眼睛。有凤仙花，俗名叫指甲花，那是年生从娘家带来的种，种了许多年，花开的时候她就带着女儿，用那花染指甲，将十个指头都染了，娘和女儿把手伸出去，就都好看。还有石榴树，养在盆子里长不大，年年却开红红的花，结红红的果。还有橘子树，是金钱橘，结出果子，虽然小，却甜得很，挂在树上一颗就像一盏红灯笼。还有一盆仙人球，那是女儿从外面带回的，也开花，点点的，星星的，有刺护着，人就不敢摘。小院里有阳光，有雨露，年生洒水施肥，除虫松土，人随花草长精神，那就是四季的生机。

后面的小院里拐角有一个小室儿，藏着年生和继槐的秘密，不开活动室，旁人就不知道。小室长年用红布遮着，供着一尊观音菩萨像。那是年生请来的。娘生年生的那天做了一个梦，梦见半空之中的观音菩萨怀抱净瓶手持杨树枝儿，蘸着净瓶里的水朝人间洒。观音对娘说："我过年给你送的是仙女，千万不要嫌弃，她会给人间带去幸福吉祥。"那时候娘给孙家生了两胎儿，两胎儿生下地养着养着都夭折了，祖母祖父和父亲盼望还是生儿，生女儿他们都不喜欢，这让娘很痛苦。这回生女。女儿落下地，果然漂亮，果然聪明，娘就把观音托梦的事对家人说了，家里的人将信将疑，又不敢不信。娘就给女儿取名叫年生，娘就把祖传的一件玉石观音，用红线穿着挂在女儿的脖子上，保护着女儿，不让家人嫌弃。后来娘又生了两个女儿。家人无可奈何，只是把女儿看得像草儿一样贱，日子里有气就发到年生的头上，好像年生没带好头，两个妹妹都是她带来的。年生受了气，眼泪就朝肚里落，娘就教年生唱佛歌儿。娘教年生唱的佛歌儿很简单，只一句，很好记，也很好唱，就是："南无阿弥陀佛。"娘对年生说："女儿，你记住，日子过苦了，你就唱这句。你只要唱这句，心里就温暖，就亮堂。人世间什么苦难都可以化解，日子里什么痛苦都可以解脱。"女儿是娘的心头肉。年生记住了娘的话，年生唱着一句话的歌，随着日子慢慢长大。

年生嫁到继槐家，知道继槐的病，就教继槐唱一句话的歌。继槐病怕了，就听年生的话，信了佛。信佛成了他们共同的信仰。妻唱夫和。清早起来，二人洗漱了，就来到花草茂盛的小院子，掀开藏佛小室的红帘子，上炷香，跪拜了，祷告了，就轻轻地唱着那一句话的歌儿，心情舒畅了，迎接一天的新生活。

这是年生和继槐夫妻俩的秘密，不为外人所知。女儿是知道的。但年生不让女儿信佛。信佛之人此生都是苦难之人。年生希望女儿过正常人的生活。

年生想起了女儿，就给女儿打电话。女儿在南方一家公司做营销，总是借口忙，不给年生打电话。时间一长，年生就忍不住打过去。电话响了半天，女儿才接。女儿说："老娘你和二哥还好吗？"女儿随娘叫爸叫二哥。年生说："我和你爸好。你呢？"女儿说："你们好，我就好。"年生问："朋友谈好没有？"女儿说："没敢忘记。在谈，在谈呢。"年生说："快三十岁的人了，不能不过正常人的日子。"女儿说："我想正常，别人不跟我正常，你叫我怎么办？"年生说："要抓紧。"女儿说："老娘呢，不是我说你！我不急，您急什么？"年生说："你谈好了，我就放心。"女儿说："大不了，我一个人过。"年生说："你想气死我？"女儿说："老娘，我真的不是存心气你。女儿一直在努力。但是面对现实女儿不想哭，只能笑。"年生就揪心。年生想：一个穷人家的女儿，谈个男朋友为什么这样难？

年生年年盼望女儿带个男朋友回家过年，但是年年过年时女儿总是一个人回来，把一年赚的钱交给娘。也不多，就那么一点，年生不敢用。年生就给女儿存着，存着女儿好出嫁。

没有放爆竹，也没有挂招牌，年生家的老年活动室开张了。

继槐的婶娘满头白发掖着拐棍过来帮忙。这使年生很感动。为了继槐，婶娘操碎了心，先把自己的商品粮户口给了继槐，后来又把丈夫的班让继槐接了。继槐的婶娘丢了工作，也不能落实政策，落实政策的人查政策，说她是自动离职的。继槐的婶娘老了，虽说住在城里，儿女们也在粮食部门，但儿女们都下岗了，日子都过得艰难。那个叫作汉章的男人死了，继槐的婶娘只能靠配偶的优抚政策，每月拿一百多元钱过日子。继槐接班时，为了感激婶娘的恩情，答应每月给婶娘一百元生活费，年生嫁过来也同意了。每月一百元不多哩。哪晓得粮食公司破产，继槐下岗了，每月给一百元，那就捉襟见肘。每月继槐和年生坚持给，婶娘坚持不要，每回扯得血儿滴。婶娘没想到继槐和年生的日子落到如此田地。手心手背都是肉，她哪能剜肉补疮哩。婶娘把继槐当儿，只差一泡血哩。继槐的婶娘一生是个要强的人，她要看到继槐把日子过好，所以每天下午过来帮忙。婶娘住沙街粮食局职工宿舍，到体育路要穿一条街过两个红绿灯，这段路对于她来说，很不轻松。继槐的婶娘晚上上厕所摔了一跤，伤了左腿的腿骨，只能掖着拐棍走路，一跛一瘸的，要从上午十一点，走到十二点。可怜天下父母心。

年生的老年活动室是每天下午开门。上午不说，上午住城的老人们有事，女的要料理家务，男的要上龙王山锻炼身体，年生家也有俗事，那门就不开。活动室别的奢华品不要，钟是要挂一个的。瞄着墙上挂的钟，走到了十一点钟，年生和继槐就早早地吃了中饭，收罢碗筷，烧水摆桌子，盼着人来。这时候就听见门外拐棍响，就听见笑声夹着的招呼声。人问："佘太君来了？"她答："来了！"佘太君是什么人物？佘太君是《杨门女将》中挂帅的。继槐的婶娘掖着拐棍准时进门来。继槐和年生一齐叫："妈！"这时候住城的老人们，也陆续进门来。这就是人气，这就是保障。

于是年生就笑脸相迎，把人请到桌边坐，把茶倒到手上掇。等一桌坐好了四个人，年生就把隔日洗干净的麻将，倒在桌子上。老人们就洗牌码牌，用骰子叫头，开始娱乐。年生家决不用电动麻将机，一是电动麻将机要用电，用电必定要提高台资，老人们不愿多出钱；二是老人们认为用手码麻将，可以锻炼脑活动手，预防老年痴呆。这活动也带点"彩"。小和，放铳的人最低给五角；不管几大的和，四元钱封顶。年生制定政策，大家约定俗成，解释权归年生。老人们封年生为"全国人大常委会主任"，有争议时就停下来，听从年生裁决。虽说是活动还是要带点彩的，如果不带彩那就一点意思没有。如今是经济时代，钱是动力。

继槐的婶娘虽说来得早，但她并不急着上桌子。她坐在旁边看。她是来凑角的。看到哪个桌子缺人，她就把拐棍拿过去，靠在墙角上，坐上去，陪着打会儿。有人来她就让，又到旁边坐着看，等到再没人来，哪张桌子三差一了，她才上去坐定，打到散场。老人们就笑她，说她真的是佘太君，会挂帅，会摇旗布阵。她说："哪能呢？我同你们一样，也是来娱乐的。"不熟悉继槐的婶娘的老人，就佩服她，说她是见过大世面的人，会说话，会办事，老了还这么干练，可见年轻时是何等的角色。认得继槐的婶娘的老人就说："你知道她是谁的夫人？""谁的夫人？""熊汉章的夫人呀！"说到熊汉章，老人们都晓得，知道他生前是粮食局的大才子，当过李先念的通讯员，能诗能画，字也写得好。那人就朝继槐家客厅墙上指，说："那正中挂的，就是他的真迹。"那真迹是三幅水墨，中间画是东坡老梅，苍石枯干，黑花白蕊，得苏轼的真意；两边是对联，一边是"筚路蓝缕以启山林"；一边是"荆花瀚墨可传后世"。对仗工整，遒劲有力。年生和继槐本是俗家，但有这么一幅字画挂着，就雅致，镇得住人。

继槐的婶娘每天来凑角，就是输了，也不要继槐和年生给她钱。这就是范儿。继槐的婶娘自己带钱来。坐上桌后，她就把钱拿出来，放在台面上。那钱是用手绢包着的，看起来一大卷，其实都是些零钱。一是有利于自己，不欠，一盘一开；二是有利于年生，牌场上经常要换散钱，婶娘只要有人叫，就及时服务。继槐的婶娘读过书，搞过工作，能说政策话。汉章的夫人的气质不错，人品和脾气都好，输了不恼，赢了不骄，朝那里一坐，就是老年活动室的形象大使。

有婶娘带头，以身作则，年生心里就有底气，乱不了，就能保证每张桌子能打到终场，中间不散场。不出现中间散场，每张桌子一下午就能收六元钱台资。台资由和大的人提。和一次大和，按大和的程度，提五角或者一元。如果运气好，人来得多，屋坐满了，连同厨房和后院，七张桌子就能收四十二元。这就是希望，这就是生活的保障。

想赚点生活费并不容易。每天下午是年生最忧心的时候。年生怕人来少了，也怕人来多了。人来少了，台资自然就少，人来多了，坐不下，转去了下次就不来。好不容易盼到，屋坐满了，人坐定了，年生就满脸笑容，那是必需的，掌握火候挨桌子轮流续水，怕水烫了，也怕水冷了。怕手气好的人，赢了趾高气扬，一言不合，恼了输的人。怕输的人同赢的人争吵，拂袖而去。这就要她和颜悦色地调解，这最要会说话，不能站立场和观点。一不小心，输的人就会拿你出气，闹得你下不了场。所以年生从来不凑角，就是差人也不能凑。作为主家，她要在污泥而不染，不然输了也不好，赢了也不好。输了会影响台资收入，赢了人家会不高兴。主家怎么能赢钱呢？那个继槐就不听话，差人他就坐上去，不想下来，也难怪，门前"四包"就那些事，他闲得无聊，就由自己的性子来，他智商就那么高，输的时候多，赢的时候少。有时候要输二三十元，一下午的台资就丢到黑水河去了。你还不能当着众人的面说他。他有自尊哩,红着眼说:"钱算什么?钱是个狗子卵。"你还得可怜他。你不可怜他,可怜谁?他要是气得发了病,你怎么办?这日子怎么过?这时候婶娘就笑着对年生说:"女儿,不说算了。由着他。"

莫小看了这小小的老年活动室,也是社会的缩影,参加活动的,鱼龙混杂,什么人都有。也分等级,不好料理。来活动的人,有南下的离休干部。别看走路和出牌都打颤儿,现在慢得人上火,但人家年轻时是何等麻利的角色?常来的人中,就有好几个正县级退休的。人家身体好着哩,脾气一点不减当年。气不顺时,是要吼人的,架势不减当年。你得按年纪按级别对待,调解时要顺着他才对。要得那台资,你得真像春来茶馆的阿庆嫂,眼观六路耳听八方,来的都是客,招待十六方。都是过路的神仙,哪一个也得罪不起。得点台资不容易,这是个菩萨活。逢年过节,比方说端阳,比方说中秋节,比方说老年节,年生就要买些瓜子花生和糖果儿,用盘子装着,每桌子上一盘,给老人们吃。老人们就欢喜,说年生会做人。为了放松自己的身心,也为了调节活动室的气氛,年生就在屋里放佛歌儿。那录音机是送佛的人送上门,年生花五十元买来的,佛歌儿就录在里边。那佛歌配着庙堂音乐,词只有一句,反复轮回地唱:"南无阿弥陀佛……"年生想让老人们,在佛歌中去去人间火气。这也不是万全之策,有的人喜欢,有的人不喜欢。喜欢的人说:"这歌儿真好。"有的人说:"关了吧,烦人。"年生不知道怎么才是好。只有看佛经,那佛经是庙里的僧人送上门的。年生认不全,只有查字典,用指头一个字一个字地点着念,心里才平静下来。

婶娘知道年生心里苦。婶娘对年生说:"女儿,慢慢熬,总有出头之日。"年生说:"我要是观音菩萨就好了。"婶娘说:"女儿,你错了。你以为观音菩萨,救苦救难就容易吗?你以为她腾云驾雾,怀抱净瓶用杨枝朝人间一洒,就是甘露?有谁知道她是历尽人世间所有的苦难,才修成正果的。"

苦也好,累也好,年生能坚持。做女儿的时候,年生在娘家晴天一身汗,雨天一身泥,从来没有叫半个苦字。那时候娘对女儿说,累不怕苦不怕,穷人就怕得绝症,穷人得绝症无钱诊,只有等死。年生没想到娘的话落到她的头上。日子里,年生发现自己的气力和精神,一天不如一天。浑身浮肿,发紫,走路头去脚不来。下身隐隐作痛,经常尿血,于是上厕所要带个凳子扶着,蹲下去,那红的总是干净不了,想起来,半天起不了身。

年生知道自己病了,而且病得不轻。

年生听娘说过,福无双至,祸不单行。如今这话真正落到她家头上了。年生念着"南无阿弥陀佛",痛出了眼泪。年生把眼泪擦干净了,掇着凳子,打开厕所的门，才从里面走出来。

继槐见年生那个样子就上去扶。继槐问："大姐，你怎么了？"

年生说："二哥，人能命不能。我不行了。我支持不住。"

七

继槐带着年生到市医院检查，作了B超。

医生看了片子得出结论："子宫肌瘤。"子宫肌瘤，年生原来就有，也诊过，吃过药，年生以为事不大，就拖过去了。继槐问医生："厉害不？"医生说："有点大了，要做手术。"做手术要用钱，年生就舍不得。年生问："不做不行吗？开点药吃。"医生说："到了这个程度，又痛又尿血，不做就有问题。你的腿不是有影响了？"继槐问："是良性的吗？"医生说："这要穿刺切片，做病理检查才能判断。"继槐就动员年生听医生的话。

于是医生就给年生穿刺切片，做病理检查。结果出来了，医生把继槐叫到无人处，年生就知道大事不好。继槐的心就悬在空中惶惶不安。继槐问："怎么样？"医生对继槐说："不容乐观。你要做好思想准备。"继槐眼泪一漫，问："医生，是恶性的吗？"医生说："这要打开后才能最后确定。"

于是就做手术。年生躺在手术车上朝手术室送。医生要继槐在手术单上签字。继槐手颤颤地不敢签。继槐问："医生，她能不能活着出来？"医生说："凡是手术都有风险。你也不要太紧张。"继槐说："医生，你要保证她活着出来，我就签。"医生说："我不能保证百分之百。"年生说："医生，他胆小，不经吓。不要让他签。我来签。"自己的男人，年生晓得继槐的毛病，怕他吓发了病。医生问年生："他是不是你男人？"年生说："他是我家二哥，比男人还亲哩。"医生对继槐说："亏你还是个男人？比婆娘还懦。"继槐就颤颤地拿起笔，年生握着继槐捏笔的手，这才在手术单上签了字。

年生推进手术室。继槐就低眉落眼，如坐针毡，等在手术室门外。做手术没让女儿知道，也没让年生的娘知道。女儿在外打工，来回都要用钱，用钱就不是小事。再说就是要么样，女儿回来也没用。娘年纪大了，不能让她担惊受怕。婶娘来医院看了年生，了解情况后，同年生说了许多鼓励的话。婶娘说："女儿，托女人生，难免得妇科病。子宫肌瘤十个女人九个有，不是要命的病。长痛不如短痛，切除了就好了。"年生说："妈，您放心。死生有命，富贵在天。要么样也没办法。女儿吃惯了苦，挺得住。"婶娘说："女儿，你这样说我就放心。"无人在家，婶娘就回去，替年生照看活动室。一来活动室既然开张了，就不能间断，这是个信用问题，二来只要开门，每天就可以抬点现钱，可以解决燃眉之急，这就是生活来源。

手术室里，主刀医生把年生打开了，发现肌瘤很大，而且是恶性的。于是主刀医生就建议做子宫摘除。虽然手术之前做了预案，摘除肌瘤是第一方案，子宫切除是第二方案，但做子宫切除是大事，主刀医生不能擅自作主。主刀医生就征求继槐意见，说明利弊。继槐乱了分寸，不知如何是好。继槐说："医生，你说咋好就咋好。你是菩萨，我听你的。"主刀医生说："这时候我要把话说清楚，我就是菩萨，也要你同意。"继槐说："菩萨，只要她好我就好。"主刀医生说："在这种情况下，有两种处理方法。一是连子宫带肌瘤一齐切除，这是积极疗法。切除后只要坚持化疗，就可以多活几年，只是不利于今后的夫妻生活。二是保留子宫，切除肌瘤，这是消极疗法。暂时对夫妻生活有好处，但留有后患。你想好，是保命还是保子宫？"继槐说："医生，保命。"主刀医生说；"这就对了。人生不能两全。"继槐说："菩萨，我听你的。"于是主刀医生又要继槐在手术单上签字。继槐问："签什么？"主刀医生说："签同意子宫切除。"继槐就在手术单上签字：同意子宫切除。然后是熊继槐。然后是年月日。继槐的字像小学生的字，很呆很板，但一字就是一字，方正好认。

主刀医生就把年生的子宫切除了。年生做了下身麻醉，躺在手术台上，头脑清醒着。护士把手术车朝出推，守在门外的继槐接过了车子。年生对继槐说："二哥，我听见了响，切除了。"继槐问："在哪里？"年生说："不要看。看了会吓着你。"继槐坚持要看。主刀医生就把那切除的东西掇给继槐看。继槐看了就哭。那是血肉模糊的一大缸子，惨不忍睹。继槐哭着说："年生，你受罪了。老天不公，让可怜人下地狱。"年生说："二哥，莫哭。我不是出来了，我不是还活着，在同你说话儿哩。"年生喘着气儿，摸索着，说："二哥，你的手儿呢？"继槐说："大姐，我的手在这里呢。"年生摸着了继槐的手，捏紧了，说："二哥，我舍不得你。"

手术后年生在医院里养了一阵子，继槐日夜相交，守在床前料理。年生恢复得不错，就结账出院了，除了能报的，花了好几千元，把女儿存的钱花光了，还借了债，还不够。娘从农村赶来，出钱替继槐还了部分债，还欠了三千元。三千元对于下岗之家来说，不是个小数字，就是再节约，也要还两三年。继槐宽年生的心，说："人不死，债不烂。我做牛做马挣钱还。"年生的娘说："女儿，你放心。继槐有志气。"年生觉得最对不住的是娘，娘养女儿一场，女儿没能力报答，还要娘替她还债。娘说："女儿呀！留得青山在，不怕没柴烧。我和你父种田，一年也能挣两千元。南无阿弥陀佛！你莫着急。"娘的话说得年生眼泪流。

出院后的年生，就继续料理老年活动室。但是年生发现她的腿病越来越厉害，扶着凳子走也吃力，要继槐扶着，才能走。年生知道这病不是切除子宫就能好的，还要化疗哩。化疗没钱，年生坚决不做。做一次就要花好几百，一个月要做四次，哪来的那些钱？继槐要年生去做。继槐说："就是砸锅卖铁也要诊，人不值钱命值钱。"年生说："你哪来的那些钱？"继槐说："不是还有房子吗？我把房子卖了给你诊。这房子有七十多平方米哩。二手房虽说不值钱，我问过一平方米也可以卖三千多元，要卖二十多万。有二十多万，你的病不就诊好了？"年生就哭，说："卖了房子，到哪里去住？"继槐说："租房住。租小点的，租偏点的，一个月的房租，只要两三百元。"继槐果真要卖房子，也有人要，那人上门看了房子，觉得划算。继槐说要现钱一次性付清，对方也答应了。年生说："二哥，你这是要我的命。你要是这样做，我就死在你的面前。"继槐说："大姐，你叫我怎么办？"年生说："我还没到死的时候，你要想我多活些时日，你就要听我的。医生说得我这样的病，关键在于心情，保持好心情胜过化疗。心情不好，化疗也没用，只能早死。"

继槐只能依着年生。继槐想让年生有个好心情。于是年生就继续开老年活动室。没想到手术之后的年生，不是手术前的年生。手术后的年生，受不了活动室的环境。活动室里的大多数老人们抽烟，男人也抽，女的也抽，抽起来就烟雾弥漫，呛人。没动手术前她能忍受，现在不行了，闻多了她就恶心。再就是活动室里吵人，麻将哗哗啦啦地响，响得她头皮发麻。年生发现她的腿要瘸了，她的心脏受不了，快要死了。这俗日子何时才是头？更叫年生受不了的是过夫妻生活。许多日子没过夫妻生活，继槐免不了要想。年生发现她一点心情都没有了。几十年的夫妻，年生知道二哥对那事的心劲儿。二哥一生一心扑在她身上，没有别的女人，还没到老的时候，精力还旺盛，怎能不做哩？没做手术前，二哥想做，年生就尽妻子的义务，尽管有时候心情不好，也依着他，让他淋漓尽致，自己也能找到快感。这就是夫妻。做了手术后，二哥想做，年生想依他，却怎么也找不到感觉，这就很痛苦。年生说："二哥，你饶了我吧。"继槐就内疚，说："大姐，是我不对。医生说了保命。"年生说："二哥，少来的夫妻，老来的伴。我现在不行了，只能给你做个伴。"继槐说："大姐，是我错了。我让你痛苦。"继槐就不做。年生闭着眼睛睡不着。继槐也闭着眼睛睡不着。继槐睡不着就暗中叹气。年生知道二哥很痛苦。托场人生，这点欢乐也没有了。二哥痛苦，年生心里就不好受。

既然人生这么多的痛苦，不如解脱为好，年生就想出家。那是蛰伏在她心头的梦想。那观音菩萨手持净瓶，走在云朵上，用杨枝儿朝人间洒甘露，洒到哪里，人间的苦难就解脱了。那里就是幸福，就是欢乐。年生对继槐说："二哥，人间这么多的苦难，你放我一条生路。"继槐知道年生的心思。继槐说："大姐，今生你要好好活，给二哥做个伴。"年生流着眼泪说："二哥，娘说我是观音送下凡的。你让我了却凡尘，上山住庙。来日苦多，我给你祈福。"继槐说："年生，我每天给你按摩，负责把你的腿治好。每天让我陪你散步，陪你说话行吗？今生你是我的人，我是你的影子。"年生说："二哥，你按得好我的腿，净不了我的心。我不怕吃苦，但我不愿看着你陪我受折磨。天长日久，我怕你受不了犯病。庙里有我的一个梦，我到山上求菩萨保佑你。"继槐的眼泪就流了出来，说："大姐，我是个无用之人。原以为你嫁给我有碗饭吃，哪晓得又下岗了。我对不住你。我今生没有办法让你幸福，我没有能力让你安生，只有等来生。"年生知道二哥心里苦，理解她心里的苦。只有苦中人，才解苦中味。

这事要经过婶娘。婶娘是继槐的娘，只差一泡血。继槐从小到大，逢是大事，婶娘是他的主心骨。年生要上山，婶娘却不同意。婶娘劝年生："多少年多少苦都吃过去了，日子总会慢慢好起来的。你到山上住什么庙？说出去人家会笑话？你是有家的人。你有男人也有女儿。"年生说："妈，如今女儿过不了俗日子，向往天堂。你要是怕人笑话，我就同继槐离婚，让继槐再找个女人料理他。我这病说犯就犯，没有钱再治了。你让女儿到山上去吃斋念佛，修身养性，修不了今生修来生。"继槐说："妈，我不愿离婚。年生想去就让她去。年生今生是我的人，继槐今生愿做她的影子。"话说到这个份上，婶娘就无话可说。婶娘无话可说，还是说了一句："南无阿弥陀佛！女儿，人无前后眼，今生你嫁到熊家受罪了，吃苦了。"年生说："妈，谢谢您今生对我对继槐的恩情。谢谢您理解成全女儿，请受女儿一拜。"年生要跪，婶娘一把扶住了。女儿都这个样子了，还要她拜个什么？

继槐扶着年生，是古历二月十九到回龙山上的。

古历二月十九，传说是观音菩萨的生日。那天巴水河边，春天正旺，风和日丽。继槐从城里出发，搭车来到回龙山。继槐扶着年生，一步步艰难地爬上石级，来到回龙山山顶的庙门前。放眼望去，只见地阔天高，风清气爽，年生心旷神怡，忽然腿就不瘸了。年生不要继槐扶了，脱手站着。庙里正在放一句话的歌，那歌声如同天上飘来人间。年生哭了，说："二哥，这就是我梦想的地方！二哥，这就是我要来的地方啊！"继槐说："大姐，只要你好，我就好。"年生说："二哥，你回去吧。从此凡间的日子就靠你了。妈说得不错，我是有家的人，有女儿也有男人。你要好好过。"继槐擦着眼泪说："大姐，我听你的话。"

张姐出来接，牵着年生的手，二人进了庙门。继槐只得下山去。继槐踏着石级下山，只听见庙里的钟磬响了，那一句话的歌，反复轮回地唱，同松涛荡漾，经久不息：南无阿弥陀佛，南无阿弥陀佛……

继槐站在山脚回头仰望，看到那庙金碧辉煌，耸在云里头。继槐心里就祝福："年生啊，你要好好活着。"

继槐回来之后，就过俗日子。继槐除了负责门前"四包"，兼带料理老年活动室。继槐料理老年活动室就不行。继槐脾气犟，见直见不得横，见人来横的，他就不耐烦。人说："不来了。"他说："不来算卵！"婶娘劝也没用。老年活动室就关门了。婶娘恨得牙痒，恨得牙痒也没用。儿大性长，由不得她。儿有脾气，有底线，还要有人格。谁说不是呢？这个世界上，有谁天生高人一等？

继槐落得自由，除了每天做自己的事，也就是每天等装垃圾的车来，帮着铲上去，拖走，就无事，然后背着手儿在街上走，显示他的自尊和人格。钱多钱少无所谓，日子能过就行，无非吃差点穿差点。年生上山了，庙里有吃有喝，不要他操心。女儿出去打工了，每月能拿工资，也不用他着急。他一个吃饱了，全家不饿，犯不着求人，看人的脸色行事。

老年活动室关门的消息传到山上，年生知道了。年生只是叹了口气，一点没有责怪二哥，反而觉得二哥是正确的。只要二哥的病不犯，其余的算什么呢？

继槐寂寞了，就学济公唱歌儿："鞋儿破，帽儿破，身上的袈裟破。你笑我，他笑我，一把扇儿破。南无阿弥陀佛，南无阿弥陀佛……哎嘿！"

这歌儿与庙里的不同。这歌儿好长，就不止一句话。

山上与人间断不了联系。

继槐最担心的是年生的病。

继槐就经常给年生打手机，通了就问："大姐，你好吗？"

年生说："我好。"

年生说好，继槐就放心。

年生最担心的是继槐的生活。

年生就经常给继槐打手机，通了就问："二哥，你吃了吗？"

继槐说："吃了。"

年生说："吃好点。"

继槐说："我晓得。"

继槐晓得吃好点，说明他正常。

八

说来真是奇迹。

年生自从上了山,在回龙山上的庙里住着,粗菜淡饭,精神好了,病也好了。年生脸上的颜色好了,柳红絮白。年生腿也不瘸了,同好人一个样。继槐到庙里去看年生,看到年生那样子就欢喜不尽。他的大姐死不了,活得鲜,活得好呢。

年生因为没受戒,自然是居士。庙里不止年生一人,居士多。他们有时间就来庙里住些时日,有俗事就下山去,来去自由。师父也不怪。佛家对居士要求不严,下山不论,上山就得依庙里的规矩。如今人间烦恼多,有钱的人有,无钱的人也有。有钱的人把钱捐到庙上,求菩萨解脱。无钱的人把心带到庙里,求菩萨保佑。年生虽说是居士,但年生虔诚,把庙当家,住着不走,与师父一样。年生与师父区别只是衣裳颜色不同,师父穿的是红袈裟,年生穿的是黑衣裳。

穿黑衣裳的年生,住在庙的偏房里。偏房里有年生一个专门的铺。陈设简单,只一床一凳。年生日食三餐,夜图一宿,有这些就足够了。年生是农家的女儿,天生勤快惯了,一天到晚闲不住。年生每天帮着师父们洗衣裳,将那些衣裳拿到井边洗出来,晒在庙后的绳子上,晒干了后叠好,送到禅房师父的床头上,深得师父们的欢喜。师父们见了年生就作揖,念南无阿弥陀佛,这是对年生的感激。年生随着季节,在庙后的空地上种菜,把空地开成菜园子。年生种各种蔬菜,种豆角也种茄子,还种各种瓜,南瓜、冬瓜,还有西瓜。年生见缝插针,把庙前庙后空地都种满了。年生浇水施肥,各种蔬菜见风长,就丰收,庙里自给有余。师父们就把吃不完的蔬菜让香客们带下山,作为供品,吃了消灾祛病。早和晚,庙里的晨钟暮鼓敲响了,年生就随穿袈裟的师父们,走莲步来到大殿里,跪在观音菩萨像前念经。那时候大殿里就随音乐,放那一句话的歌儿。年生就随着唱,抬头仰望莲座上的观音菩萨,心里就洒满光芒。当家师父是云游来的,当家师父是受了戒的,慈祥得与观音菩萨一个样,光洁的头顶上,有九个圆圆的疤。那是用香烫成的。那就是功德圆满,像天上的太阳,让年生仰望,敬仰之心油然而生。

庙里正在扩建,有钱人经常上山来施功德。当家师父不惹凡尘,不染指钱的事。张姐一个人忙不过来,盼人帮助。年生读了初中,能写会算,记账管账的事,就落到年生头上。年生记了账,收了功德钱,就把钱交给张姐。年生日清月结，一分一厘清楚得很。张姐对年生很放心。年生成了庙里的管家，里外都离不开她。师父和张姐对年生很尊重。年生没有想到她的人格和价值，在庙里得到充分发挥和体现。在凡间有谁知道年生的能力，她就像一棵路边的草儿，谁把她放在眼里？

张姐经常让年生下山进城采购买东西。山上也要过日子，百样东西都要有。年生进城采购，就顺便回家去看二哥。年生回来继槐就欢天喜地。一个男人在家，家里就乱得不成样子。年生就帮继槐打扫了，整理了，像个家的样子后才走。这时候继槐眼睛就痴迷，年生知道继槐的意思了。年生说："南无阿弥陀佛！二哥，大姐是住庙的人。你不能亵渎。观音菩萨看着哩。"继槐说："大姐，你不是居士吗？没有受戒吗？"年生说："二哥，大姐正在努力，只差一步。师父说我能修成正果的。"继槐说："大姐，我真的好想你，让我闻闻你的气味。"年生说："不能哩。"继槐说："大姐，你是我的亲人。"年生不忍心，叹了一口气，就依继槐。继槐就近了年生。年生用手抚着继槐的乱发，眼泪就流了出来。年生说："二哥，若有来生，我还做你的女人。"继槐说："大姐，来生我不会让你吃苦，会让你幸福。你相信我吗？"年生说："二哥，我相信你。你是这个世界上最善良的人。"

年生回城了，就有许多信佛的人找上门来。信佛的人有许多人间苦难和烦恼，就把年生当菩萨，让年生说佛解脱。在信佛的人眼里，年生成了大师。年生给他们说佛，解脱他们的苦难和烦恼。年生觉得自己功力不够，就把他们带到庙里，让师父给他们"做解"，解脱他们心灵的苦难。这些人里面，有丈夫当官妻子担心丈夫犯错误的，有患绝症不想活的，有生活压力太大精神恍惚总是睡不着觉的，年生都为他们排忧解难，解脱心结。

回龙山庙，因为有了年生，远近闻名，上山的人多，香火旺盛，年生功不可没。回龙山庙的大殿，在年生努力之下建成了，气派辉煌。观音菩萨的坐像，高大端庄。张姐格外欢喜，认为年生能成正果，建议当家师父在开光之日，为年生剃度受戒，正式收年生为徒。

这对于年生来说应该是梦寐以求的事。年生把这消息打手机告诉继槐。年生说："二哥，你为我祝福！当家师父要为我剃度，正式收我为徒。"没想到继槐在手机里哭了，泣不成声地说："年生，我听你的话，吃好了。"年生打手机把这消息告诉女儿，女儿没说话，哭着喊了一声："妈……我不是答应你了，一定找个好婆家。"年生的心就痛了。

年生是开光那天，当家师父举行仪式，正式为年生剃度受戒，收年生为徒的。一切按庙里的规矩办。年生沐浴了，跪在观音菩萨的面前。钟敲响了，当家师父念了经,拿剃刀在手。当家师父按规矩要问年生几句话。这几句话是根据"南无阿弥陀佛"教义展开的。世俗之人出家,必过这一关。

当家师父问年生:"你向往光明吗?"

年生说:"我向往光明。"

当家师父问年生:"你向往智慧吗?"

年生说:"我向往智慧。"

当家师父问:"你相信苦海无边,彼岸就是幸福吗?"

年生说:"我相信苦海无边,彼岸就是幸福。"

当家师父问:"你愿意了断青丝,断绝凡念吗?"

当家师父问这句话时,年生哭了,说:"师父,我做不到!我不能够啊!我有男人,还有女儿。"年生泪流满面。

这让张姐没有料到。

当家师父手里的剃刀,就落到地上了,一道明亮的光。

当家师父,双手合十,对着观音菩萨,念了一句佛:"南无阿弥陀佛!善哉,善哉!"

(2014年第4期,《中篇小说月报》)

悠然见南山

> 信彼南山,维禹甸之。
> 畇畇原隰,曾孙田之。
> 我疆我理,南东其亩。
> ——《诗经·信南山》
>
> 殷其雷,在南山之阳。
> 何斯违斯,莫敢或遑?
> 振振君子,归哉归哉!
> ——《诗经·殷其雷》

一、你准备好了吗

  我是经过父亲的丧事,才真正明白家乡巴水河畔,南山社在生命过程中,所包含的意义。
  我现在才知道父亲的死早有预兆。
  十五年前的那一天,父亲挑着瓜果,突然来到城里我租住的果园北村的家,上楼时眼泪汪汪对我妻子说:"我好险见不着你们了。"妻子大吃一惊,问:"父,你病了吗?"父亲说:"差点死了。"妻子问:"什么病?"父亲说:"我从畈里挖花生回来,吃了两个荷包蛋,然后发心慌,胃痛得厉害,痛得呕吐,浑身冒冷汗。感觉不行了,就把大门敞开,心想要是死了,好让垸人知道。"妻子心痛我父亲,眼睛马上红了。父亲见我妻子伤心,马上笑,说:"后来我就在床上躺下昏了过去,被两个牛头马面的人带着,来到了地下的大殿里,大殿案子上头坐着一个黑脸人,拿着簿子翻。那人问我叫什么名字。我说了我叫什么名字。那人说,你知道这是什么地方吗?我说,知道。南山社。那人问我,到这里来,你准备好了吗?我听了一哭,说,我还没有准备好哇!那人听了,就把手中簿子合上,对我说,还没准备好来什么?那你还是回去吧!他就放了我。我就不痛了,活了过来。"父亲笑了，我妻子也笑了。我下班回来，妻子默默无言。父亲对我把这当笑话说。我要送他到医院检查。他说："好了，一点事没有。用不着了。"后来我见父亲好好的，并不警觉。

我只是私下里，把父亲昏过去的情节，拿出来想。要说这情节，对于我来说并不陌生，小时候在家乡，经常听死去活来的人，把南山社当作幻境说，心里充满恐惧和敬畏。小时候心智不全，只是好奇只是怕，做了祖父后，就需要用心去想了。我想这犹如《红楼梦》中太虚幻境的南山社，象征意义是什么？大殿上坐着的那个黑脸人，为什么要问父亲准备好了吗？准备好了怎么样？没有准备好又怎么样？生与死是要准备的事吗？我用心琢磨，觉得这幻境里，浓缩着那块土地上，古往今来，瓜瓞连绵的生命的潜意识。不像幼儿园小班孙子的数学题，一加二等于三，一减一等于零，那么简单。

说来惭愧，关于家乡的地名，几千年来改过多少次，我并不清楚。但从我懂事时起，改过的我都记得，先是黄龙乡燕山保，后来改作柏杨公社精华大队，再后来又改回来，叫作竹瓦镇燕山村。父亲去世之前，家乡为什么叫南山社？南山社在生命过程中，到底起什么作用？我只知其然，不知其所以然。我同巴水河畔的儿孙一个样，根底浅薄，不知从哪里来，要到何处去？闭着眼睛，没有准备好，哭闹着就来到了这个世界。睁着眼睛，还没准备好，就要离开了。肉身总是跟不上灵魂，忙得可爱。

说来好笑，我总是坐在电脑前，折腾自己，想写叫作小说的东西，总想痴人说梦，写出所谓的终极意义来，就好比抓住自己的头发，妄想把肉身提到半空之中。我现在才明白南山社是与家乡现实世界相对应的灵魂栖息地。我现在才明白家乡所有的生命过程的意义，都归根于南山社。南山社是生我养我的地方，我的亲人都曾经生活在那块土地上。他们的生前和死后，在我生命的意识里活灵活现，犹如巴河之水，或清或浊，万派归宗，滔滔不绝，叫我情不能舍。

我的第一个亲人，当然是我的父亲。他与我血脉相连，气息相通。我的父亲生前活得颇不容易。所有苦难都是他不准备要的，但他都得照单接受。他没有想我母亲会死得那样早。他没有想到我母亲只生下我一个儿子，二十五岁就离他而去。他没有想到他十八岁就土改划成地主，被扫地出门。所以母亲死后，他没再娶。不是他不想娶，是不能娶。他望星望月，含辛茹苦，守着我长大成人。我成家立业，生儿育女后，他才松了一口气。这是他准备好了的。父亲说他是巴水河边的摆渡人，终于将我从此岸渡到了彼岸。

所以孤身一人闯荡一生做泥工的父亲，晚年的孤独可想而知。父亲在城里住不惯，一个人住在家乡的老屋里，择田边地角儿，终日辛劳，种芝麻绿豆儿，逢年过节挑到城里,让儿孙吃。那不是食物,那是精神。父亲在家乡的那块土地上,用自己的劳动,实现他的生命价值。父亲逢年过节到城里住上几天就要回家,我问他为什么?他说没有人跟他说话儿。他说大街上他说话没人愿意听。那一次好不容易他说话有人听,他很高兴。那人把他带到二楼上,说是有个好产品,要他交钱。父亲马上逃到楼下。原来那人是个骗子,想骗他的钱。父亲回来对我说好险。我笑了,我知道父亲一生把钱看得比命还重要,不是人骗得了的。

  晚年的父亲,逢年过节到城里,挨我住的日子,就不大愿意出门了。他逢年过节来到城里,主要的任务是主持家祭。父亲在城里我买的商品房里,用一张红纸,提墨笔写幅"家神",用玻璃镜框装着,挂在客厅正面的墙上。这样就不至于破坏城里的装修风格。那"家神"是家乡巴河传统风格的。总共十八个字。中间六个大字:天地国亲师位。左边六个小字:司命土地六神。右边六个小字:何氏门中宗祖。这就是与子孙连在一起,形成一个完整的精神世界。逢年过节,父亲就带着儿孙在"家神"前主持家祭,不厌其烦地教儿孙如何点蜡烛,尽管有电灯;如何摆酒盅,摆筷子,那是专用的。我们何氏的家祭,是在桌子上方,摆十个酒盅和十双筷子,并不摆椅子。父亲说,我们何氏祖上是打工的,不是坐着吃的,站着吃完之后,要到主家去做事。发家致富坐着吃,那是后来的事。

  父亲保持着家族的祭祀传统,是要我们不要忘记根本。起家犹如针挑土,败家犹如水推沙。父亲在"家神"前教儿孙们如何敬香,如何化纸钱,如何磕头。父亲磕的"长头"很虔诚,很标准,很具艺术效果。他面对"家神"跪下去,两只手巴掌朝天,头抵着地磕出响声来,然后收起巴掌向地,起身双手合揖。他的曾孙由于小,看得起劲,学得最好,得到父亲的夸奖。于是他的曾孙子说他是神灯大侠。这个小家伙动画片看多了,最会学话说。父亲摸着曾孙子的头,袖起手来笑,说:"对。你们吃好了,喝好了,穿好了,住好了,用不着我操心了。我老了,前传后教,我就是神灯大侠。"

  那时节我下班回来,就发现父亲戴着老花眼镜,翻我架上的书,拿到窗前,坐在阳台上,就着光亮看。我进门,他就合上书,袖着手凑到我的面前,同我找话说。父亲对我说:"人生不过百年。"我说:"有多少人能活百年?"父亲说:"种,你错了。我说人生不过百年,是指生前和死后。生前几十年,死后几十年,加起来一百年。世人说'百年'之后,就是这个意思。世俗之人,满足于肚中食身上衣,传不过三代,子孙顶多记得祖父的名字。曾祖父的名字,就不记得了。"我发现他看的是司马迁的《史记》。父亲不叫我的名字,总是叫我叫"种"。这也是巴水河边父亲对儿子的习惯叫法,充满生命的穿透力。我用心一想,还真是的。我就不知道曾祖父叫什么名字。父亲到底是读老书的。晚年对于生死到了大彻大悟的境界。父亲问我："种，你记得巴水河边那首童谣吗？"我问："那首童谣？"他说："伢儿落地哭几声，娘奔死来儿奔生。"我说："记得。"父亲问："你知道其中的意思吗？"我说："不知道。"父亲说："那是置之死地而后生呀。"那时候的父亲由司马迁的《史记》连想到了巴水河边的童谣。

那时候生前的父亲，父子闲谈时，免不了为他的死做准备。父亲吩咐我："种，我'百年'之后，你烧纸钱之前，切记要用包袱包着，像寄特快专递一样，封皮上的地址要写准确。上面写巴河郡竹瓦里南山社，中间写我的名字，我才能收到。"我笑着问："这是什么地方？"父亲说："我们的家乡呀。"我说："家乡的地名，不知变了多少回？"父亲说："种！万变不离其宗。这个地名亘古不变。"我问："有出处吗？"父亲说："有哇。怎么会没有呢？"父亲就把折了页儿的《诗经》拿给我，翻开，指着上面的诗，说："在这里！"

那时候父亲就要我把他找出来的，与南山有关的诗，用白话翻译，念给他听。一首是《信南山》："信彼南山，维禹甸之。畇畇原隰，曾孙田之。我疆我理，南东其亩"。一首是《殷其雷》："殷其雷，在南山之阳。何斯违斯，莫敢或遑？振振君子，归哉归哉！"我先把《信南山》用白话阐释了，念给他听："绵延不断的南山，是大禹开辟的地盘。成片田野辽阔整齐，子孙在此垦田。划分地界开掘沟渠，田垄纵横向四方伸展。"我念完了，沉浸在旷古的情景之中。父亲对我说："南山是什么意思？你懂了吧！"我说："我懂了。"我再把《殷其雷》用白话阐释了，念给他听："听那送行的牛车如雷滚动，在那南山之阳的山坡上。怎么在这样的时候别离呢？不敢有片刻的悠闲！勤奋信厚的君子，归来吧！归来吧！"我念完后，父亲潸然泪下。我也潸然泪下。父亲问我："种，你懂了吧？"我说："我懂了。"那时候我才知道父亲在教导我，让我懂得我们家乡南山社的含义。让我懂得在那块土地上亲人们向死而生、向生而死的生命情怀。

男做虚，女做实。父亲做八十大寿那年，身体还很好，看不出有什么病，还可以骑自行车在家乡转场看戏。对于父亲来说，看戏只是名义，乡剧团是凑起来的班子，演的都是老戏，也没有正规的本子，演的是提纲。这些戏，父亲烂熟于心。父亲看戏主要是看台下坐的人，看台下的奶奶爷爷们怎样哄孙子，如何买好吃的东西给孙子吃。这就是人间温暖。父亲口袋里不是没有钱，但是有钱用不出，就觉得没味。戏没散场，他就骑车走了。人问他为什么不看？他说没意思。父亲到城里后，把这些说给我们听。我听后心里就不是味儿。他的曾孙子就嚷着要他，他就拿出百元大钞，塞给曾孙子。曾孙子举着钱，欢天喜地。这就很温馨。

那时候我没有想到父亲会死。做儿子的总以为父亲寿比南山。父亲死得很突然。父亲是五年前腊月二十八那天晚上死的。五年前腊月二十八，我家的年饭是在儿子的锦绣新城新屋里吃的。儿子结婚时，我就买了一套房子，让他们分开住。平时各图安然，节假日在一起团聚。那天晚上我们全家四代同堂聚在锦绣新城的儿子的新屋里，按照惯例，父亲承头领着儿孙供了祖人，敬香，烧了纸钱。然后一家人围着桌子吃团圆饭。那餐年饭四代同堂，灯光明亮，其乐融融，少不了互相敬酒，说些祝贺话。父亲喝了杯热可乐，吃了一些爱吃的菜，红烧牛肉和红烧鱼。他很高兴，我也没拦他。吃过年饭之后，父亲红光满面，靠在沙发上闭目养神。我们全家就看电视。一会儿父亲睁开眼睛说，他要过去休息，就一个人下楼走。我的家就在不远的体育路。八分钟就可以到。我也没拦他。谁知道过了一会儿，电话就响了。电话是我老婆接的。只听到电话里父亲声音变了，说："我不行了，闷得厉害。"我和老婆就朝过赶。赶到体育路的家，只见家里灯亮着，防盗门敞着，里面的木门没有关。我们把门打开，只见父亲脱了外衣和鞋袜，躺在床上，上身还盖着被子。可见他的顽强，不想死在地上。我扑上去，只见他停止了呼吸，嘴角儿流出了一些白沫。我用纸巾擦了，他就很干净。我摸他的心脏，发觉停止了跳动。我摸他的脉搏，没有了脉象。

我就知道天塌了。打120，救护车赶来。救护人员抢救了一个小时，心脏监测仪上还是一条直线，于是宣布大面积心肌梗死，无力回天。我没有想到一生没进医院的父亲，在无情的岁月里，心脏其实早就磨损了。是我不孝。怪我粗心。

我跪在父亲的面前泪如雨下，天旋地转。但是面对突如其来的灾难，尽管没有准备，但我还是清醒的。年关岁暮，作为唯一的儿子，我得料理好父亲的丧事，让他入土为安。

这时候我发现床前的桌子上，放着一张纸，纸上是父亲临终时写的遗言。那字是用泥工粗红蓝铅笔写的。父亲一生由于职业的习惯，爱用那笔。那笔软，写的字很粗。

那字是在忍受极端痛苦状态下写的：我是"入业"之人。我准备好了。葬我南山，明灯引路！

二、三个人的"业界"

我是父亲健在时的那天清早，在城里菜场边一家叫作巴河黄腊丁面馆吃面时，碰到垸中的侄儿，得知出家的水枝姐领着我父亲和幼华，在家乡南山社组成"业界"的。

那面馆是新开的一家连锁店。有店徽，你在街上走，就可以看到这样的招牌。黄腊丁是巴水河边的一种鱼，背上有刺，其汤鲜美，是佐面的好东西。我走进面店，侄儿就认出了我，白衣白帽，从冒气的玻璃柜台后面，迎了出来。原来那面馆是他开的。那侄儿是水枝姐的儿子，他是职业技术学院毕业的，说话有点结巴。他对我说："大，大叔，没想到在大垸里碰到了您。"于是他就请我吃面。我要付钱。他压住我掏钱的手，说："大，大叔，你这是不把侄儿当，当人哩！你的钱不见得比我多，多。"

这就是我们巴水河边的种。你拿他们没办法，他们胆大妄为，敢开历史玩笑。我所居住的城市，要说也是一个地级市的所在地，有着悠久的历史，是长江边上叫得响的古城。街道宽阔，湖泊浩荡，公园优美，据说是全国十大宜居城市之一，是有钱人的天堂。但我们巴水河边的种却有底气，敢叫它叫大垸。在他们的眼里这大垸，没有什么了不起，与我们巴水河边家乡的小垸是一样的。只是人多点，只是面积大点。我在城里经常碰到我们垸里的人，他们在老家有房子，在城里也有房子，是两栖的。他们出言吐语，那自豪感一点不比我差。

我吃面时，侄儿笑眯眯地站在我旁边，欣赏我的吃相。我问："你娘好吗？"他说："好。"我问："她在家做什么？"他说："你，你不晓得呀！她，她出家了，与九爹和幼华在家乡组成三个人的世界，专门为灵魂服务，服务。"那种所说的九爹是我父亲，父亲在族中排行第九，巴水河边爹是祖父辈。幼华与我同辈，大我五岁，在相当一段时间内，我与他同在家乡那块土地上，披星戴月。我说："你这个种就爱开玩笑！"他说："是真的。大，大叔，我敢拿老娘开玩笑吗？她对我说菩萨托梦她了，说她六十六岁了，一生多灾多难，当了四十多年的地下神职工作者，如今修成正果，批准她转正了。所以她正式出家了，任何人都劝不住。九爹和幼华成了她的助理。"那种信誓旦旦，我将信将疑。

后来我碰到挑栗子到城里卖的垸中白话大哥，一问，才知道侄儿说的不假。就在街边，我递一支烟，点火，让白话大哥抽，他就来劲了，歇了担子对我说："水枝出家是真出家哩。不是为了身上衣，口中食，比当干部的觉悟高多了。"这就有点扯，出家与当干部没有可比性，但他就爱拿干部说事，而且理直气壮。白话大哥七十多岁的人了，还是这脾气。他是20世纪60年代读过卫校的，因为时运不济，下放回了老家，一辈子躬耕垄上，但他说起话来，仍是出口成章。他激愤了，时常对人说，他本来是可以当干部的。

白话大哥对我说："水枝的家境你是知道的。水枝一个儿子一个女儿。儿接了媳妇生了孙子，女儿出嫁了生了外孙。她男人球儿虽说有病，但能吃能喝。少来的夫妻老来的伴，有伴相随，也是幸福。她这一生苦难的日子终于熬穿了头，可以挺直腰杆说话，甩开膀子做人，应该享受天伦之乐。但是儿子带着孙子住进了城，开起了巴河黄腊丁面馆连锁店，女儿带着外孙也在城里住。大人都要想法赚钱，小人都要拼命读书，常年不在她身边，只落个名义是她的。水枝并不满足这些名分之福。水枝得了真境界，她说她是阴阳眼，白天看肉身，夜晚观灵魂。在那块土地上，所有的肉身离她而去，所有的灵魂朝她聚而来，肉身和灵魂都需要安抚。所以她动员你父亲和幼华'入业'，组成了'业界'。你不知道家乡的年轻人都出外打工，'老'一个人，葬都难。"听白话大哥说话，你不能打断他，要听他说完，不然他就没劲。我只有点头的份。

我知道家乡的"业界"是为人做死后的事。要说按家乡的风俗，这是积德的事。但毕竟涉及死，作为儿子，我当然希望父亲与死不沾边，永远活在这个世界上。所以听了白话大哥的话，我心里并不舒服。白话大哥说完了，指着担子对我说："栗子是新鲜的。纯天然绿色食品。"我就按他说的价，买了十斤。

于是星期天，我就带着不安的心情回到日子里的家乡。

我到家的时候，大门敞着，上二楼，看到父亲戴着老花眼镜，伏在桌子上，对着窗户的亮光，正在刻一块木板。我对父亲说："你在做什么？"父亲咧着没牙的嘴朝我笑，说："刻版呀！"我问："什么版？"父亲说："冥钱版。"我问："刻着做什么？"父亲说："刷'往生钱'呀！"我知道父亲正在有计划，安排他的"大事"。巴水河边的老人到了七十后，就会安排"大事"。"大事"就是生前安排死后的事。

我知道父亲一生穷怕了，命运捉弄他，总是想钱用，总是没得钱，为了阴间有钱用，便想出此招来。父亲为了死后有钱用，就自己刻版。有了钱版，就不受限制，想刷多少就刷多少。父亲自作聪明，砍来山上的木梓树，削平，刻了十几块各种各样的不同面值的冥钱版。刷出的冥钱，是古制的，一张张圆得鲜红，古朴苍劲，透着悲凉。木梓树有个好听的学名，叫作乌桕树，削平的板缜密细腻，是刻冥钱版的好材料。

我能说什么？想拿父亲刻的版看。父亲不要我伸手，怕我污了他的版。我只有默默无言退下楼，在垸中转。暮色苍茫中，垸中的七婶告诉我，做泥工的父亲晚年无师自通，用捏泥刀的手，捏刻刀在削平的木梓板上刻的冥钱版，居然得到水枝姐的认可。水枝姐看了冥钱的版，对我父亲说："九叔，你不能自私，要为人民服务。"水枝姐对父亲用新词。我父亲听出了水枝话里的意思，说："说哪里的话？侄儿媳妇，我为人民服务。"于是父亲刻的冥钱版，不仅给自己刷，还提供给巴水河边七十岁以上的老人用。不是供应钱，而是提供版，你把版拿去，想刷多少，就刷多少。父亲在水枝姐指导下，入了"业界"。于是我老家的破旧的二楼成了制币公司，终日檀香缭绕，父亲终日端坐，刻版、刷钱，乐在其中。七婶对我说，出家的水枝姐离不开父亲。因为为灵魂服务，有两点极其重要，一是冥钱印制，二是社灯长明。父亲是水枝姐的发行冥币的好助手。

那时候燕儿山山腰南山社的那盏长明灯，在薄暮之中闪闪亮，照着山下人们的眼睛。我循着明灯走上南山社。

水枝姐出家不在名山大川。水枝姐出家就在家乡燕儿山南坡上的土地庙。这庙儿是新做的，小，也就上下两间。上间是庙，供着土地公和土地母，稻草做筋，泥巴塑的。土地公宽袍大袖，束着腰带，戴着有翅的帽子，双手袖在胸前。土地母挽着发髻，一身农妇打扮，与土地公陪坐着，男左女右。那盏供奉的菜油灯就长明在供桌之前。水枝姐跪在案前，正在为长明灯加油。我看见了她虔诚的背影，不想惊动她。我向下走，下间是水枝姐住的，无非是一床一灶，加一架晾衣裳的竹竿。

这哪里是仙界？分明是人间。

水枝姐出家是自作聪明的。"业界"的人问她，是初一出家的，还是十五出家的？这是行话。初一的出家指自幼出家，十五的出家指半路出家。水枝姐不懂那一套，说："我初一和十五都出家。""业界"的人就笑了，说："你是野路子。"水枝说："心诚则灵。""业界"的人就无话可说。水枝姐从小装着一脑子的菩萨。那是娘教给她的。家里成分不好，地主的女儿从小听娘的教导，相信上至玉皇，下至土地，世间万事万物皆有灵魂，皆有善根。水枝姐小的时候问娘："这些菩萨哪个大哪个小？"娘就给她念巴水河边的童谣："长枪打毛狗，毛狗拖公鸡，公鸡啄白蚁，白蚁管玉帝，玉帝管土地，土地驮长枪。"水枝姐问娘："什么意思？"娘说："天生万物，相生相克，相克相生。没有谁大谁小。"水枝姐就明白了。

巴水河边山不高，水却阔，从古到今名刹古庙不多，多的是家祠和土地庙。家祠每个家族都有，随着家庭繁衍，分大祠堂和小祠堂，春秋两祭，进去的是子孙，供奉的是祖先。这都是人的事。土地庙是分社的，每个社都有。社是怎样形成的呢？是漫长的农耕时代，依山依水依路习惯生成的。就像现在人所说的生态小流域。

我们家乡巴河流域的人们信佛的人有，信佛的人多半有了危难才到庙去求。求生子、求升官、求发财、求好运、求病痛好，不为什么，他们就忘记了。我们家乡信基督教的人也有。清末民初时巴河镇上就有洋教堂。但是信基督教的人，多半不知道基督的教义，把名字都搞错了，把基督教叫成了"鸡头教"。而我们家乡信土地菩萨那是真诚的。与生俱来，流淌在血液中。大年初一起早，人们要到土地庙里抢头香,盼望五谷丰登,六畜兴旺。

我发现山路上有人上来。我就隐在社庙的树丛之中。社庙的那些树是原来的树,松树、柏树,还有朴树。原来的社庙拆了,那些树没人敢动,茁壮生长着。

我看见上山的是幼华,他提着一个油壶走进了社庙,把油壶交给水枝姐,然后垂手站在水枝的身后,看水枝姐向长明灯里注油。

薄暮中传出二人的对话。

水枝姐问:"这几天就化这点油吗?"

幼华说:"师傅,在家的人不多,好多人不信,不肯出油。我尽心了。"

水枝姐说:"你不要忘记你重生时所发的宏愿:明灯不熄!"

幼华马上双膝朝水枝姐面前一跪,说:"师傅,我记住了!"

长明灯下,幼华对水枝姐的那虔诚、那驯服,如果不是亲眼所见,真是难以置信。要知道三十多年前大集体的时候,他俩是一对你死我活的冤家对头。

世事沧桑,让我唏嘘。

三、梨花一枝雪带雨

球儿哥当年的屈辱,应该说是水枝姐的屈辱。或者说是球儿哥的屈辱落到了水枝姐的头上。

在燕儿山南山社的那块古老的土地上,几千年来,两句民谚管住了女人一生的命运。一句是不怕生坏了命,就怕嫁错了郎。一句是嫁鸡随鸡,嫁狗随狗,嫁个芒槌抱着走。那时候巴水河边的女儿,很少有自由恋爱的,大多是媒妁之言,父母之命,一旦嫁了,就覆水难收。好也罢,歹也罢,夫妻之间,日子得过且过地朝前过。没有几个想翻盘的。就是翻盘了,也不见得过得好。水枝姐与球儿哥的婚姻就属于这种状况。

说到水枝姐的屈辱,应该从球儿哥的身世说起。

我记得球儿哥带着水枝姐,是那年春天从冷水山港儿垸,搬回我们老屋垸的。在这之前我从没听说过他,也不知道我们何氏家族中,还有一个叫作球儿的。

那时候是大公社的春天。大公社的春天很美丽。你听竖在田畴上的喇叭正在播送《众手浇开幸福花》。那歌词随着旋律飘在春风里:"千朵(呀)花万朵红花,比不过(哪个)社会主义幸福花。千年万代开不败,岁岁长来月月发。花香香在心头里,花红红遍社员家。"你看那时候南山社下的田畴里,真的种满了花儿哩。放眼望去，那就是花的海洋。黄的是油菜花儿，红的是草籽花儿，浪漫无边，与山相连与水相接。

如果你读了高中毕业，如果你是回乡知识青年，你肯定和我一样沉浸在梦里，触景生情，况味人生，会有诗的。比方说：我是一支藕，生在湖里头。湖泥虽淤黑，我身却白素。这就是我那时候写的诗。这就是一个地主子弟，那时候与命运抗争，洁身自好的心声。不是为了感动别人，是为了感动自己。

那时候我正在燕儿山南山社下，种满红花草籽的田畴里，脱去棉袄，穿着洁白的单衣，挥汗如雨，散土粪堆儿，像蜜蜂一样，忙碌在花丛之中。红花草籽俗名叫苕籽，据说是从南方太湖边沼泽地引来的，种在隔年二季稻收割后的冬闲田里，春天来了就蓬勃生长，绿得漫了田岸。盛花期就得用土粪压，然后翻耕，沤烂了，用作稻田的底肥，叫做绿肥。那时候我的诗情一点不影响我的劳动。我的诗情反而激发了我对于劳动的热爱。

球儿哥就是在那时候带着水枝姐搬回老屋垸的。那时候就人声嚷嚷，我抬头看见一群人抬着柜子，挑着东西，顺着水竹园田岸朝垸中走。一个男人驮着一架木梯走在前面，一个女人拖着一把柴扒子走在后面。我现在才知道这就是几千年来鄂东搬家的习俗。搬家的男人驮梯走在前面，是希望步步高升。搬家的女人拖一把柴扒走在后面，是希望招财进宝。"柴"与财同音。如今一曲《鸿雁》能唱哭所有的中国人。为什么呢？古往今来，迁徙之人，谁不希望未来的日子过好呢？那驮梯的男人干瘦枯黄，像冬天过来的杨柳，苦涩的笑，点缀在脸上，像萌出的绿芽儿，叫人怜惜。后面拖柴扒的女人，饱满高挑，面如观音，亮了一垸的眼，惊了一垸的人。

就听见垸里的爆竹，噼里啪啦地放。歇气时，垸人从畈里纷纷跑去看。那时候父亲就指着男的，让我叫球儿哥，指着女的，让我叫水枝姐。那时候潜伏在生命的密码，就像惊蛰的闪电，照亮天地，与血脉相连。原来这球儿哥也是何氏门中的血脉。球儿哥的父亲死得早，他的母亲怀着他"下堂"，嫁到了冷水山下的港儿垸。如今这个"遗腹子"长大了，成房立户了，由于冷水山港儿垸的人"欺生"，所以搬回来归宗认祖，回到血脉相连的老家，希望日子能过得好一些。垸人把这些话说得让人唏嘘。

那认亲的场面很感人，很温暖。何姓族人帮忙在垸头，做起了两连土砖屋，让新婚不久的球儿哥和水枝姐安顿下来，房屋虽简陋，这就是家。族人希望他们落叶归根，生儿育女，继承一房的香烟。"不孝有三，无后为大"。这是族人最关心的事。

日子在风中拂过，紫燕出巢，洋槐结荚。我发现族中老辈人对于水枝姐格外怜爱，一是水枝姐贤惠懂事，二是水枝姐天生好看。天生好看又贤惠懂事，那怜爱就像风儿无处不在。父亲私下发感慨，说："破破窑儿出好瓦。没想到大杏的儿，能找到这样灵醒的媳妇。"大杏是球儿哥死去父亲的小名。父亲感慨了，就对我发幽古之思，说："六宫粉黛无颜色。"我知道这是白居易《长恨歌》中的句子。那意思是那时候垸中老五房的何家媳妇，没有哪一个能比得上水枝姐。我那时候虽为童男，但知道爱了，深以为然。那时候水枝姐像一朵梨花，开在早春的风儿里。

"梨花一枝雪带雨。"那时候水枝姐的漂亮，水枝姐的贤惠，鲜活在南山社祖先开辟的那块田畴上，是我们何氏家族的骄傲。然而就是这"骄傲"，引起了当时民兵排长幼华的觊觎。他像公狗一样垂涎欲滴，挖空心思，蠢蠢欲动。

那时候幼华面目可憎，我用"公狗"来形容他，一点不过分。

那时候我青春焕发。我劳动、读书、写诗，同时恋爱和梦遗。世俗生活真是一个大教堂，像太阳一样挂在天上，播撒光芒，行无言之教，让我耳濡目染，无师自通。你说我们家乡燕儿山下南山社那块土地，雨露滋润，风情万种，怎么离得开男欢女悦呢？但是"盗亦有道"，如果你是一个男人看上了一个女人，欲行"苟且"之事，必须明白一个事理：你如果是蜜蜂，人家是花儿，花儿开着，蜜蜂是采蜜的，你飞去，她让你采，那就情投意合，水到渠成。如果你是绿头苍蝇，人家守身如蛋，你得先看看有隙没有？你若强行叮上去，轻则自找没趣，重则头破血流。你得先屙泡尿照一照，是不是那块料？否则你只有意淫。

你要知道我们家乡的那块土地，自古以来，生命与爱情是讲究等次的。比方说队长的老婆王婶就神圣，不可侵犯。队长陈叔可以同别的女人开玩笑，劳动之余"打油"。"打油"就是女人们拥上去，把陈叔抬起来，头朝一个女人翘起的屁股上撞。但是垸中的男人决不可以同王婶开玩笑。比方说队长的女儿，虽然与垸中的女儿一样没有读书，你就不能同她说野话。所以队长的女儿就一年四季，矜持着，害羞着，像个公主，搞得我暗恋三年，还不敢碰她的手，那日子就叫痛苦。

那时候幼华垂涎欲滴地觊觎水枝姐，认为有隙可乘。他认为水枝姐是刚搬来的，人生地不熟，有生可欺。"欺生"是动物的天性。"生鸡啄几口"，你得受着。这还不是主要原因。主要原因是水枝姐的男人球儿哥太懦弱了。球儿哥天生力气小，畈中做活总是比不过垸中男人。驮不起水车，挑草头也力不从心，出尽了洋相。幼华恃力逞强，就给球儿哥取绰号，叫"玩意儿"。球儿哥力不从心时，幼华就在旁边笑得涎儿滴，"玩意儿，玩意儿"地叫，供人取乐。那时候我们家乡的男人都是欺软怕硬的角。如果球儿哥身强力壮，像陈叔一样，伸出的拳头比人的头大,看幼华还敢不敢想水枝姐的心思?

幼华觊觎水枝姐,还有更深的原因,是日子里的水枝姐有"艺"在身。这些"艺"都是娘教给她的。比方说扯草药,让垸人煎着喝治病痛,三五天下来,就能药到病除。比方说帮垸人放血治疗"鬼打了",先用手将青紫之处拍红拍肿,然后用瓷瓦片割破,放紫血,病人就可以下畈。比方说垸中的小儿发高烧,烧得昏迷不醒,给她抱去,她掐经络,能让小儿们起死回生。还有更绝的。她居然能"过阴"。垸中有人得了心病,有心结解不开,暗中请她去,摆开场面,敬寿香,烧纸钱。她坐在桌子高头的一把椅子上,请的人跪在她面前反复祈祷,她就口吐白沫昏过去,就听见一路涉阴河跋灵山,月黑风高呼呼响。过了地界,她就是菩萨,给俗人指点迷津,让俗人幡然悔悟。求的人答应按她说的做,她才大汗淋漓,叹一口长气醒过来,返到阳间。这些都是帮人喜替人忧的事。

那时候她就在垸中兼做这些地下神职的事。做这些事水枝姐是不收钱的。垸人一般给几个鸡蛋,或者一升米。水枝姐做这些事,不是为了钱,是为了她在垸人眼中的地位。日子里垸人就对她格外的尊重。这些地下活动那时候属于"封建迷信",按照队委会分工归幼华管。幼华就因这些事"拿捏"水枝姐,假公济私,觊觎水枝姐的美色,欲行不轨。水枝姐是"神圣"之人,怎么能够"苟且"呢?幼华的行为叫水枝姐恶心。

那年春耕时节,水枝姐打夜工从畈里扯秧回来,关在后房里洗澡,幼华居然跑到后窗窥视。后窗没有拉窗帘,因为后窗外就是陡岸,虽然有后门,但那路陡而窄,供一家之用,外人不会走。水枝姐哪里知道那样深的夜,还有人偷看?所以没拉窗帘。那时候是月圆的日子,月光从屋上亮瓦照下来,就好比舞台上的聚光灯。水枝姐赤身裸体站在脚盆里洗澡,那就饱满明亮,玉洁冰清。这时候就听到窗后一声猫叫,水枝姐一惊,发现窗子外幼华一双眼睛望着她身子放毫光。水枝姐气不过,掇起脚盆把洗澡水朝窗外泼出去,劈头盖脸,将幼华淋成了落汤鸡。那东西居然不跑,用手抹着脸上的水,还在那里学猫儿叫。堂屋坐着的球儿哥问:"什么事?"水枝姐说:"没什么事?一只饿猫。"球儿哥起了疑心,问:"两只脚的吧?"水枝姐说:"四只脚的。"你说这叫什么事儿呢?

那年"双抢"季节,水枝姐在厨房里做早饭,幼华借喊出工为名,从后门的路下到厨房里,调戏水枝姐。那时候水枝姐正在灶上沥饭,一手扶着饭箕,一手拿着水瓢,双手不空。幼华趁机从身后上去,双手抓着水枝姐的奶子不放手。水枝姐气不过,扭身用水瓢挖幼华的头。水瓢挖断了,只剩一个柄,幼华的头彼时起了几个大包。幼华抱头鼠窜,吃了"闷心亏"。

要说这些事不挑破也不算什么?世俗的日子里,垸中的饮食男女,谁还没有个隐私?一个想要,一个不可,也就算了。双方知道了底线,晓得了轻重,从此双方见面把人当人待就行,就当没有发生过一样。把不快和屈辱,尘封在生命之中,也许风烛残年之后,会留下一些值得回味的记忆,就像窖藏的老酒。这就是家乡那块土地上,约定俗成的潜规则。作为男人,应该自觉遵守。

如果恼羞成怒,逞一时之快,把隐私当着众人的面拿出来。这就越了做人的底线,触犯了生命的禁忌。

四、记得野水横天时

我们的家乡江连着河,河连着湖。一到黄梅季节,就一片江洋,野水横天。我是在野水横天的季节,目睹水枝姐与幼华以命相拼的。

那时候家乡的田畴干净整齐,不像现在这样荒芜杂乱。那时候农业学大寨,家乡的人们将所有荒地都改成水田,种稻谷以求丰收。那时候家乡所有梯田的岸,都光洁明润,像青皮的蟒蛇一样,盘桓交错着,在环绕的水渠的滋润下,欣欣向荣。我知道这些田畴和池塘是我们的祖先,自南宋从江西瓦屑坝迁到巴河流域的燕儿山下,面南而居,通过数代人的努力辛勤开垦出来的。我们的祖先治理田畴,配以池塘,开辟沟渠灌溉,这样就井井有条,赖以生存和繁衍。每一垅田,每一口池塘都赐以佳名,寄托希望。我们的祖先在垸子四周次第开出七口池塘,浇灌土地,并且簇拥垸子,号称七星映月。那七口池塘都有好听的名字,从垸前起分别叫作:殿池、长塘、吃水塘、大沽塘、谱塘、柳杉塘和菜花塘。只要天上的太阳照月亮出,这些池塘就映照着人间丰收的欢笑和歉收的眼泪。由于那时候春去秋来我在田畈里反复耕种,我像我们的祖先一样记得每一块田的名字和面积。这些名字作为文化符号,与生俱来,铭刻在我记忆里,流淌在我的血液中,就像子孙一样,了如指掌,如数家珍。

水枝姐和幼华的搏斗,是在柳杉塘下绿草丛生的沟渠岸边进行的。家乡的柳杉塘在燕儿山南山社庙之下,因为塘岸四周遍栽柳树和杉树,这些柳树和杉树是做农具和盖房子的好材料,所以叫作柳杉塘。在柳杉塘岸抬头望,就可以看到南山社庙。那社庙是我们祖先迁来时所建的,用来祭祀土地菩萨,祈祷丰收。那时候南山社庙经过"文化革命"尽管毁了,南山社的石头匾额躺在荒草丛中,没有人敢抬去建房子,或者砌猪圈。遗址上的社树无人敢砍。那些松树和柏树,还有朴树和木梓树撑着岁月里福祉上那块浓荫。这就是代代相承对于土地的敬畏。南山的社名仍在垸中口口相传。放牛的孩子尽管还野,也不敢把牛牵到那里去放。

899

那是一块充满神秘的处所，抬头仰望，满目葱茏，让人敬畏。

那时候远处的巴河野水横天，季风浩荡，腥味一阵阵扑鼻而来。幼华带领我们挑塘泥。

泥是从柳杉塘里罱起来的，像酥糖，很大的一块，饴在塘口冬闲田葫芦丘里。那时候南山社下的子孙牢记祖先的教导：过年要糍粑，种田要泥巴。塘泥是种庄稼的好肥料。也不用干塘，用两架木梯交叉着扎成排，放一块门板上去，浮在水面上，用巨大的树杈编个泥罱子，砍一棵楠竹作梢，用稻草搓的大纤系着泥罱子，放入水中，一个人站在排上握着楠竹的梢探泥，几个人站在塘岸上扯纤，排浮水颤，探泥巴的泥罱楠竹梢子颤，水面岸上一齐喊着号子，就可以把塘底的肥泥，拉到塘边的埠口，然后连水带汤用锹浇上来，流到塘口的田里，等泥像糖一样饴成了形，经得起锄盛，男男女女就热火朝天往油菜田里挑。这就是农耕文化的老传教，罱泥的整个过程，画面优美，旋律生动。如果编成节目上"春晚"，肯定能打动许多的人。

清明刚过，是食饱劲足的时候。尽管还穷，家乡祭祀总有几餐饱饭吃。人是英雄饭是钢。吃饱了，人的精神就格外好。清明时节，燕子飞来寻旧家。太阳在天上白白地照，野水泱泱塘里漾。风儿正好，柳条上的娥黄长成嫩叶，垂下来舞动着，串串风铃动。这样的时候就可能背伟人的诗词："春风杨柳万千条，六亿神州尽舜尧。红雨随心翻作浪，青山着意化为桥。"这就是我那时候的心情。

那天幼华肚中有食高兴了，体内荷尔蒙旺盛，龇牙咧嘴领着青年男女送塘泥。隔夜我梦遗了，更加爱队长的女儿。那女儿柳红絮白，紧开口慢开言，与众不同。我一个眼神扫过去，她的脸就红了。我马上移了眼睛，哪敢多待。那时候我兴奋着、压抑着，夹在送塘泥的队伍中。

那时候幼华龇牙咧嘴，全不顾别人感觉。他愤怒了这个样子，高兴了也这个样子，高兴比愤怒更让人难受。这怪不了他，因为他享有这个表情的特权。他家三代赤贫，根正苗红，他的老子是不用选的贫雇代表。龙生龙凤生凤，老鼠生儿打地洞。民兵排长当然是贫雇代表的儿当，同时兼着团小组组长，别人根本无法与他比。那时候全民皆兵，民兵排长是队委会成员，用现在的话说是进了班子的。开队委会研究决定生产队的大事，少不了他。这职务相当于现在一个行政区划的常委，是权力和地位的象征。

那天他精神特别好。他见了我就玩我的味，说："你这个野鸟日的，要听话。出身不由己，道路可选择。"那意思是我的表现好不好，由他说了算。他摸准了我的心思，因为那时候我特别想入团，他斜着眼睛瞄着我，要我臣服。我摸准了他的心思，因为他特别在乎我对他的臣服。因为在他的眼里，我是回乡知识青年，喜欢打篮球，正是斗气力的年纪，做农活舍得出气力，生怕落人后，怕人说我表现不好，在洁身自好保持自尊心的同时，积极要求进步，争取向组织靠拢。如果我对他臣服了，他就能保持他作为头狼的统治地位。所以他在警惕的同时，不忘玩弄我、敲打我。我那时候真的比不过他。为什么呢？因为他年年评劳模，季季得奖状。那级级发的奖状，用他的话说，捆起来一个孩子挑不起。他那劳模还真的不是水货，是舍生忘死做出来的。他下田带头做，累得吐饭，还舍不得吐，像牛一样反刍了，咽回肚子里。这使我自愧不如。我没有那精神。我就是有那精神，那行为也让我瘆得慌。所以说那时候他让垸中青年男女听他的。任他愤怒了龇牙咧嘴，高兴了龇牙咧嘴并不容易。那时候阳光迷乱，有狗在菜花丛中乱跑，人说那是发菜花疯。

  我一点不笑，他就有点慌。我问他："刚才你对我说的是两句话吧？"他说："对确。"应该是对头或者正确，但他经常开会，把新词与口语搞混了。我对他说："你前一句话错了，后一句才是正确的。"他讪笑了，说："不会吧？我是开会学的。"我还是一点也不笑，问他："你想想你前一句话，说的是什么？"他想了半天，说："啊，我想起来了。前一句是你这个野鸟日的。"我眼睛盯着他，说："你再说一遍！"他在我眼色中看出了愤怒，收住了讪笑。在家乡"野鸟日的"是生命之中的禁忌，不能随口出，关系到血脉是否纯正？为这句话，有血性的儿，会同你拼命。他脸气白了，说："我是这个口语。"我说："我劝你改一改，嘴巴放干净点。"他没有想到他习惯性的口语，遇到了强烈地抵抗，于是气急败坏，龇牙咧嘴地骂："你这个子弟！搞邪了！"那时候子弟也是一句骂人的话。子弟就是四类分子的子弟，天生低人一等。我一点也不气，眼睛盯着他不放，对他说："别的话你说我听，我没有意见。但是请你记住，下次你要是敢在我面前骂那句话，莫怪我对你不客气。"他知道做农活他行，打架他不是我的对手。我就不再说话，他就知道我的狠气。众人解气了，纷纷用眼风会我，那是赞成我对他发难。他愣住了，望着我发呆。

  那时候人群中的白话大哥，咕了一句："这个野种，牛驾马鞍，五门六道，不通人性。"在家乡"野种"同"野鸟日的"一样，也是生命之中的禁忌。那时候白话大哥，以其人之道还治其人之身。幼华气喘粗了，脸气得不像人相。他不敢与白话大哥较劲，怕犯了众怒。那时候幼华把事做过了头，垸人气不过，背后就找根源，说他虽然姓何，那是他父亲给舅爷做儿，立过来的，不是何家的种，所以在垸中不做人香。那时候白话大哥的话，点中了幼华的命门。幼华听见了，搞得他垂头丧气，好半天缓不过精神来。幼华就一肚子气，脸色很难看，像我欠了他二百元钱。

那时候野水在太阳照耀下没了影子。南山社下，春风正好，阳光明媚，菜花金黄。水枝姐的心情好了，就在用锄朝筊箕里盛塘泥时，唱起了歌儿。那时候水枝姐唱的并不是巴水河畔的情歌。水枝知道那些情歌在公众场合不能唱，唱了会有麻烦。水枝姐是垸中唱情歌的好手。水枝姐各种情歌都会唱。那是从小娘教给她的。水枝人长得高挑丰满，唱起歌儿来，就格外地迷人。

正月十五之前，水枝姐穿着青布衣裳，把我们小的们关在她家堂屋里，请筲箕姑儿唱儿歌。那是地下活动，秘密进行的。筲箕扣在饭桌上，用一根筷子插着，像鸟儿的嘴。现在想起来那是传说中，昆仑山上飞来的青鸟哩。放两个碗在筲箕下面做脚。那是驾龙车追日的车轮哩。让两个青头姑儿或童子用手托着。那是金童玉女哩。青衣青裳的水枝姐，点三支寿香敬了，然后化黄纸，然后带领我们一齐唱："正月正，麦草青。我接三姑来看灯。三姑要来早些来，莫等三更半夜来。三更半夜露水大，打湿了三姑的绣花鞋。"就在那香烟缭绕，童声稚嫩反复轮回的吟唱中，桌上的碗就转起来，像龙车一样，哗哗作响。三姑请来了！于是我们怀着童年的梦想，问年成，问婚姻，问命运，把这些像计算机一样，用数字处理约定，让三姑用筷子代嘴，在桌上啄数，有求必应，那才叫怦然心动。或者用碗装米，让三姑儿用嘴在米碗中画，像篆字，也像花儿，你去猜，它就准。那时候我们的心情在梦里，幸福指数很高。水枝姐还用碗装上水，放进一枚铜钱，带领我们让三姑表演。三姑用嘴在水碗里捞铜钱，筷子就能找到铜钱的眼，啄进去把铜钱捞起来。还把线用水粘在筷子头上，把针插在桌子上，让三姑穿针哩。那线就能穿进针眼里。那样就神奇无比。我们欢呼雀跃，热泪盈眶。因为传说三姑是童养媳，被恶婆婆折磨死后，终于成了仙。那时候在我们心里三姑就是勤劳善良的化身，同眼前的水枝姐一个样儿。

那时候青天朗日，黄花遍地。水枝姐唱的是那时候流行的红色歌儿。水枝姐在风中唱："麦苗青来菜花黄，毛主席来到了咱们农庄。千家万户齐欢唱，好像那春雷响四方。"水枝姐的嗓子真好，唱得水绿山青。挑泥的男女都沉浸在水枝姐美好的歌儿里。但就是这样的歌儿，那时候也犯着幼华了。因为他那时候因为我心情不好。幼华没好气地问水枝："毛主席什么时候来的，我怎么不知道？"水枝姐说："没通知你吧。昨夜做梦来的，你不晓得吧？"幼华龇牙咧嘴了，说："你这块'肥肉'，韵起来了？"水枝姐说："我唱我的，与你什么相干？"幼华龇牙咧嘴地说："你这个'大山'，我不要你唱！"幼华说头一句'肥肉'时，水枝姐还没反应过来，幼华说第二句'大山'时，水枝姐脸就变了色，说："你再说试试？"幼华喷口而出："你这块'肥肉'，你这个'大山'！"那时候从幼华嘴里吐出来的"肥肉"和"大山"，在旁人听来，就像样板戏《智取威虎山》中，

"天王盖地虎，宝塔镇河妖"之类的黑话，但无风不起浪，垸人都是聪明角，晓得那背后的意思。

那时候水枝就彻底激怒了，拿起挑泥的扁担，抡起来朝幼华打过去，打得幼华嚎叫起来。幼华夺了水枝手中的扁担，两人纠在一起，滚到水渠里，像两条浴泥的牛。众人谁也扯不开。幼华吃了大亏，背上被打得伤痕累累。头也被打破了，流着鲜血。幼华没有想到水枝姐会以命相拼。后来二人被人扯开了，幼华浑身湿透站在青渠道岸上，浑身颤抖。

那时候水枝姐下到柳沙塘里洗净了脸，用手梳理了头发。水枝姐整齐干净了，上到了塘岸。众目睽睽之下，水枝姐咽了一声，止住泪，问幼华："畜生，我唱我的歌犯着你了吗？"幼华吐嘴里的血说："你卖什么骚？"水枝姐又流出泪来，说："畜生，我是人，我是女人哩！"幼华朝地上唾一口，说："你是什么东西！"水枝姐指着幼华说："你给听好！从今天起我俩再不搭腔。你折算死了我，我折算死了你。哪个再搭就是畜生！"

水枝姐从地上捡起一根草儿，一掐两断，一截捏在手里，一截丢给幼华。这就是家乡巴水河边断草绝交的毒誓。

从此在垸中的日子里，二人就形同陌路。

五、较　　劲

我相信在世之人对于屈辱的记忆是顽固不化的，不是幸福所能冲淡得了的。我是今年回老家过年，大年初一坐在征西叔新做楼房的大门前，看见水枝姐的男人球儿哥与幼华现场较劲的。

隔年我遵从父亲生前的遗嘱，将破旧的老屋翻修了，取了个名字，叫作书屋。新屋做起来了，自然我得回老家过年。二十多年了，我没有回家过年，回到家乡有恍然隔世的感觉。父亲和垸中老一辈的人相继离世了，垸中许多小的们不认识我了，只是垸中一起长大的兄弟，对我感情依旧。那真是"访旧半为鬼，惊呼热衷肠"哩。

南山社下老屋垸楼房林立，水泥路硬化到了垸门口。垸中在全国各大城市打工的兄弟们买了不少车子，开回来过年，停在各家的门前。水枝姐的儿自然也买了一辆，在太阳下闪烁光芒。但是南山社上的燕儿山荒了，长满了齐腰深的白茅草，我知道那是远古时候楚国专门用来缩酒的茅草，当年周王朝还以"尔贡包茅不入，王祭不共，无以缩酒，寡人是征"为由头，征讨过楚国。祖先干辟的田畴荒芜了，还不是长草，是长树哩。灌木丛生，杂鸟相栖。这就不是短时间能荒成的。我和妻子算过，春节一过劳燕分飞，垸中除了孩子，只剩不到二十个老人了。我知道生我养我的老屋垸如今只是家园的符号，让我凭吊乡愁。

大年初一，太阳真是很好，照天照地照人间。我坐在征西细叔摆出的细桌上喝茶。征西细叔姓饶，中华人民共和国成立前他家是我们何氏家族的长工。住祠堂的厢屋，种族中提起来的祖田，田租保证家族中祭祀，子弟教育以及各项福利事业的费用，三代长工血亲相连，早已成了一家人。征西细叔比我大不了几岁，我遵从族中排行叫他细叔。我和他是在家乡田里一起滚大的。他家有兄弟两个，哥叫征东，他叫征西。取唐朝大将薛云贵征东征西之意。据说兄弟俩的名字，是族中读老书的老大参取的，很有霸气。征东是改革开放后，做粮食生意先富起来的。那是风光一时。结果因为没有读书，不识字，不会做账，被人算计了，血本无归。后来在巴河挖沙船上给人打工，夜里被电击中，落到水里淹死了。征西读了小学毕业，年轻时在队里当小会计，算是当红人物。他现在在黄石市拆迁工地上拆砖，把拆的砖剁净了，作价卖给建筑单位，算是苦力。但是他回老家过年，是不丢面子的，当年的气势仍在。他问我喝什么茶？我说喝红茶。他居然拿出普洱、大红袍、铁观音三种茶，由我挑选。

我是同征西细叔坐太阳底下喝茶时，看见幼华和球儿哥碰面后，较上劲的。

大年初一，我没有看到垸人像以往起早到南山社去抢头香，祈祷五谷丰收，六畜兴旺。这习俗破了，谁还指望土地？我看到垸人牵着儿女，在垸中拜跑年，进屋后，在门口放挂短鞭炮，互相亲热说些发财的话。这关系人与人间感情的老传教还是没有破。这时候水枝姐的男人球儿哥，牵着老水牛出方，在通垸的水泥路上遛。"出方"是家乡人新的一年，出门做的第一件事。因为关系到一年的兆头，所以格外讲究。城里人遛狗，表示闲适。球儿哥遛牛，表示勤劳。他溜的那条老水牛同他一样进入暮年，垂垂老矣。征西细叔笑了，对我说："垸中再没人家养牛了。就是种着田也是用机耕。哪里还用牛哩？只有'玩意儿'还顽固地用牛耕他种的几亩田。你说他家开面馆的儿，稀罕他种田的那点钱吗？但他乐此不疲。""玩意儿"是大集体时，幼华给球儿哥取的绰号。"玩意儿"是玩具，供人取乐的意思。如果人叫你"玩意儿"，那就说明你的思维举止与众不合，令人发笑。球儿哥一生江山易改，本性难移，活着就是垸人的笑料。

这时候幼华倔着脖子，挑着一担甘蔗，翻过燕儿山坳口，从南山社下来了。责任田到户后，幼华家雨循旧路，从山这边的大垸，搬回山那边的熊家细垸去了。征西细叔又笑了，对我说："你晓得不？'钱眼'的脖子朝一边倔着，是二十多年前那场恶疾落下来的，不是水枝出手相救，他早就埋进南山上的黄土中。"

征西细叔叫幼华的绰号，这绰号也是大集体时垸人取的。"钱眼"是一生钻到钱眼里的意思。大年初一出方卖甘蔗，是甜蜜的事。兆头好，挑到垸人见人喜。征西细叔对我说："甘蔗是幼华种的。幼华一生是种田的好手，勤劳用心，经他的手，种什么都好。"征西细叔说的话不错。我看见幼华扁担两头筬箕里装的甘蔗，一根根粗壮饱满，比人还长。

  那时候我很感动。因为我们家乡有个老传统，大年初一是不做活的。叫花子也有三天年。他大年初一就挑担子出门哼哧哼哧卖甘蔗，于风俗不合。征西细叔对我说："你晓得不？他大年初一出门挑甘蔗卖讨彩头，有一个原因。"我问："什么原因？"征西细叔说："当年水枝治好了他的绝症，他许下了南山社明灯不灭的宏愿，但是这些年灯油渐渐难以化缘了，他就掏钱买油。大年初一出门卖甘蔗，大人小孩格外大方，能卖好价钱。"我这才明白过来。

  球儿哥与幼华较劲是因让路而引起的。通垸的道路硬化了，本来老水牛是不喜欢走硬路的，一年的耕种，蹄壳里有瘀血，踩在硬路上就痛。老水牛走在水泥路边的沙路上，球儿哥见幼华挑甘蔗来了，就执着老水牛的鼻子，将老水牛牵到路中央，说："畜生，走正路。"这明显是指桑骂槐，有意过不去。幼华见球儿哥牵牛拦他的路，并不计较，马上挑着担子退到路边。

  新年上岁，幼华不歇担子，偃着脖子，问球儿哥："师傅好吗？"这是新年的问候，当然是问水枝姐的。水枝姐是他的师傅。伸手不打笑脸人，兼带讨球儿哥的好。球儿哥并不苟且，仰着鼻子朝天，问："卖什么东西？"幼华说："甘蔗哩。"球儿哥问："甜吗？"幼华说："不甜不要钱。"球儿哥问："几多钱一根？"幼华说："五块钱一根。"球儿哥说："起了发财的心？"幼华说："拿几根给师傅和孩子吃。"幼华放下担子，就要从筬箕里抽甘蔗。

  球儿哥白了幼华一眼，说："我说要你送吗？我将钱买货。"幼华说："我真的不能收你的钱。"球儿哥说："你的钱比我多吗？"幼华说："这不是钱的事。"一个说："不收钱，我就不要。"一个说："给钱我就不卖。"二人就较上了劲。

  球儿哥说："你这个'钱眼'，还想玩我的味是不是？"幼华就叫屈说："'玩意儿'，我真的没得那个意思。"双方叫起了曾经的绰号。

  天上的太阳一点点地升起来，幼华不想再纠结，挑起担子绕过球儿哥和老水牛朝垸下走，一边走，一边叫卖："甘蔗，甘蔗，鲜甜的甘蔗！"幼华走了，球儿哥失去对手，就执着老水牛的鼻子，同老水牛较劲，一个要走正路，一个不想走正路。球儿哥像个童养媳对老水牛诉说当年的屈辱，细枝末节，喋喋不休。你说水牛再老也就十几岁，那时候它还没来到这个世界上，哪里晓得当年事?

我和征西细叔倒是感同身受。因为我和征西细叔是在那些岁月里泡大的,往事历历在目。

六、云南白药和墨鱼刺儿

吃了"闷心亏"的幼华,是那个白日照天的正午,来到我家扯皮,把一肚子气出在父亲头上的。

老垸中刺槐花开了,一树树的花苞儿像雪白的米,正是插早稻秧的季节,人们都把劲鼓在心里,准备大干一场。我和父亲正在吃中饭,农忙时节每人一碗饭,剩下的锅巴用米汤滞粥。只听见大门外征西细叔对人说:"你看油树上不去,上枞树是吧?"这句话是家乡的俗话,意思是硬的驮枪过,软的杀一枪。我就知道大事不好。

门口光线一暗,只见头上包着白纱布,用一条白绷带吊着膀子的幼华进来了。那样子特像样板戏《沙家浜》里的伤病员。幼华进门后咳了一声,我知道那是从大队书记那里学来的,意思是他来了,你得重视他。我不理他,坐着埋头朝嘴里扒我的饭。父亲将手中的筷子划空行礼,对幼华说:"有偏你。"这是家乡吃饭时对造访者的客套话。幼华扶着膀子说:"老九!我来了。你还有心思吃饭?"父亲说:"君子不差饿兵。吃饭大似皇帝。天塌下来吃饭了再说。"

我知道父亲的脾气,那时候我闯了祸,有人上门兴师问罪,不管什么原因都是我的错,是不容我分辩的。我赶紧扒完碗里的饭,粥也不喝,放碗到后房看鲁迅先生的小说集《呐喊》。父亲掇碗盛粥喝。幼华一屁股坐在我的位子上,说:"老九哇!你养了个好儿哩!"父亲知道了上午畈里挑泥发生的事。父亲说:"排长,儿没养好。你多吃包把盐,多多教育。"幼华说:"他要我教育?他读了好多书,晓得几高的觉悟!"父亲知道来者不善。幼华问:"老九,上午的事你晓得了吧?"父亲说:"听说过。"幼华说:"老九,你说这事怎么处理?"父亲忍不住了,说:"我就不明白。水枝与你以命相拼,与我的儿何相干?"幼华说:"笑话。你的儿不启发,她能有那高的觉悟?"父亲苦笑了,说:"排长,他今年十九岁了,不是小孩子。儿大爷难做。一人做事一人当。他的事我管不了。"幼华说:"你说的比唱的还好听。他是你的儿,养不教父之过。我被水枝打成这样,你难脱干系。"这东西那时候还会学话说。父亲苦笑了,问:"排长,你想怎么样?"幼华说:"你得赔偿我的损失。"父亲问:"要钱吗?"那时候父亲农闲时在外做泥工，手边有活钱，叫人羡慕。幼华说："先不说钱的事。老九，听说你家有云南白药。"这也不是假的。那时候因为父亲做泥工少不了外伤，所以家里藏着云南白药。这也瞒不过幼华。父亲就拿出珍藏的云南白药。幼华就解开头上包的白布，露出头上的伤，让父亲朝伤口上撒。父亲说："排长，你被打得不轻哩。"幼华说："你不晓得那婆娘，经你的儿启发，提高了觉悟，下了狠手。"父亲问："排长，你痛不痛？"幼华说："也不是很痛，只是不好看，像个伤病员。"父亲给幼华头上撒了药，重新包好了。幼华说："老九，你这药真效，一撒上去就不痛。"父亲说："那当然，云南白药治疗外伤奇效。"

父亲就帮幼华解手膀子上的白绷带。父亲问："骨折了没有？"幼华说："差一点就骨折了。"父亲说："云南白药是治外伤的。如果骨折了，那就不效。"幼华说："墨鱼刺儿是不是治外伤的？"幼华知道我家还藏着墨鱼刺儿。墨鱼刺儿也是治外伤的，与云南白药配合着，效果更好。父亲说："墨鱼刺儿也是治外伤的。"幼华说："那就算了。我这是外伤。"幼华就将云南白药和墨鱼刺儿一把拿在手里。父亲问："排长，你这是什么意思？"幼华说："老九，这也不明白吗？这药没收了。我拿回家慢慢治。"父亲说："排长，这药贵重啊。"幼华说："老九，我晓得这药贵重，我会留着慢慢用。"父亲说："排长，你要手下留情。"幼华说："谁叫你养这样的儿。"幼华就理直气壮，把云南白药和墨鱼刺儿装进了口袋，然后说："老九，你和你的儿都要接受教训。"

父亲说："排长，那你好走。"幼华说："我说我要走吗？"父亲问："排长，你还有事？"幼华说："那当然。这是外伤。我还受了内伤。"父亲问："此话怎讲？"幼华说："你晓不晓得我心痛。"父亲问："那怎么办？"幼华说："要吃肉喝汤。"父亲说："要多少？"幼华说："你看着办。"父亲说："十元钱够不够？"父亲摸出十元钱递给幼华。幼华说："起码二十元。"父亲说："对不起，我只有十元钱。"那时候猪肉七角五分钱一斤，十元钱要买十几斤。幼华收了钱，说："那你还欠我十元。你打张欠条我。"父亲说："排长，这事打欠条怕说不过去？"幼华说："那你记着到时候欠债还钱。"父亲说："我劝你就这样算了。不然我找大队书记。"幼华愣了一会儿，说："老九，你不要吓我。你以为我不晓得，队长放你出去找副业，暗地里你给队长送了钱的。说出去你这个'四类分子'恐怕要罪加一等。"父亲说："排长，人要知足。药也拿去了，钱也送你了，适可而止。"这时候我家的鸡下了蛋，在屋里拍翅喧哗讨食吃。幼华看见我家鸡窝里有两个蛋，就把两个蛋拿在手里，说："老九，那就算了。"

我实在是气坏了，从后房走了出来。父亲对我说："种，你想做什么？不就是两个鸡蛋吗？好大个事。"幼华说："老九，你晓得吧？上次大队要斗你，是我把你保下来的。我是你的恩人。"幼华说完赶紧走出去了,怕我出他的洋相。

幼华走后,我以为父亲会雷霆震怒。没有想到父亲哈哈一笑,笑出了眼泪,对门外来看热闹的白话大哥说:"我以为我的儿一场书白读了,看来没有白读。朝闻道夕死可矣。士可杀不可辱。"白话大哥平常最看不惯幼华,随声附和,说:"就是。就是。"我说:"他如此侮辱你,你吞得下这口气?"父亲说:"不就是十元钱和两个鸡蛋吗?钱是人赚的,蛋是鸡生的。再赚就是,再生就是。你看他那个样子,贪得无贪,自取其辱。"白话大哥马上给父亲补聪明,念诗:"雪压竹头低,低头欲近泥。一朝红日出,又是与天齐。"父亲怕事情闹大,说:"够了。够了。"

那时候的幼华真叫不是东西,回家后就叫他婆娘,把两个鸡蛋和壳儿煮给他吃。他出工时就对垸人说:"老九家的鸡蛋就是好,剥了壳儿,一口一个,不大不小正合适。"父亲给的十元钱,他并没有买肉吃。他把那钱拿到街上,给他老婆扯了套衣裳,那是新出世的"的确良",叫裁缝缝了。那褂儿是洋红的,那裤子是水绿的。他让他老婆穿着到大队开会。那时候大队开会用石灰划框儿,一个小队的人坐一堆儿。他叫他老婆坐在水枝姐的旁边比颜色。他老婆晓得配合他。他说:"不怕不识货,就怕货比货。"那意思是他老婆一点不比水枝姐差。谁稀罕呢?队长陈叔看不过眼,骂:"比你娘的块×!"幼华一点不恼,说:"队长,你说对了。就是比那东西。"把水枝姐气得吐血。

这年秋天又搞运动,幼华就把水枝姐和我父亲推荐上去了,队长想拦也拦不住。水枝姐的罪名是"反动会道门"。我父亲的罪名是"梦想变天的四类分子"。批斗过后,就戴着纸扎的高帽子,由幼华押着,在全大队游行示众。幼华让父亲和水枝姐一人提一面锣,父亲提大锣,水枝姐提小锣,走一路敲一路,见了人一个喊:"人人莫学我,我是坏家伙!"一个喊:"我是坏家伙,人人莫学我!"那是台词,一点法子没有,你得照着喊。

父亲没想到幼华会来这手,夜晚批斗回家后,人就散了神,再无心劲同我说自取其辱了,捧把冷水洗脸,脱鞋上床,仰鼻朝天,欲哭无泪,只是念诗:"兔走乌飞东复西,为人切莫用心机。百年世事三更梦,万里江山一局棋。禹疏九河汤放桀,秦吞六国汉登基。古来多少英雄汉,南北山头卧土泥。"这诗是谁写的呢?父亲藏的那本线装的诗集上面有。

雪上加霜,水枝姐就同幼华不共戴天了。

那时候的幼华哪里知道,没过几年厄运会落到他的头上?轮到他走投无路,像一条绝望的狼悲号着,双膝跪在水枝姐面前,求水枝姐救他一命呢?

遥望家乡,燕儿山南山社下,那块亘古的土地,燕子唤着清明来,大雁叫着秋风走。季节更替风雨中，性命轮回祸福里。多灾多难哩。

七、西边的太阳出来了

幼华是分田到户几年后得病的。家乡有句俗话说得好：人吃五谷六米，哪有不得病的？这个包票谁也不能打。

幼华的病开始并不厉害，只是吃饭觉得口中无味，饭量减了。他老婆就劝幼华说："你找水枝低个头，让她扯点草药煎着吃，不花钱，说不定就好了。"那时候幼华还倔颈，白着眼睛对老婆说："叫我向她低头，除非太阳从西边出。"他老婆说："低个头又不要钱。"幼华说："你这个苕婆娘。她是人，我也是人。她恨不得喝口冷水吞了我。我能丢那个人吗？"幼华在家里是绝对权威，只要他说的，没有他老婆不做的。他老婆就叹口气不作声。

幼华的老婆不放心，就陪他，找济华看病。济华是赤脚医生。那时候赤脚医生一个村配一个，驮着药箱儿，方便群众。济华从医多年，乡人的脾气性格都了解，最会因人看病，摸了脉，叫幼华亮出舌苔给他看，然后开了几片镇静和消食的药，叫幼华拿回去吃。幼华的老婆问济华："要紧不？"济华说："凡是病，就说不准。"他笑着问："死得了不？要是死了，我这漂亮的老婆好了别人，那就划不来！"他老婆说："你这个东西！好话说不倒，丑话一溜烟。"幼华那时候压根儿没把病放在心上，还有心思开这样的玩笑。济华不笑了，对幼华说："你这是精神紊乱综合征，内分泌出了问题，得调整心态，慢慢调理。这病说小就小，说大就大。"那时候幼华还没警觉，问济华："是不是同我老婆月经不调一个样？"济华说："你这是不把我当医生哩。杏坛无戏言。我同人开玩笑，不同病开玩笑。"

那时候济华说幼华精神紊乱，内分泌出了问题，没有错。分田到户后，体制说变就变。公社变成了乡，大队变成了村，小队变成了组。组里只设一个组长，原来队委会其他的干部，快刀斩乱麻一刀切了。你说这叫什么事？人活一张脸，树活一张皮哩。哪能说下就下？这对于幼华来说不能不是一个打击。

那决定是头天晚上开组民大会宣布的。第二天幼华依然起早，荷着锄头，喊垸人出工。往常队长陈叔总是叫他喊人出工，因为他中气足，最爱在垸里出风头唱霸腔，谁走慢了他就骂娘，他好这一口。这样的早晨他精神最好。垸人清楚，说他鸡公相婊子形，有气不好发，只有闷在心里头。

那天幼华睡一晚上的觉，把隔夜的事搞忘记了。他正要唱霸腔，遇到了手拿收音机听黄梅戏，朝畈里走，看秧苗的白话大哥。那收音机里正在播送彭丽媛的《在希望的田野上》，声情并茂。白话大哥学女声跟着唱："我们的家乡，在希望的田野上。炊烟在新建住房上飘荡，小河在美丽的村庄旁流淌。一片冬麦，一片高粱。十里荷塘，十里果香。我们世世代代在这田野上生活，为她富裕，为她兴旺。"幼华问白话大哥："白话，这忙的天。你晃个么卵子？"那口气还是老毛病。白话大哥盯着幼华问："你不是干部吧？"幼华愣住了。这才记起昨天晚上开会的事。白话大哥指着幼华呵呵笑，说："有瘾是吧？不将人不好过是吧？老子不要你管了。老子晃老子的。两个卵子打架，不与你鸟相干？"白话大哥不是省油的灯，得势不让人，一口一声老子，把往常的气都出在幼华的头上。幼华哑口无言，无还嘴之力，心里像落了什么，人就像霜打的茄子蔫了。唉，你说这叫什么事？这不是虎落平阳被犬欺，落毛的凤凰不如鸡吗？

要说这也不是什么大事。幼华本是庄稼人，好脚好手，田里地里，吃得了苦，下得了劲，打的粮食不比人家的少，卖的钱还多，哪能把一个小排长的事，长期放在心里呢？但他接下来就真的病了，而且那病越来越重。饭量越来越少，人越来越瘦，精神越来越差，后来腰就直不起来，像一支钻地的弓。而且长期低烧，喘不过气来，周身浮肿，身上莫名其妙地痛，使他睡不着觉，苦不堪言。是病就说不准。真的叫那个济华说着了。

幼华病了半年，家人为了救他的命诊了半年，从乡卫生院转到县医院，然后转到省城一家有名的医院，倾其所有，还是没能诊好。后来省城那家医院下了病危通知书，说是癌症并发，脏器衰竭，盼咐家人准备后事。出院那天，主持医生隐瞒了实情，对幼华说："你回家静养吧。想开点。想吃点什么吃什么。想喝点什么喝什么。"幼华不糊涂，主持医生话里的意思，他能不明白？

幼华是那年腊月间从省城那家医院用车送回来的。回到垸子尽管放了一挂爆竹，还是压不住家人的悲伤，惹得垸中的女人们流了不少的眼泪。这么活鲜的人，怎么说不行就不行呢？

幼华躺在床上，垸中的人都提东西来看他。这是家乡几千年来的规矩。一家有难，全垸关心。征西细叔也来了。大集体时征西细叔当小会计，幼华当民兵排长，两个都是队委会的，所以关系不一般。幼华流着眼泪对征西细叔说："兄弟，你对我说实话，我是不是要死了？"征西细叔说："放心，你死不了。"幼华说："人都在骗我呀！我觉得我要死了！"征西细叔问："你说你是好人还是坏人？"幼华说："我是坏人。"征西细叔说："那你就死不了。没听说吗？好人早归世，祸害一千年。阎王不收你。"幼华叹口气说："兄弟，你还是在骗我。"这时候水枝姐提着几个鸡蛋，从南山社下来看幼华。那时候水枝姐就出了家。水枝姐不进门，把幼华的老婆叫出来，说："兄弟媳妇，我就不进去了。这几个鸡蛋给他补补身子。"

幼华是听见门外水枝姐的声音，就放声痛哭，高声喊叫。幼华拍着床板，哭着说："太阳从西边出来了！菩萨来了！菩萨啦！你要救我一命！"地上阴风吹，天上太阳白。鸟之将死，其声也悲。人之将死，其言也善。

听见那哭声，水枝姐的眼泪就止不住。

球儿哥上前对水枝姐说："莫在这里丢人现眼。"水枝姐流着眼泪说："阿弥陀佛！人心都是肉长的。"球儿哥说："你这个贱人，好了伤疤忘了痛。"水枝姐叹了一口气，就上山回到松林掩映的南山社，坐在石桌前，那豆棚瓜架下，一番好想。想天想地想人间，想人间生老病死苦，想幼华的痛和哭，想西边的太阳升起来……

松涛阵阵，如泣如诉，水枝姐心乱如麻。

水枝姐是暮色四合时，从南山社下来到我家，找我父亲指点迷津的。那天我正好在家。水枝姐走进门，父亲就用眼色告诉我退场。那意思是我是吃公家饭的，这事不用我掺和。我就上到二楼看窗外的树竹。那只是个形式，我想听一听他们之间如何应对。

应该说水枝姐和我父亲精神契合达到了相当的高度，他们的对话使我至今难以忘怀，所以说生命的大智慧就在民间。

水枝姐问我父亲："九爷，你说太阳能从西边出来吗？"父亲说："这是个信念哩。唐三藏不是到西天取的经吗？信的人都说佛法无边。"水枝姐说："九爷，有人要我救他的命，这个人曾经骂我损我辱我，把我不当人，你说我能救他吗？"父亲说叹口气说："这个人曾经也是这样对我呀！古人说辱人者到头来自取其辱。佛家说苦海无边，回头是岸。依我看时过境迁，要提得起放得下。雨随风过，云过天晴，不必执着。你是修行之人，渡人如渡己，不就是为了天上的太阳不灭，地上的心灯长明吗？祥光照耀，心地光明。"水枝姐说："九爷啦！我识字不多，修行未到，心里的坎实在过不去呀！"父亲说："你救的是命，不是人。救命天经地义，救人顺其自然。我只是担心是否救得了？"水枝姐说："他听到我的声音，哭得那惨，说太阳从西边出来了，叫我菩萨哩。我想试试。"父亲说："能救则救。救人一命，胜造七级浮屠。"水枝姐说："那我听您的。"父亲说："不过你不要作保证，先要把话说清楚。世俗之人的话很难说，要你救命时说你是菩萨，救不好时说你是魔鬼，到头来那是自取其辱。"

水枝姐临走时，说："九爷，您真是英明。"英明二字从水枝姐嘴里说出来，真叫我温暖。我寻思这些词儿，说不定是从西天取回来的。比方说信念，比方说执着，比方心灯和祥光。平时不觉得，此时想起来叫人感动。父亲笑了，说："我哪里说得上英明呢？只是心同此心，理同此理。"

父亲叫我下楼，打手电筒照路，送水枝姐回南山社。水枝姐说："九爷，不用了。路都摸熟了。我有心灯，不怕夜黑。"

八、我不是菩萨

那时候躺在床上绝望的幼华，恍惚之中，看到太阳从西边升起来了，光芒万丈，就像落水之人，抓住了一根救命的木头。那是他活下来的希望。

幼华是从床上爬起来，沐浴了，穿戴整齐，让他老婆带着钱，扶着骨瘦如柴的他，上到南山社的。那时候北风阵阵，寒霜遍地。路两边的林子里，丛丛的山菊花，不落瓣儿，守着心香。矮脚黄狗摇着尾巴叫，告之有客来。社庙的门敞着，厢房的门也敞着，任风进去出来。幼华老婆扶着幼华来到社庙的厢房里，厢房里点着檀香，水枝姐正在做功课。南山社庙儿小，也不正规，水枝姐做功课不敲钟儿，不击磬儿，只是默《心经》。《心经》好长，默背不全，也就反复头几句。

幼华的老婆把幼华扶进门。幼华朝水枝姐面前双膝一跪，声泪俱下，说："菩萨哇，我来求您了！"狗叫时，水枝姐就知道是"冤家"来了，乱了《心经》哩。水枝姐对幼华说："菩萨在庙里。你求错门了。我不是菩萨。"幼华头抵着地磕头说："我死到坑岸上了。菩萨您要救我！"他老婆陪跪旁边说："菩萨，他还年轻，儿女都没成家。您要救他！"水枝姐对幼华的老婆说："你叫他抬起头来，仔细看看我是谁？"跪在地上的幼华抬起头来望，眼睛里放毫光，说："你是活菩萨。"水枝摇头说："我说了我不是菩萨。这时候说菩萨有什么用？"幼华愣住了，愣了会儿，马上改口："你是仙人啦！"水枝姐说："这时候说仙人有什么用？你要看清楚。"幼华眨着眼睛，说："你是一个人。"水枝姐问："男人吗？"幼华说："女人。"水枝姐问："你晓得我是女人？"幼华说："我晓得你是女人。"水枝姐问："我有名字吗？"幼华说："你有名字。"水枝姐问："我姓什么？"幼华说："你姓汪。"水枝姐问："我叫什么名字？"幼华说："你叫水枝。"水枝姐鼻子一酸，说："我是水做的女儿。请你记住，我不叫'大山'，也不叫'肥肉'。我有名有姓。我叫汪水枝。"伏在地上的幼华磕头如捣蒜，说："以前都是我的错，我畜生不如！你大人不记小过。"水枝姐对幼华老婆说："快扶他起来！我娘说男人有泪莫轻流。丈夫膝下有黄金。"

落日黄昏。燕儿山松针铺地，南山社上一片金黄。水枝姐对幼华说："既然你没认错人，我会把你当人待。我会尽力救你的命。是九爷答应我救你的，他要我对你把丑话说在前头，救命天经地义，救人顺其自然。"幼华说："我晓得横直是死。我求你死马当作活马医！只要你答应治，钱好说。"他老婆就把带来的一千元钱拿了出来。水枝姐说："你以为我要钱吗？你以为我缺的是钱吗？"幼华说："一点心意，请你收下。"水枝姐对幼华老婆说："兄弟媳妇，如果相信我，钱装回去，人留下来。"

幼华的老婆听了水枝姐的话，低眉顺眼了，说："他病久了，好结帐啦！"水枝姐说："在他眼里我是菩萨，在我眼里他是病人。"幼华哭着说："婆娘，我一个要死的人，你还有什么不放心的？"水枝姐对幼华的老婆说："兄弟媳妇，心可为天堂，也可为地狱。"

幼华的老婆就下山拿来铺盖，在社庙下厢房的柴草屋里搭了一张铺。为了治病，水枝姐就把幼华留在了南山社。

水枝姐救幼华命的过程，在家乡燕儿山下南山社算得上神话。我们家乡同许多家乡一样，创造了许多神话，代代相传，由人去信。

比方说山下的燕儿垸，传说中山明水秀，树竹参天，小小的一个山垸就有九十九窝燕子，如果到了一百窝就要出圣人，那些燕子纷纷飞到人家水缸里喝水，挑水的长工听信了山鬼的话，将一只燕子打死了，然后那些燕子就飞走了，垸子就破败了。比方说南山社下的那一口井，一年四季泉水子时午时朝外溢。传说那井里住着一条龙，那井与东海潮汐相连，那水叫子午泉，那井叫龙井。垸人说几千年来南山下的子孙都是喝龙涎长大的，都是龙的子孙。比方说南山社庙里住的土地菩萨是玉皇大帝派下来，财神赵公明转世的，所以对这块土地上的人们格外眷顾，只要祈祷，只要虔诚，就有求必应，风调雨顺，五谷丰登，六畜兴旺。几千年来，垸人将这些传得神乎其神。

水枝姐是腊月十五那天晚上，将生命垂危的幼华，扶到龙井边上的。那时候山腰里社庙里的明灯，同天上的星星闪闪发亮。明月在天，龙井蒸起的水雾，弥漫了四周的树竹，井边绿草茵茵，黄花点点。有虫鸣，有蛙叫，仿佛春天。那是一汪人间的温泉。

那时候水枝姐选择了方位，让天上的明月，地上的清泉，南山社的明灯，形成一脉，然后扶着幼华与她一起面对着跪下。水枝姐对幼华说："你知道我带你到这里来做什么吗？"幼华说："我不知道。"水枝姐说："你的心孽太重了，需要面对泉水吐出来。心地干净了，光明了，才能救你的命。"幼华说："没有哇。"水枝姐说："你看天上明月像镜子，地上的清泉像镜子，照着你哩。假如不听我的话,那你就回去等死吧。"幼华怕了,说:"我按你说的做。"水枝姐说:"我领你跪下。有什么见不人得的事,你对着天上的明月,山上的明灯,地下的泉水,自己说出来。"幼华说:"我按你说的办。"水枝姐起身就走。

南山社下,寂静空明。夜鸟展翅飞过,哇地叫了一声。那是一只猫头鹰。幼华跪在地上,星暗月明泉水亮,夜风阵阵庙灯闪烁。幼华就哭出了声。水枝姐问:"怎么了?"幼华说:"我张不开嘴。我要你陪着我。"水枝姐说:"这是你的隐私,人不能听。"幼华说:"没有人听,我说不出来。"你不要发笑。我们家乡的人,心中没有真正的信仰,失去了对象,是不能忏悔的。

水枝姐就转来了。水枝姐说:"我说了这是你的隐私,人不能听。"幼华说:"你不是人。我把你当菩萨。"水枝姐就坐下来,闭上了眼睛,对幼华说:"你说吧。"幼华说:"菩萨,你要睁开眼睛。"水枝姐就睁开了眼睛,让幼华忏悔。

幼华有了倾诉对象,就开始说出他所做的,水枝姐闻所未闻的事。原来他对她的事还是小事儿。原来当年垸中芳儿的事,与他有关。芳儿还是姑娘,因为漂亮,他那天把芳儿按在麻田里,芳儿一口一声叫他哥,他也没放过,按住了她的嘴。怪不得下年芳儿的娘四处托人说媒,把芳儿嫁到了远安。原来当年他借"破四旧"抄家的机会,见财起心,拿走了五保大婆家祖传的十块银元,并没有交公,他与老婆成亲就是用那银元卖的钱。怪不得后来大婆上吊死了,眼睛闭不上,怎么揉也不行。幼华把他一生所做的见不得人的事,流着眼泪诉说了。

幼华说完,水枝姐叹了一口气,问:"你说你是不是畜生?"幼华说:"我承认我是畜生。"水枝姐问:"你说你该不该死?"幼华说:"我真的该死!"幼华就绝望了,浑身颤抖,牙齿磕得一片响。幼华两手伸向空中乱抓,说:"菩萨,我要死了。黑白无常来索我的命了。我冷啊,我冷。我怕,我怕。"

水枝姐对幼华说:"人嘞!抱着我。"幼华说:"菩萨,我错了啊!再也不敢了。"水枝姐说:"是菩萨叫你抱的。你不是想活吗?"求生的幼华就挣扎上前,让水枝姐抱着他。幼华在水枝姐的怀里瑟瑟发抖,像个孩子闭上眼睛,那泪像水一样,从眼睛缝儿朝外流。水雾乳白,地气上升。幼华渐渐地不抖了。水枝姐问:"我温暖吗?"幼华说:"菩萨温暖。"水枝姐问:"还冷吗?"幼华说:"菩萨,我不冷了。"水枝姐问:"还怕不怕?"幼华说:"菩萨,我不怕了。"水枝姐像母亲一样,摸着幼华的额头,说:"人嘞!我不是菩萨。我只是个生儿育女的人啦!"幼华昏了过去。

水枝姐把幼华像孩子一样抱到草地上,让幼华躺着,脱下衣裳盖在幼华的身上,对幼华念起了《心经》。《心经》声中,夜深了,龙井里的泉水朝外涌,大气汤汤,滔滔不绝。幼华睡醒过来了。水枝姐问:"回阳了吗?"幼华叹口气说:

"回阳了。"水枝姐问:"心结解开吗?"幼华说:"解开了。"水枝姐问:"心里是不是舒服些?"幼华说:"舒服多了。"水枝姐对幼华说:"那你就起来吧!"

幼华就回过神来,不要水枝姐扶,从地上站了起来。

这就是家乡南山社下那块土地上的神话,由不得人信不信。

水枝姐治幼华病前后用了十个月。垸人说这也是奇迹。我们家乡燕儿山南山社那块土地,本来就是产生奇迹的地方。

父亲对我说,水枝姐治幼华的病,不是用香灰儿泡水喝。也不是用黄纸画符,然后用火烧了,调酒服用。也不是带幼华在庙前磕头,用手扒那虫卵样的东西,说是仙药,吞下去包治百病。更不是过阴求菩萨保佑,让菩萨发善心。

父亲对我说,水枝姐治幼华的病,用的是草药。那些草药一点也不神奇,一棵棵就长在燕儿山上,只要人认识,只要人去扯,对症下药就能治病的。父亲对我说,那些草药都是当年神农为了治病救人,历尽人间苦难,冒着生命的危险,跋山涉水,尝百草尝出来的。这些后来就记在李时珍的《本草纲目》上,可惜后来没有多少人用心研究,遗忘在黄卷里。

父亲对我说,水枝姐首先扯一种俗名叫"满天星"的草药,泡水给幼华喝,煎饼给幼华吃,一个月下来,就治好了幼华的肝腹水。幼华的腹腔就松动了,吃得进东西,生命垂危之人,面色就红润起来。这就是转机。父亲翻开《本草纲目》给我看。原来这种草学名叫"天胡荽"。伞形科,多年生草本,适应能力强,覆盖能力强,植株有特殊香味。清热,利尿,消肿,解毒。

父亲对我说,后来针对幼华的病,水枝姐用尽了心思,扯了不少草药,煎水给幼华喝,还用艾灸和针灸配合治疗。于是病来如山倒,病去如抽丝,幼华的病一天比一天好起来了。那是些什么草药呢?父亲对我说,他就不知道了。但是就是这种俗名叫"满天星"的草,立了头功,见了奇效。

父亲对我说,这就是奇迹。

父亲把我带到山上,教我认那"满天星"。通过水枝姐治幼华的病,父亲也认识这种草了。原来这种草在我的家乡水泽边遍地皆是,适应性广,覆盖能力强。那时候我能不感动吗?我们燕儿山下南山社的那块神奇的土地,是产生奇迹的地方!

父亲对我说,幼华是到医院复查确认没有问题后,请乡亲和他到场,来到南山社庙里酬谢的。幼华拿出一万元钱,用一个大红皮封着,要水枝姐收下,说是一点心思。水枝姐说:"我不会收的。你留着过日子。如果愿意,我答应收你为徒。你出家不离家。"幼华就磕头谢恩,把头都磕破了,连叫师傅。

幼华说:"师傅,您的大恩大德,徒儿用什么报答您?"

水枝姐说:"当着众人,你就许个愿吧!"

那时候土地庙里,油灯闪闪亮。幼华仰起脸来,满脸的泪水,说:"师傅,只要我活着,我保证南山社明灯不熄!"

那时候太阳从燕儿山上升起来,南山社上秋高气爽,霜林尽染,鸟儿欢叫,霞光万道。

九、明灯引路

五年前古历腊月二十八吃过年饭后,父亲的突然离世,使我彻心绞痛,眼泪奔流,感觉天塌下来了。但是理智使我清醒,离大年初一只有两天时间,按照家乡的风俗,腊月三十是个尽头日子,是不能出殡的。我作为父亲此生唯一的儿子,必须在一天一夜的时间里,按照父亲的遗嘱,让父亲顺利归葬,入土为安。

我是连夜叫殡葬专用车,将父亲的遗体送回家乡的。四世同堂,父亲的亲人,我和我老婆,我的儿女、女婿、儿媳、外孙女、孙子都在车上,送父亲回家乡。同行的还有我的教授兄弟和他的儿子。他们是闻信后赶来帮我的。

难怪水枝姐说我父亲一生英明。我的老父亲很会选日子。因为垸中打工的人都回家过年了。车在途中,我就给垸中兄弟打电话,要他将父亲过世的消息告诉水枝姐。我叫兄弟把我家的锁砸掉,把大门打开,好让父亲进屋。

那一夜为了父亲的死,我的家乡南山社那块土地上的亲人们,就彻夜未眠,等着父亲归来。灵车到了垸门口,家家的门都敞着,电灯亮在堂屋里,户户的当家人,就出来放一挂爆竹,迎接我的老父亲。

我和兄弟们抬父亲进屋,水枝姐和幼华忙着下榻。那时候父亲的身子还未冷。净身穿寿衣的事,是幼华做的。幼华跪在父亲的身边哭着说:"九叔,我还您的恩情。我来料理您。"水枝姐对幼华说:"你不要把眼泪洒到九爷脸上。九爷,一生受苦了。这生受苦,来生让他幸福。"幼华说:"师傅,我晓得。"水枝姐对幼华吩咐:"九爷一生爱干净。"幼华说:"师傅,我晓得。"水枝姐说:"九爷一生爱体面。"幼华说:"师傅,我知道。"幼华就细心地洗,将父亲洗得很干净。幼华就细心地穿,将父亲穿得很齐整。

那时候我只知道见人来流眼泪。父亲的丧事都是水枝姐吩咐垸中兄弟料理的。我和子孙们只按照水枝姐的要求,做孝子贤孙应做的事。

按照父亲的遗嘱,引路灯是水枝姐和幼华共同完成的。引路灯是用锯木屑子搅柴油用木桶装着的。棺材上路,爆竹动地,礼花喧天。水枝姐在前面每隔一段，抓一把油屑子放在路边上，幼华弯腰用火把点亮。那引路的灯，就蜿蜒起伏，蔚为壮观，亮了池塘和沟渠，亮了山冈和田畴，与南山社里的明灯相接。后面跟的是长长的乡亲们送葬的队伍。乡亲们都流着眼泪，念父亲生前的好。

父亲就葬在南山社上。南山社的黄土真好，就像黄金一个样。那时候我跪在穴前，送父亲入土为安。太阳明晃晃照在天上，燕儿山青黛如烟。我抓把黄土捏在手心。我对父亲说："父亲，您走了，您的儿才知道，世上什么东西最干净。那就是头上的太阳，地上的黄土，还有亲人的眼泪。"

那时候我听到那如雷的龙车，载着父亲的灵魂，顺着南山崎岖的山路，升到了白云之巅，天堂之上。

2016年5月18日再改于工作室

何存中发表作品年表（省级以上）

1984 年

短篇小说《二上桃花镇》发表于《布谷鸟》第 12 期

1985 年

短篇小说《鼎足》发表于《长江文艺》第 5 期

小戏《飞来的草帽》发表于《长江戏剧》、《乡土戏剧》第 1 期，此剧拍成录像进京会演，同年湖北电视台 6 月 5 日晚 9：20 播放，获文化部二等奖，1984 年获省文化厅一等奖，1987 年 1 月 13 日的《农民日报》转载

1986 年

短篇小说《阿弥陀佛》发表于《长江文艺》第 2 期

1987 年

童话《小蜜蜂奇遇》发表于《小星星报》4 月第 5 期 3 版

短篇小说《微笑》发表于 11 月 7 日的《湖北日报》第 4 版

短篇小说《血马山纪事》发表于《湖北林讯》第 5 期，获中南九省《绿色文学》征文二等奖

1988 年

中篇小说《最是夕阳红》发表于《布谷鸟》第 4 期

短篇小说《魔力》发表于《长江文艺》第 9 期

故事报告《蜕变的瞪歌》发表于《布谷鸟》10 月、11 月合刊

1989 年

短篇小说《遥远的童话》发表于 12 月 30 日的《湖北日报》

1990 年

　　短篇小说《吃狼》发表于《长江文艺》第 1 期 2 条

　　短篇小说《记得柳芽青青时》发表于 5 月 19 日的《湖北日报》

　　短篇小说《桃之夭夭》发表于《长江文艺》第 6 期 2 条

　　短篇小说《聚集的温暖》发表于 11 月 10 日的《湖北日报》

1991 年

　　中篇小说《苦梅》发表于《长江》丛刊第 1 期

　　短篇小说《女儿潭》发表于 2 月 9 日的《湖北日报》第 4 版头条

　　中篇小说《巨骨》发表于《长江文艺》第 2 期

　　中篇小说《感觉》发表于《当代作家》第 2 期 3 条

　　诗歌《大别山的河》发表于《黄冈日报》5 月 27 日，获"大别山诗会"二等奖

1992 年

　　短篇小说《玫瑰色的黄昏》发表于 7 月 13 日的《湖北日报》

　　中篇纪实《追赶太阳的人》发表于《中国故事》第 1 期，此篇是《光明与你同在》删节稿，原稿四万余字压缩到二万七千字

　　短篇小说《不竭的清泉》发表于 2 月 29 日的《湖北日报》

　　短篇小说《凡胎》发表于《长江文艺》第 4 期

　　中篇小说《马鞭草》发表于《长江文艺》第 6 期头条，获年度优秀作品奖

1993 年

　　短篇小说《冬天的谬误》发表于 1 月 16 日的《湖北日报》

　　短篇小说《永远的美丽》发表于 5 月 15 日的《湖北日报》

　　短篇小说《伞》发表于 8 月 21 日的《湖北日报》

　　中篇小说《走不出你那袭红裙》发表于《文学与人生》，获全国农村题材大奖优秀作品奖

　　短篇小说《棋道》发表于《芳草》8 月号

　　中篇小说《没有眼泪》发表于《长江文艺》第 8 期，湖北电视台扬子江影视中心改编为两集电视剧，获中南九省市"金帆杯"二等奖

1994 年

　　短篇小说《鱼》发表于《长江文艺》第 1 期

　　短篇小说《魔道》发表于《芳草》第 1 期

　　散文《不敢醉酒》发表于 2 月 5 日的《湖北日报》

　　散文《我的年》发表于 2 月 19 日的《湖北农民报》

　　中篇小说《梨园风骨》发表于《今古传奇》第 2 期

　　短篇小说《钱事》发表于《金潮》第 2 期

　　中篇小说《我们祖上》发表于《当代作家》第 3 期

　　中篇小说《雷世家说》发表于《长江文艺》第 7 期头条

　　中篇小说《拐棍与老枪》发表于《芳草》第 9 期头条

　　散文《仰望》发表于 9 月 24 日的《湖北日报》

　　散文《才女闻惠羽》发表于 10 月 15 日的《楚天周末》第 3 版

　　散文《辉煌的沉积》发表于 11 月 26 日的《湖北日报》

　　纪实文学《绿草春风如黛——闻一多和他的后裔们》发表于 10 月 25 日的《海南新闻图片》

　　短篇小说《古器》发表于《中国文学》中文版选刊第 6 期

1995 年

　　短篇小说《粮食白话》发表于《汉水》第 1 期

　　短篇小说《鱼》发表于《传奇·传记》第 2 期

　　短篇小说《寓言》发表于 5 月 27 日的《湖北日报》

　　中篇小说《热爱城市》发表于《长江文艺》第 7 期

　　散文《五道峡的笑声》发表于《芳草》第 9 期

　　散文《老树》发表于 10 月 14 日的《湖北日报》

　　散文《风雪夜归儿》发表于 12 月 30 日的《湖北日报》

　　短篇小说《发财再回来》发表于《春风》第 1 期

1996 年

　　短篇小说《传说的流变》发表于《湖北农村工作》第 3 期

　　短篇小说《慧眼》发表于 3 月 12 日的《湖北经济报》

　　中篇小说《生命与叙述》发表于《长江文艺》第 9 期

　　中篇小说《文方鸟甲》发表于《当代作家》第 5 期

　　中篇小说《扶贫大哥大》发表于《芳草》第 10 期

1997 年

散文《季节与大树》发表于 6 月 27 日的《湖北日报》、7 月 1 日的《长江日报》

短篇小说《骑得秋风归》发表于《青年文学》第 9 期

中篇小说《画眉深浅》发表于《芳草》第 11 期、《小说月报》1998 年第 1 期选载

散文《秋水凌凌》发表于 11 月 28 日的《长江日报》

中篇小说《正果》发表于《当代作家》第 6 期头条,《中华文学选刊》头条转载

1998 年

散文《巴河乌桕》发表于 2 月 6 日的《湖北日报》

散文《为诗的一生》发表于《长江日报》、《江花》文学周刊 2 月 4 日

中篇小说《醉里挑灯看剑》发表于《芳草》第 5 期头条

短篇小说《正是春水泱泱时》发表于《长江文艺》第 5 期

散文《血性的巴河》发表于《长江日报》、《江花》文学周刊 5 月 20 日

短篇小说《遥远的童话》发表于《春风》第 5 期

短篇小说《疯狂的乌鸦》发表于《青年文学》第 6 期

散文《我们的长堤》发表于《湖北日报》9 月 4 日

中篇小说《春草离离》发表于《芳草》第 9 期

短篇小说《第七个是老兵》发表于《长江文艺》第 11 期

1999 年

小小说《山高日近》发表于 1 月 6 日的《武汉晚报》

中篇小说《春草离离》发表于《今日农村》,从第 1 期连载

短篇小说《我们的河边》发表于《山东文学》第 1 期

中篇小说《化入阳光》发表于《解放军文艺》第 1 期头条

中篇小说《遍地洪荒》发表于《三峡文学》第 2 期头条

散文《冬风有爱也发芽》发表于 10 月 1 日的《黄冈青年报》

散文《巴河古风》发表于 11 月 26 日的《湖北日报》

2000 年

散文《漂泊的电脑》发表于 11 月 26 日的《长江日报》

散文《乡村的钢琴》发表于 7 月 29 日的《湖北日报》、《长江文艺》第 10 期

诗《山水谣》发表于 12 月 2 日的《湖北日报》

2001 年

中篇小说《你知道我为什么时时仰望苍穹》发表于《长江文艺》第 1 期头条,《中篇小说选刊》第 2 期转载

散文《遭遇假币》发表于 1 月 22 日的《长江日报》

随笔《神农架畅想》发表于 7 月 28 日的《湖北日报》

2002 年

中篇小说《男儿有泪》发表于《芳草》第 1 期

散文《天食》发表于《湖北日报》,学苑出版社《寻找乡土的吃食》南方卷,湖北《白汤浓汁品江汉》中收集出版

中篇小说《太阳发芽》发表于《山东文学》第 3 期头条,《小说选刊》第 6 期转载,收录于 2002 年中国作家中篇小说排行榜

纪实文学《世纪承诺》,20 万字,由中国文联出版社出版

2003 年

中篇小说《风在蛙声里》发表于《芳草》第 1 期头条,《北京文学·中篇小说月报》第 4 期转载

散文《游赤壁乐乎》发表于《游遍天下》第 7 期

中篇小说《天下灵堂》《家祭》《倒悬》发表于《长江文艺》第 8 期

散文《生命的歌谣》发表于 9 月 5 日的《湖北日报》

短篇小说《鼓掌》发表于《春风》第 11 期

中篇小说《水底的月亮升起来》发表于《山东文学》第 2 期头条,《小说月报》第 5 期转载。

中篇小说《一不小心就接近真理》发表于《芳草》第 3 期

短篇小说《一九七七年秋天的故事》发表于《新作家》第 8 期

2005 年

《水底月亮升起来》发表于《名作欣赏》第 1 期选析,配孙春的评论《民俗·文化·人性》

中篇小说《洪荒时代》发表于《中国作家》第 2 期、《北京文学·中篇小说月报》第 3 期、《小说选刊》第 4 期头条选载,收入漓江出版社的《2005 中国年度中篇小说》;《北京文学》编著,文化艺术出版社的《2005—2006 中国文学最新排行榜》

中篇小说《大泽青牛》发表于《山东文学》第 4 期头条,《长江文艺》第 7 期

2006 年

中篇小说《门前一棵槐》发表于《解放军文艺》第 2 期,《小说选刊》第 4 期转载,被北京满堂彩影视传播公司改编为 38 集电视剧

纪实《刘介梅,上过"毛选"的农民》发表于《今古传奇》2006 年第 5 期

2007 年

长篇小说《沙街》发表于《芳草》第 1 期

中篇小说《太阳说话》发表于《山东文学》第 3 期、《小说选刊》第 4 期选载

散文《最出名的城市》发表于《大武汉》第 44 期

2008 年

中篇小说《渔火不眠》发表于《芳草》第 3 期、《小说选刊》第 7 期选载

散文《美丽的灾难》发表于《湖北日报》东湖副刊

长篇小说《姐儿门前一棵槐》获湖北省"第六届文艺奖"提名奖,由解放军文艺出版社出版

中篇小说《金童》发表于《山东文学》第 9 期头条

中篇小说《醉里挑灯看剑》发表于《芳草》第 1 期

中篇小说《后农耕时代》发表于《中国作家》第 12 期头条、《小说选刊》2009 年 1 期选载

2009 年

短篇小说《记得春水泱泱时》发表于《长江文艺》"60 周年短篇小说选"

长篇小说《太阳最红》由解放军文艺出版社 5 月出版、《长江文艺》长篇小说专号夏季号发表

2010 年

《保华的旗帜》发表于《长江文艺》第 1 期

中篇小说《酵母飘香》发表于《山东文学》第 8 期头条,《小说选刊》2010 年第 9 期

2011 年

中篇小说集《太阳说话》由长江文艺出版社出版《三人行》文集

中篇小说《同志》发表于《长江文艺》第 6 期头条、《小说月报》8 月选载、《小说选刊》第 9 期选载

2012 年

散文《人民大会堂的糖》发表于《湖北作家》春季号

散文《一缕阳光即是温暖》发表于 1 月的《湖北日报》

中篇《写篇小说最好》发表于《长江文艺》第 3 期头条

2013 年

诗《路边的王朝》发表于《炎黄》第 1 期

长篇小说《靛草青青靛草蓝》发表于《都市小说》第 12 期增刊

中篇小说《裸民》发表于《长江文艺》第 5 期

散文《井犹在,人安在》发表于《湖北作家》夏季号

中篇小说《把娘葬在灵山上》发表于《芳草·潮》第 5 期

散文《您到天堂还写诗吗》发表于《湖北日报》12 月 6 日东湖副刊

2014 年

中篇小说《一句话的歌》发表于《长江文艺》3 月头条、《北京文学》、《中篇小说月报》第 4 期选载

长篇小说《遍地青禾》发表于《芳草》第 2 期

歌词《乡思的油菜花》发表于《湖北日报》3 月 30 日东湖副刊

散文《大海边上石头城》发表于 11 月的《湖北日报》

中篇小说《生前或者死后》发表于《北京文学》第 10 期头条、《长江文艺》"好小说"第 12 期选载

2015 年

中篇小说《雁过秋风》发表于《长江文艺》第 12 期

2016 年

中篇小说《悠然见南山》发表于《长江文艺》第 8 期头条

2017 年

散文《黄梅三章》发表于《长江文艺》黄梅专号

2018 年

中篇小说《幸福歌儿》发表于《长江文艺》第 5 期

长篇小说《农民作家》第一部《如诗如画》上卷《在河之洲》发表于《芳草》第 1 期

长篇小说《最后的乡绅》由长江文艺出版社出版

短篇小说《公社是棵常青藤》收入《湖北短篇小说新作选》，被翻译成西班牙语

2019 年

中篇小说《官葬》发表于《北京文学》第 1 期好看小说头条、《长江文艺·好小说》第 2 期选载